DANIEL WOLF

Das Salz der Erde

GOLDMANN
Lesen erleben

Daniel Wolf

Das Salz der Erde

Historischer Roman

GOLDMANN

Dieses Buch ist auch als E-Book erhältlich

MIX
Papier aus verantwortungsvollen Quellen
FSC® C014496
FSC
www.fsc.org

Verlagsgruppe Random House FSC® N001967
Das FSC®-zertifizierte Papier *München Super* für dieses Buch
liefert Arctic Paper Mochenwangen GmbH.

4. Auflage
Originalausgabe Juli 2013

Dieses Werk wurde vermittelt durch die Literarische Agentur
Thomas Schlück GmbH, 30827 Garbsen.
Gestaltung des Umschlags und der Umschlaginnenseiten:
UNO Werbeagentur München
Umschlagfoto: Initiale: Bridgeman Art Library,
Psalm 68, initial S, Jonah praying to Christ on his exit from the
whale & Jonah thrown to the whale, illstration from the
›De Braile Psalter‹ / Primary creator: Brailes, William de
(fl.c. 1230)/Ort: © Courtesy of the Warden and Scholars
of New College, Oxford;
Pergament: © FinePic®, München
Umschlaginnenseiten: © FinePic®, München
Redaktion: Eva Wagner
BH · Herstellung: Str.
Satz: Uhl + Massopust, Aalen
Druck und Bindung: GGP Media GmbH, Pößneck
Printed in Germany
ISBN: 978-3-442-47947-4
www.goldmann-verlag.de

Besuchen Sie den Goldmann Verlag im Netz

»Der Kaufmann dringt in die Geheimnisse der Erde ein, bereist nie gesehene Küsten, durchmustert raue Wüsten und pflegt mit barbarischen Stämmen in unbekannten Sprachen freundschaftlichen Handelsverkehr. Sein Eifer einigt Völker, dämpft Kriege und festigt den Frieden.«

(Hugo von St. Viktor, 12. Jahrhundert)

Herzogtum Oberlothringen

Dramatis Personae

Varennes-Saint-Jacques

Michel de Fleury, ein Kaufmann der Gilde
Jean de Fleury, Michels jüngerer Bruder
Vivienne, ihre Schwester
Rémy, ihr Vater

Gaspard Caron, ein Kaufmann der Gilde
Isabelle Caron, Gaspards Schwester
Marie, ihre Mutter
Lutisse, Gaspards Gemahlin

Ministerialen und Mitglieder der Gilde:
Jaufré Géroux, Vorsteher
Guibert de Brette
Robert Laval
Jacques Nemours
Aimery Nemours

Kaufleute der Gilde:
Charles Duval
Marc Travère
Raymond Fabre
Fromony Baffour
Pierre Melville
Abaëlard Carbonel
Thibaut d'Alsace
Ernaut Baudouin
Stephan Pérouse
Raoul Vanchelle
sowie Catherine Partenay

Tancrède Martel, der städtische Schultheiß
Frédégonde, Magistra des Beginenhofs

Jean Caboche, Schmiedemeister und Oberhaupt seiner Bruderschaft
Archambaud Leblanc, Stadtbauer und Oberhaupt seiner Bruderschaft

Isoré Le Roux, ein Kleinkrämer

Adel und Klerus

Ulman, der Bischof von Varennes-Saint-Jacques

Aristide de Guillory, ein lothringischer Ritter
Renard de Guillory, sein Vater
Berengar, sein Sarjant

Nicolas de Bézenne, ein lothringischer Ritter, Aristides Feind
Renouart de Bézenne, Nicolas' erstgeborener Sohn

Pater Jodocus, ein Priester

Speyer und Vogtei Altrip

Eberold, ein Speyerer Kaufmann, Gaspards und Isabelles Onkel
Galienne, seine Gemahlin

Thomasîn, ein Freisasse
Winand und Boso, seine Knechte

Historische Personen

Friedrich I., genannt »Barbarossa«, Kaiser des Heiligen Römischen Reiches
Heinrich VI., Barbarossas Sohn, späterer Kaiser
Folmar von Karden, Erzbischof von Trier
Johann I., Archidiakon der Erzdiözese Trier, Kanzler Kaiser Friedrichs
Simon II. Châtenois, Herzog von Lothringen
Ferry I. de Bitche, Simons Bruder, ein lothringischer Adliger
Ferry II. de Bitche, sein Sohn
Philipp von Schwaben, König des Heiligen Römischen Reiches ab 1198
Otto von Braunschweig, Gegenkönig und Philipps Rivale
Mathieu de Lorraine, Bischof von Toul
Walram von Limburg, ein deutscher Adliger

Sonstige

Salvestro Agosti, ein reicher Kaufmann aus Mailand
Conon, ein Wollweber aus Metz
Saint Jacques, der Schutzheilige von Varennes
Grimald, Archidiakon Johanns Leibdiener
Namus, Bischof Ulmans Leibdiener

Eine Anmerkung zu den Namen: Im Hochmittelalter war der Namenszusatz »de« bzw. »von« noch kein Adelsprädikat (das wurde er in Deutschland und Frankreich erst in der frühen Neuzeit), er verwies meist nur auf den Ort, aus dem eine Person stammte. In den Städten hatten viele Bürger bereits im 12. Jahrhundert »richtige« Familiennamen.

Im Anhang befindet sich ein Glossar der im Roman verwendeten historischen Begriffe.

Prolog

Dezember 1173

Herzogtum Oberlothringen

Zwei Wochen vor Weihnachten beging Michel zum ersten Mal in seinem jungen Leben ein Verbrechen.

Gefrorener Schnee bedeckte die Felder, umhüllte Sträucher und Baumkronen und lastete schwer auf den Hüttendächern. Es war der härteste Winter seit vielen Jahren. Der einäugige Odo behauptete gar, es sei der kälteste aller Zeiten. »Und ich weiß auch, wer uns das eingebrockt hat«, hatte er erst gestern verkündet. »Barbarossa! Ja, unser Herr Kaiser ist schuld. Hätte er den Papst nicht herausgefordert, wäre das nicht passiert. Das haben wir jetzt von seiner Streitsucht. Gott straft uns mit Eis und Schnee und bitterer Kälte, und er wird erst aufhören, wenn Barbarossa endlich mit der Kirche Frieden schließt.«

Odo musste es wissen: Er saß von morgens bis abends in der Schenke unten bei der Kreuzung und lauschte den Nachrichten der fahrenden Händler und Scholaren aus Metz und Varennes-Saint-Jacques, während er seine alten Knochen am Kaminfeuer wärmte.

Gleich nach dem Morgenbrot stahlen sich Michel und sein Bruder Jean von zu Hause fort und stapften den Hügel hinauf, vorbei an der Dorfkirche und dem kleinen Friedhof, auf dem ihre Mutter begraben lag. Am Waldrand verließen sie den Trampelpfad und schlichen durch das Unterholz, damit Pierre sie nicht schon von Weitem kommen sah. Pierre war der Köhler von Fleury, ein hagerer Kerl, der in einer einsamen Kate zwischen den turmhohen Fichten hauste und sich nur selten im

Dorf blicken ließ. Michel wusste aus zuverlässiger Quelle, dass er in seinem Schuppen zahlreiche Krüge mit köstlichen, in Honig eingelegten Pflaumen und Birnen aufbewahrte. Er bekam Bauchschmerzen, wenn er nur daran dachte, denn er hatte seit Wochen nur Hirsegrütze und trockenes Brot gegessen. Doch Pierre, der alte Geizhals, würde ihnen niemals etwas abgeben – darauf konnten sie warten, bis sie schwarz wurden. Wenn sie etwas von den Früchten haben wollten, mussten sie in den Schuppen einbrechen und sich welche holen.

Die Sache war nicht ganz ungefährlich. Der Köhler hasste Kinder. Als sie sich das letzte Mal bei seiner Hütte herumgetrieben hatten, hatte er sie mit Kastanien beworfen und schimpfend zum Teufel gejagt. Wenn er sie in seinem Schuppen erwischte, würde er sie gewiss grün und blau schlagen, wie Robert, den Sohn des Schmieds, der im Sommer Pierres Katze in eine Jauchegrube geworfen hatte.

Einen Steinwurf von der Köhlerkate entfernt bemerkte Michel, dass sein Bruder nicht mehr hinter ihm war. Er wandte sich um und entdeckte ihn zwischen den Büschen am Fuß der Böschung, wo er in seinem Beutel herumwühlte.

»Jean!«, rief er leise.

»Ich komm ja schon.« Hastig kämpfte sich sein Bruder durch den Schnee die Böschung hinauf. Er war erst sechs Jahre alt, zwei Jahre jünger als Michel, aber nicht viel kleiner und schwächer. Zu Michels großem Verdruss schlug Jean nach ihrem stämmigen und hochgewachsenen Vater, während er selbst unverkennbar nach ihrer Mutter kam, die schlank und zierlich gewesen war.

»Was hast du da?«, fragte er, als er sah, dass Jean etwas in der Hand hielt.

»Eine Maulwurfspfote. Odo hat sie mir gegeben. Es ist ein Amlu… ein Alu…«

»Ein Amulett?«

»Ich soll es immer bei mir tragen, wenn ich in den Wald gehe«, erklärte Jean. »Damit die Faune mir nichts tun.«

»Vater sagt, es gibt keine Faune.«

»Natürlich gibt es sie. Man kann sie nur nicht sehen. Sie verstecken sich vor den Menschen.«

»Leise!«, zischte Michel. »Willst du, dass Pierre uns hört?«

Sie schlichen durch das Gebüsch. Michel wünschte, Jean hätte nicht von Faunen angefangen, denn nun fühlte er sich aus dem Unterholz von unsichtbaren Augen beobachtet.

Als Pierres Kate in Sicht kam, duckten sie sich.

Die kleine Hütte hatte, wie die meisten Gebäude in Fleury, Wände aus aufgeschichteten Feldsteinen und ein Dach aus Stroh. Aus dem Kamin kräuselte sich eine dünne Rauchfahne, ebenso aus dem Schacht des Kohlenmeilers, der wie ein altertümlicher Grabhügel aus der Wiese vor dem Gemüsegarten wuchs. Neben dem Meiler stand der windschiefe Schuppen, in dem Pierre die Honigfrüchte aufbewahrte.

Kein Geräusch störte die Stille des Waldes.

»Pierre ist nicht da«, flüsterte Michel.

»Vielleicht ist er drinnen.«

»Glaub ich nicht. Morgens geht er immer Holz sammeln. Er kommt frühestens heute Mittag zurück.«

Michel pirschte sich an die Hütte heran, gefolgt von Jean, der seine Maulwurfspfote fest umklammert hielt. Sie versteckten sich hinter einem Stapel Feuerholz und beobachteten die Kate aus der Nähe. Im Schnee vor der Tür waren frische Spuren zu sehen, die in den Wald führten.

»Siehst du? Er ist fortgegangen.«

»Da!«, keuchte Jean, als ein Schatten hinter dem Schuppen hervorhuschte.

»Das ist nur die Katze«, sagte Michel.

Das Tier blickte argwöhnisch zum Feuerholzstapel, bevor es durch einen Spalt im Mauerwerk schlüpfte.

Jeans Stimme zitterte leicht. »Lass uns zum Dorf zurückgehen.«

»Wir gehen erst, wenn wir die Früchte haben«, sagte Michel

entschlossen, obwohl er sich in Wahrheit genauso sehr fürchtete wie sein Bruder. Pierre mit seiner verbrannten Wange und seinem stinkenden Kittel aus Fell- und Lederstücken jagte ihm eine Heidenangst ein, und ihm fiel wieder ein, dass Odo einmal gesagt hatte, Pierres Großvater stamme von Waldschraten ab. Er hatte diese Geschichte immer für Unsinn gehalten, aber jetzt war er sich plötzlich nicht mehr so sicher. Pierre hatte tatsächlich einiges von einem Waldschrat an sich, den krummen Rücken etwa oder die prankenhaften Hände … und sagte man diesen Geschöpfen nicht nach, sie fräßen Kinder?

Michel unterdrückte ein Schaudern. Allein der Gedanke an die honigsüßen Pflaumen und Birnen hielt ihn davon ab aufzugeben und zu fliehen.

»Du wartest hier«, sagte er zu Jean und rannte über die Wiese. Als er die Schuppentür erreichte, wurde ihm schlagartig klar, dass ihr Plan eine entscheidende Schwäche aufwies: ihre Spuren. Wegen des Schnees würde Pierre sofort wissen, dass jemand während seiner Abwesenheit in den Schuppen eingedrungen war, und natürlich würde er die Kinder Fleurys verdächtigen. Aber daran ließ sich nun nichts mehr ändern. Vielleicht hatten sie Glück, und es fing wieder an zu schneien, bevor der Köhler zurückkam.

Vorsichtig zog Michel den primitiven hölzernen Riegel zurück und öffnete die Tür.

Der Schuppen enthielt zwei Fässer, eine große Kiste und mehrere Säcke mit Getreide und Erbsen. Michel fasste sich ein Herz und schlüpfte hinein.

Es dauerte nicht lange, bis er die eingelegten Früchte fand: Pierre verwahrte sie in einer zweiten Kiste, die hinter den Fässern stand. Michel öffnete eines der irdenen Gefäße. Beim Anblick der Honigpflaumen lief ihm das Wasser im Mund zusammen, und er konnte nicht widerstehen, eine Frucht herauszufischen und sie sich in den Mund zu stecken.

Voller Wonne schloss er die Augen. Es musste Monate her

sein, dass er das letzte Mal etwas derart Köstliches gegessen hatte. Einen Moment lang erwog er, so viele Krüge mitzunehmen, wie er tragen konnte. Doch dann regte sich sein Gewissen. Er wollte Pierre nicht ernstlich schaden. Ein Krug genügte.

Er presste den Deckel auf das Gefäß, schloss die Schuppentür und huschte zu Jean zurück.

»Zeig her!«, sagte sein Bruder aufgeregt und griff nach dem Krug.

»Wir essen sie, wenn wir im Dorf sind.«

»Du hast schon eine gegessen – ich hab's gesehen. Lass mich auch!« Jean versuchte, ihm den Krug wegzunehmen, und sie begannen zu rangeln. »Immer willst du mir alles verbieten!«

»Wenn es dir nicht passt, hol dir einen eigenen Krug. Aber du traust dich ja nicht …«

Sie erstarrten, als Geräusche ertönten.

Stimmen. Knackende Zweige.

Knirschende Schritte.

»Kopf runter!«, stieß Michel hervor.

Sie duckten sich hinter dem Holzstapel und beobachteten den Waldrand. Zwischen den Bäumen erschien Pierre und stolperte den Pfad entlang. Der Köhler sah schrecklich aus: das verbrannte Gesicht zerschlagen, das linke Auge geschwollen, der Kittel blutverschmiert. Außerdem hatte ihm irgendjemand mit einem Lederriemen die Hände gefesselt.

Ihm folgten zwei Männer, die ihm hin und wieder einen groben Stoß versetzten. Anhand ihrer Eisenhelme und Waffenröcke erkannte Michel sie als Kriegsknechte Guiscard de Thessys.

Er biss sich auf die Unterlippe. Es fiel ihm nicht schwer zu erraten, was geschehen war: Man hatte Pierre beim Wildern erwischt. Im Dorf fürchtete man schon lange, dass es eines Tages so kommen würde. Es war ein offenes Geheimnis unter den Bewohnern Fleurys, dass Pierre gelegentlich mit seiner Schleuder durch das Unterholz streifte, um heimlich einen Hasen, ein Rebhuhn oder gar einen Frischling zu erlegen. Dabei war es den Leibeigenen bei Strafe verboten, in den Wäldern der Allmende zu jagen. Allein der Herzog und seine Vasallen hatten das Recht dazu.

Zu guter Letzt tauchte ein Reiter auf. Michels Magen zog sich zusammen. Guiscard de Thessy saß mit gekrümmtem Rücken auf seinem Schlachtross, in einen Wollumhang gehüllt, der ihn vor der beißenden Kälte schützte. Der grobe Stoff fiel über das Schwert, das er am Gürtel trug, und wegen der Kapuze sah man von seinem Antlitz lediglich den wuchernden, von grauen Strähnen durchsetzten Bart. Er war ein Ritter des Herzogs und der Herr von Fleury – und auf der ganzen Welt gab es nichts und niemanden, vor dem Michel mehr Angst hatte.

Er betrachtete den Krug in seiner Hand. Nicht auszudenken, was Guiscard tun würde, wenn er sie mit den gestohlenen Früchten erwischte. Hastig vergrub er das Gefäß im Schnee. Jean bekam davon nichts mit. Mit aufgerissenen Augen beobachtete er die beiden Kriegsknechte und Guiscard, die sich mit ihrem Gefangenen der Hütte näherten.

»Wir müssen sofort hier weg«, flüsterte Michel ihm zu.

Bevor die Männer sie sehen konnten, huschten sie über die Wiese und am Kohlenmeiler vorbei und schlüpften durchs Gebüsch, bis sie zu dem Weg kamen, der am Waldrand entlangführte. Dort begannen sie zu rennen, als wäre der Leibhaftige hinter ihnen her. Nur einmal warf Michel einen Blick über die Schulter. Guiscard und seine Kriegsknechte schienen sie nicht zu verfolgen.

Schließlich erreichten sie die Kirche und kurz darauf Fleury, ihr Heimatdorf, das in einer Senke zwischen den Hügeln lag. Etwa die Hälfte der rund dreißig Bauernhäuser umstanden einen weitläufigen Platz, auf dem die Dörfler ihrer Arbeit nachgingen. Julien, der Schmied, zertrümmerte mit einer Stange das Eis im Ziehbrunnen. Am Backofen des Dorfes buken mehrere Frauen Brot und tauschten dabei den neuesten Klatsch aus.

Michel und Jean hasteten zu ihrer Hütte, vor der ihr Vater,

ein blonder, breitschultriger Mann, gerade Holz hackte. Sein Atem dampfte in der eiskalten Luft. Neben ihm spielte ihre zweijährige Schwester Vivienne im Schnee.

»Wo habt ihr euch denn wieder herumgetrieben?«, fragte er. »Ich habe euch doch gesagt, dass ihr den Schweinestall sauber machen sollt.«

»Pierre«, keuchte Michel. »Haben ihn gefesselt… Guiscard… beim Wildern erwischt…«

Sein Vater ließ die Axt sinken und runzelte die Stirn. »Guiscard hat Pierre beim Wildern erwischt?«

Michel nickte.

»Wieso weißt du davon? Hast du es gesehen?«

Als Michel zu einer gestammelten Antwort ansetzte, sagte sein Vater: »Jetzt komm erst einmal zu Atem. Dann erzählst du mir der Reihe nach, was passiert ist.«

Bevor Michel anfangen konnte, erschienen Guiscard, seine Männer und der unglückliche Pierre auf dem Pfad, der neben der Kirche den Hügel hinabführte. Mit der Axt in der Hand trat Michels Vater auf den Platz, um besser sehen zu können. Auch die anderen Dorfbewohner unterbrachen ihre Arbeit und reckten die Hälse.

Die beiden Kriegsknechte zerrten Pierre auf den Dorfplatz, und neben dem Brunnen versetzte ihm einer der Männer einen Tritt in die Kniekehlen. Wegen seiner Handfesseln konnte der Köhler den Sturz nicht abfangen und fiel mit dem Gesicht voran in den Schnee. Er wimmerte leise, machte jedoch keinen Versuch aufzustehen.

Niemand eilte ihm zu Hilfe. Mit der Ankunft der Männer hatten die Dorfbewohner eilends den Platz verlassen. Nun standen sie furchtsam vor ihren Hütten und beobachteten schweigend das Geschehen.

Guiscard zügelte sein Pferd und warf zwei tote Kaninchen in den Schnee. Die Stimme, die daraufhin aus der Kapuze drang, war rau und dunkel, beinahe wie das Knurren eines Raubtiers.

»Dieser Lump hat es gewagt, in der Allmende zu wildern und diese Hasen zu erlegen. Damit hat er uns alle bestohlen – euch, mich und Seine Gnaden Herzog Matthäus. Offenbar glaubt er, das Gesetz gelte nicht für ihn. Seht her, was mit jenen geschieht, die den Wildbann brechen.«

Der Ritter gab seinen Kriegsknechten einen Wink, woraufhin die beiden Männer Pierre an den Armen packten und auf die Füße zerrten.

»Habt Erbarmen, Herr, ich bitte Euch«, flehte der Köhler, während aus seiner gebrochenen Nase Blut sickerte.

»Geht ins Haus«, befahl Michels Vater.

Ohne zu zögern ergriff Michel die Hand seiner Schwester, die aussah, als würde sie gleich anfangen zu weinen. Jean machte keine Anstalten, ihm zu folgen. Mit fasziniertem Entsetzen betrachtete er die Kriegsknechte, die Pierre über den Platz führten.

»Jetzt komm!«, zischte Michel.

Widerwillig schlüpfte sein Bruder nach ihm in die Hütte. »Glaubst du, sie werden Pierre hängen?«, fragte er, nachdem Michel die Tür geschlossen hatte. »Glaubst du's?«

Michel hoffte inständig, dass Pierre eine mildere Strafe bekam. Zwar konnte er den Köhler nicht ausstehen, aber deswegen wünschte er ihm noch lange nicht den Tod. Ohne Jean eine Antwort zu geben, durchquerte er den vorderen Teil der Hütte, in dem sich der Koben mit dem Schwein der Familie befand, und setzte Vivienne auf eines der beiden Schlaflager neben der Feuerstelle. Es bestand aus Fellen und groben Wolldecken auf einem schlichten Holzgestell und war breit genug, dass die drei Geschwister darin schlafen konnten.

»Nicht weinen«, sagte er, als das Mädchen zu schluchzen begann. »Du musst keine Angst haben.« Er gab ihr ihre Puppe. »Schau mal, hier ist Joie. Spiel ein bisschen mit ihr, ja?«

Vivienne weinte ständig, meist ohne ersichtlichen Grund, und manchmal hatte Michel nicht übel Lust, sie dafür zu ohrfeigen. Er tat es jedoch nie. Er hätte es niemals zugegeben, aber er liebte seine jüngeren Geschwister, und es machte ihm nichts aus, auf sie aufzupassen. Seit dem plötzlichen Tod ihrer Mutter vor knapp zwei Jahren war das seine Pflicht, und er nahm sie sehr ernst.

Glücklicherweise beruhigte sich Vivienne und war kurz darauf in ihr Spiel vertieft. Michel ging zu Jean zurück, das Schwein ignorierend, das ihm in der Hoffnung auf Futter seine Schnauze entgegenstreckte.

»Sie binden ihn an!«, stieß Jean hervor, der den Dorfplatz durch eines der Luftlöcher in der Hauswand beobachtete. Wie die meisten Hütten Fleurys besaß auch ihre keine richtigen Fenster.

Michel pulte das Stroh aus einem anderen Mauerspalt und spähte nach draußen. Die Kriegsknechte hatten Pierre zur Dorfschenke gebracht, wo sie seine Fesseln durchschnitten und seine Hände an einem Balken des vorspringenden Daches festbanden.

Guiscard stieg aus dem Sattel, in der Hand eine Birkenrute. Er schlug die Kapuze zurück, wodurch sein kahler und vernarbter Schädel zum Vorschein kam. Als er zur Schenke schritt, knirschte der Schnee unter seinen Stiefeln.

»Herr, wartet – bitte«, sagte Michels Vater.

Guiscard wandte sich um und starrte ihn an. Michel hatte diesen Blick schon oft gesehen. *Du hast kein Recht, mich anzusprechen*, schien er zu sagen. *Du bist Abschaum, weniger wert als der Dreck an meinen Sohlen. Ich sollte dich für diese Unverschämtheit töten.* Guiscard schaute alle Leibeigenen auf diese Weise an.

Michels Vater ließ sich jedoch nicht einschüchtern. »Es ist ein harter Winter, Herr«, sagte er. »Pierre hat gewildert, damit er nicht hungern muss. Habt Gnade mit ihm, und wir werden dafür sorgen, dass er es nicht wieder tut.«

Michel kaute auf seiner Lippe. Guiscards Faust ballte sich um die Birkenrute, als erwäge er, anstelle des Köhlers Michels Vater zu züchtigen.

»Es spielt keine Rolle, warum er es getan hat«, erwiderte der Ritter harsch. »Gesetz ist Gesetz, und es gibt keine Ausnahmen. Wann lernt ihr Hörigen das endlich?«

Mit schweren Schritten ging er zur Schenke. Einer der Kriegsknechte zückte einen Dolch, zerschnitt Pierres Kittel und entblößte den bleichen Rücken des Köhlers.

Guiscard holte aus. Pierre schrie vor Schmerz, als die Birkenrute auf seine Haut klatschte. Wieder und wieder schlug der Ritter zu, sodass Pierres Rücken bald von blutigen Striemen überzogen war. Obwohl Michel den Anblick kaum noch ertrug, war er nicht imstande, sich abzuwenden. Mit angehaltenem Atem saß er da und spähte durch das Mauerloch, wie gebannt von dem schrecklichen Geschehen vor der Schenke.

Erst als Vivienne zu weinen anfing, konnte er sich losreißen. Er setzte sich zu ihr aufs Schlaflager und redete beruhigend auf sie ein. Es half nichts – sie weinte nur umso heftiger. Michel wusste sich nicht anders zu helfen, als ihr die Ohren zuzuhalten, damit sie Pierres Schreie nicht mehr hören musste.

Irgendwann verstummte der Köhler.

»Was ist passiert?«, fragte Michel seinen Bruder, der immer noch durch das Luftloch lugte.

»Der Herr hat aufgehört«, antwortete Jean.

»Und Pierre – ist er … ist er tot?«

»Ich weiß nicht …«

Viviennes Angst hatte sich etwas gelegt, und sie weinte nicht mehr. Michel gab ihr ihre Puppe, eilte zum Mauerspalt und blickte zur Schenke. Pierre hing reglos an seinen Fesseln, sein Rücken eine einzige Wunde. Ob er tot war oder nur ohnmächtig, konnte Michel nicht erkennen. Einer der Kriegsknechte grinste die Dorfbewohner verächtlich an.

Guiscard warf die Birkenrute in den Schnee und stieg in den Sattel. »Schneidet ihn los«, befahl er.

Michels Vater und zwei weitere Dorfbewohner, Jacques und Renier, liefen zu Pierre und lösten seine Fesseln. Der Köhler stöhnte, als die drei Männer ihn bäuchlings auf den Boden legten. Michels Vater murmelte etwas, und Renier eilte über den Platz.

»Der Nächste, den ich beim Wildern erwische, kommt nicht so glimpflich davon«, sagte Guiscard. »Er wird hängen, so wahr mir Gott helfe. Also lasst euch das verdammt noch mal eine Lehre sein.«

Der Ritter gab seinem Pferd die Sporen und ritt von dannen. Seine Kriegsknechte folgten ihm im Laufschritt.

Endlich erwachten die Dörfler aus ihrer Erstarrung. Sie strömten zur Schenke und redeten aufgebracht durcheinander. Die eine Hälfte beschimpfte Pierre für seine Dummheit, die andere machte ihrer Wut über die überzogene Strafe Luft. Der alte Odo schüttelte gar die Faust in Richtung der Hügel, wo Guiscards Landgut stand, und rief ein paar äußerst derbe Flüche.

»Halt den Mund, Dummkopf!«, brachte Julien ihn zum Schweigen. »Oder willst du auch halbtot geprügelt werden?«

Kurz darauf kam Renier zurück. Bei ihm war Eloise, die Hebamme, die wie immer ihren weiten, tausendmal geflickten Kittel trug. Michel war froh, dass man sie geholt hatte. Von allen Bewohnern der Hügel verstand sie am meisten von Heilkunst. Als Michel im vergangenen Winter krank gewesen war, hatte die Hebamme ihm einen Kräutertrunk gebraut, der scheußlich geschmeckt, ihn aber binnen zwei Tagen von seinem Fieber kuriert hatte. Bei ihr war Pierre in guten Händen.

»Aus dem Weg«, sagte sie mit befehlsgewohnter Stimme, woraufhin die Dorfbewohner ihr Platz machten.

Michels Vater und Jacques hatten Pierres Rücken derweil mit Stoffstreifen verbunden. Eloise sah sich die Arbeit an und nickte knapp. »Bringt ihn in meine Hütte.«

Jemand holte eine Trage aus Weidenzweigen; Jacques und Renier legten den Verletzten darauf und trugen ihn weg. Pierre war bei Bewusstsein, doch Michel sah den fiebrigen Glanz in seinen Augen. Er brauchte dringend Hilfe.

Nachdem Eloise gegangen war, zerstreuten sich die Dörfler allmählich, verschwanden in ihren Hütten oder setzten bedrückt ihre Arbeit fort. Michels Vater redete noch eine Weile mit seinem Freund Julien, ehe er mit grimmiger Miene zur Hütte schritt.

Michel und Jean verstopften hastig die Luftlöcher und taten so, als hätten sie nichts gesehen und gehört.

»Macht endlich den Schweinekoben sauber«, befahl ihr Vater, als er hereinkam.

Das war das Letzte, was er an diesem Morgen zu ihnen sagte. Er verlor kein Wort über Pierres Bestrafung und saß bis mittags mürrisch und brütend am Herdfeuer.

Seit Michels Mutter gestorben war, verfiel sein Vater, eigentlich ein fröhlicher und offener Mann, oft in stundenlanges Grübeln, und Michel hatte sich inzwischen daran gewöhnt. Doch so düster wie heute war seine Stimmung schon lange nicht mehr gewesen, und Michel wagte nicht, ihn anzusprechen, obwohl er gerne gefragt hätte, ob Pierre wieder gesund werden würde.

Nach dem Mittagsmahl, das sie schweigend einnahmen, verließ sein Vater die Hütte und kam eine halbe Stunde später mit Julien zurück.

»Geht nach draußen spielen«, forderte er Michel und Jean auf. »Julien und ich haben etwas zu bereden. Nehmt Vivienne mit.«

Michel bemerkte, dass der Schmied einen Lederbeutel über der Schulter trug, in dem ein länglicher Gegenstand steckte. Während die beiden Männer nach hinten gingen, verließen Jean, Vivienne und er die Hütte und begannen lustlos, einen Schneemann zu bauen. Julien blieb jedoch nicht lange. Kurz darauf öffnete er die Tür und scheuchte das Schwein ins Freie.

»Wieso nimmt Julien unser Schwein mit?«, fragte Michel seinen Vater, als der Schmied das Tier zu seinem Haus trieb.

»Ich habe es ihm verkauft.«

»Warum?«

»Wir brauchen es nicht mehr«, antwortete sein Vater.

Verwirrt blickte Michel dem Schmied nach. Sie hatten das Schwein seit dem Frühjahr gemästet und wollten es nächste Woche schlachten, damit sie Fleisch für den restlichen Winter hatten – und nun gab sein Vater es einfach weg?

Der breitschultrige Mann ging neben Michel in die Hocke. »Hör zu«, sagte er. »Ich möchte, dass ihr heute früh schlafen geht. Bevor es dunkel wird, liegt ihr im Bett, verstanden?«

Michel nickte. Das Verhalten seines Vaters erschien ihm immer merkwürdiger.

Im Verlauf des Nachmittags leerte sich der Dorfplatz. Die meisten Bewohner Fleurys waren Bauern wie Michels Vater, für die es während der Wintermonate außerhalb der eigenen vier Wände nicht viel zu tun gab, weshalb sie sich früh in ihre Hütten zurückzogen, um bis zum Einbruch der Dunkelheit zu nähen, Schafswolle auszubürsten oder Werkzeug zu reparieren. Lediglich die Kinder blieben draußen. Dank Jean, der eine Schneeballschlacht anzettelte, vergaß Michel bald die Sache mit dem Schwein und sogar den schrecklichen Vorfall vom Vormittag und tollte zwei Stunden lang mit den anderen im Schnee herum. Sogar Vivienne hatte Spaß an dem wilden Gefecht. Ungeschickt tapste sie zwischen den Älteren herum und kicherte vergnügt, wenn einer von einem Schneeball getroffen wurde. Allerdings verging ihr das Lachen, als Robert sie versehentlich anrempelte und sie mit dem Gesicht voran in den Schnee fiel. Diesmal ließ Michel sie brüllen, bis sie heiser war.

Als es zu dämmern begann, rief ihr Vater nach ihnen. Wortkarg forderte er sie auf, am Feuer Platz zu nehmen. Nachdem sie etwas Gerstengrütze gegessen und einen Becher warme Ziegenmilch getrunken hatten, bestand er darauf, dass sie ihre Gebete sprachen, sich auszogen und schlafen legten. Jean murrte, denn er hasste es, früh ins Bett gehen zu müssen. Ihr Vater duldete jedoch keine Widerrede, und eingeschüchtert von seinem ungewohnt scharfen Ton kroch Jean unter die Decken.

Michel konnte nicht sofort einschlafen. Im Licht des ersterbenden Herdfeuers beobachtete er seinen Vater, der in Gedanken versunken am Tisch saß und seinen Bierkrug leerte. Irgendwann griff er in sein Wams, holte einen Beutel hervor und öffnete ihn. Michel war nicht wenig überrascht, als er sah, dass er Silbermünzen enthielt, schimmernde Deniers. Geld war recht selten in Fleury. Die Dorfbewohner hatten kaum Verwendung dafür und benutzten es eigentlich nur, wenn sie mit auswärtigen Händlern Geschäfte machten; untereinander tauschten sie die Dinge, die sie brauchten. Wieso besaß sein Vater auf einmal einen ganzen Beutel davon?

Julien hat es ihm für das Schwein gegeben, kam es ihm in den Sinn, als sein Vater die Münzen auf dem Tisch stapelte und zählte. *Aber warum hat er nichts Nützlicheres dafür verlangt, eine neue Säge oder wenigstens eine Schachtel voller Nägel? Was sollen wir mit so viel Geld?*

Während er noch darüber rätselte, was das bedeuten mochte, wurden ihm die Lider schwer. Kurz darauf schlief er ein und träumte von zwei Kaninchen, die tot im Schnee lagen, von Guiscards kalten Augen, von Pierre, dessen Blut zu Boden troff.

»Wach auf, Michel.« Eine Hand rüttelte ihn an der Schulter.

Verschlafen setzte er sich auf. Es war stockfinstere Nacht. Neben dem Schlaflager stand sein Vater, ein schwarzer Umriss vor der orangefarbenen Glut des Herdes.

»Weck Jean und Vivienne, und zieht euch an«, flüsterte er. »Wir müssen fort.«

»Fort? Wieso?

»Tut, was ich sage. Aber seid leise.«

Michel gehorchte und weckte seine Geschwister. Vivienne kam sofort zu sich; Jean hingegen blickte ihn benommen und verwirrt an. Sein hellbraunes Haar stand in alle Richtungen ab.

»Vater will, dass wir uns anziehen«, raunte Michel ihm zu und stieg aus dem Bett. Flackernder Flammenschein erfüllte die

Hütte, als sein Vater einen Kienspan an der Glut entzündete und in eine Tonschale auf dem Tisch legte. Er schien schon eine Weile wach zu sein, denn er war vollständig angezogen – oder er hatte gar nicht erst geschlafen. Rasch packte er ihre Habseligkeiten und sämtliche Vorräte in den Huckelkorb, den er normalerweise zum Reisigsammeln verwendete.

Michel holte seinen Leibrock, die wollenen Beinlinge, die Bruche und den Überwurf aus der Kiste am Fußende des Schlaflagers und schlüpfte hinein. Während er seine Filzschuhe anzog, setzte sich endlich auch Jean in Bewegung.

»Was ist los?«, murmelte er.

Ihr Vater gab keine Antwort. »Hilf deiner Schwester«, wies er Michel an.

Michel zog Vivienne an, die sich ausnahmsweise einmal nicht dagegen sträubte. Unterdessen griff sein Vater nach oben in die Dachbalken und holte einen Lederbeutel hervor. Es war derselbe Beutel, den Julien mittags bei sich gehabt hatte. Als sein Vater ihn in den Tragekorb steckte, verrutschte das Leder, und der Griff eines Schwertes kam zum Vorschein. Michel wusste, dass es den Leibeigenen verboten war, Waffen zu tragen. Der Herr würde seinen Vater hart bestrafen, wenn er ihn mit dem Schwert erwischte, ihn vielleicht gar halbtot prügeln wie Pierre. Was ging hier vor?

Sein Vater verschloss hastig den Beutel. »Seid ihr fertig?«

Michel schaute zu Jean, der gerade in seine Schuhe schlüpfte, und nickte.

»Gut. Zieht eure Umhänge an. Draußen ist es bitterkalt.«

»Wohin gehen wir?«

»Wir verlassen Fleury.«

»Für immer?«

»Ja.« Sein Vater schulterte den Tragekorb. »Wir laufen zum Waldrand. Ihr müsst so leise sein, dass niemand uns hören kann. Schafft ihr das?«

Michel und sein Bruder nickten. Ihr Vater blies den Kienspan aus und öffnete die Tür; eisige Nachtluft strömte in die Hütte. Michel ergriff Viviennes Hand, und lautlos huschte die Familie über den Dorfplatz. Michel hatte sich gefragt, ob ein Unglück Fleury heimgesucht hatte und sie deshalb fliehen mussten, ein Feuer vielleicht oder ein Überfall durch Räuber, doch im Dorf herrschte vollkommene Stille. Alles schien in bester Ordnung zu sein.

Hatte sein Vater ein Verbrechen begangen? Flohen sie vor Guiscards Kriegsknechten, die ihn bestrafen wollten? Tausend Fragen tobten durch Michels Kopf, aber er hielt sein Versprechen und gab keinen Laut von sich.

Als sie zur Kirche kamen, trat ihr Vater an die Friedhofsmauer und starrte in die Dunkelheit, blickte zu den beiden Ulmen, unter denen ihre Mutter begraben lag. Immer wenn es die Arbeit zuließ, kamen sie hier herauf, versammelten sich um die schlichte Ruhestätte und beteten für ihre Seele. Erst vor zwei Tagen hatten sie das Grab besucht – zum letzten Mal, wie Michel nun klar wurde.

Er erinnerte sich so gut an seine Mutter, als wäre sie gestern noch bei ihnen gewesen. Er sah sie vor sich, wie sie das Herdfeuer schürte oder Vivienne stillte, wie sie Jean und ihm Geschichten erzählte oder mit ihnen über die Wiese tollte. Sie war eine schöne Frau gewesen, dunkelblond und zerbrechlich und immerzu fröhlich, selbst dann noch, als das tückische Fieber bereits angefangen hatte, ihren Leib auszuzehren. Sie fehlte ihm sehr, und dass sie gezwungen waren, sie hier zurückzulassen, machte ihn traurig. Wenigstens würde sie auf dem Gottesacker nicht allein sein. Ihre Eltern ruhten hier, ihr älterer Bruder und viele andere Menschen, die sie gemocht hatte.

Irgendwann murmelte sein Vater etwas, so leise, dass Michel es fast nicht verstehen konnte. »Vergib mir, Ameline. Ich hoffe, du verstehst, warum ich das tun muss.«

Er wandte sich ab, und für einen Moment sah Michel den Schmerz in seinem Gesicht. »Lasst uns gehen«, sagte er.

Er nahm Vivienne auf den Arm, und sie eilten über die Weide der Allmende und von dort aus zum Wald, der schwarz wie ein undurchdringlicher Grenzwall vor ihnen aufragte. Am Waldrand entlang stapften sie in Richtung Osten, wo, wie Michel wusste, die Grenze von Guiscards Land verlief.

Es fing an zu schneien, dicke Flocken, die still auf das weiße Land herabsanken. Obwohl die Wanderung durch den tiefen Schnee äußerst beschwerlich war, gönnte ihr Vater ihnen keine Rast, selbst dann nicht, als Jean langsamer und langsamer wurde und sich beklagte, seine Füße täten weh. »Weiter, Jean«, trieb er ihn an. »Du musst durchhalten.«

Nur einmal blieb er kurz stehen, um Vivienne, die ihm schwer geworden war, in ein Tragetuch zu stecken, damit er die Arme frei hatte und einen Wanderstock benutzen konnte. Sie war erstaunlich tapfer. Michel hatte erwartet, dass sie ununterbrochen weinen würde, doch sie blieb die ganze Zeit mucksmäuschenstill, so, als hätte sie genau verstanden, was ihr Vater ihnen gesagt hatte. Irgendwann fielen ihr die Augen zu, und sie schlief ein.

Schließlich kamen sie zu dem Bach, der die Grenze von Guiscards Ländereien bildete. Er floss durch einen Graben in den verschneiten Wiesen und verschwand beinahe unter Sträuchern und Brombeerhecken, in denen Eiszapfen glitzerten. Es war nicht schwer, ihn zu überqueren, denn er war zugefroren, und das dicke Eis trug ihr Gewicht. Während Michel hinüberging und die Böschung emporkletterte, wurde ihm plötzlich bewusst, dass er noch nie so weit von zu Hause fort gewesen war.

Auf der anderen Seite ließ sich Jean auf einen umgestürzten Baumstamm fallen. »Ich kann nicht mehr«, verkündete er müde und trotzig.

»Uns scheint niemand zu folgen«, sagte ihr Vater, während er nach Westen blickte. Fleury war schon lange nicht mehr zu sehen – das Mondlicht fiel auf unbewohnte Hügel. »Ich denke, eine kurze Rast können wir uns erlauben. Hilf mir mit dem Korb, Michel.«

Michel nahm ihm den Korb ab, damit er sich setzen konnte, ohne Vivienne zu wecken. Der Behälter war nicht schwer, denn ihr Vater hatte nur die notwendigsten Sachen mitgenommen: Nahrung, warme Decken, einige Werkzeuge, natürlich den Beutel mit den Silbermünzen und das Schwert.

Während sie sich mit Brot und Ziegenmilch stärkten, fragte Jean missmutig: »Müssen wir noch lange laufen?«

»Wir sind noch einige Stunden unterwegs«, antwortete ihr Vater. »Aber wenn wir erst das Moseltal erreicht haben, wird der Weg leichter.«

»Wohin gehen wir?«, fragte Michel.

»Nach Varennes-Saint-Jacques.«

Er hatte mit allem gerechnet, nur nicht damit. Varennes war eine Stadt an der Mosel, einen Tagesmarsch vom Lehen ihres Herrn entfernt. Michel war freilich noch nicht dort gewesen, hatte aber schon viel davon gehört. Zweimal im Monat kam ein fahrender Kaufmann aus Varennes nach Fleury und verkaufte den Bauern Salz, Fisch und Wetzsteine. Sein Name war Herr Caron, und er erzählte stets erstaunliche Geschichten von seiner Heimatstadt, wenn er abends in der Dorfschenke saß.

»Verstehst du, warum wir fortgehen müssen?«, fragte sein Vater.

»Wegen des Herrn«, vermutete Michel.

»Solange Guiscard über Fleury herrscht, sind wir dort unseres Lebens nicht sicher. Diesmal hat es Pierre erwischt, aber wer weiß, wen es nächste Woche trifft. Vielleicht mich, vielleicht sogar dich oder Jean. Ein kleiner Fehler genügt, und man wird hart und gnadenlos bestraft – ihr habt es ja heute Morgen gesehen. Deshalb können wir nicht in Fleury bleiben. Ich würde es nicht ertragen, wenn Guiscard euch etwas antäte.«

Vivienne regte sich und blickte verwirrt um sich. Ihr Vater strich ihr über das Haar. »Schlaf weiter«, murmelte er, und ihr Kopf sank wieder gegen seine Brust.

»In Varennes beginnen wir ein neues Leben«, fuhr er fort.

»Ich suche mir Arbeit in einer Werkstatt oder auf den Äckern vor der Stadt – Herr Caron sagt, dass die reichen Handwerker und Stadtbauern immer Leute brauchen. Falls ich nicht auf Anhieb etwas finde, ist das nicht schlimm. Ich habe von Julien dreißig Deniers für das Schwein bekommen. Damit kommen wir eine Woche über die Runden, wenn es sein muss.«

Mit jedem Wort, das sein Vater sagte, wuchs Michels Aufregung. Er hatte sich immer gewünscht, Varennes einmal zu sehen. »Wo werden wir wohnen?«

»Bei meinem Lohnherrn, bis ich genug Geld für eine eigene Hütte gespart habe. Das wird nicht lange dauern – die Quartiere in der Unterstadt sollen nicht teuer sein. Und wer weiß, vielleicht bringen wir es eines Tages sogar zu einem richtigen Haus mit Fenstern und mehreren Räumen.«

»So eins wie der Hof des Herrn?«, fragte Jean.

»Schon möglich. Es hängt ganz davon ab, wie tüchtig euer Vater ist, schätze ich.« Ihr Vater lächelte, als Michel und sein Bruder einander voller Vorfreude anschauten. »Das Beste habe ich euch noch gar nicht erzählt. Es gibt ein altes Gesetz. Es besagt, dass jeder, der sich in Varennes niederlässt, nach einem Jahr und einem Tag ein freier Mann ist. Wenn Guiscard uns bis dahin nicht auf sein Land zurückgeholt hat, kann er uns nichts mehr anhaben. Wir wären keine Leibeigenen mehr.«

»Wir müssten ihm nicht mehr gehorchen?«, fragte Michel.

»Wir wären freie Menschen und nur dem Bischof von Varennes und dem Kaiser zu Treue verpflichtet. Nun esst auf. Es wird Zeit, dass wir weiterkommen.«

Es schneite heftiger, als sie losgingen. Obwohl das Schneetreiben ihr Fortkommen nicht gerade erleichterte, war ihr Vater dankbar dafür, denn es löschte ihre Spuren aus. Michels Angst und Erschöpfung waren wie weggeblasen. Er konnte es kaum erwarten, endlich nach Varennes zu kommen und die Wunder zu sehen, von denen Herr Caron immerzu sprach, die bunten Märkte, die prächtigen Steinhäuser, die zahllosen Kirchtürme.

Jean erging es genauso. Er hatte aufgehört, sich über den weiten Weg und seine schmerzenden Füße zu beklagen, und kämpfte sich entschlossen durch den Schnee.

In der Morgendämmerung erreichten sie einen Fluss, ein graues Band, das sich durch das weiße Tal schlängelte – die Mosel. Sie war vollständig zugefroren. Am Ufer steckte ein kleines Boot im Eis fest.

»Es ist nicht mehr weit«, sagte ihr Vater, während sie der Straße neben dem Fluss folgten. »Noch höchstens eine Wegstunde …« Er verstummte, und seine Augen weiteten sich. »Ins Gebüsch mit euch, schnell!«

Bevor Michel ihm und Jean nachrannte, sah er noch, dass auf einer Anhöhe im Osten vier Schatten erschienen waren.

Reiter.

Keuchend schlüpfte er durch das Buschwerk am Straßenrand. Vereiste Zweige rissen an seinem Wollumhang und peitschten ihm ins Gesicht, als er seinem Vater und seinem Bruder folgte. Gut zwanzig Ellen von der Straße entfernt duckten sie sich und beobachteten das Flussufer durch das Geäst eines Brombeerstrauchs.

Die Männer kamen näher. Schweigend ritten sie die Straße entlang. Obwohl sie weite Umhänge trugen und ihre Gesichter in den Mantelkapuzen verbargen, gab es keinen Zweifel daran, dass es sich um Guiscard de Thessy und drei seiner Soldaten handelte.

Michel wagte nicht zu sprechen, nicht zu atmen. *Sie sind unseretwegen hier. Sie wollen uns einfangen, nach Fleury zurückbringen und bestrafen.* Aber wie nur hatte der Herr von ihrer nächtlichen Flucht erfahren? Sie waren doch so vorsichtig gewesen. Hatte man sie verraten? *Bitte lass sie nicht unsere Spuren sehen!*

Kurz darauf erreichten die Reiter die Stelle, wo die kleine Familie die Straße verlassen hatte. Obwohl der Schnee hier nicht sehr hoch lag und obendrein festgefroren war, konnte man ihre

Spuren leicht erkennen. Es musste nur einer der Männer im richtigen Moment zur Seite schauen …

Der Ritter und seine Kriegsknechte ritten an der Stelle vorbei, ohne die Abdrücke im Schnee zu bemerken. Gott hatte Michels Gebet erhört – dank des Schneetreibens hatten die Männer die Spuren einfach übersehen.

Unglücklicherweise wählte Vivienne genau diesen Moment, um aufzuwachen und nach ihrer Puppe zu fragen.

»Wo ist Joie?«

»Sei still!«, zischte Michel leise, und sein Vater machte »Schhhh«, während er das Mädchen an seine Brust drückte – doch es war bereits zu spät. Guiscard zügelte sein Schlachtross und starrte zum Gebüsch.

»Habt ihr das gehört? Das war ein Kind, oder?«

Nun hielten auch die Soldaten ihre Pferde an. Einer ließ seinen Blick über den Schnee neben der Straße schweifen. »Hier sind Spuren, Herr. Sie führen da hinüber. Sehen frisch aus.«

»Sucht alles ab«, befahl Guiscard. »Ich verwette meinen Schwertarm, dass sich der Kerl und seine Bälger hier irgendwo verstecken.«

Die Männer stiegen ab, schlugen ihre Mäntel zurück und zogen die Schwerter.

Ihr Vater packte Jean und Michel am Arm. »Wir laufen zum Wald«, stieß er hervor. »Aber bleibt um Himmels willen zusammen.«

Sie hasteten los. Obwohl sie versuchten, leise zu sein, verursachte die Hatz durch das dichte Gestrüpp beträchtlichen Lärm, denn ständig zertraten sie Äste oder blieben an dornigen Zweigen hängen. Sie hatten sich noch keine fünf Schritte bewegt, als die Männer sie hörten.

»Da drüben sind sie!«

»Schnappt euch das Pack!«, brüllte Guiscard.

Der Atem brannte Michel in der Kehle, während er seinem Vater nachrannte, über umgestürzte Baumstämme sprang und

Böschungen hinabschlitterte. Immer wieder blickte er sich nach Jean um, der sich verzweifelt bemühte, nicht zurückzufallen. »Lauf schneller!«, rief er ihm zu.

»Versuch ich ja«, gab sein Bruder zurück.

Guiscard und seine Männer waren nicht weit hinter ihnen. Michel konnte sie nicht sehen, doch er hörte, wie sie durch das Gestrüpp brachen.

Das Strauchwerk ging in ein Wäldchen über, das sich bis zu den Hügeln im Osten des Moseltales erstreckte. »Da rüber!«, rief ihr Vater und führte sie tiefer in den Forst hinein, wo die ausladenden Kronen der Tannen und Fichten ein dichtes Dach bildeten, sodass kaum Schnee unter den Baumstämmen lag und sie auf dem gefrorenen Boden keine Spuren hinterließen.

»Michel!«, keuchte Jean.

Michel sah, dass sein Bruder gestürzt war. Rasch half er ihm beim Aufstehen.

»Mein Knie!«, wimmerte Jean. Er hatte sich den linken Beinling aufgerissen und blutete.

»Wir müssen trotzdem weiter. Nimm meine Hand.«

Die Männer kamen immer näher und hatten den Rand des Wäldchens fast erreicht. Jean weinte, riss sich jedoch zusammen und ergriff Michels Hand.

Einen schrecklichen Augenblick lang dachte Michel, sie hätten ihren Vater verloren. Er reckte den Kopf und blickte sich nach allen Seiten um. Nach ihm zu rufen wagte er nicht, aus Angst, die Soldaten auf sich aufmerksam zu machen.

Da! Zwischen den Bäumen blitzte sein erdfarbener Umhang auf.

Ihr Vater wartete schwer atmend vor einem mehr als mannshohen Haufen aus abgestorbenem Holz auf sie. »Kriecht da hinein«, sagte er, als Michel und Jean zu ihm rannten. »Beeilt euch!«

Das Holz war vermutlich von den Herbststürmen aus den Baumkronen geschüttelt worden und türmte sich zwischen einer vom Blitz gespaltenen Fichte und einem Felsen auf. Ihr Vater deutete auf eine Lücke zwischen den Ästen, durch die Michel erst Jean kriechen ließ, bevor er selbst hineinkletterte. Im Innern des Haufens befand sich ein kleiner, kaum zwei Ellen hoher Hohlraum. Michel und Jean rückten eng zusammen, als ihr Vater Vivienne durch die Lücke schob. Anschließend stellte er hastig den Tragekorb ab, zwängte sich durch die Öffnung und zog den Korb hinein. Trotz der Kälte rann ihm der Schweiß über das Gesicht. Er musste zu Tode erschöpft sein, nachdem er die ganze Nacht Vivienne und ihre Sachen getragen hatte. Vermutlich hatte ihn die Hatz durch das Gestrüpp die letzten Reste seiner Kraft gekostet.

Rufe hallten durch den Wald. Offenbar hatten Guiscard und seine Männer ihre Spur verloren und teilten sich gerade auf, um den Forst einzeln nach ihnen abzusuchen.

Auch Michel war völlig entkräftet. Er lehnte sich gegen den Felsen, der die Rückwand des Hohlraumes bildete, und rang um Atem. Vivienne klammerte sich an ihn und zitterte am ganzen Leib.

Es war so eng, dass man sich kaum bewegen konnte. Michels Vater spähte durch die Lücke und beobachtete den Wald. Jean zog die Nase hoch und untersuchte sein Knie. Es hatte aufgehört zu bluten. Wie es schien, hatte er sich nur die Haut abgeschürft. Schließlich griff er in den Kragen seines Überwurfs, holte einen dünnen Faden hervor, an dem die Maulwurfspfote hing, und betrachtete sein Amulett.

Michel hätte nicht zu sagen vermocht, wie viel Zeit verging. Vielleicht eine halbe Stunde, vielleicht mehr.

»Da kommt einer«, flüsterte sein Vater.

Michel presste Vivienne an sich, sodass ihr Kopf in seiner Halsbeuge lag. »Du musst jetzt ganz leise sein, hörst du?«, raunte er ihr zu.

Ein Zweig knackte in der Stille des Waldes. Vorsichtig, damit er ja kein Geräusch machte, öffnete ihr Vater den Lederbeutel, der aus dem Tragekorb schaute. Michels Mund wurde trocken, als er sah, wie sein Vater das Schwert hervorzog. Was hatte er vor? Wollte er es dem Kriegsknecht in die Brust stoßen, wenn sich der Mann zu der Öffnung hinunterbeugte?

Vivienne spürte sein pochendes Herz und schlang die Arme noch fester um ihn.

Kurz darauf konnte Michel den Kriegsknecht sehen. Es war einer der Männer, die Guiscard geholfen hatten, Pierre zu bestrafen. Er trug ein Kettenhemd unter dem Umhang und einen spitzen Helm mit eisernem Fortsatz, der die Nase vor Hieben schützte. Mit gezücktem Schwert schlich er durch den Wald, blickte mal hierhin, mal dorthin, suchte den Boden nach Spuren ab. Aus dem Mund drangen ihm Wölkchen dampfenden Atems.

Er war keine zwanzig Ellen von ihrem Versteck entfernt. Noch fünf, höchstens sechs Schritte, und er würde die Lücke zwischen den Ästen entdecken.

Michels Vater biss die Zähne zusammen und umklammerte den Griff des Schwertes so fest, dass seine Fingerknöchel weiß hervortraten.

Der Soldat wandte dem Holzhaufen den Rücken zu. Offenbar hatte er aus einer anderen Richtung ein Geräusch gehört. *Geh! Bitte geh!*, betete Michel.

Diesmal erhörte Gott sein Stoßgebet nicht. Der Kriegsknecht kam abermals näher, die Augen zu schmalen Schlitzen verengt. Hatte er etwas gesehen?

Ein Ruf schallte durch den Forst.

»Gilles! Hörst du mich?«

Der Mann hob den Kopf. »Ich bin hier drüben!«

»Komm zurück zu den Pferden. Wir brechen die Suche ab.«

»Wieso? Sie können nicht weit sein.«

Ein zweiter Soldat erschien zwischen den Bäumen, und die beiden Männer unterhielten sich. Michel musste die Ohren spitzen, um sie zu verstehen.

»Der Wald ist zu groß – wir finden sie nie. Der Herr will weiterreiten. Er glaubt, dass sie früher oder später in Varennes aufkreuzen, und will sie dort abfangen.«

»Soll mir recht sein. Hab diese Kälte langsam satt. Ich brauche dringend einen Becher Wein.«

Die Kriegsknechte stapften davon.

Kaum waren sie verschwunden, ließen Michel, Jean und ihr Vater gleichzeitig den angehaltenen Atem entweichen.

»Heilige Jungfrau Maria, war das knapp!« Ihr Vater lehnte den Kopf gegen den Felsen und schloss die Augen. »O Herr, ich danke dir.«

Sie alle waren so erschöpft, dass sie im Versteck blieben, bis sie sich etwas von den Strapazen der vergangenen Stunden erholt hatten. Ihr Vater verteilte das restliche Brot und die Ziegenmilch und gab jedem eine Decke. Durch die Enge in dem Hohlraum spürten sie die Kälte kaum.

Nachdem Michel gegessen hatte, wurde er müde und konnte kaum noch die Augen aufhalten.

Er musste eingeschlafen sein, denn irgendwann gab ihm sein Vater einen leichten Klaps auf die Wange.

»Aufwachen, du Schlafmütze. Es wird Zeit, dass wir weitergehen.«

Kurz darauf stapften sie durch den Wald. Obwohl seit der Morgendämmerung mindestens zwei Stunden vergangen sein mussten, war es kaum heller in dem Forst. Durch den Schnee in den Baumkronen gelangte nur wenig Tageslicht zum Waldboden.

»Gehen wir immer noch nach Varennes?«, fragte Michel.

»Natürlich«, antwortete sein Vater.

»Aber dort ist der Herr!«, sagte Jean.

»Uns bleibt nichts anderes übrig. Bei dieser Kälte überstehen wir in der Wildnis keine drei Tage. Guiscard wird uns schon nicht finden. Varennes ist groß. Er kann nicht die ganze Stadt nach uns absuchen.«

Sein Vater entschied, für den Rest des Weges die Straße zu meiden und über die Felder zu wandern. Es war ein dunkler, trüber Tag, und es schneite ununterbrochen. Ihnen begegnete keine Menschenseele, nicht einmal dann, als sie auf einige Bauernhäuser stießen. Rauch quoll aus den Kaminen, und während sie an den Hütten vorbeigingen, vernahm Michel fröhliche Stimmen. Bei diesem ungemütlichen Wetter zogen die Menschen es vor, den ganzen Tag drinnen zu bleiben, sich am Herdfeuer zu wärmen und einander mit Liedern und Geschichten zu unterhalten.

Er dachte an Fleury und stellte sich vor, dass auch dort die Leute gerade in der Dorfschenke zusammensaßen, Holz ins Feuer warfen und frische Ziegenmilch tranken, Julien, Renier, Eloise, Jacques, der alte Odo und all die anderen. Vermutlich redeten sie seit dem Morgen über nichts anderes als ihre Flucht. In diesem Moment wurde ihm klar, dass ihre Freiheit einen Preis hatte: Wenn sie es schafften, Guiscard zu entwischen, würden sie die vertrauten Gesichter nie wiedersehen.

Seine Wehmut währte jedoch nicht lange, denn wenig später tauchte Varennes-Saint-Jacques aus dem Schneetreiben auf. Etwas Derartiges hatte Michel noch nie gesehen. Die Stadt, die da am Ufer der Mosel lag, war mindestens zehnmal so groß wie Fleury. Kirchen und Häuser, viele aus Stein und mit zwei oder drei Stockwerken, standen dicht an dicht; ihre spitzen Dächer und Kamine ragten so hoch empor, als strebten sie dem Himmel entgegen.

»Guiscard wird schon hier sein«, sagte sein Vater. »Vermutlich wartet er bei den Toren auf uns. Wir müssen einen anderen Weg hinein finden.«

Schon von Weitem hatte Michel gesehen, dass die Stadtmauern alt, brüchig und heruntergekommen waren. Einer der Türme war teilweise eingestürzt, und über dem Trümmerhaufen klaffte eine Spalte im Wall, durch die ein Ochsenwagen gepasst hätte. Sie verbargen sich hinter einem windschiefen Schuppen, der zu einem verlassenen Bauernhaus gehörte. Als ihr Vater sicher war, dass niemand sie beobachtete, kletterten sie über den Schutt und schlüpften durch die Mauerbresche.

Michel schlug das Herz bis zum Hals. Sie hatten es geschafft – sie waren in Varennes!

Die Gasse, in der sie sich befanden, verlief an der Innenseite der Wehrmauer. Die Hütten, die sie säumten, sahen nicht viel anders aus als die Bauernkaten Fleurys: klein, fensterlos, mit Wänden aus Holz oder Bruchsteinen und Dächern aus Stroh. Schweine, Gänse und Hühner suchten in den engen Höfen und Gemüsegärten nach Futter.

»Haltet die Augen offen«, sagte ihr Vater. »Denkt daran, wir sind erst in Sicherheit, wenn Guiscard die Stadt verlassen hat. Suchen wir uns einen Gasthof, wo wir uns aufwärmen können.«

Sie gelangten in eine breite Straße, in der es vor Menschen nur so wimmelte. Schmiede, Zimmerleute und Schuster gingen in den Werkstätten ihrer Arbeit nach, hämmerten, sägten, schnitten Leder zurecht und brüllten ihre Gesellen an. Ein Mann schob einen Karren mit Feuerholz und fluchte gotteslästerlich, als er in einem Schlagloch stecken blieb. Vor einer Garküche tranken zwei rotgesichtige Mönche dampfenden Würzwein und unterhielten sich angeregt über die Sonntagspredigt des Bischofs. Den Schnee hatte man weggeräumt; er bildete schmutzig braune Haufen in Ecken und Winkeln.

Der Gestank raubte Michel schier den Atem. Es roch nach Rauch, Exkrementen, fauligem Gemüse. Zwei Häuser weiter öffnete eine Frau ein Fenster und goss den Inhalt ihres Nachttopfs auf die Straße. Ein Herr in feinen Kleidern wurde beinahe getroffen und schüttelte wütend seine Faust.

Michel hatte erwartet, dass die Bewohner Varennes' alle wie Herr Caron aussehen würden, der immerzu ein edles Gewand in leuchtenden Farben, Stiefel aus Wildleder und elegante Hüte trug. Dies war jedoch nicht der Fall – die meisten Bürger kleideten sich wie die Bauern Fleurys und hatten schlichte Kittel,

Beinlinge und Ledermützen an. Michel, sein Vater und seine Geschwister fielen daher nicht auf, als sie sich unter die Leute mischten.

Bei den beiden trinkfreudigen Mönchen erkundigte sich ihr Vater nach einem Gasthof.

»Die meisten Herbergen und Schenken sind bei den Stadttoren«, antwortete einer der Brüder. »Am besten geht ihr zum Salztor, dort gibt es die günstigsten Quartiere.«

Ihr Vater runzelte die Stirn. »Und anderswo, zum Beispiel am Marktplatz?«

»Neben der Münze steht auch eine. Nicht ganz billig, aber gut. Einfach die Straße hinunter und dann rechts – ihr könnt es nicht verfehlen. Der Herr sei mit euch!« Der Mönch prostete ihnen zum Abschied zu.

Der Marktplatz war nur einen Steinwurf entfernt. Er erstreckte sich vor der größten Kirche, die Michel je gesehen hatte, dem Dom von Varennes. Mehrstöckige Stein- und Fachwerkhäuser umgaben ihn. Der Platz selbst war übersät von zahlreichen Buden, Zelten und Verkaufsständen, die ein steinernes Marktkreuz überragte. Bauern und Händler boten dort trotz Eis und Schnee ihre Waren feil, und die kalte Luft war erfüllt von ihrem Geschrei. Auf den Tischen lagen Werkzeuge, geschliffene Messer und Tongeschirr aus, daneben Käseräder, geräucherte Fische, Kleider in allen Farben und Formen. Kapaune und pralle Würste hingen an eisernen Haken, aus Fässern sprudelte Wein und Bier. Kunden, wie die Verkäufer in dicke Umhänge gehüllt, schlenderten an den Ständen vorbei, begutachteten die Auslagen und feilschten um Preise. In aufeinandergestapelten Holzkäfigen gackerten Hühner und schnatterten Gänse; für die größeren Tiere gab es Gehege, in denen sich Schweine, Schafe und Rinder drängten. Tausend Düfte und Eindrücke stürzten auf Michel ein – er wusste nicht, wohin er zuerst schauen sollte. Herr Caron hatte wahrlich nicht übertrieben: Varennes war in der Tat ein Ort voller Wunder.

An mehreren Ständen wurde Salz angeboten. In bauchigen Fässern wartete es auf Käufer. Michel erinnerte sich, dass Herr Caron einmal erzählt hatte, die kostbare Substanz sei das wichtigste Handelsgut der Stadt. Es stamme aus einer Saline in den Hügeln, wo das Weiße Gold in einem langwierigen Prozess aus Quellwasser gewonnen werde. Michel hoffte, dass er diese geheimnisvolle Saline einmal zu sehen bekäme. Denn er konnte sich beim besten Willen nicht vorstellen, wie man aus Wasser Salz machte.

Unterdessen hatte es aufgehört zu schneien, und zwischen den tief hängenden Wolken zeigte sich eine bleiche Sonne. Die städtische Münze, ein wuchtiges Steingebäude an der Südostseite des Platzes, war nicht schwer zu finden. Aus den vergitterten Fenstern drang das Hämmern und Klopfen der Münzschmiede, die im Auftrag des Bischofs aus geschmolzenem Silber neue Sous und Deniers schlugen. Die Herberge daneben wirkte recht komfortabel. Gerade kamen drei Männer in kostbaren, pelzbesetzten Mänteln aus dem Gebäude und unterhielten sich in einer fremden Sprache, während sie zum Marktplatz schlenderten.

»Ich hoffe, wir können es uns leisten, hier einzukehren«, sagte sein Vater zweifelnd.

Als sie zur Eingangstür schlurften, keuchte Jean plötzlich: »Vater! Da!«

Michel fuhr herum. Auf einer der Straßen, die zum Domplatz führten, war Guiscard de Thessy aufgetaucht. Er ritt in Richtung Markt und forderte die Leute mit harschen Befehlen auf, ihm Platz zu machen. Aus den Nüstern seines Schlachtrosses quoll dampfender Atem, der sich mit dem Rauch der Garküchen vermischte.

Michel wollte zur Herberge laufen, doch sein Vater hielt ihn fest. »Nicht! Er sieht uns, bevor wir drinnen sind. Zurück zum Markt, schnell!«

Verstohlen huschten sie um die Hausecke und verbargen sich

hinter der Bude eines Weinhändlers. Geduckt spähte Michel an einem Stapel aus leeren Fässern vorbei. Vor der Münze hatte der Ritter sein Pferd gezügelt und ließ seinen Blick über das bunte Labyrinth des Marktes schweifen.

»Dieser Kerl gibt einfach nicht auf«, murmelte sein Vater. »Wir müssen uns irgendwo verstecken.« Er deutete auf eine Gasse zwischen zwei Kaufmannshäusern. »Wenn ich ›jetzt‹ sage, lauft ihr da rüber.«

Guiscard rief einen jungen Burschen zu sich, der gerade des Weges kam, ein Zimmermannsgeselle. *Er fragt nach uns,* dachte Michel, als die beiden Männer miteinander redeten.

Der Geselle schüttelte den Kopf und ging weiter. Mit finsterer Miene ritt Guiscard eine der Gassen zwischen den Zelten und Viehgehegen entlang.

»Ihr da«, sprach er einen Marktaufseher an, der sich an einer rauchenden Kohlenpfanne aufwärmte. »Mir ist ein Leibeigener weggelaufen, ein Bauer namens Rémy mit seinen drei Bälgern. Blond, groß, breite Schultern. Ist vermutlich gegen Mittag hier aufgetaucht und sucht jetzt eine Bleibe. Habt Ihr ihn gesehen?«

»Kann mich nicht erinnern«, erwiderte der Marktaufseher und betrachtete mit gerunzelter Stirn das Schwert des Ritters. »Ihr seid auf dem Markt, Herr. Hier ist das Tragen von Waffen verboten. Ich muss Euch bitten, entweder den Domplatz zu verlassen oder mir Euer Schwert auszuhändigen.«

»Scher dich zum Teufel«, knurrte Guiscard, doch ehe er weiterreiten konnte, verstellte ihm der Aufseher den Weg.

»Ihr verletzt den Marktfrieden«, sagte der Mann. »Ich kann Euch dafür festnehmen. Euer Schwert. Ich sage es nicht noch einmal.«

Michel war so verblüfft, dass er für einen Moment seine Angst vergaß. Er hatte noch nie erlebt, dass jemand es wagte, derart unverschämt mit dem Herrn zu reden.

Guiscard wurde wütend und begann lautstark mit dem Aufseher zu streiten. Händler und Kunden reckten die Hälse und amüsierten sich über die Auseinandersetzung.

»Jetzt!«, flüsterte Michels Vater.

Sie rannten über den Platz. Die Gasse war eng, dunkel und schmutzig. Morsche Kisten stapelten sich vor der linken Hauswand, halb von rußgrauem Schnee bedeckt. Eine Gestalt, die einen Korb trug, kam ihnen aus den Schatten entgegen. Als sie gerade an ihr vorbeischlüpfen wollten, fragte sie unvermittelt: »Bist du nicht Rémy, der Bauer aus Fleury?«

»Herr Caron!«, platzte es aus Jean heraus.

Im Zwielicht der Gasse hatte Michel den Kaufmann gar nicht erkannt. Der Mann mit dem markanten Gesicht und dem schwarzen Kinnbart warf den kaputten Korb zu den Kisten und lächelte. »Natürlich, du bist es. Und deine Kinder hast du auch mitgebracht. Jean, Michel und … Vivienne, richtig? Was verschlägt euch nach Varennes?«

»Entschuldigt, wir müssen gehen«, sagte ihr Vater kurz angebunden. Gehetzt schaute er zu Guiscard, der immer noch den Marktaufseher anbrüllte. Herr Caron bemerkte seinen Blick und entdeckte den Ritter.

»Seid ihr in Schwierigkeiten?« Sein Lächeln verschwand.

Ohne ein weiteres Wort schob ihr Vater sie weiter. Während sie zum anderen Ende der Gasse eilten, sah Michel, dass Herr Caron abermals zu Guiscard schaute. »Wartet«, rief er ihnen nach. »Vielleicht kann ich euch helfen.«

Ihr Vater wandte sich zu ihm um, den linken Arm um Vivienne gelegt. Misstrauen und Wachsamkeit sprachen aus seiner Miene.

Der Kaufmann senkte seine Stimme. »Seid ihr aus Fleury geflohen?«

»Was geht es Euch an?«, erwiderte ihr Vater schroff.

»Angenommen, es wäre so – dann könnte ich mir vorstellen, dass ihr ein Versteck braucht, wo ihr unterkommen könnt, bis Guiscard die Suche nach euch aufgegeben hat.«

»Schon möglich.«

»Ich könnte euch mein Haus anbieten.«

»Warum solltet Ihr das tun?«

»Weil Leibeigenschaft in meinen Augen ein Verbrechen ist. Weil ich es als meine Christenpflicht betrachte, jedem zu helfen, der nach Freiheit strebt. Und weil ich de Thessy nicht ausstehen kann«, fügte Herr Caron mit einem feinen Lächeln hinzu.

Michels Vater schwieg. Unterdessen hatte sich Guiscard endlich dem Aufseher gebeugt und ihm fluchend sein Schwert ausgehändigt. Nun suchte er weiter den Markt ab. Er ritt einmal quer über den Domplatz und verschwand schließlich aus Michels Blickfeld.

»Du kannst mir vertrauen, Rémy«, sagte Herr Caron. »Ich will euch doch nur helfen – du hast mein Wort.«

»Bitte, Vater«, bettelte Jean. »Lass uns zu Herrn Caron gehen. Michel will es auch. Nicht wahr, Michel?«

Michel nickte. Genau wie sein Bruder war er todmüde und sehnte sich nach einer warmen Kammer, wo sie sich ausruhen konnten. Er konnte sich einfach nicht vorstellen, dass Herr Caron etwas im Schilde führte.

Ihr Vater jedoch zögerte noch immer. »Wir würden Euch nur zur Last fallen.«

»Unsinn. Ich bin ein sehr wohlhabender Mann, wenn du mir diese unbescheidene Feststellung gestattest. Ich kann es mir durchaus leisten, vier Gäste einen Tag und eine Nacht in meinem Haus aufzunehmen.«

Just in diesem Moment tauchte Guiscard wieder auf. Der Ritter hatte offenbar den Markt umrundet und stieg am Stand eines Weinhändlers aus dem Sattel. Barsch orderte er einen Krug. Er stand keine zehn Ellen vom Eingang der Gasse entfernt, in der sie standen, und hatte ihnen den Rücken zugewandt.

»Rasch, da entlang, bevor er euch sieht!«, flüsterte Herr Caron und huschte tiefer in die Gasse hinein.

Guiscards neuerliches Auftauchen hatte ihrem Vater die Entscheidung abgenommen, ob es klug war, Herrn Caron zu trauen. Ohne zu zögern, ergriff er mit der Rechten Michels und mit der Linken Jeans Hand und lief dem Kaufmann nach. Sie gelangten in eine breitere und hellere Gasse hinter den Kaufmannshäusern und eilten über den festgetrampelten Schnee an einer Hofmauer aus verwitterten Ziegelsteinen entlang, bis sie zu einer schmalen Pforte kamen. Herr Caron öffnete sie und ließ sie hindurchschlüpfen, bevor er ihnen folgte und die Tür schloss.

»Ich würde sagen, das war recht knapp«, meinte Herr Caron, und seine Lippen formten wieder jenes feine, elegante Lächeln. »Andererseits sollte ich froh sein, dass de Thessy aufgetaucht ist, sonst hättest du dir nie von mir helfen lassen.«

»Ich weiß nicht, wie ich Euch je danken soll«, erwiderte Michels Vater steif.

»Gehen wir ins Haus. Ihr seid gewiss hungrig. Ich sorge dafür, dass ihr etwas zu essen bekommt.«

Sie durchquerten den Hof, der neben dem Stallgebäude eine Remise mit zwei Wagen, einen Backofen, einen kleinen Gemüsegarten und eine Sickergrube enthielt, auf der ein hölzerner Deckel lag. Hühner pickten im Schneematsch nach Körnern und liefen gackernd auseinander, als sie zur Hintertür des Hauses schritten.

Trotz seiner Erschöpfung kam Michel aus dem Staunen nicht heraus. Ein Gebäude dieser Größe hatte er noch nie betreten. Es war wahrhaft riesig – allein ins Erdgeschoss hätte ihre Hütte mit Leichtigkeit hineingepasst. Der Eingangsbereich bestand aus einem einzigen fensterlosen Raum mit Gewölbedecke und einem zweiflügeligen Portal, das hinaus auf den Domplatz führte. An den Wänden standen Körbe und Fässer, und ein seltsamer Geruch lag in der Luft, nach Leder, Fett, Kräutern und anderen Dingen, die Michel nicht benennen konnte. In einer Ecke saß eine junge sandfarbene Katze und putzte sich. Gerade wuchteten zwei Bedienstete eine große Kiste die Kellertreppe herauf, stellten sie ab und wischten sich den Schweiß von den Gesichtern.

»Sind das die Kerzen?«, fragte Herr Caron.

»Ja, Herr. Waren hinter den leeren Salzfässern versteckt, weswegen wir sie nicht gleich gefunden haben.«

»Ausgezeichnet. Bringt sie zur Abtei Longchamp. Aber beeilt euch, die Mönche warten schon. Und lasst euch nicht wieder über den Tisch ziehen. Ich habe mit dem Abt einen Sou pro Kerze vereinbart, und keinen Denier weniger. Wenn ihr zurück seid, schafft den Müll aus der Gasse weg. Ich bekomme Ärger mit dem Dreckmeister, wenn er noch eine Nacht länger herumliegt.«

Anschließend führte Herr Caron sie eine Treppe hinauf. »Olive, wir haben Gäste!«, rief er in die Küche. »Bring uns Brot, Fleisch und Käse. Außerdem zwei Krüge Wein und drei Becher heiße Milch für die Kinder.«

Sie betraten einen kleinen Saal mit Kamin, in dem ein Feuer prasselte. Gebannt schaute Michel sich um. Es gab einen langen Tisch, lederbezogene Stühle, ein silbernes Kruzifix über der Tür. An den Wänden hingen Teppiche, die Jagdszenen und farbenfrohe Muster darstellten. Zwei große Rundbogenfenster wiesen auf den Domplatz. Sie waren mit dünnem Pergament bespannt, damit der kalte Wind nicht hereinwehte.

»Setzt euch, setzt euch«, forderte Herr Caron sie auf, und sie nahmen am Tisch Platz. Ihr Vater seufzte erleichtert, als er endlich den Korb abstellen und das Tragetuch abnehmen konnte. Er setzte Vivienne auf einen freien Stuhl, und das Mädchen schaute sich mit großen Augen um.

»Sieh mal, Michel!« Fasziniert streckte Jean seine Hand nach einem der Kupferleuchter auf dem Tisch aus.

»Nicht anfassen«, sagte ihr Vater. »Weißt du nicht, was sich gehört?«

»Wann habt ihr Fleury verlassen?«, fragte Herr Caron.

»Irgendwann zwischen Einbruch der Dunkelheit und Mitternacht.«

»Dann müsst ihr die ganze Nacht durchmarschiert sein, wenn ihr jetzt schon hier seid.«

»Wir haben nur zweimal gerastet. Ich wollte keine Zeit verlieren.«

»Und deine Kinder haben das durchgehalten? Beachtlich. Wie alt sind sie?«

»Acht, sechs und zwei.«

»Beim heiligen Jacques, so jung und schon so zäh. Du musst stolz auf sie sein.«

»Ja.« Ihr Vater lächelte. »Das bin ich.«

»Wenn ihr gegessen habt, richtet Olive euch zwei Wannen her«, sagte Herr Caron. »Ein heißes Bad wird euch guttun. Vielleicht haben wir auch irgendwo frische Kleider, die euch passen.«

»Bitte«, wehrte ihr Vater ab, »macht Euch unseretwegen keine Umstände.«

»Keine Widerrede. Ihr seid meine Gäste. Ah, da kommt Olive.«

Eine rundliche Frau trug ein Brett mit Speisen und Getränken herein. Während sie es auf den Tisch stellte, musterte sie Michel, seinen Vater und seine Geschwister abschätzig. Michel schämte sich ein wenig für seine ärmliche Kleidung.

Als dic Köchin Jeans aufgeschlagenes Knie bemerkte, wurde ihre Miene weich. »Was ist denn mit deinem Knie, kleiner Mann?«

»Bin hingefallen«, antwortete Jean geistesabwesend und starrte dabei die Speisen an.

»Das haben wir gleich. Ich hole nur rasch etwas Wundsalbe.«

»Na los, esst«, sagte Herr Caron.

Das ließ sich Michel nicht zweimal sagen. Heißhungrig machte er sich über das Brot, den Käse und das kalte Fleisch her und spülte jeden Bissen mit einem Schluck Ziegenmilch hinunter. Ihm war, als hätte er noch nie so gut gegessen. Bevor auch Jean zugreifen konnte, kam Olive zurück und bestand darauf, erst sein Knie zu verarzten. Mit mürrischem Gesicht saß Jean auf dem Stuhl, während die Köchin den zerrissenen Beinling herunterkrempelte, die Wunde auswusch und sie mit Salbe einrieb. Immer wieder blickte er dabei zu Michel, offenbar in der Angst, sein älterer Bruder würde ihm nichts übrig lassen.

Ihr Vater hatte Vivienne auf seinen Schoß genommen und fütterte sie mit Brotstücken, die er in die Milch tunkte. Obwohl auch er sehr hungrig sein musste, bediente er sich nur zögerlich an den Speisen.

»Trink, bevor der Wein kalt wird«, sagte Herr Caron, der sich mit seinem Krug in der Hand zurückgelehnt hatte und ihnen beim Essen zuschaute. »Olive hat ihn mit Honig und Wermut gewürzt. Er schmeckt ausgezeichnet.«

»Er war gewiss teuer«, meinte ihr Vater.

»Was spielt das für eine Rolle? Nun trink schon. Es gibt nichts Besseres, um sich nach einem Tag in der Kälte aufzuwärmen.«

Zögernd hob ihr Vater seinen Krug und stieß mit dem Kaufmann an.

»Ich habe Geld«, sagte er anschließend. »Ich bestehe darauf, Euch die Speisen und die Kleider zu bezahlen.«

Herr Caron wirkte ernstlich gekränkt. »Zum letzten Mal, ihr seid meine Gäste. Solange ihr in meinem Haus wohnt, bezahlt ihr für gar nichts. Und jetzt will ich nichts mehr …«

Er verstummte, als ein dumpfes Pochen erklang. Offenbar klopfte jemand so energisch an die Vordertür, dass man es bis hier oben hörte. Herr Caron trat ans Fenster.

»Das ist de Thessy! Sitzenbleiben«, sagte er, als ihr Vater aufstehen wollte. »Er darf euch nicht sehen.«

»Ich wusste, dass Ihr unseretwegen in Schwierigkeiten kommen würdet«, sagte ihr Vater gepresst. »Es ist besser, wir gehen. Wir können durch den Hof verschwinden, bevor er etwas merkt.«

»Nichts da. Ihr bleibt hier und esst in Ruhe. Ich kümmere mich um ihn.«

Herr Caron verließ den Saal und schloss die Tür hinter sich. Kaum waren seine Schritte verklungen, setzte ihr Vater Vivienne ab, öffnete die Tür einen Spalt und lauschte. Auch Michel und Jean hielt nichts mehr auf ihren Stühlen. Sie stürzten zu ihm und spitzten die Ohren.

»Bleib bei Vivienne«, forderte ihr Vater Michel leise auf.

»Aber ich will auch zuhören!«

»Tu, was ich sage.«

Wütend ging Michel zu seiner Schwester, die gerade im Begriff war, zu den Fenstern zu watscheln. »Nicht!«, sagte er ungehalten und hielt sie fest, bevor sie auf die Steinbank in der Nische klettern konnte. »Du hast doch gehört, was Herr Caron gesagt hat. Komm, setzen wir uns ans Feuer, dort ist es warm.«

Glücklicherweise gehorchte Vivienne. Fasziniert starrte sie in die Flammen. Währenddessen erklangen von unten gedämpfte Stimmen.

»Gott zum Gruße, Herr de Thessy«, sagte Herr Caron nicht übermäßig freundlich. »Was führt Euch zu mir?«

»Das wisst Ihr genau, Caron«, knurrte Guiscard. »Ich will meine Leibeigenen zurückhaben.«

»Welche Leibeigenen?«

»Hört auf, mich zum Narren zu halten. Ich weiß, dass sie bei Euch sind. Ihr seid der Einzige, den sie in diesem Nest kennen.«

»Ich fürchte, ich verstehe nicht, wovon Ihr redet«, erwiderte Herr Caron kühl. »Außerdem kommt Ihr ungelegen – ich habe gerade sehr viel zu tun. Da ich Euch offensichtlich nicht weiterhelfen kann, möchte ich Euch bitten zu gehen. Ich wünsche Euch noch einen schönen Tag.«

»Lasst mich herein«, forderte Guiscard.

»Nein.« Herr Carons Stimme wurde merklich schärfer. »Nehmt sofort Euren Fuß aus der Tür, oder ich rufe die Büttel.«

Michel schlug das Herz bis zum Hals. Er traute Guiscard zu,

dass er Herrn Caron niederschlug und gewaltsam in das Haus eindrang.

»Sie sind mein Eigentum«, bellte Guiscard. »Was Ihr da tut, ist Diebstahl! Ich werde Euch dafür zur Rechenschaft ziehen.«

»Ihr seid hier nicht auf Eurem Land, wo Ihr Euch wie ein Straßenräuber aufführen könnt!«, fuhr Herr Caron ihn an. »Hier gelten allein die Gesetze Varennes', und Ihr werdet sie achten, wenn Ihr nicht wie ein schäbiger Strauchdieb aus der Stadt gejagt werden wollt. Büttel! Dieser Mann belästigt mich.«

»Ihr seid ein Lump und ein Lügner dazu, Caron«, knurrte der Ritter. »Ihr habt die längste Zeit Geschäfte mit meinen Bauern gemacht!«

Die Haustür fiel ins Schloss. Michel lief zu seinem Vater, der ihn und Jean an sich drückte.

»Habt keine Angst – alles wird gut«, murmelte der stämmige Mann und strich ihnen mit seinen schwieligen Händen über das Haar.

Kurz darauf kam Herr Caron herein und ging zum Fenster. »Er reitet weg. Ich glaube, er hat fürs Erste genug.«

»Das war sehr mutig von Euch«, sagte ihr Vater. »Es hat nicht viel gefehlt, und er hätte Euch angegriffen.«

»Das hätte er nicht gewagt. Er weiß ganz genau, dass er hier nichts zu sagen hat.«

»Unseretwegen wird er Euch verbieten, in Fleury Eure Waren zu verkaufen.«

»Ach, nur eine leere Drohung. Wenn er mich wirklich daran hindert, auf seinem Land Handel zu treiben, melde ich ihn der Kaufmannsgilde, und dann kann er sehen, wo er in Zukunft Salz, Gewürze und neue Waffen herbekommt. Nein, das wird er nicht riskieren. Aber jetzt genug davon. Esst endlich auf, damit ihr ein Bad nehmen könnt.«

Nun, da ihre Flucht endlich vorüber war, entspannte sich ihr Vater und legte seine Zurückhaltung gegenüber Herrn Caron ab. Freundlich und offen, wie es seine Art war, berichtete er ihrem Gastgeber vom Leben in Fleury, während die beiden Männer ihren Wein tranken. Der Kaufmann hörte aufmerksam zu und zeigte sich bestürzt über die Zustände in dem Bauerndorf.

»Ich habe gewusst, dass de Thessy hart mit seinen Hörigen umspringt, aber ich hätte nicht gedacht, dass es so schlimm ist. Wenn man nur ein- oder zweimal im Monat in ein fremdes Dorf kommt, kriegt man nicht allzu viel vom Leben der Bauern mit. Jedenfalls war es die richtige Entscheidung, nach Varennes zu fliehen, Rémy. Unser Stadtherr, Bischof Jean-Pierre, ist mitunter auch ein Tyrann, aber er würde niemals einen seiner Bürger grundlos auspeitschen lassen.«

Olive kam herein. »Das Wasser ist fertig, Herr.«

Sie folgten der Köchin in die Waschküche, wo zwei hölzerne Badezuber standen. Das Wasser darin war so heiß, dass es in der kalten Luft dampfte. Sie zogen sich aus und kletterten hinein. Jean und Michel teilten sich einen Bottich, ihr Vater und Vivienne den anderen.

»Was ist das, Vater?« Jean deutete auf einen talgfarbenen Brocken, der bei den Bürsten auf dem Schemel lag.

Ihr Vater nahm ihn in die Hand und roch daran. »Seife, glaube ich. Man benutzt sie zum Waschen.«

Zögernd rieb er seinen Arm damit ein, und tatsächlich löste sich der Schmutz nun viel leichter. Er brach den Brocken entzwei und gab eine Hälfte Michel, der sich begeistert einrieb.

»Lass mich auch!«, verlangte Jean.

Sie bürsteten sich den Schmutz von der Haut und wuschen sich die Haare. Als sie fertig waren, trockneten sie sich mit groben Wolltüchern ab und begutachteten die Kleider, die Olive für sie bereitgelegt hatte. Sie ähnelten ihren alten Kitteln und Leibröcken, waren jedoch von besserer Qualität und obendrein sauber. Dafür nahm Michel gern in Kauf, dass ihm sein Überwurf etwas zu groß war.

Während sie die Schuhe anzogen, kam Herr Caron herein, in der Hand einen Kerzenhalter. »Ausgezeichnet. Nach einem Bad fühlt man sich gleich wie ein neuer Mensch, nicht wahr? Lasst eure Sachen hier liegen, Olive wird sie später waschen. Ich zeige euch, wo ihr heute Nacht schlafen werdet.«

Von der Küche gelangten sie in einen weiteren Raum – *Wie viele Kammern hat dieses Haus noch?*, fragte sich Michel –, in dem mehrere Betten standen. Ein Fenster wies auf den Hof. Es schneite wieder und dämmerte bereits.

»Hier wohnt das Gesinde«, erklärte Herr Caron. »Guy und Ayol sind mit meiner Frau und den Kindern bei meiner Schwester. Sie werden erst morgen zurück sein. Ihr könnt solange ihre Betten haben.«

Jean gähnte, als hätte ihn der Anblick der Schlaflager daran erinnert, wie müde er war. Ihr Vater sagte: »Es ist wohl am besten, ihr legt euch gleich hin. Ihr könnt ja kaum noch die Augen offen halten.«

»Noch nicht, Vater, bitte!«, bettelte Michel. »Es ist doch noch so früh.«

»In spätestens einer halben Stunde wird es dunkel. Außerdem wart ihr die ganze Nacht auf den Beinen. Na los, ins Bett mit euch. Ich will, dass ihr morgen ausgeruht seid.«

Murrend zog Michel sich aus. Jean hingegen kroch ohne seinen üblichen Protest unter die Decken und schlief auf der Stelle ein. Auch Vivienne schlummerte, kaum dass sie die Augen geschlossen hatte.

»Du warst heute sehr tapfer – ich bin stolz auf dich«, sagte Michels Vater und fuhr ihm durch das Haar. »Schlaf gut, mein Großer.«

Herr Caron und er verließen die Gesindekammer. Als Michel ins Bett kletterte, dachte er, dass er gewiss viel zu aufgeregt war, um schlafen zu können. Varennes war weitaus fremder und wunderbarer, als er es je für möglich gehalten hätte – allein in diesem Haus gab es so viel zu entdecken, so viele herrliche und kostbare Dinge zu bestaunen, dass er nicht genug davon bekam. Für einen Moment erwog er, sich heimlich aus der Kammer zu schleichen und sich in den anderen Zimmern umzusehen. Doch kaum lag er neben seinen Geschwistern im Bett, überkam ihn bleierne Müdigkeit. *Wenn wir nur für immer bei Herrn Caron bleiben könnten*, dachte er schläfrig. Schließlich wurden ihm die Lider schwer, und er fiel in einen tiefen, traumlosen Schlaf.

Irgendwann weckte ihn das Knarren der Tür. Olive und die anderen Bediensteten kamen herein und stiegen geräuschvoll in ihre Betten. Die Köchin schnarchte so fürchterlich, dass Michel nicht wieder einschlafen konnte.

Er lauschte den Stimmen, die gedämpft aus dem benachbarten Saal drangen. Obwohl es inzwischen später Abend war, saßen sein Vater und Herr Caron immer noch zusammen und redeten. Michel schlüpfte in seinen Leibrock und öffnete die Tür. Die Angeln knarrten; Olive wälzte sich von einer Seite auf die andere und fing wieder an zu schnarchen, dass das Bett erzitterte. Barfüßig trat er auf den dunklen Flur, huschte über den eiskalten Boden zur Tür des Saales, unter der ein schmaler Lichtstreif hindurchfiel, und presste sein Ohr an das Holz.

»…Natürlich wäre eine eigene Brücke das Beste«, erklärte Herr Caron gerade, »aber solange in der Gilde die Ministerialen das Sagen haben, wird daraus nichts. Sie wollen, dass alles so bleibt, wie es ist. Ich habe inzwischen aufgegeben, mich mit ihnen herumzustreiten. Sie haben den Bischof auf ihrer Seite – dagegen ist man machtlos.«

Schweigen schloss sich an. Michel stellte sich vor, dass die beiden Männer gerade aus ihren Weinkelchen tranken.

»Um noch einmal auf de Thessy zurückzukommen«, sagte Herr Caron. »Ich hoffe, dir ist klar, dass er nicht aufgeben wird. Heute hat er klein beigegeben, aber wie ich ihn kenne, wird er es wieder versuchen. Vielleicht nicht morgen oder nächste Woche – aber irgendwann ganz sicher.«

»Das weiß ich«, sagte Michels Vater.

»Das wird nicht einfach für euch. Er hat ein volles Jahr Zeit, euch auf sein Land zurückzuholen, und ihr könnt nicht die ganze Zeit auf der Hut sein. Vermutlich schlägt er zu, wenn ihr es am wenigsten erwartet.«

»Ich sorge schon dafür, dass er uns nicht findet.«

»Und wie? Varennes ist nicht groß. Hier kennt jeder jeden, und es spricht sich schnell herum, wenn neue Leute in der Stadt sind. Er wird erfahren, wo ihr steckt, und wehe dir, wenn du dann keinen Lohnherrn hast, der dich vor ihm beschützt.« Herr Caron zögerte. »Ich denke, es wäre am besten, ihr bleibt vorerst bei mir. Hier wärt ihr sicher, denn ich bezweifle, dass de Thessy es noch einmal wagt, sich mit mir anzulegen.«

Michel hielt den Atem an. *Sag Ja*, hätte er seinem Vater am liebsten zugerufen. *Bitte sag Ja!*

»Das geht nicht.« Seines Vaters Stimme klang wieder so steif wie heute Mittag. »Das kann ich unmöglich annehmen.«

»Vielleicht lässt du mich erst einmal ausreden, bevor du mein Angebot ausschlägst«, entgegnete Herr Caron geduldig. »Ich habe nicht die Absicht, euch umsonst in meinem Haus wohnen zu lassen. Natürlich musst du für euren Unterhalt arbeiten. Die Geschäfte gehen gut, und ich hatte ohnehin vor, einen neuen Knecht einzustellen. Du kommst mir da wie gerufen. Du bist klug, höflich und verantwortungsbewusst und an harte Arbeit gewöhnt.«

»Was wären meine Aufgaben?«, fragte Michels Vater.

»Du hilfst mir beim Auf- und Abladen der Waren, kümmerst dich um die Saumtiere und erledigst alle Arbeiten, die im Haus anfallen, Reparaturen, Füttern des Viehs und dergleichen. Außerdem Botengänge und Lieferfahrten in der Stadt und im Bistum. Du kannst doch einen Ochsenwagen lenken?«

»Natürlich.«

»Als Lohn erhältst du fünfzehn Deniers pro Woche. Das mag dir nicht viel erscheinen – aber dafür müsst ihr nichts für die Unterkunft bezahlen. Darüber hinaus bekommt ihr zwei kostenlose Mahlzeiten am Tag und einmal im Jahr neue Kleider. Bist du damit einverstanden?«

Michel klopfte das Herz bis zum Hals. Worauf wartete sein Vater?

»Ihr tut das nur, weil Ihr Mitleid mit uns habt.«

Herr Caron lachte. »Du bist unverbesserlich. Einfach unverbesserlich. Nein, ich bemitleide euch keineswegs, ganz im Gegenteil, ich bewundere deine Courage. Ich weiß nicht, ob ich an deiner Stelle den Mut aufgebracht hätte, bei Nacht und Nebel mein Heimatdorf zu verlassen und mich mit drei kleinen Kindern in die Fremde aufzumachen. Du hast mein Wort, Rémy: Ich brauche wirklich einen neuen Knecht, und du scheinst mir geeignet zu sein. Mehr steckt nicht dahinter – der heilige Jacques sei mein Zeuge. Also, was sagst du?«

Es erschien Michel wie eine Ewigkeit, bis sein Vater endlich antwortete.

»Einverstanden.«

Michel konnte sein Glück kaum fassen. Sein Wunsch hatte sich tatsächlich erfüllt – sie blieben hier! Beinahe hätte er laut losgejubelt.

»Darauf trinken wir«, sagte Herr Caron, und Michel hörte, dass er Wein nachschenkte. »Du kannst gleich morgen anfangen. Der Keller muss aufgeräumt werden, und André und Huon freuen sich sicher über ein zusätzliches Paar Hände.«

»Es ist schon spät«, sagte Michels Vater. »Ich sollte jetzt zu Bett gehen.«

»Gewiss«, erwiderte Herr Caron. »Gute Nacht, Rémy. Gott segne dich.«

Als sein Vater den Stuhl zurückschob, huschte Michel zurück in die Gesindekammer, schlüpfte zu seinen Geschwistern ins Bett und stellte sich schlafend. Kurz darauf kam sein Vater herein. Michel hörte, dass er sich auszog und ins benachbarte Schlaflager stieg.

Wir bleiben hier, dachte er wieder und wieder. *Wir bleiben hier!*

Schließlich fielen ihm die Augen zu, und diesmal schlief er bis zum nächsten Morgen.

Es war bereits hell, als er aufwachte. Trübes Winterlicht kroch durch das Fenster und fiel auf leere, aufgeschlagene Betten. *Wo sind denn alle?*, fragte er sich verwundert. Nur Jean und Vivienne waren noch da. Sie lagen neben ihm und schliefen tief und fest. Der Tragekorb mit ihren Sachen stand nach wie vor in einer Ecke.

Er hörte polternde Geräusche auf dem Hof. Nackt glitt er aus dem Bett und trat ans Fenster. In der Nacht hatte es stark geschneit – im Hof und auf den Dächern der Nebengebäude lag eine frische Schneeschicht. Sein Vater und zwei andere Knechte trugen leere Kisten vom Erdgeschoss in den Hof und warfen sie auf einen Karren.

Es war kein Traum, dachte Michel. *Vater arbeitet wirklich für Herrn Caron.* Ein breites Grinsen erschien auf seinem Gesicht – bevor ihm auffiel, wie kalt es in der Kammer war. Zitternd klaubte er seine Kleider von der Stuhllehne und zog sich an.

Auf einem Tischchen hatte man etwas Brot, Käse und frische Milch für sie hingestellt. Offenbar waren sein Vater und die anderen Bediensteten schon vor einer ganzen Weile aufgestanden, hatten seine Geschwister und ihn jedoch schlafen lassen. Michel fühlte sich bestens ausgeruht – mehr noch, er war voller Tatendrang. Er konnte es kaum erwarten, den Rest des Hauses zu erkunden.

Er beschloss, Jean und Vivienne nicht zu wecken, stopfte sich etwas Brot und Käse in den Mund und verließ die Kammer.

Im gesamten Stockwerk schien sich niemand aufzuhalten. Auch Olive war fort, wie er mit einem Blick in die Küche feststellte. Kauend schaute er aus dem Fenster am Ende des Flurs und sah, dass heute schon wieder ein Markt vor dem Dom stattfand. Dunkel erinnerte er sich, dass Herr Caron bei einem seiner Besuche in Fleury erzählt hatte, in Varennes sei jeden Tag Markt, außer an Sonntagen und Kirchenfesten.

Und da war auch Olive. Gerade schlenderte die Köchin zwischen den Verkaufsständen entlang, einen Korb in der Hand, begutachtete gepökelten Fisch und scherzte mit den Händlern.

»Du bist Michel aus Fleury, nicht wahr?«

Erschrocken fuhr er herum und verschluckte sich dabei fast an seinem Brot. Vor ihm stand ein blasser Junge, so alt wie er, vielleicht ein wenig älter. Er war einen halben Kopf größer als Michel und trug Beinlinge und ein helles Wams, beides aus feinem Tuch. Sein schwarzes Haar war sauber geschnitten und gescheitelt.

Michel nickte.

»Ich bin Gaspard«, sagte der Junge. »Mein Vater hat gesagt, ich soll euch im Haus herumführen und euch alles zeigen, wenn ihr wach seid. Wo sind dein Bruder und deine Schwester?«

»Sie schlafen noch.«

»Dann führe ich eben nur dich herum. Komm mit.«

Erst jetzt dämmerte es Michel, dass er mit Herrn Carons Sohn sprach. Neugierig folgte er dem schwarzhaarigen Jungen die Treppe hinauf.

»Hier oben wohnen meine Eltern, meine Schwester Isabelle und ich«, erklärte Gaspard im zweiten Obergeschoss. »In der Kammer da hinten arbeitet mein Vater. Außer ihm darf niemand hinein, denn er bewahrt darin unser Geld und die Geschäftsbücher auf. Nur mich nimmt er manchmal mit, damit ich lerne, wie ein Kaufmann Geschäfte macht«, fügte Gaspard nicht ohne Stolz hinzu.

Michel hatte nicht die leiseste Ahnung, was ein Geschäftsbuch sein könnte. Das einzige Buch, das er je gesehen hatte, war die Bibel von Vater Bruyant, der zweimal in der Woche und jeden Sonntag nach Fleury kam, um die heilige Messe zu lesen.

»Da geht es zur Stube.« Gaspard öffnete eine Tür, hinter der sich ein behaglicher Raum mit Kamin, einem fein gearbeiteten Tisch und Truhen aus dunklem Holz befand.

Auf dem Boden kauerte ein blondes, etwa vierjähriges Mädchen und wühlte in einer Kiste. Neben ihm saß die sandfarbene Katze.

Gaspards Miene verfinsterte sich. »Was machst du da? Ich

habe dir schon hundert Mal gesagt, dass du meine Sachen in Ruhe lassen sollst! Wieso bist du nicht unten bei Mutter?«

Das Mädchen, offenkundig seine Schwester, warf ihm einen mürrischen Blick zu und wühlte dann weiter in seinen Sachen, gänzlich unbeeindruckt von seinem Ärger. Gaspard stürmte in die Stube und zerrte sie unsanft von der Kiste weg.

»Du blöder Kerl!«, zeterte Isabelle. »Lass mich!«

Obwohl Gaspard viel größer und stärker war, wehrte sie sich nach Kräften und boxte ihm in den Bauch. Dann rannte sie durch die Tür, streckte ihm die Zunge heraus und lief die Treppe hinunter, gefolgt von der Katze.

Mit wütend zusammengepressten Lippen nahm Gaspard eine Holzfigur aus der Kiste und untersuchte sie gründlich von allen Seiten. Es war ein bemalter Ritter mit Lanze und Schild. Michel setzte sich neben Gaspard und warf einen Blick in die Kiste. Sie enthielt weitere Spielsachen, die herrlichsten, die er je gesehen hatte. Holzpferde, manche gar mit Reiter, eine kleine Armee geschnitzter Krieger, bunte Murmeln, Kreisel, ein Spielbrett mit Steinen.

Michel streckte zögernd die Hand aus. »Darf ich?«

Gaspard musterte ihn, schien zu dem Schluss zu kommen, dass er vertrauenswürdig sei, und nickte. Michel griff nach einem Krieger, der anders aussah als die übrigen. Anstelle eines Schwertes schwang er einen Säbel, und auf seinem Kopf saß kein Helm, sondern eine Art Mütze aus gewickelten Tüchern.

»Das ist ein Sarazene«, erklärte Gaspard. »Sie sind Heiden und kämpfen im Heiligen Land gegen die Kreuzritter. Hier ist noch einer.«

Die Holzfiguren waren ganz offensichtlich sein liebstes Spielzeug, und er begann, sie in Reih und Glied auf dem Boden aufzustellen. Alle Ritter, Krieger und Sarazenen hatten Namen, und zu jedem gab es eine Geschichte. Michel fühlte sich tief geehrt, dass Gaspard ihm seine Sachen zeigte, die noch nicht einmal seine Schwester anfassen durfte.

»Stimmt es, dass ihr vor Guiscard de Thessy geflohen seid?«, fragte der schwarzhaarige Junge.

»Ja.«

»Hat er euch wirklich mit seinen Soldaten durch den Wald gejagt?«

Michel erzählte ihm von ihrer Flucht aus Fleury. Er mochte Gaspard und wollte ihn beeindrucken, und so konnte er der Versuchung nicht widerstehen, die Wahrheit ein wenig auszuschmücken. Er erfand Bluthunde, die sie gehetzt hatten, und ein dramatisches Handgemenge zwischen seinem Vater und einem Kriegsknecht. Die Geschichte verfehlte ihre Wirkung nicht: Gaspard lauschte ihm gebannt.

»Komm mit, ich zeige dir etwas«, sagte der schwarzhaarige Junge schließlich.

Sie räumten die Figuren in die Kiste und stiegen die Treppe hinauf, die vom Flur aus weiter nach oben führte. Gaspard öffnete eine Tür, und sie betraten den Dachstuhl.

»Hier lagert Vater Waren, wenn der Keller voll ist. Eigentlich darf ich nicht hineingehen«, fügte Gaspard mit einem Blitzen in den Augen hinzu.

Es war ein unheimlicher Ort, fand Michel, dunkel, staubig und kalt. Stapel aus Kisten schufen ein verwinkeltes Labyrinth, und an den Dachbalken spannen schwarze Hausspinnen ihre Netze. In einer Ecke verschob Gaspard eine Kiste, und ein Loch in der Bretterwand kam zum Vorschein. Dahinter befand sich ein enger Hohlraum. Eine Decke lag darin, Kerzenstummel, ein Handbesen, weitere Holzfiguren.

»Mein Geheimversteck«, erklärte Gaspard verschwörerisch. »Du musst bei der Seele deiner Mutter schwören, niemandem davon zu erzählen.«

»Ich schwöre es bei der Seele meiner Mutter«, sagte Michel mit feierlich erhobener Hand.

Gaspard schob die Kiste wieder vor das Loch. »Kannst du gut Schneebälle werfen?«

»Natürlich.« Tatsächlich rühmte sich Michel, der beste Schneeballwerfer von Fleury zu sein.

Gaspard führte ihn zu einer offenen Dachluke, aus der eine Hebevorrichtung mit Seilwinde ragte. Unter ihnen erstreckte sich der Domplatz mit dem wimmelnden Markt. Gaspard nahm etwas von dem Schnee, der neben dem Dachkran auf dem Boden lag, und formte einen Ball.

»Jetzt pass auf!« Zielsicher warf er seinen Schneeball und traf einen Mönch, der vor Schreck seinen Weinbecher fallen ließ. Die Fäuste schüttelnd, schaute sich der Geistliche nach allen Seiten um und rief dabei Flüche, die seinem Stand ganz und gar nicht angemessen waren.

Michel und Gaspard duckten sich hinter dem Hebekran und kicherten. Michel konnte gar nicht mehr aufhören zu lachen. Das Gesicht, das der Mönch gemacht hatte!

»Jetzt du«, sagte Gaspard.

Michel machte einen formvollendeten Schneeball und hielt nach einem würdigen Ziel Ausschau. Sein Geschoss traf einen jungen, geckenhaften Kaufmann und riss ihm die Mütze vom Kopf.

»Fantastisch!«, rief Gaspard, als die Schimpftiraden des Mannes zur Dachluke heraufhallten.

Schneeball um Schneeball sauste hinunter zum Markt, während sie versuchten, einander zu übertreffen. Stets verbargen sie sich rechtzeitig hinter dem Kran, sodass ihre Opfer sie nicht entdeckten. Nach einer halben Stunde führte Michel mit sieben zu sechs Treffern.

»Der gehört mir«, erklärte Gaspard grimmig, als ein Marktaufseher auftauchte und den Platz mit finsterer Miene nach den Übeltätern absuchte.

In diesem Moment rief jemand von der Treppe: »Gaspard, du Satansbraten! Ich werde dir helfen, die Leute mit Schnee zu bewerfen! Wenn dein Vater eine Strafe zahlen muss, versohle ich dir den Hintern, das schwöre ich dir!«

»Das ist Olive!«, keuchte Gaspard. »Schnell, ins Geheimversteck!«

Sie huschten durch den Dachstuhl, schoben die Kiste weg, krochen in den Hohlraum und zogen die hölzerne Kiste von innen vor das Loch. Es war Rettung im letzten Augenblick, denn gleichzeitig flog die Tür auf, und stampfende Schritte kamen näher.

»Wie oft soll ich dir noch sagen, dass du hier oben nichts zu suchen hast! Na warte, wenn ich dich erwische, ziehe ich dir beide Ohren lang.«

Mit angehaltenem Atem saß Michel neben Gaspard in der winzigen, halbdunklen Kammer, während die Köchin den Dachboden absuchte.

»Komm raus! Ich weiß, dass du dich hier irgendwo verkrochen hast.«

Einmal kam Olive ihrem Versteck so nahe, dass Michel sicher war, sie würde sie finden. Dann aber machte sie auf dem Absatz kehrt, entfernte sich schimpfend und kündigte an, sie werde dafür sorgen, dass Gaspard die Zuchtgerte zu spüren bekäme.

»Das sagt sie jedes Mal, aber sie ist so dumm, dass sie es immer vergisst, bis sie meinen Vater sieht«, murmelte Gaspard, nachdem die Tür in Schloss gefallen war. Er begann, seine Schätze zu durchwühlen. »Das habe ich letzte Woche aus der Vorratskammer gestohlen, und sie hat es immer noch nicht gemerkt.«

Es war ein Krug mit in Honig eingelegten Pflaumen.

Sie stopften sich die honigsüßen Früchte in den Mund, bis Michel glaubte, er werde platzen.

Er war noch keinen Tag hier und hatte schon einen Freund gefunden.

Varennes-Saint-Jacques war der schönste Ort der Welt.

Erstes Buch

Civitas

Mai 1187
bis August 1188

Mai 1187

Mailand

Mailand erwachte aus unruhigem Schlaf.

Im Westen der Po-Ebene war der Himmel noch dunkel, doch im Osten glühte er bereits violett und orange. Die Nacht zog sich langsam aus den Straßen der gewaltigen Stadt zurück wie eine geschlagene Streitmacht, während das erste Licht des Tages über die Dächer kroch und in Gassen und Klösterhöfe hinabtröpfelte. Schwarz erhoben sich die Zinnen der Wehrmauer vor dem flammenden Streif am Horizont, schwarz auch die Glockentürme des Doms. Zwei Tagelöhner torkelten über den menschenleeren Platz vor dem Gotteshaus, schwerfällig und betrunken. Einer hob seinen Kittel und urinierte gegen die Ziegelsteinfassade des Palazzo del Podestà; der andere stimmte ein schweinisches Lied an und weckte einen Hund auf, der wütend zu bellen begann.

Ein Hahn krähte im Hinterhof einer Herberge bei der Porta Romana, ein zweiter in der Gasse der Waffenschmiede, ein dritter in den Gärten bei der Ostmauer. Straßenräuber entrissen ihrem sterbenden Opfer die Geldkatze, wischten ihre Dolche ab und flohen vor der Morgendämmerung in ihren Schlupfwinkel. Bettler und Krüppel regten sich auf den Stufen der Kirchen und durchsuchten ihre Lumpen nach Brotresten. Kupplerinnen und Dirnen in den Arkaden zählten den Lohn der Nacht.

Hunderttausend Seelen seufzten, während allmählich die Wirklichkeit in ihre Träume drang.

Als die Sonne aufging, riefen die Klosterglocken zur Prim,

dem ersten Gebet des Tages. Mönche verließen schläfrig ihre Zellen und schlurften durch die Kreuzgänge. Die Nachtwächter der verschiedenen Viertel beendeten ihre Runden, löschten ihre Laternen und stapften müde zu ihren ärmlichen Quartieren. Kerzen und Kienspäne flammten in den Fenstern auf; Dienstboten in den Palazzi der Reichen und Mächtigen bereiteten ihren Herren das Morgenbrot und legten frisch ausgebürstete Gewänder bereit. Ein Geldwechsler küsste ein letztes Mal seine blutjunge Magd und raunte ihr Versprechen zu, die er niemals einlösen würde. Leise stahl er sich davon und schlüpfte ins eheliche Schlafgemach, bevor sein Weib zu sich kam.

Michel erwachte, als der letzte Glockenschlag verklang. Er hatte wieder geträumt, irgendetwas von seinem Vater, der im fernen Oberlothringen mit dem Salzschiff auf der Mosel fuhr. An mehr konnte er sich nicht erinnern.

Er setzte sich auf, rieb sich das Gesicht. Seit einigen Wochen träumte er ständig von der Heimat, von Jean, von seiner Schwester Vivienne, die vor zwei Monaten geheiratet hatte, vom Geschäft der Familie. Stets waren es verwirrende Träume, die alltägliche Ereignisse mit Bildern aus der Vergangenheit mischten, und immer hinterließen sie in ihm ein Gefühl der Schwere. Woher kamen sie? Er konnte es sich nicht erklären. Natürlich vermisste er seine Familie, aber lange nicht so sehr wie vor drei Jahren, als er neu in Mailand gewesen war, und damals hatte er auch nicht von ihr geträumt.

Das muss das schlechte Gewissen sein. Ich sollte ihnen häufiger schreiben.

Er nahm sich vor, gleich heute Abend nach der Arbeit einen Brief an seine Familie aufzusetzen und ihn morgen früh einem berittenen Boten der Tuchhändlergilde mitzugeben. Mit etwas Glück würde er schon in zwei, drei Wochen in Varennes sein.

Er verscheuchte die Erinnerungen an den Traum und trat nackt ans Fenster seiner Kammer. Die Gasse vor dem Palazzo

Agosti war noch nahezu menschenleer; lediglich zwei Stadtwachen mit geschulterten Spießen schlenderten über das Pflaster und verjagten einen Betteljungen, der unter den Arkaden herumlungerte. Spätestens in einer Stunde würde es in der schmalen Straße nur so wimmeln von fliegenden Händlern, Eilboten, Knechten und Mägden, die im Auftrag ihrer Herren Besorgungen machten.

Es versprach ein warmer, sonniger Maimorgen zu werden. Michel war nicht müde, obwohl er höchstens vier oder fünf Stunden geschlafen hatte. Wieder einmal hatte er bis weit nach Mitternacht gearbeitet und die Geschäftsbücher seines Lohnherrn auf den neuesten Stand gebracht – Messere Agostis Augenlicht ließ nicht mehr zu, dass er sich selbst um die Aufzeichnungen kümmerte. Michel beklagte sich nicht. Die zusätzliche Verantwortung gefiel ihm, und er brauchte nicht viel Schlaf.

Nachdem er sich gewaschen und sein bestes Gewand angezogen hatte, stieg er die Treppe hinab und betrat Messere Agostis Gemächer. Sein Lohnherr war bereits wach und saß am Tisch, der reich gedeckt war mit ofenwarmem Brot, Hartkäse, prallen Würsten und frischem, saftigem Obst.

»Herein mit dir, mein Junge, immer herein! Setz dich und lang tüchtig zu.«

Hätte er Salvestro Agosti nicht gekannt, wäre ihm nie eingefallen, dass einer der angesehensten und reichsten Kaufleute Mailands vor ihm saß. Der Messere sah eher wie ein kauziger Einsiedler aus, mit seinem wirren grauen Haar, dem zotteligen Bart und dem hageren Gesicht. Klein war er, dürr und knochig, seine Finger waren zu kurz und seine Ohren zu groß, und immerzu rieb er sich die Hände. Dank seiner unauffälligen Erscheinung, die durch das schlichte Gewand und die einfachen Lederschuhe noch unterstrichen wurde, vergaß man leicht, dass dieser gnomenhafte Mann über viele tausend Silberpfund Vermögen, mehrere Häuser und drei Handelsniederlassungen in Norditalien verfügte.

Wie jeden Morgen vibrierte er schier vor Tatendrang. »Heute ist ein wichtiger Tag, mein Junge, ein überaus bedeutender Tag«, sagte er, während sie aßen. »In zwei Stunden erwartet mich der Podestà. Fulvio und die Knechte laden gerade zwei Ballen *panno pratese* auf den Wagen. Ich habe es gerade noch einmal angesehen. Es ist wahrhaftig von erlesener Qualität – wenn unser geliebter Herr Podestà auch nur einen Funken Sinn für Schönheit hat, wird er nicht widerstehen können. Weißt du was, Michel? Ich habe so eine Ahnung, dass er uns sogar die gesamte Lieferung abnimmt. Bete, dass mich mein Gespür nicht täuscht. Es brächte uns auf einen Schlag achtzig Lira ein.«

Panno pratese war feines Tuch aus der aufstrebenden Stadt Prato. In ganz Norditalien leckten sich Gewandschneider und Hutmacher die Finger danach. Messere Agosti arbeitete seit Wochen daran, dem Podestà von Mailand, dem Oberhaupt der Stadtregierung, eine größere Menge zu verkaufen. Michel zweifelte nicht daran, dass es ihm gelingen würde. Der Messere mochte nicht mehr der Jüngste sein, aber sein *senno*, sein kaufmännischer Verstand, war noch so scharf wie vor zwanzig Jahren.

»Wünscht Ihr, dass ich Euch begleite?«, fragte Michel. Nach nunmehr drei Jahren in Mailand sprach er das Lombardische fließend, wenngleich er seinen lothringischen Akzent wohl nie verlieren würde.

»Nein, du triffst dich später mit Spini.«

»Ich dachte, das Treffen sei erst übermorgen?«

»Gestern Abend kam ein Bote. Spini kann übermorgen nicht – offenbar muss er dringend nach Venedig. Er erwartet dich heute Morgen auf dem Grundstück. Denk daran, was wir besprochen haben. Hundert Lira ist das Maximum, achtzig das Ziel. Allerdings würde es mich überraschen, wenn Spini weniger als hundertzwanzig verlangte. Du musst ihn herunterhandeln, also lass ihn auf keinen Fall spüren, wie gern ich das Grundstück haben möchte. Er ist ein unangenehmer Bursche und ein verbissener Sturkopf dazu, aber du schaffst das schon.«

Messere Agostis Reichtum gründete auf dem Fernhandel mit Gewürzen und Tuch. Da er allmählich zu alt wurde für das mühsame und gefährliche Leben eines fahrenden Kaufmannes, investierte er sein Vermögen zunehmend in Grundbesitz. Das Anwesen, von dem er sprach, wollte er abreißen lassen, um an seiner Stelle Mietquartiere für Handwerker, Arbeiter und Tagelöhner zu errichten. Der Pachtzins für neue Unterkünfte innerhalb der Stadtmauern würde ihm gut und gerne zwanzig Lira im Jahr einbringen.

»Wenn du wieder da bist, nimm dir die Bücher vor«, fuhr der Messere fort. »Die Aufzeichnungen der vergangenen Wochen müssen endlich geordnet werden – sie sind ein einziges Durcheinander. Ich weiß, es ist eine grässliche Arbeit, aber du bist der Einzige, den ich guten Gewissens damit betrauen kann. Wenn ich Fulvio an die Bücher heranlasse, kann ich sie genauso gut ins Feuer werfen.«

»Keine Sorge«, erwiderte Michel. »Ich habe sie schon gestern Abend in Ordnung gebracht.«

»Gestern Abend? Aber du warst doch bis Sonnenuntergang auf dem Markt. Schläfst du auch einmal?«

»So wenig wie möglich.« Michel lächelte. »Schlaf ist etwas für Säuglinge und Kranke.«

Sie verzehrten in Ruhe ihr Morgenbrot und unterhielten sich über künftige Geschäfte und die politische Lage in der Stadt. Seit Michel *fattore* war, Messere Agostis Bevollmächtigter und seine rechte Hand, frühstückten sie jeden Morgen zusammen. Die Gespräche, die sie dabei führten, genoss er sehr, nicht nur wegen Agostis Klugheit und Witz. Der Messere war ihm in den vergangenen drei Jahren ein väterlicher Freund geworden und ließ ihn stets an seiner Erfahrung teilhaben. Was Michel auf diese Weise über die Arbeit eines Kaufmanns lernte, ließ sich nicht mit Gold aufwiegen. Aber genau das hatte sein Vater schließlich beabsichtigt, als er ihn nach Mailand schickte.

Michels Vater war schon lange nicht mehr Knecht bei Herrn

Caron. Nach ihrer abenteuerlichen Flucht aus Fleury hatte er sich mit Fleiß und Klugheit zum Handelsgehilfen hochgearbeitet, lesen und schreiben gelernt und schließlich ein eigenes Geschäft gegründet, das er seitdem erfolgreich betrieb. Michel begleitete ihn auf seinen Handelsreisen, seit er zwölf war, denn sein Vater wollte, dass er sich schon früh kaufmännische Kenntnisse aneignete, damit er eines Tages in seine Fußstapfen treten und das Familiengeschäft übernehmen konnte.

Bei einer Reise zur Messe in Troyes im Jahre des Herrn 1184 hatten sie Messere Agosti kennengelernt. Wie sein Vater und der steinreiche lombardische Fernhändler Freunde geworden waren, obwohl sie verschiedener nicht hätten sein können, wusste sich Michel nicht recht zu erklären. Offenbar hatte jeder der beiden Männer im anderen eine verwandte Seele erkannt, und während der Messe saßen sie jeden Abend beisammen, tranken, lachten und erzählten Geschichten. Als der Abschied nahte, kamen sie überein, dass Michel mit Agosti für vier Jahre nach Mailand gehen solle, um dort seine Ausbildung zum Kaufmann abzuschließen und zu verfeinern.

Damals war Michel alles andere als glücklich über diese Entscheidung gewesen, hatte es ihm doch zutiefst widerstrebt, Varennes zu verlassen, das ihm zur geliebten Heimat geworden war. Aber schon wenige Wochen nach seiner Ankunft in Mailand war ihm klar geworden, dass sein Vater richtig gehandelt hatte. Die lombardischen Kaufleute galten zu Recht als die besten der Welt; sie besaßen präzise Kenntnisse über sämtliche Märkte der Christenheit, hatten Zugang zu den kostbarsten Waren und verkehrten mit Fürsten und Kirchenherren. Mailand war der ideale Ort für einen angehenden Kaufmann, seinen *senno* zu schärfen und Erfahrung zu sammeln. Unter Messere Agostis Anleitung studierte Michel die fortschrittlichen Methoden der Lombarden, lernte die wichtigsten Handelsplätze Italiens kennen und schulte sein Gespür für die Risiken eines Handels. Bei alldem erwies er sich als begabter Schüler; obendrein bekam er für seine Arbeit in Agostis Geschäft einen großzügigen Lohn, sodass er Woche für Woche etwas Geld zurücklegen konnte. In einem Jahr, wenn er heimkehrte, würde sein Erspartes dem Geschäft seiner Familie zugutekommen. Nein, er hatte es wahrlich nicht bereut, dass ihn sein Vater nach Mailand geschickt hatte. An keinem einzigen Tag in den vergangenen drei Jahren.

»So, genug geplaudert«, sagte der Messere und strich Brotkrümel von seinem Gewand. »Ich sollte allmählich aufbrechen – der Podestà schätzt es nicht, wenn man ihn warten lässt. Bitte den heiligen Nikolaus, dass er mir gewogen ist. Und vergiss Spini nicht.«

»Ich reite gleich los«, sagte Michel.

»Ausgezeichnet. Und denk daran …«

»Hundert Lira ist das Maximum, achtzig das Ziel.« Michel unterdrückte ein Lächeln. »Ich werde es beherzigen, Messere. Sorgt Euch nicht.«

Wenig später saß er im Sattel von Maronne, seiner kastanienbraunen Stute, und ritt durch die Straßen, auf dem Kopf eine elegante Mütze. Die Stadt war inzwischen zum Leben erwacht. Schuster, Tischler und Gürtelmacher öffneten ihre Werkstätten und riefen einander fröhliche Grüße zu. Händler und Kleinkrämer bauten vor ihren Läden Tische mit den verschiedensten Waren auf. An den öffentlichen Brunnen und Backhäusern versammelten sich die Frauen und plauderten, während sie ihre Krüge füllten oder den Brotteig in den Ofen schoben.

Michel hatte sich längst an den Lärm, den Gestank und das Gewühl in den Gassen gewöhnt; anfangs jedoch hatte ihn Mailand schier überwältigt. Wie damals bei seiner Ankunft in Varennes, als er noch ein kleiner Junge gewesen war, hatte er nicht glauben können, was sich seinen Augen darbot: Hunderttausend Menschen lebten innerhalb der Stadtmauern, und viermal so viele im *contado*, im Umland Mailands. Es gab zweihundert Kirchen, deren Glocken stets zur gleichen Zeit schlugen, und mächtige Befestigungsanlagen mit Wehrtürmen und Wassergräben. Und dann der allgegenwärtige Reichtum: Kaufleute und städtische Amtsträger residierten in prunkvollen Palästen, die im Norden des Heiligen Römischen Reiches Erzbischöfen und Fürsten vorbehalten gewesen wären. Patrizier und ihre Gemahlinnen trugen Kleider aus bestem flämischem Tuch und englischer Wolle und schmückten sich mit Armreifen und Ringen aus afrikanischem Gold. Mehrere Kaufmannsgilden wachten über die Handelsströme, die aus allen Ländern der Christenheit kamen und tagtäglich Geld, Wissen und Waren in die Stadt spülten. Auch die einfachen Bürger profitierten vom Wohlstand ihrer Stadt. Fast alle Straßen waren gepflastert; Brunnen, Backöfen und Mühlen wurden ständig gereinigt und erneuert; Steinhäuser gab es zu erschwinglichen Preisen. Kaum jemand musste Hunger leiden, denn städtische Verordnungen stellten sicher, dass es niemals an preiswertem Getreide, Fleisch und Fisch mangelte.

All das war überaus erstaunlich, doch mehr noch als Größe und Pracht bewunderte Michel inzwischen die Fortschrittlichkeit der Lombardenmetropole. Kein Bischof oder Edelmann beherrschte Mailand, sondern ein Kollegium aus gewählten Bürgern, das sämtliche Geschicke der Stadt lenkte. So verfügte das Volk selbst über sein Schicksal und musste sich weder der Kirche noch dem Adel beugen.

Michel betrachtete versonnen die imposanten Palazzi und Amtsgebäude am Straßenrand. Er konnte es kaum erwarten, Jean und Gaspard von alldem zu erzählen, wenn er nach Hause kam. Wahrscheinlich würden sie ihm kein Wort glauben.

Vom Domplatz aus ritt er nach Nordosten. Die Gassen wurden schmaler, und die Leute warfen ihm neugierige oder argwöhnische Blicke zu. Obwohl man in Mailand an Fremde gewöhnt war, erregte er in diesem Viertel, wo hauptsächlich Einheimische wohnten, durchaus Aufsehen. Denn anders als viele Lombarden hatte er helle Haut, meergrüne Augen und blondes

Haar, ganz wie seine Mutter. Als Kind hatte man ihm stets prophezeit, er werde auch einmal so schlank und fragil werden wie sie, doch zu seiner Erleichterung war es anders gekommen: Von seinem Vater hatte er die breiten Schultern und den zähen Körperbau geerbt. Wenngleich kein Kraftprotz wie Jean, konnte er sich dennoch durchsetzen, wenn es darauf ankam. Seinem Vater verdankte er auch die kurzen, von zahllosen Wirbeln durchsetzten Locken, denen kein Kamm der Welt gewachsen war.

Vor einem Anwesen im Schatten der Wehrmauer zügelte er Maronne. Das Haus war heruntergekommen, und auf der rechten Seite schloss sich ein weitläufiger Garten an, umgeben von einer Mauer, von der der Putz bröckelte. *Das muss es sein,* dachte er und stieg aus dem Sattel.

Er führte sein Pferd zu einem Torbogen, aus dem Stimmen drangen. Vier Diener standen neben einer Sänfte und lachten über einen Witz, den einer erzählt hatte.

»Guten Morgen«, grüßte Michel die Männer. »Ich suche Messere Spini.«

»Kommt Ihr von Salvestro Agosti?«, erkundigte sich der älteste.

Michel nickte.

»Geht nach hinten zum Garten. Der Messere erwartet Euch bereits.«

Michel führte Maronne zur Mauer des Durchgangs, band die Zügel an einem Eisenring fest und bat die Diener, auf die Stute aufzupassen. Er hatte Maronne zu seinem fünfzehnten Namenstag von seinem Vater bekommen und auf ihr Reiten gelernt. Auf den Handelsreisen, die er in Messere Agostis Auftrag unternahm, war das Pferd oftmals sein einziger Gefährte, und es war ihm teuer.

Der Garten war so verwildert, dass man kaum von einem Ende zum anderen schauen konnte. Zwischen dem Hoftor, der Hintertür des Hauses und einem heruntergekommenen Pavillon verliefen gepflasterte Wege, von Unkraut bewachsen und von wild wuchernden Rosenhecken gesäumt. Mannshohe Büsche und aufgeschossene Pinien stahlen den kleineren Pflanzen jegliches Licht.

Michel ging zu einer Gestalt, die auf der Terrasse stand und die rissige Rückwand des Hauses betrachtete, die Arme hinter dem Rücken verschränkt.

»Messere Spini?«

Der Mann wandte sich zu ihm um. Spini war etwas jünger als Michels Lohnherr, er zählte vielleicht fünfzig Sommer, und hatte schmale Schultern und einen kahlen, von Leberflecken übersäten Schädel. Michel fühlte sich an den alten Odo im fernen Fleury erinnert, nur dass Spinis Augen keineswegs fröhlich und warm, sondern kühl und berechnend waren. Das grüne Samtgewand und die feinen Wildlederschuhe wiesen ihn als Kaufmann von großem Wohlstand aus.

»Seid gegrüßt, Messere Spini. Mein Name ist Michel de Fleury. Messere Agosti schickt mich.« Michel trat auf die Terrasse und verneigte sich.

»Ich dachte, sein *fattore* kommt, um den Kauf in die Wege zu leiten – so, wie es Sitte ist«, sagte der Eigentümer des Anwesens distanziert.

»Ich bin sein *fattore*. Seit zwei Monaten.«

»Was wurde aus Vittorio?«

»Er ist im März nach Padua gegangen. Messere Agosti hat ihm die Leitung der dortigen Niederlassung übertragen.«

Spini bedachte ihn mit einem Blick, den Michel nur zu gut kannte: *Der Bursche ist viel zu jung für einen fattore.* Dabei war er zweiundzwanzig Jahre alt und in jeder Hinsicht für diese Aufgabe befähigt. Leider sah man ihm das nicht an. Da er zu seinem Verdruss keinen nennenswerten Bartwuchs hatte, wurde er oft für achtzehn oder neunzehn gehalten.

»Nun, Agosti wird wissen, was gut für sein Geschäft ist«, meinte Spini barsch und wies auf ein Tischchen, auf dem zwei Kelche mit Wein standen. »Bitte, bedient Euch.«

Schweigend nahmen sie den Willkommenstrunk ein. Michel war froh, dass er reichlich gefrühstückt hatte, denn der Wein erwies sich als recht kräftig. *Das wird ein harter Kampf,* dachte er, während Spini mit abweisender Miene an seinem Kelch nippte. Doch er würde dem Kaufmann beweisen, dass er ein würdiger Verhandlungspartner war. Er hatte sich über ihn kundig gemacht, wie er es vor jedem Geschäft zu tun pflegte. Spini handelte hauptsächlich mit Wachs und Alaun vom Schwarzen Meer. Es gab Gerüchte, er habe sich in den vergangenen Jahren übernommen und viel Geld verloren, zumal er mehr und mehr Konkurrenz von den Venezianern bekam.

»De Fleury«, wiederholte der Kaufmann. »Seid Ihr Franzose?«

»Lothringer. Ich komme aus Varennes-Saint-Jacques an der Mosel.«

Spini verzog das Gesicht. Offenbar gehörte er zu jenen Lombarden, für die jeder Mann, der aus dem Norden des Heiligen Römischen Reiches stammte, ein *tedesco* war, ein verhasster Deutscher, selbst wenn er aus Flandern, Böhmen oder Oberlothringen kam. In einer weltoffenen Stadt wie Mailand, die Fremde mit offenen Armen begrüßte, war diese Ansicht zwar selten, aber es gab sie, besonders unter den Älteren. Michel wurde allmählich klar, was Messere Agosti damit gemeint hatte, Spini sei schwierig und verbissen. *O ja, ein harter Kampf.*

»Gehen wir ein paar Schritte«, sagte Spini knapp. »Ihr wollt Euch gewiss das Grundstück ansehen.«

Michel folgte ihm die kurze Terrassentreppe zu einem der gepflasterten Wege hinab.

»Es ist etwa anderthalb Morgen groß«, erklärte der Kaufmann, während sie unter den Pinien entlangschlenderten. »Es kann vollständig bebaut oder in Gärten umgewandelt werden, ganz, wie Salvestro es wünscht. Der Rat wird ihm keine Schwierigkeiten machen.«

»Habt Ihr Dokumente, die das belegen?«

»Natürlich. Haltet Ihr mich für einen Anfänger?«

Michel ließ sich von Spinis ablehnender Haltung nicht einschüchtern. Dass manch einer ihn für seine Herkunft verachtete, beeindruckte ihn schon lange nicht mehr. Aufmerksam schaute er sich um. Es würde beträchtliche Kosten verursachen, die Bäume und Sträucher samt Wurzeln entfernen zu lassen. Ein guter Ansatz für die Verhandlungen.

»Wieso ist das Haus in einem solch schlechten Zustand?«, fragte er, während sie zum Gebäude zurückgingen.

»Ich habe mir vor zwei Jahren einen Palazzo an der Porta Romana gekauft. Danach hatte ich keine Verwendung mehr für das Haus und ließ es leerstehen. Eigentlich wollte ich es Anfang des Jahres instand setzen lassen, damit ich es meinem Sohn schenken kann, aber da er kurz entschlossen ins Heilige Land gezogen ist, hat sich das erübrigt.«

Da war ein Zögern in Spinis Stimme, ein Hauch von Unsicherheit, der Michel aufhorchen ließ. *Er lügt.* Vermutlich hatte er das Haus nicht erneuert, weil ihm das Geld ausgegangen war. Während sie wieder die Treppe zur Terrasse hinaufstiegen, sah Michel sich noch einmal unauffällig Spinis Kleidung an. Auf den ersten Blick wirkte sie fein und kostbar, doch wenn man genauer hinschaute, entdeckte man hier und da abgewetzte Stellen und andere Spuren von Verschleiß. Die Zeichen mehrten sich, dass die Gerüchte von seiner geschäftlichen Notlage der Wahrheit entsprachen.

»Sollen wir hineingehen?«, fragte der Kaufmann.

»Nicht nötig.« Es spielte keine Rolle, wie das Haus beschaffen war. Messere Agosti würde es ohnehin abreißen lassen. »Wir können gleich über den Preis sprechen. Was sind Eure Vorstellungen?«

Spini goss sich noch etwas Wein ein, ohne Michel welchen anzubieten. »Hundertvierzig Lira, zu zahlen auf einen Schlag. Ich halte nichts von monatlichen Raten und dergleichen.«

Diese Forderung war schlicht eine Unverschämtheit. Für eine

solche Summe bekam man in der Nähe des Doms ein neues mehrstöckiges Stadthaus mit Stallungen und eigenem Brunnen. Glaubte Spini, er könne ihn über den Tisch ziehen, weil er so jung war?

Michel lächelte dünn. »Gewiss ist das ein Scherz. Hundertvierzig Lira für diese Ruine? Ich bitte Euch! Messere Agosti ist bereit, höchstens die Hälfte zu zahlen. Und das wäre immer noch über alle Maßen großzügig, ja geradezu barmherzig, wenn man sich diese Wildnis anschaut.«

Spinis Miene verfinsterte sich, und er umklammerte seinen Kelch, als wolle er ihn zerdrücken. »Hat Agosti Euch nicht beigebracht, was ein ehrbares Geschäft ist? Oder hat er sich im Alter auf Diebstahl, Betrug und Raub verlegt?«

»Siebzig«, erklärte Michel ruhig. »Das ist sein Angebot.«

Spinis Antwort kam ein wenig zu schnell. »Hundertdreißig. Und ich werde darauf verzichten, Euch für diese Frechheit der Gilde zu melden.«

»Grundstückspreise kümmern die Gilde nicht, das wisst Ihr genau. Aber vielleicht sollte ich dem Bischof von Eurem Geschäftsgebaren erzählen. Korrigiert mich, wenn ich mich irre, aber werden Wucherer nicht nackt aus der Stadt gejagt?«

Spinis Blick war kalt und voller Zorn. Doch es lag auch ein neuer Ausdruck darin: Achtung. Er hatte gedacht, er könnte Michel mit einem Bissen verspeisen, und nun lieferte ihm dieser Jungspund ein hartes Gefecht.

»Nun gut. Ich bin bereit, Euch entgegenzukommen«, fuhr Michel fort. »Fünfundsiebzig. Wenngleich das bedeutet, Messere Agostis Vertrauen aufs Äußerste zu strapazieren.«

»Wenn das alles ist, was Agosti Euch an Vertrauen entgegenbringt, müsst Ihr wahrlich ein erbärmlicher *fattore* sein. Hundertzwanzig!«

Die Verhandlungen wurden erbittert geführt. Eine halbe Stunde lang flogen Angebote und Gegenangebote hin und her, zerschellten am eisernen Widerstand des Gegners oder rangen diesem höchstens ein paar Fußbreit Boden ab. Beide feilschten sie nach allen Regeln der Kunst, verhöhnten ihren Kontrahenten, stellten ihm Fallen und drohten ihm mal subtil, mal gänzlich unverhohlen.

»Hundertfünf!«, sagte Spini schließlich und knallte seinen Kelch auf den Tisch. »Und das ist mein letztes Wort, so wahr ich hier stehe.«

»Völlig inakzeptabel«, erwiderte Michel. »Fünfundachtzig, und keinen Denaro mehr.«

Sie standen da und starrten sich schweigend an.

»Messere Spini?«, rief einer der Diener und kam den Pfad vom Hoftor herauf. »Eben ist ein Bote von der Gilde gekommen, mit einer Nachricht für Euch.«

»Entschuldigt mich«, knurrte der Kaufmann, schritt dem Diener entgegen und riss ihm den Brief aus der Hand. Hastig brach er das Siegel und überflog die Zeilen. Michel sah, dass er immer wütender wurde, und hätte zu gerne gewusst, was in der Nachricht stand. Er spitzte die Ohren und hörte, dass Spini »Verflucht seien alle Venezianer!« hervorpresste, bevor er den Brief in seinen Ärmel schob.

Michel beobachtete ihn, während er sichtlich blass zur Terrasse zurückkehrte. Hatten ihm seine Rivalen aus der Lagunenstadt einen weiteren Schlag versetzt? Messere Agosti hatte erzählt, Spini wolle übermorgen nach Venedig reisen. Um mit seinen Konkurrenten zu verhandeln, vielleicht sogar Frieden zu schließen? Um seinen Ruin abzuwenden, indem er ihnen seine Zusammenarbeit anbot? Was auch immer der Grund für seine Reise gewesen war, seine erboste Reaktion auf den Brief deutete darauf hin, dass es erhebliche Schwierigkeiten gab.

Michel zweifelte nun nicht mehr daran, dass die Gerüchte von Spinis geschäftlichem Niedergang voll und ganz zutrafen. Verkaufte er deswegen das Grundstück? Weil er dringend frisches Silber brauchte? Wenn Michel mit seiner Einschätzung richtig lag, verschaffte ihm das einen entscheidenden Vorteil …

»Wo waren wir stehen geblieben?«, fragte Spini zerstreut. »Richtig, mein letztes Angebot. Hundertfünf Lira. Nehmt Ihr an?«

»Ihr kennt meine Vorstellungen. Ich rücke nicht davon ab.«

»Eure Vorstellungen sind lächerlich und töricht. Zum letzten Mal: hundertfünf. Billiger werdet Ihr ein Grundstück dieser Größe nirgendwo bekommen.«

Michel beschloss, alles auf eine Karte zu setzen. Sein kaufmännisches Gespür hatte ihn noch nie im Stich gelassen. »Wenn dies Euer letztes Wort ist, so kommen wir nicht überein. Mein Herr wird sich anderswo nach einem geeigneten Grundstück umsehen. Ich wünsche Euch noch einen angenehmen Tag, Messere Spini.«

Er verneigte sich knapp und ging.

Was er da tat, war überaus riskant. Wenn er Spinis Lage falsch einschätzte, oder wenn der Kaufmann darauf vertraute, rasch einen anderen Käufer zu finden, ging er leer aus und musste Messere Agosti erklären, dass er versagt hatte. Mit angehaltenem Atem schritt er zur Terrassentreppe.

Kaum hatte er seinen Fuß auf die oberste Stufe gesetzt, stieß Spini hervor: »Herr im Himmel, also gut! Fünfundneunzig.«

Michel fuhr herum. »Neunzig!«

Spini biss die Zähne zusammen, und für einen Moment glaubte Michel, der Mann werde sich auf ihn stürzen und ihn würgen. »Ihr seid ein Halsabschneider und Aasgeier«, schnaubte er. »Und ein Erpresser dazu. Ich hoffe, Ihr schmort eines Tages in der Hölle.«

»Also seid Ihr einverstanden?«

»Ja, verdammt noch mal!«

Bevor Spini es sich anders überlegen konnte, hatte Michel einen Vertrag sowie Feder und Tinte hervorgeholt. Rasch tauchte er den Kiel in das Fläschchen, trug den Kaufpreis ein und reichte Spini das Pergament zur Unterschrift.

»Habt Dank«, sagte er, als ihm der Kaufmann den Vertrag

zurückgab. »Es war mir ein Vergnügen, mit Euch Geschäfte zu machen, Messere.«

»Schert Euch zum Teufel«, schnarrte Spini.

Kurz darauf ritt Michel durch die Gassen, den Vertrag sorgfältig in seiner Tasche verstaut, auf den Lippen ein dünnes Lächeln. Er konnte nicht gerade behaupten, dass er vor Mitleid mit Spini verging. Gewiss, er hatte den Kaufmann hart angefasst. Aber erstens hatte Spini damit angefangen und ihn wie einen dummen Jungen behandelt; und zweitens waren neunzig Lira immer noch ein stolzer Preis für ein heruntergekommenes Grundstück. Spini konnte ihn verlangen, weil Wohnraum in Mailand stetig knapper wurde. Vermutlich hatte er vor dreißig Jahren nicht einmal die Hälfte dafür bezahlt. Er hatte ein gutes Geschäft gemacht, auch wenn es ihm nicht so vorkam. Alles in allem war Michel sehr zufrieden mit sich.

Sein Lohnherr hingegen schien an diesem Morgen nicht so viel Glück gehabt zu haben. Als Michel zum Palazzo Agosti kam, hörte er den Messere schon von draußen jammern.

»Ich bin ruiniert! Das ist mein Ende! Mein *Ende*!«

Michel überließ Maronne einem Stallknecht und eilte die Treppen hinauf. Vor Messere Agostis Gemächern hatten sich sämtliche Diener versammelt und machten betretene Gesichter.

»Was ist denn geschehen?«, wandte er sich an Fulvio, Agostis Handelsgehilfen.

»Ein schwerer geschäftlicher Rückschlag«, raunte der gedrungene Lombarde mit Grabesstimme. »Und das in seinem Alter. Ich fürchte, das überlebt er nicht.«

Zwei Mägde bekreuzigten sich.

Michel wollte die Tür öffnen, doch sie war verriegelt.

»Er will niemanden sehen«, informierte ihn Fulvio. »Sein Schmerz ist zu groß.«

»Messere Agosti, ich bin es«, rief Michel. »Lasst mich herein. Ich bitte Euch!«

Schleppende Schritte erklangen, und der Riegel wurde zurückgeschoben. Michel wartete einen Moment, bevor er eintrat.

Der Messere kniete unter dem silbernen Kruzifix an der Wand. Seine schmalen Schultern bebten.

»An diesen schwarzen Tag werden wir uns noch lange erinnern, mein Junge«, murmelte er mit schwacher Stimme. »Heute hat mein Niedergang begonnen. Salvestro Agostis Stern ist nach fünfunddreißig Jahren erloschen. Einfach erloschen wie eine Kerze im Wind.«

Michel war ernstlich besorgt. So hatte er den Messere noch nie reden hören. Was hatte ihm der Podestà nur angetan? Denkbar war vieles, denn mit derart mächtigen Männern Geschäfte zu machen bot mannigfaltige Risiken. Womöglich hatte er das *panno pratese* beschlagnahmt, um Agosti heimzuzahlen, dass dieser ihm einst bei seiner Wahl die Stimme verweigert hatte. Der finanzielle Verlust wäre beträchtlich. »Erzählt mir, was vorgefallen ist«, bat Michel behutsam.

»Dieser Geizkragen will mich vernichten. Zerschmettern will er mich.«

»Was hat er getan?«

»Gerade einmal zehn lumpige Tuchballen hat er mir abgekauft«, jammerte der Messere. »Zehn! Kannst du dir das vorstellen? Was für eine Katastrophe!«

»Er… hat Euch etwas abgekauft?«, wiederholte Michel verwirrt. »Ich fürchte, ich verstehe nicht… Fulvio hat von einem Rückschlag gesprochen.«

»Aber das *ist* ein Rückschlag! Und was für einer! Früher hätte ich nur ein Wort sagen müssen, und er hätte ohne zu zögern alle dreißig gekauft. Ich habe mein Feuer verloren. Meine Überzeugungskraft. Ich werde alt, Michel. Alt und verbraucht. Ich sollte mich aus dem Geschäftsleben zurückziehen, damit niemand Zeuge meines Verfalls wird. Mailand soll mich in strahlender Erinnerung behalten.«

Michel wusste nicht, was er darauf erwidern sollte. Mit dem

Verkauf von zehn Ballen *panno pratese* hatte Agosti gewiss zwanzig, wenn nicht dreißig Lira verdient, und Michel war versucht, ihn darauf hinzuweisen, dass dies mehr war, als so mancher lothringische Kaufmann im Jahr einnahm. Aber irgendetwas sagte ihm, dass er damit alles nur noch schlimmer gemacht hätte. »Ihr habt Euer Feuer keineswegs eingebüßt, Messere«, versicherte er ihm. »Ihr seid immer noch genauso klug und überzeugend wie damals in Troyes, als ich Euch das erste Mal sah. Gewiss lag es daran, dass der Podestà keinen Sinn für Schönheit hat. Kein Wunder, immerhin ist er ein Politiker und Kriegsherr. Vermutlich könnte er *panno pratese* nicht einmal von einem schmutzigen Bettlaken unterscheiden. Ich bin sicher, Ihr findet schon morgen einen Käufer für das restliche Tuch, der die Qualität Eurer Ware zu würdigen weiß.«

»Glaubst du wirklich?«, fragte Messere Agosti.

»Natürlich. Nichts leichter als das für einen Kaufmann von Eurem Format, nicht wahr?«

»Vielleicht hast du recht.« Agosti senkte wieder das Haupt. »Trotzdem schmerzt mich diese Niederlage. Dabei war ich mir so sicher, dass er mir alles abkaufen würde. Ich glaube, das Alter trübt meinen *senno*.«

Damit der Messere nicht wieder damit anfing, über seinen drohenden Abstieg zu lamentieren, holte Michel den Vertrag hervor. »Ich habe etwas, das Eure Stimmung aufhellen wird. Seht.«

Mit gerunzelter Stirn studierte Agosti die Zeilen. »Neunzig Lira! Du hast es geschafft. Der heilige Ambrosius segne dich, mein Junge. Er segne dich tausendfach! Komm her, komm an meine Brust.«

Endlich stand er auf und umarmte Michel. Als der Kaufmann von ihm abließ, war die Verzweiflung restlos von ihm gewichen. Agosti strahlte über das ganze Gesicht und schien vergessen zu haben, dass er eben noch von Untergang und Ende gesprochen hatte.

»Darauf trinken wir! Na los, erzähl mir, wie du Spini bezwungen hast. Dieses Scheusal hat es dir gewiss nicht leicht gemacht, was?«

Er füllte zwei Kelche mit Wein vom Vorjahr, gewachsen und gekeltert im Süden Latiums, rot wie geschmolzener Rubin und gewürzt mit Honig und Kräutern. Süß und köstlich rann er Michels Kehle hinab, und er begann, von seinen Verhandlungen mit Spini zu berichten. Der Messere lauschte gespannt, lobte überschwänglich die Winkelzüge, die er für besonders gelungen hielt, und lachte herzlich über Spinis Zorn. Obwohl Michel froh war, dass der Messere seinen Trübsinn überwunden hatte, so betrachtete er doch den jähen Stimmungswechsel mit Sorge. Derart launenhaft war sein Lohnherr früher nicht gewesen. Zwar hatte Michel nicht gelogen, als er gesagt hatte, er halte ihn nach wie vor für einen hervorragenden Kaufmann – es war jedoch nicht zu übersehen, dass Agostis Nervenstärke nachließ. Es war wohl wirklich das Beste, er zog sich allmählich aus dem allzu aufregenden Fernhandel zurück und widmete sich ganz seinem Grundbesitz.

»Großartig. Einfach großartig«, sagte der Messere, als Michel fertig war. »Aus dir wird einmal ein hervorragender Kaufmann werden, mein Junge, da bin ich ganz sicher. Die Welt wird noch Großes von dir hören. Ich kümmere mich gleich darum, dass Spini sein Geld bekommt, damit wir schon morgen mit dem Abriss anfangen können.«

Er griff in den Kragen seines Gewandes, zog den Schlüssel hervor, der Tag und Nacht an einer Lederschnur an seinem Hals hing, und wollte in den Nebenraum gehen, wo zwei schwere Eichentruhen mit einem Teil seines Geldes standen. Als er an seinem Schreibtisch vorbeischlurfte, stutzte er und nahm ein gefaltetes Stück Pergament in die Hand.

»Dieser Podestà! Verflucht sei er! Richtet nichts als Durcheinander an«, schimpfte er. »Seinetwegen hätte ich fast vergessen, dir deinen Brief zu geben.«

Michel stand auf. »Ein Brief? Von wem?«

»Von deinem Bruder Jean. Ein berittener Bote hat ihn gebracht, kurz bevor du zurückgekommen bist.«

Stirnrunzelnd nahm Michel die versiegelte Botschaft entgegen. Erst heute Morgen hatte er beschlossen, wieder einmal seiner Familie zu schreiben, und schon wenige Stunden später bekam er eine Nachricht aus der Heimat. Was für eine seltsame Fügung. Er brach das Wachssiegel, faltete das Pergament auseinander und begann, Jeans ungelenke Handschrift zu entziffern.

Worte und Sätze schienen zu verschwimmen, sich vor seinen Augen aufzulösen. Michel stockte der Atem. Er zwang sich, weiterzulesen, den Brief noch einmal von vorne zu lesen, obwohl ihm war, als legten sich Hände um seine Kehle und drückten zu.

»Beim heiligen Ambrosius, Junge, du bist ja kreidebleich«, sagte Messere Agosti. »Was ist denn geschehen?«

Michel hob den Kopf, blinzelte, und sein Herz pochte zehnmal, zwanzigmal, ehe er den Mann erkannte, der da neben ihm stand. Ohne ein Wort reichte er Agosti den Brief.

Teurer Bruder, schrieb Jean, *ich überbringe Dir traurige Nachrichten: Unser geliebter Vater ist tot. Am elften Tag des Monats April hat der Herr ihn zu sich geholt, nachdem er mit dem Salzschiff verunglückt ist. Bete für seine Seele, auf dass Gott ihn gnädig in seine Arme aufnehme.*
Bitte komm nach Hause – Dein Bruder Jean

Dunkelheit erfüllte die Straßen, umhüllte Palazzi und Kirchen. Noch hatte sie Mailand fest in der Gewalt und verteidigte erbittert ihre Herrschaft, doch es war eine aussichtslose Schlacht, eine, die sie nicht gewinnen konnte. Bald schon würde sich die Morgendämmerung in die Stadt stehlen und auf ihrem lautlosen Vormarsch die Nacht in Keller und Brunnenschächte zurückdrängen.

Stille lag über den Gassen wie ein schwerer Wollmantel.

Michel führte Maronne auf die Straße und rieb der Stute

geistesabwesend den Hals. Es musste geregnet haben, denn die Abflussrinne im Pflaster hatte sich in einen reißenden Bach verwandelt, der den Unrat des Viertels davonspülte. Michel erblickte einen faulen Apfel, der auf den winzigen Wellen tanzte wie ein Schiff in Seenot.

»Hast du alles?«, fragte Messere Agosti, ein müdes, graues, faltiges Gesicht im Tor des Palazzos. »Dein Geld? Dein Schwert?«

»Ja.«

»Ich wünschte, ich hätte deinen Vater noch einmal gesehen. Er war mir ein guter Freund – und es geschieht nicht oft, dass zwei Kaufleute Freundschaft schließen.« Die letzten Worte wurden immer leiser, immer schwächer. Agosti senkte das Haupt, und seine Schultern begannen zu beben.

Michel tat etwas, das er noch nie getan hatte: Er legte die Arme um den Messere, und in diesem Moment erschien ihm der Kaufmann so dürr und zerbrechlich wie ein steinalter Greis. Michel konnte nicht weinen, nicht mehr. Als der Schmerz zu stark geworden war, irgendwann in den dunkelsten Stunden der Nacht, hatte er ihn tief in sich eingeschlossen, und nun empfand er nichts als Taubheit.

Agosti blickte ihn an, während die Tränen über seine Wangen rannen. »Dein Vater wäre stolz auf dich. Er hat einen prächtigen Jungen großgezogen. Deine Fähigkeiten sind vierundzwanzigkarätiges Gold, wie mein alter Oheim zu sagen pflegte. Warte … ich habe etwas für dich. Ich wollte es dir eigentlich erst in einem Monat geben, wenn sich deine Ankunft in Mailand zum dritten Mal jährt, aber nun ist es eben mein Abschiedsgeschenk.« Er winkte den Dienern, die wie stumme Statuen im Schatten warteten. Fulvio trat vor und überreichte Michel ein Buch, eine kostbare Handschrift, in Leder gebunden.

»Die *Consolatio philosophiae* von Boethius«, erklärte Agosti. »Ich habe sie eigens für dich anfertigen lassen. Ich weiß ja, wie sehr du Bücher liebst.«

Michel schlug die Handschrift auf und strich mit den Fingerkuppen über die Seiten voller Ornamente und Miniaturen. Ein prachtvolles Geschenk. »Ich danke Euch, Messere. Für alles.«

»Denk an mich, wenn du es liest. Und gib gut auf dich acht. Es ist ein langer Weg nach Oberlothringen.«

Michel schlug das Buch in eine Decke ein und verstaute es in der Satteltasche. »Ihr wart mir ein guter Lehrer.« Er stieg auf und ergriff die Zügel, woraufhin Maronne leise schnaubte. »Lebt wohl, mein Freund.«

Juni 1187

Varennes-Saint-Jacques

Ein altes Sühnekreuz wuchs aus dem Unkraut am Wegesrand. Wind und Wetter hatten im Laufe vieler Jahre die Konturen abgeschliffen, und eine Inschrift im verwitterten Stein kündete von einem längst vergessenen Verbrechen: eine ewige Mahnung an Reisende, das Recht dieses Landes zu achten.

Irgendwo am Waldrand entsprang ein Bach und floss plätschernd durch eine Furche im Gras, kaum sichtbar unter all dem Farn und Brombeergestrüpp. Gemächlich ritt Michel den Pfad entlang. Es war ein heißer Junitag. Pferd und Reiter waren müde.

»Hab Geduld, es ist nicht mehr weit.« Michel klopfte Maronne auf den Hals. »In drei oder vier Stunden sind wir zu Hause.«

Die Stute schnaubte.

»Du hast ja recht. Lass uns rasten.« Er wischte sich den Schweiß von der Stirn. »Die Hitze ist wirklich unerträglich, und auf eine Stunde mehr kommt es wirklich nicht an.«

Neben dem Sühnekreuz stieg Michel aus dem Sattel. Er nahm Maronne die Ledertaschen mit seinem Gepäck ab, führte die Stute zum Bach und tränkte sie. Wams und Bruche klebten ihm am Leib. Er setzte sich im Schatten des Steinkreuzes auf die Böschung, zog die Stiefel aus und tauchte seine dampfenden Füße in das Quellwasser.

»Ahh! Herrlich. Es tut gut, wieder daheim zu sein, nicht wahr?«

Michel wusste, dass es nicht gerade von Vernunft zeugte, mit einem Pferd zu sprechen, aber es war nun einmal eine lieb gewordene Eigenart, die er sich auf seinen Handelsreisen in Messere Agostis Diensten angewöhnt hatte. Nachdem Maronne ihren Durst gestillt hatte, fraß sie das Unkraut. Das erinnerte Michel daran, dass er seit Ewigkeiten nichts gegessen hatte. Er öffnete eine der Taschen, nahm einen Schluck aus der Trinkflasche und holte seinen Proviant hervor. Während er an einem Brotkanten kaute, überprüfte er den Zustand seiner Habseligkeiten. Er reiste mit wenig Gepäck. Die Taschen enthielten lediglich etwas Wegzehrung, seine lederne Geldkatze, Ersatzkleidung, zwei Decken, Jeans Brief und die *Consolatio philosophiae* von Messere Agosti. Zu seiner Erleichterung hatte das kostbare Buch die Reise unbeschadet überstanden. Sein Schwert hing noch am Sattel. Wie jeder erfahrene Kaufmann machte auch Michel auf seinen Reisen stets von dem königlichen Privileg Gebrauch, eine Waffe mitzuführen, denn in der Wildnis fernab menschlicher Ansiedlungen lauerten mannigfaltige Gefahren, Wegelagerer, Vogelfreie und Raubtiere. Glücklicherweise hatte er die Klinge noch nie gebraucht.

Michel streckte sich aus und bettete seinen Kopf auf eine der Decken. Die Erschöpfung steckte ihm tief in den Gliedern. Er war mit Maronne seit mehr als drei Wochen unterwegs. Von Mailand aus hatte er die Handelsstraße nach Aosta genommen und die Alpen überquert, stets ein beschwerliches und langwieriges Unterfangen, sogar im Sommer, wenn kein Schnee die Pässe blockierte. Von Lausanne aus war er viele Tage nach Norden geritten, quer durch Burgund, und seit anderthalb Tagen nun befand er sich in Oberlothringen, dem Herzogtum im äußersten Westen des Heiligen Römischen Reiches – Michels Heimat.

In seinem Rücken erstreckten sich die westlichen Ausläufer der Vogesen; vor ihm lag das Moseltal. Er strich die Brotkrümel von seinem Wams, verschränkte die Arme hinter dem Kopf und betrachtete schläfrig die Hügel, die wie grasige Wellen über das Land rollten. Er hatte ganz vergessen, wie grün Oberlothringen war, verglichen mit den sonnenverbrannten Ebenen der Lombardei. Saftige Wiesen, Weideland für Rinder und Schafe, bedeckten die Hänge. Bäche zwängten sich schäumend durch enge Einschnitte, gesäumt von wilden Mischwäldern. Auf Gehöfte und Weiler traf man abseits der Handelsrouten nur selten. Die meisten Menschen siedelten am Ufer der Mosel, in Marktflecken und kleinen Städten. Zwei Meilen weiter im Westen konnte Michel eine Burg erkennen, die auf einer Anhöhe thronte. Sie gehörte Renard de Guillory, jenem Ritter, der die Gegend südlich von Varennes-Saint-Jacques beherrschte.

Weiter im Norden, verborgen hinter den Hügeln, lag Fleury, Michels Geburtsort. Seit ihrer Flucht in jener Dezembernacht war er nicht mehr dort gewesen. Während ihres ersten Jahres in Varennes hatte Guiscard de Thessy noch zweimal versucht, sie einzufangen und auf sein Land zurückzubringen, doch dank der tatkräftigen Hilfe von Herrn Caron war es ihm beide Male nicht gelungen. Nach einem Jahr und einem Tag in der Stadt waren sie schließlich frei geworden, wie es das alte Recht des Römischen Reiches vorschrieb, und von da an hatte de Thessy sie in Ruhe gelassen. Michel hätte gerne gewusst, was aus dem bösartigen Ritter geworden war. Ob er wohl noch lebte?

Zahllose Erinnerungen erwachten beim Anblick der Wiesen und Wälder. Hier hatte er seine Kindheit verbracht, seine Jugend, seine ersten Jahre als Erwachsener. Unaufhaltsam wanderten seine Gedanken zu seinem Vater, und der Schmerz flammte von Neuem auf, so machtvoll und erdrückend wie in seiner letzten Nacht in Mailand. Wie oft hatte er Jeans Brief seitdem gelesen, wie oft hatte er die törichte Hoffnung gehegt, es wäre alles nur ein Irrtum, jemand erlaubte sich einen grausamen Scherz mit ihm, und sein Vater wäre noch am Leben. Doch tief im Innern wusste er: Es war kein Scherz, kein böser Traum – sein Vater war tot. Tot.

Plötzlich verspürte er den überwältigenden Wunsch heimzukehren, Jean zu sehen, das Haus ihrer Familie. Trotz der Müdigkeit stand er auf, sammelte sein Gepäck ein und schlurfte zu seinem Pferd.

»Komm«, murmelte er und kraulte Maronnes Mähne. »Wir haben lange genug gerastet. Bringen wir es hinter uns.«

Ein Rascheln von Blättern und Zweigen ließ ihn herumfahren. Zwei Männer brachen aus dem Unterholz hinter dem Sühnekreuz. Sie hielten Spieße in den Händen und trugen genagelte Stiefel, Lederhauben und breite Gürtel, an denen jeweils ein Dolch hing. *Räuber!*, durchfuhr es Michel, bevor er die Waffenröcke der Männer bemerkte. Auf dem roten Stoff prangte ein schwarzer Wolf, der zum Sprung ansetzte: das Wappen Renard de Guillorys.

Die beiden Waffenknechte musterten ihn, und einer rief über die Schulter: »Hier drüben, Herr!«

»Was wünscht ihr?«, erkundigte sich Michel.

»Das wirst du gleich sehen«, antwortete einer der Männer schroff. Wie die meisten Bewohner des Herzogtums sprach er Lothringisch, einen französischen Dialekt mit deutschen Einsprengseln.

»Ich habe einen langen Weg hinter mir und möchte nach Hause. Wenn ihr mir nicht sagen wollt, wie ich euch und eurem Herrn zu Diensten sein kann, besteige ich nun mein Pferd und reite weiter.«

»Nichts da. Schön hiergeblieben.« Der Waffenknecht ergriff Maronnes Zügel.

Verärgert biss Michel die Zähne zusammen. Er hätte diesem Kerl gern für seine Unverschämtheit die Meinung gesagt, doch es war klüger, sich zu fügen. Er befand sich auf dem Land Renard de Guillorys, und der alte Ritter war für sein aufbrausendes Wesen berüchtigt. Wer sich ihm widersetzte, machte unter Umständen Bekanntschaft mit seiner Reitpeitsche.

Zwei weitere Soldaten kamen aus dem Gebüsch, gefolgt von

ihrem Herrn, bei dem es sich zu Michels Überraschung nicht um Renard handelte. Der Mann war nicht viel älter als er, aber wesentlich größer und breiter, ein wahrer Riese mit prankenhaften Händen und gewaltigen Füßen. Trotz seiner wuchtigen Erscheinung sah er äußerst gut aus, bedingt durch den muskulösen Körperbau und die markanten Gesichtszüge. Ein sauber gestutzter Bart zierte sein Kinn, und die kurzen, lockigen Haare leuchteten im Sonnenschein wie Kupfer. Er trug Jagdkleidung, dazu einen Köcher mit Bolzen am Gürtel und eine Armbrust auf dem Rücken.

»Wen haben wir denn da, Berengar?«, fragte er einen der Waffenknechte.

»Michel de Fleury, Kaufmann aus Varennes-Saint-Jacques«, stellte Michel sich vor. »Und Ihr seid …?«

Der Hüne schritt gemächlich auf ihn zu.

Herrgott, wie groß ist dieser Kerl? Vier Ellen? Plötzlich erkannte er den jungen Edelmann. Es war Aristide de Guillory, Renards Sohn. Michel hatte ihn das letzte Mal vor vielleicht sechs, sieben Jahren gesehen, bevor Aristide die Burg seines Vaters verlassen hatte, um als Junker einem anderen Adligen zu dienen. Der Ruf der Grausamkeit eilte ihm voraus. Wer ihm begegnete, war gut beraten, vorsichtig zu sein.

»Ein wandernder Krämer, so.« De Guillorys Mundwinkel zuckten. »Ist das dein Gaul?«

Michel nickte.

»Was für ein unerwarteter Glücksfall. Nicht wahr, Berengar?«

»Sieht ganz so aus, Herr«, sagte der bullige Waffenknecht.

»Sei so nett und leih mir deinen Klepper«, wandte sich de Guillory an Michel.

»Wieso sollte ich das tun?«

»Nun, ich war mit meinen Männern jagen. Dabei ist mein Pferd gestürzt und hat sich so schwer verletzt, dass ich es töten musste. Leider sind es zwei lange Meilen bis zu meiner Burg, und ich habe wirklich keine Lust, zu Fuß zu gehen.«

»Es tut mir leid, aber ich kann Euch nicht helfen«, sagte Michel. »Ich brauche mein Pferd selbst.«

Der Ritter schaute zu Berengar, offenbar sein Sarjant. »Er versteht es nicht.«

»Ihr müsst es ihm deutlicher erklären, Herr.«

De Guillory lächelte Michel an und entblößte dabei strahlend weiße Zähne. »Verzeih. Ich habe mich missverständlich ausgedrückt. Es war keine Bitte. Es handelt sich vielmehr um eine Aufforderung.«

Die Männer feixten.

»Mit anderen Worten«, sagte Michel, »Ihr wollt mich zwingen, Euch mein Pferd zu überlassen.«

»Von Zwang kann keine Rede sein. Ihr Händler seid doch kluge Leute. Ich gehe deshalb davon aus, dass du so vernünftig bist, es mir freiwillig zu überlassen.«

»Das ist Raub!«

»Hör sich das einer an«, sagte de Guillory. »Große Worte für einen Krämer. Eine Leihgabe, mehr nicht. Morgen kannst du dir dein geliebtes Pferd zurückholen.«

Für einen Moment erwog Michel, sein Schwert zu ziehen und die Männer zu vertreiben, aber natürlich wäre dies eine ausgemachte Torheit. Zwar konnte er sich gegen Strauchdiebe verteidigen, doch diesen schlachtenerprobten Kriegern war er nicht gewachsen, schon gar nicht fünf von ihnen. So blieb er reglos stehen, bebend vor Zorn.

De Guillory schob ihn zur Seite und schwang sich in den Sattel. Maronne tänzelte und protestierte schnaubend gegen das ungewohnte Gewicht. Der Ritter zog ruckartig an den Zügeln, woraufhin sie gehorchte. »Das gehört dir, schätze ich.«

Er warf Michel das Schwert vor die Füße, schlug Maronne die Stiefelabsätze in die Flanken und jagte davon. Die Waffenknechte folgten ihm im Laufschritt. Es tat Michel weh, mitanzusehen, wie der Ritter die erschöpfte Stute hart zum Galopp antrieb.

»Ich werde mich bei Eurem Vater beschweren!«, brüllte er.

»Tu das. Ich empfehle dir einen guten Geisterbeschwörer«, rief de Guillory, bevor er zwischen den Bäumen verschwand.

Fluchend warf Michel sein Gepäck auf den Boden.

Erschöpft, müde und gereizt schlurfte er einige Stunden später die alte Römerstraße entlang. Das Schwert hatte er sich umgegürtet und die Satteltaschen über die Schulter gehängt. Obwohl die Sonne bereits den Hügeln im Westen entgegensank, brannte sie immer noch heiß.

Zu seiner Rechten floss die Mosel. Hier, nur wenige Tagesmärsche flussabwärts der Quelle, war sie gerade einmal dreißig, vierzig Ellen breit und im Sommer so flach, dass man an manchen Stellen ohne größere Mühe hindurchwaten konnte. Ihre Ufer waren steil und felsig und von dichtem Gestrüpp bewachsen. Der beschauliche Anblick des Flüsschens ließ einen manchmal vergessen, dass es sich dabei um eine alte, unberechenbare Naturgewalt handelte. In Ufernähe gab es tückische Stromschnellen, und im Frühjahr, während der Schneeschmelze, schwoll sie bedrohlich an und verwandelte sich in einen reißenden Wasserlauf.

Seit der Begegnung mit de Guillory hatte Michel keinen Blick mehr für die Schönheit des Moseltals. Als Varennes-Saint-Jacques vor ihm auftauchte, gelang es ihm nicht, sich darüber zu freuen, nach so langer Zeit endlich nach Hause zu kommen – im Gegenteil, er erschrak.

Obwohl ihm stets klar gewesen war, dass sich seine Heimatstadt nicht mit den prachtvollen Metropolen Norditaliens messen konnte, hatte er nie aufgehört, sie zu lieben. In seiner Erinnerung besaß sie bei aller Rückständigkeit einen ganz eigenen Liebreiz, der die kleine Stadt zu einem einzigartigen Ort im Abendland machte. Nun, einzigartig war sie zweifellos, aber von Liebreiz konnte keine Rede sein.

Während Michel an der Richtstätte vorbei zum Salztor im

Südosten schritt, gestand er sich ein, dass Varennes – wenngleich eine *civitas*, eine alte Bischofsstadt – nicht mehr war als ein etwas größerer Marktflecken. Die alte römische Stadtmauer wurde von den knapp zweitausendfünfhundert Bewohnern seit Jahrhunderten als Steinbruch genutzt und bot kaum noch Schutz. Die allermeisten Häuser bestanden aus Holz und glichen einfachen Hütten.

In seiner Erinnerung hatte er Varennes offenbar tüchtig verklärt. Oder er hatte sich in den vergangenen drei Jahren verändert, und mit ihm sein Blick auf die Welt.

Mit einem Nicken begrüßte er den Wächter, der gelangweilt im Schatten lehnte, und durchquerte das Tor. Was er innerhalb der Stadtmauern vorfand, unterstrich den Eindruck allgemeiner Schäbigkeit noch. Anders als in Mailand war keine einzige Straße gepflastert. Tierkot überzog den Boden aus festgestampftem Lehm, und in den Gassen tummelten sich Schweine und Hühner, die im Staub nach Essensresten und Ungeziefer suchten. Es stank. Die Leute schütteten ihren Abfall einfach aus dem Fenster, weshalb es von Ratten nur so wimmelte. Kaum jemand trug ein ordentlich geschneidertes Gewand; die meisten Menschen kleideten sich in schlichte Leinenkittel in tristen Farben und einfache Lederschuhe mit Holzsohlen, wenn sie nicht gar barfuß gingen. Die allgegenwärtige Armut schockierte Michel.

War das schon immer so? Oder ist es in den letzten drei Jahren schlimmer geworden?

Als er zum Domplatz kam, besserte sich das Bild ein wenig. Hier standen die mächtige Halle der Kaufmannsgilde, die städtische Münze und die Quartiere der wohlhabenden Kaufleute, allesamt aus Stein errichtet. Einige dieser Gebäude brauchten keinen Vergleich mit den Palazzi und Patriziervillen Mailands zu scheuen, allen voran das Haus des Bischofs, das neben der Kathedrale stand. Da der Bischof gleichzeitig der weltliche Herr Varennes' war, verfügte er über einen imposanten Palast mit wehrhaften Mauern, einem ausgedehnten Garten und mehreren Anbauten, in denen seine Ministerialen, wohnten und arbeiteten.

Der tägliche Markt neigte sich allmählich dem Ende zu. Krämer und Bauern luden ihre Kisten auf Hand- und Ochsenkarren und machten sich müde auf den Heimweg. Vor den letzten offenen Ständen feilschten Händler und Kunden um die verbliebenen Waren, während zwei städtische Aufseher den Unrat zusammenfegten. Michel war zu erschöpft, um nach bekannten Gesichtern Ausschau zu halten, und schlurfte zum Haus seiner Familie.

Es ähnelte den anderen Anwesen am Domplatz und verfügte über ein fensterloses Erdgeschoss aus rußgrauem Stein, das die beiden Obergeschosse trug. Durch einen Torbogen gelangte man in den kleinen Hof, wo sich der Stall mit den Saumtieren und der Schuppen für den Ochsenwagen befand. Es war ein merkwürdiges Gefühl, es nach all den Jahren zu betrachten. Irgendwie erschien es ihm kleiner als bei seinem Abschied. Die Vordertür war nicht verschlossen. Als er sie öffnete, fragte er sich bang, was ihn drinnen erwartete. Gehörte er nach so langer Zeit überhaupt noch hierher?

Doch kaum umfing ihn der unverwechselbare Geruch des Hauses – nach Rauch, Seifenlauge, Teer und den vielfältigen Handelswaren seines Vaters –, verschwanden seine Zweifel und seine üble Laune. Varennes mochte ein schmutziges, kleines Nest sein, doch das änderte nichts daran, dass es ihn glücklich machte, wieder hier zu sein. Wie sehr hatte ihm seine Heimat gefehlt!

»Ist jemand da?«, rief er in den Eingangsraum.

Am oberen Ende der Treppe, die zum ersten Stock hinaufführte, öffnete sich eine Tür, und eine junge Magd erschien. Es war Thérese, die erst wenige Monate im Haus gearbeitet hatte, bevor er fortgegangen war. Es dauerte einen Moment, bis sie ihn erkannte.

»Junger Herr!«, rief sie schließlich und stürmte die Stufen hinab. »Ihr seid wieder da!«

Michel begrüßte sie lachend. »Wo ist mein Bruder?«

»Im Hof, bei den Pferden.«

Er stellte sein Gepäck auf den Boden und eilte hinaus auf den Hof.

Jean stand vor dem Stall und bürstete ein Packpferd ab. Michel staunte nicht schlecht, als er ihn sah. Obwohl zwei Jahre jünger, war sein Bruder stets der Kräftigere von ihnen gewesen, und seit ihrem Abschied voneinander war er noch massiger geworden. Beeindruckende Muskeln schwollen an seinen Armen, sein Gesicht wirkte ganz und gar nicht mehr jungenhaft, sondern kantig und dank der Bartstoppeln ein wenig rau. Zweifellos: Jean war erwachsen geworden.

»Michel!«, rief er und stürmte seinem älteren Bruder entgegen. »Dem heiligen Jacques sei Dank – endlich! Jeden verdammten Tag in den letzten drei Wochen habe ich gebetet, du mögest bald kommen. Und hier bist du!«

Lachend schlossen sie einander in die Arme. Michel unterdrückte ein Stöhnen. Jean schien die Absicht zu haben, ihn zu erdrücken.

»Heiliger Jesus am Kreuz, du bist ja ein richtiger Kraftprotz geworden.«

»Das macht die Arbeit auf dem Salzschiff«, erklärte Jean. »Bei Gott, ich kann dir gar nicht sagen, wie glücklich es mich macht, dich wiederzusehen. Ich habe dich vermisst, Bruderherz. Schrecklich vermisst.«

Michel war nicht wenig gerührt. Jean hatte stets zu ihm aufgesehen, ihn geradezu vergöttert. Daran hatte sich offenbar nichts geändert. »Und ich dich erst.«

»Wie war die Reise? Mühsam, nehme ich an.«

»Mühsam ist gar kein Ausdruck.«

»Du bist doch nicht den ganzen Weg zu Fuß gegangen, oder? Wo hast du Maronne gelassen?«

»Lange Geschichte«, antwortete Michel.

Jean legte ihm die Hände auf die Schultern. »Lass dich anschauen. Gut siehst du aus. Braun gebrannt und kräftig wie ein Feldarbeiter. Das schöne Leben in Italien ist dir anscheinend bekommen. Aber was rede ich – du bist gewiss müde und hungrig. Komm, gehen wir nach oben, damit du dich waschen kannst. Ich kümmere mich darum, dass du etwas zu essen bekommst.«

Im Eingangsraum wurde Michel stürmisch von den restlichen Bediensteten begrüßt. Matenda, die Köchin, drückte ihn an ihre knochige Brust und begann zu schluchzen. Adrien, der alte Pferdeknecht, grinste bis über beide Ohren.

»Das ist Louis«, stellte Jean einen jungen Burschen vor, den Michel noch nicht kannte. »Vater hat ihn letzten Sommer eingestellt.«

Louis lächelte zurückhaltend, als er Michel die Hand reichte, und blickte gleich darauf schüchtern zu Boden.

»Er ist ein guter Kerl«, sagte Jean, als sie die Treppe hinaufstiegen. »Aber er spricht nicht viel.«

Rasch wusch Michel sich den Staub von der Reise ab und schlüpfte in frische Kleider, die Thérese ihm aus seiner Kammer holte. Kurz darauf saß er mit Jean in der Stube im zweiten Obergeschoss, trank Wein und aß ein wenig von dem frischen Brot, dem Ziegenkäse und dem kalten, gepökelten Fleisch. Viel brachte er nicht hinunter. Es gab zu viele Dinge, die ihm im Kopf herumgingen, über die er mit seinem Bruder sprechen musste.

Er nahm Jeans Brief in die Hand, der vor ihnen auf dem Tisch lag, zerknittert und mitgenommen von der langen Reise. Es gelang ihm nicht, die Frage zu stellen, die ihn am meisten quälte.

»Du willst sicher wissen, wie es passiert ist«, kam Jean ihm zu Hilfe.

Schweigend nickte Michel.

»Vater hat zwei Fässer Salz nach Épinal gebracht. Auf der Rückfahrt, keine halbe Meile vor Varennes, ist das Salzschiff in

Stromschnellen geraten und gegen einen Felsen geprallt. Vater muss ins Wasser gefallen sein. Vermutlich hat er sich den Kopf angeschlagen und ist kurz darauf ertrunken. Ein Schäfer fand ihn und brachte ihn auf seinem Karren in die Stadt. Der Medicus konnte nichts mehr für ihn tun.«

Michel schob die Platte von sich – der Appetit war ihm endgültig vergangen. Seine Augen brannten, und er blickte seinen Bruder an, dessen Gesicht grau vor Trauer war.

»Es ist alles meine Schuld«, murmelte Jean. »Wenn ich ihn begleitet hätte, wäre das nicht passiert. Dann hätte ich auf den Fluss achten können, während er das Boot steuert.«

»Es war nicht Eure Schuld«, widersprach Matenda entschieden, als sie einen Krug mit Wasser auf den Tisch stellte und Handtücher danebenlegte. »Ihr wart krank und lagt mit Fieber im Bett.«

»Es war nur ein leichtes Fieber. Ich hätte trotzdem mitgehen sollen.«

»Euer Vater hat aber darauf bestanden, dass Ihr Euch auskuriert. Jetzt hört auf, so zu reden. Was sich an jenem Tag zugetragen hat, war Gottes Wille. Es steht uns nicht zu, damit zu hadern.« Die Köchin bekreuzigte sich und verließ mit gesenktem Blick die Stube.

Michel konnte nichts dagegen tun, dass sich seine Augen mit Tränen füllten. Ihr Vater war immer so umsichtig gewesen. Wie hatte das nur geschehen können? »Ihr habt ihn auf dem Friedhof von Saint-Pierre begraben, nehme ich an?«

»Pater Jodocus hat die Messe gelesen, und es waren alle da, die Nachbarn, die Gildenschwurbrüder, viele Leute aus der Stadt. Du weißt ja, wie beliebt Vater war. Er ruht jetzt in der Obhut des heiligen Jacques, wie er es immer wollte.«

Jean ergriff Michels Hand, und stumm spendeten sie einander Trost.

Schließlich wischte sich Michel die Tränen ab. »Wie … wie geht es unserer Schwester?«, brachte er hervor.

»Gut«, antwortete Jean lächelnd. »Bernier ist ein trefflicher Bursche. Klug, freundlich und angesehen in Épinal. Du hättest Vivienne bei der Hochzeit sehen sollen. Sie sah wunderschön aus in ihrem Kleid und hat von morgens bis abends gestrahlt. Bernier wird ihr ein guter Ehemann sein, da bin ich sicher. Vielleicht kannst du ihn bald kennenlernen. Sie werden uns gewiss besuchen, bevor der Herbst kommt. Bernier ist recht oft in Varennes.«

In seinem letzten Brief hatte Michels Vater ausführlich von der Hochzeit berichtet. Bernier war ein junger, wohlhabender Händler aus einer kleinen Stadt im Süden des Moseltals. Als er im vergangenen Jahr zu Martini bei einer seiner Handelsreisen in Varennes gewesen war, hatte er auf dem Markt Vivienne getroffen und sich augenblicklich in sie verliebt. Schon wenige Tage später hatte er bei ihrem Vater vorgesprochen und um ihre Hand angehalten. Anfangs hatte ihr Vater Zweifel gehabt, ob es klug war, Vivienne jetzt schon zu verheiraten – immerhin war sie erst fünfzehn. Bernier jedoch erwies sich als ausgesprochen gute Partie, und Vivienne war ganz vernarrt in ihn. Also arrangierte man während des Winters mehrere Treffen, damit sich die Familien kennenlernen konnten, und im Februar gab er schließlich seine Einwilligung. Vier Wochen später, als der Schnee geschmolzen war, fand die Hochzeit statt, und seitdem lebte Vivienne mit ihrem Mann in Épinal, wo Bernier Grund und Boden und ein Haus mit drei Bediensteten besaß.

Michel lächelte, als sein Bruder von dem rauschenden Hochzeitsfest erzählte. Er freute sich für Vivienne, dass sie einen Mann gefunden hatte, der sie liebte, denn das war immer ihr sehnlichster Wunsch gewesen. Und als wäre er dabei gewesen, sah er seinen Vater vor sich, wie er an der Tafel saß, mit den Gästen lachte und auf die Gesundheit des Brautpaares trank, die Augen leuchtend und die Brust vor Stolz geschwellt. Die Heirat seiner geliebten Tochter hatte ihn gewiss zum glücklichsten Mann Varennes' gemacht. *Und fünf Wochen später war er tot.* Michel umklammerte den Weinkelch, als ihm der Schmerz abermals die Kehle zuschnürte.

»Was bin ich nur für ein Tölpel«, sagte Jean. »Ich rede und rede, dabei bist du gewiss todmüde. Ich sage Thérese, dass sie deine Kammer herrichten soll, damit du dich zurückziehen kannst.«

Michel wollte nicht allein sein – nicht jetzt. »Schauen wir uns lieber das Haus an. Es scheint sich ja einiges verändert zu haben.«

Wie die meisten Kaufmannshäuser verfügte auch ihres über einen großen Gesellschaftssaal, eine Küche und Unterkünfte für die Bediensteten im ersten Stock sowie Schlafkammern für die einzelnen Familienmitglieder und eine beheizbare Stube im zweiten. Die Waren wurden im Gewölbekeller und im Eingangsraum gelagert, manchmal auch im Dachboden, wenn der übrige Stauraum nicht ausreichte. Im Hof gab es neben dem Stall, dem Wagenschuppen und der Sickergrube zwei kleine Gehege mit Hühnern und Schweinen. Einen eigenen Brunnen besaß die Familie nicht, weswegen Matenda und Thérese stets zum öffentlichen Brunnen auf dem Domplatz gehen mussten.

Bei ihrem Rundgang stellte Michel fest, dass sich in der Tat manches verändert hatte, während er fort gewesen war. Im Stall zeigte Jean ihm drei neue Tiere, die ihr Vater angeschafft hatte: zwei junge Saumpferde und ein Reitpferd, einen Wallach namens Abendrot. Alle drei waren gesunde, kräftige Tiere und eine gute Ergänzung zu ihrem alten Zugochsen.

Das Haus selbst wirkte wesentlich heller und wohnlicher als früher, denn ihr Vater hatte zwei Kammern zusammenlegen und zusätzliche Fenster in die Wände brechen lassen; außerdem gab es mehrere neue Truhen, Wandteppiche und Kupferleuchter. Jean erzählte, ihr Vater habe in den vergangenen drei Jahren gutes Geld verdient, und wie immer habe er dafür gesorgt, dass sein geschäftlicher Erfolg zu allererst der Familie zugutekam.

»Kaum zu glauben, dass das alles jetzt uns gehört, nicht wahr?«, meinte Jean am Ende ihres Rundganges.

Michel nickte gedankenverloren. Da Vivienne bei ihrer Heirat eine Mitgift bekommen hatte und ihre Ansprüche damit abgegolten waren, erbten Jean und er den gesamten väterlichen Besitz. Nach altem Recht war es üblich, dass Michel als der ältere Sohn das Erbe durch zwei teilte und Jean als der jüngere seine Hälfte auswählen durfte, freilich erst, nachdem sie den Freiteil an die Kirche entrichtet hatten. Allerdings war das in ihrem Fall nicht praktikabel. Da es ihres Vaters Wunsch gewesen war, dass sie das Familiengeschäft gemeinsam weiterführten, konnten sie das Erbe nicht einfach halbieren. Sie mussten einen Weg finden, die Einheit von Grund und Boden, Haus, Vieh und Vermögen zu wahren, denn eine Zersplitterung des Erbes würde dem Geschäft schaden, es schlimmstenfalls ruinieren.

»Pater Jodocus hat angeboten, uns beim Aufteilen des Erbes zu helfen«, sagte Jean, als hätte er seine Gedanken gelesen. »Wenn du einverstanden bist, bitte ich ihn morgen zu kommen.«

»Ja, eine gute Idee«, erwiderte Michel. Jodocus, der Pfarrer von Saint-Pierre, war seit vielen Jahren der Beichtvater der Familie, er hatte sie als Kinder unterrichtet und kannte sie so gut wie kaum jemand sonst. Obendrein war er ein kluger und besonnener Mann. Gewiss fanden sie mit seiner Hilfe eine weise und gerechte Lösung.

Er ging zur Tür gegenüber der Stube.

»Vaters Kammer sieht noch genauso aus wie vor drei Jahren«, sagte Jean.

Michel wollte sie trotzdem sehen. Er öffnete die Tür und betrat den Raum, in dem ihr Vater gearbeitet hatte, wenn er nicht auf Reisen gewesen war. Schweigend betrachtete er die Regale mit den Schriftstücken, das silberne Kruzifix über der Tür und die eisenbeschlagenen Truhen.

An dem schweren Tisch vor dem Fenster hatte Rémy stets

Buch über seine Geschäfte geführt und Briefe an Freunde und Geschäftspartner in fernen Städten verfasst. Auf dem Rechenbrett hatte er seine Einnahmen gezählt und mit der Münzwaage auswärtige Silberpfennige gewogen, bis seine Söhne alt genug gewesen waren, diese Arbeit zu übernehmen. Die Erinnerung an all das war so lebendig, dass Michel beinahe das Knistern des Pergaments und das Klimpern der Münzen hören konnte.

Langsam schritt er durch die Kammer, strich über Möbelstücke, das festgebackene Wachs auf dem Tisch, berührte den Federkiel, den Kerzenhalter und all die anderen Gegenstände, die sein Vater jeden Tag benutzt hatte. »Zeigst du mir sein Grab?«

»Es wird bald dunkel. Ich dachte, dass wir morgen auf den Friedhof gehen.«

»Ich möchte es jetzt sehen, wenn es dir nichts ausmacht.«

»Natürlich«, sagte Jean, klopfte ihm auf die Schulter und ging voraus.

Bis Saint-Pierre, der Kirche ihrer Pfarrei, war es nur ein Katzensprung. Als die Klosterglocken gerade zur Komplet riefen, öffneten sie das schmiedeeiserne Tor und traten auf den Friedhof, der vor dem Gotteshaus lag.

Stille herrschte innerhalb der von Kletterpflanzen überwucherten Mauern, die den kleinen Totenacker begrenzten, denn so spät am Abend waren sie die einzigen Besucher. Bäume breiteten ihre Äste über die Gräber und Beinhäuser, drei uralte Birken, jede so krumm und verwachsen wie ein klappriger Tattergreis. Michel blickte zur Kirche, während er Jean folgte. Im Innern des Altarraums stand ein kleiner Reliquienschrein mit einem Blutstropfen des heiligen Jacques, dessen Leichnam im Dom begraben lag. Zu wissen, dass ein Märtyrer seine schützende Hand über die letzte Ruhestätte ihres Vaters hielt, verschaffte Michel ein wenig Trost.

»Hier ist es«, sagte Jean.

Michel kniete sich neben die aufgeworfene Erde und las die

lateinische Inschrift, die seine Geschwister auf dem Grabstein hatten anbringen lassen.

Unter dem Schutz der Märtyrer suchet die ewige Ruhe.
Der heilige Jacques wacht über diesen Platz, verbannt die Finsternis und verbreitet einen Schimmer des wahren Lichts.
Hier ruht Rémy de Fleury, Kaufmann und Schwurbruder der Gilde, gestorben am 11. April 1187 a. D.
Friede seiner Seele

Eine gute Inschrift. Michel nahm etwas Erde in die Hand und ließ sie durch seine Finger rieseln, während er sich in Erinnerungen verlor.

Sein Vater war einer der mutigsten Männer gewesen, die er kannte. Niemals hatte er aufgegeben, und waren die Umstände noch so hart gewesen. Michel wusste, wie viel er ihm verdankte. Ohne seinen Vater wäre er jetzt Bauer in Fleury, rechtlos, unwissend und arm. Ohne ihn hätte er nie lesen und schreiben gelernt, hätte er nie die Welt außerhalb seines Dorfes kennengelernt und die Wunder Mailands gesehen. Sein Vater hatte ihn zu dem Mann gemacht, der er heute war. Das war sein Vermächtnis, weit mehr noch als das Haus und das Geld in den Truhen.

Ich werde mich meines Erbes würdig erweisen. Du hast mein Wort, Vater.

Das war keine leichte Aufgabe. Er war der älteste Sohn. Ihm oblag es nun, die Familie zu führen, ihr Ansehen zu mehren, ihren Wohlstand zu vergrößern. Michel trug die Verantwortung für Jean, bis sein Bruder mündig wurde; für die Frau, die er einmal heiraten, für die Kinder, die er zeugen würde.

Ich werde dir Ehre machen, so gut ich kann.

Die letzten Erdkrumen rieselten durch seine Finger. Michel stand auf und bekreuzigte sich, und sie gingen den dunklen Pfad unter den Birken zurück.

Bevor Michel in jener Nacht schlafen ging, zündete er in seiner Kammer eine Kerze an und las ein wenig in der *Consolatio philosophiae*. Während seiner Reise war ihm das Werk ein tröstlicher Begleiter gewesen. Boethius schrieb über Tod und Vergänglichkeit, und die klugen Gedanken des Philosophen hatten ihm geholfen, mit seiner Trauer fertigzuwerden. Seit Pater Jodocus ihn lesen gelehrt hatte, liebte er Bücher, denn er fand stets Trost und Zerstreuung darin. Die Familie besaß mehrere: Poesie, aber auch die vier Evangelien sowie Schriften über das Wirken der Heiligen. Sie lagen sicher verwahrt in einer Truhe in der Schreibstube seines Vaters – in *seiner* Schreibstube. Ein großer Schatz, den er um nichts in der Welt missen wollte.

Auch jetzt verfehlte das Buch seine Wirkung nicht. Boethius' Gedichte linderten seinen Schmerz, seine aufgewühlten Gedanken kamen zur Ruhe. Er dankte Messere Agosti noch einmal für dieses kostbare Geschenk und fiel wenig später in tiefen Schlaf.

»Wann soll ich Pater Jodocus herbitten?«, fragte Jean am nächsten Tag in der Frühe, als sie in der Stube saßen und das Morgenbrot verzehrten.

»Frag ihn, ob er zur None kommen kann«, antwortete Michel. »Vorher muss ich mich um einige Dinge kümmern. Weißt du, ob Gaspard gerade in der Stadt ist?«

Jean nickte. »Ich habe ihn gestern gesehen.«

Michel konnte es kaum erwarten, seinen alten Freund wiederzusehen. Er rief nach Louis und bat ihn, Pergament und Schreibzeug zu bringen. Während er einen Bissen Brot kaute, schrieb er eine kurze Nachricht, streute Löschkalk auf die Tinte und faltete sie zusammen. »Bring das Gaspard Caron und bestelle ihm meine Grüße«, wies er den jungen Knecht an. »Ich möchte ihn heute Abend treffen, wenn er es einrichten kann.«

Stumm nickte Louis und eilte mit der Nachricht in der Hand davon.

Nach dem Morgenbrot verließ Michel das Haus und überquerte den Domplatz, auf dem gerade der Markt begann. Er trug sein bestes mailändisches Gewand, das Thérese für ihn ausgebürstet hatte. Gewiss hatte es sich bereits herumgesprochen, dass er zurückgekehrt war, und er wollte den Bürgern Varennes' zeigen, dass er sein Erbe ernst nahm und das Familiengeschäft mit der gleichen Verlässlichkeit wie sein Vater führen würde. Auf einen Mantel hatte er jedoch verzichtet, denn obwohl die Klosterglocken gerade erst zur Terz geläutet hatten, war es bereits sehr warm.

Die Wechselstube am Nordtor war nicht einmal dreihundert Schritte entfernt; dennoch brauchte er für den Weg eine Stunde. Ständig wurde er von Leuten angesprochen, die ihn erkannten und in Varennes willkommen hießen. Sein Vater war ein beliebter Mann gewesen, und Bürger aller Stände, vom Handwerker bis zum Kaufmann, sprachen ihm ihre Anteilnahme aus.

Als er endlich zur Wechselstube kam, war es bereits so heiß, dass er sich wünschte, er hätte ein weniger kostbares und dafür dünneres Gewand angezogen. Rasch trat er in den Schatten des vorspringenden Daches, löste seine Geldkatze vom Gürtel und schüttete seine Barschaft auf das Querbrett der Ladenluke. Der Geldwechsler holte ein Rechenbrett und eine kleine Waage hervor und begann, die Münzen zu stapeln, geordnet nach Herkunft und Gewicht.

Fünfzehn Lira hatte Michel in Mailand gespart, fünfzehn Pfund Silber, leider ausschließlich italienische Denari und Soldi, mit denen er in Varennes nichts anfangen konnte. Er musste sie in einheimische Pfennig- und Schillingmünzen umtauschen, in Deniers und Sous, die in der Münze des Bischofs geprägt worden waren – das einzige gültige Zahlungsmittel in Varennes. Die saftigen Gebühren, die der Umtausch kostete, schlugen ihm gehörig auf die Stimmung. *Halsabschneider*, dachte er, als der Wechsler die Münzen in seiner Schatulle verschwinden ließ.

Missmutig hielt er einen Denier ins Sonnenlicht. Das Geldstück wies eine seltsame schwärzliche Färbung auf.

»Stimmt etwas nicht?«, erkundigte sich der Wechsler.

»Was sind das für scheußliche Münzen?«

»Es sind echte Deniers aus der Münze von Varennes, Herr, mein Wort darauf.«

»Aber sie enthalten viel zu wenig Silber.«

»Ihr wart eine Weile nicht hier, richtig?«

»Ich war drei Jahre in Mailand.«

»Unsere Deniers sind nicht mehr das, was sie einmal waren.« Der Wechsler senkte die Stimme. »Es liegt an Bischof Ulman. Er lässt sie ständig verrufen.«

»Bischof Ulman?«, fragte Michel mit gerunzelter Stirn.

»Bischof Jean-Pierre ist vor zwei Jahren verstorben, möge er in Frieden ruhen. Ulman ist sein Nachfolger.«

Unwillkürlich bekreuzigte Michel sich. Jean-Pierre war seit seiner Kindheit Bischof von Varennes-Saint-Jacques gewesen, ein schwieriger, wenngleich einigermaßen gerechter Mann. »Was heißt das, er lässt die Münzen ›verrufen‹?«

»Nun, er erklärt sie für ungültig und zwingt uns, sie gegen neue umzutauschen.«

»Die natürlich weniger Silber enthalten als die alten.«

»Ich fürchte, so ist es, Herr.«

Sinn und Zweck dieses Verfahrens musste der Wechsler Michel nicht erklären: Das eingesparte Silber floss in die Schatullen des Bistums. Michel war inzwischen lange genug Kaufmann, um zu wissen, dass die Münzherren der verschiedenen Städte und Fürstentümer überaus erfindungsreich waren, wenn es galt, ihre Untertanen zur Kasse zu bitten – aber diese Methode der Besteuerung war mit Abstand die niederträchtigste, von der er je gehört hatte. »Wie oft ist das schon passiert?«

»Viermal in den letzten zwei Jahren, wenn ich mich recht erinnere.«

»Viermal!«, rief Michel aufgebracht. Kein Wunder, dass die Deniers von Varennes inzwischen fast nur noch minderwertiges Metall enthielten.

»Nicht so laut, Herr, bitte«, murmelte der Wechsler mit einem verstohlenen Blick auf zwei bischöfliche Waffenknechte, die gerade die Straße entlangschlenderten. »Ich will keinen Ärger.«

»Wieso unternimmt niemand etwas dagegen? Was sagt die Kaufmannsgilde dazu?«

»Es ist Bischof Ulmans gutes Recht, neue Münzen zu prägen«, antwortete der Wechsler ausweichend. »Er ist der Münzherr von Varennes.«

Und du wirst den Teufel tun, dich zu beklagen, immerhin verdienst du an jedem Münzumtausch deinen Anteil. Ungehalten steckte Michel sein Geld ein. Er schätzte, dass er soeben – bedingt durch die Wechselgebühren und den Umtausch in minderwertige Münzen – rund ein Fünftel seiner Ersparnisse verloren hatte.

Zu Hause verstaute er das Geld in einer Truhe in der Schreibstube und berichtete Jean von dem unerfreulichen Erlebnis in der Wechselstube. Sein Bruder zuckte nur mit den Schultern. Offenbar hatte er schon zu viele Geldentwertungen miterlebt, um sich noch darüber zu ärgern. »Besser, du findest dich damit ab«, sagte er. »Man kann ohnehin nichts dagegen tun.«

Michel dachte nicht daran, dergleichen einfach hinzunehmen. Er beschloss, mit den anderen Kaufleuten darüber zu sprechen, sowie man ihn in der Gilde aufgenommen hatte. Zuerst aber musste er ein anderes Ärgernis aus der Welt schaffen. »Brauchst du heute Morgen Abendrot?«

»Nein. Wieso?«

»Ich muss zur Burg von Renard de Guillory. Sein Sohn hat mir Maronne weggenommen.«

»Er hat *was*?«, rief Jean.

Michel wollte nicht über den demütigenden Vorfall sprechen. »Ich hole sie mir zurück. Und anschließend rede ich ein ernstes Wörtchen mit dem alten Renard. Er soll gefälligst dafür sorgen, dass sich sein Stammhalter nicht wie ein Straßenräuber benimmt.«

»Renard ist tot. Er starb vergangenes Jahr. Aristide ist jetzt der neue Herr von Guillory.«

Dröhnend ließ Michel den Truhendeckel zufallen. »Der Auferstandene sei uns gnädig.«

»Sei vorsichtig, wenn du mit ihm redest«, riet ihm Jean. »Der Kerl ist gefährlich. Lass mich am besten mitkommen.«

Gegen Mittag, als eine kühle Brise die schlimmste Hitze vertrieb, sattelte Michel Abendrot und ritt mit Jean zur Burg Guillory, die eine gute Wegstunde zu Fuß südlich von Varennes lag. Die Festung stand auf einem Hügel mit steilen, bewaldeten Hängen im Süden und Westen; zur Mosel hin fielen sie dagegen sanft ab. Birken und dichtes Farngestrüpp säumten den Pfad, der sich zum Torhaus hinaufschlängelte.

Schon von Weitem sah Michel, dass an der Anlage gerade gebaut wurde. Die einstige Kernburg, bestehend aus einer Schildmauer mit zwei Türmen, dem Bergfried und dem Palas mit den Wohnquartieren, wurde um vorgelagerte Befestigungen auf dem Hügelkamm erweitert. Holzgerüste umgaben die halbfertigen Wälle; auf einem Turm stand ein Lastkran, mit dem Arbeiter Steinblöcke zur Mauerkrone hinaufbeförderten.

Als sie durch das neue Tor ritten, wehten ihnen dichte Staubschwaden entgegen. Steinmetze und Zimmerleute bearbeiteten das Baumaterial, das die Maurer für die Wälle und Türme benötigten. Außerdem schufteten Dutzende von Leibeigenen auf der Baustelle, hoben Gräben aus und schleppten Steine und Baumstämme, überwacht von mehreren Waffenknechten. Die Soldaten schreckten nicht davor zurück, Hörige, denen Hitze und Erschöpfung zu schaffen machten, mit Gewalt zur Eile anzutreiben. Michel beobachtete, wie ein Bewaffneter einen älteren Leibeigenen mit dem Lanzenschaft schlug, weil dieser sich im Schatten ausruhte. Angst lag in der Luft.

Wenn die Bauarbeiten eines Tages abgeschlossen sind, ist die Burg viel zu groß für einen einfachen Ritter. Wofür braucht ein unbedeutender Edelmann wie Aristide de Guillory eine solche Festung?

Michel führte Abendrot zur Tränke, band den Wallach fest und wandte sich an einen Steinmetz. »Wo finde ich deinen Herrn?«

»Da drüben.«

Michel und Jean gingen in die Richtung, die der Handwerker ihnen wies, und fanden Aristide de Guillory im Schatten der Wehrmauer. Einer der Soldaten, die ihn gestern auf der Jagd begleitet hatten, war bei ihm – Michel erinnerte sich, dass der Kerl Berengar hieß. Die beiden Männer lehnten sich auf ein Fass, beaufsichtigten die Arbeiten und tranken Wein.

De Guillory strahlte wieder jene lässige Selbstgefälligkeit aus, von der sich Michel stets herausgefordert fühlte. Energisch schritt er auf den Ritter zu.

»Ah, der fahrende Krämer«, begrüßte de Guillory ihn nicht unfreundlich. »Kann ich dir einen Becher Wein anbieten?«

»Ich will mein Pferd zurückhaben«, sagte Michel.

»Dein Pferd ...« Der hünenhafte Ritter richtete sich auf und blickte versonnen ins Nichts.

»Wo ist es?«, fragte Michel schroff.

»Ich würde es dir gerne zurückgeben. Aber ich fürchte, es gibt da ein Problem.«

»Was für ein Problem?«

»Dein Pferd war ein ganz schönes Biest. Störrisch und bösartig. Es wollte mich beißen.«

»Maronne hat noch nie jemanden gebissen«, erwiderte Michel. »Wahrscheinlich habt Ihr sie schlecht behandelt.«

De Guillory wechselte einen belustigten Blick mit Berengar. »Ich weiß, wie man Pferde behandelt, glaub mir. Auf dem Torweg hat deine Maronne versucht, mich abzuwerfen. Sie hat mich beinahe vor meinen Leibeigenen zum Gespött gemacht. Deshalb musste ich sie abstechen.«

»Abstechen?«, ächzte Michel. »Das ... das ist ein schlechter Scherz.«

»Berengar hat sie gestern Abend geschlachtet und das Fleisch an die Hörigen verteilt. Frag sie, wenn du mir nicht glaubst.«

Tränen schossen Michel in die Augen, und er wandte sich ab, leider zu spät – de Guillory und Berengar hatten es bereits gesehen.

»Schau dir den Kerl an«, sagte de Guillory. »Flennt wegen eines Gauls.«

Berengar lachte und trank von seinem Wein.

Michel sah, dass Jean vor Wut die Fäuste ballte. Er riss sich zusammen und fuhr herum. »Ihr werdet mir mein Pferd ersetzen!«

»Natürlich.« Der Ritter gab Berengar ein Handzeichen, woraufhin dieser eine Handvoll Münzen hervorholte und auf das Fass knallte.

»Das ist alles? Sechs Sous?«

»Mehr war der Klepper nicht wert«, sagte de Guillory.

»Du verdammter Bastard!«, knurrte Jean und ging auf ihn los. Der Ritter packte ihn mit seinen Prankenhänden an den Oberarmen und hielt ihn fest.

»Schön langsam, Freundchen. Ihr nehmt jetzt das Geld und verschwindet. Oder ich stecke euch in den Kerker, bis ihr euch beruhigt habt.«

Mit zorniger Miene war Berengar vorgetreten, bereit, seinem Herrn zu Hilfe zu kommen. Von der Baustelle näherten sich außerdem zwei Kriegsknechte, angelockt von den aufgebrachten Stimmen.

Michel wusste, wann er verloren hatte. »Hör auf, Jean.«

Sein Bruder schüttelte de Guillorys Hände ab und spuckte aus. Michel nahm die Münzen. »Lass uns gehen.«

Unter dem Gelächter de Guillorys und Berengars stapften sie zur Tränke.

»Warum hast du mich zurückgehalten?«, fauchte Jean. »Ich hätte ihm alle Zähne ausgeschlagen!«

»Halt den Mund. Du machst alles nur noch schlimmer.« Seine geliebte Maronne – einfach abgestochen wie ein schlachtreifes Schwein und an die Leibeigenen verfüttert. Wenn Michel daran dachte, überkam ihn Übelkeit. Mit zusammengebissenen Zähnen band er Abendrot los. Er erwog, de Guillory beim Bischof anzuzeigen – aber wann hatte es je etwas gebracht, einen Adligen zu verklagen? Er konnte ja nicht einmal beweisen, dass der Ritter ihm das Pferd gestohlen hatte. Nein, er war machtlos.

Sie schwangen sich in den Sattel, Michel schlug Abendrot die Absätze in die Flanken und ritt beinahe einen Kriegsknecht über den Haufen, als sie durch das Tor jagten.

Als sie eine halbe Stunde später in Varennes ankamen, war Michel immer noch so zornig, dass ihm das Blut in den Ohren rauschte. Vor ihrem Haus stiegen sie ab und führten den Wallach durch das breite Tor in den Hof, wo ihnen Adrien begegnete.

»Der Schultheiß ist da«, sagte der Pferdeknecht. »Er erwartet euch oben im Saal.«

»Der Schultheiß?«, wiederholte Michel. »Was will er von uns?«

»Das hat er nicht gesagt.«

Übellaunig stampfte Michel die Treppe hinauf, gefolgt von seinem Bruder. Besuch von der Obrigkeit war das Letzte, was er jetzt brauchte.

Tancrède Martel, ein Ministeriale des Bischofs, saß am Tisch im Gesellschaftssaal, vor sich einen Becher Wein. Er war eine gänzlich unauffällige Erscheinung, trotz seines prächtigen Gewandes und der silbernen Amtskette: mittelgroß, grauhaarig, leicht untersetzt. Als Schultheiß saß er dem bischöflichen Niedergericht vor und sorgte in Varennes mit seinen Bütteln für Recht und Ordnung – eine Aufgabe, die er äußerst penibel erfüllte, nicht selten zum Schaden der Kaufleute, die er mit Vorliebe gängelte und behinderte. Wie immer blickte er mürrisch drein, als wäre der Aufenthalt in diesem Haus eine einzige Zumutung.

Michel begrüßte ihn mit einem Nicken. »Was führt Euch zu uns, Herr Martel?«

Der Schultheiß hielt sich nicht damit auf, ihnen seine Anteilnahme für den Tod ihres Vaters auszusprechen. »Ich habe erfahren, dass Ihr heimgekehrt seid, um Euer Erbe anzutreten«, antwortete er steif und erhob sich schwerfällig. »Wenn Ihr gestattet, schätze ich den Wert Eures Besitzes und die Höhe des Freiteils.«

Es war wie immer: Ersuchte man die Obrigkeit um eine Gefälligkeit, konnte man warten, bis man schwarz wurde. Schuldete man ihr dagegen Geld, kam sie schneller als ein Schnupfen im November.

»Ich bin erst gestern von Mailand zurückgekommen«, erwiderte Michel. »Ich habe noch keine Zeit gefunden zu entscheiden, wem der Freiteil zukommen soll.«

»Das könnt Ihr immer noch entscheiden. Aber die Summe muss baldmöglichst festgesetzt werden, um die Erben vor der Versuchung zu bewahren, ihr Vermögen zu verprassen und unsere heilige Mutter Kirche um ihr Recht zu bringen. So will es das Gesetz, Herr de Fleury. Wenn Ihr mich also herumführen würdet, damit ich meine Pflicht tun kann.«

»Es ist mir ein Vergnügen«, sagte Michel säuerlich.

Der Schultheiß ließ sich das ganze Haus zeigen, vom Gewölbekeller bis zum Dachboden. Beim Gehen hinkte er leicht, denn er litt an den Folgen einer Verletzung, die er sich vor Jahren bei der Verhaftung eines Safranfälschers zugezogen hatte. Folglich kostete ihn der Rundgang einige Mühe, was nicht gerade dazu beitrug, ihn wohlwollender zu stimmen. Er bestand darauf, jeden Raum zu betreten, um sich zu vergewissern, dass man keinen Gegenstand von Wert vor ihm verbarg. Nichts entging seinem argwöhnischen Blick; er untersuchte sogar die Kisten und Körbe in der Vorratskammer. Den geschätzten Wert des Viehs, der eingelagerten Waren und der Hauseinrichtung vermerkte er mit verkniffener Miene auf einer Wachstafel.

Zu guter Letzt betraten sie die Schreibstube, wo er Michel aufforderte, die Truhen zu öffnen. Nachdem er die kostbaren, ledergebundenen Bücher begutachtet hatte, wandte er sich der Schatulle mit den Silbermünzen zu.

»Ist das Euer gesamtes Vermögen?«

»Bis auf den letzten Denier.«

»Wie viel ist es?«

Michel holte die Aufzeichnungen seines Vaters hervor und studierte die Einträge. »Etwa sechzig Pfund Silber.«

»Kann ich Eurem Wort trauen?«, fragte Martel.

»Was erlaubt Ihr Euch? Ich bin ein Ehrenmann!«

Der Schultheiß erwiderte nichts darauf, doch der Zug um seine Mundwinkel zeigte deutlicher als Worte seine Ansicht, dass der Kaufmann, der sich zu Recht Ehrenmann nannte, erst noch geboren werden musste. Geübt rechnete er die Zahlen auf seiner Liste zusammen. »Der Wert Eures Besitzes beläuft sich auf insgesamt dreihundertundzehn Pfund Silber. Der Freiteil beträgt ein Fünftel des Erbes. Somit erwartet das Bistum von Varennes-Saint-Jacques eine Spende von zweiundsechzig Pfund.«

»Nein«, sagte Michel. »Das ist zu viel. Das nehme ich nicht hin. Unser Besitz ist nie und nimmer so viel wert.«

»Allein der Grund und Boden und Euer Haus kosten gut und gerne hundertdreißig Pfund. Hinzu kommen das Vieh, die Bücher, die Gewürze in der Vorratskammer, Wandteppiche, Gewänder, sechs kupferne Leuchter und das Geld. Dreihundertzehn Pfund ist noch wohlwollend geschätzt, Herr de Fleury. Akzeptiert es, oder ich komme morgen mit zwei Bütteln wieder, wir begutachten Euer Hab und Gut gründlich, und dann werde ich nicht so mildtätig sein.«

Das war keine leere Drohung. Als höchster Amtsmann des Bischofs konnte Martel nach Belieben mit ihnen verfahren, er konnte sogar ihr Haus auf den Kopf stellen und einzelne Besitztümer beschlagnahmen, wenn es ihm gefiel. Michel blieb nichts anderes übrig, als einmal mehr seinen Zorn zu schlucken und sich zu fügen. »Also gut«, brachte er hervor. »Zweiundsechzig Pfund. Aber ich entscheide, wer sie bekommt.«

»Gewiss«, sagte Martel. »Das ist Euer gutes Recht. Wenn ich Euch eine Empfehlung geben darf: Spendet Euren Freiteil dem Domkapitel. Der Propst braucht Geld für die Erneuerung des Glockenturms.«

Michel dachte nicht im Traum daran, sein Silber dem Propst in den Rachen zu werfen. Die Pfaffen vom Domkapitel waren reicher als so mancher lombardische Geldverleiher. Wenn er schon eine solche Summe spenden musste, sollte sie wenigstens den wirklich Bedürftigen zugutekommen, den bedauernswerten Insassen des Leprosoriums oder den Armen im Spital der Abtei Longchamp.

»Ich werde darüber nachdenken.«

»Tut das. Aber nicht zu lange. Wenn Eure Spende nicht bis Johanni bei einer Einrichtung des Bistums eingegangen ist, habt Ihr Euch vor dem Sendgericht zu verantworten.«

Mit diesen Worten empfahl sich der Schultheiß.

»Dieser Leichenfledderer!«, fluchte Michel, als Martels schleppende Schritte verklungen waren. »Das hat ihm richtig Vergnügen bereitet, hast du gesehen? So ein Halunke!« Er trat ans Fenster und sah den Schultheißen über den Domplatz hinken. »Ein eiterndes Furunkel soll ihm wachsen!«

Jean stand mit starrem Blick neben der Tür. »Ist er weg?«

»Ja! Hoffentlich holt ihn der Teufel!«

Sein Bruder zog zwei Silberlöffel, einen kleinen Zinnteller und ein Säckchen mit Pfefferkörnern aus seinem Wams. »Das ist alles, was ich retten konnte. Ich wollte auch das Kruzifix in der Stube verschwinden lassen, aber er ist mir zuvorgekommen. Heiliger Jesus am Kreuz, dieser Mann hat Augen wie ein Luchs!«

Thérese kam herein. »Pater Jodocus ist da. Soll ich ihn heraufbitten?«

Michel rieb sich die Augen. Dieser Tag war noch nicht vorüber, doch er fühlte sich bereits so erschöpft wie nach einer zweiwöchigen Handelsreise. »Komm«, sagte er zu seinem Bruder. »Teilen wir unser Erbe auf. Das bisschen, was noch übrig ist…«

»Euer Vater war ein gesunder und starker Mann, der den Gefahren seines Berufs stets mit Umsicht begegnet ist«, sagte Pater Jodocus, als sie im Saal zusammensaßen. »Jeder, der ihn kannte, war sicher, dass er noch viele Jahre vor sich habe. Auch er selbst dachte das. Deshalb hat er nie mit mir darüber gesprochen, was mit seinem Besitz geschehen soll, wenn der Herr ihn dereinst zu sich holt. Wir müssen also nach bestem Gewissen versuchen, seine Wünsche zu ergründen. Ich bin davon überzeugt, er wollte vor allem anderen, dass das Geschäft, das er so mühevoll aufgebaut hat, wächst und gedeiht und dem Wohlergehen der Familie dient. Stimmt ihr mir zu?«

»Davon können wir ausgehen«, antwortete Michel, und Jean nickte.

Der Priester stellte seinen Weinkelch auf den Tisch. Er war ein Mann von dreiundfünfzig Jahren, der mit seinem weißen Vollbart und dem kahlen, vernarbten Schädel mehr wie ein alter Soldat denn wie ein Geistlicher aussah. Tatsächlich hatte er in jungen Jahren im Heiligen Land gegen die Sarazenen gekämpft, bevor er seine Bestimmung fand. »Jedem von euch steht eine Hälfte des Familienbesitzes zu«, fuhr er fort. »Da euer Vater wollte, dass ihr das Geschäft gemeinsam weiterführt, wäre es jedoch nicht in seinem Sinne, das Vermögen unter euch aufzuteilen. Sind wir uns darin einig?«

»Natürlich«, sagte Michel. »Aber genau da liegt die Schwierigkeit. Es war gewiss nicht sein Wunsch, dass einer von uns alles bekommt und der andere nichts.«

»Und wenn du mich ausbezahlst?«, erwiderte Jean. »Es ist doch so: Wir alle wissen, dass ich nicht zum Kaufmann tauge…«

»Das ist Unsinn, was du da sagst.«

»Warum soll ich mir etwas vormachen, Michel? Mit unverschämten Kunden und gierigen Kleinkrämern zu feilschen und nächtelang dazusitzen und Deniers zu zählen – das ist nichts für mich. Ich bin dafür nicht geschaffen. Wenn ich mit dem Salzschiff auf der Mosel fahren und hier und da mit anpacken darf, bin ich vollauf zufrieden. Du dagegen bist der geborene Händler. Du verstehst etwas von Geld und hast eine Nase für gute Geschäfte. Deshalb hat Vater auch dich nach Mailand geschickt und nicht mich. Er wollte, dass du einmal das Geschäft leitest. Also wäre es vernünftig, wenn du das Haus, das Vieh und den übrigen Besitz bekommst und mich dafür ausbezahlst. Sagen wir, du gibst mir hundertzwanzig Pfund. Das wäre ungefähr die Hälfte dessen, was Martel geschätzt hat, den Freiteil abgezogen. Damit wäre mein Anteil abgegolten, und die künftigen Gewinne teilen wir einfach durch zwei.«

Michel hätte ihm gern widersprochen, doch insgeheim wusste er, dass sein Bruder recht hatte. Schon als Heranwachsender hatte Jean kaum Interesse für kaufmännische Dinge aufgebracht und sich stets gelangweilt, wenn ihr Vater das Treiben auf den Handelsmessen erklärt oder ihnen erläutert hatte, wie sich die Münzen der verschiedenen Städte voneinander unterschieden. Er liebte die einfache Arbeit: Waren auf- und abladen, die Saumtiere pflegen, ein gebrochenes Wagenrad ersetzen, das Haus instand halten. Anders als seine Geschwister schlug er gänzlich nach ihren bäuerlichen Vorfahren, die seit Generationen in Fleury die Felder bestellt und dem Land karge Frucht abgerungen hatten.

Jean hatte ohne Bitterkeit und Neid gesprochen. Offenbar hatte er sich schon lange damit abgefunden, dass ihm ein schlichtes Leben im Hintergrund vorbestimmt war, während sein älterer Bruder einer glanzvollen Laufbahn als Kaufmann und Oberhaupt der Familie entgegenging. Seine Bescheidenheit rührte Michel eigentümlich, und er wusste nicht, was er sagen sollte.

»Ich möchte, dass du etwas weißt, Jean«, brach Pater Jodocus schließlich das Schweigen. »Michel mag besser geeignet sein, die Nachfolge eures Vaters anzutreten, aber auch du bist ein Sohn, auf den jeder Mann stolz wäre. Du hast nicht nur Rémys Gottesfurcht und unerschütterliche Zuversicht geerbt, sondern auch seine Stärke, seine Güte und seinen Mut. All das ist genauso viel wert wie Klugheit und Geschäftssinn, wenn nicht mehr. Vergiss das niemals.«

Michel erschien es, als wäre sein Bruder soeben zwei Fingerbreit gewachsen. Wieder einmal hatte Jodocus die richtigen Worte gefunden.

»Jean auszubezahlen ist trotzdem keine Lösung«, sagte Michel. »Wenn wir den Freiteil entrichtet haben, ist kein Geld mehr da – wir müssten das Haus verkaufen, und das will ich nicht. Wir müssen einen anderen Weg finden.«

»Du musst ihn nicht auf einen Schlag ausbezahlen«, erwiderte Jodocus. »Macht es wie die Gebrüder Nemours. Als sie damals das Geschäft ihres Vaters erbten, standen sie vor denselben Schwierigkeiten wie ihr. Sie haben sich darauf geeinigt, dass Jacques seinem jüngeren Bruder Aimery jedes Jahr bis an sein Lebensende eine Leibrente zahlt.«

Michel schlug mit der flachen Hand auf den Tisch. »Eine Rente, natürlich! Wieso bin ich nicht von selbst darauf gekommen? Wärst du damit einverstanden?«, wandte er sich an seinen Bruder.

»Ich denke schon. Es kommt natürlich darauf an, wie hoch die Rente wäre.«

Michel dachte kurz nach. »Was hältst du von sechs Pfund Silber im Jahr? Zusätzlich bekommst du die Hälfte aller Einkünfte aus dem Geschäft.«

Jean nickte. »Hört sich gut an.«

Michel fiel ein Stein vom Herzen. Obwohl Jean und er sich ausgezeichnet verstanden, hatte er befürchtet, sie könnten sich zerstreiten – sie wären wahrlich nicht die ersten Brüder gewesen, die sich wegen ihres Erbes entzweiten.

»Ich wusste, es war die richtige Entscheidung, Euren Rat

einzuholen.« Michel hob seinen Kelch. »Lasst uns trinken. Auf Eure Gesundheit, Pater Jodocus.«

Rubinroter Wein schwappte auf das dunkle Holz, als sich die drei Kupferbecher über dem Tisch trafen.

Kurz nachdem der Geistliche gegangen war, kam ein Knecht von Gaspard Caron und überbrachte Michel eine Nachricht.

Lieber Freund, schrieb Gaspard in seiner gestochen scharfen Handschrift, *wie schön, dass Du wieder zu Hause bist! Es wäre mir eine Freude, Dich heute Abend zu treffen. Komm zur Vesper zu Pierres Badehaus in der Unterstadt.*
Gaspard

Am frühen Abend machte sich Michel auf den Weg. In der Unterstadt im Osten Varennes' lebten die ärmeren Leute, Tagelöhner, Stadtbauern, Gerber. Einstöckige Häuser aus Lehm und Stroh und einfachste Holzhütten säumten die engen Gassen, und in den Schlaglöchern sammelte sich Unrat. Ein schmaler Kanal, gespeist von der Mosel, trennte das Viertel vom Rest der Stadt. An seinem Ufer standen Wäschereien, Mühlen, Tuchfärbereien und andere Gewerke, die viel Wasser benötigten. Michel überquerte die hölzerne Brücke an der Rue de l'Épicier und ging zu einem der Badehäuser, dem besten am Platz.

Gaspard erwartete ihn bereits. Michel lächelte, als er seinen Freund vor dem langgestreckten Holzgebäude erblickte.

»Es tut gut, dich zu sehen«, begrüßte Gaspard ihn herzlich und umarmte ihn, obwohl überschwängliche Gefühlsäußerungen sonst nicht seine Art waren. »Du hast mir gefehlt, alter Freund.«

»Ich habe dir ein Geschenk mitgebracht, als Erinnerung an alte Zeiten.« Michel öffnete seinen Beutel und überreichte ihm einen kleinen Krug mit in Honig eingelegten Pflaumen.

Gaspard lachte. »Diesen Tag werde ich nie vergessen. Gehen wir hinein. Wir haben uns viel zu erzählen.«

»Kommst du gerade von einem Geschäft?«, fragte Michel, als er den Staub auf den Kleidern seines Freundes bemerkte.

»Ich war bei der Saline, um meine Salzvorräte aufzufrischen. Dort oben in den Hügeln ist es heiß wie in der Hölle. Ich brauche dringend ein Bad.«

Das Badehaus bestand aus zwei großen, dampfverhangenen Räumen, in denen mehrere Waschzuber standen. Sie entkleideten sich im Eingangsbereich, übergaben ihre Gewänder, Schuhe, Messer und Geldbörsen Pierre, dem Bader, und nahmen grobe Seife, Wollbadetücher und Fläschchen mit Duftölen entgegen.

Eine Bademagd führte sie zu einem Zuber und füllte ihn mit heißem Wasser. Während sie sich mit Schwämmen abrieben, servierten die Mägde Wein, Käse und Brot und stellten die Speisen auf ein Brett, das quer über dem Bottich lag. Im Nebenraum widmete sich Pierre einem anderen Gast, schnitt ihm die Haare und stutzte ihm den Bart. Zwei Männer lagen bäuchlings auf den Pritschen und ließen sich von den Lehrlingen Schultern und Rücken massieren.

Anders als Jean hatte Gaspard sich kaum verändert. Er war schlank und hochgewachsen, einen halben Kopf größer als Michel, und hatte dunkle, unergründliche Augen und ein markantes Gesicht, das von seinem dunklen Haar eingerahmt wurde. Michel mit seinem blonden Schopf und der Bauernstatur hatte ihn immer ein wenig um sein aristokratisches Aussehen beneidet und tat es auch jetzt.

»Mein Beileid zu deinem Verlust«, sagte Gaspard, nun wieder ganz der ernste Patrizier. »Dein alter Herr war ein guter Mensch und ein exzellenter Kaufmann. Er wird Varennes und der Gilde fehlen.«

Gaspard verstand sehr gut, was es bedeutete, den Vater zu verlieren: Seiner war vor drei Jahren auf einer Handelsreise von Vogelfreien überfallen und erschlagen worden. Mit gerade einmal zwanzig Jahren hatte Gaspard das Geschäft der Familie Caron geerbt und führte es seitdem mit großem Erfolg.

»Leider konnte ich nicht zu seiner Bestattung kommen«, fügte er mit ehrlichem Bedauern hinzu. »Ich war fast den ganzen April in Mainz. Aber Isabelle hat mir erzählt, dass es eine schöne und bewegende Feier gewesen ist.«

»Wie geht es deiner Schwester?«, fragte Michel.

»Gut. Du solltest sie sehen. Sie ist zu einer wunderschönen Frau gereift. Sie verdreht der ganzen Stadt den Kopf.«

»Dieselbe Isabelle, die wir damals an den Zöpfen gezogen haben, bis sie Pferdeäpfel nach uns geworfen hat?« Michel lächelte. »Kaum zu glauben.«

Gaspard öffnete den Krug und aß eine Honigpflaume. »Gestohlen schmecken sie besser. Erzähl mir von Mailand«, forderte er Michel auf. »Ich habe gehört, du hast an Agostis Seite ein kleines Vermögen gemacht.«

»Ein Vermögen ist übertrieben. Aber ein ordentlicher Batzen Geld ist es schon. Mailand ist ein Wunder, Gaspard. Du kannst dir nicht vorstellen, wie dort Geschäfte gemacht werden. Die Kaufleute der großen Gilden werfen mit Geld nur so um sich und leben in Palästen wie Herzöge und Bischöfe. Auf den Märkten türmen sich Tuchballen und Gewürze aus Afrika und den Ländern der Sarazenen, es wimmelt nur so von Händlern aus aller Welt. Sie kommen aus Spanien, Frankreich und Konstantinopel, sogar aus England. Und die Freiheit, die dort herrscht! Die Mailänder müssen niemandem Treue schwören – sie regieren sich selbst. Jedes Jahr wählen sie ein Kollegium, das über alle Belange der Stadt entscheidet, und sogar der Kaiser muss ihre Eigenständigkeit respektieren.«

»Ich weiß. Ich bin vor Jahren mit Vater dort gewesen«, sagte Gaspard. »Ich schätze, unser kleines Varennes kommt dir jetzt wie ein schmutziges Bauerndorf vor, nun, da du Mailand gesehen hast.«

Michel ärgerte sich ein wenig über seine unbedachte Schwärmerei. Er wusste doch, wie viel ihre Heimatstadt seinem Freund bedeutete. »Mailand mag größer und reicher sein, aber Varennes ist und bleibt Varennes«, erwiderte er lahm, denn er konnte nicht verleugnen, dass Gaspards Bemerkung ins Schwarze traf: »*Was für ein schmutziges Nest*«, war schließlich genau das, was er gestern bei seiner Ankunft gedacht hatte.

»Erzähl mir von dir«, wechselte er das Thema. »Was hast du getrieben, während ich fort war?«

»Ich habe geheiratet«, antwortete Gaspard lächelnd.

»Wirklich?« Michel hörte davon zum ersten Mal. Wie er selbst war auch Gaspard kein großer Briefeschreiber, und sie hatten einander in den vergangenen drei Jahren nur ein-, zweimal geschrieben. »Wen?«

»Ihr Name ist Lutisse. Sie ist die älteste Tochter eines reichen Tuchhändlers aus Nancy. Mein Vater hat unsere Familien zusammengebracht, kurz bevor er starb.«

»Seid ihr glücklich?«

»Ich kann nicht klagen. Lutisse ist zwar keine Schönheit, aber dafür hat sie große Brüste und versteht ihr Handwerk im Bett. Was will ein Mann mehr?«

Ihr Gelächter schallte durch das Badehaus.

»Du bist zu beneiden. Auf euer Eheleben!«, sagte Michel, und sie stießen mit ihren Bechern an. »Hat sie dir schon Kinder geschenkt?«

Ein Schatten huschte über Gaspards Gesicht. »Letzten Herbst hat Lutisse Zwillinge geboren, zwei Mädchen, aber sie sind kurz nach der Geburt gestorben. Niemand weiß, warum – der Medicus konnte nichts tun.«

»Das tut mir sehr leid«, murmelte Michel betroffen.

»Seitdem beten wir jeden Tag, dass uns der Herr noch ein Kind schenkt. Ich wünschte mir so sehr einen gesunden Jungen …« Gaspard trank noch einen Schluck Wein und räusperte sich. »Um auf Varennes zurückzukommen … Vielleicht ist es dir schon aufgefallen: Es steht nicht gut um unsere Stadt.«

»Was ist geschehen?«

»Hat dein Vater dir denn nie geschrieben?«

Michel konnte sich an einige allgemein gehaltene Klagen über die schwierige geschäftliche Lage in Varennes erinnern, aber die Briefe seines Vaters waren, was das betraf, immer sehr vage gewesen – vermutlich, weil er seinen Sohn in der Ferne nicht mit seinen Sorgen belasten wollte. »In seinen Briefen ging es immer nur um die Familie, fast nie um die Stadt.«

»Es wird immer mühsamer, Handel zu treiben. Schuld daran ist Aristide de Guillory. Seit zwei Jahren macht er uns das Leben schwer.«

Michels Hand krampfte sich um den Becher. »Inwiefern?«

»Vor einem Jahr ist sein Vater, der alte Renard, gestorben. Jetzt besitzt Aristide die Burg und das ganze Land und damit auch die Moselbrücke zur Saline. Er ist verschwendungssüchtig und immerzu in Geldnot, weil er ständig mit seinen Nachbarn in Fehde liegt, besonders mit Nicolas de Bézenne.«

De Bézenne war ein Ritter und Vasall Herzog Simons und besaß Land und ein kleines Gut östlich der Mosel. Michels Vater hatte hin und wieder Geschäfte mit ihm gemacht.

»Um seine maßlosen Ausgaben zu decken, etwa für den wahnwitzigen Ausbau seiner Burg, erhöht de Guillory ständig die Zollgebühren an der Brücke«, sagte Gaspard, der sich allmählich in Rage redete. In ihm steckte ein Hitzkopf, was man angesichts seiner aristokratischen Erscheinung leicht vergaß. »Der alte Renard hat sich noch mit vier von hundert Teilen zufriedengegeben, aber inzwischen sind wir bei fünfzehn von hundert – wohlgemerkt auf alle Waren, die über die Brücke transportiert werden. Nicht nur auf das Salz von der Saline, auch auf die Vorräte, Kleider und Werkzeuge, die wir den Bornknechten liefern.«

»Fünfzehn von hundert!«, wiederholte Michel bestürzt. Ein Zoll dieser Höhe grenzte an Straßenraub. Und umgehen konnte man ihn nicht – der einzige Weg zur Saline führte über de Guillorys Brücke, die einzige Moselbrücke weit und breit. Aufgrund der steilen Ufer und der Stromschnellen konnte man das Salz auch nicht per Boot über den Fluss transportieren.

»Der Zoll ruiniert jedes Geschäft«, sagte Gaspard. »Außerdem benimmt sich der Kerl wie ein Raubritter. Wenn ihm danach ist, lauert er uns mit seinen Männern auf und schikaniert uns nach Lust und Laune. Sogar Pilger bedroht er.«

»Mich hat er auch schon beehrt.« Michel berichtete von seinen unerfreulichen Begegnungen mit de Guillory und dem Schaden, den er dadurch erlitten hatte.

»Fast jeder Schwurbruder der Gilde kann dir eine ähnliche Geschichte erzählen«, meinte Gaspard.

»Warum unternimmt der Herzog nichts dagegen? Er ist de Guillorys Lehnsherr – er ist dafür verantwortlich, dass seine Vasallen das Recht achten.«

»De Guillory ist ihm ein treuer Gefolgsmann und steht ihm für jeden Kriegszug zur Verfügung. Deshalb lässt er ihm freie Hand. Nein, von Herzog Simon ist keine Hilfe zu erwarten. Leider ist das nicht alles«, fuhr Gaspard fort. »Bischof Ulman, der neue Stadtherr von Varennes, ist genauso schlimm – wenn nicht schlimmer. Um sich zu bereichern, entwertet er ständig das Geld.«

»Viermal in zwei Jahren, habe ich gehört.«

»Ist das nicht ungeheuerlich? Und zusätzlich zum Kirchenzehnt verlangt er auch noch Marktzölle.«

»Bischof Jean-Pierre hat auch welche erhoben«, wandte Michel ein. »Jeder Stadtherr tut das.«

»Aber nicht in diesem Ausmaß. Und da die Saline dem Bistum gehört, kann er uns überdies den Salzpreis diktieren. Zusammen mit de Guillorys Brückenzoll lähmt das allmählich den Salzhandel, der so wichtig für Varennes ist. Wie soll man unter solchen Umständen Geschäfte machen?«

»Geht die Gilde nicht dagegen vor?«

»Dieser schlaffe Haufen hat doch viel zu viel Angst vor Ulman. Und wenn sich die Schwurbrüder einmal aufraffen, ihm die Stirn zu bieten, behindern Géroux und die anderen Ministerialen sie nach Kräften.«

»Géroux ist immer noch Gildemeister?«

»Natürlich. Und er wird es bleiben, bis er irgendwann tot umfällt. Es wagt ja niemand, ihn herauszufordern.«

Jaufré Géroux war ein Ministeriale, ein Gefolgsmann des Bischofs. Das Bistum hatte ihn vor vielen Jahren zum Meister der städtischen Münze ernannt und ihm das Monopol auf den Handel mit Sklaven aus Outremer verliehen. Beides hatte ihn reich gemacht, reich und mächtig. Außer ihm gehörten der Gilde noch andere Ministerialen an, Robert Laval, Aimery und Jacques Nemours und Guibert de Brette, die sich als Kaufleute betätigten, wenn ihr Dienst für den Stadtherrn es erlaubte. Da das Bistum sie mit Lehen, Ämtern und einträglichen Privilegien an sich gebunden hatte – die Gebrüder Nemours beispielsweise beaufsichtigten den städtischen Zoll und verdienten sich an den Marktabgaben eine goldene Nase –, vertraten sie in der Gilde stets die Interessen der Kirche. Während der Amtszeit von Bischof Jean-Pierre hatte sich dies nur selten nachteilig auf die Arbeit der Gilde ausgewirkt, hatte sich Jean-Pierre doch im Großen und Ganzen aus den Angelegenheiten der Kaufleute herausgehalten. Ulman dagegen schien die offene Auseinandersetzung mit ihnen zu suchen. Nach allem, was Michel heute gehört und erlebt hatte, begann er sich zu fragen, ob der neue Bischof den Einfluss der Gilde absichtlich schmälern wollte.

»Was hat Ulman gegen uns? Begreift er nicht, dass Varennes auf den Handel angewiesen ist?«

»Er hasst die Gilde. Er betrachtet sie als Verschwörung gegen die Macht der Kirche und die althergebrachte Ordnung. Er duldet sie nur, weil wir beweisen können, dass sie einst von Kaiser Otto gegründet wurde. Andernfalls hätte er sie längst verboten.«

»Was ist er für ein Mann?«

»Er entstammt einem deutschen Adelsgeschlecht und war vorher Abt eines Klosters bei Thionville. Er gilt als treuer Anhänger des Erzbischofs und entschiedener Gegner neuer Gedanken.«

Michel ließ den Wein in seinem Becher kreisen. Er wünschte, sein Vater hätte ihm geschrieben, wie es um ihre Heimatstadt stand. Er hatte sein Erbe voller Hoffnungen angetreten, doch wie es schien, lag eine schwierige Zukunft vor ihm.

»Nun weißt du, was dich in Varennes erwartet«, murmelte Gaspard. »Willkommen daheim, alter Freund.«

Nach dem Bad schlenderten Michel und Gaspard durch die Unterstadt. Es war ein lauer Abend. Die Handwerker beendeten allmählich ihr Tagwerk; vor den Häusern kauerten die Alten, schwatzten mit ihren Nachbarn und schauten den Kindern beim Spielen zu. Trotz des Bades fühlte sich Michel kaum erfrischt – die bedrückenden Enthüllungen seines Freundes hatten ihm gehörig die Laune verdorben. Auch Gaspard war düsterer Stimmung, und so schwiegen sie den größten Teil des Weges.

»Morgen Abend treffe ich Stephan Pérouse, Raoul Vanchelle und Ernaut Baudouin«, sagte Gaspard unvermittelt, als sie die Kanalbrücke überquerten. »Wir wollen Verschiedenes bereden. Es würde mich freuen, wenn du auch kämst.«

»Worüber wollt ihr reden?«

»Stephan, Raoul und Ernaut sehen es wie ich. Wir können nicht länger dabei zuschauen, wie Ulman und seine Ministerialen Varennes zugrunde richten. Wir wollen beraten, was wir tun können.«

»Ich komme gern«, sagte Michel, wenngleich er nicht wusste, was er von der Sache halten sollte. Pérouse, Vanchelle und Baudouin waren ein wenig älter als Gaspard und er und hatten ihre Geschäfte bereits vor einigen Jahren von ihren Vätern geerbt. Keinen von ihnen mochte er besonders. Aber er konnte sich zumindest anhören, was sie zu sagen hatten.

»Gut. Je mehr wir sind, desto besser. Aber bitte sprich mit niemandem darüber. Das Treffen soll vertraulich sein.«

»Natürlich.«

»Nun genug davon«, sagte Gaspard. »Es ist noch früh. Begleite mich nach Hause. Ich möchte dir meine Frau vorstellen. Isabelle und meine Mutter freuen sich schon darauf, dich wiederzusehen.«

Michel war müde, doch er wollte seinem Freund diese Bitte nicht abschlagen. »Also gut.«

Das Haus der Familie Caron hatte sich kaum verändert, seit Gaspards Vater sie vor Guiscard de Thessy gerettet hatte. Wie immer, wenn Michel es betrat, dachte er an jenen eiskalten Dezembertag vor vierzehn Jahren, an dem er zum ersten Mal die Treppe im Eingangsraum hinaufgestiegen war. Ihm fiel auf, dass die Einrichtung teurer und komfortabler wirkte als bei seinem letzten Besuch. Allen Schwierigkeiten zum Trotz musste Gaspard in den letzten Jahren gute Geschäfte gemacht haben.

Lutisse und Gaspards Mutter Marie hielten sich in der Stube auf und stickten. Marie begrüßte den Jugendfreund ihres Sohnes überschwänglich und bestürmte ihn mit Fragen über Mailand und Italien. Trotz ihrer einundvierzig Jahre war sie immer noch eine ansehnliche Frau, schlank, dunkelblond, das Gesicht fast frei von Falten. Sie nahm Michel so sehr in Beschlag, dass es eine Weile dauerte, bis Gaspard ihn endlich seiner Gattin vorstellen konnte. Lutisse freute sich sehr, ihn kennenzulernen. Sie war klein und recht unscheinbar mit ihrem rindenbraunen Haar und dem runden Gesicht, doch sie hatte ein herzliches Wesen, das Michel sofort für sie einnahm.

Nachdem eine Magd Wein gebracht hatte, berichtete er der Familie von seinen Erlebnissen in der Lombardei. Er war ein guter Geschichtenerzähler – ein Talent, das er von seinem Vater geerbt hatte –, und Marie und Lutisse lauschten ihm gebannt. Gaspards Stimmung hellte sich allmählich auf, und als Michel von Messere Agostis zahlreichen Schrullen erzählte, lachte er mit ihnen.

Plötzlich sprang eine Katze auf Michels Schoß. »Nanu?«, murmelte er. »Wer bist denn du?«

»Das Vieh hat in der Stube nichts verloren«, sagte Gaspard

mit einer Falte des Ärgers zwischen den Brauen. »Warte. Ich werfe sie hinaus.«

»Mach dir keine Umstände, sie stört mich nicht.« Tatsächlich hatte Michel eine Schwäche für Katzen, deren Eigensinn und Eleganz er schätzte. Das Tier schien seine Zuneigung zu erwidern, denn es ließ sich den Kopf kraulen, schnurrte wohlig und grub die Krallen in sein Gewand.

»*Salome!* Wo steckst du denn wieder?« Eine junge Frau kam in die Stube gestürmt. »*Da* bist du … oh!«, machte sie, als sie die Katze auf seinem Schoß entdeckte.

Michel musste zugeben, dass Gaspard nicht übertrieben hatte, was seine jüngere Schwester betraf – ganz und gar nicht. Aus dem trotzigen Mädchen mit den Zöpfen war eine wunderschöne Maid geworden, ein jüngeres Ebenbild ihrer Mutter, mit fein geschnittenen Gesichtszügen, dunklen Wimpern und den ungewöhnlichsten Augen, die er je gesehen hatte: bernsteinfarben, rätselhaft, beinahe wie die Augen ihrer Katze. Ein schlichtes blaues Kleid verhüllte züchtig ihre Rundungen.

»Guten Abend, Schwester«, sagte Gaspard. »Du erinnerst dich sicher an Michel.«

»Natürlich.« Sie lächelte. »Schön, dich wiederzusehen.«

»Isabelle, wo sind deine Manieren?«, fragte ihre Mutter. »Sprich Herrn Michel so an, wie es sich gehört.«

»Ich kenne ihn seit meiner Kindheit, Mutter. Ich fange bestimmt nicht an, ›Ihr‹ und ›Euch‹ zu ihm zu sagen.«

»Doch, das wirst du. Er ist jetzt ein angesehener Kaufmann und das Oberhaupt seiner Familie, und du wirst ihm mit Respekt begegnen, wie es sich für eine junge Dame geziemt.«

Isabelle rollte mit den Augen, verneigte sich vor ihm und sagte mit maßlos übertriebener Betonung: »Schön, *Euch* wiederzusehen, *Herr de Fleury.*«

Michel wurde klar, dass er sie anstarrte. Linkisch stand er auf, setzte Salome auf den Boden und räusperte sich. »Die Freude ist ganz meinerseits«, erwiderte er steif.

»Hat sie dich … Euch gekratzt?«, fragte Isabelle.

»Wer?«

»Na, Salome. Meine Katze«, fügte sie hinzu und deutete auf das Tier, als er immer noch nicht begriff.

»Oh! Nein, überhaupt nicht. Sie wollte nur gestreichelt werden, schätze ich.«

Isabelle nahm Salome auf den Arm. »Dann habt Ihr Glück gehabt. Sie kann ein richtiges Ungeheuer sein. Offenbar mag sie Euch.«

»Bring die Katze aus der Stube und setz dich zu uns«, forderte Gaspard sie auf.

»Ich kann nicht – ich muss die Tiere füttern. Noch einen schönen Abend«, sagte sie zu Michel und eilte zur Tür.

»Isabelle!«, rief ihre Mutter, doch da war sie bereits draußen und lief die Treppe hinab.

»Tut mir leid! Die Tiere gehen vor.«

»Bitte entschuldige«, sagte Gaspard peinlich berührt. »Sie ist unmöglich – noch genauso eigensinnig wie mit fünfzehn. Hoffentlich bessert sie sich eines Tages.«

Michel war noch ganz bekommen von der Begegnung. »Das macht doch nichts. Ich fand es … erfrischend.« Erfrischend? Was redete er da?

Er blieb noch etwa eine Stunde. Als er seine Müdigkeit nicht mehr verbergen konnte, verabschiedete er sich von Lutisse und Marie. Gaspard geleitete ihn zur Tür.

»Und, was sagst du zu Isabelle?«

»Sie ist wirklich eine Schönheit. Du kannst dich glücklich schätzen.«

»Sie gefällt dir also?«

»Wie darf ich diese Frage verstehen?«, erkundigte sich Michel und hob eine Augenbraue.

»Ach, ich rede nur so daher«, erwiderte Gaspard mit einem hintergründigen Lächeln, als er die Tür öffnete. »Vergiss das Treffen morgen Abend nicht.«

»Wann geht es los?«

»Zur Vesper. Und denk daran – zu niemandem ein Wort.«

In großen Handelsstädten wie Metz, Köln und Mailand gab es mehrere Gilden, in denen sich Kaufleute nach ihren bevorzugten Reisezielen und Handelswaren zusammentaten. Varennes-Saint-Jacques, das vergleichsweise klein war, hatte nur eine Gilde, sah man von den zahlreichen losen Bruderschaften verschiedener Handwerker und Pfarrgemeinden ab. Sie war ein durch Schwüre besiegelter Bund und diente dem Schutz der Mitglieder, der gegenseitigen Unterstützung bei Unglück und Armut, der Brudertreue und der gemeinsamen Pflege christlicher Traditionen. Jeder fahrende Kaufmann Varennes' musste der Gilde beitreten – andernfalls durfte er keinen Handel treiben und wurde gezwungen, die Stadt zu verlassen, wenn er gegen das Verbot verstieß. Die Mitgliedschaft ging nicht vom Vater auf den Sohn über. Starb ein Kaufmann, musste sich sein Nachkomme in aller Form der Gilde anschließen und seinen Schwurbrüdern Treue geloben, bevor er das Geschäft weiterführen durfte.

So überraschte es Michel nicht, dass er am nächsten Morgen eine Nachricht von Jaufré Géroux bekam, in der ihn der Gildevorsteher aufforderte, sich umgehend der Schwurvereinigung der Kaufleute anzuschließen und – vor allem – die Aufnahmegebühr zu bezahlen.

In seinem besten Gewand machte er sich auf den Weg. Bis Géroux' Haus war es nicht weit – es stand gleich neben der städtischen Münze. Das Anwesen konnte sich, was Komfort und Pracht anging, durchaus mit dem Palast des Bischofs messen. Sämtliche Außenwände bestanden aus Stein. Auf jedem Stockwerk gab es einen Kamin; Truhen aus Zedernholz, zahlreiche Silberleuchter und kostbare Wandteppiche in sämtlichen Kammern und Fluren bezeugten Géroux' märchenhaften Reichtum.

Eine Magd empfing Michel und führte ihn zum Hof, wo sich

die Wohnquartiere für die Leibeigenen des Ministerialen befanden.

»Herr de Fleury ist da«, meldete die junge Frau.

Michel konnte nicht verhehlen, dass er gehörigen Respekt vor Géroux empfand. Als Gildevorsteher, Münzmeister und Schöffe des Niedergerichts besaß er eine Macht, vor der halb Varennes zitterte; darüber hinaus war er dank seiner beeindruckenden Größe und der silbernen, wölfischen Mähne eine Ehrfurcht gebietende Erscheinung.

Géroux begutachtete zwei Sklaven, die in Ketten und Lumpen vor ihm standen. Es waren Sarazenen oder Seldschuken, Männer mit bronzefarbener Haut und schwarzem, verfilztem Haar. Offenbar waren sie gerade erst angekommen: Ihren ausgezehrten Gesichtern und mageren, von Peitschenhieben geschundenen Körpern sah man jede Wegstunde der beschwerlichen Reise von Palästina nach Oberlothringen an. Michel biss die Zähne zusammen. Gewiss, die Männer waren Feinde der Christenheit, die kein Mitgefühl verdienten. Und doch – diese Leere in ihren Augen …

Géroux befahl zwei bewaffneten Knechten, die Sarazenen nach unten zum Sklavenpferch zu schaffen, bevor er sich Michel zuwandte.

»Mein Beileid.« Er reichte Michel die Hand; sie war knochig und unangenehm stark. »Euer Vater war ein guter Kaufmann und treuer Schwurbruder. Sein unerwarteter Tod hat uns alle getroffen.«

Manche mehr als andere, dachte Michel. Sein Vater und der Gildemeister hatten nie viel füreinander übriggehabt. Géroux' Anteilnahme war reine Heuchelei. »Habt Dank«, erwiderte er knapp.

»Gehen wir zu meiner Amtsstube.«

Sie überquerten den Marktplatz und betraten die Gildehalle gegenüber dem Dom. Das Bauwerk war eines der prächtigsten der Stadt, zweistöckig, mit Warenlagern im Erdgeschoss, einem gut bestückten Weinkeller und einem geräumigen Versammlungssaal im Obergeschoss. Sämtliche Fenster waren mit Bleiglasscheiben versehen: ein Luxus, den sich außer der Gilde nur die Kirche leisten konnte.

In der Stube des Gildemeisters setzte sich Géroux an den Tisch, auf dem Briefe, Warenlisten und sein Amtsstab lagen, nahm eine Pergamentrolle aus einer Schatulle und entrollte sie mit Bedacht. Seine Vorsicht war der Tatsache geschuldet, dass das Schriftstück fast zweihundert Jahre alt und überaus bedeutsam war. Es handelte sich um die Statuten der Gilde, die Kaiser Otto, der Dritte seines Namens, im Gründungsjahr der Schwurgemeinschaft niedergelegt hatte. Sie waren seitdem nicht verändert worden, und jedes Mitglied musste sich ihnen beugen.

»Heute zahlt Ihr nur die Aufnahmegebühr«, sagte Géroux. »Eure Vereidigung erfolgt bei der nächsten Zusammenkunft, wenn Ihr im Beisein aller Euren Schwur auf die Statuten und die Heilige Schrift leistet.«

»Wann findet sie statt?«, fragte Michel.

»Am Abend nach dem Zwölfbotentag.«

»Gibt es keine im Juni?«

»Im Juni sind viele Schwurbrüder auf der Messe in Provins, weshalb wir beschlossen haben, erst wieder im Juli zusammenzukommen. Die Gebühr beträgt zehn Sous, zwölf Kerzen und ein Pfund Salz.« Der Gildemeister zeigte ihm den entsprechenden Eintrag in den Statuten. Michel öffnete seinen Beutel und übergab ihm die Münzen und die geforderten Güter.

»Gewährt mir die Gilde schon vorher Unterstützung, etwa, wenn ich Bewaffnete anwerben will?«

»Wofür braucht Ihr Bewaffnete?«, fragte Géroux.

»Als Geleitschutz für meine Handelsreisen.«

Der Gildemeister lehnte sich zurück und blickte ihn stechend an. Als Kind hatte sich Michel vor diesen eisblauen Augen gefürchtet. »Ich glaube, Ihr habt mich missverstanden, Herr de

Fleury. Ihr dürft noch keinen Handel treiben. Erst wenn Ihr ein vollwertiges Mitglied der Gilde seid.«

»Aber ich muss Geld verdienen, um meinen Verpflichtungen nachkommen zu können.«

»Unsere Statuten sind eindeutig«, erwiderte Géroux mit Schärfe in der Stimme. »Kein Handel bis zu Eurer Vereidigung. Die vier Wochen bis zur Versammlung werdet Ihr sicher überstehen. Euer Vater war ein vermögender Mann.«

Michel zwang sich zu einem Lächeln. »Es wurde immer so gehandhabt, dass ein Kaufmann Geschäfte machen darf, sowie er die Aufnahmegebühr gezahlt hat, auch wenn er erst Monate später seinen Eid leisten kann. So war es bei Stephan Pérouse. Und auch bei Raoul Vanchelle.«

»Pérouse und Vanchelle entstammen angesehenen Familien – bereits ihre Urgroßväter gehörten der Gilde an. Ich wusste, dass sie verlässlich sind und sich lieber die rechte Hand abschneiden würden, als die Statuten zu missachten. Also habe ich eine Ausnahme gemacht. Eure Familie hingegen ist neu in der Stadt und muss sich diesen Ruf erst noch erarbeiten, bevor sie derartige Privilegien für sich in Anspruch nehmen kann.«

»Neu in der Stadt?« Michel konnte seinen Ärger nicht länger verbergen. »Wir sind vor *vierzehn* Jahren nach Varennes gekommen. Vor elf Jahren ist mein Vater der Gilde beigetreten. Und was unseren guten Ruf angeht: Er hat niemals, kein einziges Mal, gegen die Statuten verstoßen!«

»Es spielt keine Rolle, wie lange Ihr schon hier seid. Auf Eure Herkunft kommt es an – und Euer Vater war nun einmal ein Leibeigener. Ihr könnt kaum von mir verlangen, dass ich dem Sohn eines Hörigen dasselbe Vertrauen entgegenbringe wie den Nachkommen ehrbarer und alteingesessener Kaufleute.«

Darauf lief es also hinaus: dass in seinen Adern das Blut von Unfreien floss, von Bauern, von Abschaum in Géroux' Augen. Aus demselben Grund hatte der Ministeriale damals seinem Vater Steine in den Weg gelegt, hatte anfangs sogar versucht, seine Aufnahme in die Gilde zu verhindern, obwohl die Statuten ausdrücklich *jeden* Kaufmann willkommen hießen, unabhängig von seiner Herkunft.

Michel musste sich beherrschen, Géroux nicht zu beschimpfen. Aber er brauchte dringend dessen Erlaubnis, sofort Handel treiben zu dürfen. Andernfalls war sein Geschäft in Gefahr, bevor er überhaupt damit angefangen hatte. Er schluckte die Demütigung und sagte: »Ich würde Euch nicht darum bitten, wenn ich nicht in einer Notlage wäre. Das Begräbnis und die Trauerfeier waren sehr kostspielig. Der Freiteil wird einen beträchtlichen Teil meines Erbes verschlingen. Wenn ich nicht bald Geld verdiene, kann ich meine Bediensteten nicht mehr versorgen und muss Teile meines Besitzes verkaufen.«

»Wieso bittet Ihr nicht Martel, dass er Euch Aufschub beim Zahlen des Freiteils gewährt?«, fragte Géroux barsch.

»Er lässt nicht mit sich reden. Spätestens bis Johanni muss ich gezahlt haben. Bitte«, fügte Michel hinzu, obwohl es ihm schwerfiel. »Gewährt mir Eure Erlaubnis. Die Gilde muss mich auch nicht bei meinen Geschäften unterstutzen.«

Der Gildemeister starrte ihn lange an.

Er weiß, dass er mich in der Hand hat, dachte Michel, während er dem Blick standhielt. *Und er genießt es.*

»Habe ich Euer Wort, dass Ihr das Recht der Gilde unter allen Umständen achtet und keinem Eurer zukünftigen Schwurbrüder Schaden zufügt?«, fragte Géroux schließlich.

»Natürlich.«

»Schwört es bei den Statuten.«

Michel legte die Rechte auf das uralte Pergament und sprach den geforderten Eid.

»Außerdem erwarte ich, dass Ihr Euren Gildenbeitrag für ein Jahr im Voraus zahlt – damit ich weiß, dass es Euch ernst ist mit Eurem Versprechen.«

Das war eine neuerliche Frechheit, mehr noch: eine Beleidigung. Géroux sagte damit nichts anderes, als dass ihm Michels

Wort nicht genügte. Doch Michel schluckte auch diese Erniedrigung, zückte seine Börse und legte zwölf weitere Sous auf den Tisch. »War das alles? Oder wünscht Ihr, dass ich der Gilde auch mein Haus verpfände?«

Wieder dieser bohrende Blick. »Ich warne Euch. Stellt meine Gutwilligkeit nicht auf die Probe.«

»Das käme mir nie in den Sinn. Habt Dank für Eure Großzügigkeit, Gildemeister, und gehabt Euch wohl.«

Als er zur Tür ging, sagte Géroux: »Eins noch, de Fleury. Ich spüre, dass Ihr ein Aufrührer seid. Ein Unruhestifter, genau wie Euer Busenfreund Caron. Aber ich werde nicht zulassen, dass Ihr der Gilde Scherereien macht. Habt Ihr mich verstanden?«

»Und das lässt du dir bieten?«, rief Jean. »Er hat dich beleidigt! Und Vater auch!«

»Was hätte ich denn tun sollen?«, gab Michel gereizt zurück. »Ihn verprügeln? Irgendetwas sagt mir, dass ich damit nicht seine Erlaubnis bekommen hätte.«

»Scheiß auf Géroux' Erlaubnis. Wir wären auch so klargekommen.«

»Und wie? Wir haben kein Geld mehr, falls es dir noch nicht aufgefallen ist. Wir müssen schleunigst welches verdienen, wenn wir die nächsten Wochen überstehen wollen.«

»Warum verkaufen wir nicht einen Teil unseres Erbes? Einen Kupferleuchter zum Beispiel, oder das silberne Kruzifix.«

»Dafür bekommen wir keine zehn Sous. Außerdem würden wir uns damit unmöglich machen. Du weißt doch, wie die Leute sind. ›Schaut euch die armen Schlucker an‹, würden sie sagen. ›Die wollen Kaufleute sein?‹ Nein, ich mache mich nicht zum Gespött der ganzen Stadt. Lieber lasse ich mich von Géroux beleidigen.«

»Für die Bücher bekämen wir mehr«, gab Jean zu bedenken. »Sie sind sicher zehn, fünfzehn Pfund wert.«

»Wir verkaufen die Bücher nicht«, sagte Michel entschieden. »Kein einziges. Und jetzt genug davon. Schauen wir uns die Waren an. Wenn Vaters Liste stimmt, müsste genug da sein, dass wir vorerst keine Geldsorgen haben müssen.«

Sie zündeten Kerzen an und stiegen in den Keller hinab, wo die Güter lagerten, die ihr Vater kurz vor seinem Tod eingekauft hatte. Er hatte hauptsächlich mit Salz aus der hiesigen Saline gehandelt, aber auch mit anderen Dingen, wenn es ihm lukrativ erschienen war. So fanden sie in den Gewölbekammern neben zwei Fässern mit Salz eine größere Menge Taue und Garn, gegerbte Tierhäute, Bienenwachs, Wein und ein halbes Dutzend Ballen Schafswolle.

Wäre ihr Vater nicht verunglückt, hätte er die Waren auf dem Markt in Metz verkauft, wo Güter aus Varennes und dem südlichen Moseltal begehrt waren. Michel beschloss, es genauso zu machen. Metz war nicht allzu weit entfernt – eine Reise dorthin barg überschaubare Risiken und brachte ihnen mit etwas Glück genug Geld für die nächsten ein, zwei Monate ein. Mit Adriens und Louis' Hilfe trugen sie die Fässer, Kisten und Wollballen nach oben, damit sie die Waren gleich morgen früh auf den Ochsenwagen laden und zum Salzschiff bringen konnten.

Anschließend zog sich Michel in die Schreibstube zurück und verschaffte sich einen Überblick über die geschäftlichen Aufzeichnungen. Sein Vater hatte alles aufgeschrieben, was ihm wichtig für das Geschäft erschienen war: Michel fand Notizen über alle erdenklichen Waren und ihre Preise auf den jeweiligen Märkten; über Angebot und Nachfrage von Salz und anderen Gütern; über die Zölle auf dieser und jener Straße und Brücke; über Gefahren und Hindernisse auf den verschiedenen Handelsrouten; über die Besonderheiten einzelner Messen in Deutschland und Frankreich; über die Wetterverhältnisse in der Fremde; über drohende Kriege und Fehden, die den Handel beeinträchtigen könnten; über das Geschäftsgebaren seiner Freunde und Rivalen; über Gerüchte, die er vernommen hatte. Wenngleich vieles davon veraltet und nutzlos war, las Michel die

Notizen dennoch aufmerksam. Sein Vater und Messere Agosti hatten ihn gelehrt, dass Kenntnisse aller Art, selbst obskure Informationen, für einen Kaufmann äußerst wichtig waren, dass sie über Erfolg und Misserfolg eines Handels entschieden, mitunter gar über Leben und Tod.

Außerdem hatte sein Vater Listen über seine getätigten Geschäfte sowie über seine Einnahmen und Ausgaben angelegt, so wie er es einst bei Herrn Caron gelernt hatte. Als Michel sie durchsah, stellte er fest, dass die meisten lücken- und sogar fehlerhaft waren. Das lag nur zum Teil daran, dass sein Vater kein gebildeter Mann gewesen war und erst spät lesen und schreiben gelernt hatte. Außerhalb Italiens verstand sich kaum ein Kaufmann darauf, ein übersichtliches Verzeichnis seiner Geschäfte zu führen. Viele begnügten sich mit ungeordneten Notizen oder schrieben schlicht gar nichts auf. Die Gefahr, sich deswegen zu verrechnen und infolgedessen Geld zu verlieren, war groß. Michel beschloss daher, bei allen künftigen Geschäften die *metodo italiano* zu benutzen, die fortschrittliche Kunst der Buchführung, die er in Mailand gelernt hatte. Sie ermöglichte es einem Kaufmann, auf einen Blick zu sehen, wie viel Geld, Waren und Zinseinnahmen durch Grundbesitz er besaß, was das Führen eines Geschäfts ungemein erleichterte.

Zu guter Letzt holte Michel die Pfennig- und Schillingmünzen aus der Truhe und zählte sie mithilfe des Rechenbrettes. Wenigstens was das Barvermögen der Familie betraf, waren die Aufzeichnungen seines Vaters korrekt: Er hatte ihnen genau sechzig Pfund Silber und elf Deniers vermacht. Zuzüglich seiner Ersparnisse aus Mailand und abzüglich des Freiteils und der zweiundzwanzig Sous, die Géroux gefordert hatte, besaß die Familie noch ein Vermögen von knapp elf Pfund.

Das war eine Menge Geld – für einen Handwerker oder Bauern. Nicht aber für einen Kaufmann. Michel hatte hohe laufende Kosten: Er musste vier Bedienstete bezahlen, ernähren und kleiden und Futter für das Vieh und die Saumtiere beschaffen, hauptsächlich teuren Hafer für die Pferde. Das Haus musste gepflegt werden – bei einem Gebäude dieser Größe fielen immer irgendwo Reparaturen an. Er musste jetzt schon Rücklagen bilden, damit die Hausgemeinschaft im Winter, wenn monatelang kein Handel möglich war, keinen Hunger leiden und frieren musste, weil er sich weder Essen noch Feuerholz leisten konnte. Zu Michaeli wurden ferner weitere Abgaben fällig, die Herdsteuer und der Zehnt für seine Pfarrkirche – auch dafür musste er Geld zurücklegen. Außerdem erwartete man in der Stadt und der Gilde, dass er standesgemäß lebte. Wenn Jean und er nur in abgetragenen Kleidern herumliefen und wochenlang nichts als trockenes Brot und Gerstenbrei aßen, sprach sich das herum, und die Leute würden sich bald zu Recht fragen, ob die Brüder überhaupt imstande waren, ein Geschäft zu führen.

Nein, sie hatten keine Wahl: Sie mussten so schnell wie möglich anfangen, Handel zu treiben und Geld zu verdienen, sonst wären sie spätestens zu Michaeli ruiniert. Michel hätte zwar gern in Ruhe um seinen Vater getrauert, bevor er sich dem Geschaft widmete, doch dafür blieb keine Zeit.

Alles nur wegen Martel. Einmal mehr verfluchte er den Schultheißen, während er das Geld in der Truhe verstaute.

Als kurz darauf die Klosterglocken zur Vesper riefen, machte er sich auf den Weg zu Gaspard. An der Tür empfing ihn Isabelle und bat ihn lächelnd herein.

»Ist Gaspard oben im Saal?«, erkundigte er sich.

»Er hat noch in der Abtei Longchamp zu tun. Aber er kommt sicher gleich.«

»Bin ich zu früh? Ich könnte schwören, er hat mich zur Vesper eingeladen.«

»Ihr seid pünktlich. Mein Bruder hat sich verspätet – wieder einmal.«

»Was ist mit Pérouse, Baudouin und Vanchelle?«

»Sie sind auch noch nicht da. Vielleicht hat Gaspard ihnen ausrichten lassen, dass es später wird.«

Es erschien Michel unwahrscheinlich, dass sein Freund alle benachrichtigt hatte, nur ihn nicht. Er dachte an Gaspards Andeutungen gestern Abend. Hatte er dieses »Versehen« etwa arrangiert, damit Michel ungestört mit seiner Schwester plaudern konnte? *Allerhand.*

»Ich war gerade bei meinen Tieren«, erklärte Isabelle, als sie den Eingangsraum durchquerten. »Wollt Ihr mir Gesellschaft leisten, bis die anderen kommen?«

»Wir bleiben also bei Ihr und Euch?«, fragte er lächelnd.

»Ihr habt doch meine Mutter gehört.« Ihre Katzenaugen glitzerten spöttisch. »Ihr seid jetzt ein angesehener Kaufmann. Wo kämen wir hin, wenn wir uns wie alte Freunde verhielten?«

»Ganz wie Ihr wünscht, werte Dame«, sagte er mit einer übertriebenen Verneigung. »Bitte, nach Euch.«

Sie traten auf den Hof. Auf der Mauer lag Isabelles Katze und beobachtete argwöhnisch zwei massige Hunde, die vor der Stalltür dösten. Eine weitere Katze, eine getigerte, huschte an Michel vorbei und schlüpfte in ein Kellerfenster. In einem Gehege neben der Remise standen ein recht altersschwacher Esel und ein nicht minder betagter Grauschimmel und fraßen in trauter Eintracht Hafer aus dem Trog. In einem Verschlag daneben tummelten sich mehrere Kaninchen.

Michel erinnerte sich, dass Isabelle schon als kleines Mädchen Tiere umsorgt hatte. Ihr Herz schlug besonders für kranke und alte Geschöpfe, die Pflege brauchten.

»Salome kennt Ihr ja schon«, sagte sie und stellte ihm auch ihre anderen Schützlinge vor. »Der getigerte Kater heißt Titus, die beiden Mastiffs Anubis und Goliath. Der Esel ist Rucio, der Grauschimmel hört auf den wohlklingenden Namen Curian.« Sie ging zum Kaninchenverschlag. »Das sind …«

»Auch die Kaninchen haben Namen?«

»Warum sollten sie keine haben?«, erwiderte Isabelle. »Darf ich vorstellen: Zeus, Hera, Apollon, Artemis, Demeter, Ares und Hermes. Aphrodite ist leider letzten Monat gestorben.«

Michel konnte verstehen, dass man Pferden, Katzen und Hunden Namen gab – aber Kaninchen? Davon hatte er noch nie gehört. Noch dazu Namen antiker Gottheiten. Er konnte sich ein Lächeln nicht verkneifen.

»Ja, lach mich nur aus«, meinte sie ein wenig verärgert und vergaß dabei jegliche Förmlichkeit. »Wahrscheinlich hältst du mich für verrückt, genau wie mein Bruder, weil ich meine Zeit mit Tieren vergeude. Dabei sind sie genauso Kreaturen Gottes wie wir. Sie verdienen unseren Respekt.«

»Ich halte dich nicht für verrückt. Es… gefällt mir.«

»Nimmst du mich auf den Arm?«, fragte sie argwöhnisch.

»He, ich rede mit meinem Pferd, wenn ich allein bin. Bei meiner Reise über die Alpen habe ich dem armen Tier meine halbe Lebensgeschichte erzählt. Wer von uns beiden ist nun verrückt?«

Sie musste lachen. »Dein Pferd kann einem wirklich leidtun. Könntest du mal Curians Huf halten? Ich glaube, er hat sich verletzt.«

Sie betraten das Gehege, und Michel half ihr, den Vorderhuf des Grauschimmels zu untersuchen. Glücklicherweise war es nichts Ernstes; Curian hatte sich nur einen Stein eingetreten, der sich leicht entfernen ließ. Es rührte Michel eigentümlich zu sehen, wie Isabelle sich um das Pferd kümmerte. Die meisten Menschen hatten eine unsentimentale Einstellung zu ihrem Reittier. Sie pflegten es zwar, jedoch nicht aus Liebe, sondern aus pragmatischen Erwägungen, denn Pferde waren teuer. Isabelle dagegen behandelte den Grauschimmel mit echter Zuneigung. Sie sprach ihm gut zu, streichelte ihm den Hals und lobte ihn für seine Geduld, als der Stein entfernt war. Jeder andere an ihrer Stelle hätte den steinalten Wallach längst zum Abdecker gebracht.

Während er ihr half, die Tiere zu füttern, plauderten sie über dies und das. Isabelle hatte tatsächlich kaum noch Ähnlichkeit mit dem jähzornigen und ewig unzufriedenen Wildfang aus seiner Erinnerung. Sie war klug, schlagfertig und geistreich und brachte ihn mehr als einmal zum Lachen. In ihrer Gegenwart dachte er zum ersten Mal seit seiner Heimkehr nicht an die zahlreichen Sorgen, die ihn bedrängten.

Schließlich kam Gaspard nach Hause und begrüßte ihn mit Handschlag. »Gehen wir nach oben. Die anderen werden sicher gleich da sein.«

Michel wurde bewusst, dass er völlig vergessen hatte, weshalb er ursprünglich hergekommen war. Mit einem Anflug von Bedauern verabschiedete er sich von Isabelle.

»Auf Wiedersehen, Herr de Fleury.« Sie knickste spöttisch. »Ich hoffe, Ihr besucht mich bald wieder.«

Als sie den Hof verließen, warf Michel ihr einen letzten Blick zu. Er ertappte sich bei dem Wunsch, Gaspard hätte sich ruhig etwas länger Zeit lassen können.

»Ich sehe, dir ist die Wartezeit nicht lang geworden«, sagte sein Freund mit einem feinen Lächeln. »Habt ihr euch gut unterhalten, meine Schwester und du?«

»Du könntest wenigstens so tun, als täte dir dein ›Missgeschick‹ leid«, erwiderte Michel.

»Die Mönche von Longchamp haben gefeilscht wie die Fischweiber. Ich bin einfach nicht früher losgekommen. Klingt das einigermaßen glaubhaft?«

»Nein.«

Gaspard grinste. »Also gut, ich gestehe. Ich wollte euch die Gelegenheit geben, euch etwas besser kennenzulernen. Ungestört.«

»Wäre das nicht ohne dieses durchsichtige Manöver gegangen?«

»Ich wollte dich überraschen. Hättest du gewusst, was auf dich zukommt, hättest du vor lauter Aufregung nur wirr dahergestammelt.«

»Vor lauter Aufregung?«, erwiderte Michel gereizt. »Warum sollte ich wegen Isabelle aufgeregt sein?«

»Glaubst du, mir fällt nicht auf, wie du sie ansiehst?«

»Und wenn schon. Sie ist eine sehr schöne Frau, das hast du selbst gesagt.«

»Beruhige dich. Ich habe doch überhaupt nichts dagegen.«

Michel blieb im Flur stehen. »Gibt es vielleicht etwas, über das wir reden sollten, Gaspard?«

Sein Freund betrat den Gesellschaftssaal und spähte aus dem Fenster. »Ein andermal. Jetzt haben wir Wichtigeres zu tun. Da kommen auch schon Stephan, Raoul und Ernaut.«

Michel nahm sich von dem Wein, der auf dem Tisch stand, und behielt den ersten Schluck lange im Mund. Es war nicht zu übersehen, welche Absichten Gaspard verfolgte. Michel wusste nicht, was er davon halten sollte. Gewiss, Isabelle war eine Frau, um die ihn jeder Mann beneiden würde, und er fühlte sich zu ihr hingezogen. Und doch – all das kam sehr plötzlich. Sein Vater war gerade gestorben, und er hatte wahrlich anderes zu tun, als eine Familie zu gründen.

Er schluckte den Wein hinunter. Jetzt war nicht der richtige Augenblick, um darüber nachzudenken. Für das anstehende Treffen brauchte er einen kühlen Kopf.

Just in diesem Moment kamen Vanchelle, Baudouin und Pérouse herein. Michel begrüßte die drei Kaufleute distanziert. Keinen dieser Männer betrachtete er als seinen Freund. Vanchelle hielt er für einen Langweiler, Baudouin für einen verkniffenen Pfennigfuchser, und Pérouse erweckte ständig den Eindruck, als platze er gleich vor Wut. Schon früher hatte Michel nicht verstanden, warum Gaspard sich mit ihnen abgab.

Während sie den Willkommenstrunk einnahmen, berichtete Pérouse von der Messe in Provins, auf der Vanchelle, Baudouin und er bis vor einigen Tagen gewesen waren. Schließlich setzten sie sich an den Tisch, und Gaspard ergriff das Wort: »Ich danke euch, dass ihr heute Abend gekommen seid. Ihr alle wisst, worum es geht. Ich schlage also vor, dass wir sofort beginnen und Michel in unsere Pläne einweihen.«

Michel beschloss, sich zurückzuhalten, bis er mehr über die Absichten der kleinen Gruppe wusste. Gaspard schien ihr Wortführer zu sein, so viel stand fest. Die anderen vermochte er nicht einzuschätzen. Er wusste weder, wie sie sich während seiner Abwesenheit als Kaufleute geschlagen hatten, noch, welches Ansehen sie in der Stadt und der Gilde genossen.

»Können wir ihm vertrauen?«, fragte Vanchelle und streifte Michel mit einem Blick. Seit einem schrecklichen Unglück vor vielen Jahren hatte er eine verbrannte Wange.

»Michel ist mein bester und ältester Freund«, antwortete Gaspard. »Würde ich ihm nicht trauen, säße er nicht hier.«

»Wir sollten einen Eid schwören, dass wir Stillschweigen wahren über alles, was heute Abend besprochen wird«, schlug Baudouin, ein großgewachsener und linkischer Mann, vor.

Gaspard war einverstanden, holte aus einer Truhe ein Kruzifix und legte es auf den Tisch. Sie alle berührten es mit der linken Hand, hoben die Schwurfinger der rechten und gelobten, mit niemandem außer den Anwesenden über das Treffen zu sprechen. Auch Michel leistete den Eid, obwohl er sich fragte, was Gaspard und seine Freunde bereden wollten, das derart geheim war, dass niemand davon erfahren durfte. Wo war er hier hineingeraten?

»Ich habe dir ja erzählt, wie de Guillory und Bischof Ulman Varennes zugrunde richten«, wandte sich Gaspard an ihn, nachdem sie sich wieder gesetzt hatten. »Ernaut, Raoul, Stephan und ich sind uns einig, dass Ulman als unser Stadtherr das größere Übel ist. Deshalb wollen wir zuerst gegen ihn vorgehen. Wenn es uns gelungen ist, ihm Zugeständnisse abzutrotzen, können wir versuchen, etwas gegen de Guillory und seinen Brückenzoll zu unternehmen.«

Michel nickte und schwieg abwartend.

»Varennes verdankt seinen Wohlstand allein uns Kaufleuten«, fuhr Gaspard fort. »Ohne unsere Väter und Großväter wäre unsere Stadt immer noch ein bettelarmes Bauerndorf; es gäbe keine Gilde, keine Münze, nicht einmal einen Markt. Und dennoch liegt die alleinige Macht über Varennes und seine Gesetze in den Händen des Bischofs und seiner Schöffen. Das ist eine himmelschreiende Ungerechtigkeit, die wir nicht länger hinnehmen wollen.«

»Das Bistum muss uns endlich ein Mitspracherecht bei allen Belangen einräumen, die den Handel betreffen«, ergänzte Stephan Pérouse. Er war leicht untersetzt und hatte kinnlanges, dunkelbraunes Haar und ein rundliches Gesicht mit einem Spitzbart. Seine Augen glühten vor Eifer, wodurch er wie ein zorniger Faun wirkte. »Beim Marktzoll, beim Münzwesen, bei den Salzpreisen, auch bei der Gerichtsbarkeit – so, wie es in Metz und den Städten am Rhein schon lange üblich ist.«

»Dazu müsste er uns einen oder mehrere Sitze im Schöffenkollegium gewähren«, sagte Michel.

Das zwölfköpfige Schöffenkollegium verwaltete Varennes im Auftrag des Bischofs, traf alle wichtigen Entscheidungen und bildete das Niedergericht unter dem Vorsitz des Schultheißen. Außer Tancrède Martel gehörten ihm Jaufré Géroux und andere Ministerialen an.

»Genau das streben wir an«, erwiderte Gaspard. »Nur so können wir Ulmans Willkür ein Ende machen.«

»Das läuft darauf hinaus, dass er teilweise auf das Münz- und Zollrecht und andere Befugnisse verzichtet«, gab Michel zu bedenken. »Darauf wird er sich nicht einlassen. Auf diesen Regalien fußt seine Macht.«

»Natürlich wird er das nicht freiwillig tun. Wir müssen ihn zwingen.«

»Und wie?«

In Gaspards Augen trat ein kalter Glanz. »Du erinnerst dich, wie die Mainzer einst ihre Freiheit errungen haben?«

Wie jeder Kaufmann im Heiligen Römischen Reich kannte Michel die Geschichte der Reichsstadt und ihres unermüdlichen Kampfes gegen den Erzbischof: Vor fünfundzwanzig Jahren hatten die Mainzer den verhassten Kirchenfürsten eingesperrt und so lange festgehalten, bis er sich bereit erklärt hatte, einen großen Teil seiner Macht an die Bürger abzutreten. Als Michel klar wurde, worauf Gaspard hinauswollte, bekam er ein flaues Gefühl im Magen. »Nein. Das könnt ihr nicht tun. Das ist Irrsinn.«

»Ich sage ja nicht, dass wir fünf allein gegen Ulman vorgehen sollen«, erwiderte Gaspard. »Natürlich müssen wir zuerst Verbündete finden. Die Handwerker und freien Bauern leiden genau wie wir unter den gegenwärtigen Zuständen. Gewiss können wir einige ihrer Bruderschaften für unsere Pläne gewinnen, wenn sie dafür einen Schöffen stellen dürfen.«

»Und dann?«, fragte Michel. »Entführen wir Ulman und sperren ihn ein?«

»Ja«, antwortete Gaspard geradeheraus.

Fassungslos blickte Michel seinen Freund an. Gaspard meinte tatsächlich ernst, was er sagte. Gewiss, er war schon immer ein Hitzkopf gewesen, mit einem Hang zu radikalen Lösungen – aber so weit wäre er früher nie gegangen. *Er hat sich verändert. Dieser Zorn, diese Bitterkeit waren vor drei Jahren noch nicht da.*

»Ein Bischof ist Tag und Nacht von Waffenknechten, Dienern und Geistlichen umgeben. Wie wollt ihr an ihn herankommen?«

»Da findet sich eine Möglichkeit. Etwa, wenn er sich zum Gebet zurückzieht. Oder wenn er am Fluss spazieren geht. Das tut Ulman jeden Sonntag.«

»Und wie wollt ihr verhindern, dass er sich nach seiner Freilassung an euch rächt?«

»Während er in unserem Gewahrsam ist, werden seine Anhänger es nicht wagen, uns anzugreifen. Wir halten ihn so lange fest, bis er uns die erforderlichen Urkunden ausgestellt hat, die wir brauchen, um das Schöffenkollegium umzubilden. Wir entheben Martel, Géroux und die anderen Ministerialen ihrer Ämter und besetzen sie mit unseren Leuten. Zumindest die wichtigsten, die Münze, den Marktzoll und so weiter.«

»Den Stadtschreiber und den Dreckmeister darf Ulman gern behalten«, bemerkte Pérouse und erntete damit Baudouins und Vanchelles Gelächter.

»Zuerst aber ernennen wir einen neuen Schultheiß«, fuhr Gaspard fort. »Wenn wir die Befehlsgewalt über sämtliche Soldaten und Büttel des Bistums haben, muss sich Ulman uns auch nach seiner Freilassung beugen. Ich weiß, all das ist gefährlich«, räumte er ein, als er Michels erschüttertes Gesicht bemerkte. »Aber wenn wir nicht endlich für mehr Eigenständigkeit kämpfen, wird Ulman uns bald ruinieren …«

Michel unterbrach ihn, indem er die Hand hob. »Euer großes Vorbild ist also Mainz. Habt ihr vergessen, wie die Geschichte ausgegangen ist? Der Aufstand ist außer Kontrolle geraten, und der Erzbischof wurde ermordet. Für diesen Frevel hat der Papst die Mainzer exkommuniziert, und der Kaiser belegte ihre Stadt mit der Reichsacht. Er ließ die Stadtmauern einreißen und die Verantwortlichen in den Kerker werfen. Willst du, dass es uns genauso ergeht?«

»Varennes ist nicht Mainz«, wischte Gaspard seinen Einwand vom Tisch. »Der Mainzer Erzbischof ist ein Reichsfürst mit großem Einfluss in der Hofkanzlei. Ulman dagegen ist ein Niemand. Der Kaiser würde keinen Finger für ihn krumm machen.«

»Barbarossa steht selbst mit der Kirche auf Kriegsfuß«, sagte Vanchelle. »Wer weiß, vielleicht würde er uns sogar bei unserem Kampf unterstützen.«

»Das ist das Dümmste, was ich seit Langem gehört habe«, entgegnete Michel unwirsch. »Barbarossa würde riskieren, sich mit dem Papst zu überwerfen, wenn er das täte.«

»Er hat schon vielen Städten geholfen, der Kirche Rechte abzutrotzen.«

»Im Rahmen friedlicher Verhandlungen. Nicht, wenn sie vorher ihren Bischof in den Kerker gesteckt haben, Herrgott noch mal!«

Vanchelle verzog beleidigt das Gesicht.

»Wie dem auch sei«, sagte Gaspard. »Das ist unser Plan. Nur so erreichen wir unser Ziel.«

»Wenn das so ist«, erwiderte Michel, »könnt ihr nicht mit mir rechnen.«

Schweigen folgte seinen Worten.

Gaspard bedachte ihn mit einem stechenden Blick. »Wieso willst du uns nicht helfen? Ist es dir gleichgültig, was aus Varennes wird?«

»Natürlich nicht. Aber Gewalt ist keine Lösung.«

»Ulman wird kein Haar gekrümmt. Wir wollen ihn nur für ein paar Tage festhalten, mehr nicht.«

»Das haben sich die Mainzer vermutlich auch gesagt. Nein, Gaspard, ich bin nur dabei, wenn wir einen friedlichen Weg einschlagen. Wir sind keine Strauchdiebe, sondern Kaufleute. Wir entführen niemanden, wir verhandeln.«

»Ulman lässt uns keine Wahl. Wenn er bereit wäre, uns entgegenzukommen und uns an der Macht zu beteiligen, hätte er es längst getan.«

»Gewiss gibt es Möglichkeiten, Druck auf ihn auszuüben, ohne ihn einzusperren.«

Gaspard verlor allmählich die Geduld. »Gut. Unser Plan gefällt dir nicht. Dann sag uns, was *du* tun würdest.«

»Wenn wir Veränderungen zu unseren Gunsten erreichen wollen, muss die Gilde unser Werkzeug sein«, begann Michel. »Dafür ist sie da. Wir sollten die Sache bei der nächsten Versammlung ansprechen und gemeinsam mit den Schwurbrüdern beraten, wie wir Ulman und dem Schöffenkollegium Mitspracherechte beim Markt-, Münz- und Zollwesen abringen können.«

»Hast du mir gestern nicht zugehört?«, fragte Gaspard. »Das haben wir alles schon versucht! Die Gilde ist zu nichts zu gebrauchen. Géroux und seine Speichellecker sorgen dafür, dass der ganze Haufen vor dem Bischof buckelt.«

»Ich habe dir sehr wohl zugehört, und ich weiß, dass es schwierig werden wird«, sagte Michel und dachte an seine Begegnung mit Géroux und dessen Drohung: *Ich werde nicht zulassen, dass Ihr der Gilde Scherereien macht.* »Dennoch, es ist der einzig vernünftige Weg.«

»Es ist töricht. Du erreichst damit gar nichts, außer dich vor der ganzen Gilde zu blamieren.«

Vielleicht hatte Gaspard recht mit seiner Einschätzung, vielleicht auch nicht. Nach allem, was Michel heute Abend gehört hatte, erschien es ihm klug, sich ein eigenes Bild von der Stimmung in der Gilde zu machen. Möglicherweise hatte Gaspard in seinem Zorn maßlos übertrieben, was den Einfluss der Ministerialen betraf – immerhin waren Géroux und seine Leute nur zu fünft. Eine solch kleine Gruppe konnte schwerlich die ganze Schwurgemeinschaft bevormunden, und wenn sie zehnmal den Gildemeister stellte. »Das werden wir sehen.«

Gaspard seufzte. »Du warst drei Jahre nicht da. Varennes hat sich verändert. Mit guten Worten erreicht man nichts mehr, wieso glaubst du mir das nicht? Wir hätten diesen Plan nicht gefasst, wenn wir nicht davon überzeugt wären, dass es die einzige Möglichkeit ist, etwas zu bewirken.«

»Bei einem Plan, der darin besteht, den Bischof zu entführen, mache ich nicht mit«, entgegnete Michel schneidend. »Und jetzt will ich nichts mehr davon hören.«

»Ist das dein letztes Wort?«

»Mein letztes.«

»Bitte. Ganz wie du willst«, knurrte Gaspard. Er stand auf und fuhr sich durch das dichte schwarze Haar, während er unruhig im Saal umherging. »Rede mit den Schwurbrüdern. Appelliere an ihre Vernunft. Du wirst schon sehen, was du davon hast.«

Metz

Am nächsten Morgen brachten Michel und Jean die Waren mit dem Ochsenwagen zum Anlegesteg am Fischmarkt, luden sie auf das Salzschiff und machten sich auf den Weg nach Metz. Bald schon zeigte sich, dass Jean in den letzten Jahren zu einem geübten Flussschiffer geworden war. Er stand am Heck, das Ruder in den Händen, und steuerte den kleinen Kahn sicher durch Untiefen und Stromschnellen. Offensichtlich kannte er die Mosel und ihre Tücken inzwischen wie seine Westentasche.

Das Salzschiff war eine Zille, ein Boot mit flachem Boden und angewinkelten Bug- und Heckteilen, rund zwanzig Ellen lang und vier breit. Bei dem Unfall ihres Vaters war es schwer beschädigt worden; wo Jean den Rumpf ausgebessert hatte, war das Holz hell und neu. In der Mitte befand sich eine niedrige Holzhütte, in der sie die Fässer, Wollballen und Kisten verstaut hatten, sicher vertäut, damit die Ware nicht ins Wasser fiel, wenn das Boot ins Schlingern geriet. Ferner hatten sie den Wagen samt Ochsen mitgenommen. Bei der Rückfahrt flussaufwärts würden sie treideln müssen, und dafür brauchten sie ein kräftiges Zugtier.

Im Schatten der Hütte saß ihr bewaffneter Geleitschutz: zwei Männer in Kettenhemden, die Schilde, Helme und Streitäxte trugen – Söldner, die Michel auf eigene Kosten in der Unterstadt angeworben hatte. Die Fahrt auf der Mosel galt zwar gemeinhin als sicher, doch man konnte nie wissen. In der Wildnis lief man immer Gefahr, dass man Räubern und ausgehungerten Vogelfreien begegnete, die zu allem entschlossen waren.

Michel hockte müde auf einer der Pritschen, betrachtete die vorbeiziehenden Hügel und dachte an den gestrigen Abend. Wegen seiner Auseinandersetzung mit Gaspard hatte er schlecht geschlafen, und sie machte ihm nach wie vor zu schaffen. Gewiss, auch früher hatten sie sich gelegentlich gestritten, aber noch nie so heftig. Obwohl ihre Freundschaft tief und gefestigt war, hielt Michel es für möglich, dass sie Schaden genommen hatte. Sie waren keine unbeschwerten Heranwachsenden mehr, die keine Sorgen kannten. Sie trugen jetzt die Verantwortung für ihre Familien, ihre Geschäfte und das Gemeinwesen, in dem sie lebten, und nun zeigte sich, dass sie in grundsätzlichen Fragen gänzlich verschieden waren. Vielleicht zu verschieden, um länger Freunde zu sein.

Den Bischof entführen, um ihn zu zwingen, seine Macht mit uns zu teilen… Michel konnte immer noch nicht fassen, dass Gaspard dergleichen ernsthaft in Erwägung zog. Einem mächtigen Mann der Kirche so etwas anzutun grenzte nicht nur an Blasphemie, es barg überdies die Gefahr, dass Varennes in Aufruhr, Chaos und Blutvergießen versank. Und Michel verabscheute Gewalt in jeglicher Form. Nach seiner Erfahrung brachten Kampf und Krieg nur unermessliches Leid über alle Beteiligten und verschlimmerten jeden Konflikt, statt ihn zu lösen. Niemals würde er bei einem solch aberwitzigen Vorhaben mitmachen.

Er wünschte, er könnte mit Jean über all das reden. Doch er hatte einen heiligen Eid geleistet, mit niemandem über das gestrige Treffen zu sprechen. Bräche er seinen Schwur, gefährdete er das Heil seiner Seele. Bekümmert starrte er zum wolkenverhangenen Himmel hinauf, bis er sich schließlich zu seinem Bruder setzte.

»Erzähl mir etwas«, bat er Jean.

»Was denn?«

»Egal. Hauptsache, es bringt mich auf andere Gedanken.«

»Bedrückt dich etwas?«

»Ach, nur die üblichen Sorgen«, antwortete Michel ausweichend. »Nicht weiter wichtig.«

Jean überlegte einen Augenblick und bediente dabei das Ruder mit schlafwandlerischer Sicherheit. »Ich habe dir noch gar nicht erzählt, dass ich letzten Monat zum Sprecher der unmündigen Männer gewählt wurde.«

»Das ist großartig. Meinen Glückwunsch.« Der Sprecher der

Unmündigen war ein geachtetes, wenngleich unbezahltes Amt, das es seit Menschengedenken in Varennes gab. Er vertrat die Belange der Heranwachsenden und unverheirateten Männer, die jünger als einundzwanzig Jahre waren, schlichtete Streitigkeiten zwischen Lehrlingen und Meistern und vermittelte bei Konflikten mit der Obrigkeit. Sogar Bischof und Schultheiß holten gelegentlich seinen Rat ein, obwohl er weder der Kirche noch der Gilde oder einer der Handwerksbruderschaften unterstand. Michel zweifelte nicht daran, dass sein Bruder genau der Richtige für diese Aufgabe war. Obschon alles andere als ein Dummkopf, war Jean mehr ein Tatmensch als ein Denker, und diplomatisches Geschick besaß er auch nicht gerade im Übermaß. Dafür verfügte er über Schläue, Durchsetzungsvermögen und Muskelkraft – Eigenschaften, die in der rauen Welt der jungen Männer mehr zählten als Einfühlungsvermögen und Bücherwissen. »Wie kam es zu der Wahl? Wart ihr mit eurem alten Sprecher nicht mehr zufrieden?«

»Nein, Amalric hat seine Sache gut gemacht. Aber letzten Winter ist er mündig geworden, da wurde es Zeit, das er aufhört.« Das ungeschriebene, aber eherne Gesetz der jungen Männer verlangte, dass ihr Sprecher einer von ihnen sein musste, unmündig und unverheiratet.

Nicht ohne Stolz erzählte Jean von den Umständen seiner Wahl, wie er seine Mitbewerber ausgestochen und eine ansehnliche Mehrheit für sich gewonnen hatte. Als er dabei einmal kurz das Ruder losließ, bemerkte Michel, dass er etwas Glänzendes in der Hand hielt.

»Was hast du da?«

»Ein Amulett. Ein Schlangenherz, in Silber eingefasst. Peirona, die Hebamme, hat es mir gemacht.«

»Wofür ist es?«

»Es schützt uns vor den Wassermännern, die am Grund der Mosel hausen.« Leise fügte Jean hinzu: »Ich wünschte, Vater hätte auch eines bei sich getragen.«

»Du glaubst, Wassermänner haben ihn umgebracht?«, fragte Michel.

Sein Bruder nickte grimmig. »Er war der erfahrenste und umsichtigste Flussschiffer, den ich kenne. Dass ausgerechnet ihm so ein Unglück zustößt, kann doch nicht bloßes Pech gewesen sein. Wassermänner haben ihn auf dem Gewissen, anders kann ich mir das nicht erklären.«

Mit leichtem Unbehagen betrachtete Michel den moosgrünen Fluss. Hätte man ihn gefragt, ob er an Wassermänner glaube, hätte er keine eindeutige Antwort geben können – er wusste es einfach nicht. Nahezu alle Menschen, die er kannte, waren davon überzeugt, dass in den Wäldern Kobolde, Faune und andere Kreaturen hausten, von denen man sich besser fernhielt. Auf seinen Reisen hatte er zwar noch nie ein derartiges Wesen gesehen, aber was hieß das schon? Schließlich war allgemein bekannt, dass es den bösen Blick, Flüche und Dämonen gab, die arme Seelen heimsuchten und ihnen Krankheit und Schmerz brachten – also warum nicht auch Feen und Waldgeister?

Jean hingegen waren solche Überlegungen fremd. Seit ihrer Kindheit in Fleury erfüllte ihn die tiefe Gewissheit, dass überall magische Kräfte ihr Werk verrichteten. Aus diesem Grund trug er immerzu Schutzamulette bei sich oder praktizierte an bestimmten Tagen kleine Rituale, um Hauswichtel und dergleichen zu besänftigen. Manchmal zog Michel ihn für seinen Geisterglauben auf, doch im Grunde respektierte er Jeans Ansichten.

Er zuckte zusammen, als ein Schatten unter der Wasseroberfläche vorbeihuschte.

»Da!«, rief Jean. »Hast du gesehen?«

»Das war nur ein Fisch.«

»Da wäre ich mir nicht so sicher.«

Die beiden Söldner wechselten einen Blick voller Unbehagen.

»In Christi Namen, bitte hört auf damit«, sagte der ältere. »Wenn man über Wassermänner spricht, lockt man sie an.«

»Du hast recht«, stimmte Jean ihm zu. »Lass uns über etwas anderes reden, Michel.«

Je weiter sie nach Norden kamen, desto breiter und tiefer wurde die Mosel. Die Landschaft hingegen änderte sich kaum. Genau wie in der Umgebung von Varennes stiegen zu beiden Seiten des Flusses Hügel an, bedeckt von Weiden und dichtem Wald. Gelegentlich fuhren sie an kleinen Gehöften und Dörfern vorbei. Jean und Michel winkten den Leuten am Ufer, die ihnen fröhliche Grüße zuriefen.

Nach zwei Tagen schließlich erreichten sie Metz. Die Stadt lag an der Mündung der Seille in die Mosel, an der Kreuzung zweier alter Römerstraßen, und war die größte Ansiedlung im Umkreis von vierzig Wegstunden. Sie besaß fast zehnmal so viele Einwohner wie Varennes und verfügte über zwei große Märkte, was Metz zum bedeutendsten und reichsten Handelsplatz zwischen dem Rhein und der Champagne machte.

Vor den Anlegestegen des Flusshafens, zwischen den Fischerbooten und Lastkähnen, tummelten sich Schwäne. Birken und Trauerweiden säumten die Mosel und streichelten mit ihren ausladenden Ästen das ruhig dahinströmende Wasser. Michel und Jean vertäuten das Salzschiff, wuchteten mit der Hilfe der beiden Söldner den Wagen auf den Steg, spannten den Ochsen ein und begannen, ihre Waren umzuladen. Als sie fast fertig waren, tauchte ein städtischer Zöllner auf, sah sich die Fässer und Kisten an und setzte anhand seiner Schätzung des Warenwertes den Einfuhrzoll fest. Einige Münzen wechselten den Besitzer, und sie bekamen die Erlaubnis, ihre Güter zum Markt zu bringen. Die Söldner blieben unterdessen beim Salzschiff und genehmigten sich einen Krug Bier.

Metz lag am Ostufer der Mosel, eingebettet in die Hügel; folglich gab es viele enge Treppen und steile Gassen und kaum ebene Straßen. Die Patrizierhäuser und viele wichtige Gebäude, die Gildehallen etwa und die alte Basilika, bestanden aus ockerfarbenem Jaumont-Stein, auch Sonnenstein genannt, weil er hell das Licht reflektierte, was eine eigentümliche, beinahe magische Stimmung schuf. Nicht weniger beeindruckend waren die zahlreichen Geschlechtertürme nach lombardischem Vorbild, in denen die mächtigsten Kaufherren mit ihren Familien lebten.

Die Menschenmassen auf Straßen und Plätzen konnten sich beinahe mit jenen in Mailand messen. Besonders in den engeren Gassen herrschte ein solches Gedränge, dass die beiden Brüder mit ihrem Ochsenkarren nur langsam vorankamen. So war der Vormittag bereits weit fortgeschritten, als sie endlich den Place de Vésigneul erreichten, den großen Markt außerhalb der Stadtmauern nahe der Seille, vor vielen Jahren gegründet von Kaufleuten, die sich der Kontrolle des Bischofs entziehen wollten. Zwar wäre es einfacher gewesen, die Waren zum alten Markt auf dem Place de Chambre unterhalb der Basilika zu bringen, doch dort waren Michel die Standgebühren zu hoch.

Auf dem Place de Vésigneul gab es Hallen für jede große Zunft, für die Gewandschneider, die Tuchmacher, die Schmiede, die Gerber. In der benachbarten Rue du Changé erhob sich protzig die Wechselbörse, die Heimat der Geldwechsler und -verleiher. Das Geldgeschäft in Oberlothringen lag fast gänzlich in den Händen lombardischer Bankiers, die vor einigen Jahren in Metz Fuß gefasst hatten und mit ihren Darlehen an kirchliche und weltliche Herren zu Reichtum gekommen waren.

Der Markt war riesig, und Michel vernahm eine Vielzahl von Dialekten und Sprachen, meist Latein, die Lingua Franca der Christenheit. Die Händler kamen aus Köln, Worms, Mainz, Frankfurt, Huy, Antwerpen, Marseille, Montpellier, sogar aus Wien und Ungarn, und sie boten alle erdenklichen Güter feil, vor allem aber Getreide, Vieh, Wolle, Leder, Wein und Tuche.

Michel und Jean fuhren in eine der Markthallen und luden die Waren ab. Da es von potenziellen Käufern nur so wimmelte, dauerte es trotz der großen Konkurrenz nicht lange, bis die ersten Leute an ihren Stand kamen. Michel war sofort in seinem Element. Er pries die Schafswolle an, offerierte der Kundschaft einen Schluck von seinem Wein und ließ das Salz durch seine Finger rieseln, um auf seine besondere Güte hinzuweisen. Er sprach selbstbewusst, blieb jedoch immer höflich, um niemanden zu verärgern. Wenn er jemanden so weit hatte, dass er kaufen wollte, begann er nach allen Regeln der Kunst zu feilschen.

Jean hielt sich unterdessen im Hintergrund, so wie er es Pater Jodocus erklärt hatte: Während Michel Geschäfte machte, kümmerte er sich um die übrige Arbeit, räumte leere Kisten und Fässer weg und volle nach vorne, fütterte den Ochsen und passte auf, dass nichts gestohlen wurde. Regelmäßig zählte er ihre Einnahmen und gab Michel den neuesten Stand durch. Es lief besser als erwartet. Gegen Mittag hatten sie bereits zwei Pfund Silber verdient, und ihre Waren fanden auch weiterhin reißenden Absatz. Ein Gewandschneider kaufte das gesamte Garn und den größten Teil der Schafswolle, ein Gürtelmacher die gegerbten Häute, der Cellerar eines Klosters das Bienenwachs. Die Taue blieben liegen, dafür verkaufte sich das Salz umso besser, denn das weiße Gold aus Varennes-Saint-Jacques war berühmt für seinen Geschmack und seine Reinheit. Es war die richtige Entscheidung gewesen, die Waren nach Metz zu bringen. In einer solch großen Handelsstadt herrschte stets eine gewaltige Nachfrage nach Salz, Wolle und Wachs, und das warf hohe Gewinne ab, selbst wenn man den Zoll, die beträchtlichen Standgebühren und die Kosten der Reise berücksichtigte.

Am späten Nachmittag leerte sich die Markthalle allmählich. Michel fand einen Moment Zeit, sich hinzusetzen und auszuruhen. Benommen stellte er fest, dass sie fast all ihre Waren verkauft hatten.

Sein Magen fing an zu knurren. Er war so beschäftigt gewesen, dass er keine Zeit gefunden hatte, etwas zu essen. Er öffnete den Beutel mit ihrer Wegzehrung und fand lediglich etwas Käse und einen Kanten trockenes Brot. »Haben wir nichts anderes?«

»Das ist alles, was noch übrig ist«, antwortete Jean. »Ich hole uns etwas Eintopf.«

»Bleib sitzen, ich gehe selbst. Ich brauche etwas frische Luft.«

Michel nahm ein paar Deniers und Sous aus ihrer Kasse und schritt zum Ausgang der Markthalle. Unterwegs kam er am Tisch eines Schmuckhändlers vorbei. Sein Blick fiel auf ein Lederbändchen mit einem kleinen silbernen Kruzifix, das sich in seiner Schlichtheit und Eleganz von den übrigen grob gefertigten Kupferstücken abhob. Unwillkürlich stellte er sich vor, wie er es Isabelle anlegte, wie sie ihr Haar zur Seite strich, damit er das Bändchen in ihrem Nacken zusammenknoten konnte …

Er nahm das Kruzifix in die Hand und sah es sich genauer an. Wirklich eine schöne Arbeit.

»Nur zwei Sous, der Herr«, sagte der Händler. »So günstig bekommt Ihr es nirgendwo.«

Michel wollte zwei Münzen auf den Tisch legen – und zögerte. Was war das für eine törichte Idee? Ihm fehlte an allen Ecken und Enden Geld, und er war möglicherweise gerade im Begriff, sich mit Gaspard zu überwerfen. Das war wahrlich nicht der richtige Augenblick, um Isabelle Geschenke zu machen. Und überhaupt: Was versprach er sich davon?

Er legte das Kruzifix zurück und ging weiter. Doch das Bild von Isabelle ließ ihn nicht los. Wie sie vor Freude strahlen würde, wenn er ihr das kleine Silberkreuz überreichte. Wie ihre Augen leuchten würden …

Gaspard muss es ja nicht erfahren. Und wenn er sich schon kein Schmuckstück für zwei Sous mehr leisten konnte, gab er sein Geschäft besser gleich auf und suchte sich anderswo Arbeit. Er ging zurück, handelte den Schmuckmacher auf einen Sou und sieben Deniers herunter und verstaute das Kruzifix sorgfältig in seiner Geldbörse. Plötzlich konnte er es kaum erwarten, nach Hause zu kommen.

Reiß dich zusammen. Es ist nur ein kleines Geschenk für die Schwester eines Freundes. Es bedeutet gar nichts.

Draußen ging er zu einer Schenke, zu der eine zur Straße offene Garküche gehörte. Über einem offenen Feuer kochte der Wirt Fleischeintopf, den er in großzügigen Portionen an Kaufleute, Marktaufseher und Kleinkrämer verteilte. Michel bahnte sich einen Weg durch das Gedränge, kaufte eine Schüssel und einen Humpen Bier und trug beides zur Markthalle zurück. Jean und er setzten sich auf die Pritsche ihres Wagens und verzehrten den dampfenden Eintopf heißhungrig mit dem restlichen Brot.

»Das ist gutes Salz.«

Michel blickte auf. An den fast leeren Fässern stand ein hagerer Mann mit raubvogelhafter Nase und zerrieb eine Prise des körnigen Gewürzes zwischen Daumen, Zeige- und Mittelfinger. Er trug feine Kleidung, und sein Wams zierte ein Wappen mit rot-silbernem Schachbrettmuster. Er sprach Französisch mit schwerem deutschem Akzent.

»Ausgezeichnetes Salz sogar. Habt Ihr mehr davon?«

Michel legte den Löffel weg und glitt von der Wagenpritsche. »Leider nicht. Aber wir können Euch so viel davon beschaffen, wie Ihr wünscht, Herr …?«

»Ivo, Truchsess des Grafen Albert von Sponheim«, stellte der Mann sich vor. »Mein Herr beabsichtigt, ein Fest zu geben. Er möchte die Schwertleite seines Erstgeborenen feiern, und wir erwarten dreihundert Besucher. Könnt Ihr mir acht Fässer liefern? Von *diesem* Salz – minderwertiges kann ich nicht gebrauchen. Ich zahle sieben Pfennig pro Fuder.«

Michel ließ sich seine Freude nicht anmerken. Sieben Pfennig war das Anderthalbfache dessen, was er in Metz bislang bekommen hatte. Hier winkte ein kleines Vermögen. »Bis wann braucht Ihr es?«

»Spätestens in zwei Wochen.«

»Wohin sollen wir liefern?«

»Zur Starkenburg an der Mosel, bei der Ortschaft Traben. Schafft Ihr das in solch kurzer Zeit?«

»Gewiss.«

»Ihr bekommt Euren Lohn bei der Lieferung«, sagte der Truchsess. »Aber seid pünktlich. Wenn Ihr zu spät kommt, betrachte ich das Geschäft als nichtig.«

»Wir werden rechtzeitig liefern – Ihr habt mein Wort.«

»Ich erwarte Euch in zwei Wochen in der Starkenburg.« Ivo verneigte sich und ging.

Kaum war der Truchsess fort, brachen Michel und Jean in Jubel aus und fielen sich in die Arme.

»Unser erstes richtiges Geschäft!«, rief Michel. »Das müssen wir feiern. Lass uns rasch die Sachen zusammenpacken, und dann auf in die Schenke!«

Varennes-Saint-Jacques

Bischof Ulman hielt sich für einen gelassenen, charakterfesten Mann. Nichts erschütterte ihn so leicht, weder die ständigen Fehden zwischen Aristide de Guillory und Nicolas de Bézenne an den Grenzen des Bistums, noch die beunruhigenden Nachrichten aus dem Heiligen Land. Selbst in schwierigen Zeiten widmete er sich diszipliniert seinen geistlichen und weltlichen Pflichten und führte mit ruhiger Hand die ihm anvertraute Stadt. Wenn ihn seine Aufgaben einmal übermäßig forderten, suchte er Zuflucht im Glauben.

Seit Tagen jedoch quälte ihn eine Anspannung, gegen die kein Gebet, keine innere Einkehr half. Schuld daran war Johann I., Archidiakon der Erzdiözese Trier und Stellvertreter des Erzbischofs Folmar von Karden.

Johann reiste seit einigen Wochen durch die Bistümer Metz, Toul und Verdun, besuchte die über die gesamte Erzdiözese verstreuten Güter des Erzbischofs und trieb den Pachtzins ein. Die letzte Etappe seiner Fahrt würde Varennes-Saint-Jacques sein, wo Folmar von Karden eine Mühle, zwei Häuser und mehrere Äcker besaß. Vorige Woche hatte Ulman die Nachricht erhalten, der Archidiakon werde bald eintreffen und wünsche eine standesgemäße Unterkunft im Bischofspalast der Stadt. Ulman war fest entschlossen, seinem Gast den Aufenthalt in Varennes so angenehm wie möglich zu gestalten. Denn Johann war nicht nur ein hochrangiger Kleriker, sondern auch der Reichskanzler von Kaiser Friedrich Barbarossa – mithin einer der mächtigsten Männer des Heiligen Römischen Reiches. Obendrein galt er als aussichtsreicher Anwärter auf den Stuhl des Erzbischofs. Wenn es Ulman gelang, ihn zufriedenzustellen, wäre das seiner Laufbahn gewiss zuträglich. Ulman leugnete seinen Ehrgeiz keineswegs. Er hatte nicht die Absicht, bis an sein Lebensende Bischof einer unbedeutenden Kleinstadt zu bleiben.

Also hatte er die Dienerschaft angewiesen, alles für die Ankunft des hohen Gastes vorzubereiten. Seit Tagen wurde geputzt, poliert und Staub gewischt, was das Zeug hielt. Tischler erneuerten Türen und Böden, Maurer strichen die Wände, Mägde verstreuten frische Binsen. Der Weber erhielt den doppelten Lohn, damit er den neuen Wandteppich für die Eingangshalle rechtzeitig fertigbekam. Die Köche kauften das beste Fleisch und den vorzüglichsten Wein. Der Schneider hatte Tag und Nacht gearbeitet, um Ulman eine neue Soutane aus erlesenstem flandrischem Tuch anzufertigen. Auch das Gesinde hatte neue Kleider bekommen und wurde angehalten, bei der Körperpflege die doppelte Sorgfalt walten zu lassen. Varennes mochte das kleinste der vier Bistümer Triers sein, doch Johann sollte keinesfalls den Eindruck gewinnen, es wäre auch das ärmste. Allein die Vorstellung, der Reichskanzler könnte schlecht über ihn denken, brachte Ulman um den Schlaf.

Eine knappe Woche war seit der Nachricht vergangen – Johann konnte also jeden Moment eintreffen. Und obwohl sämtliche Diener und Hörige in den vergangenen Tagen ununterbrochen gearbeitet hatten, war Ulman nicht zufrieden mit dem Ergebnis. Bei jedem Rundgang durch den Palast entdeckte er etwas, das sein Missfallen erregte.

»Was hat der Leuchter hier verloren?«, fragte er einen Diener, als er die Gesindeunterkünfte inspizierte.

»Im großen Saal war kein Platz mehr, Exzellenz«, antwortete der Mann furchtsam. »Ich musste ihn woanders hinstellen.«

»Und wieso hast du ihn nicht in die Eingangshalle oder wenigstens in die Gastquartiere gebracht?«

»Ich dachte, dort wäre er im Weg.«

»Dieser Leuchter stammt aus der Werkstatt des besten Silberschmiedes von Varennes«, sagte Ulman gedehnt. »Er hat ein kleines Vermögen gekostet. Warum habe ich ihn wohl gekauft?«

»Ich … ich weiß nicht, Exzellenz.«

»Damit Johann ihn *sieht*!«, fuhr Ulman den Diener an. »Wie soll er das, wenn der Leuchter in diesem Loch herumsteht und Staub ansetzt? Bring ihn sofort zurück in den Saal, oder ich lasse dich für deine Dummheit züchtigen!«

Blitzschnell ergriff der Mann den Leuchter und huschte davon.

Die Lippen zu einer schmalen Linie zusammengepresst, verließ Ulman das Gesindehaus, schritt durch den Palastgarten und begutachtete dabei die Büsche und Beete am Wegesrand. Der Rasen, die Rosenhecken, alles schien so zu sein, wie er es angeordnet hatte – wenigstens auf den Gärtner war Verlass. Was man vom Rest der Dienerschaft nicht behaupten konnte. Wenn man die Knechte und Mägde nicht von früh bis spät im Auge behielt, benahmen sie sich wie dumme, gottlose Viehtreiber. Heute Morgen erst hatte er einen Küchengehilfen dabei erwischt, wie er sich beim Fischausnehmen die Nase in sein Wams geschnäuzt hatte. Nicht auszudenken, was geschehen wäre, wenn Johann das gesehen hätte … Er hatte den Bengel auf der Stelle hinausgeworfen. Vielleicht war das den anderen eine Lehre.

Bitte, o Herr, lass den Besuch des Archidiakons nicht zu einer Demütigung für mich werden, betete Ulman, während er das Hauptgebäude betrat. Er würde es nicht ertragen, wenn Johann später dem Erzbischof berichtete, Varennes sei eine Stadt voller Bauerntölpel und er, Ulman, habe nicht einmal seine eigenen Hörigen im Griff.

Im Korridor kam ihm ein Waffenknecht entgegen.

»Exzellenz!«, sagte der Mann atemlos. »Der Reichskanzler ist am Nordtor!«

Ulman unterdrückte einen Fluch. Hätte sich Johann nicht noch einen Tag Zeit lassen können? Es gab doch noch so viel zu tun. Er stürmte in die Eingangshalle und brüllte nach seinem Leibdiener. »Namus! Unser Gast kommt! Ruf alle Bediensteten zusammen. Ihr wisst, was ihr zu tun habt.«

Kurz darauf stand Ulman mit den Domherren, seinen Waffenknechten, Dienern, Schreibern und Hörigen vor dem Portal der Kathedrale und beobachtete Johanns Tross, der vom Nordtor die Grande Rue entlangzog. Die Menschen unterbrachen ihre Arbeit, verließen ihre Häuser und bestaunten die gut dreißigköpfige Schar, bestehend aus schwer gerüsteten Rittern, Fußsoldaten, Priestern, Mönchen und Dienern. Viele bejubelten die Ankunft des Archidiakons und riefen fröhliche Segenswünsche, nicht zuletzt deshalb, weil einer der Ritter schimmernde Deniers in die Menge warf.

Als der Tross den Marktplatz erreichte, schritten Ulman und die Domherren ihm entgegen.

Die vier Ritter zügelten ihre Rösser; ihre Helme und Lanzenspitzen funkelten im Sonnenschein. »Seine Exzellenz Johann von Trier, der Erste seines Namens, Archidiakon des Erzbistums Trier und Kanzler des Heiligen Römischen Reiches«, rief einer der Männer.

Zu Ulmans maßloser Verwunderung saß Johann nicht auf dem Rücken eines Pferdes, auch nicht in einer Sänfte oder einem komfortablen Reisewagen – er kauerte auf der Pritsche eines Ochsenkarrens, der just in diesem Moment vorgefahren kam. Auf dem Wagenbock hockte ein Bauer, der schmutziger nicht sein konnte. Der Mann kaute auf einem Grashalm und brachte den Ochsen zum Stehen, indem er grob an der Leine riss.

Ein Diener half Johann, von der Pritsche zu klettern. Der Archidiakon stützte sich auf eine Krücke und verzog für einen Moment vor Schmerz das Gesicht.

Ulman eilte ihm entgegen. »Im Namen des Auferstandenen, Johann, was ist geschehen?«

»Nur ein verstauchter Fuß, mein lieber Freund, kein Grund zur Sorge«, antwortete der Archidiakon. »Grimald hat mich bereits bestens verarztet. Er versteht mehr von der Heilkunst als so mancher gelehrte Medicus.«

»Ich könnte Euch noch besser verarzten, wenn Ihr Euch endlich schonen würdet«, meinte der Diener, der Johann stützte, streng. »Wir hätten nach Verdun zurückkehren sollen, wie ich es Euch geraten habe. Die lange Reise hat Eurem Fuß gewiss nicht gutgetan.«

»Unsinn. Meinem Fuß geht es prächtig.«

»Das glaube ich nicht. Ihr habt Schmerzen.«

»Nichts, was ein Krug Moselwein nicht kurieren könnte.« Johann lächelte. »Grimald sorgt sich immerzu wie eine alte Glucke um mich. Wäre es nach ihm gegangen, hätte ich eine Woche lang in Verdun das Bett gehütet. Dass sich die Arbeit nicht von allein macht, will er natürlich nicht hören.«

»Wie ist das passiert?«, fragte Ulman.

»Ein dummer Unfall. Die Straße war schlecht, und mein Pferd ist gestürzt. Glücklicherweise war der gesegnete Pépin zur Stelle und hat sich bereit erklärt, mich mit seinem Karren nach Varennes zu fahren. Grimald, gib unserem großherzigen Retter seinen Lohn, er hat ihn sich wahrlich verdient.«

Grimald warf dem Bauern einen Beutel mit Münzen zu. Der Mann begutachtete den Inhalt, grinste breit und entblößte dabei faulige Zähne. »Tausend Dank und rasche Genesung, hoher Herr, es war mir eine Ehre. Gott und die Erzengel mögen Euch auf all Euren Wegen schützen!«

Er tippte sich an seine Mütze, trieb den Ochsen an und fuhr davon.

»Gehen wir zum Palast, damit Ihr Euch ausruhen und stärken könnt«, sagte Ulman.

»Eine ausgezeichnete Idee. Ich kann es kaum erwarten, meinen Durst mit einem Becher Eures vorzüglichen Weines zu löschen.«

»Bitte, lasst mich Euch stützen.« Ulman ergriff Johanns Arm und führte seinen Besucher über den Platz.

Während Namus dafür sorgte, dass den Gefolgsleuten des Archidiakons Quartiere zugewiesen und die Pferde versorgt wurden, nahm Ulman mit seinem Gast im großen Saal den Willkommenstrunk ein. Johann legte seinen verletzten Fuß hoch, Grimald rieb ihn mit einer scharf riechenden Salbe ein und erneuerte den Verband. Obwohl der Archidiakon unübersehbar Schmerzen erlitt, war er gelöster Stimmung und plauderte von seiner Reise durch die Erzdiözese. Wie er da am Kamin saß, schmächtig, grauhaarig, das Gesicht von Falten zerfurcht, bot er eine derart unscheinbare, ja langweilige Erscheinung, dass er auch ein einfacher Schreiber oder Diener hätte sein können. Dennoch vergaß Ulman niemals, wen er vor sich hatte. Man sagte Johann nach, er sei überaus klug und machtbewusst bis zur Verschlagenheit. Es empfahl sich, in seiner Gegenwart immer auf der Hut zu sein.

»Ich werde Eure Gastfreundschaft nicht lange beanspruchen«, erklärte der Archidiakon, nachdem er seinen Kelch geleert hatte. »Zwei oder drei Tage in Varennes sollten genügen. Könnt Ihr mir für meine Besuche bei von Kardens Pächtern Eure Sänfte leihen?«

»Natürlich«, sagte Ulman. »Ich habe außerdem eine Schreibstube herrichten lassen, falls Ihr einen Ort zum Arbeiten braucht.«

»Sehr gut. Sehr gut. Ihr habt wahrlich an alles gedacht, mein Freund. Wenn Ihr erlaubt, werde ich mich nun zurückziehen.

Ich sollte mir ein wenig Ruhe gönnen, sonst blüht mir eine neuerliche Strafpredigt von Grimald.«

»Schön, dass Ihr vernünftig geworden seid«, sagte Grimald, der herbeigeeilt war, um Johann beim Aufstehen zu helfen. »Ich habe schon erwogen, Euch mit Mohnblumensaft zu betäuben, damit Ihr mir endlich gehorcht und Euch ausruht.«

»Hört Ihr das? Eine Glucke durch und durch, mein guter Grimald.«

»Soll ich nach einem Medicus schicken, damit er sich Euren Fuß ansieht?«, fragte Ulman, während Johann mit Grimalds Hilfe zur Tür hinkte.

»Habt Erbarmen und erspart mir diese Scharlatane mit ihrer gottlosen Quacksalberei. Ihr seht doch, ich bin in den besten Händen. Gehabt Euch wohl, mein Freund, und habt Dank für die gastfreundliche Aufnahme in Eurem Haus.«

Am Abend gab Ulman zu Johanns Ehren ein Festbankett, zu dem die Mitglieder des Domkapitels, die Äbte aller vier Stifte Varennes' und die Stadtschöffen eingeladen waren. Der Tisch im großen Saal bog sich schier unter der Last der Speisen: Die Diener trugen gebratenes Ferkel, gesottenen Aal mit schwarzem Pfeffer und in Schmalz gebackene Singvögel auf; dazu gab es gedünstetes Gemüse, frisches Brot, Obst, verschiedene Sorten Käse und teuren Burgunderwein, gewürzt mit Wermut und anderen Kräutern. Vier bekannte Spielleute, die Ulman eigens für diesen Anlass aus Nancy hatte holen lassen, sorgten für frohliche Musik. Zu Ulmans nicht geringer Erleichterung genoss Johann das Festmahl, lobte das Geschick der Palastköche und machte sich mit einem Appetit über das Essen her, den Ulman einem Mann dieser Statur niemals zugetraut hätte. Währenddessen unterhielt er die anderen Gäste mit Anekdoten von Barbarossas Hof, wobei er einen scharfsinnigen und beißenden Witz bewies. Obwohl er am nächsten Morgen früh aufstehen wollte, blieb er bis weit nach Mitternacht sitzen und diskutierte mit dem Propst und dem Dekan angeregt diverse theologische Fragen.

Besser hätte es nicht beginnen können, dachte Ulman zufrieden.

In den nächsten beiden Tagen besuchte Johann die Pächter des Erzbischofs, sah in von Kardens Besitztümern nach dem Rechten und brachte die Zinslisten der Erzdiözese auf den neuesten Stand. Leider nahm all das zusammengenommen nur ein paar Stunden in Anspruch, sodass sich Ulman gezwungen sah, seinen Gast in der restlichen Zeit zu beschäftigen. Angespornt von dem grässlichen Gedanken, Johann könnte sich langweilen, unternahm er beträchtliche Anstrengungen, den Archidiakon bei Laune zu halten. Doch das war alles andere als einfach – die meisten Vergnügungen kamen wegen des verletzten Fußes nicht infrage. Sie konnten nicht ausreiten, nicht auf die Jagd gehen, keinen Spaziergang an der Mosel machen.

Was blieb da noch? Ulman beschloss, Johann zunächst Varennes zu zeigen. Während sie in der Sänfte saßen und sich durch die Stadt tragen ließen, schickte Ulman einen Boten zu Jaufré Géroux und flehte den Ministerialen um Hilfe an. Géroux erklärte sich daraufhin bereit, Johann einen Einblick in seine Büchersammlung und seine Kollektion fremdländischer Silber- und Goldmünzen zu gewähren. Der Archidiakon zeigte sich angemessen beeindruckt von den Schätzen und vertiefte sich für volle zwei Stunden in ein Buch über das Wirken der Apostel.

Auf diese Weise rettete sich Ulman über den ersten Tag. Nach dem Abendessen wollte er früh zu Bett gehen, doch Johann, der noch genauso munter wie am Morgen war, bestand darauf, dass er ihm Gesellschaft leistete. So saß er abermals bis Mitternacht im Saal und hörte sich weitschweifige Geschichten vom Kaiserhof an. Heute fand er sie weit weniger amüsant als gestern, aber um seinen Gast nicht zu verärgern, heuchelte er Interesse. Auch die Spielleute stellten seine Geduld auf die Probe, denn ihr Repertoire erwies sich als äußerst begrenzt. Tatsächlich spielten sie dieselben Lieder wie gestern, sogar in derselben Reihenfolge, und Ulman hätte sie längst hinausgeworfen, wenn Johann nicht nach dem zweiten Lied ausgerufen hätte: »Großartig! Einfach großartig! Es muss Jahre her sein, dass ich solch hervorragende Musikanten gehört habe. Nur weiter! Immer weiter!«

Als Ulman in jener Nacht todmüde ins Bett fiel, begann er zu ahnen, dass er einen hohen Preis dafür zahlte, dem Archidiakon zu gefallen. *Hoffentlich ist es das wert,* dachte er, bevor er in einen tiefen, traumlosen Schlaf sank.

Der nächste Tag begann zur Prim, denn der Archidiakon war ein energischer Frühaufsteher. Gleich nach dem Morgenbrot besuchten sie das Grab des heiligen Jacques in den Katakomben des Doms und lauschten dem Propst, der ihnen die erbauliche Geschichte von Jacques' Martyrium im Kerker bretonischer Heiden und seiner späten Läuterung erzählte. Anschließend ließ sich Johann zum Pächter der erzbischöflichen Mühle bringen, wo er, wie Ulman inständig hoffte, mindestens bis zur None bleiben würde. Leider kam er schon nach einer Stunde zurück und erkundigte sich fröhlich nach den Zerstreuungen des Nachmittags. Also organisierte Ulman kurzerhand ein Turnier im Bogenschießen, bei dem Johanns Waffenknechte, seine eigenen Soldaten und die Büttel des Schultheißen auf dem Viehmarkt vor den Stadtmauern gegeneinander antraten. Nachdem die Männer des Archidiakons zu Ulmans Verdruss haushoch gewonnen hatten, bestiegen sie abermals die Sänfte, besichtigten die Saline auf der anderen Seite des Flusses und ließen sich von Chonrat, dem Vorarbeiter der Bornknechte, die Geheimnisse der Salzgewinnung erklären. Damit war auch der zweite Tag glücklich zu Ende gebracht. Allerdings war Ulman nun mit seinem Latein am Ende. Falls Johann sich entschlösse, einen dritten Tag zu bleiben, konnte er ihn allenfalls mit Brettspielen unterhalten.

Schweigen herrschte in der Sänfte, während sie am frühen Abend zur Stadt zurückkehrten. Johann betrachtete die Hügel und wirkte in Gedanken versunken. Als sie das Salztor durchquerten, sagte er unvermittelt: »Ihr habt wahrlich eine schöne Stadt und ein gesundes Bistum, mein Freund. Ihr solltet gut darauf aufpassen.«

»Das tue ich«, erwiderte Ulman. »Oder ist der Erzbischof nicht zufrieden mit meiner Arbeit?«

»Doch, das ist er. Überaus zufrieden sogar. Seit Ihr das Bistum führt, sind die Einnahmen aus Steuern, Marktzoll und Pacht beträchtlich gestiegen. Von Karden hat wahrhaftig eine hervorragende Wahl getroffen, als er Euch zum Bischof ernannte.«

Ulman war nicht wenig geschmeichelt. »Ich danke Euch.«

»Und doch gibt es etwas, das mir Sorge bereitet«, fuhr Johann fort. »Wir leben in gefährlichen Zeiten, Ulman. Gottlose Gedanken breiten sich wie eine Pestilenz im Reich aus, besonders in den Städten. Gedanken von Freiheit und Eigenständigkeit. Der Reichtum hat Kaufleute und Bürger selbstbewusst gemacht, selbstbewusst und arrogant. Überall rebellieren sie gegen unsere heilige Mutter Kirche und greifen nach der Macht, in Mainz, Speyer, Worms und anderswo – oftmals gar geduldet vom Kaiser, der jede Gelegenheit nutzt, unseren Einfluss zu schmälern. Ich frage mich, was Ihr tun würdet, wenn diese Krankheit dereinst Varennes heimsuchte.« Der Archidiakon blickte ihn an, und in seinen Augen lag ein kalter, stählerner Glanz, der so gar nicht zu dem kauzigen Gelehrten der letzten Tage passte. Ulman ahnte, dass er endlich den *wahren* Johann zu sehen bekam, den berechnenden Politiker und Machtmenschen, vor dem das halbe Reich zitterte.

»Seid Ihr stark genug, Eure Stadt davor zu schützen?«, fragte der Reichskanzler leise. »Könnt Ihr bewahren, was Eure Vorgänger über Jahrhunderte geschaffen und aufgebaut haben?«

»In Varennes wird es niemals zu einem Bürgeraufstand wie in Mainz kommen«, erwiderte Ulman gelassen. »Ich habe dafür gesorgt, dass mir die Gilde gehorcht und Bürger und Kaufleute die Macht der Kirche achten und fürchten, wie es sich für gute Christen geziemt. Es gibt keinen Grund zur Sorge, Exzellenz.«

»Gewiss. Ihr seid ein Bollwerk des Glaubens, an dem niemand so leicht vorbeikommt. Deshalb hat Euch der Erzbischof einst für diese Aufgabe ausgewählt. Doch es gibt etwas, das Euch zum Verhängnis werden könnte. Eure größte Schwäche.«

»Schwäche? Was meint Ihr?«

»Eure Eitelkeit.«

Ulman war es nicht gewöhnt, dass man derart offen mit ihm sprach. Es gelang ihm nicht, sein Missfallen über diese Kritik an seinem Charakter zu verbergen. »Bei allem Respekt, Johann, aber ich kann mich nicht erinnern, dass ich etwas getan habe, das diesen Vorwurf rechtfertigte …«

Der Reichskanzler unterbrach ihn, indem er die Hand hob. Es war nur eine kleine Geste, doch in ihr lag so viel Autorität, dass Ulman augenblicklich verstummte. »Ich bitte Euch, mein Freund. Die kostbaren Möbel und teuren Wandteppiche in Eurem Palast, das Gewand, das Ihr angeschafft habt, um mir zu gefallen – Ihr könnt nicht bestreiten, dass Ihr äußerst empfänglich für dieses Laster seid.«

Ulman zog es vor zu schweigen.

»Die *vanitas* ist die tückischste aller Sünden«, erklärte Johann. »Unbemerkt schleicht sie sich in unsere Herzen, tarnt sich gar als Großmut und Barmherzigkeit und verrichtet ihr zerstörerisches Werk. Ich gebe Euch den Rat, Eure Eitelkeit zu bezwingen. Sonst könnte es allzu leicht geschehen, dass die Feinde der Kirche sie sich zunutze machen und gegen Euch verwenden.«

Ulman war zutiefst gekränkt. »Ich danke Euch für Eure Offenheit«, sagte er steif. »Ich werde mir Eure Worte zu Herzen nehmen.« Nichts dergleichen würde er tun. Was Johann da von sich gab, war eine unverschämte Beleidigung, die keine Beachtung verdiente. Und dafür hatte er diesen Kerl in seinem Haus aufgenommen und bewirtet …

»Tut das. Tut das. Ein Mann des Glaubens muss stets danach trachten, seine Schwächen zu überwinden«, erwiderte Johann, der sich binnen eines Herzschlags wieder in den freundlichen Kauz verwandelt hatte. »Sieh an, schon sind wir zu Hause!«, sagte er fröhlich, als die Sänfte vor dem Palast hielt. »Ich hoffe, diese vortrefflichen Spielleute sind noch da. Wäre es nicht nett, wenn sie uns beim Essen wieder mit einem kleinen Lied unterhalten würden? Das wäre doch genau das Richtige für meinen letzten Abend in Varennes, nicht wahr?«

»Euer letzter Abend?«, fragte Ulman hoffnungsvoll, während er dem Archidiakon beim Aussteigen half.

»Ja, ich fürchte, ich muss Euch schon morgen verlassen, mein lieber Freund. Diese Reise hat viel zu lange gedauert, und in Trier warten zahlreiche Pflichten auf mich, die ich nicht aufschieben kann. Ich weiß, äußerst bedauerlich. Ich wünschte auch, ich könnte noch ein wenig bleiben. Aber das holen wir bei meinem nächsten Besuch nach – versprochen!«

»Es wäre mir eine Freude«, sagte Ulman und dachte: *Gebe Gott, dass bis dahin noch viele Jahre vergehen.*

Auch an diesem Abend verharrte Johann hartnäckig im großen Saal, als der letzte Gang längst abgeräumt war. *Heiliger Jacques, wird dieser Mann niemals müde?*, fragte sich Ulman, während der Archidiakon ununterbrochen plapperte und plapperte. Wie sehr er den morgigen Tag herbeisehnte! Er konnte es kaum erwarten, dass dieser kleine grauhaarige Störenfried endlich aus seiner Stadt verschwand.

Als sich Johann schweren Herzens dazu durchrang, zu Bett zu gehen, war die Matutin bereits lange vorüber. Müde und gereizt schlurfte Ulman zu seiner Kammer. O ja, er hatte wahrhaftig einen großzügigen Lohn für seine Mühen verdient. Die letzten drei Tage hatten ihm einiges abverlangt. Ein baldiger Aufstieg in der Hierarchie der Erzdiözese war das Mindeste, was er dafür erwarten konnte.

Vor seinem Gemach erwartete ihn Grimald.

»Ist es eine Trierer Sitte, niemals zu einer christlichen Zeit schlafen zu gehen?«, fragte Ulman unwirsch.

»Ich weiß, es ist schon spät, Exzellenz«, sagte der Diener verlegen, »aber ich würde Euch nicht stören, wenn es nicht wichtig wäre. Ich muss dringend mit Euch über meinen Herrn Johann sprechen.«

»Hat das nicht bis morgen Zeit?«

»Er will nach Trier zurück*reiten*! Er sagt, seinem Fuß gehe es besser, aber das stimmt nicht. Ein mehrtägiger Ritt wäre Gift für seine Genesung.«

»Er kann meine Sänfte haben.«

»Das habe ich ihm auch schon vorgeschlagen. Er sagt, in der Sänfte zu reisen sei ihm zu langsam. Könnten wir Euren Reisewagen leihen?«

Ulman war der Ansicht, dass er bereits mehr als genug für Johann getan hatte. »Nein. Den brauche ich selbst.«

»Aber wenn er reitet, wird sein Fuß vielleicht brandig. Er ist nicht mehr der Jüngste. Wenn sich seine Verletzung verschlimmert, könnte ihn das töten!« Grimald machte ein Gesicht, als bräche er gleich in Tränen aus.

Ulman seufzte. »Na schön. Ich werde sehen, was ich tun kann. Vielleicht können wir ein Boot für Johann auftreiben, damit er auf der Mosel nach Hause fahren kann.«

»Ein Boot wäre ganz hervorragend! Dann könnte er seinen Fuß schonen und wäre trotzdem zügig in Trier. Ich danke Euch, Exzellenz, habt vielen Dank!«

»Lässt du mich jetzt endlich schlafen?«, knurrte Ulman.

Michel führte den Zugochsen im Schatten der Stadtmauer am Flussufer entlang, bis Jean das Salzschiff zum Anlegesteg steuern konnte. Die beiden Söldner halfen seinem Bruder, den Kahn zu vertäuen. Als sie fertig waren, band Michel den Ochsen los und führte das Tier zum Steg.

»Sollen wir hier auf Euch warten?«, fragte einer der Söldner.

»Helft uns, die Fracht auf den Wagen umzuladen«, antwortete Michel. »Danach könnt ihr etwas essen gehen. Wir werden frühestens in zwei Stunden zurück sein.«

Mit vereinten Kräften machten sie sich an die Arbeit. Die

Kisten und Säcke enthielten Waren, die sie in Metz gekauft hatten: Getreide, Werkzeug, Wetzsteine und zwei Kettenhemden aus den berühmten Waffenschmieden der Handelsstadt. Um den Verkauf würde sich Isoré Le Roux kümmern, ein Kleinkrämer, mit dem schon ihr Vater zusammengearbeitet hatte. Le Roux würde die Waren auf dem Markt anbieten und bekam dafür einen Teil des Gewinns.

Wenig später war der Ochse eingespannt und die Ladung sicher auf dem Wagen verstaut. Zum Dank für ihre Hilfe gab Michel jedem Söldner einen Denier Trinkgeld.

»Sehr großzügig, Herr, habt Dank!« Die Männer schlurften davon.

Michel wischte sich den Schweiß von der Stirn. Es war noch nicht Mittag, aber bereits sehr heiß, und er war müde von der Reise. Während die Fahrt flussabwärts nach Metz nur zwei Tage dauerte, brauchte man für die Rückreise knapp acht, da man gegen den Strom treideln musste. »Kannst du mir einen Gefallen tun?«, wandte er sich an Jean. »Bring die Waren zu Isoré. Wir treffen uns später zu Hause.«

»Wohin gehst du?«

»Ich muss etwas erledigen.«

Michel eilte zu Gaspards Haus, erkundigte sich bei einem Knecht nach seinem Freund – »Der Herr ist oben in seiner Schreibstube!« – und stieg die Treppen hinauf. Gaspard zählte gerade Silbermünzen und blickte von seinem Rechenbrett auf, als Michel die Kammer betrat.

»Du?«, sagte er verwundert und stand auf.

»Können wir reden?«

»Natürlich.«

»Unser Streit neulich Abend«, sagte Michel. »Ich bedaure, was geschehen ist. Ich bin gekommen, weil ich das aus der Welt schaffen möchte.«

»Heißt das, du hast deine Meinung geändert?«

»Nein. Ich halte eure Pläne nach wie vor für falsch. Aber darum geht es nicht. Wir hätten nicht im Zorn auseinandergehen dürfen. Das war unserer Freundschaft unwürdig.«

»Ja«, sagte Gaspard. »Dieser Streit war töricht. So sollten sich alte Freunde nicht verhalten.«

»Du zürnst mir also nicht?«

»Ich bitte dich. Hältst du mich wirklich für so nachtragend? Das ist doch nur Politik. Dann sind wir eben unterschiedlicher Meinung – na und? Das sollte unsere Freundschaft wirklich aushalten.«

Lächelnd streckte Michel die Hand aus. »Frieden?«

»Frieden. Komm her, du sturer Bock!«

Gaspard ergriff seine Hand und zog ihn an sich, und sie klopften einander auf die Schultern.

»Lass uns eine Abmachung treffen«, sagte Gaspard. »Ab jetzt soll nie wieder die Politik zwischen uns stehen, ganz gleich, was geschieht. Einverstanden?«

»Einverstanden.«

Sie besiegelten ihre Vereinbarung mit einem Handschlag.

»Bleib zum Essen«, schlug Gaspard vor. »Jean und du seid eingeladen. Es gibt fangfrischen Lachs. Olive macht ihn mit Pfeffer und Fenchel. Ein Gedicht, sage ich dir.«

»Verlockend, aber ich kann leider nicht. Ich muss mich um ein dringendes Geschäft kümmern.«

»Lukrativ?«

»Wenn alles gutgeht – sehr.«

»Dann viel Glück. Melde dich, wenn ihr wieder da seid, damit wir das Essen nachholen können.«

Michel war nicht wenig erleichtert, als er die Treppen hinabstieg. Er hätte es sich nicht verziehen, wenn er zugelassen hätte, dass dieser Streit ihre Freundschaft vergiftete. Und doch – ausgestanden war die Sache noch lange nicht. Irgendwann würde er noch einmal mit Gaspard sprechen müssen. Er musste versuchen, ihm sein aberwitziges Vorhaben auszureden, damit er sich nicht von Pérouse, Vanchelle und Baudouin in eine gefährliche Verschwörung hineinziehen ließ. Das war seine Pflicht als Freund. *Ich mache es, wenn wir aus Traben zurück sind,* nahm er sich vor. *Bis dahin haben sich die Wogen gewiss geglättet.*

Während er den Eingangsraum durchquerte, vernahm er Isabelles Stimme aus dem Hof. Unwillkürlich berührte er den Beutel an seinem Gürtel, der das kleine Kruzifix enthielt. Das hatte er völlig vergessen! Er holte das Silberkreuz heraus und barg es in der Faust, als er auf den Hof trat. Isabelle bürstete gerade Curian und lächelte ihn an.

»Michel! Du bist schon aus Metz zurück?«

»›Herr de Fleury‹, wenn ich bitten darf«, erwiderte er mit gespielter Strenge. »Hat Euch Eure Mutter keine Manieren beigebracht?«

»Sie hat es redlich versucht«, raunte sie ihm zu. »Aber ich fürchte, ich bin unbelehrbar.«

»Wenn das so ist, bin ich umsonst gekommen. Einer Unbelehrbaren kann ich kein Geschenk machen. Ich werde es jemandem geben, der die guten Sitten achtet.«

»Geschenk?«, fragte sie, als er so tat, als wolle er gehen. »Bleib hier, Michel. Erst meine Neugierde anstacheln und dann einfach verschwinden – das ist grausam.«

Er öffnete seine Hand. »Für dich. Ich habe es in Metz gesehen und dachte, es könnte dir gefallen.«

Sie starrte erst das Kruzifix an und dann ihn, und in ihre Augen trat ein Ausdruck, den er nicht zu deuten vermochte. Überraschung? Bestürzung? Schrecken? Alles zusammen?

Plötzlich erschien ihm die Idee mit dem Geschenk töricht, vermessen, einfach dumm. Was war nur in ihn gefahren? »Bitte verzeih«, stammelte er. »Ich hätte das nicht tun dürfen. Es war respektlos. Ich wollte dich nicht kränken …«

»Das hast du nicht«, sagte sie leise. »Es ist wundervoll.«

Und als sie dabei ihre Fingerkuppen auf seine Hand legte, spürte er die Berührung am ganzen Körper.

»Würdest du es mir anlegen?«

Sie strich sich das Haar zur Seite, genau so, wie er es sich vorgestellt hatte. Vorsichtig führte er das Lederbändchen um ihren Hals und machte in ihrem Nacken einen Knoten.

»Gut so?«

»Ja.« Sie lächelte, und ihre Katzenaugen glitzerten wie verwunschene Juwelen.

So standen sie da, schweigend.

»Ich gehe später zum Spital der Abtei Longchamp und bringe den Brüdern Kleider und etwas Essen«, sagte Isabelle schließlich. »Möchtest du mich begleiten? Wir könnten danach einen Spaziergang über die Felder machen. Abends ist es schön dort draußen.«

Michel war kurz davor, das Geschäft mit dem Grafen von Sponheim in den Wind zu schlagen und ihre Einladung anzunehmen. Doch dann obsiegte die Vernunft. »Ich muss gleich wieder gehen. Jean und ich brechen noch heute nach Traben auf.«

»Zu schade.« Sie nahm das Kruzifix zwischen Daumen und Zeigefinger, und es blitzte im Sonnenlicht auf. »Aber das Geschäft geht vor, nicht wahr?«

»Wieso holen wir den Spaziergang nicht nach? Wenn alles glattgeht, sollte ich in zwei Wochen zurück sein.«

»Ich weiß nicht, ob mein Angebot dann noch gilt, Herr de Fleury«, erwiderte sie.

»Was kann ich tun, um dich zu überzeugen?«

»Lasst Euch etwas einfallen.« Isabelle schloss die Tür von Curians Verschlag und lächelte ihn ein letztes Mal an, bevor sie im Stallgebäude verschwand. »Bis bald. Und passt auf Euch auf.«

Was macht diese Frau mit mir?, fragte sich Michel, als er Gaspards Haus verließ und über den Domplatz schritt. In ihrer Gegenwart konnte er kaum klar denken und sagte ständig närrische Dinge. Dabei war er doch ein Mann der Vernunft, der seine Gefühle stets in der Gewalt hatte. So etwas hatte er noch nie erlebt. Er schüttelte den Kopf.

Wie bekomme ich sie dazu, mit mir auf diesen verdammten Spaziergang zu gehen?

Nun, er hatte die ganze Reise nach Traben Zeit, sich darüber den Kopf zu zerbrechen.

Jean erwartete ihn vor ihrem Haus. Nachdem sie den Ochsenwagen gemeinsam mit leeren Fässern beladen hatten, verließen sie Varennes durch das Salztor im Süden, fuhren am Viehmarkt mit der alten Gerichtslinde und der Richtstätte mit dem weithin sichtbaren Galgen vorbei und weiter an der Mosel entlang. Michel rechnete: Da sie fast acht Tage für die Reise von Metz nach Varennes gebraucht hatten, blieb ihnen nur noch eine knappe Woche, um das Salz zur Starkenburg zu bringen. Flussabwärts kamen sie mit der Zille zügig voran, sodass sie die Strecke unter normalen Umständen in vier oder fünf Tagen schaffen sollten. Aber es durfte nichts schiefgehen.

Kurz darauf tauchte zwischen den Büschen de Guillorys Brücke auf. Zwei Männer mit Spießen lungerten unter einem Apfelbaum herum, unterhielten sich gelangweilt und warfen kleine Steine ins Wasser: die Zöllner des Ritters. Michel machte sich auf Schwierigkeiten gefasst, doch da sie nichts zu verzollen hatten, ließen die Männer sie in Ruhe.

Die Saline befand sich auf der anderen Seite der Mosel, keine halbe Wegstunde vom Flussufer entfernt, eingebettet in die welligen Hügel. Die Wälder in der Umgebung waren gänzlich abgeholzt, denn der Hunger der Saline nach Brennholz kannte keine Grenzen. Sie gehörte dem Bischof, seit vor Jahrhunderten der damalige Herzog die Schürfrechte dem Bistum verliehen hatte. Die Bornknechte und Tagelöhner schufteten dort Tag und Nacht unter erbärmlichen Bedingungen. Die Arbeit ruhte nie. Hier und da standen bewaffnete Büttel, stützten sich auf ihre Lanzen und beobachteten die Männer und Frauen mal gleichgültig, mal argwöhnisch. Michel erblickte auch zahlreiche Kinder, die dieselbe Arbeit wie die Erwachsenen verrichteten.

Jean und er fuhren mit dem Ochsenwagen in die Mitte der

Anlage und stiegen ab. Es war heiß und feucht; Rauch von den Siedefeuern und salziger Dampf erfüllte die Luft und brannte ihnen in den Augen. Ein freier Platz mit zwei ausgemauerten Brunnenschächten lag im Zentrum der Saline. Tagelöhner förderten die Quellsole mit Schöpfgalgen an die Erdoberfläche und gossen sie in mehrere Holzrinnen, durch die sie zu einem überdachten Auffangbecken floss. Dort holten die Soleträger das salzhaltige Wasser mit Eimern ab und trugen es zu einer der fünfzehn Sudhütten, die gewaltigen Pilzen aus Holz ähnelten und die Brunnen kreisförmig umgaben. In riesigen Pfannen aus Bleiblechen wurde die Sole viele Stunden, manchmal gar Tage, gesotten. Diese Arbeit durften nur die eigens dafür ausgebildeten Bornknechte ausführen, denn sie erforderte Wissen und Erfahrung. War der Siedevorgang beendet, harkten die Knechte das auskristallisierte Salz zusammen und schaufelten es heraus, damit es in der Sonne trocknen konnte. Hilfsarbeiter, die Stampfer, zerkleinerten die Schollen und Brocken und füllten das Salz in Fässer.

Michel hielt nach Chonrat Ausschau, dem Oberhaupt der Bornknechte, und sah den hageren Mann kauend aus einer Sudhütte kommen.

»Gott zum Gruße, Chonrat«, rief er ihm zu.

Der deutschstämmige Vorarbeiter spuckte ein Stück Knorpel aus und erwiderte den Gruß. »Ich habe gehört, was Eurem Vater zugestoßen ist. Mein Beileid. Er war ein guter und gottesfürchtiger Mann.« Chonrat war von der sehnigen Sorte, groß und schlank, aber äußerst kräftig. Die leicht ungesunde Gesichtsfarbe täuschte über seine zähe Konstitution hinweg. Seine schlichte Kleidung, das kurze, sandfarbene Haar, die Hände und Arme waren immerzu von einer Salzschicht bedeckt. Michels Vater hatte stets gern mit diesem Mann zusammengearbeitet, und Michel wollte das gute Verhältnis fortführen.

»Ich brauche acht Fässer«, sagte er.

Chonrat führte sie zu der Hütte, in der die frisch gefüllten

Fässer lagerten. Eines öffnete er, damit Michel sich von der Güte des Salzes überzeugen konnte.

»Beste Qualität, wie immer«, stellte er zufrieden fest und ließ die weißen Kristalle durch seine Finger rieseln. Beinahe war ihm, als könnte er dabei Truchsess Ivos Silberpfennige klimpern hören.

Chonrat rief vier Tagelöhner herbei und wies sie an, die leeren Fässer von Michels Wagen zur Hütte zu tragen und acht volle aufzuladen. Während die Männer ihre Arbeit taten, nannte Chonrat den Preis und entlockte Michel damit ein Stöhnen.

»So viel?«

»Leider ja«, meinte der Vorarbeiter und schien selbst nicht glücklich damit zu sein.

»Aber das kann doch nicht sein! Ist der Salzpreis in den letzten drei Jahren wirklich so gestiegen?«

»Bischof Ulman legt den Preis fest. Ich kann da nichts machen, tut mir leid.« Verstohlen blickte Chonrat zu den Bütteln bei den Sudhütten, als fürchtete er, sie könnten seine Worte gehört haben.

Michel blieb nichts anderes übrig, als die geforderte Summe zu zahlen. Der Salzpreis war per Gesetz festgelegt, was ihm verbot, mit Chonrat zu feilschen.

»Unsere Gewinnspanne ist gerade gehörig geschrumpft«, raunte er Jean zu, nachdem sie sich von dem obersten Bornknecht verabschiedet hatten.

Sein Bruder kletterte auf den Wagenbock. »Ich fürchte, sie wird gleich noch weiter schrumpfen.«

»Wieso?«

»De Guillorys Brücke. Der Zoll.«

Michel stöhnte noch lauter als zuvor. Den verdammten Brückenzoll hatte er bei all dem Ärger um den Salzpreis völlig vergessen.

Und er war in der Tat happig. Als sie zur Brücke kamen, wurden sie barsch von den beiden Zöllnern angehalten. Die Männer schätzten den Gesamtwert des Salzes auf der Wagenpritsche und verlangten fünfzehn von hundert Teilen als Brückenzoll. Auch nachdem Michel zähneknirschend bezahlt hatte, durften sie nicht weiterfahren. Zuerst untersuchten die Zöllner den Wagen von oben bis unten nach versteckter Schmuggelware, bevor sie den Weg freimachten.

Michel war übler Laune, als sie eine halbe Stunde später zum Anlegesteg kamen. Die beiden Söldner erwarteten sie bereits. Sie hatten in einer nahen Garküche Eintopf mit Stockfisch gegessen und halfen ihnen frisch gestärkt, die Fässer abzuladen.

»Auf das Boot damit«, wies Michel sie an. »Aber vorsichtig. Sie dürfen nicht nass werden.«

»Schau mal da«, sagte Jean.

Michel wandte sich um. Über den Platz zog eine beeindruckende Schar, bestehend aus Rittern, Waffenknechten, Dienern, Geistlichen und einer Sänfte, die von vier Hörigen getragen wurde.

Zwei Männer gingen voraus. Einer war Tancrède Martel, der Schultheiß. Der andere Mann war von stämmiger Gestalt und hatte trotz des kantigen Schädels, der schütteren Haare und des leichten Doppelkinns recht attraktive Züge. Dank der Soutane, des Brustkreuzes und des Krummstabes erkannte Michel unschwer, dass es sich um Bischof Ulman handelte.

Martel trat an den Anlegesteg und sah sich um, auf seinen Gehstock gestützt. »Ist das Euer Schiff?«

Michel nickte. »Wie kann ich Euch zu Diensten sein?«

»Wir brauchen den Kahn.«

»Wie bitte?«

Bischof Ulman kam zu ihnen. »*Pax vobiscum*«, grüßte er und streckte die Rechte aus. Michel beugte das Knie und küsste den dargebotenen Ring.

»Exzellenz.«

»Ich bin in einer misslichen Lage«, sagte der Bischof, »und hoffe, Ihr könnt mir helfen. Mein Gast«, er wies auf den grauhaarigen Mann in der Sänfte, »Reichskanzler Johann will heute nach Trier zurückkehren. Unglücklicherweise hat er sich am Bein verletzt und kann weder gehen noch reiten. Da ich ihm kaum zumuten kann, einen solch langen Weg in der Sänfte zu reisen, möchte ich ihm ermöglichen, mit dem Schiff zu fahren. Bitte überlasst dem Reichskanzler für einige Wochen Euer Boot. Ich bin sicher, er wird es Euch danken.«

»Ich fürchte, das ist nicht möglich«, erwiderte Michel. »Ich kann das Boot nicht entbehren. Ich muss dringend diese Salzlieferung nach Traben bringen.«

»Ein anderes Boot ist aber nicht da, und ich selbst besitze keines.«

»Auch andere Kaufleute haben Flusskähne. Wenn Ihr einige Tage wartet, wird man Euch gewiss eines leihen.«

»Der Reichskanzler muss aber *jetzt* nach Trier«, sagte Ulman. »Nicht erst in einigen Tagen.«

»Ich kann ihn mitnehmen«, bot Michel an. »Trier liegt auf unserem Weg.«

»Johann ist die rechte Hand des Erzbischofs. Ich werde ihm gewiss nicht zumuten, tagelang zwischen muffigen Salzfässern zu kauern.«

»Dann kann ich Euch leider nicht helfen. Ich verliere viel Geld, wenn ich das Salz nicht pünktlich liefere.«

Ulman blickte ihn stechend an. »Ihr weigert Euch?«

»Es tut mir ehrlich leid.«

»Wie Ihr wollt. Ihr lasst mir keine Wahl: Martel, beschlagnahmt den Kahn.«

Michel dachte zuerst, er hätte sich verhört, doch als der Schultheiß mehrere Waffenknechte zu sich rief, ging ihm auf, dass Bischof Ulman es ernst meinte. »Das könnt Ihr nicht tun, Exzellenz, ich bitte Euch! Ich brauche mein Schiff. Ihr ruiniert mir ein wichtiges Geschäft.«

»Es ist Eure Pflicht als Bürger dieser Stadt, mir in jeder erdenklichen Weise zu Diensten zu sein«, erwiderte Ulman schneidend. »Fügt Euch, oder ich lasse Euch für eine Nacht einsperren, damit Ihr Demut lernt.«

Der Schultheiß schob Michel unsanft zur Seite. »Aus dem Weg!«

Martel und drei Kriegsknechte stapften mit dumpf pochenden Schritten über den Anlegesteg. Jean versperrte ihnen den Weg, in den Händen einen Knüppel.

»Lasst uns zum Schiff«, forderte Martel ihn auf.

»Nein.«

»Bei allen Kreisen der Hölle«, schnarrte der Schultheiß und fuchtelte mit seinem Stock, »muss ich Euch erst in den Kerker werfen, damit Ihr spurt?«

»Das Schiff gehört uns. Was Ihr vorhabt, ist Raub.« Jean schien entschlossen zu sein, es notfalls auf einen Kampf mit dem Schultheißen ankommen zu lassen. Die beiden Söldner standen bei den Salzfässern, befingerten nervös die Schäfte ihrer Äxte, unschlüssig, was sie tun sollten.

Michel wurde klar, dass er eingreifen musste, bevor jemand zu Schaden kam. »Lass sie durch, Jean.«

»Was?«, rief sein Bruder aufgebracht. »Du willst dich ihnen fügen? Einfach so?«

»Jetzt mach schon.«

Für einen Moment sah Jean so wütend aus, dass Michel fürchtete, er werde Martel angreifen. Aber er schnitt nur eine zornige Grimasse, spuckte aus und trat zur Seite.

»Schön, dass Ihr endlich vernünftig seid«, schnaufte Martel, bestieg mit seinen Soldaten das Boot und winkte den Reichskanzler und dessen Gefolge heran.

Zuerst stieg ein Diener ein und bereitete seinem Herrn mit Kissen ein bequemes Lager im überdachten Verschlag des Salzschiffs. Michel konnte nur hilflos zuschauen, wie zwei Mönche Johann stützten, während der kleine Mann über den Anlegesteg hinkte und mit Martels Hilfe ins Boot kletterte.

»Ich bedaure außerordentlich, dass ich schon abreisen muss«, wandte sich der Reichskanzler lächelnd an Ulman. »Ich habe den Aufenthalt in Eurer Stadt sehr genossen. Habt Dank für Eure Gastfreundschaft, mein lieber Freund. Besucht mich, wenn Ihr einmal in Trier seid.«

Nachdem Martel ausgestiegen war, begab sich ein Teil von Johanns Gefolge an Bord des Salzschiffs. Einer der Waffenknechte löste die Taue, ein anderer ergriff das Ruder, und der Kahn legte ab. Die Ritter bestiegen ihre Pferde und kanterten am Flussufer entlang, gefolgt von den restlichen Soldaten.

»Auf Nimmerwiedersehen«, murmelte Ulman missmutig.

»Ich hoffe, dass Ihr mich wenigstens angemessen entschädigt«, sagte Michel.

»Das hätte ich getan, wenn Ihr mir meine Bitte gewährt hättet, wie es Eure Pflicht gewesen wäre. Aber durch Euer unverschämtes Verhalten habt Ihr jegliches Recht auf eine Entschädigung verwirkt.«

»Das ist ungeheuerlich!«

»Befleißigt Euch eines angemessenen Tons, wenn Ihr mit mir sprecht. Wache!« Zwei Büttel eilten herbei und zwangen Michel, zurückzutreten. Ohne ein weiteres Wort bestieg Ulman die Sänfte und zog mit Martel und dessen Waffenknechten von dannen.

Michel warf seine Mütze auf den Boden und fluchte so hässlich, dass sich ein altes Fischweib in seiner Nähe ängstlich bekreuzigte.

»Wieso hast du mich zurückgehalten?«, fragte Jean. »Ich hätte Martel alle Zähne ausgeschlagen!«

»Und dann? Wärst du am Galgen gelandet.«

»Na und? Vielleicht wäre es mir das wert gewesen.«

»Hör auf damit«, fuhr Michel ihn an. »Überlegen wir lieber, was wir jetzt tun.«

Jean kaute auf der Lippe, während er die Salzfässer betrachtete. »Wir könnten bei der Gilde fragen, ob uns jemand sein Schiff leiht.«

»Du siehst doch, dass gerade keins hier ist. Und wir können nicht tagelang warten, bis eins zurückkommt. Wir müssen das Salz mit Pferden zur Starkenburg bringen.« Der Ochsenwagen war zu langsam und zu schwerfällig für eine derart lange Reise.

»Wir haben nicht genug Saumpferde für so viel Salz.«

»Ich frage Gaspard, ob er uns welche leiht.«

Michel wies die Söldner an, bei der Ware zu bleiben. Jean schickte er nach Hause, um die Packpferde, den Wallach und alle verfügbaren Behälter zu holen, denn sie mussten das Salz so umfüllen, dass die Tiere es tragen konnten. Er selbst eilte zu Gaspard.

Sein Freund verließ gerade das Haus und schritt in Richtung Gildehalle.

»Michel«, sagte er verwundert. »Du bist noch in der Stadt?«

»Hör zu, ich brauche deine Hilfe. Kannst du mir zwei Saumpferde leihen? Besser wären drei.«

»Du bist ja leichenblass. Was ist denn geschehen?«

In knappen Worten berichtete Michel von seinem Geschäft mit dem Grafen von Sponheim, seiner Auseinandersetzung mit Bischof Ulman und dem Verlust seines Salzschiffes.

»Ich habe es dir ja gesagt«, murmelte Gaspard. »Dieser Mann treibt uns noch alle in den Ruin.«

Das Letzte, was Michel jetzt brauchte, war ein neuerlicher Vortrag über die grassierende Ungerechtigkeit in Varennes. »Ich bin wirklich in Eile«, sagte er mit mühsam unterdrückter Ungeduld. »Kannst du mir helfen?«

»Natürlich. Komm mit!«

»Tausend Dank! Du bist ein wahrer Freund und mit Gold nicht aufzuwiegen!«

Sie eilten zu Gaspards Haus und zäumten drei Saumpferde. Gaspard konnte Michel nicht zur Starkenburg begleiten, denn ein Geschäft erforderte seine Anwesenheit in Varennes. Michel versprach, ihn am Gewinn des Handels zu beteiligen.

Wenig später führte er die Tiere zum Anlegesteg. Jean hatte

inzwischen ihre Pferde geholt. Rasch schaufelten sie das Salz in die kleineren Fässer und Ledertaschen und beluden damit die fünf Packtiere und Abendrot.

»Wir schaffen es nie im Leben rechtzeitig zur Starkenburg«, sagte Jean.

»Wir müssen es wenigstens versuchen.« Michel ergriff Abendrots Zügel. »Los jetzt. Wir dürfen keine Zeit verlieren.«

Starkenburg bei Traben

Es war eine beschwerliche Reise, die Mensch und Tier alles abverlangte. Michel und Jean trieben die Pferde zu höchster Eile an, während der kleine Trupp an der Mosel entlangzog, und sie rasteten so selten wie möglich.

Nördlich von Metz wurde der Marsch besonders mühevoll. Hier war die alte Römerstraße nicht mehr durchgängig vorhanden, weswegen sie manchmal stundenlang schmalen Pfaden folgen mussten. Dornengestrüpp riss ihnen die Arme auf. Umgestürzte Baumstämme versperrten ihnen den Weg. Verdeckte Schlammlöcher brachten sie zu Fall. Manchmal fanden sie bei Einbruch der Dunkelheit eine Herberge, sodass sie in einem Bett schlafen und sich waschen und stärken konnten. Die meisten Nächte jedoch verbrachten sie in der Wildnis, fernab menschlicher Gemeinschaft. Das Geheul der Wölfe versetzte sie in Furcht und bescherte ihnen einen unruhigen Schlaf und düstere Träume.

Kostspielig war die Reise außerdem: Jeder noch so unbedeutende Herr, dessen Land sie durchquerten, verlangte Wegezoll für die Nutzung seiner Straßen. Stets nur ein paar Deniers, die sich jedoch bald aufsummierten und die Gewinnspanne des Handels weiter schmälerten.

Zu allem Überfluss schlug nach einigen Tagen das Wetter um. Heftiger Regen ging über dem Moseltal nieder, Sturmböen peitschten die Baumwipfel. Eines ihrer Saumpferde glitt auf dem schlammigen Pfad aus, brach sich beide vorderen Fesselgelenke und riss sich an einem gesplitterten Baumstumpf die Flanke auf. Michel blieb nichts anderes übrig, als es an Ort und Stelle zu töten. Das Salz verteilten sie auf die übrigen Pferde, was eine zusätzliche Last für die übermüdeten Tiere bedeutete.

Jean verstreute etwas von dem körnigen Gewürz am Wegesrand.

»Was machst du da?«, fragte Michel.

»Ein Geschenk für die Kobolde des Waldes. Vielleicht lassen sie uns dann in Ruhe.«

Schließlich erreichten sie durchnässt und zu Tode erschöpft die Starkenburg, die auf einem Felsen oberhalb des Dorfes Traben thronte und über das Moseltal wachte. Mit letzter Kraft kämpften sie sich den gewundenen Weg zu der Festung hinauf.

»Ihr seid zwei Tage zu spät!« Truchsess Ivo kam ihnen im Burghof entgegen, die Wangen vor Wut gerötet. »Ich habe Euch doch aufgefordert, pünktlich zu sein. Habt Ihr unser Geschäft nicht ernst genommen?«

»Ich bitte Euch tausendfach um Verzeihung, ehrenwerter Ivo«, erklärte Michel müde. »Bischof Ulman von Varennes hat mein Salzschiff beschlagnahmt, weshalb wir zu Fuß gehen mussten. Wir sind so schnell gekommen, wie es uns möglich war.« Er wies auf die Saumpferde. »Hier ist Euer Salz. Ich überlasse es Euch billiger, als Zeichen meines tiefen Bedauerns.«

»Ich brauche Euer Salz nicht mehr. Ich habe inzwischen anderweitig welches beschafft.«

Tiefe Niedergeschlagenheit überkam Michel, obwohl er mit dergleichen gerechnet hatte. »Ich bin sicher, es ist nicht so hochwertig wie meines.«

»Hochwertig oder nicht, Ihr wart zu spät.« Der Truchsess rief einen Diener. »Man wird Euch heißen Wein bringen, damit Ihr Euch stärken könnt – Ihr bietet ja ein Bild des Jammers. Wenn

Ihr getrunken habt, verschwindet. Ich will Euch nicht mehr sehen.«

Nachdem Ivo gegangen war, setzte sich Michel zu Jean und den Söldnern auf die Mauer einer Regenzisterne und trank von dem Wein, den der Diener wenig später brachte. Er war so wütend, dass er den Becher am liebsten quer über den Hof geschleudert hätte. »Verdammt sollst du sein, Ulman«, murmelte er leise.

Juli 1187

Varennes-Saint-Jacques

Michel tat sein Bestes, um zu retten, was zu retten war. Eilends reisten Jean und er nach Trier und boten das Salz auf dem Markt der Bischofsstadt an. Allerdings konnten sie wegen der bevorstehenden Gildeversammlung, an der Michel unter allen Umständen teilnehmen musste, nicht lange bleiben. Ihm blieb folglich nichts anderes übrig, als das Salz billig abzustoßen, denn es wieder nach Hause zu transportieren und unterwegs noch einmal zu verzollen, kam nicht infrage. So erzielte er einen Preis pro Fuder, der gerade einmal einen knappen Denier über dem Einkaufspreis lag. Zog man von den Einnahmen Gaspards Anteil, den Söldnerlohn, das tote Packpferd und die Wegezölle ab, hatte er auf dieser Reise beträchtlichen Verlust gemacht.

Michel konnte sich nicht erinnern, jemals so wütend gewesen zu sein. Mehr noch als das verlorene Geld ärgerte ihn, dass sein Ruf als verlässlicher Kaufmann Schaden genommen hatte. Und alles nur, weil ein herrischer Bischof seine Macht hatte demonstrieren wollen.

Wenigstens hatten sich die Waren aus Metz gut verkauft: Die Geldkatze, die Michel nach seiner Rückkehr von Isoré Le Roux bekam, enthielt eine erkleckliche Menge Silber – nicht genug für ein neues Saumpferd, aber immerhin ausreichend, um die laufenden Kosten der nächsten Wochen zu decken. Er übergab dem Kleinkrämer die Handelsgüter, die er in Trier erworben hatte, hauptsächlich englische Wolle und Tuchfarben aus Flandern. Wenn es Isoré gelänge, dafür einen ähnlich guten Preis herauszuschlagen wie für die Waren aus Metz, konnte er vielleicht einen Teil seiner Verluste ausgleichen. Groß war seine Hoffnung jedoch nicht. Über die Champagne-Messen war im Mai und Juni viel Wolle von hoher Güte nach Varennes gekommen, und die Nachfrage befand sich allerorten im Keller.

Am Abend nach seiner Rückkehr und einen Tag vor der Gildeversammlung brachte Michel die geliehenen Saumpferde zurück.

»Wie war die Reise?«, erkundigte sich Gaspard, als sie die Tiere zu den Ställen führten. »Habt ihr es noch rechtzeitig geschafft?«

»Nein. Aber ich konnte das Salz in Trier verkaufen, weswegen sich der Schaden in Grenzen hält«, log Michel. Er wollte nicht, dass Gaspard Mitleid mit ihm hatte und womöglich auf die Idee kam, auf seinen Anteil an dem Geschäft zu verzichten.

»Trotzdem ist es eine Schweinerei, was Ulman getan hat. Hätte er nur einen Funken Anstand im Leib, würde er für deinen Verlust aufkommen.«

Ohne darauf einzugehen, holte Michel einen Beutel mit Silber hervor. »Hier: dein Anteil, wie versprochen. Noch einmal tausend Dank, dass du mir geholfen hast. Ohne dich wäre ich verloren gewesen.«

»Nun, dafür sind Freunde da, oder?«, erwiderte Gaspard lächelnd.

»Ist deine Schwester zu Hause?«

»Sie ist oben in ihrer Kammer und probiert ein neues Kleid an.«

»Erlaubst du, dass ich sie dir für zwei Stunden entführe? Sie ist mir noch einen Spaziergang schuldig.«

Gaspard blickte ihn vielsagend an, und Michel erwartete, dass sein Freund ihn nun rundheraus fragen würde, ob er um Isabelles Hand anhalten wolle – mit diesem Gespräch rechnete er seit jenem Abend, als sie von Pérouse, Vanchelle und Baudouin unterbrochen worden waren. Doch Gaspard sagte nur: »Natürlich. Aber bring sie zurück, bevor es dunkel wird. Wenn man euch nach Einbruch der Nacht zusammen sieht, gibt es nur Gerede.«

Interessant, dachte Michel, als er die Treppe hinaufstieg. *Nicht einmal eine Andeutung hat er gemacht.* Hatte Gaspard seine Absichten revidiert? Möglicherweise hatte er nach ihrem Streit beschlossen abzuwarten, wie sich ihre Freundschaft entwickelte. Gewiss, sie hatten sich längst wieder versöhnt. Dennoch, die Auseinandersetzung hatte gezeigt, dass es beträchtliche Differenzen zwischen ihnen gab – Differenzen, die schon bald erneut aufbrechen konnten. Unter diesen Umständen war es nur zu verständlich, dass Gaspard vorerst keine Schritte unternahm, um eine Verbindung zwischen Michel und seiner Schwester anzubahnen.

Michel wusste nicht recht, was er von dieser neuen Entwicklung halten sollte. Ein Teil von ihm fühlte so etwas wie Erleichterung. Er war noch nicht bereit dazu, eine Ehe einzugehen. Davon abgesehen, konnte er sich bei seiner prekären wirtschaftlichen Lage keine kostspielige Hochzeit leisten, geschweige denn seiner Gemahlin ein standesgemäßes Leben ermöglichen. Insofern konnte es ihm nur recht sein, dass Gaspard ihn nicht zu einer Entscheidung drängte.

Und doch – ein anderer Teil verspürte eine gänzlich unvernünftige Enttäuschung. *Was soll der Unsinn?* Er hatte doch überhaupt nicht vorgehabt, um Isabelles Hand anzuhalten. Er war zufrieden damit, ihr ein Freund zu sein. Warum also fühlte er sich, als hätte Gaspard ihn soeben abgewiesen?

Jeder einzelne dieser verwirrenden Gedanken war augenblicklich vergessen, als er den zweiten Stock betrat und Isabelle erblickte.

Sie sah atemberaubend aus in ihrem neuen Kleid. Leuchtend rot war es und an der Taille eng geschnürt; die Ärmel und der Saum waren mit Borten besetzt. Sie trug ihr Haar offen, und es floss golden über ihre Schultern.

Ihre Schwägerin Lutisse und ihre Mutter zupften an ihr herum und forderten sie auf, sich zu drehen. Die kritischen Blicke der beiden Frauen wichen Begeisterung.

»Wunderbar!«, sagte ihre Mutter. »Du siehst zum Anbeißen aus, mein Schatz. Wie ein Edelfräulein.«

»Die Männer werden sich die Hälse nach dir verrenken«, fügte Lutisse mit einem anzüglichen Grinsen hinzu.

»Michel!«, rief Isabelle, als sie ihn in der Tür der Kammer erblickte. »Du bist wieder da.«

»Isabelle, was habe ich dir gesagt?«, mahnte ihre Mutter stirnrunzelnd.

»Ich meine natürlich ›Herr de Fleury‹«, fügte sie mit einem spöttischen Knicks hinzu.

Am Hals trug sie das Kruzifix.

»Guten Abend, Isabelle«, begrüßte er sie lächelnd.

»Na, was sagt Ihr zu meinem neuen Kleid? Ist es nicht herrlich?« Sie drehte sich noch einmal. Durch den Schwung bauschte sich das Gewand ein wenig auf, sodass er ihre Knöchel sehen konnte.

Lutisse und Gaspards Mutter waren zur Seite getreten und beobachteten ihn aufmerksam.

»Wüsste ich es nicht besser, würde ich glauben, vor mir stünde eine burgundische Gräfin.«

Ihr Strahlen vertrieb auf einen Schlag den ganzen Ärger der letzten Wochen.

»Ihr versteht wahrlich mit Worten umzugehen«, lobte Isabelles Mutter. »Ich muss schon sagen, in Mailand ist ein feiner Herr mit geschliffenen Manieren aus Euch geworden. Davon könnte sich so mancher Schwurbruder der Gilde eine Scheibe abschneiden.«

»Mutter, hör auf«, sagte Isabelle. »Du bringst mich in Verlegenheit.«

»Es ist doch wahr«, fuhr Marie unbeirrt fort. »Meiner Meinung nach sollte jeder Kaufmann ein Jahr in Italien verbringen, damit er lernt, wie man sich einer Dame gegenüber verhält. Die Nemours-Brüder und einige andere benehmen sich manchmal wie Schweinehirten. Seid doch so nett und bleibt zum Essen«, wandte sie sich an Michel. »Ich werde Olive auftragen, einen Braten mit frischem Gemüse zu machen. Auf Eurer Reise habt Ihr gewiss nichts Vernünftiges gegessen.«

»Eigentlich bin ich nur hier, weil ich Isabelle abholen möchte. Sie schuldet mir noch einen Spaziergang.«

Er konnte förmlich hören, wie Lutisse und Marie den Atem anhielten.

»So, tue ich das?« Isabelle hob eine Augenbraue. »Wenn ich mich richtig erinnere, haben wir vereinbart, dass Ihr Euch den Spaziergang verdienen müsst.«

»Isabelle!«, empörte sich ihre Mutter. »So kannst du doch nicht mit Herrn Michel sprechen!«

»Schon gut, Frau Caron, es ist nur recht und billig, dass sie mich an unsere Abmachung erinnert.« Michel wandte sich an Isabelle. »Und natürlich halte ich mich daran.«

»Was bietet Ihr also?«, fragte sie.

»Ihr schenkt mir zwei Stunden Eurer Zeit, und dafür zeige ich Euch ein … Geheimnis.«

»Ein Geheimnis? Welcher Art?«

»Begleitet mich, und Ihr werdet es erfahren.«

»Und wenn ich ablehne?«

»Werdet Ihr Euch bis an Euer Lebensende fragen, was Ihr verpasst habt. Überlegt Euch also Eure Antwort gut.«

»Ihr versteht es wirklich, eine Frau neugierig zu machen«, sagte Isabelle. »Also gut, Herr de Fleury, ich gewähre Euch diesen Abend.«

»Fein!«, rief Lutisse. »Und schon hast du eine Gelegenheit, der ganzen Stadt dein neues Kleid zu zeigen.«

»Ich würde empfehlen, dass Ihr ein schlichteres anzieht«, sagte Michel. »Wo wir hingehen, könnte es schmutzig werden.«

»Jetzt bin ich wirklich neugierig«, erwiderte Isabelle.

»Ihr habt doch nicht vor, meine Tochter an einen unschicklichen Ort zu führen?«, fragte ihre Mutter besorgt.

»Ihr habt mein Wort, dass ich gut auf sie aufpasse.«

Zufrieden mit sich, wartete Michel auf dem Gang, während Isabelle sich in ihrer Kammer umzog. Wegen der geschlossenen Tür konnte er nicht verstehen, was die drei Frauen redeten. Es gab jedoch keinen Zweifel daran, dass sie ununterbrochen kicherten.

Schließlich kam Isabelle heraus. »Ist das schlicht genug?«

Sogar in diesem einfachen grauen Leinengewand sah sie wunderschön aus.

»Einfach perfekt.«

Es war ein vollkommener Abend, warm, aber nicht zu heiß. Eine angenehme Brise strich durch das Moseltal, und die untergehende Sonne färbte die Wolkenschlieren am Himmel orange und golden. Sie schlenderten einen Pfad zwischen den Gerstenfeldern westlich der Stadt entlang, im Schatten der Birken, die den Weg säumten. Marie hatte darauf bestanden, dass Alice sie begleitete, Isabelles Magd, ein junges Ding mit braunen Locken und einem herzförmigen Gesicht. Alice folgte ihnen im Abstand von zehn, fünfzehn Schritten. Das war nah genug, dass der Anstand gewahrt blieb, aber nicht so nah, dass die Magd sie störte.

»Ist es noch weit bis zu deinem mysteriösen Geheimnis?«, fragte Isabelle.

»Es ist ein gutes Stück von der Stadt entfernt«, antwortete Michel. »Ein wenig musst du dich schon noch gedulden.«

»Sieh mal da, die Saatkrähen.« Sie deutete auf ein Krähenpärchen, das auf einem Ast saß, während ein Vogel dem anderen das Gefieder putzte. »Wusstest du, dass zwei Krähen, wenn sie sich gefunden haben, ihr ganzes Leben zusammenbleiben?«

»Wirklich?«, erwiderte er verblüfft.

»Ja. Beinahe so, als führten sie eine gute christliche Ehe. Ist das nicht interessant?«

Michel hatte Krähen immer für Aasfresser und Unglücksboten gehalten – dass sie derart noble Eigenschaften hatten, hörte er zum ersten Mal. Und das war beileibe nicht das Einzige, was er heute gelernt hatte. Isabelle liebte Tiere nicht nur, sie beobachtete sie aufmerksam und studierte ihr Verhalten. Zu jedem Geschöpf, das ihnen auf ihrem Spaziergang begegnete – seien es Feldmäuse, Sperlinge oder die fetten Karpfen in den Fischteichen –, wusste sie Interessantes und Wundersames zu berichten. Sie war wahrhaftig eine außergewöhnliche Frau. Bei allem, was sie sagte und tat, spürte man, wie sehr sie das Leben in all seinen Facetten liebte. Niemals gab sie sich mit oberflächlichen Eindrücken zufrieden – stets schaute sie genau hin und versuchte, den Dingen auf den Grund zu gehen.

Als sie den Waldrand erreichten, blieb Michel stehen.

»Da müssen wir hinein?«, fragte Isabelle.

»Allerdings.«

Alice schloss zu ihnen auf. »Ich möchte nicht in den Wald gehen. Er macht mir Angst.«

»Wieso wartest du nicht hier auf uns?«, schlug Michel vor. »Setz dich hin und ruh dich ein wenig aus. In spätestens einer Stunde sind wir zurück.«

»Aber die Herrin hat gesagt, ich soll bei euch bleiben.«

»Die Herrin muss es ja nicht erfahren. Sieh mal, hier ist ein Sou. Wenn du mir dein Wort gibst, dass du ihr nichts verrätst, bekommst du ihn.«

Die Magd starrte die Schillingmünze mit großen Augen an und nickte stumm. Michel drückte ihr den Sou in die Hand und ging voraus in den Wald.

»Das ist ganz schön ungezogen, Michel«, sagte Isabelle. »Einfach unsere Anstandsdame zu bestechen.«

»Wenn sie sich doch fürchtet«, gab er lächelnd zurück. »Wir sind jetzt besser leise, es ist nicht mehr weit.«

Er war schon lange nicht mehr hier gewesen, aber dieser Teil des Waldes hatte sich in den letzten Jahren kaum verändert. Der alte Pfad schlängelte sich immer noch zwischen den moosbewachsenen Baumstämmen, den verwitterten Felsen und den Haufen von abgestorbenem Holz hindurch, halb verborgen unter Farnen und Sträuchern.

Michel ergriff Isabelles Hand und führte sie tiefer in den Wald.

»Wohin gehen wir?«

»Zu einer Lichtung, die Jean und ich entdeckt haben, als wir Kinder waren. Ich hoffe, sie ist noch so wie damals.«

Der Pfad verlor sich irgendwo im Gestrüpp. Sie erklommen eine Böschung und schlichen durch das Unterholz, das sich zwischen den Bäumen auftürmte, bis sich schließlich die Lichtung vor ihnen auftat. Sie sah noch genauso aus wie in Michels Erinnerung, was daran lag, dass kaum Menschen hierherkamen. Die Holzfäller und Köhler Varennes' arbeiteten weiter südlich, in der Umgebung der Richtstätte, wo der Wald weniger dicht war, und wer Kräuter und Beeren sammelte, wagte sich selten so weit hinein. Zwischen den Steinen plätscherte ein Bach, der einen kleinen Tümpel speiste.

Michel steckte einen Finger in den Mund und prüfte die Windrichtung. »Komm, wir verstecken uns da drüben.« Er führte Isabelle zu einem großen Felsen, hinter dem sie sich hinknieten. »Es ist genau die richtige Tageszeit. Trotzdem werden wir etwas warten müssen. Hoffentlich wird Alice nicht ungeduldig und meldet uns vermisst, wenn wir in einer Stunde nicht zurück sind.«

»Sie ist ein gutes Mädchen – sie bringt uns schon nicht in Schwierigkeiten. Aber *worauf* warten wir?«, fragte Isabelle.

»Verrate ich dir nicht. Aber es wird dir gefallen, versprochen.«

Sie kauerten eine knappe halbe Stunde hinter dem Felsen, als plötzlich ein Knacken und Rascheln aus dem Wald drang. »Wir haben Glück«, sagte Michel. »Da kommen sie schon. Still jetzt!«

Ein Hirsch erschien zwischen den Bäumen und trank am Tümpel. Nach und nach tauchte auch der Rest des Rudels auf, insgesamt zehn Tiere, eines schöner als das andere. Sie stillten ihren Durst, fraßen Gras und suchten zwischen den Farnwedeln nach Pilzen und Flechten. Der Leithirsch war ein beeindruckender Vierzehnender. Während er Baumrinde kaute, beobachtete er mit seinen sanften, wachsamen Augen die Lichtung.

»Na, habe ich dir zu viel versprochen?«, flüsterte Michel.

»Sie sind herrlich«, sagte Isabelle. Langsam stand sie auf.

»Was machst du da? Du verscheuchst sie!«

»Ich will zu ihnen.«

»Isabelle, nicht! Wenn du sie erschreckst, können sie dich verletzen.«

Sie hörte nicht auf ihn. Wie in Trance verließ sie das Versteck und schritt auf die Lichtung, setzte behutsam einen Schritt vor den anderen. Michel zog sein Messer, obwohl er wusste, dass er damit rein gar nichts würde ausrichten können, falls die Hirsche Isabelle angriffen.

Dann geschah etwas, das er nie für möglich gehalten hätte. Das Leittier schnaubte, und für einen Moment sah es danach aus, als wolle das Rudel in den Wald fliehen. In Habachtstellung starrten die Hirsche Isabelle an, die langsam auf sie zuging. Doch sie liefen nicht davon, nicht einmal dann, als sie vor dem Leithirsch stand, etwas Gras ausrupfte und es ihm hinhielt.

Der Hirsch schnaubte noch einmal und zuckte mit den Ohren, bevor er – Michel traute seinen Augen nicht – Isabelle aus der Hand fraß. Lächelnd rieb sie ihm über die Schnauze, und der Hirsch ließ sie gewähren. Auch die anderen Tiere ließen sich von ihr streicheln; nur zwei Hirschkühe scheuten zurück, als sie durch das Rudel ging.

Eine ganze Weile verging auf diese Weise, bis die Hirsche schließlich weiterzogen. Isabelle blickte ihnen ergriffen nach, während sie mit dem Zwielicht des Waldes verschmolzen.

»Wie hast du das gemacht?«, fragte Michel.

»Tiere fühlen sich einfach wohl in meiner Nähe. Das ist so, seit ich klein bin. Ich weiß nicht, warum.«

»Bei Hunden und Pferden verstehe ich das ja. Aber doch nicht bei wilden Hirschen.«

»Du hast es doch eben gesehen«, erwiderte sie lächelnd.

Ratlos steckte er sein Messer weg. »Es muss eine außergewöhnliche Gabe sein.«

»Danke, dass du mich hierher mitgenommen hast«, sagte sie, als sie zu ihm trat. »Es war wundervoll, diese Tiere zu sehen.«

»Erzähl niemandem davon. Ich möchte nicht, dass Wilderer von der Lichtung erfahren.«

»Von mir erfährt niemand etwas. Du hast mein Wort.«

Wieder standen sie sich schweigend gegenüber, genau wie bei ihrem letzten Treffen, als er ihr das Kruzifix gegeben hatte. Erwartungen flirrten durch die Abendluft, geheime Wünsche und stumme Botschaften. Michel blickte Isabelle in die Augen, versuchte darin zu lesen, ihre Rätsel zu ergründen. *Sie will es auch,* dachte er und machte einen Schritt auf sie zu.

Ihre Lippen öffneten sich einen Spalt.

Er hob die Hand, wollte ihre Wange berühren – als eine Stimme rief: »Herrin? Wo seid Ihr? Euch ist doch nichts zugestoßen?«

Isabelle seufzte. »Alices Sorge um mich scheint stärker gewesen zu sein als ihre Angst vor dem Wald.«

Der magische Moment, in dem alles möglich schien, war vorüber.

»Sagtest du nicht, sie wird uns keine Schwierigkeiten machen?«, fragte Michel mit einem schiefen Grinsen.

»Sie nimmt ihre Aufgabe eben sehr ernst – sei ihr nicht böse.« Isabelle lächelte und hakte sich bei ihm ein. »Gehen wir besser zu ihr, bevor sie sich noch verirrt.«

Vier Ministranten sangen das *Agnus Dei*, während der Priester das Brot brach. Ihre glockenhellen Stimmen hallten von den Wänden der Gildekapelle wider und erfüllten das kleine Gotteshaus bis hinauf zum Dach, wo sich der Weihrauch im Gebälk verfing.

Der Reihe nach traten die Kaufleute an den Altar, knieten nieder und empfingen die heilige Kommunion aus der Hand des Geistlichen. Viele von ihnen waren gerade erst von der Messe in Provins zurückgekehrt, sodass die siebzehn Schwurbrüder ausnahmsweise einmal vollständig waren: Jaufré Géroux und seine Anhänger, die Ministerialen Guibert de Brette, Robert Laval und die Brüder Aimery und Jacques Nemours machten den Anfang. Danach kam der fast zahnlose Abaëlard Carbonel, ein wahrer Methusalem und vermutlich der älteste Mann Varennes'. Ihm folgten Gaspard und seine Freunde Stephan Pérouse, Raoul Vanchelle und Ernaut Baudouin. Raymond Fabre, ein reicher Schmied und Händler von Eisenwaren. Fromony Baffour und Thibaut d'Alsace. Der schöne Pierre Melville. Charles Duval und Marc Travère. Und zu guter Letzt Catherine Partenay, die einzige Frau in der Gilde, obwohl nach den Statuten eigentlich keine Frauen zugelassen waren. Da Catherine jedoch das Geschäft ihres verstorbenen Mannes überaus geschickt und erfolgreich weitergeführt hatte, hatte es niemand gewagt, ihr die Mitgliedschaft zu verwehren. Michel mochte die kleine und energische Frau sehr. Dank ihrer Klugheit, ihrer Schlagfertigkeit und ihres Humors wusste sie sich in der rauen Männerwelt des Fernhandels zu behaupten.

Der Anstand gebot, dass Michel, der Neuling, als Letzter die Kommunion empfing. Anschließend sprach der Priester das Dankgebet und die Worte *Ite, missa est,* woraufhin die Messe beendet war. Nachdem jeder am Opferstock einige Münzen gespendet hatte, verließen die Kaufleute die Kirche, begleitet vom Gesang der Ministranten.

Von dem kleinen, in einer Seitengasse des Domplatzes gelegenen Gotteshaus zogen die Schwurbrüder zur Gildehalle, strömten in den Versammlungssaal im oberen Stock und nahmen ihre Plätze an der Tafel ein. Decke und Wände des weitläufigen Raumes waren mit Darstellungen biblischer Ereignisse bemalt, damit die Kaufleute nie vergaßen, barmherzig und mildtätig zu sein und ihren Wohlstand mit den Armen zu teilen. Als alle saßen, eröffnete Géroux mit förmlichen Worten die Zusammenkunft, wie es seine Aufgabe als Gildemeister war.

»Lasst uns nun Michel de Fleury begrüßen, den erstgeborenen Sohn unseres verstorbenen Bruders Rémy«, fuhr Géroux fort. »Er wird den Platz seines Vaters an dieser Tafel einnehmen und von nun an der Kaufmannsgilde von Varennes-Saint-Jacques angehören.«

Michel erhob sich. Die Schwurbrüder applaudierten lautstark und riefen ihm ihre Segenswünsche zu.

»Kommt nach vorne.«

Michel tat, wie ihm geheißen, und legte die Hand auf die prachtvolle Bibel, die der Gildemeister neben dem Pergament mit den Statuten platziert hatte.

»Schwörst du bei deiner Seele, die Statuten der Gilde zu befolgen und den Frieden zu achten?«, fragte Géroux ihn.

»Ich schwöre«, antwortete Michel.

»Schwörst du bei deiner Seele, deinen Schwurbrüdern bei Verarmung, Krankheit, Schiffbruch und anderen Unglücken beizustehen und der Toten der Gilde zu gedenken?«

»Ich schwöre.«

»Schwörst du außerdem, einen ehrbaren, gottgefälligen und barmherzigen Lebenswandel zu führen und regelmäßig Almosen für die Armen Gottes zu spenden?«

»Ich schwöre.«

»So sei es. Hiermit ernenne ich dich zum Schwurbruder der Kaufmannsgilde von Varennes-Saint-Jacques. Möge der Herr seine schützende Hand über dich und dein Haus halten und deine Geschäfte segnen.«

Die Anwesenden brachen in donnernden Beifall aus. Es wäre ein bewegender Moment für Michel gewesen, wenn Géroux ihn nicht bohrend angestarrt hätte. Er wusste genau, was dieser Blick bedeutete – er sollte ihn an ihr Gespräch in Géroux' Amtsstube erinnern: *Wehe Euch, wenn Ihr der Gilde Scherereien macht.*

Nachdem Michel seinen Platz eingenommen hatte, begann das gemeinsame Mahl. Es gab sündhaft teuren Würzwein von der Loire. Diener trugen silberne Platten auf, schwer beladen mit gebratenem Fleisch, Fisch, gedünstetem Gemüse und fetttriefendem Brot. Michel wusste, dass sich vor der Gildehalle Bettler und Krüppel versammelten, während sie tafelten, denn die Statuten verlangten, dass die Schwurbrüder ihr Essen mit den Armen teilten. Die Diener würden ihnen später die Reste hinunterbringen.

Während des Essens besprachen die Kaufleute Angelegenheiten der Gilde. Besonders das Schicksal von Thibaut d'Alsace, der kürzlich wegen eines heimtückischen Überfalls sein Vermögen verloren hatte, bewegte die Gemüter.

»Ich war in den Vogesen unterwegs, als sie kamen«, berichtete der Kaufmann, der immer noch sichtlich mitgenommen aussah. »Sechs, sieben abgerissene Gestalten, Vogelfreie vermutlich. Sie schlugen mich nieder, raubten mein Geld, mein Pferd, meinen Wagen, all meine Güter. Nun bin ich ruiniert – und muss doch Gott danken, dass sie mir wenigstens mein Leben gelassen haben.«

Viele Schwurbrüder schüttelten betroffen die Köpfe. Es wurden Verwünschungen gemurmelt, Flüche, die den Räubern galten. Was d'Alsace erlitten hatte, war ein Schicksal, das jeder an dieser Tafel fürchtete.

»Die Gilde wird Euch in Eurer Notlage beistehen«, sagte Géroux. »Ihr bekommt sechs Pfund in Silber aus der Gildekasse zur Deckung Eurer Ausgaben, damit Ihr imstande seid, wieder auf eigenen Füßen zu stehen.«

D'Alsace verneigte sich tief. »Ich danke Euch, Gildemeister. Ich danke euch allen, meine Brüder. Mögen Gott und alle Erzengel euch schützen.«

»Herr de Fleury«, sprach Charles Duval Michel an. »Erzählt uns doch von Eurem ersten großen Geschäft. Ich hörte, Ihr hattet dabei eine herzerwärmende Begegnung mit Bischof Ulman und Martel, unserem geliebten Schultheiß.« Duval war einer der klügsten Köpfe der Gilde und ein Zyniker vor dem Herrn, aber wahrlich kein schöner Mann. Obwohl er noch keine vierzig Jahre zählte, war sein blassblondes Haar bereits schütter und lag wie verdorrtes Gras auf der bleichen Haut seines Schädels. Der dünne Bart war nachlässig gestutzt, und das Gewand fiel über schmale Schultern und einen mageren Leib. Überdies war er dem Wein nicht abgeneigt: Ein Diener füllte soeben zum dritten Mal seinen Kelch.

»Herzerwärmend war es in der Tat«, erwiderte Michel mit dünnem Lächeln. »Ich möchte euch nicht mit Einzelheiten langweilen, daher in aller Kürze: Ich sollte dem Grafen von Sponheim acht Fässer Salz liefern. Es war ein sehr einträgliches Geschäft – oder wäre es gewesen, wenn Bischof Ulman nicht kurzerhand mein Salzschiff beschlagnahmt hätte, um Reichskanzler Johann eine bequeme Heimreise zu ermöglichen. Ich konnte nicht pünktlich liefern, das Geschäft ist geplatzt, und ich musste das Salz in Trier zu Schleuderpreisen verkaufen.«

»Ein Einstand als Kaufmann, wie man ihn sich wünscht«, murmelte Marc Travère.

»Konntet Ihr Bischof Ulman nicht davon überzeugen, wie wichtig dieses Geschäft ist?«, erkundigte sich Catherine Partenay.

»Wieso hätte ich das tun sollen? Ich liebe unseren Bischof wie jeder gute Christ in dieser Stadt und opfere mit Freuden mein Vermögen, wenn ich ihm nur einen Gefallen erweisen kann.«

Gelächter erfüllte den Saal. Doch nicht bei allen kam der Scherz an: Géroux und die anderen Ministerialen runzelten missbilligend die Stirn.

»Ich habe diese Geschichte ebenfalls gehört«, sagte der Gildemeister. »Leider habt Ihr nicht alles erzählt. Beispielsweise habt Ihr uns verschwiegen, dass Ihr Euch Bischof Ulman widersetztet, als er mit seiner Bitte an Euch herantrat.«

»Wie gesagt, ich wollte Euch nicht mit Einzelheiten langweilen.«

»Euer Verhalten war unklug«, sagte Géroux mit schneidender Stimme. »Ihr wisst, dass es das Recht des Stadtherrn ist, über den Besitz seiner Bürger zu verfügen, wie es ihm beliebt. Hättet Ihr Euch gefügt, wäre Bischof Ulman Euch gewiss entgegengekommen.«

Michel bezweifelte das nach wie vor, doch er verzichtete auf eine Erwiderung. Er wollte nicht gleich bei seiner ersten Gildeversammlung für Missstimmung sorgen.

Gaspard hingegen schien ein wenig Streit gerade recht zu kommen. »Dieses Recht ist veraltet und überholt«, widersprach er. »Bischof Jean-Pierre und sein Vorgänger haben nie davon Gebrauch gemacht. Sie haben unseren Besitz stets geachtet.«

Géroux richtete einen bohrenden Blick auf ihn, und Michel spürte sofort die aufgestauten Spannungen zwischen den beiden Männern. »Solange der Bischof es nicht abschafft, ist es gültig. Muss ich Euch wirklich diesen elementaren Grundsatz unseres Rechtswesens erklären?«

»Wenn Ulman es nicht abschaffen will, müssen wir ihn eben dazu zwingen!«

»Unseren Stadtherrn *zwingen*? Seid Ihr von Sinnen, Caron?«

Michel änderte seine Meinung und beschloss, die Gelegenheit beim Schopf zu packen und einige Dinge zur Sprache zu bringen. Warum es aufschieben? Zwar war ihm bewusst, dass er sich damit für einen Neuling weit aus dem Fenster lehnte. Aber es war noch nie seine Stärke gewesen, um des lieben Friedens willen seinen Unmut über einen Missstand für sich zu behalten. Außerdem wollte er endlich wissen, ob die Gilde wirklich so kraft- und mutlos war, wie Gaspard immer behauptete. »Gaspard hat recht: Bischof Jean-Pierre hätte es nie gewagt, das Salzschiff eines Kaufmanns zu beschlagnahmen. Er wusste, wie wichtig der Handel für Varennes ist, und hat sich daher stets um ein gutes Verhältnis zur Gilde bemüht. Bischof Ulman dagegen scheint uns geradezu zu verachten. Zumindest drängt sich mir dieser Eindruck auf, seit ich wieder in Varennes bin.«

»Was redet Ihr da?«, sagte Géroux. »Bischof Ulman respektiert die Gilde genauso sehr wie sein Vorgänger.«

»Wie ihr alle wisst«, wandte sich Michel unbeeindruckt an die Schwurbrüder, »war ich die letzten drei Jahre in Mailand. Bei meiner Heimkehr vor einigen Wochen ist mir aufgefallen, dass sich so manches in unserer Stadt zum Nachteil verändert hat. Wenn ihr erlaubt, möchte ich mit euch darüber sprechen.«

Augenblicklich gehörte ihm die gespannte Aufmerksamkeit der versammelten Schwurbrüder. Doch er spürte auch, dass noch etwas anderes in der Luft lag: ängstliches Unbehagen.

»Da wären zum Beispiel die ständigen Münzverschlechterungen«, zählte er auf. »Die hohen Salzpreise. Die horrenden Marktgebühren. Wir alle leiden darunter. Seit ich hier bin, frage ich mich, warum die Gilde nichts dagegen unternimmt.«

Stille folgte seinen Worten. Auch Gaspard sagte nichts, schien abzuwarten.

»Es wäre doch in unser aller Interesse«, fuhr Michel fort, »zusammenzustehen und von Bischof Ulman zu fordern, den Handel nicht länger zu behindern. Die Gilde repräsentiert die reichsten Bürger der Stadt. Sie ist angesehen und mächtig. Und doch nutzen wir unseren Einfluss nicht, um Ulman die Stirn zu bieten. Warum?«

»Dafür, dass wir Euch eben erst in diesem Kreis aufgenommen haben, nehmt Ihr den Mund entschieden zu voll«, brach Géroux das Schweigen. Stocksteif saß er am Kopf der Tafel, in der geballten Faust sein Messer, als wolle er jemanden niederstechen. »Wer seid Ihr, dass Ihr glaubt, Ihr könntet Euch derart dreist über diese Gemeinschaft äußern? Ein blutjunger Kaufmann, der gleich sein erstes Geschäft verpfuscht hat. Ich gebe Euch den Rat, Euch in Zurückhaltung zu üben, bis Ihr den anderen in diesem Saal an Erfahrung ebenbürtig seid.«

»Ist meine Frage denn nicht berechtigt?«, beharrte Michel.

»Oder vertritt die Gilde nicht mehr die Interessen der Kaufleute?«

»Es ist das gottgegebene Recht Bischof Ulmans, Zölle, Salzpreise und Marktabgaben nach eigenem Ermessen festzusetzen und die Münzen zu verrufen, wenn dies dem Wohle des Bistums dient. Dass der Stadtherr diese Privilegien innehat, hat sich seit Jahrhunderten bewährt, und die Gilde achtet diese Tradition. Alles andere wäre Blasphemie und eine Störung der gottgewollten Ordnung.«

»Was ist mit euch?«, wandte sich Michel an die übrigen Schwurbrüder. »Ihr müsst doch zugeben, dass ich recht habe.«

De Brette, Laval und die Gebrüder Nemours starrten ihn zornig an. Baffour, d'Alsace und die meisten anderen wichen seinem Blick aus. Lediglich Catherine Partenay und Charles Duval lächelten aufmunternd, doch auch sie wagten nicht, ihm zu Hilfe zu kommen.

»Es reicht jetzt, de Fleury.« Géroux knallte sein Messer auf den Tisch. »Ich habe Euch ausdrücklich gewarnt, keinen Ärger zu machen – und was tut Ihr? Schwingt aufrührerische Reden über unseren Bischof. Wenn Ihr nicht sofort den Mund haltet, bestrafe ich Euch mit einem Bußgeld, dass Euch Hören und Sehen vergeht.«

»Ein Bußgeld wofür? Dass ich die Wahrheit sage?«

»Weil Ihr den Frieden gefährdet! Aber wenn Ihr es darauf ankommen lassen wollt – bitte. Es ist Euer Geschäft, das dabei vor die Hunde geht.«

Michel zweifelte nicht daran, dass Géroux – der genau wusste, wie es um seine Finanzen bestellt war – ohne zu zögern eine Strafe verhängen würde, die so hoch wäre, dass sie ihm das Genick bräche. Leider hatte er nach den Statuten jedes Recht dazu: Als Gildevorsteher durfte er Fehlverhalten der Schwurbrüder eigenmächtig ahnden. Michel blieb also wieder einmal nichts anderes übrig, als die Demütigung hinzunehmen und sich der Drohung zu beugen, obwohl ihm der Zorn schier die Luft abschnürte.

»Gut«, sagte Géroux, als er schwieg. »Eure unbedachten Worte sind gewiss auf Eure Unerfahrenheit und Euren jugendlichen Überschwang zurückzuführen. Daher werde ich diesmal darüber hinwegsehen. Ich fordere Euch jedoch auf, in Zukunft maßvoller und vernünftiger aufzutreten, wenn Ihr an dieser Tafel das Wort ergreift. Nun lasst uns diesen unschönen Zwischenfall vergessen, meine Brüder, und unser Beisammensein genießen. Auf gute Geschäfte! Auf Bischof Ulman!«, rief er mit erhobenem Weinkelch.

Zögernd erwiderten die Schwurbrüder den Trinksegen, und das Festmahl wurde fortgesetzt, wenngleich die Stimmung im Saal nun merklich gedrückt war.

Michel nahm einen Schluck Wein und behielt ihn lange im Mund, bevor er ihn schluckte. *Du alter Bastard,* dachte er. Aber sein Zorn galt nicht allein Géroux. Die übrigen Schwurbrüder hatten keinen Finger gerührt, um ihm beizustehen, obwohl er genau gespürt hatte, dass die meisten seine Ansichten teilten.

»Ich habe es dir ja gesagt«, raunte Gaspard ihm zu.

Die Zusammenkunft endete spätabends. Bevor die Schwurbrüder heimgingen, standen sie noch eine Weile vor der Gildehalle zusammen, warfen den Bettlern unter den Arkaden Münzen zu und sprachen über die Sankt-Johannes-Messe in Troyes, zu der die meisten von ihnen in den nächsten Tagen aufbrechen würden.

Michel hatte für heute genug von Menschen und Gesprächen. Er wollte nur noch nach Hause und diesen Abend so schnell wie möglich vergessen. Allerdings kam er nicht weit: Er hatte kaum die Halle verlassen, als Gaspard ihn aufhielt.

»Siehst du jetzt endlich ein, dass wir mit der Gilde nicht rechnen können?«

»Ich bin müde, Gaspard. Lass uns morgen darüber reden, in Ordnung?«

»Schließ dich uns an. Nur so kannst du etwas bewegen!«

»Fang nicht wieder damit an«, erwiderte Michel gereizt. »Du weißt doch, was ich von euren Vorstellungen halte.«

»Du denkst immer noch so? Nach allem, was heute Abend passiert ist?«

»Hör zu.« Michel packte Gaspard am Arm. »Ihr müsst diesen Plan aufgeben. Was ihr da vorhabt, ist töricht und verrückt. Ihr setzt damit euer Leben aufs Spiel.«

»Das ist ein Risiko, das wir auf uns nehmen müssen. Wenn wir vor lauter Angst immer nur den Kopf unten halten, wird sich nie etwas ändern.«

»Und was ist mit Lutisse, Isabelle und all den anderen Menschen, die du damit in Gefahr bringst? Es geht hier nicht nur um dich, sondern auch um das Wohl deiner Familie, um das Wohl einer ganzen Stadt! Ich bitte dich als dein Freund: Lass es sein.«

Gaspard riss sich los, und für einen Moment funkelte Zorn in seinen Augen. Dann aber zügelte er sich, vielleicht, weil er sich an ihre Abmachung erinnerte. »Gut«, sagte er steif. »Wenn das deine Meinung ist, werde ich dich nicht mehr mit meinen Ansichten behelligen. Gute Nacht, Michel.« Er wandte sich ab und ging zu Pérouse, Vanchelle und Baudouin, die ein paar Schritte weiter auf ihn warteten. Die vier Männer verschwanden in der Nacht.

Michel unterdrückte einen Fluch. So viel zu seinem Vorhaben, mit Gaspard zu reden. Doch er war nicht bereit, die Sache auf sich beruhen zu lassen. Er würde eine Weile warten und es wieder versuchen. Vielleicht gelang es ihm dann, Gaspards Panzer aus Stolz und Sturheit zu durchdringen und ihn zur Vernunft zu bringen.

»Wärt Ihr so freundlich, mich nach Hause zu begleiten, Herr de Fleury?«

Michel bemerkte erst jetzt, dass Catherine Partenay zu ihm getreten war.

»Es ist schon spät, und ich schätze die Dunkelheit nicht besonders«, erklärte die kleine Frau lächelnd.

Michel wunderte sich ein wenig über ihre Bitte. Catherine wohnte keine hundert Schritte von der Gildenhalle entfernt, in der Rue de l'Épicier auf der anderen Seite des Domplatzes, wo die Büttel des Schultheißen die ganze Nacht Wache standen und aufpassten, dass niemand belästigt oder überfallen wurde. Doch wer war er, einer Dame einen Wunsch abzuschlagen? »Es wäre mir ein Vergnügen.«

Catherine hakte sich bei ihm ein, ohne einen Gedanken daran zu verschwenden, was die anderen Schwurbrüder denken könnten, wenn sie sie so sähen. Aber sie war schon immer unangepasst gewesen und hatte noch nie etwas auf das Gerede in der Stadt gegeben – anders wäre sie als Frau wohl auch nie so weit gekommen. Nach dem überraschenden Tod ihres Mannes vor mehr als zehn Jahren wäre sie um ein Haar verarmt. Da sie keine Söhne hatte, wollte Bischof Jean-Pierre den größten Teil ihres Besitzes für die Kirche einziehen und sie lediglich mit dem Wittum abspeisen. Obwohl das Gesetz auf seiner Seite gewesen war, hatte sich Catherine erbittert dagegen gewehrt. Sie hatte ihrem Gemahl stets im Geschäft geholfen, ihn häufig gar auf seinen Reisen begleitet, und sie verstand mehr vom Fernhandel als so mancher erfahrene Kaufmann. Nach einem langen und zähen Rechtsstreit, bei dem sie sogar ein Bittgesuch an Herzog Simon Châtenois richtete, setzte sie schließlich durch, dass sie ihren Besitz behalten und das Geschäft weiterführen durfte – ein einmaliges Ereignis in der fast zweihundertjährigen Geschichte der Gilde. Seitdem galt sie als eingeschworene Gegnerin der Kirche.

»Was seid Ihr nur für ein frecher Kerl?«, meinte sie spöttisch, während sie über den dunklen Domplatz schlenderten. »Euer erster Abend und gleich ein solcher Auftritt. Ihr solltet Euch schämen.«

»Bitte macht Euch nicht über mich lustig«, erwiderte Michel matt. »Mir ist gerade nicht nach Lachen zumute.«

»Das denke ich mir. Wie wäre es stattdessen damit: Was Ihr

vorhin getan habt, war sehr mutig. Nur wenige haben die Courage, so mit dem alten Géroux zu reden. Ich bewundere Euch.«

Michel musterte sie misstrauisch. Sie schien ihre Worte ernst zu meinen. »Und es hat ja auch so viel gebracht«, murmelte er.

»Ihr seid nicht der Einzige, dem klar ist, dass sich in der Gilde etwas ändern muss. Ich und viele andere denken ähnlich wie ihr.«

»Warum unternehmt Ihr dann nichts?«, fragte er, heftiger als beabsichtigt.

»Es fehlt an Entschlossenheit«, gab Catherine unumwunden zu. »Und an Einigkeit. Es gibt nur einen, dem ich zutraue, sich offen gegen Géroux zu stellen: Euer Freund Gaspard. Leider ist er viel zu hitzköpfig und unbesonnen, um die Schwurbrüder hinter sich zu vereinen, mag er ein noch so guter Kaufmann sein. Seine Ansichten sind vielen zu radikal.«

Ihr ahnt ja gar nicht, wie radikal, dachte Michel.

»Jedenfalls habe ich gerade mit Charles und Marc gesprochen«, fuhr die Kauffrau fort. »Auch ihnen hat gefallen, was Ihr gesagt habt.«

»Worauf wollt Ihr hinaus?«

Catherine blieb stehen, denn sie waren bei ihrem Haus angelangt. Ernst blickte sie ihn an. »Falls Ihr etwas unternehmen wollt – unsere Unterstützung hättet Ihr.«

»Wir sind nur vier«, entgegnete er.

»Irgendwann muss einmal ein Anfang gemacht werden. Es kann nicht ewig so weitergehen. Ich habe Euch den ganzen Abend beobachtet. Ihr seid anders als andere Menschen. Gott hat Euch eine außergewöhnliche innere Kraft geschenkt. Macht etwas daraus«, sagte sie, bevor sie die Tür öffnete und in der Dunkelheit ihres Hauses verschwand.

Am nächsten Morgen zählte Michel wieder einmal sein Geld und kam zu dem wenig überraschenden Ergebnis, dass seine Lage verheerend war.

Wir müssen dringend ein paar lukrative Geschäfte abschließen. Sonst ist es in zwei Monaten aus.

Er zog sein Taschentuch aus dem Ärmel des dünnen Gewandes und wischte sich das Gesicht ab. Obwohl noch nicht einmal Mittag, war es bereits so heiß, dass ihm bei jeder Bewegung der Schweiß ausbrach. Schwerfällig schlurfte er zum Fenster, betrachtete das Treiben auf dem Domplatz und sehnte mit jeder Faser seines Körpers ein kühles Lüftchen herbei. Wegen der Hitze konnte er sich kaum auf seine Arbeit konzentrieren. Außerdem spukten ihm seit gestern Abend immerzu Catherine Partenays Worte im Kopf herum.

Ihr seid anders als andere Menschen. Gott hat Euch eine außergewöhnliche innere Kraft geschenkt. Macht etwas daraus.

Sie hatte recht – er durfte sich von dem Vorfall bei der Gildenzusammenkunft nicht entmutigen lassen. Wenn er etwas ändern wollte, musste er handeln. Er setzte sich ans Schreibpult, tauchte die Feder in die Tinte und schrieb drei kurze Briefe, jeweils einen an Catherine Partenay, Charles Duval und Marc Travère. Der Wortlaut der Nachrichten war stets derselbe: Er lud die drei Kaufleute für den morgigen Abend zu sich nach Hause ein und bat sie, Stillschweigen über das bevorstehende Treffen zu wahren. Nachdem er die Tinte mit Kalk getrocknet und die Nachrichten zusammengerollt und versiegelt hatte, rief er Adrien und wies ihn an, die Briefe zu überbringen.

Als der Pferdeknecht davoneilte, erfüllte ihn plötzlich drängende Unruhe. Die Enge in der Schreibstube war ihm mit einem Mal zuwider, und er stieg die Treppe hinab.

»Ich vertrete mir die Füße«, sagte er zu Jean, der im Eingangsraum saß und ein Salzfass reinigte. »Zum Mittagessen bin ich wieder da.« Als er das Haus verließ, entschied er, zum Fischmarkt zu gehen und von dort aus an der Mosel entlangzuschlendern. Am Wasser war es gewiss kühler als in der Stadt, und vielleicht kam gegen Mittag sogar etwas Wind auf.

Er setzte seine Mütze auf und schlurfte über den Marktplatz, wobei er sich nach Möglichkeit im Schatten hielt. An den Ständen der Bauern und Kleinkrämer war kaum etwas los, denn bei dieser Hitze erledigten die meisten Leute ihre Einkäufe früher am Morgen. Die beiden Marktaufseher hatten nichts zu tun. Einer lehnte am Brunnen, die Daumen hinter den Gürtel gehakt, und plauderte mit einem städtischen Zöllner, während der andere lustlos an einem Bierhumpen nippte.

Da vorne – war das Isabelle? Kein Zweifel, sie schritt zur Rue de l'Épicier und verschwand gerade hinter der Kathedrale.

Nach ihrem Spaziergang vor zwei Tagen und dem seltsamen Abenteuer auf der geheimen Lichtung hatte Michel ihr das Versprechen abgenommen, dass sie sich wieder treffen würden, sobald er von der Messe in Troyes zurück wäre. Frühestens Anfang August also. Schon an jenem Abend hatte er sich gefragt, wie er drei lange Wochen überstehen sollte ohne ein Lächeln von ihr.

Sieh an, dachte er, als er ihr nachging. *Sie ist allein. Weit und breit keine Alice in Sicht. Was sagt man dazu?*

Gemächlich schlenderte Isabelle die Straße entlang. Ihr begegnete kaum jemand, lediglich zwei müde Handwerksburschen und eine alte Matrone, die Körner für die Hühner ausstreute. Wer konnte, blieb bei dieser Hitze zu Hause oder hielt sich von morgens bis abends im Schatten auf. Wie beinahe an jedem Tag dieses glühend heißen Sommers dankte Isabelle ihrem Schöpfer, dass sie nicht verheiratet war. Denn wenn sie es gewesen wäre, hätte sie ihr Haar schicklich unter einer Haube verbergen müssen – bei dieser Hitze gewiss eine Qual. Als Unverheiratete dagegen durfte sie es offen tragen, was ihr auf dem Markt neidvolle Blicke der älteren Frauen eingebracht hatte.

Obwohl Tagträumerei eigentlich nicht ihrem Wesen entsprach, wanderten ihre Gedanken wieder einmal zu Michel. Mit einem Lächeln im Gesicht dachte Isabelle an ihren gemeinsamen Ausflug zu der verborgenen Lichtung. Seit ihrem Abschied an jenem Abend passierte ihr das ständig, dabei war das gar nicht ihre Art. Ihre Mutter, Lutisse und Alice machten sich schon über sie lustig, weil sie immerzu Löcher in die Luft starrte und dabei still vor sich hin lächelte.

Isabelle wusste, dass Gott sie mit großer Schönheit beschenkt hatte. Sie war darauf nicht besonders stolz – wieso sich mit etwas brüsten, für das man nicht das Geringste konnte? Sie wusste auch, dass es viele Männer gab, die sie deswegen begehrten: hauptsächlich alte Kaufleute, deren Frauen im Kindbett gestorben waren und die sich mit dem Gedanken trugen, wieder zu heiraten – wie etwa der unerträgliche Robert Laval. Jeden Sonntag bei der Messe bemerkte Isabelle die lüsternen Blicke, die ihr die verknitterten Pfeffersäcke zuwarfen. Sie kannte einige Frauen, die wesentlich ältere Männer geheiratet hatten. Das war kein angenehmes Schicksal. Man war für seinen Gatten meist nicht mehr als ein nettes Spielzeug, ein hübsches Kleinod, mit dem er vor Freunden und Rivalen prahlte, wie mit einem Rassepferd oder einem goldenen Kerzenleuchter. Zuneigung oder gar Liebe bekam man dafür keine. Alles, was man erwarten konnte, war, ihm Kinder zu gebären – falls der Mann überhaupt noch imstande war, welche zu zeugen.

Dagegen Michel. Er war so anders, so viel freundlicher und liebenswerter. Sie hatte noch nie einen Mann getroffen, der so aufrichtig war und so viel Tatkraft besaß. Wenn er über seine Pläne sprach, sprühten seine meergrünen Augen vor Begeisterung, dass man gar nicht anders konnte, als sich mitreißen zu lassen. Wenn nur Alice nicht im falschen Moment aufgetaucht wäre …

Sie bemerkte, dass sie vor lauter Träumerei beinahe an ihrem Ziel vorbeigegangen wäre. Lächelnd über ihr Missgeschick schlüpfte sie in die Seitengasse, die parallel zum Kanal der Unterstadt verlief, und ging zu einer der schäbigen Hütten.

Tagelöhner wohnten hier, eine neunköpfige Familie, die manchmal in der Saline arbeitete. Die Leute besaßen einen Hund, und Isabelle hatte gestern Abend von Alice erfahren, dass sie das Tier sehr schlecht behandelten. Sie spähte an der Hütte vorbei und entdeckte einen Verschlag an der Seitenwand. Darin lag ein abgemagerter Schäferhund, mit einer kurzen Kette an einem Pfosten festgebunden. Schwach hob er den Kopf und begrüßte sie mit einem Winseln.

Isabelle kniff die Lippen zusammen. Die Tagelöhner konnten vermutlich kaum ihre Kinder ernähren – warum mussten sie sich einen Hund halten, wenn sie ihm nichts bieten konnten außer Hunger und Elend? Sie holte einen Kalbsknochen aus ihrem Beutel und wickelte ihn aus dem Tuch. »Schau mal, mein Guter, was ich hier für dich habe.« Sie warf den Knochen in den Verschlag. Sabbernd machte sich der Hund darüber her.

Isabelle bemerkte eine Bewegung in den Augenwinkeln und wandte sich um. Ein schmutziger Mann in einem speckigen Lederwams war aus der Hütte getreten und blickte sie mit finsterer Miene an.

»Was wollt Ihr?«, fragte er.

»Ich bin wegen des Hundes hier.«

»Ja, und?«

»Es ist eine Schande, wie ihr ihn behandelt! Wann hat er das letzte Mal etwas zu fressen bekommen?«

»Was geht es Euch an?«

Langsam kam der Tagelöhner näher. Eine alte Narbe verunzierte seinen nackten Oberarm. *Ein Brandmal,* dachte Isabelle. Der Mann war ein verurteilter Verbrecher.

»Seid Ihr nicht die Schwester dieses Kaufmanns? Was mischt Ihr Euch in meine Angelegenheiten ein?«

Isabelle war entschlossen, ihre Furcht nicht zu zeigen, was ihr nicht leichtfiel. Hier, im Gassengewirr am Rande der Unterstadt, ließen sich nur selten Stadtbüttel blicken. Wenn der Mann sie bedrohte, wäre sie auf sich allein gestellt. »Ich möchte dir den Hund abkaufen. Ich gebe dir drei Sous.«

»Er ist nicht zu verkaufen.«

»Also gut. Vier.«

»Sag mal, hörst du schlecht? Er ist nicht zu verkaufen! Und jetzt verschwinde!«

Isabelle wich zurück, als der Mann einen Schritt auf sie zumachte. »Ich gehe erst, wenn du mir den Hund überlässt.«

»Du glaubst wohl, du kannst dir alles erlauben, bloß weil du ein Püppchen aus gutem Hause bist, was? Höchste Zeit, dass dir einer eine Lektion erteilt.«

Die verschwitzte Hand des Mannes schnellte vor und schloss sich um ihren Oberarm. Der Griff war so unnachgiebig wie eine Stahlklammer, doch Isabelle war mit einem älteren Bruder aufgewachsen und wusste sich zu wehren. Ohne zu zögern, trat sie dem Mann gegen das Schienbein und befreite sich, als er vor Schmerz aufkeuchte.

»Na warte, du Luder …«

Sie schlug ihm ihren Beutel ins Gesicht und wollte davonlaufen. Er stellte ihr jedoch ein Bein, sodass sie stolperte und gegen den Verschlag prallte. Der Hund fing an zu bellen.

Am Eingang der Gasse erschien Michel. Während sie sich aufrappelte, fragte sie sich verwirrt, ob sie ein Trugbild vor sich sah, ein Hirngespinst, hervorgerufen durch Hitze und Furcht. Nein, er war es wirklich. Mit gezücktem Messer kam er zu ihr gelaufen.

»Rühr sie nicht an!«, schrie er, woraufhin der Tagelöhner zurückwich und dabei seine leeren Handflächen hochhielt.

»Sie wollte mich bestehlen«, schnarrte er. »Ich schütze nur mein Eigentum.«

Isabelle ergriff Michels Hand und kam auf die Füße.

»Lass uns gehen.«

»Zuerst muss ich den Hund holen.«

»Was?«, fragte Michel verständnislos.

»Hab ich doch gesagt«, rief der Tagelöhner. »Beklauen will mich das Miststück!«

»Zum letzten Mal, ich will dir den Hund abkaufen, du von allen Dämonen der Dummheit verfluchter Armleuchter!«, fuhr

Isabelle ihn an, warf die Silbermünzen in den Straßenstaub und öffnete den Verschlag.

»Aber das sind ja vier Sous!«, sagte Michel.

»Bin ich nicht großzügig?«, erwiderte Isabelle, während sie die Kette löste. »Dabei hätte dieser Bastard allenfalls einen Tritt in seinen hässlichen Hintern verdient.«

Der Lärm hatte die Nachbarn des Tagelöhners aus ihren Hütten gelockt. Gut zwei Dutzend Männer, Frauen und Kinder standen im Schatten und beobachteten grinsend das Schauspiel, das sich ihnen darbot.

»Die Kleine hat's dir ganz schön gezeigt, was, Gilles?«, rief einer.

»Vier Sous sind ein stolzer Preis für einen Straßenköter. So viel Glück hätt' ich auch mal gern.«

»Na, jetzt nimm schon das Geld. So viel verdienst du in drei Wochen nicht.«

Der Tagelöhner klaubte die Münzen auf und spuckte aus, bevor er in seiner Hütte verschwand und die Tür zuwarf, begleitet vom Gelächter seiner Nachbarn.

Der Hund knurrte, doch dann fasste er Vertrauen zu Isabelle und ließ sich aus dem Verschlag führen.

Wachsam behielt Michel die Leute im Auge. »Komm endlich.« Abermals ergriff er ihre Hand und führte sie, nicht sonderlich sanft, aus der Gasse.

»Hat er dir wehgetan?«, fragte er, als sie zur Straße kamen.

»Mir geht es gut. Ich habe mich nur schmutzig gemacht.«

»Da drüben ist ein Brunnen. Da kannst du dich waschen.«

Sie setzte sich auf die Steinbank neben dem Brunnen und kraulte den Hund, der Wasser aus einer Pfütze schlabberte. »Ich glaube, wir machen erst einmal dich sauber. So schmutzig, wie du bist, kommst du mir jedenfalls nicht ins Haus. Und dann überlegen wir uns einen Namen für dich. Wie wäre es mit Magnus? Nein, nicht gut. Vielleicht Morpheus?« Sie blickte Michel an. »Was meinst du?«

»Was ich meine?«, erwiderte er aufgebracht. »Dass du nicht ganz bei Trost bist! Was ist nur in dich gefahren, mit diesem Kerl Streit anzufangen? Hast du nicht das Brandmal gesehen? Er war ein verurteilter Dieb oder Schlimmeres. Wer weiß, was er dir angetan hätte, wenn ich nicht gekommen wäre. Und alles nur wegen eines Hundes!«

»Was hast du überhaupt in der Gasse gemacht?«

»W-wieso?«

»Du hast mich auf dem Domplatz gesehen und bist mir nachgegangen, nicht wahr?«, fragte sie grinsend.

»Was? Nein! Wie kommst du darauf? Ich musste … ich war zufällig … der Fischmarkt …« Er holte Luft. »Das tut überhaupt nichts zur Sache«, sagte er streng. »Was du getan hast, war unbedacht, ja einfach töricht. Wenn du schon einen Straßenköter retten musst, nimm wenigstens einen Knecht mit. Du weißt doch, dass viele Unterstädter uns verachten. Heute war die Menge auf deiner Seite, warum auch immer, aber beim nächsten Mal hast du vielleicht nicht so viel Glück …«

So schimpfte und wetterte er, außer sich vor Wut. *Nein, nicht vor Wut,* dachte Isabelle. *Vor Sorge. Sorge um mich.*

Bevor sie begriff, was sie tat, stand sie auf, legte ihm die Hände auf die Wangen und küsste ihn, ohne sich darum zu scheren, ob irgendwer sie sah.

»Isabelle«, flüsterte er.

»Nicht reden«, sagte sie leise und zog ihn in den Winkel hinter dem Brunnen, wo tiefe Schatten sie verbargen.

Staub wallte auf, als der Ochsenwagen in der Nachmittagshitze über den Domplatz rumpelte. Michel lenkte ihn an den Marktständen vorbei zu ihrem Haus. Im Hof zog er an der Leine und brachte den Ochsen zum Stehen.

Sie hatten Salz geladen, sechs Fässer voll. Michel hatte Geld zusammengekratzt und so viel gekauft, wie sie sich gerade noch leisten konnten, in der Hoffnung, dass sie es auf der Sankt-Johannes-Messe in Troyes mit einem ordentlichen Gewinn verkaufen konnten. Die Chancen dafür standen gut: Lothringisches Salz war stets begehrt auf den Champagne-Messen, und man hörte überall, dass burgundische und englische Kaufleute gerade Rekordpreise dafür zahlten. Aber diesmal durfte nichts schiefgehen. Wenn sie auch die Reise nach Troyes verpatzten, drohte ihnen noch vor dem Ende des Sommers der Ruin.

Jean sprang vom Wagenbock und begann, den Ochsen auszuspannen. Während Michel ihm zur Hand ging, wanderten seine Gedanken zu Isabelle, zum tausendsten Mal an diesem Tag, seit er in aller Frühe mit ihrem Bild vor Augen aufgewacht war. Ihm war, als spüre er immer noch ihre Lippen auf seinen, ihr Haar auf seinen Wangen, und wenn er die Augen schloss, roch er ihren Duft, hörte er ihre Stimme, die leise sagte: *Und was jetzt, Herr de Fleury?*

Was war er doch für ein Dummkopf. Es hatte erst einen halbtoten Hund, einen wütenden Tagelöhner und einen verstohlenen Kuss im Schatten eines Brunnens gebraucht, dass er sich endlich hatte eingestehen können, was er für sie empfand. Dabei wusste er es tief in seinem Innern schon seit Wochen, seit jenem Abend, als er ihr geholfen hatte, den Stein aus Curians Huf zu entfernen.

Und was jetzt, Herr de Fleury?

Die halbe Nacht hatte er wachgelegen und darüber nachgedacht, obwohl die Antwort denkbar einfach war: Er würde zu Gaspard gehen und um ihre Hand anhalten. Sobald er keine Geldsorgen mehr hatte, würde er es tun, noch vor dem Winter. Vielleicht war das verfrüht, vielleicht sogar unvernünftig – aber zum Teufel mit allen Bedenken! Er wollte, dass sie seine Frau wurde, er wollte das mehr als sonst etwas auf der Welt.

»He! Ich rede mit dir!«

Michel bemerkte erst, dass Jean mit ihm sprach, als ihm sein Bruder mit der Hand vor dem Gesicht herumwedelte. »Entschuldige. Was hast du gesagt?«

»Was ist denn heute mit dir los? Schon den ganzen Tag starrst du Löcher in die Luft. Du wirst doch nicht krank oder so?«

»Das ist nur die Hitze. Sie macht mich noch fertig.«

»Wen nicht?«, brummte Jean und wischte sich den Schweiß von der Stirn. »Jedenfalls wollte ich dir nur sagen, dass ich heute Abend nicht dabei sein kann. Ich habe Milon versprochen, mit seinem Lehrherrn zu sprechen. Er hat wieder mal Ärger mit ihm.« Es gehörte zu Jeans Pflichten als Sprecher der Unmündigen, schlichtend einzugreifen, wenn ein Lehrling Streit mit seinem Meister hatte.

»Macht nichts«, sagte Michel. »Ich weiß ohnehin nicht, ob bei dem Treffen etwas herauskommen wird. Kannst du vorher zur Gilde gehen und uns für die Gruppe anmelden, die morgen früh nach Troyes aufbricht? Ich habe das gestern leider verschlafen.«

»Wird erledigt.«

Michel schaffte es gerade noch, sich den Straßenstaub abzuwaschen, ein frisches Gewand anzuziehen und Thérese und Matenda letzte Anweisungen zu geben, bevor die Glocken zur Vesper riefen und Catherine Partenay, Charles Duval und Marc Travère eintrafen. Zu seiner Überraschung hatte Catherine einen weiteren Schwurbruder mitgebracht: den greisen Kaufmann Abaëlard Carbonel.

»Warum habt Ihr mir nicht Bescheid gegeben, dass er auch kommt?«, fragte Michel Catherine leise, als sich der Alte mit Travères Hilfe die Treppe hinaufkämpfte.

»Ich habe Euch deswegen eine Nachricht geschrieben. Jacques, mein Knecht, sollte sie überbringen. Hat dieser Dummkopf es etwa vergessen?«

»Ich fürchte, ja.«

»Nicht einmal die einfachsten Aufgaben kriegt dieser Kerl hin. Wenn ich nicht so gutmütig wäre, hätte ich ihn längst auf die Straße gesetzt.« Catherine verzog den Mund. »Wie dem auch sei, Abaëlard ist in Ordnung – er steht auf unserer Seite. Als ich ihn gestern auf dem Friedhof traf, hat er mir gesagt, wie sehr ihm Euer Auftritt bei der Versammlung aus der Seele gesprochen hat. Da habe ich kurzerhand beschlossen, ihn mitzubringen.«

»Nun, je mehr wir sind, desto besser.« Michel beschloss, es mit dem Misstrauen nicht zu übertreiben, zumal es bei Carbonel gänzlich fehl am Platz war. Tatsächlich hatte er den kauzigen Kaufmann schon als Kind gemocht und tat es noch immer. Trotz seines biblischen Alters von gut und gerne fünfundsiebzig Jahren war der greise Salzhändler vernünftiger und Neuem gegenüber aufgeschlossener als so mancher Jüngling.

»Treppen sind die reinste Plage«, murrte Carbonel, als er die letzte Stufe bewältigte. »Ich hoffe, der Schurke, der sie erfunden hat, schmort im tiefsten Kreis der Hölle.«

»Guten Abend, Herr Carbonel«, begrüßte Michel ihn lächelnd. »Herzlich willkommen in meinem Haus.«

»Für dich Abaëlard, Jungchen. Du hast Mumm in den Knochen«, sagte der Alte und schlug Michel sanft mit seinem Stock gegen den Oberschenkel. »Ich habe gleich gewusst, dass du aus dem richtigen Holz geschnitzt bist. Einen Mann wie dich hat die Gilde wahrlich gebraucht. Bei der Zusammenkunft habe ich mir gewünscht, ich wäre jünger. Dann wäre ich aufgesprungen und hätte Jaufré gesagt, was ich von seinem Geschwätz halte!«

Michel führte seine Gäste in den Gesellschaftssaal und kredenzte jedem einen Kelch mit kühlem Wein. Nachdem er Thérese gebeten hatte, ein zusätzliches Gedeck aufzutragen, setzten sie sich.

»Bevor wir beginnen«, sagte er, »möchte ich euch daran erinnern, dass unser Treffen vertraulich ist. Hat euch jemand gesehen, als ihr hereingekommen seid?«

»Nicht dass ich wüsste«, antwortete Duval. »Aber falls uns doch jemand darauf anspricht, behaupten wir einfach, wir hätten Geschäfte besprochen.«

»Wo ist eigentlich der junge Caron?«, fragte Carbonel. »Seid ihr nicht enge Freunde?«

Damit sprach der Alte etwas an, das Michel nicht wenig zu schaffen machte. Er hatte lange überlegt, ob er Gaspard auch einladen solle, aber sich schließlich dagegen entschieden. Mit seinen Ansichten würde Gaspard die anderen nur verschrecken, und es würde todsicher Streit geben, bevor sie neue Ideen entwickeln konnten. Falls es ihnen heute Abend wirklich gelang, so etwas wie einen Plan zu fassen, konnte er seinen Freund immer noch einweihen. Mit diesem Vorgehen war er zwar nicht glücklich, aber eine bessere Lösung für diesen vertrackten Zwiespalt war ihm nicht eingefallen.

»Gaspard und ich sind in gewissen Fragen unterschiedlicher Meinung«, antwortete er. »Es ist noch nicht an der Zeit, ihn einzubinden.«

Glücklicherweise brachten in diesem Moment Thérese und Matenda das Essen herein, und der Anblick der köstlichen Speisen lenkte seine Gäste von Gaspard ab. Auf den Zinnplatten lagen gebratenes Huhn mit Zwetschgen und gepfefferte Gans mit roten Rüben. Das dampfende Fleisch roch verführerisch. Dazu gab es frisches Gerstenbrot, in Honig eingelegtes Obst und süßen Rotwein aus der Provence.

Während sie aßen, kam Michel auf den Anlass ihres Treffens zu sprechen. »Ich habe euch eingeladen, damit wir in Ruhe über Verschiedenes reden können. In der Gilde scheint es ja nicht möglich zu sein, über die Zustände in Varennes zu sprechen, ohne dass Géroux einem den Mund verbietet.«

»Verzeiht, dass wir Euch nicht geholfen haben«, sagte Charles Duval. »Wir hätten einschreiten müssen, als er Euch abkanzelte. Gewiss haltet Ihr uns jetzt für einen mutlosen, verzagten Haufen.«

»Wer könnte es ihm verdenken?«, murmelte Marc Travère. »Wir *sind* ein mutloser, verzagter Haufen.«

Michel machte eine abwiegelnde Geste. »Vergeben und vergessen. Ich an Eurer Stelle hätte mich wahrscheinlich genauso verhalten. Überlegen wir lieber, was wir tun können.«

»Was Ihr bei der Versammlung angesprochen habt, ist leider vollkommen richtig«, sagte Travère. »Mit Varennes geht es bergab, seit Bischof Jean-Pierre tot ist. Es wird immer schwieriger, Handel zu treiben. Was Euch passiert ist – ich meine die Sache mit Eurem Salzschiff –, ist inzwischen normal. Jeder von uns hat in den letzten zwei Jahren Ähnliches erlebt.«

»Mir hat Ulman vorigen Herbst sogar eine ganze Lagerhalle weggenommen«, meinte Duval. »Er brauchte das Grundstück, um eine neue Zehntscheune bauen zu lassen – als ob er die verdammte Scheune nicht auch außerhalb der Stadtmauern hätte bauen können. Die Entschädigung, die er mir dafür gezahlt hat, war ein schlechter Scherz.«

»Könnt ihr euch noch an die Sache mit dem Leuchter erinnern?«, fragte Catherine Partenay in die Runde.

»Ha! Die Geschichte ist wirklich gut«, sagte Carbonel sarkastisch, während er umständlich ein Stück Hähnchenbrust herunterschnitt. »Erzähl sie dem Jungen.«

»Vor zwei Jahren habe ich meiner Pfarrkirche einen Kerzenleuchter gestiftet«, erklärte Catherine. »Ich ließ ihn in Metz anfertigen, für vier Pfund Silber, damit Pater Balian jedes Jahr eine Seelenmesse für meinen Mann liest. Letzten Sommer sehe ich Martel mit dem Leuchter aus der Kirche spazieren. Als ich ihn nach dem Grund dafür fragte, erklärte er, er bringe den Leuchter zur Münze, damit er eingeschmolzen werde, denn das Bistum brauche Geld.«

Michel war sprachlos. Dass ein Bischof, ein Mann der Kirche, so wenig Respekt vor den Toten und ihren Hinterbliebenen zeigte, ging ihm über den Verstand.

»Wir könnten Euch noch mehr solcher Geschichten erzählen«, meinte Travère, »aber ich fürchte, dann sitzen wir bis morgen früh hier.«

»Als Ulman Bischof wurde, ist das Leben in Varennes hart geworden, sehr hart, aber man könnte es gerade noch ertragen, wenn de Guillory nicht wäre.« Carbonel fuchtelte aufgebracht mit seinem Messer herum. »Ich bin ein alter Mann, der viel gesehen hat, und ich sage euch: Der Kerl ist kein Mensch, sondern ein Geschöpf Satans!«

Wenngleich die anderen de Guillory nicht für einen leibhaftigen Teufel hielten, stimmten sie doch mit Carbonel überein, dass der Ritter wahrhaftig Varennes' Geißel war. Aufgebracht erzählten sie, wie de Guillory sie unentwegt demütigte und tyrannisierte. Ihr Ärger und ihre Verbitterung strömten nur so aus ihnen heraus, und sie redeten sich allmählich in Rage.

»Die Frage ist«, unterbrach Michel nach einer Weile die aufgebrachten Stimmen, »was unternehmen wir dagegen? Wie schaffen wir es, das Leben für uns Kaufleute wieder erträglich zu machen?«

»Wir brauchen mehr Einfluss in der Stadt!«, rief Duval. Sein Gesicht war wieder einmal vom Weingenuss gerötet; er trank bereits seinen zweiten oder dritten Becher. »Bischof Ulman muss der Gilde mehr Rechte gewähren. Zum Beispiel ein Mitspracherecht beim Münzwesen, damit endlich die ständigen Geldentwertungen aufhören.«

»Das sagt sich so leicht«, wandte Travère ein, der ein sanftmütiges Wesen hatte, obwohl er ein kräftiger Mann war. Sein dunkelbraunes, lockiges Haupthaar ging in einen dichten, aber gepflegten Vollbart über, durch den er mit den Fingern fuhr, wenn er nachdenklicher Stimmung war. »Aber was ist mit Géroux und seinen Leuten? Solange sie die Gilde kontrollieren, wird sich nie etwas ändern.«

»Dann wird es eben Zeit, dass wir den Ministerialen den Kampf ansagen und ihren Einfluss in der Gilde zurückdrängen«, erwiderte Michel.

»Und wie? Etwa mit Gewalt?«, fragte Catherine. »Ich weiß, mich juckt es auch manchmal in den Fingern, Géroux aus dem Fenster zu werfen. Aber mal angenommen, wir jagen ihn und seine Freunde aus der Stadt – was würde dann geschehen? Es gäbe Mord und Totschlag.«

»Nein, Gewalt ist keine Lösung«, stimmte Michel der Kauffrau zu. »Wenn wir in den Kampf ziehen, dann nicht mit Schwertern und Lanzen, sondern mit den Tugenden, die einen guten Kaufmann ausmachen: mit Klugheit, Mut und Unternehmergeist.«

»Ich hab's euch ja gesagt«, meinte Carbonel und präsentierte ein nahezu zahnloses Grinsen. »Der Junge hat es faustdick hinter den Ohren. Mit ihm werden wir es weit bringen.«

Marc Travère teilte die Euphorie des Alten nicht. »Trotzdem dürfte das äußerst schwierig werden«, gab er zu bedenken. »Dass Géroux seit über zehn Jahren unangefochten Gildemeister ist, hat schließlich seinen Grund. Er hat sich nach allen Seiten abgesichert; Leute von sich abhängig gemacht; andere eingeschüchtert. Wenn wir ihn herausfordern, steht uns ein erbitterter Machtkampf bevor.«

»Ich sage ja nicht, dass es einfach wird. Aber wenn wir nichts riskieren, wird sich nie etwas ändern.« Michel blickte in die Runde und erkannte, dass er seine Gäste noch lange nicht überzeugt hatte, abgesehen vielleicht von Carbonel. Es war dieselbe Verzagtheit, die er schon bei der Gildeversammlung gespürt hatte – die die Schwurbrüder seit Jahren davon abhielt, für ihr Recht einzustehen. Er musste seinen Zuhörern etwas bieten, was sie die Furcht vor Géroux vergessen ließ. Was ihnen neue Zuversicht einflößte.

In den letzten Wochen hatte er oft darüber nachgedacht, welches Potenzial Varennes besaß. Obwohl seine Heimatstadt klein war, verfügte sie über alle Voraussetzungen für eine goldene Zukunft: einen wichtigen Handelsweg, eine traditionsreiche Gilde, tatkräftige Kaufleute und Bürger. Und doch lagen ihre Möglichkeiten ungenutzt brach – ein Zustand, mit dem er sich nicht länger abfinden wollte. Plötzlich wurde ihm klar, dass er viel großartiger dachte als Gaspard und die anwesenden Kaufleute: Es genügte ihm nicht, Bischof Ulman ein paar Rechte abzutrotzen. Er wollte mehr. Viel mehr.

»Überlegt doch, was aus unserer Stadt werden könnte. Stellt euch vor, welche Zukunft wir haben könnten, wenn wir nur den Mut hätten, unser Schicksal in die eigenen Hände zu nehmen«, begann er. »Lasst mich euch von Mailand erzählen. Ich habe dort Dinge gesehen, die ihr euch nicht vorstellen könnt. Schwindelerregende Größe, unvorstellbaren Reichtum – und noch viel mehr. Mailand hat beharrlich Kaiser und Kirche getrotzt, bis es endlich seine Eigenständigkeit errungen hat. Dort herrscht Freiheit – wahre Freiheit. Es gibt keine erdrückenden Zölle und Marktgebühren. Keine Gesetze, die nur den Herrschenden dienen. Keine Adligen und Bischöfe, die den Menschen das Leben schwermachen. Und warum? Weil alle Macht in den Händen der Bürger liegt. Sie allein bestimmen über die Höhe der Steuern, über die Besetzung wichtiger Ämter, sogar über Krieg und Frieden. So kommt der Reichtum der Stadt allen zugute. Sämtliche Straßen sind gepflastert. Niemand muss Hunger leiden. Die Kinder, und nicht nur die der Patrizier, können öffentliche Schulen besuchen und lesen und schreiben lernen. Wer krank ist, bekommt ein Bett in einem städtischen Spital und wird von einem gelehrten Medicus behandelt, für nur wenige Pfennige am Tag. Ich glaube, ich übertreibe nicht, wenn ich sage, dass es keinen Ort auf Erden gibt, der dem Paradies näherkommt.«

Er hatte sich von seinem Platz erhoben und spürte, dass sich seine Begeisterung auf seine Zuhörer übertrug, während er sprach. Gewiss, er war ein guter Redner, doch damit allein ließ sich nicht erklären, warum die vier Kaufleute plötzlich derart an seinen Lippen hingen. Just in diesem Moment geschah etwas Seltsames, beinahe Magisches im Saal: Ein Traum wurde geboren. Vor wenigen Minuten noch hatte Michel selbst nichts von seiner Existenz geahnt – doch jetzt war er auf einmal da. Gleißend und verheißungsvoll wie eine Vision.

»All das kann auch Varennes erreichen«, fuhr er fort. »Aber nur, wenn wir mutig sind. Wenn wir keine Mühen scheuen und niemals vor unseren Feinden weichen, kann unsere Stadt eines

Tages wie Mailand werden – zu einem Ort der Freiheit und Vernunft, des Wohlstands und der Sicherheit. Wir müssen es nur wollen.«

Im Saal war es so still, dass man eine Nadel hätte fallen hören.

»Glaubt Ihr wirklich, dass wir das schaffen könnten?«, fragte Marc Travère schließlich.

»Ja«, antwortete Michel voller Überzeugung. »Das glaube ich.«

Die Augen seiner Gäste leuchteten. Wo eben noch Zweifel und Kleinmut gewesen waren, spürte er nun Hoffnung und Tatendrang.

»Wie gehen wir jetzt vor?«, fragte Duval.

»Wann ist die nächste Zusammenkunft der Schwurbrüder?«

»Wenn ich mich nicht irre, Anfang September, wenn alle aus Troyes zurück sind«, antwortete Catherine.

Carbonel zog ein zerknittertes Stück Pergament aus seinem Ärmel, hielt es sich wenige Fingerbreit vors Gesicht und starrte mit zusammengekniffenen Augen darauf. »Zwei Tage vor Mariae Geburt, habe ich mir aufgeschrieben. Das stimmt doch, oder?« Travère, dem er das Pergament hinhielt, nickte.

»In sechs Wochen also«, sagte Michel. »Gut. Das lässt uns ausreichend Zeit.«

»Um was zu tun?«, fragte Catherine.

»Alles dafür vorzubereiten, Géroux abzuwählen.«

»Geht das denn so einfach?«, erkundigte sich Travère. »Die nächste Wahl ist doch erst im Mai.«

Michel blickte Duval an, der neben Carbonel von rechtlichen Fragen am meisten verstand.

»Der Gildemeister wird normalerweise für zwei Jahre gewählt«, erklärte dieser. »Aber die Statuten erlauben ausdrücklich, dass er vor Ablauf seiner Amtszeit abgewählt werden kann, wenn er zum Schaden der Gilde handelt – wobei es genügt, wenn ihm ein Schwurbruder das Misstrauen ausspricht.«

»Das mache ich«, meinte Carbonel. »So eine Gelegenheit lasse ich mir nicht entgehen.«

»So brauchen wir nur noch jemanden, der bei der Wahl für uns antritt«, sagte Travère.

»Es dürfte wohl klar sein, wen wir aufstellen.« Catherine blickte Michel an. »Ohne Herrn de Fleury hätten wir schließlich nie den Mut gefunden, endlich zu handeln.«

Michel hatte damit gerechnet, dass sie diesen Vorschlag machen würde. Er bezweifelte jedoch, dass das ihrer Sache dienlich wäre. »Ich glaube nicht, dass das klug wäre. Ich bin gerade erst in die Gilde eingetreten. Gildemeister sollte ein Schwurbruder werden, der schon lange Mitglied ist, Charles oder Abaëlard.«

»Ich war schon einmal Gildemeister – vor gut dreißig Jahren«, sagte der Alte. »Diesen Ärger tue ich mir nicht noch einmal an.«

»Und ich bin dafür nicht geschaffen«, gab Duval unumwunden zu. »Ich bin kein besonders guter Redner. Wir brauchen aber jemanden, der andere für seine Ideen begeistern kann – einen Mann wie Euch.«

»Aber die anderen kennen mich kaum«, sagte Michel. »Warum sollten sie mich wählen? Außerdem bin ich zu jung für solch ein Amt.«

»Dass Ihr der Gilde noch nicht lange angehört, ist vielleicht Euer größter Vorteil«, erklärte Catherine. »Die Gilde ist ein kompliziertes Geflecht aus Freundschaften und Rivalitäten. Wir vier sind zu sehr darin verstrickt. Jeder von uns hat Gegner und Neider, die um jeden Preis verhindern würden, dass wir Gildemeister werden – selbst wenn sie dafür Géroux wählen müssten. Den anderen Schwurbrüdern geht es ähnlich. Ihr dagegen seid ein unbeschriebenes Blatt. Ihr hattet noch keine Gelegenheit, Euch Feinde zu schaffen.«.

»Einige Schwurbrüder haben bei den letzten Wahlen ihre Stimme nur deshalb Géroux gegeben, weil sie ihn für das kleinere Übel hielten«, ergänzte Duval. »Ich bin sicher, dass sie diesmal für Euch stimmen werden.«

»Und fang ja nicht an, dich mit deiner Jugend herauszureden«, sagte Carbonel. »Nirgendwo in den Statuten steht etwas von einem Mindestalter. Thierry Vanchelle, Raouls Urgroßvater, war gerade einmal zwei Wochen mündig, als er anno siebenunddreißig zum Gildemeister gewählt wurde. Und er hat seine Sache gut gemacht, bis ihn ein Jahr später in den Vogesen Wölfe gefressen haben, Gott hab den armen Jungen selig.«

Michel gab sich geschlagen. Er konnte nicht große Reden schwingen und anschließend nicht bereit sein, Verantwortung zu übernehmen. »Also gut. Wenn Ihr der Meinung seid, dass ich geeignet bin, dann mache ich es.«

Catherine lächelte. »Ich bin sicher, Ihr werdet ein hervorragender Gildemeister.«

Die anderen taten ihre Zustimmung kund. Michel hoffte, dass er ihre Erwartungen nicht enttäuschte. Denn wenn er in sechs Wochen Hilfe suchend vor die Gilde würde treten müssen, weil er keinen einzigen Sou mehr hatte, brauchte er gar nicht erst zur Wahl anzutreten. Kein Kaufmann, der bei Vernunft war, würde für einen bankrotten Schwurbruder stimmen. »Dann sollten wir jetzt überlegen, wie ich es schaffe, eine Mehrheit zu bekommen«, sagte er und wandte sich an Duval. »Wie läuft die Wahl ab?«

»Das Verfahren ist ganz einfach. Jeder Schwurbruder hat eine Stimme. Ein neuer Gildemeister braucht eine einfache Mehrheit, bei achtzehn Mitgliedern also zehn Stimmen. Stellt sich ein alter Gildemeister erneut zur Wahl, ist das Verfahren etwas anders. Dann genügt es, wenn er eine Stimme mehr als ein möglicher Herausforderer hat, mindestens aber ein Drittel. Kaiser Otto wollte auf diese Weise für Beständigkeit sorgen und verhindern, dass die Gilde zerbricht, weil sie sich nicht auf einen Vorsteher einigen kann. Dank dieser Regelung hat Géroux es in den letzten Jahren ständig geschafft, mit nur sechs oder sieben Stimmen wiedergewählt zu werden, da sich der Rest nicht auf einen Herausforderer einigen konnte.«

»Ich bräuchte also nur eine Stimme mehr als Géroux, um zu gewinnen«, sagte Michel.

Duval nickte. »Ein Patt reicht nicht. Bei einem Unentschieden bleibt der alte Meister im Amt.«

»Darf ich mich selbst wählen?«

»Natürlich. Géroux macht das immer so.«

»Dann hätte ich jetzt mindestens fünf Stimmen. Wer hat bei den letzten Wahlen alles für Géroux gestimmt?«

»Natürlich Laval, de Brette und die Nemours-Brüder«, erklärte Travère. »Außerdem Baffour und d'Alsace.«

»Bleiben noch Fabre, Melville, Caron, Baudouin, Pérouse und Vanchelle«, sagte Catherine. »Es sollte nicht schwer sein, drei von ihnen zu überzeugen, für Euch zu stimmen. Ich rede mit Pierre, während wir in Troyes sind. Ich denke, ich kann ihn dazu bringen, sich uns anzuschließen.«

»Und ich knöpfe mir Raymond vor«, verkündete Carbonel. »Der Bursche hat schon oft mit mir zusammengearbeitet. Er wird auf mich hören.«

Michel kannte weder Pierre Melville noch Raymond Fabre sonderlich gut und vermochte daher Catherines und Carbonels Erfolgsaussichten nicht einzuschätzen. Der schöne Pierre war sehr von sich eingenommen und stand gern im Mittelpunkt. Würde er sich dazu herablassen, für einen Mann zu stimmen, der nicht Pierre Melville hieß?

»Stimmt etwas nicht?«, fragte Catherine, die seine zweifelnde Miene bemerkte.

»Glaubt ihr, dass Melville bereit sein wird, sich mir unterzuordnen? Er scheint mir eher ein Mann zu sein, der selbst gern Gildemeister wäre.«

»Würde mich wundern«, erwiderte Travère. »Er hat sich zwar schon einmal zur Wahl gestellt, aber das ist fünf Jahre her, und seitdem hat er es nicht noch einmal versucht.«

»Ich glaube, Ihr schätzt ihn falsch ein«, sagte Catherine. »Er mag eitel sein, aber er ist vernünftig, glaubt mir. Ich kenne ihn schon viele Jahre. Und er kann Géroux so wenig ausstehen wie wir.«

»Wenn Ihr Caron überzeugt«, wandte sich Duval an Michel, »kann nichts mehr schiefgehen. Wenn er für Euch stimmt, tun das gewiss auch Baudouin, Pérouse und Vanchelle, und dann wäre uns der Sieg sicher.«

Michel wünschte, er könnte einschätzen, was Gaspard von ihren Absichten halten würde. Würde er ihnen helfen? Oder würde er verärgert sein, weil Michel eigene Pläne verfolgte, statt seine zu unterstützen?

Es wird sich zeigen.

Er hatte sich vorgenommen, Gaspard einzuweihen, sowie sie einen tragfähigen Plan erarbeitet hatten – und das war nun der Fall.

»Ich rede mit ihm, sobald ich aus Troyes zurück bin.«

»Sehr gut, sehr gut«, frohlockte Carbonel. »Wenn nur schon September wäre. Ich kann es kaum erwarten, Jaufré endlich zum Teufel zu jagen.«

Sie einigten sich darauf, drei Tage vor der Gildeversammlung erneut zusammenzukommen, um die letzten Vorbereitungen für die Wahl zu treffen.

Kurz darauf brachte Michel seine Gäste zur Tür. Nachdem sie gegangen waren, blickte er zu Géroux' Haus neben der städtischen Münze. In einem Fenster unter dem Dach brannte noch Licht, und im Kerzenschein regte sich ein Schatten: Géroux, der zu später Stunde in seiner Schreibstube arbeitete, Menschenleben in klingende Münze verwandelte und nicht ahnte, dass nur ein Steinwurf entfernt der Sohn eines Hörigen gerade seinen Sturz vorbereitete.

Mit einem dünnen Lächeln auf den Lippen schloss Michel die Tür und stieg die Treppe hinauf.

Juli und August 1187

Troyes

In den nächsten Tagen brachen fast alle Mitglieder der Gilde nach Troyes auf. Die meisten Schwurbrüder reisten in Gruppen, da sich auf diese Weise Warentransport und Geleitschutz besser und billiger organisieren ließen. Michel und Jean schlossen sich der ersten Gruppe an, die nach Frankreich aufbrach. Außer Charles Duval und Marc Travère gehörte ihr Fromony Baffour an, ein überängstlicher Mann, der sich immerzu Sorgen machte und hinter jeder Ecke dräuendes Unglück wähnte. Nachdem sie sich feierlich gegenseitigen Beistand und brüderliche Waffenhilfe geschworen hatten, machten sie sich in aller Frühe auf den Weg.

Troyes war eine Stadt in der Champagne und lag sechs bis sieben Tagesreisen westlich von Varennes. Im Juli und August und noch einmal im November und Dezember fand dort eine der Champagne-Messen statt, die sechsmal im Jahr in verschiedenen Städten abgehalten wurden – neben Troyes in Provins, Bar-sur-Aube und Lagny-sur-Marne. Seit über hundert Jahren waren diese Märkte bedeutende Handelsplätze des westlichen Abendlandes, die nicht nur von französischen und lothringischen Kaufleuten besucht wurden, sondern auch von Deutschen, Flamen, Engländern, Dänen, Lombarden und Toskanern. Sogar Spanier und Byzantiner nahmen die weite Reise auf sich, um hier Geschäfte zu machen. Die Messen standen unter der Schirmherrschaft des Grafen von Blois, eines mächtigen Fürsten und Vasallen des französischen Königs. Der Graf garantierte allen

Besuchern sichere An- und Abreise, schützte den Marktfrieden und sprach Recht, wenn es bei einem Geschäft zu Streit kam.

Die Sankt-Johannes-Messe von Troyes spielte sich hauptsächlich auf einer Wiese außerhalb der Stadtmauern ab, wo Hunderte Kaufleute Stände aufbauten und ihre Waren feilboten. Es gab nichts, was es nicht gab: Gewürze aus aller Welt, Vieh, Rassepferde, Schlachtrösser, Waffen und Rüstungen, exotische Früchte, Wein, erlesene Tuche, englische Wolle, Alaun und Sandelholz vom Schwarzen Meer, Leder aus Córdoba, Elfenbein aus Afrika, Sklaven aus Outremer. Der Durstige fand an jeder Ecke billiges Bier und teuren Burgunder, der Hungrige überall Garküchen, die Gerstenbrei und gekochtes Fleisch verkauften. Wer müde von den Geschäften des Tages war, konnte sich in den Badehäusern der Stadt entspannen. Wen die Fleischeslust quälte, dem boten zahllose Huren ihre Dienste an.

Michel war mit großen Hoffnungen nach Troyes gereist. Würde in der Champagne endlich das Glück zu ihnen kommen – oder blieben sie vom Pech verfolgt? Er war nicht wenig nervös, als Jean und er den Marktzoll bezahlten und sich von einer Messewache zu ihrem Stand führen ließen. In den nächsten Wochen würde sich entscheiden, ob ihr Geschäft den Sommer überlebte. Scheiterten sie, blühten ihnen Ruin, Armut und Schmach.

»Ihr seid das erste Mal ohne Euren Vater in Troyes, deshalb ist eine Warnung angebracht«, sagte Fromony Baffour. »Anfangs werdet Ihr es schwer haben, Käufer für Eure Waren zu finden. Die Makler der großen Gilden und die Truchsesse der Fürstenhäuser haben für Neulinge nur Argwohn übrig. Es wird dauern, bis Ihr ihr Vertrauen gewonnen habt. Man wird versuchen, Euch Geschäfte vor der Nase wegzuschnappen, Euch zu betrügen und über den Tisch zu ziehen. Also seid immer auf der Hut. Und beobachtet vor allem Angebot und Nachfrage. Es wäre nicht das erste Mal, dass die großen Handelsgesellschaften aus Metz und Nancy den Markt mit Salz überschwemmen.

Betet, dass nichts dergleichen geschieht, sonst werden die Preise ins Bodenlose fallen.«

Michel betete in der Tat, als sie ihren Ochsen über die Wiese führten, vorbei an den Zelten und Verkaufsständen. *Bitte lass uns diesmal Erfolg haben*, flehte er den Himmel an. *Wenn ich drei Fässer verkaufe, spende ich dem Spital der Abtei Longchamp Brot für eine Woche. Wenn ich alle sechs loswerde, sogar für zwei.*

Doch schon am ersten Tag zeigte sich, dass es keinerlei Grund zur Sorge gab. Kaum hatten Jean und er ihre Fässer abgeladen, strömten die ersten Käufer herbei und rissen ihnen das Salz buchstäblich aus den Händen. Die Gerüchte die hohe Salznachfrage betreffend waren nicht übertrieben gewesen. Die Preise, die vor allem Burgunder und Engländer boten, übertrafen ihre kühnsten Erwartungen. Ein Londoner Kaufmann zahlte ihnen gar zehn Silberpennys pro Fuder, so verzweifelt brauchte er das Salz in der Heimat.

Niemand scherte sich darum, dass sie Neulinge waren; kein mächtiger Rivale machte ihnen Kunden abspenstig oder versuchte, ihnen zu schaden. Michel erlangte schon bald seine ihm eigene Zuversicht zurück und stürzte sich mit Feuereifer in die Arbeit. Er beschloss, nie wieder mit einer Gruppe zu reisen, der Fromony Baffour angehörte. Dieser Mann mit seiner Schwarzseherei hatte ihm jegliche Courage geraubt.

Die Geschäfte gingen so gut, dass sie schon nach fünf Tagen ihre gesamte Ware verkauft hatten. Von einem Teil ihres Erlöses aus dem Salzhandel deckten sie sich mit Handelsgütern aus fernen Ländern ein, die an der Mosel wegen ihrer Seltenheit begehrt waren. Sie kauften Zimt und Weihrauch aus den Kreuzfahrerstaaten, außerdem Pfeffer, Olivenöl, Teer und zwei Ballen Seide, luden alles auf den Wagen und kehrten zügig in die Heimat zurück, ohne Duval und die anderen, die noch auf der Messe blieben. In Varennes übergaben sie die Waren Isoré Le Roux, der sie auf dem hiesigen Markt feilbot, und erwarben vom Rest des Gewinns neues Salz, zehn Fässer diesmal, mit denen sie abermals nach Troyes aufbrachen. Auch das verkauften sie im Nu, sodass ihre Schatullen prall gefüllt waren, als sie eine Woche später Troyes endgültig den Rücken kehrten.

Auf dem Rückweg machten sie einen Abstecher nach Épinal, denn Michel wollte endlich seine Schwester Vivienne wiedersehen und seinen Schwager Bernier kennenlernen. Die Überraschung glückte: Vivienne weinte vor Freude, als Michel und Jean vor ihrer Tür standen, und sie veranstaltete spontan ein üppiges Festessen für ihre Brüder. Sie war zu einer schönen Frau herangereift und erwartete zu Michels Freude ihr erstes Kind – ihr Bauch wölbte sich bereits. Bernier war genauso freundlich, wie Jean ihn geschildert hatte, und in seinem Haus verbrachten sie drei angenehme Tage. Bevor sie schließlich nach Norden weiterreisten, nahmen sie Vivienne und ihrem Gatten das Versprechen ab, sie zu besuchen, sowie ihr Kind geboren war.

In Varennes berichtete ihnen Le Roux stolz, er habe bereits alle Güter aus Troyes verkauft – es sei ein Kinderspiel gewesen, für diese Luxusgüter Käufer zu finden. Dabei überreichte er ihnen eine Geldkatze voller Sous und Deniers. Als Michel später seine Barschaft zählte, kam er auf einen Reingewinn von fast achtzehn Pfund Silber. Damit hatten sie nicht nur die klaffenden Löcher in der Familienkasse gestopft – Jean und er waren fürs Erste alle Geldsorgen los. An jenem Abend feierten sie ihren Erfolg in der besten Schenke der Stadt und tranken so viel, dass zwei Freunde Jeans sie spät in der Nacht nach Hause tragen mussten.

Zum ersten Mal in seinem Leben fühlte sich Michel wie ein richtiger Kaufmann. Doch bei allem Stolz auf seine Leistung vergaß er nie, wem er sein geschäftliches Glück verdankte. Am nächsten Morgen ging er zur Abtei Longchamp und löste das Versprechen ein, das er Gott gegeben hatte, indem er dem Spital der Brüder reichlich Brot und Kleider spendete.

Obwohl sein Almosen überaus großzügig ausfiel und geradezu ein Beispiel für die Mildtätigkeit eines Kaufmannes war, erwähnte Bischof Ulman es bei der nächsten Sonntagsmesse mit keinem Wort. Jaufré Géroux hingegen lobte er für seine Barmherzigkeit: Der Sklavenhändler hatte dem Leprosorium jüngst zwei Sous gespendet.

August 1187

Varennes-Saint-Jacques

Nach der anstrengenden Reise zur Sankt-Johannes-Messe ließ Michel es ruhig angehen. Er brachte seine Aufzeichnungen auf den neuesten Stand und ritt eines Morgens zu Nicolas de Bézenne, dessen Landgut in den Hügeln östlich der Saline lag. Sein Vater hatte den Ritter regelmäßig mit Salz, Kerzenwachs, Pergament und anderen Gütern beliefert. Um die lukrative geschäftliche Beziehung aufzufrischen, schenkte Michel de Bézenne ein kleines Fass mit Burgunderwein. Während sie zusammensaßen und einen Becher davon tranken, klagte ihm der Ritter sein Leid wegen seines Erzfeindes Aristide de Guillory, mit dem er in den vergangenen anderthalb Jahren ständig in Fehde gelegen hatte. Nun drohte ihm neuer Zwist.

»Weshalb diesmal?«, erkundigte sich Michel.

»Weil er ein Hurensohn ist«, antwortete de Bézenne. »Und ein schlechter Verlierer dazu. Ich habe ihn neulich beim Turnier besiegt – er war betrunken und hat sich wie ein Anfänger aus dem Sattel stoßen lassen. Anschließend hat er überall herumerzählt, ich hätte betrogen und eine zu lange Lanze benutzt. Sogar dem Herzog hat er diesen Humbug aufgetischt. Ich habe ihn einen Lügner genannt, und jetzt will er, dass ich ihn auf Knien um Verzeihung anflehe. Ich habe ihm gesagt, dass ich lieber meine Stiefelsohlen ablecken würde, als mich bei ihm zu entschuldigen. Jetzt warte ich darauf, dass er mir die Fehde erklärt. Wie ich diesen hirnlosen Narren kenne, lässt er es darauf ankommen.«

»Wieso bringt Herzog Simon ihn nicht zur Vernunft?«

De Bézenne schnaubte. »Simon ist auf beiden Augen blind, wenn es um seinen liebsten Vasallen geht. Nun, soll er kommen. Ich habe ihn schon zweimal mit blutender Nase nach Hause geschickt – ich werde ihn auch ein drittes Mal schlagen.«

Die Abende verbrachte Michel mit Isabelle. Jeden Tag zur Vesper holte er sie zu Hause ab, und sie machten lange Spaziergänge an der Mosel, beobachteten die Schwäne auf dem Wasser oder saßen am Ufer, bis die Sonne hinter den Hügeln versank.

»Ich fürchte, unsere Anstandsdame ist gerade in einen Kuhfladen getreten«, sagte Michel eines Abends, als sie am Waldrand entlangschlenderten.

Isabelle wandte sich zu Alice um, die ihren Schuh ausgezogen hatte und ihn fluchend im Gras abwischte. »Armes Kind.«

»Jetzt klebt ihr die Scheiße sogar an der Wange«, stellte er grinsend fest.

»Sei nicht so gemein«, sagte Isabelle, obwohl auch sie sich ein Lächeln nicht verkneifen konnte. »Alice, brauchst du Hilfe?«

»Es geht schon, Herrin«, rief die Magd.

»Jetzt auch an der anderen Wange. Man kann dieses Elend ja kaum mit ansehen. So leid es mir tut, aber du musst sie wohl nach Hause schicken, damit sie sich waschen kann.«

»Du weißt, dass das nicht geht. Mutter hat ihr strikte Anweisungen gegeben, uns nicht aus den Augen lassen.«

Zu Michels Verdruss war die Magd fest entschlossen, den Anstand mit allen Mitteln zu wahren. Dabei wünschte er sich nichts mehr, als Isabelle noch einmal zu küssen wie an jenem Mittag hinter dem Brunnen. »Alice, Vorsicht, ein Feuer speiender Lindwurm!«, rief er. »Schnell in Deckung!«

Alices Kopf schnellte in den Nacken, sie strauchelte und fiel beinahe in den Matsch. »Was? Wo denn?«

Rasch ergriff Michel Isabelles Hand und lief mit ihr zum Unterholz, wo sie ins Gebüsch schlüpften.

»Michel!«, lachte Isabelle. »Das arme Mädchen …«

Er zog sie an sich, und sie küssten sich.

Ihre Lippen hatten sich kaum berührt, als Alice durch die Sträucher brach, Kuhdreck an Armen und Wangen. Die Magd stemmte beide Fäuste in die Seiten und blickte sie strafend an.

»Einen Versuch war es wert, oder?«, bemerkte Michel.

Es wurde allmählich dunkel, als Michel sie nach Hause brachte.

»Bis übermorgen?«, fragte er vor ihrer Tür.

»Bis übermorgen.« Isabelle lächelte.

Er nahm ihre Hand und hauchte einen Kuss darauf. Seine Augen blitzten, bevor er sich verabschiedete und zu seinem Haus auf der anderen Seite des Domplatzes schritt. Isabelle blickte ihm nach, bis er die Tür hinter sich geschlossen hatte. Dann nahm sie einen tiefen Atemzug und ging hinein.

»Braucht Ihr mich heute Abend noch?«, fragte Alice.

»Nein. Geh dich waschen.«

»Habt Dank, Herrin.«

Während die Magd zu den Gesindequartieren eilte, betrat Isabelle die Stube, wo ihre Mutter und Lutisse saßen und stickten. Sie waren allein, denn Gaspard weilte noch in Troyes.

»Da bist du ja endlich«, sagte Marie. »So geht das nicht weiter, Isabelle. Morgen werde ich Herrn Michel sagen, dass er dich in Zukunft früher nach Hause bringen soll. Diese Spaziergänge zu später Stunde gehören sich nicht. Es ist ja schon fast dunkel. Außerdem hast du schon wieder das Essen verpasst.«

»Ist noch etwas da?«

»Wir haben dir Brot, Käse und etwas Wurst aufgehoben. Warte. Ich rufe Olive.«

»Lass. Ich gehe selbst.«

In der Küche fand Isabelle eine Platte mit den Speisen. Sie hatte noch keine zwei Bissen gegessen, als Lutisse hereinkam und sich zu ihr setzte.

»Jetzt erzähl schon. Wie war es?«

Lutisses Neugier war schrecklich. Nach jedem Treffen mit Michel erwartete sie einen umfassenden Bericht.

»Nett«, sagte Isabelle kauend.

»Komm. Es war bestimmt mehr als nett. Hat er dich wieder geküsst?«

»Du bist unmöglich. Ja, wir haben uns geküsst. Bist du jetzt zufrieden?« In den Augen ihrer Schwägerin erschien ein Glitzern, das sie nur zu gut kannte. »Was?«

»Habt ihr euch nur geküsst? Oder ist noch ein bisschen mehr passiert?«

»Michel weiß, was sich gehört. Er war wie immer sehr anständig.«

»Du hast ihm also nicht erlaubt, deine Brüste zu berühren?«

»Lutisse!«

Ihre Schwägerin grinste schmutzig. »Als mich dein Bruder das dritte Mal besuchte und wir ungestört waren, habe ich ihm gestattet, seine Hand unter mein Gewand zu schieben. Nur ganz kurz natürlich. Eine Frau braucht sich nicht für ihre Vorzüge zu schämen – hör nicht auf das, was die Kirche sagt. Und sie sollte nicht damit hinter dem Berg halten, wenn sie einen Mann erobern will.«

Immer, wenn Lutisse von ihrem und Gaspards Liebesleben anfing, verspürte Isabelle das Bedürfnis, sich die Ohren zuzuhalten. »Hab Gnade und erspar mir die Einzelheiten.«

»Also – hast du?«

»Natürlich nicht. Alice war die ganze Zeit dabei.«

»Ich werde mit deiner Mutter reden. Sie ist zu vorsichtig. Wie wollt ihr euch richtig kennenlernen, wenn immerzu jemand auf euch aufpasst? Überhaupt sorgt sie sich viel zu sehr um deine Tugend. Eine Frau muss Erfahrungen sammeln, bevor sie in die Ehe geht.«

Isabelle stöhnte. »Bitte fang nicht wieder damit an.«

Lutisse rückte nah an sie heran. »Du hast mir nie erzählt, ob du noch Jungfrau bist.«

»Ich muss jetzt essen und kann dir leider nicht antworten.«

Ihre Schwägerin ließ nicht locker. »Bevor dein Bruder um mich warb, traf ich mich eine Weile mit einem Schustergesellen – Fluvant war sein Name. Am Anfang haben wir uns nur ein wenig angefasst, aber irgendwann wollten wir es richtig machen. Natürlich haben wir aufgepasst – das Letzte, was wir wollten, war ein Kind. Ich sage dir, es war herrlich. Du solltest es auch versuchen. Die Männer behaupten zwar immer, dass sie eine Jungfrau heiraten wollen, aber in Wahrheit ist ihnen eine Frau mit Erfahrung hundertmal lieber. Dein Bruder hat sich in unserer Hochzeitsnacht jedenfalls nicht beschwert. Isst du nichts mehr?«, fragte Lutisse, als sie den Brotkanten hinlegte.

»Irgendwie ist mir gerade der Appetit vergangen. Ich gehe jetzt zu Bett.«

»Du hast meine Frage nicht beantwortet.«

»Gute Nacht, Lutisse«, flötete Isabelle und ließ ihre Schwägerin stehen.

Als sie wenig später auf ihrer Schlafstatt lag, lachte sie leise in sich hinein. Lutisse war eine Seele von Mensch, eine gütige Person und eine wunderbare Frau – und gleichzeitig das verdorbenste Weibsstück, das sie kannte. Aber mit einem hatte ihre Schwägerin recht: Eine Frau tat gut daran, Erfahrungen zu sammeln. Niemand wusste das besser als Isabelle.

Es war vor gut einem Jahr gewesen, dass sie Aleaume kennengelernt hatte. Aleaume war ein Ritter aus der Normandie, ein paar Jahre älter als sie, der auf dem Weg ins Heilige Land gewesen war, um für das Königreich Jerusalem gegen die Sarazenen zu kämpfen. Allzu eilig hatte er es mit seinem Kreuzzug jedoch nicht gehabt, und so war er einige Wochen in Varennes geblieben, um den Sommer an der Mosel zu genießen.

Isabelle nannte ihn insgeheim »den ersten Versuch«.

Sie erinnerte sich noch genau an ihre erste Begegnung. Es war auf dem Viehmarkt gewesen, wo die Stadtbauern den Gründungstag ihrer Bruderschaft gefeiert hatten. Fast die halbe Stadt hatte sich auf der Wiese vor der Gerichtslinde vergnügt, sich an billigem Bier und Schweinebraten gelabt und verschiedene Wettkämpfe ausgetragen. Isabelle langweilte sich bald, denn Gaspard hatte wieder einmal nichts Besseres zu tun, als sich den ganzen Morgen mit Pérouse, Vanchelle und Baudouin über den Bischof, das Domkapitel und die Ministerialen zu ereifern. Als es ihr zu dumm wurde, setzte sie sich von ihrer Familie ab und machte einen Spaziergang über die Festwiese.

Am Flussufer maßen sich die Männer der Bruderschaften im Ringen. In den Vorjahren hatten stets Raymond Fabre, Jean Caboche von der Bruderschaft der Schmiede oder der älteste Sohn von Archambaud Leblanc den Wettkampf für sich entschieden. Diesmal jedoch waren sie alle chancenlos. Ein breitschultriger Kerl mit wildem blondem Haar und ansteckendem Lachen bezwang jeden von ihnen mit wenigen Griffen, selbst Caboche, der als der stärkste Mann Varennes' galt. Schweiß glitzerte auf seinen Armen und den Brustmuskeln, während er seine Gegner zu Boden rang. Isabelle konnte nicht anders, als ihm eine Stunde lang zuzuschauen. Der Fremde sah nicht übermäßig gut aus – und doch fühlte sie sich zu ihm hingezogen, auf eine Art und Weise, wie sie es nie zuvor erlebt hatte.

Natürlich blieben ihre Blicke nicht unbemerkt. Nachdem er den Sieg davongetragen hatte, kam er zu ihr. »Aleaume de Barentin«, stellte er sich vor, und seine grünen Augen glitzerten. »Mit wem habe ich das Vergnügen?«

Isabelle nannte ihm ihren Namen, woraufhin er sich verneigte und ihr die Hand küsste. »Erlaubt mir, dass ich Euch diesen Sieg schenke, schöne Dame. Gewährt Ihr mir im Gegenzug diesen Tag?«

Isabelle willigte ein: weil sie dieses alberne Fest satthatte, weil sie Gaspard ärgern wollte – und weil sie sich wirklich *sehr* zu ihm hingezogen fühlte. Heimlich stahlen sie sich davon, und wenig später ritten sie auf seinem Streitross durch die Hügel.

Als der Abend kam, saßen sie Hand in Hand am Waldrand und betrachteten den Sonnenuntergang.

Zwei Wochen lang trafen sie sich jeden Tag, unbemerkt von Gaspard und dem Rest ihrer Familie. War sie in ihn verliebt gewesen? Vielleicht – ein wenig. Es hatte ihr geschmeichelt, wie er sich um ihre Gunst bemühte. Aleaume überschüttete sie mit Komplimenten, pries ihre Schönheit, schwor ihr seine unsterbliche Liebe. Isabelle hatte so etwas nie zuvor erlebt, und bald war sie rettungslos verloren. Hinzu kam der Reiz des Verbotenen. Die Heimlichkeit, die verstohlenen Blicke auf dem Marktplatz, die geflüsterten Liebesschwüre – all das genoss sie in vollen Zügen.

Stets ritten sie zu einer Waldlichtung weit entfernt von der Stadt und ihren glutheißen Gassen. Dort, zwischen Farnen und uralten Ahornbäumen, verbrachten sie die Sommerabende. Am dritten Tag küssten sie sich. Am siebten Tag wanderten seine Hände über ihren ganzen Körper. Am zehnten Tag schnürte er ihr das Gewand auf und liebkoste ihre Brüste. Am dreizehnten Tag schließlich lagen sie nackt im Gras, und er hauchte ihr ins Ohr: »Gib dich mir hin, Isabelle.«

Sie gab sich ihm hin, obwohl sie wusste, dass es töricht war – zu stark war ihre Lust, zu drängend ihre Neugier, endlich alles über die körperliche Liebe zu erfahren, von der sie schon so viel gehört hatte. Doch was dann geschah, war weniger leidenschaftlich als ernüchternd. Auf dem Gras unter den Bäumen drang er in sie ein. Ein scharfer Schmerz zuckte durch ihren Unterleib, und während sie mit den Tränen rang, kam er nach wenigen Stößen zum Höhepunkt. »Bitte sei vorsichtig«, flüsterte sie, und im letzten Moment zog er sich aus ihr zurück und ergoss sich auf den Waldboden.

Anschließend lag er keuchend auf dem Rücken und grinste dümmlich. »Bei Gott, war das gut. Deshalb liebe ich Jungfrauen. Ihr seid so herrlich eng und unschuldig.«

Sie konnte nicht einmal wütend auf ihn sein. Gewiss, er hatte sie getäuscht und verführt, aber sie hatte sich nur zu gern täuschen und verführen lassen, obwohl sie von Anfang an gewusst hatte, wohin das führen würde. Nun, da ihre Neugier befriedigt war, erkannte sie Aleaume endlich als das, was er wirklich war: ein nicht übermäßig kluger Schlagetot mit einem Hang zur Prahlerei, der nicht viel von Körperpflege hielt. Auf einen Schlag war sie von ihrer Leidenschaft geheilt, weshalb sie nicht sonderlich traurig war, als er am nächsten Morgen Varennes verließ, ohne sich von ihr zu verabschieden.

So endete der »erste Versuch«, und ein ganzes Jahr lang hatte Isabelle gedacht, sie wäre ein für alle Mal fertig mit der Liebe. Dann aber war Michel in ihr Leben getreten, und seitdem fragte sie sich, wie es wohl wäre, mit ihm auf der Waldlichtung unter den Ahornbäumen im Gras zu liegen. Irgendetwas sagte ihr, dass es nicht so kurz und unerfreulich wie mit Aleaume sein würde.

Ihr Herz pochte heftig. *Daran ist nur Lutisse schuld. Warum muss sie auch immer wieder davon anfangen?*

Sie sprach ein Gebet, doch es half nichts. Als sie wenig später einschlief, träumte sie Dinge, die sich ganz und gar nicht für eine sittsame Tochter aus gutem Hause geziemten.

Nachdem er Isabelle nach Hause gebracht hatte, zog Michel sich in seine Schreibstube zurück und setzte sich mit einem Becher Wein ans Fenster. Allmählich sank die Dunkelheit herab, vor dem Dom zündete der Nachtwächter die Laterne an und begann seine Runden durch die Gassen.

Michel hatte einen Entschluss gefasst. Er würde um Isabelles Hand anhalten, sobald Gaspard aus Troyes heimgekehrt war – er konnte nicht länger warten. Vorher aber musste er Gaspard endlich in sein Vorhaben einweihen. Es wäre ehrlos gewesen, ihm seine Absichten weiter zu verheimlichen. Was wäre er für ein Mann, wenn er seinen besten Freund von seinen Plänen ausschloss und gleichzeitig dessen Schwester umwarb?

Mit diesen Gedanken ging er zu Bett. Und obwohl er glücklich war wie lange nicht, hatte er in jener Nacht düstere Träume, er sah Feuer, huschende Schatten in den Straßen und ein eisenbeschlagenes Rad, das einen Körper auf einem Schafott zerschmetterte.

Als er jedoch in aller Frühe erwachte, konnte er sich an nichts mehr erinnern.

September 1187

Varennes-Saint-Jacques

Gaspard ordnete die Münzen auf seinem Rechenbrett und begann mit der zeitraubenden Arbeit, sie zu wiegen und ihren Wert zu ermitteln. Fast ein Dutzend verschiedene Pfennig- und Schillingmünzen hatte er aus Troyes mitgebracht, Geldstücke aus Frankreich, England, Flandern und diversen lombardischen Handelsstädten, und alle hatten einen anderen Silbergehalt. Eine Hälfte würde er morgen zum Wechsler bringen und in einheimisches Geld umtauschen; der Rest wanderte in die eisenbeschlagene Truhe neben dem Schreibpult. Wenn er das nächste Mal eine Champagne-Messe oder einen anderen großen Markt mit vielen fremdländischen Kaufleuten besuchte, würde er gewiss Verwendung dafür finden. Auf diese Weise sparte er sich wenigstens einen Teil der horrenden Wechselgebühren.

Alles in allem war er zufrieden mit der Reise. Er hatte gute Geschäfte gemacht, seine Verbindungen nach Burgund und Köln gefestigt und günstig zwei Wagenladungen flandrisches Tuch erworben, das er in Varennes oder Metz verkaufen würde, je nachdem, wo er den besseren Preis bekäme. Mit etwas Glück verdiente er damit genug Geld, um endlich das neue Lagerhaus bauen zu können, das er so dringend brauchte.

Falls mir Martel nicht wieder einen Strich durch die Rechnung macht. Ende des Monats, zu Michaeli, wurden der Kirchenzehnt und die Herdsteuer fällig. Der Schultheiß und seine Decimatoren, die im Auftrag des Bistums die Abgaben eintrieben, knöpften ihm von Jahr zu Jahr mehr ab. Im vergangenen Herbst war es gar so viel gewesen, dass von den Einnahmen der Sankt-Johannes-Messe kaum etwas übrig geblieben war.

Als ob uns die Kirche nicht schon genug ausplündert. Diese elenden Blutsauger! Selbst wenn wir ihnen jeden Monat eine Wagenladung Silber in den Rachen schütteten, wäre es nicht genug.

Tagtäglich rackerte er sich ab, riskierte in der Fremde seine Gesundheit, sein Leben – nur damit ein Haufen unersättlicher Pfaffen und Ministerialen immer fetter wurde. Wenn die zahllosen Abgaben und Zölle wenigstens Varennes und seinen Bewohnern zugutekommen würden, etwa, indem Ulman die Straßen pflastern ließe oder endlich die Stadtmauer erneuerte. Doch nein, das Geld versickerte irgendwo in den Tiefen der Diözese. Gaspard wusste aus zuverlässiger Quelle, dass allein der kurze Besuch des Reichskanzlers im Juni mehr als siebzig Pfund Silber verschlungen hatte. Siebzig Pfund! Und alles nur, weil Ulman sich beim künftigen Erzbischof lieb Kind machen wollte.

Seine verdammte Eitelkeit wird uns noch alle ruinieren.

Müde streckte er die langen Beine aus und nippte an seinem Weinbecher. Heute Morgen erst war er aus Troyes zurückgekommen, und die Reise steckte ihm noch in den Gliedern. Nach dem Besuch einer fernen Messe brauchte er stets mehrere Tage, um sich von den Strapazen zu erholen. Er beschloss daher, die Arbeit für heute gut sein zu lassen.

Als er gerade das Geld wegräumen wollte, hörte er Gesang. Es war Isabelle. Sie saß nebenan in der Stube, legte ihre Kleider zusammen und stimmte eine heitere Weise an. Der Klang ihrer Stimme ließ Gaspard all seinen Ärger vergessen. So glücklich wie heute hatte er sie schon lange nicht mehr erlebt. Schon den ganzen Tag sang und lachte sie, machte Scherze und erzählte beim Essen fröhliche Geschichten. Ein Lächeln stahl sich auf sein Gesicht. Er liebte seine Schwester über alles. Wenn sie glücklich war, war er es auch.

Nach dem Abendbrot gingen Lutisse und er früh zu Bett. Froh, dass er wohlbehalten zurückgekehrt war, schmiegte sie sich an ihn, und kurz darauf liebten sie sich. So zurückhaltend, wie Lutisse am Tage war, so leidenschaftlich war sie in der Nacht. Als sie zum Höhepunkt kam, krallte sie die Finger in seinen Rücken und schrie derart laut, dass es das ganze Haus hören musste.

Anschließend streichelte sie seine Brust, während sich ihr Atem allmählich beruhigte. »Heute ist ein günstiger Tag«, flüsterte sie. »Vielleicht haben wir endlich Glück.«

Gaspard schwieg. Er wagte kaum noch zu hoffen. Lutisse und er liebten sich beinahe jede Nacht, wenn er zu Hause war, und doch empfing sie kein Kind. Dabei sehnten sie sich schon so lange nach einem Sohn oder einer Tochter. Dass Gott ihnen diesen Wunsch versagte, lag wie ein Schatten über ihrem Leben.

»Wir dürfen die Hoffnung nicht aufgeben«, sagte Lutisse und fuhr sanft mit den Fingern über seine Haut. »Eines Tages werden wir ein Kind haben. Da bin ich ganz sicher.«

Gaspard wollte nicht darüber reden – es bedrückte ihn zu sehr. »Was ist mit Isabelle?«, fragte er stattdessen. »Wieso ist sie so fröhlich?«

»Weißt du das nicht? So ist sie immer, wenn sie mit Michel spazieren war.«

»Wann hat sie ihn denn getroffen?«

»Gestern Abend. Und an den Abenden davor.«

»Hat sie sich etwa in ihn verliebt?«

»Ist das nicht offensichtlich?« Lutisse lächelte. »Das Mädchen hat aber auch ein Glück. Von einem Mann umworben zu werden, der nicht nur wohlhabend ist, sondern auch jung, gutaussehend und freundlich – wenn ich nicht schon einen wunderbaren Ehemann hätte, würde ich deine Schwester maßlos beneiden«, sagte sie und zupfte neckend an seinen Brusthaaren.

Abermals schwieg Gaspard.

Seine Frau winkelte ihren Arm an und stützte ihren Kopf auf die Hand. »Ist das nicht genau das, was du wolltest?«

»Ja – vor ein paar Wochen. Inzwischen bin ich mir nicht mehr so sicher.«

»Du solltest dich bald entscheiden. Michel wird gewiss noch vor Michaeli um ihre Hand anhalten. Ich finde, du solltest sie ihm zur Frau geben«, erklärte Lutisse entschieden. »Er wäre eine ausgezeichnete Partie. So eine Möglichkeit bietet sich dir vielleicht nie wieder.«

»Das mag schon sein«, murmelte er.

»Wieso zögerst du dann? Du hast selbst gesagt, dass es schwer ist, einen guten Mann für Isabelle zu finden.«

»Es ist kompliziert, Lutisse.«

»Ich verstehe dich nicht. Du redest doch immer davon, dass es dein sehnlichster Wunsch sei, deine Schwester glücklich zu machen. Was spricht denn auf einmal gegen Michel? Ist er nicht mehr dein Freund?«

Natürlich war Michel ihm nach wie vor teuer. Es ließ sich jedoch nicht leugnen, dass ihre Freundschaft seit dem Abend mit Stephan, Raoul und Ernaut Risse bekommen hatte. Bei grundlegenden Fragen vertraten sie Ansichten, die gegensätzlicher nicht sein konnten. Das stand seitdem zwischen ihnen – daran änderte auch ihre Abmachung nichts, sich von der Politik nicht entzweien zu lassen. Gaspard ahnte, dass dies ihre Freundschaft eines Tages auf eine harte Probe stellen würde, wenngleich er inständig hoffte, dass es anders käme. Unter diesen Umständen wäre es nicht klug, Isabelle Michel zur Frau zu geben. Es war besser abzuwarten, wohin sich die Dinge entwickelten, bevor er eine übereilte Entscheidung traf, die der Familie und damit auch Isabelle Schaden zufügte.

»Das sind Männerangelegenheiten«, sagte er. »Davon verstehst du nichts.«

»Vielleicht«, erwiderte Lutisse kühl. »Aber vom Herzen einer Frau verstehe ich genug. Mit deiner Unentschlossenheit setzt du Isabelles Glück aufs Spiel. Was immer deine Bedenken sind, ich hoffe, du vergisst das nicht.«

Sie zog die Decke hoch, kroch zum äußersten Rand des Bettes und drehte ihm den Rücken zu.

In dieser Nacht dauerte es lange, bis Gaspard Schlaf fand.

Michel erfuhr erst am nächsten Morgen, dass Gaspard aus der Champagne zurückgekehrt war. Sogleich besuchte er ihn, um ihn über seine Pläne zu unterrichten.

Ein Knecht ließ ihn herein. »Der Herr ist oben in der Schreibstube.«

Michel hielt nach Isabelle Ausschau, während er die Treppen hinaufstieg, doch weder sie noch Lutisse und Marie schienen zu Hause zu sein. Vermutlich waren sie wie die halbe Stadt draußen auf dem Viehmarkt, wo heute Züchter aus dem südlichen Moseltal Rinder, Schafe und Schweine verkauften.

Die Tür der Schreibstube stand offen. Gaspard saß am Tisch, wog Münzen und zählte Geld.

»Guten Morgen«, begrüßte Michel ihn. »Hast du eine Stunde Zeit? Ich muss etwas mit dir bereden.«

Sein Freund wirkte übellaunig und müde. Er musterte ihn durchdringend, bevor er ihn aufforderte, Platz zu nehmen.

Irgendetwas bedrückt ihn. Michel erwog, morgen wiederzukommen. *Nein. Dieser Moment ist so gut oder schlecht wie jeder andere. Es wäre nicht richtig, es aufzuschieben.* »Wie waren die Geschäfte in Troyes?«

»Ich kann nicht klagen«, antwortete Gaspard kurz angebunden. »Aber deswegen bist du nicht hier, oder?«

»Nein«, gab Michel zu und entschied, ohne Umschweife zur Sache zu kommen. »Es geht um die Gilde. Ich habe einen Plan, wie wir den Einfluss der Ministerialen zurückdrängen können, damit sie endlich wieder unsere Interessen vertritt. Aber dafür brauche ich deine Hilfe.«

Nun gehörte ihm Gaspards ganze Aufmerksamkeit. Sein Freund schob das Rechenbrett und die Geldwaage zur Seite und legte die Hände auf die Armlehnen. »Was ist das für ein Plan?«

»Ich habe mich neulich mit Catherine Partenay, Abaëlard Carbonel, Charles Duval und Marc Travère getroffen. Wir haben über die Zustände in der Stadt und der Gilde gesprochen. Wir sind uns einig, dass wir erst dann etwas ändern können, wenn Géroux nicht mehr Gildemeister ist.«

»Wann war dieses Treffen?«, fragte Gaspard.

»Vor der Messe.«

»Wieso hast du mich nicht eingeladen?«

»Weil du mir zu verstehen gegeben hast, dass du die Schwurbrüder verachtest. Ich dachte, du wärst nicht interessiert.«

»Trotzdem hättest du mir davon erzählen müssen. Ich habe dich auch in meine Pläne eingebunden.«

»Gut«, sagte Michel. »Nehmen wir an, ich hätte dich eingeladen. Was wäre geschehen? Wir hätten über Géroux, Bischof Ulman und Aristide de Guillory gesprochen, du hättest den anderen vorgeworfen, dass sie sich nicht entschieden genug gegen sie zur Wehr setzen, es hätte Streit gegeben, und wir hätten rein gar nichts erreicht. So wäre es gewesen, oder?«

»Und damit das nicht geschieht, hast du entschieden, Gaspard, den Störenfried, auszuschließen.«

»Wenn ich dich ausschließen wollte, wäre ich nicht hier«, erwiderte Michel schärfer als beabsichtigt. »Ich wollte mir zuerst anhören, was die anderen zu sagen haben, bevor ich dich einweihe. Lässt du mich jetzt erklären, was der Plan ist, oder willst du mir den Rest des Tages Vorwürfe machen?«

»Ich höre«, sagte Gaspard.

»Habe ich dein Wort, dass du niemandem erzählst, was ich dir jetzt sage?«

Der schwarzhaarige Kaufmann nickte.

»Abaëlard will Géroux bei der Versammlung am Freitag das Misstrauen aussprechen«, erklärte Michel. »Dann ist der Weg frei für Neuwahlen, und wir können versuchen, Géroux zu stürzen.«

»Und wer will gegen ihn antreten? Doch nicht dieser Methusalem Carbonel?«

»Ich«, sagte Michel.

Gaspard hob eine Augenbraue. »Du.«

»Ich bin auch nicht glücklich damit, aber Catherine, Abaëlard, Duval und Travère sehen keine andere Möglichkeit. Jedenfalls brauche ich mindestens sieben Stimmen, um Géroux zu schlagen. Besser wären acht, falls sich sowohl Baffour als auch d'Alsace auf die Seite der Ministerialen schlagen …«

»Und hier komme ich ins Spiel, nicht wahr? Deshalb bist du hier: weil du mich bitten willst, dass ich dir meine Stimme gebe.«

»Ja … nein. So einfach ist das nicht.« Dieses Gespräch lief nicht gut, ganz und gar nicht. »Hör zu, Gaspard«, sagte Michel ernst. »Ich weiß, wie sich das für dich anhören muss. Aber ich bin nicht nur gekommen, weil ich dich um Unterstützung bei der Wahl bitten will – du hast mein Wort. Ich möchte, dass du dich mir anschließt. Dass wir gegen Géroux und seine Leute zusammenstehen. Nur so schaffen wir es, die Gilde zu erneuern. Ob ich Gildemeister werde oder ein anderer, ist dabei doch zweitrangig.«

Ruckartig stand Gaspard auf, trat ans Fenster und stützte die Hände auf den Sims. Er presste seine Fingerkuppen so fest auf den Stein, dass sie weiß wurden.

»Gaspard«, begann Michel, doch sein Freund fiel ihm ins Wort.

»Seit jenem Abend habe ich mich gefragt, warum du meine Pläne so entschieden ablehnst.« Seine Stimme zitterte kaum merklich. »Fast hätte ich deinem Gerede von Gewaltlosigkeit und einer friedlichen Lösung geglaubt. Aber jetzt ist mir so manches klarer.«

»Wie darf ich das verstehen?«, fragte Michel.

Gaspard fuhr herum. »Du wolltest mir nicht folgen, weil du keine Lust hattest, dich unterzuordnen! Du hast gesehen, dass Stephan, Ernaut und Raoul auf mich hören, und das hat dir nicht gefallen, nicht wahr? Du wolltest deine eigene Anhängerschaft – immerhin bist du jetzt der weitgereiste Kaufmann, der in Mailand gewesen ist, der die Welt gesehen hat. Die Leute blicken zu dir auf, bewundern dich, fragen dich nach deiner Meinung. Warum solltest du da noch tun, was der dumme, alte Gaspard sagt?«

Michel war fassungslos. Nicht im Traum hätte er erwartet, dass Gaspard ihn derart missverstehen könnte. »Das ist Unsinn, und du weißt es.«

»Ach ja? Ich sage dir, warum du mich nicht dabeihaben wolltest: weil du Angst hattest, ich könnte bei deinem schönen Plan mitreden wollen. Dir vielleicht sogar die Führung streitig machen. So war es doch, oder?«

»Zum letzten Mal: Ich habe dich nicht eingeladen, weil ich dachte, dass du auf die Meinung der anderen keinen Wert legst. Und weil ich vermeiden wollte, dass der Abend in Streit endet, bevor er überhaupt richtig angefangen hat. Was ist daran so schwer zu verstehen?«

Gaspards Augen verengten sich zu Schlitzen. »Verrate mir eins: Wann hast du beschlossen, dass du Gildemeister werden willst? Erst bei deiner Rückkehr nach Varennes oder schon vor langer Zeit in Mailand?«

»Das ist doch lächerlich …«

»Und wie fühlt es sich an«, fuhr Gaspard fort, »so von Ehrgeiz zerfressen zu sein, dass du für deine hochfliegenden Ziele sogar deinen besten Freund hintergehst?«

»Wieso hörst du mir nicht zu? Das Amt des Gildemeisters bedeutet mir nichts! Mir wäre es tausendmal lieber, wenn Duval oder Travère oder irgendein anderer Schwurbruder zur Wahl antreten würde. Aber das geht nun einmal nicht, versteh das doch!«

»Lügen. Alles Lügen. Ich glaube dir nichts mehr.«

»Du zweifelst mein Wort an?«, fragte Michel scharf.

»Ich weiß nicht, was in Mailand mit dir passiert ist. Aber du hast dich verändert. Der Michel, den ich kenne, hätte mich niemals belogen und getäuscht.«

Du bist der, der sich verändert hat, wollte Michel erwidern. *Früher warst du nicht so verbittert und missgünstig. Du hättest mir zugehört.*

Doch er verkniff es sich. Er musste seinen Zorn schlucken und versuchen, Gaspard zu beruhigen, damit sie vernünftig miteinander reden konnten. »Vielleicht war es ein Fehler, dich nicht einzuweihen, aber es war niemals meine Absicht, dich zu hintergehen – glaub mir, Gaspard. Jetzt lass uns diesen törichten Streit bitte beenden. Er ist unserer unwürdig.«

Doch Gaspard war für Vernunft und gute Worte nicht mehr zugänglich. Er starrte wieder aus dem Fenster. »Verlass mein Haus«, befahl er.

»Nein. Zuerst schaffen wir diese Sache aus der Welt.«

»Es gibt nichts mehr zu bereden. Es ist alles gesagt.«

»Wenn wir uns zerstreiten, spielen wir Géroux in die Hände. Willst du das?«

»Raus«, sagte Gaspard kalt. »Oder meine Knechte setzen dich vor die Tür.«

»Geh zu Catherine und den anderen«, forderte Michel Jean auf, als er nach Hause kam. »Sag ihnen, dass wir die ganze Sache abblasen.«

»Wieso? Was ist denn passiert?«

Michel erzählte ihm von seinem Streit mit Gaspard.

»Und deswegen willst du nicht zur Wahl antreten?«, fragte sein Bruder. »Das kann nicht dein Ernst sein.«

»Ich werde nicht meine Freundschaft zu Gaspard opfern, nur um Gildemeister zu werden. Das ist es nicht wert.«

»Du weißt doch, wie jähzornig er sein kann, wenn er in seinem Stolz verletzt ist. Er beruhigt sich auch wieder.«

»Das glaube ich nicht. Du hättest ihn sehen sollen. So wütend habe ich ihn noch nie erlebt.« Michel setzte sich auf eine der Kisten im Eingangsraum. Er überlegte, zum Viehmarkt zu gehen, um Isabelle zu suchen. Er wollte sie noch einmal sehen, bevor Gaspard ihr jeglichen Umgang mit ihm verbot. Denn das würde er zweifellos tun, sowie sie nach Hause käme. *Und ich dachte, ich könnte um ihre Hand anhalten.* Er fühlte sich wie ein Narr, dass er sich zu derartigen Träumereien hatte hinreißen lassen. Zuerst hätte er alles dafür tun müssen, eine Lösung für den schwelenden Zwist mit Gaspard zu finden, bevor er törichte Pläne für eine Zukunft mit Isabelle schmiedete.

»Na und? Dann ist er eben wütend«, sagte Jean. »Spätestens, wenn ihr Géroux zum Teufel gejagt habt, wird er einsehen, dass du das Richtige getan hast. Immerhin wird es auch ihm zugutekommen, wenn du Gildemeister bist.«

»Aber ohne seine Stimme kann ich die Wahl nicht gewinnen, verdammt noch mal!«

»Wie viele Stimmen fehlen dir noch?«

»Wahrscheinlich eine, wenn Catherine und Abaëlard Melville und Fabre überzeugen können.«

»Dafür wird sich eine Lösung finden. Vielleicht könnt ihr stattdessen Baffour für euch gewinnen.«

»Diesen Feigling? Nie im Leben wird er sich gegen Géroux stellen.«

»Trotzdem darfst die anderen nicht hängen lassen«, beharrte Jean. »Sie setzen all ihre Hoffnungen in dich.«

Ja, das taten sie allerdings. Während der Reise nach Troyes hatten Duval und Travère mehrmals angedeutet, wie viel sie sich von der Wahl versprachen. Bisweilen war es Michel vorgekommen, als wäre er für sie eine Art Heilsbringer. Er konnte sich lebhaft vorstellen, wie enttäuscht, ja niedergeschmettert sie sein würden, wenn er verkündete, nicht zur Wahl anzutreten. Wie er es auch anstellte, er würde Menschen enttäuschen und gegen sich aufbringen. Es war zum Haareraufen!

Er stand auf und schritt zur Tür.

»Wohin gehst du?«, wollte Jean wissen.

»Ich muss nachdenken. Hier drin fällt mir noch die Decke auf den Kopf.«

Es war längst nicht mehr so heiß wie im Hochsommer. Wolken hingen am Himmel, und über die Dächer strich eine angenehme Brise. Michel wusste, dass er vor allem eines brauchte, um aus diesem Irrgarten widerstreitender Wünsche und aufgewühlter Gefühle herauszufinden: kühle Vernunft. Deshalb war es die richtige Entscheidung gewesen, das stickige Haus zu verlassen. Kaum hatte er einen Fuß auf den Domplatz gesetzt, spürte er, wie seine Gedanken klarer wurden.

Wenn ich an meinem Plan festhalte, kann ich vielleicht Géroux stürzen. Dafür riskiere ich, mich mit meinem besten Freund zu überwerfen und die Frau zu verlieren, die ich liebe.

Das war die Entscheidung, vor der er stand. Aber war es tatsächlich so einfach, so eindeutig? Musste er wirklich zwischen dem Wohl der Gilde und seinem persönlichen Glück wählen?

Angenommen, er gäbe sein Vorhaben auf: Würde er damit seine Freundschaft zu Gaspard retten? Wohl kaum. Der Graben zwischen ihnen war bereits zu tief. Gaspard hatte sich in den letzten Jahren so sehr in seinen Zorn hineingesteigert, dass er keinen anderen Weg neben seinem gelten ließ. Wenn Michel seine Freundschaft erhalten wollte, würde er alle eigenen Pläne aufgeben und sich dessen Ideen bedingungslos zu eigen machen müssen. Gaspard würde sich mit nichts weniger zufriedengeben.

Käme solch ein Schritt für ihn infrage?

Nein. Unter keinen Umständen.

Er dachte an den Abend mit Catherine, Carbonel, Travère und Duval und an den Traum, der in jenen Stunden geboren worden war – den Traum von Varennes' Zukunft. Die Bilder, die er mit seiner Rede heraufbeschworen hatte, hatten seinen Gästen neuen Mut schenken sollen, doch sie waren längst mehr, hatten eine Kraft entwickelt, die sogar ihn, ihren Schöpfer, mitriss und begeisterte. Er *glaubte* an das, was er gesagt hatte. Und in diesem Moment wurde ihm klar, dass er alles dafür tun würde, damit dieser Traum Wirklichkeit wurde. Alles. Und wenn es Opfer von ihm forderte.

Er bemerkte, dass er unwillkürlich auf der Grande Rue nach Südosten gegangen war, in Richtung Salztor – zum Viehmarkt. Er blieb stehen und kehrte wenig später um. So sehr er sich danach sehnte, Isabelle zu sehen, so falsch wäre es gewesen, jetzt zu ihr zu gehen. Es würde Gaspard nur noch mehr gegen ihn aufbringen. Michel blieb nichts anderes übrig, als sich vorerst von ihr fernzuhalten.

Eine Weile schlenderte er ziellos durch die Gassen, bis er sich schließlich auf dem Friedhof seiner Pfarrkirche wiederfand. Er ging zum Grab seines Vaters und betrachtete die Inschrift im Stein, während der laue Septemberwind durch sein Haar strich.

Was soll ich tun?

Er wusste die Antwort längst: Da er zunächst nichts dagegen unternehmen konnte, dass sich Gaspard von ihm abwandte, musste er seinen Plan weiterverfolgen. Es war geradezu seine Pflicht, für seinen Traum zu kämpfen. Das war er jenen Menschen schuldig, die ihm vertrauten. Dabei musste er sich an die Hoffnung klammern, dass sich später ein Weg ergab, seine Freundschaft zu Gaspard zu retten. Vielleicht kam es so, wie Jean sagte, und Gaspard würde letztlich einsehen, dass Michels Pläne auch ihm nutzten – dass sie trotz ihrer Differenzen auf derselben Seite standen.

Er dachte an Isabelle, an ihr Lächeln, ihre Katzenaugen, und es zerriss ihm schier das Herz.

Bitte hilf mir, Vater.

Der Wind strich durch die drei alten Birken, ein Blatt löste sich vom Zweig und ließ sich lautlos wie ein Schmetterling auf seiner Schulter nieder.

Am Abend des nächsten Tages kamen Catherine, Carbonel, Duval und Travère zu dem verabredeten Treffen. Michel berichtete ihnen, dass es ihm nicht gelungen war, Gaspards Stimme zu gewinnen, ohne jedoch auf die Einzelheiten ihres Streits einzugehen.

»Warum will er Euch nicht helfen?«, erkundigte sich Catherine. »Ist er nicht Euer engster Freund?«

»Bis gestern war er das, ja«, erwiderte Michel mürrisch.

Die Kauffrau war taktvoll genug, nicht nachzufragen, was diese Bemerkung bedeutete.

Travère blickte ihn besorgt an. »Steht zu befürchten, dass Caron anderen von unseren Plänen erzählt?«

»Er hat mir sein Wort gegeben, Stillschweigen über unser Gespräch zu wahren.«

»Wird er sein Versprechen halten?«

»Natürlich«, antwortete Michel entschieden. »Gaspard ist trotz allem ein Ehrenmann.«

»Ich habe Jaufré heute Mittag in der Gildehalle getroffen«, sagte Carbonel. »Es besteht kein Grund zur Sorge. Er ahnt nicht das Geringste.«

»Konntet Ihr Fabre und Melville für uns gewinnen?«, fragte Michel Catherine und den Alten.

»Beide sind sehr von unseren Plänen angetan«, berichtete die Kauffrau. »Sie haben angekündigt, am Freitag für Euch zu stimmen.«

»Also habt Ihr sieben sichere Stimmen«, sagte Duval. »Genauso viele wie Géroux, wenn Baffour und d'Alsace ihn wählen, wovon wir ausgehen müssen. Es hängt nun alles an Caron. Müssen wir damit rechnen, dass er sich auf Géroux' Seite schlägt?«

»Nein«, erwiderte Michel. »Nur weil er mir seine Unterstützung verweigert, heißt das nicht, dass er für Géroux stimmen wird. Er hasst ihn. Ich denke, er wird sich bei der Wahl enthalten.«

»Was ist mit Carons Freunden Pérouse, Vanchelle und Baudouin?«, erkundigte sich Travère.

»Sie werden tun, was Gaspard tut.«

»Besteht die Aussicht, einen von ihnen auf unsere Seite zu ziehen?«, wollte Duval wissen.

»Unwahrscheinlich.«

Duval trank von seinem Wein. »Auch Baffour und d'Alsace brauchen wir gar nicht erst zu fragen, und die Ministerialen ohnehin nicht. Es läuft auf ein Patt hinaus.« Er blickte in die Runde. »Vorschläge?«

Catherine ließ sich Duvals Pergament geben und überflog dessen Aufzeichnungen. »Lasst uns anders an die Sache herangehen. Wenn es nicht möglich ist, neue Stimmen für Michel zu gewinnen, müssen wir eben versuchen, Géroux' Anhängerschaft zu verkleinern.«

Michel blickte sie fragend an. »Wie?«

»Nach den Statuten der Gilde sind nur jene Schwurbrüder stimmberechtigt, die sich in der Stadt aufhalten und zur Zusammenkunft kommen können.« Sie wandte sich an Carbonel. »Das stimmt doch, oder?«

»Richtig«, antwortete der Alte. »Die Gildeversammlung ist beschlussfähig, solange mindestens zwei Drittel der Schwurbrüder anwesend sind.«

»Wir müssen also dafür sorgen«, fuhr Catherine fort, »dass möglichst wenig Leute aus Géroux' Lager zur Wahl erscheinen.«

»Wie wollt Ihr das bewerkstelligen?«, erkundigte sich Marc Travère.

»Ich habe gerade ein größeres Geschäft in die Wege geleitet. Ich müsste die Ware nur noch nach Dijon bringen. Ich könnte mich an Jacques und Aimery Nemours wenden und ihnen erzählen, ein familiäres Unglück hindere mich daran, Varennes zu verlassen. Wenn ich ihnen eine großzügige Gewinnbeteiligung verspreche, sind sie gewiss bereit, die Ware für mich zu liefern. Ihr kennt die Nemours-Brüder. So gierig, wie sie sind, werden sie sich eine solche Gelegenheit nicht entgehen lassen. Sie wären wochenlang fort, und Géroux hätte auf einen Schlag fast ein Drittel seiner sicheren Stimmen verloren.«

»Das ist brillant«, sagte Michel. »Aber wollt Ihr dafür wirklich ein lukratives Geschäft in den Wind schlagen?«

»Es ist für die gute Sache«, erwiderte Catherine lächelnd.

»Das kommt nicht infrage«, widersprach Travère. »Wir entschädigen Euch. Sagt uns, wie viel Geld Ihr verliert, und wir teilen den Betrag unter uns auf.«

Michel und die anderen nickten zustimmend.

»Also gut – wenn ihr darauf besteht.« Zögernd nannte Catherine die Summe.

»Das macht knapp zwei Pfund Silber für jeden«, sagte Michel. Während Duval, Carbonel und Travère ihre Börsen öffneten, holte er seine Geldkatze, und wenig später lag ein schimmernder Haufen Deniers und Sous auf dem Tisch.

Die Schwurbrüder strömten in den Saal der Gildehalle. Alle waren gekommen – alle bis auf Jacques und Aimery Nemours, die Catherines Angebot erwartungsgemäß nicht hatten widerstehen können und gestern im Morgengrauen mit einer Wagenladung Salz und Pfeffer nach Dijon aufgebrochen waren.

Gaspard begrüßte Michel nicht und blickte durch ihn hindurch, als er sich setzte.

Jaufré Géroux betrat den Saal als Letzter. Der hochgewachsene Kaufmann mit dem silbernen Haar und den kalten Augen nahm am Kopfende der Tafel Platz und eröffnete mit förmlichen Worten die Zusammenkunft. Kaum hatte er geendet, erhob sich Abaëlard Carbonel.

»Ich möchte zur Versammlung der Schwurbrüder sprechen.«

»Das Wort gehört Euch, ehrwürdiger Abaëlard«, sagte Géroux.

»Ich bin seit Langem der Überzeugung, dass Herr Géroux nicht mehr die Interessen der Kaufleute von Varennes-Saint-Jacques vertritt«, erklärte der Alte mit fester Stimme. »Ich spreche ihm daher das Misstrauen aus und fordere die Wahl eines neuen Gildemeisters.«

Fassungslose Stille folgte, als fünfzehn Schwurbrüder buchstäblich den Atem anhielten.

»Was erlaubt Ihr Euch?«, schrie Géroux und sprang auf. »Habt Ihr den Verstand verloren? Dazu habt Ihr kein Recht!«

»Das habe ich sehr wohl«, widersprach Carbonel. »Die Statuten der Gilde erlauben ausdrücklich, dass ein Gildemeister vor Ablauf seiner Amtszeit abgewählt werden kann, wenn er zum Schaden der Gilde handelt. Dies ist bei Euch und Eurer Nähe zu Bischof Ulman unzweifelhaft der Fall.«

»Und wer stellt sich zur Wahl? Ihr etwa?«

»Keineswegs. Ich stelle hiermit unseren neuen Schwurbruder Michel de Fleury auf.«

Michel erhob sich, als Carbonel ihm zunickte.

Ohrenbetäubender Tumult brach los. Géroux schrie etwas, das Michel nicht verstehen konnte, denn gleichzeitig waren die Ministerialen Guibert de Brette und Robert Laval aufgesprungen und beschimpften ihn lautstark.

»... unerhört! Impertinenter Bursche!«

»Man sollte Euch öffentlich züchtigen für diese Frechheit ...«

Nun standen auch Charles Duval und Marc Travère auf und begannen zu brüllen. Ihr Versuch, Laval und de Brette zum Schweigen zu bringen, endete damit, dass die vier Männer miteinander rangelten. Währenddessen steckten Gaspard, Pérouse, Vanchelle und Baudouin die Köpfe zusammen und tuschelten.

»Aufhören!«, übertönte Géroux schließlich das Getöse. »Benehmt euch, wie es dieser ehrwürdigen Halle angemessen ist!«

Nachdem die aufgebrachten Kaufleute voneinander abgelassen hatten und Ruhe eingekehrt war, sagte Géroux mit schneidender Stimme: »Wie Ihr wollt, de Fleury. Ich stelle mich einer Kampfabstimmung. Ihr werdet schon sehen, was Ihr davon habt.«

Michel warf einen flüchtigen Blick zu Gaspard, der mit versteinerter Miene dasaß. Plötzlich stand der schwarzhaarige Kaufmann auf und sagte: »Ich stelle mich ebenfalls zur Wahl.«

»Gaspard, warte!«, stieß Michel hervor, doch die Worte gingen in neuerlichem Gebrüll unter. Diesmal waren es Gaspards

Freunde Baudouin, Pérouse und Vanchelle, die die Fäuste schüttelten und schrien.

»Recht so!«

»Zeig's ihnen!«

Catherine, Duval und Travère versuchten sie zu beruhigen, erreichten jedoch nur, dass es abermals Streit gab. Gaspards Anhänger warfen ihnen vor, nicht in die Vorgänge, die zu der Wahl geführt hatten, einbezogen worden zu sein, und machten ihrer Wut Luft.

Michel nutzte das Durcheinander und wandte sich an Gaspard. »Das darfst du nicht tun«, sagte er leise, aber eindringlich. »Wenn du dich zur Wahl stellst, verliere ich womöglich Stimmen, und Géroux wird wieder gewinnen.«

»Ist es nicht eher so, dass du fürchtest, ich könnte dich schlagen?«, zischte Gaspard.

In diesem Moment rief Carbonel: »Ruhe!« Da er der mit Abstand älteste Schwurbruder war, der in der Gilde den meisten Respekt genoss, verstummten die Streithähne.

»Wir beginnen jetzt mit der Abstimmung«, verkündete der Alte, als alle wieder auf ihren Plätzen saßen. »Kraft meines Alters leite ich die Wahl. Ich bitte die drei Anwärter für das Amt des Gildemeisters, nach vorn zu kommen. Die übrigen Schwurbrüder fordere ich auf, die Heiligkeit der Wahl zu achten, und nur zu sprechen, wenn ich ihnen das Wort erteile.«

Michel erhob sich von seinem Platz und schritt gemeinsam mit Gaspard zur Stirnseite der Tafel, wo bereits Carbonel und Géroux standen.

Totenstille herrschte im Saal.

»Erhebt jemand Einwände gegen die Rechtmäßigkeit dieser Wahl?«, fragte Carbonel.

»Was hier geschieht, ist empörend!«, rief Guibert de Brette, und Speicheltröpfchen flogen von seinen Lippen. »De Fleury will doch nur Aufruhr stiften. Dass sich ein Jungspund wie er zur Wahl stellen darf, gehört verboten!«

»Sein Alter tut nichts zur Sache«, erwiderte Carbonel. »Lies die Statuten, Guibert.«

»Zum Teufel mit den Statuten!«, blaffte der Ministeriale und hieb mit der flachen Hand auf den Tisch.

»Noch so eine Störung, und du wirst den Saal verlassen, so wahr mir der heilige Jacques helfe«, wies der Alte ihn zurecht. »Wenn es keine Einwände gibt, bitte ich nun die Gildenmitglieder, zu jenem Schwurbruder zu treten, dem sie ihre Stimme geben wollen. Wer sich der Wahl enthält, geht durch diese Tür.«

Michel hielt den Atem an. Als die Zusammenkunft begonnen hatte, war er sich seiner Sache einigermaßen sicher gewesen. Doch Gaspards Entscheidung, sich ebenfalls zur Wahl zu stellen, warf ihre gesamte Rechnung über den Haufen. Wenn neben Gaspards Freunden auch nur ein weiterer Schwurbruder für ihn stimmte, konnte das fatale Folgen haben.

Ernaut Baudouin, Stephan Pérouse und Raoul Vanchelle standen auf und traten geschlossen zu Gaspard, der sich nicht vom Fleck bewegte und damit signalisierte, dass er für sich selbst stimmte.

»Vier Stimmen für Gaspard Caron«, verkündete Carbonel.

Guibert de Brette und Robert Laval stellten sich neben dem jetzigen Gildemeister auf.

»Drei Stimmen für Jaufré Géroux.«

Catherine Partenay, Charles Duval und Marc Travère durchquerten den Saal und gesellten sich zu Michel und Carbonel.

»Fünf Stimmen für Michel de Fleury.«

Angespannt beobachtete Michel die verbliebenen Schwurbrüder an der Tafel. Würden Raymond Fabre und Pierre Melville ihr Versprechen einlösen und für ihn stimmen?

In diesem Moment erhob sich Thibaut d'Alsace, schaute zu der Malerei des Jüngsten Gerichts an der Saaldecke auf und bekreuzigte sich. Dann trat er zu Géroux.

»Vier Stimmen für Jaufré Géroux.«

Pierre Melville schloss sich Michel an. Damit führte er mit

sechs Stimmen, während Gaspard und Géroux jeweils vier ihr Eigen nannten. Nun hing der Ausgang der Wahl von Fabre und Baffour ab.

Michel glaubte, ein Zögern in Fabres Gesicht zu erkennen. Verließ den Schmied im letzten Moment der Mut? Wenn Géroux auch auf sechs Stimmen käme, gäbe es ein Patt zwischen ihm und Michel, was nach den Statuten bedeutete, dass er Gildemeister bliebe.

Michel wandte sich Fromony Baffour zu und konnte nicht anders, als ihn anzustarren. Der Mann wich seinem Blick aus und schwitzte vor Aufregung.

Da erhob sich plötzlich Fabre, und Baffour schloss sich ihm hastig an, vermutlich, weil er nicht der letzte Schwurbruder an der Tafel sein wollte. Die beiden Männer schritten durch den Saal – und stellten sich neben Michel auf.

»Acht Stimmen für Michel de Fleury«, erklärte Carbonel mit seiner krächzenden Altmännerstimme. »Damit ist die Wahl entschieden: Er ist der neue Gildemeister von Varennes-Saint-Jacques.«

Catherine, Duval, Travère, Fabre, Melville, sie alle brachen in Jubel aus, umringten Michel, schlugen ihm auf den Rücken, überschütteten ihn mit Segenswünschen.

»Ihr habt es geschafft!«, brüllte Duval. »Ihr habt es wirklich geschafft! Der heilige Jacques sei gepriesen!«

Michel lächelte benommen und bedankte sich für die Glückwünsche. Die Anspannung der vergangenen Minuten saß ihm so tief in den Gliedern, dass er nicht recht wusste, wie ihm geschah. Schließlich besann er sich der Regeln des Anstands und schritt zu Géroux, um ihm seinen Respekt auszusprechen und ihm für die Jahre als Gildemeister zu danken.

Der Sklavenhändler jedoch würdigte ihn keines Blickes. Reglos stand er da, wie eine Statue aus Granit, und starrte Carbonel an. »Bei dieser Abstimmung waren Verrat, Lügen und Intrigen am Werk. Ich akzeptiere die Wahl nicht.«

»Kommt schon, Géroux!«, rief Catherine. »Seid nicht so ein schlechter Verlierer.«

Carbonel baute sich vor dem ehemaligen Gildemeister auf und wedelte ihm mit seinem Stock vor dem Gesicht herum. »Der Ablauf dieser Wahl entspricht in allen Einzelheiten unseren Statuten. Niemand hat Einwände gegen ihre Rechtmäßigkeit erhoben, und sie fand unter den unbestechlichen Blicken der Heiligen statt. Ihren Ausgang anzuzweifeln ist Blasphemie. Blasphemie, hörst du? Du tust gut daran, die Regeln der Gilde und die Entscheidung der Schwurbrüder zu respektieren, sonst könnte es dich teuer zu stehen kommen.«

»Das wird ein Nachspiel haben.« Ohne ein weiteres Wort wandte Géroux sich um und schritt, gefolgt von de Brette und Laval, zur Tür. Bevor er den Saal verließ, warf er Michel einen Blick zu, über dessen Bedeutung Michel nicht lange rätseln musste: Heute Abend hatte er sich einen Feind fürs Leben gemacht.

»Jetzt wird gefeiert!«, rief Charles Duval. »Diener! Wo bleibt der Wein?«

Gerade als jemand ihm einen Silberkelch reichte, bemerkte Michel, dass auch Gaspard und dessen Freunde im Begriff waren zu gehen. »Entschuldigt mich«, sagte er zu seinen feiernden Anhängern, stellte den Kelch auf den Tisch und folgte den vier Männern die Treppe der Gildenhalle hinab nach draußen.

»Gaspard! Jetzt warte doch!«

Der Schwarzhaarige wandte sich um. »Was willst du noch?«, fragte er harsch.

»Mit dir reden.«

Gaspard bat Baudouin, Pérouse und Vanchelle, ihn mit Michel allein zu lassen, bevor er näher kam. Am äußersten Rand des Lampenscheins, der aus dem Portal der Gildehalle fiel, blieb er stehen, beinahe so, als fürchte er das Licht. Schweigend verschränkte er die Arme vor der Brust.

»Bitte wende dich nicht von mir ab, Gaspard«, sagte Michel. »Lass unsere Freundschaft nicht so enden.«

»Wir sind schon seit vier Tagen keine Freunde mehr. Unsere Freundschaft war in dem Augenblick zu Ende, als mir klar wurde, was für ein intriganter Lügner du bist.«

»Aber ich brauche dich.«

»Wozu? Du hast doch jetzt bekommen, was du wolltest. Auch ohne meine Stimme.«

»Das war doch erst der Anfang.« Michel blickte zum Bischofspalast auf der anderen Seite des Domplatzes und senkte seine Stimme. »Jetzt müssen wir die Gilde erneuern. Ich schaffe das nicht alleine. Ich brauche dafür die Hilfe so vieler Schwurbrüder wie möglich – auch deine. Ganz besonders deine.«

»Du hättest meine Hilfe haben können«, sagte Gaspard. »Aber du hast es ja vorgezogen, mich auszuschließen.«

»Was geschehen ist, ist geschehen. Ich kann das nicht rückgängig machen. Ich kann dich nur bitten, deinen Zorn zu vergessen. Steh an meiner Seite«, sagte Michel. »Arbeite mit mir zusammen. Gemeinsam können wir alles erreichen, was wir uns für Varennes erträumen.«

»Du meinst, was *du* dir erträumst. Was *ich* will und was *ich* für richtig halte, kümmert dich doch nicht.«

»Das ist nicht wahr!«

»Ach nein? ›Ihr müsst euren Plan aufgeben. Was ihr da vorhabt, ist töricht und verrückt.‹ Waren das deine Worte oder nicht?«

Schweigend standen sie sich gegenüber. Michel wusste nicht, was er noch sagen sollte. Gegen so viel Zorn und Verbitterung kam er nicht an.

»Wenigstens haben die letzten Tage eine Frage beantwortet, die ich mir schon lange stelle, und das ist auch etwas wert«, murmelte Gaspard nach einer Weile.

»Was für eine Frage?«

»Ob du mir meine Herkunft neidest. Jetzt weiß ich es.«

»Was redest du da?«, fragte Michel fassungslos. »Deine Herkunft interessiert mich nicht.«

Gaspard lachte bitter auf. »Natürlich. Du hast es mir nie missgönnt, dass ich aus einer alten und angesehenen Familie komme, während du nur der Sohn eines Hörigen bist. So wie du auch nie voller Neid auf meinen Reichtum geblickt hast. Mach dir nur ruhig weiter etwas vor, Michel. Ich dagegen weiß endlich, wer du wirklich bist.«

»So einen himmelschreienden Unfug habe ich schon lange nicht mehr gehört«, erwiderte Michel.

Gaspard schnellte nach vorn und packte ihn mit beiden Händen am Kragen. Sein Gesicht glühte vor Zorn. »Der Gildemeister entstammt stets einer alten Familie. So war es immer, seit es die Gilde gibt. Mir hätte der Posten zugestanden. Mir! Das wusstest du, aber das hättest du nicht ertragen, nicht wahr? Deshalb hast du ihn gestohlen, bevor ich etwas dagegen tun konnte. Du… Emporkömmling!« Gaspard stieß ihn von sich, fuhr herum und verschwand in der Dunkelheit.

Michel stand lange da und starrte ihm nach. Irgendwann legte ihm jemand eine Hand auf die Schulter.

»Was treibt Ihr denn hier unten?«, fragte Charles Duval, der bereits angetrunken war. »Kommt nach oben, die anderen warten auf Euch. Wir müssen doch Euren Sieg feiern!«

»Meinen Sieg«, echote Michel tonlos und fragte sich einmal mehr, ob der Preis für seinen Triumph nicht viel zu hoch gewesen war.

Der Barbier trocknete Bischof Ulman behutsam Kinn und Wangen ab und hielt ihm den Bronzespiegel hin. »Ich hoffe, Ihr seid zufrieden, Exzellenz.«

Ulman ließ sich Zeit damit, das Werk des Bartscherers zu begutachten. Er verabscheute nichts mehr als ein unsauber rasiertes Kinn oder Reste von Bartstoppeln an der Kehle. Er konnte nicht von seinen Dienern verlangen, auf sorgfältige Körperpflege zu achten, ohne mit gutem Beispiel voranzugehen. Doch der Barbier hatte gut gearbeitet. »Ganz ausgezeichnet.«

»Ich danke Euch, Exzellenz.« Der Mann nahm ihm das Umhängetuch ab und wischte vereinzelte Bartstoppeln von der Schulterpartie der Soutane.

»Gestern Abend hat meine Kniekehle angefangen zu schmerzen. Ich fürchte, ich bekomme ein Furunkel. Sieh es dir bitte einmal an.«

»Gewiss. Am besten steche ich es auf, damit es gar nicht erst reifen kann.«

Gerade als Ulman seine Soutane heben wollte, betrat Namus die Kammer. »Herr Géroux ist da, Exzellenz«, meldete der Diener. »Er möchte Euch sprechen.«

»So früh am Morgen? Sag ihm, er soll sich eine halbe Stunde gedulden.«

»Er sagt, es sei dringend.«

Eine tiefe Falte erschien zwischen Ulmans Augenbrauen. Er schätzte es ganz und gar nicht, wenn man seinen gewohnten Tagesablauf durcheinanderbrachte. »Na schön. Herein mit ihm. Ich hoffe für ihn, dass es wichtig ist.«

Er bat den Barbier, später wiederzukommen, und begab sich in den Saal des Palastes, wo Géroux auf ihn wartete. Der Kaufmann trug ein überaus teures Gewand aus blauem *panno pratese* mit weiten Ärmeln und golddurchwirkten Säumen, darüber einen purpurnen Mantel, der an der Brust von einer goldenen Spange gehalten wurde. Seine Füße steckten in weichen Lederschuhen, auf seinem Haupt saß ein eleganter Filzhut, und seine Finger zierten schwere Ringe mit blitzenden Steinen. Ulman konnte nicht verhehlen, dass er Géroux für seinen Aufzug beneidete. Die Kleider mussten ein Vermögen gekostet haben, und der Mann sah hervorragend darin aus.

»*Pax vobiscum.*«

Géroux küsste den Ring. »Bitte verzeiht die frühe Störung, Exzellenz. Ich muss mit Euch über eine wichtige Angelegenheit sprechen.«

»Was war das für ein infernalischer Radau gestern Abend in

der Gildehalle?«, fragte Ulman. »Man hätte meinen können, eine Hundertschaft Kesselflicker hätte Karneval gefeiert.«

»Die Schwurbrüder haben einen neuen Gildemeister gewählt.«

Das überraschte Ulman. »Ist Eure Amtszeit zu Ende? Ich dachte, Ihr hättet noch mindestens ein halbes Jahr.«

»Man hat mich herausgefordert und abgewählt«, sagte Géroux mit kaum unterdrücktem Zorn.

»Wer ist der neue Gildemeister?«

»Michel de Fleury. Ein junger Kerl, der die letzten Jahre in Mailand war.«

»Ich weiß, wer das ist.« Ulman erinnerte sich nur zu gut an den impertinenten Burschen, der ihn mit seiner Weigerung, ihm sein Salzschiff zu leihen, vor Reichskanzler Johann blamiert hatte.

»Er hat sich das Amt mit Hinterlist und Verrat erschlichen!«, brauste Géroux auf. »Ihr müsst etwas dagegen unternehmen. Dieser verdammte Bastard …«

Ulman unterbrach ihn, indem er die Hand hob. »Ihr seid im Palast des Bischofs«, erinnerte er den Ministerialen harsch. »Solche Ausdrücke will ich hier nicht hören.«

»Verzeiht, Exzellenz. Aber diese Geschichte ist einfach ungeheuerlich.« Géroux rang mühsam um Beherrschung. »Es ist in Eurem eigenen Interesse, dass Ihr diesen frechen Jüngling in seine Schranken verweist. Er verbreitet aufrührerische Gedanken. Seine Anhänger und er werfen mir vor, mit meiner Nähe zu Euch das Wohl der Gilde zu gefährden, und man hat ihnen dafür zugejubelt. Wenn Ihr jetzt nichts unternehmt, werden sie Euch bald Schwierigkeiten machen, mein Wort darauf.«

Was Géroux da sagte, gab Ulman in der Tat zu denken. Er hielt das an Hochmut grenzende Selbstbewusstsein der Kaufleute schon lange für gefährlich. Dass die Gilde trotz allem in der Stadt den Frieden achtete, lag allein daran, dass in Varennes die gottesfürchtigen und bischofstreuen Kräfte stark genug waren – bis jetzt. Ein junger, arroganter Kaufmann, der die anderen aufstachelte, konnte die Gilde rasch in einen Hort der Unruhe verwandeln. Ulman vertrat seit jeher die Ansicht, dass es weise war, jegliche Rebellion im Keim zu ersticken, bevor sie sich ausbreiten konnte – wie sein Barbier, der ein Furunkel aufstach, damit es gar nicht erst reifte.

»Es war klug von Euch, mich zu benachrichtigen. Ich werde sehen, was ich tun kann«, sagte er und winkte Namus, der neben der Tür wartete, zu sich. »Ruf Martel und den Rest des Schöffenkollegiums«, befahl er dem Diener. »Sie sollen sofort herkommen.«

Michel kauerte an seinem Schreibpult, presste sich einen kühlen Lappen auf die Stirn und brütete über seinen Notizen. Mittags wollte er sich mit seinen Anhängern in der Gildehalle treffen, um zu beraten, was getan werden musste, damit sich die Zustände in der Stadt besserten. Bis dahin blieben ihm noch ein paar Stunden, und er wollte die Zeit nutzen, einige Einfälle, Gedanken und vage Pläne zu notieren.

Der Gänsekiel kratzte über das Pergament. *Erstens,* schrieb er müde, *de Guillorys Zollbrücke. Zweitens, die Münzverschlechterungen.*

Wenn er nur nicht solche Kopfschmerzen hätte … Gestern Nacht hatte er sich letztlich doch den feiernden Schwurbrüdern angeschlossen und becherweise Wein hinuntergestürzt, um seinen Kummer wegen Gaspard zu ertränken. Nun brummte ihm der Schädel, als marschierten darin ganze Kohorten von Kobolden in eisenbesohlten Stiefeln auf und ab.

Drittens, der Salzpreis …

Die Tür der Schreibstube flog auf, und Michel erschrak so heftig, dass er die Tinte verschüttete. »Was ist denn?«, fragte er gereizt und suchte den Löschkalk.

Es waren Jean und Marc Travère, beide sichtlich außer Atem. »Schau mal aus dem Fenster«, sagte sein Bruder.

Michel kam der Aufforderung nach – und vergaß augenblicklich den Tintenfleck. Bewaffnete trieben sich auf dem Domplatz herum, Büttel des Schultheißen, mindestens ein Dutzend. Michel lehnte sich aus dem Fenster und spähte zur Gildehalle. Tancrède Martel schnarrte Befehle und ließ die Männer vor dem Gebäude Aufstellung beziehen. »Was zum Teufel …«

»Das ist Géroux' Werk«, sagte Travère. »Seine Rache für die Niederlage.«

»Das lassen wir uns nicht bieten. Was erlaubt Martel sich?« Mit zusammengebissenen Zähnen setzte Michel seinen Hut auf, und sie eilten nach draußen. Martels Büttel hatten inzwischen sämtliche Zugänge zur Gildehalle abgeriegelt. Bürger strömten auf dem Platz zusammen und beobachteten das Spektakel. Vor Pierre Melvilles Haus standen die Schwurbrüder mit Ratlosigkeit in den Gesichtern.

»Was geht hier vor?«, erkundigte sich Michel.

»Martel verwehrt uns den Zutritt zur Gildehalle«, erklärte Catherine Partenay. »Er sagt, jeder, der hineinwill, werde verhaftet.«

»Befehl des Bischofs«, fügte Raymond Fabre hinzu und fuhr sich angespannt durch den Vollbart.

Abaëlard Carbonel stampfte mit seinem Stock auf. »Das ist schändlich!«, krächzte der Alte. »Ein unerhörter Verstoß gegen unsere Rechte. So etwas hat es in zweihundert Jahren Gildengeschichte nicht gegeben!«

In diesem Moment erblickte Michel Bischof Ulman. Begleitet von seinem Diener Namus schritt der Kirchenmann über den Domplatz. Offenbar wollte er zu Martel.

»Das haben wir gleich«, knurrte Michel und ging Ulman entgegen. »Wieso lasst Ihr die Gildehalle absperren? Ich verlange eine Erklärung!«

Der Bischof bedachte ihn mit einem angewiderten Blick, als wäre er ein lästiges Insekt. »Ich denke, das wisst Ihr genau, *Herr Gildemeister.*«

»Es ist unser verbrieftes Recht, uns zu versammeln. Das dürft Ihr uns nicht verwehren!«

»Dann wird Euch folgende Neuigkeit interessieren: Ich betrachte die Gilde von nun an als Verschwörung gegen das Bistum und den Frieden der Stadt und löse sie hiermit auf.«

»Das könnt Ihr nicht tun«, sagte Michel.

»Weiterhin lasse ich jeden, der aufrührerische Reden schwingt, vor Gericht stellen, mit der Acht belegen und aus der Stadt verbannen«, fuhr Ulman fort. »Jetzt geht mir aus dem Weg, oder ich lasse Euch festnehmen.«

Der Bischof rauschte an ihm vorbei, und Michel konnte nichts tun, als sich um Haltung zu bemühen und zu seinen Freunden zurückzugehen.

»Hier können wir vorerst nichts ausrichten«, sagte er. »Wir müssen uns neu formieren. Geht nach Hause. Zur None treffen wir uns im *Les Trois Frères* in der Rue des Tanneurs. Kommt alle. Aber lasst euch nicht zusammen sehen.«

Zur verabredeten Zeit fanden sich die Schwurbrüder nach und nach in dem Wirtshaus in der Unterstadt ein. Der Schankraum war schäbig, dunkel und rauchverhangen, aber genau deswegen hatte Michel diesen Ort ausgewählt, denn hierher kamen keine höhergestellten Bürger und schon gar keine Anhänger des Bischofs. Die Kaufleute saßen unter der niedrigen Balkendecke an einem klobigen Tisch. Es roch nach schalem Bier und fauligem Bohnenstroh.

»Nie hätte ich für möglich gehalten, dass der Bischof so weit gehen würde«, murmelte Marc Travère. »Nie.« Der breitschultrige Kaufmann schüttelte den Kopf, griff nach seinem Bierhumpen und trank.

»Was machen wir jetzt?«, fragte Raymond Fabre in die Runde, legte seine von den Funken der Esse verbrannten Arme auf den Tisch und verschränkte die prankenhaften Hände. Er war ein bulliger Mann mit einem Brustkasten wie ein Fass. »Uns wehren? Ich weiß nicht, wie es euch geht, aber ich habe keine Lust, mich verhaften und ächten zu lassen.«

Einige Schwurbrüder nickten bedrückt. Die Angst vor den rechtlichen Folgen eines wie auch immer gearteten Widerstands gegen die Entscheidung des Bischofs war groß, wenngleich Michel Ulmans Worte für eine leere Drohung hielt. Niemand wurde geächtet, nur weil er an einer Gildeversammlung teilnahm. Derart harte Strafen konnte nur das Hochgericht verhängen, dem im Gegensatz zum städtischen Niedergericht nicht Tancrède Martel vorsaß, sondern der Vogt Varennes': Herzog Simon Châtenois. Und der Herzog würde keinen Schwurbruder bestrafen, weil er sein Recht wahrnahm, selbst wenn Bischof Ulman dies vehement von ihm verlangte.

»Wir hätten es nie so weit kommen lassen dürfen«, sagte Fromony Baffour, seines Zeichens der größte Schwarzseher der Gilde, mit klagender, geradezu weinerlicher Stimme. »Vielleicht sollten wir die Wahl rückgängig machen und Bischof Ulman um Verzeihung bitten.«

»Auf keinen Fall«, widersprach Michel entschieden. »Wir lassen uns nicht einschüchtern und geben nicht klein bei, und schon gar nicht kriechen wir zu Kreuze.«

»Was schlagt Ihr vor?«, fragte Catherine, außer Jean, Carbonel und ihm selbst die einzige Person im Raum, die nicht völlig verängstigt war.

»Zunächst einmal ist es wichtig, dass wir nicht aufgeben. Mit Géroux' Entmachtung haben wir so viel erreicht, wollt ihr euch das einfach so wegnehmen lassen? Wir sind im Recht, nicht wahr, Abaëlard? Auch Bischof Ulman muss das anerkennen.«

»Es war eine heilige Wahl, und das Ergebnis ist rechtmäßig«, erklärte der Alte. »Wenn Bischof Ulman das nicht achtet, handelt er gegen den Willen der Heiligen.«

»Da hört ihr es«, sagte Michel. »Jetzt heißt es, nicht den Mut zu verlieren und zusammenzustehen. Dann wird es uns auch gelingen, unser Recht durchzusetzen.«

»Also verjagen wir Martel und seine Spießgesellen?«, fragte Jean mit funkelnden Augen.

»Nein. Wir gehen geschickter vor – und vor allem friedfertig. Wir brauchen die Gründungsurkunde der Gilde.«

»Wir kommen nicht an sie heran«, sagte Pierre Melville. »Sie liegt in der Gildehalle.«

»Ich weiß. Einer von uns muss nachts in die Halle eindringen und sie holen.«

Jean nickte. »Das mache ich.«

»Nein, es ist besser, wenn Pierre oder Marc das übernehmen«, erwiderte Michel. »Für dich habe ich eine andere Aufgabe …«

Nachdem sich die Versammlung in der Schenke aufgelöst hatte, machten sich die Schwurbrüder einzeln und unauffällig auf den Weg. Michel war der Einzige, der nicht sogleich nach Hause ging – er hatte beschlossen, ein letztes Mal zu versuchen, Gaspard zur Vernunft zu bringen. Er schritt zum Anwesen seines Freundes und klopfte an.

Gaspard öffnete und wollte die Tür gleich wieder zuschlagen, als er ihn erblickte. Michel stemmte sich mit beiden Händen dagegen.

»Gaspard, hör mir zu!«

»Ich habe dir alles gesagt, was es zu sagen gibt. Verschwinde!«

»Lass mich wenigstens mit Isabelle sprechen.«

»Hast du noch immer nicht verstanden? Wir haben nichts mehr miteinander zu schaffen. Du wirst dich von meiner Schwester fernhalten. Wenn ich dich dabei erwische, dass du sie auch nur ansiehst, schlage ich dir die Zähne ein!«

Gaspard stieß ihn zurück und warf die Tür zu.

Auf der Treppe zum ersten Stock kam Gaspard Isabelle entgegen.

»War das Michel?«

»Und wenn schon«, sagte er barsch.

»Ich verstehe nicht, warum du so wütend auf ihn bist. Für dich kann es doch nur gut sein, wenn er Gildemeister ist …«

»Du wirst dich von nun an von ihm fernhalten«, schnitt er ihr das Wort ab. »Ich will dich nicht noch einmal mit ihm zusammen sehen, hast du verstanden?«

»Gaspard, warte«, sagte sie, doch er ließ sie stehen.

Das Abendessen drei Stunden später nahm die Familie schweigend ein. Isabelle und ihre Mutter gingen gleich danach zu Bett, sodass Gaspard schließlich allein mit Lutisse in der Stube saß.

»Isabelle hat mir erzählt, dass du ihr verboten hast, Michel zu sehen«, begann sein Weib nach einer Weile.

»So. Hat sie das?«, meinte er.

»Sie ist sehr unglücklich deswegen.«

»Sie wird darüber hinwegkommen. Sie muss lernen, dass sie nicht alles haben kann, was sie will. Wenn ich den richtigen Mann für sie gefunden habe, wird sie Michel vergessen.«

»Du willst sie einem anderen zur Frau geben?«

»Michel bekommt sie jedenfalls nicht. Der Kerl ist für mich gestorben.«

»Und wann?«, fragte Lutisse.

»So bald wie möglich. Je eher sie ihn vergisst, desto besser.«

»Das kannst du nicht tun, Gaspard. Sie liebt ihn.«

»Liebe ist ein Luxus, den sich nicht einmal Könige leisten können.«

»Versetz dich doch einmal in ihre Lage. Sie hat fest damit gerechnet, dass Michel um ihre Hand anhalten wird. Gib ihr wenigstens Zeit, diese Enttäuschung zu verwinden.«

»Gefühle – das ist alles, was euch Frauen interessiert«, knurrte er.

»Sie ist deine Schwester. Du bist für ihr Glück verantwortlich, also nimm gefälligst ein wenig Rücksicht.«

Resigniert hob er die Hände. »Na schön. Na schön. Was also soll ich deiner Meinung nach tun?«

»Warte noch eine Weile, bevor du einen Mann für sie suchst.«

»Und wie lange?«

»Ein halbes Jahr mindestens.«

»Ein halbes Jahr!«, rief er.

»Du wartest doch schon so lange auf den Richtigen für sie«, sagte Lutisse, »da kommt es auf ein paar Monate mehr nicht an.«

»Wie du meinst. Du sollst deinen Willen haben. Aber wenn sie währenddessen Dummheiten macht, trägst du dafür die Verantwortung.«

Gaspard stand auf, griff nach dem Weinkrug und ging zu seiner Schreibstube, wo er bis in die frühen Morgenstunden blieb.

Isabelle kauerte auf der Bettkante, in der Hand das kleine Silberkreuz, und betrachtete die Kerze auf ihrem Tischchen. Stück für Stück zehrte die Flamme das Bienenwachs auf, flackerte dann und wann und wurde zusehends schwächer, als nur noch ein Stummel übrig war. Nebenan in der Schreibstube saß ihr Bruder; gelegentlich hörte sie, wie er seinen Weinkrug abstellte und in der Kammer umherging. Sein Stuhl knarrte, als er sich wieder setzte.

Sie dachte an ihre gemeinsamen Stunden mit Michel, an den Abend auf der Waldlichtung, an ihren verstohlenen Kuss am Brunnen.

Du wirst dich von nun an von ihm fernhalten. Ich will dich nicht noch einmal mit ihm zusammen sehen, hast du verstanden?

Ihre Finger schlossen sich um das Kruzifix.

Ein Luftzug löschte das ersterbende Licht. Isabelle lauschte. Nebenan war es still. Leise verließ sie ihre Kammer, huschte auf den Gang und öffnete die Tür der Schreibstube einen Spalt. Gaspard hockte auf seinem Stuhl, sein Kinn war auf die Brust gesunken, er atmete gleichmäßig. Ein Arm lag auf seinem Schoß, der andere hing herunter. Der Kienspan in der Schale glomm nur noch.

Sie schloss die Tür, kehrte in ihre Kammer zurück und nahm den Umhang vom Haken. Bevor sie die Treppe hinabstieg, blieb sie einen Augenblick stehen. Dann küsste sie das Kruzifix und schlich die Stufen hinunter.

Obwohl die Matutin lange vorüber war, fand Michel keinen Schlaf. Seit Stunden schon lag er da und grübelte, bis er irgendwann in einen dumpfen Dämmerzustand sank, heimgesucht von wirren Traumbildern.

Irgendwann schreckte er auf, weil er glaubte, er hätte ein Geräusch gehört. Es war tiefste Nacht und die Finsternis beinahe vollkommen.

Da war es wieder: ein leises Klappern. Ein Steinchen war gegen den Fensterrahmen geprallt und kullerte über den Fußboden. Michel glitt aus dem Bett und spähte nach draußen.

Vor seinem Haus stand eine Gestalt und bückte sich nach einem weiteren Stein. Als sie sich aufrichtete, bemerkte sie ihn.

»Lass mich rein«, rief Isabelle leise.

Mit einem Fluch auf den Lippen schlüpfte er in ein dünnes Gewand und huschte nach unten, darauf bedacht, Jean und die Bediensteten nicht zu wecken. Leise öffnete er die Tür, Isabelle schlüpfte herein und schlug die Kapuze ihres Umhangs zurück.

»Bist du von Sinnen? Wenn Gaspard erfährt, dass du hier bist!«

»Keine Sorge. Er saß den ganzen Abend schwermütig in seiner Schreibstube und hat Unmengen Wein getrunken. Er schläft tief und fest.«

»Und was ist mit Lutisse? Marie? Euren Bediensteten?«

»Niemand hat mich gehört oder gesehen. Vertrau mir.«

Schweigend blickte er sie an, erfüllt von widerstreitenden Gefühlen. »Gehen wir nach oben«, sagte er schließlich, ergriff ihre Hand und führte sie hinauf in den zweiten Stock. In die Stube konnten sie nicht gehen – Jean schlief nebenan und würde sie hören. Er schob sie in sein Schlafgemach und schloss die Tür.

»Wieso bist du hier?«

»Gaspard will, dass ich dich nicht mehr sehe. Aber das kann er mir nicht verbieten. Niemand kann das.«

Genau wie damals am Brunnen legte sie die Hände auf seine Wangen, führte ihre Lippen zu seinem Mund. Michel zog sie an sich und spürte, dass sie unter dem Mantel nur ein dünnes Nachtgewand trug, das ihren Körper kaum verhüllte.

Sie löste die Brosche, und der Mantel sank zu Boden.

»Willst du das wirklich?«

»Ja«, wisperte sie.

Sie küssten einander, während er seinen Rock abstreifte. Schwer atmend zog Isabelle ihr Gewand aus und legte sich aufs Bett, und dann spürte sie ihn auf sich, spürte ihn in sich. *Nein, es ist nicht wie mit Aleaume. Ganz und gar nicht wie mit Aleaume*, dachte sie, ehe sie die Welt um sich herum vergaß.

Später schmiegte sie sich an ihn, und er spielte gedankenverloren mit einer Strähne ihres Haars. Laue Nachtluft drang durch das offene Fenster, während der Wind um die Giebel strich.

»Du bist ein böses Mädchen«, murmelte er.

»Überrascht?«

»Nein. Ich weiß es. Seit unserem Kuss am Brunnen.«

»Ach ja?«

»So küsst keine Jungfrau.« Michel lächelte schläfrig.

»Besonders enttäuscht wirkst du nicht.«

»Jungfrauen werden überschätzt.«

»Das sagt Lutisse auch.«

»Lutisse? Hast du ihr …«

»Nein.« Sie streichelte seine Brust. »Keine Sorge. Sie weiß nichts.«

»Wer war der Schuft?«, fragte er.

»Wieso denkst du, dass es nur einer war?«

»Ich klammere mich an die Hoffnung, dass du trotz allem sittsam und züchtig bist.«

»Was muss ich noch alles tun, damit du endlich die Wahrheit erkennst?«

»Ich hätte da den einen oder anderen Vorschlag…«

Sie fuhr ihm mit den Fingernägeln über den Bauch. »Er hieß Aleaume. Ein fahrender Ritter, der auf dem Weg nach Jerusalem war.«

»Sah er gut aus, dieser Aleaume?«

»Ist das wichtig?«

»Vielleicht.«

Sie winkelte ihren Ellbogen an und stützte den Kopf auf die Hand. »Er war ein Dummkopf und ein Rohling. Mehr musst du nicht über ihn wissen.«

»Wenn er so ein Scheusal war, wieso hast du dich mit ihm eingelassen?«

»Neugier. Ich wollte herausfinden, wie das so ist mit der Liebe.«

»Entsprach sie deinen Erwartungen?«

»Das kann man so nicht sagen, nein.«

»Ich hoffe, du hast deine Meinung inzwischen geändert.«

Sie lächelte nur. »Jetzt bist du an der Reihe.«

»Womit?«

»Frag nicht so dumm. Deine Frauen, deine Liebschaften, deine Sünden. Ich will alles wissen.«

»Da gibt es nicht viel zu erzählen«, sagte er lächelnd.

»Komm. Keine falsche Bescheidenheit.«

Wie die meisten Männer Varennes' hatte Michel seine ersten Erfahrungen im Bordell gesammelt. An seinem dreizehnten Geburtstag hatte ihn sein Vater zum Hurenhaus hinter dem Viehmarkt mitgenommen, damit er die Liebe kennenlernte – so handhabten es fast alle Patrizier. Er würde diesen Abend nie vergessen. Beatrix war ihr Name gewesen. Aber Isabelle davon erzählen? Nein. Niemals.

»Da war ein Mädchen in Mailand. Lucia. Wir trafen uns eine Weile.«

»Wie war sie?«

»Nun, klein, rothaarig. Hübsch.«

»Warst du in sie verliebt?«

»Das ist lange her.« Er sah sie an, strich ihr über die Wange, das Haar. »Heirate mich.«

»Gaspard würde das niemals erlauben.«

»Liebst du mich?«

»Ja.«

»Dann heirate mich, egal, was er sagt. Wir gehen nach Nancy oder Metz. Irgendwo finden wir einen Priester, der uns traut.«

Sie legte sich auf den Rücken. »Nein, Michel. Das kann ich Gaspard nicht antun. Er ist immer noch mein Bruder.«

Sie drehte den Kopf, und sie schauten einander an, lange.

»Gaspard und ich«, begann Michel. »Ich weiß nicht, was ich noch tun kann.«

»Du musst versuchen, ihn zu verstehen. Er ist sehr stolz. Er fühlt sich von dir gedemütigt.«

»Das wollte ich nicht.«

»Ich weiß. Aber er sieht das eben so. Gib ihm Zeit. Vielleicht legt sich sein Zorn eines Tages.«

»Und was tun wir derweil? Uns nicht mehr sehen?«

»Wir treffen uns, wann immer wir wollen.«

»Heimlich.«

»Ja.«

Er schwieg.

»Das gefällt dir nicht«, sagte sie.

»Nein. Tut es nicht.«

»Ich schätze, wir haben keine andere Wahl.«

»Haben wir nicht«, sagte Michel. Er kannte Gaspard. Es würde lange dauern, bis er die Demütigung verwunden hatte – falls er Michel überhaupt je verzieh. Einstweilen auf Isabelle zu warten, sie kaum zu sehen, nicht mit ihr zu sprechen, das überstieg Michels Kräfte.

Er nahm sie in den Arm, ihre Fingerkuppen fuhren durch

sein Brusthaar. Irgendwann spähte er zum Fenster. »Du solltest gehen.«

»Gleich.« Ihre Hand wanderte über seinen Bauch nach unten, und er spürte ihren Atem in seiner Halsbeuge. »Liebe mich noch einmal.«

»Es wird bald hell. Was machst du da? Hör auf«, sagte er lächelnd.

»Ich bin ein böses Mädchen, schon vergessen?«

»Isabelle ...«

»Huch! Was haben wir denn da? Den Amtsstab des Gildemeisters?«

»Isabelle!«

Der Reihe nach musterte Michel die Kaufleute, die sich im düsteren Schankraum des Wirtshauses *Les Trois Frères* versammelt hatten. Alle außer Catherine und Abaëlard Carbonel trugen Waffen, vom einfachen Knüppel oder Dolch bis hin zum Schwert. Raymond Fabre hatte gar ein Kettenhemd angelegt, das ihm, wie er erzählte, bei seinen Reisen schon manches Mal das Leben gerettet habe. Die Mienen der Schwurbrüder waren angespannt, aber längst nicht mehr so verzagt und mutlos wie gestern noch.

»Hast du die Urkunde?«, wandte sich Michel an Pierre Melville.

Falls der Kaufmann den bevorstehenden Ereignissen bang entgegenblickte, so merkte man ihm dies nicht an. Wie immer sah er blendend aus, zum einen wegen seiner erlesenen Kleidung, zum anderen wegen seines überaus anziehenden Gesichts, dem kecken Kinnbärtchen und dem schwarzen Haar, das ihm bis auf die Wangenknochen fiel. Er zeigte ein strahlendes Lächeln, während er auf das Lederfutteral unter seinem Arm klopfte. »Ich bin mitten in der Nacht durch ein offenes Fenster in die Gildehalle eingestiegen. Es war nicht schwer, an Martels Bütteln vorbeizuschleichen. Beim heiligen Jacques, ich habe mich gefühlt wie ein richtiger Einbrecher.«

Michel lächelte. Er hatte seine Meinung über diesen Mann inzwischen revidiert. Pierre mochte eitel und sehr von sich eingenommen sein, doch sein Herz saß am rechten Fleck.

»Geht's endlich los?«, rief Carbonel und stampfte mit dem Gehstock auf.

»Wir warten noch auf meinen Bruder. Sobald er da ist, brechen wir auf.«

»Hier ist er schon!« Jean kam die kurze Treppe zum Schankraum heruntergestürmt, gefolgt von einem guten Dutzend junger Männer, die er in seiner Eigenschaft als Sprecher der Unmündigen zusammengetrommelt hatte, allesamt bewaffnet. Die meisten von ihnen hassten Tancrède Martel und die Stadtbüttel, die ihnen das Leben schwermachten, wo sie nur konnten, und Michel las in ihren grimmigen Gesichtern, dass sie die bevorstehende Auseinandersetzung mit dem Schultheiß kaum erwarten konnten.

Die Anspannung der Schwurbrüder ging merklich zurück, als Jean ihnen seine Begleiter vorstellte. Die meisten Kaufleute waren keine großen Kämpfer und dankbar für die Verstärkung durch einen schlagkräftigen Trupp.

»Abmarsch!«, rief Michel, und die Schar strömte auf die Gasse. Er spürte immer noch Isabelles Berührungen auf seiner Haut und roch ihren Duft, obwohl es inzwischen einige Stunden her war, dass sie sich in den frühen Morgenstunden davongestohlen hatte. Er war erfüllt von vibrierender Tatkraft und fühlte sich stark und unbesiegbar. Er hoffte nur, dass sein Plan aufging. Sorgen bereiteten ihm die vielen Waffen, die, wenngleich unerlässlich für ein bedrohliches Auftreten, allzu leicht ein Blutbad auslösen konnten, denn sein Vorhaben war nicht ohne Risiko.

»Hast du deinen Freunden gesagt, dass ich Gewalt um jeden Preis vermeiden will?«, fragte er Jean leise.

»Sie wissen Bescheid.«

»Pass gut auf sie auf. Wenn auch nur einer aus der Reihe tanzt und meint, den Helden spielen zu müssen, kann weiß Gott was passieren.«

Der zwanzigköpfige Trupp zog durch die Gassen der Unterstadt, überquerte den Kanal und marschierte in Richtung Dom, begleitet von den neugierigen und ängstlichen Blicken zahlreicher Bürger, die am Straßenrand und an den Fenstern ihrer Häuser standen. Jemand musste Martel vor den anrückenden Kaufleuten gewarnt haben, denn als die Schwurbrüder und ihre Helfer den Domplatz erreichten, erwartete der Schultheiß sie bereits. Auf seinen Gehstock gestützt, stand er bei seinen Bütteln vor der Gildehalle, offenbar entschlossen, sie notfalls mit Waffengewalt zu vertreiben.

Michel baute sich vor Martel auf, und seine Gefährten bildeten einen Halbkreis hinter ihm.

»Lasst uns in die Gildehalle.«

»Nein«, sagte Martel. »Die Anordnung des Bischofs ist eindeutig.«

»Er verwehrt uns unsere Rechte.«

»Er ist der Herr dieser Stadt. Er allein entscheidet, was in Varennes Gesetz ist.«

Michel nickte seinen Gefährten zu. Wer eine Waffe besaß, zog sie. Das hatte die beabsichtigte Wirkung: Das halbe Dutzend Büttel, das die Gildehalle abriegelte, wurde sichtlich unruhig. Voller Unbehagen traten die Männer von einem Fuß auf den anderen und schienen zu erwägen, die Spieße wegzuwerfen und zu fliehen.

»Reißt euch zusammen und nehmt gefälligst Haltung an!«, fuhr Martel sie an. »Das sind doch nur Krämer und Lehrlinge!«

»Eure Männer sind klüger als Ihr«, sagte Michel. »Sie wissen, dass sie uns nicht gewachsen sind. Gebt auf, Martel. Ihr seid im Unrecht, und ein Blutvergießen nutzt keinem.«

Der Schultheiß stierte an ihm vorbei. »Exzellenz!«

Michel drehte sich um. Bischof Ulman kam mit ausladenden Schritten über den Platz, das Gesicht bis hinauf zur hohen Stirn rot vor Zorn.

»Was erlaubt ihr euch?«, herrschte er die Kaufleute an. »Nicht nur, dass ihr meinen Befehl missachtet, ihr zieht auch noch durch die Stadt wie eine Bande von Aufrührern und Verbrechern!«

»Wir wollen nur von unserem Recht Gebrauch machen, uns zu versammeln«, erwiderte Michel. »Es ist ein Recht aus alter Zeit, das uns niemand nehmen darf. Auch Ihr nicht.«

»Das ist Rebellion! Ich werde Herzog Simon und den Erzbischof benachrichtigen!«

Michel ließ sich von Pierre Melville die Urkunde geben und entrollte das uralte Pergament. »Die Gilde existiert nun seit fast zweihundert Jahren. Kaiser Otto III. hat ihrer Gründung im Jahre 998 unter den Augen der Reichsfürsten auf dem Hoftag zu Straßburg zugestimmt – diese Urkunde trägt Ottos Siegel und seine Unterschrift. Geht zum Herzog, wenn Ihr dies für richtig haltet. Aber ich fürchte, wenn er erfährt, dass Ihr die Gilde verboten und damit dem Willen Ottos zuwidergehandelt habt, wird er nicht erfreut sein.«

Sengendes Feuer loderte in Ulmans Augen. »Diese Dreistigkeit«, sagte der Bischof, »werdet Ihr noch bitter bereuen!« Er wirbelte herum und stolzierte mit flatternder Soutane davon.

Martel begriff, dass die Schlacht verloren war, rief seine Büttel zu sich und folgte Bischof Ulman, nicht ohne den Kaufleuten einen letzten hasserfüllten Blick zuzuwerfen.

»Zur Gildehalle!«, rief Michel.

»Hoch lebe der Gildemeister!«, brüllten die Schwurbrüder, und Michel wurde von den jubelnden Kaufleuten regelrecht über den Platz und in das Gebäude hineingespült.

Drinnen gab er Jean die Anweisung, mit seinen Freunden während der Versammlung vor dem Eingang Wache zu stehen, für den unwahrscheinlichen Fall, dass Bischof Ulman seine Meinung änderte und Martel doch mit Gewalt gegen die Gilde vorgehen ließ. Anschließend nahmen die Schwurbrüder an der Tafel Platz, und Michel ließ sich auf dem Stuhl des Gildemeisters nieder. Es war ein seltsames, unwirkliches Gefühl. Gerade einmal drei Monate war es her, dass man ihn in die Gilde aufgenommen hatte, und nun saß er plötzlich als gewähltes Oberhaupt am Kopf dieser Tafel.

»Lasst uns beraten«, sagte er, nachdem sich der Überschwang der Schwurbrüder gelegt hatte. »Was können wir tun, um unsere Lage zu verbessern?«

»Das größte Übel sind die Münzverschlechterungen«, sagte Marc Travère. »Wir müssen Bischof Ulman dazu bringen, uns ein Mitspracherecht beim Münzwesen einzuräumen.«

»Der Salzpreis muss sinken«, fügte Melville hinzu. »Er versetzt dem Handel sonst den Todesstoß.«

Catherine nickte. »Zusammen mit den Marktgebühren.«

»Ich fürchte nur, das wird nicht so einfach«, gab Charles Duval zu bedenken. »Das Markt- und Münzwesen und die Salzschürfrechte sind hoheitliche Regalien – das Bistum hat sie einst vom Kaiser bekommen. Die Gilde hat dagegen keine rechtliche Handhabe. Wenn Bischof Ulman uns nicht freiwillig entgegenkommt, können wir wenig tun.«

»Dann üben wir Druck auf ihn aus«, sagte Raymond Fabre. »So wie eben.«

»Das war etwas anderes. Heute haben wir nur unser Recht durchgesetzt. Ein kleiner Sieg, zweifellos, aber Ulman Regalien abzutrotzen wird schwieriger. Er hat Soldaten, Ländereien, nahezu unbegrenzte Geldmittel, und er weiß die Macht der Kirche hinter sich, während wir nur eine kleine Gilde sind. Auf Dauer wären wir ihm nicht gewachsen.«

Michel hielt sich zurück und ließ der Diskussion ihren Lauf. Die Schwurbrüder waren kluge, durchweg gebildete Leute und imstande, ihre Lage zu bewerten, die richtigen Schlüsse daraus zu ziehen und vernünftige Lösungen zu entwickeln. Zwar hatte Michel viele eigene Ideen, doch er wollte die Gilde nicht wie Géroux führen, der den Schwurbrüdern ständig seinen Willen aufgezwungen hatte. Zumal es durchaus möglich war, dass seine Freunde bessere Einfälle haben würden.

»Noch mag die Gilde schwach sein, verglichen mit dem Bistum«, wandte Carbonel ein. »Aber das kann sich ändern, wenn wir die Bürger für unsere Sache gewinnen. Wenn es uns gelänge, die einfachen Handwerker, Tagelöhner und Stadtbauern zu unterstützen und ihr hartes Los zu lindern, würde dies unseren Einfluss in der Stadt beträchtlich mehren, und dann könnte sich Bischof Ulman unseren Forderungen nicht mehr ohne Weiteres verweigern.«

Michel war beeindruckt. Was Carbonel vorschlug, war pfiffig. »Richtig. Denn dann müsste er fürchten, ganz Varennes gegen sich aufzubringen. Wie also können wir dieses Ziel erreichen?«

»Den einfachen Leuten ist am ehesten geholfen, wenn wir den Dreck in den Straßen beseitigen und die Brunnen reinigen«, sagte Catherine. »Außerdem kann es nicht schaden, ein paar zusätzliche öffentliche Backöfen zu bauen, denn davon gibt es viel zu wenige.«

»Das wären wirkungsvolle und billige Maßnahmen«, stimmte Melville ihr zu. »Wir könnten sie mühelos aus der Gildekasse bezahlen.«

»Könnte uns Bischof Ulman das verbieten?«, wandte sich Michel an Carbonel und Duval, die von rechtlichen Fragen am meisten verstanden.

»Es gibt kein Gesetz, das bestimmt, dass die Brunnenpflege, die Reinigung der Straßen und der Bau neuer Backöfen dem Schöffenkollegium vorbehalten sind«, antwortete Duval. »Jeder christliche Bürger ist dazu berechtigt. Es ist sogar ein Gebot der Nächstenliebe.«

»Ausgezeichnet. Wenn niemand Einwände hat, gehen wir so vor.«

Pierre Melville lächelte. »Das Schöne daran ist, dass Bischof Ulman glauben wird, die Gilde sei plötzlich mildtätig geworden. Niemals wird er unsere Absichten durchschauen – bis wir ihm in ein, zwei Jahren unsere Forderungen auf den Tisch legen.«

Auch Michel war hochzufrieden mit dem Vorhaben. Gewalt,

wie Gaspard dachte, war überhaupt nicht nötig. Es gab so viel elegantere Wege, seine Ziele zu erreichen.

»Über eine Sache haben wir noch gar nicht gesprochen«, warf Fromony Baffour ein, der bis jetzt geschwiegen hatte. »De Guillorys Zollbrücke. Sie ist das größte Übel für den Handel, mehr noch als der Salzpreis und der Marktzoll.«

»Wahrhaftig, da habt Ihr recht«, murmelte Fabre, und die anderen Kaufleute nickten düster. »Aber was sollen wir gegen die verdammte Brücke unternehmen? Sie liegt nicht auf dem Stadtgebiet und damit außerhalb unseres Einflusses.«

»Warum bauen wir keine eigene Brücke?«, fragte Baffour zögernd.

Michel hob eine Augenbraue. Dass solch ein Vorschlag ausgerechnet vom größten Schwarzseher der Gilde kam, erstaunte ihn. Entdeckte der Mann womöglich gerade seinen Mut?

»Wir haben darüber schon einmal gesprochen – Jahre, bevor Ihr Schwurbruder wurdet«, erwiderte Charles Duval. »Zwischen Fischmarkt und Nordtor gab es früher eine Brücke; ich glaube, aus der Zeit der Römer. Man kann immer noch die Überreste im Flussbett sehen. Wir haben damals darüber nachgedacht, sie neu aufzubauen und von dort aus eine Straße zur Saline anzulegen, denn dann hätte de Guillory keine Möglichkeit mehr, den Salzhandel mit Zöllen zu belegen. Schließlich liegt die Saline im Gegensatz zur Brücke nicht auf seinem Land.«

»Warum wurde nichts daraus?«, fragte Michel.

»Weil Géroux und seine Leute dagegen waren. Sie wollten es sich nicht mit der Familie de Guillory verscherzen.«

»Natürlich.« Michel verzog den Mund. »Warum frage ich überhaupt?«

»Aber jetzt hat der alte Géroux nichts mehr zu sagen«, erklärte Fabre entschieden. »Lasst uns diese Brücke bauen!«

Michel sah nichts als entschlossene Gesichter. Der Vorschlag begeisterte alle. »Euch ist klar, dass wir uns damit de Guillory zum Feind machen.«

»Und wenn schon«, knurrte Fabre. »Was soll er dagegen tun? Schlimmer als jetzt kann es nicht werden.«

Lediglich Duval schien Zweifel zu hegen. »Bitte verzeiht, aber ich muss schon wieder Bedenken äußern. Eine Brücke ist teuer – sehr teuer sogar. Wer soll den Bau bezahlen?«

»Einen Teil der Kosten können wir aus der Gildekasse aufbringen«, antwortete Michel. »Den Rest übernehmen wir.«

»Das wird jeden von uns ein Vermögen kosten.«

»Gewiss. Aber denkt an das viele Geld, das ihr sparen werdet, wenn ihr nie mehr Brückenzoll zahlen müsst.«

»Gut«, meinte Duval. »Aber da wäre noch etwas. Bischof Ulman wird nicht dulden, dass die Gilde eigenmächtig eine Brücke baut. Zwar kann er uns das streng genommen nicht verbieten, da meines Wissens in den Regalien nicht eindeutig geregelt ist, wer in Varennes Brücken errichten darf …«

»Es wäre doch in seinem eigenen Interesse«, fiel Fabre ihm ins Wort. »Es würde das Salz aus seiner Saline billiger und damit begehrter machen.«

»Das ist richtig«, stimmte Duval zu. »Aber es wäre ein weiterer Gesichtsverlust für ihn, den er nach dem heutigen Vorfall keinesfalls hinnehmen wird.«

»Es muss uns also gelingen, seine Zustimmung für den Brückenbau zu bekommen«, sagte Michel.

»Ich fürchte, daran führt kein Weg vorbei.«

»Wie können wir ihn überzeugen?« Michel lehnte sich zurück und betrachtete die Malereien an der Saaldecke. »Jeder Mann hat mindestens eine Schwäche, die ihn angreifbar macht«, dachte er laut nach. »Was ist Bischof Ulmans größtes Laster …?«

Der Diener führte Michel die Treppe hinauf und einen kurzen Gang entlang, klopfte an einer Tür und öffnete sie. »Herr de Fleury, der neue Gildemeister, möchte Euch sprechen, Exzellenz.«

»Tatsächlich«, erklang die Stimme des Bischofs. »Nur der

Herr kann ermessen, wie sehr mich dies beglückt. Nun lass ihn schon eintreten, bevor er noch beschließt, in meinem Palast Wurzeln zu schlagen.«

Michel betrat die Schreibstube. Ulman thronte hinter einem mächtigen Tisch aus dunklem Holz, unter einem silbernen Kruzifix an der Wand, und hatte gerade einige Dokumente unterzeichnet.

»*Pax vobiscum*«, knurrte der Kirchenmann und präsentierte seinen Ring, den Michel bereitwillig küsste. »Was wollt Ihr? Mich ein wenig verhöhnen, weil es Euch gelungen ist, mich vor der ganzen Stadt zu demütigen? Oder habt Ihr in Eurer Niedertracht beschlossen, dass das nicht genügt und es Zeit für einen neuen Anschlag auf meine Würde ist?«

»Ich bin hier, um im Namen der Gilde und aller Schwurbrüder Frieden mit Euch zu schließen«, sagte Michel.

Ulman machte keine Anstalten, ihm einen Stuhl anzubieten. Stechend blickte er ihn an. »Wieso fällt es mir nur so schwer, Euren Worten zu glauben?«

»Die Gilde hat kein Interesse an einem dauerhaften Zwist mit Euch. Wir haben unser Recht durchgesetzt, und damit ist diese Angelegenheit für uns beendet. Es ist nicht unser Wunsch, uns gegen die Kirche zu stellen, und auf keinen Fall möchten wir uns Euren Zorn zuziehen.«

»Entschuldigt Euch für Euer schändliches Verhalten«, verlangte der Kirchenmann.

Michel kniete nieder, ganz der ehrerbietige Christ und Untertan. »Es war niemals unsere Absicht, Euch zu demütigen, Exzellenz. Falls das geschehen ist, erflehen wir Eure Verzeihung. Bitte, nehmt unser Friedensangebot an, zum Wohle der Stadt und ihrer Bürger.«

»Erhebt Euch.« Ulman wirkte besänftigt, wenngleich sein Zorn nicht gänzlich verschwunden war. »Das ist nicht der einzige Grund, warum Ihr hier seid, richtig?« Natürlich hatte er die Pergamentrolle unter Michels Arm bemerkt.

Michel nickte. »Ihr seid dafür bekannt, Eure Macht weise und zum Wohl der einfachen Leute einzusetzen. Deshalb hat die Gilde eine Bitte an Euch.«

»Welche?«, fragte Ulman argwöhnisch.

»Wir möchten eine Brücke über die Mosel bauen und erbitten Eure Zustimmung.«

»Ich hätte mir denken können, dass sich hinter Eurem heuchlerischen Ersuchen um Frieden und Versöhnung der pure Eigennutz verbirgt. Ich sollte Euch auf der Stelle hinauswerfen!«

»Natürlich sind mit dem Brückenbau geschäftliche Erwägungen verbunden – schließlich sind wir Kaufleute. Aber er ist auch ein Teil unserer Bitte um Versöhnung: Die Brücke soll für den neuen und dauerhaften Frieden zwischen Gilde und Kirche stehen.«

Ulman schnaubte missmutig. »In Wahrheit geht es Euch doch nur darum, dass ich den Bau bezahle.«

»Wir fordern keinen Denier vom Bistum. Die Gilde und die Schwurbrüder kommen für sämtliche Kosten auf, für die Steinmetze, die Maurer, die Zimmerleute und das Material. Alles, was wir von Euch wünschen, ist Euer Einverständnis.«

»Keinen Denier?«

Michel nickte. »Keinen Denier.«

Dies nahm Ulmans Widerstand einiges von seinem Schwung. Doch genau, wie Charles Duval prophezeit hatte, schien er sich vor einem neuerlichen Gesichtsverlust zu fürchten. »Ich muss darüber nachdenken. Die Folgen eines solchen Bauwerks abwägen. Möglicherweise verursacht eine neue Brücke mehr Schaden als Nutzen. Was ist mit Aristide de Guillory? Er wird es kaum hinnehmen, dass ihm die Zolleinnahmen wegbrechen.«

Das war eine Ausrede. Ganz Varennes wusste, dass der Bischof nicht sonderlich viel für de Guillory übrig hatte und sich einen Dreck um dessen Wohl scherte. Er wollte lediglich Zeit gewinnen. Michel beschloss, den letzten Pfeil in seinem Köcher abzuschießen. »Wir sind davon überzeugt, dass der Nutzen einer neuen Brücke für Varennes gewaltig sein wird. Lasst mich Euch die Pläne zeigen. Sie werden Eure Bedenken zerstreuen.«

Er rollte das Pergament auf dem Tisch aus. Die Konstruktionszeichnung war sehr schlicht, mehr eine Skizze, und weit von einem fertigen Bauplan entfernt – ein Steinmetz hatte sie gestern nach der Gildenzusammenkunft in aller Eile angefertigt. Michel erläuterte den Aufbau der Brücke und ihre Beschaffenheit. Ulman hörte ihm kaum zu. Sein Blick haftete an einem einzigen baulichen Element, von dem Michel in weiser Voraussicht eine Vergrößerung hatte zeichnen lassen.

»Eine Statue soll die Brücke schmücken?«, fragte er betont beiläufig.

Michel lächelte, als hätte er nicht gedacht, dass Ulman diese Einzelheit auffallen würde. »Sie wäre unser Geschenk an Euch, als Zeichen unserer Freundschaft.« Er fand, dass die Abbildung ausnehmend gelungen war. Die Statue stellte Ulman dar, wie er imposant und machtvoll über die Mosel blickte, weithin zu sehen für jeden Reisenden, der die Brücke überquerte – das Sinnbild eines gütigen und gleichzeitig unerbittlichen Kirchenfürsten und Stadtherrn.

»Ich behalte die Pläne hier, um sie in Ruhe zu studieren«, sagte der Bischof. »Kommt morgen wieder, und dann teile ich Euch meine Entscheidung mit.«

»Gewiss, Exzellenz.« Michel verneigte sich.

Kurz darauf verließ er den Palast. Draußen wartete Jean auf ihn.

»Und, was hat er gesagt?«, erkundigte sich sein Bruder, als sie den Domplatz überquerten.

Michel lächelte selbstzufrieden. Dass sich Ulman einen Tag Bedenkzeit erbeten hatte, lag allein daran, dass er fürchtete, nachgiebig und wankelmütig zu wirken, wenn er dem Bau allzu rasch zustimmte. In Wirklichkeit hatte er seine Entscheidung längst getroffen. Dieser Statue konnte er unmöglich widerstehen.

»Wir bekommen unsere Brücke«, sagte Michel.

Michel behielt recht: Als er am nächsten Tag in den Palast gerufen wurde, erteilte Bischof Ulman der Gilde die Erlaubnis, eine Brücke über die Mosel zu errichten.

Eine Woche später begannen die Arbeiten.

September und Oktober 1187

Varennes-Saint-Jacques

Die Wochen vergingen; aus dem Spätsommer wurde Herbst. Michel ließ die Gilde mindestens zweimal im Monat zusammentreten, manchmal gar einmal pro Woche, wenn genug Schwurbrüder in der Stadt waren, denn es gab viel zu tun. Für den Brückenbau mussten Material gekauft und Steinmetze, Zimmerleute und Maurer angeworben werden. Aus Nancy holte die Gilde einen erfahrenen Baumeister, der die Arbeiten leitete. Auch die anderen Vorhaben der Gilde waren mühsam und verschlangen viel Zeit.

Es dauerte nicht lange, bis Jaufré Géroux und seine Leute wieder zu den Zusammenkünften kamen. Michel vermutete, dass Bischof Ulman dahintersteckte – vermutlich hatten die Ministerialen den Auftrag bekommen, ihn umgehend über alle wichtigen Beschlüsse in Kenntnis zu setzen. Auch Gaspard und seine Anhänger nahmen kurz nach der Wahl wieder an den Versammlungen teil – doch nicht, weil er Michel verziehen hatte, ganz im Gegenteil. Genau wie Géroux machte er Ärger, wo er nur konnte. Während die Ministerialen verhindern wollten, dass das Geld aus der Gildekasse dafür verwendet wurde, neue Backöfen zu bauen, die Brunnen zu erneuern und die Straßen zu säubern, schlug Gaspard eine gänzlich andere Strategie ein. Es zeigte sich, dass er die neuen Vorhaben der Gilde grundsätzlich für sinnvoll hielt, und er war trotz seines Grolls auf Michel vernünftig genug, sich nicht gegen sie zu stellen. Da er Michel aber dennoch schaden wollte, verlegte er sich bald darauf, ihre

Ausführung zu kritisieren, in der Hoffnung, damit Schwurbrüder, die es ähnlich sahen, für sich zu gewinnen.

Beispielsweise war Gaspard mit dem Brückenbau nicht einverstanden. Um die Gildekasse und ihre eigenen Geldbeutel zu schonen, hatten Michel und seine Anhänger beschlossen, die Brücke hauptsächlich aus Holz zu errichten. Gaspard hingegen bestand auf einer Steinbrücke, denn Holzbrücken seien, wie er sagte, nicht sehr robust und könnten abbrennen oder einem Hochwasser zum Opfer fallen. Durchsetzen konnte er sich damit jedoch nicht, denn die Schwurbrüder scheuten die hohen Kosten einer reinen Steinkonstruktion.

Auch alle anderen Angriffe konnte Michel abwehren, ob sie nun von Gaspard kamen oder von Géroux: zum einen, weil seine Anhängerschaft stärker war als die seiner Gegner; zum anderen, weil das Amt des Gildemeisters ganz seinen Talenten entsprach. Wo andere Menschen angesichts der Schwierigkeit einer Aufgabe verzweifelten, blühte er auf – wo seine Freunde vor einem Hindernis den Mut verloren, erkannte er neue Möglichkeiten. Inzwischen hatte sich ihm sogar Thibaut d'Alsace angeschlossen, überzeugt von Michels Geschick, obwohl er bei der Wahl des Gildemeisters noch für Géroux gestimmt hatte.

Und so baute die Gilde neue Backöfen und kümmerte sich um die Brunnen. Ein Gerber wurde eingestellt und mit der Aufgabe betraut, gemeinsam mit dem städtischen Dreckmeister, der seine Arbeit wegen des geringen Lohns mehr schlecht als recht ausführte, die Straßen sauber zu halten, Tierkadaver wegzuschaffen und regelmäßig die öffentlichen Sickergruben zu reinigen. All diese Neuerungen stießen bei den Bewohnern Varennes' auf große Zustimmung, und sie dankten es der Gilde mit kleinen Geldspenden.

Obwohl ihm seine Pflichten als Gildemeister einiges abverlangten, gelang es Michel, im Herbst sein Geschäft voranzubringen. Ende September, als der Brückenbau zum größten Teil geregelt war, reisten Jean und er zur Sankt-Aigulf-Messe in

Provins und drei Wochen später nach Metz und an den Rhein. Beide Handelsreisen erwiesen sich als überaus lukrativ: Als der November kam, war die Truhe in Michels Schreibstube trotz der Abgaben, die er zu Michaeli hatte entrichten müssen, randvoll mit funkelnden Silbermünzen.

In diesem Teil der Unterstadt war Isabelle noch nie gewesen.

Wäschereien und Färberwerkstätten säumten den Kanal, der das Viertel vom Rest Varennes' trennte. Ein Mühlrad durchpflügte das moosgrüne Wasser, daneben füllten junge Burschen ihre Eimer und reichten sie zu einem Wagen hinauf. Obwohl der Nieselregen ihre Kittel durchweichte, erfreuten sie sich bester Laune und sangen ein unanständiges Lied. Der Zugochse schlug mit dem Schwanz nach Fliegen und pinkelte in den Straßenschlamm. Der Urin dampfte in der Kälte.

Isabelle trug einen weiten Umhang, der sie von Kopf bis Fuß verhüllte. Mit gesenktem Haupt eilte sie an der Mühle vorbei, bis sie zu einer Hütte neben der Brücke zur Judengasse kam. Das schäbige Holzgebäude stand zum Teil auf der Uferböschung, zum Teil auf einem Gewirr aus Stützen, und ragte abenteuerlich über den Kanal. An Schnüren unter dem Vordach trockneten Bärlapp, Wacholder und andere Heilkräuter.

Das musste es sein.

Die Tür stand einen Spalt offen. Isabelle klopfte an.

»Nur herein«, rief eine Frauenstimme.

Isabelle kniff die Lippen zusammen und betrat das höhlenartige Innere der Hütte. Es roch nach Rauch, Lavendel und Wollschweiß; von den Deckenbalken hingen Töpfe und ein eiserner Haken mit einer Wurstkette.

Peirona, die Hebamme, saß an einem Tischchen, zerkleinerte eine Rübe und warf die Stücke in einen Eisenkessel über dem Feuer. Sie war eine kleine und pausbäckige Frau, mit braunen Korkenzieherlocken und einem zierlichen Körper, der in einem Kittel aus Lederflicken und Wollfetzen steckte.

Isabelle schlug die Kapuze zurück. »Gott zum Gruße.«

»Bist du nicht die Tochter vom alten Caron? Nur zu – setz dich.« Peirona warf die letzten Rübenwürfel in den Topf und wischte sich mit einem Tuch die Hände ab. »Was kann ich für dich tun? Hat dein Bruder es endlich geschafft, seiner Lutisse ein Kind zu machen?«

»Eine Freundin schickt mich. Sie braucht deine Hilfe.«

Vermutlich hatte Peirona diese Lüge schon tausendmal gehört, doch sie war taktvoll genug, es sie nicht spüren zu lassen. »Lass mich raten«, sagte sie, während sie sich von ihrem Schemel erhob. »Deine Freundin hat einen Liebsten und fürchtet, sie könnte von ihm schwanger werden.«

Isabelle nickte.

Die Hebamme griff nach dem Schürhaken und stocherte in den Flammen unter dem Kessel. Funken wallten auf, umschwirrten den Kessel wie winzige Irrlichter und verglühten unter den Deckenbalken. »Es ist meine Aufgabe, Kinder zur Welt zu bringen. Wenn deine Freundin kein Kind haben will, bist du hier falsch.«

Peirona stand in dem Ruf, überaus diskret und verschwiegen zu sein. Isabelle beschloss, dass sie es riskieren konnte, offen zu ihr zu sein. »Wir haben gehört, dass du Mittel kennst, die eine Empfängnis verhüten können.«

»Wer sagt so etwas?«

»Die Leute in der Stadt.«

»Die Leute«, wiederholte Peirona verächtlich. »Die Leute reden viel. Von morgens bis abends tratschen sie und wissen gar nicht, was sie damit anrichten. Du solltest nicht alles glauben, was man dir erzählt, Kindchen.«

»Meine Freundin zahlt gut für deine Dienste.« Isabelle holte einen Beutel mit Silberpfennigen hervor und legte ihn auf den Tisch.

»Wie viel ist das?«

»Drei Sous.«

»Das ist eine Menge Geld. Deine Freundin wäre besser dran, wenn sie ihren Liebsten einfach heiraten würde.«

»Das kann sie nicht. Es ist … kompliziert.«

»Es ist immer dasselbe mit euch jungen Leuten. Liebe. Leidenschaft. Das ist alles, was euch interessiert. Anschließend seid ihr das heulende Elend, und Peirona darf es richten.«

Isabelle war nicht gekommen, um sich Vorhaltungen machen zu lassen. Sie stand auf. »Verzeih. Es war dumm von mir, dich zu belästigen. Leb wohl.«

Die Kräuterfrau musterte sie. War das Mitleid in ihrem Blick? »Angenommen, ich hätte solch ein Mittel – es wäre eine schwere Sünde, es einzunehmen, zumindest in den Augen der Pfaffen. Ist das deiner Freundin klar?«

»Sie weiß, worauf sie sich einlässt.«

»Habe ich ihr Wort, dass sie niemandem erzählen wird, woher sie es hat?«

»Du hast *mein* Wort.«

Peironas Blick wurde forschender, stechender. »Warte hier«, sagte sie und verschwand im hinteren Teil ihrer Hütte.

Isabelle war heiß, so nah beim Feuer. Sie zog ihren Umhang aus, legte ihn über den Schemel und verschränkte die Arme vor der Brust. Seit ihrer ersten Liebesnacht sahen sich Michel und sie mehrmals in der Woche, wenn er in der Stadt war. Sie gebrauchten vertrauliche Zeichen, wenn sie sich sehen wollten – einen roten Schal, den sie aus ihrer Kammer hängte, einen dreiarmigen Kupferleuchter, den er ins Fenster seiner Schreibstube stellte –, und trafen sich stets an einem geheimen Ort, wo sie nicht fürchten mussten, gesehen zu werden. Natürlich wussten sie, dass es ein Spiel mit dem Feuer war, das sie da trieben. Wenn sie ein Kind von ihm empfing, wäre ihr Ansehen in der Stadt zerstört, und Gaspard würde schreckliche Rache an Michel nehmen. Also hatte sie beschlossen, Vorsorge zu treffen.

Peirona trat aus den Schatten hinter dem Herdfeuer und

stellte ein Fläschchen auf den Tisch. »Das ist Saft von der Trauerweide. Weiß deine Freundin, wie sie ihn zu gebrauchen hat?«

»Sag es mir lieber.«

»Sie soll sich damit einreiben, wenn sie ihren Liebsten trifft.«

»Wo einreiben?«

»Ach, Kindchen. Wohl kaum hinter den Ohren. Muss ich noch deutlicher werden?«

Isabelle schämte sich für ihre Naivität. »Ich hab schon begriffen.«

»Sie soll nicht zu viel, aber auch nicht zu wenig nehmen. Aber das kriegt sie schon heraus.«

»Wie zuverlässig ist es?«

»Es erfüllt seinen Zweck. Sie soll aber keine Wunder erwarten.«

»Hab Dank. Du hast ihr sehr geholfen.« Isabelle zog ihren Umhang an, schob das Fläschchen hinter ihren Gürtel und ging zur Tür.

»Denk daran – du warst nie hier«, gab ihr Peirona zum Abschied mit auf den Weg.

Als Isabelle hinaus in den Nieselregen trat, schlugen die Glocken des Doms, wie um sie eindringlich an ihre neuerliche Sünde zu erinnern.

November 1187

Varennes-Saint-Jacques

Ein feuchter Wind pfiff durch die Gassen, als Michel bei Einbruch der Dunkelheit die Grande Rue hinaufeilte. Es war ein ungemütlicher Abend, an dem niemand das Haus verließ, wenn er nicht musste. Die klamme Kälte drang ihm bis auf die Haut, obwohl er sich seinen Mantel eng um die Schultern und die Kapuze tief ins Gesicht gezogen hatte.

Auf dem Platz vor dem Nordtor wandte er sich nach links und ging zu einer Herberge, einem wuchtigen Gebäude mit Grundmauern aus grob behauenen grauen Steinen. Auf dem Erdgeschoss saßen zwei Stockwerke aus Holz, durchsetzt von unregelmäßig angeordneten Fensterschlitzen und gekrönt von einem steilen Schieferdach. Rauch quoll aus dem Schornstein und wurde vom Wind mal hierhin, mal dorthin gepeitscht, gleich einem flatternden Kriegsbanner.

Verstohlen überzeugte sich Michel davon, dass niemand ihn beobachtete, ehe er die Herberge betrat. Als er die Tür öffnete, schlug ihm warme, verrauchte Luft entgegen, gesättigt mit mannigfaltigen Gerüchen: nach Bier, gewürztem Wein, Erbsenbrei, überreifem Käse, klammen Mänteln, ungewaschenen Leibern. Im Kamin knisterte ein Feuer, das den erschöpften Reisenden an diesem Novemberabend wie eine Verheißung paradiesischer Freuden erscheinen musste.

Michel ging zum Wirt, der hinter einem Tresen aus leeren Bierfässern stand und einen Krug abtrocknete. Als Michel ihm drei Deniers zuschob, erkannte der Mann ihn.

»Die Treppe bis ganz nach oben, wie immer«, murmelte er.

»Kann ich mich noch auf deine Verschwiegenheit verlassen?«

»Mein Wort darauf, Herr.« Dabei nahm der Wirt die Münzen in die Hand und ließ sie in der hohlen Faust klimpern, bevor sie in seiner Schatulle verschwanden. Michel konnte sich denken, was die Geste bedeutete: *Solange das hier fließt, erfährt niemand etwas.*

Er stieg die Treppe bis zum Dachgeschoss hinauf, wo sich zwei kleine Kammern befanden. Normalerweise vermietete der Wirt sie an Reisende, die nicht mit den anderen Wanderern und Pilgern in den großen, wanzenverseuchten Schlafräumen nächtigen wollten. Michel öffnete die linke der beiden Türen und schlüpfte hinein.

Isabelle erwartete ihn bereits. Sie ließ ihm kaum Zeit, den Überwurf abzulegen, sondern küsste ihn begierig und schob ihn zum Bett. Mit geübten Griffen zog sie ihm Gürtel, Gewand und Bruche aus, und er schaffte es gerade noch, die Schuhe abzustreifen, bevor sie ihn auf die Felldecken stieß. Sie hob ihre Röcke und setzte sich rittlings auf ihn, und er drang mit einem ungeduldigen Stoß in sie ein.

Isabelle schloss die Augen, während sich ihr Körper auf und ab bewegte, das Haar fiel ihr über Wangen, Lippen, Kinn, und sie atmete schneller und schneller. Michel überließ sich ganz ihrem Rhythmus, und es dauerte nicht lange, bis er sich mit einem Keuchen in sie ergoss, beide Hände in die Decken gekrallt. Isabelles Höhepunkt kam nur einen Augenblick später, sie legte den Kopf in den Nacken und schrie ihre Lust hinaus.

»Wir sollten versuchen, leiser zu sein«, murmelte er anschließend, als er sie im Arm hielt und spürte, wie sich der trommelnde Schlag ihres Herzens allmählich beruhigte. »Man hat dich gewiss bis zur Saline gehört.«

»Das sagt sich so einfach. Aber vielleicht sollten wir weniger Vergnügen an der Sache haben, wie es sich für anständige Christenmenschen gehört.«

»Gut. Ab jetzt beten wir vorher zwei *Paternoster*, das dürfte unsere Lust abkühlen. Und wenn das nicht reicht, drei *Ave-Maria* hinterher.«

Sie lachten leise. Was sie hier taten, war schändlich, ja gefährlich, und Michel wagte nicht daran zu denken, was geschehen würde, sollte Gaspard je davon erfahren. Zu allem Überfluss verletzte er mit seinem unzüchtigen Verhalten seinen Gildeneid, der einen ehrbaren und gottgefälligen Lebenswandel von ihm verlangte. Dennoch konnte er nicht anders, als Glück zu empfinden, wenn er mit Isabelle zusammen war. Reines, unverfälschtes Glück.

Später liebten sie sich noch einmal, zärtlicher diesmal und weniger gierig. Danach lagen sie eine ganze Weile aneinandergeschmiegt unter der schweren Wolldecke und genossen ihr Zusammensein, bis es schließlich Zeit wurde zu gehen. Sie sprachen kaum, während sie sich ankleideten. Sie beide quälte der Gedanke, dass nun wieder mehrere Tage, vielleicht sogar Wochen vergehen würden, bis sich die nächste Gelegenheit für ein heimliches Treffen bot.

Es war bereits Nacht, als sie die Herberge verließen, die Gesichter in den Mantelkapuzen verborgen. Nebel wallte vom Fluss herauf, kroch wie eine Geisterstreitmacht durch die Gassen und half ihnen, keine unerwünschten Blicke auf sich zu ziehen. Michel beschloss, nichts zu riskieren, und ließ Isabelle wie immer vorausgehen, bevor er ihr im Abstand von fünfzehn, zwanzig Schritten folgte. Niemand durfte sie zusammen sehen, doch er wollte sie auch nicht allein nach Hause gehen lassen, denn nachts trieben sich Betrunkene, Strauchdiebe und bissige Hunde in den Gassen herum. Er wartete vor dem Domportal, bis sie die Tür ihres Hauses aufgeschlossen hatte und hineingegangen war. Einmal mehr verfluchte er die ganze Heimlichkeit, die Gaspard ihnen aufzwang.

Müde schlurfte er zu seinem Anwesen und griff nach dem

Schlüssel an seinem Gürtel. Als er nur noch drei, vier Schritte von seiner Tür entfernt war, lösten sich plötzlich zwei Schatten aus der Dunkelheit des Hoftores.

»Wer seid Ihr?«, fragte Michel.

Es waren abgerissene Gestalten, gekleidet in Leder und Lumpen, die Hände mit grobem Tuch umwickelt, die Gesichter mit Ruß geschwärzt – und sie zückten Dolche.

»Jean… Hilfe!«, brachte Michel hervor, ehe ihn die Männer packten und zu den Marktständen zerrten. Sie stanken nach Schweiß und Gerbsäure. Es gelang ihm, sich loszureißen und sein Messer zu ziehen, doch im gleichen Moment stieß ein Angreifer zu, und die Klinge fuhr über seinen Handrücken. Mit einem schmerzerfüllten Keuchen schwang Michel sein Messer, was die Männer zurückweichen ließ. Das verschaffte ihm die Zeit herumzuwirbeln und wegzulaufen, als sei der Teufel hinter ihm her. »Zu Hilfe!«, brüllte er noch einmal, bevor er in das schwarze Labyrinth aus Marktständen und Verkaufsbuden eintauchte.

Ein Gemüsekarren tauchte vor ihm auf. Ohne nachzudenken, kroch er darunter.

Die Männer huschten lautlos zwischen den Ständen umher. Michel atmete flach. Das kurze Handgemenge hatte genügt, ihm zu zeigen, dass er es mit zwei erfahrenen, abgebrühten Messerstechern zu tun hatte. Einem von ihnen wäre er sicher gewachsen, aber nicht allen beiden.

»Michel? Hast du gerufen? Wo bist du?«

Jean! Michel dankte dem Herrn, dass sein Bruder ihn gehört hatte. Er vergewisserte sich, dass die Angreifer nicht in seiner Nähe waren, bevor er rief: »Hier! Ich bin hier! Ich wurde angegriffen. Pass auf, sie haben Messer. Ruf den Nachtwächter!«

»Zu Hilfe!«, brüllte nun auch Jean, und er schien zu den Marktständen zu laufen – Michel sah zuckenden Fackelschein. Kurz darauf vernahm er das Trampeln hastiger Schritte: Die Angreifer ergriffen die Flucht und verschwanden in der Nacht.

Michel verließ sein Versteck und eilte zu Jean.

»Dem heiligen Jacques sei Dank, du bist wohlauf!«

»Nicht ganz.« Er hob seine blutende Hand.

»Wie schlimm ist es?«, fragte sein Bruder.

»Nichts, das man nicht mit einem Verband und ein wenig Wundsalbe wieder hinbekommt.«

»Sind die Angreifer weg?«

»Ich denke schon.«

»Verdammtes Gesindel!«, knurrte Jean, während er ihn zum Haus führte. »Nicht einmal auf dem Domplatz ist man vor ihnen sicher.«

Inzwischen war auch der Nachtwächter mit seinem Spieß und seiner Laterne eingetroffen, und mehrere Kaufleute hatten ihre Häuser verlassen, alarmiert von den Hilferufen. Michel versicherte den besorgten Männern, es gehe ihm gut, und ging endlich mit Jean hinein.

Drinnen rieb Jean seine Wunde mit Salbe aus Spitzwegerichblättern und gekochten Bohnen ein, verband sie und sprach dabei einen kurzen Blutsegen, der, wie er erklärte, besser half als die ausgeklügelten Praktiken der gelehrtesten Ärzte.

»Danke«, murmelte Michel. »Du hast mir das Leben gerettet.«

»Was hast du überhaupt so spät draußen getrieben? Du weißt doch, dass das gefährlich ist.«

»Ich musste noch etwas mit einigen Schwurbrüdern besprechen.«

Jean nahm ihm die Lüge ab. »Mach das das nächste Mal bei Tageslicht.«

»Hör zu – das waren keine gewöhnlichen Halunken«, sagte Michel. »Sie waren nicht hinter meinem Geld her – sie wollten mich töten. Und sie verstanden ihr Handwerk.«

Jean zog einen Hocker zum Bett und nahm breitbeinig darauf Platz. »Du meinst, jemand hat sie auf dich angesetzt? Géroux?«

Michel nickte. »Das war ein Racheakt. Darauf würde ich mein gesamtes Geld verwetten.«

»Gut«, sagte sein Bruder grimmig. »Morgen früh gehen wir zu Martel und zeigen den Bastard an. Und danach meldest du es der Gilde, damit ihr ihn endlich ausschließen könnt.«

»Das bringt nichts. Ich kann nichts beweisen. Géroux wird alles abstreiten, und die beiden Messerstecher haben wahrscheinlich längst die Stadt verlassen. Davon abgesehen lacht Martel mich aus, wenn ich einen Schöffen anzeige.«

»Also unternimmst du gar nichts?«

»Ich würde Géroux liebend gern vor Gericht bringen, glaub mir«, meinte Michel. »Aber so, wie der Fall nun einmal liegt, sind mir die Hände gebunden.«

Jean stemmte die Hände auf die Oberschenkel und schaute ihn an. »Er wird es wieder versuchen.«

»Schon möglich.«

»Du brauchst Schutz. Wir holen dir einen Leibwächter. Besser zwei.«

»Ich weiß nicht, Jean …«

»Doch«, beharrte sein Bruder. »Dein Leben ist in Gefahr. Und ich kann nicht den ganzen Tag auf dich aufpassen.«

Michel graute vor dem Gedanken, dass ihn von früh bis spät Bewaffnete begleiteten. Wie sollte er sich unter diesen Umständen heimlich mit Isabelle treffen? Aber Jean hatte recht – seine Sicherheit ging jetzt vor. »An wen denkst du?«

»Ich rede morgen mit Yves und Gérard. Ich denke, sie wären geeignet. Sie suchen ohnehin gerade Arbeit.«

»Sind das die beiden Kerle, die beim Marsch auf die Gildehalle dabei waren?«

»Genau die.«

»Na schön. Frag sie.« Michel betrachtete den Verband um seine Hand und ballte sie zur Faust. »Komm. Gehen wir schlafen. Es ist schon spät.«

Rauchschwaden, schwarz und beißend wie Luzifers Atem, stiegen zu den Baumkronen empor, während das Feuer die feuchten Strohdächer verzehrte. Gerade warf Berengar seine Fackel auf die letzte Hütte, woraufhin auch diese in Flammen aufging. »Möge der Herr euch alle strafen!«, rief einer der Bauern. Er war der Einzige, der es wagte, die Stimme zu erheben. Die anderen standen nur da und begafften das Zerstörungswerk mit betretenen Gesichtern.

»Wein!«, verlangte Aristide de Guillory, ließ sich von einem Kriegsknecht die Ziegenblase geben und spritzte sich den mit Pfeffer gewürzten Tropfen in den Mund. Er schmeckte belebend – süß und gleichzeitig scharf, einfach köstlich. Wie sehr er den Krieg liebte! Seit vor einigen Wochen seine alte Fehde mit Nicolas de Bézenne neu aufgeflammt war, zog Aristide durch dessen Ländereien auf der Ostseite der Mosel und plünderte und brandschatzte, wo er nur konnte. So lebendig hatte er sich seit Monaten nicht gefühlt.

Und heute war ihm ein harter Schlag gegen seinen Feind geglückt. Der Bauernhof, der gerade bis auf die Grundmauern niederbrannte, war sehr reich gewesen. Hafer, Erbsen, Bohnen, Gerste, Weizen, Hirse, dazu jede Menge Milchkühe und Schweine – alles fort. Zerstampft, zertrampelt, abgeschlachtet. Davon würde sich de Bézenne nicht so bald erholen.

Zufrieden mit sich stieg Aristide von seinem Streitross. Eine der Bäuerinnen hatte es ihm angetan, ein junges Ding mit sanften Augen und prallen Brüsten. »Du da. Komm her.«

Verängstigt starrte das Mädchen ihn an, klammerte sich an der Hand ihres Vaters fest.

»Worauf wartest du – auf eine versiegelte und parfümierte Einladung?«, bellte Berengar. »Der Herr hat dir einen Befehl gegeben, verdammt noch eins!«

»Nicht doch, Berengar. Sie ist einfach schüchtern, nicht wahr?« Aristide zog seinen Handschuh aus und strich dem Mädchen über die Wange. »Du bist sehr schön, weißt du das?«

Er löste ihre Hand aus der ihres Vaters und führte sie zu einem Stapel Fässer. Nicht einmal jetzt hatte der alte Bauer den Mumm zu protestieren.

»Heb deine Röcke.«

Mit linkischen Bewegungen kam das Mädchen der Aufforderung nach, beugte sich nach vorn und stützte sich auf den Fässern auf, während Aristide an seinem Waffenrock und dem Untergewand herumnestelte. Von hinten umfasste er ihre linke Brust, knetete sie. Sie war üppig und fest, er wurde augenblicklich hart und stieß in sie hinein. Sie gab einen kleinen Laut von sich, ob aus Lust oder Schmerz oder beidem, vermochte er nicht zu sagen. Unter dem Johlen seiner Männer zog er es in die Länge, so gut er konnte, wenngleich es ihm schwerfiel, denn sie war noch Jungfrau und herrlich eng.

»Wer ist der Nächste?«, brüllte er, nachdem er fertig war. »Berengar, komm her. Du hast es dir verdient.«

Gerade als der Sarjant absteigen wollte, rief einer der Männer: »Herr, seht, da oben auf dem Hügel!«

Aristide reckte den Kopf und entdeckte eine Reiterschar, die den Hang nördlich des Gehöfts herunterpreschte. An ihrer Spitze ritt Nicolas de Bézenne, der offenbar die Rauchsäule gesehen hatte. »Tja, Pech gehabt, alter Freund. Zu den Pferden!«

Die Männer schafften es gerade noch aufzusteigen und zu ihren Waffen zu greifen, als de Bézenne und seine Kriegsknechte den Hof erreichten. Auf einem zertrampelten Feld trafen die beiden Trupps aufeinander. Schwerter, Lanzen und Morgensterne prallten auf Schilde und Helme, und das Klirren von Stahl vermischte sich mit dem Knistern der Flammen.

Aristide gab seinem Pferd die Sporen, hieb mit seinem Schwert nach links und rechts und kämpfte sich zu de Bézenne durch. Der grauhaarige Ritter begegnete seinem Angriff mit erhobenem Schild, wehrte den ersten Schlag ab und deckte Aristide mit wütenden Streichen ein. Der Mann war trotz seines Alters ein hervorragender Kämpfer.

»Das wirst du mir büßen, du Hund!«, brüllte er. »Dafür brenne ich all deine Höfe nieder und pisse auf die Ruinen!«

Aristide lachte ihn aus. »Alles, was du tun musst, ist, dich zu entschuldigen. Dann haben wir noch heute Frieden.«

Sie lenkten ihre Pferde mit den Schenkeln und tauschten weitere Schwerthiebe aus, ohne dass einer dem anderen Schaden zufügen konnte.

»Du hast dich zu entschuldigen!«, keuchte de Bézenne. »Du hast mich einen Betrüger genannt. Vor Herzog Simon und allen Vasallen!«

»Weil du einer bist. Ohne deine verlängerte Lanze hättest du mich niemals geschlagen.«

»Du Lügner! Du Sauhund!«

Ein schräg geführter Stoß schrammte an Aristides Helm entlang, ritzte ihm die Augenbraue auf und hätte ihn wohl ernstlich verletzt, wenn der Nasenschutz nicht gewesen wäre. Der Mann begann ihn zornig zu machen. Aristide biss die Zähne zusammen, trieb sein Pferd an und drängte de Bézenne ab, um ihn mit seinem nächsten Schwertstreich aus dem Sattel werfen zu können.

Doch dazu kam es nicht. Aus den Augenwinkeln sah er, dass sich ein zweiter Reitertrupp dem brennenden Gehöft näherte. Rund zehn Krieger, schwer bewaffnet. Dieser Übermacht wären seine Männer nicht gewachsen. Aristide erkannte, dass er hier und heute keine Entscheidung herbeiführen konnte. Er versetzte de Bézenne einen letzten Hieb, riss sein Pferd herum und brüllte den Befehl zum Rückzug.

An der Spitze seiner Schar jagte er dem Wald entgegen. De Bézenne nahm die Verfolgung auf, doch der Ritter und seine Kriegsknechte fielen bald zurück, und in den Tiefen des Forstes gelang es Aristide schließlich, sie abzuhängen.

Schwer atmend zog er seinen Helm ab und betastete den Schnitt. Es war nichts Ernstes – er blutete kaum.

»Soll ich zur Burg reiten und die restlichen Männer holen?«, schlug Berengar vor. »Ich könnte heute Abend zurück sein.«

Das hatte Aristide auch schon in Erwägung gezogen – es juckte ihm in den Fingern, de Bézenne ein für alle Mal Respekt beizubringen. Aber es war klüger, die Fehde einige Tage ruhen zu lassen; Männer und Pferde brauchten nach so vielen Wochen Ruhe. »Nein. Wir holen die Beute und kehren heim.«

Sie ritten zum nördlichen Rand des Forstes, wo sich eine verlassene Köhlerhütte befand. Dorthin hatten sie alles gebracht, was sie während des Kriegszuges erbeutet hatten: etwas Geld; mehrere Salzfässer, eine Karrenladung Eisen und andere wertvolle Waren. Zwei verlässliche Soldaten bewachten die Hütte. Aristide rechnete sich aus, mit dem Verkauf der Beute eine hübsche Summe zu erzielen. Sie würde dem Ausbau seiner Burg zugutekommen.

Sie folgten dem alten Köhlerpfad und erreichten wenig später die von Fichten umstandene Lichtung, wo sich zu Aristides Überraschung ein dritter Waffenknecht aufhielt. Der Mann saß mit den anderen beiden vor der Steinhütte und wärmte sich am Feuer. Sein Pferd fraß den Löwenzahn, der auf dem Kohlenmeiler spross.

»Gott sei Dank, Herr!« Der Mann sprang auf. »Ich suche Euch seit Tagen.«

»Was gibt es?«, fragte Aristide ohne großes Interesse. Erst jetzt merkte er, wie erschöpft er war. Er wollte nur noch nach Hause, ein Bad nehmen und zwei Tage schlafen.

»Etwas Ungeheuerliches ist geschehen. Ich war Anfang der Woche in Varennes, um neue Kettenhemden zu kaufen, und wisst Ihr, was ich dort gesehen habe? Die Kaufmannsgilde baut eine Brücke über die Mosel!«

»Na und? Sollen sie, wenn es ihnen Spaß macht. Wen kümmert das?«

»Sie soll die Stadt mit der Saline verbinden. Wer benutzt dann noch Eure Brücke?«

Die Müdigkeit verschwand auf einen Schlag, als Aristide klar wurde, was der Mann da sagte: Die Gilde wollte ihn um seine Zolleinnahmen bringen. »Diese siebenmal verfluchten Krämer«, murmelte er. »Was denken sie, wer sie sind?« Er musste nach Varennes, sofort. »Berengar und ihr zwei – mitkommen!«

Er zog so heftig an den Zügeln, dass das Pferd vor Schreck wieherte, machte kehrt und ritt wie der Teufel den Pfad zurück.

Varennes-Saint-Jacques

Yves und Gérard wichen Michel nicht mehr von der Seite, selbst wenn er nur über den Markt schlendern wollte.

Jean hatte nicht zu viel versprochen, was die beiden jungen Männer betraf: Sie waren groß und breit gebaut und sahen aus, als hätten sie schon so manches Handgemenge überstanden. Narben zierten ihre muskulösen Arme, und ihre Hände glichen Pranken. Für den Fall, dass ihre einschüchternde körperliche Erscheinung nicht ausreichte, etwaige Angreifer abzuschrecken, trug jeder von ihnen einen Dolch mit breiter Klinge am Gürtel.

Sie hatten sich im Erdgeschoss einquartiert, wo sie auf einfachen Schlaflagern neben der Treppe nächtigten. Jean bestand darauf, dass sie Michel auf Schritt und Tritt begleiteten, sowie er das Haus verließ. Sie nahmen ihre Aufgabe sehr ernst. Wie zwei Schatten folgten sie ihm durch die Stadt oder hielten sich wachsam in seiner Nähe auf, wenn er in der Schenke saß oder auf dem Markt zu tun hatte. »Natürlich ist das lästig«, sagte Jean, als sich Michel am zweiten Abend bei ihm beklagte. »Aber es geht nun einmal nicht anders. Du wirst dich schon daran gewöhnen.«

Er irrte sich. Obwohl seine Leibwächter nur das Nötigste sprachen und sich die größte Mühe gaben, unauffällig zu sein, ertrug Michel ihre ständige Gegenwart bald nicht mehr.

»Hört zu«, sagte er am Mittag des fünften Tages nach Géroux' Anschlag. »Hier ist ein Sou. Setzt euch in die Schenke am Nordtor und trinkt in Ruhe ein Bier. Ich hole euch ab, wenn ich fertig bin.«

»Jean hat uns davor gewarnt, dass Ihr das sagen würdet«, meinte Gérard verlegen. »Wir haben die Anweisung, uns auf nichts dergleichen einzulassen. Wir dürfen Euch unter keinen Umständen aus den Augen lassen.«

»Es ist helllichter Tag, Herrgott noch mal! Auf der Baustelle wimmelt es von Menschen. Das Einzige, was mir dort zustoßen kann, ist, dass ich ausrutsche und in den Matsch falle.«

»Jean hat gesagt ...«, begann Gérard abermals.

»Zum Teufel mit Jean!«, rief Michel. »Bezahlt er euch oder ich? Hier ist noch ein Sou. Und jetzt verschwindet, oder ich sorge dafür, dass ihr nie wieder Arbeit in Varennes bekommt.«

Zögernd schlurften die beiden Männer davon.

Als sie endlich fort waren, schloss er für einen Moment die Augen. Ihm war, als könne er zum ersten Mal seit fünf Tagen frei atmen. *Alles nur wegen Géroux und seines gekränkten Stolzes. Verdammt soll dieser Mann sein.*

Kurz darauf kam er zu der Stelle, wo die neue Brücke entstehen würde. Überall auf dem schlammigen Platz wurde gesägt, gehämmert, gemeißelt; im Schatten der Stadtmauer stapelten sich Baumstämme und anderes Baumaterial. Michel ging zu einem einfachen Unterstand, in dem sich der Baumeister über einen Tisch beugte und die Konstruktionspläne studierte. Er bat den Mann, ihn herumzuführen, damit er sich ein Bild vom Fortgang der Arbeiten machen könne.

»Gewiss. Folgt mir.«

Oberhalb der Uferböschung blieben sie stehen. Hinter ihnen erhob sich die Stadtmauer, besser gesagt das, was davon übrig war: An dieser Stelle klafften so große Lücken darin, dass sie einem Angriff nicht einmal dann standhalten würde, wenn der Feind auf Krücken käme. Vor ihnen floss die Mosel, die wegen der Regenfälle der letzten Tage sehr viel mehr Wasser führte als im Sommer. Die Zimmerleute hatten die alten römischen Brückenpfeiler mit Verschalungen aus Balken versehen, hölzerne Rechtecke, die gut zwei Ellen aus dem Fluss ragten. Anschließend hatten sie das Wasser bis zum Flussbett herausgeschöpft und die Verschalungen mit Pech abgedichtet, damit die Maurer an den Pfeilern arbeiten konnten. Die Männer erneuerten das Mauerwerk und zogen es langsam hoch, mit Steinen, die die Steinmetze am Ufer zurechtmeißelten. Hilfsarbeiter rührten den Mörtel an und schleppten Werkzeug und Baumaterial über die schmalen Planken. Der Baumeister hatte Taue spannen lassen, an denen sie sich festhalten konnten. Trotzdem fiel beinahe täglich einer in den Fluss und musste gerettet werden; vergangene Woche wäre ein Steinmetzlehrling beinahe ertrunken.

»Bevor der Winter kommt, müssten die Pfeiler fertig sein«, erklärte der Baumeister, ein bärtiger, gedrungener Mann mit deutschen Wurzeln. »Danach können die Zimmerleute beginnen, die eigentliche Brücke zu bauen.«

Obwohl die Pfeiler erst zwei Drittel ihrer angestrebten Höhe erreicht hatten, konnte Michel sich bereits vorstellen, wie die fertige Brücke einmal aussehen würde. Der Gedanke machte ihn nicht wenig stolz. *Die Brücke der Gilde.*

Glücklicherweise hatte es heute früh aufgehört zu regnen, sodass er sich Zeit für die Besichtigung der Baustelle nehmen konnte. Der Baumeister war erfreut darüber, dass sich der Meister der Kaufmannsgilde so für seine Arbeit begeisterte, und erklärte ihm geduldig jede Einzelheit.

Vorsichtig schritten sie über die Planken, damit Michel einen Blick in die Pfeilerverschalungen werfen konnte. Wieder am Ufer, verteilte er ein paar Deniers Trinkgeld an die Arbeiter und Handwerker, was ihm erfreute Dankesrufe einbrachte.

Als er sich gerade vom Baumeister verabschiedete, erblickte er Aristide de Guillory.

Der Edelmann ritt über den Platz, gefolgt von Berengar, seinem Sarjanten, und zwei Kriegsknechten, alle zu Pferd. Michel war nicht sonderlich überrascht, ihn zu sehen. Er rechnete seit Wochen damit, dass de Guillory ihn wegen der Brücke zur Rede stellen würde. Er machte sich auf eine hässliche Auseinandersetzung gefasst.

Steinmetze und Zimmerleute unterbrachen ihre Arbeit und glotzten den Ritter an. Vor den Hütten, die den Platz säumten, liefen die Leute zusammen. De Guillory zügelte sein Pferd und betrachtete mit finsterer Miene die Baustelle. Er sah aus, als käme er gerade vom Schlachtfeld: Schlamm klebte an seinem Waffenrock und dem Kettenpanzer. An seinem Gürtel hingen ein Schwert und ein Dolch, am Sattel ein Morgenstern, sein verbeulter Schild und ein zerschrammter Eisenhelm. Sein kupferfarbenes Haar glänzte schweißnass.

Die Zügel schnitten in seinen Handschuh, als er seine Rechte zur Faust ballte. »Wer ist für diese Schweinerei verantwortlich?«, brüllte er über den Platz.

Michel trat vor und blickte zu dem Hünen auf seinem Schlachtross auf. »Das ist keine Schweinerei, sondern ein von der Kaufmannsgilde in die Wege geleitetes und von Bischof Ulman genehmigtes Bauvorhaben.«

De Guillorys Augenbrauen rückten zusammen. »Du bist doch der Kerl, dem ich den Gaul abgestochen habe.«

»Ich bin der Gildemeister von Varennes-Saint-Jacques, und Ihr werdet vom Pferd steigen, wenn Ihr mit mir sprechen wollt«, erwiderte Michel ruhig. Aus den Augenwinkeln sah er, dass immer mehr Schaulustige auf die Gasse strömten.

De Guillory blieb im Sattel sitzen. »Die Arbeiten werden sofort eingestellt, oder ihr verdammten Kaufleute lernt mich kennen.«

»Wir werden diese Brücke bauen, ob es Euch gefällt oder nicht. Dieser Abschnitt der Mosel liegt nicht auf Eurem Land. Ihr habt kein Recht, uns den Bau zu verbieten.«

»Das werden wir gleich sehen, Freundchen.« De Guillory

schwang sich aus dem Sattel und zog sein Schwert. Mit einem unangenehmen Schleifen glitt der Stahl aus der Scheide.

Michel wich nicht zurück. »Steckt Euer Schwert weg.«

»Oder was?«

»Ihr verstoßt gegen das Gesetz. Nur Bürgern Varennes' ist es erlaubt, innerhalb der Stadtmauern Waffen zu tragen.«

»Soll ich dir zeigen, was ich von eurem Gesetz halte?«

De Guillorys Faust schoss vor. Er wollte Michel den Schwertknauf ins Gesicht rammen, doch er hatte nicht mit dessen Flinkheit gerechnet. Michel tauchte unter dem Schlag hindurch, zog seinen Dolch und wirbelte herum.

»Zum letzten Mal – weg mit dem Schwert.«

De Guillorys Augen verengten sich, als er die Klinge in Michels Hand sah. »Leg dich ja nicht mit mir an, Krämer.« Er bleckte die Zähne und führte zwei wuchtige Hiebe mit der stumpfen Seite des Schwertes, Michel zog den Bauch ein, wich zwei Schritte zurück und schleuderte mit der Stiefelspitze Schlamm in die Luft. Der Klumpen flog auf de Guillorys Gesicht zu, der Ritter duckte sich, währenddessen sprang Michel vor und stach zu. Der Dolch traf den Schwertarm seines Gegners, glitt am Panzerhemd ab und schlitzte den Ärmel des Waffenrocks auf.

»Langsam fängst du wirklich an, mich zu ärgern.«

Als der Ritter erkannte, dass er kein leichtes Spiel mit Michel hatte, machte er Ernst. Den nächsten beiden Schwerthieben konnte Michel noch ausweichen, doch der dritte traf ihn mit der flachen Seite der Klinge am Oberarm, sodass er das Gleichgewicht verlor. De Guillory trat ihm in den Bauch, und er fiel rückwärts in den Schlamm.

»Sag deinen Leuten, dass sie die Brücke einreißen sollen.«

»Nein.«

»Wie du willst«, knurrte de Guillory.

Ehe Michel aufstehen konnte, versetzte ihm der Ritter einen zweiten Tritt, der ihm die Luft aus den Lungen presste. Keuchend rang er um Atem und riss den Dolch nach oben, als er eine schemenhafte Bewegung sah. De Guillory schlug ihm die Waffe aus der Hand und trat wieder nach ihm. Michel wälzte sich durch den Schlamm und schaffte es irgendwie, auf die Füße zu gelangen, doch seine Flinkheit und Zähigkeit nutzten ihm wenig gegen einen Mann, der seit seiner Kindheit nichts anderes tat, als sich im Nahkampf zu üben und seine Muskeln zu stählen. Als er de Guillory die Faust gegen das Kinn schlug, schien der Ritter den Hieb kaum zu bemerken. Er packte Michels Arm und verdrehte ihn, sodass Michel vor Schmerz aufkeuchte.

Fünf Dutzend Leute glotzten ihn an, aber keiner eilte ihm zu Hilfe.

»Hast du noch nicht genug?«

Michel rammte ihm den Ellbogen in den Magen und riss sich los, doch der Ritter schlug ihm ins Gesicht und fegte ihm die Beine weg. Diesmal konnte sich Michel nicht rechtzeitig aufrappeln. Als er sich auf den Bauch drehte, stemmte ihm de Guillory das Knie zwischen die Schulterblätter, grub die Hand in sein Haar und drückte sein Gesicht in den Schlamm.

»Das passiert, wenn man versucht, mich zum Narren zu halten. Ist das deutlich genug, Krämer, oder brauchst du es schriftlich?«

Michel bekam keine Luft mehr. Als er dachte, er müsse ersticken, ließ de Guillory ihn los und griff nach seinem Schwert, das er neben ihm in den Boden getrieben hatte. Michel fand einen letzten Rest Kraft in seinen Armen, stemmte sich hoch, sodass er auf allen vieren im Morast kniete, und hustete.

Die Leute standen da und gafften.

Der Ritter schwang sich in den Sattel. »Wenn ich wiederkomme, ist die Brücke verschwunden.« Er spuckte aus und preschte mit seinen Männern davon.

Duval, Travère, Carbonel sowie Yves und Gérard standen mit betretenen Mienen am Bett in Michels Kammer. Die fünf Männer sagten kein Wort.

»Schaut mich nicht so mitleidig an«, sagte Michel verdrießlich. »Das macht alles nur noch schlimmer.«

Nur mit der Bruche bekleidet, saß er auf der Schlafstatt. Jean hatte ihm den Schlamm abgewaschen und rieb nun seine zahllosen Schrammen und Prellungen mit Salbe ein. Zuvor hatte Catherine taktvoll die Kammer verlassen.

»Der Blitz soll den Kerl beim Scheißen treffen«, sagte Carbonel.

Michel teilte die Hoffnung des Alten mit ganzem Herzen. Warum nur geriet jede Begegnung mit de Guillory für ihn zur Demütigung?

»Wie konnte das überhaupt passieren?«, fragte Jean die beiden Leibwächter. »Bei allen Kreisen der Hölle, ihr bekommt zwei Deniers am Tag, damit genau so etwas nicht geschieht. Ich habe euch doch befohlen, ihn niemals allein zu lassen.«

»Er hat uns weggeschickt«, sagte Gérard betroffen.

»Du hast *was*?«

»Erspar mir deine Strafpredigt«, knurrte Michel. »Ich komme mir auch so wie ein Narr vor, glaub mir.«

»In Zukunft hörst du auf mich! Du hast Feinde, die keinen Spaß verstehen. Wann begreifst du das endlich?«

»Wir sollten die Steinmetze und Zimmerleute nach Hause schicken«, meinte Marc Travère. »Dieser Brückenbau war eine törichte Idee. Wir haben uns damit übernommen.«

Duval und Carbonel nickten bedrückt.

»Auf keinen Fall.« Michel wollte aufstehen und machte eine falsche Bewegung, was den Schmerz in seiner geschundenen Schulter und dem Arm neu aufflammen ließ. »Auuu! Verdammt! Satan und alle seine Dämonen sollen de Guillory holen!«

»Sitzenbleiben«, befahl Jean. »Ich bin noch nicht fertig.«

Michel biss die Zähne zusammen. »Wir lassen uns nicht einschüchtern«, presste er hervor. »Die Gilde gibt nicht klein bei, nur weil dieser Kerl uns bedroht. Diese Brücke ist unser ganzer Stolz, und jetzt bauen wir sie erst recht. *Erst recht,* habt ihr verstanden? De Guillory ist nur ein tumber Rohling und ein Wichtigtuer. Wir tanzen nicht nach seiner Pfeife – niemals!«

Jean drückte ihn unsanft aufs Bett zurück. »Hörst du jetzt endlich auf zu zappeln?«

Jean bestand darauf, dass Michel sich den Rest des Tages schonte, Mohnblumensaft gegen die Schmerzen trank und im Bett blieb. Als Michel am nächsten Morgen das Haus verließ, grüßte ihn ein wildfremder Stadtbauer.

»Der heilige Jacques segne Euch, Herr Gildemeister. Wenn ich etwas für Euch tun kann, lasst es mich wissen.«

Auch andere, Kleinkrämer wie Handwerker, Bürger wie Knechte, zogen den Hut vor ihm und versprachen, ihn und die Gilde nach Kräften zu unterstützen, während er mit Yves und Gérard im Schlepptau den Marktplatz überquerte. Dabei hatte er erwartet, der demütigende Zwischenfall auf der Baustelle habe sein Ansehen und seine Autorität als Gildemeister beschädigt.

»Das Stadtvolk hasst de Guillory«, erklärte Duval, den er vor der Gildehalle traf. »Und jetzt hat er auch noch einen Bürger angegriffen, dazu einen angesehenen Kaufmann, der sich für ihr Wohl einsetzt. Das verzeihen sie ihm nie.«

Gestärkt durch den Rückhalt der Bürger, konnte Michel die Schwurbrüder davon überzeugen, die Brücke weiterzubauen. Die Steinmetze und Zimmerleute wurden angewiesen, Waffen bereitzulegen für den Fall, dass de Guillory noch einmal auf der Baustelle auftauchte. Doch nichts dergleichen geschah – der Ritter ließ sich nicht in Varennes blicken. Offenbar hatte er erkannt, dass er keine rechtliche Handhabe gegen eine neue Brücke hatte. Michel traute dem Frieden nicht und beschloss, eine Handelsreise nach Burgund, die er für Ende November geplant hatte, auf das nächste Frühjahr zu verschieben. Er wollte in der Stadt bleiben, bis wenigstens die Brückenpfeiler standen, damit er eingreifen konnte, falls de Guillory es sich anders überlegte und versuchte, die Bauarbeiten zu behindern.

Diese Entscheidung erwies sich als vorausschauend, denn eine knappe Woche nach dem Angriff ereigneten sich gleich zwei folgenschwere Vorfälle.

»Es ist keineswegs so, dass meine Schwurbrüder plötzlich ihre Liebe zum einfachen Mann entdeckt haben«, sagte Géroux, und seine Stimme klang missmutig, wie immer, wenn er über die Gilde sprach. »Auch mit christlicher Mildtätigkeit hat das nichts zu tun, wenngleich sich de Fleury alle Mühe gibt, diesen Anschein zu erwecken. Die neuen Backöfen und die Säuberung der Brunnen haben nur einen Zweck: das Ansehen der Gilde in der Stadt zu steigern. De Fleury und seine Wasserträger wollen sich damit den Beistand des Straßenvolkes erkaufen, um ihren Einfluss zu mehren und Eure Macht zu schmälern.«

»Was genau planen sie?«, fragte Bischof Ulman.

»Ich weiß es nicht. Sie hüten sich, in meinem Beisein über ihre Absichten zu sprechen. Vermutlich wollen sie die Gilde stärken, damit sie Euch eines Tages entgegentreten und Forderungen stellen können. Sitze im Schöffenkollegium, ein Mitspracherecht beim Münz- und Zollwesen und dergleichen.«

Was Géroux da sagte, erfüllte Ulman mit Sorge – und mit beträchtlichem Zorn. Die Kaufleute wurden immer frecher, und das Schlimmste daran: Dass es so weit kommen konnte, hatte er sich selbst zuzuschreiben. Er hätte ihnen nie gestatten dürfen, die Brücke zu bauen, denn das hatte sie in ihrer Arroganz und Selbstherrlichkeit bestärkt. *Ja, Ulman, gestehe es dir endlich ein: Sie haben dich hereingelegt.* Mit der siebenmal verfluchten Statue hatte de Fleury seinem Stolz geschmeichelt, sein Misstrauen eingelullt und ihm das wohltuende Gefühl gegeben, er halte in der Stadt alle Fäden in der Hand – und er war wie ein dummer Schweinehirte darauf hereingefallen.

Ich gebe Euch den Rat, Eure Eitelkeit zu bezwingen, hatte Johann von Trier erst im Sommer zu ihm gesagt. *Sonst könnte es allzu leicht geschehen, dass die Feinde der Kirche sie sich zunutze machen und gegen Euch verwenden.*

Ulman biss die Zähne zusammen. Dass diese kleine, geschwätzige Landplage am Ende recht behielt, ärgerte ihn am meisten. Mit einem bitteren Zug um den Mund schaute er aus dem Fenster der Sänfte, in der Géroux und er saßen. Werkstätten, Läden und Wohnhäuser zogen an ihm vorbei, als die vier Hörigen sie die Grande Rue hinauftrugen. Das Wetter an diesem Novembermorgen passte ausgezeichnet zu seiner Stimmung: Trüb und klamm war es, und durch die Gassen pfiff ein kalter Wind.

Er zog seinen mit Fuchspelz gefütterten Mantel enger um die Schultern und blickte Géroux an. »Wo steht der nächste Backofen der Gilde?«

»Im Schmiedeviertel. Aber ich glaube, er ist noch nicht fertig.«

Ulman streckte den Kopf aus dem Fenster und befahl den Hörigen, sie dorthin zu bringen. Der Weg war nicht weit, denn das Viertel erstreckte sich südlich der Grande Rue, gleich hinter der Abtei Longchamp. Wie sein Name verriet, wohnten in den Gassen fast ausschließlich Schmiede und ihre Familien sowie Schwertfeger, Sarwürker und andere Handwerker, die Eisen verarbeiteten. Viele von ihnen standen bei Raymond Fabre, der die größte Schmiede Varennes' besaß, in Lohn und Brot, doch die meisten besaßen eigene Werkstätten. In den schmalen Straßen roch es nach Schlacke, geschmortem Leder und dem Rauch der Essen; die Luft war erfüllt vom Dröhnen der Hämmer und dem Schnaufen der Blasebälge.

Der neue Backofen entstand auf einem kleinen Platz im Herzen des Viertels. Ein Maurer kniete auf der Außenwand, klatschte Mörtel auf einen Ziegelstein und fügte ihn in das halbfertige Dach ein, das von einer Holzverschalung getragen wurde. Das Backhaus war von beeindruckender Größe: gut vier Ellen hoch und tief genug, dass zahlreiche Familien gleichzeitig darin ihr Brot backen konnten.

Während der Arbeit unterhielt sich der Maurer mit einem stämmigen Mann, der neben dem Ofen stand, die muskulösen Arme vor der Lederschürze verschränkt. Es war Jean Caboche, Schmiedemeister und angesehener Vorsteher der Bruderschaft, der alle Handwerker des Viertels angehörten und die das Zusammenleben in diesen Gassen regelte.

Ulman befahl den Hörigen anzuhalten und stieg aus der Sänfte.

»Seid willkommen, Exzellenz«, begrüßte Caboche ihn und küsste seinen Ring.

»*Pax tecum.*«

Der Maurer wollte vom Ofen klettern, doch Ulman forderte ihn auf, seinetwegen keine Umstände zu machen und mit der Arbeit fortzufahren. Caboche musterte seinen unerwarteten Besucher mit einer Mischung aus Respekt und Wachsamkeit. Wie viele einfache Männer schien er das Erscheinen einer hochgestellten Person für ein schlechtes Zeichen zu halten.

»Was verschafft uns die Ehre Eures Besuchs?«, erkundigte er sich.

»Dieser Ofen«, sagte Ulman. »Ich möchte mir ansehen, wie die Arbeit vorangeht. Wann soll er fertig sein?«

»Morgen Abend, wenn alles glattgeht«, antwortete der Maurer, während er einen weiteren Stein vermauerte. »Das heißt, wenn es nicht wieder anfängt zu stürmen, so wie gestern.«

»Ein stattliches Backhaus. Die Gilde hat offenbar keine Kosten gescheut. Ein Ofen dieser Größe kostet doch bestimmt ein Pfund Silber, nicht wahr?«

»Anderthalb«, sagte Caboche. »Thierrys Lohn schon eingerechnet.«

»Bezahlt dich die Gilde gut?«, wandte sich Ulman an den Maurer.

»Ich kann nicht klagen. Besser jedenfalls als de Guillory für die Arbeit an seiner vermaledeiten Burg«, fügte Thierry hinzu und grinste breit. »Aber bitte sagt ihm das nicht, Exzellenz.«

Ulman ging um das Backhaus herum und gab vor, sich jede Einzelheit genau anzusehen. »Ihr müsst sehr froh sein, dass euch die Gilde einen solch großen Ofen baut«, sagte er beiläufig.

»Wir sind froh und dankbar.« Caboche lächelte zögernd. »Der alte war in einem lausigen Zustand und zu klein für das ganze Viertel, aber die Bruderschaft hatte nicht genug Geld, um einen neuen zu bauen. Wir haben unserer Pfarrkirche gerade erst einen neuen Altar gestiftet. Ohne die Gilde hätten wir uns noch Jahre mit dem alten herumärgern müssen.«

»War der neue Gildemeister persönlich hier, um mit dir über den Ofen zu sprechen?«, fragte Ulman.

»Ja.«

»Ein … bemerkenswerter Mann, dieser Michel de Fleury, nicht wahr?«

Caboche spähte unauffällig zu Géroux, der nach wie vor in der Sänfte saß, und suchte nach unverfänglichen Worten. Thierry hingegen hatte den Münzmeister nicht gesehen und antwortete unverblümt, wobei er mit seiner Maurerkelle herumfuchtelte: »Er ist ein großer Mann, Exzellenz. Als ich ihn das erste Mal sah, dachte ich: Was für ein aufgeblasener Jungspund! Aber dann habe ich mit ihm geredet – bei der letzten Versammlung meiner Bruderschaft war das. Er sprüht nur so vor Klugheit und Witz. Und barmherzig ist er auch. Hat dafür gesorgt, dass die Witwe vom alten Mainet auf Kosten der Gilde von einem richtigen Medicus behandelt wird. Die anderen Pfeffersäcke sollten sich ein Beispiel an ihm nehmen. Wahrlich, ein großer Mann. Und ein Segen für unsere Stadt!«

»Was du nicht sagst«, murmelte Ulman. »Viel Glück bei der Arbeit. Möge der heilige Petrus geben, dass das Wetter hält«, wünschte er dem Maurer, nickte Caboche zum Abschied zu und stieg in die Sänfte.

»›Ein großer Mann‹«, wiederholte Géroux gereizt, als sich

die Träger in Bewegung setzten. »›Ein Segen für unsere Stadt.‹« Der Münzmeister schnaubte. »Da seht Ihr, was dieser unverschämte Emporkömmling treibt. Plündert die Gildekasse aus, um Wohltaten zu verteilen, und das dumme Volk fällt darauf herein. Ich bitte Euch: Sorgt dafür, dass das aufhört, bevor es zu spät ist.«

Ulman berührte seine Amtskette und strich mit Daumen und Zeigefinger über das Metall. Ja, er musste etwas unternehmen, und zwar rasch. Wenn es de Fleury erst gelungen war, das Stadtvolk hinter sich zu bringen, würde es ihm kaum noch möglich sein, sich gegen die Gilde zu stellen und ihren Einfluss zu begrenzen. Mächtigere Stadtherren als er waren gefallen, weil sie sich einer starken Bürgerschaft beugen mussten.

»Könnt Ihr ihn stürzen?«

»Wenn das in meiner Macht läge, hätte ich es längst getan«, antwortete Géroux mürrisch. »Nein, er ist zu stark. Fast die Hälfte der Schwurbrüder hört auf ihn. Mit seinem Geschwätz von Fortschritt und Freiheit hat er sie dazu gebracht, ihm aus der Hand zu fressen. Und solange das so ist, kann ich rein gar nichts tun.«

»Er hat sich doch mit seinem Busenfreund Caron überworfen. Könnt Ihr Euch nicht mit ihm zusammentun?«

»Mit Caron? Wie denn?«

»Macht ihm Versprechungen. Schüchtert ihn ein. Bei Baffour und den anderen habt Ihr das doch früher auch geschafft.«

»Caron ist nicht Baffour. Er ist aus einem anderen Holz geschnitzt. Er würde sich lieber die Zunge abbeißen, als mir seine Stimme zu geben. Ich könnte allenfalls dafür sorgen, dass de Fleury etwas … zustößt«, fügte Géroux zögernd hinzu.

»So wie neulich Nacht, als er vor seinem Haus überfallen wurde?«, fragte Ulman unwirsch.

Der Ministeriale deutete ein Nicken an.

»Ich dachte mir schon, dass Ihr dahintersteckt. Nein. Wir sind keine Mörder und Barbaren. Es muss einen Weg geben, uns de Fleury vom Hals zu schaffen, ohne dass Blut an unseren Händen klebt. Wir werden ihn mit zivilisierten Mitteln in die Knie zwingen, wie es sich für gute Christenmenschen gehört.«

»Niemand würde je erfahren, dass wir es waren.«

»Der Allmächtige würde es wissen, und nur das zählt. De Fleury wird kein Haar gekrümmt. Habe ich mich klar ausgedrückt? Und jetzt hört auf mit diesem ruchlosen Gerede.«

Für den Rest des Weges herrschte verdrießliche Stille in der Sänfte.

Am frühen Nachmittag, als Ulman wieder in seinem Palast war, zog er sich in seine Gemächer zurück. Namus brachte ihm heißen Würzwein, er nippte lustlos an seinem Kelch und starrte in die Kaminflammen, während er nachdachte.

Den Bau der Brücke konnte er nicht mehr rückgängig machen – nicht ohne sein Wort zu brechen. Auch gegen die neuen Backöfen und die Reinigung der Brunnen und Straßen konnte er nichts unternehmen – er konnte der Gilde schwerlich verbieten, etwas für die Stadt zu tun. Denn wenn er es täte, brächte er das Volk gegen sich auf und trieb sie nur noch mehr in die Arme der Kaufleute.

Nein, er musste einen anderen Weg einschlagen – einen geschickteren, heimlicheren. Einen, bei dem er im Hintergrund blieb, sodass sich der Zorn der Gilde auf einen äußeren Gegner richtete.

Er setzte sich an den Tisch und griff nach Feder, Tinte und Pergament.

An seine Exzellenz Folmar von Karden, hochwürdigster Erzbischof von Trier, begann er zu schreiben. *Mein geliebter Herr und Freund – ich wende mich an Euch in einer ebenso empörenden wie heiklen Angelegenheit …*

Ulman hielt inne. War es wirklich klug, den Erzbischof um Hilfe anzurufen und ihn zu bitten, kraft seines Amtes gegen die Gilde vorzugehen? Er dachte an das unerfreuliche Gespräch mit Johann von Trier und erinnerte sich an die Warnung des

Archidiakons: *Überall rebellieren die Kaufleute gegen unsere heilige Mutter Kirche und greifen nach der Macht. Ich frage mich, was Ihr tun würdet, wenn diese Krankheit dereinst Varennes heimsuchte. Seid Ihr stark genug, Eure Stadt davor zu schützen? Könnt Ihr bewahren, was Eure Vorgänger über Jahrhunderte geschaffen und aufgebaut haben?*

Wenn Johann daran zweifelte, dass Ulman imstande war, das ihm anvertraute Bistum zu führen, tat das vielleicht auch der Erzbischof. Ulman begriff, dass es ein schwerer Fehler wäre, Folmar von Karden um Hilfe zu ersuchen. Man würde ihn für schwach halten. Für nicht fähig, der Bedrohung durch die Gilde Herr zu werden. Das konnte zur Folge haben, dass der Erzbischof ihn abberief und einen neuen Stadtherrn einsetzte.

Ulman warf den angefangenen Brief ins Feuer. Nein, er musste die Kaufleute selbst in ihre Schranken weisen. Um jeden Preis.

Er rief nach Namus. »Geh zum Gildemeister«, befahl er dem Diener. »Sag ihm, dass ich ihn unverzüglich sprechen will.«

»Sehr wohl, Exzellenz.« Namus verschwand auf die ihm eigene lautlose Art.

Keine halbe Stunde später traf de Fleury ein. Ulman hatte sich in den großen Saal des Palastes begeben und blickte aus dem Fenster, als der Gildemeister hereinkam.

»Ihr wollt mich sprechen, Exzellenz?«

Ulman ließ sich einen Moment Zeit, bevor er sich zu ihm umwandte: Der Bursche sollte spüren, wer der Herr im Hause war. Anschließend musterte er den jungen Mann eingehend. Das Gewand, das er trug, war schlicht für die Maßstäbe eines Kaufmannes – dabei war es zweifellos das beste, das er besaß. Von Géroux wusste Ulman, dass de Fleurys Vermögen bescheiden war, verglichen mit den Reichtümern, die ältere und erfahrenere Gildenmitglieder wie Raymond Fabre oder Pierre Melville angehäuft hatten. Und doch hörten diese Männer auf ihn, verehrten ihn gar wie einen Helden. Überaus erstaunlich, immerhin war in ihrer Welt Geld alles, das zählte.

Auf den zweiten Blick jedoch war dieser Umstand gar nicht so bemerkenswert. De Fleury besaß etwas, das mehr wert war als Grundbesitz, luxuriöse Häuser und Truhen voller Silber: Ausstrahlung. Die Fähigkeit, andere Männer zu begeistern. Ulman hatte schon bei seiner ersten Begegnung gespürt, dass dieser Mann besonders war. Von einer besseren Welt träumten viele, aber der neue Gildemeister schaffte es irgendwie, dass zahlreiche Menschen seinen Traum teilten.

Eine außergewöhnliche Gabe.

Eine *gefährliche* Gabe.

»Ich habe mir heute den Ofen angesehen, den die Gilde im Schmiedeviertel bauen lässt«, sagte Bischof Ulman. »Ein kostspieliges Vorhaben. Es überrascht mich, dass die Gilde bereitwillig so viel Geld ausgibt, ohne … nun …«

»Eine Gegenleistung zu erwarten?«, ergänzte de Fleury.

Ulman nickte knapp. »In der Vergangenheit ist die Gilde nicht gerade durch Freigiebigkeit in Erscheinung getreten. Aber kaum seid Ihr Gildemeister, werden plötzlich öffentliche Backhäuser gebaut, die Brunnen gereinigt, die Straßen gesäubert. Ich hörte, die Gilde beschäftigt neuerdings gar einen eigenen Dreckmeister. Woher kommt diese neue Großzügigkeit, frage ich mich.«

»Viele meiner Schwurbrüder sind schon lange der Meinung, dass wir mehr für unsere Stadt tun müssen. Also haben sie meine Wahl zum Anlass genommen, einige Maßnahmen zum Wohle Varennes' einzuleiten.«

»Recht teure Maßnahmen, wie mir scheint.«

»Mein Vorgänger hat sparsam gewirtschaftet, und die Gildekasse ist voll. Wir können es uns durchaus erlauben, zehn oder fünfzehn Pfund für neue Öfen und saubere Brunnen auszugeben. Zumal es auch uns zugutekommt, wenn die Bürger Varennes' zufrieden sind. Glückliche Menschen kaufen mehr.«

»Hinter der Großzügigkeit der Gilde steckt also nicht nur der Wunsch nach christlicher Mildtätigkeit, sondern handfester Eigennutz?«, fragte Ulman.

»Natürlich«, gab de Fleury unumwunden zu. »Wir sind immer noch Geschäftsleute.«

Ulman schritt langsam durch den Saal, und der Saum seiner Soutane strich leise über den Boden. »Ich habe mit Jean Caboche und einem Maurer namens Thierry gesprochen. Sie verehren Euch geradezu. Die ganze Stadt scheint das zu tun.«

Der Gildemeister lächelte bescheiden. »Ihr übertreibt, Exzellenz. Verehrung ist gewiss nicht das, was sie für mich empfinden. Allenfalls Dankbarkeit.«

»Jedenfalls halten sie große Stücke auf Euch. Ihr seid ein Segen für die Stadt, heißt es.«

»Es freut mich zu hören, dass man so über mich spricht.«

Ulman blickte de Fleury stechend an. »Weil es genau das ist, was Ihr beabsichtigt?«

»Wie darf ich das verstehen?«

»Ein zynischer Mann könnte auf den Gedanken kommen, Ihr benutztet das Geld der Gilde, um Euch das Wohlwollen des Stadtvolks zu erkaufen.«

»Der Gildemeister kann nicht eigenmächtig über die Ersparnisse der Gilde verfügen – er braucht für alle größeren Ausgaben das Einverständnis der Schwurbrüder. Davon abgesehen: Was hätte ich davon?«

»Wachsenden Einfluss. Größere Macht«, antwortete Ulman. »Die Ihr eines Tages einsetzen könntet, um langfristige Ziele voranzutreiben.«

»Das einzige langfristige Ziel der Gilde ist eine neue Brücke über die Mosel. Und das haben wir dank Eurer Zustimmung bereits erreicht.«

»Manchen Gildemitgliedern genügt das vielleicht nicht. Wer einmal Blut geleckt hat, will irgendwann mehr.«

»Das Hantieren mit Blut überlassen wir den Schlachtern und Scharfrichtern, Exzellenz«, erwiderte de Fleury lächelnd. »Wir Kaufleute begnügen uns seit eh und je mit Salz, Tuchen und Silber.«

»Ihr wisst genau, was ich meine«, sagte Ulman scharf. »Dieses Jahr habt Ihr eine neue Brücke gefordert. Nächstes Jahr ist es vielleicht ein eigener Schultheiß. Im Jahr darauf dann ein Mitspracherecht im Schöffenkollegium. Und so wird es immer weitergehen, denn wenn Ihr Kaufleute eines seid, dann unersättlich!«

»Wir haben Euch verärgert«, sagte der Gildemeister. »Das war nicht unsere Absicht. Wenn Ihr dies verlangt, reißen wir die neuen Backhäuser wieder ab, entlassen den Dreckmeister und geben Euch unser Wort, uns nicht mehr in die Belange der Stadt einzumischen. Ich befürchte allerdings, dass das Stadtvolk das nicht verstehen wird. Immerhin fordert Ihr die Reichen jeden Sonntag auf, mildtätig und barmherzig zu sein und ihr Vermögen mit den Ärmeren zu teilen.«

»Ich warne Euch, de Fleury: Haltet mich nicht zum Narren!«, zischte Ulman. »Ihr könnt dem Pöbel so viel Honig ums Maul schmieren, wie Ihr wollt, aber wenn Ihr glaubt, Ihr könntet versuchen, mir meine Macht streitig zu machen, habt Ihr Euch getäuscht. Ich werde nicht zulassen, dass ein Wicht wie Ihr die Vorherrschaft der Kirche infrage stellt. Ich bin der unumstrittene Herr Varennes' und werde es bleiben bis zu meinem Tod. Und wenn mir auch nur einmal zu Ohren kommt, dass Ihr und Eure Brüder eine Verschwörung gegen mich anzettelt, jage ich Euch aus der Stadt und zerschmettere die Gilde, ganz gleich, ob ein Kaiser sie vor Urzeiten genehmigt hat. Habt Ihr mich verstanden?«

»Gewiss.« De Fleury neigte das Haupt.

»Jetzt geht mir aus den Augen, zählt Euer Geld oder tut, was immer ein Krämer um diese Zeit tut.«

»Ich wünsche Euch noch einen angenehmen Tag, Exzellenz«, sagte der Gildemeister, verbeugte sich noch einmal und empfahl sich.

Bischof Ulman stand am Fenster und blickte ihm nach, während er über den Domplatz schritt. Sein Atem ging immer noch schwer – sein Zorn wollte nicht abklingen. Normalerweise verbreiteten seine Wutausbrüche Furcht und Schrecken. De Fleury jedoch war nicht im Mindesten eingeschüchtert gewesen. Immerzu hatte er ihn mit unbedarfter Miene angeschaut und so getan, als wisse er nicht, wovon er rede. Der Bursche war derart glatt, wendig und geschmeidig, dass es Ulman nicht gelungen war, ihn festzunageln und zu einer Äußerung zu verleiten, die ihn angreifbar machte. Entsprechend wirkungslos war die Drohung gewesen.

Von quälender Unruhe erfüllt, schritt er im Saal umher. Schließlich blieb er stehen und blickte zu dem Kruzifix auf, das an der Stirnseite hing.

Hilf mir, o Herr. Sende mir ein Zeichen, damit ich weiß, was ich tun soll.

Die Tür flog auf, und die hünenhafte Gestalt Aristide de Guillorys stampfte herein.

»Ich will mich beschweren!«, bellte der Ritter.

»Was habt Ihr hier zu suchen?«, fragte Ulman. »Wer hat Euch hereingelassen?«

In der Tür erschien ein erschrockener Namus. »Ich habe ihn gebeten, unten zu warten, bis ich ihn gemeldet habe. Aber er hat mich einfach zur Seite gestoßen. Ich konnte ihn nicht aufhalten.«

»Ich habe gehört, dass die gottverfluchten Kaufleute immer noch ihre Brücke bauen«, sagte de Guillory, ohne sich mit Begrüßungsformeln oder anderen überflussigen Regeln des Anstands aufzuhalten. »Dabei dachte ich, ich hätte diesem Schwächling von Gildemeister eine Lektion erteilt, die er nicht so bald vergisst.«

»Und weswegen behelligt Ihr mich?«, wollte Ulman wissen.

»Varennes ist Eure Stadt. Ich verlange, dass Ihr etwas gegen die Brücke unternehmt. Wenn sie fertiggestellt wird, ist das mein Ruin. Also zieht verdammt noch mal Eure Genehmigung zurück und sorgt dafür, dass sie eingerissen wird.«

Ulman erwog, die Wachen zu rufen und diesen Rohling hinauswerfen zu lassen – aber dann kam ihm eine interessante Idee. War es denkbar, dass der Allmächtige seine Gebete erhört und ihm soeben ein Werkzeug gegen die aufsässigen Kaufleute gesandt hatte? Gewiss, de Guillory wäre ein höchst bizarres Werkzeug des göttlichen Willens, aber die Wege des Herrn waren bekanntlich unergründlich. *Ja,* dachte Ulman, als er den Gedanken weiterverfolgte. De Guillory könnte sich höchst wirkungsvoll der Gilde annehmen, während er seine Hände in Unschuld wusch.

»Setzt Euch«, sagte er. »Namus, bring uns Wein.«

Der Lehnsessel am Kamin knarrte unter dem beträchtlichen Gewicht des Ritters, und er streckte seine langen Beine aus. Namus trug eine Karaffe herein und füllte zwei Silberkelche mit dampfendem Rebensaft.

»Werdet Ihr tun, worum ich Euch bitte?«, fragte de Guillory, nachdem er seinen Becher auf einen Zug zur Hälfte geleert hatte.

»Ich fürchte, ich kann nichts gegen die Brücke tun«, sagte Ulman. »Wenn ich meine Genehmigung zurückzöge, bräche ich mein Wort.«

»Na und? Was ist schon dabei?«

»Ein Mann von Ehre tut so etwas nicht. Versucht das zu verstehen, auch wenn Euch die tiefere Bedeutung des Wortes ›Ehre‹ auf immer ein Rätsel bleiben wird.«

De Guillory beugte sich nach vorne, den Kelch mit seiner prankenhaften Hand umklammert. »Ich warne Euch, Ulman. Ich bin kein nachsichtiger Mann. Wenn man mich verärgert, neige ich dazu …«

»Erspart mir Eure lächerlichen Drohungen und hört zu«, schnitt ihm der Bischof das Wort ab. »Wenn ich sage, dass ich nichts gegen die Brücke tun kann, heißt das nicht, dass das auch für Euch gilt. Ihr behauptet, die Brücke der Gilde verletzt Eure Rechte. Gut. Unsere Gesetze kennen hierfür klare Bestimmungen. Handelt nach Belieben, und ich werde Euch freie Hand lassen, solange Ihr die Besitztümer der Kirche und meine Ministerialen in Ruhe lasst. Versteht Ihr, worauf ich hinauswill?«

»Ich verstehe sehr gut«, erwiderte de Guillory, nahm einen weiteren Schluck Wein und starrte Ulman dabei durchdringend an, das Gesicht scharlachrot im Widerschein des Feuers.

Am Morgen nach seinem Treffen mit Bischof Ulman ging Michel früh zur Gildehalle, um einige liegen gebliebene Dinge zu erledigen. Seit er das Amt übernommen hatte, war er kaum dazu gekommen, sich um die alltäglichen Aufgaben des Gildemeisters zu kümmern – der Brückenbau hatte fast seine gesamte Aufmerksamkeit beansprucht. Dabei war es die vorrangige Pflicht des Vorstehers einer jeden Schwurvereinigung, ihre Einnahmen und Ausgaben zu verwalten, in ihrem Namen Waren einzukaufen und über die Einhaltung der Statuten zu wachen.

In den vergangenen Monaten hatte kein Schwurbruder die Regeln verletzt; dafür hatte Michel umso mehr Arbeit mit den Büchern und Warenlisten. Den ganzen Vormittag war er damit beschäftigt, Geld zu zählen, das Durcheinander in den Aufzeichnungen zu ordnen und sie auf den neuesten Stand zu bringen. Außerdem beauftragte er den Makler der Gilde, einen angestellten Kleinkrämer, reichlich Wein, Bier und Gewürze einzukaufen, denn wegen der häufigen Zusammenkünfte der letzten Wochen gingen die Vorräte im Lagerkeller der Halle allmählich zur Neige.

Während der Arbeit dachte er unentwegt an seine Unterredung mit dem Bischof. Er nahm Ulmans Drohung sehr ernst. Der Kirchenmann würde sich mit allen Mitteln dagegen wehren, auch nur ein Quentchen seiner Macht abgeben zu müssen. Irgendwann in den nächsten Tagen oder Wochen käme seine Antwort auf die Vorstöße der Gilde, das war so sicher wie das Amen in der Kirche. Die Frage war lediglich, *wie* er zuschlagen würde.

Am wichtigsten war nun, dass Ulman die Gilde nicht unvorbereitet erwischte. Michel hatte daher sogleich seine Anhänger benachrichtigt und eine Zusammenkunft für den heutigen Abend anberaumt, damit sie sich beraten konnten.

Gegen Mittag tauchte plötzlich Gaspard auf. Ohne ein Wort des Grußes betrat er die Amtsstube. Michel legte den Federkiel zur Seite und spannte sich unwillkürlich innerlich an.

»Was kann ich für dich tun?«

»Ich brauche Geleitschutz für eine Reise nach Metz«, erklärte Gaspard steif. »Vier Männer. Beritten, wenn es geht.«

»Ich werde sehen, wer verfügbar ist. Ab wann brauchst du sie?«

»Ich möchte Euch bitten, mich nicht mit ›du‹ anzusprechen. Für Euch bin ich Herr Caron.«

Michel lehnte sich zurück. »Bist du jetzt verrückt geworden?«

»Das ›Du‹ ist Freunden vorbehalten«, erwiderte Gaspard barsch. »Da wir keine Freunde sind, gebrauchen wir die förmliche Anrede, wie es sich für Kaufleute gehört.«

»Gaspard«, begann Michel, ehe er sich klarmachte, dass hier jedes vernünftige Wort verschwendet war. »Nun, wenn du meinst, auf derart kindische Art deine Verachtung für mich ausdrücken zu müssen – bitte. Ganz wie du willst. Du bist derjenige, der sich zum Narren macht.« Er bemühte sich um einen übertrieben förmlichen Tonfall und fragte: »Ab wann braucht Ihr die Söldner, *Herr Caron*?«

»Bis übermorgen. Kümmert Euch bitte darum.«

»Mache ich.«

»Habt Dank«, schnarrte Gaspard und ging.

Michel seufzte tief. Isabelle war nach wie vor zuversichtlich, dass ihr Bruder eines Tages seine Verbitterung überwinden und ihm die Hand reichen würde. Michel dagegen hatte längst jede Hoffnung aufgegeben. Er erfuhr von Gaspard nichts als unversöhnlichen Zorn, und bei den Sitzungen der Schwurbrüder ließ sein einstiger Gefährte keine Gelegenheit aus, ihn mit aller Härte zu attackieren. Nein, diese Schlacht war verloren, ihre Freundschaft unwiederbringlich dahin. Es wurde Zeit, dass sich auch Isabelle damit abfand.

Die unerfreuliche Begegnung hatte ihm gründlich die Laune verdorben, und er hatte keine Lust mehr, in der Amtsstube herumzusitzen und Pergamente zu wälzen. Er entschied, die restliche Arbeit morgen zu erledigen, streifte seinen Mantel über und verließ die Gildehalle.

In den Arkaden saßen Yves und Gérard und teilten sich Bier aus einer Schweinsblase. Die beiden Männer hefteten sich an seine Fersen, sowie er aus der Tür trat. Nach dem Vorfall mit de Guillory und Jeans Strafpredigt hatte sich ihre Wachsamkeit mindestens verdoppelt, und sie ließen ihn keinen Moment aus den Augen, wenn er sich außerhalb des Hauses bewegte. Jean bestand sogar darauf, dass sie ihn zum Gottesdienst und zum Grab ihres Vaters begleiteten. Als wäre das nicht lästig genug, machte ihre ständige Gegenwart es ihm nahezu unmöglich, Isabelle zu sehen. Die heimlichen Treffen mit ihr in der Herberge am Nordtor verlangten ihm ohnehin einiges an Erfindungsreichtum ab – jetzt kam das zusätzliche Hindernis hinzu, dass er zuerst seine Leibwächter abschütteln musste, wenn er zu ihr wollte. Das zwang ihn mitunter zu erniedrigenden Maßnahmen. Vorgestern etwa war er aus dem Küchenfenster geklettert und hatte sich durch den Hof hinausgeschlichen, damit Yves und Gérard nicht mitbekamen, dass er das Haus verließ.

Lange mache ich das nicht mehr mit, dachte er missmutig, während er mit den beiden Hünen im Schlepptau durch den strömenden Regen schritt. *Längstens bis Weihnachten, dann ist Schluss.*

Er hob den Kopf, als er Hufgetrappel hörte. Ein Reiter kam über den nahezu menschenleeren Domplatz galoppiert. Obwohl der Mann von Kopf bis Fuß durchnässt und von Schlamm bespritzt war, erkannte Michel auf seinem Waffenrock den springenden schwarzen Wolf der Familie de Guillory. Tatsächlich handelte es sich um Berengar, de Guillorys stiernackigen Sarjanten. Regen perlte über seinen Helm und den Kettenpanzer.

Der Soldat zügelte sein Streitross. Die Hufe des mächtigen Hengstes stampften auf und bespritzten Michel mit Schlamm.

»Im Namen meines Herrn Aristide de Guillory verfluche ich die Kaufmannsgilde von Varennes-Saint-Jacques und alle ihre Schwurbrüder!«, brüllte Berengar und schleuderte ein längliches Bündel in den Schlamm. Das Ledertuch rollte sich auf, und zum Vorschein kam ein Schwert, von der Spitze bis zum Heft mit Blut besudelt. »Das ist für Euch, Gildemeister!«

Michel fing die Nachricht auf, die Berengar ihm zuwarf. »Was soll das?«

»Lest den Brief.«

Michel brach das Siegel und entrollte das Pergament. Er musste die Nachricht zweimal lesen, bevor er ihren Inhalt voll und ganz erfasste. Es war ein förmlicher Fehdebrief. De Guillory hielt den Bau der Brücke für eine Verletzung seiner Rechte und erklärte der Gilde die Fehde, um Genugtuung zu erlangen.

Michel hob den Kopf. Regen fiel auf sein Gesicht, als er den Reiter anblickte.

»Das Gesetz verlangt, dass mein Herr Euch drei Tage Zeit gibt, um Wiedergutmachung zu leisten«, sagte Berengar. »Wenn die Brücke dann nicht verschwunden ist, wird er Rache üben. Ho!«, brüllte er, trieb sein Ross zum Galopp an und jagte davon.

Michel betrachtete das Ledertuch mit dem Schwert darauf. Das Blut auf der Klinge wurde allmählich weggespült und bildete feine Schlieren im Schlamm. Es war ein seltsamer, unwirklicher Anblick – so, als hätte sich der Domplatz unversehens in ein Schlachtfeld verwandelt.

»Er erklärt Varennes die Fehde?«, rief Raymond Fabre. »Hat der Kerl endgültig den Verstand verloren? Er kann bestenfalls dreißig Kriegsknechte aufbieten. Bischof Ulman wird ihn wie eine Küchenschabe zerquetschen.«

»Leider erklärt er die Fehde nicht Varennes und schon gar nicht Bischof Ulman«, sagte Michel, »sondern uns, der Gilde. Das ist ein himmelweiter Unterschied. Solange er das Stadtvolk und den Besitz der Kirche in Ruhe lässt, hat Ulman nämlich keinen Grund, gegen ihn zu kämpfen. Er ist nicht einmal verpflichtet, uns bei der Verteidigung zu helfen.«

»Ihr meint, er sieht einfach tatenlos zu, wenn de Guillory unsere Häuser niederbrennt und unsere Lagerhäuser plündert?«, fragte Catherine Partenay besorgt.

»Ich gehe davon aus, dass Ulman keinen Finger für uns krumm machen wird.«

»Wahrscheinlich hat sich de Guillory mit ihm abgesprochen«, sagte Charles Duval. »Ich schätze, Ulman erlaubt ihm, uns wegen der Brücke zu bekämpfen, weil er hofft, dass uns die Fehde schwächt und wir anschließend keine Gefahr mehr für ihn darstellen.«

Michel nickte. »Ulman weiß, dass er keine Handhabe hat, gegen uns vorzugehen. Aber jetzt hat er einen Dummen gefunden, der ihm die Arbeit abnimmt, und muss sich nicht selbst die Hände schmutzig machen.«

Seine Anhänger saßen am Tisch im Saal seines Hauses und schwiegen bedrückt. Mit dieser Wendung der Ereignisse hatte niemand gerechnet, nicht einmal Fromony Baffour, der erklärte Fatalist.

Marc Travère sprach schließlich aus, was alle dachten: »Was machen wir jetzt?«

»Auf keinen Fall beenden wir den Bau der Brücke, so viel steht fest«, erwiderte Michel. »Oder ist jemand anderer Meinung?«

Niemand meldete sich zu Wort, obwohl er Baffour und Melville ansah, dass sie mit diesem Gedanken spielten.

»Gut«, sagte er rasch, bevor sie es sich anders überlegen konnten. »Also – was sind eure Vorschläge?«

»Wir haben leider nicht viele Möglichkeiten«, antwortete

Fabre. »De Guillory will die Brücke abreißen, und wir wollen sie um jeden Preis bauen. Das lässt uns nicht viel Spielraum für Verhandlungen. Wir werden kämpfen müssen, in der Hoffnung, dass wir ihn zurückschlagen können und er bald aufgibt.«

»Es muss einen anderen Weg geben«, sagte Michel.

»Ich fürchte, diesmal nicht, mein Junge«, meinte Abaëlard Carbonel. »Wenn wir uns de Guillory nicht beugen wollen, müssen wir uns mit dem Schwert in der Hand gegen ihn behaupten. Ob es uns gefällt oder nicht.«

Michel biss die Zähne zusammen. Nun geschah genau das, was er immer hatte verhindern wollen. Doch so sehr er sich auch den Kopf zerbrach, ihm fiel keine friedliche Lösung ein, die nicht darauf hinauslief, dass sie alles aufgaben, was sie bisher erreicht hatten.

»De Guillory lässt uns drei Tage Zeit«, sagte Fabre. »Die müssen wir nutzen, um uns vorzubereiten.«

»Wird er diese Frist einhalten?«, fragte Travère. »Was, wenn er schon heute Nacht angreift?«

»Das glaube ich nicht«, erwiderte Duval. »Wenn er nicht vorhätte, sich an das Gesetz zu halten, hätte er die Fehde nicht mit einem förmlichen Brief angekündigt.«

»Wie gehen wir jetzt vor?«, fragte Catherine. Sie und die anderen Kaufleute blickten Michel an.

Sie erwarten, dass ich sie führe.

Er stand auf und begann im Saal umherzugehen. »Zuerst müssen wir ein Aufgebot aufstellen. Jedes Mitglied der Gilde muss bei der Verteidigung unserer Besitztümer helfen, außerdem unsere Familien und Knechte. Ihr beide seid natürlich vom Waffendienst ausgenommen«, wandte er sich an Catherine und Carbonel.

Der Greis begann zu protestieren, denn er bestand darauf, an der Seite der Jüngeren zu kämpfen.

»Ihr könnt uns gewiss auf andere Weise unterstützen, Abaëlard«, sagte Michel. »Wir werden nicht genug Waffen und Rüstungen für alle haben, also müssen wir schnellstmöglich welche beschaffen. Könnt Ihr uns Schwerter, Helme und Kettenhemden aus Euren Beständen zur Verfügung stellen?«, fragte er Raymond Fabre, der die größte Waffenschmiede Varennes' besaß.

Der stämmige Kaufmann nickte. »Natürlich.«

»Nur die wenigsten von uns haben Kampferfahrung«, fuhr Michel fort. »Deshalb sollten wir in der Unterstadt Söldner anwerben.«

»Ich kümmere mich darum«, sagte Pierre Melville.

»Bezahlt sie aus der Gildekasse. Wir haben genug Geld, also spart nicht. Je mehr Männer für uns kämpfen, desto besser.«

»Du sagst, jeder Schwurbruder muss bei der Verteidigung helfen«, warf Jean ein. »Auch Géroux, de Brette, Laval und die Nemours-Brüder?«

»Ihr Gildeneid verpflichtet sie dazu, uns Beistand zu leisten«, sagte Melville.

»Trotzdem würde ich nicht mit ihnen rechnen«, erwiderte Michel. »Bischof Ulman hat ihnen gewiss befohlen, sich aus allem herauszuhalten.«

»Auch gut«, knurrte Fabre. »Dann haben wir endlich einen Grund, die verdammten Ministerialen aus der Gilde auszuschließen.«

Charles Duval drehte den Weinkelch in seiner Hand. Entgegen seiner Gewohnheit trank er heute Abend kaum etwas. »Ich fürchte, so einfach ist das nicht. Sie haben dem Bischof Treue und Gefolgschaft geschworen. Das wiegt im Zweifelsfall schwerer als der Gildeneid.«

»Damit befassen wir uns, wenn die Fehde überstanden ist«, meinte Michel. »Vorerst planen wir ohne sie.«

»Was ist mit Gaspard und seinen Anhängern?«, fragte Jean.

»Er hat mich zwar heute noch einmal ausdrücklich darauf hingewiesen, wie sehr er mich hasst, aber ich denke, er und seine Freunde werden uns helfen. Trotz allem achten sie ihren Eid.«

»Es ist nicht damit getan, unsere Häuser und Besitztümer zu

schützen«, gab Pierre Melville zu bedenken. »De Guillory hat es hauptsächlich auf die Brücke abgesehen. Er wird zuerst dort zuschlagen. Wir sollten die Baustelle daher mit Gräben, Zäunen und dergleichen sichern.«

»Könnt ihr das übernehmen?«, wandte sich Michel an Catherine und Carbonel.

Die beiden nickten, dankbar, dass sie auch einen Beitrag leisten konnten, wenn sie schon im Kampf nicht von Nutzen waren.

Michel blickte in die Runde. »Drei Tage sind nicht viel Zeit – machen wir uns also an die Arbeit. Mögen Gott und der heilige Jacques uns beistehen«, fügte er leise hinzu.

Nachdem seine Freunde gegangen waren, stieg Michel mit einer Laterne in der Hand in den Keller hinab, zog aus dem hintersten Winkel eine Kiste hervor und schloss sie auf. Sie enthielt zwei Streitäxte, einen eisernen Kriegskolben, zwei Schilde, einen Helm und einen einfachen Ringelpanzer, ein Lederwams mit aufgenähten Eisenplättchen. Sein Vater hatte die Waffen einst angeschafft, denn das Gesetz Varennes' verpflichtete jeden vollwertigen Bürger zum Besitz von Kriegsgerät, damit er und sein Haushalt im Falle eines Krieges bei der Verteidigung der Stadt helfen konnten. Abgesehen von dem Schwert, das Michel auf seinen Reisen bei sich trug, waren die Gegenstände noch nie zum Einsatz gekommen und verstaubten seit Jahren in der Kiste.

Michel holte eine Streitaxt heraus und schwang die schwere Waffe versuchsweise. Selbst ein mäßig kräftiger Mann konnte einem Feind damit schreckliche Wunden zufügen, ihm Gliedmaßen abschlagen und ihn mit einem Streich töten.

Mit zusammengekniffenen Lippen betrachtete er die schartige Klinge. Warum nur war er nicht imstande gewesen zu verhindern, dass es so weit kam?

»Ach, hier ist die Kiste mit den Waffen«, sagte Jean, als er in den Lampenschein trat. »Ich habe mich schon gefragt, wo Vater sie hingestellt hat.«

Auch er griff nach einer Axt und ließ sie zweimal, dreimal durch die Luft sausen. In seiner Hand wirkte das Mordinstrument nicht wie ein Fremdkörper. Zwar konnte man nicht behaupten, dass er Waffen liebte, doch anders als Michel besaß er ein natürliches Talent für den Umgang damit. »Ich kann es kaum erwarten, dass de Guillory angreift. Endlich können wir diesem Bastard in den Arsch treten!«

»Leg die Axt wieder hin«, sagte Michel. »Du wirst noch früh genug Gelegenheit bekommen, sie zu benutzen.«

»Das will ich schwer hoffen. Ich werde ihm heimzahlen, was er dir angetan hat. Und das mit Maronne auch.«

»Gar nichts wirst du. Wir werden uns verteidigen und sonst nichts. Komm ja nicht auf die Idee, den Helden zu spielen.«

»Du gönnst einem auch gar keinen Spaß.« Jean warf die Axt in die Kiste, wo sie mit einem lauten Scheppern landete.

»Sag mir ehrlich deine Meinung«, bat Michel. »Hätte ich etwas tun können, damit der Gilde das erspart bleibt?«

Sein Bruder zuckte mit den Schultern. »Ich wüsste nicht, was. Du hast stets nur das Beste für die Gilde gewollt und immer nach friedlichen Lösungen gesucht. Dass es diesmal nicht geklappt hat, ist nicht deine Schuld.«

»Vielleicht doch. Vielleicht hätte ich zu de Guillory gehen und mit ihm verhandeln sollen.«

»Er hätte dir nicht zugehört, das weißt du doch.« Jean setzte sich neben ihn auf den Kistenstapel. »Du musst dich einfach damit abfinden, dass man sich Feinde macht, wenn man für seine Rechte kämpft. So ist das nun mal. Jetzt geh endlich ins Bett. Die nächsten Tage werden hart.«

Obwohl Michel todmüde war, schlief er in dieser Nacht sehr schlecht.

Die nächsten Tage flogen nur so dahin, und Michel wünschte, er könnte an drei Orten gleichzeitig sein. Er half Carbonel und Catherine bei der Befestigung der Brücke, unterstützte Pierre Melville beim Anwerben der Söldner und besprach mit Raymond Fabre verschiedene Verteidigungsstrategien. Außerdem sicherte er wie die anderen Schwurbrüder Haus und Hof, denn da die alte römische Mauer kaum noch Schutz bot, mussten sie damit rechnen, dass de Guillory jederzeit in die Stadt eindrang und über ihren Besitz herfiel.

Falls noch Zweifel daran bestanden hatten, dass de Guillory es ernst meinte, so räumte Nicolas de Bézenne sie am Tag nach der Übergabe des Fehdebriefs aus: Der Ritter hatte von den Ereignissen in Varennes gehört und besuchte Michel, um ihm zu berichten, dass sein Erzfeind überraschend Frieden mit ihm geschlossen habe und auf seine Forderungen verzichte. Sie beide wussten, was das bedeutete: De Guillory wollte Gefechte an zwei Fronten vermeiden und mit all seinen Männern gegen die Gilde ziehen, ohne fürchten zu müssen, dass Nicolas ihm in den Rücken fiel.

Derweil entwickelte sich die Lage in der Stadt genau so, wie Michel es vorausgesehen hatte. Von Bischof Ulman kam keinerlei Hilfe – der Kirchenmann verschanzte sich mit Tancrède Martel und den Männern des Domkapitels in seinem Palast und empfing keine Besucher. Auch Jaufré Géroux und die anderen Ministerialen ließen sich nicht in der Stadt blicken. Von Jean Caboche, dem Schmiedemeister, erfuhr Michel, dass nicht nur die Gefolgsleute des Bischofs den Befehl erhalten hatten, sich aus der Fehde herauszuhalten – auch die Handwerksbruderschaften waren von Ulman angehalten worden, der Gilde nicht beizustehen. Die meisten Bruderschaften gehorchten der bischöflichen Order, aus Angst vor Sanktionen. Lediglich die Schmiede setzten sich darüber hinweg und sandten der Gilde acht bewaffnete Männer, die begierig waren, gegen den verhassten Ritter zu kämpfen. Caboche persönlich führte sie an.

So wuchs das Aufgebot der Gilde bald auf fünfzig Krieger an. Wer keine eigenen Waffen besaß, bekam eine Axt oder einen Spieß sowie ein Schild und einen Helm aus Raymond Fabres Schmiede. Gaspard und seine Freunde Pérouse, Vanchelle und Baudouin folgten Michels Aufruf zum Kampf gegen de Guillory wider Erwarten nicht. Genau wie die Ministerialen verkrochen sie sich in ihren Häusern und erschienen nicht zu den abendlichen Zusammenkünften der Schwurbrüder. Michel war tief enttäuscht. Er hätte nicht gedacht, dass Gaspard in seiner Verbitterung so tief sinken würde, die Gilde im Stich zu lassen.

Fünfzig Männer, dachte Michel am Morgen des dritten Tages, als sich die Bewaffneten vor der Gildehalle sammelten. Das sah nach viel aus – aber würde es genügen? Wenn Fabres Schätzung stimmte, waren sie de Guillory fast zwei zu eins überlegen. Dafür verfügten der Ritter und seine Knechte im Gegensatz zu ihnen über beträchtliche Kampferfahrung.

Es muss genügen. Michel griff nach seinem Schild und gab den Befehl zum Abmarsch.

An jenem Morgen regnete es, wie an den Tagen zuvor, in Strömen.

Leise verfluchte Jean das Wetter, während er den Sitz seines Kettenhemdes überprüfte und die Eisenhaube geraderückte. Obwohl er sich wie die übrigen Männer die meiste Zeit in den überdachten Verschlägen der Brückenarbeiter aufhielt, klebte ihm sein Gambeson, die wollene Unterkleidung, schon jetzt klamm auf der Haut. Rüstung und Helm hatte er sich von Raymond Fabre geliehen. Die Gegenstände waren von guter Qualität; auch der Rundschild zu seinen Füßen wirkte äußerst fest und widerstandsfähig. Doch mehr noch als auf Rüstung und Helm verließ er sich auf den Talisman, den er an der Innenseite des Schildes befestigt hatte: eine kleine Schriftrolle mit Sprüchen aus der Heiligen Schrift. Sie würde ihn vor Schwerthieben, Armbrustbolzen und all den anderen Gefahren einer Schlacht bewahren, besser als jedes Panzerhemd, davon war Jean überzeugt.

Das Aufgebot hatte nördlich der Stadt Aufstellung bezogen, bei den Fischteichen am Ufer der Mosel, denn hier befand sich der einzige Zugang zur Baustelle, der nicht durch die Stadt führte. Die Schwurbrüder gingen davon aus, dass de Guillory an dieser Stelle angreifen würde. Catherines und Carbonels Knechte hatten in aller Eile Gräben gezogen und Barrieren aus angespitzten Baumstämmen errichtet. Hinter den behelfsmäßigen Befestigungen verbargen sich die Verteidiger: die Schwurbrüder und ihre Bediensteten, fünfzehn Lohnkämpfer aus der Unterstadt sowie Jean Caboche und seine Schmiede. Sie alle trugen Rüstungen oder wenigstens nietenverstärkte Lederwämser, dazu Schilde, Schwerter, Spieße, Armbrüste.

Grimmig beobachtete Jean die schlammigen Felder und Wiesen jenseits der Straße. Er hatte schon an einigen Wirtshausraufereien teilgenommen, aber noch nie an einem Kampf auf Leben und Tod. Dies würde seine erste richtige Schlacht sein, bei der echte Waffen zum Einsatz kämen. Dennoch verspürte er keine Furcht, im Gegenteil: Er brannte darauf, de Guillory und seine Handlanger zum Teufel zu jagen. Dies lag ihm weitaus mehr als zähes Feilschen und langwieriges Geldzählen, und der Talisman würde ihn schon vor seinen Feinden beschützen.

»Wer kommt denn da?«, murmelte Charles Duval, woraufhin Jean sich umwandte. Durch den Regen näherte sich ihrem Verschlag eine etwa zehnköpfige Gruppe. Jean war nicht wenig überrascht, als er die Männer erkannte: Es waren Gaspard, Baudouin, Pérouse und Vanchelle, die jeweils einen oder zwei Knechte mitgebracht hatten. Alle trugen sie Waffen und Rüstungen, was bei dem langen und linkischen Baudouin recht seltsam aussah.

»Wir haben gehört, hier soll eine Fehde stattfinden«, rief Gaspard. »Können wir vielleicht behilflich sein?«

Raymond Fabre stapfte ihnen durch den Schlamm entgegen

und schlug Gaspard auf die Schulter. »Schön, dass ihr gekommen seid, Brüder – ihr seid hochwillkommen! Wir brauchen noch ein paar Männer da drüben bei der Stadtmauer. Könnt ihr die Stelle übernehmen?«

»Nur, wenn dort auch de Guillorys Kriegsknechte sein werden«, erklärte Pérouse großspurig. »Ich kann's kaum erwarten, ein paar Schädel einzuschlagen.«

Fabre lachte. »Da macht Euch mal keine Sorgen. Ich glaube, jeder von uns wird heute alle Hände voll zu tun bekommen.«

Als die Neuankömmlinge an ihnen vorbeistapften, sagte Michel: »Schön, dass ihr euch doch noch dazu entschlossen habt, uns zu helfen.«

»Ich tue das für die Gilde«, erwiderte Gaspard, ohne ihn anzuschauen. »Nicht für Euch.«

Jean schüttelte seufzend den Kopf. Dieser Zwist war so töricht. Früher waren sein Bruder und Gaspard gemeinsam durch dick und dünn gegangen, hatten Geheimnisse und Erfahrungen geteilt und hätten alles füreinander getan – und jetzt machten sie sich gegenseitig das Leben schwer. Jean hoffte wirklich, dass sie eines Tages zur Vernunft kommen, ihre verletzten Eitelkeiten überwinden und sich versöhnen würden, wie es sich für zwei alte Freunde gehörte. Die Lage in der Stadt war wahrlich schwierig genug, auch ohne diesen kindischen Streit.

»Sie kommen!«, brüllte jemand.

Auf den Feldern jenseits der Handelsstraße erschienen Reiter, gut ein Dutzend, dazu noch einmal so viele Fußknechte. Anfangs waren sie nicht mehr als Schatten, kaum zu erkennen hinter den Regenschlieren. Erst als sie näher kamen, erblickte Jean Einzelheiten. Die Reiter, an deren Spitze Aristide de Guillory ritt, waren allesamt schwer gepanzert, hielten mandelförmige Schilde und legten gerade die Lanzen ein. Die Fußsoldaten trugen nur leichte Ringelpanzer und waren mit Spießen, Schwertern und Armbrüsten bewaffnet. Sie folgten den Reitern im Laufschritt, so gut es der Schlamm zuließ.

»Auf eure Posten!«, donnerte Fabre.

Wimmelnde Unruhe brach aus, als die Männer aus den Verschlägen zu den Befestigungen liefen.

»Pass auf dich auf«, rief Jean seinem Bruder zu.

»Du auch«, erwiderte Michel, bevor er mit dem Schwert in der Hand Pierre Melville und Marc Travère nacheilte. Ihm folgten nicht nur ihre Knechte Adrien und Louis, sondern auch Yves und Gérard. Jean hatte ihnen eingeschärft, im Kampf niemals von Michels Seite zu weichen.

Jean griff nach seinem Schild, berührte ein letztes Mal den Talisman und hastete durch den Schlamm zu den Gräben, während er sein Schwert zog.

Sein Herz schien jeden Moment zu zerspringen, so heftig pochte es, als er die Reiter auf sich zudonnern sah. Aber es war immer noch keine Angst, die ihn erfasste, mehr eine wilde, alles verschlingende Erregung.

»Für Varennes! Für die Gilde!«, hörte er jemanden brüllen, bevor ihm klar wurde, dass er selbst es war, der dies schrie. Andere stimmten in seinen Kampfruf ein, und wenig später brüllten alle den heranstürmenden Feinden ihre Entschlossenheit entgegen.

De Guillory führte seine Reiter zu den wenigen Lücken zwischen den Barrieren. Jeder, der eine Armbrust besaß, begann sofort zu schießen. Drei, vier Männer sanken getroffen aus den Sätteln, doch die anderen brachen durch, gefolgt von den Fußknechten.

Schwurbrüder, Schmiede und Söldner warfen sich ihnen entgegen, und binnen weniger Herzschläge fand sich Jean mitten im größten Getümmel wieder. Waffen klirrten. Männer brüllten. Pferdehufe zerstampften den aufgeweichten Boden. Instinktiv riss Jean seinen Schild hoch und wehrte den Lanzenstoß eines Reiters ab; dröhnend schrammte die Eisenspitze über die Metallplatte und warf ihn fast in den Schlamm. Er rang um sein Gleichgewicht und schlug mit dem Schwert nach dem Angreifer, streifte ihn jedoch nur am gepanzerten Oberschenkel, sodass der Mann den Hieb nicht einmal bemerkte.

Die schwer gerüsteten Ritter erwiesen sich als schreckliche Gegner. Ihre von oben herab geführten Lanzenstöße und Schwerthiebe waren überaus tödlich. Und es war schwer, ja fast unmöglich, sie mit der Waffe zu treffen, wenn man nicht selbst auf einem Pferd saß. Außerdem unterstützten die Schlachtrösser ihre Reiter im Gefecht, indem sie nach Angreifern schnappten und traten, erfüllt von einem wilden, geradezu bösartigen Kampfgeist. Aus den Augenwinkeln sah Jean, dass einer der Söldner von den beschlagenen Hufen eines steigenden Hengstes am Kopf getroffen wurde und bewusstlos oder tot in den Schlamm sank.

Mit dem Schwert komme ich nicht weit.

Wenn er den Reitern gewachsen sein wollte, brauchte er eine längere Waffe. Da! Der Spieß eines verwundeten Söldners. Er rammte seine Klinge in die Scheide und hob die Pike auf. Gerade rechtzeitig, denn im gleichen Moment sprang einer der Fußknechte über den Graben und ließ einen Morgenstern über dem Kopf wirbeln. Jean fing die dornenbewehrte Eisenkugel mit dem Schild auf, stieß mit der Pike zu und traf den Mann an der Schläfe, sodass sein Helm davonflog und er rückwärts in den Graben stürzte.

De Guillory und seine Reiter hatten sich unterdessen bis zur Stadtmauer vorgekämpft, wo die Schwurbrüder und ihre Knechte sie von allen Seiten bedrängten. Jean hielt nach Michel Ausschau, konnte ihn jedoch nirgendwo entdecken. *Mach dir keine Sorgen um ihn – Yves und Gérard passen schon auf ihn auf. Kümmere dich lieber um de Guillory.*

Mit dem Spieß in der Rechten rannte er an den kämpfenden Männern vorbei durch den Schlamm. Bevor er die Reiter erreichte, hatten sich de Guillory und seine Mannen aus der Umklammerung der Verteidiger befreit und jagten in Richtung Baustelle. Ein paar Kaufleute hatten dies offenbar vorhergesehen und waren vorausgelaufen, um die Brücke zu schützen, unter ihnen Michel. Als de Guillory an den Schwurbrüdern vorbeiritt, schwenkte er nach rechts.

O Gott, er will Michel erschlagen!, durchfuhr es Jean. Mehr konnte er jedoch nicht sehen, denn im gleichen Moment galoppierte ein Reiter auf ihn zu, die Streitaxt zum Schlag erhoben. Jean ging leicht in die Knie, ließ den Hieb auf seinen Schild krachen, fuhr blitzschnell herum und stieß mit seinem Spieß zu. Die Waffe traf auf Widerstand, und er sah, dass er den vorbeijagenden Reiter am Rücken verletzt hatte. Die Axt entglitt seinen Fingern, und der Mann rutschte aus dem Sattel, während sein Pferd führerlos umhertänzelte.

So schnell er konnte, hastete Jean zur Baustelle.

Unterwegs kam er an Raymond Fabre vorbei, der allem Anschein nach einen heftigen Schlag auf den Helm bekommen hatte. Stöhnend kniete er im Schlamm, und Pierre Melville versuchte vergeblich, ihm beim Aufstehen zu helfen.

Unter den Schwurbrüdern und ihren Helfern herrschte inzwischen ein heilloses Durcheinander. Anstatt geschlossen gegen den Feind vorzugehen, irrten die Männer umher oder ließen sich in fruchtlose Einzelgefechte verwickeln. Zwar brüllte Charles Duval Befehle und versuchte, Söldner und Knechte um sich zu versammeln, doch in dem Getümmel gelang es ihm nicht, sich Gehör zu verschaffen. De Guillory machte sich die strategische Unerfahrenheit seiner Gegner zunutze und wütete auf der Baustelle wie ein Fuchs im Hühnerstall. Seine Reiter trieben Caboches Schmiede auseinander und jagten sie am Flussufer entlang, sodass mancher sich nicht anders zu helfen wusste, als in die Mosel zu springen. Zwei Fußknechte warfen Werkzeug und ganze Stapel von Bauholz und Steinen ins Wasser und hieben mit ihren Äxten auf die Haltetaue und -streben des Brückengerüstes ein, ohne dass jemand sie aufhielt.

»Michel!«, brüllte Jean, verlor seinen Bruder jedoch aus den Augen. Er lief zur Brücke und durchbohrte, von jähem Zorn über die blinde Zerstörungswut erfasst, einen der Fußknechte von hinten mit dem Spieß. Der andere Mann wirbelte herum und hieb mit der Axt auf ihn ein. Jean schaffte es gerade noch, seine Klinge zu zücken und einen Streich abzuwehren, ehe der nächste Streich so hart auf seinen Schild donnerte, dass er in den Schlamm fiel. In Erwartung des tödlichen Schlages biss er die Zähne zusammen, doch der Hieb kam nicht. Der Soldat hatte sich von ihm abgewandt und lief davon.

Jean rappelte sich auf, was ihm wegen des Gewichts von Kettenhemd und Schild alles andere als leichtfiel. Er sah, dass de Guillory das Schwert über dem Kopf schwenkte, brüllend seine Männer um sich sammelte und sich zurückzog. Bei den Fischteichen zügelte der Ritter noch einmal sein Schlachtross und schrie: »Das Blutvergießen wird erst aufhören, wenn diese Brücke verschwunden ist. Es liegt allein in Eurer Hand!« Er riss sein Pferd herum und preschte davon, und die Schlacht endete so plötzlich, wie sie begonnen hatte.

Als die Anspannung ihn aus ihrem Griff entließ, verspürte Jean mit einem Mal große Erschöpfung. Er rammte sein Schwert in den Boden, zog seinen Helm ab und stülpte ihn über den Griff der Waffe. Abgesehen von ein paar Kratzern und blauen Flecken war er unverletzt davongekommen. Er küsste seinen Talisman, schob ihn hinter seinen Gürtel und entledigte sich seines Schildes, der plötzlich schrecklich schwer geworden war.

Die Baustelle bot ein Bild der Verwüstung. Mehrere Männer lagen auf dem Boden, verletzt oder sterbend. Der Brücke selbst hatten die Angreifer kaum etwas anhaben können; dafür war der hölzerne Hebekran umgestürzt, und sie hatten viel Baumaterial verloren.

»Michel«, rief Jean erleichtert, als er seinen Bruder entdeckte. Er kniete vor einem Verschlag und hatte den Helm abgelegt; sein Gesicht und sein kurzes blondes Haar waren voller Schlamm. »Dem heiligen Jacques sei Dank, du bist wohlauf!«

Erst als Jean zu ihm lief, sah er, dass Michel bei einem liegenden Mann saß und dessen Kopf auf seinen Schoß gebettet hatte.

Es war Marc Travère. Ein Axthieb hatte sein Kettenhemd zwischen Schulter und Hals aufgeschlitzt und ihm das Schlüsselbein zerschmettert. Aus der Wunde quoll immer noch Blut. Der sanfte Hüne atmete nicht mehr.

Michel hob den Kopf. Tränen rannen ihm über das Gesicht und zeichneten dünne Linien in den Schmutz auf seinen Wangen.

»Wie viele sind es?«, fragte Michel eine Stunde nach der Schlacht.

»Vier.« Pierre Melville war klatschnass, genau wie Michel, doch er schien den Regen gar nicht zu bemerken. »Außer Travère ein Knecht und zwei Söldner. Noch einmal so viele sind verwundet. Zwei weitere werden die Nacht nicht überstehen, schätze ich.«

Sie hatten die Verletzten in die Stadt gebracht, damit sich die Wundärzte um sie kümmern konnten. Da Raymond Fabre momentan nicht imstande war, Befehle zu geben, hatte Melville das Kommando übernommen. Mit ruhiger Hand hatte er die Männer in verschiedene Gruppen aufgeteilt und ließ die Toten zu einem Verschlag tragen, die Baustelle aufräumen und die Befestigungen ausbessern. Jeder packte mit an, Knechte und Schwurbrüder, Schmiede und Söldner.

Michel blickte zu dem Schuppen, in dem de Guillorys Gefallene lagen. Vier Männer. Zwei verwundete Waffenknechte hatten die Schwurbrüder gefangen genommen und zur Gildehalle gebracht, wo sie vermutlich bis zum Ende der Fehde in einem leeren Lagerraum schmoren würden – Michel bezweifelte, dass der Ritter für zwei einfache Soldaten Lösegeld zahlen würde.

Er schluckte trocken. Er fühlte weder Furcht noch Müdigkeit, nur eine seltsame Taubheit. Das Grauen der Schlacht und die Trauer um Marc Travère hatten sich wie ein Leichentuch über seine Empfindungen gelegt. »Wann wird de Guillory wiederkommen?«

»Wer weiß – vielleicht schon morgen«, antwortete Melville. »Ihr habt ihn ja gehört. Er wird erst aufhören, wenn wir den Bau der Brücke aufgegeben haben.«

»Oder wenn wir ihn besiegt haben«, sagte Jean, der zu ihnen gestapft kam.

»Du glaubst wirklich, wir können ihn schlagen?«, fragte Michel. »Nach allem, was heute geschehen ist?«

Sein Bruder zuckte mit den Achseln. Er teilte die allgemeine Hoffnungslosigkeit nicht. »Für die meisten von uns war es die erste Schlacht. Deshalb hatte er leichtes Spiel mit uns. Wir können besser werden, und beim nächsten Mal wissen wir, was uns erwartet.«

»Gebe Gott, dass du recht hast«, murmelte Michel müde und stapfte zu Charles Duval, um dem Kaufmann und seinen Knechten zu helfen, den umgestürzten Hebekran wieder aufzurichten.

Dezember 1187

Varennes-Saint-Jacques

Isabelle schlang die Arme um Michel und vergrub das Gesicht in seinem Haar, immer noch ganz benommen von ihrer Lust. Auch Michel atmete schwer, während die letzten Wellen der Erregung durch seinen Körper rollten, und seine Lippen berührten ihre Halsbeuge. So lagen sie lange da, tief erschöpft, die Hände ineinander verschlungen.

Es war ein windiger, dunkler Wintertag Anfang Dezember. Sturmböen wehten um die Herberge, rüttelten an Wänden und Dachschindeln, pfiffen um den Kamin. Als sie anfingen zu frieren, zog Michel die Decke hoch und nahm Isabelle in den Arm, und sie krochen bis zur Nasenspitze unter das weiche Fell. Isabelle wünschte, sie müsste ihn nie mehr loslassen, er könnte für immer hierbleiben, bei ihr, in der Sicherheit dieser kleinen Gästekammer. Seit zwei Wochen schon lebte sie Tag für Tag in der Furcht, er könnte von einem Schwert oder Pfeil getroffen und verletzt oder getötet werden, wenn er gemeinsam mit seinen Schwurbrüdern de Guillorys Angriffe zurückschlug. Die Angst um ihn nahm ihrer Liebe jegliche Unbeschwertheit, verlieh ihr stattdessen eine beinahe verzweifelte Heftigkeit, wie sie es noch nie erlebt hatte. Jeden Morgen, jede Nacht betete sie, die Fehde möge endlich aufhören, doch die Kämpfe gingen weiter, immer weiter, ohne dass eine der beiden Seiten den Sieg erringen konnte. Wenn es Michel gelang, sich für einige Stunden von seinen Pflichten davonzustehlen, seinen Leibwächtern zu entwischen und Isabelle in ihrem geheimen Schlupfwinkel zu treffen, liebten sie sich mit einer Gier, die aus dem Bewusstsein geboren war, dass es das letzte Mal sein konnte.

»Wann musst du fort?«, murmelte Michel schläfrig.

»Heute Abend. Gaspard und meine Mutter erwarten mich erst zum Essen.«

»Das ist gut.« Er küsste ihren Hals, und sie fuhr ihm mit den Fingerkuppen durch das Haar.

Leise, kaum hörbar, fragte sie: »Warum kann es nicht immer so sein wie jetzt?«

»Weil dann alle wegen uns gelb vor Neid wären, schätze ich.« Er blickte sie an. »Du weinst ja.«

»Schon gut, es ist nichts.« Sie wischte sich die Tränen ab. »Kümmere dich nicht darum.«

Er küsste ihre Stirn, ihre Wange, ihre Lippen. »Hab keine Angst. Mir geschieht schon nichts.« Er wusste immer, was in ihr vorging. Manchmal erschien es ihr gar, als könne er ihre Gedanken lesen.

»Das sagt sich so leicht.«

»Yves und Gérard passen den ganzen Tag auf mich auf. Außerdem hat Jean mir schon wieder einen neuen Talisman gegeben. Es ist jetzt mein dritter. Inzwischen sollte ich so gut geschützt sein, dass ich mich einer ganzen Armee entgegenstellen könnte, ohne einen Kratzer abzubekommen.«

Isabelle musste lächeln. »Na dann.«

Der Wind war etwas abgeflaut und trug aufgeregte Stimmen zur Dachkammer herauf.

»Was ist denn da draußen los?«, fragte sie besorgt. »Ein Angriff?«

Michel stand auf und trat nackt ans Fenster.

Isabelle schlang sich die Decke um den Körper, ging zu ihm und spähte hinab zu dem kleinen Platz vor dem Nordtor. Da die Baustelle inzwischen zu gut befestigt war und außerdem ständig bewacht wurde, hatte de Guillory sich darauf verlegt, die Besitztümer der Schwurbrüder anzugreifen, um sie da zu treffen, wo es sie am meisten schmerzte: an ihrem Reichtum. Jederzeit, Tag und Nacht, musste man damit rechnen, dass er mit seinen Männern durch eine der zahllosen Lücken in der Stadtmauer geritten kam und Varennes wie eine biblische Plage heimsuchte, indem er Warenlager anzündete, Wohnhäuser und Gärten verwüstete und kostbare Güter und Vieh raubte. Die Unberechenbarkeit seiner Überfälle machte es äußerst schwer, sich davor zu schützen, und es grenzte an ein Wunder, dass außer Marc Travère bisher kein Kaufmann zu Tode gekommen war.

Doch was sich unten auf dem Platz abspielte, sah nicht wie ein Angriff de Guillorys aus, wie Isabelle erleichtert feststellte. Ein einzelner Reiter war durch das Tor gekommen, ein Herold in den Farben des Herzogs. Das Fell seines Pferdes glänzte vor Schweiß, und das Tier tänzelte unruhig, während Dutzende von Menschen den Mann umringten. »Ihr Leute von Varennes-Saint-Jacques, ich bringe euch schlimme Kunde aus dem Heiligen Land«, rief er. »Jerusalem ist an die Sarazenen gefallen! Sultan Saladin hat die Stadt des Heiligen Grabes den Verteidigern entrissen, er hat zahllose Männer und Frauen gemordet und das wahre Kreuz geraubt. Betet, ihr guten Christen! Betet, der Herr möge diesen Teufel Saladin strafen und unseren tapferen Rittern in Akkon Trost in dieser schweren Stunde spenden.«

Die Leute wichen zur Seite, und der Herold galoppierte die Grande Rue zum Domplatz hinunter, um auch dort seine Nachricht zu verkünden.

»Jerusalem gefallen«, murmelte Michel. »Der Herr sei uns gnädig.«

Auf dem Platz machten sich Bestürzung und Schrecken breit. Die ersten Kreuzfahrer hatten das Heilige Land vor fast neunzig Jahren erobert – für die Bewohner Varennes' war Jerusalem seit jeher eine Stadt der Christenheit und würde es immer sein. Alles andere erschien ihnen unvorstellbar, geradezu blasphemisch. Die Kunde des Herolds erfüllte die Menschen auf den Straßen mit solcher Furcht, dass sie an Ort und Stelle niederknieten, die

Hände gen Himmel reckten und den Herrn anflehten, er möge die heidnischen Sarazenen vernichten.

Isabelle hatte sich die Hand vor den Mund geschlagen. Ihre Furcht vor de Guillory und seinen Kriegern war vergessen, denn sie wusste: Bald schon würde es Krieg geben, schrecklicher als jede Fehde, einen neuen Kreuzzug, denn die Könige des Abendlandes würden niemals hinnehmen, dass Heiden über Jerusalem herrschten. Unvorstellbares Blutvergießen stand der Christenheit bevor, endloses Leid.

Sie ergriff Michels Hand, und er schloss sie in die Arme.

Irgendwann nach der Matutin kam Wind auf. Eisig und schneidend strich er durch die Straßen, wirbelte den Schnee auf und ließ die Schilder vor den Handwerksstuben quietschend schaukeln. Michel zog sich den Mantel enger um die Schultern und schirmte die Blechlaterne mit dem Körper ab, damit die Kerzenflamme nicht erlosch. Er war müde und durchgefroren und sehnte sich nach seinem Bett, doch die Pflicht verlangte, dass er bis Tagesanbruch durch die Gassen am Salztor schritt und nach dem Rechten sah.

»Mistwetter«, murmelte er. »Wenn es wenigstens aufhören würde zu schneien.«

»Noch Wein?«, fragte Yves.

Michel nickte, und der Hüne reichte ihm den Schlauch. Der Würzwein war längst abgekühlt, trotzdem tat es gut, davon zu trinken. Behagliche Wärme breitete sich in seinem Magen aus. »Gehen wir zurück zum Tor«, sagte er zu seinen beiden Leibwächtern.

Gestern war der dritte Advent gewesen. Die Fehde ging in die vierte Woche, und ein Ende war nicht abzusehen. Ständig griff de Guillory an, obwohl der Winter das Moseltal längst fest im Griff hatte und der Schnee knietief auf Straßen, Feldern und Hügeln lag. Er hielt sich dabei strikt an das Fehderecht und überfiel nur den Besitz der Gilde – die Halle, die neue Brücke, die Häuser der Schwurbrüder –, nicht aber anderes städtisches Eigentum, womit er der Obrigkeit Varennes' einen Vorwand gab, sich weiterhin aus den Kämpfen herauszuhalten und der Gilde jegliche Unterstützung zu verweigern. Die Besitztümer der Ministerialen verschonte er ebenfalls. Falls es noch einen Beweis dafür gebraucht hatte, dass Bischof Ulman mit dem Ritter unter einer Decke steckte, war er hiermit erbracht.

De Guillory legte es nicht darauf an, die Kaufleute zu töten; es genügte ihm, ihr Hab und Gut zu zerstören. Meist schlug er nachts zu, weshalb die Schwurbrüder gezwungen waren, abwechselnd Wache zu halten. Da sie unmöglich die ganze Stadt schützen konnten, beschränkten sie sich auf jene Viertel, die besonders bedroht waren. Während Michel den Salzmarkt mit seinen Kornspeichern bewachte, machte Charles Duval an der Brückenbaustelle seine Runden. Am Domplatz standen zwei seiner Knechte und bei den Lagerhäusern zwei Söldner. Jede Gruppe hatte ein Signalhorn bei sich, damit sie die anderen bei Gefahr zu Hilfe rufen konnte.

Meist gelang es den Schwurbrüdern, de Guillorys Handlanger zu vertreiben, bevor sie ernstlich Schaden anrichten konnten. Manchmal jedoch schafften es die Kriegsknechte, Vieh und andere kostbare Waren zu rauben oder irgendwo Feuer zu legen. Gut die Hälfte der Schwurbrüder hatte bereits schmerzliche Verluste erlitten. Außerdem waren bei den nächtlichen Überfällen bislang ein Knecht und zwei Söldner getötet und noch einmal so viele verletzt worden. Unter den Verwundeten war auch Louis, der vorige Woche bei einem Scharmützel mit de Guillorys Männern einen bösen Schnitt am Oberschenkel davongetragen hatte. Ein Medicus kümmerte sich um ihn, und Michel betete, dass die Wunde keine bleibenden Schäden hinterließ.

Am Salzmarkt suchten sie sich eine windgeschützte Ecke, von der aus sie die beiden Kornspeicher der Gilde im Blick hatten. Dort warteten sie und tranken den restlichen Wein, bis die Glocken zur Laudes schlugen und der Wind den Gesang der

Brüder von Notre-Dame-des-Champs herübertrug. Als Michel schon dachte, dass dies eine ruhige Nacht werden würde, ertönte plötzlich ein fernes Hornsignal.

Er war sofort hellwach. »Das kam von der Brücke. Gérard, du bleibst hier. Nimm das Horn.«

Yves und er rannten zur Baustelle, wo sich bereits ein Knecht vom Domplatz und einer der Söldner vom Fischmarkt eingefunden hatten. »Wo ist Duval?«, fragte Michel.

»Ich weiß es nicht«, antwortete der Söldner. »Als ich herkam, war er schon weg.«

Vom Flussufer näherte sich ihnen das schwankende Licht einer Laterne.

»Charles?«, rief Michel.

»Es waren drei oder vier«, sagte der Kaufmann schnaufend. »Sie haben sich vorne bei der Brücke herumgetrieben. Ich glaube, Berengar war bei ihnen. Als ich sie entdeckte, haben sie Fersengeld gegeben.«

»Irgendwelche Schäden an der Brücke?«

»Nicht, dass ich wüsste.«

Von den Unterständen der Zimmerleute erklang dumpfes Gepolter. Die Männer hasteten über die verschneite Baustelle und sahen gerade noch, wie ein Stapel Bauholz die Uferböschung hinabrutschte. Die Stämme durchschlugen das Eis und versanken im schwarzen Wasser der Mosel.

»Da drüben!«, rief Yves und rannte in Richtung Stadtmauer.

Es war zu dunkel, als dass Michel etwas hätte sehen können, zumal ein Luftzug seine Laterne löschte, als er Yves nachsetzte. Doch er hörte Geräusche. Sie kamen von der Bresche in der Wehrmauer.

Sie wollen in die Stadt.

»Ihnen nach!«, rief er. »Lasst sie nicht entkommen.«

Nach dem Hornsignal dauerte es nicht lange, bis Aristide von der Baustelle Rufe vernahm. Geduldig zählte er bis hundert, ehe er den beiden Kriegsknechten mit einer Handbewegung befahl, ihm zu folgen.

Sie hatten sich oberhalb des Flussufers zwischen den Büschen versteckt, in der Nähe der Anlegestege. Leise liefen sie an der Wehrmauer entlang, schlüpften durch eine Bresche und huschten durch die Gassen zum Fischmarkt. Vor den Lagerhäusern stand nur noch ein Mann Wache, in der Hand eine Laterne. Schneeflocken wirbelten in der Glocke aus trübem Licht, die den Posten umgab. Aristide nahm seine Armbrust vom Rücken, lud sie mit der frisch geölten Spannkurbel und schoss. Stöhnend ging der Wächter zu Boden, die Laterne plumpste in den Schnee und erlosch. Als Aristide zu ihm rannte, versuchte er gerade, sich aufzurappeln. Er war nicht schwer verletzt – der Bolzen war in seinem Panzerhemd stecken geblieben und hatte ihm allenfalls eine Fleischwunde zugefügt.

»Habt Gnade!«, keuchte er. Aristide stieß ihm das Schwert in die Kehle.

Seine Männer schlossen zu ihm auf. »Welches?«, fragte einer.

»Eins ist so gut wie das andere. Sucht euch eins aus.«

Die Kriegsknechte liefen zu einem der Lagerhäuser, öffneten die Weinschläuche und besprenkelten die Holzwände mit Lampenöl. Derweil zückte Aristide seine Zunderbüchse und steckte eine Fackel an. Als der Kiefernscheit brannte, hielt er ihn ans Tor des Lagerschuppens. Augenblicklich ging das Holz in Flammen auf.

»›*Ich bin gekommen, um Feuer zur Erde zu werfen*‹«, murmelte Aristide, während der Flammenschein heiß auf seinem Gesicht lag. Er warf die Fackel in den Schnee und spuckte aus. »Genug für heute. Gehen wir.«

Zuerst hatte Michel gedacht, die Männer würden zum Domplatz laufen. Dann jedoch bogen sie an der Abtei Longchamp nach Süden ab und rannten durch die Gassen des Schmiedeviertels, wo Michel und seine Gefährten sie wenig später verloren.

»Sie wollen uns zum Narren halten«, sagte er, als sie Atem schöpften. »Am besten kehren wir auf unsere Posten zurück und warten, ob sie zurückkommen.«

Gemeinsam gingen sie zum Domplatz. Inzwischen hatte der Wind nachgelassen, und es schneite kaum noch. Als sie sich gerade voneinander verabschieden wollten, entdeckte Michel Feuerschein über den Dächern jenseits des Doms. »Beim heiligen Jacques, in der Unterstadt brennt es.«

»Feuer! Feuer!«, schrien sie, während sie losrannten.

Die Feuersbrunst wütete am Fischmarkt. Einer der Lagerschuppen brannte lichterloh, und die Flammen hatten bereits auf das benachbarte Stallgebäude übergegriffen. Die Ochsen darin blökten angsterfüllt. Die halbe Unterstadt war auf den Beinen, Bornknechte und Tagelöhner organisierten eine Eimerkette und versuchten, den Brand zu löschen. Michel, Duval und ihre Begleiter packten mit an, doch sie konnten nichts mehr tun. Das Feuer war bereits zu groß, und da die Mosel und die meisten Brunnen in der Umgebung zugefroren waren, dauerte es zu lange, Wasser heranzuschaffen. Binnen einer Stunde brannten sowohl der Schuppen als auch der Stall nieder. Mit Müh und Not konnten die Helfer verhindern, dass sich das Feuer ausbreitete. Ohne den Schnee, der sämtliche Hütten und Lagerhäuser einhüllte und den Flammen einiges von ihrer Kraft nahm, wäre womöglich das ganze Viertel abgebrannt.

Fromony Baffour, dem beide Gebäude gehörten, kniete schluchzend vor den rauchenden Trümmerhaufen und klagte Gott an. Er hatte in dieser Nacht ein Vermögen an Salz, Gewürzen und Tuchen sowie die Hälfte seiner Saumtiere verloren.

Es gab keinen Zweifel daran, dass das Feuer de Guillorys Werk war: Schon vor einer Stunde hatte man die Leiche des Wächters gefunden. Mit durchbohrter Kehle lag der Söldner im Schnee, Mantel und Panzerhemd blutgetränkt. Michel half Yves, ihn in ein Leichentuch zu hüllen.

»Das ist alles Eure Schuld!« Michel wandte sich um und

konnte gerade noch die Hände heben, um Baffours wütende Schläge abzuwehren. »Ihr und Eure verfluchte Brücke! Ihr habt uns das eingebrockt!«

»Jetzt seid doch vernünftig, Fromony«, ging Duval dazwischen. »Der Gildemeister kann nichts dafür. De Guillory hat Euch das angetan.«

Baffour ließ von Michel ab und begann wieder zu schluchzen. Jammernd schlurfte er über den Platz. »Ich habe alles verloren. Alles. Ich bin ruiniert.«

Bedauernd blickte Michel ihm nach. »Wenn er sich etwas beruhigt hat«, wandte er sich an Duval, »sagt ihm, dass die Gilde ihn unterstützen wird.«

Er rieb sich die brennenden Augen und hob seine Laterne auf. Es dämmerte allmählich. Als Yves und er eine Stunde später nach Hause gingen, schneite es wieder so heftig wie gestern Abend.

Januar 1188

Varennes-Saint-Jacques

Es war bereits das dritte Mal, dass Bischof Ulman sich verleugnen ließ. Diesmal jedoch ließ Michel sich nicht abwimmeln. »Ich gehe erst, wenn ich mit ihm gesprochen habe. Also, wo ist er?«

»Das habe ich Euch doch schon gesagt«, erwiderte Namus, Ulmans Kammerdiener, mit wachsender Verzweiflung. »Seine Exzellenz hat die Stadt verlassen. Zur Mittagszeit ist er zum Landgut des Dompropstes aufgebrochen.«

»Du lügst. Im Hof steht sein Wagen. Ich habe ihn gesehen.«

»Er hat die Sänfte genommen.«

»Bei dieser Kälte? Wohl kaum.«

Namus war ein schmächtiger und kleiner Mann, und wie er versuchte, sich bedrohlich aufzuplustern, sah er recht traurig aus. »Ich muss Euch jetzt bitten zu gehen, Herr Gildemeister!«

Ohne ein weiteres Wort schritt Michel an ihm vorbei. Yves und Gérard starrten den Kammerdiener finster an, sodass Namus jeglicher Protest im Hals stecken blieb. Sie stiegen die Treppe hinauf und gingen zur Schreibstube des Bischofs. Michel öffnete die Tür, ohne anzuklopfen. In der Eingangshalle rief Namus nach den Wachen.

Ulman saß an seinem Tisch, polierte ein kleines Silberkreuz und würdigte ihn keines Blickes.

»Wieso lasst Ihr Euch verleugnen?«, fragte Michel.

»Ich bin sehr beschäftigt, Herr de Fleury. Darüber hinaus verspüre ich nur selten das Verlangen nach Eurer Gegenwart. Ihr

Kaufleute verströmt mit jedem Atemzug Habsucht und Gier. Nach einem Gespräch mit Herrschaften von der Gilde fühle ich mich stets beschmutzt.«

Mühsam bezwang Michel seinen Ärger. »Die Gilde fordert Euch auf, endlich die Stadtmauer zu erneuern.«

»Ach? Warum sollte ich das tun?«

»Wenn die Mauer nicht in einem solch lausigen Zustand wäre, könnte de Guillory uns nicht Nacht für Nacht überfallen. Das muss endlich aufhören.«

»Von ›Nacht für Nacht‹ kann kaum die Rede sein«, sagte der Bischof und legte das Kruzifix und den Lappen auf den Tisch. »Wenn ich richtig informiert bin, lässt er Euch seit fast zwei Wochen in Ruhe.«

»Weil ihm das Fehderecht Gewalt während der Weihnachtszeit verbietet. Aber das neue Jahr war noch keine drei Tage alt, als er wieder zugeschlagen hat. Vorgestern Nacht sind seine Männer in Raymond Fabres Schmiede eingebrochen und haben zwei Lehrlinge verletzt, Geld und Waffen gestohlen und die Werkstatt verwüstet.«

»Tatsächlich? Der Schultheiß muss vergessen haben, mir diesen Vorfall zu melden.«

»Erneuert die Stadtmauer, damit sie Varennes endlich den Schutz bietet, den die Bürger verdienen.«

»Wisst Ihr, was solch ein Bauvorhaben kostet?«, fragte Ulman. »Viele hundert oder gar tausend Pfund. Eine neue Stadtmauer gibt es erst dann, wenn das Bistum finanziell dazu in der Lage ist. Und das ist es frühestens in einem Jahr, vorausgesetzt, die Steuern fließen weiterhin.«

»Wenn Ihr nicht willens oder imstande seid, die Kosten zu tragen, gestattet der Gilde, die Mauer zu erneuern.« Aus den Augenwinkeln sah Michel, dass Namus mit zwei Palastwachen auf dem Korridor erschien.

»Ich soll freiwillig auf ein Regal verzichten, das einst Kaiser Heinrich der Diözese verliehen hat? Ich denke nicht daran,

Herr Gildemeister. Allein der Bischof baut in Varennes Wehranlagen – niemand sonst. Schon gar nicht die Kaufleute.« Ulman fuhr fort, sein Kreuz zu polieren, und kniff konzentriert die Augen zusammen. »Ihr habt Euch diesen törichten Zwist mit de Guillory selbst zuzuschreiben. Also seht zu, wie Ihr ohne mich damit fertigwerdet.«

»Ihr habt ihn doch zu dieser Fehde angestiftet«, sagte Michel. »Weil Ihr hofft, dass er uns vernichtet.«

»Das ist lächerlich. Ich will solche dreisten Lügen nicht mehr in meinem Haus hören. Namus, geleite Herrn de Fleury und seine Raufbolde bitte hinaus.«

Die beiden Palastwachen nahmen Michel in die Mitte und führten ihn, Yves und Gérard höflich, aber bestimmt zur Tür.

In den nächsten Tagen heuerte Michel in der Unterstadt weitere Söldner an, bis er schließlich niemanden mehr fand, der bereit war, für die Gilde sein Leben zu riskieren. Um die Schwurbrüder und ihre Hausbedienten zu schonen, ließ er nur noch die Lohnkämpfer nachts auf Wache gehen. Die Männer machten ihre Sache gut; trotzdem gelang es de Guillory und seinen Kriegsknechten immer wieder, unbemerkt an ihnen vorbeizuschlüpfen und zu plündern, zu brandschatzen und Angst und Schrecken zu verbreiten – auch dann noch, als Michel die Wachen verdoppelte. Mehrere Kaufleute, darunter Charles Duval, wurden bei nächtlichen Scharmützeln leicht verletzt. Einmal drang Berengar mit vier Männern in Catherines Haus ein. Einer ihrer Knechte wurde erschlagen, eine Magd geschändet. Catherine konnte sich im letzten Moment retten, indem sie sich auf dem Dachboden versteckte.

Ende Januar traf Michel eine Entscheidung und ritt zu Nicolas de Bézenne. Der Ritter führte ihn in die Halle seines Gutes, wo sie sich ans Kaminfeuer setzten.

»Ich habe gehört, de Guillory setzt Euch ganz schön zu«,

sagte der Ritter, während er zwei Kelche füllte, Kräuter in den Wein streute und einen Michel reichte.

»Wir sind allmählich mit unseren Kräften am Ende. Wir haben einfach nicht genug Männer, um unsere Besitztümer vor ihm zu schützen.«

Das speckige Holz der Bank knarrte, als de Bézenne sich setzte. Er war ein mittelgroßer, zur Rundlichkeit neigender Mann, dessen Bart silberne Strähnen aufwies, wodurch er recht grimmig wirkte. Doch der Anschein täuschte: Michel hatte Nicolas als einen zwar knurrigen, aber leutseligen Zeitgenossen kennengelernt. »Er greift Euch nachts an, weil er genau weiß, dass er die Gilde in einer ehrlichen Schlacht nicht schlagen kann. Das Gefecht an der Brücke war ihm eine Lehre – so viele Männer will er nicht noch einmal verlieren. Im Grunde steckt nichts als Feigheit dahinter. Dieser Mann ist ein Schweinehund, der vor keiner Hinterlist zurückschreckt.«

»Leider ein erfolgreicher Schweinehund. Wenn das so weitergeht, wird es nicht mehr lange dauern, bis meine Schwurbrüder den Mut verlieren.« Seit zwei Wochen spürte Michel, dass sich die Stimmung in der Gilde allmählich gegen ihn wendete. Besonders Gaspard machte sich seinen schwindenden Rückhalt bei den Schwurbrüdern zunutze, indem er ihn umso verbissener attackierte und ihm vorwarf, nicht genug für die Verteidigung der Kaufleute zu tun. Inzwischen fand er mit seinen Ansichten nicht mehr nur bei Baudouin, Pérouse und Vanchelle Gehör. Auch der gebeutelte Fromony Baffour, der bei jeder Zusammenkunft mit tränenschwerer Stimme sein Schicksal beklagte, dachte laut darüber nach, zu ihm überzulaufen.

»Heuert mehr Männer an«, sagte de Bézenne.

Michel nickte. »Deshalb bin ich hier. Tretet in unsere Dienste, Nicolas. Ihr seid ein schlachtenerprobter Ritter und könnt zwanzig Männer ins Feld führen. Obendrein habt Ihr Erfahrung im Kampf gegen de Guillory. Mit Eurer Hilfe können wir es schaffen, ihn zu schlagen.«

Der Ritter ließ den Wein in seinem Kelch kreisen. »Mein Schwert gibt es nicht umsonst.«

»Natürlich. Sagt, was Ihr verlangt.«

De Bézenne zögerte noch immer. Er stand auf und ging vor dem Kamin umher. »Ich weiß nicht. Ich habe schon zu oft gegen diesen Kerl gekämpft. Ich bin es leid.«

»Diesmal wärt Ihr nicht allein. Ihr hättet die Gelegenheit, ihm einen Schlag zu versetzen, von dem er sich nicht so bald erholt. Die Gilde bietet für jeden Eurer Männer vier Deniers am Tag, und für Euch das Dreifache. Macht zwei Pfund vierzehn Sous in der Woche und elfeinhalb im Monat. Ist das ein Angebot?«

Für einen Ritter mit einem kleinen Gut war das eine stolze Summe. Michel konnte sehen, wie es in de Bézennes Gesicht arbeitete.

»Bitte, Nicolas. Wir brauchen Euch.«

»Dreizehn im Monat, und ich mache es.«

Damit würde Michel die Gildekasse bis zum Äußersten strapazieren. Doch er hatte keine Wahl. Söldner aus Metz oder Nancy wären noch teurer und nicht halb so verlässlich wie de Bézenne. »Einverstanden.«

Er erhob sich, und im Schein des Kaminfeuers reichten sie einander die Hand.

Februar und März 1188

Varennes-Saint-Jacques

Als de Bézenne sich der Gilde anschloss, besserte sich die Lage in der Stadt. Die neuen und kampferfahrenen Männer in den Straßen erschwerten es de Guillory, aus dem Hinterhalt zuzuschlagen. Sie stellten die feindlichen Kriegsknechte zum Kampf, erschlugen zwei und nahmen drei weitere gefangen – eine schwere Schlappe für de Guillory, der bereits ein Dutzend Männer verloren hatte. Doch auch Nicolas schaffte es nicht, die nächtlichen Überfälle gänzlich zu unterbinden – zu geschickt, zu gerissen war sein Widersacher. Und so brannten auch im Februar zwei Lagerschuppen und ein Kornspeicher nieder, wurden weiter Vieh, Getreide und andere kostbare Waren geraubt.

Zudem stieß die Gilde Anfang März an ihre finanziellen Grenzen. Als die Truhen in der Gildehalle leer waren, blieb Michel und seinen Schwurbrüdern nichts anderes übrig, als den Brückenbau vorerst zu unterbrechen und de Bézenne und die übrigen Söldner aus der eigenen Tasche zu bezahlen. Einkünfte hatten sie dagegen kaum welche, denn solange die Fehde tobte, wagte kein Kaufmann, außerhalb der Stadt Geschäfte zu machen, aus Angst, überfallen und ausgeraubt zu werden. Der Salzhandel war schon im vergangenen Jahr zum Erliegen gekommen, denn de Guillory hatte die Brücke abgeriegelt. Selbstverständlich galt die Sperre nur für jene Kaufleute, die sich an der Fehde beteiligten. Auswärtige Händler und Bischof Ulmans Ministerialen ließ er unbehelligt passieren.

Pierre Melville war der Einzige, der sich von alldem nicht

einschüchtern ließ. Eine Woche nach Aschermittwoch deckte er sich bei den hiesigen Handwerkern und Stadtbauern mit Waren ein und bereitete eine Handelsreise nach Bar-sur-Aube vor. Als Michel davon erfuhr, besuchte er seinen Freund und versuchte, ihm das Vorhaben auszureden.

»Dass es gefährlich ist, weiß ich selbst«, entgegnete Melville. »Sagt mir, was ich stattdessen tun soll. Ich habe seit Wochen kaum einen Sou verdient, während diese verdammte Fehde immer teurer wird. Soll ich hier herumsitzen und darauf warten, dass man mich ruiniert wie den armen Baffour?«

»Das beste Geschäft wird Euch nichts nutzen, wenn de Guillory Euch draußen in der Wildnis den Schädel einschlägt.«

»Dann habe ich es wenigstens versucht.« Damit war das Gespräch beendet. Unwirsch komplimentierte Melville Michel hinaus, und am nächsten Morgen brach er mit zwei voll beladenen Wagen und seinen Knechten nach Bar-sur-Aube auf.

Tags darauf bekam Michel Besuch von Raymond Fabre. Als der Schmied mit düsterer Miene in seine Schreibstube trat, wusste er sofort, was geschehen war. »Es ist Pierre, nicht wahr?«

»Berengar hat ihn draußen auf der Handelsstraße erwischt.«

Michel nahm einen tiefen Atemzug. »Ist er …«

»Er lebt. Sie haben ihn und seine Leute zur Burg verschleppt. Gerade hat de Guillory Pierres Familie eine Nachricht geschickt. Wenn sie ihn lebend wiedersehen wollen, müssen sie zahlen.«

»Wie viel?«

»Vierzig Pfund Silber.«

Das war selbst für einen reichen Mann wie Melville eine hohe Summe, zumal Pierre wie alle Schwurbrüder in den letzten Monaten viel Geld verloren hatte. Und die Reserven der Gilde, mit denen man ihm hätte helfen können, waren aufgebraucht. Michel ballte die Hand zur Faust und pochte langsam auf den Tisch. Schließlich öffnete er seine Truhe, die den letzten Rest seines Geldes enthielt, und entnahm ihr einen Beutel.

»Was habt Ihr vor?«, fragte Fabre.

»Ich gehe zu Pierres Familie und gebe ihnen das. Es ist das Mindeste, was ich tun kann.«

»Das habe ich auch schon versucht. Sie wollen keine Almosen. Sie sagen, sie schaffen das allein.«

Einige Tage später erfuhr Michel, dass Melvilles Schwestern das Lösegeld zu de Guillorys Burg hatten bringen lassen. Da Pierre nicht genug Silber im Haus gehabt hatte, waren sie gezwungen gewesen, zwei Pachtwiesen und ein Wohnquartier in der Unterstadt an das Domkapitel zu verkaufen. Pierres Entführung und der Raub seiner Handelsgüter waren ein schwerer Schlag für ihn und seine Familie gewesen. Wenigstens hielt de Guillory Wort und ließ ihn noch am selben Abend gehen. Zu allem Überfluss hatte Pierre sich im Kerker ein tückisches Fieber geholt, das seinen Körper auszehrte. Zwei Wochen lang fesselte ihn die Krankheit ans Bett, bevor er sich dank der Hilfe eines teuren Medicus langsam erholte.

Mitte März schließlich war die Stimmung unter den Schwurbrüdern auf dem Tiefpunkt. Hoffnungslosigkeit machte sich breit, und die Unterstützung für Michel in der Gilde bröckelte weiter. Einige Kaufleute, allen voran der geschwächte Melville, verloren allmählich den Glauben an seine Pläne von einer besseren Zukunft und sehnten sich nur noch nach Frieden, damit sie endlich wieder ihren Geschäften nachgehen konnten. Thibaut d'Alsace, der Michel selbst in guten Zeiten nur halbherzig unterstützt hatte, wünschte sich gar in aller Offenheit Jaufré Géroux als Gildemeister zurück und sprach sich dafür aus, man solle sich de Guillorys Forderungen bedingungslos beugen und die Brücke auf der Stelle einreißen. Niemand schloss sich ihm an, doch Michel bemerkte durchaus, dass Catherine, Carbonel, Fabre und Duval d'Alsaces Ansinnen nicht so entschieden zurückwiesen, wie sie es früher getan hätten.

Michel musste kein Hellseher sein, um zu erkennen, dass seine Tage als Gildemeister gezählt waren, wenn nicht bald etwas geschah. Er musste etwas unternehmen, musste so schnell wie möglich dafür sorgen, dass die Fehde endete. Aber wie konnte er de Guillory dazu zwingen einzulenken, ohne dessen Forderungen nachzugeben?

Während er sich darüber den Kopf zerbrach, blieben seine Feinde nicht untätig. Am nächsten Tag bekam Michel Besuch von seinen Freunden, die ihm berichteten, sie hätten gerade mit Géroux gesprochen.

»Er hat uns heute Morgen eine Nachricht geschickt und uns zu sich nach Hause eingeladen«, erklärte Duval, der einen Verband am linken Unterarm trug. Seine Verletzung verheilte nur langsam.

»Wer ist ›uns‹?«, fragte Michel. »Ihr vier?«

»Alle Schwurbrüder. Nur Ihr nicht. Und natürlich Caron und seine Freunde.«

»Hätten wir gewusst, dass er ohne Euer Wissen mit uns reden will, wären wir nicht hingegangen«, fügte Catherine hinzu. »Aber wir haben erst dort erfahren, dass Ihr nicht eingeladen wart.«

Michel schwante Übles. »Was wollte er?«

»Gegen Euch Stimmung machen, was sonst?«, sagte Raymond Fabre, dem man die Kämpfe der vergangenen Monate ebenfalls ansah: An der Wange hatte er eine Narbe und an der Hand eine frische Prellung. »Er versucht, die Gilde zu spalten, indem er uns ein baldiges Ende der Fehde in Aussicht stellt.«

»Er hat uns ein Angebot des Bischofs überbracht«, erklärte Duval. »Ulman verlangt, dass wir Géroux wieder zum Gildemeister machen. Außerdem sollen wir ihm vor der ganzen Stadt die Treue schwören und bei den Gebeinen des heiligen Jacques geloben, niemals seine Macht und seinen alleinigen Herrschaftsanspruch infrage zu stellen. Im Gegenzug will er de Guillory zurückpfeifen und die Fehde beenden.«

»Also gibt er zu, dass er mit ihm unter einer Decke steckt?«, wollte Michel wissen.

»Das habe ich auch gefragt«, meinte Fabre. »Géroux wollte mir keine Antwort geben. Aber bestritten hat er es auch nicht.«

»Ulman hat noch eine Forderung«, sagte Catherine. »Er will, dass wir Euch aus der Gilde ausschließen.«

»Wieso überrascht mich das nicht?« Michel blickte in die Runde. »Was denkt Ihr über Ulmans Angebot?«

»Wir halten es für eine Unverschämtheit«, antwortete Duval. »Sonst hätten wir Euch kaum davon erzählt, nicht wahr? Leider denken nicht alle wie wir. D'Alsace und Baffour konnten Géroux gar nicht schnell genug ihre Unterstützung zusichern.«

»Baffour wollte sich doch erst letzte Woche Gaspard anschließen.«

»Ihr wisst doch, wie er ist«, sagte Carbonel. »Er würde jedem nachlaufen, der ihm Versprechungen macht. Kein Rückgrat, dieser Kerl.«

»Was ist mit Melville?«, fragte Michel.

Catherine und Duval wechselten einen Blick. »Er hat sich von Géroux Bedenkzeit erbeten«, antwortete die Kauffrau.

»Na großartig.«

»Ihr müsst Pierre verstehen«, sagte Catherine. »Er hat viel mitgemacht in den letzten Wochen, und seine Gesundheit ist angeschlagen. Er wünscht sich einfach Frieden. Ich werde mit ihm reden. Gewiss kann ich ihn zur Vernunft bringen.«

Michel trommelte mit den Fingern auf dem Tisch. Wenn die Schwurbrüder jetzt einen neuen Gildemeister wählen müssten, käme Géroux auf sieben Stimmen, Michel nur noch auf fünf – sechs, wenn Catherine Melville überzeugen konnte. Es wurde eng für ihn, verdammt eng. Vermutlich hielt nur ein Passus in den Gildenstatuten Géroux davon ab, ihn schon heute zu stürzen. »Wie lange muss ein Gildemeister im Amt sein, bevor ein Rivale eine Neuwahl erzwingen darf?«

»Neun Monate«, antwortete Carbonel. »So soll verhindert werden, dass es ständig Machtkämpfe und Kampfabstimmungen gibt.«

Neun Monate. Also konnte Géroux ihn ab Mai herausfordern – in knapp zwei Monaten. Michel holte Pergament, Tinte und Federkiel, schrieb eine kurze Nachricht und rief nach Louis. »Bring das Jaufré Géroux«, wies er den jungen Knecht an.

»Was habt Ihr vor?«, fragte Catherine, als Louis mit der Nachricht davoneilte.

»Ich werde etwas tun, auf das ich mich schon seit Monaten freue«, knurrte Michel.

Eine Stunde später saß er in seiner Amtsstube in der Gildehalle und wartete. Géroux ließ sich Zeit. Eine ganze Weile, nachdem die Klosterglocken zur None gerufen hatten, tauchte der Sklavenhändler auf. Er hatte zwei bewaffnete Knechte mitgebracht. Yves und Gérard, die im Versammlungssaal saßen, beäugten die beiden Männer argwöhnisch.

»Was wollt Ihr von mir?«, fragte Géroux barsch, als er vor den Schreibtisch trat.

Michel legte die Hand auf ein Bündel Pergamente. »Ich nehme an, Ihr wisst, was das ist? Die Ergänzungen zu den Gildestatuten«, fuhr er fort, als ihm der Münzmeister keine Antwort gab. »In den letzten zweihundert Jahren von den Schwurbrüdern beschlossen und genauso bindend wie die Statuten selbst.«

»Das ist mir bekannt. Habt Ihr mich gerufen, um mir einen Vortrag über die Historie der Gilde zu halten?«

»Keineswegs. Ich möchte Eure Aufmerksamkeit auf einen Beschluss aus dem Jahre 1117 lenken, niedergeschrieben von einem gewissen Varocher de Brette, möglicherweise der Großvater Eures geschätzten Freundes Guibert.« Michel zog das entsprechende Pergament aus dem Bündel. »Bitte, lest.«

Als ihn Géroux lediglich finster anblickte, erklärte er: »Der verblichene Varocher schreibt, ausschließlich der Vorsteher der Gilde dürfe im Namen der Schwurbrüder Absprachen mit dem Bischof und anderen Vertretern der städtischen Obrigkeit treffen, keinesfalls ein einfaches Mitglied. Eine überwältigende Mehrheit von fünfzehn zu zwei Stimmen hat dies beschlossen, am dritten Tage nach Allerheiligen vor nunmehr einundsiebzig Jahren.«

»Und weiter?«, schnarrte der Sklavenhändler.

»Mir ist zu Ohren gekommen, dass Ihr eigenmächtig mit Bischof Ulman über die Zukunft der Gilde verhandelt habt. Dabei seid Ihr schon seit einer ganzen Weile kein Gildemeister mehr. Gewiss, Ihr seid nicht mehr der Jüngste, aber ist Euer Gedächtnis wirklich schon so schlecht, dass Euch das entfallen ist?«

Es kostete Géroux sichtlich Mühe, nicht die Beherrschung zu verlieren. »Ich warne Euch, de Fleury«, presste er hervor. »Passt auf, was Ihr sagt.«

»Jedenfalls habt Ihr damit mutwillig gegen eine Regel unserer Gemeinschaft verstoßen. Ich fürchte, ich muss Euch deswegen bestrafen. Ein Bußgeld von einem Pfund Silber erscheint mir angemessen.«

»Ihr glaubt doch nicht ernsthaft, dass ich das bezahle!«

»Tatsächlich bin ich sogar fest davon überzeugt, dass Ihr zahlt«, erwiderte Michel. »Denn solltet Ihr Euch weigern, mir das Geld bis Ende der Woche auszuhändigen, sähe ich mich gezwungen, Euch aus der Gilde auszuschließen. Unsere Statuten sind diesbezüglich eindeutig. Ich kann Euch den entsprechenden Passus vorlesen, wenn Ihr dies wünscht …«

Géroux zerrte seine Geldbörse hinter dem Gürtel hervor und knallte sie auf den Tisch.

»Habt Dank. Kann ich mich darauf verlassen, dass das genau ein Pfund ist, oder muss ich nachzählen?«, fragte Michel.

Der Sklavenhändler fuhr herum und stolzierte davon. Krachend fiel die Saaltür ins Schloss.

Michel lehnte sich zurück, befühlte die Münzen in dem Lederbeutel und genoss für einige Augenblicke das wohlige Gefühl, das ihn durchströmte. Leider hielt es nicht lange vor. Géroux zu ärgern war zweifellos befriedigend, doch es änderte nichts daran, dass er langsam, aber sicher unterging, wenn kein Wunder geschah.

Müde blickte er aus dem Fenster und betrachtete die Dächer Varennes', die Zinnen der Stadtmauer und die bewaldeten Hügel, die sich dahinter erstreckten. Er ahnte nicht, dass weit im Nordosten, im Kernland des Heiligen Römischen Reiches, just in diesem Moment Dinge geschahen, gegen die der Überlebenskampf der Gilde belanglos war – Ereignisse von solch weitreichender Bedeutung, dass sie bald darauf die gesamte Christenheit erschüttern sollten.

Es dauerte viele Wochen und Monate, bis die Kunde, Sultan Saladin habe Jerusalem erobert, jeden Winkel des Abendlandes erreichte. Überall, in Italien, Frankreich, England, in den deutschen Fürstentümern, reagierten die Christen mit Unglauben und Entsetzen auf diese Nachricht. Jerusalem von Sarazenen überrannt? Die Kreuzritter aus der Heiligen Stadt vertrieben? Ihre Heere vernichtet? Scharenweise strömten die Menschen in Kirchen und Kathedralen und flehten den Herrn um Beistand an.

Wie Isabelle vorausgesehen hatte, machte Saladins Triumph die christlichen Könige zornig, und sie schworen Vergeltung. Schon Ende Oktober 1187 hatte Papst Gregor zu einem neuen Kreuzzug gegen die Sarazenen aufgerufen; Friedrich Barbarossa, der greise Kaiser des Heiligen Römischen Reiches, war einer der ersten Herrscher, die dem Aufruf Folge leisteten: Im März 1188 gelobte er in Mainz vor den Reichsfürsten, er werde ein Heer aufstellen und im nächsten Jahr gegen Sultan Saladin ziehen, um die heidnischen Sarazenen ein für alle Mal zu zerschmettern.

Als deutsche Kaufleute die Nachricht von Barbarossas Kreuzzug nach Varennes-Saint-Jacques brachten, war dies ein Tag der Freude für die Stadt. Alle Glocken läuteten, die Wirte schenkten kostenlos Bier aus, und die Menschen feierten auf den Straßen den baldigen Sieg über die Sarazenen. Für kurze Zeit war die Fehde zwischen der Gilde und de Guillory vergessen. Zumindest, was das einfache Stadtvolk betraf. Michel hingegen dachte an nichts anderes, war es doch erst wenige Stunden her, dass de Guillorys Kriegsknechte sein Haus angegriffen hatten. Handlanger des Ritters waren des Nachts in die Stadt eingedrungen und trotz der Posten der Gilde unbemerkt bis zum Domplatz gelangt. Sie hatten Michels Tür aufgebrochen, Lampenöl in den Eingangsraum geschüttet und eine Fackel hinterhergeworfen – all das war so schnell gegangen, dass Yves, der Wache hielt, sie nicht hatte aufhalten können. Glücklicherweise war es Gérard und ihm gelungen, das Feuer zu löschen, bevor es sich ausbreiten konnte, sodass sich der Schaden in Grenzen hielt. So waren lediglich einige leere Salzfässer, zwei Säcke mit englischer Wolle und ein Teil des Werkzeugs verbrannt. Kein Hausbewohner hatte Verletzungen erlitten.

Michel, Jean und ihre Bediensteten waren den ganzen Morgen damit beschäftigt, die Brandspuren zu beseitigen und eine neue Tür einzubauen. Es war Michel ein Rätsel, wie die Kriegsknechte es geschafft hatten, in wenigen Augenblicken die Pforte aufzubrechen – er hatte sie extra zu Beginn der Fehde mit Eisenbeschlägen und einem schweren Riegel verstärkt. Die Männer mussten eine Ramme oder etwas Ähnliches benutzt haben.

Während der Arbeit beobachtete Jean die ausgelassenen Menschen auf dem Domplatz. »Glaubst du, Barbarossa wird es schaffen, Jerusalem zurückzuerobern?«

»Abwarten.« Michel griff nach dem Besen und fegte die Hobelspäne zusammen. »Vielleicht kommt es überhaupt nicht zu einem Kreuzzug. Barbarossa ist ein alter Mann, vergiss das nicht. Wenn er morgen stirbt, muss sich der Papst einen anderen Heerführer suchen.«

»Barbarossa wird nicht sterben«, erwiderte Jean. »Wie kannst du so etwas sagen?«

»Was erwartest du? Dass er ewig lebt, nur weil er der Kaiser ist? Es heißt, er sei fast siebzig Jahre alt. Wie viele Männer kennst du, die so alt sind, abgesehen von Abaëlard? Ich sage dir, in spätestens drei, vier Jahren haben wir einen neuen Kaiser, ob es uns passt oder nicht.«

»Ich glaube, er wird es schaffen«, sagte Jean unbeirrt. »Er will die größte Streitmacht aufstellen, die die Christenheit je gesehen hat. Er wird Saladin und die Sarazenen zum Teufel jagen, ganz egal, wie alt er ist.«

»Das werden wir ja sehen. Können wir jetzt endlich die Tür einsetzen?«

Jean machte keine Anstalten mit anzupacken. »So ein Kreuzzug muss großartig sein. Tausende Ritter und Krieger, die in die Fremde aufbrechen, vereint im Glauben. Eine riesige Armee. Stell dir das vor.«

»O ja«, meinte Michel missmutig. »So eine Heerfahrt ist wundervoll. Stinkende Latrinengräben. Jeder zweite hat die Ruhr. Überall Huren. Und erst das Gemetzel, wenn sie auf die Sarazenen treffen. Großartig, wirklich.«

Sein Bruder warf ihm einen finsteren Blick zu. »Wieso musst du immer alles in den Dreck ziehen? Ein Kreuzzug ist eine gute Sache. Er ist heilig.«

»Er ist ein Krieg wie jeder andere. Und Kriege sind töricht, gleichgültig, warum sie geführt werden. Jetzt genug davon.«

»Ich wünschte, ich könnte mich Barbarossa anschließen«, sagte Jean.

Michel blickte ihn ungläubig an. »Das meinst du nicht ernst.«

»Bei der Fehde habe ich gelernt, wie man kämpft. Und ich bin gut, das musst du zugeben. Ich habe zwei Kriegsknechte erschlagen. Ich wäre Barbarossa bestimmt eine Hilfe. Und ich würde endlich etwas von der Welt sehen.«

»Aber du siehst doch etwas von der Welt. Wir sind ständig auf Reisen. Mindestens dreimal im Jahr sind wir in der Champagne oder in Burgund.«

»Das ist etwas anderes. Dort bin ich nur dein Gehilfe. Auf dem Kreuzzug könnte ich endlich selbst große Taten vollbringen.«

»Du bist mehr als mein Gehilfe, das weißt du genau«, sagte Michel unwirsch. »Und jetzt will ich nichts mehr von diesem Unfug hören, hast du verstanden?«

»Natürlich, für dich ist das Unfug. Du bist ja auch der große Kaufmann und Redner, dem immer alle an den Lippen hängen. Und was ist mit den anderen, die nicht mit solchen Gaben gesegnet sind? Wir können sehen, wo wir bleiben, was?« Jean knallte den Hobel auf die Kiste und stürmte hinein.

Michel war so überrumpelt von dem Wutausbruch seines Bruders, dass er nur dastehen und ihm nachstarren konnte. Er hatte immer gedacht, Jean wäre zufrieden mit seinem Leben. Aber vielleicht hatte er sich durch die Fehde verändert. Michel hatte durchaus bemerkt, dass sein Bruder die Scharmützel mit de Guillorys Soldaten genoss. Er fand keinen Gefallen am Töten, doch das Risiko, die Gefahr zogen ihn magisch an.

Michel versuchte mit Jean zu reden, doch sein Bruder ging ihm für den Rest des Tages aus dem Weg. So wütend hatte Michel ihn noch nie erlebt.

Gegen Abend traf er sich mit Isabelle in der Herberge am Nordtor. Die Leute feierten noch immer und waren inzwischen zum größten Teil betrunken; grölend zogen sie durch die Gassen und sangen Spottlieder auf die Sarazenen. Nachdem sie sich geliebt hatten, saß Michel am Fenster und beobachtete das Treiben auf der Grande Rue.

»Schau sie dir an. Barbarossa wird Tausende Christen in den Tod schicken, und sie tanzen und singen. Sie glauben wirklich, ihr geliebter Kaiser könnte Saladin bezwingen. Beim heiligen Jacques, wo waren diese Leute in den letzten vierzig Jahren? Haben sie vergessen, was in Edessa und Damaskus geschehen ist? Und letzten Sommer in Hattin? Die Zeiten, da wir die Sarazenen mir nichts, dir nichts überrumpeln konnten, sind vorbei. Sie sind viel zu stark. Die Kreuzfahrerstaaten können sich allenfalls noch zwanzig, dreißig Jahre halten. Daran kann selbst

Barbarossa nichts ändern. Und jetzt will Jean auch noch bei diesem Irrsinn mitmachen. Bei Gott, ich habe ihn wirklich für klüger gehalten.«

Isabelle schlüpfte in ihr Untergewand und setzte sich zu ihm. »Warte ein paar Tage, und dann rede noch einmal mit ihm. Wenn sich der allgemeine Freudentaumel gelegt hat, kommt er sicher zur Vernunft.«

»Hoffen wir, dass du recht hast«, murmelte er.

»Ich habe nachgedacht«, sagte sie nach einer Weile. »Ich glaube, ich weiß, wie du die Fehde beenden kannst, ohne dass ihr euch de Guillory beugen müsst.«

Überrascht blickte Michel sie an.

»Du weißt, ich halte diesen Kreuzzug für genauso töricht wie du. Aber wenn du ihn schon nicht verhindern kannst, kannst du ihn dir wenigstens zunutze machen.«

»Wie?«

»De Guillory ist zu stark für die Gilde. Was ihr braucht, ist ein mächtiger Verbündeter.«

Schweigend hörte Michel zu, wie Isabelle ihren Einfall schilderte.

April 1188

Varennes-Saint-Jacques

Anfang April, an einem sonnigen und zugleich windigen Tag, der der Launenhaftigkeit dieses Monats alle Ehre machte, traf sich Michel mit seinen verbliebenen Anhängern in seinem Haus. Bei einem Becher Wein besprachen sie ihre Lage.

»Es ist ganz einfach – wir brauchen mehr Geld«, sagte Raymond Fabre. »Wenn wir nicht jeden Sou zweimal umdrehen müssten, könnten wir mehr Söldner anwerben. De Bézenne müsste sich nicht mehr in der Stadt verschanzen, sondern könnte endlich zum Angriff übergehen und de Guillorys Güter verwüsten. Wenn zwei, drei seiner Bauernhöfe in Flammen aufgingen, verlöre de Guillory ganz schnell die Lust an seiner Fehde.«

»Mehr Geld«, schnaubte Pierre Melville. »Ein großartiger Vorschlag. Geradezu brillant. Noch besser wäre es, wenn einer von uns Herzog von Oberlothringen wäre. Dann könnte er de Guillory, Bischof Ulman und jeden, der uns nicht passt, aus dem Land jagen, und *paff!*« – er klatschte in die Hände – »wären wir alle Sorgen los.«

Es war nicht die erste Bemerkung dieser Art, die Melville machte – seit er da war, verbreitete er feindselige Stimmung. Catherine versicherte zwar, sie habe ihn davon abgehalten, sich Géroux anzuschließen; Michel spürte jedoch, dass Melvilles Loyalität zu ihnen am seidenen Faden hing. Der Kaufmann war sichtlich von Krankheit und Fieber geschwächt und hatte keine Kraft mehr. Wenn sich ihr Schicksal nicht in den kommenden Tagen wendete, würden sie ihn als Freund und Unterstützer verlieren.

»Was soll das?«, erwiderte Fabre gereizt. »Jetzt ist nicht der richtige Augenblick für alberne Scherze.«

»Für schwachsinnige Vorschläge genauso wenig!«, fuhr Melville ihn an. »Mit diesem Unfug von mehr Geld vergeudet Ihr nur unsere Zeit.«

»Wenigstens mache ich Vorschläge«, knurrte der Schmiedemeister, »anstatt nur dazusitzen und Wein zu schlürfen, wie gewisse andere Leute.«

»Hört auf damit. Das bringt uns nicht weiter«, mischte sich Catherine Partenay ein. »Dass mehr Geld die Lösung für einen beträchtlichen Teil unserer Sorgen wäre, ist, glaube ich, allen klar, Raymond. Leider können wir keines herzaubern. Ich weiß nicht, wie es Euch geht, aber mein Vermögen schmilzt rasant dahin. Wenn ich nicht bald wieder Handel treiben kann, muss ich an meine eisernen Reserven gehen oder einen Teil meines Besitzes verkaufen.«

Aus den bedrückten Mienen der anwesenden Kaufleute schloss Michel, dass sie sich in einer ganz ähnlichen Situation befanden. Bei ihm selbst sah es nicht besser aus: Das Geld, das er im vergangenen Jahr verdient hatte, reichte höchstens noch für zwei, drei Monate.

»Leider haben wir kaum noch Möglichkeiten, unsere Ausgaben zu verringern«, sagte Charles Duval. »Der Brückenbau ruht bereits, und die Steinmetze und Zimmerleute haben sich anderswo Arbeit gesucht, bis die Fehde zu Ende ist. Wir können allenfalls den Dreckmeister entlassen und die Brunnenreinigung aussetzen, aber das bringt uns keine fünfzig Deniers in der Woche.«

»Wir müssten eine Möglichkeit haben, von den Bürgern und Handwerksbruderschaften Steuern zu erheben«, warf Fabre ein. »Immerhin kämpfen wir auch für sie. Es wäre nur gerecht, wenn sie einen Beitrag zur Verteidigung Varennes' leisteten.«

Melville holte Luft, um den Schmied abermals zu attackieren. Rasch sagte Michel: »Ich fürchte, wir können die Fehde nicht gewinnen, ganz egal, was wir tun. Selbst wenn wir de Guillory besiegen, wird unser Kampf nicht zu Ende sein. Bischof Ulman wird nicht eher ruhen, als bis er die Gilde entmachtet hat. Wenn wir uns behaupten wollen, müssen wir uns einen Verbündeten suchen, der stärker als unsere Feinde ist.«

»Und wen?«, fragte Duval. »Der Erzbischof wird uns ganz bestimmt nicht helfen, und Herzog Simon wird sich hüten, sich in die Angelegenheiten des Erzbistums Trier einzumischen.«

»Ich meine Kaiser Friedrich Barbarossa«, sagte Michel.

Alle blickten ihn erstaunt an.

»Was erhofft Ihr Euch davon?«, fragte Catherine.

Er schilderte ihnen Isabelles Plan: »Seit seiner Krönung hat Barbarossa die Bürgerschaften zahlreicher Städte mit Privilegien begünstigt, um neue Verbündete gegen die Kirche und die Reichsfürsten zu gewinnen. Was spricht dagegen, dass auch wir ihn um Unterstützung bitten? Wie Ihr wisst, ist er Ende April mit der Hofkanzlei in Hagenau. Wir könnten zu ihm gehen und ihn ersuchen, uns kraft seiner kaiserlichen Macht zu erlauben, eine Brücke über die Mosel bauen zu dürfen.«

»Dein Vorschlag hat einiges für sich, mein Junge«, sagte Abaëlard Carbonel, der wie viele Mitglieder der Gilde ein treuer Anhänger Kaiser Friedrichs und des Herrschergeschlechts der Staufer war. »Das würde de Guillorys Fehde die rechtliche Grundlage entziehen, und er müsste sie auf der Stelle beenden, wenn er nicht den Zorn des Kaisers erregen will.«

»Kommen wir damit nicht vom Regen in die Traufe?«, fragte Catherine zweifelnd. »Auf der einen Seite schwächen wir Ulmans Macht, nur um uns auf der anderen Seite in die Abhängigkeit des Kaisers zu begeben. Gewiss würde er von uns verlangen, dass wir ihm zum Dank für seine Hilfe die Treue schwören.«

»Das wird er vermutlich tun«, räumte Michel ein. »Aber

praktische Auswirkungen hätte das kaum, denke ich. Er ist die meiste Zeit des Jahres weit weg, und er hat andere Sorgen, als sich um eine kleine Stadt wie Varennes zu kümmern.«

»Zum Beispiel seinen Kreuzzug«, stimmte Carbonel ihm zu.

»Ich bezweifle, dass er uns derartige Privilegien kostenlos gewährt«, bemerkte Duval.

»Natürlich nicht«, erwiderte Michel. »Wir müssen sie ihm abkaufen.«

»Warum sollte er sich darauf einlassen?«, fragte Fabre. »Wir sind nicht Köln oder Metz. Was können wir ihm bieten außer Silber, damit er das Risiko in Kauf nimmt, es sich mit dem Erzbischof von Trier zu verscherzen?«

»Unter normalen Umständen wäre Geld allein nicht ausreichend«, pflichtete Michel ihm bei. »Aber durch den Kreuzzug hat sich Barbarossas Lage grundlegend geändert. Silber braucht er jetzt dringender als alles andere. Er will ein gewaltiges Heer aufstellen und damit ins Heilige Land ziehen – dafür benötigt er Waffen, Pferde, Vorräte, Schiffe. Ich muss euch nicht sagen, was ein solches Unternehmen kostet. Jede neue Geldquelle wird ihm willkommen sein.«

»Wie viel wird Barbarossa für die Genehmigung einer Brücke verlangen?«, fragte Catherine.

»Schwer zu sagen«, antwortete Duval. »Er wird sich denken können, dass wir sehr von einer eigenen Brücke profitieren. Deshalb wird er sich die Urkunde gut bezahlen lassen. Hundert, hundertfünfzig Pfund, schätze ich. Eher hundertfünfzig.«

»Hundertfünfzig Pfund!«, rief Pierre Melville. »Das kann nicht Euer Ernst sein!«

Michel entging nicht, dass auch Catherine und Fabre bleich geworden waren, und er wusste, dass er nun sehr überzeugend sein musste, mindestens so überzeugend wie an jenem magischen Abend, als er sie mit einer flammenden Rede für seine Pläne gewonnen hatte. »Ich weiß, wir sind alle knapp bei Kasse. Doch wenn wir zusammenlegen, schaffen wir es gewiss, diese Summe aufzubringen. Mir ist klar, dass ich euch damit neue Belastungen aufbürde, obwohl euch das Wasser bereits bis zum Hals steht. Aber überlegt doch, was ihr gewinnt: das Ende der Fehde – Frieden. Eine Brücke, die ihr überqueren könnt, ohne auch nur einen Denier Zoll zahlen zu müssen. Es wird nicht lange dauern, und all das wird sich für euch in barer Münze auszahlen, und ihr bekommt eure Ausgaben hundertfach zurück.«

»Trotzdem«, sagte Catherine. »Hundertfünfzig Pfund sind viel Geld. Das macht fünfundzwanzig für jeden von uns. Ich weiß nicht, ob ich mir das leisten kann.«

»Sehe ich das richtig, dass nur wir sechs für die Genehmigung aufkommen sollen?«, fragte Fabre. »Was ist eigentlich mit den anderen, mit Baffour und d'Alsace, den Ministerialen, Caron und seinen Freunden? Sie haben doch auch einen Nutzen von der neuen Brücke. Sie sollen ebenfalls einen Beitrag leisten!«

»Leider können wir sie nicht einweihen«, erwiderte Michel.

»Wieso nicht?«

»Die Ministerialen würden sofort zum Bischof laufen, woraufhin Ulman alles daransetzen würde, den Plan zu durchkreuzen. Und Baffour und d'Alsace würden Géroux davon erzählen, was auf dasselbe hinausliefe.«

»Und Caron?«, fragte Catherine. »Ich kann mir nicht vorstellen, dass er uns an Géroux oder den Bischof verriete.«

»Das glaube ich auch nicht«, sagte Michel. »Aber er wird uns kein Geld geben, und wenn wir ihn auf Knien darum bitten. Er würde lieber tot umfallen, als einer Idee von mir zum Erfolg zu verhelfen.«

Fabre hatte die mächtigen, funkenverbrannten Arme vor der Brust verschränkt. »Ihr verlangt also von uns, dass wir für etwas bezahlen, von dem auch unsere Feinde profitieren, ohne dass sie dafür einen roten Heller geben müssen.«

»Ich will euch nichts vormachen.« Michel blickte in die Runde. »Genau darauf läuft es hinaus. Leider haben wir keine andere Wahl. Wenn wir den Plan fallen lassen, gehen die Kämpfe und nächtlichen Überfälle weiter, vielleicht noch viele Monate, und das kostet uns am Ende mehr, als wenn wir jetzt allein für die Brücke aufkommen. Ganz zu schweigen davon, dass unsere Familien weiter in Angst leben müssen, wenn wir die Fehde nicht endlich beenden. Und euer Geld ist ja nicht verloren«, fügte er hinzu. »Sowie Frieden herrscht und die Gildekasse wieder gefüllt ist, sorge ich dafür, dass ihr euren Anteil zurückbekommt.«

»Es wird Jahre dauern, bis die Gildekasse wieder so viel Geld enthält«, entgegnete Duval. »Was, wenn Ihr bis dahin nicht mehr Gildemeister seid? Ein anderer Gildemeister sieht vielleicht nicht ein, uns zu entschädigen.«

»Ich weiß nicht, was die Zukunft bringt. Ich kann euch nur mein Wort geben, mein Möglichstes zu versuchen.« Bevor Duval und die anderen neue Einwände vorbringen konnten, öffnete Michel eine Truhe, die er vor dem Treffen in den Saal gebracht hatte. »Seht her«, sagte er. »Das sind meine Bücher. Ich liebe sie über alles, jedes einzelne, aber ich bin bereit, sie zu verkaufen, um meinen Anteil aufzubringen – obwohl mir das Herz blutet, das könnt ihr mir glauben. Ihr habt gewiss auch etwas, vom dem ihr euch trennen könnt. Schmuck. Erbstücke. Pferde. Grundstücke, die ihr nicht unbedingt braucht. Alles, was ihr tun müsst, ist, über euren Schatten zu springen und das Wohl der Gilde über euer eigenes zu stellen.«

Schweigen herrschte im Saal. Michel spürte, dass er seine Freunde nicht überzeugt hatte. Diesmal war es ihm nicht gelungen, sie mit Worten zu verzaubern – ihre Zweifel an seinen Plänen waren bereits zu groß. Er legte die Hände auf die Stuhllehne und musterte ihre Gesichter. Er musste einen anderen Weg finden, sie umzustimmen. *Denk nach!*

Plötzlich schlug Carbonel mit der flachen Hand auf den Tisch. »Ich mache es!«, sagte er. »Ich habe noch knapp siebzig

Pfund. Fünfzig sollst du haben. Außerdem verkaufe ich zwei Wiesen, einen meiner Fischteiche und eine Parzelle in der Unterstadt. Das bringt noch einmal fünfzehn, zwanzig Pfund ein.«

Die Kaufleute starrten ihn fassungslos an.

»Aber Abaëlard«, sagte Catherine, »Ihr könnt doch nicht Euer gesamtes Vermögen weggeben.«

»Wieso nicht?«, erwiderte der Alte halsstarrig. »Ich sterbe ohnehin bald. Was soll ich da mit dem ganzen Geld? Schau mich nicht an, als hätte ich den Verstand verloren«, fuhr er fort, als die Kauffrau protestieren wollte. »Wir alle wissen, dass es so ist. Ich habe viel länger gelebt, als es einem Mann zusteht – ich kann froh sein, wenn der Herr mir noch ein, zwei Jahre gewährt. Meine restliche Zeit will ich nutzen, um etwas Vernünftiges mit meinem Reichtum anzustellen, damit meine Seele rein ist, wenn ich vor meinen Schöpfer trete. Und etwas Vernünftigeres als diese Brücke fällt mir nicht ein.«

»Was ist mit Euren Söhnen?«, fragte Duval. »Sie werden nicht erfreut sein, wenn sie erfahren, dass sich ihr Erbe in Luft aufgelöst hat.« Carbonel hatte zwei Söhne, die seit über zwanzig Jahren in Metz lebten und sich im Norden des Herzogtums als Kaufleute betätigten.

»Meine Söhne sind reicher als ich – sie brauchen mein Geld nicht. Außerdem erben sie noch genug, mein Haus, meine Silberleuchter und den ganzen anderen Plunder. Das muss ihnen reichen.« Entschlossen blickte der Alte Michel an. »Heute Abend bringen dir meine Knechte eine Kiste mit fünfzig Pfund Silber. Den Rest bekommst du, sowie ich die Grundstücke und den Fischteich verkauft habe.«

Michel hatte einen Kloß im Hals. Er verspürte plötzlich eine solche Zuneigung zu diesem energischen Kauz, dass er keinen Ton herausbekam. Wieder einmal hatte Carbonel seine grenzenlose Weisheit und Selbstlosigkeit unter Beweis gestellt. »Habt Dank, mein Freund. Ihr erweist Varennes und der Gilde damit einen großen Dienst.«

»Ich habe zu danken«, erwiderte der Greis. »Bau unsere Brücke fertig, und ich kann in Frieden sterben.«

Die Stimmung im Saal hatte sich merklich geändert. Dass Carbonel eine solch großzügige Summe zur Verfügung stellte, ließ den anderen Michels Plan plötzlich durchführbar erscheinen. Michel sah seinen Freunden förmlich an, wie sie im Geiste rechneten und Pfundbeträge überschlugen.

Catherine machte den Anfang. »Ich denke, ich kann zehn Pfund beisteuern, ohne dass ich in Schwierigkeiten komme. Vielleicht etwas mehr, wenn ich es schaffe, den Acker an der Richtstätte zu verkaufen.«

»Bei mir dürften es auch zehn Pfund sein«, ergänzte Charles Duval.

Raymond Fabre rang etwas länger mit sich, doch schließlich gab er sich einen Ruck. »Zwölf von mir«, sagte er. »Außerdem kann ich zwei Kettenhemden und fünf Schwerter geben. Waffen braucht Barbarossa gewiss genauso dringend wie Geld.«

»Was ist mit dir, Pierre?«, wandte sich Catherine an ihren Freund Melville.

Der kränkliche Kaufmann war der Einzige, der sich nicht von der allgemeinen Begeisterung mitreißen ließ. Mit abweisender Miene saß er da und schwieg seit einer halben Stunde. Michel rechnete damit, dass er wieder eine feindselige Bemerkung machte. Stattdessen sagte Melville: »Zwei Pfund. Mehr kann ich mir nicht leisten.«

Die anderen Kaufleute nickten verständnisvoll. Niemand, nicht einmal Fabre, verlangte von ihm, sich stärker zu beteiligen, obwohl gewiss der eine oder andere dachte, dass es seine eigene Schuld gewesen war, dass er so viel Geld an de Guillory verloren hatte. Dafür hatte Melville die Folgen seines Leichtsinns ganz allein getragen und nie Hilfe von der Gilde gefordert, wie es viele andere an seiner Stelle getan hätten.

»Auch zwei Pfund sind viel Geld«, sagte Michel. »Ich danke Euch, Pierre.«

Der Kaufmann nickte nur mürrisch.

Duval hatte derweil Pergament und Griffel hervorgeholt und die einzelnen Beträge aufgeschrieben. »Wir sind bei rund hundert Pfund. Wie viel könnt Ihr geben?«, wandte er sich an Michel.

»Für die Bücher bekomme ich mindestens sieben, acht Pfund. In bar kann ich fünf beisteuern.« Das war eigentlich mehr, als Michel sich erlauben konnte. Doch da er die Idee aufgebracht hatte, sah er es als seine Pflicht an, mehr zu geben als seine Freunde. Er musste eben darauf vertrauen, dass er genug Geld verdienen würde, sowie die Fehde vorüber war.

»Macht insgesamt hundertfünfzehn, hundertzwanzig Pfund«, sagte Duval und blickte in die Runde. »Ich weiß nicht, ob das ausreicht.«

»Vergesst Raymonds Waffen nicht«, bemerkte Catherine. »Wenn auch wir anderen zusätzlich Handelsgüter geben, die Barbarossa gebrauchen kann, kommen wir leicht auf hundertfünfzig Pfund. Wir alle haben doch gewiss Waren im Keller, die wir wegen der Fehde nicht verkaufen konnten. Ich kann zwei Fässer mit Salz anbieten.«

»Salz habe ich auch noch reichlich«, sagte Duval. »Außerdem eine größere Menge Kerzenwachs.«

Michel schaute seine Freunde an. »Also sind wir uns einig, dass wir es versuchen?«

»Ja«, antworteten Carbonel und Catherine wie aus einem Munde. Die anderen nickten.

»Gut. Der Hoftag ist schon in zwei Wochen. Bis dahin gibt es noch viel zu tun. Machen wir uns gleich an die Arbeit.«

Es dauerte drei Tage, bis Michel einen Käufer für seine Bücher fand. Nachdem er es erfolglos bei den Klöstern der Stadt versucht hatte, bot er die schönsten Schriftstücke auf dem Markt feil. Er sprach jeden auswärtigen Händler an, bis es ihm schließlich gelang, das Interesse eines fremden Kaufmannes zu wecken.

Der Mann hieß Bretonnet, stammte aus Metz und war nach Varennes gekommen, um Salz zu kaufen. Michel lud ihn zu sich nach Hause ein, um ihm den Rest seiner Sammlung zu zeigen und die Einzelheiten des Geschäfts mit ihm zu besprechen.

»Hier entlang.« Er lotste seinen Gast in den Saal und legte die Bücher, die er zum Markt mitgenommen hatte, zu den übrigen auf den Tisch. »Ich versichere Euch, sie sind alle in einem hervorragenden Zustand, aber Ihr könnt Euch gerne selbst davon überzeugen. Nur zu. Schaut sie Euch an.«

Bretonnet nahm ein Werk mit Heiligengeschichten in die Hand und betrachtete mäßig interessiert die Miniaturen. Es war Michel ein Rätsel, dass es Menschen gab, die von den liebevoll gezeichneten Buchstaben und Illustrationen nicht augenblicklich fasziniert waren. Doch vielleicht verbarg der Kaufmann seine Begeisterung nur, um seine Verhandlungsposition nicht zu schwächen.

»Braucht Ihr die Bücher für Eure Bibliothek?«

»Bibliothek?« Bretonnet lächelte amüsiert. »Nein. Für so etwas fehlt mir die Zeit. Ich suche noch ein Geschenk für den Erzbischof von Dijon, den ich nächsten Monat besuche. Ich will ihn mir gewogen machen, damit er endlich zu einem wichtigen Vertrag sein Einverständnis gibt.«

Für so etwas, dachte Michel. Sein Gast hielt Bücher ganz offensichtlich für nutzlosen Tand, bestenfalls als Köder für schöngeistige Kirchenmänner geeignet. Er war versucht, das Geschäft abzubrechen und den Kaufmann höflich, aber bestimmt hinauszukomplimentieren. Leider blieb ihm nichts anderes übrig, als über Bretonnets herablassende Art hinwegzusehen. Schon in wenigen Tagen würden sie nach Hagenau aufbrechen – er musste die Bücher *jetzt* verkaufen. Er konnte es sich nicht erlauben, auf jemanden zu warten, der seine Liebe zu kostbaren Handschriften teilte.

»Welcher Preis schwebt Euch vor?«, erkundigte sich Bretonnet.

»Zehn Pfund für die gesamte Sammlung«, antwortete Michel.

»Zu viel. Viel zu viel. Ich gebe Euch vier.«

»Neun.«

»Fünf.«

»Ist das Euer letztes Wort?«

»Mein letztes. Mehr lohnt sich nicht für mich.«

Natürlich wusste Bretonnet, dass die Bücher mindestens das Anderthalbfache wert waren. Aber er wusste auch, dass die Kaufleute Varennes' wegen der Fehde um ihr Überleben kämpften und auf jedes Geschäft angewiesen waren. Michel beschloss, den Handel nun doch abzubrechen. Gewiss, er musste die Bücher so schnell wie möglich loswerden. Aber er war nicht bereit, sie zu verschleudern.

Just in diesem Moment entdeckte Bretonnet die Kiste, in der Michel die Bücher nach unten getragen hatte. Darin lag die *Consolatio philosophiae*, das Abschiedsgeschenk von Messere Agosti.

»Wieso liegt dieses Buch nicht bei den anderen?«, fragte der Kaufmann.

»Es ist nicht zu verkaufen.«

»Jammerschade. Es ist ein Schmuckstück. Ihr erlaubt?«

Widerwillig nickte Michel, woraufhin Bretonnet das Buch in die Hand nahm.

»Eine Schrift von Boethius. Der Erzbischof würde sich die Finger danach lecken.«

»Ich sagte, es ist nicht zu verkaufen.«

»Ich mache Euch ein Angebot«, fuhr Bretonnet unbeirrt fort. »Neun Pfund für die ganze Sammlung, einschließlich dieses Buchs.«

Michel war, als hätte man ihm Daumenschrauben angelegt. Der innere Kampf war heftig, aber kurz. *Bitte verzeiht mir, Messere.* »Zehn.«

»Gemacht!«, sagte Bretonnet und reichte ihm die Hand.

Als die Knechte des Kaufmanns wenig später die Truhe mit den Büchern nach unten trugen, konnte Michel nicht hinsehen.

Zwei Tage vor seiner Abreise nach Hagenau bemerkte Michel, dass Isabelle ihren roten Schal aus ihrem Fenster gehängt hatte: das verabredete Zeichen dafür, dass sie ihn sehen wollte. Rasch stieg er zu seiner Kammer hinauf und stellte den dreiarmigen Kerzenhalter ins Fenster, womit er ihr signalisierte, er werde versuchen, so schnell wie möglich zur Herberge am Nordtor zu kommen.

Wie bei jedem Treffen mit ihr stand er zunächst vor der heiklen Aufgabe, unbemerkt das Haus zu verlassen. Wenigstens musste er sich diesmal keine Sorgen um Jean machen – sein Bruder hatte in seiner Eigenschaft als Sprecher der Unmündigen in der Unterstadt zu tun und würde frühestens zur None zurück sein. Blieben die Bediensteten sowie Yves und Gérard, die sich gerade im Eingangsraum aufhielten.

Michel hatte sich angewöhnt, für seine Treffen mit Isabelle langwierige Arbeiten aufzusparen, damit er stets etwas hatte, mit dem er seine Leute einige Stunden beschäftigen konnte. Er rief seine Leibwächter und Adrien und Louis zu sich und gab ihnen den Auftrag, Warenkeller und Dachspeicher aufzuräumen und gründlich auszukehren. »Ich bin derweil in der Schreibstube. Stört mich bis heute Abend nicht.«

Als sich die vier Männer an die Arbeit machten, spähte er in die Küche. Thérese und Malenda putzten gerade Rüben und schwatzten vergnügt.

Der Weg war frei.

Michel holte seinen Umhang, schlich die Treppe hinab und verließ das Haus durch den Hof. Kurz darauf kam er zur Herberge am Nordtor. Isabelle erwartete ihn bereits in der Dachkammer. Er sah auf den ersten Blick, dass sie besorgt war. Wie sie da auf der Bettkante saß, das Gesicht blass, die Hände im Schoß gefaltet – irgendetwas war vorgefallen.

»Danke, dass du gekommen bist«, sagte sie. »Archambaud Leblanc war heute bei Gaspard.«

Michel kannte Leblanc, wenngleich nicht sehr gut. Der Mann war einer der wohlhabendsten Grundbesitzer Varennes' und führte die Bruderschaft der Stadtbauern und Viehzüchter an. »Was wollte er?«

»Er hat um meine Hand angehalten.«

Michel setzte sich zu ihr. In den vergangenen drei Jahren hatten ein halbes Dutzend Männer Isabelle den Hof gemacht. Sogar Robert Laval und Abaëlard Carbonel, beides Witwer, hatten einst, Monate vor Michels Rückkehr aus Mailand, ihr Glück versucht. Und nun auch Archambaud Leblanc. Zwar konnte Michel nicht behaupten, dass ihm das gefiel, doch es beunruhigte ihn auch nicht besonders. Man konnte sich darauf verlassen, dass Gaspard jeden Bewerber abwies, denn kein Mann war ihm je gut genug für Isabelle. Entweder waren sie zu arm oder zu alt, oder er konnte sie schlicht nicht leiden, wie Laval. Leblanc, der bereits erwachsene Söhne hatte, war ihm ganz gewiss zu alt. Davon abgesehen würde Gaspard seine Schwester niemals einem Bauern zur Frau geben, gleichgültig, wie viel Land er besaß. »Was hat Gaspard getan? Hat er Leblanc abgewiesen?«

»Natürlich. Aber gleich nach Leblancs Besuch ist er zu mir gekommen. Er war übler Laune und hat mir zu verstehen gegeben, dass ich nun lange genug um dich getrauert habe – dass er endlich einen Mann für mich suchen wird, sowie die Fehde vorbei ist und wieder Ruhe in der Stadt herrscht.«

»Bei seinen Ansprüchen kann er lange suchen. Ein Mann, der reich ist *und* jung *und* einen tadellosen Charakter hat – so jemanden gibt es nicht in Varennes.«

»Aber womöglich in Nancy oder Metz. Machen wir uns nichts vor, Michel. Irgendwann wird er einen Mann für mich finden. Und was dann?«

»Er wird dich nicht gegen deinen Willen verheiraten.«

»Bist du dir da so sicher?«

»Er will dein Bestes. Er würde niemals etwas tun, was dich unglücklich machen könnte.«

»Er hat sich verändert. Er ist so voller Wut. Manchmal glaube ich, ich kenne ihn nicht mehr. Ich weiß nicht, ob ihm mein Glück noch etwas bedeutet.«

Michel nahm sie in den Arm. Er hätte sie gern beruhigt, ihre Sorgen zerstreut, doch er wusste nicht, wie. Vielleicht hatte sie recht und Gaspard würde eines Tages tatsächlich so weit gehen, sie gegen ihren Willen zu verheiraten, wenn er glaubte, dies diene dem Wohl der Familie. Sollte es wirklich dazu kommen, gab es wenig, was sie dagegen ausrichten konnten. Als Familienoberhaupt besaß Gaspard die Muntgewalt über Isabelle. Er konnte mit ihr tun, was er wollte, solange er nicht gegen das Gesetz verstieß. Zwar sah die Kirche Zwangsehen nicht gern, doch verhindern konnte sie diese oftmals nicht. Eine Heirat war letztlich ein Vertrag zwischen zwei Familien, dem die Kirche nur ihren Segen gab.

»Ich lasse nicht zu, dass es so weit kommt«, sagte er. »Ich lasse das nicht zu, hörst du?«

Sie verschränkte ihre Finger mit seinen. »Weißt du, was das Schlimmste ist? Dass Gaspard mich dazu bringt, ihn zu hassen. Ich will ihn lieben, aber wenn das so weitergeht, schaffe ich das nicht mehr. So ein Mensch will ich nicht sein, Michel.«

Sie legte den Kopf in seine Halsbeuge, und so saßen sie lange da.

Hagenau

Der Pfad führte bereits seit zwei Stunden bergab. Die schroffen Bergkämme und zerklüfteten Hänge der Vogesen wichen allmählich sanften Hügeln, der Buchenwald wirkte lichter und weit weniger bedrohlich als noch heute Morgen. Die Sonne blinzelte durch das Blätterdach, und es wurde bald so warm, dass Michel seinen Mantel auszog.

»Wenn das Wetter hält, sind wir morgen Mittag da«, sagte Nicolas de Bézenne, der neben ihm ritt. Dass der Ritter sie nach Hagenau begleitete, war ein großes Glück für Michel und seine Gefährten, denn es ersparte ihnen die Kosten eines bewaffneten Geleitschutzes. Sie verdankten es dem Umstand, dass er auf dem Hoftag Kaiser Friedrich seine Hilfe beim Kreuzzug zusichern wollte. »Wart Ihr schon einmal auf einem Hoftag?«, fragte de Bézenne, als sie den Waldrand erreichten und ins Rheintal hinabblickten.

»Bisher nicht«, antwortete Michel.

»Es ist ein prächtiges Ereignis. Überall Zelte, Ritter, Gaukler. Fürsten mit ihrem Gefolge. An jedem Tag finden Turniere statt, den Gewinnern winken kostbare Preise und die Gunst des Kaisers. Und an den Abenden wird gefeiert, mit Musik und Tänzerinnen und dem besten Wein des Reiches. Ich bin sicher, Ihr werdet Euch für den Rest Eures Lebens daran erinnern.«

Michel unterbrach Nicolas' Schwärmerei nur ungern, doch er hatte bemerkt, dass ihre Gefährten zurückgefallen waren. Voller Sorge dachte er an das viele Geld, das sie bei sich hatten. Wenn sie nicht zusammenblieben, schwächten sie ihre Kräfte: eine Einladung an Wegelagerer und anderes Gesindel. »Ich fürchte, wir sind zu schnell für die anderen. Warten wir hier, bis sie aufgeholt haben.«

Er zügelte Abendrot. Zu seiner Erleichterung tauchten die anderen kurz darauf zwischen den Bäumen auf. Zuerst Renouart, Nicolas' halbwüchsiger Sohn, der im Norden Oberlothringens als Knappe diente und gerade seinen Vater besuchte. Danach Charles Duval, Catherine Partenay und Raymond Fabre auf ihren Pferden, Jean auf dem Ochsenwagen und schließlich Nicolas' Männer, alle beritten. Abaëlard Carbonel war zu Hause geblieben, ebenso Pierre Melville. Der steinalte Kaufmann vermied mehrtägige Reisen nach Möglichkeit, und Melville wollte sich endlich auskurieren. Um die Verteidigung der Brücke und den Schutz ihrer Besitztümer kümmerte sich derweil Hugues, ein erfahrener Soldat Nicolas', der mit dem Hauptteil der Kriegsknechte in Varennes geblieben war. Zwar hatte sich de Guillory in den vergangenen Tagen ruhig verhalten, aber man konnte nie wissen. Aus demselben Grund hatte Michel Yves und Gérard zu Hause gelassen: Sie sollten auf sein Anwesen aufpassen und seine Bediensteten beschützen, während er fort war.

Géroux, Gaspard und die anderen Gildenmitglieder wussten nichts von ihrer Reise, denn sie waren vor dem ersten Licht des Tages in aller Heimlichkeit aufgebrochen und hatten sich mit de Bézenne auf dessen Landgut getroffen. Vermutlich hatten die übrigen Schwurbrüder inzwischen mitbekommen, dass sie Varennes verlassen hatten. Michel bezweifelte jedoch, dass sie die richtigen Schlüsse daraus ziehen würden. Vermutlich dachten sie, sie hätten sich davongestohlen, um Geschäfte zu machen, ohne dass de Guillory etwas davon merkte. Solange Carbonel und Melville dichthielten, war ihr Plan nicht in Gefahr.

Michel ritt erst weiter, als der Ochsenwagen an ihm vorbeirumpelte. Jean fuhr stets in der Mitte des Zuges, damit die kostbare Fracht auf der Wagenpritsche den bestmöglichen Schutz genoss. Die schwere und mit Eisenbändern verstärkte Truhe, festgebunden und verborgen unter einer Plane aus grobem Tuch, enthielt fast hundertzwanzig Pfund Silber. Daneben standen mehrere Kisten und Fässer mit den übrigen Geschenken: Salz, Gewürze, Kerzenwachs, feinstes Tuch, Kettenhemden und Schwerter. Michel hoffte, dass das Geld und die Waren ausreichten und der Wert ihrer Geschenke ihrem Anliegen angemessen war. Nichts wäre peinlicher, als vor dem Kaiser wie arme Schlucker dazustehen.

Sie hatten Glück mit dem Wetter, sodass sie die Königspfalz zu Hagenau am nächsten Tag erreichten. Das weitläufige Gebäude, eine imposante Mischung aus Festung und Palast, lag an der Rheinstraße und wurde von dem Flüsschen Moder umspült. Bei den verschiedenen Trakten, erklärte de Bézenne, handele es sich um die große Aula, die Kemenate für den Kaiser und sein Gefolge, die Bibliothek und die Kapelle, in der für die Dauer des Hoftages die heiligen Reichsinsignien aufbewahrt würden.

Als sie durch die ausgedehnte Zeltstadt vor der Königspfalz ritten, dachte Michel, dass der Ritter mit seiner Schilderung eines Hoftages keinesfalls übertrieben hatte. Es gab tatsächlich so viel Pracht und Prunk, dass er gar nicht wusste, wohin er zuerst schauen sollte. Die Zelte bestanden aus kostbarem Tuch und orientalischer Seide, sie waren reich bestickt mit Darstellungen von Tieren aller Art, durchwirkt mit Goldfäden und geschmückt mit den Wappen ihrer Bewohner. Es wimmelte von Rittern in blitzenden Rüstungen, hochrangigen Geistlichen und erlesen gekleideten Edelleuten, umschwärmt von Dienern, Knappen, Soldaten und Schreibern. Sie alle waren gekommen, um dem Kaiser, der das ganze Jahr mit der Hofkanzlei durch das Reich reiste, ihre Ergebenheit zu demonstrieren, manch einer gewiss erfüllt von der Hoffnung, Barbarossa werde ihm seine Gunst erweisen oder einen rechtlichen Streitfall schlichten. Darüber hinaus war der Hoftag eine einzigartige Gelegenheit für die Herren, ihresgleichen zu treffen und vor den anderen Rittern und Fürsten mit ihrer Macht und ihrem Reichtum zu prahlen.

Rauch und der Duft gebratenen Fleisches durchwehten die Zeltstadt, durchsetzt vom Gestank der Abortgräben am Rand des Lagers. Fliegende Händler verkauften Bier und Wein, was reißenden Absatz fand. Überall boten halbnackte Huren mit bemalten Körpern ihre Dienste feil, Gaukler spuckten Feuer und jonglierten mit Messern.

»Hier schlagen wir unsere Zelte auf«, befahl de Bézenne, als sie zu einer freien Fläche am Ufer der Moder kamen.

Michel betrachtete das Menschengewimmel, dachte an die

zahllosen Diebe und Beutelschneider, die hier gewiss ihr Unwesen trieben, und schärfte Jean ein, den Wagen mit der Truhe niemals aus den Augen zu lassen. Sein Bruder nahm sich die Warnung zu Herzen und setzte sich mit finsterer Miene und seinem Schwert in der Hand auf die Wagenpritsche, fest entschlossen, niemanden auch nur in die Nähe des Schatzes zu lassen.

»Wie läuft so ein Hoftag ab?«, erkundigte sich Michel bei de Bézenne, der seine Soldaten beim Aufbauen der Zelte beaufsichtigte.

»Heute Morgen fand ein Gottesdienst mit Friedrich, Herzog Simon und allen Fürsten statt«, erklärte der Ritter. »Inzwischen dürfte der Kaiser schon in der Aula sein. Dort empfängt er in den nächsten Tagen seine Vasallen, wirbt für den Kreuzzug, regelt Zollfragen und so weiter. Pass doch mit der Stange auf, verdammt noch mal!«, fuhr er einen Waffenknecht an. »Wenn man nicht alles selbst macht! Renouart, hilf diesen Tölpeln.«

»Ja, Vater«, sagte sein Sohn, scheuchte den Missetäter weg und legte mit Hand an.

»Und Ihr werdet dafür sorgen, dass Barbarossa uns empfängt?«

»Ich habe Euch doch mein Wort gegeben. Aber versprechen kann ich nichts. Der Kaiser ist ein vielbeschäftigter Mann. Er empfängt nicht jeden.«

In diesem Moment kamen Catherine, Duval und Fabre, die sich ein wenig umgesehen hatten, zu ihrem Lagerplatz zurück. Alle drei wirkten besorgt.

»Es gibt Schwierigkeiten«, berichtete Duval. »De Guillory ist hier.«

Unwillkürlich blickte sich Michel nach allen Seiten um. »Wo?«

»Sein Zelt steht ganz dahinten, auf der anderen Seite des Lagers.«

»Hat er Euch gesehen?«

»Ich glaube nicht.«

Besorgt biss Michel sich auf die Unterlippe. Dass de Guillory den Hoftag besuchte, kam nicht gänzlich unerwartet, immerhin war er ein Vasall Herzog Simons und damit auch des Kaisers. Doch bis zuletzt hatten sie gehofft, ihr Feind würde der Fürstenversammlung fernbleiben.

»Ruhig Blut«, sagte de Bézenne. »Das Fehderecht verbietet es de Guillory, Euch anzugreifen, während Ihr beim Kaiser seid. Bisher hat er sich immer daran gehalten. Glaubt mir – ich spreche aus Erfahrung. Und selbst wenn nicht, bin immer noch ich da«, fügte er grimmig hinzu.

»Was macht er auf dem Hoftag? Will er etwa auch am Kreuzzug teilnehmen?«, fragte Duval hoffnungsvoll.

»Wohl kaum«, meinte de Bézenne. »Um für die Christenheit zu kämpfen, muss man wenigstens einen Funken Ehre im Leib haben. Vermutlich ist er nur wegen des Turniers hier.«

Sowie die Zelte standen, machten sich Nicolas und Renouart auf den Weg zur Königspfalz, um beim Kaiser vorzusprechen. Für Michel und seine Gefährten gab es vorerst nichts zu tun. Also schlenderten sie zu einer nahen Birke, deren Schatten sie vor der recht heißen Nachmittagssonne schützte, und beobachteten das Turnier, das auf der anderen Seite der Moder stattfand.

Auf einer freien Wiese maßen sich Dutzende Ritter im Tjosten: Unter dem anfeuernden Jubel der Zuschauer galoppierten jeweils zwei in voller Rüstung aufeinander zu und versuchten, sich gegenseitig mit stumpfen Turnierlanzen aus dem Sattel zu stoßen, was stets ein ohrenbetäubendes Krachen und Scheppern zur Folge hatte. Es dauerte nicht lange, da entdeckte Michel de Guillory unter den Teilnehmern. Widerstrebend musste er zugeben, dass sich der Ritter nicht übel schlug: Gegner um Gegner traf er zielsicher mit seiner Lanze und hob jeden einzelnen aus dem Sattel, wodurch er bald als Turnierfavorit gehandelt wurde. Michel ertappte sich bei dem Stoßgebet, es möge, wie so oft beim Tjosten, zu einem schweren Unfall kommen, bei dem de Guillory einen Lanzensplitter ins Auge bekam oder sich wenigstens alle Knochen brach.

Nachmittags traf auch Bischof Ulman auf der Königspfalz ein. Michel sah ihn in seinem Reisewagen über die Moderbrücke fahren, gefolgt von allerlei Dienern, Schreibern und Waffenknechten. Michel hatte mit ihm gerechnet – als Bischof war es zwar nicht seine Pflicht, auf dem Hoftag zu erscheinen, aber sein Fehlen hätte Herzog Simon und den Kaiser verärgert. Als der Kirchenmann ausstieg, zogen sich Michel und seine Gefährten vom Flussufer zurück. Ulman würde noch früh genug erfahren, dass sie hier waren.

Die Stunden verstrichen. Während die Sonne allmählich den Vogesen entgegensank, näherte sich das Turnier seinem Finale. Zahllose Ritter waren bereits ausgeschieden und ließen am Rand der Wiese ihre Blessuren versorgen. Die wenigen, die noch übrig waren, machten sich bereit für den letzten Lanzengang. De Guillory strotzte nur so vor Selbstvertrauen, und sein Gelächter hallte über den Fluss, als er seinen Rivalen herausfordernd auf die Schultern drosch.

»Wie lange dauert das noch?«, murrte Duval, der sich gerade den dritten Becher Wein gekauft hatte.

»Habt Geduld«, sagte Michel. »Es kann sein, dass wir tagelang hier herumsitzen.« Er nahm dem Kaufmann den Becher aus der Hand und schüttete den Wein ins Gras.

»He! Was soll das?«

»Ihr hattet genug. Wollt Ihr Barbarossa betrunken wie ein Kesselflicker gegenübertreten?«

Duval murmelte einen sehr garstigen Fluch, verzichtete jedoch darauf, sich neuen Wein zu besorgen.

De Bézenne und Renouart erschienen zwischen den Zelten.

»Gute Nachrichten«, verkündete der Ritter. »Der Kaiser will Euch empfangen.«

Lachend legte Michel Nicolas die Hände auf die Schultern.

»Habt Dank, mein Freund. Damit habt Ihr uns einen großen Dienst erwiesen. Wir stehen für immer in Eurer Schuld.«

»Ein letzter Rat: Wenn Ihr vor ihm steht, fasst Euch kurz. Barbarossa ist kein geduldiger Mann.«

Michel bemühte sich, seine Anspannung mit keiner Regung zu zeigen, obwohl sie ihn innerlich fast zerriss, als sie sich auf den Weg zur großen Aula machten. Hinter ihm gingen Duval und Catherine, und ihnen folgten Fabre und Jean mit der Truhe. Sie alle hatten ihre staubigen Reisekleider schon vor Stunden gegen ihre besten Gewänder, Schuhe und Hüte getauscht.

Herr, gib mir die Kraft, die richtigen Worte zu finden, betete er.

Die Wachen vor dem Portal erkundigten sich nach ihren Namen und ließen sie schließlich eintreten. Im Inneren der Aula umfing sie eine Ruhe, die in völligem Gegensatz zu dem jahrmarktartigen Trubel draußen auf den Wiesen stand. Dank seiner Säulen und der Gewölbedecke wirkte der Saal wie eine Kirche. Sonnenlicht strahlte durch die hohen Rundbogenfenster und beschien die prächtigen Wandteppiche, was diesem Ort eine würdevolle, fast sakrale Stimmung verlieh. An mehreren Tischen, umgeben von gestapelten Dokumenten, saßen die Männer der Hofkanzlei: Schreiber und Rechtsgelehrte, die im Namen des Kaisers Urkunden und Briefe aufsetzten und auf diese Weise die Macht ihres Herrn in jeden Winkel des Reiches trugen.

Und im Zentrum des Saales, auf einem Stuhl mit hoher Lehne und flankiert von seinen vier Schildknappen, thronte Friedrich Barbarossa, der Erste seines Namens, Herrscher aller Deutschen, gewählter König und gesalbter Kaiser des Heiligen Römischen Reiches. *Er gebietet über Millionen von Menschen und steht auf einer Stufe mit dem Papst,* dachte Michel unwillkürlich. Dabei war es nicht nötig, dass er sich Friedrichs Macht vergegenwärtigte – der Kaiser verströmte eine natürliche Autorität, die den Saal wie eine unsichtbare Kraft auszufüllen schien. Obwohl nur mittelgroß, war der Staufer trotz seiner fast siebzig Sommer immer noch eine imposante, ja Ehrfurcht gebietende

Erscheinung, bedingt durch die breiten Schultern und kräftigen Arme und das ebenmäßig geschnittene Gesicht: ein Krieger, ein Ritter durch und durch. Sein einst roter Vollbart, dem er seinen Beinamen verdankte, war kurz geschnitten, ebenso das lockige Haupthaar, und auf den Stuhllehnen lagen schlanke, gepflegte Hände. Am auffälligsten jedoch waren seine Augen: Wach, klug und gebieterisch blickten sie auf die Welt herab.

Zehn Schritte vor dem Thron verbeugten sich die Kaufleute.

»Mein Herr und Gebieter«, sagte Michel fest. »Im Namen der Gilde von Varennes-Saint-Jacques danke ich Euch für die Ehre, die Ihr uns erweist.«

»Erhebt euch.« Barbarossas Stimme war dunkel und wohlklingend.

Die Kaufleute gehorchten. Catherine, Fabre, Duval und Jean standen links und rechts der Truhe; Michel trat zwei Schritte nach vorn.

»Ihr müsst Michel de Fleury sein, der Gildemeister von Varennes«, sagte der Kaiser. »Unser Gefolgsmann Nicolas spricht gut von Euch. Es heißt, Ihr seid ein kluger und umsichtiger Mann, obwohl Ihr noch recht jung an Jahren seid, wie uns scheint.«

»Nicolas übertreibt«, erwiderte Michel. »Ich bin nur ein einfacher Kaufmann, der sich für das Wohl seiner Gilde einsetzt.«

»In welcher Angelegenheit tretet Ihr vor Uns?«, kam Barbarossa ohne Umschweife zur Sache.

Allmählich verstand Michel, warum es so viele Männer gab, die den Kaiser vergötterten. Auch auf ihn blieben Friedrichs geschliffenes Auftreten und herzliche Freundlichkeit nicht ohne Wirkung: Mit wenigen Worten war es Barbarossa gelungen, dass Michel sich wichtig und geschätzt fühlte und alles tun würde, um seinem Gebieter zu gefallen. Doch bei alldem durfte er nicht vergessen, dass der Staufer ein Fuchs war, listig und mit allen Wassern gewaschen, dazu ein unerbittlicher Kriegsherr. Er hatte dereinst den Papst herausgefordert, seinen Erzfeind Heinrich den Löwen vernichtet und die rebellische Lombardei mit Krieg überzogen. Barbarossas Güte täuschte allzu leicht darüber hinweg, dass er seinen Feinden mit unnachgiebiger Härte entgegentrat und jeden zerschmetterte, der seinen Zorn erregte. Jedes Wort in diesem Saal wollte wohlüberlegt sein.

»Wie Ihr wisst, ist Varennes-Saint-Jacques nur eine kleine Stadt«, begann Michel. »Wir sind nicht reich, und doch tun wir unser Bestes zum Wohle des Herzogtums und des Reiches. Alle Bürger, vom angesehensten Kaufmann bis zum geringsten Tagelöhner, sind Euch, Herzog Simon Châtenois und dem Hause der Staufer seit jeher treu ergeben und beten täglich für Euer Wohl und das Heil Eurer Seele.«

Der Kaiser nickte und forderte Michel mit einer Geste auf, fortzufahren.

»Als Beweis unserer Treue haben wir Euch Geschenke mitgebracht.« Michel trat zur Seite, Jean und Raymond Fabre trugen die Truhe nach vorne und öffneten sie. »Wir übergeben Euch hundertzwanzig Pfund in Silber, außerdem Waffen, Fässer mit Salz, für das Varennes berühmt ist, und andere Erzeugnisse unserer Stadt. Versteht diese Gaben als Beitrag der Gilde zu Eurem heiligen Kreuzzug nach Jerusalem.«

»Ein wahrhaft großzügiges Geschenk. Das Reich und die Christenheit sind Euch und Euren Schwurbrüdern zu Dank verpflichtet.«

Michel neigte abermals sein Haupt. »Ihr beschämt uns, mein Gebieter. Der Dank der Christenheit gebührt Euch allein.«

»Wir wollen Eure Treue belohnen«, sagte Barbarossa freundlich. »Nennt Uns einen Wunsch, und Wir werden ihn Euch gewähren.«

»Eure Güte wird nur von Eurer Großzügigkeit übertroffen.« Michel konnte förmlich hören, wie Jean, Catherine, Duval und Fabre vor Anspannung die Luft anhielten. Mit Bedacht wählte er seine nächsten Worte. »Die Gilde von Varennes sehnt sich nach einer eigenen Brücke über die Mosel, denn sie würde den

Salzhandel im Moseltal in großem Maße erleichtern und unserer Stadt Wohlstand bringen. Bitte gestattet uns, sie zu bauen.«

Barbarossa winkte einen Rechtsgelehrten herbei und ließ sich mehrere Urkunden vorlegen. Michel wusste, dass es sich dabei um Abschriften der Regalien handelte, die frühere Könige dem Bistum Varennes-Saint-Jacques übertragen hatten, damit der Kaiser prüfen konnte, ob das Recht, Brücken zu errichten, bereits vergeben war.

Während Friedrich die Dokumente studierte, öffnete sich eine Tür. Der Mann, der hereinkam, war kein anderer als Johann I., Archidiakon des Erzbistums Trier und Kanzler des Heiligen Römischen Reiches. Der kleine grauhaarige Mann in seiner schlichten Soutane durchquerte den Saal und nahm auf einem Lehnstuhl neben Barbarossa Platz. Nicht im Traum hatte Michel damit gerechnet, Johann hier anzutreffen. Dabei leitete der Kleriker die Hofkanzlei und war einer der wichtigsten Berater des Kaisers.

Johanns Erscheinen änderte alles. Der Archidiakon war ein Freund Bischof Ulmans und würde gewiss nicht zulassen, dass Barbarossa die Brücke genehmigte. Michel biss die Zähne zusammen. Warum hatte keiner von ihnen vorausgesehen, dass Johann auf dem Hoftag sein würde?

Der Reichskanzler musterte ihn unverwandt. Erinnerte er sich daran, dass Michel sich einst geweigert hatte, ihm sein Salzschiff zu überlassen?

Johann beugte sich zu Barbarossa hinüber, und die beiden Männer flüsterten. Obwohl Michel kaum ein Wort verstand, konnte er sich denken, worüber sie sprachen: Johann wollte wissen, was die Gildenleute hier zu suchen hatten, worauf Barbarossa es ihm in knappen Worten erklärte. Der Reichskanzler schüttelte den Kopf und redete eindringlich auf den Kaiser ein – offenbar wollte er ihn davon überzeugen, die Brücke auf keinen Fall zu genehmigen. Friedrichs Miene wurde hart, und er wandte sich abermals an Michel.

»Aus den Aufzeichnungen geht nicht hervor, wer im Bistum Varennes-Saint-Jacques Brücken bauen darf – das entsprechende Regal wurde offenbar niemals vergeben. Ihr hättet Euch daher mit Bischof Ulman, Eurem Stadtherrn, einigen müssen. Warum habt Ihr Euch stattdessen an Uns gewandt?«

Michel entging der schneidende Unterton in Barbarossas Stimme nicht. Die Situation war gefährlich – ein falsches Wort, und der Kaiser konnte den Eindruck gewinnen, man hielte ihn zum Narren. Michel beschloss daher, ehrlich zu sein und die Karten auf den Tisch zu legen. »Tatsächlich haben wir mit Seiner Exzellenz Bischof Ulman gesprochen. Er hat die Brücke genehmigt, sodass wir bereits im letzten Jahr mit dem Bau beginnen konnten. Daraufhin hat Aristide de Guillory, ein Gefolgsmann unseres Herzogs, der Gilde von Varennes-Saint-Jacques die Fehde erklärt.«

»Wieso?«, wollte Barbarossa wissen.

»Seine Ländereien grenzen im Süden an das Bistum. Dort besitzt die Familie de Guillory seit vielen Jahren eine Brücke, für deren Überquerung sie Zoll verlangt. Nun fürchtet er, dass ihn die neue Brücke um seine Einnahmen bringt.«

»Eure Brücke dient also dem Zweck, de Guillorys Zoll zu umgehen.«

»Das ist richtig, mein Gebieter. Seit über drei Jahren erhöht de Guillory den Brückenzoll ständig. Inzwischen ist er so hoch, dass er den Handel lähmt.«

»Wie hoch ist er genau?«

»Fünfzehn von hundert Teilen auf jede Ware. Der Zoll trifft uns umso härter, da die Gilde von Varennes hauptsächlich mit Salz handelt und die Brücke der einzige Weg zur Saline des Bistums ist.«

»Fünfzehn von hundert«, wiederholte Barbarossa. »Das grenzt an Wucher.«

»Wir bitten Euch um die Genehmigung unserer Brücke, damit der Bau endlich rechtlich abgesichert ist«, sagte Michel. »Das ist die einzige Möglichkeit, den Streit mit Aristide de Guillory zu beenden. Andernfalls wird die Fehde, die überaus schädlich für die Gilde und die Bewohner unserer Stadt ist, noch viele Monate weitergehen und irgendwann auch den Handel in ganz Oberlothringen beeinträchtigen.«

Michel war nicht sicher, ob Barbarossa ihm zugehört hatte, denn Johann redete abermals leise auf ihn ein. Schließlich nickte der Kaiser.

»Die Gerechtigkeit verlangt, dass Wir auch die andere Seite anhören«, sagte er. »Man hole Aristide de Guillory und Bischof Ulman, der als Herr von Varennes-Saint-Jacques ebenfalls von dieser Angelegenheit betroffen ist.«

Ein Schreiber eilte davon.

Quälend lange Minuten vergingen. Michel konnte nicht einschätzen, was geschehen würde, wenn sich neben dem Bischof auch de Guillory zu dieser Sache äußerte. Vielleicht verwehrte ihnen der Kaiser seine Genehmigung letztlich doch, weil er einen Vasallen des Herzogs, auf dessen Treue auch er angewiesen war, nicht benachteiligen wollte.

Es dauerte lange, bis der Gelehrte zurückkam. Als er endlich den Saal betrat, war Bischof Ulman bei ihm – nicht jedoch Aristide de Guillory.

Ulmans Gesicht war eine Maske mühsam beherrschten Zornes. Ganz offensichtlich war er über alles im Bilde. Er trat vor die beiden Lehnsessel und verneigte sich äußerst knapp. »Majestät. Reichskanzler.«

»Wo ist de Guillory?«, wandte sich der Kaiser an den Schreiber.

»Ich fürchte, er kann nicht kommen, Herr«, antwortete der Geistliche zögernd.

»Wieso? Er ist doch gestern Abend in Hagenau eingetroffen, oder etwa nicht?«

»Er ist hier. Aber er ist betrunken und außerstande, mit Euch zu sprechen.«

»Betrunken?«, fragte Barbarossa barsch.

»Er feiert seinen Sieg im Tjosten. In einem Hurenhaus«, fügte der Gelehrte peinlich berührt hinzu.

Der Kaiser war nicht amüsiert. »Dann hat er eben Pech gehabt«, schnarrte er und wandte sich an Ulman. »Die Gilde Eurer Stadt ersucht Uns, ihre Brücke zu genehmigen. Habt Ihr Einwände dagegen?«

Ohne Michel und die anderen Kaufleute eines Blickes zu würdigen, sagte Ulman: »Ich bitte Euch, der Gilde Eure Genehmigung zu verweigern, mein Gebieter. Andernfalls wird sie die Brücke zum Anlass nehmen, gegen die Macht der Kirche aufzubegehren, wie sie es bereits in der Vergangenheit getan hat.«

»Wenn Ihr derartige Bedenken hegt, wieso habt Ihr der Gilde im vergangenen Jahr erlaubt, die Brücke zu bauen?«

Ulman suchte mühsam nach Worten. Er konnte schwerlich zugeben, dass Michel ihn hereingelegt hatte. »Damals war noch nicht abzusehen, welche Pläne die Gilde verfolgt.«

»Wie hat sie gegen die Kirche aufbegehrt?«

»Die Schwurbrüder, allen voran ihr Gildemeister, arbeiten daran, ihren Einfluss in Varennes auszudehnen und meine von Gott verliehene Macht zu beschneiden.«

»Was haben sie konkret getan?«, hakte der Kaiser nach. »Haben sie Euch bedroht? Eure Ministerialen angegriffen? Euch Steuern vorenthalten?«

»Nichts dergleichen.«

»Was dann?«

»Sie haben öffentliche Backöfen gebaut und die Brunnen gereinigt, um sich beim Stadtvolk beliebt zu machen.« Ulmans Stimme fehlte jegliche Entschlossenheit. Ihm schien klar zu sein, wie töricht diese Antwort klang.

»Backöfen gebaut und Brunnen gereinigt? Unerhört. Als Nächstes verteilen sie womöglich in aufrührerischer Weise Gebäck.«

»Die Maßnahmen der Gilde zielen darauf ab, größeren Einfluss in der Stadt zu erlangen, damit sie mir eines Tages mit Forderungen entgegentreten können«, erklärte der Bischof schmallippig.

»Habt Ihr deshalb zugelassen, dass de Guillory der Gilde die Fehde erklärt, obwohl Ihr den Brückenbau zuvor genehmigt habt?« Barbarossa musterte ihn stechend. »Habt Ihr ihn gar zu der Fehde angestiftet, damit er an Eurer Stelle gegen sie kämpft?«

Ulman zog es vor, nicht darauf zu antworten. Doch der Eindruck, den er beim Kaiser hinterlassen hatte, war auch so schon schlecht genug. Binnen weniger Minuten hatten sich all seine Winkelzüge gegen ihn gewandt.

Michel konnte sein Glück kaum fassen.

»Wir lieben Fehden nicht«, sagte Barbarossa. »Sie gefährden den Reichsfrieden, und es ist Unsere Pflicht als Kaiser, sie zu unterbinden. Wir sind daher geneigt, die Brücke zu genehmigen.«

»Ich muss protestieren, Majestät«, kam der Reichskanzler Ulman zu Hilfe. »Diese Entscheidung würde Bischof Ulmans Autorität untergraben. Darüber hinaus würde sie einen wichtigen Vasallen Herzog Simons einseitig benachteiligen und ihn um beträchtliche Einkünfte bringen, die er für die Erfüllung seiner Lehnspflicht braucht.«

Es missfiel Barbarossa sichtlich, dass Johann in der Öffentlichkeit sein Urteil anzweifelte. »Wir sehen nicht, dass eine Brücke Bischof Ulman in irgendeiner Weise schadet. Im Gegenteil, sie verheißt seiner Stadt Wohlstand, der auch ihm und dem Bistum zugutekommt. Und was de Guillory angeht: Wir haben ihm die Möglichkeit gegeben, seine Sicht der Dinge darzulegen, doch er hat es vorgezogen, sich in einem Hurenhaus zu vergnügen.«

»Viele Ritter gehen nach einem Turnier ins Hurenhaus. Hätte de Guillory gewusst, dass Ihr ihn sehen wollt, hätte er sich gewiss …«

»Genug jetzt«, unterbrach Barbarossa den Reichskanzler ungehalten. »Wenn de Guillory eine Entschädigung für die entgangenen Zolleinnahmen wünscht, steht es ihm frei, sich an die Hofkanzlei zu wenden und seinen Fall vorzubringen.«

Ulman und sein Fürsprecher Johann schwiegen zornig.

»Nun zu Euch«, wandte sich der Kaiser an Michel. »Wir werden den Bau Eurer Brücke genehmigen …«

»Wir danken Euch tausendfach, Majestät.«

»… vorausgesetzt, Ihr erhöht Euer Angebot. Hundertzwanzig Pfund Silber, einige Waffen und etwas Salz sind kaum angemessen für ein Bauwerk dieser Bedeutung. Eine eigene Brücke verschafft der Gilde von Varennes-Saint-Jacques große wirtschaftliche Vorteile und erspart jedem Kaufmann Jahr für Jahr beträchtliche Kosten. Wir erwarten daher, dass Ihr Uns mehr bietet.«

Michel starrte den Kaiser an. Wieso hatte Barbarossa auf einmal seine Meinung geändert? Eben noch hatte er versprochen, er werde der Gilde einen Wunsch erfüllen, und nun stellte er plötzlich Forderungen. Aber das war genau jene Launenhaftigkeit, mit der ein Kaufmann stets rechnen musste, wenn er mit Fürsten Geschäfte machte. Michel wusste, er durfte nicht denselben Fehler begehen wie Bischof Ulman und Reichskanzler Johann und dagegen protestieren. Klüger war es, den Willen des Kaisers zu akzeptieren und zu versuchen, ihm entgegenzukommen. »Sagt, was Ihr verlangt, mein Gebieter, und wir werden uns bemühen, Euch zufriedenzustellen.«

»Zusätzlich fünfzig Pfund Silber«, sagte Barbarossa, »sowie die Zusicherung, dass jedermann für alle Zeit die Brücke zollfrei überqueren darf, nicht nur die Schwurbrüder Eurer Gilde.«

»Zollfreiheit können wir Euch garantieren. Was die fünfzig Pfund angeht – ich fürchte, diese Summe übersteigt unsere Kräfte. Meine Schwurbrüder haben bereits mehr Geld gegeben, als sie sich leisten können.«

»Dann bietet etwas anderes«, forderte der Kaiser harsch. Es war nicht zu übersehen, dass ihm diese Angelegenheit lästig zu werden begann.

Bevor Michel einen Vorschlag machen konnte, trat einer der Schwurbrüder nach vorne und verneigte sich.

»Mein Name ist Raymond Fabre, Majestät. Schmiedemeister und Kaufmann. Gestattet Ihr mir zu sprechen?«

Barbarossa nickte.

»Die Gilde von Varennes-Saint-Jacques sehnt sich danach, Euren Kreuzzug gegen die Sarazenen in jeder erdenklichen Weise zu unterstützen«, begann Fabre. »Erlaubt mir daher, Euch dies anzubieten: Im Mai des nächsten Jahres, wenn Ihr Eure Streitmacht in Regensburg versammelt, schicken wir Euch unser Aufgebot. Dreißig bestens bewaffnete und gerüstete Männer, die mit Euch ins Heilige Land ziehen werden. Zu Eurem Ruhm und zum Heil aller Christen.«

»Nicht!«, raunte Michel Fabre zu. »Das könnt Ihr nicht tun!«

Der Schmied beachtete ihn nicht. Mit vor der Brust verschränkten Armen stand er da und blickte zum Kaiser auf – dem Fabres Angebot zu gefallen schien.

»Krieger brauchen Wir in der Tat dringender als Geld«, sagte Barbarossa. »Aber es müssen Männer sein, die sich auf den Umgang mit dem Schwert verstehen. Die eine weite Reise nicht scheuen und im Angesicht des Feindes nicht den Mut verlieren.«

»Ich werde die besten und mutigsten Männer Varennes' auswählen, mein Wort darauf«, erwiderte Fabre. »Und ich führe sie selbst nach Regensburg und bis vor die Tore Jerusalems.«

Es war weithin bekannt, dass Friedrich von allen Tugenden Tapferkeit am meisten schätzte, und so huschte ein Lächeln über seine verwitterten Züge. »Nun denn, Raymond – Wir nehmen Euer Angebot an. Dreißig Krieger für Unseren Kreuzzug, diese Kiste voller Silber und die Geschenke aus Varennes-Saint-Jacques sollen der Preis für Eure Brücke sein.«

»Nein«, begann Michel, doch Fabre packte ihn am Arm.

»Seid still!«, flüsterte der Schmied. »Das ist die einzige Möglichkeit, die Genehmigung zu bekommen. Seht Ihr nicht, dass seine Geduld erschöpft ist? Noch eine Chance wird er uns nicht geben.«

»Wollt Ihr etwas sagen, Herr Gildemeister?«, erkundigte sich Barbarossa mit einem gefährlichen Unterton.

»Nein, mein Gebieter«, erwiderte Michel. »Worte können die Dankbarkeit nicht ausdrücken, die wir empfinden. Eure Güte und Weisheit seien gepriesen. Möge der Herr Euch und Euer Haus segnen und Euch noch viele gesunde Jahre schenken.«

Und währenddessen dachte er: *Wir schicken dreißig Männer in den Krieg. Dreißig Männer, die für die verfluchte Brücke ihr Leben aufs Spiel setzen. Dieser Preis ist viel zu hoch! Was haben wir getan?*

»Majestät!«, rief Bischof Ulman.

»Ja, Exzellenz? Gehen wir recht in der Annahme, dass Ihr abermals Einwände gegen unsere Entscheidung habt?«, fragte Barbarossa, woraufhin der Kirchenmann zögernd vortrat.

»Allein mir als Herr von Varennes-Saint-Jacques steht es zu, Euch Heerfolge zu leisten. Die Gilde überschreitet in unverfrorener Weise ihre Befugnisse, wenn sie Euch Soldaten sendet.«

»Dies ist ein heiliger Kreuzzug«, erwiderte der Kaiser. »Er gehorcht nicht den Regeln eines gewöhnlichen Krieges. Es ist die Pflicht eines jeden Christen, Unserem Ruf zur Waffe zu folgen, gleichgültig, ob sein Herr es ihm gestattet oder nicht. Ein Mann der Kirche sollte dies eigentlich begrüßen.«

»Trotzdem muss ich darauf bestehen …«

»Wendet Euch an den Papst, wenn Ihr Unsere Rechtsauffassung nicht teilt«, schnitt Barbarossa ihm das Wort ab und wandte sich an Michel und seine Gefährten. »Schwört Uns nun die Treue.«

Michel, Jean, Fabre, Catherine und Duval sanken auf die Knie, legten die Rechte aufs Herz und sprachen Reichskanzler Johann nach, der widerwillig von seinem Lehnstuhl aufgestanden war und intonierte:

»Im Namen der Gilde von Varennes-Saint-Jacques schwören wir Kaiser Friedrich aus dem Geschlecht der Staufer ewige Treue und Gefolgschaft bis zur Stunde unseres Todes.«

Die Kaufleute erhoben sich.

»Ächtung und Verdammnis sollen über euch kommen, wenn ihr es wagt, euren Eid zu brechen«, erklärte Johann. »Ihr dürft euch nun zurückziehen.«

»Lasst sie mich noch einmal sehen«, bat Duval, als sie spätabends vor den Zelten am Feuer saßen, den Spielleuten lauschten und ihren Sieg mit reichlich Wein begossen.

Michel öffnete das Futteral und zog vorsichtig die nagelneue Urkunde heraus, die ein Schreiber der Hofkanzlei angefertigt hatte. Ehrfürchtig studierte Duval Wort für Wort des Dokuments und strich dabei fast zärtlich mit den Fingerkuppen über des Kaisers Siegel. »Unglaublich, dass ein einzelnes Schriftstück die Geschicke einer ganzen Stadt verändern kann«, murmelte er.

»Unglaublich würde ich das nicht nennen«, meinte Fabre. »Hat uns immerhin eine Stange Geld gekostet, dieser Fetzen Pergament.« Doch er sagte das ohne jede Bitterkeit – in Wahrheit war auch er überglücklich. »Sei's drum«, dröhnte er fröhlich. »Gebt mir mehr Wein. Mit Kaisern zu feilschen macht mich immer schrecklich durstig!«

Die anderen lachten und stießen mit ihm an. Michel fiel es schwer, die Freude seiner Gefährten zu teilen. Immerzu musste er an die Audienz in der Aula denken. Männer für Barbarossas Kreuzzug … Am meisten machte ihm zu schaffen, dass er nichts dagegen unternommen hatte, obwohl die freiwillige Teilnahme an einem Krieg all seinen Überzeugungen widersprach. Aber Fabre hatte ihn einfach überrumpelt.

»Was machst du denn für ein Gesicht?«, erkundigte sich Jean. »Wir haben gewonnen, falls es dir noch nicht aufgefallen ist. Du kannst dich freuen.«

»Wir wollen dreißig Männer in den Krieg schicken. Viele werden nicht zurückkehren, selbst wenn Barbarossa siegreich ist.

Du weißt, was ich von Gewalt und Blutvergießen halte. Wir hätten das nicht tun dürfen. Das ist die Brücke nicht wert.«

»Ich nehme nur Freiwillige mit«, sagte Fabre. »Niemand wird gezwungen. So kann jeder selbst entscheiden, ob er die Gefahr auf sich nehmen will.«

»Und Ihr seid sicher, dass Ihr genug Freiwillige finden werdet?«, fragte Michel zweifelnd.

»Und ob. Viele Männer sehnen sich danach, einmal das Heilige Land zu sehen und mit dem Schwert für ihren Glauben einzustehen. Nehmt nur mich. Ich würde bereitwillig mein Leben geben, um Jerusalem für die Christenheit zurückzugewinnen.«

»Ich auch«, murmelte Jean.

Michel starrte seinen Bruder an. Seit ihrer Auseinandersetzung vor zwei Wochen hatte Jean kein Wort mehr über den Kreuzzug verloren, und Michel hatte gedacht, er hätte sich diese törichte Idee aus dem Kopf geschlagen. »Fang nicht wieder damit an. Du wirst auf keinen Fall mit auf den Kreuzzug gehen. Denk nicht einmal daran!«

»Ich werde Raymond begleiten«, erwiderte Jean stur. »Ob es dir passt oder nicht.«

»Du bist unmündig. Ich entscheide, was du tust und wohin du gehst.«

»In ein paar Monaten werde ich mündig. Dann mache ich, was *ich* will! Und du kannst mich nicht daran hindern!«

»Das werden wir ja sehen«, knurrte Michel.

»Hört auf zu streiten«, mischte sich Catherine ein. »Sorgen und düstere Gedanken heben wir uns für später auf. Jetzt sollten wir endlich feiern!«

»Mir ist nicht nach Feiern zumute«, murrte Michel.

»Das haben wir gleich. Hier, trinkt!«, rief Duval und drückte ihm einen Weinbecher in die Hand. »Auf unseren Sieg!«

»Es ist Michels Sieg«, sagte Catherine. »Ohne ihn, seinen Einfallsreichtum und seine nie versiegende Zuversicht wären wir nie so weit gekommen. Auf Michel!«, rief die Kauffrau.

»Auf Michel!«, brüllten die anderen, und Michel musste unwillkürlich lächeln.

»Ihr habt ja recht. Ich bin manchmal ein schrecklicher Schwarzseher ... He! Was macht ihr da?«

Fabre, Duval und Jean ergriffen seine Arme und Beine und hoben ihn auf ihre Schultern. »Hoch lebe der Gildemeister – er lebe hoch!«, riefen sie und trugen ihn durch die Zeltstadt. Michel verschüttete seinen Wein und besudelte sich von oben bis unten, er lachte und reckte die Arme in die Höhe und vergaß wenigstens für diese eine Nacht seine Sorgen.

Mai 1188

Varennes-Saint-Jacques

»Wartet hier«, sagte Michel zu Yves und Gérard. Er öffnete das schmiedeeiserne Tor, betrat den kleinen Gottesacker seiner Pfarrkirche und folgte dem Pfad zwischen den Grabsteinen.

Die drei Birken standen in voller Blüte. Auch die Kletterpflanzen auf der verwitterten Mauer und das Dornengestrüpp hinter den Beinhäusern erstrahlten in saftigem Grün. Es duftete süß, nach Frühling und Leben, und die Sonne glitzerte in den Baumkronen. Vor dem Grab seines Vaters blieb er stehen und nahm die Mütze ab. Er war ganz allein auf dem Friedhof an diesem warmen Maimorgen.

Normalerweise kam er jede Woche hierher und berichtete seinem Vater von seinen Erlebnissen, vertraute ihm seine Sorgen an, bat ihn um Beistand. Seit dem Hoftag in Hagenau jedoch hatte er keine Zeit für seine lieb gewordenen Gänge zum Friedhof gefunden. Jeden Tag saß er von früh bis spät in der Gildehalle, kümmerte sich um den Bau der Brücke und seine Pflichten als Gildemeister, die er während der Fehde sträflich vernachlässigt hatte. In der wenigen freien Zeit, die ihm blieb, half er Jean im Geschäft, damit sie endlich wieder Handel trieben und Geld verdienten.

»Verzeih mir, Vater«, sagte er. »Dafür habe ich dir Neuigkeiten mitgebracht. Gute Neuigkeiten. Du wirst staunen.«

Er faltete die Hände, sammelte seine Gedanken und erzählte, was seit dem Hoftag geschehen war.

Die Fehde war zu Ende, seit einem Monat schon. De Guillory hatte sich Barbarossas Entscheidung gebeugt, obwohl er, so hörte man, vor Wut getobt hatte, als er davon erfuhr. Kurz vor ihrer Abreise aus Hagenau hatte er Michel und seinen Gefährten eine Nachricht geschickt, in der er ihnen Frieden anbot und erklärte, er verzichte auf seine Forderungen. Seitdem verkroch er sich in seiner Burg und leckte seine Wunden. »Aber du kennst ihn ja«, sagte Michel. »Irgendwann wird er uns wieder Scherereien machen. Soll er. Wir haben ihm einmal die Stirn geboten – wir werden es wieder tun. Und zwar so lange, bis er uns endlich in Ruhe lässt.«

Auch Bischof Ulman sah man nur noch selten in der Stadt. Glaubte man seiner Dienerschaft, verbrachte er die Tage im Gebet und haderte mit seinem Schicksal. Michel rechnete jedoch nicht im Traum damit, dass er sich mit seiner Niederlage abfinden würde. Wahrscheinlich dachte er bereits darüber nach, wie er der Gilde diese Demütigung heimzahlen konnte. Die meisten Schwurbrüder sahen Ulmans Vergeltung gelassen entgegen. Der Sieg in Hagenau hatte ihr Selbstbewusstsein enorm gestärkt, und die Zeiten, da der Bischof sie mit einem Fingerzeig einschüchtern konnte, waren unwiederbringlich vorbei.

Derweil galt ihr ganzes Streben der neuen Brücke. Eine Woche zuvor hatten sie die Bauarbeiten endlich wiederaufgenommen. Nach dem Hoftag hatte es nicht wenige Schwierigkeiten gegeben, denn sowohl die Gilde als auch das Gros ihrer Mitglieder hatte kein Geld mehr, weshalb sie die Arbeiter nicht hatten bezahlen konnen. Rettung war, wenngleich nicht ganz freiwillig, ausgerechnet von den Ministerialen gekommen. Fabre und Melville hatten gefordert, sie aus der Gilde auszuschließen, weil sie während der Fehde ihre Brüder im Stich gelassen hatten. Und tatsächlich hatte Michel zwei Tage lang erwogen, ihren Antrag zu unterstützen – die Vorstellung, Géroux und seine Spießgesellen ein für alle Mal loszuwerden, war zu verlockend. Dann aber hatte er auf die Stimme der Vernunft gehört und seine Anhänger davon überzeugt, dass es nicht klug wäre, die Ministerialen auszuschließen. Dies hätte nur zu neuem Zwist geführt, den Frieden in der Stadt gestört und über kurz oder lang die Gilde gespalten. Stattdessen hatte er sich mit Géroux geeinigt, dass die Ministerialen die Verletzung ihres Gildeneides mit hohen Bußgeldern sühnten. So hatte Michel von Géroux, Laval, de Brette und den Gebrüdern Nemours jeweils fünf Pfund Silber erhalten – ein ansehnlicher Batzen Geld, mit dem er Baumaterial kaufen und die Löhne der Zimmerleute und Steinmetze bezahlen konnte, bis die Gildekasse wieder gefüllt war.

Schlussendlich hatte Géroux doch nicht versucht, ihn zu stürzen. Fromony Baffour hatte sich wieder einmal von ihm abgewandt, und auch Thibaut d'Alsace schlug sich bei den Abstimmungen immer öfter auf Michels Seite, sodass Géroux sich ausrechnen konnte, dass er eine Kampfabstimmung abermals verlieren würde. Michel wusste, dass sich das rasch ändern konnte – nur ein Narr würde sich auf Baffour und d'Alsace verlassen. Fürs Erste aber hatte er eine bequeme Mehrheit in der Gilde, die es ihm ermöglichte, seine Pläne voranzutreiben.

Wann die Brücke fertig sein würde, war noch nicht abzusehen – vielleicht im Spätherbst, wenn nichts dazwischenkam. So lange mussten sie weiterhin de Guillorys Brücke benutzen. Das war zwar unangenehm, aber zu verschmerzen, denn Barbarossa hatte de Guillorys Wucherzöllen einen Riegel vorgeschoben und die Abgabe auf maximal fünf von hundert Teilen begrenzt. Wie es dazu gekommen war, wusste Michel nicht genau. Nicolas de Bézenne hatte gehört, dass de Guillory von der Hofkanzlei eine Entschädigung verlangt hatte, weil er fürchtete, wegen der neuen Brücke Einnahmen zu verlieren. Der Kaiser hatte ihm daraufhin einen Gutshof bei Épinal zugesprochen. Michel vermutete, dass er ihn unter der Bedingung bekommen hatte, keine überhöhten Zölle mehr zu erheben.

»Du siehst also, uns geht es gut«, schloss Michel. »Erinnerst du dich an meinen Traum, Varennes könnte eines Tages so frei und reich werden wie Mailand? Zum ersten Mal glaube ich, er könnte eines Tages wahr werden.«

Eine Weile stand er schweigend da, die Hände vor dem Gürtel gefaltet. »Ich hätte also allen Grund, zufrieden zu sein«, sagte er schließlich. »Wäre da nicht die Sache mit Isabelle. Ständig sitzt uns die Angst im Nacken, Gaspard könnte uns auf die Schliche kommen. Ich habe das so satt. Hilf mir, Vater. Vielleicht kannst du bei den Heiligen ein gutes Wort für mich einlegen und sie bitten, Gaspard ein Zeichen zu senden, dass er mir vergeben soll. Ich weiß nicht, was ich tue, wenn er sie einem anderen zur Frau gibt …«

Seine Stimme klang rau und belegt. Er schluckte den Kloß in seiner Kehle hinunter und fuhr sich mit der Hand durch das Haar am Hinterkopf. »Bitte entschuldige. Ich wollte mich nicht beklagen und dich mit meinen Sorgen behelligen. Ich lasse mich nicht unterkriegen, du hast mein Wort. Und wer weiß, vielleicht ist beim nächsten Mal, wenn ich dich besuche, schon alles gut. Ich gebe die Hoffnung nicht auf, ganz so, wie du es uns gelehrt hast.«

Er setzte die Mütze auf. »Ich muss jetzt gehen. Es wartet viel Arbeit auf mich. Bis bald.« Michel kniete nieder und bekreuzigte sich, und während er davonschritt, war ihm, als blickte sein Vater ihm nach, bis er den kleinen Friedhof unter den drei Birken verlassen hatte.

August 1188

Burg Guillory

Aristide lehnte im Schatten an der Wehrmauer, nippte missmutig an seinem Weinkelch und beobachtete zwei Leibeigene, die ächzend einen frisch zubehauenen Fenstersturz über den Hof schleppten. Obwohl es auf September zuging, war es immer noch glühend heiß, und über der Vorburg lag eine schläfrige Ruhe. Hier klopfte ein Steinmetz lustlos auf einem Brocken herum, da errichteten ein paar Maurer quälend langsam ein Fundament. Sonst arbeitete niemand auf der Baustelle. Die Lastkräne standen still. Auf den Gerüsten lagerte sich allmählich Staub ab. Und das Werkzeug in den Schuppen hatte seit Wochen kein Mensch angerührt.

Aristide wusste schon den ganzen Tag nichts mit sich anzufangen. Bei dieser Hitze hatte er keine Lust auszureiten. Auf die Jagd gehen wollte er auch nicht. Am liebsten hätte er jemanden verprügelt.

Er spuckte den Wein aus. »Was ist das eigentlich für eine widerliche Brühe! Schmeckt wie Ziegenpisse.« Er schleuderte den Zinnkelch quer über den Hof und traf fast den hinteren der beiden Leibeigenen. Der Mann erschrak so sehr, dass er stolperte und den Fenstersturz fallen ließ. Der Stein brach in der Mitte entzwei.

»Du dummer Tölpel!«, schrie Aristide. »Weißt du, was ein Fenstersturz kostet?«

»Bitte verzeiht, Herr, es … es war ein Versehen«, stammelte der Mann. »Ich weiß nicht, wie das geschehen konnte …«

Mit drei langen Schritten war Aristide bei ihm und nahm ihn in den Schwitzkasten. »Muss ich erst mit deinem Schädel die Wehrmauer einschlagen, dass du begreifst, wie teuer Baumaterial ist?«

»Habt Gnade – ich flehe Euch an«, ächzte der Leibeigene zappelnd.

Hinter ihnen sagte jemand: »Aristide de Guillory, wie eh und je ein Ausbund an Ritterlichkeit. Beschützer der Schwachen und gütiger Herr der ihm anvertrauten Leibeigenen.«

Ohne den Kopf des Mannes loszulassen, wandte Aristide sich um. »Bischof Ulman«, knurrte er.

»*Pax vobiscum.*« Der Kirchenmann schloss die Tür seines Reisewagens, der auf den Hof gefahren war. Der Saum seiner Soutane strich über den Staub, als er, begleitet von seinem Diener Namus und einem Waffenknecht, heranschritt. »Was hat diese arme Seele verbrochen, dass Ihr sie derart quälen müsst?«

»Kostbaren Stein vergeudet! Schaut Euch diesen Fenstersturz an – ein ganzer Batzen Silber beim Teufel! Aber das wird diesem Hund nicht noch einmal passieren. Er wird jeden einzelnen Denier bitter bereuen.«

»Erbarmen«, wimmerte der Leibeigene.

Ulman blickte zu den verwaisten Gerüsten auf und schirmte dabei seine Augen vor der Sonne ab. »Wofür braucht Ihr Stein, wenn hier nicht mehr gearbeitet wird? Und das bereits seit Wochen, wie mir scheint.«

»Es wird gearbeitet. Seht Ihr nicht die Maurer?«

»Wann haben sie diesen Mauerabschnitt begonnen?«

»Im Juni.«

»Nun, ich bin kein Baumeister, aber sogar ich weiß, dass selbst die schlechtesten Handwerker imstande sind, in zwei Monaten höher zu mauern als zwei Ellen. Hört auf, mir Märchen zu erzählen. Euch ist das Geld ausgegangen. Sogar ein Blinder kann das sehen.«

Aristide starrte den Bischof an. Dieser Mann war noch keine

fünf Minuten da und hatte es bereits geschafft, ihn wütend zu machen. »Was wollt Ihr von mir, Ulman?«, knurrte er.

»Zunächst einmal würde ich es begrüßen, wenn Ihr diesen Mann in Ruhe ließet.«

Aristide stieß den Leibeigenen weg, woraufhin sich der Kerl hastig in Sicherheit brachte.

»Und jetzt möchte ich mit Euch reden«, sagte Ulman. »Drinnen, wenn es sich einrichten lässt. Hier draußen komme ich noch um vor Hitze.«

»Gehen wir in den Palas.« Während sie über den Burghof schritten, fiel Aristide auf, wie schlecht der Bischof aussah. Bleich und abgemagert, geradezu eingefallen. »Seid Ihr krank?«

»Ich habe die letzten Wochen gefastet«, erklärte der Kirchenmann steif und tupfte sich mit einem bestickten Tuch den Schweiß von der Stirn. »Das hilft mir stets, meine Gedanken zu ordnen.«

Im Palas war es merklich kühler, denn selbst die heißesten Sonnenstrahlen vermochten die massiven Steinmauern des Wohngebäudes kaum zu durchdringen. Im großen Saal setzten sie sich an den Tisch, und Aristide befahl einem Diener, Wein zu bringen. »Aber nicht von dieser Pissbrühe. Richtigen Wein, hast du verstanden?«

Kurz darauf trug der Bedienstete zwei Kelche auf. *Wie dieser Mann trinkt,* dachte Aristide, während Ulman spitzlippig an seinem Wein nippte. *Als könnte er sich beim kleinsten bisschen Genuss versündigen.*

»Es ist an der Zeit, dass wir über unsere gemeinsame Lage sprechen«, sagte der Bischof.

»Wir haben eine gemeinsame Lage? Ich wüsste nicht, dass es etwas gibt, das uns verbindet.« Aristide lächelte dünn. »Wollt Ihr mir etwa Euren seelischen Beistand antragen? Oder gar Eure Freundschaft?«

»Stellt Euch nicht dümmer, als Ihr seid«, meinte Ulman unwirsch. »Ich rede von der Gilde und was sie uns angetan hat.

Diese aufmüpfigen Kaufleute haben uns zum Gespött des ganzen Herzogtums gemacht, Euch ebenso wie mich. Wisst Ihr, wie man Euch inzwischen in Varennes nennt? Den Bettelritter.«

Mit finsterer Miene trank Aristide einen Schluck. Ja, sein neuer Titel war ihm bereits zu Ohren gekommen.

»Ich weiß nicht, wie es Euch geht, de Guillory, aber ich bin nicht bereit, mich damit abzufinden. Zumal es nicht bei der Brücke bleiben wird. Die Kaufleute haben Blut geleckt. Sie werden uns noch mehr Schwierigkeiten machen, wenn wir nicht handeln.«

»›Wir‹?«

»Da wir beide allein der Gilde offenbar nicht gewachsen sind, halte ich es für angebracht, dass wir uns zusammentun.«

»Weil wir ja so vorzüglich zueinanderpassen«, sagte Aristide.

»Glaubt mir, Ihr seid wahrlich nicht der Mann, den ich mir für ein politisches Bündnis wünsche«, erwiderte der Bischof. »Aber Ihr seid nun einmal der Einzige, der dafür infrage kommt.«

»Meinetwegen. Tun wir uns zusammen – mir soll es recht sein. Was schlagt Ihr also vor?«

Ulmans Gesicht war nicht mehr ganz so blass wie eben noch. Auch seine Gestik und sein Mienenspiel wurden lebendiger. Er schien durch das Intrigenspinnen und Ränkeschmieden regelrecht aufzublühen und zu seiner einstigen Stärke zurückzufinden. »Zuerst müssen wir die Ursache unserer Misere ausmachen.«

»Die verdammten Kaufleute sind schuld. Das habt Ihr doch gerade gesagt.«

»Nicht *die* Kaufleute. Im Grunde ist es nur einer.«

»Dieser gottverfluchte Gildemeister«, schnarrte Aristide.

»Michel de Fleury«, stimmte Ulman ihm zu. »Er hat die anderen aufgestachelt und das Gleichgewicht in Varennes zerstört. Ohne ihn wäre es nie so weit gekommen.«

Aristide stellte den Kelch so wuchtig auf den Tisch, dass

Wein herausschwappte. »Ich hätte diesen Wicht töten sollen, als ich die Gelegenheit dazu hatte. Aber das kann ich jederzeit nachholen.«

»Das werdet Ihr nicht tun«, befahl der Bischof. »Wir sind keine Mörder. Außerdem ist de Fleury momentan zu stark, als dass wir ihm etwas anhaben könnten. Wir müssen auf eine passende Gelegenheit warten. Irgendwann wird er einen Fehler machen, und dann bringen wir ihn zu Fall. Danach haben wir mit dem Rest der Gilde leichtes Spiel.«

»Und wenn er sich keine Blöße gibt? Der Kerl ist ein Schwächling, aber schlau. Ihr dürft ihn nicht unterschätzen. Er war uns bislang immer einen Schritt voraus.«

»Richtig. Deshalb müssen wir genau da ansetzen.«

Und während Aristide den Rest seines Weines trank, lauschte er dem Vorhaben seines neuen Verbündeten.

Zweites Buch

Peccatum et paenitentia

März 1189
bis Juni 1190

März 1189

Varennes-Saint-Jacques

Michel trat durch den Torbogen in der Wehrmauer und blieb am Straßenrand oberhalb der Uferböschung stehen. Vor ihm rauschte die Mosel vorbei, beträchtlich angeschwollen wegen der Schneeschmelze in den Vogesen. »Schaut sie euch an. Ist sie nicht wunderbar?«

Seine Schwester Vivienne und ihr Mann waren angemessen beeindruckt, als sie die neue Brücke erblickten. »Beachtlich, was ihr alles geleistet habt«, sagte Bernier. »Wirklich beachtlich.«

Auf dem Viadukt herrschte wie immer reger Verkehr. Gerade jagte ein Reiter in donnerndem Galopp an einem Ochsenkarren vorbei, woraufhin ihn der Krämer auf dem Wagenbock wütend beschimpfte. Längst nicht nur die Kaufleute der Gilde nutzten die Brücke – auch fremde Händler, Bauern aus dem östlichen Moseltal und Pilger, die das Grab des heiligen Jacques besuchen wollten, machten reichlich Gebrauch von ihr. Nicht zu vergessen die Bornknechte der Saline: Wenn sie morgens bei Sonnenaufgang zur Arbeit aufbrachen, waren sie stets die Ersten, die sie überquerten. Die neue Brücke hatte sich für sie als wahrer Segen erwiesen, denn sie ersparte ihnen eine Stunde Fußmarsch.

Seit die Gilde das Bauwerk im vergangenen November eingeweiht hatte, kam Michel fast jeden Tag hierher, wenn seine Geschäfte es zuließen. Dann überzeugte er sich davon, dass ein nächtliches Unwetter nichts beschädigt hatte oder dass die Instandhaltungsarbeiten ordnungsgemäß ausgeführt wurden.

Meist aber stand er einfach da und betrachtete die Fußgänger, Reiter und Fuhrwerke, die mithilfe der imposanten Holzkonstruktion von einem Ufer zum anderen gelangten. Auch nach vier Monaten konnte er sich kaum sattsehen an der Brücke – an *seiner* Brücke, wie er sie insgeheim nannte.

»Gehen wir hinüber«, schlug er Vivienne, Bernier und Jean vor.

Michels Schwager war nach Varennes gekommen, um Salz einzukaufen. Vivienne hatte ihn begleitet, um ihre Brüder zu besuchen, die sie viel zu selten sah. Sie erkannte ihre einstige Heimatstadt kaum wieder, so viel hatte sich hier im letzten Jahr verändert. Und Michel erkannte seine Schwester kaum wieder. Sie war jetzt Mutter und eine umgängliche junge Frau, längst nicht mehr so sprunghaft und launisch wie früher. Étienne, ihr Sohn, war knapp anderthalb Jahre alt und seinem Vater wie aus dem Gesicht geschnitten. Er saß in Viviennes Tragetuch, betrachtete die Welt mit großen Augen und gluckste immerzu fröhlich vor sich hin. Michel war ganz vernarrt in den kleinen Mann.

Während sie über die Brücke schlenderten, schaute sich Vivienne nach Yves und Gérard um, die ihnen im Abstand von einigen Schritten folgten. »Die beiden nehmen ihre Aufgabe ja wirklich ernst.«

»Danke, dass du mich an sie erinnerst«, meinte Michel säuerlich. »Gerade hatte ich sie vergessen.«

»Ist es wirklich nötig, dass sie uns begleiten? Wir machen doch nur einen Spaziergang mit der Familie.«

»Ja, es ist nötig«, sagte Jean. »Michels Feinde warten nur darauf, dass er leichtsinnig wird.«

»Jean glaubt, dass mir hinter jeder Ecke gedungene Mörder auflauern«, erklärte Michel seiner Schwester. »Sogar an einem sonnigen Samstagnachmittag.«

»Der Bettelritter hat dich auch am helllichten Tag angegriffen«, hielt sein Bruder dagegen. »Vor allen Leuten.«

»De Guillory hat sich seit Monaten nicht in der Stadt blicken lassen. Und auch Bischof Ulman und Géroux verhalten sich seit Ewigkeiten ruhig.«

»Das ist es ja, was mir Sorgen macht. Sie planen etwas. Du sagst doch selbst immer, dass sie sich nicht mit ihrer Niederlage abfinden werden.«

Michel gab es auf. Das führte zu nichts. Jean und er waren einfach gegensätzlicher Ansicht, wie viel Schutz er brauchte, und er wollte nicht schon wieder mit ihm streiten. Das hatten sie im vergangenen Jahr wahrlich oft genug getan. In einigen Wochen würde sich die Angelegenheit ohnehin erübrigt haben: Yves und Gérard hatten sich Raymond Fabres Aufgebot angeschlossen. Anfang April würden sie nach Regensburg aufbrechen, um mit Kaiser Barbarossa ins Heilige Land zu ziehen. Sie würden viele Monate, wenn nicht Jahre fort sein. Michel konnte es kaum erwarten. Endlich keine Aufpasser mehr, die ihm auf Schritt und Tritt überwachten, die ihn zwangen, sich wie ein Dieb aus seinem eigenen Haus zu schleichen, wenn er Isabelle sehen wollte.

Bernier betrachtete die Statue, die auf einem der Brückenpfeiler stand und die Brüstung überragte. »Ihr habt sie doch aufgestellt? Obwohl Bischof Ulman euch nichts als Scherereien gemacht hat?«

»Es gab deswegen in der Gilde heftige Auseinandersetzungen«, sagte Michel. »Manch einer hätte sie am liebsten auf dem Domplatz zertrümmert. Aber das hätte unser Verhältnis zu Ulman nur noch schwieriger gemacht. Soll sie doch da stehen. Niemand stört sich daran.«

»Hat er wenigstens zum Dank die Brücke geweiht?«

»Du kennst unseren Bischof nicht. Er würde sich lieber die Zunge abbeißen, als der Gilde einen Gefallen zu erweisen. Für ihn ist die Brücke Luft. Wenn er zur Saline muss, nimmt er lieber de Guillorys Brücke, obwohl ihn das jedes Mal eine Stunde kostet.«

»Wofür sind die Wachen?«, fragte Bernier, als sie an den beiden Söldnern vorbeikamen, die am anderen Flussufer an der Mauer lehnten und den vorbeifahrenden Booten zuschauten.

»Nur eine Vorsichtsmaßnahme, falls unser Freund de Guillory plötzlich Lust verspürt, an der Brücke Feuer zu legen.«

»Würde er das wagen?«

Michel bezweifelte, dass Aristide de Guillory wirklich so dumm wäre, eine erst kürzlich von der Hofkanzlei genehmigte Brücke zu zerstören. Wenn der Kaiser davon erführe, fiele der Verdacht sofort auf ihn. Aber bald würde Barbarossa ins Heilige Land aufbrechen, und wenn der Kaiser fern der Heimat war, neigte der Adel dazu, Recht und Gesetz großzügig zu ignorieren. »Diesem Kerl ist alles zuzutrauen. Wir tun jedenfalls gut daran, uns abzusichern.«

Sie schlenderten den Weg entlang, der von der Brücke nach Osten führte. Sanfter Wind strich über die Büsche und Bäume am Ufer, und die Mosel glitzerte in der Sonne. Wenn man das saftige Grün der Wiesen und Hänge betrachtete, konnte man schwerlich glauben, dass hier noch vor zwei Wochen tiefer Schnee gelegen hatte.

Michel deutete auf die vorderste Hügelkuppe. »Lasst uns dort hinaufgehen. Von da oben hat man einen schönen Blick auf die Stadt.«

Sie folgten dem breiten Karrenpfad, den die Gilde angelegt hatte, um die Brücke mit der Saline zu verbinden. Im Frühling nach der Schneeschmelze und im Herbst, wenn der Dauerregen den Boden aufweichte, verschlammte er ständig, weshalb man immerzu mit dem Wagen stecken blieb. Michel hoffte, dass er seine Schwurbrüder im nächsten oder übernächsten Jahr davon überzeugen konnte, den Weg pflastern zu lassen, damit man ihn genauso komfortabel befahren konnte wie die alten Römerstraßen.

Auf dem Hügelkamm angekommen, wandten sie sich nach Varennes um, das sich auf der anderen Seite der Mosel ausbreitete. Aus Dutzenden von Kaminen quoll der Rauch der Herdfeuer, und der Wind wehte die Rufe der Marktschreier und den geschäftigen Lärm der Handwerksstuben zu ihnen herauf. Eine Zille steuerte gerade den Anlegesteg am Fischmarkt an. Drei Männer stiegen aus, vertäuten den Kahn und begannen, Fässer und Tuchballen abzuladen.

Unwillkürlich erinnerte sich Michel an den Tag seiner Heimkehr aus Mailand. Von hier oben betrachtet sah die Stadt genauso aus wie an jenem Abend vor nunmehr fast zwei Jahren, als er müde und erschöpft zum Tor geschlurft war. Ging man jedoch durch die Gassen, spürte man, wie viel sich seitdem getan hatte. Dank der neuen Brücke florierte der Handel. Nicht nur das Salz war billiger geworden, auch viele Güter aus dem östlichen Moseltal, die de Guillory früher mit hohen Zöllen belegt hatte, etwa Vieh, Getreide und Gemüse. Davon profitierte jeder Bewohner Varennes', vom reichen Kaufmann bis zum einfachen Tagelöhner. Die Auswirkungen konnte man an jeder Ecke beobachten. Die Leute trugen bessere Kleider, gingen öfter auf dem Markt einkaufen und spendeten freigiebiger den Armen. Manch ein Handwerker, der zu Wohlstand gekommen war, riss seine alte Holzhütte ab und ersetzte sie durch ein Steinhaus.

Michel konnte nicht verhehlen, dass er überaus stolz auf sich und seine Schwurbrüder war. All die Mühen, die sie auf sich genommen hatten, all die Risiken und Gefahren hatten sich letztlich bezahlt gemacht. Nicht nur für die Gilde und Varennes – auch für seine Familie. Seit dem Ende der Fehde hatten Jean und er ein gutes Geschäft nach dem anderen gemacht. Sie hatten Salz in die Champagne geliefert und ganze Wagenladungen englischer Wolle mit zurückgebracht, sie waren in Burgund gewesen, am Rhein und einmal sogar in Brügge, wo sie kostbares flandrisches Tuch gekauft hatten. Bis weit in den Januar hinein war der Winter äußerst mild gewesen, sodass sie noch in der Adventszeit mit dem Salzschiff nach Trier hatten fahren können. In den vergangenen zehn Monaten hatten sie beinahe doppelt so viel Geld verdient wie im Jahr davor, und die harten Wochen nach der Fehde, als sie jeden Denier zweimal hatten umdrehen müssen, erschienen Michel inzwischen wie ein ferner, unwirklicher Albtraum.

Seinen Freunden und den anderen Mitgliedern der Gilde war es ähnlich ergangen. Sie alle hatten sich rasch von der Fehde erholt und mit ihren Gewinnen aus dem Handel die Schäden an ihren Besitztümern behoben und die klaffenden Löcher in ihren Kassen gestopft. Sogar Fromony Baffour, der während der Kämpfe einen großen Teil seiner Habe verloren hatte, reiste wieder zu fernen Märkten und handelte mit Salz, Tuch und Gewürzen, nachdem er mit der Hilfe der Gilde sein Geschäft neu aufgebaut hatte.

Bei alldem hatte Michel seinen Traum nicht vergessen. Die Brücke war erst der Anfang – er wollte mehr für Varennes, viel mehr, nun, da die Gilde bewiesen hatte, dass sie stark genug war, ihren Gegnern zu trotzen. Doch er durfte nichts überstürzen. Seine Schwurbrüder brauchten Zeit. Im vergangenen Jahr hatten sie große Opfer gebracht; sie waren der Politik müde. Er konnte und wollte nicht von ihnen verlangen, schon wieder für die Gilde zu kämpfen und dabei ihre Geschäfte zu vernachlässigen. Sollten sie die Ruhe und ihren neuen Wohlstand eine Weile genießen. Wenn sie sich in einem oder zwei Jahren für Sitze im Schöffenkollegium oder eine Befreiung von den Marktzöllen starkmachten, war das früh genug.

Sorge bereitete Michel lediglich die Stadtmauer. Obwohl die Fehde bewiesen hatte, dass Varennes Angriffen schutzlos ausgeliefert war, weigerte sich Bischof Ulman weiterhin beharrlich, sie zu erneuern. *Wenn er von sich aus nichts unternimmt, müssen wir ihn eben dazu zwingen,* dachte Michel mit Blick auf die zerfallenen Mauern und Türme. *Es kann nicht sein, dass wir wehrlos sind, nur weil er die Kosten scheut …*

»He!«, sagte Vivienne. »Ich rede mit dir.«

»Entschuldige. Ich war in Gedanken.«

»Das habe ich gemerkt. Hilfst du mir mal mit dem Kleinen?«

Bernier und Jean waren bereits vorausgegangen. Michel hielt Étienne fest, während seine Schwester das Tragetuch öffnete. Er setzte seinen Neffen ab, woraufhin der kleine Mann beherzt seinem Vater folgte.

»Wie gut er schon laufen kann!«

»Er lernt sehr schnell.« Vivienne strahlte. »Neulich hat er sein erstes Wort gesprochen.«

»Was war es? ›Mutter‹? ›Vater‹?«

»›Salz‹.«

Michel lachte. »Das ist nicht wahr.«

»Doch. Ich war mit ihm unten, als Bernier den Wagen beladen hat. Er zeigte auf die Fässer, und da hat er es gesagt.«

»Er weiß eben, worauf es im Leben ankommt. Er wird mal ein guter Kaufmann.«

Étienne watschelte den Weg entlang, stolperte und schlug der Länge nach hin. Michel erwartete, dass er lauthals losbrüllen würde, doch sein Neffe schluchzte nicht einmal. Kaum war er mit Viviennes Hilfe aufgestanden, watschelte er unerschrocken weiter.

»Ein zäher kleiner Kerl«, sagte Michel.

»Ja, das ist er.«

»Nicht so eine Heulsuse wie seine Mutter in dem Alter.«

»Ich war keine Heulsuse!«, protestierte Vivienne.

»Doch, warst du.« Michel grinste. »Und wie. Als wir aus Fleury geflohen sind, hast du ununterbrochen geweint. Beinahe hätten uns deinetwegen de Thessys Kriegsknechte gefunden.«

»Das erfindest du nur.«

»Frag Jean.«

Sie boxte ihm auf die Schulter.

»Au! Kein Grund, mich zu schlagen!«

»Ha! Wer von uns beiden ist jetzt die Heulsuse, na?«

Vivienne raffte ihre Röcke und ergriff die Flucht. Michel setzte ihr nach und jagte sie über die Wiese, während Étienne am Straßenrand stand und vergnügt kicherte.

Am frühen Abend, als sie von ihrem Spaziergang wieder zurück waren, sah Michel noch einmal nach Adrien. Der Pferdeknecht lag in seinem Bett in der Gesindekammer und schlief unruhig, das Gesicht und die Brust schweißnass. Seit Tagen ging es ihm sehr schlecht. Er war vor einigen Wochen draußen bei der Richtstätte von einem Straßenköter angefallen und ins Bein gebissen worden. Obwohl Michel sofort einen Wundarzt geholt hatte, der die Bisswunde gründlich ausbrannte, steckte sich Adrien mit der Hundswut an. Der Pferdeknecht bekam Fieber und brennende Schmerzen in den Gliedern und litt an Krämpfen, die bald so schlimm wurden, dass er nichts mehr essen und trinken konnte. Sein Zustand verschlechterte sich von Tag zu Tag.

»Hat der Medicus nach ihm gesehen?«, erkundigte sich Michel bei Matenda.

»Er war vorhin da und hat ihn noch einmal zur Ader gelassen.«

»Was sagt er?«

Das Gesicht der Köchin war grau vor Sorge. »Es steht nicht gut um ihn. Der Medicus gibt ihm höchstens noch ein paar Tage.«

Mit zusammengekniffenen Lippen blickte Michel zu Adrien, dessen Hände sich in die Bettdecke gekrallt hatten. Obwohl er wusste, dass Hundswut fast immer zum Tod führte, weigerte er sich, die Hoffnung aufzugeben. Adrien hatte so lange für seine Familie gearbeitet, Michel würde nicht zulassen, dass ihm der alte Knecht unter den Händen wegstarb. »Können wir etwas tun?«

»Der Medicus hat einen Kräutertrunk dagelassen. Wir sollen ihm morgens, mittags und abends davon geben, wenn er schlucken kann.«

Michel ließ sich von Matenda das Fläschchen geben, setzte sich an Adriens Bett und tupfte ihm mit einem kühlen Lappen die Stirn. Der Knecht atmete schwer, doch er wachte nicht auf. Im Hospital der Abtei Longchamp hatte Michel einmal einen an der Hundswut Erkrankten gesehen, der in Raserei verfallen war und getobt hatte wie von Dämonen besessen, sodass ihn die Mönche schließlich ans Bett fesseln mussten. Er betete, dass Adrien wenigstens dieses scheußliche Schicksal erspart blieb.

Er öffnete das Fläschchen. Kaum hatte er es dem Knecht an die Lippen gesetzt, bekam Adrien einen heftigen Krampf, spannte alle Halsmuskeln und -sehnen an und begann zu husten, sodass er den Kräutertrunk wieder ausspie. Michel verschloss die Phiole und beschloss, etwas zu warten, bevor er es noch einmal versuchte.

Abermals tupfte er Adrien die Stirn. »Stirb nicht, alter Freund«, murmelte er. »Bitte stirb nicht.«

Vivienne und Bernier blieben vier Tage in Varennes, bevor sie sich wieder auf dem Heimweg machten. Als sie auf Berniers Ochsenwagen kletterten, nahmen sie Michel und Jean das Versprechen ab, sie so bald wie möglich in Épinal zu besuchen. Zum Abschied drückte Michel Étienne an sich und wollte ihn gar nicht mehr loslassen. Er vermisste den kleinen Mann schon jetzt.

In der Nacht nach Viviennes und Berniers Abreise starb Adrien. Michels Gebete wurden nicht erhört: Er erlitt einen qualvollen Tod. In seinen letzten Stunden wurden die Schmerzen und Krämpfe so schlimm, dass er ununterbrochen schrie und um sich schlug wie ein Berserker. Der Medicus tat alles, was in seiner Macht stand, um Adriens Pein zu lindern. Er ließ ihn zur Ader, machte ihm kühlende Umschläge und brandmarkte seine Stirn mit dem glühenden Hubertusschlüssel, den Pater Jodocus zuvor gesegnet hatte, in der Hoffnung, damit die Krankheit auszutreiben. Nichts davon half. Adrien brüllte und tobte, bis er schließlich in den frühen Morgenstunden erstickte.

Thérese und Matenda saßen am Bett und weinten. Louis hockte wie erstarrt da und sprach den ganzen Tag kein Wort. Adrien war für den jungen Knecht wie ein Vater gewesen, und die Trauer um den alten Mann überwältigte ihn schier. Auch Michel und Jean vergossen viele Tränen. Adrien hatte bereits für die Familie gearbeitet, als sie noch Heranwachsende gewesen waren, und er war für sie mehr als ein Bediensteter gewesen – er war ihr Freund.

Wie es seine Pflicht als Hausherr war, kam Michel für die Trauerfeier und die Beerdigung auf. Anschließend musste er sich um die unangenehme Aufgabe kümmern, einen neuen Knecht zu finden. Zwar widerstrebte es ihm, Adrien mir nichts, dir nichts zu ersetzen, doch ihm blieb nichts anderes übrig. Die Geschäfte gingen so gut, dass Louis allein die Arbeit im Haus nicht schaffte, obwohl Yves und Gérard überall mit anpackten. Er brauchte so schnell wie möglich einen neuen Knecht, der ein Händchen für Pferde hatte und sich um die Saumtiere kümmern konnte. Also sprach er beim städtischen Ausrufer vor und erteilte ihm den Auftrag, eine Woche lang auf dem Domplatz zu verkünden, dass Michel einen neuen Knecht suche und Interessenten sich bei ihm melden sollten.

»Ich werde tun, was ich kann«, erwiderte der Ausrufer. »Aber stellt Euch darauf ein, dass es schwierig wird. Gute Arbeitskräfte sind zurzeit rar in Varennes. Den Leuten geht es gut – viele Haushalte haben neue Knechte und Mägde eingestellt. Es kann sein, dass Ihr lange warten müsst.«

»Ich warte so lange, wie es eben dauert«, sagte Michel.

Zwei Tage später fand die erste Gildeversammlung nach dem Winter statt. Die Schwurbrüder erschienen beinahe vollzählig. Lediglich Abaëlard Carbonel kam nicht – der greise Kaufmann litt mehr und mehr unter den Gebrechen seines biblischen Alters und ging kaum noch aus dem Haus. Dass er sich im Februar eine Erkältung zugezogen hatte, die nicht recht besser werden wollte, schwächte ihn zusätzlich.

Die Schwurbrüder strömten in den Saal und nahmen an der mit Zinngeschirr gedeckten Tafel Platz. Es war eine andere Gilde als vor einem Jahr. Robert Laval fehlte – der Ministeriale war kurz nach Weihnachten überraschend gestorben, als ihn auf dem Weg zur Messe der Schlag getroffen hatte. Dafür saßen drei neue Schwurbrüder am Tisch: Isoré Le Roux, Michels einstiger Partner, der vom Kleinkrämer zum Kaufmann aufgestiegen war; Milon Poupart, ein Weinhändler; und Hernance Chastain, ein reicher Tuchfärber, der in die Gilde eingetreten war, als er selbstständig mit seinen Tuchen zu handeln begonnen hatte. Alle drei Männer wussten, dass sie ihren Aufstieg dem neuen Wohlstand Varennes' verdankten. Folglich waren sie treue Anhänger Michels – zum großen Verdruss von Gaspard und Jaufré Géroux, deren Einfluss in der Gilde damit weiter geschwunden war.

Nachdem Michel die Zusammenkunft eröffnet hatte, machten sich die Schwurbrüder über den Wein und die Speisen her. Kurz darauf ergriff Raymond Fabre das Wort.

»Ich möchte noch einmal über die Brücke sprechen. Wie ihr alle wisst, konnten wir sie nur bauen, weil einige von uns zum Kaiser gegangen sind und der Hofkanzlei eine Genehmigung abgekauft haben. Hätten Catherine, Abaëlard, Charles, Pierre, Michel und ich das nicht getan, hätte die Fehde die Gilde zugrunde gerichtet, und die Brücke wäre womöglich immer noch nicht fertig. Das hat jeden von uns sehr viel Geld gekostet, während andere« – sein Blick galt Gaspard, Géroux und ihren Anhängern – »keinen einzigen Denier bezahlt haben, was sie aber nicht daran hindert, die neue Brücke zu nutzen und so ihren Reichtum zu mehren …«

Gaspard, Géroux und ihre Leute begannen lautstark zu protestieren.

»Ruhe!«, übertönte Michel das Stimmengewirr. »Lasst ihn ausreden. Was fordert Ihr, Raymond?«

»Ich habe mir heute Morgen die Bücher der Gilde angesehen«, fuhr der Schmied fort. »Hinter uns liegt ein gutes Jahr, und unsere Kasse enthält fast zehn Pfund Silber. Ich verlange, dass die Hälfte des Geldes unter jenen aufgeteilt wird, die damals einen Beitrag geleistet haben – ausgenommen Abaëlard, der uns sein Vermögen gestiftet hat und keine Entschädigung wünscht. So sollen wir von nun an jedes Jahr verfahren, bis die Schulden der Gilde bei uns fünf getilgt sind.«

Catherine, Duval und Melville nickten entschlossen. Offenbar hatte sich Fabre vor der Zusammenkunft mit ihnen abgesprochen. Auch Michel war geneigt, den Vorschlag zu unterstützen. Zuerst jedoch wollte er hören, was die übrigen Schwurbrüder dazu zu sagen hatten. »Spricht sich jemand gegen Raymonds Antrag aus?«

»Ich wüsste nicht, wieso«, sagte Milon Poupart, ein farbloser, aber grundvernünftiger Mann. »Was er fordert, ist nur gerecht.«

»Gerecht?«, erwiderte Gaspard. »Der Vorschlag ist eine Unverschämtheit! Was ihr damals getan habt, war nicht mit der Gilde abgesprochen. Ihr hattet euch heimlich getroffen, ohne eure Schwurbrüder einzuweihen. Es war *eure* Entscheidung, zu Barbarossa zu gehen und ihm Geld in den Rachen zu werfen – nicht unsere. Anschließend habt ihr uns vor vollendete Tatsachen gestellt, und jetzt wollt ihr, dass wir euch entschädigen? Ohne mich!«

Michel unterdrückte ein Seufzen. Nach wie vor ließ Gaspard keine Gelegenheit aus, in der Gilde Ärger zu machen. Dabei war er erst kürzlich Vater geworden, womit sich sein sehnlichster Wunsch erfüllt hatte. Doch die Geburt seiner Tochter Flori hatte Gaspard keinesfalls milde gestimmt oder gar bewirkt, dass sich ihr Verhältnis besserte, wie Michel insgeheim gehofft hatte. Ganz im Gegenteil: Seitdem attackierte Gaspard ihn nur umso entschlossener.

»Ich hätte nicht gedacht, dass ich das einmal sage«, meinte Géroux, »aber Caron hat recht. Ich sehe nicht, warum die Gilde für Verluste aufkommen soll, die die Betroffenen selbst verschuldet haben.«

»Wir reden hier nicht von einem geschäftlichen Reinfall«,

sagte Fabre. »Wir haben das getan, um die Gilde vor dem Untergang zu retten, verdammt noch mal!«

»Wenn ihr so selbstlos wart«, erwiderte der Sklavenhändler kalt, »wieso habt ihr uns nicht in eure Pläne einbezogen?«

»Ihr wisst genau, was dann geschehen wäre«, mischte sich Charles Duval ein. »Ihr wärt gleich nach der Versammlung zum Bischof gelaufen.«

»Haltet Ihr mich für einen Verräter?«

»Euer Verhalten während der Fehde hat doch gezeigt, wem Eure Loyalität gilt.«

»Ja«, knurrte Fabre mit Blick auf die Ministerialen. »Ulmans Spitzel – das seid ihr, alle vier. Ihr habt in der Gilde nichts verloren. Ich wünschte, wir hätten euch damals hinausgeworfen.«

Géroux, Guibert de Brette und die Gebrüder Nemours sprangen auf und beschimpften Fabre, woraufhin der Schmied, Catherine, Duval und Melville von ihren Plätzen auffuhren und versuchten, sie niederzubrüllen.

Michel schlug mit der flachen Hand auf den Tisch. »Hört auf, oder ich beende die Versammlung! Wir haben uns darauf geeinigt, dass die Ministerialen in der Gilde bleiben dürfen. Sie haben ihren Eidbruch mit hohen Strafen gesühnt – mehr gibt es dazu nicht zu sagen. So, und jetzt zu Raymonds Antrag. Lasst uns abstimmen. Wer ist dafür, dass wir aus der Gildekasse entschädigt werden?«

Michel und seine Freunde hoben die rechte Hand, außerdem Baffour, d'Alsace, Le Roux, Poupart und Chastain.

»Wer ist dagegen?«

Es meldeten sich Gaspard, Vanchelle, Baudouin, Pérouse und die Ministerialen.

»Das macht zehn zu acht Stimmen«, sagte Michel. »Damit ist der Antrag angenommen.«

»Hervorragend«, bemerkte Gaspard. »Unser Meister missbraucht seine Macht, damit sich seine Freunde und er auf Kosten aller bereichern können. Ein glücklicher Tag für die Gilde.«

»Niemand missbraucht hier seine Macht«, erwiderte Duval. »Es war eine offene und rechtmäßige Abstimmung unter den Augen der Heiligen. Akzeptiert das Ergebnis.«

»Lasst die Heiligen aus dem Spiel. Bloß weil irgendein Narr vor Urzeiten Jacques, Nikolaus und Petrus an die Decke gemalt hat, heißt das noch lange nicht, dass alles rechtens ist, was hier geschieht.«

Poupart und d'Alsace, beides tiefreligiöse Männer, erbleichten. »Blasphemie«, murmelte d'Alsace.

»Es reicht, Gaspard«, sagte Michel warnend. »Manchmal geht es eben nicht nach deinem Kopf. Finde dich damit ab.«

»Sonst was?«, fragte der schwarzhaarige Kaufmann herausfordernd. »Schließt Ihr mich aus der Gilde aus?«

»Beim Allmächtigen, das würde ich gern. Leider reicht kindisches Benehmen dafür nicht aus. Ein saftiges Bußgeld dürfte nach den Statuten aber durchaus angemessen sein. Also nur weiter so. Je mehr Geld in die Gildekasse fließt, desto schneller bekomme ich meine Ausgaben zurück.«

Der Blick, mit dem Gaspard ihn anstarrte, war voller Mordlust. Für den Rest des Abends sagte er keinen Ton mehr.

Als die Versammlung eine Stunde später schloss, war Gaspards Wut noch lange nicht abgekühlt. Ohne ein Wort des Abschieds verließ er die Gildehalle und schritt über den nächtlichen Domplatz, während er im Stillen Michel verfluchte.

Er hat mir tatsächlich ein Bußgeld angedroht. Dieser Hund! Es reicht ihm nicht, dass er mich ausgestochen hat. Er will mich bloßstellen, erniedrigen, demütigen. Verdammter Emporkömmling!

Warum verhielt sich Michel ihm gegenüber derart niederträchtig? Wollte er sich rächen, weil Gaspard ihm verbot, Isabelle zu sehen? Ja, das musste es sein. Eine andere Erklärung fiel Gaspard nicht ein.

So konnte es nicht weitergehen. Er musste endlich etwas unternehmen.

Nur was? In der Gilde war Michel übermächtig, und daran würde sich auf absehbare Zeit nichts ändern. Gaspard musste einen anderen Weg finden. *Was ist Michels größte Schwäche?* Zum hundertsten Mal zerbrach er sich darüber den Kopf, ohne eine befriedigende Antwort zu finden.

»Herr Caron! Habt Ihr einen Augenblick Zeit für mich?«

Unwillig wandte Gaspard sich um. Der Mann, der auf ihn zukam, war Hernance Chastain, einer der neuen Schwurbrüder, ein wohlhabender und angesehener Tuchfärber, der drei Werkstätten in der Stadt besaß.

»Ihr wünscht?«

»Mein Anliegen ist vertraulich. Können wir ein paar Schritte zusammen gehen?«

»Natürlich.«

Gaspard wusste nicht recht, was er von Chastain halten sollte. Der Tuchfärber wirkte schüchtern und hatte Schwierigkeiten, einem Mann in die Augen zu sehen. Auch bei den Gildeversammlungen hielt er sich üblicherweise zurück, doch wenn er einmal sprach, machte er einen besonnenen und recht klugen Eindruck. Leider war auch er Michels schönen Reden verfallen und gab ihm immerzu seine Stimme.

Sie schlenderten über den Platz. Chastain schien sehr darauf bedacht, dass keines der anderen Gildenmitglieder seine Worte hören konnte. »Es ist so«, begann er verlegen. »Da sich meine Geschäfte seit geraumer Zeit recht günstig entwickeln, trage ich mich mit dem Gedanken zu heiraten. Ich sehne mich nach Kindern und einer Familie. Leider habe ich noch keine Frau gefunden, die zu mir passt. Ich muss gestehen, dass mir Eure Schwester Isabelle überaus gut gefällt. Sie ist wahrhaftig eine Schönheit und obendrein freundlich, sittsam und gebildet.«

»Ihr wollt um Isabelles Hand anhalten?«, fragte Gaspard wenig überrascht.

»Ja, das möchte ich – wenn Ihr erlaubt«, fügte der Tuchfärber schüchtern hinzu und wich seinem Blick aus. »Ich bin davon überzeugt, dass eine Heirat für unsere Familien von großem Vorteil wäre. Zweifellos würde die Verbindung unseren Wohlstand und Einfluss in der Stadt mehren. Darüber hinaus wäre ich Eurer Schwester ein guter und fürsorglicher Ehemann – mein Wort darauf. Ich weiß, wie teuer sie Euch ist.«

Gaspard konnte nicht behaupten, dass Chastains Anliegen ihn begeisterte. Ein Tuchfärber als Ehemann für Isabelle, noch dazu einer, der einfachen Verhältnissen entstammte? *Und dann diese Schüchternheit – kein guter Wesenszug für einen Mann.* Andererseits: Chastain war reich, ein Mitglied der Gilde und nicht so verwelkt wie die alten Witwer, die seiner Schwester normalerweise den Hof machten. Es hatten wahrlich schon schlechtere Männer um ihre Hand angehalten. Und was seine eigene Suche nach einem Ehemann für Isabelle betraf… Seit fast einem Jahr nun kam er nicht voran. In Varennes schien es keine Männer zu geben, die seinen Vorstellungen entsprachen. Entweder waren sie zu alt oder zu arm oder bereits verheiratet. *Doch, einen gibt es,* flüsterte eine böse kleine Stimme in seinem Innern. *Michel hat alles, was du suchst.*

Gaspard biss die Zähne zusammen. Ja, Michel wäre ein geeigneter Mann für Isabelle gewesen – hätte er nicht alles verdorben.

Wütend schob er den Gedanken weg, als sich ein anderer in sein Bewusstsein drängte: Eben noch hatte er sich gefragt, was Michels größte Schwäche war – dabei lag es auf der Hand. Gaspard war nicht blind; jeden Sonntag bei der Messe sah er die Blicke, die Michel Isabelle zuwarf. Er verzehrte sich nach ihr, immer noch.

Stell dir sein Gesicht vor, wenn er erführe, dass ich Isabelle Hernance Chastain versprochen habe. Es würde ihn zerbrechen.

Ein verlockender Gedanke…

Nein. Er liebte seine Schwester. Er durfte sie nicht zum Werkzeug seiner Rache machen. Falls er sich dazu entschlösse,

Chastains Bitte stattzugeben, dann allein aus vernünftigen Erwägungen, wie es sich für einen Mann seiner Stellung geziemte.

Blieb die Tatsache, dass Chastain alles in allem eine gute Partie wäre. Er konnte Isabelle ein Leben in Wohlstand ermöglichen und würde sie – vorausgesetzt, Gaspard täuschte sich nicht in dem Mann – anständig behandeln. Eine Verbindung ihrer Familien wäre auch aus anderen Gründen für ihn von Vorteil: Er würde in der Gilde einen neuen Verbündeten gewinnen, was er dringender als alles andere benötigte.

»Wie lautet Eure Antwort?«, fragte Chastain, dem die Angst vor Zurückweisung ins Gesicht geschrieben stand.

»Ich danke Euch für Euer Angebot, Hernance – ich fühle mich geehrt«, erwiderte Gaspard. »Aber solch ein Schritt will sorgfältig überlegt sein. Ich möchte diese Entscheidung nicht auf der Straße treffen.«

»Das verstehe ich sehr gut«, sagte der Tuchhändler eilig.

»Ich werde mich zu Hause mit der Familie beraten. Morgen teile ich Euch meine Entscheidung mit.«

»Und ich werde sie akzeptieren, wie immer sie ausfällt.« Chastain reichte ihm die Hand und blickte ihm erstmals in die Augen. »Ich danke Euch, Herr Caron. Möge der heilige Jacques Euch und Eure Familie schützen.«

Anubis hatte sein Fressen schon wieder nicht angerührt.

Besorgt kniete sich Isabelle neben den älteren der beiden Mastiffs und streichelte ihm den Hals. Der Hund bewegte sich seit Tagen kaum noch von der Stelle, und wenn er es tat, winselte er vor Schmerz. Er war krank. Todkrank. Vielleicht lebte er noch eine Woche, aber jeder Tag bedeutete eine Verlängerung seiner Qualen.

Isabelle konnte sein Leid nicht mehr mit ansehen. Später, wenn Gaspard nach Hause käme, würde sie ihren Bruder bitten, ein scharfes Messer zu holen und Anubis zu erlösen. Es hatte keinen Sinn, noch länger zu warten.

Sanft kraulte sie dem Mastiff das Fell. Der trübe Glanz in seinen Augen brach ihr das Herz. Er war immer solch ein stolzes, mächtiges Tier gewesen, und nun siechte er dahin. Sieben Jahre hatte er im Haus ihrer Familie gelebt, stets treu ihren Besitz bewacht.

»Hier hast du etwas Wasser, Anubis. Versuch zu trinken, das wird dir guttun. Ich sehe später noch einmal nach dir.«

Seufzend wandte sie sich ab, ging ins Haus und stieg zur Stube hinauf, wo ihre Mutter stickte und Lutisse gerade ihre Tochter Flori stillte. Als sie fertig war, nahm Isabelle das Kind auf den Schoß. Floris zerknautschtes Gesichtchen wirkte überaus satt und zufrieden, und ihr fielen bereits die Augen zu. Was für ein süßes Geschöpf! Isabelle vergötterte ihre kleine Nichte geradezu. Sie hatte Gaspards Augen; gewiss geriet sie nach ihrem Vater und würde einmal ein wunderschönes Mädchen werden.

»Darf ich sie zu Bett bringen?«

»Natürlich«, sagte Lutisse lächelnd.

Isabelle trug Flori zu Gaspards und Lutisses Kammer und legte sie in die Wiege. Das Kind schlief bereits tief und fest und lutschte dabei an seinem winzigen Daumen. Hingerissen betrachtete Isabelle es noch eine Weile, bevor sie in die Stube zurückging.

Unterdessen war Gaspard von der Gildeversammlung zurückgekommen und saß mit Lutisse und ihrer Mutter am Tisch.

»Gut, dass du da bist. Ich muss mit dir über Anubis reden. Es geht ihm sehr schlecht, und …«

»Später«, unterbrach ihr Bruder sie. »Ich muss etwas Wichtiges mit euch besprechen. Bitte setz dich. Hernance Chastain, der Tuchfärber, hat mich eben angesprochen. Er möchte um deine Hand anhalten, Isabelle.«

»Das sind ja großartige Neuigkeiten«, sagte Marie, Isabelles Mutter, erfreut. »Ich kenne Chastain. Ein feiner Mann und noch recht jung. Ein wenig schüchtern vielleicht, aber immer freundlich und höflich.«

»Und reich«, fügte Lutisse hinzu. »Hat er nicht gerade in Épinal Grundstücke gekauft, um dort zwei Färberwerkstätten zu eröffnen?«

»Das habe ich auch gehört«, stimmte Marie ihr zu. »Der Mann hat zweifellos Geld. Und ein guter Christ ist er obendrein. Wenn ich Brot für das Leprosorium zur Abtei Longchamp bringe, sehe ich manchmal, wie er Deniers und Kleider an die Armen verteilt. Stets ist er freigiebig und hat für jeden Bettler ein freundliches Wort übrig. Endlich interessiert sich einmal ein anständiger Mann für dich. Beim heiligen Jacques, ich habe es schon nicht mehr für möglich gehalten!«

Isabelle konnte die Begeisterung Lutisses und ihrer Mutter nicht teilen. Schweigend saß sie da.

»Was sagst du?«, fragte Gaspard.

»Ich will Chastain nicht heiraten«, erklärte sie.

»Wieso nicht?«

»Ich will keinen Mann, der so schüchtern ist, dass er mir nicht in die Augen sehen kann. Ich könnte ihn niemals respektieren, geschweige denn lieben.«

Marie und Lutisse machten lange Gesichter. Gaspard hingegen wurde ärgerlich. »Du bist kein vierzehnjähriges Mädchen mehr. Es geht nicht um Liebe, sondern um deine Zukunft. Um das Wohl der Familie. Und Chastain ist eine gute Partie. Stell dir vor, was er dir für ein Leben ermöglichen kann. Liebe kommt mit der Zeit von ganz allein. Nimm Lutisse und mich. Wir haben uns auch nicht geliebt, als Vater uns einander vorgestellt hat – wir kannten uns überhaupt nicht. Trotzdem führen wir eine glückliche Ehe. Nicht wahr, Lutisse?«

»O ja«, stimmte ihm seine Frau lächelnd zu.

»Schön, dass ihr euer Glück gefunden habt«, sagte Isabelle beißend. »Aber Chastain und ich? Nein. Niemals.«

»Dass Chastain nicht vollkommen ist, weiß ich«, sagte Gaspard. »Aber einen besseren Mann werden wir in Varennes nicht finden. Gut, ich kann natürlich in Metz und Nancy weitersuchen, aber dann musst du in eine fremde Stadt ziehen und wirst Lutisse, Flori und Mutter nur noch zwei- oder dreimal im Jahr sehen. Das wollte ich dir eigentlich ersparen.«

»Ich dachte, du hast längst angefangen, dich in Metz und Nancy umzuschauen. Jedenfalls behauptest du das seit Monaten.«

»Ich habe mich hin und wieder umgehört, wenn ich dort war, ja.«

»Ich glaube dir kein Wort. Du hast nur in Varennes gesucht, weil du es nicht ertragen könntest, wenn ich fortginge. So ist es doch, oder? Also hör auf, so zu tun, als würdest du mir mit Chastain einen Gefallen erweisen.«

»Isabelle«, mahnte ihre Mutter. »Wie redest du denn mit deinem Bruder?«

»Ich verstehe dich nicht«, sagte Gaspard. »Andere Frauen wären froh, wenn solch ein Mann um ihre Hand anhalten würde.«

Isabelle wurde klar, dass dies der Moment war, den Michel und sie seit mehr als einem Jahr fürchteten. Es fühlte sich an, als erwache sie aus einem seligen Traum. Immerzu hatten sie sich gesagt, dass irgendwann alles gut werden würde, und Gaspards fruchtlose Bemühungen, einen Mann für sie zu finden, hatten sie in ihrer Träumerei bestärkt. In ihrer Angst hatten sie die Augen vor der Wirklichkeit verschlossen. Dabei hatte Isabelle tief in ihrem Innern stets gewusst, dass es eines Tages so kommen würde.

Sie musste schleunigst versuchen, ihren Bruder von seinem Vorhaben abzubringen. Sie wusste, dass sie, selbst wenn sie Erfolg hatte, lediglich Zeit gewinnen würde, aber mehr konnte sie im Moment nicht tun. »Ich heirate Chastain nicht«, sagte sie entschieden. »Und wenn du dich auf den Kopf stellst.«

Mit einer heftigen Bewegung schob Gaspard seinen Stuhl zurück und stand auf. »Allmählich frage ich mich, ob deine Vorbehalte gegen ihn vielleicht andere Gründe haben.«

»Welche sollen das sein?«

»Ich werde das Gefühl nicht los, dass du nicht so widerspenstig wärst, wenn ich dir Michel als zukünftigen Ehemann präsentiert hätte.«

»Was willst du damit sagen?«, fragte Isabelle. Ahnte er etwas?

»Dass du immer noch etwas für ihn empfindest und insgeheim hoffst, ich würde mich eines Tages mit ihm aussöhnen und dich ihm zur Frau geben. Falls das der Fall sein sollte, habe ich schlechte Neuigkeiten für dich: Das wird nicht geschehen.«

»Michel bedeutet mir nichts mehr«, log sie. »Wenn du dich erinnerst: Ich habe seit anderthalb Jahren kein Wort mit ihm gesprochen.«

Wieder dieser bohrende Blick. Dann wandte sich Gaspard ab und begann in der Stube umherzugehen. Nein, er ahnte nichts. Aus ihm sprach lediglich seine übliche Bitterkeit, die inzwischen so weit gediehen war, dass er Michel die Schuld gab an *allem*, was ihm im Leben misslang.

»Wie dem auch sei«, sagte er. »Ich habe versucht, vernünftig mit dir zu sprechen und dich an meiner Entscheidung zu beteiligen. Da beides offensichtlich nicht möglich ist, weiß ich, was ich zu tun habe.«

»Was soll das heißen?«

»Morgen sage ich Chastain, dass ich einverstanden bin, und vereinbare mit ihm die Einzelheiten eurer Verlobung.«

»Gegen meinen Willen?«

»Du lässt mir ja keine andere Wahl!«, fuhr er sie an. »Wenn dir Chastain nicht gut genug ist, ist dir keiner gut genug, und ich suche in zehn Jahren noch nach einem Mann für dich!«

Er zwingt mich tatsächlich zur Heirat. Bis zuletzt hatte Isabelle gehofft, ihr Bruder würde nicht so weit gehen. »Du hast mir einmal versprochen, niemals eine Entscheidung zu treffen, die mich unglücklich macht. An Vaters Sterbebett hast du das versprochen.«

»Und der heilige Jacques ist mein Zeuge, dass ich mich redlich bemüht habe. Aber offenbar ist es mir nicht möglich, dich zufriedenzustellen. Also was, in Dreiteufels Namen, soll ich tun?«

»Lass mich meinen Ehemann selbst aussuchen.« Isabelle wusste, wie töricht, ja unerhört dieses Ansinnen war. Doch sie musste es sagen – sie konnte nicht anders.

Lutisse und ihre Mutter schnappten nach Luft.

»Kind, bist du von Sinnen?«, fragte Marie fassungslos.

»Das ist lächerlich, und du weißt das«, sagte Gaspard. »Ich bin das Oberhaupt dieser Familie – ich entscheide, wen du heiratest. Finde dich damit ab. Millionen andere Frauen mussten das auch, und so weit ich weiß, ist keine je daran gestorben.«

Er stolzierte aus der Stube und warf krachend die Tür ins Schloss.

Nebenan fing Flori an zu weinen.

Am nächsten Tag machte sich Gaspard in seinem besten Gewand auf den Weg zu Hernance Chastain.

Seit ihrer Auseinandersetzung gestern Abend hatte er seine Schwester kein einziges Mal gesehen. Auch zum Morgenbrot war Isabelle nicht erschienen. Lutisse sagte, sie habe sich in ihrer Kammer eingeschlossen. Er konnte sich beim besten Willen nicht erklären, was plötzlich in sie gefahren war. Gewiss, er hatte nicht erwartet, dass Chastains Heiratsantrag sie mit jauchzender Freude erfüllen würde. Aber dieser erbitterte Widerstand ging ihm über den Verstand. Isabelle stellte sich an, als verlange er von ihr, einen verkrüppelten, am Fleckfieber leidenden Abdecker zu ehelichen.

Nun, sie konnte nicht ewig so weitermachen. Irgendwann würde sie zur Vernunft kommen. Einstweilen würde Gaspard mit Chastain die Formalitäten der Eheschließung regeln. Da gab es einiges zu tun. Sie mussten sich über die Höhe der Mitgift und der Brautgabe einigen, was stets zähe Verhandlungen verhieß. Ein Termin für die Trauung musste gefunden werden – nicht einfach bei zwei Männern, die gut die Hälfte des Jahres auf Reisen waren. Wenigstens blieb ihnen erspart, die Zustimmung des Bischofs zur Heirat einholen zu müssen. Dieses veraltete Privileg des Stadtherrn war vor über vierzig Jahren abgeschafft worden und galt inzwischen nur noch für die Ministerialen und unfreien Gefolgsleute des Bischofs.

Von seinem Anwesen schritt Gaspard in Richtung Nordosten. Chastain wohnte nicht am Domplatz, sondern am Kanal der Unterstadt, allerdings auf der besseren Westseite, in direkter Nachbarschaft zu seinen Färberwerkstätten. Es war ein großes Steinhaus mit drei Stockwerken und einem Nebengebäude für die Bediensteten und zeugte vom Wohlstand seines Besitzers.

Chastain musste ihn gesehen haben, denn er öffnete die Tür, bevor Gaspard anklopfen konnte. Auch er trug ein feines Gewand, dazu einen breiten Gürtel und Stiefel aus weichem Leder.

Nervös lächelnd reichte er Gaspard die Hand. »Seid gegrüßt, Herr Caron. Kommt herein.«

Im Eingangsraum türmten sich Fässer und Stoffballen, und es roch nach Alaun, dem teuren Beizmittel, mit dem die Tuchfärber ihre Erzeugnisse lichtecht und waschfest machten. Chastain führte ihn nach oben zum Gesellschaftssaal, der wie der Rest des Hauses eine erlesene Einrichtung aufwies. Gaspard schaute sich aufmerksam um. Fein gewobene Teppiche zierten die Wände, über den Türen hingen silberne Kruzifixe, auf den Tischen standen kostbare Leuchter. Die Gerüchte um Chastains Reichtum schienen nicht übertrieben zu sein.

Sie setzten sich an den Tisch, und eine Magd brachte blutroten Burgunderwein. Nachdem sie den Willkommenstrunk eingenommen hatten, fragte der Tuchhändler: »Nun, wie habt Ihr Euch entschieden?«

»Ich bin einverstanden. Ich gebe Euch meine Schwester zur Frau.«

Chastain strahlte über das ganze Gesicht. »Damit macht Ihr mich zum glücklichsten Mann Varennes' – ach was, von ganz Oberlothringen! Kommt her, mein Freund, lasst Euch umarmen.«

Überschwängliche Gefühlsäußerungen waren Gaspards Sache nicht, doch er tat seinem künftigen Schwager den Gefallen und schloss ihn in die Arme.

»Seit Monaten träume ich von diesem Moment«, erklärte der Tuchhändler. »Dafür stehe ich ewig in Eurer Schuld. Aber sagt, wie hat Eure Schwester meinen Antrag aufgenommen? War sie erfreut?«

Gaspard sah keinen Sinn darin, dem Mann etwas vorzumachen. Früher oder später würde er die Wahrheit ohnehin erfahren. »Um ehrlich zu sein: nein. Aber welche Frau ist das schon, wenn der Tag kommt, an dem sie in die Ehe gehen muss?«

Chastain war erbleicht. »Hat sie etwa Angst vor mir? Ich versichere Euch, ich bin ein sanftmütiger Mann und ein guter Christ – ich würde nie etwas tun, was sie unglücklich machen würde. Ihr habt mein Wort.«

»Das weiß ich, Hernance.«

»Kann ich etwas tun, um ihre Bedenken zu zerstreuen? Vielleicht sollten wir ein Treffen arrangieren, damit sie mich ein wenig kennenlernen kann, bevor wir über die Hochzeit sprechen.«

»Das wird nicht nötig sein«, erwiderte Gaspard, dem schon vor dem Gedanken an ein solches Treffen graute. Isabelle brächte es fertig, den armen Kerl mit ihrem unmöglichen Benehmen und ihrem Eigensinn zu vergraulen und die Familie zum Gespött der ganzen Stadt zu machen. »Dass sie Bedenken hat, ist doch ganz normal. Das wird sich legen, wenn sie erst Eure Gemahlin ist und erkennt, dass ich einen guten Mann für sie ausgewählt habe.«

»Ja«, meinte der Tuchhändler. »Ja, so wird es gewiss sein.«

»Reden wir über die Mitgift. Isabelle wird vierzig Pfund Silber in die Ehe mitbringen, außerdem ihre Kleider, ihren Schmuck und ihre Bücher. Den Gesamtwert ihrer Habe schätze ich auf fünfzehn bis zwanzig Pfund.«

»Bücher? Eure Schwester kann lesen?«

»Lesen und schreiben. Unser Vater hielt es für richtig, sie diese Kunst zu lehren. Ich hoffe, das stört Euch nicht.«

»Nein. Nein. Keineswegs. Ich bin nur überrascht.«

Das erlebte Gaspard beileibe nicht zum ersten Mal. Nur sehr wenige Frauen, die nicht dem Klerus oder Adel angehörten, konnten lesen und schreiben, hielten die meisten Männer es doch für überflüssig, wenn nicht gar schädlich, dass ihre Töchter derartiges Wissen erwarben. Ihr Vater hingegen hatte darauf bestanden, dass Isabelle es lernte, denn er hatte gewollt, dass sie dieselbe Bildung wie ihr Bruder erhielt. Wenngleich Gaspard grundsätzlich der Ansicht war, dass er richtig gehandelt hatte, so fragte er sich doch insgeheim, ob hier der Quell ihres Eigensinns zu suchen war. Etwa dieser Unsinn, dass sich eine Frau den Ehemann selbst aussuchen sollte: Das hatte sie gewiss aus einem Buch.

»Ich biete Euch also eine Mitgift von rund sechzig Pfund«, nahm er die Verhandlungen wieder auf. »Seid Ihr damit einverstanden?«

»Gewiss«, antwortete Chastain. »Das ist eine mehr als anständige Summe.«

»Außerdem möchte ich Euch bitten, Isabelles Magd Alice in Eurem Haus aufzunehmen. Es erleichtert meiner Schwester sicher die ersten Ehemonate, wenn sie ein vertrautes Gesicht um sich hat.«

»Das lässt sich einrichten. Ich brauche ohnehin eine neue Magd.«

»Gut.« Gaspard beschloss, Isabelles Tiere vorerst unerwähnt zu lassen. Wenn Chastain erfuhr, dass Isabelle mit mehreren Katzen und Hunden, einem ganzen Stall Kaninchen und einem altersschwachen Maulesel bei ihm einziehen würde – denn darauf würde sie zweifellos bestehen –, überlegte er sich das mit der Hochzeit vielleicht noch einmal. *Darum kümmern wir uns später.*

»Welche Brautgabe bietet Ihr?«

»Ich dachte an fünfzig Pfund Silber sowie ein kleines Stück Ackerland im Norden des Bistums. Das sollte genügen, Eurer Schwester ein Auskommen zu sichern, falls mich ein früher Tod ereilt.«

Das war wahrlich ein großzügiges Angebot. Gaspard hätte nicht gedacht, dass sich Chastain und er so rasch einig werden würden. Er kannte Fälle, in denen die Familien wochenlang über die Höhe von Mitgift und Wittum stritten. *Chastain muss Isabelle wirklich vergöttern. Er würde alles tun, um sie zu bekommen.* In Gaspard wuchs die Gewissheit, dass er die richtige Entscheidung getroffen hatte. Es würde ein Leichtes sein, Chastain als Verbündeten gegen Michel zu gewinnen.

»Einverstanden.« Er hob lächelnd seinen Kelch. »Lasst uns darauf trinken.«

Abermals stießen sie miteinander an und besiegelten damit ihren Vertrag.

»Wenn ich wieder zu Hause bin, schreibe ich unsere Übereinkunft nieder«, sagte Gaspard. »Selbstverständlich lasse ich Euch eine Abschrift zukommen.«

Chastain nickte. Er hatte seine Schüchternheit gänzlich abgelegt. Dass er bekam, wonach er sich sehnte, schien sein Selbstvertrauen gehörig zu stärken. »Wir sollten jetzt einen Termin für die Trauung festlegen. Da wir uns in allem einig sind, können wir gerne Nägel mit Köpfen machen. Was haltet Ihr von der Woche nach Peter und Paul?«

Das war in dreieinhalb Monaten. »Wieso erst so spät?«

»Ich breche in fünf Tagen zu einer längeren Handelsreise auf«, erklärte der Tuchfärber. »Ich muss nach Venedig, um Alaun einzukaufen – meine Vorräte sind erschöpft, und die Flamen verlangen gerade Wucherpreise. Wenn alles nach Plan verläuft, sollte ich zu Johanni wieder in Varennes sein.«

»Seid Ihr sicher?«, erwiderte Gaspard zweifelnd. »Ihr braucht mindestens einen Monat nach Venedig und noch einmal einen für die Heimreise. Und dann habt Ihr noch keine Geschäfte gemacht, geschweige denn, die Hochzeit vorbereitet. Wäre es nicht besser, wir vereinbaren einen späteren Termin, damit wir nicht in Schwierigkeiten kommen, falls Ihr unterwegs aufgehalten werdet?«

Die Enttäuschung stand Chastain ins Gesicht geschrieben. Er schien die Vorstellung, noch länger auf Isabelle warten zu müssen, kaum zu ertragen. »Welchen Termin schlagt Ihr vor?«

»Wie wäre es mit der Woche vor Mariae Himmelfahrt? Dann habt Ihr genug Zeit für Eure Reise nach Venedig. Und ich müsste mir keine Sorgen machen, dass Ihr unterwegs in Gefahr geratet, weil Ihr Euch unnötig beeilt. Drei Wochen mehr oder weniger – was ist schon dabei?«, fügte Gaspard hinzu, als der Tuchhändler zögerte. »Wir haben einen bindenden Vertrag geschlossen. Nichts und niemand kann Euch meine Schwester jetzt noch wegnehmen.«

»Also gut. Eine Woche vor Mariae Himmelfahrt, wenngleich ich jetzt schon weiß, dass mir die Wartezeit unerträglich lang werden wird.« Chastain zwang sich zu einem Lächeln und hob seinen Kupferbecher. »Auf Euch, mein Freund und Schwager.«

Bischof Ulman war stets darauf bedacht, zu den Klöstern Varennes' – allesamt religiös und wirtschaftlich bedeutende Einrichtungen – ein freundschaftliches Verhältnis zu unterhalten. Zu diesem Zweck las er in den vier Abteien regelmäßig die Messe. Heute hatte er den Brüdern von Saint-Denis die Ehre erwiesen. Als er nach dem Gottesdienst in seinen Palast zurückkehrte, ging er im Geiste die Arbeit durch, die vor ihm lag. Bald tagte das Sendgericht, und er wollte sich endlich die Akten der Sünder und ihrer Verfehlungen anschauen, die die Priester der Pfarrkirchen für ihn zusammengestellt hatten.

Womit er nicht gerechnet hatte, war der Besucher, auf den er in seinen Gemächern traf.

»Ah, Ulman, der wackere Streiter des Glaubens, das Bollwerk der Frömmigkeit«, sagte Aristide de Guillory, als er seine

Schreibstube betrat. »Da seid Ihr ja endlich.« Frech lümmelte der Ritter auf seinem Stuhl hinter dem Tisch.

»Wer hat Euch hereingelassen?«, fragte Ulman ungehalten.

»Ich habe im Saal auf Euch gewartet. Als Ihr nicht aufgetaucht seid, habe ich mich ein wenig umgesehen. Hübsch habt Ihr es hier. Dieser Tisch, der Wandteppich, die Silberleuchter – Ihr habt Geschmack. Was sind das für Dokumente?«

»Gerichtsakten.«

De Guillory nahm das oberste Pergament in die Hand. »Was hat der hier verbrochen?«

»Er hat den Schultheißen beschimpft und dabei wider die Heilige Jungfrau gelästert.«

»›Bei Marias Titten, scher dich zum Teufel!‹ – in der Art?«

»Das scheint in etwa der Wortlaut gewesen zu sein.«

»Was bekommt das arme Schwein dafür?«

»Die gängige Strafe für eine solche Verfehlung ist ein Bußgeld von zwei Sous und ein einmonatiges Fasten bei gleichzeitigem Wirtshausverbot.«

»Ihr seid ein harter Hund, Ulman. Ein Mann muss fluchen können, sonst ist er kein Mann. Wenn ich nicht fluchen könnte, würde ich platzen. Heute Morgen zum Beispiel habe ich mir beim Aufstehen den Ellbogen gestoßen, und wisst Ihr, was ich da gesagt habe?«

»Befriedigt meine Neugier«, meinte Ulman schmallippig.

»›Allen zwölf Aposteln sollen die Schwänze abfallen! Sodomiter, die ganze verdammte Bande!‹« De Guillory grinste wölfisch. »Was wäre dafür die Buße?«

»Ich bin mit solchen Wortgebilden nicht vertraut. Das müsste ich erst nachschlagen. Runter von meinem Stuhl«, befahl der Bischof.

De Guillory dachte nicht daran, den Platz zu räumen. »Zuerst reden wir über de Fleury. Wir haben vereinbart, dass wir etwas gegen ihn unternehmen. Das war letzten August. Inzwischen haben wir März, und passiert ist nichts. Ich verliere allmählich die Geduld, Ulman. Jeder Tag, an dem dieser Kerl unbehelligt herumlaufen und seine Machenschaften vorantreiben kann, ist für mich ein Schlag ins Gesicht.«

»Nicht nur für Euch. Glaubt mir – es ist mein drängendster Wunsch, de Fleury endlich all die Demütigungen heimzuzahlen, die er uns zugefügt hat. Aber das ist nicht so einfach, wie Ihr Euch das vorstellt. Bevor wir tätig werden können, muss ich seine Schwächen ergründen und herausfinden, was seine Pläne sind. Sonst fallen wir wieder auf seine Hinterlist herein.«

De Guillory beugte sich vor. »Ihr hattet sieben Monate Zeit, das zu tun.«

»Kluges Vorgehen erfordert nun einmal einen langen Atem. Und bisher hat sich keine Möglichkeit ergeben.«

»Warum habt Ihr nicht versucht, seine Hausbedienten zu bestechen?«

»Ich bezweifle, dass sie käuflich sind. Außerdem wäre das zu plump. Sie würden ihm sagen, was geschehen ist, und anschließend wäre er umso wachsamer.«

»Ihr hättet es mich auf meine Art erledigen lassen sollen«, meinte de Guillory. »Ein Messer im Dunkeln, und wir wären alle Sorgen los.«

»Bis auf den nebensächlichen Umstand, dass sich anschließend die halbe Stadt gegen uns erhebt. Herzlichen Dank. Darauf kann ich verzichten. Nein. Wir gehen weiter so vor, wie ich es sage.«

»Ich warte nicht noch einmal sieben Monate«, erwiderte de Guillory mit einem gefährlichen Unterton.

»So lange wird es nicht dauern. Vielleicht hat sich soeben eine Tür für uns aufgetan.«

»Inwiefern?«

»Vor ein paar Tagen ist ein Knecht de Fleurys gestorben. Er sucht gerade Ersatz. Ich denke darüber nach, einen Spitzel bei ihm einzuschleusen. Leider habe ich noch keinen geeigneten Mann für diese Aufgabe gefunden.«

»Warum habt Ihr das nicht gleich gesagt?«, fuhr de Guillory auf. »Herrgott, Ulman! Alles muss man Euch aus der Nase ziehen.« Der Ritter lehnte sich zurück und legte die Hände auf die Armlehnen. »Welche Voraussetzungen müsste der Spitzel mitbringen?«

»Zunächst einmal muss er etwas von Pferden und Saumtieren verstehen, damit de Fleury ihn einstellt. Er sollte unauffällig, klug, geduldig und geschickt sein. Darüber hinaus sollte er lesen können, damit er de Fleurys Schriftverkehr studieren kann. Ihr werdet mir zustimmen, dass diese Kombination von Eigenschaften und Fähigkeiten nicht gerade verbreitet ist. Das macht es schwer, einen passenden Kandidaten zu finden. Oder wisst Ihr jemanden?«, fragte Ulman, als er de Guillorys nachdenkliche Miene bemerkte.

»Ein unauffälliger, belesener Pferdeknecht«, murmelte der Ritter. »Vielleicht. Ich muss mich umhören. Mit einem alten Kampfgefährten reden.«

»Tut das. Aber beeilt Euch. Es wird nicht lange dauern, bis de Fleury einen neuen Knecht gefunden hat, und dann ist es zu spät.«

»Keine Sorge«, knurrte de Guillory und erhob sich. »Ich bin kein zaudernder Leisetreter wie Ihr. Ich packe die Dinge an. Spätestens morgen weiß ich mehr.«

Drei Tage, nachdem Michel mit dem städtischen Ausrufer gesprochen hatte, meldete sich der erste Bewerber für den Posten des Pferdeknechts. Michel war überrascht, dass es so schnell ging, hatte er sich doch auf eine lange Wartezeit eingerichtet. Allerdings wich seine Freude Ernüchterung, als Jean und er den Mann genauer in Augenschein nahmen. Er schien ein schwerer Trinker zu sein; er roch nach saurem Wein und nuschelte so stark, dass sie kaum ein Wort verstanden. Als sie ihn in den Stall führten, damit er an den Saumtieren sein Können demonstrierte, zeigte sich obendrein, dass er nicht das Geringste von Pferden verstand. Er stellte sich gar so ungeschickt an, dass Abendrot ihm beinahe einen Tritt versetzte.

Enttäuscht schickte Michel ihn fort.

»Einen Pferdeknecht wie Adrien finden wir nie mehr«, sagte Jean. »Zumal die guten Leute alle schon weg sind.«

»Abwarten. Das wird schon. Wir müssen eben Geduld haben.«

Sie hatten Glück: Schon einen Tag später sprach ein weiterer Bewerber vor. Der Mann machte einen vernünftigen Eindruck; zumindest stank er nicht wie der Erste, trug saubere Kleidung und konnte sich verständlich ausdrücken.

»Wie heißt du?«, fragte Michel, als Jean und er mit ihm im Eingangsraum zusammensaßen.

»Foulque, Herr.«

Er zählte etwa dreißig Sommer und war von gedrungener Statur. Sein dunkelblondes Haar wurde bereits schütter, und sein rundes Gesicht wäre in einer Menschenmenge nicht aufgefallen. Die Wangen waren gerötet, als hätte er gerade herzhaft gelacht; seine Augen wirkten wach und klug.

»Und weiter?«

»Einfach Foulque.«

Michel nickte. Viele Männer von einfachem Stand besaßen keinen richtigen Nachnamen oder nannten sich schlicht nach dem Ort, in dem sie geboren waren. »Kommst du aus Varennes? Ich habe dich noch nie gesehen.«

»Ich bin aus Nancy. Bin erst seit ein paar Tagen hier.«

»Weil du Arbeit suchst?«

Foulque nickte. »Mein alter Herr ist kurz nach Lichtmess gestorben. Ein Freund hat mir erzählt, dass in Varennes-Saint-Jacques Knechte gebraucht werden.«

»Verstehst du etwas von Pferden?«

»Ich arbeite seit sechzehn Jahren als Pferdeknecht, Herr.«

»Also gut«, sagte Michel. »Dann wollen wir mal sehen, was du kannst.«

Sie führten Foulque zum Stall und baten ihn, Abendrot zu striegeln und dem Wallach Zaumzeug anzulegen. Foulque erledigte beides mit Geschick und Feingefühl; Abendrot fasste sofort Vertrauen zu ihm und rieb schnaubend seinen Kopf an der Schulter des Mannes.

Michel warf Jean einen Blick zu. Sein Bruder nickte.

»Wenn du willst, kannst du für uns arbeiten. Du bekommst zwanzig Deniers in der Woche, zwei Mahlzeiten am Tag, zweimal im Jahr neue Kleider und eine Schlafstatt in der Gesindekammer. Bist du einverstanden?«

Foulque grinste bis über beide Ohren. »Ich danke Euch, Herr«, sagte er. »Habt tausend Dank. Gott schütze Euch.«

Nachdem sie ihren neuen Knecht im Haus herumgeführt und ihm gezeigt hatten, wo er schlafen konnte, stieg Michel zu seiner Schreibstube hinauf, um einige liegen gebliebene Arbeiten zu erledigen. Wie es seine Gewohnheit war, blickte er zuerst aus dem Fenster, bevor er sich ans Schreibpult setzte – und siehe da, Isabelle hatte ihren roten Schal aus dem Fenster gehängt.

Ein Lächeln erschien auf seinem Gesicht. Es war mehr als drei Wochen her, dass er sie das letzte Mal getroffen hatte. Die viele Arbeit und Viviennes Besuch hatten es einfach nicht zugelassen, dass er sich für ein paar Stunden davonstahl.

Er eilte zu Jean, der die Tiere fütterte. »Kannst du mir einen Gefallen tun? Kannst du mit Louis zu Nicolas de Bézenne fahren und ihm die versprochenen Waren liefern?«

»Ich dachte, das wollten wir morgen machen.«

»Mir ist eingefallen, dass ich morgen in der Gildehalle zu tun habe.«

Jean nickte. »Natürlich. Kommst du nicht mit?«

»Mir wäre es lieb, wenn ich mich heute um die Bücher kümmern könnte. Wenn ich nicht endlich die Ausgaben der letzten Wochen eintrage, verliere ich den Überblick. Nimm Foulque mit, damit er lernt, wie es bei uns zugeht.«

Jean und die beiden Knechte machten sich sogleich an die Arbeit. Michel half ihnen, den Ochsenwagen zu beladen, und wünschte einmal mehr, er wäre nicht ständig gezwungen, seinen Bruder zu belügen. Obwohl er schon oft darüber nachgedacht hatte, Jean in alles einzuweihen, hatte er sich jedes Mal dagegen entschieden. Er wusste, wie schwer es war, mit einem solchen Geheimnis zu leben – er wollte Jean diese Last nicht aufbürden, nur damit er ihm gegenüber kein schlechtes Gewissen mehr haben musste.

Als sein Bruder fort war, sagte er Yves und Gérard, er sei in der Schreibstube und wolle bis zum Abend nicht gestört werden. Nach dem Ende der Fehde hatte er dafür gesorgt, dass seine Leibwächter vom Eingangsraum in die Gesindekammer zogen (»Dort ist es doch viel wohnlicher!«), denn das erleichterte es ihm beträchtlich, heimlich das Haus zu verlassen. Wenn die beiden Männer nichts zu tun hatten, saßen sie meist am Tisch und würfelten, so auch heute. Michel gab vor, nach oben zu gehen, machte mitten auf der Treppe kehrt, huschte nach unten und stahl sich durch den Hof nach draußen, wie immer in seinen Umhang gehüllt.

Isabelle saß bereits in der Dachkammer der Herberge. Michel zuckte innerlich zusammen, als er sie sah: Sie hatte geweint – ihre Augen waren rot, ihr Gesicht blass.

Er hatte kaum die Tür hinter sich geschlossen, als sie die Arme um ihn schlang. »Michel«, flüsterte sie.

»Was ist los?«

»Gaspard hat mich Hernance Chastain versprochen.«

Michel glaubte, er habe sich verhört. Entgeistert starrte er sie an.

»Sie haben bereits alles in die Wege geleitet. Die Trauung ist in der Woche vor Mariae Himmelfahrt.«

Michel sank langsam auf die Bettkante. »Erzähl mir alles, von Anfang an.«

Eine halbe Stunde später war er kaum noch zu einem klaren

Gedanken fähig. Dabei hatten sie immer gewusst, dass es eines Tages so kommen würde. Und doch … Ein kleiner Teil von ihm hatte nie die Hoffnung aufgegeben, dass sich irgendwie alles zum Guten fügen würde. Dass er eine Lösung für ihre vertrackte Lage fände, so, wie er es ihr einst versprochen hatte. Nun kam er sich wie ein Narr vor, wie ein Tölpel. Er hatte doch schon vor einem Jahr gewusst, dass Gaspard ihm niemals verzeihen würde, und davon hing nun einmal alles andere ab.

Für einen Moment erwog er, zu Gaspard zu gehen und ihm die ganze Wahrheit zu erzählen: dass Isabelle und er sich liebten, dass sie sich seit anderthalb Jahren heimlich trafen – einfach alles. Doch er wusste selbst, wie töricht das wäre. Gaspard würde Isabelle töten für diesen Verrat an der Familienehre. Und ihn gleich mit.

Michel stand auf und fuhr sich durch die Haare, während er unruhig in der Kammer umherging. »Lass uns überlegen, was wir jetzt tun.«

»Wir können nichts tun«, sagte Isabelle.

»Ich habe dir mein Wort gegeben, niemals zuzulassen, dass du einen anderen Mann heiratest, und dieses Versprechen werde ich halten. Wir gehen gemeinsam fort.«

»Michel …« Sie schüttelte den Kopf. »Wir haben doch darüber gesprochen.«

Das hatten sie, oft sogar. *Lass uns alles aufgeben und anderswo neu anfangen,* hatten sie sich gegenseitig ausgemalt. *Egal wo, nur fort von Gaspard, fort von allen Zwängen, die unserem Glück im Wege stehen.*

Aber getan hatten sie es nie, natürlich nicht. Wäre es nur um sie gegangen, hätte nichts sie in Varennes gehalten. Aber es ging nicht nur um sie. Es gab Jean, ihr gemeinsames Geschäft und das Vermächtnis seines Vaters, für das er die Verantwortung trug; es gab Catherine und Duval und die anderen Schwurbrüder der Gilde, die auf ihn zählten. Isabelle hatte ihre Familie, die sie liebte, die sie um nichts in der Welt unglücklich machen wollte. Fortzugehen hätte bedeutet, all diese Menschen zu enttäuschen, sie im Stich zu lassen.

Nun aber erschienen Michel all diese Bedenken kleinlich und unwichtig. Ihre Liebe war bedeutsamer als sein Geschäft und die tausend Verpflichtungen, die ihn an Varennes banden. Gewiss, er träumte davon, seine Stadt in eine bessere Zukunft zu führen – aber was wäre dieser Traum noch wert, wenn er Isabelle an einen anderen verlor? Was wäre sein Leben noch wert?

»Es ist der einzige Weg«, sagte er. »Eine andere Lösung gibt es nicht.«

»Es wäre selbstsüchtig.«

»Liebe ist niemals selbstsüchtig.« Er ging vor ihr auf die Knie und ergriff ihre Hände. »Stell dir vor, du heiratest Chastain. Du weißt, was das bedeutet. Du wärst gefangen in der Ehe mit einem Mann, den du nicht liebst. Der nichts von dir erwartet, als dass du ihm alle zwei Jahre ein Kind gebierst. Du bist für solch ein Leben nicht geschaffen. Du würdest daran zugrunde gehen.«

»Und was wird aus Jean? Deinem Geschäft? Meiner Familie?«

»Das wird sich finden.« Michel lächelte. »Wir gehen in die Champagne. Oder nach Burgund. Hauptsache, fort von Varennes. Bis Gaspard uns gefunden hat, haben wir längst geheiratet, und er kann nichts mehr dagegen tun.«

Schweigend blickte sie ihn an. Ihre Hände waren kalt.

»Sag Ja«, bat Michel.

»Ja«, flüsterte sie.

Er küsste sie. Endlich huschte ein Lächeln über ihr Gesicht.

»Ich wollte schon immer mal nach Burgund.«

»Wichtig ist, dass wir jetzt nichts überstürzen«, sagte Michel. »Bevor wir Varennes verlassen, müssen wir uns gut vorbereiten und alles genau durchdenken. Die Hochzeit ist in gut vier Monaten? Und Chastain ist bis Juni oder Juli in Italien?«

»Ja.«

»Wir haben also noch etwas Zeit.« Er dachte nach. »Wir gehen kurz nach Fronleichnam.«

»Wieso nicht früher?«

»Mitte April muss ich nach Flandern. Die Reise ist seit Monaten geplant – ich kann sie nicht absagen. Das kann ich Duval und Catherine nicht antun. Außerdem brauche ich das Geld. Wenn wir uns in der Fremde etwas aufbauen wollen, brauchen wir jeden Sou. In Burgund ist das Leben teuer.«

Isabelle nickte. »Also Fronleichnam.«

»Sowie ich aus Flandern zurück bin, bringe ich dich fort.«

Nun, da es beschlossen war, verspürte Michel eine enorme Zuversicht und Tatkraft. Nicht mehr lange, und sie wären endlich frei. Frei von allen Zwängen, die ihrer Liebe im Weg standen, frei von der ständigen Angst, jemand könnte sie zusammen sehen.

Es setzte sich neben Isabelle, und gemeinsam schmiedeten sie einen Plan.

Zwei Tage später kam Jean zurück. Während die Knechte den Wagen in die Remise brachten und den Ochsen versorgten, setzte er sich zu Michel in die Schreibstube, übergab ihm das Geld und berichtete, wie das Geschäft mit Nicolas de Bézenne gelaufen war.

»Ich glaube, mit Foulque haben wir einen guten Fang gemacht«, sagte er. »Er denkt mit und packt mit an, ohne dass man ihm jeden Handgriff erklären muss. Und Geschichten kann er erzählen – das glaubst du nicht. Hör dir mal die an …«

Jean gab eine abenteuerliche Posse zum Besten und schlug sich vor Lachen auf die Schenkel. Michel hörte ihm nur mit einem Ohr zu und rang sich ein Lächeln ab. Seit zwei Tagen schon dachte er darüber nach, ob es klug wäre, Jean in seine Pläne einzuweihen. *Nein,* entschied er. *Noch nicht. Es ist zu riskant. Je später er davon erfährt, desto besser.* Er würde ihm während der Reise nach Flandern von seinen Absichten erzählen. Das war früh genug.

Verzeih mir, Jean, dachte er, während sie gemeinsam nach unten gingen. *Aber sicher ist sicher.*

April und Mai 1189

Varennes-Saint-Jacques

Der April kam und mit ihm ein heftiger Sturmregen, der zwei Tage lang das öffentliche Leben in Varennes lahmlegte. Die Mosel trat über die Ufer und überschwemmte den Fischmarkt und Teile der Unterstadt. Michel war in Sorge um die Brücke, doch sie wurde nur geringfügig beschädigt. Die Gilde hatte sie so fest gebaut, dass ein einfaches Hochwasser ihr kaum etwas anhaben konnte.

Als sich das Wetter besserte und die Überschwemmung zurückging, halfen die Gilde und die Handwerksbruderschaften den Bewohnern der Unterstadt, die Hütten wiederaufzubauen, die Wind und Wassermassen weggerissen hatten. Währenddessen kam Bischof Ulman seiner Pflicht zur Heerfolge nach und wählte aus den Reihen seiner Waffenknechte fünfzehn Männer aus, die Kaiser Barbarossa ins Heilige Land folgen würden. Beinahe unbemerkt von den Bewohnern Varennes' verließen die Soldaten eines Morgens die Stadt und machten sich mit geschulterten Lanzen auf den langen Marsch gen Regensburg.

Als Michel davon erfuhr, wurde ihm schmerzlich bewusst, dass bald auch die Kreuzfahrer der Gilde würden aufbrechen müssen, um sich Barbarossas Heerfahrt anzuschließen – etwas, das er nur allzu gerne vergaß. Unerbittlich rückte dieser Tag näher. Ganz Varennes fieberte ihm entgegen, denn Männer aus allen gesellschaftlichen Ständen hatten sich Raymond Fabre angeschlossen: Bauern, Söldner, Handwerker, die Söhne reicher Grundbesitzer, Unfreie, die ihr Heil in der Fremde suchten, unmündige Jünglinge wie Yves und Gérard, die sich nach Ruhm und Ehre sehnten. So viele Männer wollten an dem Kreuzzug teilnehmen, dass Fabre manch einen abweisen musste und es sich erlauben konnte, nur die besten auszuwählen. Wer dem Aufgebot der Gilde angehörte, wurde schon jetzt wie ein Held gefeiert. Wirte schenkten den Männern kostenlos Bier und Wein aus. Die hübschesten Mädchen der Stadt machten ihnen schöne Augen und boten ihnen unverhohlen ihre Gunst an. Die Priester – zumindest jene, die Ulmans Zorn nicht fürchteten – priesen von der Kanzel ihren Mut. Pfarreien und Bruderschaften sammelten Geld, damit sich auch jene für den Kreuzzug rüsten konnten, die zu arm waren, um sich Waffen und eine Rüstung zu kaufen.

Michel schien der einzige Mensch im ganzen Bistum zu sein, der sich nicht auf jenen Tag freute. *Viele dieser Männer gehen in den Tod,* hätte er den verzückten Bürgern am liebsten zugerufen. *Wollt ihr das denn nicht verstehen?*

Am Abend, bevor das Gildenaufgebot nach Regensburg zog, fand Michel seinen Bruder im Warenkeller. Dort saß Jean im Schein einer Kerze und polierte ihre Waffen, die seit dem Ende der Fehde in einer Kiste verstaubten.

»Was wird das?«

»Das siehst du doch.«

Michel griff nach der Streitaxt.

»Gib das her«, sagte Jean gereizt.

»Wir räumen sie wieder in die Kiste.«

»Nein. Ich muss sie putzen.«

»Weswegen?«

»Denk mal scharf nach.«

Michel wusste nicht mehr genau, wann sie sich das letzte Mal wegen des Kreuzzugs gestritten hatten – es musste irgendwann im letzten Herbst gewesen sein. Danach hatte Jean nie mehr davon gesprochen, sich Raymond Fabre anzuschließen, weshalb Michel angenommen hatte, sein Bruder habe diesen wahnwitzigen Gedanken zu guter Letzt aufgegeben. »Du wirst morgen nicht mitgehen«, erklärte er entschieden.

»Du hast mir nichts zu sagen.«

»Ich bin verdammt noch mal dein Bruder!«

»Na und?« Jean begann den Helm zu polieren. »Ich bin vielleicht nicht so klug wie du, aber ich kann selbst entscheiden, was richtig ist.«

»Dieser Kreuzzug ist *falsch*«, rief Michel aufgebracht. »Wieso siehst du das nicht ein?«

»Jerusalem für die Christenheit zurückzugewinnen, hältst du also für falsch?«

»Dieser Wahnsinn, der gerade in Varennes stattfindet, ist es. Herrgott, Jean, dass dreißig Männer unserer Stadt in den Krieg ziehen, noch dazu freiwillig, ist schon schlimm genug, auch ohne dass du dabei mitmachst.«

Jean kniff die Lippen zusammen. Stur polierte er weiter den Helm.

Michel warf die Streitaxt in die Kiste, wo sie polternd landete. »Du könntest verletzt oder getötet werden.«

»Ich kann auf mich aufpassen. Außerdem nehme ich Talismane mit, die mich schützen.«

Michel lachte kurz und freudlos. »Das ist doch töricht.«

»Sag nichts gegen meine Amulette«, erwiderte Jean angriffslustig. »Sie sind mächtig. In der Fehde haben sie bewirkt, dass ich kein einziges Mal verwundet wurde. Dir haben sie auch geholfen.«

»Das ist keine Fehde, sondern ein Krieg. In einem fremden, feindlichen Land. Gegen den mächtigsten Herrscher des Orients.«

»Ich habe keine Angst vor Saladin. Nicht, solange Barbarossa uns anführt.«

»Barbarossa ist ein alter Mann.«

»Hör auf damit.« Jean fuhr auf. »Ich habe dir schon einmal gesagt, dass du nicht so über den Kaiser reden sollst. Morgen breche ich mit Raymonds Männern nach Regensburg auf. Nichts und niemand wird mich daran hindern.«

Michel konnte nur noch stockend atmen, so heftig wütete der Zorn in seiner Brust. Er konnte nicht glauben, dass sein eigener Bruder so dumm war, so verbohrt, so unvernünftig. Aus seinem Mund drangen Worte, die er niemals hatte sagen wollen, die er vor diesem Abend nicht einmal *gedacht* hatte. Und doch waren sie plötzlich da. »Wenn du das tust«, flüsterte er, »bist du nicht mehr mein Bruder.«

»Was war das?«, fragte Jean gedehnt.

»Du hast mich schon verstanden.«

»Du verstößt mich, weil ich etwas tue, das dir nicht passt?«

Michel gab keine Antwort, stand stocksteif da, starrte ihn an. Er hatte nicht gewollt, dass es so weit kam. Aber jetzt war es zu spät. Was er gesagt hatte, konnte er nicht mehr zurücknehmen.

Ruckartig wandte Jean sich ab und sammelte die Waffen und Rüstungsteile auf. »Du hast mich lange genug herumkommandiert. Damit ist ein für alle Mal Schluss.« Er ging zum Ausgang des Kellers. An der Treppe drehte er sich noch einmal um. »Gaspard hatte die ganze Zeit recht: Was andere wollen, schert dich einen Dreck. Immer denkst du nur an dich. Du bist ein selbstsüchtiger, herrischer Tyrann.«

Am nächsten Tag ging Jean auf den Kreuzzug.

Die Kreuzfahrer wachten in der Gildenkapelle, verbrachten die Nacht im Gebet und nahmen bei Sonnenaufgang in einer feierlichen Zeremonie das Kreuz. Auf ihre Wämser hatten sie Stoffkruzifixe genäht, als Symbol ihres Gelübdes, erst heimzukehren, wenn Jerusalem befreit war. Alle trugen sie Panzerhemden und blitzende Waffen, als sie daraufhin zum Dom marschierten. Raymond Fabre und fünf weitere Männer hatten sich sogar Schlachtrösser gekauft und würden wie Ritter zu Pferd in die Schlacht ziehen. Das Aufgebot der Gilde brauchte den Vergleich mit der Kriegstruppe eines Edelmanns wahrlich nicht zu scheuen.

Vor dem Dom hatte sich eine riesige Menschenmenge eingefunden, die sich mit einem rauschenden Fest von ihren Helden verabschiedete. Blütenblätter wirbelten durch die Luft. Wein und Bier flossen in Strömen. Fabre und die anderen Kreuzfahrer hatten sich vor dem Portal der Kathedrale aufgestellt und ließen sich feiern. Bürger jubelten ihnen zu, überreichten ihnen Glücksbringer und kleine Geschenke und überschütteten sie mit guten Wünschen.

Michel beobachtete das bunte Treiben vom Fenster der Schreibstube aus. Seine Augen brannten, sein Kopf schmerzte, er fühlte sich durch und durch elend. Bis weit nach Mitternacht hatte er in einer Schenke gesessen und seinen Kummer in Wein ertränkt, und danach hatten ihn dunkle, fiebrige Träume gequält. Er wusste, er sollte hinuntergehen und sich von Yves, Gérard, Raymond und all den anderen Männern verabschieden, die er vielleicht nie wiedersehen würde. Doch sein Zorn, seine Enttäuschung waren zu groß.

Warum, Jean? Gewiss, sein Bruder hatte es satt, in Michels Schatten zu stehen, er wollte endlich sein eigenes Leben leben. Aber doch nicht so! Wieso musste er ausgerechnet das tun, was Michel am meisten verabscheute?

Michel ballte die Hände zu Fäusten, so fest, dass sich seine Fingernägel schmerzhaft ins Fleisch gruben. *Dummer, sturer, verbohrter Jean …*

Raymond Fabre war in den Sattel gestiegen. »Abmarsch – nach Regensburg, zum Kaiser!«, donnerte er.

»Hurra!«, brüllten die Männer mit in die Höhe gereckten Waffen. Unter dem Jubel der Bürger ritten und marschierten sie zur Hauptstraße, die Aprilsonne ließ ihre Helme funkeln, und ihre beschlagenen Stiefel stampften über den Lehmboden.

Michel stand noch am Fenster, als sie längst fort waren. Irgendwann ging er hinauf zu seiner Schlafkammer, legte sich aufs Bett und starrte an die Balkendecke des Zimmers.

»Ihr wolltet mich sprechen?«, fragte Bischof Ulman, als er mit raschelnder Soutane den großen Saal seines Palastes betrat.

Aristide de Guillory stand breitbeinig an einem der Doppelfenster und beobachtete das Spektakel, das sich vor dem Dom abspielte und – Ulman dankte dem Herrn tausendfach – allmählich zum Ende kam. »Feiern können diese Städter«, bemerkte der Ritter. »Das muss man ihnen lassen.«

»Dieser absurde Kriegszug ist eine Demütigung für uns beide«, sagte Ulman. »Ich will in meinem Haus kein Wort mehr darüber hören.«

»Tröstet Euch mit dem Gedanken, dass mindestens die Hälfte von ihnen nicht zurückkommen wird. Schaut sie Euch doch an, diese Truppe von Helden. Bauern, Schuster, Tuchmacher – die meisten von ihnen haben noch nie ein Schwert in der Hand gehalten. Die Sarazenen werden einmal kurz und schmutzig lachen, wenn dieser Haufen auf dem Schlachtfeld auftaucht, und dann werden sie Hackfleisch aus ihm machen.« De Guillory wandte sich zu Ulman um. »Habt Ihr Eure Männer schon nach Regensburg geschickt?«

»Sie sind vor einigen Tagen aufgebrochen.«

»Ich nehme an, sie wurden nicht so freudig verabschiedet«, sagte de Guillory und lächelte dünn.

»Meine Zeit ist kostbar, und ich schätze es nicht, wenn man sie mir stiehlt«, erwiderte der Bischof. »Sagt, was Ihr wollt, und fasst Euch kurz. Geht es um unseren Spitzel? Er hat noch nichts herausgefunden. Ich habe ihm die Anweisung erteilt, nichts zu überstürzen, damit er sich nicht verrät.«

»Das weiß ich. Ich bin in Schwierigkeiten und hoffe, Ihr könnt mir helfen.«

»Schwierigkeiten die Gilde betreffend?«

»Vergesst doch einmal diese verdammten Kaufleute – Ihr seid ja geradezu besessen von ihnen. Nein, es geht um etwas anderes. Herzog Simon erwartet von mir, dass ich das Kreuz nehme«, erklärte de Guillory. »Und allmählich wird er ungeduldig – gestern hat er mir schon wieder einen Boten geschickt, bereits den dritten.«

»Ja, und?«

»Ich habe keine Lust, auf diesen Kreuzzug zu gehen. Nicht die geringste. Außerdem kann ich es mir nicht erlauben, jahrelang außer Landes zu sein. Wer weiß, was der Gilde einfällt, wenn ich nicht da bin. Es reicht, dass sie mir meine Zolleinnahmen gestohlen haben. Ich will sie nicht ermutigen, mir noch mehr wegzunehmen.«

»Ich werde schon dafür sorgen, dass das nicht geschieht.«

»Weil Euch das in der Vergangenheit ja so gut gelungen ist.«

»Ich darf Euch daran erinnern, dass Ihr am Sterbebett Eures Vaters den Schwur geleistet habt, das Kreuz zu nehmen, wenn Papst und Kaiser dies verlangen«, sagte Ulman und spürte neuen Ärger in sich aufwallen. »Er hatte stets den Wunsch, dass Ihr dereinst ins Heilige Land zieht und das Christentum verteidigt, so wie er es in jungen Jahren getan hat. Habt Ihr nicht einmal genug Anstand, seinen Letzten Willen zu respektieren?«

Bei der Erwähnung seines Vaters hatte sich de Guillorys Gesicht verfinstert. Er ballte die Rechte zur Faust und rieb sie im Handteller der Linken wie einen Stößel im Mörser, während er nachdachte. Ulman wusste, dass Aristides Verhältnis zum alten Renard ausgesprochen schlecht gewesen war – aus Gründen, die er nicht kannte. Was immer zwischen ihnen vorgefallen war, der Ritter hatte seinem Vater offenbar auch Jahre nach dessen Tod nicht verziehen.

»Ich bin jung«, sagte de Guillory schließlich. »Ich kann auch in fünf Jahren noch ins Heilige Land gehen.«

»Ich bezweifle, dass die Christenheit Euren Einsatz dann noch braucht. Barbarossa zieht gerade die größte Streitmacht zusammen, die je nach Outremer aufgebrochen ist. Hinzu kommen die Heere von Philipp von Frankreich und Richard von England. Gemeinsam werden sie Sultan Saladin und die Sarazenen zerschmettern und Jerusalem für alle Zeit zurückerobern.«

»Wieso soll ich auf einen Kreuzzug gehen, an dem nicht einmal mein Lehnsherr teilnimmt?«, fragte de Guillory harsch.

Herzog Simon Châtenois zog als einer der wenigen Fürsten des Heiligen Römischen Reiches nicht mit Barbarossa nach Palästina. Warum der Kaiser ihm das durchgehen ließ, darüber konnte Ulman nur Vermutungen anstellen. Möglicherweise war es Barbarossas Wunsch, dass ein ihm treuer Fürst in der Heimat blieb, damit der stauferfeindliche Adel während des Kreuzzugs keine Scherereien machte.

»Ihr seid nicht der Herzog«, erwiderte Ulman. »Ihr seid nur ein Ritter, der gut daran tut, dem Kaiser zu gehorchen. Also erfüllt Euren Schwur und reitet mit Barbarossa.«

»Nein. Auf keinen Fall. Ich überlasse meinen Feinden nicht das Feld. Es muss eine andere Möglichkeit geben.« Brütend ging der hochgewachsene Ritter im Saal umher. »Kann ich mich freikaufen? Barbarossa braucht neben Soldaten auch Geld für seinen Kreuzzug. Vielleicht entlässt mich Simon aus meiner Pflicht, wenn ich dem Kaiser eine Kiste mit Silber schicke.«

»Das ist unüblich, aber möglich. Vermutlich würde sich Herzog Simon auf solch einen Handel einlassen«, antwortete Ulman widerstrebend.

»Wie teuer wäre das?«

»Es ist eine einfache Rechnung. Was kostet es den Herzog, einen Ritter Eures Ranges, der zwanzig Fußknechte mitbringt, zu ersetzen? Dann verdoppelt die Summe, damit er großzügig über die Verletzung Eures Lehnseides hinwegsieht.«

»Und das macht insgesamt?«

»Mindestens sechzig Pfund Silber, würde ich sagen.«

»Seid Ihr von Sinnen?«, schrie de Guillory. »Wo soll ich so viel Geld hernehmen?«

»Was ist mit dem Silber, das Ihr Melville als Lösegeld abgeknöpft habt? Und der Beute aus der Fehde?«

Der Blick des Ritters sprach Bände. Vermutlich hatte er das Geld längst verschleudert.

Ulman fasste einen Entschluss. Da de Guillory nicht gewillt war, für die Christenheit einzutreten, musste Ulman eben dafür sorgen, dass die Kirche auf geschäftlichem Wege zu ihrem Recht kam. Dieser gottlose Halunke hatte es nicht besser verdient. »Ich könnte Euch Geld leihen.«

»Die ganzen sechzig Pfund?«

»Sagen wir vierzig. Den Rest müsstet Ihr selbst aufbringen.«

De Guillory starrte ihn voller Misstrauen an. »Und das tut Ihr aus purer Nächstenliebe und Verständnis für meine missliche Lage und selbstverständlich ohne den kleinsten Hintergedanken.«

»Seid doch kein Narr«, sagte Ulman. »Ich biete Euch ein Geschäft an. Ich leihe Euch das Geld, und Ihr zahlt es mir innerhalb einer bestimmten Frist mit einem Aufschlag zurück.«

»Aufschlag? Redet Ihr von Zinsen?«

»Zwölfeinhalb von hundert Teilen pro Jahr.«

»Zwölfeinhalb?«, ächzte der Ritter. »Predigt ihr verdammten Pfaffen nicht, dass Wucherer geradewegs zur Hölle fahren? Ich gebe Euch höchstens sechs, und keinen Heller mehr.«

»Zwölfeinhalb«, beharrte Ulman. »Die Diözese ist nicht mit unerschöpflichen Reichtümern gesegnet, und weniger kann ich mir nicht erlauben. Wenn Euch das nicht passt, geht zum Geldverleiher, der verlangt zwanzig.«

De Guillory wurde derart rot vor Zorn, dass der Bischof glaubte, er werde ihn schlagen. Dann riss er sich zusammen und knurrte: »Ihr seid ein Aasgeier und Halsabschneider, Ulman, schlimmer als alle Juden und Lombarden zusammen. Ich hoffe, Ihr brennt wegen Eurer Gier eines Tages im Fegefeuer.«

»Wenn einer von uns beiden im Fegefeuer brennt, bin gewiss nicht ich das. Nehmt Ihr nun das Darlehen oder nicht? Ich habe heute noch etwas anderes zu tun, als mit Euch um Zinsen zu feilschen.«

»Ich nehme es«, sagte der Ritter gepresst. »Es ist ja nicht so, dass ich eine Wahl hätte.«

»Ausgezeichnet.« Ulman rief nach Namus, ließ sich Pergament, Feder, Tinte und Wachs bringen, schrieb einige Zeilen und versah den Bogen mit seinem Siegel. »Geht zum Domkapitel und überreicht dieses Dokument dem Propst. Er wird Euch die gewünschte Summe aushändigen. Noch einen schönen Tag, Herr de Guillory.«

»Schert Euch zum Teufel«, schnappte der Hüne und stiefelte davon.

Nachdem Aristide das Silber erhalten hatte, befahl er Berengar, seinem Sarjanten, es zu seiner Burg zu bringen und einen Trupp zusammenzustellen, der noch heute mit der Schatulle nach Nancy reiten und sie Herzog Simon übergeben solle.

Ulman, du Ausbeuter, dachte er finster, während Berengar davonritt. *Verdammt sollst du sein.*

Leider waren der Kreuzzug und das verfluchte Darlehen nicht seine einzigen Sorgen. Vor zwei Tagen hatte er sein Schlachtross verloren – es hatte sich bei einem Unfall verletzt, sodass ihm nichts anderes übrig geblieben war, als es zu töten. Jetzt brauchte er ein neues, obwohl er sich die immensen Kosten im Grunde nicht leisten konnte. Der Gutshof, den Barbarossa ihm vor einem Jahr zugesprochen hatte, warf nicht einmal ansatzweise genug ab, um die fehlenden Zolleinnahmen zu kompensieren. Doch was sollte er tun? Ein Ritter ohne ein ausgebildetes Kriegspferd war eine jämmerliche Gestalt – ein Niemand.

Mit einem Becher Wein in der Hand lungerte er im Hof des Bischofspalastes herum, bis sich der Trubel auf dem Domplatz gelegt hatte. Sodann schwang er sich in den Sattel seines Grauschimmels und ritt mit den beiden Kriegsknechten, die Berengar und ihn nach Varennes begleitet hatten, aus der Stadt.

Sie trabten nach Norden, in Richtung Metz. Dort gab es die besten Pferdezüchter, die die vortrefflichsten Schlachtrösser feilboten. Nirgendwo sonst in Oberlothringen würde er ein Pferd finden, das seinen hohen Ansprüchen genügte.

Leider. Denn er hasste Metz.

Es war nicht die Größe der Stadt, die er verabscheute, auch nicht das enervierende Selbstbewusstsein ihrer Bürger oder die Tatsache, dass sich dort Horden geldgieriger Krämer und Kaufleute herumtrieben.

Er hasste Metz wegen des kleinen, schmutzigen und überaus gefährlichen Geheimnisses, das er seit vielen Jahren dort verbarg.

Flandern

Nach der Abreise der Kreuzfahrer kehrte Ruhe in Varennes ein. Graue, einförmige Tage reihten sich aneinander. Seit Jean fort war, schien ein Loch in Michels Seele zu klaffen. Im Haus war es viel stiller als früher, und zum ersten Mal in seinem Leben fühlte er sich einsam. Er brachte kaum genug Kraft für seine Arbeit auf. Meist saß er müde an seinem Schreibpult, starrte aus dem Fenster und grübelte. Mehr als einmal erwog er, die Handelsreise nach Flandern schlussendlich doch abzusagen und schon jetzt mit Isabelle fortzugehen. Hätte er nicht das Geld gebraucht, hätte er es gewiss getan. So hielt er sein Versprechen, erwarb wie vereinbart eine große Menge Salz und brach vier Tage nach Ostern mit Catherine Partenay und Charles Duval auf.

Es war ein beeindruckender Handelszug. Fünf Ochsenwagen rumpelten die Römerstraße entlang, alle schwer mit Salz beladen. Acht Söldner begleiteten sie und noch einmal so viele Knechte. Michel hatte Louis mitgenommen, denn Foulque war noch zu unerfahren für solch ein Unternehmen. Der neue Knecht blieb zu Hause und hütete mit Thérese und Matenda Haus und Hof.

Die Reise war langwierig und beschwerlich. In Brügge angekommen, nahmen sie Kontakt mit britischen Kaufleuten auf, denen sie ihr Salz verkauften oder es gegen die begehrte englische Wolle eintauschten. Nachdem sie sich außerdem mit flandrischem Tuch, Wein aus der Gascogne und anderen Gütern aus Frankreich und Norddeutschland eingedeckt hatten, machten sie sich auf den Rückweg.

Bei einer zweitägigen Rast in der flandrischen Handelsstadt Gent, wo sie weitere Geschäfte tätigten, traf Michel zufällig einen lombardischen Kaufmann, den er flüchtig von seiner Zeit in Mailand kannte. Bei einem Becher Wein auf dem Tuchmarkt kamen sie ins Gespräch, woraufhin ihm der Lombarde erzählte, Messere Agosti sei im vergangenen Winter nach langer Krankheit gestorben. Er habe den größten Teil seines Besitzes der Kirche vermacht; in dem Palazzo, in dem Michel drei Jahre verbracht hatte, wohne nun ein Kardinal und Vertrauter von Papst Clemens. Diese Nachricht schockierte Michel so sehr, dass ihm die Stimme versagte. Knapp verabschiedete er sich von seinem lombardischen Bekannten und ging zur nächsten Kirche, um für die Seele des Messere zu beten.

Nach sechs Wochen, am letzten Maitag, kehrten sie schließlich nach Oberlothringen zurück. In Metz verkauften sie die Waren aus Brügge und Gent, wodurch jeder von ihnen ein kleines Vermögen verdiente. Es war der größte geschäftliche Erfolg seines Lebens, dennoch gelang es Michel nicht, sich über die Truhe voller Silber zu freuen. Er hätte mit Freuden jeden Denier davon hergegeben, wenn er dafür sein Zerwürfnis mit Jean hätte ungeschehen machen können.

Auf dem Weg nach Süden begegnete ihnen Pierre Melville, der geschäftlich am Hof des Herzogs in Nancy gewesen war. Auch Melville war auf dem Rückweg nach Varennes, also zogen sie gemeinsam weiter.

»Ich fürchte, ich habe traurige Neuigkeiten für Euch«, sagte er bei ihrer Rast am Wegesrand. »Abaëlard ist gestorben.«

»Wann?«, fragte Michel.

»Ende April. Kurz nach Eurer Abreise ist es noch einmal

richtig kalt geworden, wodurch sich das Fieber, das ihn seit Monaten plagte, verschlimmert hat. Sein altes, schwaches Herz hat das nicht verkraftet. Eines Morgens fanden ihn seine Bediensteten tot in seinem Bett.«

Catherine, Duval und Michel bekreuzigten sich. Catherine begann leise zu weinen. Auch Michel kämpfte mit den Tränen. Gewiss, dass Gott Abaëlard zu sich geholt hatte, kam nicht überraschend, hatte der steinalte Salzhändler doch viel länger gelebt, als der Allmächtige einem Mann üblicherweise zugestand. Doch das linderte Michels Trauer keineswegs. Ohne Abaëlard würde die Gilde nicht mehr dieselbe sein, und sein kauziger Witz, seine Klugheit und seine Warmherzigkeit würden ihm schmerzlich fehlen. Am schlimmsten war für Michel, dass es ihm nicht vergönnt gewesen war, sich von seinem treuen Freund zu verabschieden.

»Erzählt von seiner Beerdigung«, bat er Melville.

»Er wurde auf dem Kirchhof seiner Pfarrei bestattet. Hunderte sind gekommen – fast die halbe Stadt. Ihr wisst ja, wie beliebt er war. Der Pater hat bewegende Worte gesprochen, als die Gilde ihn zu Grabe trug. Beim Leichenschmaus hat jeder, der ihn näher kannte, Geschichten über ihn erzählt. Trotz unserer Trauer haben wir viel gelacht. Ich glaube, Abaëlard hätte das gefallen.«

Schweigend saßen sie im Schatten der Birken. Michel blickte zum wolkenlosen Himmel auf und kniff die Augen zusammen.

Was ist das nur für ein Jahr? Es muss verflucht sein.

Varennes-Saint-Jacques

Zwei Wochen bevor Michel in Metz eintraf, kehrte Hernance Chastain nach Varennes zurück – viel früher, als Gaspard es für möglich gehalten hätte.

Seine Reise hatte von Anfang an unter einem günstigen Stern

gestanden. Das Wetter war durchgängig gut gewesen, sodass seine Männer und er zügig vorangekommen waren, sogar in den Alpen. So hatten sie Venedig bereits nach fünfundzwanzig Tagen erreicht. Seine Geschäfte in der Lagunenstadt verliefen bestens, und auch während der Rückreise gab es keinerlei Schwierigkeiten. Chastain fühlte sich vom Glück geküsst.

Wie geplant hatte er seine Alaunvorräte aufgefrischt und mit dem Verkauf seiner Tuche einen Batzen Silber verdient, das letzte Viertel der Brautgabe, das ihm noch gefehlt hatte. Er tat es in die Schatulle zu den übrigen Münzen, die er bald Gaspard Caron, seinem zukünftigen Schwager, übergeben würde.

Munter pfeifend streifte er durch sein Haus und schaute überall nach dem Rechten, während seine Knechte die Alaunfässer abluden und hereintrugen. Bald schon würde er Isabelle heiraten – die süße, wunderschöne, begehrenswerte Isabelle. Er konnte seine Ungeduld kaum noch zügeln. Wie viele ledige Männer war er stets gezwungen gewesen, zu einer Dirne zu gehen, wenn die Lust ihn überkam. Gewiss, die Hübschlerinnen verstanden sich darauf, einem Mann Erleichterung zu verschaffen. Doch zum einen kosteten ihre Dienste Geld, und zum anderen quälte ihn stets der Selbstekel, wenn er später das Hurenhaus verließ. Wie sehr sehnte er sich danach, endlich bei einer Frau liegen zu dürfen, ohne sich zu versündigen. Bei einer Frau, die ihm ganz allein gehörte, die er nicht mit zahllosen anderen Männern teilen musste. Der er einfach die Hand unter die Röcke schieben konnte, wenn er Verlangen verspürte …

Hundertmal, tausendmal in den vergangenen Wochen hatte er sich seine Hochzeitsnacht mit Isabelle ausgemalt. Zärtlich würde er sie ausziehen, sie in seinen Armen zum Bett tragen, ihre Schenkel spreizen und behutsam in ihre geheimste Körperöffnung eindringen, damit ihr der Verlust der Jungfräulichkeit keine unnötige Pein bereitete. Er hatte gehört, dass viele junge Frauen in ihrer ersten Liebesnacht nur wenig Vergnügen empfanden. Doch Hernance war sich sicher: Bei Isabelle und ihm würde es anders sein. Er war ein sanfter Mann. Er würde ihr Zeit lassen, würde ihren Körper, ihre vollen Brüste liebkosen und ihr alle Wünsche von den Augen ablesen, sodass sie bald vor Lust stöhnen würde.

Wie immer, wenn er sich seinen Fantasien hingab, stieg heiße Erregung in ihm auf. In knappen Worten gab er seinen Knechten Anweisungen, bevor er nach oben zu seiner Kammer eilte. Rasch drehte er das Kruzifix mit dem Gesicht zur Wand, damit der Gekreuzigte nicht sehen musste, was er jetzt tat, hob sein Gewand und umschloss seine harte Männlichkeit mit der linken Hand … Wenige Augenblicke später spritzte sein Samen auf den Boden, und er unterdrückte ein Stöhnen. Kaum war die Lust abgeflaut, erfasste ihn der Selbsthass. Wie jämmerlich, wie erniedrigend war es doch, sich selbst Erleichterung zu verschaffen. Nachdem er die Spuren seiner Sünde beseitigt hatte, fiel er auf die Knie und flehte den Herrn um Vergebung an.

Bald, bald würde all das ein Ende haben. Dann wartete Nacht für Nacht Isabelle in seinem Bett.

Seit Gaspard entschieden hatte, Isabelle Hernance Chastain zur Frau zu geben, sprach er kaum noch ein Wort mit ihr.

In jenen Wochen war er noch mürrischer als früher. Meist verkroch er sich in seiner Schreibstube, zählte Geld und plante die nächsten Geschäfte. Wer ihn störte, den blaffte er an. Beim Essen beklagte er sich unentwegt über Bischof Ulman, die Ministerialen und die Schwachköpfe in der Gilde, allen voran Michel.

Wie hast du dich verändert, Bruder?, dachte Isabelle eines Abends. Früher hatte seine Verbitterung sie traurig gemacht, inzwischen war sie nur noch wütend auf ihn. Umso besser, es würde ihr den Abschied erleichtern.

Noch lange nach dem Gespräch mit Michel hatte sie sich gefragt, ob sie es ertragen würde, ihre Familie zu verlassen. Inzwischen wusste sie, sie würde es nicht ertragen zu bleiben. Natürlich würden ihr Lutisse, Flori, ihre Mutter und vermutlich sogar Gaspard schmerzlich fehlen, doch was hatte sie für eine Wahl? Wenn sie Chastain heiratete, würde ihre Seele sterben. Nicht auf einen Schlag, aber jeden Tag ein kleines bisschen mehr, bis sie bald nur noch eine Hülle wäre, innerlich leer und tot. Und alles nur, damit sie ihre Familie nicht verlöre? Nein. Dieser Preis war ihr zu hoch.

So sehnte sie den Tag herbei, an dem sie endlich mit Michel fortgehen würde. Als sie hörte, dass Chastain wieder da war, zog sie sich in ihre Kammer zurück und betete, auch Michel möge bald heimkehren, gesund und wohlbehalten.

Noch zwanzig Tage bis Fronleichnam.

Sie zählte bereits die Stunden.

Als die Familie zwei Tage später beim Abendbrot saß, war Gaspard so wortkarg und verschlossen wie eh und je. Kaum hatte der Letzte am Tisch aufgegessen, stand Isabelle auf und wollte gehen, denn sie ertrug diese Stimmung keinen Augenblick länger.

»Setz dich wieder hin. Ich habe dir etwas zu sagen«, befahl Gaspard ihr harsch.

»Sprich nicht in diesem Ton mit mir«, gab sie zurück. »Ich bin nicht deine Magd.«

»Ich war heute Mittag bei deinem zukünftigen Gemahl«, fuhr er ungerührt fort. »Wir sind übereingekommen, eure Hochzeit vorzuverlegen.«

»Das sind ja großartige Neuigkeiten.« Ihre Mutter strahlte. »Wie kam es dazu?«

»Den Tag im August hatten wir festgelegt, weil wir dachten, Chastain würde länger in Venedig bleiben. Aber da er jetzt schon zurück ist, gibt es keinen Grund, noch zweieinhalb Monate zu warten. Je eher unsere Familien diese Verbindung besiegeln, desto besser.«

»Wann soll die Vermählung denn nun stattfinden?«, fragte Marie.

»Am Mittwoch vor Fronleichnam. Das lässt uns genug Zeit für die Vorbereitungen.«

»Wolltest du nicht Ende der Woche nach Épinal reisen?«, fragte Lutisse.

»Ja. Ich kann dieses Geschäft leider nicht verschieben. Aber ich bin nur ein paar Tage fort. So lange müsst ihr euch eben allein um alles kümmern.«

Isabelles Hand krampfte sich um die Stuhllehne, sie stand da und brachte kein Wort heraus.

»Jetzt schau mich nicht an, als ginge morgen die Welt unter«, sagte Gaspard. »Was macht es schon für einen Unterschied, ob du Chastain im Juni oder im August heiratest?«

Obwohl sie am liebsten geschrien hätte, zwang sie sich zur Ruhe. Steif sagte sie: »Hab Dank, Bruder. Ich weiß deine Bemühungen zu schätzen. Darf ich mich jetzt zurückziehen?«

»Es freut mich, dass du endlich zu würdigen weißt, was ich für dich tue. Ja, du kannst gehen. Gute Nacht, Schwester.«

In ihrer Kammer setzte sie sich aufs Bett und versuchte nachzudenken. Es dauerte lange, bis sich die Unruhe in ihrem Innern legte und sie einen klaren Gedanken fassen konnte.

Am Mittwoch vor Fronleichnam. Einen Tag, bevor Michel aller Voraussicht nach wieder zu Hause sein wollte. *Als hätte Gaspard es geahnt.*

Möglicherweise kehrte er früher heim – bei langen Reisen konnte man die Ankunft unmöglich auf den Tag genau vorhersagen. Aber darauf durfte sie sich nicht verlassen. Sie musste handeln, bevor es zu spät war.

Kurz darauf traf sie eine Entscheidung. Sie würde fliehen, allein, ohne Michel.

Es war die einzige Möglichkeit, der Hochzeit mit Chastain zu entrinnen. Und die Gelegenheit war günstig. Sowie ihr Bruder nach Épinal aufgebrochen war, würde sie ihre Mitgift aus der Schreibstube stehlen, heimlich ein Pferd satteln und bei Nacht und Nebel fortreiten. Bevor Gaspard von ihrer Flucht erführe, wäre sie längst über alle Berge, und er würde sie niemals finden. Später dann würde sie Michel eine Nachricht senden, damit er wusste, wo sie sich aufhielt.

Ich gehe nach Sélestat. Nein, besser nach Mulhouse. Von dort ist es nicht mehr weit bis Burgund.

Sie würde sich in einer abgeschiedenen Herberge verstecken und auf Michel warten. Ihre Mitgift war so umfangreich, dass sie jahrelang davon leben konnte, wenn es sein musste. Mit dem Geld konnte sie mühelos alle Kosten der Reise bezahlen, Zimmermiete, Wegezoll, Proviant und dergleichen. Sie konnte sogar bewaffneten Geleitschutz für den Ritt durch die Vogesen anwerben.

Es war ein wagemutiger, aber guter Plan. In den nächsten Tagen feilte sie an den Einzelheiten und versuchte, jedes mögliche Hindernis vorherzusehen. Bei der Sonntagsmesse im Dom ignorierte sie beharrlich Hernance Chastain, der schräg hinter ihr stand und sie regelrecht mit Blicken auszog. Am Abend vor Gaspards Abreise kümmerte sie sich noch liebevoller als sonst um ihre Tiere, die sie alle würde zurücklassen müssen. Der Gedanke daran brach ihr schier das Herz, und stumm verabschiedete sie sich von ihren Hunden, ihren Katzen, jedem einzelnen Kaninchen.

Am nächsten Morgen erwachte sie beim ersten Licht des Tages. Obwohl sie nur wenige Stunden geschlafen hatte, war sie sofort hellwach. Jede Faser ihres Körpers schien zu vibrieren. Sie wusch sich, kleidete sich an und betrat eine Stunde später die Stube, wo bereits der Rest der Familie saß. Sie streifte ihren Bruder mit einem Blick. Auch er schien kaum geschlafen zu haben, doch im Gegensatz zu ihr wirkte er müde und zerschlagen.

Während sie das Morgenbrot verzehrten, kam Ayol herein, einer der Knechte. »Sollen wir schon den Wagen beladen, Herr?«

»Nein«, antwortete Gaspard kurz angebunden. »Die Reise fällt aus.«

Isabelle ließ sich ihren Schrecken nicht anmerken. »Hast du

nicht gesagt, du kannst dieses Geschäft nicht verschieben?«, fragte sie so beiläufig wie möglich.

»Ich habe mich anders entschieden.« Er musterte sie stechend. »Ich weiß, das kommt deinen Plänen gar nicht gelegen.«

Ihr war, als hätten sich soeben zwei eiskalte Klauen um ihren Hals gelegt. »Welche Pläne? Wovon redest du?«, brachte sie hervor.

»Glaubst du, ich habe nicht gemerkt, was du vorhast? Für wie einfältig hältst du mich? Ich bin nicht blind. Seit Tagen schleichst du im Haus herum und betest, dass ich endlich verschwinde, damit du dich davonmachen kannst.«

»Das ist doch Unsinn ...«

Er hämmerte mit der Faust auf den Tisch, dass das Geschirr klirrte. »Hör auf, mich für dumm zu verkaufen! Hast du dich je gefragt, was du damit mir und der Familie antun würdest? Nein, natürlich nicht. Du warst ja schon immer nur an deinem eigenen Glück interessiert.«

»Du weißt, dass das nicht wahr ist.«

»Wie dem auch sei«, sagte er. »Du heiratest Chastain, und wenn du dich auf den Kopf stellst.«

»Gaspard«, sagte ihre Mutter entsetzt, als er aufstand und sie am Arm packte, »was machst du denn da?«

»Ich will sie vor der Versuchung bewahren, heimlich das Weite zu suchen.« Unsanft zerrte er sie zur Tür. »Bis zur Trauung bleibt sie in ihrer Kammer.«

»Du sperrst mich ein?«, fragte Isabelle fassungslos.

»Du zwingst mich ja dazu.«

Lutisse und ihre Mutter waren aufgesprungen. »Aber so kannst du doch deine Schwester nicht behandeln!«, rief Marie.

»So behandle ich jeden, der versucht, mich zu hintergehen.«

Isabelle versuchte, sich aus seinem Griff zu befreien, doch sie war ihm körperlich schon lange nicht mehr gewachsen. Mühelos zog er sie die Treppe hinauf.

»Dass du es wagst, mir so etwas anzutun!«, fauchte sie.

»Tag und Nacht wird ein Knecht auf sie aufpassen«, schnarrte Gaspard, an Marie und Lutisse gewandt.

Er stieß sie in ihre Kammer und sperrte von außen ab. Wütend hämmerte Isabelle gegen die Tür, bis sie sich die Fäuste blutig schlug. Sie sank aufs Bett, während draußen Gaspard mit Lutisse und Marie stritt.

Er sperrt mich ein wie einen Hund. Isabelle fühlte sich gedemütigt wie noch nie zuvor in ihrem Leben.

Michel und sie hatten zu lange gewartet. Das war nun die Strafe für ihre Untätigkeit.

Michel... Mehr als alles andere wünschte sie jetzt, er wäre hier, bei ihr.

Sie legte sich hin und schloss die Augen, während die Verzweiflung sie einhüllte.

Gaspard machte seine Drohung wahr und ließ sie ununterbrochen von den Knechten des Haushalts bewachen. Ayol, Huon und die anderen waren es auch, die ihr Essen, Trinken und Wasser zum Waschen brachten.

»Wo ist Alice?«, fragte sie einmal Ayol.

»Euer Bruder hat sie gestern entlassen.«

»Er hat *was*?«

Der Knecht schaute verstohlen zur Tür. »Er dachte wohl, sie würde versuchen, Euch zu helfen.«

Alice hatte der Familie viele Jahre gedient, und nun setzte Gaspard sie einfach auf die Straße, wegen einer Sache, für die sie nicht das Geringste konnte. Was war ihr Bruder nur für ein Mensch geworden?

»Sorgt Euch nicht um sie, Mademoiselle«, sagte Ayol. »Alice hatte Glück. Heute Morgen schon hat sie eine Stelle beim Dompropst bekommen.«

Auch Lutisse und Marie schauten gelegentlich nach ihr.

»Sag Gaspard, dass er mich hinauslassen soll«, forderte Isabelle ihre Mutter am ersten Abend auf.

»Das habe ich doch schon versucht. Lutisse auch. Aber dein Bruder lässt nicht mit sich reden.«

»Dann musst du eben darauf beharren. Du bist immer noch seine Mutter!«

Marie schwieg bedrückt. Sie war nie sehr durchsetzungsfähig gewesen, schon gar nicht Männern gegenüber. Von ihr hatte Isabelle keine Hilfe zu erwarten.

Ihre Mutter ergriff ihre Hand. »Du musst versuchen, ihn zu verstehen. Er will doch nur, dass du einen guten Ehemann bekommst. Wieso kannst du das nicht akzeptieren? Was ist denn so schlimm an Chastain?«

»Sprich nicht von ihm.«

»Versetz dich doch einmal in Gaspards Lage ...«

»Von ihm auch nicht!«, sagte Isabelle schärfer, woraufhin ihre Mutter leise zu weinen begann.

Isabelle ertrug den Anblick ihrer Tränen nicht und starrte zum Fenster hinaus. Sie wünschte, ihr Vater wäre noch am Leben. Er hätte nicht zugelassen, dass es je so weit käme. *Wäre er noch da, hätte sich Gaspard nie zu solch einem Ungeheuer entwickelt.*

»Ich sollte jetzt gehen. Wir haben noch viel Arbeit vor der Hochzeit«, murmelte ihre Mutter und schlüpfte aus der Kammer.

Bevor Huon, der draußen Wache stand, die Tür schließen konnte, baute sich Isabelle vor ihm auf. »Lass mich hinaus«, forderte sie.

»Tut mir leid, Mademoiselle, das darf ich nicht.« Huon wich ihrem Blick aus. »Der Herr hat's befohlen.«

»Und was würdest du tun, wenn ich dir einen Tritt versetzte und einfach davonliefe?«

»Müsste ich Euch nachlaufen und einfangen. Tut mir wirklich leid«, murmelte der Knecht und versank vor Scham schier im Boden.

Isabelle warf die Tür zu.

Juni 1189

Varennes-Saint-Jacques

Stunde um Stunde, Tag um Tag kroch an ihr vorbei. Wenn sie nicht am Fenster saß und dem Treiben auf dem Domplatz zusah, kauerte sie auf dem Boden und spielte mit dem Kreuz, das Michel ihr einst geschenkt hatte. In den Nächten schlief sie kaum, war aber auch nicht richtig wach. Jegliche Lebenskraft schien sie verlassen zu haben.

Sie fragte sich, ob Michel bereits heimgekehrt war. Endlose Stunden beobachtete sie sein Haus, doch die Einzigen, die ein und aus gingen, waren Thérese, Matenda und der neue Knecht, Foulque. Nun, er hätte ihr ohnehin nicht helfen können. Sie war auf sich allein gestellt – und konnte nicht das Geringste tun. Sollte sie des Nachts aus dem Fenster klettern? Töricht. Damit erreichte sie nur, dass sie sich den Hals brach. Andererseits – vielleicht wäre ein schneller Tod der Ehe mit Chastain vorzuziehen.

Eine Woche verging. Und noch eine.

Und dann, plötzlich, war der Tag ihrer Hochzeit da.

Morgens kamen ihre Mutter und Lutisse herein und versuchten sie zu überreden, ihr schönstes Kleid und ihren kostbarsten Schmuck anzuziehen. Isabelle wusste, sie sollte sich wehren und den ganzen Plunder zum Fenster hinauswerfen, doch irgendwann in den vergangenen zwei Tagen war der letzte Rest ihres Kampfgeistes erloschen. Sie fühlte sich leblos, müde und schwach, und so ließ sie es geschehen, dass die beiden Frauen sie ankleideten. Dabei lächelten sie gequält und quasselten mit aufgesetzter Fröhlichkeit davon, was für ein schöner Tag dies werden würde, Isabelle werde es gewiss nicht bereuen, den reichen Tuchhändler zu ehelichen, sie werde schon sehen.

Die nächsten Stunden rauschten an ihr vorbei wie ein verschwommener, unwirklicher Albtraum. Mit versteinerter Miene führte Gaspard sie zu Chastains Pfarrkirche, wo sich die beiden Familien mit den Schwurbrüdern der Gilde und den übrigen Gästen zu einer ausgelassenen, lärmenden Menschenmenge vereinigten.

Als Chastain Isabelle erblickte, erschien auf seinem Gesicht ein schwachsinniges Trottelgrinsen, das für den Rest des Tages nicht mehr verschwinden sollte. Der Pfarrer, ein kränklich aussehender Kerl mit Pferdegesicht, leierte die Brautmesse herunter. Lieder wurden gesungen, Weihrauch verbrannt, das Hohelied der Liebe vorgetragen, und irgendwann strömte die Menge zur Brautpforte in der Nordseite der Kirche hinaus. Isabelle und Chastain blieben unter dem Vordach stehen, während die Gemeinde im Kirchhof Aufstellung bezog.

»Ich warne dich – verdirbt es ja nicht«, raunte Gaspard ihr zu, bevor er zu Marie, Lutisse und den Bediensteten schritt.

»Willst du, Hernance Chastain, Isabelle Caron, die Gott dir anvertraut, als dein Eheweib lieben und ehren und die Ehe nach Gottes Gebot führen, bis der Tod euch scheidet, so antworte mit Ja«, wandte sich der Priester an Chastain.

»Ja!«, sagte der Tuchhändler entschlossen.

Der Geistliche blickte Isabelle mit seinen wässrigen Augen an. »Willst du, Isabelle Caron, Hernance Chastain, den Gott dir anvertraut, als deinen Gemahl lieben und ehren und die Ehe nach Gottes Gebot führen, bis der Tod euch scheidet, so antworte mit Ja.«

Obwohl Gaspard sie drohend anstierte, schwieg Isabelle. Chastain trat nervös von einem Fuß auf den anderen, ohne dass das Lächeln aus seinem Gesicht wich. Der Priester schaute erst sie an, dann ihn, dann wieder sie. »So antworte mit Ja«, wiederholte er mit Nachdruck und zeichnete ein Kreuz in die Luft, offenkundig in der Hoffnung, damit die störrische Braut an ihre christlichen Pflichten zu erinnern.

Als Isabelle abermals nichts sagte und sich das peinliche Schweigen bis in jede Ecke des Kirchhofs ausdehnte, entschied der Geistliche kurzerhand, mit der Zeremonie fortzufahren. Mit großem Getue besprenkelte er die Brautleute mit Weihwasser und sprach lauthals den Segen: »*Et ego vos coniungo in nomine Patris et Filii et Spiritus Sancti.*«

Der Messe schloss sich der Brautlauf an, bei dem die Familien und ihre Gäste von der Kirche zu Chastains Haus zogen, damit der Tuchhändler seine Braut heimholen konnte, wie es seit alter Zeit Brauch war. Isabelle und ihr Gemahl nahmen auf einem Pferdewagen Platz, den Chastains jüngerer Bruder Aubry durch die Gassen lenkte. Dass ein reicher Bürger heiratete, kam in einer kleinen Stadt wie Varennes nicht allzu oft vor, und eine Prozession prächtig gekleideter Menschen war stets ein willkommener Anblick. Leute traten aus ihren Häusern und Werkstätten, um Maulaffen feilzuhalten und dem Paar auf dem Wagen anzügliche Bemerkungen zuzurufen. Spielleute begleiteten den Zug mit albernen Liedern, Gaukler jonglierten mit Fackeln, der Wein floss in Strömen, kaum dass die Menge den Kirchhof verlassen hatte. So dauerte es nicht lange, bis die ersten Gäste beschwipst waren und sich mit roten Gesichtern in den Armen lagen. Isabelle beneidete sie über alle Maßen. Sie hätte sich auch gerne hemmungslos betrunken; das hätte das, was noch vor ihr lag, gewiss erträglicher gemacht oder ihr wenigstens den nötigen Gleichmut verschafft. Aber sie war die Braut, und von der Braut erwartete man würdevolle Eleganz, was in ihrem Fall bedeutete: stocksteif dazusitzen und so zu tun, als ginge sie das alles nichts an. Dass sie kein einziges Mal lächelte, schien niemanden zu stören, nicht einmal Chastain, der vor lauter Aufregung ständig nach dem Weinschlauch rief.

»Ich bin der glücklichste Mann der Stadt!«, brüllte er mit

schriller Stimme und wäre dabei vom Wagen gefallen, wenn Aubry ihn nicht im letzten Moment festgehalten hätte.

Als sie den Domplatz erreichten, verabschiedete sich Michel von Catherine, Duval und Melville, entließ die Söldner und fuhr den Ochsenwagen zu seinem Haus. Thérese, die gerade die Hofeinfahrt fegte, kam ihnen entgegen, einen fröhlichen Gruß auf den Lippen.

»Schön, dass Ihr wieder da seid, Herr. Ich hoffe, die Reise hat sich gelohnt.«

»Sei so gut und hol Foulque, damit er Louis mit dem Wagen hilft.« Michel sprang herunter und spähte am Dom vorbei die Straße hinauf. Gerade bog ein lärmender Festzug in die Rue des Teinturiers am Kanal ein. »Wer feiert da?«

»Hernance Chastain und Isabelle Caron heiraten heute«, erklärte Thérese.

Dreimal, viermal schlug sein Herz, ehe er seine Sprache wiederfand. »Ich dachte, sie heiraten erst im August.«

»Nein, schon heute. Herr Chastain und Herr Caron haben die Vermählung vorverlegt.« Die Magd lief davon.

»Kümmere dich um alles«, befahl Michel Louis knapp und eilte über den Domplatz. *Das kann nicht sein,* dachte er. *Das kann einfach nicht sein.*

Als er zur Rue des Teinturiers kam, näherte sich der Brautlauf gerade Chastains Haus, das vom Erdgeschoss bis zum Dach mit Blumen und bunten Bändern geschmückt war. Michel schob sich an Gästen, Musikanten und Gauklern vorbei zur Spitze des Festzuges. Isabelle saß neben dem angetrunkenen Chastain auf einem Zweispänner. Als sie ihn erblickte, weiteten sich ihre Augen.

»Was willst du hier?«, blaffte Gaspard, der aus der Menge auf ihn zustürzte. »Niemand hat dich eingeladen. Na los, verschwinde.«

»Jetzt habt Euch nicht so, Caron«, mischte sich Isoré Le Roux ein. »Hernance hat die ganze Gilde eingeladen.«

Auf dem Wagen flüsterte Isabelle dem Tuchhändler etwas ins Ohr. Chastain wandte den Kopf, und sein Grinsen wuchs in die Breite.

»Herr de Fleury! Wie schön, dass Ihr es noch rechtzeitig geschafft habt. Feiert mit uns. Wein für den Gildemeister!«, brüllte er.

Jemand drückte Michel einen Krug in die Hand. Währenddessen hatte Gaspard Verstärkung von seinen Busenfreunden Baudouin, Pérouse und Vanchelle bekommen, die Michel finster anstarrten.

»Ich will nicht, dass er hier ist«, sagte Gaspard zu Chastain. »Ich bitte Euch, Hernance – schickt ihn weg.«

»Seid doch nicht so verbittert, Schwager«, rief der Tuchhändler leutselig. »Heute ist ein Freudentag, und ich möchte, dass alle glücklich sind und ihren alten Zwist vergessen. Kommt, reicht einander die Hand und trinkt auf unser Wohl.« Ungeschickt und mit der Hilfe seines Bruders stieg er vom Wagen und führte Isabelle zum Haus. Bevor sie durch die Tür trat, schaute sie sich noch einmal zu Michel um. *Hilf mir,* flehte ihr Blick.

Nun drängten auch die Gäste ins Haus. Wein schwappte auf sein Gewand, als Michel von schwitzenden Leibern eingeschlossen und mitgerissen wurde.

Was sich im Gesellschaftssaal abspielte, war kein Vermählungsfest – es war eine Orgie, ein Exzess, eine Schlacht. Knechte trugen das Mahl auf, und die Gäste fielen wie ausgehungerte Tiere über Fleisch, Fisch, Brot und Gemüse her. Die Mägde kamen gar nicht nach, die Kelche zu füllen, so gierig stürzten Männer wie Frauen den Würzwein hinunter. Bald glänzten Bärte fettig, Wangen glühten rot, Augen wurden zusehens trüb. Nicht nur die Familien, ihre Nachbarn und Freunde feierten auf Chastains Kosten, auch zahlreiche Leute von der Straße, die sich einfach dem Brautlauf angeschlossen hatten. Die Spielleute und Gaukler sprangen auf die Tische und stampften durch die Essensreste, während sie ihre schrillen Lieder und albernen Kunststücke darboten. Wenn Chastain nicht gerade töricht grinste oder Wein in sich hineinschüttete, glotzte er Isabelle wollüstig an. Ihre Mutter und Lutisse bemühten sich, mit Chastains Mutter und seinen Schwestern Freundschaft zu schließen. Steif lächelnd saßen sie an der Tafel und bemühten sich um ein gesittetes Gespräch – bei all dem Lärm und Getöse ein unmögliches Unterfangen.

Gaspard hatte sich unterdessen mit Baudouin, Pérouse und Vanchelle in eine Ecke des Saales verzogen. Die vier steckten die Köpfe zusammen und tuschelten, als wären sie nicht auf einer Hochzeit, sondern beim Geheimtreffen einer Verschwörung.

Während die Gäste immer betrunkener wurden, während sie grölten und rülpsten und furzten, schaute Isabelle zu Michel. Er saß zwischen Le Roux und Baffour, die mit ihm trinken und lachen wollten und gar nicht merkten, dass er sie nicht beachtete, dass er weder seinen Wein noch sein Essen anrührte. All die Stunden hielt er sie mit seinem Blick fest, als könne er verhindern, was geschehen würde, wenn er sie nicht aus den Augen ließ.

Isabelle stellte sich vor, *er* würde jetzt neben ihr sitzen, nicht Chastain. Eine sanfte, freundliche Wärme verdrängte die Kälte in ihrem Innern. *Ja. Das wäre wundervoll …*

Sie sah, dass Michel lächelte. Dachte er gerade dasselbe?

Es war ein schöner Traum, einer, der sie für eine Weile vergessen ließ, wo sie war und was ihr bevorstand. Doch wie die meisten seligen Träume endete auch dieser unsanft und jäh, als Aubry torkelnd gegen die Tafel prallte und grölte: »Genug gefeiert, Bruder! Es wird Zeit für deine Hochzeitsnacht!«

»Ja!«, brüllten die Gäste, sofern sie noch dazu imstande waren und nicht längst sturzbetrunken unter den Tischen lagen.

Chastain stand schwankend auf und streifte Isabelle dabei mit einem halb nervösen, halb lüsternen Blick. »Ich bin bereit«, erklärte er linkisch.

»Das will ich dir auch geraten haben!«, rief Aubry. »Los, schnappt sie euch!«

Chastains übrige Brüder, Milon Poupart, Baudouin, Pérouse und Vanchelle von der Gilde und zwei Gesellen Chastains ergriffen das Brautpaar, hoben Isabelle und den Tuchhändler hoch und trugen sie unter dem Johlen der Menge durch das Haus. Isabelle saß bei Pérouse und Vanchelle auf den Schultern, die es sich nicht nehmen ließen, ihr die Hände weit, weit unter die Röcke zu schieben.

»Besorg's ihr tüchtig, Hernance!«, rief jemand.

»Ja, nimm sie ordentlich ran!«, grölte ein anderer.

»Du bist wirklich zu beneiden, Mann!«

»Wenn du außer Atem bist, lass es mich wissen. Ich helfe gern aus!«

Der Einzige, der sitzen blieb, war Michel. Er hatte den Blick gesenkt und umklammerte den Weinkelch.

»Hohoho!«, machte die Menge und »Hahaha!«, während sie das Brautpaar die Treppe hinauftrug. Der Pfarrer ging voraus und räucherte das Schlafgemach mit Weihrauch aus, um böse Zauber zu vertreiben und die Hochzeitsnacht zu segnen. Schließlich wurden Isabelle und Chastain vor dem Ehebett abgesetzt. Aubry rief: »Wagt es ja nicht runterzukommen, bevor es getan ist. Lassen wir das glückliche Paar allein. Alles mir nach!« Er warf die Tür zu, lärmend entfernte sich die Festgemeinschaft, um unten weiterzufeiern.

Isabelle und der Tuchhändler standen einander schweigend gegenüber.

»Ja«, begann Chastain, dessen Gesicht vom Wein knallrot war. »Nun ist es also so weit, schätze ich … Bitte ängstige dich nicht. Ich … ich werde dir nicht wehtun.«

Isabelle hatte die Arme vor der Brust verschränkt. Sie konnte nicht verhindern, was nun geschah, aber sie würde Chastain keinen Fingerbreit entgegenkommen. Er würde ihr jede Kleinigkeit befehlen müssen.

Er leckte sich über die Lippen. »Z-zieh dich aus«, brachte er hervor.

So wenig verführerisch wie möglich streifte Isabelle ihre Kleider ab, legte sie ordentlich zusammen und stapelte sie auf dem Stuhl. Chastain hingegen hatte es mit dem Ausziehen so eilig, dass er sich beinahe mit seinem Leibhemd strangulierte. Außerdem verhedderte er sich in seiner Bruche, taumelte gegen den Bettpfosten und lächelte sie töricht an.

»Ich fürchte, ich habe heute einiges getrunken«, erklärte er entschuldigend.

Dann stand er da, nur noch mit Strümpfen bekleidet, und glotzte sie an. »Wie schön du bist«, sagte er mit belegter Stimme. Sein Blick glitt über ihre Brüste, ihre Hüften, ihre Scham, ihre Schenkel und wieder hinauf zu den Brüsten. Dabei schwoll sein Glied an, bis es wie ein knotiges Pilzgewächs von seinem Körper abstand. Die Spitze glitzerte feucht im Kerzenschein.

Mit verschränkten Armen wartete Isabelle auf seine Anweisungen.

»Leg dich aufs Bett.«

Sie gehorchte und starrte an die Decke. Der Tuchhändler trat auf sie zu, wobei sein Glied grotesk hin und her wackelte. Sein Atem ging stockend und schwer.

»Hab keine Angst. Ich bin ein sanfter Mann. Ja. Ein sanfter Mann.«

Michel war nach draußen gegangen, nachdem er das Gefühl gehabt hatte, er werde gleich ersticken. Mit dem Kelch in der Hand stand er vor der Tür und atmete die kühle Nachtluft ein, während drinnen die Menge das Saufgelage wiederaufnahm. Er trank einen Schluck, doch der Wein schmeckte ihm wie Essig.

Er hob den Kopf, spähte zu dem Fenster im zweiten Obergeschoss, in dem noch Licht brannte, und sein Magen zog sich zusammen beim Gedanken daran, was dort soeben geschah.

Ich bin zu spät gekommen. Ich hätte das verhindern können, wenn ich nicht auf diese gottverfluchte Handelsreise gegangen wäre.

Er schleuderte den Kelch über die Straße, wo er scheppernd gegen eine Hofmauer prallte.

»Zornig?«

Michel blickte zur Tür. Es war Gaspard, der ins Freie trat. Er drehte sich wieder um.

»Eine schöne Feier, nicht wahr?«

»Chastain hat keine Kosten gescheut«, sagte Michel.

»Er liebt meine Schwester eben sehr.«

»Liebt sie ihn auch?«

»Das wird sich geben, wie in jeder guten Ehe.«

»Der Gaspard, den ich einst kannte, hätte nicht so geredet. Er hätte alles getan, dass Isabelle glücklich wird.«

»Das wird sie«, sagte Gaspard. »Sie hat jetzt einen angesehenen Ehemann, ein großes Haus, eine neue Familie – ein Leben im Wohlstand wartet auf sie. Ganz Varennes wird sie beneiden. Mehr kann sich eine Frau nicht wünschen.«

»Du glaubst das wirklich, oder?« Michel zog seine Mütze hinter dem Gürtel hervor und setzte sie auf. »Gute Nacht.«

»Sie hätte dein sein können«, rief Gaspard ihm nach. »Aber du hast es ja vorgezogen, alles kaputtzumachen!«

Michel schritt die Straße hinab, ohne sich noch einmal umzublicken.

So vorsichtig, als fürchte er, sie zu zerbrechen, öffnete Chastain ihre Schenkel, kniete sich dazwischen und begann, ihren Körper mit Küssen einzudecken. Er keuchte wie ein Lungenkranker, und sein Atem stank nach saurem Wein, Fett und Zwiebeln. Was er für zärtlich hielt, war in erster Linie ungeschickt, und er war der irrigen Annahme aufgesessen, es errege sie, wenn er sie von der Brust bis zur Scham ableckte. Das tat es nicht, nicht im Geringsten, obwohl sich Isabelle angestrengt vorzustellen versuchte, dass es Michel war, der sie liebkoste. Doch im Gegensatz zu Chastain konnte Michel mit seiner Zunge umgehen, weshalb sie es bald aufgab, sich in fruchtlose Fantasien zu flüchten. Tatsächlich erwog sie, ihren Gemahl aufzufordern, endlich in sie einzudringen, damit sie es rasch hinter sich hatte.

Während er an ihrer Brustwarze saugte und lutschte, schnaufte er immer lauter, immer schneller, und plötzlich verzerrte sich sein Gesicht zu einer Grimasse der Wonne. Mit einem lauten Stöhnen entleerte er sich auf die Bettdecke.

Heiliger Jacques, ich danke dir, dachte Isabelle.

Betroffen betrachtete Chastain das Malheur. »So ein Missgeschick«, stammelte er. »Wie konnte das nur passieren? Kann mir das nicht erklären …«

Er setzte sich auf, und seine Männlichkeit lag schlaff und schrumpelig auf seinem Oberschenkel. »Wir versuchen es gleich noch einmal«, verkündete er, legte sich neben sie und ergriff ihre Hand. »O Isabelle«, murmelte er. »Wir sind Mann und Frau. Mann und Frau. Ist das nicht ein Glück?«

Im nächsten Moment schnarchte er so laut wie ein ganzer Trupp Holzfäller.

In dieser Nacht tat Michel kein Auge zu. Ziellos schlurfte er durch die Gassen, bis irgendwann der Morgen graute. Er ging nach Hause und setzte sich in seine Schreibstube, starrte ins Nichts und hörte kaum, wie draußen die Stadt erwachte.

Neben ihm stand die Schatulle mit dem Silber, das er in Flandern und Metz verdient hatte – mit dem Geld, das Isabelle und ihm einen Neuanfang in der Fremde hätte ermöglichen sollen. Er tauchte eine Hand hinein, nahm einige Münzen in die Faust und schob sie mit dem Daumen über den Zeigefinger, sodass sie einzeln in die Truhe zurückfielen.

Pling. Pling. Pling.

Auf den Morgen folgte der Mittag, auf den Mittag der Nachmittag. Auf dem Markt schrien die Kleinkrämer und priesen ihren Plunder an.

Es klopfte, und Foulque kam herein.

»Herr Chastain ist da. Er möchte Euch sprechen.«

Michels Faust ballte sich um die letzte Münze, sodass das Metall schmerzhaft in sein Fleisch schnitt. »Schick ihn fort. Ich fühle mich nicht wohl.«

»Er sagt, es geht um die Gilde.«

Michel seufzte und warf den Schilling zu den anderen. »Na schön. Na schön. Führ ihn schon herauf.«

Strahlend wie ein Honigkuchenpferd betrat Chastain die Schreibstube. »Herr de Fleury! War das nicht eine denkwürdige Feier gestern? Schade, dass Ihr schon so früh gegangen seid – man sagte mir, Le Roux und die anderen hätten bis zum Morgen getrunken und gelacht. Aber Ihr wart gewiss müde von Eurer Reise.«

»Was führt Euch zu mir, Hernance?«

»Ich glaube, ich war noch nie so glücklich. Ich möchte meine Schwurbrüder daran teilhaben lassen und der Gilde eine größere Summe spenden.«

»Das ist sehr großzügig von Euch. Um wie viel handelt es sich?«

»Drei Silberpfund in frisch geprägten Sous. Wartet. Ich habe das Geld hier.« Umständlich löste der Tuchhändler seine Geldkatze vom Gürtel, öffnete sie und begann, Münzen auf dem Tisch zu stapeln. Währenddessen plapperte er munter weiter. »Wahrlich, ich könnte die ganze Welt umarmen. Isabelle ist eine Frau, wie sie sich jeder Mann wünscht. Freundlich, klug, sittsam … außer in der Nacht.« Chastains Augen funkelten vielsagend. »Ich kann Euch sagen, im Bett ist sie eine wahre …«

Michel schlug mit der flachen Hand auf das Schreibpult, sodass sein Besucher zusammenzuckte. »Es tut mir aufrichtig leid, Hernance, aber ich habe jetzt keine Zeit, mit Euch zu plaudern. Es war eine anstrengende Reise, und ich habe viel zu tun. Wenn Ihr mir also Eure Spende aushändigen würdet?«

Irgendwie gelang es ihm, Chastain abzuwimmeln. Nachdem

der Tuchhändler gegangen war, sank er auf seinen Stuhl und ließ den Kopf gegen die Lehne sinken.

Er musste Isabelle treffen, sie sehen, mit ihr sprechen, so schnell wie möglich.

Das war nicht so einfach, wie er dachte. Tatsächlich erwies es sich als nahezu unmöglich.

Es war nicht so, dass Chastain Isabelle zu Hause einsperrte. Ganz im Gegenteil, der Tuchhändler zeigte sich bei jeder Gelegenheit mit ihr in der Stadt, strahlend vor Besitzerstolz, um mit seiner jungen und schönen Gemahlin zu prahlen. Allerdings wich er dabei nie von ihrer Seite und ließ sie keinen Moment aus den Augen, sodass es Michel nicht gelang, ungestört mit ihr zu sprechen. Wenn sie sich in den Gassen oder bei der Sonntagsmesse im Dom trafen, konnten sie lediglich ein paar unverbindliche Worte miteinander wechseln. In der Öffentlichkeit und im Beisein Chastains war er der Gildemeister und sie das Weib eines Schwurbruders – ein längeres, vertrauliches Gespräch zwischen ihnen wäre nicht schicklich gewesen.

Alles, was sie tun konnten, war, sich Blicke zuzuwerfen. Wenn sie ihn ansah, entdeckte er ein Flehen in ihren Augen, das ihm beinahe das Herz zerriss.

Eines Morgens besuchte er Chastain unter dem Vorwand, er müsse Angelegenheiten der Gilde mit ihm besprechen. Michel hoffte, im Haus des Tuchhändlers ergäbe sich vielleicht eine Gelegenheit für ein kurzes Treffen mit Isabelle. Auch diesmal wurde er enttäuscht. Wenn Chastain nicht selbst auf sie aufpasste, ließ er sie ununterbrochen von zwei Mägden überwachen. Er war offenbar fest entschlossen, keinen anderen Mann in ihre Nähe zu lassen.

Niedergeschlagen ging Michel nach Hause, setzte sich in die Stube und klopfte mit seinem Amtsstab gegen die Tischkante.

Was konnte er jetzt noch tun?

Auch Isabelle verzehrte sich danach, Michel zu treffen. Auch ihr gelang es nicht.

Bereits am zweiten Tag ihrer Ehe hatte Chastain ihr sanft, aber bestimmt zu verstehen gegeben, er wünsche nicht, dass sich seine Gemahlin allein in der Stadt zeige. Wenn sie das Haus verlasse und er sie nicht begleiten könne, müsse sie stets eine Magd mitnehmen, besser alle zwei. Die beiden jungen Frauen achteten wie Schießhunde darauf, dass Isabelle sich nicht über die Anweisung ihres Gatten hinwegsetzte und sich heimlich davonstahl. Als sie es einmal versuchte, bemerkten die Mägde es und hefteten sich mit missbilligenden Gesichtern an ihre Fersen.

Wohl in der Annahme, dies könne die verlorene Freiheit aufwiegen, überhäufte Chastain sie mit Geschenken. Beinahe jeden Tag brachte er ihr etwas aus der Stadt mit, einen Ring, eine Halskette, ein teures Kleidungsstück. Sie war gefangen in einem goldenen Käfig. Wenigstens hatte der Tuchhändler ihr gestattet, ihre Tiere herzubringen. Ohne ihre alten Gefährten hätte die Verzweiflung sie gewiss nach wenigen Wochen zugrunde gerichtet.

Tag und Nacht grübelte Isabelle darüber nach, wie sie ihre Bewegungsfreiheit zurückerlangen könnte. Es musste ihr irgendwie gelingen, seinen Argwohn zu zerstreuen, damit er ihr erlaubte, allein das Haus zu verlassen.

Worauf gründet sein Misstrauen?

Die Antwort war denkbar einfach: Chastain hatte berechtigte Zweifel, ob sie seine Liebe erwiderte. *Natürlich* hegte er derartige Bedenken. Immerhin machte sie keinen Hehl aus dem Abscheu, den sie für ihn empfand.

Könnte sie es schaffen, ihn glauben zu machen, dass sie ihn als Gemahl schätzte? Auch wenn sie dafür ihre Gefühle verleugnen musste?

Am nächsten Morgen ging sie in Begleitung ihrer Aufpasserinnen auf den Markt und kaufte Schnittblumen, die sie in der Stube und dem Schlafgemach aufstellte. Anschließend fragte sie

Chastains Mutter um Erlaubnis, die Einrichtung beider Räume verändern zu dürfen. Ihre Schwiegermutter war eine dickliche, gutmütige und nicht allzu kluge Frau, die sich freute, dass Isabelle endlich aus sich herausging. Sie half ihr, frische Tischdecken und dazu passende Leuchter und anderes Geschirr herauszusuchen und die Kammern zu verschönern.

Als Chastain abends nach Hause kam, erwartete Isabelle ihn in der Stube. Sie war allein; ihre Schwiegermutter hatte sich nicht wohlgefühlt und sich bereits in ihr Schlafgemach zurückgezogen.

Der Tuchfärber bemerkte sogleich die zahlreichen Veränderungen in der Stube. »Hat Mutter die Blumen gekauft?«

»Das war ich.« Isabelle legte ihr Stickzeug weg. »Bitte setzt Euch zu mir.«

Verwundert nahm Chastain neben ihr Platz und betrachtete die neue Einrichtung. »Ihr habt Euch ja richtig Mühe gegeben.«

»Ich möchte Euch um Verzeihung bitten, Hernance. Ich war Euch keine gute Ehefrau. Ich war kalt und abweisend, obwohl Ihr mich stets freundlich behandelt. Das möchte ich ändern. Von nun an will ich versuchen, Eure Liebe zu erwidern.« Es kostete sie die größte Mühe, diese Worte auszusprechen, und sie rechnete damit, dass Chastain dieses schäbige Manöver durchschaute. Doch der Tuchfärber lächelte nur töricht.

»Ich… ich weiß nicht, was ich sagen soll. Ihr macht mich glücklich, Isabelle.«

»Die ersten Wochen unserer Ehe waren schwierig.« Sie ergriff seine Hand. »Wollen wir einen neuen Versuch wagen?«

»Ja.«

Er blickte ihr tief in die Augen. Auch jetzt durchschaute er sie nicht; stattdessen küsste er sie gierig auf den Mund. Isabelle musste all ihre Willenskraft aufbieten, ihren Widerwillen nicht zu zeigen.

Er atmete schwer vor Erregung. »Lasst uns nach drüben gehen.«

Chastain ergriff ihre Hand und führte sie ins Schlafgemach. Beinahe bewunderte sie seine Beharrlichkeit. Obwohl sie noch keine drei Wochen verheiratet waren, bestand ihr Eheleben schon jetzt aus einer langen Reihe von peinlichen Pannen. Chastain war einfach nicht imstande, mit ihr den Liebesakt zu vollziehen. Entweder war er so erregt, dass er bereits nach wenigen Augenblicken zum Höhepunkt kam, oder aber sein Glied erschlaffte nach kürzester Zeit, vermutlich, weil ihn Isabelles Schönheit einschüchterte. So wurde jede Nacht für ihn zu einer Demütigung. Trotzdem versuchte er Abend für Abend aufs Neue sein Glück.

Heute sollte es wieder nicht klappen, was zu einem gewissen Teil daran lag, dass Isabelle nachhalf. Kaum lagen sie nackt auf dem Bett, flüsterte sie ihm ins Ohr: »Dringt in mich ein, mein Gemahl. Ich will Euch in mir spüren.«

Er keuchte erregt, als sie mit der Hand über seinen Oberschenkel strich. Eine Berührung seines Gliedes genügte, dass er seinen Samen verspritzte.

Niedergeschmettert von dem neuerlichen Misserfolg murmelte er: »Es tut mir leid. Wenn ich nur wüsste, was mit mir los ist …«

»Das macht doch nichts«, erwiderte sie sanft und schmiegte sich an ihn. »Eines Tages wird es Euch gelingen, mich zu lieben, da bin ich sicher. Wir müssen Vertrauen haben.«

»Ja – Vertrauen«, wiederholte er wenig überzeugt.

Obwohl sie sich wieder und wieder sagte, dass das, was sie tat, notwendig war, fühlte sie sich in jener Nacht wie eine Hure.

Juli und August 1189

Varennes-Saint-Jacques

Isabelle wusste, dass es nicht damit getan war, Blumen aufzustellen und Chastain ihrer guten Absichten zu versichern. In den folgenden Wochen versuchte sie subtil, aber beharrlich, ihm ihre vermeintliche Zuneigung zu zeigen. Sie hörte ihm geduldig zu, wenn er von seinen geschäftlichen Sorgen berichtete, und gab ihm gute Ratschläge. Wenn er abends von der Arbeit kam, brachte sie ihm einen Krug Wein. Mit seiner Mutter verschönerte sie weiter das Haus. Zu seinen Schwestern baute sie ein freundschaftliches Verhältnis auf.

Ihre Selbstachtung sank von Tag zu Tag, dafür stellte sich allmählich der gewünschte Erfolg ein. All diese kleinen, aber wirkungsvollen Gesten bewirkten, dass er Vertrauen zu ihr fasste und sie nicht mehr von früh bis spät überwachen ließ. Zwei Tage nach Mariae Himmelfahrt durfte sie erstmals ohne Begleitung das Haus verlassen.

Heimlich schrieb sie eine Nachricht und verbarg sie im Ärmel ihres Gewandes, bevor sie nach draußen ging. Sie fühlte sich, als hätte man sie aus einem Kerker freigelassen. Zum ersten Mal seit zwei Monaten schien sie wieder richtig atmen zu können. Lächelnd schlenderte sie an Läden und Handwerksstuben vorbei, lauschte dem Raunen der Stadt und genoss die Morgensonne auf ihrem Gesicht.

Sie hielt einen Jungen an, der die Grande Rue entlangrannte. »Willst du dir zwei Deniers verdienen?«

Der Bursche grinste breit. »Immer doch, schöne Dame.«

»Bist du verschwiegen?«

»Wie ein Grab!«

»Gut. Bring das Herrn de Fleury, dem Gildemeister. Aber achte darauf, dass dich niemand sieht. Hier ist ein Denier für deine Dienste. Der zweite ist dafür, dass du den Mund hältst. Hast du verstanden?«

»Ihr könnt Euch auf mich verlassen, schöne Dame.« Mit ihrer Nachricht in der Hand rannte der Junge davon.

Kaum war der Bote fort, ging Michel ins Haus und faltete den Brief auseinander. Als er die Schrift erkannte, schien sein Herz einen Schlag auszusetzen.

Komm zur Herberge am Nordtor. Ich muss dich sehen. Isabelle

Das Pergament knisterte, als er seine Hand unwillkürlich zur Faust ballte. Endlich hatte sie es geschafft, ihrem goldenen Käfig zu entfliehen, wenigstens für ein paar Stunden. Obwohl Michel gerade in Arbeit versank, ließ er alles stehen und liegen, hüllte sich in seinen Umhang und eilte durch die Gassen.

Sie hatten Glück: Ihre Dachkammer war gerade nicht belegt. Michel gab dem Wirt ein großzügiges Schweigegeld, bevor er die Stufen hinaufeilte. Isabelle erhob sich von dem Schemel am Fenster, als er eintrat. Obwohl alles in ihm danach schrie, sie in die Arme zu nehmen, sie an sich zu drücken, sie zu berühren und zu küssen, zögerte er. Früher war ihr heimliches Verhältnis lediglich eine Sünde gewesen. Jetzt wäre es ein Verbrechen, für das man sie hart bestrafen würde, wenn man ihnen auf die Schliche käme. Schon dass sich Isabelle, eine verheiratete Frau, allein mit ihm traf, war ein Verstoß gegen kirchliches Gesetz.

Eine Weile standen sie da und musterten einander, als hätten sie sich Jahre nicht gesehen. Es gab so vieles, das Michel ihr sagen wollte, doch ihm kam nur ein Wort über die Lippen.

»Isabelle.«

»Michel«, sagte sie leise, flüsternd gar. Sie lächelte. Gleichzeitig erschien in ihren Augen eine Regung, die er nicht kannte, die früher nicht da gewesen war. *Schmerz*, dachte er. *Einsamkeit*.

Langsam machte er einen Schritt auf sie zu. »Wie behandelt dich Chastain?«

»Er tut sein Bestes.«

»Er schlägt dich doch nicht?«

»Das würde er niemals wagen. Auf seine Weise ist er ein guter Mann. Sorge dich nicht um mich.«

»Ich wünschte, ich wäre da gewesen«, sagte Michel. »Ich habe dich im Stich gelassen. Ich hätte … ich …« Seine Stimme versagte.

»Du hättest nichts tun können.« Sie trat auf ihn zu und legte ihm die Hand auf die Wange. Ihre Finger waren kühl und weich, beinahe wie Seide. »Du fehlst mir, Michel. Tag und Nacht. Jede Stunde, jede Minute. Das ist am schlimmsten.«

Er nahm ihre Hand in seine, küsste ihre Finger und schloss die Augen. Er spürte ihren Atem auf seinem Gesicht, bevor ihre Lippen seine fanden. Es war ein gieriger, verzweifelter Kuss, und ihre Finger fuhren durch sein Haar.

»Liebe mich«, flüsterte sie ihm ins Ohr.

»Nein, Isabelle. Das dürfen wir nicht.«

»Das ist mir egal. Ich will vergessen, Michel. Wenigstens für eine kurze Weile.«

Sie griff nach ihrer Brosche.

Leise raschelnd glitt ihr Umhang zu Boden.

September 1189

Varennes-Saint-Jacques

Im Spätsommer des Jahres 1189 verstarb nach sechsjähriger Amtszeit überraschend Folmar von Karden, der Erzbischof von Trier. Nachdem die Stadt an der Mosel drei Tage lang um den mächtigen Kirchenfürsten getrauert hatte, begann die Suche nach einem Nachfolger. Bald schon setzte sich Johann I., Archidiakon des Bistums und Reichskanzler des Kaisers, gegen seine Rivalen durch. Johann hatte sich in den vergangenen Jahren als gelehrter Kleriker und geschickter, weltgewandter Politiker erwiesen. Mit seinen außergewöhnlichen Fähigkeiten hatte er sowohl den Papst als auch die Fürsten des Heiligen Römischen Reiches beeindruckt; außerdem genoss er das Vertrauen des Reichsregenten, Barbarossas Sohn Heinrich VI. So überraschte es niemanden, dass er schließlich im September zum neuen Erzbischof von Trier gewählt wurde.

Als Johann unter dem Jubel der Trierer Bürger in den Stadtpalast einzog, fasste er den Entschluss, die Diözese zu neuer Größe zu führen. Ihren geistlichen Einfluss wollte er bewahren und ausbauen, Triers weltliche Macht festigen und ausweiten, damit das Bistum endlich mit den Fürstentümern an seinen Grenzen konkurrieren konnte. Tatkräftig und durchtrieben wie eh und je, unternahm er sogleich die ersten Schritte zur Verwirklichung seiner ambitionierten Pläne.

Einer der Ersten, die Johanns Ehrgeiz zu spüren bekamen, war Bischof Ulman. Ulman war gerade erst aus Trier zurückgekehrt, wo er der Wahl beigewohnt hatte, als ein berittener Bote in Varennes eintraf und ihm eine Nachricht seines neuen Erzbischofs überreichte.

In dem Brief brachte Johann seine Sorge über den Zustand der Stadtmauer von Varennes-Saint-Jacques zum Ausdruck. Er schrieb, die Fehde der Kaufmannsgilde gegen Aristide de Guillory im Winter 1187 und 1188 habe gezeigt, dass die Stadt Angriffen schutzlos ausgeliefert sei. Dieser gefährliche Zustand sei nicht länger hinnehmbar. Ulman sei daher aufgefordert, die Wehrmauer zu erneuern, um die Bischofsstadt gegen kriegerische Attacken zu sichern.

Ulman las die Nachricht in seinen Gemächern, während die goldene Septembersonne durch die Fenster hereinschien. Wenngleich er mit Schrecken an Johanns Besuch vor zwei Jahren zurückdachte, hatte auch er dessen Wahl zum Erzbischof unterstützt, hielt er den Reichskanzler doch für den fähigsten Kandidaten. Außerdem war Johann ihm nach wie vor gewogen, und seiner Laufbahn wäre es gewiss zuträglich, wenn ein Freund auf dem Stuhl des Erzbischofs säße.

Nun aber fragte er sich, ob er damit nicht einen schweren Fehler begangen hatte. Johanns Anordnung war schlichtweg absurd. Wenn es in Ulmans Macht läge, Varennes mit einer neuen Wehrmauer auszustatten, hätte er es längst getan. Doch woher sollte er das Geld für solch ein kostspieliges Unterfangen nehmen? Ein derartiges Bauwerk kostete viele hundert oder gar tausend Pfund. Seine Stadt aber war viel zu klein, um genügend Steuern, Abgaben und Zölle abzuwerfen.

Leider war es undenkbar, die Order des Erzbischofs zu ignorieren. Wenn er das täte, wäre er die längste Zeit Bischof von Varennes gewesen.

Er musste sich etwas einfallen lassen.

Wie kam er an frisches Geld? Tatsächlich war die finanzielle Lage des Bistums so gut wie lange nicht. Ulman gab es nur ungern zu, aber dank der neuen Brücke florierte der Handel, wodurch seine Decimatoren, Steuereintreiber und Zöllner sprudelnde Einnahmen verzeichneten. Und doch – es reichte nicht. Er musste neue Geldquellen erschließen.

Sollte er bei den lombardischen Bankiers in Metz ein Darlehen aufnehmen? Nein. Nur Narren wie Aristide de Guillory verschuldeten sich bei diesen Halsabschneidern. Eine neue Steuer erheben oder die bestehenden Abgaben erhöhen? Ebenfalls schwierig. Zu hohe Steuern hatten oft unabsehbare Folgen, sie förderten Schmuggel und Betrug aller Art, und der Schaden, den sie verursachten, war nicht selten höher als ihr finanzieller Nutzen.

Klüger wäre es, das Geld zu verrufen. Sämtliche Einwohner des Bistums zu zwingen, ihre Deniers und Sous abzugeben und gegen minderwertigere Silbermünzen einzutauschen, hatte zwar auch Nachteile – es schwächte etwa für einige Zeit den Handel –, brächte ihm aber auf einen Schlag hundert Pfund oder mehr ein. Außerdem hatten die Bürger so gut wie keine Möglichkeit, sich dieser Maßnahme zu entziehen.

In seinen ersten Amtsjahren hatte er sich dieses neuartigen Instrumentes mehrfach bedient, um die ausufernden Ausgaben des Bistums zu decken. Seit dem Erstarken der Gilde hatte er keinen Gebrauch mehr davon gemacht, denn es hätte unweigerlich neuen Streit mit den Kaufleuten heraufbeschworen. Natürlich scheute er keinen Konflikt mit ihnen, aber er war auch kein Dummkopf. Sie waren zu stark, als dass er es gefahrlos mit ihnen hätte aufnehmen können. Noch eine Niederlage würde seiner Autorität unheilbaren Schaden zufügen. Er würde sie erst dann herausfordern, wenn ihm der Sieg sicher wäre.

Er betrat den großen Saal, schritt zum Fenster und betrachtete mit gerunzelter Stirn die Gildehalle auf der anderen Seite des Domplatzes. Seit einiger Zeit verhielten sich die Kaufleute ruhig. Ausnahmsweise einmal schienen sie sich nur um ihre Geschäfte zu kümmern, statt Intrigen gegen Obrigkeit und Kirche zu spinnen. Von Jaufré Géroux und den anderen Ministerialen wusste Ulman, was bei den Gildezusammenkünften geschah. Nichts davon war sonderlich aufregend: Gaspard Caron schien seinen Einfluss auszubauen. Offenbar hatte sich der Tuchhändler Hernance Chastain nach seiner Hochzeit mit Carons Schwester auf dessen Seite geschlagen und gab ihm stets seine Stimme. Am Machtgefüge der Gilde änderte das freilich wenig. Unangefochtener Wortführer der Kaufleute war und blieb dieser Emporkömmling de Fleury.

Ulmans Blick wanderte von der Versammlungshalle zum Haus des Gildemeisters. Solange de Fleury eine Mehrheit der Schwurbrüder hinter sich vereinte, musste Ulman mit heftigem Widerstand rechnen, würde er das Geld verrufen.

Er presste die Fingerkuppen so fest auf den Fenstersims, dass die Knöchel weiß hervortraten.

Er musste weiter warten. Warten, bis sich de Fleury endlich eine Blöße gab.

Es blieb nicht bei einem Treffen. Schon vier Tage, nachdem sie sich geliebt hatten, trafen sie sich abermals in der Herberge am Nordtor. Und eine Woche darauf erneut.

Michels Angst um Isabelle wuchs von Tag zu Tag. Ehebruch war ein Angriff auf die Grundfesten christlicher Gemeinschaft und ein schweres Verbrechen gegen kirchliches und weltliches Recht. Vor allem sündigen Frauen drohten drakonische Strafen. Während sich der ehebrecherische Mann meist mit einer Geldbuße von seinem Vergehen reinwaschen konnte, musste die Frau damit rechnen, von Gemahl und Familie in die Ehrlosigkeit verstoßen zu werden, was meist ein Leben in Elend, Armut und Einsamkeit nach sich zog. In besonders schweren Fällen durfte das Schöffengericht gar grausame Leibstrafen verhängen. Schon so manche Ehebrecherin war am Pranger auf dem Domplatz vom städtischen Scharfrichter gezüchtigt worden und später an ihren Verletzungen gestorben.

Das kann so nicht weitergehen, dachte er, als er eines Abends von einem Treffen mit Isabelle nach Hause eilte. *Du musst das beenden. Du zerstörst sonst ihr Leben.*

Sein Vorsatz hielt genau drei Tage. Dann bekam er wieder eine Nachricht von Isabelle und machte sich ohne zu zögern auf den Weg zu ihr. Er konnte ihr verbotenes Verhältnis nicht beenden, und sie konnte es auch nicht. Ihre Sehnsucht, ihre Liebe zueinander waren stärker als jede Vernunft, mächtiger als die Angst vor Entdeckung.

Außerdem hatten sie leichtes Spiel. Nachdem es Isabelle gelungen war, Chastains Misstrauen zu zerstreuen und ihn glauben zu machen, sie erwidere seine Zuneigung, durfte sie ohne Begleitung das Haus verlassen, wann immer sie wollte. Hinzu kam, dass Chastain meist von früh bis spät in einer seiner Werkstätten arbeitete und gar nicht mitbekam, was sie tat. Wenn er es doch einmal erfuhr, machte sie ihm weis, sie streife über die Felder und Wiesen und beobachte die Tiere, wie es seit ihrer Kindheit ihre Gewohnheit sei. Er ließ sie gewähren.

»Tut, was immer Euch glücklich macht«, sagte er selig lächelnd. »Wenn Ihr glücklich seid, bin ich es auch.«

Inzwischen hielt Michel es für zu riskant, sich mit Isabelle in der Herberge zu treffen. Da waren zu viele Menschen, zu viele Augen und Ohren, und der Wirt wurde immer gieriger. Sie brauchten ein besseres Versteck, eines, wo sie gänzlich unbeobachtet wären. Er hörte sich in der Stadt um und erfuhr, dass die Abtei Longchamp einen Käufer für ein Grundstück samt Hütte am Waldrand suchte, eine Viertelmeile westlich der Stadt gelegen. Die kleine Kate aus Lehm, Feldsteinen und Grassoden war wie geschaffen für ihre Zwecke: Sie stand im Schutz der Bäume, und wenn man zu ihr wollte, ohne dass einen die Bauern auf den Äckern sahen, musste man lediglich vom Heumarkt aus auf der Straße ein Stück nach Westen gehen und dann einem alten, halb überwucherten Köhlerpfad nordwärts durch den Wald folgen.

Kurzerhand kaufte Michel die Parzelle. Von nun an trafen sich Isabelle und er dort. Mindestens einmal pro Woche, manchmal öfter.

Anfangs ließ Isabelle ihm eine Nachricht zukommen, wenn sie ihn treffen wollte. Michel jedoch misstraute den Halbwüchsigen, die ihre Briefe überbrachten. »Was, wenn einer deine Nachricht liest und damit zu Chastain läuft, um sich ein paar Sous zu verdienen?«, gab er zu bedenken. »Wir müssen uns etwas anderes einfallen lassen.«

Fortan versteckte Isabelle ihre Botschaften auf dem Friedhof von Saint-Pierre. Auch ihr Vater lag unter den drei Birken begraben, sodass niemand Fragen stellte, wenn sie mehrmals in der Woche den Gottesacker besuchte. Ihre Briefe versteckte sie hinter einem losen Stein in der Friedhofsmauer, wo Michel sie fand, wenn er zum Grab seines Vaters ging. Er machte es sich zur Gewohnheit, Abend für Abend an seiner Pfarrkirche vorbeizuschlendern und unauffällig nachzuschauen, ob sie eine neue Nachricht für ihn hinterlegt hatte. So wusste er immer, wann sie ihn treffen konnte.

Trotz seiner Vorsicht bemerkte er nicht, dass man ihn seit geraumer Zeit beobachtete.

Seit Jean, Yves und Gérard fort waren, konnte Michel tun und lassen, was er wollte. Niemand begleitete ihn, wenn er das Haus verließ; niemand folgte ihm auf Schritt und Tritt und forderte Rechenschaft, wenn er sich seinen Aufpassern entzog. Wenngleich sich Thérese, Matenda und besonders Louis nach wie vor um seine Sicherheit sorgten, hatten sie doch meist zu viel Arbeit, um zu bemerken, wenn er für ein paar Stunden verschwand.

Einem jedoch fiel es auf: Foulque.

Schon vor Michels Reise nach Flandern hatte der Knecht bemerkt, dass sein Herr hin und wieder davonhuschte und, in einen weiten Umhang gehüllt, im Gassengewirr verschwand. Seit etwa zwei Wochen tat er es wieder, wie Foulque interessiert zur Kenntnis nahm. Er beschloss, der Sache auf den Grund zu gehen. Vielleicht fand er auf diese Weise endlich etwas.

Was hatte er in den letzten Wochen und Monaten nicht alles

versucht … Heimlich hatte er im Keller gestöbert und im Dachspeicher, hatte jeden Winkel des Hauses durchsucht, sogar die Schlafkammer seines Herrn. Er hatte sich während de Fleurys Handelsreise Zutritt zur Schreibstube verschafft, die Truhen geöffnet und sämtliche geschäftlichen Aufzeichnungen studiert. Nichts. Kein Hinweis auf Unregelmäßigkeiten oder betrügerische Machenschaften. Sein Herr zahlte all seine Steuern, entrichtete sämtliche Marktgebühren und -zölle und schummelte nicht beim Wiegen der Ware wie so viele Händler. Es war zum Verzweifeln. Dieser Mann war so rechtschaffen wie der heilige Jacques.

Foulques Auftraggeber waren nicht zufrieden. Es müsse doch etwas geben, mit dem sie de Fleury zu Fall bringen konnten, hatten sie gesagt. Niemand, nicht einmal ein Kardinal, habe eine derart reine Weste!

Also suchte Foulque weiter. Er war der vollkommene Bedienstete: fleißig, freundlich, unauffällig. Meist hielt er sich im Hintergrund, doch wenn es die Herrschaften einmal nach Zerstreuung verlangte, hatte er stets eine gute Geschichte parat. Der einfache, leutselige Bursche, das war Foulques liebste Maskerade, und sie hatte auch diesmal ihre Wirkung nicht verfehlt. De Fleury vertraute ihm und ließ ihn in Ruhe, sodass er weiter unbehelligt beobachten und lauschen konnte.

Und jetzt war sein Jagdfieber erwacht. Dass sich sein Herr regelmäßig von zu Hause davonstahl, konnte nur bedeuten, dass er ein dunkles Geheimnis hegte. Er beschloss, ihm zu folgen.

Es war nicht leicht. De Fleury verstand sich darauf, verstohlen durch die Straßen zu eilen, in der Menge unterzutauchen, plötzlich in einem schattigen Winkel zu verschwinden. Und ständig schaute er sich um, ob ihm jemand folgte. Doch Foulque war nicht nur ein guter Beobachter – vor allem war er ein hervorragender Jäger. Ungesehen ging er seinem Herrn bis zum Heumarkt nach, wo de Fleury in eine menschenleere Gasse huschte und durch eine der vielen Breschen in der Wehrmauer schlüpfte. Außerhalb der Stadt war es noch schwieriger, ihn zu verfolgen, doch Foulque gelang auch das. Im Schutz von Sträuchern und Bäumen setzte er de Fleury nach, bis er schließlich zu einer kleinen Hütte kam. Gerade noch sah er den Kaufmann in der Kate verschwinden.

Angespannt kniff Foulque die Lippen zusammen. Er wartete eine Weile, doch de Fleury ließ sich nicht wieder blicken. Geduckt schlich er zur Hütte und lauschte an der Tür.

Zwei Stimmen. Die seines Herrn und die einer Frau.

Kleider raschelten. Ein Bett begann zu knarren.

Geräusche der Lust.

Ein dünnes Lächeln erschien auf Foulques rundem Gute-Laune-Gesicht. *Wusste ich's doch, dass du kein Heiliger bist.*

Er huschte zu einem der winzigen Fensterlöcher und spähte hindurch. Trotz des schlechten Lichtes im Innern der Hütte sah er genug.

Er lehnte sich gegen die Mauer und lauschte dem Seufzen, das immer leidenschaftlicher wurde. Das Weib konnte seine Lust kaum noch im Zaum halten, als de Fleury wieder und wieder in sie hineinstieß.

Foulque schob die Hand in seine Bruche und rieb sein hartes Glied.

»Ich habe etwas«, sagte Foulque einige Stunden später.

»Das hat ja auch lange genug gedauert«, meinte Aristide de Guillory, während er sich in seinen Lehnstuhl lümmelte. »Na los. Spann uns nicht auf die Folter, Mann. Heraus damit!«

Es war früh am Abend, und die Sonne versank gerade in strahlendem Gold hinter den Glockentürmen des Doms. Der Ritter und Bischof Ulman saßen im Saal des Bischofspalastes und erwarteten gespannt seinen Bericht.

»De Fleury trifft sich heimlich mit einer Frau«, begann er. »Ich habe sie in einer Hütte am Waldrand beobachtet.«

»Haben sie es miteinander getrieben?«, fragte de Guillory.

»Ja.«

Der Ritter grinste lüstern, was ihm einen missbilligenden Blick von Bischof Ulman einbrachte. »Konntest du herausfinden, wer die Frau ist?«, erkundigte sich der Geistliche.

Foulque nickte. Er ließ sich Zeit mit der Antwort und kostete die Spannung der beiden Männer aus. Schon den ganzen Tag freute er sich auf diesen Moment – er konnte selbst kaum glauben, auf was er da gestoßen war. »Isabelle Chastain.«

De Guillory runzelte die Stirn. »Wer soll das sein?«

»Ihr Mädchenname ist Isabelle Caron«, antwortete Bischof Ulman. »Sie hat neulich Hernance Chastain geheiratet, den Tuchhändler.«

De Guillory kannte die fragliche Dame offenbar. »Die Schwester von Gaspard Caron?«, hakte er nach. »Bist du sicher?«

»Ohne jeden Zweifel«, erwiderte Foulque.

Der Ritter leckte sich die Lippen. »Donnerwetter! Ich hätte diesem Schwächling nicht zugetraut, sich eine solche Schönheit ins Bett zu holen.«

»Es reicht jetzt«, sagte der Bischof. »Ich dulde in meinem Haus keine Schlüpfrigkeiten.«

»Kommt schon, Ulman.« De Guillory boxte ihm jovial auf die Schulter. »Unter Eurer Soutane seid Ihr doch auch ein Mann. Ich bin sicher, Ihr wisst Euren Bischofsstab zu gebrauchen.«

Der Bischof ignorierte ihn und tippte die Fingerkuppen gegeneinander. »Unser geschätzter Gildemeister und Carons Schwester begehen also Ehebruch. Mein lieber Foulque, du bist wahrlich auf eine Goldader gestoßen. Das sollte genügen, um diesen impertinenten Kerl zu Fall zu bringen.«

»Wird auch verdammt noch mal Zeit«, sagte de Guillory. »Also, worauf warten wir noch? Bringen wir die Sache ans Licht.«

»Es wäre töricht, diese Geschichte einfach hinauszuposaunen«, erwiderte Ulman. »Wenn der Eindruck entsteht, dass wir dahinterstecken, wird de Fleury versuchen, es als verleumderisches Gerücht abzutun. Wir müssen im Hintergrund bleiben und geschickter vorgehen. Chastain muss von selbst darauf kommen, dass seine Frau ihm Hörner aufsetzt.«

»Kannst du das einfädeln?«, wandte sich de Guillory an Foulque.

»Gewiss.«

»Mach dich sofort an die Arbeit«, sagte Bischof Ulman. »Ich will, dass de Fleury noch vor Michaeli am Boden liegt.«

Foulque nickte ehrerbietig. »Wie soll ich mich verhalten, wenn es getan ist? Wünscht Ihr, dass ich die Stadt verlasse?«

»Nein«, antwortete der Bischof. »Du bleibst vorerst in seinem Haushalt. Vielleicht brauchen wir deine Dienste noch.«

»Hier ist dein Lohn.« De Guillory griff in sein Wams und warf ihm einen Beutel voller Münzen zu. »Das war gute Arbeit, Foulque.«

»Habt Dank, Herr.« Foulque holte einen Sou aus dem Beutel und drehte ihn zwischen Daumen und Zeigefinger. Ein Sonnenstrahl traf die Silbermünze und ließ sie funkeln und blitzen, sodass sein Herz einen Sprung machte.

Einige Tage später war Hernance Chastain wie üblich damit beschäftigt, die Arbeit seiner Gesellen zu beaufsichtigen. Er schritt durch die größte seiner drei Färberwerkstätten am Kanal der Unterstadt, prüfte die Farben in den Bottichen und begutachtete die fertigen Tuche, die im Hof zum Trocknen aufgespannt waren. Seine anderen beiden Werkstätten wurden von Meistern geleitet, und eigentlich wäre es vernünftig gewesen, auch für diese einen erfahrenen Tuchfärber einzustellen, damit er sich ganz dem Geschäft widmen konnte. Doch im Grunde seines Herzens war Chastain immer ein Handwerker geblieben. Er wollte nicht gänzlich auf die Arbeit an den Bottichen verzichten, nur weil er unter die Kaufleute gegangen war.

Der Geruch der Farben und Beizmittel rief tausend Erinnerungen in ihm wach, führte ihn zurück in seine Jugend. Manchmal vermisste er das Tagwerk als einfacher Tuchfärbergeselle. Gewiss, er hatte die Schinderei und die stickige Luft in den Werkräumen jeden Tag verflucht, aber trotz der harten Arbeit war es ein unbeschwertes Leben gewesen. Als Kaufmann dagegen quälten ihn unentwegt Sorgen. Von früh bis spät musste er rechnen und Listen führen, damit er sich bei seinen Geschäften nicht übernahm. Er musste sich mit Steuern, Zöllen und Marktabgaben herumschlagen. Und dann die ständigen Machtkämpfe in der Gilde – ermüdend.

Nun, er durfte sich nicht beklagen. Anders als viele Handwerker hatte er es zu Wohlstand gebracht. Ganz zu schweigen davon, dass ihm die schönste Frau der Stadt gehörte.

Isabelle … Wie so oft verlor er sich in Tagträumen, sobald er an sie dachte. Anfangs hatte ihre Kälte ihm zugesetzt, und er hatte sich immerzu gefragt, was er falsch machte, dass sie ihn so abweisend behandelte. Inzwischen wusste er, dass sie sich lediglich geängstigt hatte – vor ihm, vor der Ehe, ihrem neuen Leben. Seit sie darüber gesprochen hatten, besserte sich ihr Verhältnis von Tag zu Tag, und er war zuversichtlich, dass sie bald zueinander finden und eine liebevolle Ehe führen würden.

Geistesabwesend befingerte er einen Ballen Tuch, der für den Verkauf bereitlag. Blieb die körperliche Seite ihres Liebeslebens … Sein fortwährendes Versagen im Ehebett war Chastain ein Rätsel. Was war nur los mit ihm? Wieso war er nicht imstande, den Geschlechtsakt mit ihr zu vollziehen? Er war doch ein gesunder Mann, und mit den Huren hatte es auch nie Schwierigkeiten gegeben. Er hatte bereits mit seinem Beichtvater darüber gesprochen. Der Priester hatte ihm den Rat gegeben, Gott und die Heiligen um Manneskraft zu bitten. Das tat Chastain seitdem täglich. Ohne Erfolg.

Er erwog, zu Peirona zu gehen, der Hebamme und Kräuterfrau, die in der Unterstadt hauste. Vielleicht kannte sie ein Mittel zur Heilung seiner Beschwerden …

»Herr Chastain?«

Er wandte sich um und blickte den Gesellen an, der auf den Hof getreten war.

»Draußen steht ein Bote mit einer Nachricht für Euch.«

Chastain schritt zur Vordertür der Werkstatt. Zu seiner Überraschung erwies sich der Bote als Knabe von höchstens zwölf Jahren. Der blonde Bengel hielt ihm ein Stück Pergament hin. »Für Euch, Herr.«

»Wer schickt dich?«, fragte Chastain, doch da lief der Junge bereits davon und verschwand flink wie ein Beutelschneider in den Gassen.

Wie seltsam. Normalerweise wurde man einen Boten erst wieder los, wenn man ihm einen Denier in die Hand drückte. Stirnrunzelnd faltete der Tuchhändler das Pergament auseinander. *Begebt Euch umgehend zur verlassenen Holzfällerhütte am Waldrand,* stand da in gestochen scharfen Lettern. *Ihr findet sie, wenn Ihr vom Heumarkt nach Westen geht und nach einem Steinwurf dem alten Pfad in Richtung Norden folgt. Zögert nicht! Eure Zukunft hängt davon ab, dass Ihr diese Anweisungen genau befolgt.*

Es gab keine Unterschrift.

Chastain blickte sich misstrauisch um. Wer erlaubte sich da einen Scherz mit ihm? War es überhaupt ein Scherz? Die Schrift deutete darauf hin, dass diese Nachricht von einem gebildeten Mann stammte.

Eine Weile stand er reglos da und starrte das Pergament an. Wollte man ihn in eine Falle locken, in einen Hinterhalt, damit man ihn ausrauben konnte? Aber das war doch töricht. Die Räuber konnten schwerlich erwarten, dass er einen Beutel mit Silber einsteckte, bevor er zu der Hütte ging.

Er überlegte, die Nachricht zu ignorieren und wegzuwerfen … und er hätte es getan, wäre da nicht der Satz gewesen: *Eure Zukunft hängt davon ab.* Dieser beschwörende Hinweis ließ ihm keine Ruhe. Er war stets ein vorsichtiger Mann gewesen, der nie eine Warnung in den Wind schlug. Ohne diese Umsicht hätte er es nicht so weit gebracht im Leben.

Er rief zwei Tagelöhner zu sich, befahl ihnen, ihre Knüppel zu ergreifen, und machte sich auf den Weg.

Kurz darauf schlüpften die drei Männer durch das Dickicht am Waldrand. Chastain wusste, welche Hütte der unbekannte Schreiber meinte, sodass es ihm nicht schwergefallen war, den Trampelpfad zu finden. Als sie die Lichtung erreichten, reckte er den Kopf. Nichts. Das Grundstück war verwildert, die kleine Kate wirkte unbewohnt.

Was ging hier vor?

Mit seinen Männern im Schlepptau schlich er zu der ärmlichen Behausung und presste das Ohr an die Tür.

Stille.

Er wollte die Tür aufstoßen – und hielt inne. Da! Eine leise Stimme.

Der Tuchhändler runzelte die Stirn. War das Isabelle?

Isabelle schwieg, seit sie sich auf dem Lager aus Fellen und Decken geliebt hatten. In Gedanken versunken saß sie da, ein Bein ausgestreckt, das andere angewinkelt, den Kopf gegen die Steinwand gelehnt. Ihre Augen glitzerten, wie immer, wenn sie allein durch Welten wanderte, die nur sie kannte.

»Wir könnten immer noch fortgehen«, sagte sie unvermittelt.

Michel lag neben ihr und stützte den Kopf mit der Hand. Nun setzte er sich auf. »Isabelle …«, begann er.

»Was spricht dagegen?«

»Dass du verheiratet bist.«

»Vielleicht vor dem Gesetz. Aber nicht mit dem Herzen. Man hat mir das Ehegelübde aufgezwungen. Ich fühle mich nicht daran gebunden.«

»Die Kirche wird das anders sehen.«

»Wann hat dich je die Meinung der Kirche gekümmert?« Sie

lächelte. »Vorhin jedenfalls nicht, als ich mit geöffneten Schenkeln auf dir saß.«

Michel spürte ein Prickeln in den Lenden. Es erregte ihn, wenn sie solche Dinge sagte, aber jetzt war nicht der richtige Augenblick für eine neuerliche Runde auf dem Schlaflager. Er musste ihr dieses verrückte Vorhaben ausreden. »Du kannst deinen Ehemann nicht verlassen. Es wäre eine schwere Sünde. Und ein Verbrechen dazu.«

»Ich hintergehe Chastain mehrmals in der Woche«, erwiderte sie gelassen. »Auf eine Sünde mehr oder weniger kommt es nicht an.«

Michel gab sich geschlagen. »Du meinst es tatsächlich ernst.«

»Ja«, sagte sie.

»Wann?«

»Hernance will Ende des Monats nach Metz reisen. Sobald er fort ist. Ich ertrage dieses Leben nicht länger. Nicht einen Tag.«

Was sie da sagte, war verrückt, töricht, einfach undenkbar. Und doch – der Gedanke hatte seinen Reiz. Keine heimlichen Treffen mehr. Keine weiteren schlaflosen Nächte, in denen er nicht daran zu denken versuchte, dass sie gerade mit einem anderen Mann das Bett teilte. All das hätte ein Ende. Er beschloss, ihren Plan weiterzuspinnen, nur um zu sehen, wie es sich anfühlte, darüber zu sprechen. »Du könntest dich frühmorgens aus dem Haus stehlen. Ich warte außerhalb der Stadt auf dich – am besten draußen bei der Richtstätte, da ist um diese Zeit niemand. Du versteckst dich in meinem Reisewagen, bis wir weit genug von Varennes weg …«

Michel führte den Satz nicht zu Ende, denn in diesem Moment erschütterte ein Stoß die Tür. Erschrocken sprang er auf. Noch ein Schlag, der Riegel, den er von innen vorgelegt hatte, brach ab, und die Tür flog auf.

Herein stürzte Hernance Chastain. Der Tuchhändler blieb abrupt stehen, die Hände zu Fäusten geballt. Er war aschfahl, seine Lippen bebten. Mit aufgerissenen Augen starrte er erst Michel an, dann Isabelle. »Du verlogene Hure«, krächzte er mit erstickter Stimme.

Irgendwie gelang es Michel, sein Entsetzen zu bändigen und mit ruhiger Stimme auf den Tuchhändler einzureden. »Bitte hört mir zu, Hernance …«

Chastain stieß ihn zur Seite. Hinter ihm drängten zwei bewaffnete Männer in die Hütte. »Greift sie euch!«

Isabelle, die sich hastig eine Decke um den nackten Leib geschlungen hatte, wich zurück, doch die Tagelöhner packten sie und zerrten sie zur Tür.

»Lasst sie los!«, brüllte Michel. Als er dazwischengehen wollte, verstellte ihm Chastain den Weg. Der Tuchhändler schwang seinen Knüppel. Die Holzkeule traf Michel an der Schläfe, er taumelte zurück, stolperte über das Schlaflager und fiel zu Boden.

»Michel!«, schrie Isabelle.

Das war das Letzte, was er hörte, bevor ihn Dunkelheit umfing.

Als er aufwachte, schmerzte sein Schädel so sehr, dass er glaubte, er müsse sich übergeben. Stöhnend setzte er sich auf.

Was, bei allen Teufeln der Unterwelt, war geschehen?

Langsam, Stück für Stück, fiel ihm alles wieder ein, jede peinvolle Einzelheit.

Er musste zurück zur Stadt, musste herausfinden, was mit Isabelle geschehen war. *Bitte, Herr, mach, dass er ihr nichts angetan hat.* Schwankend klaubte er seine Kleider auf, zog sich an und trat ins Freie.

Er schien nicht lange ohnmächtig gewesen zu sein. Dem Stand der Sonne nach zu urteilen, war höchstens eine halbe Stunde vergangen, seit Chastain ihn niedergeschlagen hatte. Michel beschloss, den kürzesten Weg nach Varennes zu nehmen und über die Äcker zu gehen. Die Bauern unterbrachen ihre Arbeit und glotzten ihn an, während er den Weg entlangeilte. Vermutlich hatten sie gesehen, wie Chastain und seine Tagelöhner die halbnackte Isabelle zur Stadt zerrten, und fragten sich nun, ob er etwas damit zu tun hatte. Sollten sie sich denken, was sie wollten. Seine Lage konnte das kaum verschlimmern.

Seine Augen brannten, und Schmerz rollte in immer neuen Wogen von innen gegen seine Schläfen.

Als er noch einen Steinwurf vom Heutor entfernt war, sah er, dass sich ihm von der Stadt mehrere Gestalten näherten. Michel blinzelte und erkannte Gaspard und vier seiner Knechte. Gaspard brüllte etwas, und die fünf Männer verfielen in Laufschritt.

Er weiß es. Chastain muss ihm alles gesagt haben. Am Rand des Ackers blieb Michel stehen und wartete. Er würde nicht davonlaufen. Er war der Gildemeister von Varennes-Saint-Jacques. Er stellte sich den Folgen seiner Sünden.

Die Bauern gafften, während die fünf Männer näher kamen.

»Meine Schwester zu entehren!«, brüllte Gaspard. »Hast du mir nicht schon genug angetan?«

Er stürzte sich auf Michel, packte ihn am Kragen. Michel wehrte sich, war der aus rasendem Zorn geborenen Kraft Gaspards jedoch nicht gewachsen und wurde nach kurzem Handgemenge zu Boden geschleudert. Ehe er sich aufrappeln konnte, hatte sich Gaspard auf ihn geworfen und deckte ihn mit Fausthieben ein.

»Du Scheißkerl! Du Hurensohn! Du dreckiger Bastard! Und dich habe ich einmal meinen Freund genannt. Ich bring dich um! Ich bring dich um!«

Schlag um Schlag hämmerte auf Michels Kiefer, seine Augen, seine Wangen ein, und Gaspard keuchte dabei wie ein Wahnsinniger. Michel versuchte, sein Gesicht mit den Armen zu schützen, vergeblich. Nach einem besonders harten Schlag gegen den Wangenknochen begannen ihm die Sinne zu schwinden.

Endlich ließ Gaspard von ihm ab. Michel legte den Kopf zur

Seite und spuckte einen Schwall Blut und einen ausgeschlagenen Backenzahn aus.

Gaspard stand am Wegesrand, schwer atmend. Er hatte seinen Dolch gezogen. Seine Finger krampften sich um den Knauf.

»Worauf wartest du?«, flüsterte Michel. »Tu es. Na los.«

Mit einem Schluchzen rammte Gaspard die Klinge in die Scheide, fuhr herum und lief davon.

»Habt ihr schon gehört? Die schöne Isabelle Chastain hatte ein unzüchtiges Verhältnis mit Michel de Fleury! Ja, mit dem Meister der Kaufmannsgilde! Jeden Tag haben sie sich in der alten Holzfällerhütte am Waldrand getroffen und es miteinander getrieben. Isabelles Gemahl hat sie erwischt, als sie sich gerade nackt auf dem Bett wälzten. Ihr Bruder wollte den Gildemeister daraufhin umbringen. Sein Messer saß schon an seiner Kehle!«

Niemand konnte später sagen, wer das Gerücht in die Welt gesetzt hatte. Vielleicht die Bauern, die die Schlägerei auf dem Acker beobachtet hatten. Vielleicht auch Carons Bedienstete, die eifrig getratscht hatten, nachdem aus den Gemächern der Herrschaften stundenlang Geschrei und Gezeter gedrungen waren. Wie ein Lauffeuer breitete es sich aus, und am Abend wusste ganz Varennes, was in der Hütte am Waldrand geschehen war – oder glaubte es zumindest zu wissen. Denn jeder, der es weitererzählte, fügte dem Gerede neue pikante Details hinzu.

Was für eine Geschichte! Der Gildemeister liebte die Schwester seines Erzfeindes und betrog mit ihr ihren Gemahl – einfach köstlich! So etwas hatten die Bürger von Varennes schon lange nicht mehr gehört. An Marktständen, in Handwerksstuben und Schenken zerrissen sie sich die Mäuler und bekamen nicht genug davon.

Bald stand das Urteil des Stadtvolkes fest: Was Michel und Isabelle getan hatten, sei unerhört, einfach schamlos, eine

Schande. De Fleury könne froh sein, dass Caron ihn nicht abgestochen hatte. Der Bischof solle ihn und das Weib dafür öffentlich züchtigen lassen.

Vorsichtig betastete Michel sein Gesicht. Seine Hand zuckte zurück, als der Schmerz von Neuem aufflammte. Trotz der Wundsalbe, mit der ihn Matenda eingerieben hatte, waren die Schwellungen und Blutergüsse über Nacht schlimmer geworden. Außerdem war seine Nase gebrochen. Er wagte nicht, in den Spiegel zu schauen. Er musste scheußlich aussehen.

Die körperlichen Schmerzen waren äußerst unangenehm. Doch sie waren nichts, verglichen mit den Sorgen, die ihn quälten. Was würde mit Isabelle geschehen? Hatte Chastain sie geschlagen, sie womöglich gar verstoßen und aus der Stadt gejagt, wie es sein Recht als betrogener Ehemann wäre?

Daneben machte ihm vor allem ein Gedanke zu schaffen: Wer hatte sie an Chastain verraten? Wer war ihnen auf die Schliche gekommen? Sie waren doch immer so vorsichtig gewesen, hatten niemanden eingeweiht. Er rief seine Bediensteten in den Gesellschaftssaal. Thérese, Matenda, Louis und Foulque standen mit betretenen Gesichtern da und vermieden es, ihm in die Augen zu schauen.

»Hat mir in den vergangenen anderthalb Jahren jemand nachspioniert?«, fragte er sie.

»Nicht, dass ich wüsste, Herr«, antwortete Matenda.

»Ist euch irgendetwas Merkwürdiges aufgefallen? Hat man euch in der Stadt über mich ausgefragt?«

Allgemeines Kopfschütteln.

»Habt ihr gewusst, dass ich mich heimlich mit Isabelle Car… Chastain treffe?«

Entschiedenes Kopfschütteln.

Michel blickte Foulque an. Ihm war ein unerhörter Gedanke gekommen: Was, wenn seine Feinde den Pferdeknecht nach Adriens Tod bei ihm eingeschleust hatten, damit er etwas fand, mit dem sie ihn zu Fall bringen konnten? »Warst du es?«, fragte er harsch. »Hast du mir nachspioniert und mich verraten?«

Foulques Gute-Laune-Gesicht zeigte keine Regung. »Ich würde so etwas niemals tun, Herr«, sagte er ruhig. »Ich bin Euch treu ergeben.«

»Gibst du mir dein Wort?«

Der Pferdeknecht hob ohne zu zögern die Rechte. »Ich schwöre es bei der Seele meiner Mutter.«

Michel beschloss, die Sache vorerst auf sich beruhen zu lassen. Solange er nichts beweisen konnte, war es sinnlos, die eigenen Hausbedienten zu verdächtigen. Außerdem gab es jetzt Wichtigeres zu tun. Er musste zusehen, dass er Isabelle vor Schaden bewahrte …

Jemand klopfte energisch an die Eingangstür.

Er spähte aus dem Fenster. Unten stand Tancrède Martel, der Schultheiß, auf seinen Gehstock gestützt. Bei ihm waren zwei bewaffnete Stadtbüttel.

»Herr!«, rief Louis ihm nach, als er zur Treppe ging.

»Wir stehen zu Euch, egal, was geschieht«, erklärte der junge Knecht linkisch. Foulque und Thérese bekundeten eifrig nickend ihre Zustimmung. Nur Matenda vermied es nach wie vor, ihn anzusehen. Die Köchin war eine tiefgläubige Frau, die sein Verhalten gewiss missbilligte. Vermutlich schämte sie sich gar, im Haus eines Ehebrechers wohnen zu müssen.

»Ich danke euch«, sagte Michel knapp und stieg die Stufen hinab.

»Seine Exzellenz, Bischof Ulman, hat von den Vorwürfen Kenntnis erlangt, die Herr Chastain gegen Euch erhebt«, erklärte Martel steif, als Michel nach draußen trat. »Er möchte sie in aller Form untersuchen, um festzustellen, ob Ihr gegen kirchliches Recht verstoßen habt. Ich bitte Euch daher, mich zum Palast zu begleiten.«

Michel sah Géroux, de Brette, die Gebrüder Nemours und weitere Ministerialen auf der anderen Seite des Domplatzes. Zügig schritten die Männer zum Bischofspalast. »Wenn er nur meine Aussage hören will, weshalb hat er die Schöffen einbestellt?«

»Damit er gleich ein Urteil finden kann, wenn sich Chastains Vorwürfe als wahr erweisen.«

»Wieso wartet er damit nicht bis zum nächsten Gerichtstag?«

»Der Bischof hat seine Gründe«, sagte Martel glatt.

»Sagt, freut er sich schon sehr auf die Verhandlung?«, fragte Michel, als sie losgingen.

Der Schultheiß ließ sich nicht zu einer Antwort herab. Seine Büttel wollten Michel in die Mitte nehmen, doch er gab ihnen mit einem warnenden Blick zu verstehen, dass er eine derartige Behandlung nicht dulden würde. Er war der Gildemeister, kein gefährlicher Schwerverbrecher – niemand führte ihn ab wie einen Haderlumpen. Als sie den Domplatz überquerten, schritt er hocherhobenen Hauptes voraus und ignorierte die gaffenden Blicke der Marktbesucher und ihr tuschelndes Geflüster.

Normalerweise gab es für Gerichtsverhandlungen feste Termine, und sie fanden draußen auf dem Viehmarkt statt, unter den Augen des ganzen Bistums. Drei- bis neunmal im Jahr waren alle Männer und Frauen aufgerufen, als Zeugen Bischof Ulman, dem Schöffengericht und Herzog Simon Châtenois in seiner Eigenschaft als Stadtvogt bei der Rechtsprechung zuzusehen. Dass die städtische Obrigkeit in Michels Fall nicht auf den nächsten Termin warten wollte, konnte zwei Gründe haben: Entweder erachtete man ihr Verbrechen als so schwer, dass man Isabelle und ihn zügig aburteilen wollte, damit sie sich ihrer Strafe nicht entziehen konnten. Oder es war ein Hinweis darauf, dass seine Feinde ihre Hände im Spiel hatten – dass diese Sache von langer Hand geplant war. Je länger Michel darüber nachdachte, desto wahrscheinlicher erschien es ihm, dass Géroux, de Guillory oder Bischof Ulman – oder alle drei gemeinsam – irgendwie von seinem Verhältnis mit Isabelle erfahren und beschlossen hatten, sich ihre Verfehlungen zunutze zu machen, um ihn zu vernichten.

Ja. So musste es gewesen sein.

Beim heiligen Jacques, wieso habe ich nichts gemerkt?

Martel und die Stadtknechte geleiteten ihn in den großen Saal, wo man an der Stirnseite die Gerichtsbänke aufgestellt hatte. Außer einigen Schreibern waren bisher nur Hernance Chastain und dessen Familie anwesend. Der Tuchhändler stand mit seiner Mutter und seinen Geschwistern in einer Ecke und bot wahrlich ein Bild heulenden Elends: das Gesicht bleich, das Haar wirr, die Augen rot und aufgequollen. Mit sengendem Blick starrte er Michel an, und seine Lippen bebten, als wolle er sogleich in anklagendes Geschrei ausbrechen. Michel blickte in eine andere Richtung – und entdeckte Aristide de Guillory. Der Ritter, der normalerweise nie erschien, wenn das Stadtgericht tagte, saß in einer Nische neben dem Kamin, hatte das rechte Knie an die Brust gezogen, ließ das linke Bein lässig von der Steinbank hängen und drehte einen Becher Wein in seiner Pranke. Dabei grinste er wölfisch. Das beantwortete Michels Frage, wem er dieses zügige Verfahren verdankte.

»Ich erhoffe mir ein unterhaltsames Schauspiel«, rief de Guillory ihm zu. »Ihr werdet mich doch nicht enttäuschen, Herr Gildemeister?« Er nahm einen tiefen Schluck und seufzte genüsslich.

Michel blickte starr geradeaus zu den Gerichtstischen, auf denen Bücher, Dokumente und Kruzifixe lagen. Ehebruch war eines der schwersten Vergehen, die in die Zuständigkeit des Niedergerichts fielen. Er wusste, dass er nicht auf ein mildes Urteil hoffen konnte – selbst ein ihm wohlgesonnener Bischof würde ihn hart bestrafen. Trotzdem würde er als Mann wahrscheinlich mit einer – wenngleich hohen – Geldbuße davonkommen. Daher galt seine Sorge vornehmlich Isabelle. Die Strafen, die Ehebrecherinnen drohten, waren allesamt beschämend und scheußlich.

Wo ist sie? Hat Martel sie in Haft nehmen lassen? Hat sie die Nacht im Kerker verbracht?

Just in diesem Augenblick führte Gaspard sie herein. Bei ihnen waren zwei Stadtbüttel sowie Marie und Lutisse, die Gesichter verweint. Michel schluckte. Hatte ihr Bruder sie zu sich geholt? Falls ja, konnte das nur eines bedeuten: Chastain hatte sie bereits verstoßen.

Michel hätte sein ganzes Vermögen hergegeben, wenn er jetzt bei ihr hätte sein können. Ihr Blick streifte ihn. War sie von Bruder und Ehemann geschlagen worden? Er wusste es nicht – sie wirkte blass und erschöpft, aber körperlich unversehrt, und ihr Wille schien ungebrochen.

Gesang erfüllte den Saal. Die Kleriker des Domkapitels trugen den Schrein mit dem Reliquien des heiligen Jacques herein und stellten die vergoldete Truhe vor die Tische. Junge Novizen intonierten Psalmen, während die Stadtschöffen eintraten. Gemeinsam mit Tancrède Martel nahmen die elf Männer an den Tischen Platz. Géroux ließ es sich nicht nehmen, beim Anblick Michels dünn zu lächeln. *Endlich haben wir dich da, wo du hingehörst,* sagten seine eisblauen Augen.

Weitere Männer kamen durch die Vordertür, ausnahmslos Mitglieder der Gilde. Milon Poupart schritt zu Hernance Chastain; vermutlich würden er und Chastains Brüder dem Tuchhändler als Eidhelfer beistehen. Gaspard hatte für diese Aufgabe Pérouse, Baudouin und Vanchelle herbestellt. Michel hatte darauf verzichtet, Eidhelfer zu benennen. Er wollte keinen seiner Freunde in diese Sache hineinziehen. Davon abgesehen gab es nicht den geringsten Zweifel daran, wie dieses Verfahren ausgehen würde. Selbst eine Hundertschaft Coniuratoren auf seiner Seite hätte an seinem vorbestimmten Ausgang nichts ändern können.

Inzwischen hatte sich vor dem Palast eine Menschenmenge eingefunden. Gut zweihundert Leute reckten die Hälse, in der Hoffnung, einen Blick auf die aufregenden Vorgänge im Saal zu erhaschen.

Zu guter Letzt erschien Bischof Ulman. Normalerweise saß Martel dem Schöffengericht vor, doch bei Glaubensverfehlungen und Vergehen gegen kirchliches Recht leitete der Bischof die Verhandlung selbst. Mit ernster Miene trat er an den Tisch und eröffnete das Gericht, indem er mit der Rechten ein Kreuz schlug.

»Hernance Chastain, tretet vor. Ist es wahr, dass Eure Gemahlin Isabelle Euch mit Michel de Fleury, dem Vorsteher der Kaufmannsgilde, betrogen und ihr eheliches Treuegelübde aufs Schändlichste gebrochen hat?«

»Ja, das ist wahr, Exzellenz«, erklärte Chastain mit belegter Stimme.

»Schwört bei den Gebeinen des heiligen Jacques, dass jedes Eurer Worte vor diesem Gericht der Wahrheit entspricht.«

Chastain trat an den Reliquienschrein, legte seine Schwurfinger darauf und leistete den geforderten Eid.

»Berichtet nun, wie Ihr von dem Ehebruch erfahren habt«, bat Ulman ihn.

»Nun, gestern erhielt ich einen rätselhaften Brief, in dem ich aufgefordert wurde, zur alten Holzfällerhütte am Waldrand zu gehen …«

»Von wem stammt der Brief?«, rief Michel dazwischen. »Habt Ihr ihn geschrieben, de Guillory? Ihr, Géroux? Oder Ihr, Exzellenz?«

»Ruhe!«, sagte Bischof Ulman. »Ich habe Euch nicht das Wort erteilt.«

»Ich bin gewiss nicht der Einzige, den diese Frage umtreibt«, setzte Michel nach.

»*Ruhe!* Oder diese Verhandlung findet ohne Euch statt.«

Michel schluckte eine beißende Erwiderung herunter, obwohl es ihm schwerfiel. »Weiter«, befahl Ulman Chastain barsch.

Stockend erzählte der Tuchhändler, was sich in der Hütte zugetragen hatte.

»Als Ihr in die Hütte eingedrungen seid, habt Ihr Eure Gemahlin und den Gildemeister nackt auf der Schlafstatt vorgefunden?«, hakte der Bischof nach.

»Richtig.«

»Ihr habt sie also nicht *in flagranti delicto* ertappt?«

»Nein, Exzellenz, aber das war auch nicht nötig. Zuvor hörte ich meine Gemahlin davon sprechen, dass sie mich verlassen wolle, weil sie das Leben an meiner Seite nicht länger ertrage…« Chastains Stimme versagte.

Bei allen Heiligen, er liebt sie wirklich, dachte Michel.

»Was habt Ihr daraufhin getan?«

»Ich ließ sie von meinen Tagelöhnern nach Hause bringen. Ich weiß, Exzellenz, als Christ wäre es meine Pflicht gewesen, ihr zu verzeihen. Doch mein Zorn und mein Schmerz waren zu groß. Also habe ich sie noch am selben Tag verstoßen und die ehelichen Bande aufgekündigt.«

Ulman nickte mitfühlend. »Ich glaube, jeder Mann an Eurer Stelle hätte genauso gehandelt.« Er entließ Chastain und forderte dessen Eidhelfer auf, an den Reliquienschrein zu treten. Die Männer attestierten ihm vor den Schöffen einen einwandfreien Leumund und eine rechtschaffene Gesinnung, was Chastains Schwur zusätzliches Gewicht verlieh.

Anschließend rief Bischof Ulman Isabelle und Gaspard auf. »Herr Caron, Ihr werdet als rechtlicher Vormund für Eure Schwester sprechen«, sagte er.

Isabelle blickte den Kirchenmann herausfordernd an. »Ich ziehe es vor, selbst für mich zu sprechen, Exzellenz.«

»Sei still!«, zischte Gaspard. »Du stehst vor Gericht!«

»Wage es ja nicht, mir den Mund zu verbieten!«, fuhr sie ihn an. »Ich verteidige mich selbst, ob es dir passt oder nicht.«

»Ich weise Euch darauf hin, dass die Aussage einer Frau, zumal einer ehrlosen, vor Gericht kein Gewicht hat«, erklärte Bischof Ulman.

»Ich möchte nur eine Sache vorbringen, Exzellenz«, sagte Isabelle. »Ich habe die Ehe nicht gebrochen.«

»Ihr behauptet, Euer Gemahl hätte die Unwahrheit gesprochen und obendrein einen Meineid geleistet?«

»Nein. Ich konnte die Ehe gar nicht brechen – weil sie nämlich *niemals vollzogen* wurde.«

Chastain schnappte nach Luft. Seine Mutter schlug sich die Hand vor den Mund. Die Leute im Saal wurden unruhig. *Kluges Mädchen,* dachte Michel. Dies war die einzige Chance, die sie hatten.

»Das müsst Ihr dem Gericht genauer erklären«, forderte Ulman.

»Mein Gemahl ist nicht fähig, den Liebesakt zu vollziehen. Seit unserer Vermählung ist es ihm kein einziges Mal gelungen.«

»Das ist eine Lüge!«, schrie Chastain. »Glaubt dieser Schlange kein Wort. Alles, was sie von sich gibt, ist erstunken und erlogen. Sie will sich doch nur ihrer gerechten Strafe entziehen!«

Ulman steckte mit den Schöffen die Köpfe zusammen und beriet sich leise mit den Männern. Als sie fertig waren, sagte er: »Das genügt. Herr Caron, tretet vor und leistet Euren Eid.«

»Ist das alles?«, rief Isabelle. »Mehr habt Ihr dazu nicht zu sagen?«

»Ich habe Euch bereits darauf hingewiesen, dass Euer Wort vor Gericht kein Gewicht hat«, erwiderte Ulman.

»Dann fragt Chastain«, mischte sich Michel ein. »Er soll unter Eid aussagen, dass sie lügt und die Ehe nach dem Gesetz gültig ist.«

»Zum letzten Mal, Herr Gildemeister«, ermahnte ihn der Bischof. »Ihr redet erst, wenn ich Euch dazu auffordere.«

»Ich muss protestieren, Exzellenz«, sagte nun auch Gaspard. »Ihr könnt den Einwand meiner Schwester nicht einfach ignorieren. Wenn die Ehe nicht rechtsgültig vollzogen worden ist, müsst Ihr das bei Eurem Urteil berücksichtigen.«

»Es mag Kanonisten geben, für die der Geschlechtsakt eine wesentliche Vorraussetzung für die Ehe ist«, erklärte Ulman. »Ich jedoch teile die Auffassung von Petrus Lombardus, der uns lehrt, dass eine Verbindung bereits rechtsgültig ist, wenn sie vor Gott und per Vertrag zwischen den beteiligten Familien geschlossen wurde. Da dies hier der Fall ist, sehe ich nicht, wieso ich mich mit diesem nebensächlichen Detail näher befassen sollte.«

»Ihr macht aus diesem Verfahren eine Farce«, rief Isabelle. »Wieso gebt Ihr nicht einfach zu, dass all das allein dem Zweck dient, Michel zu vernichten? Ihr lacht, de Guillory? Hattet Ihr bei diesem Mummenschanz auch Eure Hände im Spiel? Und was ist mit Euch, Géroux?«

»Unterlasst derart haltlose Unterstellungen«, befahl der Bischof. »Ihr beleidigt damit die Heiligkeit dieses Gerichts.«

»Das ist kein Gericht, sondern ein Possenspiel«, fuhr Isabelle unbeirrt fort. »Der Schmutz an meinen Schuhsohlen ist heiliger.«

Die Leute vor dem Palast johlten. Bischof Ulman und die Ministerialen bebten vor Zorn.

»Halt endlich den Mund!«, zischte Gaspard. »Willst du es unbedingt schlimmer machen, als es ist?«

»Das reicht jetzt«, wandte sich Ulman an Isabelle. »Ich entziehe Euch hiermit das Wort. Noch eine Störung des Gerichtsfriedens, und ich lasse Euch einsperren.«

Isabelle setzte zu einer zornigen Erwiderung an, doch Michel warf ihr einen warnenden Blick zu. Zu seiner Erleichterung schwieg sie. Abweisend verschränkte sie die Arme vor der Brust.

»Leistet Euren Eid«, forderte der Bischof Gaspard auf. Nachdem dies geschehen war, fragte der Kirchenmann: »Bestreitet Ihr die Vorwürfe, die Herr Chastain gegenüber Eurer Schwester erhebt?«

Gaspard blickte Ulman in die Augen, sagte jedoch nichts.

»Habt Ihr meine Frage verstanden?«

»Ich werde vor keinem Gericht dieser oder der nächsten Welt gegen meine Schwester sprechen«, erklärte Gaspard.

»Ich erinnere Euch daran, dass Ihr einen heiligen Eid geleistet habt.«

»Ein Eid ist keine Verpflichtung zur Antwort.«

Ulman starrte den schwarzhaarigen Kaufmann bohrend an. »Habt Ihr Gildemeister Michel de Fleury gestern Mittag auf den Äckern vor der Stadtmauer verprügelt und ihm vorgeworfen, er habe Eure Schwester entehrt?«

Wieder keine Antwort.

»Habt Ihr Eure Schwester, nachdem Herr Chastain sie abends zu Euch gebracht hat, eine ›ehrlose Dirne‹ genannt? Und habt Ihr ihr anschließend lauthals gedroht, sie zur Strafe für ihren Verrat an der Familienehre für immer in ihrer Kammer einzusperren?«

Gaspard zitterte vor Wut. Doch auch diesmal schwieg er.

»Danke, das wäre alles«, sagte Bischof Ulman und befahl ihm und Isabelle mit einer herrischen Handbewegung zurückzutreten. »Herr de Fleury, Euer Eid.« Nachdem Michel der Aufforderung Folge geleistet hatte, fragte Ulman schneidend: »Habt Ihr mit Isabelle Chastain die Ehe gebrochen und damit nicht nur ihren vor Gott und dem Gesetz angetrauten Gemahl hintergangen, sondern auch auf schändlichste Weise gegen die Gebote unseres Herrn verstoßen?«

»Meint Ihr die Ehe, die gar nicht existiert, weil Chastain unfähig zum Geschlechtsakt ist?«, entgegnete er.

»Exzellenz!«, schrie Chastain mit hochrotem Kopf. »Befehlt ihnen endlich, mit diesen widerwärtigen Lügen aufzuhören!«

»Ich habe meine Rechtsauffassung soeben dargelegt«, erklärte der Bischof. »Ob die Ehe körperlich vollzogen wurde oder nicht, spielt vor diesem Gericht keine Rolle. Ich verbiete Euch daher, dies noch einmal zur Sprache zu bringen. Also – bestätigt Ihr Chastains Vorwürfe?«

Michel würde keinen Meineid leisten, um seinen Kopf aus der Schlinge zu ziehen. Es würde sie beide ohnehin nicht retten – nicht vor dieser Posse von Gerichtsverhandlung. »Ja«, antwortete er.

»Seit wann besteht Euer unzüchtiges Verhältnis zu Isabelle Chastain?«

»Was tut das zur Sache? Wir haben uns versündigt – wie oft und wie lange, ist unerheblich.«

»Das Gericht entscheidet, was für das Verfahren erheblich ist. Beantwortet die Frage.«

Michel spürte, dass Gaspard ihn von der Seite anstarrte. Wie viel wusste er? »Seit etwa zwei Jahren.«

»Du verdammter Bastard!«, schrie Gaspard, was Michels Frage beantwortete. »Seit zwei Jahren hintergehst du mich schon? Scheust du denn vor gar keiner Niedertracht zurück?«

Er riss seinen Dolch aus der Scheide und wollte sich auf Michel stürzten, doch Martels Knechte hielten ihn auf. Ulman sorgte für Ruhe, indem er mit der flachen Hand auf den Tisch hieb.

»Mäßigt Euch, Caron. Andernfalls lasse ich Euch abführen.« Als Gaspard die Klinge wutschnaubend weggesteckt hatte, wandte sich der Geistliche wieder an Michel. »Wenn Euer unzüchtiges Verhältnis schon seit zwei Jahren besteht, heißt das, Isabelle und Ihr habt Herrn Chastain seit seiner Hochzeit betrogen?«

Jemand in der Menge vor dem Palast brüllte: »Komm schon, verrate uns, wie du's der kleinen Isabelle besorgt hast!« Die Leute auf dem Domplatz grölten.

»Nein«, antwortete Michel, als wieder Ruhe herrschte. »Erst seit einem knappen Monat.«

»Aber seitdem regelmäßig.«

»Ja.«

»Wie häufig?«

»Ich habe darüber nicht Buch geführt.«

»*Wie oft?*«, beharrte der Bischof.

Michel gab auf. Ulman wollte den Massen ein Schauspiel bieten – sollten diese guten Christen haben, wonach es sie verlangte. »Meist zwei- oder dreimal in der Woche.«

Chastain stand stocksteif da und weinte wegen der neuerlichen Demütigung. Seine Brüder redeten tröstend auf ihn ein.

Draußen war es so still, als hielten zweihundert Menschen den Atem an.

»Das genügt mir«, sagte der Bischof. »Ihr seid entlassen, de Fleury.«

Ulman und die Schöffen standen auf und zogen sich in den hinteren Teil des Saales zurück, um gemeinsam das Urteil zu finden. Nach einer Beratung, die so kurz war, dass sie den Namen nicht verdiente, traten sie wieder an die Tische.

»Isabelle Chastain und Michel de Fleury, kommt nach vorne«, verlangte Bischof Ulman.

»Ich möchte noch etwas sagen, Exzellenz«, erklärte Michel.

»Bitte. Aber fasst Euch kurz.«

»Isabelles einziges Verbrechen war, einen Mann zu lieben, den sie nicht hätte lieben dürfen. Bitte lasst sie gehen. Hier geht es doch nur um mich.«

»Sie hat ihren Gemahl betrogen und bei einem anderen Mann gelegen«, erwiderte Ulman. »In Euren Augen mag das harmlos sein – ich hingegen halte es für eines der schändlichsten Verbrechen, das ein Weib begehen kann. Und hier geht es keineswegs nur um Euch. Dies ist ein unbestechliches Gericht, das allein an Recht und Gesetz gebunden ist.«

Michel lachte freudlos. »Ich bitte Euch. Wir wissen beide, dass das nicht wahr ist.«

Der Bischof stierte ihn drohend an.

»Sagt mir wenigstens, wer uns verraten hat«, fuhr Michel fort. »War es Foulque …?«

»Hört unseren Urteilsspruch«, fiel Ulman ihm ins Wort. »Vor Gott und den Heiligen befinde ich Euch, Isabelle Chastain, und Euch, Michel de Fleury, der gotteslästerlichen Unzucht und des Ehebruchs für schuldig. Herr de Fleury, zur Strafe für Eure Verfehlungen entrichtet Ihr dem Bistum die Summe von vierzig Pfund Silber. Ferner seid Ihr zwei Jahre lang von allen Gottesdiensten ausgeschlossen, gerechnet vom heutigen Tage an.«

Michel nahm das Urteil schweigend an, obwohl es geradezu lächerlich hart war. Noch niemals hatte ein Ehebrecher in Varennes-Saint-Jacques eine derart hohe Strafe zahlen müssen. Doch letztlich kümmerte es ihn nicht. Seine Angst um Isabelle war weit größer als die Sorge um sein persönliches Wohl.

»Ihr«, wandte sich der Bischof an Isabelle, »sollt als Strafe für Eure Vergehen der Infamie verfallen. Kein christlicher Mann und keine christliche Frau darf fürderhin Umgang mit Euch pflegen, allenfalls Eure Familie, so sie Euch nicht in Schimpf und Schande verjagt. Wer Geschäfte mit Euch betreibt, soll ebenfalls die Ehre verlieren. Außerdem wird man Euch die Haare scheren und die Halsgeige anlegen, mit der Ihr dreihundert Schritte vom Marktkreuz bis zum Nordtor gehen werdet, damit ein jeder Bewohner dieser Stadt Zeuge Eurer Schande wird.«

Michel schloss die Augen. Die Strafe war genauso schrecklich und erniedrigend, wie er befürchtet hatte.

Falls Isabelle Entsetzen angesichts ihres Schicksals verspürte, so zeigte sie es nicht. »Seht her, Ulman, was ich von Euch und Eurem Gericht halte«, sagte sie und spuckte vor dem Reliquienschrein auf den Boden.

»Schafft das Weib weg!«, brüllte der Bischof, woraufhin zwei Büttel sie ergriffen.

»Isabelle!«, rief Michel. Als er zu ihr laufen wollte, hielten ihn zwei weitere Soldaten fest.

Sie schaute ihn an, während Martels Männer sie hinausführten, und ihre Augen sagten: *Ich werde dich immer lieben, ganz gleich, was geschieht.*

Dass ein angesehener Patrizier und das Weib eines reichen Tuchhändlers vor Gericht standen, erlebten die Bewohner Varennes' nicht alle Tage. Immer mehr Menschen strömten während der Verhandlung zum Bischofspalast, sodass fast tausend Augenpaare dabei zusahen, wie Martels Büttel Isabelle über den Domplatz zum Marktkreuz zerrten.

Bauern waren da, Tagelöhner, Krämer, Handwerker. Sie alle bekamen nicht genug von diesem köstlichen Schauspiel. Endlich ging es diesem sündigen Luder an den Kragen.

Zwei Büttel zwangen Isabelle vor dem Marktkreuz auf die Knie, damit ihr der Scharfrichter die Haare scheren konnte. Die Leute reckten die Hälse. Würde sie weinen, klagen, um Gnade flehen? Nein, das Weib blickte stur geradeaus und zeigte keine Regung, zuckte nicht einmal vor Schmerz zusammen, obwohl ihr die schartige Klinge des Scharfrichters die Kopfhaut zerkratzte.

Anschließend zerriss man ihr das Kleid und das Untergewand, sodass man ihre Schenkel, ihre Hüften, ihre linke Brust sehen konnte. So manchem Mann fielen fast die Augen aus dem Kopf. Bei Gott, war das Weib schön! Kein Wunder, dass sie von Sünde und Wollust schier zerfressen war.

Martels Büttel schafften die Halsgeige herbei, einen schweren Balken aus zwei Teilen mit Löchern für den Hals und die Handgelenke der Ehrlosen. Der Scharfrichter legte Isabelle das Instrument der Schande an und schloss die Eisenklammern.

»Auf geht's, du Luder!«, brüllte er. »Dreihundert Schritte bis zum Nordtor, oder ich mach dir Beine. Eins! Zwei! Drei ...!«

Die Menge bildete eine Gasse und johlte, als Isabelle sich über den Platz kämpfte. Die Halsgeige lastete wie ein Mühlstein auf ihrem Nacken. Das Loch für den Hals war zu eng, sodass sie kaum Luft bekam. Ständig verhedderten sich Fetzen ihres Kleides zwischen den Fußknöcheln und drohten, sie zu Fall zu bringen. Doch obwohl jeder Schritt eine Qual war, war Isabelle fest entschlossen, der Meute nicht zu zeigen, wie sie litt. Sie kämpfte die Tränen zurück, biss die Zähne zusammen, richtete sich so weit wie möglich auf und ging weiter, immer weiter. *Ihr werdet keinen Laut der Klage von mir hören. Und wenn ich daran ersticke.*

»Siebenundsechzig, achtundsechzig ...«

Sie schleppte sich die Grande Rue hinauf, vorbei an dem geifernden Mob, durch die Gasse aus schwitzenden Gesichtern, brüllenden Mäulern und grabschenden Händen.

»Hundertneun, hundertzehn ...«

Eine fette Frau schob sich in die vorderste Reihe, die speckigen Wangen rot vor Eifer. Chastains Mutter. »Hure!«, kreischte sie. »Das ist für Hernance!« Sie spie Isabelle einen Klumpen Speichel und Rotz ins Gesicht.

»Hundertzweiundfünfzig, hundertdreiundfünfzig ...«

Etwas Hartes prallte ihr gegen die Schläfe – eine alte Zwiebel. Sie konnte nicht erkennen, wer sie geworfen hatte, doch plötzlich schien jeder ein Stück fauliges Obst oder Gemüse in der Hand zu halten. Brüllend bewarfen die Leute Isabelle mit ihren widerwärtigen Geschossen, sodass ein wahrer Hagel aus matschigen Rüben, Äpfeln und Gurken auf sie niederprasselte. Sie taumelte und wäre beinahe gestürzt. *Nicht fallen,* befahl sie sich und rappelte sich auf. *Du darfst nicht fallen.*

»Zweihundertfünf, zweihundertsechs ...«

Sie keuchte, ihr Nacken und die Schultern waren taub und steif von der Last der Halsgeige. *Nur kurz stehen bleiben und Atem schöpfen ...*

»Nur keine Müdigkeit vorschützen!«, brüllte der Scharfrichter, und Speichel sprühte von seinen verschorften Lippen. »Weiter, na los! Zweihundertzweiundsiebzig, zweihundertdreiundsiebzig ...«

Seine Rute klatschte auf ihre Schenkel, und die Tränen schossen ihr in die Augen. Bald, bald hatte sie es geschafft. Irgendwie fand sie einen letzten Rest Kraft in sich und tat einen Schritt, einen weiteren. *Noch zwanzig. Noch neunzehn ...*

»Dreihundert!«

Sie fiel auf die Knie und rang mit der Ohnmacht. Das Geschrei sank zu einem fernen Raunen herab, um sie herum huschten Gestalten, griffen nach ihr. Wütende Stimmen, als die Büttel die Leute von ihr wegtrieben. Jemand machte sich an der Halsgeige zu schaffen und langte ihr dabei wie zufällig an die nackte Brust. Plötzlich konnte sie wieder frei atmen. Sie fiel mit dem Gesicht voran in den Schmutz und grub die Finger in die festgestampfte Erde der Straße.

»Isabelle!«, rief jemand.

Michel. Sie wollte sich aufrichten, ihn ansehen, doch ihre Arme waren taub und kraftlos und gehorchten ihr nicht mehr.

»Wage es ja nicht, sie anzurühren, oder ich stech dich ab!« Ihr Bruder. »Schafft sie nach Hause, na los.«

Hände packten sie an den Armen und hoben sie hoch; Gaspard warf ihr seinen Mantel über. Sie blinzelte gegen die Sonne. Bevor ihr Bruder und seine Knechte sie wegzerrten, entdeckte sie Michel am Straßenrand. Ayol und Houn hielten ihn fest.

Es war das letzte Mal für lange Zeit, dass sie ihn sah.

Später konnte sich Michel nicht mehr daran erinnern, wie er nach Hause gekommen war. Reglos saß er im Gesellschaftssaal und schaute aus dem Fenster. Auf dem Domplatz zerstreute sich allmählich die Menge, und die Leute gingen wieder ihrem Tagwerk nach, als wäre nichts geschehen.

Er blickte zu Gaspards Haus, in dem Isabelle vor einer halben Stunde verschwunden war. Was würde Gaspard mit ihr machen? Würde Michel jemals wieder mit ihr sprechen können?

»Herr.«

Er wandte sich um. Foulque kam herein.

»Ich bringe Euch einen Becher Wein. Das wird Euch guttun, nach allem, was Ihr heute erleiden musstet.«

Schweigend musterte Michel den Knecht. Er konnte nicht erklären, woher er die Gewissheit nahm, dass Foulque Isabelle und ihn verraten hatte – sie war einfach da. Irgendetwas in dessen Gesicht erschien ihm plötzlich falsch, aufgesetzt, maskenhaft. »Du bist entlassen«, sagte er. »Pack deine Sachen und geh.«

»Was habe ich falsch gemacht, Herr?«, fragte der Knecht.

»Hör auf, mich zum Narren zu halten. Verschwinde, na los!

Wenn du mein Haus nicht in einer halben Stunde verlassen hast, prügle ich dich hinaus.«

Ohne ein weiteres Wort ging Foulque.

Michel griff nach dem Weinkelch und nahm einen Schluck. Plötzlich packte ihn solche Wut, dass er den Becher gegen die Wand schleuderte, wo der Wein einen sternförmigen Fleck hinterließ.

Irgendwann kamen Matenda und Thérese herein. Die junge Magd nestelte an ihrer Schürze und starrte zu Boden; die Köchin hingegen blickte ihm fest in die Augen. »Wir möchten Euch bitten, uns aus Euren Diensten zu entlassen«, erklärte sie.

»Wieso? Habe ich euch schlecht behandelt? Euch zu wenig Lohn gezahlt?«

»Für eine ehrbare Frau geziemt es sich nicht, in einem Haus wie diesem zu arbeiten.«

»Siehst du das auch so, Thérese?«, sprach er die Magd an. »Oder hat Matenda dich überredet?«

»Ich… ich sehe es auch so«, murmelte Thérese, ohne den Kopf zu heben.

Michel nickte langsam. »Wie ihr wollt. Ihr könnt gehen.« Er griff in sein Wams und holte seine Börse hervor. »Hier sind für jede von euch drei Sous. Damit solltet ihr über die Runden kommen, bis ihr eine neue Stelle gefunden habt. Viel Glück.«

An der Tür drehte sich Matenda noch einmal zu ihm um. »Ich danke Gott, dass Euer Herr Vater nicht mehr unter uns weilt. Was heute geschehen ist, hätte ihm das Herz gebrochen.«

Wenig später sah Michel, wie Matenda, Thérese und Foulque mit Sack und Pack das Haus verließen. Während die beiden Frauen zur Grande Rue gingen, blieb Foulque vor dem Stand eines Weinhändlers stehen, und als er ein letztes Mal zu ihm aufblickte, sah Michel endlich sein wahres Gesicht. Es war ganz und gar nicht fröhlich und offenherzig, sondern hart, kantig, ohne jedes Mitgefühl. Foulque spuckte aus, schulterte seinen Beutel und verschwand zwischen den Marktständen.

Michel bemerkte, dass Louis hereingekommen war.

»Willst du mich auch verlassen?«

»Nein, Herr, ich bleibe. Ich wollte nur fragen, ob ich Matendas Bett haben kann. Es ist größer als meins, und ich dachte …«

»Nimm es dir, Louis. Such dir das Bett aus, das dir am besten gefällt. Du hast ja jetzt die freie Auswahl.«

»Ich fordere, dass Herr de Fleury aus der Kaufmannsgilde von Varennes-Saint-Jacques ausgeschlossen wird«, sagte Gaspard, und seine Stimme hallte von den Steinwänden des Saales wider. »Er hat auf niederträchtigste Weise seinen Gildeneid gebrochen, als er Hernance und mich betrogen und vor der ganzen Stadt gedemütigt hat. Damit hat er jegliches Recht auf unsere Freundschaft und brüderliche Unterstützung verwirkt. Er ist eine Schande für unsere Gemeinschaft.«

Als die Worte verklangen, herrschte Stille in der Halle. Schweigend blickte Michel in die Runde. Er hatte gewusst, was ihm bevorstand, als er zur Gildehalle gegangen war. Duval hatte ihn freundlicherweise vorgewarnt, dass Gaspard die Schwurbrüder zusammengerufen hatte, um seinen Ausschluss zu fordern.

»Ihr erhebt schwere Vorwürfe gegen unseren Meister«, sagte Géroux und wandte sich an Michel. »Wollt Ihr Euch dazu äußern?«

»Erspart uns dieses heuchlerische Gerede, Géroux. Ihr seid ein schlechter Schauspieler. Innerlich reibt Ihr Euch gerade die Hände, das sieht sogar ein Blinder.«

»Ist das alles, was Ihr dazu zu sagen habt?«, erwiderte der Sklavenhändler kalt.

»Ich habe meine Schuld gestern vor Bischof Ulman und dem Schöffengericht gestanden«, erklärte Michel. »Nun liegt es an den Schwurbrüdern zu entscheiden, ob ich Mitglied der Gilde bleiben darf.«

Catherine, die ihm gegenübersaß, forderte ihn mit einem beschwörenden Blick auf zu kämpfen, sich zu verteidigen. Michel jedoch wäre es würdelos erschienen aufzustehen, seine Vergehen kleinzureden und seine Schwurbrüder anzuflehen, ihn nicht zu verstoßen. Er hatte in den vergangenen Tagen wahrlich genug Demütigungen erlitten. Er würde sich nicht noch einmal erniedrigen, nur damit man ihm Gnade gewährte.

Duval räusperte sich und betrachtete die Dokumente, die vor ihm lagen. »Ich habe mir unsere Statuten und die gesammelten Aufzeichnungen dazu angesehen. Es ist mehrfach überliefert, dass Gildenmitglieder wegen Ehebruchs und Unzucht vor dem Sendgericht verurteilt wurden. In allen Fällen mussten sie der Gilde eine Strafe für die Verletzung ihres Eides zahlen, deren Höhe sich nach ihrem Vermögen richtete. Niemals aber wurde ein Schwurbruder deswegen verstoßen …«

»Es hat auch noch kein Gildenmitglied Ehebruch mit dem Weib eines Schwurbruders begangen«, fiel Gaspard ihm ins Wort. »Was er getan hat, ist einmalig in der Geschichte unserer Gemeinschaft. Eine Geldstrafe ist viel zu mild für eine solche Schande.«

Michel entging nicht, dass einige Kaufleute nickten – nicht nur die üblichen Verdächtigen, auch Baffour und natürlich der ach so fromme Thibaut d'Alsace.

»Niemand bestreitet, dass Herr de Fleury ein Verbrechen begangen hat – er selbst am wenigsten«, sagte Catherine. »Aber seine Verdienste wiegen schwerer. In nur zwei Jahren hat er uns zu neuer Stärke geführt und uns ermöglicht, die Brücke zu bauen. Wir alle verdanken ihm viel. Das sollten vor allem jene bedenken, die ihn jetzt davonjagen wollen.«

»Was er in der Vergangenheit geleistet hat oder nicht, spielt keine Rolle«, blaffte Géroux. »Hier geht es um das Ansehen der Gilde, um ihre Zukunft. Ich sage: Stimmen wir ab!«

»So einfach ist das nicht«, meinte Duval. »Die Statuten sind in diesem Fall nicht eindeutig …«

Kaum jemand hörte ihm zu, denn Gaspards Leute und die

Ministerialen übertönten ihn, als sie lautstark ihre Zustimmung zu Géroux' Vorschlag bekundeten.

»Wer ist dafür, dass Herr de Fleury Mitglied der Gilde bleiben und seine Verfehlungen mit einer Geldstrafe sühnen darf?«, rief der Münzmeister in die Runde.

Gerade einmal Catherine Partenay, Charles Duval, Pierre Melville und Isoré Le Roux hoben die Hände.

»Wer ist dafür, dass er mit sofortiger Wirkung das Amt des Gildemeisters niederlegt und unsere Gemeinschaft verlässt?«

Es meldeten sich Gaspard, Chastain, Pérouse, Vanchelle, Baudouin, Géroux und die anderen Ministerialen, und zu guter Letzt auch Baffour, d'Alsace und Milon Poupart.

»Damit ist es entschieden«, erklärte Géroux und machte sich nicht die Mühe, seine Zufriedenheit zu verbergen. »Herr de Fleury ist von nun an kein Mitglied unserer Gilde mehr.«

Michel blickte Gaspard, dessen Freunde sowie Baffour, d'Alsace und Milon Poupart an. »Dank Eurer Hilfe haben Bischof Ulman und Aristide de Guillory erreicht, was sie wollten. Ich hoffe, Ihr seid stolz auf Euch.«

»Es war eine rechtmäßige Abstimmung«, entgegnete Gaspard. »Jetzt verschwindet aus unserer Gildehalle. Ihr habt hier nichts mehr zu suchen.«

Langsam schob Michel seinen Stuhl zurück und stand auf. »Das ist der Anfang vom Ende der Gilde. Ich werde für Euch beten.« Er schritt aus dem Saal.

Draußen auf der Treppe bemerkte er, dass jemand ihm gefolgt war. Catherine.

»Ich wünschte … ich könnte …«, stammelte sie.

»Es ist gut.« Er nahm sie in die Arme. »Es ist gut.«

Kaum hatte de Fleury die Gildehalle verlassen, erhob sich Jaufré Géroux. Bischof Ulman hatte ihm klare Anweisungen erteilt: Gleich nach de Fleurys Ausschluss aus der Gilde solle er versuchen, die Führung über die Schwurgemeinschaft an sich zu bringen, damit de Fleurys Anhänger keine Gelegenheit bekämen, sich neu zu formieren. *Gelingt Euch das nicht,* hatte Ulman gesagt, *stiftet Unfrieden, so viel Ihr könnt.*

»Nun, da wir keinen Meister mehr haben«, übertönte er das Stimmengewirr, »wäre es am Vernünftigsten, dass bis auf Weiteres der älteste und erfahrenste Schwurbruder die Gilde führt. Das bin ich.«

»Auf keinen Fall!«, rief Caron und stand ebenfalls auf. »Wir halten eine ordentliche Wahl ab, wie es die Statuten für diese Situation vorschreiben.«

»Und wenn kein Kandidat eine Mehrheit bekommt? Wollt Ihr in Kauf nehmen, dass die Gilde im Chaos versinkt?«

»Wenn keiner eine Mehrheit erhält, wählen wir eben so lange, bis sich ein Bewerber gegen die anderen durchsetzt«, sagte Duval. »Caron hat recht. Alles andere stünde nicht in Einklang mit unseren Statuten.«

»Ja, eine Wahl!«, brüllte Pérouse mit rotem Gesicht und hieb mit der Faust auf den Tisch.

Géroux sah ein, dass er sich der Stimmung im Saal beugen musste. »Also gut. Ich stelle mich zur Wahl. Wer noch?«

»Ich«, erklärte Caron, was ihm Hochrufe seiner Anhänger einbrachte.

»Noch jemand?«

»Wir müssen uns zuerst beraten«, sagte Duval und zog sich mit Partenay, Melville und Le Roux in eine Ecke des Saales zurück. Nachdem sie eine Weile getuschelt hatten, erklärte Melville:

»Ich kandidiere ebenfalls.«

Die Schwurbrüder einigten sich darauf, dass Guibert de Brette als das zweitälteste Gildenmitglied die Wahl leiten solle. Der Ministeriale bat Géroux, Caron und Melville nach vorne.

»Ich erinnere daran, dass dies keine Kampfabstimmung ist«, sagte Duval. »Für die Wahl eines gänzlich neuen Gildemeisters gelten andere Regeln. Für den Sieg braucht ein Kandidat die einfache Mehrheit. Mehr Stimmen als die anderen zu bekommen, genügt nicht.«

»Wer stimmt für Gaspard Caron?«, rief de Brette in den Saal.

Es erhoben sich Pérouse, Vanchelle, Baudouin und Chastain.

»Wer für Pierre Melville?«

Partenay, Duval und Le Roux traten nach vorne. Poupart zögerte, dann schloss er sich ihnen an.

»Wer für Jaufré Géroux?«

Er bekam die Stimmen von Jacques und Aimery Nemours, Baffour, d'Alsace und de Brette.

»Das macht fünf Stimmen für Caron, fünf für Melville und sechs für Géroux. Kein Kandidat erreicht die erforderliche Zahl von neun Stimmen.«

»Ich habe es euch gesagt«, knurrte Géroux. »Niemand bekommt eine Mehrheit. Mit dieser törichten Wahl riskieren wir, die Gilde zu spalten.«

»Trotzdem wählen wir weiter, bis ein neuer Meister gefunden ist«, hielt Duval dagegen. »Morgen Abend versammeln wir uns wieder. Derweil gehen wir alle nach Hause, besinnen uns und denken darüber nach, welcher Kandidat für das Wohl der Gilde am besten ist.«

Oktober 1189

Varennes-Saint-Jacques

Die Tage vergingen, doch der Schmerz ließ nicht nach.

Wie betäubt verrichtete Hernance Chastain seine Arbeit. Wenn er Tuche verkaufte, konnte er später oftmals nicht sagen, ob er ein gutes Geschäft gemacht oder Geld verloren hatte – es kümmerte ihn einfach nicht mehr. Er aß kaum noch etwas, denn selbst die köstlichsten Speisen mit den erlesensten Gewürzen schienen sich in seinem Mund in Asche zu verwandeln. Nachts schlief er höchstens zwei, drei Stunden; die restliche Zeit wälzte er sich umher und rang schweißgebadet mit den immer gleichen Fragen.

Wieso hat sie mir das angetan?

Was habe ich falsch gemacht?

O Herr, warum?

Und dann die Blicke. Wo er auch war, in der Werkstatt, auf der Straße, in der Kirche, glotzten ihn die Leute an, und er hörte sie tuscheln. *Schaut ihn euch an, den armen Tropf. Betrogen hat man ihn, gehörnt, dem Gespött preisgegeben. Was nutzt ihm jetzt sein ganzes Geld?*

Unablässig nagte die Schande an ihm, vergiftete die Demütigung seine Seele. War er anfangs noch so töricht gewesen, Isabelle zu vermissen, sich trotz ihres Betruges weiterhin nach ihr zu verzehren, begann er bald, sie zu hassen. Das Weib war ein Succubus, ein wollüstiger Dämon, sie hatte ihm die Manneskraft geraubt und die Selbstachtung dazu. Es hatte ihr nicht genügt, ihn zum Hanswurst zu machen, nein, vernichten wollte sie ihn. Und was hatte er getan? Ihr jeden Wunsch von den Lippen abgelesen, sie geradezu vergöttert!

Wieso habe ich sie nicht getötet, als ich die Gelegenheit dazu hatte? Niemand hätte ihn für diesen allzu verständlichen Akt der Vergeltung zur Rechenschaft gezogen, und es hätte seine Pein gewiss gelindert.

Dafür war es jetzt zu spät – und doch war dieser Gedanke wie eine Befreiung. Er würde Isabelle aus seinem Leben verbannen, jede Erinnerung an ihre Ehe tilgen. Eines Morgens raffte er all ihre Habe zusammen. Ihren Schmuck verkaufte er, ihre Kleider und Bücher warf er im Hof auf einen Haufen und verbrannte alles. Wie gut das tat! Als die Flammen den Plunder verschlangen, fühlte er sich zum ersten Mal seit Tagen nicht klein, schwach und hilflos.

Durch den Rauch betrachtete er den Kaninchenverschlag und das Gehege mit dem altersschwachen Esel und dem Grauschimmel. Obwohl er Haustieren nichts abgewinnen konnte, hatte er Isabelle in seiner grenzenlosen Freundlichkeit erlaubt, sie herzubringen, damit sie sich in ihrem neuen Heim nicht so einsam fühlte. Und jetzt? Hatte er die Viecher am Hals, und sie fraßen ihm schier die Haare vom Kopf.

Mit zusammengebissenen Zähnen griff er nach einem Knüppel und öffnete den Kaninchenverschlag.

Langsam schlichen die Stunden dahin. Irgendwann wich der Abend der Nacht, und der Lärm der Gassen verstummte, als die Stadt zur Ruhe kam.

In der kleinen Stube war es dunkel und still. Isabelle saß auf dem Bett, hatte die Hände auf die Oberschenkel gelegt und betrachtete durch den winzigen Fensterschlitz den Nachthimmel. Die dichten Wolken verdeckten die Sterne; nur gelegentlich zeigte sich die blasse Mondsichel. Auf dem kleinen Tischchen neben der Schlafstatt stand eine Platte mit etwas Brot, Käse und Gemüse. Sie hatte nichts davon angerührt.

Leise Stimmen draußen auf dem Flur. Michel, der sie holen kam? Nein. Nur zwei Bedienstete.

Sie legte sich aufs Bett und starrte in die Dunkelheit. Ihr kahlgeschorener Schädel juckte, und sie unterdrückte das Verlangen, den Schorf von den Schrammen zu kratzen. Dies war nicht ihre Stube. Aus Angst, sie könnte sich mit Michel von ihrem Fenster aus mit Zeichen verständigen, hatte Gaspard sie in einen kleinen Raum im rückwärtigen Teil des Hauses gesperrt. Wie lange sie schon hier war, wusste sie nicht genau. Vielleicht eine Woche, vielleicht länger. Hier, in dieser winzigen Kammer, abgeschottet von allem Leben, verlor die Zeit irgendwann an Bedeutung.

Sie war jetzt ehrlos, eine Schande für die Familie – Gaspard hatte jedes Recht, sie wie eine Gefangene zu behandeln. Sie durfte die Stube nicht verlassen, nicht einmal unter Aufsicht. Mehrmals am Tag kamen ihre Mutter oder Lutisse herein und brachten ihr Essen, frische Kleider und Wasser zum Waschen. Ihre Mutter bemühte sich redlich, mit ihr zu reden, doch meist brach sie schon nach wenigen Worten in Tränen aus, saß weinend auf der Bettkante und schluchzte Dinge wie: »Was hast du dir nur dabei gedacht?«

Am Sonntag war Pater Jodocus dagewesen und hatte ihr die heilige Kommunion gespendet. Anschließend hatte er sanft, aber nachdrücklich darauf gedrängt, sie solle ihre Sünden beichten. Isabelle hatte geschwiegen, bis er schließlich verärgert gegangen war.

Gaspard hatte noch nicht entschieden, was mit ihr geschehen würde. Wegen der fortwährenden Auseinandersetzungen in der Gilde hatte er gerade andere Sorgen. Vermutlich würde er sie zwingen, in ein Kloster einzutreten. Das war der einzige Weg, die Familie von der Schande reinzuwaschen.

Sie griff in die Spalte zwischen Bett und Wand und holte das kleine Silberkreuz hervor, das Michel ihr in glücklicheren Tagen geschenkt hatte. Irgendwie war es ihr gelungen, es an sich zu bringen und unter ihren Gewändern zu verstecken, bevor Chastain sie verstoßen und seines Hauses verwiesen hatte.

Sie betrachtete es im Mondlicht. Würde sie ihn jemals wiedersehen?

Wenn sie nur mit ihm sprechen könnte … Es gab etwas, das er dringend erfahren musste. All die Wochen war sie sich nicht sicher gewesen, doch nun gab es keinen Zweifel mehr.

Sie barg das Kruzifix in der Faust und legte die Linke auf ihren Bauch.

Am nächsten Morgen brachte ihr Lutisse das Essen.

»Hast du etwas geschlafen, mein Schatz?«, fragte ihre Schwägerin sanft, während sie die Speisen auf das Tischchen stellte.

Isabelle saß am Fenster und schaute sie nicht an. »Hast du mit Gaspard geredet?«

»Worüber?«

»Meine Tiere. Du wolltest ihn bitten, sie zu holen.«

Lutisse zögerte lange, bevor sie antwortete. »Ich habe es versucht, aber er weigert sich.«

»Bist du stattdessen zu Chastain gegangen?«

»Ich bin leider noch nicht dazu gekommen.«

»Du hast es versprochen.«

»Ich kümmere mich gleich morgen darum.«

Isabelle wandte sich zu ihr um. »Wieso lügst du mich an?«

»Ich lüge nicht, wie kommst du darauf?« Lutisse hielt ihrem Blick nicht stand und kniff die Lippen zusammen. »Sie sind … nicht mehr da«, murmelte sie schließlich.

»Chastain hat sie getötet«, sprach Isabelle ihre Ahnung aus.

Ihre Schwägerin nickte. »Es tut mir leid. Bitte iss etwas, du bist schon ganz mager.« Mit gesenktem Haupt eilte sie aus der Kammer, und Ayol schloss hinter ihr ab.

Isabelle saß reglos auf dem Schemel und starrte die Tür an. Plötzlich stieg würgende Übelkeit in ihr auf. Sie rannte zum Waschzuber und übergab sich.

Es war ein langer Tag gewesen, und die hitzige Gildeversammlung hatte Stephan Pérouse erschöpft. Er war zu müde, um mit seinen Freunden die heutige Abstimmung zu diskutieren. Was gab es da auch zu bereden? Sie hatten wieder keinen neuen Meister gefunden und würden die Wahl folglich wiederholen müssen – mehr gab es dazu nicht zu sagen. Rasch verabschiedete er sich von Gaspard, Ernaut und Raoul, warf den Bettlern unter den Arkaden eine Handvoll Deniers zu und machte sich auf den Heimweg durch die nächtliche Stadt.

Er wohnte schon lange nicht mehr am Domplatz. Im vergangenen Jahr hatten sich seine Geschäfte so günstig entwickelt, dass er sich endlich ein größeres Haus hatte bauen können. Im letzten Herbst hatte er schließlich sein Elternhaus verkauft und ein geräumigeres und schöneres Anwesen am Salztor bezogen.

Pérouse nickte dem Nachtwächter zu, als er schlurfend in die Grande Rue einbog und der breiten Straße südwärts folgte. Ihm erging es wie den meisten Schwurbrüdern – die verfahrene Lage in der Gilde zermürbte ihn allmählich. Seit zehn Tagen versammelten sie sich nun Abend für Abend, um einen neuen Vorsteher zu wählen, bislang ohne nennenswerten Erfolg. Obwohl hart verhandelt und um jede Stimme geschachert wurde, obwohl enorme Bestechungsgelder flossen und so manche Drohung angedeutet wurde, kam keiner der drei Bewerber auch nur in die Nähe der erforderlichen Mehrheit. Die Fronten waren völlig verhärtet.

Darunter litten die Geschäfte. Solange die Wahl andauerte, konnte kein Schwurbruder die Stadt verlassen und auf Reisen gehen, denn damit hätte er seinen Kandidaten geschwächt und die Lager seiner Feinde gestärkt. Pérouse hatte es allmählich satt. Er sehnte sich nach Normalität und wollte endlich wieder Handel treiben, wollte mit Raoul zur Sankt-Aigulf-Messe in Provins reisen, um englische Wolle einzukaufen. Doch sie konnten Gaspard nicht im Stich lassen. Ohne ihre Unterstützung würde er aufgeben müssen. Nicht auszudenken, wenn ihretwegen Géroux oder dieser geleckte Schönling Melville die Wahl gewinnen würde. Einer war so schlimm wie der andere.

Nein, Gaspard musste unter allen Umständen Gildemeister werden. Darauf hatten sie so lange hingearbeitet – sie durften jetzt nicht klein beigeben, und wenn es bedeutete, auf das eine oder andere gute Geschäft zu verzichten. Nur Gaspard besaß genügend Härte, Klugheit und Entschlossenheit, der städtischen Obrigkeit die Stirn zu bieten und endlich jene Privilegien zu erringen, die den Kaufleuten zustanden.

Als Pérouse noch einen halben Steinwurf vom Salztor entfernt war, sah er, dass im Obergeschoss seines Hauses Licht brannte. Sein Weib Agnes war also trotz der späten Stunde noch wach. Er freute sich darauf, sie in die Arme zu schließen, und ging unwillkürlich schneller …

Zwei dunkle Gestalten tauchten aus dem Nichts auf, packten ihn und zogen ihn in eine dunkle Gasse. Eine schwielige, nach Zwiebeln stinkende Hand hielt ihm den Mund zu und erstickte seinen erschreckten Schrei. Alles ging so schnell, dass Pérouse nicht imstande war, sich gegen den Überfall zu wehren.

In der Gasse warteten weitere Gestalten. Die größte, ein wahrer Hüne, trat vor ihn. »Wenn du schreist, stechen wir dich ab.«

»Was wollt ihr?«, krächzte Pérouse, als einer der beiden Männer, die ihn festhielten, die Hand von seinem Mund nahm.

»Ich möchte mit dir über die Wahl plaudern. Bedauerlicherweise hast du bisher für Caron gestimmt. Das solltest du überdenken.«

Pérouse war sicher, diese Stimme schon einmal gehört zu haben. War der Kerl ein Söldner, der gelegentlich der Gilde diente? Leider war es in der Gasse viel zu dunkel, um Einzelheiten zu erkennen, zumal die Männer ihre Gesichter in weiten Kapuzen verbargen.

»Du wirst dich von Caron abwenden. Hast du verstanden?«

»Niemals«, ächzte Pérouse.

Der Hüne antwortete mit einem Faustschlag in seine Magengrube. »Ob du verstanden hast?«

Wegen der Schmerzen konnte Pérouse nur noch flüstern. »Meine Treue gehört Gaspard Caron. Ein Haufen tumber Schläger bringt mich nicht dazu, ihn zu verraten.«

»Wie du willst.«

Die Männer pressten seine Rechte gegen die Hauswand. Der Hüne schwang einen Knüppel, und die schwere Keule zerschmetterte Knochen und Fingergelenke.

Pérouses Schrei gellte durch die Nacht.

»Wir gehen davon aus, dass die Ministerialen dahinterstecken«, sagte Charles Duval, nachdem er einen weiteren Schluck Wein genommen hatte. »Géroux ist wohl klar geworden, dass er mit Bestechung allein nicht weiterkommt. Also versucht er jetzt, uns einzuschüchtern. Es wundert mich nur, dass seine Leute Pérouse angegriffen haben. Bei Poupart oder Le Roux hätten sie damit gewiss mehr erreicht.«

»Pérouse wohnt nicht am Domplatz«, wandte Catherine ein. »Das macht ihn zu einem leichten Ziel für einen nächtlichen Überfall.«

»Le Roux auch nicht. Ihm hätten sie genauso gut auflauern können.«

»Vielleicht hatte Géroux mit Pérouse noch eine Rechnung offen, und er wollte zwei Fliegen mit einer Klappe schlagen.«

Michel hatte dem Bericht seiner Freunde schweigend zugehört. »Wie geht es Pérouse?«, fragte er jetzt.

»Gut – den Umständen entsprechend«, antwortete Duval. »Ein Medicus hat seine Hand noch gestern Nacht versorgt.«

»Gaspard wird sich das nicht bieten lassen«, sagte Michel. »Wie ich ihn kenne, wird er sich an den Ministerialen rächen.«

»Das hat er schon. Irgendwie muss Caron erfahren haben, dass Guibert de Brette heute Morgen zur Wechselstube am Nordtor wollte. Baudouin, Vanchelle und er haben ihre Knechte zusammengetrommelt und de Brette beim Armenhospital abgepasst. Sie sollen ihn geprügelt und ihm die Kleider zerrissen haben.«

»Hernance Chastain war auch dabei«, sagte Catherine.

»Chastain?«, fragte Michel überrascht. Es war seltsam genug, dass der Tuchfärber nach wie vor auf Gaspards Seite stand. Jeder andere Mann hätte mit der Familie seiner betrügerischen Frau gebrochen. Chastain jedoch hielt ihm die Treue, vielleicht, weil er sich Gaspard in seinem Hass auf Michel verbunden fühlte. So weit, so gut. Aber dass er Gaspard helfen würde, einen Feind zusammenzuschlagen, hätte Michel ihm nicht zugetraut.

»Der Mann hat sich verändert«, erklärte Duval. »Er ist voller Verbitterung und Zorn seit … jenem Vorfall.«

Zwischen Michel und seinen wenigen verbliebenen Freunden herrschte die unausgesprochene Übereinkunft, nicht über sein Verhältnis mit Isabelle zu sprechen. Für einen quälend langen Augenblick herrschte peinliches Schweigen.

»Jedenfalls haben viele Schwurbrüder Angst, der Konflikt zwischen Caron und den Ministerialen könnte sich ausweiten«, fuhr Duval fort. »Zu Recht, fürchte ich. Géroux hat bereits angekündigt, Caron für den Angriff auf de Brette zur Rechenschaft zu ziehen, und Caron und seine Busenfreunde haben ihren Knechten befohlen, nur noch bewaffnet aus dem Haus zu gehen.«

»Was sagt Martel dazu?«, fragte Michel. Eigentlich war es die Aufgabe des Schultheißen, in Varennes für Ruhe und Ordnung zu sorgen.

»Bis jetzt gar nichts. Seine Büttel halten sich aus allem heraus. Es ist merkwürdig. Auch von Bischof Ulman hört man nichts.«

Michel nickte. Etwas in der Art hatte er erwartet.

»Ich habe heute Morgen mit Le Roux und einigen anderen gesprochen«, berichtete Duval weiter. »Sie fragen sich, ob sie die Nächsten sind, die auf offener Straße zusammengeschlagen werden. Sie trauen sich nicht mehr, zu den Gildeversammlungen zu gehen. Wir denken, dass es unter diesen Umständen besser ist, die Wahl zu unterbrechen, bis wieder Frieden herrscht.«

»Ich fürchte, darauf könnt ihr lange warten«, sagte Michel. »Wenn ich Géroux richtig einschätze, wird er alles dafür tun, den Konflikt anzuheizen. Er will, dass es zwischen den Ministerialen und Gaspards Lager zum Krieg kommt. Und Gaspard, dieser Hitzkopf, fällt darauf herein.«

»Wieso?«, fragte Catherine. »Was hätte Géroux davon?«

»Es geht ihm nicht um Stimmen. Vermutlich hat er den Auftrag bekommen, in der Stadt für Chaos zu sorgen, damit Bischof Ulman endlich einen handfesten Vorwand hat, gegen die Gilde vorzugehen. Vielleicht nimmt Ulman das sogar zum Anlass, die Gilde zu verbieten.«

»Würde er das wagen? Damit ist er schon einmal nicht durchgekommen.«

»Diesmal ist die Lage ernster als vor zwei Jahren. Wenn die Gilde als Bedrohung für den Frieden gilt, hat er jedes Recht, sie aufzulösen. Niemand könnte ihn daran hindern, nicht einmal der Kaiser.«

Duval stellte geräuschvoll den leeren Kelch auf den Tisch. »Und alles nur, weil gewisse Leute ihre Lust nicht zügeln können. Wir hatten so viel erreicht, und jetzt zerrinnt uns alles zwischen den Fingern – wegen einer Frau.«

»Charles«, begann Catherine, doch Michel legte ihr die Hand auf den Arm. Er konnte Duval seinen Ärger nicht verdenken.

»Alles, was ich dazu sagen kann, ist, dass es mir leidtut, Charles. Ich wollte nicht, dass es so kommt.«

»Schon gut. Schon gut. Ich habe im Zorn gesprochen. Verzeiht mir. Wir alle machen Fehler, und wir alle haben unsere Laster. Es steht mir nicht zu, Euch zu verurteilen. Überlegen wir lieber, was wir jetzt tun.«

»Wir müssen sofort mit den Schwurbrüdern reden«, sagte

Catherine. »Sie dürfen sich unter keinen Umständen in Carons und Géroux' Streitigkeiten hineinziehen lassen.«

»Sprecht außerdem mit Gaspard«, ergänzte Michel. »Macht ihm klar, dass er sich von Bischof Ulman vor den Karren spannen lässt, wenn er nicht aufhört, Géroux zu bekämpfen.«

»Er wird uns nicht zuhören«, meinte Duval.

»Trotzdem. Ihr müsst es versuchen.«

Seine Freunde standen auf und griffen nach ihren Umhängen. Bevor sie gingen, fragte die Kauffrau: »Ihr lasst es uns wissen, wenn Ihr Hilfe braucht, ja?«

Dies war ein Ritual, das sich immer abspielte, wenn Catherine und Duval ihn besuchten. Michel lächelte und gab seine übliche Antwort: »Ich komme schon zurecht. Kümmert euch lieber um die Gilde, das ist wichtiger.«

Tatsächlich war seine Lage äußerst angespannt. Ihm drohte bald der Ruin, denn die hohe Strafe, die er dem Gericht hatte zahlen müssen, hatte einen beträchtlichen Teil seiner Rücklagen aufgezehrt. Und neues Geld konnte er keines verdienen, denn wegen des Ausschlusses aus der Gilde durfte er keinen Handel mehr treiben. Doch er würde den Teufel tun und seinen Freunden sagen, wie schlecht es um ihn stand. Sie hatten wahrlich genug eigene Sorgen. Außerdem war es seine eigene Schuld, dass er in diese Lage geraten war. Er hätte ihre Hilfe nicht verdient.

»Ich kann Euch Geld leihen, damit Ihr fürs Erste über die Runden kommt«, schlug Duval vor.

»Danke, aber mein Geld reicht noch für einige Monate«, erwiderte Michel, obwohl »drei bis vier Wochen« der Wahrheit eher entsprochen hätte.

»Pierre will sich dafür einsetzen, dass Ihr wieder in die Gilde aufgenommen werdet, wenn er erst Gildemeister ist«, sagte Catherine. »Gewiss kann er eine Mehrheit der Schwurbrüder davon überzeugen, Euch zu vergeben, wenn Ihr Buße leistet.«

»Richtet ihm meinen Dank aus. Ich bin sicher, er wird die Wahl letztlich gewinnen.«

Nachdem Catherine und Duval gegangen waren, setzte sich Michel mit seinem Weinkelch ans Fenster. Tatsächlich war er ganz und gar nicht davon überzeugt, dass Melville Gildemeister werden würde. Wenn es Géroux nicht gelang, das Amt mit Furcht, Gewalt und Bestechung zurückzuerobern, würde höchstwahrscheinlich *niemand* Gildemeister werden. Vielleicht war diese Einschätzung zu schwarzseherisch, doch Michel glaubte einfach nicht, dass es Duval und den anderen gelingen würde, das drohende Chaos in Varennes aufzuhalten. Die Gräben innerhalb der Gilde waren zu tief, die Ministerialen und ihr Herr zu stark.

Seit Tagen schon zermarterte sich Michel den Verstand, was er dagegen tun konnte. Die Antwort war ebenso schlicht wie ernüchternd: nichts. Er war nicht bloß besiegt – er war vernichtet. Ohne die Mitgliedschaft in der Gilde konnte er seinen Freunden nicht beistehen. Alles, was jetzt in Varennes geschah, entzog sich seinem Einfluss.

Sein Blick ruhte auf Gaspards Haus. *Wenn ich wenigstens wüsste, wie es Isabelle geht.* Seit ihrer Verurteilung hatte er sie weder gesehen noch mit ihr gesprochen, denn Gaspard hielt sie in seinem Haus gefangen, um weiß Gott was mit ihr zu tun. Michel hatte nicht die leiseste Ahnung, wie er an sie herankommen oder ihr wenigstens eine Nachricht schicken sollte.

Er beschloss, einen Spaziergang zu machen – das half ihm stets beim Nachdenken. Rasch warf er seinen Mantel über und schlenderte kurz darauf die Grande Rue hinauf. In der Stadt herrschte eine eigenartige Stimmung. Etwas lag in der Luft. Angst wäre zu viel gesagt, wohl aber Anspannung. Die einfachen Leute und Handwerker spürten, dass sich in der Gilde etwas zusammenbraute, dass es nicht bei den Überfällen auf Stephan Pérouse und Guibert de Brette bleiben würde. Misstrauisch beobachteten sie die Umgebung und senkten die Stimmen, um ja keine unerwünschte Aufmerksamkeit auf sich zu ziehen.

Nahe der Abtei Longchamp jedoch sah er etwas, das so gar nicht ins Bild passte: In einer Schenke herrschte ausgelassene Stimmung, und das kleine Wirtshaus quoll schier über vor Menschen. Die Leute standen sogar schon auf der Straße und drängten sich an den Fenstern, um einen Blick ins Innere zu erhaschen.

Michel wandte sich an einen Schusterlehrling. »Was ist da drinnen los?«

»Pater Mercadier hat einen Brief bekommen«, antwortete der Junge aufgeregt. »Von seinem Bruder Girard, der mit Raymond Fabre das Kreuz genommen hat.«

Michel reckte den Kopf und konnte Mercadier erkennen, der an einem der Tische saß und der Menge den Brief vorlas. Leider war es viel zu laut, um etwas zu verstehen. Er fuhr die Ellbogen aus und bahnte sich einen Weg ins Innere der Schenke, wo der Pater soeben fertig mit Vorlesen war. »Darf ich den Brief sehen?«

»Gewiss.«

Michel kannte Girard flüchtig. Anders als sein älterer Bruder hatte der Sohn verarmter Ritter keine kirchliche Laufbahn eingeschlagen, sondern die letzten Jahre damit zugebracht, sein Erbe zu verprassen. Wie viele Teilnehmer des Kreuzzugs war er ein Tunichtgut, ein Abenteurer, der in der Fremde sein Glück suchte.

Das Pergament seines Briefes war fleckig und an den Rändern eingerissen; man sah ihm jede Wegstunde der weiten Reise an, die es zurückgelegt hatte. Die Nachricht war vier Monate alt – oben hatte Girard »*Juni im Jahre 1189 a.D.*« notiert.

Und das schrieb der junge Kreuzfahrer:

Geliebter Bruder – die ersten Wochen unseres Marsches waren sehr hart. Doch nun finde ich endlich die Zeit, Dir zu schreiben, wie ich es versprochen habe. Gerade sitze ich im Lager, das wir für die Nacht aufgeschlagen haben. Du solltest es sehen –

Zelte und Herdfeuer, so weit das Auge reicht. Kaiser Friedrich hat die gewaltigste Streitmacht aufgestellt, die jemals durch das Abendland gezogen ist. Wir werden Sultan Saladin und seine Sarazenen im Handstreich zerschmettern.
Aber noch ist es ein weiter Weg bis ins Heilige Land. Wir sind erst in Ungarn, und in wenigen Tagen werden wir die Donau überqueren und durch Serbien marschieren. Raymond Fabre, der jeden Tag mit den hohen Herren um Barbarossa spricht, sagt, dass uns jenseits der Donau Ärger erwartet. Es gibt Gerüchte von serbischen und bulgarischen Räubern. Wenn wir Pech haben, werden wir also kämpfen müssen, lange bevor wir die ersten Sarazenen treffen. Auch die Byzantiner, die über Serbien herrschen, sind uns nicht freundlich gesinnt. Es heißt, sie misstrauen unserem Kaiser und werden versuchen, ihn zu behindern. Aber ich bin zuversichtlich, dass Barbarossa all diese Gefahren mit Leichtigkeit meistern wird. Er ist wahrlich ein großer Mann und ein kluger Anführer, und ich würde ihm bis zu den Pforten der Hölle folgen.
Ich hoffe, Du sorgst dich nicht um mich. Sei versichert, es geht mir gut. Dieser Kreuzzug ist Gottes Wille, und der Herr hält immerzu seine schützende Hand über uns.
Ich hoffe, auch Dir geht es gut. Sooft ich kann, bitte ich die Erzengel und den heiligen Jacques, Dich vor Unglück und Krankheit zu bewahren.
Bitte bestelle all unseren Nachbarn und Freunden meine Grüße. Ich versuche, Dir bald wieder einen Brief zu schicken. Wer weiß, vielleicht schreibe ich Dir schon das nächste Mal vom Tempelberg in Jerusalem. – Girard

»Ist das alles?«, wandte sich Michel an Pater Mercadier. »Hat Euer Bruder noch mehr geschrieben?«

»Nein, tut mir leid, das ist alles«, erwiderte der Priester. Michel gab ihm den Brief zurück, und Mercadier kam der Aufforderung der Menge nach, ihn noch einmal vorzulesen.

Michel nahm die lauten Stimmen um ihn herum kaum wahr. Kein Wort von Jean. Dabei hatte er so sehr gehofft, Girard würde seinen Bruder wenigstens einmal erwähnen, damit er endlich erfuhr, wie es Jean ging und ob er wohlauf war. Stattdessen schrieb Girard von Räuberbanden und intriganten Byzantinern, sodass Michel mehr denn je um das Leben seines Bruders fürchtete.

Bitte, heiliger Jacques, murmelte er stumm, *beschütze ihn auf seinem Weg.*

Duval beherzigte Michels Rat. Gegen Abend gingen Melville, Catherine, Le Roux und er zu Gaspard, in der Hoffnung, ihn mit vereinten Kräften zur Vernunft zu bringen. Das Gespräch war so kurz wie unerfreulich. Gaspard weigerte sich, ihnen zuzuhören und nannte sie obendrein »Michels Speichellecker«.

»Ich werde nicht den Schwanz einziehen, bloß weil ein Haufen verängstigter Feiglinge vor dem Bischof zittert«, teilte er ihnen mit. »Wenn Géroux mir und meinen Freunden schadet, schlage ich zurück, so hart ich kann. Wenn ihr auch nur einen Funken Ehre im Leib hättet, würdet ihr das verstehen. Aber ihr habt ja schon immer lieber geredet als für euer Recht gekämpft. Raus jetzt! Verschwindet aus meinem Haus, oder ich hole meine Peitsche und prügle euch die Treppe hinunter.«

In den kommenden Tagen sorgten Géroux' Schlägertrupps in Varennes für Angst und Schrecken. Nachts lauerten sie Gildenmitgliedern auf, hetzten sie durch die Gassen und schlugen sie zusammen. Erst traf es Isoré Le Roux, einen Tag später Milon Poupart. In beiden Fällen gingen sie so geschickt vor, dass ihre Opfer nicht zweifelsfrei beweisen konnten, dass die Ministerialen hinter den Angriffen steckten. Schließlich wagte sich nach Einbruch der Dunkelheit kein Kaufmann mehr aus dem Haus.

Obwohl Duval versucht hatte, die Schwurbrüder dazu zu bringen, sich aus dem Machtkampf herauszuhalten, schloss sich Milon Poupart Gaspard an, denn dieser versprach ihm, ihm bei seiner Rache für den nächtlichen Überfall zu helfen. Am Tag darauf zogen Gaspard, Poupart, Baudouin, Vanchelle, Pérouse und Chastain mit ihren Knechten zu einer Schenke am Salztor, in der Géroux, de Brette und die Gebrüder Nemours zu Abend speisten. Als die Ministerialen das Wirtshaus verließen, griff Gaspards Gruppe sie an. Es kam zu einem heftigen Handgemenge, bei dem nicht nur Raoul Vanchelle, Aimery Nemours und mehrere Knechte verletzt wurden, sondern auch zwei unbeteiligte Gäste der Schenke. Martels Stadtbüttel, die bei Raufhändeln normalerweise sofort zur Stelle waren, ließen sich Zeit und tauchten erst auf, als die Widersacher längst verschwunden waren.

Danach geriet der Machtkampf außer Kontrolle. Beinahe täglich kam es zwischen Gaspards und Géroux' Anhängern in der Stadt zu Kämpfen, bei denen Lagerhäuser verwüstet, Handelsware zerstört und Vieh geraubt wurde. Bewaffnete Trupps zogen durch die Gassen. Wer ihnen begegnete und im Verdacht stand, dem feindlichen Lager anzugehören, lief Gefahr, am helllichten Tag verprügelt zu werden.

Kaufleute beider Parteien warben Söldner an, um ihr Hab und Gut zu schützen. Anfangs hatten die schwer bewaffneten Männer lediglich die Aufgabe, Häuser und Viehweiden zu verteidigen, doch bald schon beteiligten sie sich an den Kämpfen. So überraschte es niemanden, dass es wenig später den ersten Toten gab: Bei einem Scharmützel am Fischmarkt verwundete ein Söldner der Nemours-Brüder einen Knecht Vanchelles und hieb ihm mit der Streitaxt fast den Arm ab. Der junge Mann verblutete an Ort und Stelle und starb in den Armen seines Herrn.

Gaspard und die Seinen schworen Vergeltung. Im Schutz der Dunkelheit schlichen sie zum Viehmarkt, überwältigten die Wachen vor einem Lagerschuppen der Nemours-Brüder und steckten das hölzerne Gebäude in Brand. Ganze Wagenladungen kostbarer Handelsgüter vergingen in der Feuersbrunst.

Am nächsten Morgen stand Bischof Ulman auf dem Glockenturm des Doms und beobachtete den Rauch, der im Südosten jenseits der Stadtmauer aufstieg. Trotz der verzweifelten Versuche der Gebrüder Nemours, die Flammen zu löschen, war der Lagerschuppen inzwischen niedergebrannt. Die Trümmer schwelten noch.

»Habe ich Euch zu viel versprochen?« Er wandte sich zu Aristide de Guillory um, der an der Wand lehnte und mit einem Messer seine Fingernägel säuberte. »Es ist genau so gekommen, wie ich dachte. Ohne de Fleury zerfleischen sich die anderen gegenseitig.«

»Ich habe nie an Euch gezweifelt«, sagte de Guillory mit dünnem Lächeln. »Ich weiß schon lange, dass Ihr eine intrigante, verschlagene Natter seid. Was wollt Ihr jetzt tun? Wollt Ihr sie gewähren lassen, bis sie Eure schöne Stadt in Schutt und Asche gelegt haben?«

»Ich warte noch ein paar Tage. Wenn Caron und seine Leute von den Kämpfen geschwächt sind, löse ich die Gilde auf, damit dieser Spuk endlich ein Ende hat und wieder geordnete Verhältnisse herrschen.«

»Ich nehme an, Euch ist bewusst, dass Ihr damit dem Willen des Kaisers zuwiderhandelt. Und Herzog Simon wird auch nicht erfreut sein.«

»Ich bin immer noch der Herr dieser Stadt«, entgegnete Ulman. »Niemand kann von mir verlangen, dass ich eine Vereinigung dulde, die Unfrieden und Chaos stiftet. Nicht einmal der Kaiser.«

De Guillory steckte sein Messer weg und spuckte aus. »Mir ist es gleich, was Ihr tut. Solange endlich diese siebenmal verfluchte Brücke verschwindet.«

»Das wird sie. Habt Geduld.«

»Wieso lasst Ihr sie nicht einfach niederbrennen? In diesem Durcheinander findet sich gewiss eine Gelegenheit, um unauffällig zuzuschlagen.«

»Das wäre zu offensichtlich. Jeder wüsste sofort, dass wir dahinterstecken.«

»Na und?«, meinte de Guillory. »Die Gilde müsste uns das erst einmal nachweisen.«

»Es geht mir nicht um die Gilde, sondern um Barbarossa«, erwiderte Ulman. »Wenn er erfährt, dass die Brücke abgebrannt ist, werden er oder der Reichsregent unangenehme Fragen stellen.«

»Ach. Kaum geht es um meine Wünsche, fürchtet Ihr plötzlich seinen Zorn.«

Es war immer dasselbe mit de Guillory: Wegen seines Mangels an Fantasie durchdachte er seine Pläne niemals konsequent und verschwendete keinen Gedanken an die Folgen. »Ich erkläre es Euch jetzt ein letztes Mal – also hört mir endlich zu«, sagte Ulman barsch. »Wenn ich die Gilde verbiete, ist das Recht auf meiner Seite. Aber das ist es nicht, wenn ich ein Bauwerk vernichte, für das die Gilde Barbarossa viel Geld bezahlt hat. Wir müssen einen legalen Weg finden, sie zu zerstören. Einen *legalen*, verstanden?«

Mit finsterer Miene blickte der Ritter zur Rauchsäule im Südosten. »Und wie wollt Ihr das anstellen?«

»Das weiß ich noch nicht. Vielleicht kann ich die Hofkanzlei davon überzeugen, dass die Brücke ein Werkzeug der Verschwörung gegen die städtische Obrigkeit ist und dem Zweck diente, meine Autorität zu untergraben. Aber das kann ich erst tun, wenn die Gilde diskreditiert und aufgelöst ist.«

»Überlegt nicht zu lange«, knurrte de Guillory. »Meine Geduld ist allmählich erschöpft.«

In Momenten wie diesem erwog Bischof Ulman, das Bündnis mit dem sturköpfigen Ritter kurzerhand aufzukündigen. Leider konnte er nicht ausschließen, dass er de Guillory noch brauchte. Wenn sich die Gilde ihrer Auflösung widersetzte, benötigte er vielleicht eine schlagkräftige Truppe, die Martels Aufgebot verstärkte. »Die Brücke wird verschwunden sein, noch bevor das Jahr zu Ende geht.«

»Habe ich Euer Wort?«, fragte de Guillory argwöhnisch.

»Ja.«

»Gut. Ich verlasse mich darauf.« Der Ritter wandte sich zum Gehen. »Noch einen angenehmen Tag, Exzellenz. Gott schütze Euch und so weiter. Ruft mich, wenn Ihr mich braucht.«

Obwohl die Unruhen in Varennes von Tag zu Tag schlimmer wurden, bekam Isabelle davon kaum etwas mit. Sie saß nach wie vor in der winzigen Kammer mit dem schmalen Fensterschlitz, zählte Stunden und Tage und schmiedete törichte Fluchtpläne, die sie wenig später wieder verwarf.

Sie konnte ja nicht einmal Michel eine Nachricht schicken. Sie hatte kein Pergament, keine Tinte, keinen Federkiel, geschweige denn einen Vertrauten, der ihren Brief überbringen würde. *Er wird Vater und weiß nichts davon.* Ihre Verzweiflung wuchs von Tag zu Tag.

Jeden Morgen wachte sie mit Schwindel und Kopfschmerzen auf und fühlte sich hundeelend. Oft war die Übelkeit so stark, dass sie sich gleich nach dem Aufstehen übergeben musste und für Stunden keinen Bissen herunterbekam. Natürlich blieb das ihrer Familie nicht verborgen. Eines Morgens fragte ihre Mutter unvermittelt: »Erwartest du ein Kind?«

»Ja«, antwortete Isabelle. Wieso es leugnen?

Daraufhin fing ihre Mutter wieder an zu weinen und eilte schluchzend aus der Kammer. Wenig später kam Gaspard herein. Es war das erste Mal seit über einer Woche, dass Isabelle ihn zu Gesicht bekam. Er sah nicht gut aus, bleich und übernächtigt, und an seiner Wange prangte ein hässlicher Schnitt, den er sich vermutlich bei einer Straßenschlacht zugezogen hatte.

Ihr Bruder hielt sich nicht mit schönen Worten auf. »Ich nehme an, Michel ist der Vater?«, fragte er barsch.

»Chastain kommt ja wohl nicht infrage«, meinte sie.

Gaspard biss die Zähne zusammen, und einen Moment lang

dachte sie, er werde sie schlagen. Stattdessen hämmerte er mit der Faust gegen die Tür. »Ein Bastard! Großartig. Einfach großartig. Als ob du der Familie nicht schon genug Schande gemacht hast. Herrgott, Isabelle. Wenn du schon für diesen Kerl die Beine breitmachen musstest, wieso bist du nicht wenigstens zu Peirona gegangen und hast dir einen Trank geben lassen, damit das nicht passiert? Ich habe dich wirklich für klüger gehalten.«

»Ich war bei Peirona. Ihr Mittel hat nicht gewirkt.«

Er trat zum Fenster, stützte die Hände gegen die Wand und mahlte mit den Kiefern. »Niemand darf erfahren, dass du ein Kind erwartest. Morgen früh verlässt du Varennes.«

»Wohin schickst du mich?«

»Ayol und Huon werden dich zu Onkel Eberold nach Speyer bringen. Ich werde ihn bitten, einen Mann für dich zu suchen. Vielleicht hat er ja Glück und findet einen armen Narren, der verzweifelt genug ist, dass er auch eine ehrlose Ehebrecherin mit einem Bastard im Leib nimmt.«

»Ich bin immer noch mit Chastain verheiratet«, erinnerte sie ihn.

»Nicht mehr lange. Hernance hat die Annulierung eurer Ehe beantragt, und Bischof Ulman hat ihm bereits zugesagt, das Verfahren zügig abzuschließen.«

Isabelle war, als legten sich eisige Klauen um ihre Kehle. »Das kannst du mir nicht antun«, flüsterte sie.

»Es ist die einzige Möglichkeit, die Familie vor neuer Schande zu bewahren.«

»Dafür musst du mich nicht verheiraten.« Isabelle stand auf. »Lass mich nach Frankreich gehen. Ich kaufe mir einen Hof und kehre nie mehr nach Varennes zurück. Du hast mein Wort.«

»Damit du endlich mit deinem geliebten Michel zusammen sein kannst? Das ist es doch, was du vorhast, oder? Nein. Du gehst nach Speyer. Morgen vor Sonnenaufgang brecht ihr auf.« Ohne ein weiteres Wort ging er und schlug die Tür hinter sich zu.

Obwohl Gaspard zu Tode erschöpft war, schlief er auch in jener Nacht äußerst schlecht. Beklemmende Träume suchten ihn heim, und jeder Laut ließ ihn auffahren, weil er dachte, sein Haus werde angegriffen. Weit nach Mitternacht schließlich hörte er Geräusche aus der Stube. Jemand weinte. Er stellte fest, dass Lutisses Seite des Bettes leer war. Nackt verließ er die Kammer.

Sein Weib saß im Licht einer Kerze am erloschenen Kamin und stillte Flori. Sie schluchzte leise. »Bitte entschuldige«, murmelte sie. »Ich wollte dich nicht aufwecken.«

»Was ist mit dir?«

Sie wandte den Blick ab, gab keine Antwort.

»Warum weinst du?«, beharrte er. »Bitte sag es mir.«

»Ich will, dass all das endlich aufhört. Die Angst. Die Kämpfe. Ich ertrage das nicht mehr.«

»Géroux wird bald aufgeben. Hab nur noch ein wenig Geduld.« Er legte ihr die Hand auf die Wange, doch sie drehte den Kopf weg. Trotzig wischte sie sich die Tränen ab.

»Wieso könnt ihr nicht einfach Frieden schließen? Was ist so wichtig an dieser törichten Wahl, dass ihr euch deswegen die Köpfe einschlagen müsst?«

Lutisses Bitterkeit begann ihn wütend zu machen. »Das habe ich dir doch schon hundertmal erklärt. Géroux darf um keinen Preis Gildemeister werden. Dann könnte gleich der Bischof der Gilde vorstehen.«

Sie hörte ihm nicht zu. »Du hättest dich nicht mit Michel überwerfen dürfen. Wenn du zu ihm gestanden hättest, wäre es nie so weit gekommen. Alles nur, weil du so verdammt stolz bist!«

Dieser Vorwurf war so ungeheuerlich, dass Gaspard sie einen Moment nur fassungslos anstarren konnte. Seine eigene Frau gab ihm die Schuld an den Kämpfen und schlug sich obendrein auf die Seite dieses Bastards. Hätte sie nicht Flori im Arm gehalten, hätte er sie zum ersten Mal in ihrer Ehe geschlagen.

»Michel ist ein hinterhältiger Verräter, falls du das vergessen hast«, zischte er. »Er hat unsere Freundschaft seiner Machtgier geopfert und mich gedemütigt, wo er nur konnte. Er hat Isabelle entehrt und die Familie dem Gespött der ganzen Stadt ausgeliefert. Wage es ja nicht, noch einmal seinen Namen in diesem Haus auszusprechen! Hast du verstanden?«

Lutisse starrte ihn an, bleich, die Augen aufgerissen, zutiefst erschrocken von der Heftigkeit seines Zorns. In seiner Wut trat er gegen einen Stuhl, woraufhin Flori zu schreien anfing.

»Na großartig – auch das noch. Na los, tu was! Mach, dass sie aufhört.«

Lutisse begann, mit Flori in der Stube umherzugehen, und sang ihr leise ein Lied, was das Kind jedoch nicht im Mindesten beruhigte. Ganz im Gegenteil, es weinte immer lauter. Gaspard ertrug das Gebrüll nicht länger. Rasch schlüpfte er in seine Kleider und verließ die Kammer.

Hinter seinen Schläfen pochte wummernder Schmerz, der bald so schlimm wurde, dass ihn schwindelte. Im Gesellschaftssaal trat er ans Fenster, stützte sich auf dem Sims auf und schloss die Augen, während ihm eine kalte Brise das Haar zerzauste. *Wenn das so weitergeht,* dachte er, *verliere ich noch den Verstand.*

Jaufré Géroux war kein Mann, der leicht verzieh. Wenn man ihm schadete oder seinen Zorn erregte, ruhte er nicht eher, bis er Gleiches mit Gleichem vergolten und seine Widersacher vernichtet hatte. Auf dieser Härte und Unnachgiebigkeit gründeten sein Ansehen, sein Reichtum, sein Einfluss – so war er zum mächtigsten Mann Varennes' nach Bischof Ulman aufgestiegen.

Viele hatten ihn während seines langen Lebens herausgefordert, hatten versucht, ihm seine Stellung streitig zu machen. Doch keiner war so unverschämt gewesen wie dieser dahergelaufene Emporkömmling de Fleury, Sohn eines Bauern, Spross eines Leibeigenen. Seine Abwahl als Gildemeister gehörte zu den schlimmsten Niederlagen, die Géroux je hatte hinnehmen müssen. Umso schlimmer, dass es ihm bisher nicht gelungen war, de Fleury zur Rechenschaft zu ziehen. Der Mordanschlag vor zwei Jahren war schmählich missglückt, und danach war der Kerl zu gut geschützt gewesen. Außerdem hatte ihm Bischof Ulman verboten, auf diese Weise gegen seinen Erzfeind vorzugehen. Géroux hatte sich seinem Herrn gefügt. Doch die Schmach, die er de Fleury verdankte, hatte er nie vergessen.

Vielleicht war endlich der Tag gekommen, an dem er diese Scharte auswetzen konnte. In den Straßen Varennes' regierte die Furcht. Im Schatten der Unruhen konnte ein Mann Dinge tun, die er gewöhnlich nicht zu tun vermochte. Er konnte rasch und heimlich zuschlagen, ungesehen verschwinden und mühelos seine Spuren verwischen.

Während Géroux am Fenster im zweiten Obergeschoss seines Anwesens stand und de Fleurys Haus betrachtete, sagte er: »Bischof Ulman hält große Stücke auf dich. Er sagt, du hast hervorragende Arbeit geleistet.«

»Ich freue mich, dass ich Seine Exzellenz zufriedenstellen konnte«, erwiderte Foulque.

Géroux wandte sich um und musterte seinen Gast. Noch nie hatte er einen Mann getroffen, der derart wandlungsfähig war. Wenn man ihn genau beobachtete, sah man manchmal in seinen Augen die Dunkelheit aufscheinen, die ihn beherrschte, die Gier und Kälte in seinem Innern. Doch Foulque – oder wie immer er wirklich hieß – verstand sich wie kein Zweiter darauf, sein wahres Wesen zu verschleiern. Seit er den Raum betreten hatte, trug er sein leutseliges Gute-Laune-Gesicht zur Schau, das auch Géroux getäuscht hätte, wenn er es nicht besser gewusst hätte.

Der Münzmeister wusste nicht, wo Aristide de Guillory diesen Kerl aufgegabelt hatte. Gerüchte besagten, Foulque habe in den letzten Jahren verschiedenen Herren gedient: als Spion, Mörder und Unruhestifter. Nun, es spielte keine Rolle, woher er kam und wer er wirklich war. Er hatte seine Qualitäten eindrucksvoll unter Beweis gestellt – das war alles, was zählte. »Bist du an einem weiteren Auftrag interessiert?«

»Das hängt von der Art des Auftrages und der Entlohnung ab.«

»Ein Mann soll sterben. Sein Tod ist mir fünf Pfund Silber wert. Ist das genug?«

»Um wen handelt es sich?«

»Michel de Fleury.«

Foulque nickte, als hätte er nichts anderes erwartet. »Fünf Pfund ist der Preis eines einfachen Bürgers oder Handwerkers. Der Tod eines bedeutenden Mannes kostet mehr.«

»Bedeutend? De Fleury ist erledigt. Ein Niemand.«

»Aber ein ausgesprochen schlauer Niemand. Mit Geld, einflussreichen Freunden und einem Haus, in das man nicht so ohne Weiteres hineinkommt.«

»Wie viel?«, fragte Géroux.

»Zehn Pfund.«

»Nein. Du bekommst sieben. Und keinen Sou mehr.«

»Zehn, oder wir kommen nicht ins Geschäft.«

»Dann suche ich mir eben einen anderen.«

»Wie Ihr wünscht«, meinte Foulque. »Ich fürchte allerdings, einen Besseren als mich werdet Ihr nicht finden. Viel Glück bei der Suche, Herr Géroux.« Er wandte sich zum Gehen.

»Na schön«, sagte Géroux. »Da hast du dein Geld.« Er knallte einen Lederbeutel, prallvoll mit Münzen, auf den Tisch.

»Wie soll es geschehen?«

»Das ist mir gleich. Hauptsache, nichts weist auf mich hin. Es soll wie ein Unglück aussehen. Ein bedauerliches Unglück, das man mit den Unruhen in der Stadt in Zusammenhang bringen wird. Schaffst du das?«

»Bedauerliche Unglücke sind mein besonderes Talent«, sagte Foulque und betastete beinahe zärtlich die Münzen unter der speckigen Lederhaut.

»Eine meiner Mägde war heute Morgen am Nordtor«, berichtete Catherine Partenay. »Sie hat Isabelle gesehen. Offenbar ließ Caron sie aus der Stadt bringen.« Die Kauffrau blickte Michel an. »Ich dachte, Ihr solltet das wissen.«

»Seid Ihr sicher?«, fragte er alarmiert.

»Das Mädchen schwört Stein und Bein, dass es Isabelle war, die im Wagen saß. Bei ihr waren noch andere Personen. Ihre Mutter, Carons Frau mit dem Kind und zwei Knechte.«

»Gaspard auch?«

»Er ist noch in Varennes. Ich habe ihn heute Morgen gesehen.«

»Wann genau war das?«

»Vor Sonnenaufgang. Eine ganze Weile vor der Prim.«

Also vor gut fünf, sechs Stunden. Michel fluchte leise.

»Ich habe es leider eben erst erfahren«, sagte Catherine entschuldigend. »Sonst wäre ich früher gekommen.«

Michel begann, im Saal umherzugehen. »Hat Euer Mädchen zufällig gehört, wohin sie wollten?«

»Sie sind in Richtung Norden gefahren. Mehr weiß sie nicht.«

Richtung Norden bedeutete alles und nichts. Sie konnten nach Metz und Nancy unterwegs sein, aber auch nach Toul, Verdun oder ganz woanders hin. Er musste dringend mehr erfahren.

»Kann ich etwas für Euch tun?«, fragte Catherine und schaute ihn mitfühlend an.

»Nein«, antwortete Michel geistesabwesend. »Ich danke Euch, dass Ihr gekommen seid.«

»Lasst es mich wissen, wenn Ihr ein offenes Ohr braucht.«

»Ich begleite Euch nach Hause«, sagte er, als die Kauffrau aufstand.

»Das müsst Ihr nicht. Meine beiden Knechte passen schon auf mich auf.«

»Es macht mir keine Umstände, wirklich.«

Seit der Zwist zwischen Gaspard und Géroux überhandgenommen hatte, war der Marktplatz kaum noch wiederzuerkennen. Viele Bauern und Kleinkrämer hatten ihre Stände abgebaut, aus Angst, in Straßenkämpfe verwickelt zu werden und kostbare Ware zu verlieren. An den wenigen Tischen und Buden, die noch da waren, hielt sich kaum ein Dutzend Kunden auf, denn die Leute vermieden es nach Möglichkeit, zum Stadtkern zu gehen, wo die Gefahr am größten war.

Nachdem er Catherine nach Hause gebracht hatte, kehrte er um und schritt über den Domplatz. Als sich vom Bischofspalast mehrere Söldner und bewaffnete Knechte näherten, Männer der Nemours-Brüder, verbarg er sich hinter einem Marktstand und wartete, bis der Trupp in der Grande Rue verschwunden war. Zwar hatten ihn die Ministerialen bisher in Ruhe gelassen, doch er wollte sein Glück nicht strapazieren. Wenn Géroux oder seine Anhänger ihn allein in der Stadt anträfen, nutzten sie womöglich die Gelegenheit, alte Rechungen zu begleichen.

Gaspard hatte wie alle Kaufleute eine Reihe von Vorsichtsmaßnahmen gegen die nächtlichen Überfälle getroffen: Tag und Nacht waren Vordertür und Hoftor verrammelt; an einem Fenster des Gesellschaftssaals stand ein Knecht und beäugte argwöhnisch jeden, der sich dem Haus näherte.

»Hol deinen Herrn«, rief Michel zu ihm hinauf. »Ich will ihn sprechen.«

Der Knecht verschwand. Kurz darauf hörte Michel leise Stimmen. Gerade rechtzeitig sah er, wie jemand den Inhalt eines Nachttopfs aus dem Fenster schüttete. Er sprang zur Seite, und der Schwall aus Kot und Urin platschte auf den Boden.

»Du wirst nie erfahren, wo sie ist«, schrie Gaspard. »Und jetzt verschwinde!«

»Gaspard!«, rief Michel.

Keine Antwort.

Er ging nach Hause, sattelte Abendrot und galoppierte wenig später auf der Römerstraße in Richtung Metz und Nancy.

Wohin lässt er sie bringen?

Dass Lutisse, Flori und Marie bei Isabelle waren, legte den Schluss nahe, dass Gaspard seine ganze Familie in Sicherheit wissen wollte, bis sich die Lage in Varennes gebessert hatte. Somit war es wahrscheinlich, dass sie unterwegs zu Verwandten waren. Leider war Gaspards Familie sehr verzweigt und verstreut; er hatte Onkel und Tanten, Neffen und Nichten in ganz Oberlothringen, sogar in Burgund, Deutschland und dem Elsass. Es gab ein Dutzend Orte, wo Isabelle sein könnte. Michel konnte unmöglich alle absuchen, zumal er in den meisten Fällen gar nicht wusste, wo genau Gaspards Verwandte wohnten.

Er musste sie einholen. Das war seine einzige Hoffnung.

Er ritt einige Stunden lang in Richtung Norden, ohne die kleinste Spur von ihnen zu finden. Zwar hatten sie fast einen halben Tag Vorsprung, doch da ein Reisewagen bestenfalls halb so schnell wie ein Reiter war, hätte er sie inzwischen sehen müssen. Pilger und Bauern, die er unterwegs befragte, konnten sich nicht an einen bestimmten Wagen erinnern – natürlich nicht. Auf einer stark befahrenen Handelsstraße wie dieser kamen von früh bis spät Dutzende Fuhrwerke vorbei.

Nach einer weiteren Stunde machte er kehrt und folgte der Straße in Richtung Toul. Auch dort: nichts. Als der Abend hereinbrach, ritt er erschöpft heimwärts.

Was nun? War Gaspards Bemerkung so zu verstehen, dass Isabelle nicht nach Varennes zurückkehren würde?

Gib nicht auf, sagte er sich, als er durch das Nordtor trabte. Er hatte noch lange nicht alle Möglichkeiten ausgeschöpft, sie zu finden. Morgen würde er versuchen, Gaspards Dienstboten auszuhorchen. Vielleicht konnte er mit Silber ihre Zungen lockern und auf diese Weise an den einen oder anderen Hinweis kommen.

Er führte Abendrot in den Stall und beauftragte Louis, den Wallach abzureiben und zu versorgen, bevor er zu seiner Kammer schlurfte. Trotz seiner Müdigkeit fand er lange keinen

Schlaf. Als die Klosterglocken zur Matutin riefen, wälzte er sich immer noch hin und her, gepeinigt von seiner Sorge um Isabelle.

Weit nach Mitternacht vernahm er plötzlich Geräusche. Sie kamen aus dem Erdgeschoss.

Versuchte jemand, sich gewaltsam Zutritt zu seinem Haus zu verschaffen? Nein. Die Laute klangen anders und waren obendrein viel zu leise. Wenn er die Tür seiner Schlafkammer nicht angelehnt gelassen hätte, wie es seit Beginn der Unruhen seine Gewohnheit war, hätte er sie gewiss nicht gehört.

Er schlüpfte in einen Kittel, zündete in der Kaminglut in der Stube eine Kerze an und stieg die Treppe hinab.

Im ersten Stock war alles dunkel.

»Louis?«

Nichts. Nur wieder dieses Geräusch. Wie das Plätschern von Wasser.

Aus der Küche holte er ein scharfes Messer, ehe er die Tür zum Erdgeschoss öffnete. Langsam stieg er die Treppe im Eingangsraum hinab – und blieb nach zwei Schritten abrupt stehen.

Unten stand Foulque, in den Händen eine bauchige Tonflasche, und besprenkelte sämtliche Kisten und Fässer mit Flüssigkeit.

Lampenöl!, durchfuhr es Michel.

Foulque starrte ihn bohrend an. Mit einer Geschwindigkeit, die Michel dem gedrungenen Mann niemals zugetraut hätte, warf er die Flasche weg, zückte einen Dolch und hastete die Stufen hinauf.

Instinktiv wich Michel in den Korridor zurück. *Wie ist er hereingekommen?*, war nur eine der tausend Fragen, die ihm durch den Kopf schossen. Der Gedanke riss ab, denn just in diesem Augenblick stürzte Foulque durch die Tür, und sein Blick war der eines Jägers, der sich mit allen Sinnen auf seine Beute konzentrierte. Seine Flinkheit, die ganze Haltung seines Körpers sagten Michel, dass dieser Mann ein äußerst gefährlicher Gegner war.

»Louis!«, schrie er, während er sich in den Saal zurückzog.

Er wollte die Tür zuschlagen, doch Foulque warf sich dagegen und drängte ihn zurück. Dabei verlor Michel seine Kerze. Sie rollte auf den Gang, wodurch er nur noch die Hälfte sah. Auf gut Glück stieß er mit dem Messer zu und spürte, wie es auf Widerstand traf. Foulque keuchte – er hatte ihn verletzt! Doch sonderlich schwer schien die Wunde nicht zu sein, denn schon einen Herzschlag später trat ihm sein Gegner in den Magen und schleuderte ihn gegen den Tisch.

Foulque sprang vor. Sein Dolch hätte ihn durchbohrt, wenn Michel nicht sein Messer fallen gelassen und Foulques Arm festgehalten hätte. Sie rangen miteinander, und plötzlich wälzten sie sich zwischen den Stühlen auf dem Boden. Michel atmete keuchend durch die zusammengebissenen Zähne.

»Was – willst – du?«

Foulque versetzte ihm mit der linken Hand einen Schlag ins Gesicht und nutzte seine Benommenheit, um sich auf ihn zu wälzen. Im flackernden Schein der Kerze konnte Michel keinerlei Mordlust im Gesicht seines Widersachers entdecken, auch keinen Zorn, lediglich Anspannung. Es war das Gesicht eines Mannes, der sich mit aller Kraft einer harten Arbeit widmete, damit ihm keine Fehler unterliefen.

Ich bin tot, erkannte er.

Foulque griff nach seinem Dolch, der ihm während der Rangelei aus der Hand gefallen war, und stieß zu. Michel schaffte es irgendwie, seinen Arm freizumachen, und riss ihn in einer abwehrenden Bewegung hoch. Er war jedoch zu langsam, die Klinge schrammte an seiner Hand entlang, schlitzte seinen Ärmel auf und fuhr ihm seitlich in den Brustkasten.

Es war ein Schmerz, wie er ihn noch nie zuvor erfahren hatte. Ein gepresstes Keuchen drang aus seinem Mund. Foulque riss den Dolch aus der Wunde und wollte noch einmal zustoßen, doch im gleichen Moment traf ihn etwas mit voller Wucht an der Schulter und schleuderte ihn von Michel herunter.

In der Tür stand Louis.

Als Foulque sich aufrappeln wollte, schwang der junge Knecht wieder seine Schaufel, doch diesmal tauchte Foulque unter dem Schlag hindurch und griff Louis mit bloßen Händen an. Die beiden taumelten auf den Gang.

Michel kämpfte gegen die Ohnmacht an. Er musste etwas tun – musste Louis beistehen. Er presste eine Hand auf die Wunde, aus der das Blut quoll, wälzte sich stöhnend herum und kroch zur Tür.

Er fand sein Messer. Seine Finger schlossen sich um den Knauf.

Irgendwie gelang es ihm aufzustehen, obwohl sich seine Beine anfühlten, als bestünden sie aus butterweichem Wachs. Schwankend kämpfte er sich zur Tür, lehnte sich gegen die Wand.

Auf dem Flur versetzte Foulque Louis einen Kopfstoß. Im Durchgang zur Küche brach der Knecht zusammen und lag mit schmerzverzerrtem Gesicht da, während Blut aus seiner Nase troff.

Foulque hob die flackernde Kerze auf und warf sie hinunter in den Eingangsraum. Fauchend entzündete sich das Lampenöl. Der Widerschein der Stichflamme tönte Wände und Decke des Flurs orange, und Michel spürte die aufwallende Hitze bis in den Saal.

Foulque wandte sich um und eilte in seine Richtung. Obwohl Michel kaum noch klar denken konnte, begriff er, dass der Meuchelmörder aus dem Fenster klettern und sich mit einem Sprung vor den Flammen retten wollte – für jemanden mit seiner Gewandtheit ein Leichtes. Michel presste sich neben der Tür gegen die Wand und machte sich bereit.

Doch Foulque kam nicht herein. Michel riskierte einen Blick nach draußen und sah, dass der gedrungene Mann nach der Schaufel griff. Offenbar hatte er bemerkt, dass Louis noch bei Bewusstsein war, und wollte ihm den Schädel einschlagen.

Ohne zu zögern trat Michel aus dem Saal, mehr torkelnd als gehend, und unterdrückte einen Schrei, als bohrender Schmerz seine Brust durchzuckte. Während Foulque mit der Schaufel ausholte, rammte Michel ihm von hinten das Messer in die Lende.

Ächzend stürzte der Mann zu Boden und ließ die Schaufel fallen. Unglaubliche Mengen von Blut schossen aus der Verletzung. Foulque wollte sich aufrichten, schaffte es jedoch nicht und zuckte, bis sein Leib schließlich erschlaffte.

Michels Knie gaben nach. Er hielt sich am Türrahmen fest, bis er auch dafür zu schwach war.

Wie er da lag, blickte er genau in die Flammen, die hinter der Tür zum Erdgeschoss loderten. Rot, gelb und orange züngelten und knisterten sie und reckten sich gierig nach den Deckenbalken.

Sieht so das Tor zur Hölle aus?

Sein Gesicht wurde so heiß, dass ihm die Augen tränten.

Dann wurde alles schwarz.

November 1189

Varennes-Saint-Jacques

In der Ferne, weit über sich, sah Michel Licht.

Es war nur ein kleiner Fleck, doch er wusste, dass er ihn um jeden Preis erreichen musste. Träge setzte er sich in Bewegung, glitt durch die Schatten, die ihn einhüllten wie Nebel. Rauchige Schwaden umklammerten ihn, wollten ihn festhalten, ihn zurück in die Finsternis ziehen. Unter Einsatz all seiner Kräfte kämpfte er sich weiter, Stück für Stück.

Er musste zum Licht. Alles hing davon ab.

Als ihn Erschöpfung überkam, ließ seine Entschlossenheit nach, und er dachte, dass es einfacher wäre, sich der Dunkelheit zu ergeben. Warum kämpfen? Es war doch viel bequemer, loszulassen und ins Vergessen hinabzugleiten.

Keine Furcht mehr. Keine Sorgen …

Da tauchten Bilder vor ihm auf. Gesichter.

Isabelle.

Jean.

Louis.

Catherine. Charles. Pierre. Isoré. Raymond.

Er wollte sie wiedersehen, und da wusste er, dass er nicht aufgeben durfte. Weiter glitt er, immer weiter, obwohl der Weg zum Licht unendlich weit war und ihm alles abverlangte.

Nur noch ein Stück. Ein kleines Stuck …

Da! Er hatte es geschafft. Das Licht umfloss ihn, die Schatten verschwanden, und plötzlich war da nur noch gleißende Helligkeit.

Und Schmerz. Sengender, beißender Schmerz.

Michel keuchte. Er wollte sich bewegen, doch sein Körper fühlte sich an, als wäre er von allen Seiten von schweren Balken umgeben – von Sargbrettern.

»Beim heiligen Jacques, Herr! Herr! Könnt Ihr mich hören?«

Eine Hand auf seiner Wange.

Eilige Schritte. Das Knarren einer Tür.

»Frau Partenay! Frau Partenay! Er ist aufgewacht!«

Trotz der Schmerzen war Michel zufrieden mit sich. Er war vielleicht kein großer Kämpfer, aber auch kein Schwächling. So leicht bezwang man ihn nicht.

Hier oben zu sein kostete ihn viel Kraft.

Er musste wieder gehen.

Langsam glitt er zurück in die Schatten, doch sie waren lange nicht so tief wie zuvor.

Als er das nächste Mal aufwachte, waren seine Gedanken klarer. Auch die Schmerzen waren nicht mehr so schlimm, obwohl sich sein Leib immer noch anfühlte, als stünde jede Muskelfaser in Flammen.

Er lag im Bett, in einer kleinen Kammer. Trübes Tageslicht fiel durch einen Fensterschlitz, und er hörte das Gackern von Hühnern. Sein Körper war steif. Er versuchte, den Kopf zu heben. Dabei wurde der Schmerz so stark, dass er beinahe das Bewusstsein verlor.

Er hatte Durst. Neben dem Bett stand auf einem Tischchen ein Krug – unerreichbar fern. Er wollte rufen, doch aus seiner Kehle drang lediglich ein Krächzen.

Das Licht wurde heller. In das Hühnergackern mischte sich der ferne Lärm der Stadt.

Irgendwann kam jemand herein.

»Herr!«, rief Louis. Auf eine Krücke gestützt, hinkte der junge Knecht zum Bett und setzte sich auf die Kante.

»Durst«, brachte Michel flüsternd hervor.

»Ich helfe Euch, Herr«, erklärte Louis eifrig und setzte den Krug an seine Lippen. Das kühle Wasser war eine Wohltat.

»Ihr habt tagelang mit dem Tod gerungen. Ich danke Gott und allen Erzengeln, dass es Euch endlich besser geht. Der Medicus hat wahrlich ein Wunder vollbracht.«

»Ja«, wisperte Michel. Er versuchte ein Lächeln, bevor abermals die Schatten nach ihm griffen.

Als er das dritte Mal aufwachte, machte sich jemand an seiner Brust zu schaffen.

Blinzelnd öffnete Michel die Augen. Ein Fremder. Ein Medicus, nach dem Gewand zu urteilen. Er hatte den Verband entfernt und tupfte ein Elixier auf die Stichwunde. Neben dem Bett standen Louis, auf seine Krücke gestützt, und Catherine Partenay, die sich bekreuzigte.

»Wo bin ich?«, krächzte Michel. Warum hatte er nur solchen Durst?

»In meinem Haus.« Catherine lächelte ihn mit Tränen in den Augen an.

Er wollte sie mit tausend Fragen bestürmen, doch der Medicus befahl ihm, nicht zu sprechen, während er den Verband erneuerte.

»Er kann von Glück sagen, dass das Messer seine Lunge verfehlt hat. Sonst wäre er jetzt tot«, erklärte der Arzt Catherine, als er fertig war. »Aber er ist noch nicht außer Gefahr. Seine Säfte sind im Ungleichgewicht. Die Wunde muss regelmäßig gereinigt werden. Wenn sie rasch verheilt, wird er leben. Entzündet sie sich, werde ich ihn nicht retten können. Er ist sehr schwach und muss bald zu Kräften kommen. Achtet deshalb darauf, dass er so viel trinkt und isst, wie sein Zustand es zulässt. Ich sehe morgen wieder nach ihm.«

Nachdem der Medicus gegangen war, setzten sich Louis und Catherine ans Bett.

»Wie lange … war ich ohnmächtig?«, brachte Michel hervor.

»Ihr habt den Medicus gehört«, sagte Catherine. »Zuerst müsst Ihr tüchtig essen und trinken.«

Louis setzte ihm wieder den Krug an die Lippen. Kurz darauf kam eine Magd herein und brachte heiße Eiersuppe. Louis fütterte ihn geduldig mit dem Löffel. Beim köstlichen Duft der Suppe zog sich Michels Magen zusammen, so hungrig war er. Er aß die Schüssel leer, obwohl ihm das Schlucken schwerfiel und Schmerzen bereitete.

Danach überkam ihn bleierne Müdigkeit. Doch er wollte noch nicht schlafen. Zuerst musste er wissen, was geschehen war. »Mein Arm und mein Bein … die Schienen«, begann er.

»Ihr habt sie Euch gebrochen«, antwortete Catherine, »als Louis mit Euch aus dem Fenster sprang.«

»Ich wusste nicht, was ich tun sollte«, erklärte der Knecht, als Michel ihn fragend anblickte. »Wir wären verbrannt, wenn ich nicht gesprungen wäre.«

»Ohne Louis wärt Ihr in jener Nacht gestorben«, fügte die Kauffrau hinzu. »Ihr schuldet ihm Euer Leben.«

Michel griff nach Louis' Hand. »Hab Dank, mein Freund.«

»Das genügt jetzt.« Catherine stand auf. »Ihr solltet schlafen.«

»Mein Haus …«

»Später.«

Louis und die Kauffrau gingen und ließen ihn allein mit seinen Fragen.

Auch während der nächsten Tage weigerten sich Louis und Catherine, ihm zu berichten, was nach ihrem Sprung aus dem Fenster geschehen war. Für seine Fragen sei später noch Zeit, sagte sie, seinen Protest ignorierend. Seine Genesung sei jetzt wichtiger.

Michel wusste lediglich, dass er seit gut einer Woche im Bett lag und Catherine für den Medicus aufkam. Was sein Haus und seinen gesamten Besitz betraf, konnte er nur Vermutungen anstellen. Dass Catherine und Louis darüber nicht sprechen wollten, verhieß nichts Gutes.

Er war immer noch sehr schwach. Die meiste Zeit des Tages schlief er. Wenn er wach war, dachte er an Isabelle, fragte sich, wo sie steckte, ob es ihr gut ging.

Ob sie von dem Anschlag auf sein Leben gehört hatte?

Warum?, fragte er sich immerzu. *Warum hat Foulque das getan?* Es ergab einfach keinen Sinn. Aristide de Guillory und Bischof Ulman hatten ihn doch besiegt. Warum sollte ihnen an seinem Tod gelegen sein?

Ich habe ihn erstochen. Ich habe einen Menschen getötet.

Nie zuvor hatte Michel ein Leben genommen, nicht einmal während der Fehde. Er verspürte keine Reue deswegen. Foulque war vermutlich nicht zum ersten Mal dafür bezahlt worden, einen Mann zu ermorden. Die Welt war ohne ihn ein besserer Ort.

Einmal täglich kam der Medicus, erneuerte den Verband, verabreichte ihm Kräutertränke und besprach die Wunde mit einem Blutsegen. Da er nicht einzuschätzen vermochte, ob seine Bemühungen Erfolg zeitigen würden, schickte Catherine nach Pater Jodocus. Der Priester nahm Michel die Beichte ab, für den Fall, dass der Herr ihn zu sich holte. Michel nutzte die Gelegenheit und fragte ihn nach seinem Haus. Doch auch Jodocus verweigerte ihm die Antwort.

Langsam besserte sich sein Zustand. Die Wunde in seinem Brustkorb wurde nicht brandig, sondern verheilte sauber. Eines Morgens beschied ihm der Medicus, er habe dem Tod noch einmal ein Schnippchen geschlagen. »Ihr habt wahrlich die Natur eines Ochsen«, sagte er. »Viele andere Männer hätten diese Verletzungen nicht überstanden.«

Michel dankte dem Herrn, dass er die zähe Bauernnatur seines Vaters geerbt hatte. »Wann darf ich das Bett verlassen?«

»Ihr dürft nichts überstürzen. Wenn Ihr das Bein zu früh belastet, wird der Bruch nicht richtig heilen, und Ihr müsst für den Rest Eures Lebens hinken. In einer Woche. Besser in zweien.«

»Und wann werde ich vollends genesen sein?«

»Das kann niemand sagen. Vielleicht in einigen Monaten.«

In einigen Monaten, dachte Michel niedergeschmettert, nachdem der Arzt gegangen war. Wie sollte er nach Isabelle suchen und seinen Freunden beistehen, wenn ihn seine Wunden derart lange zur Tatenlosigkeit verdammten?

Zwei Tage später schenkte ihm Catherine endlich reinen Wein ein.

»Wir haben versucht, das Feuer zu löschen, aber wir konnten nichts mehr tun. Es war schon zu groß. Euer Haus ist vollständig ausgebrannt und noch in derselben Nacht eingestürzt.«

Michel nickte stumm. Mit nichts anderem hatte er gerechnet. »Mein ganzer Besitz ist verloren?«

»Ja.«

»Auch meine Tiere?«

Catherine nickte.

Er starrte ins Nichts. Das Hausgrundstück, die Wiese am Waldrand mit der Köhlerhütte und das Salzschiff waren nun alles, was er noch besaß. »Hat das Feuer auch die Nachbarhäuser zerstört?«

»Wir hatten Glück. Wir konnten es eindämmen, bevor es noch mehr Schaden anrichtete.«

»Das war kein Unfall. Es war ein Anschlag auf mein Leben.«

Catherine nickte. »Louis hat mir alles erzählt.«

»Warum haben de Guillory und Bischof Ulman das getan?«

»Seid Ihr sicher, dass sie dahinterstecken?«

»Wer sonst?«

»Jaufré Géroux hat in den Tagen nach dem Feuer einen seltsam zufriedenen Eindruck auf mich gemacht«, sagte die Kauffrau.

Géroux. An ihn hatte Michel noch gar nicht gedacht. Nun, das ergab durchaus Sinn – Géroux' Rachsucht war legendär. *Wie konnte ich nur glauben, er hätte aufgehört, mir nach dem Leben zu trachten? Jean hatte von Anfang an recht: Ich war zu leichtsinnig.*

Konnte er Géroux für dieses Verbrechen zur Verantwortung ziehen? Unwahrscheinlich. Das Feuer hatte alle Beweise vernichtet, und der einzige Zeuge, der den Münzmeister hätte belasten können, weilte nicht mehr unter den Lebenden. Und selbst wenn Michel handfeste Beweise gehabt hätte, würde ihm das wenig nutzen. Wenn er Géroux vor dem Hochgericht anzeigte, würden für seinen Widersacher vermutlich sämtliche Ministerialen sowie Bischof Ulman als Eidhelfer auflaufen und seine Unschuld beschwören. Nur ein Narr würde erwarten, dass Herzog Simon ihnen weniger Glauben schenken würde als einem mittellosen Kaufmann, dem man erst kürzlich Unzucht und Ehebruch nachgewiesen hatte.

Er musste sich damit abfinden, dass Géroux auch diesmal straflos davonkommen würde. Der hilflose Zorn, der deshalb in ihm aufstieg, war schwerer zu ertragen als der Schmerz seiner Verletzungen.

»Habt Geduld«, sagte Catherine. »Eines Tages wird Géroux für seine Sünden bezahlen.«

Sie drückte ihm die Hand und stand auf, als der Medicus hereinkam.

Nach der Unterredung mit dem Wundarzt wartete Michel eine Woche und keinen Tag länger, bis er das erste Mal das Bett verließ. Er lieh sich Louis' Krücke und versuchte, von der Schlafstatt bis zur Tür zu gehen. Er hätte nicht gedacht, dass es so schwer werden würde. Sein Körper war völlig entkräftet, und sein Bein schmerzte so sehr, dass ihm beinahe die Sinne schwanden. Schließlich mussten ihm Catherine und ein Knecht zum Bett zurückhelfen, denn allein hätte er es nicht geschafft.

Trotz dieser entmutigenden Erfahrung gab er nicht auf. Mindestens zweimal täglich nahm er die Mühsal auf sich, sein Lager zu verlassen und wenigstens fünf, sechs Schritte zu gehen. Er wusste, er würde nur zu Kräften kommen, wenn er sich regelmäßig bewegte. Außerdem hatte er dieses Bett und diese Kammer satt. *In spätestens zwei Wochen*, schwor er sich, *bin ich stark genug, über die Straße und wieder zurück zu gehen.*

Eines Abends bekam Michel Besuch von Charles Duval, Pierre Melville und Isoré Le Roux. Die drei Männer und Catherine erzählten ihm, was in den letzten zweieinhalb Wochen in Varennes geschehen war. Es stand schlimmer um seine Stadt, als er befürchtet hatte.

»Ihr hattet recht mit Eurer Einschätzung«, sagte Duval. »Bischof Ulman hat die Unruhen zum Anlass genommen, die Gilde aufzulösen. Vor drei Tagen hat Martel befohlen, die Gildehalle zu räumen und zu versiegeln.«

»Was wird jetzt aus euren Geschäften?«, fragte Michel, der sich im Bett aufgesetzt hatte.

»Handel treiben dürfen wir noch«, antwortete Le Roux. »Aber versammeln dürfen wir uns nicht mehr. Einander Freundschaft und Unterstützung schwören auch nicht.« Seine zerknautschte Miene war sorgenvoll. Der kleine Mann litt am meisten unter den jüngsten Entwicklungen. Vor nicht einmal einem Jahr war er der Gilde beigetreten und hatte große Hoffnungen an seine Mitgliedschaft geknüpft – und nun das.

»Wir machen uns also gerade eines Verbrechens schuldig?«

»Es wäre besser, wenn Bischof Ulman nichts von diesem Treffen erführe«, bestätigte Catherine.

»Ihr werdet das nicht einfach hinnehmen, hoffe ich.«

»Natürlich nicht«, erwiderte Duval. »Wir haben zwei Boten losgeschickt, einen zu Herzog Simon und den anderen zur Hofkanzlei, jeweils mit der Bitte, mäßigend auf Bischof Ulman einzuwirken. Aber viel versprechen wir uns davon nicht. Ulman hat das Recht auf seiner Seite. Er wirft uns vor, uns gegen die Obrigkeit zu verschwören und den Frieden im Bistum zu stören, und für Letzteres hat er dank Géroux und diesem Dummkopf Caron sogar handfeste Beweise. Wir können froh sein, dass er keinen von uns verhaften ließ.«

Michel schwieg bedrückt. Es war alles genau so gekommen, wie er es vorausgesehen hatte. *Gaspard, du Narr.*

»Leider ist das nicht alles«, fuhr Duval fort. »Gestern hat Ulman das Geld verrufen.«

»Ich habe mich schon gefragt, wann es wieder so weit ist«, bemerkte Michel. »Hat er sich wenigstens die Mühe gemacht, es zu begründen?«

»Die Ausrufer sagen, das Bistum brauche Geld, um endlich die Stadtmauern zu erneuern«, antwortete Pierre Melville.

»Ach? Er will ausnahmsweise einmal etwas für seine Bürger tun? Woher kommt dieser Sinneswandel? Hat er plötzlich begriffen, dass väterliche Güte und Barmherzigkeit einem Kirchenherrn gut zu Gesicht stehen?«

»Das wage ich zu bezweifeln«, meinte Catherine. »Gerüchte besagen, es sei nicht seine eigene Idee gewesen. Erzbischof Johann habe ihn aufgefordert, endlich etwas wegen der maroden Mauern zu unternehmen.«

»Jedenfalls haben wir bis zum ersten Advent Zeit, unser Geld bei der städtischen Münze einzutauschen«, sagte Duval. »Wer sich weigert oder Geld versteckt, muss mit harten Strafen rechnen. Wir wissen noch nichts Genaues, aber wir gehen davon aus, dass wir dabei zwischen fünf und zehn von hundert Teilen unseres Vermögens verlieren.«

»Am schlimmsten ist, dass dieser Schweinehund Géroux daran verdient«, sagte Melville. »Und nicht zu knapp.«

Als städtischer Münzmeister war Géroux bisher bei jeder Geldverschlechterung von Bischof Ulman entschädigt worden, indem er einen Teil des eingesparten Silbers behalten durfte. So würde es gewiss auch diesmal sein. Als Michel das klar wurde, war er beinahe froh, dass er keinen einzigen Denier mehr besaß.

»Wenigstens wissen wir jetzt, warum er so bereitwillig bei Ulmans Plänen mitgemacht hat«, sagte Catherine.

»Varennes stehen schlimme Zeiten bevor«, murmelte Le Roux düster. »Schlimme Zeiten.«

Dezember 1189

Varennes-Saint-Jacques

Später vermochte Gaspard nicht mehr zu sagen, was letztlich den Ausschlag gegeben hatte. Isabelles Bestrafung und diese Farce von einer Gerichtsverhandlung, Géroux' Machenschaften bei der Wahl, das Verbot der Gilde, die offenkundige Feigheit seiner Schwurbrüder und schließlich die Geldentwertung – all das nährte seine Wut und ließ sie wachsen wie ein Geschwür in seiner Seele.

Eines Morgens dann wachte er auf und wusste, was zu tun war.

Heimlich benachrichtigte er seine Freunde Stephan Pérouse, Ernaut Baudouin, Raoul Vanchelle, Hernance Chastain und Milon Poupart. Dieser Tage war es gefährlich, sich mit anderen Kaufleuten zu treffen – wenn Martel davon Wind bekäme, drohten hohe Geldstrafen und Gefängnis. Also verabredeten sie sich in der Unterstadt, wohin sich kaum je ein Stadtbüttel verirrte, in der Schenke *Les Trois Frères*, deren Wirt für seine Verschwiegenheit bekannt war.

»Es wird Zeit, dass wir handeln«, sagte Gaspard mit leiser Stimme, nachdem der Letzte seiner Anhänger eingetroffen und verstohlen zu ihrer Nische in dem düsteren Schankraum gehuscht war. »Wenn wir noch länger warten, wird Bischof Ulman uns alle zugrunde richten.«

»Und wie?«, wandte Poupart ein. »Wir können nichts tun. Uns sind die Hände gebunden, bis wir eine Antwort von Herzog Simon und der Hofkanzlei haben.«

»Vergesst Simon und die Hofkanzlei«, erwiderte Gaspard. »Wir müssen uns selbst helfen.«

»Du hast einen Plan, oder?«, fragte Stephan Pérouse. Seine Hand, die Géroux' Schläger zerschmettert hatten, war so gut wie geheilt, doch sie würde immer ein wenig steif bleiben.

»Es ist ein alter Plan. Ihr alle kennt ihn.«

Stephan und Raoul nickten. Ernaut war der Letzte, der verstand. Aus seinem Gesicht wich die Farbe.

»Ich weiß nicht, Gaspard …«, begann er zögernd.

»Wir hätten das schon längst tun sollen. Aber wir haben es immer wieder aufgeschoben – und warum? Weil wir feige waren! Das haben wir jetzt davon.«

»Was ist das für ein Plan?«, fragte Hernance Chastain.

»Das wüsste ich auch gern«, meinte Poupart.

»Wir sollten sie einweihen«, sagte Stephan.

»Zuerst will ich euer Wort, dass ihr Stillschweigen bewahrt über alles, was wir hier bereden«, verlangte Gaspard.

»Natürlich«, sagte Chastain, und Poupart nickte bekräftigend.

»Das genügt nicht.« Gaspard streifte das Halsband mit seinem Kruzifix über den Kopf und legte es auf den Tisch. »Hier. Schwört bei eurer Seele.«

»Ist das nicht etwas übertrieben?«, fragte Poupart.

»Schwört«, wiederholte Gaspard.

Die beiden Männer blickten einander an. Schließlich legte Chastain seine Schwurfinger auf das Silberkreuz und murmelte den Eid. Poupart tat es ihm nach, wenngleich zögernd.

»Mit vernünftigen Worten und Bittgesuchen verschwenden wir nur unsere Zeit«, erklärte Gaspard. »Wenn wir etwas erreichen wollen, müssen wir Bischof Ulman zwingen. Gewalt ist alles, was er versteht.«

»Gewalt?«, fragte Poupart gedehnt.

»Wir entführen ihn und halten ihn so lange fest, bis er das Verbot der Gilde widerruft und uns endlich die Privilegien gewährt, die uns zustehen.«

Stille senkte sich herab. Der Wirt, der gerade einen Krug abtrocknete, spähte zu ihnen hinüber. Als Gaspard ihn anstarrte, schaute er hastig weg.

»Das ist verrückt«, sagte Poupart, woraufhin Ernaut zustimmend nickte.

»Du warst damals dabei, als wir diesen Plan entwickelten«, sprach Gaspard seinen alten Weggefährten an. »Was hast du plötzlich dagegen?«

»Das ist fast drei Jahre her«, verteidigte sich Ernaut. »Seitdem hat sich viel verändert. Ich dachte, wir hätten diesen Plan aufgegeben.«

»Hast du Angst?«, fragte Stephan herausfordernd. Er war stets der glühendste Verfechter dieser Idee gewesen.

»Natürlich. Ulman festzusetzen ist gefährlich. Wir machen uns damit auf einen Schlag sämtliche Ministerialen zum Feind, und obendrein den Erzbischof.«

»Also willst du das Verbot der Gilde einfach hinnehmen?«, fragte Gaspard. »Bist du jetzt genauso feige wie Duval und die anderen?«

»Nein, Gaspard, so ist es nicht …«

»Wenn wir jetzt nicht handeln, wird Ulman uns entmachten. Er wird uns all unsere Rechte nehmen und weiter die Steuern und Abgaben erhöhen, obwohl uns das Wasser schon jetzt bis zum Hals steht. Ist es das, was du willst?«

»Ich sage ja nur, dass wir vorsichtig sein müssen.« Ernaut senkte den Blick und schwieg.

Es bereitete Gaspard keine Befriedigung, seinen alten Freund abzukanzeln. Leider war es notwendig. In der gegenwärtigen Lage durfte er nicht zulassen, dass sich Zweifel und Furcht in den Herzen seiner Anhänger einnisteten.

Die harschen Worte gegen Ernaut zeigten Wirkung: Poupart meldete keine Bedenken mehr gegen den Plan an. »Wie wollt ihr vorgehen?«, fragte er.

»In den Palast einzudringen, ist vermutlich zu schwierig«,

sagte Gaspard. »Wir müssen herausfinden, wann sich Ulman in der Stadt aufhält und wie viele Wachen und Diener bei ihm sind. Sobald sich eine günstige Gelegenheit ergibt, schlagen wir zu.«

»Ich habe gehört, dass er übermorgen Abend für die Brüder von Notre-Dame die Messe liest«, sagte Raoul. »Wahrscheinlich begleiten ihn nur sein Diener Namus, die Sänftenträger und zwei Waffenknechte. Das wären sieben Mann, davon zwei bewaffnet. Damit sollten wir fertigwerden.«

Gaspard nickte. »Wir überwältigen sie und warten, bis Ulman herauskommt. Dann greifen wir ihn uns.«

»Einen Kirchenmann nach der heiligen Messe zu überfallen«, murmelte Poupart. »Gehen wir damit nicht zu weit?«

»Habt Ihr einen besseren Vorschlag?«, fragte Gaspard schneidend.

»Nein. Aber das grenzt an Blasphemie.«

»Was dem Wohl der Stadt und seiner Bürger dient, kann keine Blasphemie sein. Also – seid ihr dabei?«

»Ja«, antworteten Stephan, Raoul und Chastain entschlossen.

»Und ihr?«, wandte sich Gaspard an die Übrigen.

»Ich bin dabei«, murmelte Ernaut.

Poupart schwieg lange, ehe er schließlich nickte. »Machen wir es.«

Zufrieden lehnte Gaspard sich zurück. So viele Jahre hatte er auf diesen Augenblick gewartet – endlich war er da.

Gaspard hatte sich auf zahllose Gefahren und Schwierigkeiten gefasst gemacht. Nie hätte er erwartet, dass es so leicht sein würde.

Mit ihren Knechten warteten sie in einer Seitengasse, in weite Kapuzenmantel gehüllt, die Gesichter maskiert, während sich Dunkelheit und Nebel schützend um sie legten. Schließlich tauchte Bischof Ulmans Sänfte auf und wurde zur Abtei Notre-Dame-des-Champs getragen. Tatsächlich waren nur zwei Waffenknechte bei ihm, wobei auch die vier Sänftenträger Dolche bei sich hatten. Ulman stieg aus und durchquerte den Klosterhof. Als die Messe begann und der schwebende Gesang der Mönche aus der Kapelle drang, stürzten die sechs Kaufleute und ihre Knechte mit gezückten Schwertern, Äxten und Knüppeln zum Tor und umringten die Männer. Sowohl Soldaten als auch Hörige waren so überrascht, dass es ein Leichtes war, sie zu überwältigen. Wenige Minuten später kauerten sie gefesselt und geknebelt in Stephans Reisewagen, der in der Gasse bereitstand. Alles war so schnell gegangen, dass niemand etwas gesehen oder gehört hatte.

Anschließend warteten sie, bis Ulman das Kloster verließ. Während die Mönche mit gesenkten Häuptern zum Dormitorium schlurften, wechselte der Kirchenmann einige Worte mit dem Abt, ehe er durch das Tor zu seiner Sänfte ging. Fragend blickte er sich um. »Wo …«, begann er, doch da war Gaspard bereits bei ihm und stülpte ihm einen Rübensack über den Kopf, der seine aufgebrachten Rufe dämpfte. Rasch zerrten sie den überrumpelten Mann zum Wagen, wo sie ihn fesselten, bevor sie ihn zu seinen Männern steckten.

»Stephan und Ernaut, schafft die Sänfte weg«, befahl Gaspard. »Wir treffen uns am Lagerhaus.«

Er kletterte auf den Wagenbock, griff nach den Leinen und fuhr zur Unterstadt, wo er sich mit Raoul einen unterkellerten Schuppen teilte, von dem kaum jemand wusste. Ihre Knechte verteilten sich um das Gebäude und hielten Wache. Als Stephan und Ernaut zu ihnen stießen, brachten sie den Bischof und seine Männer nach unten ins Gewölbe.

Fackeln flammten auf und drängten die Schatten in Winkel und Ecken zurück. Die Waffenknechte und die Hörigen sperrten sie in eine fensterlose Kammer und entfernten die Knebel. Sogleich fingen sie an zu zetern, doch hier unten konnten sie schreien, so viel sie wollten – niemand würde sie hören. Nachdem Gaspard den Riegel vorgelegt hatte, zog er Bischof Ulman den Sack vom Kopf und half Stephan, die Fesseln um seine Handgelenke zu lösen. Als Ulman sich umblickte, blitzte für einen Moment Furcht in seinen Augen auf, bevor er sich ermannte.

»Wie könnt ihr es wagen!«, herrschte er sie an. »Mich auf einem Klosterhof zu überfallen und zu verschleppen, ist ein Verbrechen, das an Schändlichkeit nicht zu überbieten ist. Ihr werdet teuer dafür bezahlen, Caron. Jeder in diesem Raum wird an den Galgen kommen, dafür sorge ich, der heilige Jacques sei mein Zeuge.«

»Setzt Euch da hin«, befahl Gaspard, und als Ulman nicht gehorchte, halfen Stephan und Raoul nach und zwangen ihn, auf der Kiste Platz zu nehmen. »Ihr hört mir jetzt genau zu, denn ich sage es nur einmal: Ihr werdet noch heute Euren Soldaten befehlen, ihre Waffen niederzulegen, und Tancrède Martel seines Amtes entheben. Danach werdet Ihr das Verbot der Gilde widerrufen, die Münzentwertung beenden und allen Bewohnern des Bistums ihr Geld zurückgeben. Darüber hinaus verzichtet Ihr auf all Eure weltliche Macht. Ihr löst umgehend das Schöffenkollegium auf, damit es mit gewählten Vertretern der Bürgerschaft besetzt werden kann, übertragt dem neuen Bürgerrat die Gerichtsbarkeit über Varennes-Saint-Jacques sowie das Markt-, Münz- und Zollregal und beschränkt Euch in Zukunft darauf, das Bistum in geistigen Fragen zu führen.«

Gaspard nickte Chastain zu, der vortrat und ein Dokument entrollte. »Wir haben eine Erklärung vorbereitet, in der Ihr Euch mit unseren Forderungen einverstanden erklärt. Ihr werdet sie unterzeichnen und mit Eurem Siegel versehen.«

»Ihr müsst mich für einen geistig umnachteten Dummkopf halten, wenn ihr ernsthaft glaubt, dass ich solch einen gotteslästerlichen Mumpitz unterschreibe!«, fauchte der Bischof.

»Wenn Ihr Euch weigert, legen wir Euch in Eisen und kerkern Euch hier unten ein, bis Euer Widerstand bricht«, erwiderte Gaspard.

Ulman schüttelte Stephans und Raouls Hände ab und fuhr von der Kiste auf. »Ich mache euch einen anderen Vorschlag: Ihr lasst mich auf der Stelle gehen, und ich verzichte darauf, euch alle zu exkommunizieren und eure Seelen den Feuern der Hölle zu überantworten. Ihr«, wandte er sich an Ernaut. »Wollt Ihr bis zum jüngsten Tag im Fegefeuer brennen, nur weil Ihr diesem Wahnsinnigen geholfen habt? Und Ihr, Poupart, gelüstet es Euch so sehr nach der ewigen Verdammnis, dass Ihr nicht einmal vor dem abscheulichsten Frevel zurückschreckt?«

Mit geübtem Auge hatte der Bischof die Männer mit der größten Höllenfurcht ausgemacht. Ernaut und Poupart erbleichten und wichen zurück, als wären seine Worte Peitschenhiebe.

»Ihr alle werdet im tiefsten Kreis der Hölle enden«, fuhr Ulman fort, »wo die Verräter und Feinde Gottes in schwefligen Tümpeln kauern, gefoltert von Dämonen. Nichts als Schmerz und Verzweiflung gibt es dort unten, aber niemand wird eure Schreie hören, denn ihr werdet allein sein, vergessen von Gott und ohne jede Aussicht auf Erlösung. Wollt ihr das? *Wollt ihr das?*«

Auch auf Stephan, Raoul und Chastain blieben diese Drohungen nicht ohne Wirkung. Manch einer schluckte und trat unruhig von einem Fuß auf den anderen.

Chastain legte Gaspard die Hand auf den Arm. »Vielleicht sind wir wirklich zu weit gegangen«, flüsterte er.

»Nein!« Gaspard begriff, dass er etwas unternehmen musste. Ulman schaffte es noch, dass sich seine Männer gegen ihn wandten.

»Noch ist es nicht zu spät«, sagte der Kirchenmann. »Noch könnt ihr umkehren …«

Gaspard packte ihn am Kragen. »Haltet das Maul und setzt Euch wieder hin, oder ich lasse Euch knebeln!«

»Nur für Euch gibt es keine Rettung«, zischte Ulman. »Eure Seele ist so schwarz und verdorben, dass ich mich frage, warum ich Euch nicht längst exkommuniziert habe. Ein Teufel seid Ihr, ein Verbrecher, ein verdammenswürdiger Rebell gegen die göttliche Ordnung, und Euch stehen Höllenqualen bevor, die Eure schlimmsten Albträume übertreffen werden.«

Gaspard versetzte ihm einen Schlag in die Magengrube. Ulman krümmte sich keuchend. »Legt ihm Hand- und Fußschellen an und steckt ihn ins Loch, bis er zur Vernunft kommt.«

Stephan gehorchte und stieß Ulman wenig später zu der Kammer, in der sie die Männer des Bischofs gefangen hielten.

»Nicht da hinein«, sagte Gaspard. »Er soll allein sein.«

Stephan sperrte den Bischof in einen Lagerraum auf der anderen Seite des Kellers. Dumpf fiel die Tür ins Schloss.

Gaspard setzte sich auf eine Kiste. »Wir haben es geschafft. Wo ist der Wein? Das müssen wir feiern.«

Einer seiner Knechte reichte ihm den Schlauch. Er löste den Propfen, spritzte sich etwas Wein in den Mund und gab den Schlauch an Stephan weiter, der ebenfalls einen tüchtigen Schluck nahm.

Von den anderen wollte keiner mit ihnen trinken.

Speyer

»Ehrlos!«, hatte Onkel Eberold gesagt. »Schwanger mit einem Bastard! Was habe ich Gaspard angetan, dass er mir solch eine Last aufbürdet? Wenn man es ihr wenigstens nicht ansehen würde. Aber ihr Bauch ist ja schon ganz dick! Und Haare hat sie wie ein Kerl. Es wird mich Monate kosten, einen Mann für sie zu finden. Monate! Als ob ich nichts Besseres zu tun hätte.«

Tatsächlich dauerte es keine drei Wochen.

Eberold war der Gemahl von Isabelles Tante Galienne, ein wuchtiger Mann mit tonnengleichem Brustkorb, dröhnender Stimme, kahlem Schädel und einem roten Bart, der links und rechts des Mundes herunterhing wie die Zinken einer Forke. Er war Kaufmann wie fast alle Männer ihrer Familie und handelte mit Köln und den anderen Rheinstädten, wodurch er über die Jahre zu beträchtlichem Wohlstand gekommen war. Galienne, die Kinder und er wohnten in einem prächtigen Anwesen im Zentrum Speyers, gegenüber dem Dom, und leisteten sich eine ganze Schar von Hausbedienten.

Obwohl seine Schimpftirade anderes hatte erwarten lassen, hatte er sich gleich nach Isabelles Ankunft auf die Suche nach einem Ehemann für sie gemacht. Natürlich hatte er nicht in Speyer gesucht – wenn sich herumgesprochen hätte, dass ein Mitglied seiner Familie eine verurteilte Ehebrecherin war, hätte das seinem Ruf als Kaufmann und Bürger geschadet. Stattdessen hörte er sich in den Dörfern am Rhein um, wo Bauern und Viehhirten wohnten, die keine großen Ansprüche an eine Frau stellten. Arbeiten und Kinder gebären sollte sie können, das war alles. Wenn das Weib außerdem eine großzügige Mitgift in die Ehe einbrachte, sah man gern darüber hinweg, dass sie keine Schönheit war oder, wie Isabelle, von dubioser Herkunft.

Während Eberold die Umgebung Speyers bereiste, blieb Isabelle in der Stadt. Ihr Los war nicht ganz so hart wie in Varennes – man sperrte sie nicht in einer Kammer ein, sondern erlaubte ihr, sich im gesamten Haus und dem Hof frei zu bewegen. Verlassen durfte sie das Anwesen jedoch nicht. Zu groß war die Angst ihres Onkels und ihrer Mutter, sie könnte davonlaufen oder mit Michel Kontakt aufnehmen. Außerdem durchsuchten Gaspards Knechte ständig ihre Schlafkammer und ihre Habe, sodass es ihr nicht gelang, einen Brief an Michel zu schreiben, geschweige denn, ihn aus dem Haus zu schmuggeln.

Gut zwei Wochen später kehrte Eberold zurück und präsentierte ihr ihren künftigen Gemahl. Es war ein freier Bauer, der einen großen Hof drei Wegstunden nördlich von Speyer besaß, in der Vogtei Altrip. Wie Eberold ihn dazu gebracht hatte, einer Heirat mit ihr zuzustimmen, behielt er für sich. Vermutlich war viel Geld geflossen. Oder Eberold hatte ihm Versprechungen gemacht. Versprechungen – darin war ihr Onkel gut.

Der Mann war hochgewachsen und breitschultrig; er besaß misstrauische Augen, einen sorgfältig gestutzten Bart und ebenso kurzes braunes Haar. Thomasîn war sein Name. Falls er Anstoß an ihrem kurzen Haar oder ihrem geschwollenen Bauch nahm, so zeigte er es nicht. Überhaupt sprach er nur wenig, nachdem er sich vorgestellt hatte. Mit der Familie wechselte er kaum ein Wort, mit Isabelle gar keines. Den ganzen Abend saß er schweigsam da, klammerte sich an seinem Weinbecher fest und kommentierte Eberolds großspurige Geschichten mit einem gelegentlichen Nicken. Nur einmal wandte er sich Isabelle zu und musterte sie mit einem forschenden Blick. Sie kam sich vor wie ein Stück Vieh, das geschätzt und begutachtet wurde. Danach behandelte er sie wieder wie Luft.

»Ich heirate diesen Mann nicht«, sagte sie später, als Thomasîn, der über Nacht blieb, zu Bett gegangen war.

»Doch, das wirst du«, erwiderte Eberold. »Denn ein Besserer wird sich nicht finden. Thomasîn ist der einzige Mann im Umkreis von einer halben Tagesreise, der mich nicht schimpfend fortgejagt hat, als ich ihm sagte, was du auf dem Kerbholz hast. Falls du es noch nicht begriffen hast: Du bist keine geachtete Bürgerstochter mehr. Danke dem Herrn, dass dich überhaupt einer nimmt.«

»Er hat sich nicht einmal die Mühe gemacht, mit mir zu sprechen.«

»Er ist eben von der schweigsamen Sorte. Trotzdem ist er ein guter Mann. Ich kenne ihn schon viele Jahre. Ehrlich, fleißig und angesehen bei den anderen Bauern der Gegend. Und obendrein wohlhabend.«

»Ich lasse mich kein zweites Mal zur Hochzeit zwingen.«

»Das werden wir ja sehen«, knurrte ihr Onkel.

»Wenn ich vor dem Priester stehe, verfluche ich ihn und die ganze Zeremonie.«

Tante Galienne bekreuzigte sich erschrocken, woraufhin sich Eberold vor Isabelle aufbaute.

»Wenn du es wagst, dich den Wünschen deines Bruders zu widersetzen, sperre ich dich bis zur Geburt deines Bastards in den Dachboden und nehme dir das Balg weg, sowie die Nabelschnur durchtrennt ist. Ist das klar?«

»Das ist lächerlich. Gaspard würde das nicht zulassen.«

»Ach ja? Was glaubst du, was in seinem Brief steht? ›Gib das Kind in ein Kloster, wenn sich kein Mann für sie findet. Ich will keinen Bastard in der Familie.‹ Soll ich ihn holen, damit du dich selbst davon überzeugen kannst?«

Isabelle hatte gedacht, Gaspard hätte ihr bereits alles angetan, was ein Bruder seiner Schwester antun konnte. Wie naiv sie doch gewesen war. Um weiteren Schaden von der Familie fernzuhalten, würde er vor nichts zurückschrecken. Was aus ihrem Kind wurde, kümmerte ihn nicht. Immerhin war es Michels Kind.

Als sie schwieg, glitzerte Genugtuung in Eberolds Augen. »Die Hochzeit ist in zwei Wochen«, erklärte er. »Ich erwarte, dass du eine tadellose Braut abgibst und der Familie nicht noch mehr Schande machst. Haben wir uns verstanden?«

Isabelle nickte kaum merklich.

»Gut. Und jetzt will ich nichts mehr hören.«

Thomasîns Abschied am nächsten Morgen fiel äußerst knapp aus. Steif dankte der Freibauer Eberold für die Gastfreundschaft; Isabelle, ihrer Mutter und Lutisse nickte er lediglich zu, bevor er sich auf sein Pferd schwang und davonritt. Isabelle blickte ihm nach, bis er zwischen den Häusern verschwand, die Lippen zusammengepresst. Mit diesem Mann stimmte etwas nicht, wenngleich sie nicht zu sagen vermochte, was ihr solches Unbehagen bereitete. Eines jedoch wusste sie mit Gewissheit: Die Ehe mit ihm würde kein Vergnügen werden.

Es gab nichts, was sie gegen die Hochzeit tun konnte. Ihre Lage war aussichtslos. In den Tagen nach Thomasîns Besuch dachte sie darüber nach, ihrem Leben ein Ende zu setzen. War der Tod nicht dem Schicksal vorzuziehen, das ihr bevorstand?

Eines Abends stand sie am Fenster im obersten Stock des Kaufmannshauses, erfüllt von einem einzigen Gedanken:

Spring.

Hätte ihr ungeborenes Kind sie nicht in diesem Augenblick getreten, hätte sie es getan.

Vogtei Altrip

Die Hochzeit fand kurz nach dem zweiten Advent statt, an einem klirrend kalten Sonnabend. Frostiger Wind pfiff über die verschneiten Wiesen und Felder, peitschte Schwaden von Eiskristallen vor sich her und heulte wie eine Heerschar ruheloser Seelen um die einsame Kapelle auf der Hügelkuppe. Die Gäste hüllten sich schlotternd in dicke Wollumhänge und blieben den Fenstern fern, in denen milchige Eiszapfen hingen. Viele waren nicht gekommen – außer Isabelles Mutter, Lutisse mit Flori und Eberolds Familie nur ein paar Bauern aus der nahe gelegenen Ortschaft sowie Thomasîns Knechte und Mägde, insgesamt vier an der Zahl. Angehörige besaß der Freibauer keine. Seine Eltern und sein einziger Bruder waren schon vor Jahren gestorben.

Thomasîn hatte sich eigens für die Hochzeit ein neues Gewand schneidern lassen, in dem er sich sichtlich unwohl fühlte; immerzu nestelte er an seinem Gürtel oder dem Kragen herum. Isabelle trug ein weites Kleid, das einigermaßen ihren Bauch verhüllte, und einen Schleier über dem kurzen Haar. Ein angetrunkener Dorfpfarrer las mit schleppender Stimme die Messe und spendete den Trausegen, wobei er sich ständig verhaspelte.

Anschließend zog die Hochzeitsgesellschaft zu Thomasîns Hof, der oberhalb des Rheins lag. Die Eisschicht auf dem Fluss war so dick, dass die Kinder des Dorfs darauf spielen konnten. Sie bewarfen einander kreischend mit Schneebällen und versteckten sich hinter den Schneeverwehungen am Ufer, aus denen gefrorenes Schilf ragte wie die Lanzenspitzen einer verschütteten Streitmacht.

Der Hof bestand aus mehreren Stein- und Holzgebäuden, deren Strohdächer dicke weiße Hauben trugen. Rauch quoll aus einem Schornstein, wurde vom Wind mal hierhin, mal dorthin getragen und verfing sich in den eisverkrusteten Zweigen der Birken, die ihre Äste nach dem Haupthaus ausstreckten. Zwei fette Schweine standen im Gehege vor den Ställen, trotzten tapfer der Kälte und fraßen aus einem Trog.

Unter anderen Umständen hätten die Idylle des einsamen Hofs und das Kinderlachen gewiss Isabelles Herz gerührt. Doch während sie an der Seite ihres Gemahls den Hügel hinabschritt, war sie blind für die Schönheit der Winterlandschaft. Die Gebäude zwischen den Birken erschienen ihr wie Mausoleen, wie das Ende aller Sehnsüchte, und wenn sie sich vorstellte, dass sie bis zu ihrem Tod hier leben würde, war ihr, als würde sie ersticken.

Das Fest war noch trostloser als die Zeremonie in der Kapelle. Obwohl Thomasîn das Feuer im Kamin schürte, vermochte es die Eiseskälte im Haus kaum zu vertreiben. Erst nach dem zweiten Becher heißen Würzweines wagten die ersten Gäste, ihre Umhänge abzulegen. Einer der Bauern holte eine geschnitzte Flöte hervor und begann zu spielen. Er konnte jedoch nur drei Lieder, die er so oft wiederholte, bis Thomasîn ihn anfuhr, er solle endlich damit aufhören. Hatten schon vorher nur wenige Gäste getanzt, so tat es nun gar niemand mehr. Nah beim Kaminfeuer kauerten die Leute auf den Bänken und verschlangen das fetttriefende Brot und das gebratene Schweinefleisch.

Die Hausbedienten und die Bauern aus dem Dorf waren nicht viel gesprächiger als Thomasîn. Stumm leerten sie die Wein- und Bierfässer. Der Einzige, der redete, war Onkel Eberold. Stunde um Stunde prahlte er mit seinen Heldentaten auf den Märkten von Köln und Gent und hämmerte mit der Faust auf den Tisch, wenn er von seinen Siegen über seine Rivalen berichtete. Sein Lachen klang wie das Brüllen einer anstürmenden Horde, es dröhnte zu den Dachbalken hinauf, und dass niemand sonst lachte, störte ihn nicht im Geringsten.

Tante Galienne und Isabelles Mutter saßen stocksteif da, zupften mit spitzen Fingern etwas Fleisch und Brot von den Platten und machten keinen Hehl aus ihrer Verachtung für die Dörfler in ihren graubraunen Kitteln. Einzig Lutisse bemühte sich um ein Gespräch mit den Bäuerinnen. Allerdings vereitelte Flori ihre Bemühungen: Das Mädchen schrie ununterbrochen und wollte sich nicht beruhigen. Irgendwann nahm Isabelle das weinende Kind auf den Arm und wiegte es sanft. Beinahe beneidete sie ihre Nichte – wie gern hätte auch sie ihre Wut und Verzweiflung hinausgeschrien.

Thomasîn sprach den ganzen Abend kein Wort mit ihr. Stur blickte er geradeaus und trank gelegentlich aus seinem Becher, während Eberold ihm ins Ohr brüllte und grölend mit der Faust auf die Schulter hieb. Irgendwann ergriff er ihre Hand und murmelte: »Komm.«

Die Bauern und Bediensteten glotzten ihnen nach, während sie den Raum verließen. Eberold merkte als Letzter, dass sie gingen. Mit hocherhobenem Krug und glühendem Gesicht rief er:

»Wurde auch verdammt noch mal Zeit! Ich dachte schon, das wird heute nichts mehr mit euch. Nimm sie ordentlich ran, Thomasîn! Zeig ihr, was wir Männer vom Rhein in der Hose haben.«

»Setzt Euch«, sagte Thomasîn, als sie die Schlafkammer betraten. Während sie auf der Bettstatt Platz nahm, ließ er sich in einem knarrenden Stuhl nieder, griff nach einem Becher, füllte ihn mit Wein und trank schweigend.

Es war stockdunkel in der Kammer. Die Nacht presste sich gegen das Pergament vor dem einzigen Fenster, der Wind heulte um die Mauern, und drüben lachte Onkel Eberold.

Als Thomasîn seinen Becher geleert hatte, stand er auf und

zog sein Gewand und seine Bruche aus. Nur mit seinem Hemd bekleidet stand er vor ihr.

»Legt Euch hin.«

Er schlug ihren Rock hoch, zog ihr die Unterröcke aus und glotzte auf ihre Scham. Sein Glied hing schlaff herab. Genau wie bei Chastain. Er half mit der Hand nach, und endlich regte es sich. Mit seinen schwieligen Händen öffnete er ihre Schenkel.

»Vorsicht«, sagte sie. »Das Kind.«

Er war nicht so grob, wie sie erwartet hatte, aber auch nicht sonderlich sanft. Mechanisch stieß er in sie hinein und biss dabei die Zähne zusammen, doch über seine Lippen kam kein Laut. Es erschien Isabelle wie eine Ewigkeit, bis er endlich zum Höhepunkt kam. Mit einem leisen Keuchen ergoss er sich in sie und zog sich augenblicklich aus ihr zurück.

Isabelle blieb liegen, obwohl sie fror und sich nach einer Decke sehnte. Sie fühlte sich wund und beschmutzt.

Thomasîn hob sein Gewand auf und zog es an.

»Wohin geht Ihr?«, fragte sie, als er zur Tür schritt.

Er blieb stehen und schaute sie flüchtig an, ehe er die Tür öffnete und in der Dunkelheit seines Hauses verschwand.

Eberolds Familie, Isabelles Mutter, Lutisse und Flori reisten schon am nächsten Morgen ab. Die anderen Gäste waren bereits in der Nacht gegangen, abgesehen von zwei Bauern, die zu viel getrunken hatten. Nachdem sie ihren Rausch ausgeschlafen hatten, warf Thomasîn sie hinaus und räumte mit seinen Knechten und Mägden die Überreste des Festes weg. Zwei Stunden später sah das Haus so aus, als hätte hier nie eine Hochzeit stattgefunden.

Thomasîn schien nicht recht zu wissen, was er nun mit ihr anfangen solle. Gegen Mittag zeigte er ihr die verschiedenen Gebäude des Hofs und die Ställe mit seinem Vieh. Als kurz darauf die Sonne herauskam und es etwas wärmer wurde, gingen sie über seine Äcker und Wiesen. Da er kein Leibeigener war und weder einem adligen Fronherrn noch der Kirche diente, gehörte ihm das Land, und er besaß alle Rechte daran. Er war ein Freisasse und niemandem außer dem Kaiser zu Treue und Gefolgschaft verpflichtet.

Eberold hatte nicht übertrieben – Thomasîn war tatsächlich wohlhabend. Sein Gut reichte vom Hof bis zum Rhein im Osten und dem Bauerndorf im Westen und umfasste mehrere Viehweiden, einen Bach, einen kleinen Fischteich und fruchtbare Felder, auf denen er Hafer, Erbsen und Gerste anbaute. In knappen Worten erklärte er ihr, er habe Land und Hof von seinen Eltern geerbt und den Besitz seit ihrem Tod mit harter Arbeit vergrößert. Bewirtschaftet werde das Land von ihm selbst und seinen Knechten und den Tagelöhnern, die er im Frühjahr in der Stadt anwarb.

Wie die meisten gebildeten Lothringer konnte Isabelle recht gut Deutsch, sodass sie ihren Gemahl meist verstand, obwohl er mit wesentlich stärkerem Dialekt sprach als Eberold und die Leute in Speyer.

Als sie wieder zu Hause waren, rief Thomasîn seine Knechte und Mägde zusammen und schärfte ihnen ein, dass Isabelle nun die Herrin des Gutes sei. Ihre Anweisungen seien ohne jeden Widerspruch auszuführen; andernfalls werde er sie bestrafen. Schulterzuckend gehorchten die Hausbedienten und behandelten sie stets mit dem nötigen Respekt, wenn schon nicht freundlich.

Eine Ausnahme bildete lediglich Winand. Der junge Stallknecht konnte sie aus unerfindlichen Gründen nicht leiden und zeigte ihr seine Abneigung bei jeder Gelegenheit. Wie den übrigen Bediensteten waren auch ihm Isabelles Schwangerschaft und ihr kurzes Haar nicht lange verborgen geblieben. Während sich die anderen ihren Teil dachten und taktvoll den Mund hielten, machte er ständig spitze Bemerkungen, grinste höhnisch, wenn sie den Raum betrat, und lästerte hinter ihrem Rücken über sie. Isabelle scherte sich nicht darum – es hätte ihr nicht gleichgültiger sein können, was irgendein Knecht von ihr hielt. Thomasîn jedoch platzte schon am vierten Tag ihrer Ehe der Kragen. Als er durch Zufall Winands Unverschämtheiten mitbekam, herrschte er den Knecht an und befahl ihm, dergleichen zu unterlassen. Winand machte ein Gesicht, als bräche er gleich in Tränen aus. Mit einem Fluch auf den Lippen stürmte er aus dem Haus. Von da an ließ er sie in Ruhe.

Bereits am zweiten Tag nach der Hochzeit kehrte der Alltag auf das Landgut zurück, und mit ihm kamen seine Gefährten Einförmigkeit und Langeweile. Im Winter gab es auf einem Bauernhof nicht viel zu tun. Um die Tiere kümmerten sich die Knechte, um den Haushalt die Mägde, und die wenigen übrigen Arbeiten erledigte Thomasîn, sodass Isabelle von morgens bis abends herumsaß. Zerstreuung gab es keine. Thomasîn konnte nicht lesen und besaß folglich keine Bücher, für ausgedehnte Spaziergänge war es zu kalt, und die Brettspiele in der Stube halfen ihr in Ermangelung eines Mitspielers auch nicht weiter. Nach einigen Tagen hielt sie es nicht mehr aus und begann, im Stall und der Kuche zu helfen.

Thomasîn nahm keine Notiz von ihren Bemühungen. Überhaupt änderte sich an seinem Verhalten nicht das Geringste. Tagsüber ging er ihr aus dem Weg. Bei den Mahlzeiten und abends in der Stube sprach er nur das Nötigste mit ihr. Wenn sie zu Bett gingen, drehte er ihr den Rücken zu und schlief meist wenig später ein. Seit ihrer Hochzeitsnacht hatte er sie nicht mehr angeruhrt. Isabelle konnte nicht behaupten, dass sie das bedauerte. Sie hätte nur gern gewusst, woran es lag.

»Er ekelt sich vor mir«, sagte sie eines Morgens zu ihrem Kind. Da sonst niemand mit ihr sprach, redete sie ständig mit dem ungeborenen Geschöpf in ihrem Leib – es wurde allmählich zu einer Gewohnheit. Dabei sprach sie Französisch, das kein Bewohner dieses Hauses verstand. »Die Schande, dir mir anhaftet, stößt ihn ab. Ich frage mich, wie viel Onkel Eberold ihm gezahlt hat, dass er mich heiratet.«

Das Kind bewegte sich, als hätte es ihre Worte gehört, und sie strich versonnen über ihren Bauch. Immer, wenn sie zu ihm sprach, sah sie einen Jungen vor sich. Er hatte dunkelblondes Haar und Michels blitzende Augen, und sein Lachen war ansteckend.

Aus Speyer hatte sie Pergament sowie Tinte und eine Feder mitgebracht. Als sie wieder einmal allein in der Stube saß, schrieb sie Michel endlich einen Brief und versteckte ihn in der Schlafkammer bei ihren Sachen.

Der erste Schritt war getan. Der zweite würde jedoch weitaus schwieriger werden. Wie kam der Brief nach Varennes?

Sollte sie ins benachbarte Dorf gehen und versuchen, ihn dort abzuschicken? Nein. Zum einen wäre das zu auffällig; zum anderen bezweifelte sie, dass in diesem kleinen Nest Reisende verkehrten, die ihren Brief mitnehmen würden.

Sie musste warten, bis sie wieder nach Speyer käme.

Der Zufall wollte es, dass sich schon wenige Tage später eine Gelegenheit ergab. Thomasîn und Winand wollten mit dem Ochsenwagen in die Stadt fahren, um Kerzen, Salz und einige andere Dinge einzukaufen. Als Isabelle hörte, was sie vorhatten, fragte sie Thomasîn, ob sie mitkommen könne.

»Wieso?«, schnappte Winand, der bereits auf dem Wagenbock saß.

»Das geht dich nichts an«, entgegnete sie kalt.

Thomasîn musterte sie mit jenem unbestimmten Gesichtsausdruck, aus dem sie einfach nicht klug wurde. »Willst du deine Familie besuchen?« Wenigstens hatte er inzwischen aufgehört, ihr gegenüber die förmliche Anrede zu gebrauchen.

»Ja.«

»Sind sie überhaupt noch bei deinem Onkel?«

»Wenn sie nach Varennes zurückgekehrt wären, hätten sie es mich wissen lassen.«

»Steig auf«, sagte er.

Thomasîns Entscheidung missfiel Winand sichtlich, und er

sprach während der gesamten dreistündigen Fahrt kaum ein Wort.

In Speyer war schöneres Wetter als bei ihnen zu Hause; die schneebedeckten Türme des Doms glitzerten in der Sonne, und an den Dachvorsprüngen der Kaufmannshäuser funkelten Eiszapfen wie diamantene Dornen. Auf dem weitläufigen Platz um die Kathedrale herrschte wie immer ein buntes Treiben aus Bauern, Fußgängern und fliegenden Händlern. Schmerzliche Erinnerungen an Varennes stiegen in Isabelle auf, als Thomasîn den Wagen an den Weinständen und Garküchen vorbeisteuerte.

Da sie wusste, dass ihr Gemahl keinerlei Verlangen verspürte, ihre Familie und insbesondere Onkel Eberold wiederzusehen, bot sie ihm an, sie allein zu besuchen, während er und Winand ihre Besorgungen machten. Thomasîn war einverstanden. Am Dom ließ er sie absteigen und fuhr weiter die Via Triumphalis hinauf, an der die besten Läden lagen. Isabelle wartete, bis der Wagen außer Sicht war, und eilte zu einer Herberge am Holzmarkt, von der sie wusste, dass dort das ganze Jahr über Reisende und Fernhändler abstiegen.

Das Gedränge im Innern war unbeschreiblich. Offenbar war gerade eine große Gruppe Pilger aus dem Osten des Reiches eingetroffen. Isabelle kämpfte sich durch die Menge, bis sie den Wirt erblickte.

Der Mann stritt gerade mit zwei Reisenden, die mit den Preisen für die Unterkunft nicht einverstanden waren. Nachdem er sie zum Teufel gejagt hatte, wandte er sich ihr zu.

»Was ist?«, fragte er unfreundlich.

»Ich suche jemanden, der für mich einen Brief überbringt.«

»Wohin soll er denn gehen?«

»Nach Varennes-Saint-Jacques in Oberlothringen.«

»Da hinten ist ein Bursche, der nach Metz will. Vielleicht kann der Euch helfen.«

Sie bahnte sich ihren Weg zu der Nische, die der Wirt ihr

gewiesen hatte. Dort saß ein erschöpft wirkender junger Mann und nippte an einem Bierhumpen.

»Ich habe gehört, Ihr seid auf dem Weg nach Metz.«

Der Mann wischte sich Schaum von der Lippe und nickte.

»Wärt Ihr so freundlich, einen Brief mitzunehmen?«

»Natürlich«, antwortete er. Die meisten Reisenden waren bereit, Nachrichten zu befördern, solange das keinen Umweg für sie bedeutete. Es war grundlegende Christenpflicht. »Wohin?«

»Nach Varennes-Saint-Jacques. Er ist für Michel de Fleury bestimmt.«

»Ich reise aber nicht bis Varennes.«

Isabelle nickte. »Könnt Ihr in Metz jemanden suchen, der ihn dorthin mitnimmt? Das sollte nicht schwer sein. Es pilgern ständig Leute zum Grab des heiligen Jacques, sogar im Winter. Hier. Das ist für Eure Mühen.« Sie legte dem Mann einen Sou auf den Tisch.

»Ich werde sehen, was ich tun kann«, sagte er und nahm das gefaltete Stück Pergament entgegen.

Isabelle verließ die stickige Herberge und tat einen tiefen Atemzug, als sie auf die Straße trat. Jetzt konnte sie nur noch beten, dass ihr Brief Michel erreichte.

Varennes-Saint-Jacques

Ulman hatte sich vorgenommen, kein Auge zuzutun. Er wollte wach bleiben, damit er gewappnet wäre, wenn Caron und seine Spießgesellen zu ihm kämen. Doch irgendwann hatten Erschöpfung, Furcht und Verzweiflung ihren Tribut gefordert, und er war zwischen den Salzfässern eingeschlafen.

Stimmen auf der anderen Seite der Tür weckten ihn. Ulman lag der Länge nach auf dem Boden aus festgestampfter Erde, setzte sich auf und ignorierte den stechenden Schmerz in seinem Rücken. Die Eisenschellen hatten ihm Hand- und Fußgelenke wund gerieben. Er fror – in diesem Loch war es eiskalt. Er wischte sich den Schmutz von der Wange und sprach leise ein Gebet. »Herr, sei mein Schild, sei mein Schwert.«

Knarrend öffnete sich die Tür, und Milon Poupart kam herein. »Hier ist etwas Wasser und Brot, Exzellenz.« Der Kaufmann stellte Krug und Napf auf eines der leeren Fässer.

»Bekomme ich auch eine Decke?«, fragte Ulman. »Ich hole mir hier drin noch den Tod.«

»Ich werde sehen, was ich tun kann.«

Ulman kannte Poupart seit mehreren Jahren. Der Weinhändler war ein gottesfürchtiger Mann und braver Bürger gewesen, ehe er der Gilde beigetreten war. Unbegreiflich, dass ein guter Christ wie er bei solch einem Frevel mitmachte. War ihm nicht klar gewesen, worauf er sich eingelassen hatte? Ja. So musste es gewesen sein. Gestern Abend hatte Ulman Pouparts Zweifel gespürt, seine wachsende Furcht. All das ging ihm zu weit, doch er wusste nicht, was er dagegen tun sollte. *Er ist das schwächste Glied in der Kette.* Wenn Ulman dieses Martyrium lebend und in Würde überstehen wollte, musste er hier ansetzen.

»Wartet«, sagte er, als Poupart gehen wollte. »Leistet mir ein wenig Gesellschaft.«

Der Weinhändler spähte in den Hauptraum, wo Caron gerade seinen Knechten Anweisungen gab. »Ich muss jetzt zurück zu den anderen.«

»Nur ein paar Minuten. Was ist schon dabei?«

Noch einmal schielte Poupart zu Caron. Dann zog er die Tür zu, bis sie nur noch einen Spalt weit offen war.

»Danke, mein Sohn«, sagte Ulman nicht unfreundlich. »Das rechne ich dir hoch an.«

»Ihr solltet tun, was Caron von Euch verlangt«, murmelte Poupart nach einer Weile des Schweigens.

»Dieses törichte Dokument unterzeichnen? Nein. Das wäre falsch, und das weißt du. Was Caron von mir verlangt, ist Gotteslästerung, die euer aller Seelen gefährdet.«

»Es ist das Richtige für die Stadt«, entgegnete Poupart halbherzig.

»Wie kann etwas richtig sein, wenn es Gottes Gesetz widerspricht?«

Kaum merklich schluckte der Weinhändler. »Das wird sich zeigen. Jetzt gibt es jedenfalls kein Zurück mehr.«

Ulman ließ sich Zeit mit seiner Antwort. »Vielleicht doch«, sagte er schließlich leise, aber laut genug, dass Poupart es hören konnte. »Vielleicht doch.«

»Sie haben anscheinend schon gestern Nacht gemerkt, dass der Bischof verschwunden ist«, berichtete Stephan, als er von seinem Streifzug durch die Unterstadt zurückkam. »Sie suchen ihn überall. Die ganze Stadt ist voll von Ministerialen und Martels Männern.«

Gaspard nickte. Damit hatte er gerechnet. Wohlweislich hatten seine Gefährten ihre Familien schon gestern aufs Land gebracht, damit die Ministerialen ihnen nichts antun konnten, falls sie dahinterkämen, wer hinter Ulmans Entführung steckte, und das würden sie früher oder später. »Hier sind wir sicher, also verliert nicht die Nerven«, wandte er sich an die umstehenden Kaufleute und Knechte. »Keiner von euch verlässt den Schuppen, habt ihr verstanden?«

Allgemeines Nicken. Gaspard rieb sich die brennenden Augen. Es war eine lange Nacht gewesen, und Stephan hatte ihn viel zu früh geweckt. »Wo ist Poupart?«

»Immer noch beim Bischof«, antwortete Raoul.

»Was macht er so lange da drin?« Gaspard schritt zu der Kammer und riss die angelehnte Tür auf. Poupart lehnte an einem Weinfass und lauschte Ulman, der abrupt verstummte. »Was ist hier los?«

»Gar nichts«, sagte Poupart. »Ich habe nur mit ihm geredet. Ihn versucht zu überzeugen, dass er besser tut, was wir verlangen.«

»Wir haben doch vereinbart, dass nur ich mit ihm rede.«

Widerwillig verließ Poupart die Kammer und ging ohne ein weiteres Wort zu den anderen. Gaspard schloss die Tür und schob den Riegel vor.

Der Kerl gefiel ihm nicht. Er gefiel ihm ganz und gar nicht.

»Der Letzte, der Ulman gesehen hat, ist der Abt von Notre-Dame-des-Champs«, sagte Catherine. »Was danach geschehen ist, weiß niemand. Es ist, als hätte ihn der Erdboden verschluckt. Martel glaubt, jemand von der Gilde hat ihn entführt. Seine Männer durchsuchen gerade jedes Haus. Bei Charles und Isoré waren sie schon. Wahrscheinlich tauchen sie bald auch hier auf.«

Michels gesunde Hand krampfte sich in die Bettdecke. Für ihn gab es nicht den geringsten Zweifel, was sich in der vergangenen Nacht zugetragen hatte: In seinem Hass hatte Gaspard sein wahnwitziges Vorhaben zu guter Letzt doch noch in die Tat umgesetzt und Ulman verschleppt. *Du Narr. Du verdammter Narr.*

»Jedenfalls ist es wohl am besten, wir verhalten uns ruhig, bis wir mehr wissen«, sagte Catherine.

Michel blickte zum Fenster. Das erste Licht des Tages kroch über die Dächer, und irgendwo erklangen ferne Rufe. Er kämpfte sich zur Bettkante und langte nach seiner Krücke.

»Wo wollt Ihr hin?«, fragte die Kauffrau.

»Ich muss etwas erledigen.«

»Was denn?«

Er gab keine Antwort. Die Kauffrau wandte sich ab, als er die Decke zur Seite schlug und nackt, wie er war, aufstand. »Ich halte das für keine gute Idee. Ihr seid noch viel zu schwach.«

»Louis, hilf mir«, befahl er.

»Frau Partenay hat recht, Herr«, sagte der Knecht. »Denkt an Euren Zustand. Ihr gefährdet Eure Genesung.«

»Jetzt mach schon, verdammt!«

Louis humpelte zu ihm und ging ihm beim Anziehen zur

Hand. Es war ein langwieriger, umständlicher Vorgang, der Michel einiges an Kraft kostete. *Reiß dich zusammen!*

»Wisst Ihr etwa, wo der Bischof ist?«, fragte Catherine.

»Vielleicht.«

»Wir begleiten Euch.«

»Nein. Ich gehe allein.«

Er hinkte, gefolgt von Catherine und Louis, zur Tür und die Treppe hinab. Als er das Haus verließ, umfauchte ihn eisiger Wind. Gestern Abend waren von Nordosten schwere, schneebeladene Wolken herangezogen, und die ersten weißen Flocken wirbelten durch die Luft. Zwei Stadtbüttel stemmten sich gegen die Frostböen und eilten mit geschulterten Piken die Rue de l'Épicier hinauf. Ängstliche Gesichter spähten aus Fenstern und Türen.

Michels Wunde begann wieder zu schmerzen, und er kämpfte gegen das Schwindelgefühl an. Blinzelnd blickte er zum Domplatz, auf dem Gestalten mit Fackeln standen. Der Flammenschein spiegelte sich auf Helmen und Lanzenspitzen.

Wo würde ich mich verstecken, wenn ich an ihrer Stelle wäre?

Jedenfalls nicht in seinem Haus, so viel stand fest. Wenn sie Bischof Ulman nicht längst aus der Stadt gebracht hatten, hielten sie ihn vermutlich in einem Lagerkeller gefangen. Wie viele alteingesessene Kaufleute besaßen Gaspard und seine Freunde mehrere Schuppen und Warenlager, verteilt über ganz Varennes. Michel kannte einige davon, aber bei Weitem nicht alle. Wer gelegentlich ein Geschäft abwickeln wollte, von dem die Obrigkeit nichts erfahren durfte, tat gut daran, sich hier und da einen geheimen Schlupfwinkel einzurichten, von dem weder Gilde noch Schöffenkollegium wussten.

»Bitte geht wieder ins Haus«, sagte Catherine. »Ihr bringt Euch noch um.«

Ohne sie zu beachten, setzte Michel sich humpelnd in Bewegung. »Ich habe gesagt, ich gehe allein«, fuhr er Louis an, der ihm folgen wollte.

Er durchforstete sein Gedächtnis. Hatte Gaspard ihm irgendwann einmal von einem verborgenen Lagerhaus erzählt? Wenn ihm nur das Denken nicht so schwerfallen würde. Blitze irrlichterten vor seinen Augen, und der Wind ließ sein Gesicht und seine Finger taub werden. Er erinnerte sich, dass Gaspard und er als Kinder manchmal in einem Schuppen in der Unterstadt gespielt hatten, obwohl Gaspards Vater ihnen verboten hatte, dorthin zu gehen. Das Gebäude war unterkellert und wäre ein gutes Versteck für mehrere Männer. In den unterirdischen Gewölberäumen, vor denen sie sich einst so geängstigt hatten, konnte man Gefangene festhalten, ohne fürchten zu müssen, dass sie durch lautes Rufen auf sich aufmerksam machten. Michel wusste nicht, ob Gaspard das Lagerhaus noch besaß. Aber einen Versuch war es wert.

Er biss die Zähne zusammen, stemmte sich gegen den eisigen Wind und humpelte in Richtung Unterstadt.

»Ich unterschreibe dieses Pamphlet nicht«, sagte Bischof Ulman. »Und wenn Ihr mich noch hundertmal dazu auffordert.«

»Ihr zieht es also vor, bis in alle Ewigkeit in diesem Loch zu sitzen?«, erwiderte Gaspard.

»Kaum bis in alle Ewigkeit.« Ulman lächelte dünn. »Spätestens übermorgen bin ich frei. Meine Gefolgsleute suchen gewiss schon den ganzen Tag nach mir. Es kann nicht mehr lange dauern, bis sie mich finden – und dann gnade Euch Gott, Caron.«

»Hier finden sie Euch niemals.«

»Ihr unterschätzt Tancrède Martel. Er mag ein dröger Amtsmann sein, aber er hat die Nase eines Spürhundes. Und Ausdauer wie ein Ackergaul. Er wird nicht eher ruhen, als bis er jedes Haus der Stadt auf den Kopf gestellt hat.«

Gaspard zog seinen Dolch und hielt ihn Ulman mit der flachen Seite unter das Kinn. »Ich könnte Euch wehtun. Ihr seid ein Mann, der Behaglichkeit und das angenehme Leben schätzt – ich bezweifle, dass Ihr Schmerzen lange widerstehen würdet. Gewiss würdet Ihr bald darum betteln, unterschreiben zu dürfen, nur damit sie aufhören.«

Der Bischof hielt seinem Blick stand. »Das wagt Ihr nicht. Nicht einmal Ihr seid so skrupellos.«

Rasch zog Gaspard die Klinge zurück und nahm in Kauf, dass er Ulman dabei leicht die Haut aufritzte. »Darauf würde ich mich nicht verlassen, Ulman. Nun, ganz wie Ihr wollt. Dann lasse ich Euch jetzt wieder allein mit Eurer Angst.«

Er rollte das Dokument zusammen, verließ den Kellerraum und verriegelte die Tür.

»Und?«, fragte Stephan, der auf einer Kiste saß und sich die Zeit vertrieb, indem er mit Raoul und Chastain würfelte.

Gaspard schüttelte den Kopf. »Wir müssen Geduld haben. Irgendwann macht ihn die Dunkelheit weich.«

»Fragt sich nur, wie viel Zeit wir noch haben«, meinte Raoul und fuhr sich geistesabwesend mit den Fingerkuppen über die alten Brandnarben an seiner Wange. »Irgendwann finden sie uns.«

Gaspard wollte ihn beruhigen, doch in diesem Moment kam Ernaut die Treppe heruntergelaufen.

»De Fleury schleicht oben rum«, sagte er.

»Bist du sicher?«, fragte Gaspard.

»Er ruft nach dir.«

Stephan und die anderen waren aufgesprungen. »Wie hat er uns gefunden?«

»Woher soll ich das wissen?« Gaspard zerdrückte die Pergamentrolle in seiner Hand, während er krampfhaft nachdachte. Er durfte nicht riskieren, dass Michel sie an Martel verriet oder anderweitig das Vorhaben gefährdete. »Lass ihn rein.«

»Bist du sicher?«, fragte Ernaut.

»Ja. Jetzt mach schon, bevor er mit seinem Gebrüll noch die Büttel anlockt.«

Stufe für Stufe kämpfte sich Michel die Treppe hinab und trat in den Kellerraum, in dem glimmende Kienspäne für trübes

Licht sorgten. Er war so schwach, dass er sich kaum noch auf den Beinen halten konnte. Alles verschwamm vor seinen Augen, doch er konnte erkennen, dass Pérouse und die anderen hier unten waren und ihn feindselig anstarrten.

»Dass du es wagst, mir unter die Augen zu treten«, sagte Gaspard.

»Wir waren beim Ihr, schon vergessen?« Michel brachte ein Lächeln zustande, setzte sich ächzend auf eine Kiste und legte die Krücke quer über seine Oberschenkel.

»Was willst du?«

»Wo ist Bischof Ulman?«

»Das geht dich einen Dreck an.«

»Ihr müsst ihn freilassen. Noch ist es vielleicht nicht zu spät.«

»Du kommst hierher und gibst mir Ratschläge?« Gaspard packte ihn am Mantelkragen. »Nach allem, was du mir angetan hast?«

»Ihr könnt nicht gewinnen. Ganz Varennes ist voll von Soldaten. Inzwischen suchen sie auch in der Unterstadt nach euch. Wenn Martel und Géroux euch finden, machen sie kurzen Prozess.«

»Sie werden nichts dergleichen tun. Weil sie nämlich ihren geliebten Bischof lebendig wiedersehen wollen.« Gaspard stieß ihn von sich.

»Und dann?«, fragte Michel, während er gegen die Übelkeit ankämpfte. »Angenommen, ihr schafft es, Ulman zu Zugeständnissen zu zwingen – was glaubst du, was dann geschieht? Er wird zum Erzbischof laufen, der euch mit einem Handstreich zerschmettert.«

»Warum höre ich mir das überhaupt an?«, meinte Gaspard zu niemand Bestimmtem.

»Wir können ihn nicht gehen lassen«, sagte Stephan Pérouse. »Er wird uns verraten.«

»Ich verrate euch nicht«, sagte Michel. »Ich habe euch damals mein Wort gegeben, und daran halte ich mich.«

Gaspard kniff die Lippen zusammen, und sein Kieferknochen mahlte. »Wir sperren ihn zum Bischof.« Er und Pérouse packten Michel an den Armen. Die Krücke fiel zu Boden, als sie ihn auf die Füße zerrten und zu einer Tür im rückwärtigen Teil des Kellers führten. Michel war so schwach, dass er ihnen nichts entgegenzusetzen hatte.

»Gaspard, bitte, hör mir zu. Was ihr tut, ist Wahnsinn, und du weißt es.«

Sie stießen ihn in die Kammer und schlossen die Tür. Michel hielt sich an einem Fass fest und ließ sich langsam zu Boden gleiten. Alles schien sich zu drehen.

»Wenn Ihr wirklich geglaubt habt, Ihr könntet Caron mit guten Worten zur Vernunft bringen, seid Ihr ein Narr«, sagte Bischof Ulman in der Dunkelheit.

»Verzeiht, dass ich versucht habe, Euch zu helfen – wie töricht von mir«, murmelte Michel, während er sich auf dem Boden ausstreckte.

»Wenn Ihr wusstet, wo sie mich hingebracht haben – wieso seid Ihr nicht einfach zu Martel gegangen?«

Michel schloss die Augen, doch das verschlimmerte den Schwindel nur, also öffnete er sie wieder. »Ich wollte Gaspard die Möglichkeit geben, seinen Fehler rückgängig zu machen«, erklärte er langsam und stockend. »Außerdem habe ich nicht eben das beste Verhältnis zu Euren Ministerialen, wenn Ihr Euch erinnert.« Er versuchte gleichmäßig zu atmen. Inzwischen hatten sich seine Augen an die Dunkelheit gewöhnt, und er konnte Bischof Ulman erkennen, der in einer Ecke kauerte, Eisenschellen an Händen und Füßen. Draußen stritt Gaspard mit seinen Freunden.

»Braucht Ihr Hilfe?«, fragte Ulman nach einer Weile.

»Es geht schon.«

»Hier. Nehmt das.« Trotz seiner Fesseln gelang es dem Kirchenmann, seine Decke zusammenzufalten und sie Michel unter den Kopf zu schieben.

»Habt Dank.«

»Wenn nicht bald ein Medicus nach Euch sieht, wird sich Euer Zustand verschlimmern.«

»Es geht schon. Ich bin nur erschöpft. Der Weg hierher hat mich sehr angestrengt.«

»Vermutlich denkt Ihr, dass ich hinter dem Anschlag auf Euer Leben stecke«, sagte Ulman. »Aber ich habe damit nichts zu tun – Ihr habt mein Wort.«

»Das weiß ich.«

Abermals schwieg der Geistliche. »Einen Mann wie Euch habe ich noch nie getroffen, de Fleury. Ihr hättet es weit bringen können. Hättet Ihr Euch nicht selbst zu Fall gebracht, hättet Ihr mir über kurz oder lang große Schwierigkeiten beschert.«

»Ihr hättet einen anderen Weg gefunden, mich zu vernichten.«

»Vermutlich«, gab Ulman unumwunden zu. »Wenn nicht ich, dann de Guillory.«

»Ihr hättet Euch nicht mit diesem Mann einlassen dürfen. Er ist ein Teufel.«

»Mitunter ein nützlicher Teufel.«

Michel lachte leise.

»Was ist daran so komisch?«

»Dass ein Mann wie Ihr, der so klug ist, gleichzeitig so dumm sein kann.«

»Wie darf ich das verstehen?«, fragte der Bischof indigniert.

»Ihr habt bis heute nicht begriffen, warum die Menschen Euch hassen, nicht wahr?«

»Sie hassen mich nicht«, gab Ulman zurück. »Sie fürchten mich. Das ist ein Unterschied.«

»Das eine schließt das andere nicht aus. Wenn Ihr erlaubt, möchte ich jetzt etwas schlafen, Exzellenz.« Der Schwindel hatte nachgelassen. Michel schloss abermals die Augen.

Gaspard und seine Gefährten hatten aufgehört zu streiten. Ulmans Ketten klirrten. Leise murmelte der Bischof ein Gebet.

Michel erwachte, als sich die Tür öffnete. Milon Poupart kam herein. Der Weinhändler streifte ihn mit einem Blick, ehe er sich dem Bischof zuwandte. »Frisches Wasser für Euch, Exzellenz«, sagte er und stellte zwei Krüge auf den Boden. »Für Euch auch, de Fleury.«

Michel war durstig. Ächzend setzte er sich auf und trank. Während er geschlafen hatte, hatte man ihn mit einer zweiten Decke zugedeckt. Er fühlte sich etwas besser, trotz der Stunden auf dem kalten Lehmboden.

»Bekomme ich kein Brot?«, fragte Bischof Ulman.

»Wir … das heißt, Caron hat entschieden, dass Ihr vorerst kein Essen mehr bekommt«, antwortete Poupart, und es klang beinahe, als wolle er sich entschuldigen.

Ulman beugte sich vor und griff mit klirrenden Ketten nach seinem Krug. »Hast du nachgedacht über das, was wir beredet haben?«

Der Weinhändler spähte noch einmal zu Michel.

»Lasst Euch nicht stören«, bemerkte Michel. »Tut einfach so, als wäre ich nicht da.«

»Carons Untergang ist besiegelt«, sagte der Bischof. »Nichts und niemand kann daran noch etwas ändern. Und wenn er fällt, wird er alle, die ihm beistanden, mit sich in den Abgrund reißen … ausgenommen jene, die rechtzeitig Reue gezeigt haben.«

»Meint Ihr mich?«, fragte Poupart dümmlich.

»Ich kenne dich als guten, gottesfürchtigen Mann, Milon. Ich weigere mich zu glauben, dass du gutheißt, was deine Freunde tun.«

»Ich werde mich nicht gegen sie stellen, falls es das ist, was Ihr von mir erwartet.«

»Weil du nicht zum Verräter werden willst?«, fragte Ulman sanft.

»Ich falle Freunden nicht in den Rücken«, erklärte Poupart.

»Selbst wenn du damit ihre Seelen vor der Verdammnis retten könntest?«

Ulman hat ihn bereits um den Finger gewickelt, dachte Michel. *Er weiß es nur noch nicht.* »Der Bischof hat recht. Ihr müsst mit Gaspard reden. Auf mich hört er nicht, aber vielleicht auf Euch.«

»Ihr haltet Euch da raus«, fuhr Poupart ihn an.

»Ich mache dir ein Angebot«, sagte Ulman. »Geh zu Martel und sage ihm, wo man mich gefangen hält – und ich werde dafür sorgen, dass deinen Freunden Gnade widerfährt.«

Der Weinhändler schluckte. Lange stand er reglos da, die Hände zu Fäusten geballt.

»Du solltest nicht allzu lange über mein Angebot nachdenken«, setzte Ulman nach. »Wenn Martel mich ohne deine Hilfe findet, ist es zu spät.«

»Hast du Stadtbüttel gesehen?«, fragte Gaspard einen von Stephans Knechten, der sich mit den anderen Hausbedienten im ebenerdigen Teil des Schuppens aufhielt.

»Nur ein paar von Géroux' Männern.« Der Mann war gerade von einem Streifzug durch die Unterstadt zurückgekommen und hatte Schnee im Haar und auf dem Umhang. »Sie haben die Lagerhäuser am Anlegesteg durchsucht und sind wieder abgezogen. Wir dürften hier noch eine Weile sicher sein.«

Das wollte Gaspard hören. »Sagt Bescheid, wenn ihr draußen Büttel oder Ministerialen seht. Aber geht auf keinen Fall hinaus.«

Die Knechte nickten, und er stieg die Treppe hinab. Stille herrschte in den Kellerräumen. Ernaut, Stephan, Raoul und Chastain holten etwas Schlaf nach, sie lagen zwischen den Kisten und dösten. Gaspard wollte sich gerade hinsetzen und eine Kleinigkeit essen, als ihm auffiel, dass Poupart fehlte.

Er durchquerte den Raum und riss die Tür zu Ulmans Gefängnis auf. Michel kauerte in einer Ecke und trank aus seinem Krug. Poupart und der Bischof unterhielten sich wieder einmal angeregt.

»Zum letzten Mal, Poupart – nur ich betrete diese Kammer. Niemand sonst.«

»Ich habe ihnen nur etwas Wasser gebracht«, verteidigte sich der Weinhändler.

»Dann stellt die verdammten Krüge hin und geht wieder. Warum redet Ihr mit Ulman? Er versucht doch nur, Euch mit seinem Geschwätz von Verdammnis und Höllenpein den Verstand zu vernebeln.«

»Ich entscheide, mit wem ich rede«, gab Poupart angriffslustig zurück. »Ich lasse mir das nicht verbieten. Überhaupt – wer hat Euch eigentlich zum Anführer ernannt? Niemand, richtig. Also hört auf, uns herumzukommandieren, als wären wir Eure Dienstboten.«

»Das reicht jetzt.« Gaspard packte Poupart am Arm und wollte ihn aus der Kammer ziehen, doch der Weinhändler schüttelte seine Hand ab.

»Fasst mich nicht an.«

»Verdammt noch mal, jetzt hört auf, Euch wie ein Kindskopf zu benehmen. Das ist doch genau das, was er will.«

Inzwischen waren Stephan und die anderen aufgewacht und kamen näher.

»Was ist hier los?«, fragte Raoul.

»Ulman hat ihn gegen uns aufgehetzt«, erklärte Gaspard barsch.

»Niemand hat mich aufgehetzt«, sagte Poupart. »Ich war von Anfang an gegen diesen Plan. Weiß der Teufel, warum ich mich von Euch habe dazu breitschlagen lassen. Euretwegen habe ich das Heil meiner Seele in Gefahr gebracht – und wofür? Für nichts und wieder nichts.«

Gaspard hatte es gewusst. Zielsicher hatte Ulman Poupart als schwächstes Glied in der Kette ausgemacht und ihn so lange bearbeitet, bis seine Zweifel an ihrem Vorhaben übermächtig geworden waren. »Milon«, begann er, doch der Weinhändler hob abwehrend beide Hände.

»Nein. Kein Wort mehr. Ich will nichts mehr von Euch hören.«

»Ihr solltet euch zu Herzen nehmen, was Milon sagt«, wandte sich Bischof Ulman an Stephan und die anderen. »Noch könnt ihr eure Seelen retten …«

»Haltet endlich das Maul!«, blaffte Gaspard, stieß Poupart zur Seite und packte Ulman am Hals. »Ich sollte Euch die Zunge herausschneiden.«

»Lasst ihn los!« Poupart hielt ihm den Arm fest, und als Gaspard nicht von Ulman abließ, schlug ihm der Weinhändler mit der Faust ins Gesicht. Gaspard taumelte zurück, Poupart setzte nach und wollte sich auf ihn stürzen, doch Gaspard rammte ihm das Knie in den Magen, sodass er röchelnd zu Boden ging.

»Ihr Rohling!«, fuhr Ulman ihn an. »Ist Gewalt denn das Einzige, zu dem Ihr fähig seid?« Er schob sich mit klirrenden Fußschellen an Gaspard vorbei und wollte zu Poupart. »Hat er dich verletzt? Warte, mein Sohn, ich helfe dir auf.«

»Zurück mit Euch in die Zelle«, befahl Gaspard.

»Sonst was?«, fauchte Ulman. »Werdet Ihr mich wieder schlagen? Noch niemals habe ich jemanden getroffen, der so boshaft und verkommen ist wie Ihr, Caron. Ihr seid ein Dämon in Menschengestalt, eine verlorene Seele, die jeden, der ihr zu nahe kommt, mit ihrem Hass infiziert. Wenn diese Männer auch nur einen Funken Verstand in ihren Köpfen haben, werden sie Euch hier und jetzt niederstrecken und diesem Wahnsinn ein Ende bereiten.«

Während der Bischof Gift und Galle spuckte, zerbrach etwas in Gaspard. Ihm war, als hätten ihn alle Entscheidungen der letzten Jahre, alle Demütigungen und Niederlagen unweigerlich zu diesem Moment geführt, und sein Hass auf diesen Mann überschwemmte seine Gedanken.

»Gaspard – nicht!«, hörte er Michel schreien. Gleichzeitig riss Ulman die Augen auf, und aus seinem Mund drang ein langgezogenes Krächzen, rasselnd und rau, wie das Seufzen des

Windes in einer Felsspalte. Gaspard ließ ihn los, der Bischof taumelte zurück und prallte gegen ein Salzfass, beide Hände auf seinen Bauch gepresst. Der Dolch entglitt Gaspards Fingern, fiel klappernd zu Boden, Blut tränkte die Soutane. »Ihr ... sollt ... verflucht sein«, wisperte Ulman, bevor er zu Boden sank.

Stille erfüllte den Keller. Niemand bewegte sich. Lange stand Gaspard da und starrte den reglosen Körper an. Der Hass, der ihn eben noch beherrscht hatte, war verschwunden, ebenso jedes andere Gefühl. Sein Körper, sein Geist, alles schien taub zu sein, wie abgestorben. Wie von fremden Kräften gelenkt, machte er einen Schritt nach vorne und hob seinen Dolch auf.

»Es ist vorbei«, sagte er. »Vorbei.«

Später wusste Michel nicht mehr, was genau in den Minuten nach Ulmans Tod geschehen war. Er hatte Gaspard angebrüllt, alle hatten gebrüllt, Poupart hatte weinend neben der Leiche gekniet und »Mörder! Mörder!« geschrien. Als er wieder klar denken konnte, saß er allein in seiner dunklen Zelle. Später kamen Pérouse und Vanchelle herein und legten ein längliches Bündel auf den Boden.

Ulmans Leiche, in ein schmutziges Tuch eingehüllt.

Michel saß stocksteif da und starrte den Toten an. Tief in seinem Innern hatte er immer gewusst, dass es eines Tages so kommen würde. Er wusste es seit jenem Abend, als Gaspard ihn in seinen verhängnisvollen Plan eingeweiht hatte – und doch erschienen ihm die Ereignisse der vergangenen Stunde einfach unfassbar.

Er wagte nicht zu beten. In solch einer Lage den Himmel um Beistand zu bitten, hätte den Herrn beleidigt.

»Gaspard! Gaspard, wach auf!«

Er fuhr zusammen, als jemand ihn an der Schulter rüttelte. Trotz der Kälte schwitzte er, und die Kleider klebten an seiner Haut. Er atmete schwer, noch ganz gefangen in seinem Albtraum. Blut, überall. Er hatte Bischof Ulman getötet, ihm das Messer in den Leib getrieben… Verwirrt blinzelte er die Gestalt an, die vor ihm stand.

»Poupart ist verschwunden«, sagte Ernaut.

Er war nicht in seinem Haus, begriff er, er war in seinem Lagerschuppen, im Keller. Gaspard schüttelte die Decke ab, stand benommen auf und griff nach dem Krug auf dem Kistenstapel. Er nahm einen tiefen Schluck und spülte den üblen Geschmack in seinem Mund hinunter. Als er den Krug absetzte, fiel sein Blick auf die verriegelte Tür und den rostroten Fleck davor auf dem Boden. *Es war kein Traum.* Er legte die Hand auf die Kisten, denn er verspürte plötzlich das Bedürfnis, sich festzuhalten.

»Hast du mich gehört?«, fragte Ernaut. »Poupart ist weg.«

»Wo ist er hin?«

»Keine Ahnung. Er wollte oben nach dem Rechten sehen. Danach war er fort.«

Nach und nach fiel ihm alles wieder ein: das um sich greifende Entsetzen nach seiner Tat, Pouparts Vorwürfe, ihr erbitterter Streit. Seine verzweifelten Versuche, eine Panik zu verhindern und seine Gefährten zu beruhigen. Er hatte erwogen, Poupart einzusperren, damit er keine Dummheiten machte, sich aber dagegen entschieden. Der Mann war schließlich immer noch einer von ihnen, hatte ihnen Brudertreue geschworen. »Wir müssen ihn suchen.«

»Zu gefährlich«, sagte Stephan, der mit Raoul und Chastain zu ihnen trat. »In den Straßen wimmelt es von Bütteln.«

Gaspard fluchte leise.

»Ich hab's euch gesagt«, knurrte Stephan. »Diesem Kerl ist nicht zu trauen. Wir hätten ihn nicht einweihen dürfen.«

»Das ist jetzt nicht mehr zu ändern. Wichtig ist, dass wir ruhig bleiben. Kann ich noch auf euch zählen?«

Die Gesichter seiner Freunde waren blass, aus ihren müden Augen sprach Furcht. Dennoch nickten alle, sogar Ernaut.

Chastain sowieso. Die Ereignisse der letzten Stunden und ihre gefährliche Lage schienen ihn nicht zu kümmern. Seit Isabelles Verrat war dem Mann einfach alles egal.

»Gut«, sagte Gaspard. »Ich gehe zum Schöffenkollegium und verlange, dass die Ministerialen ihre Waffen niederlegen, den Bischofspalast räumen und uns die Stadt übergeben. Bis sie herausfinden, dass Ulman tot ist, haben wir die Büttel und alle wichtigen Ämter in unsere Gewalt gebracht.«

»Und wenn Poupart uns vorher verrät?«, fragte Raoul.

»Die Gefahr besteht. Deshalb müssen wir schnell handeln.«

»Sollten wir uns nicht zuerst ein anderes Versteck suchen?«, schlug Stephan vor. »Am besten eines außerhalb der Stadt.«

»Ist es noch dunkel?«

Ernaut schüttelte den Kopf. »Es wird gerade hell.«

»Bei Tag können wir den Keller nicht verlassen. Wir müssen bis zur Nacht warten.«

»Hoffentlich haben wir noch so viel Zeit«, meinte Raoul.

»Ich glaube nicht, dass Poupart uns verrät«, sagte Gaspard. »Er hat uns sein Wort gegeben. Er hatte einfach Angst.« Er griff nach seinem Mantel und schritt zur Treppe. »Wünscht mir Glück.«

»Ist das wahr?«, fragte Tancrède Martel. »Ist das wirklich wahr?«

Poupart kniete auf dem Boden, das Haupt gesenkt, die Schultern bebten. Kaum merklich nickte er.

Martel bekreuzigte sich, ballte die Rechte zur Faust und führte sie zum Mund. Schneeflocken wirbelten vor den Fenstern des Bischofspalastes. Obwohl der Tag längst angebrochen war, wollte es einfach nicht hell werden. Wegen der Kälte schmerzte die alte Wunde an seinem Bein unaufhörlich. *Wer tut so etwas? Wer ist zu solch einem Frevel fähig?*

»Ich habe versucht, ihn aufzuhalten«, wimmerte Poupart und hob den Kopf. Tränen flossen über sein Gesicht. »Aber es ging alles so schnell.«

Es dauerte lange, bis der Schultheiß die Sprache wiederfand. »Wo verstecken sie sich? Redet, Mann!«

»Zuerst will ich Euer Wort, dass mir und meiner Familie Gnade zuteilwird.«

So schnell es sein lahmes Bein zuließ, stürzte Martel zu ihm. Er verdrehte Poupart das Ohr und zwang den Weinhändler, ihn anzusehen. »Ihr solltet dem Himmel danken, dass Ihr nicht bereits im Kerker schmachtet, wo ich die Wahrheit aus Euch herausprügeln lasse. Also – wo sind sie?«

»In einem Lagerhaus. In der Unterstadt«, antwortete Poupart mit schmerzverzerrtem Gesicht.

»Wir haben bereits alle Warenlager in der Stadt durchsucht.«

»Der Schuppen ist geheim. Kaum jemand weiß davon. Ich kann Euch hinführen.«

Martel ließ von ihm ab. »Na los, hoch mit Euch. Ich warne Euch, Poupart – wenn Ihr mich angelogen habt, Gnade Euch Gott.«

Er griff nach seinem Gehstock, stakste zur Treppe und rief nach seinen Männern.

Gaspard hatte gerade den Fuß auf die unterste Treppenstufe gesetzt, als von oben Schreie erklangen. Ohne zu zögern, ergriffen die Männer ihre Waffen und eilten die Stiege empor.

Mehrere Stadtbüttel versuchten, in den Lagerschuppen einzudringen, und hatten bereits die Tür aufgebrochen. Die Knechte der Kaufleute hatten sich mit Spießen, Äxten und Armbrüsten bewaffnet und versuchten, Martels Männer zurückzuschlagen. Gerade wurde ein Büttel von einem Bolzen getroffen und sank mit an den Hals gepressten Händen zu Boden.

»Das ist Pouparts Werk!«, schrie Stephan.

Gaspard wurde abwechseln heiß und kalt. *Gott, steh uns bei,* durchfuhr es ihn, bevor er sich ins Gefecht warf.

»Tot«, wiederholte Aristide.

»Ermordet«, sagte Géroux. »Niedergestochen von Caron und seinen Fanatikern. Zumindest behauptet das Poupart. Aber ich sehe keinen Grund, an seinem Wort zu zweifeln.«

»Poupart – nie gehört. Wer ist das?«

»Ein Weinhändler, der mit Caron gemeinsame Sache gemacht hat, bevor er kalte Füße bekam.«

Aristide blickte aus dem Fenster seines Palas', betrachtete das Schneegestöber über den Zinnen der halbfertigen Vorburg und spielte dabei mit seinem Dolch. Er konnte nicht behaupten, dass es ihm leidtat um den Bischof – er hatte diesen hochnäsigen Pfaffen nie sonderlich gemocht. Dennoch missfiel ihm Ulmans Tod. Was Géroux da sagte, konnte sich als Gefahr für seine Pläne erweisen.

»Ihr müsst uns helfen, diese Frevler zur Strecke zu bringen«, forderte der Sklavenhändler.

»Wo sind sie?«

»Sie verschanzen sich in einem Lagerhaus in der Unterstadt.«

»Eine Handvoll Kaufleute und ihre Knechte, richtig?«

Géroux nickte.

»Und damit werdet Ihr nicht fertig?«

»Das Lager hat nur einen Eingang, den sie erbittert verteidigen. Wir haben bereits sieben Männer verloren – drei tot, vier verwundet. Martel hat wegen des Kreuzzugs nicht mehr genug Büttel. Und unsere Hausbedienten verfügen nicht über genug Kampferfahrung für den Angriff auf ein schwer bewachtes Gebäude.«

»Dann zündet den Schuppen an.«

»Wir wollen sie lebend, damit der Erzbischof sie für ihre Verbrechen zur Rechenschaft ziehen kann.«

Aristide tippte mit der Dolchklinge gegen die Wand der Fensternische. *Tack-tack, tack-tack.* Schließlich legte er die Waffe weg und wandte sich zu Géroux um. Der Sklavenhändler bot durchaus eine imposante Erscheinung, wie er da stand, angetan mit sündhaft teuren Kleidern, blitzendem Geschmeide und einem Mantel aus Hermelinpelzen. Aristide empfand stets widerwilligen Respekt vor ihm. »Wie viele Männer braucht Ihr?«

»So viele wie möglich.«

»Meinen Waffendienst gibt es nicht umsonst.«

»Es ist Eure Pflicht als Christ, uns beim Kampf gegen die Mörder unseres Bischofs beizustehen«, schnappte Géroux.

»Ein lothringischer Ritter hat nur eine einzige Pflicht«, konterte Aristide gelassen. »Herzog Simon und dem Kaiser Gefolgschaft zu leisten, wenn sie dies fordern. Alle anderen bezahlen gefälligst für meine Hilfe.«

Géroux' Kiefer mahlten. Als Aristide schon damit rechnete, der Ministeriale werde sich auf dem Absatz umdrehen und aus dem Saal stolzieren, fragte er plötzlich: »Was verlangt Ihr?«

»Das Bistum erlässt mir das Darlehen, das mir Ulman gewahrt hat.«

»Diese Entscheidung kann ich nicht treffen. Das kann allenfalls Bischof Ulmans Nachfolger.«

»Das ist mein Preis. Wenn Ihr lieber Eure Männer abschlachten lasst, statt ihn zu zahlen – bitte. Es ist Eure Entscheidung.«

»Bischof Ulman hatte recht«, knurrte Géroux. »Ihr seid ein geldgieriger Aasgeier ohne einen Funken Ehre im Leib.«

»Raus.«

Als der Sklavenhändler den Saal verlassen hatte, spuckte Aristide aus und wandte sich wieder dem Schneetreiben zu. Es wurde immer schlimmer. Wenn das so weiterging, lag morgen eine Elle Schnee auf den Hügeln.

Er griff wieder nach dem Dolch und fuhr, in Gedanken versunken, eine Mauerfuge nach. Ulman tot. Varennes in Aufruhr. Vermutlich dauerte es nur wenige Tage, bis die Kunde von diesen Ereignissen Erzbischof Johann erreichte. Er würde die Stadt unter seine Kontrolle bringen und einen seiner Archidiakone als Verwalter einsetzen, bis ein neuer Bischof gefunden war. Niemand konnte vorhersagen, was dann geschehen würde.

Er rief nach Berengar.

»Reite nach Varennes«, wies er seinen Sarjanten an. »Schau dich dort um. Ich will genau wissen, was in der Stadt vor sich geht. Aber niemand darf dich sehen, hörst du?«

»Ja, Herr«, sagte Berengar und ging.

Spät am Abend kehrte der Sarjant zurück. Schnaufend betrat er das Schlafgemach, das Gesicht vor Kälte gerötet.

»Verschwinde«, befahl Aristide der Magd, die ihm den Abend versüßt hatte. Sie schnappte ihren Kittel und huschte geduckt an Berengar vorbei. Aristide trat nackt ans Kaminfeuer und schenkte sich einen Becher Wein ein. »Und? Haben sie inzwischen das Lagerhaus gestürmt?«

»Ich glaube nicht. Aber es gab wieder Kämpfe.«

»Wie ist die Stimmung in der Stadt? Hat sich inzwischen herumgesprochen, dass Ulman tot ist?«

Berengar nickte. »Die Leute haben Angst. Sie strömen in die Kirchen und flehen den Herrn an, sie mit seinem Zorn zu verschonen.«

»Klingt ganz danach, als könnte heute Nacht so ziemlich alles passieren, nicht wahr? Verzweifelte Seelen irren durch die Gassen und suchen nach einem Schuldigen für das Unheil, und bald schon richtet sich ihre Wut gegen die Gilde.«

»Herr?«, meinte der Soldat stirnrunzelnd.

»Warst du auch bei der Brücke? Wird sie noch bewacht?«

»Ich habe keine Posten gesehen. Ich glaube, sie wird nicht mehr bewacht, seit sich die Kaufleute gegenseitig bekämpfen.«

»Gut«, sagte Aristide. »Du brauchst deine Rüstung nicht abzulegen. Wir haben Arbeit vor uns.«

Raoul schien etwas sagen zu wollen. Seine Finger krallten sich in Gaspards Arm, seine Lippen bewegten sich, doch die Worte verklangen lautlos.

Gaspard umklammerte den Lappen, presste ihn auf die Wunde, versuchte irgendwie, die Blutung zu stillen. Die Verletzung war zu schwer. Der Axthieb hatte Raoul die Seite aufgeschlitzt, das Blut tränkte den Lappen und das Wams.

Das Licht in Raouls Augen erlosch.

Gaspard sank auf den Lehmboden. Draußen brüllte der Schultheiß seine Soldaten an. Er hörte es kaum.

Irgendwann sagte Ernaut: »Das ist alles deine Schuld.«

»Was redest du da?«, fuhr Stephan ihn an. »Ein Büttel hat ihn umgebracht, das hast du doch gesehen.«

»Aber er hat den Bischof ermordet. Wir hätten aufgeben sollen, als wir noch konnten.«

»Du jämmerlicher Feigling!« Stephan packte ihn am Kragen, Ernaut stieß ihn von sich, und die beiden Männer begannen, sich anzubrüllen.

Gaspard stand auf, und die Unrast in seinem Innern ließ ihn in der Lagerhalle umhergehen. Schließlich stützte er sich mit beiden Händen auf einem Kistenstapel ab, ließ den Kopf auf die Brust sinken und schloss die Augen.

Wie nur hatte es so weit kommen können? Er hatte doch immer versucht, das Richtige zu tun.

Er musste nachdenken. Wenn in seinem Kopf nur nicht solch ein Durcheinander herrschen würde …

»Wir sollten einen Ausfall machen«, sagte Chastain.

Gaspard öffnete die Augen. Der Tuchfärber saß auf einer Kiste, auf dem Schoß seine Axt.

»Hier drin können wir uns bestenfalls noch einen Tag halten«, fuhr er fort. »Wir müssen versuchen durchzubrechen und in den Wald zu fliehen. Das ist unsere einzige Chance.«

»Wenn wir die Lagerhalle verlassen, werden wir abgeschlachtet.«

Chastain zuckte mit den Schultern. »Vielleicht schafft es ja der eine oder andere von uns.«

Gaspard schüttelte den Kopf. Ernaut hatte recht: Es war alles seine Schuld.

Er richtete sich auf und blickte zu Stephan und Ernaut, die sich immer noch anbrüllten. Zu Raoul. Zu den Knechten, die mit bleichen Gesichtern auf Kisten und Fässern saßen, in den Händen ihre Waffen. Zwei von ihnen waren im Lauf des Tages gefallen; sie lagen unten im Keller, von Planen bedeckt wie Bischof Ulman. Die Übrigen hatten allesamt Blessuren und Wunden davongetragen. Zwei waren so schwer verletzt, dass sie nicht mehr kämpfen konnten. Einer würde die Nacht vermutlich nicht überleben.

Meine Schuld.

Er schritt durch die Halle. Chastain blickte ihm nach, sagte etwas, doch die Worte rauschten an ihm vorbei. Gaspard ließ sein Schwert fallen.

Meine Schuld.

»Gaspard«, rief Stephan. »Was machst du?«

Die Tür der Lagerhalle hatten die Büttel mit einer Ramme zerschmettert. Er trat zu der Barriere, die sie aus Handkarren, Fässern und Balken errichtet hatten. Stieg auf eine Kiste. Reckte den Kopf.

»Martel!«, rief er in das Schneegestöber hinaus. »Hört mich an!«

Seit endlosen Stunden vernahm Michel von oben Lärm, Schreie, Gepolter und das Klirren von Schwertern, gedämpft und leise wegen der dicken Mauern. Manchmal senkte sich Stille herab, bevor die Kämpfe wenig später weitergingen. Michel hatte Gaspard angefleht, die Tür zu öffnen, ihn aus der Kammer zu lassen, aber nichts war geschehen. Entkräftet kauerte er zwischen den Salzfässern, in beide Wolldecken gehüllt. Er hielt die Augen geschlossen, doch schlafen konnte er nicht – nicht, solange Bischof Ulmans Leiche neben ihm lag.

Zum wiederholten Male betete er für die Seele des Kirchenmannes. Da niemand sonst das tat, fiel ihm diese Aufgabe zu, wenn er schon nichts gegen den Wahnsinn um ihn herum unternehmen konnte. *Ruht in Frieden, Ulman. Ihr wart mein Feind, aber solch ein Ende habt Ihr nicht verdient.*

Er schreckte aus seinem Dämmerzustand auf, als sich Stimmen seinem Gefängnis näherten. Der Riegel wurde zurückgezogen, und die Tür schwang auf. Michel blinzelte die Gestalt vor ihm an.

»Ihr?«, fragte Tancrède Martel.

»Seid gegrüßt, Herr Schultheiß.« Michel lächelte schwach.

»Was zum Teufel macht Ihr hier?«

»Die Totenwache für unseren Bischof halten, schätze ich. Wenn auch nicht ganz freiwillig.«

»Ist er das?«

Michel nickte.

Ächzend ging Martel auf die Knie, während einer seiner Männer mit einer Fackel näher trat. Der Schultheiß trug ein Kettenhemd und einen Helm – ein ungewohnter Anblick –, und sein Gesicht war gerötet vor Kälte. Mit versteinerter Miene schlug er das Tuch zurück und bekreuzigte sich, als er Ulmans bleiches Antlitz erblickte. »Bringt ihn zum Dom und benachrichtigt die Domherren«, befahl er, woraufhin zwei seiner Büttel die Leiche aus der Kammer trugen. Martel richtete sich auf und wandte sich an Michel. »Steckt Ihr mit dieser Bande unter einer Decke?«

»Wenn es so wäre, hätten sie mich kaum eingesperrt, oder? Ich habe versucht, sie zur Vernunft zu bringen, aber wie Ihr Euch denken konnt, wollten sie nicht horen.«

»Erwartet Ihr ernsthaft, dass ich das glaube?«

»Er sagt die Wahrheit«, meldete sich Ernaut Baudouin zu Wort, der, bewacht von zwei Waffenknechten, im Hauptraum des Kellers stand. »Er hat nichts damit zu tun.«

Martel musterte Michel bohrend. »Na schön, Ihr könnt gehen. Aber untersteht Euch, uns Ärger zu machen.«

»Bitte seid so freundlich und helft mir auf. Habt Dank«, sagte Michel, als er mit Martels Hilfe auf die Füße gelangt war. Augenblicklich schwindelte ihn wieder. Er stützte sich auf einem Fass ab. »Reicht mir meine Krücke. Ich glaube, sie liegt da drüben.«

»Ich bin nicht Euer Pfleger. Bring ihn nach Hause«, befahl Martel einem Büttel.

Auf den Arm des Waffenknechts gestützt, in der anderen Hand seine Krücke, stieg Michel die Treppe hinauf, während Martel die Tür der anderen Kammer öffnete und Ulmans Wächter und Sänftenträger freiließ. Michel schluckte, als er die Leiche von Raoul Vanchelle sah, die im oberen Teil des Schuppens lag, eine schreckliche Wunde in der Seite. Daneben standen Stephan Pérouse, Hernance Chastain und die Knechte der Kaufleute. Alle waren sie bleich und übermüdet, viele hatten Verletzungen erlitten, die sie notdürftig verbunden hatten. Zwei Büttel hielten sie mit Armbrüsten in Schach.

Draußen schneite es immer noch. Eiskristalle umwirbelten gut dreißig Männer, Soldaten, Knechte, Ministerialen, darunter Guibert de Brette, die Gebrüder Nemours und Jaufré Géroux, der in seinem Panzerhemd und dem Pelzmantel wie ein Feldherr aussah. Im Schnee, flankiert von zwei Lanzenträgern, kniete Gaspard, eiserne Schellen an Händen und Füßen. Als Michel aus dem Lagerschuppen trat, hob Gaspard den Kopf und starrte ihn an, ließ ihn nicht aus den Augen. Michel spürte seinen Blick, bis er das Ende der Gasse erreichte und in die Straße zur Kanalbrücke einbog.

Gaspard wollte aufstehen, als Stephan und die anderen den Lagerschuppen verließen, doch einer der Waffenknechte legte ihm die Hand auf die Schulter. »Schön unten bleiben, Freundchen. Du stehst erst auf, wenn's der Schultheiß dir sagt.«

Seine Gefährten und die Knechte hatten die Arme hinter den Köpfen verschränkt. Martel, der als Letzter aus dem Schuppen kam, befahl seinen Männern, sie in Eisen zu legen.

»Wir hatten eine Abmachung, Martel!«, rief Gaspard. »Ihr bekommt mich, dafür lasst Ihr sie gehen.«

Der Schultheiß würdigte ihn keines Blickes. »Jetzt macht schon. Danach schafft ihr die ganze Bande zum Hungerturm.«

»Ihr habt mir Euer Wort gegeben!«, schrie Gaspard und fuhr auf. »Ihr seid ein Lügner...« Die beiden Wächter hielten ihn fest, er bekam einen Schlag gegen den Kopf, und sie stießen ihn in den Schnee.

»Ich habe Euch versprochen, ihr Leben zu schonen«, sagte Martel, als er zu ihm trat. »Was jetzt mit ihnen geschieht, liegt nicht in meiner Hand.«

Der Gefangenentrupp setzte sich in Bewegung, flankiert von Stadtbütteln und Ministerialen. »Hoch mit dir«, knurrte einer der Wächter, und sie zerrten Gaspard auf die Füße.

Die Glocken des Doms begannen zu läuten.

Eine halbe Stunde später lag Michel in seinem Bett und spürte, wie der Mohnblumensaft zu wirken begann. Catherine hatte darauf bestanden, dass er den Trunk gegen die Schmerzen in Brust und Bein einnahm. Zuvor hatte sie ihm schwere Vorwürfe gemacht, denn Louis und sie hatten überall nach ihm gesucht.

»Wo habt Ihr Euch überhaupt herumgetrieben?«

»Ich war bei Gaspard. Ich dachte, ich könnte ihn zur Vernunft bringen.«

»Ihr wusstet, dass er Ulman entführt hat?«

»Er hatte diesen Plan schon lange. Ich musste nur zwei und zwei zusammenzählen.«

»Das war leichtsinnig und töricht. Ihr seid noch viel zu schwach für solche Eskapaden. Davon abgesehen hättet Ihr nicht allein gehen dürfen.«

»Ich wollte Louis nicht in Gefahr bringen – zumal es nichts geändert hätte, wenn er mitgekommen wäre. Wo ist er eigentlich?«

»Er schläft. Die Suche nach Euch hat ihn ganz schön geschafft.« Catherine blickte ihn strafend an. »Ich habe vier

Knechte. Ihr hättet nur darum bitten müssen, dass sie Euch begleiten. Ihr hättet Euch doch denken können, dass Caron und seine Kumpane Euch nicht würden gehen lassen, wenn Ihr allein dort auftaucht.«

»Es war sicherer, Euch nicht einzuweihen.«

»Ich hätte Martel schon nicht verraten, wo Caron sich versteckt.«

Der Mohnsaft legte sich wie eine warme, weiche Daunendecke über seinen Verstand, er verminderte nicht nur den Schmerz, er dämpfte alle Empfindungen. Michel schloss die Augen.

»Ich lasse Euch jetzt allein«, sagte Catherine. »Ihr solltet ein wenig schlafen, bevor später der Medicus nach Euch sieht.«

»Was ist das für ein Gesang?«, murmelte er.

»Die Leute ziehen zum Dom, um Ulman die letzte Ehre zu erweisen. Fast die halbe Stadt ist auf den Beinen. All die Jahre schimpfen sie auf ihn und wünschen ihm die Pest an den Hals – und jetzt weinen sie an seinem Leichnam. Alles nur, weil sie Gottes Zorn fürchten«, fügte die Kauffrau verächtlich hinzu. Sie schritt zur Tür, die just in diesem Moment aufgerissen wurde. Michel öffnete die Augen. Ein Knecht war hereingekommen.

»Herrin! Am Flussufer ist ein Feuer ausgebrochen.«

»Heiliger Jacques, sei uns gnädig. Wo genau?«

»Schwer zu sagen. Vielleicht kann man vom Dach aus mehr sehen.«

Catherine und der Hausbediente hatten kaum die Kammer verlassen, als draußen Geschrei losbrach.

»Die Brücke! Die Brücke brennt!«

Trier

Vorsichtig stellte Grimald den Becher auf den Tisch und entfernte das Tuch, in den er das heiße Zinngefäß eingewickelt hatte. Erzbischof Johann legte die Schreibfeder zur Seite und schnupperte an dem Dampf, der von dem Sud aufstieg. »Salbeiaufguss?«

»Er ist gut für Rachen, Lunge und Nase, Exzellenz«, erklärte sein Leibdiener.

»Ich bin nicht krank. Nicht einmal Schnupfen habe ich.«

»Aber Ihr könntet jederzeit welchen bekommen, bei dieser Kälte. Der kluge Mann beugt vor.«

»Der Herr hat mich mit unverwüstlicher Gesundheit gesegnet, Grimald. Das solltest du doch allmählich wissen.«

»Es schadet nicht, dem Allmächtigen gelegentlich die Arbeit zu erleichtern. Nun trinkt, Exzellenz, bevor der Aufguss kalt wird.«

Johann unterdrückte ein Lächeln und nahm einen Schluck. Die Welt wäre aus den Fugen, wenn Grimald, die alte Glucke, sich einmal nicht um seine Gesundheit sorgte. Während er trank, schürte der Diener das Feuer, damit sein Herr ja nicht fror, während er seine Schreibarbeit erledigte.

Es klopfte. Grimald schritt zur Tür, wechselte einige Worte mit der Palastwache und kam mit einem versiegelten Brief zurück. »Eine Nachricht aus Varennes-Saint-Jacques, Exzellenz. Von Jaufré Géroux.«

»Dem städtischen Münzmeister?«

Grimald nickte und überreichte ihm den Brief. Johann dachte gern an seinen kurzen Urlaub in Varennes zurück, insbesondere an die angenehmen Stunden, die er in Géroux' Haus verbracht hatte. Rasch brach er das Siegel. Der Brief war sehr kurz. Sein Inhalt erschütterte ihn über alle Maßen.

»Schlechte Nachrichten?«, fragte Grimald besorgt.

»Bischof Ulman«, sagte Johann mit erstickter Stimme. »Sie haben ihn ermordet.«

Sein Leibdiener erbleichte und schlug ein Kreuz.

Johann fuhr auf und bemerkte nicht, dass er dabei den Becher umstieß und den Salbeiaufguss über ein Dokument vergoss. Er stemmte die Hände auf die Tischplatte, während ihm das Herz in der Brust wummerte. Es dauerte lange, bis er seine Stimme wiederfand.

»Diese Frevler«, brachte er hervor. »Dafür werden sie bezahlen. Bezahlen werden sie.«

Varennes-Saint-Jacques

Wenige Tage vor Weihnachten traf Erzbischof Johann mit einem hundertköpfigen Gefolge aus Priestern, Soldaten und Rechtsgelehrten in Varennes-Saint-Jacques ein und bezog im Bischofspalast Quartier. Keine Stunde nach seiner Ankunft bestellte er sämtliche Männer des Schöffenkollegiums ein, hörte ihren Bericht und begann, die Vorfälle um den Tod seines Freundes Ulman akribisch zu untersuchen.

Währenddessen regierte in der Stadt die Furcht. Es ging das Gerücht, Johann werde ein Interdikt über Varennes verhängen, um die Bewohner für die frevelhafte Tat in ihrer Mitte zu bestrafen. Einige reiche Bürger dachten bereits darüber nach, das Bistum zu verlassen, um dieser schrecklichen Kirchenstrafe zu entrinnen. Doch der Erzbischof ließ sich nicht von seinem Rachedurst leiten. Mit kühlem Verstand machte er sich ein Bild von jenen drei Tagen zwischen Ulmans Entführung aus dem Kloster Notre-Dame-des-Champs und der Kapitulation der Mörder. So galt sein Streben nach Vergeltung und Gerechtigkeit allein den Schuldigen Gaspard Caron, Hernance Chastain, Ernaut Baudouin, Stephan Pérouse, Milon Poupart und ihren Hausbedienten.

Kurz nach den Weihnachtsfeiertagen, an einem frostigen Wintertag, wurden die Männer auf dem Viehmarkt vor Gericht gestellt. Trotz der schneidenden Kälte wohnten fast zweitausend Menschen dem Prozess bei. Der Reihe nach traten Tancrède Martel, Jaufré Géroux und die anderen Männer des Schöffenkollegiums an den Reliquienschrein mit den Gebeinen des heiligen Jacques und wiederholten unter Eid ihre Aussagen. Anschließend führten die Stadtbüttel die Täter vor, die man abermals in Ketten gelegt hatte. Kaufleute und Knechte gleichermaßen knieten im Schnee.

Als Johann sich schließlich erhob, herrschte Totenstille auf der weiten Wiese.

»Hört mein Urteil«, sagte der Erzbischof. »Vor Gott und den Heiligen befehle ich Tancrède Martel, Schultheiß von Varennes-Saint-Jacques, den Lagerschuppen in der Unterstadt zu zerstören, damit der Ort der frevelhaften Bluttat vom Angesicht der Welt getilgt wird.

Es steht außer Frage«, fuhr er fort, »dass dieses abscheuliche Verbrechen in der Kaufmannsgilde seinen Anfang genommen hat. Deshalb ist es meine heilige Pflicht, Bischof Ulmans Verbot der Gilde zu erneuern und zu bekräftigen. Niemals wieder dürfen die Kaufleute von Varennes-Saint-Jacques einander Treue und Beistand schwören, denn die vergangenen Jahre haben bewiesen, dass ihre Bruderschaft allzu leicht zu einem Hort von Verschwörung und Verrat wird.«

Johann wandte sich an die Knechte, die links vor den Gerichtsbänken knieten. »Ihr habt euren Herren geholfen, Bischof Ulman bei Nacht und Nebel zu verschleppen und drei Tage lang gegen seinen Willen festzuhalten, obwohl es eure Pflicht gewesen wäre, dieses Verbrechen dem Schultheißen zu melden. Ferner habt ihr die Waffe gegen Amtsmänner des Bistums erhoben, einem Bischof der Heiligen Römischen Kirche Treue und Hilfe verweigert und tatenlos zugesehen, wie er gemordet wurde. Damit habt ihr jeglichen Beistand der christlichen Gemeinschaft verwirkt und sollt fürderhin als Ausgestoßene in der Wildnis leben. Ich belege euch mit Acht und Bann und erkläre euch für vogelfrei. Niemand darf euch Obdach, Nahrung und Hilfe gewähren. Jeder, der eurer ansichtig wird, darf euch straflos töten.«

Einige Knechte begannen zu weinen, andere beteten leise, die meisten jedoch hielten die Köpfe gesenkt und schwiegen. Als sich Johann den Kaufleuten zuwandte, die auf der rechten Seite knieten, ergriff plötzlich Gaspard Caron das Wort.

»Gestattet mir, vor diesem Gericht zu sprechen, Exzellenz.«

»Wollt Ihr Eure Schuld gestehen, um Eure Seele von dieser Last zu befreien?«, fragte der Erzbischof.

»Ich nehme alle Schuld auf mich. Bei Gott und den Erzengeln schwöre ich, dass allein ich es war, der Bischof Ulmans Entführung geplant hat. Ich habe die anderen überredet, mir zu helfen, obwohl sie dagegen waren. Ich habe sie unter Druck gesetzt und zu diesem Verbrechen gezwungen. Auch Ulmans Tod ist allein meine Schuld. Ich habe das Messer geführt, mit dem er erstochen wurde. Die anderen hatten damit nichts zu tun. Sie haben sogar versucht, mich aufzuhalten.«

Caron sprach mit fester, klarer Stimme. Als er fertig war, ging ein Raunen durch die Menge. Johann hob die Hand, woraufhin die Leute verstummten. »Ist das die Wahrheit?«, wandte er sich an die übrigen Kaufleute.

Stephan Pérouse, Hernance Chastain und Ernaut Baudouin knieten im Schnee, die Häupter gesenkt, und gaben keinen Laut von sich. Baudouins Schultern zitterten, als er leise zu schluchzen begann. Lediglich Milon Poupart, der Weinhändler, hob den Kopf und rief mit schriller Stimme: »Ja, genauso war es. Er hat uns eingeschüchtert und hinters Licht geführt. Wenn ich gewusst hätte, wo das alles hinführt, hätte ich niemals mitgemacht. Er ist ein Lügner, ein Mörder, ein verbrecherischer Lump …«

»Genug«, schnitt ihm Johann das Wort ab. Der Erzbischof beriet sich leise mit Martel und zwei Kanonisten, bevor er wieder an den Tisch trat. »Was sich an jenen drei Tagen ereignet hat«, sprach er Caron an, »war zweifellos zum größten Teil Euer Werk. Ihr habt die Tat geplant und energisch darauf gedrängt, dass sie ausgeführt wird. Allein an Euren Händen klebt Ulmans Blut. Trotzdem sind Eure Gefährten nicht gänzlich frei von Schuld. Durch ihre Mitwirkung wurde Euer Verbrechen überhaupt erst möglich. Obwohl ihre Sünden fraglos geringer sind als Eure, müssen sie mit einer angemessenen Strafe gesühnt werden.« Er wandte sich an die vier Kaufleute. »Stephan Pérouse, Hernance Chastain, Ernaut Baudouin und Milon Poupart, vor Gott und den Heiligen befinde ich euch der Verschwörung gegen die himmlische Ordnung und der Rebellion gegen die heilige Macht der Kirche schuldig. All euer Besitz, euer Vermögen und eure bewegliche Habe soll eingezogen und der Stadt Varennes-Saint-Jacques überschrieben werden. Euch, eure Familien und alle Mitglieder eurer Haushalte verbanne ich auf immer aus der Erzdiözese. Wenn ihr es wagt, jemals wieder dieses Land zu betreten, sollt ihr mit dem Tode bestraft werden, wobei ein jeder Bewohner des Erzbistums Trier das Recht hat, euch zu erschlagen.«

Abermals wurde die Menge unruhig. Niemand hatte damit gerechnet, dass Johann Milde walten lassen und Pérouses, Baudouins, Chastains und Pouparts Leben schonen würde. Vielleicht, mutmaßten manche, hatte ihn Carons Edelmut im Angesicht des sicheren Todes beeindruckt und sein Herz erweicht.

Nur Milon Poupart war mit dieser Strafe nicht einverstanden. »Ich muss protestieren, Exzellenz!«, rief der Weinhändler. »Ich habe mich von Caron losgesagt und dem Schultheißen bei der Überführung der Verbrecher geholfen. Ohne mich hätten sie sich noch tagelang in dem Schuppen versteckt und wären womöglich gar aus der Stadt geflohen. Ich habe Gnade verdient.«

»Eure Reue in Ehren, aber sie kam reichlich spät«, erwiderte der Erzbischof schneidend. »Außerdem war es nicht die Einsicht in die Schändlichkeit Eurer Tat, die Euch dazu gebracht hat, den Schultheißen aufzusuchen, sondern allein die Furcht um Euer jämmerliches Leben. Es bleibt dabei, Poupart: Ihr werdet enteignet und verbannt, damit Ihr in der Einsamkeit der Fremde über Eure Sünden nachdenken könnt, und Gnade Euch Gott, wenn Ihr jemals zurückkehrt.«

Poupart sank in sich zusammen und weinte.

»Tretet vor«, befahl Johann schließlich Caron. Der Morgen war nicht mehr jung, als sich der Kaufmann erhob und mit klirrenden Ketten zu den Gerichtsbänken schritt. Dicke Schneeflocken rieselten vom Himmel und zerschmolzen im Rauch der Feuer; die uralte Gerichtslinde ächzte unter der weißen Last. Zweitausend Menschen hielten den Atem an.

»Ihr seid ein Mörder«, sagte Johann, »ein Feind Gottes und ein Rebell gegen die Ordnung der Welt. Was Ihr getan habt, ist in der Geschichte dieser Stadt ohne Beispiel. Ein Verbrecher wie Ihr verdient nur eine Strafe: einen langsamen und qualvollen Tod auf dem Rad. Nur so kann Eure befleckte Seele gereinigt, Gottes Zorn besänftigt und der Frieden im Bistum wiederhergestellt werden. Das Urteil wird am Samstag nach dem Dreikönigstag vollstreckt, auf dem Domplatz zu Varennes-Saint-Jacques«, schloss der Erzbischof seinen Urteilsspruch, zerbrach den Richterstab und warf ihn vor Caron in den Schnee.

Das Volk brach in ohrenbetäubenden Jubel aus.

Caron stand da wie eine Statue, reglos, das Gesicht eine Maske, die Hände zu Fäusten geballt.

Wind strich über die Wiese und wirbelte die Schneeflocken auf, verwirrende Schleier aus Eiskristallen vor einem stahlgrauen Himmel.

Januar 1190

Varennes-Saint-Jacques

Das Raunen einer Menschenmenge weckte Gaspard. Er streifte die schmutzige Decke ab, stand von der Holzpritsche auf und trat an das vergitterte Fenster seiner winzigen Zelle im obersten Stock des Hungerturms.

Es war ein klarer Wintermorgen. Der Himmel war wolkenlos und hellblau wie ein geschliffener Saphir, die schneebedeckten Dächer der Stadthäuser, des Doms und des Bischofspalastes glitzerten im Sonnenschein. Mit geschlossenen Augen sog er die kalte Luft ein, tat einen gierigen Atemzug nach dem nächsten. Sie roch nach frischem Schnee, nach dem Rauch der Herdfeuer. Nach all den Düften dieser Stadt, die er so liebte.

Er öffnete die Augen und schaute zum Domplatz, auf dem sich Hunderte Menschen eingefunden hatten. Vor dem Marktkreuz hatte man ein Schafott aufgebaut. Auf einer acht Ellen langen Stange steckte das Rad, das normalerweise über der Richtstätte beim Viehmarkt angebracht war. Gut zwanzig Waffenknechte des Erzbischofs standen um das hölzerne Podest Wache. Der Henker und seine beiden Gehilfen legten Ketten und Kanthölzer bereit, während ein Jongleur und ein Feuerspucker die Menge bei Laune hielten.

Gaspard blickte zu dem vollkommenen Saphirhimmel auf, an dem sich irgendwann die Sonne zeigen würde, die noch im Osten stand. Hier oben, so hoch über den Dächern Varennes', wehte ein kalter Wind, der ihm die Augen tränen ließ.

Er umfasste die Gitterstäbe und dachte an Stephan, Ernaut

und Hernance, sogar an Poupart. Sein Einsatz war nicht vergebens gewesen. Gewiss, sie waren jetzt verarmt und heimatlos, aber sie lebten. Das war alles, was zählte.

Er dachte an Lutisse und Flori und seine Mutter Marie. Wie gut, dass er sie rechtzeitig fortgeschickt hatte. So waren sie in Sicherheit gewesen und hatten seine zahllosen Torheiten nicht mitansehen müssen.

Wenigstens einmal noch hätte er gerne sein Weib geküsst, seine Tochter im Arm gehalten.

Er schluckte. Diese ganze Wut und Verbitterung, die er all die Jahre mit sich herumgetragen hatte: wie töricht. Wie sinnlos. Er hatte zugelassen, dass Dunkelheit seine Seele vergiftete, und er verstand nicht einmal mehr, weshalb.

Sein Blick wanderte nach Norden, dahin, wo Isabelle war. *Vergib mir, Schwester. Ich war dir ein schlechter Bruder.*

Hinter ihm knirschte ein Schlüssel im Schloss. Er wandte sich um. Pater Jodocus kam herein.

»Es wird Zeit, dass du deine Sünden beichtest, mein Sohn.«

Der Geistliche setzte sich auf die Pritsche. Gaspard kniete vor ihm auf dem Boden und bekreuzigte sich. »Im Namen des Vaters und des Sohnes und des Heiligen Geistes bekenne ich, dass ich meine Schwurbrüder und Hausbedienten zu Verschwörung und Verrat angestiftet habe. Ich habe einem Mann der Kirche Gewalt angetan und ihn im Hass ermordet. Durch meine Schuld fanden Raoul Vanchelle und viele andere gute Männer den Tod. Ich brachte Schande über meine Familie und Unglück über diese Stadt.«

»Bereust du aufrichtig deine Sünden, mein Sohn?«, fragte Jodocus mit seiner sonoren Stimme.

»Ich bereue, dass ich Böses getan und Gutes unterlassen habe. Erbarme dich meiner, o Herr.«

Der Pater legte ihm die Hand auf den Kopf. Es war eine sanfte Berührung und gleichzeitig kraftvoll und tröstlich. *»Deus, Pater misericordiae, qui per mortem et resurrectionem Filii sui mun-*

dum sibi reconciliavit et Spiritum Sanctum effudit in remissionem peccatorum, per ministerium Ecclesiae indulgentiam tibi tribuat et pacem. So spreche ich dich los von deinen Sünden im Namen des Vaters, des Sohnes und des Heiligen Geistes.«

Gaspard hob den Kopf. Falls Jodocus für ihn, den Bischofsmörder, Zorn und Abscheu empfand, so zeigte er es nicht. Seine zerfurchte Miene war so gütig und ernst wie eh und je. »Ich möchte mit Michel sprechen. Könnt Ihr ihn bitten zu kommen?«

»Du hast nicht mehr viel Zeit.«

»Fragt Martel, ob er mir noch eine halbe Stunde gewährt.«

»Ich werde sehen, was ich tun kann«, sagte Pater Jodocus und erhob sich. »Hab keine Furcht, mein Sohn. Der Tod durch das Rad mag qualvoll sein, aber wenn es überstanden ist, kannst du am Jüngsten Tag mit reiner Seele vor Gott treten.«

Er verließ die Zelle, und die Tür schloss sich knarrend.

Gaspard trat wieder an das Gitterfenster und betrachtete die rußschwarze Ruine am Domplatz, die einst Michels Haus gewesen war, während die Menge johlend dem Feuerspucker applaudierte.

»Eine halbe Stunde, weil Ihr es seid«, sagte Martel missmutig zu Jodocus. »Aber mehr nicht. Was immer die zwei zu bereden haben, sie sollten es also schnell tun.« Der Schultheiß befahl einem Turmwächter, Michel zu Gaspards Zelle zu führen, bevor er sich abwandte und zum Bischofspalast zurückging, wo er mit Erzbischof Johann der Hinrichtung beiwohnen würde.

»Nun geh schon«, sagte Jodocus. »Eure Zeit ist kostbar.«

Michel nickte seinem Beichtvater zu und folgte dem Wächter die Stufen hinauf, die sich an der Innenseite der Mauer emporwanden, vorbei an engen Zellen mit eisenbeschlagenen Holztüren. Es war das erste Mal, dass Michel den Gefängnisturm Varennes' betrat, und das Elend dieses Ortes bedrückte ihn. Es lag an der Luft: Sie roch nach feuchtem Mauerwerk, Urin, Erbrochenem, nach Furcht und Verzweiflung. Er atmete durch den Mund, klammerte sich an seiner Krücke fest und konzentrierte sich darauf, auf den feuchten, ausgetretenen Stufen nicht das Gleichgewicht zu verlieren.

Als sie das Ende der Treppe erreichten, zückte der Wächter einen Schlüsselring und öffnete die Tür. Michel war noch lange nicht genesen, und der Aufstieg hatte ihn Kraft gekostet. Schwer atmend betrat er die Zelle.

Gaspard stand am Fenster und wandte sich zu ihm um. »Michel. Du siehst erschöpft aus. Setz dich doch.«

»Es geht schon, danke.«

Schweigend standen sie sich gegenüber.

»Weißt du noch, als wir Kinder waren?«, begann Gaspard. »Dieser Turm hat uns eine Heidenangst eingejagt.«

Michel lächelte. »Wir dachten, in den Zellen würden Menschenfresser hausen.«

»Und Hexer. Von den rastlosen Seelen ganz zu schweigen. Deswegen hatte dein Bruder immer ein Amulett bei sich, wenn wir unten auf dem Platz gespielt haben. Um sich vor Flüchen und bösen Zaubersprüchen zu schützen.«

»Er ist noch genauso abergläubisch wie damals. Du solltest ihn erleben, wenn er das Salzschiff fährt. Überall sieht er Wassermänner und Nixen.«

»Irgendeine Nachricht von ihm?«

»Nein«, sagte Michel. »Nichts.«

»Ich hoffe für dich, dass er gesund wiederkommt.«

»Das wird er, da bin ich sicher.«

Gaspard kniff die Lippen zusammen. »Ich habe viel falsch gemacht«, sagte er. »All die Dinge, die ich dir angetan habe … Ich war ein Dummkopf. Ein verbitterter Narr. Wenn ich auf dich gehört hätte, wäre es nie so weit gekommen.«

»Wir beide haben Fehler gemacht. Ich hätte dich nie von meinen Plänen ausschließen dürfen.«

»Verzeihst du mir?«, fragte Gaspard.

»Natürlich verzeihe ich dir.«

Sie umarmten einander.

»Versprich mir, dass du dich nicht unterkriegen lässt. Nicht von Géroux, nicht von de Guillory – von niemandem.«

»Du kennst mich doch«, sagte Michel. »So leicht gebe ich nicht auf.«

»Das ist mein Michel.«

»Bitte sag mir, wo Isabelle ist«, bat Michel.

Gaspard blickte ihn lange an, ehe er antwortete: »An einem Ort, wo sie sicher ist.«

»Gaspard …«

»Lass sie los, Michel. Es ist besser so. Für euch beide.«

Die Tür öffnete sich. Zwei Turmwächter kamen herein. »Es wird Zeit«, sagte einer der Männer.

Gaspard lächelte schief. »Ich fürchte, ich habe eine Verabredung, die sich nicht länger aufschieben lässt. Mach's gut, alter Freund. Pass auf dich auf.«

Es gab noch so vieles, was Michel ihm sagen wollte, doch seine Kehle war plötzlich rau und heiß und eng, und er brachte keinen Ton heraus. Gaspard drückte ihm die Hand, bevor ihn die Wächter aus der Zelle geleiteten.

Michel stand da und hörte, wie sich die Schritte der drei Männer entfernten. Irgendwann setzte er sich schwerfällig in Bewegung, schlurfte durch die Turmkammer und sank auf die Pritsche.

Schweigend bildete die Menge eine Gasse, als Gaspard zum Schafott geführt wurde. Seine Knie wurden weich. Er biss die Zähne zusammen, zwang sich, keine Schwäche, keine Furcht zu zeigen, während er die hölzernen Stufen hinaufstieg.

Die Zeit floss unendlich langsam. Jeder Schritt kam ihm wie eine Ewigkeit vor. Er spürte den Wind im Haar, roch den Rauch der Herdfeuer, hörte jede noch so leise Stimme in der Menge.

»Kniet nieder«, befahl der Scharfrichter.

Gaspard gehorchte. Die beiden Waffenknechte stellten sich rechts und links von ihm auf, in den Händen ihre Piken. Tancrède Martel trat vor, entrollte ein Pergament und verlas das Register seiner Verbrechen. Die Menge beantwortete jeden Punkt auf der Liste mit Rufen des Abscheus. Gaspard hörte sie kaum. Seine Gedanken richteten sich nach innen, auf die Erinnerungen an Lutisse, Flori, Isabelle, seine Mutter. So klar und deutlich sah er ihre Gesichter, als stünden sie vor ihm.

Ich liebe euch. Lebt wohl.

»Legt Euch hin«, sagte der Henker. Gaspard streckte sich auf dem Podest aus. Seine Muskeln begannen zu zucken, er konnte nichts dagegen tun, so sehr er es auch versuchte. Die Gehilfen des Scharfrichters legten ihm Hand- und Fußschellen an, zogen die Ketten straff und schoben ihm Kanthölzer unter Arme und Beine.

»Seht her, ihr Leute von Varennes-Saint-Jacques«, rief Martel. »So ergeht es jedem, der auf schändlichste Weise den Frieden stört und Gottes Gesetz verletzt.«

Der Henker holte die Stange ein, und an seinen Armen schwollen die Muskeln, als er das mit einem eisernen Reif verstärkte Rad ergriff, zu Gaspard trug und anhob.

Herr, gib mir Stärke.

Das Rad sauste hinab und zerschmetterte seinen Unterschenkel.

Es klang wie das Knacken von brechendem Holz. Ein Schrei gellte über den Domplatz, hoch und schrill und voller Qual.

Michel saß auf der Pritsche, die Krücke quer über den Knien, während die Geräusche der Hinrichtung zum Gitterfenster der Zelle hinaufhallten. Seine Hand krampfte sich um seinen Gehstock, umschloss den Schaft so fest, dass ihm die Finger schmerzten.

Stille folgte auf den Schrei.

Dann: ein knirschender Schlag.

Die Menge stöhnte auf.

Neue Schreie.

Michel schloss die Augen.

Zwölfmal ließ der Scharfrichter das Rad auf Gaspards Leib hinabsausen. Ein Schlag für jede Speiche. Er zerschmetterte Gaspard die Beine, die Hüfte, die Arme, die Schultern, zum Schluss den Brustkasten. Spätestens beim letzten Schlag wurden die meisten Verurteilten ohnmächtig oder starben, Gaspard jedoch klammerte sich mit aller Kraft ans Bewusstsein, ans Leben. Er konnte schon lange nicht mehr schreien. Blut troff ihm aus all seinen Wunden, aus dem Mund, der Nase.

Der Scharfrichter löste die Hand- und Fußschellen, legte den geschundenen Körper auf das Rad und fesselte Gaspards Arme und Beine an die Speichen. Seine Gehilfen steckten das Rad auf die Stange, und gemeinsam richteten sie den Pfahl auf. Mit aufgerissenen Augen und Mündern glotzten zweitausend Leute zu Gaspard hinauf. Auf den Dächern sammelten sich Raben und Krähen und beobachteten den grotesk verdrehten Leib.

Der Scharfrichter schaute zu den Doppelfenstern des Bischofspalasts. Johann von Trier nickte, woraufhin der Scharfrichter eine Pike ergriff und sie Gaspard in die Seite stieß. Der Körper zuckte und erschlaffte endgültig. Die Leute bekreuzigten sich und falteten die Hände zum Gebet.

Irgendwann zerstreute sich die Menge, bis sich am Nachmittag keine Menschenseele mehr auf dem Domplatz aufhielt. Die Krähen kreisten über der Leiche und balgten sich um die Beute. Als sich die Nacht herabsenkte, huschten einige Gestalten zum Schafott, stellten eine Leiter an den Pfahl und verscheuchten die Krähen. Der Reihe nach erklommen sie die Sprossen. Einer schnitt der Leiche ein Haarbüschel ab, ein anderer schabte etwas gefrorenes Blut von den zerschmetterten Gliedern, tat es in eine Phiole und küsste das Fläschchen, bevor er sich in die Dunkelheit davonmachte.

Die Kuh hörte nicht auf zu blöken. Seit einer halben Stunde schon muhte sie ohne Unterlass. Thomasîn und die Knechte waren draußen beim Fischteich, also warf Isabelle sich ihren Umhang über und sah nach, was dem Tier fehlte, obwohl ihr Bauch bereits so aufgebläht war, dass sie sich fühlte wie eine fette, schwerfällige Kröte. Jede Bewegung, sei es nur der Weg vom Bett zur Küche, wurde von Tag zu Tag mühsamer. Zu allem Überfluss trat ihr das Kind bevorzugt in ihre empfindlichsten Teile, wenn ihr der Unterleib ohnehin wehtat.

Sie ging ständig zum Stall, wenn Winand gerade nicht dort war, und sah nach den Kühen und Schweinen oder spielte mit der grauen Katze, die immerzu im Stroh saß und darauf wartete, dass eine Maus auftauchte. Bei den Tieren fühlte sie sich weniger einsam, denn sie erinnerten sie an Salome, Curian, Rucio und all die anderen Gefährten von einst. Manchmal fragte sie sich, was ihre alten Schützlinge gerade taten – bis ihr wieder einfiel, was Chastain mit ihnen gemacht hatte.

Sie hatte ihnen Namen gegeben. Die Katze hieß Alice – etwas an ihrem Gesichtchen ließ sie an ihre Magd denken, obwohl das träge Geschöpf sonst keinerlei Ähnlichkeit mit dem quirligen Mädchen hatte. Die Rinder hatte sie nach Helden und Edeldamen aus der alten Zeit benannt, Siegfried, Krimhilde, Tristan und so weiter. Die Schweine hörten auf die wohlklingenden Namen Jaufré, Tancrède, Guibert, Jacques, Aimery und Hernance. Das fetteste und gemeinste hatte sie Ulman getauft.

Sie redete gern mit den Tieren. Sie waren gute Zuhörer.

»Was hast du denn, mein Schatz?«, fragte sie die Kuh, die immerzu muhte. Sie hieß Isolde. »Hast du dich verletzt?«

Sie spürte, dass das Tier Schmerzen litt. Wenn Thomasîn oder Winand es angefasst hätten, wäre es gewiss bissig geworden. Bei ihr jedoch beruhigte es sich augenblicklich. Als sie Isolde die Hand auf den Rücken legte, hörte sie auf zu blöken und stand still da, sodass Isabelle die Kuh untersuchen konnte.

Ein Holzsplitter, der in der Flanke steckte, über dem rechten Hinterbein. Er saß tief im Fleisch. Isolde hatte sich vermutlich an der Bretterwand gescheuert, die das Gehege vom Schweinekoben abtrennte. Die Wunde war leicht geschwollen und blutete. Kein Wunder, dass sie rasend vor Pein war.

»Das wird jetzt ein bisschen wehtun. Aber es ist gleich vorbei, versprochen.«

Sie packte den Splitter mit Daumen und Zeigefinger und zog ihn mit einer entschlossenen Bewegung heraus. Isolde zuckte zusammen und muhte noch einmal, doch das war alles. Gleich darauf fraß sie schon wieder friedlich ihr Heu.

»Das hast du fein gemacht«, murmelte Isabelle und streichelte ihr das Fell.

Sie bemerkte eine Bewegung zu ihrer Rechten und erblickte Thomasîn. Ihr Gemahl stand im Eingang des Stalls, in einen dicken Wollumhang gehüllt. Sein Atem dampfte in der Kälte.

»Sie hat sich einen Splitter eingefangen.« Isabelle zeigte ihm das Prachtstück.

»Wie schlimm ist es?«

»Ich denke, die Wunde wird gut verheilen. Isolde ist robust.«

»Isolde?«

Sie fluchte im Stillen. »So nenne ich sie.«

Überraschenderweise lachte er sie nicht aus. »Ein guter Name«, murmelte er, trat zu ihr und besah sich die Wunde. »Du verstehst etwas von Tieren. Das ist mir aufgefallen«, fügte er hinzu.

Ach, dachte sie.

»Ungewöhnlich für die Tochter eines Kaufmanns.« Er schaute sie an. »Woher hast du das?«

Sie zuckte mit den Schultern. Sie war nicht daran gewöhnt,

dass er ihr Fragen stellte. Und wie hätte sie es ihm auch erklären sollen?

»Sie ist die beste Milchkuh, die ich habe. Isolde, ja?«

Sie nickte.

»Isolde.« Er rieb der Kuh über den Rücken und flüsterte ihr etwas ins Ohr. Es war eine seltsam zärtliche Geste, die so gar nicht zu diesem grobschlächtigen und schweigsamen Mann passte. »Ich wünschte, Winand und Boso wären genauso geschickt. Würde mir viel Arbeit ersparen.«

Sie verließen das Gehege.

»Du solltest wieder nach drinnen gehen und dich ans Feuer setzen. Hier ist es zu kalt.« Er machte eine Handbewegung, die ihren Bauch meinte, als wollte er sagen: *Das ist nicht gut für das Kind.*

»Ich werde tun, was du wünschst.« Sie ging zur Tür.

»Isabelle.«

Sie wandte sich zu ihm um. Er schien etwas sagen zu wollen. Dann überlegte er es sich offenbar anders, griff mit seinen riesigen Händen nach einem Fass und schüttete Gemüsereste in den Schweinetrog.

Isabelle dachte tagelang über diese seltsame Begegnung nach, doch sie wurde einfach nicht klug daraus. Es war nicht zu übersehen, dass sich etwas zwischen Thomasîn und ihr verändert hatte. Plötzlich redete er mit ihr, erkundigte sich nach ihren Wünschen und fragte sie sogar, ob sie ihn zum Dorf begleiten wolle.

Heiliger Jacques, dachte sie. *Er gibt sich Mühe.*

Eines Abends, als sie beim Essen saßen, machte er zum ersten Mal in ihrer Gegenwart einen Scherz. Ziel seines überraschend feinsinnigen Spotts war der feiste Domdekan von Speyer. Bevor Isabelle begriff, wie ihr geschah, musste sie lachen.

Fing sie etwa an, ihn zu mögen?

Zwei Tage später wollte er ein Schwein schlachten. Sie durfte es aussuchen.

»Das da«, sagte sie.

»Hat es auch einen Namen?«

»Ulman.«

»Ist das nicht …?«

»Ja.«

Er griff nach seiner Axt. »Na schön, Ulman, alter Freund. Ich fürchte, du bist fällig.«

Ja, sie begann ihn zu mögen.

Nur die Nächte gaben ihr weiterhin Rätsel auf. Kein einziges Mal rührte er sie an, nahm sie nicht einmal in den Arm.

Wegen ihrer Schwangerschaft?

Wie auch immer, sie hatte nichts dagegen.

Nun, da zwischen Thomasîn und ihr eine Art Freundschaft aufkeimte, fühlte sie sich nicht mehr ganz so einsam auf dem abgelegenen Hof inmitten der verschneiten Felder. Das änderte jedoch nichts daran, dass sie sich ununterbrochen nach Michel verzehrte. Jeden Tag, jede Nacht dachte sie an ihn. Fragte sich, wie es ihm ging, was er gerade tat.

Ob er ihren Brief bekommen hatte?

Leider würde sie das frühestens nächste Woche erfahren, wenn Thomasîn und sie wieder nach Speyer gingen. Denn sie hatte Michel gebeten, seine Antwort nicht zu Thomasîns Hof zu schicken, sondern zur Herberge am Holzmarkt, wo sie seinen Brief abholen konnte, ohne dass ihr Gemahl es bemerkte.

Außerdem hatte sie ihm geschrieben, dass er auf keinen Fall herkommen solle, zumindest vorerst nicht. Und doch war da die unvernünftige Hoffnung, er werde eines Tages vor der Tür stehen und sie in die Arme nehmen, allen Widerständen und Gefahren zum Trotz.

Als sie wieder einmal am Küchenfenster stand, die weißen

Hügel beobachtete und wünschte, er wäre hier, näherten sich dem Gut plötzlich zwei Reiter.

Es waren Gaspards Knecht Ayol und ihre Mutter.

Sie holte ihren Umhang und eilte nach draußen.

»Isabelle, mein Liebling.« Tränen rannen über die geröteten Wangen ihrer Mutter, als sie mit Ayols Hilfe aus dem Sattel stieg und Isabelle umarmte.

»Mutter, was ist denn?«

»Dein Bruder … er ist … Sie haben ihn …« Maries Stimme versagte.

In dieser Nacht fand Isabelle keinen Schlaf. Lange lag sie da und starrte in die Dunkelheit, während Thomasîn neben ihr schnaufte, bis sie sich schließlich ankleidete und im Wohnraum an den Kamin setzte, dessen Glut noch warm war.

Gaspard, ein Mörder … aufs Rad geflochten … auf dem Schindanger verscharrt wie ein Hund.

Sie konnte nicht um ihn trauern. Vielleicht irgendwann einmal, aber nicht jetzt. Zu lähmend war das Entsetzen, zu widersprüchlich waren ihre Gefühle ihm gegenüber. Er hatte sie behandelt wie eine Gefangene, eine Dirne, ein Stück Dreck, und doch … Auf seine eigene verquere Art hatte er immer nur das Beste gewollt: für sie, die Familie, seine Heimatstadt.

Sie starrte in die Glut, verlor sich in ihrem rötlichen Schein. Wenigstens für ihre Mutter, Lutisse und Flori war gesorgt: Onkel Eberold erlaubte ihnen, bei ihm zu wohnen, bis Lutisse eines Tages wieder heiraten würde. Falls sie Gaspards Tod je verwand. Sie sei krank vor Trauer und Schmerz, hatte Isabelles Mutter gesagt. Sie verlasse kaum noch das Bett und esse nichts mehr, seit sie von den Ereignissen in Varennes erfahren hatte. Allein wegen Flori sei ihr Lebensmut noch nicht gänzlich erloschen.

Was wird nun aus mir?

Isabelle schien es, als wäre mit dem Tod ihres Bruders der

letzte dünne Faden, der sie noch mit ihrem alten Leben verbunden hatte, durchtrennt worden.

Allein.

Und als spüre es ihre Unrast, begann sich ihr ungeborenes Kind zu regen und trat und schlug.

Varennes-Saint-Jacques

Ein Reisender zu Fuß oder per Ochsenwagen brauchte etwa acht bis neun Tage von Speyer nach Varennes. Ein geübter Reiter schaffte dieselbe Strecke sogar in sechs Tagen. Dass Isabelles Brief trotzdem gut sechs Wochen unterwegs war, lag an einer Reihe von unglücklichen Umständen.

Der junge Kaufmann, dem sie ihre Nachricht mitgegeben hatte, kam wegen des harten Winters nur langsam voran. Außerdem zog er sich wegen der Eiseskälte ein ernstes Fieber zu, das ihn in Straßburg zwei Wochen ans Bett fesselte. Nach seiner Genesung machte er sich auf nach Metz, wo er Ärger mit dem städtischen Zöllner bekam. Durch den Streit mit der Obrigkeit verlor er viel Geld, und darüber vergaß er den Brief. Als er ihn eine Woche später zufällig in seinem Gepäck fand, erinnerte er sich an sein Versprechen. Sogleich machte er einen Pilger ausfindig, der zum Grab des heiligen Jacques wollte, und bat den Mann, den Brief zuzustellen. Der Pilger tat sein Bestes, um Michel ausfindig zu machen. Ende Januar, wenige Tage vor Mariae Lichtmess, händigte er den Brief Catherine Partenay aus, die ihn Michel übergab.

Michel kauerte in seinem Krankenbett und las ihn wie im Fieberwahn, sog Zeile für Zeile, Silbe für Silbe in sich auf. Endlich, endlich wusste er, wo Isabelle war und was man ihr angetan hatte. Obwohl sie über ihre Hochzeit nicht viele Worte verlor, spürte er, dass sie an der Seite ihres Mannes Thomasîn todunglücklich war.

Er las den Brief fünfmal, zehnmal, schließlich saß er da und starrte auf die beiden entscheidenden Sätze.

Ich bin schwanger, Michel. Mit deinem Kind.

Er wurde Vater. Trotz ihrer Vorsicht, trotz Peironas Wundermittel. In seiner Seele rangen überschwängliches Glück und schwärzeste Verzweiflung miteinander, und es dauerte lange, bis er seine Stimme wiederfand.

»Louis«, rief er. »Bring mir Pergament und Tinte. Schnell!«

Februar 1190

Varennes-Saint-Jacques

Nachdem er Isabelles Brief erhalten hatte, dachte Michel tagelang: *Ich muss zu ihr.* Und er begann seine Reise nach Speyer zu planen. Doch als er gegenüber dem Medicus seine Absichten andeutete, machte ihm der Arzt unmissverständlich klar, dass sein Zustand eine Reise zu Fuß, zu Pferd oder per Wagen frühestens in einem oder zwei Monaten zulasse.

»Aber die Wunde ist fast verheilt«, protestierte Michel.

»Die Wunde ja, aber nicht die Knochenbrüche. Ihr müsst Euch noch lange schonen, sonst besteht die Gefahr, dass Ihr zum Krüppel werdet.«

Widerwillig fügte sich Michel und verfluchte einmal mehr seine Hilflosigkeit.

Wenigstens war er inzwischen kräftig genug, um das Haus zu verlassen. Am nächsten Morgen machte er erstmals allein einen längeren Spaziergang.

Varennes hatte sich verändert, spürte er, während er auf seine Krücke gestützt durch die Straßen hinkte. Es schien, als hätten die schrecklichen Ereignisse der letzten Wochen den Menschen jegliche Zuversicht geraubt. Wie eh und je lebten sie ihr Leben, verrichteten ihr Tagwerk und versorgten ihre Kinder, doch all das taten sie seltsam mechanisch, ohne jede Leidenschaft.

Hinzu kam, dass seit Johanns Rückkehr nach Trier ein Archidiakon der Erzdiözese Varennes verwaltete. Der Kirchenmann regierte Varennes mit harter Hand und ließ jeden Verstoß gegen die Ordnung drakonisch bestrafen.

Michel beschloss, zur Brücke zu gehen, obwohl sein Herz schon beim bloßen Gedanken daran wie wild pochte.

Wenig später stand er am Flussufer und betrachtete das Bauwerk – besser gesagt das, was noch davon übrig war. Es war nicht viel. Lediglich die Steinpfeiler ragten aus dem bleigrauen Wasser. Alles Übrige war ein Opfer der Flammen geworden.

Gaspard hatte recht gehabt. *Wir hätten sie ganz aus Stein bauen sollen, zum Teufel mit den Kosten.*

Das also war von seinen hochfliegenden Träumen übrig geblieben: ein paar rußgeschwärzte Pfeiler, an denen sich Treibgut verhakte und die bei Hochwasser zu einer Gefahr für die Flussschiffer werden würden.

Der Spaziergang hatte ihn erschöpft, und er beschloss zurückzugehen.

»Herr de Fleury, was für eine Überraschung. Seid Ihr also endlich auf dem Weg der Besserung? Ich dachte schon, ich sehe Euch nie wieder.«

Es war Aristide de Guillory. Der Ritter und sein Schatten Berengar kamen die Straße entlanggeritten, allein der Teufel wusste, was sie hier zu suchen hatten.

»Seid Ihr gekommen, um Euch an Eurem Werk zu ergötzen?«, fragte Michel barsch.

»Mein Werk?« De Guillory biss von einem Kanten Brot ab und meinte kauend: »Wovon redet Ihr?«

»Die Brücke, die Ihr habt niederbrennen lassen.«

De Guillory schaute Berengar an. Der bullige Sarjant lächelte dünn.

»Wir haben damit nichts zu tun«, erklärte der Ritter. »Das waren fehlgeleitete, verängstigte Bürger, wie Ihr sehr wohl wisst.«

Michel schnaubte abfällig und wollte gehen. De Guillory riss sein Schlachtross am Zügel und versperrte ihm den Weg.

»Was sind Eure Pläne für die Zukunft, de Fleury?«

»Das geht Euch einen Dreck an!«

»Wollt Ihr wieder Geschäfte machen, wenn Ihr genesen

seid?« Als Michel nicht antwortete, beugte sich der Ritter zu ihm herunter. »Was Ihr auch tut, merkt Euch eins: Solange ich lebe, werdet Ihr nie wieder zu Wohlstand und Ansehen kommen. Bis zu Eurem Tod werdet Ihr der jämmerliche Wicht bleiben, der Ihr seid. Ihr habt mein Wort.«

So schnell es sein geschientes Bein zuließ, umrundete Michel das Schlachtross und hinkte davon.

»Habt Ihr auch die Nachrichten vom Kreuzzug gehört?«, rief de Guillory ihm nach.

Widerwillig drehte Michel sich um. »Welche Nachrichten?«

»Es gab Kämpfe in Ungarn. Viele tapfere Bürger Varennes' sollen gefallen sein.«

»Ihr lügt. Davon wüsste ich.«

»Hört Euch um, wenn Ihr mir nicht glaubt.« De Guillory grinste. »Ob Euer Bruder unter den toten Helden ist? Ich fürchte, die Wahrscheinlichkeit ist hoch. Einen mutigen Haudegen wie Jean zieht es schließlich immer in die vorderste Linie.«

Mit zusammengebissenen Zähnen humpelte Michel die Straße hinauf. Hinter ihm lachte de Guillory.

Zornig, verzweifelt und erschöpft kam er bei Catherines Haus an.

In der Nacht wurde er krank.

»Um ehrlich zu sein, ich weiß nicht, woran er leidet«, sagte der Medicus einige Tage später. »Es ist wie ein Fieber der Seele, und ich fürchte, es frisst ihn innerlich auf.«

»Könnt Ihr etwas für ihn tun?«, fragte Catherine.

»Schickt besser nach einem Priester. Das ist keine Krankheit, die ein Medicus kurieren kann. Ich sehe morgen wieder nach ihm. Gebt ihm einstweilen diesen Trank, damit er etwas zur Ruhe kommt.«

Catherines Finger schlossen sich um die Phiole, und sie setzte sich neben das Bett. Während sie der schattenhaften Gestalt unter den Decken die Stirn tupfte, flüsterte sie leise ein Gebet.

April 1190

Vogtei Altrip

Die Geburt ihres Kindes war das Anstrengendste und Schmerzhafteste, was Isabelle je erlebt hatte. Doch als sie ihren Sohn nach vielen langen Stunden endlich in den Armen hielt, war die Qual augenblicklich vergessen.

Zu Tode erschöpft lag sie im Bett, während die Hebamme den Geburtsstuhl säuberte und sich die Hände wusch. Sie hatte Isabelle die ganze Nacht über betreut, ihr gut zugeredet, sie mit erfahrenen Ratschlägen durch die Geburt geführt, schließlich gekonnt die Nabelschnur durchtrennt und das Kind gebadet. Trotz ihrer rauen Art hatte sich Isabelle in ihrer Gegenwart von Anfang an geborgen gefühlt. Ohne diese Frau hätte sie die Nacht gewiss nicht überstanden.

Kaum hatte sie ihren frisch gebadeten und brüllenden Sohn in die Arme genommen, hatte er mit seinem winzigen Mund ihre entblößte Brust gefunden. Jetzt lag er satt und zufrieden da und schaute sie an, als wolle er jede Einzelheit ihres Gesichtes studieren. Seine Augen sahen genau aus wie die von Michel. Es war wahrlich ein Wunder.

Wohltuender Duft erfüllte die Schlafkammer, als die Hebamme in einer Schale Kräuter verbrannte. »Wir sollten jetzt deinen Gemahl hereinlassen«, sagte sie. »Er ist gewiss schon ganz krank vor Aufregung.«

Die Hebamme wusste ziemlich sicher, dass Thomasîn nicht der Kindsvater war. Sie besaß genug Feingefühl, kein Wort darüber zu verlieren.

Zögernd trat der Freibauer ein. »Ist der Junge wohlauf?«

»Er ist ein Prachtkerl. Kräftig und kerngesund.«

»Und mein Weib? Hat sie die Geburt gut überstanden?«

»Alles in bester Ordnung, Thomasîn. Kein Grund zur Sorge.«

Die Hebamme verließ taktvoll die Stube, woraufhin er sich auf die Bettkante setzte und schweigend das Neugeborene betrachtete. Isabelle hatte sich vor diesem Moment gefürchtet. Die meisten Ehemänner brachten einem Kind, das nachweislich nicht von ihnen war, nichts als Hass entgegen und versuchten manchmal gar, es zu töten. Natürlich, Thomasîn hatte gewusst, worauf er sich einließ, als er sie heiratete – aber was hieß das schon? Wenn er ihren Sohn erblickte, erfasste ihn womöglich jähe Abneigung, die ihn blind machte für alle Appelle an seine Güte und Vernunft.

Doch zu ihrer grenzenlosen Erleichterung geschah nichts dergleichen. Die einzige Regung, die sie in seiner Miene erkennen konnte, war Neugierde.

»Er ist winzig«, sagte er. »Und ganz rosa.«

»Ja.« Isabelle lächelte. »Willst du ihn einmal halten?«

»Ich weiß nicht … Wäre das angebracht?«

»Natürlich. Jetzt sei nicht so ein Feigling und nimm ihn schon.«

Umständlich ergriff er das Kind und hielt es in den Armen. »Er ist ganz leicht. Er wiegt ja weniger als ein Ferkel.«

»Er wird rasch wachsen. Er hat einen gesunden Appetit.«

Ein scheues Lächeln umspielte seine Lippen, und da wusste sie: Er würde ihrem Kind niemals etwas zuleide tun.

»Wie soll er heißen?«

Isabelle hatte diese Entscheidung schon vor vielen Wochen getroffen. »Rémy.«

Er schwieg, und sie sah ihm an, dass er nach Worten suchte. »Heißt so sein Vater?«

»Sein Großvater.«

Er hatte sie nie nach dem leiblichen Vater ihres Kindes gefragt. Auch jetzt ließ er es dabei bewenden.

»Bist du einverstanden?«, fragte Isabelle.

»So heißt hier niemand. Die Leute werden sich wundern. Aber mir gefällt der Name. Rémy«, sagte Thomasîn und lächelte über das ganze Gesicht.

Juni 1190

Taurusgebirge in Kleinasien

Der Boden erzitterte unter dem Stampfen der Pferdehufe. Männer brüllten. Staub wirbelte auf. Jean konnte kaum etwas sehen, als er sein Schwert zog und sich neben Raymond Fabre aufstellte. Es war unerträglich heiß unter seinem Helm und dem Panzerhemd, und der Schweiß strömte ihm nur so über den Leib. »Schützt die Proviantwagen!«, brüllte jemand, und im nächsten Moment war Fabre im Getümmel verschwunden. Mit einem Gebet auf den Lippen schaute Jean sich nach allen Seiten um, voller Furcht, ein Feind könnte sich in dem Durcheinander an ihn heranpirschen. Da! Durch den Staub kam eine Gestalt auf ihn zu, ein seldschukischer Krieger, der die Zähne bleckte und seinen Speer schleuderte. Jean riss seinen Schild hoch und spürte, wie die Waffe hart dagegenprallte, er rang um sein Gleichgewicht und dachte: Nicht stürzen! Wenn du fällst, bist du tot! Bevor der Türke seinen Säbel ziehen konnte, war Jean nach vorne getaumelt und hatte sein Schwert geschwungen. Die scharfe Klinge schnitt mühelos durch die Rüstung aus Lederlamellen, Blut spritzte, und der Türke stürzte röchelnd zu Boden …

Ein Kitzeln an der Wange weckte Jean. Benommen wedelte er mit der Hand und jagte eine dicke Fliege fort. Die Traumbilder verschwanden, doch das Klirren der Schwerter blieb. Schläfrig öffnete er die Augen und sah zwei Männer, die mit blanken Klingen aufeinander eindroschen, umhüllt von Staubschwaden. Es waren Fabre und Amalric, die sich wieder einmal im Schwertkampf übten. Yves saß daneben im Schatten und machte sich mal über den einen, mal über den anderen lustig.

»Nicht so lahm, Amalric. Ein Türke hätte dir jetzt schon zweimal den Wanst aufgeschlitzt.«

Jean stand auf und schlurfte zu dem Gebirgsbach am Rande des Heerlagers, um sich das verklebte Gesicht zu waschen. Dutzende Männer drängten sich an der schmalen Felsfurche, löschten ihren Durst an der Quelle oder tauchten den Kopf in das kühle Nass. Die Sonne brannte erbarmungslos, seit Tagen schon, Wasser war knapp, und nicht das kleinste Lüftchen sorgte für Abkühlung.

Sie lagerten irgendwo in den südlichen Ausläufern des Taurusgebirges nicht weit entfernt von der Stadt Seleukia, auf dem einzigen Felsplateau weit und breit, das genug Platz für Barbarossas Heer bot. Pferche für die Pferde und hunderte Zelte standen am Fuße zweier zerklüfteter Berghänge, dazwischen stieg schnurgerade der Rauch zahlloser Herdfeuer auf. Zehntausende Ritter und einfache Kreuzfahrer aus allen Fürstentümern des Reiches umfasste die Streitmacht des Kaisers, und alle sehnten sie sich danach, endlich dieses staubtrockene und von Gott verlassene Gebirge im Süden Kleinasiens zu verlassen.

Nachdem er sich gewaschen hatte, suchte sich Jean ein schattiges Plätzchen neben einem Felsen und betrachtete die gezackten Gipfel, die sich scharf gegen den azurblauen Himmel abzeichneten. Während ihres beschwerlichen Marsches über die steilen und windgepeitschten Pässe des Taurus hatte er diese Gegend so manches Mal verflucht; dennoch konnte er nicht bestreiten, dass die raue Schönheit der Berge sein Herz rührte, besonders in den Abendstunden, wenn die Farben des Himmels und der Felsen beinahe magisch wirkten. Manchmal ängstigte ihn dieses Land auch ein wenig. Ein alter Ritter, der schon einmal im Heiligen Land gewesen war, hatte ihm erzählt, in den trockenen Ebenen und sonnenverbrannten Hügeln Kleinasiens hausten Geister, von den Einheimischen Dschinns genannt, die noch tückischer und gefährlicher seien als die Kobolde und Faune ihrer Heimat. Seit Jean das wusste, zuckte er jedes

Mal zusammen, wenn am Wegesrand Staub aufwirbelte oder der Wind merkwürdige Geräusche herantrug. Er hoffte, sein Talisman und seine Gebete besaßen so fern der Heimat genügend Kraft, um die Dschinns von ihm fernzuhalten.

Er streckte seine Beine aus und lehnte den Kopf gegen den Stein. Die Mühen der vergangenen Woche steckten ihm tief in den Gliedern – und nicht nur ihm, *allen* Männern des Heeres. Barbarossa gönnte ihnen deshalb zwei Tage Rast, bevor sie nach Seleukia weiterzogen. Jeans Dankbarkeit kannte keine Grenzen.

Das vergangene Jahr gehörte zu den härtesten, aber auch zu den aufregendsten seines Lebens. Nachdem sie bei Belgrad die Donau überquert hatten, waren sie durch zahlreiche fremde Länder marschiert, die immer exotischer wurden, je weiter sie sich von der Heimat entfernten. Zahlreiche Kämpfe hatten sie dabei ausgefochten, in Serbien gegen Räuber, in Kleinasien gegen Krieger des Seldschuken-Sultans, die ständig ihre Nachhut überfallen hatten, und jedes Mal waren sie siegreich gewesen. Auch die Männer von Varennes hatten sich tapfer geschlagen, und Fabre wurde nicht müde zu beteuern, wie stolz er auf jeden Einzelnen von ihnen sei. Bisher war das Glück ihnen hold gewesen, und kein Einziger der dreißig Kreuzfahrer aus Varennes war gefallen. Jean betete jede Nacht, dass Gott und der heilige Jacques sie auch weiterhin beschützten.

Vor den Türken hatte er inzwischen große Hochachtung, wenngleich ihre Überfälle dem Heer schwer zugesetzt hatten. Sie waren keineswegs bösartige Teufel, wie die Prediger in der Heimat immerzu behaupteten, sondern mutige und geschickte Kämpfer. Sie hingen genauso am Leben wie die Christen und verteidigten lediglich ihr Land, das Barbarossas Streitmacht wegen ihres gewaltigen Nahrungsbedarfs geradezu ausplünderte.

Übermorgen dann würden sie nach Seleukia weitermarschieren und von dort aus durch Kilikien an der Küste des Mittelmeeres. Bis zum Heiligen Land war es nicht mehr weit – die Heerführer sagten, sie würden die Kreuzfahrerstaaten schon in zwei Wochen erreichen, wenn es nicht zu Zwischenfällen käme, die ihr Fortkommen behinderten. Nach all den Monaten in der Fremde erschien es Jean, als wäre Jerusalem, das Ziel ihrer Reise, zum Greifen nah. Er konnte es kaum erwarten, die Stadt des Heiligen Grabes endlich mit eigenen Augen zu sehen. Dort würde sich ihr Kreuzzugsgelübde erfüllen.

Er hätte seiner Schwester Vivienne gern noch einmal geschrieben, bevor sie das Heilige Land betraten. Leider hatte er bei dem Gewaltmarsch durch das Gebirge Pergament und Griffel verloren. Vielleicht konnte er in Seleukia einen Brief schreiben und ihn am Hafen einem Schiff mitgeben, das in Richtung Frankreich oder Italien auslief. Aber vermutlich war es die Mühe nicht wert. Nachrichten, die derart unvorstellbare Entfernungen zurücklegen mussten, erreichten nur selten den Ort ihrer Bestimmung. Er konnte froh sein, wenn der Brief angekommen war, den er in Ungarn aufgegeben hatte.

Was Michel wohl gerade macht?

Vermutlich stritt er sich just in diesem Moment mit seinen Schwurbrüdern herum, weil er sie wieder einmal von seinen hochfliegenden Plänen überzeugen wollte. Jean lächelte, als er sich vorstellte, wie sein Bruder in der Gildehalle stand und, die Augen sprühend vor Begeisterung, eine flammende Rede hielt. Gewiss, sie waren im Zorn auseinandergegangen, doch Jeans Bitterkeit war längst verschwunden. Michel fehlte ihm. Er dachte oft an ihn und Vivienne und das kleine, beschauliche Varennes. Hoffentlich dauerte es nicht lange, die Sarazenen aus Jerusalem zu verjagen. Seine Abenteuerlust war allmählich gestillt, und er konnte nicht verhehlen, dass er Heimweh verspürte.

Eine bittersüße Stimmung stieg beim Gedanken an seine Heimat in ihm auf. Plötzlich war ihm das riesige Heerlager mit seinem Lärm, seiner Enge und seinen stinkenden Latrinengräben zuwider, und er sehnte sich nach ein wenig Einsamkeit. Schwerfällig stand er auf und stapfte zum Rand des Felsplateaus, wo der Hang zum Flusstal des Saleph hin abfiel. Eigentlich war es den einfachen Fußsoldaten verboten, sich vom Lager zu entfernen, doch Jean scherte sich nicht darum. Er musste eben dafür sorgen, dass niemand ihn sah. Außerdem war er nicht der Einzige, der die Zeltstadt verlassen hatte. Zwei Steinwürfe von ihm entfernt saßen einige Ritter am Flussufer, kühlten ihre Füße und trieben raue Scherze mit einem armen Knappen, den sie zwangen, mit verbundenen Augen über die scharfkantigen Felsen zu balancieren. Wenn er ausrutschte und ins eiskalte Wasser fiel, johlten sie vor Lachen.

Jean setzte sich oberhalb des Flusses zwischen die Büsche, zog seine Stiefel, den Gürtel und das Wams aus und ließ seine Gedanken treiben, während er das grüne Tal betrachtete.

Irgendwo hinter dem Horizont liegt Jerusalem …

Er wusste nicht, wie lange er bereits dort saß, als sechs Reiter gemächtlich den Hang hinabritten. Voller Entsetzen begriff Jean, dass es sich um den Kaiser, seinen Leibdiener und seine Schildknappen handelte. Von Friedrich Barbarossa höchstpersönlich außerhalb des Lagers erwischt zu werden, wäre eine Schmach, die er nicht ertragen würde. Hastig verbarg er sich im Gebüsch und zog den Kopf ein.

Barbarossa und seine Begleiter ritten zum Flussufer hinab, wo sie abstiegen und ihre Rösser anbanden. Offensichtlich litt der Kaiser ebenso sehr unter der Hitze wie seine Soldaten, denn er begann, sein Gewand auszuziehen und, nur mit der Bruche bekleidet, ins Wasser zu steigen. Der Leibdiener nahm des Kaisers Sachen an sich, während die vier schwer gerüsteten Schildknappen, die nie von Friedrichs Seite wichen, mit ihren Lanzen in den Händen am Ufer Wache standen.

Noch vor einem Jahr hätte Jean es höchst befremdlich gefunden, Barbarossa wie einen gewöhnlichen Wanderer baden zu sehen, doch inzwischen war er dergleichen gewöhnt. Ein Heerlager war keine komfortable Königspfalz, und der Kreuzzug mit all seinen Strapazen brachte es mit sich, dass der Kaiser oftmals gezwungen war, wie ein einfacher Soldat zu leben, zu reisen, zu essen. Barbarossa machte nicht den Eindruck, als würde er darunter leiden. Trotz seines biblischen Alters war er immer noch ein zäher Mann, der seinen Gefolgsleuten nur das zumutete, was er selbst zu ertragen bereit war.

Aus diesem Grund empfand Jean einen an Verehrung grenzenden Respekt für ihn. Umsichtig und zielstrebig zugleich hatte Friedrich sein Heer durch fremde und feindliche Länder geführt, hatte Türken und verräterischen Byzantinern getrotzt, ohne jemals verschwenderisch mit dem Leben seiner Soldaten umzugehen. Mehr noch, er *sorgte* sich um das Wohlergehen seiner Krieger. Wenn ein Mann verwundet worden war, konnte er sicher sein, dass Barbarossa ein tröstendes Wort für ihn übrig hatte. Besondere Tapferkeit in der Schlacht belohnte er großzügig. Nach einem heftigen Angriff der Seldschuken hatte er zwei Schuster aus Mainz zu Rittern geschlagen, weil sie, ohne die Todesgefahr zu scheuen, einen der lebenswichtigen Proviantwagen gegen mehrere türkische Reiter verteidigt hatten. Seitdem träumte jeder einfache Soldat davon, Barbarossas Gunst zu erringen, was die Männer zu immer neuen Heldentaten ansporrte.

Jean begriff, dass es nicht gerade ein Zeichen von Ehrerbietung war, im Gebüsch zu sitzen und dem Kaiser heimlich beim Baden zuzuschauen. Er beschloss, zum Lager zurückzuschleichen, zumal man ihn vermutlich bereits vermisste. Als er gerade seine Stiefel anziehen wollte, hörte er Schreie vom Flussufer.

Er spähte durch das Geäst. »Mein Herr! Mein Herr!«, schrie Barbarossas Leibdiener mit sich überschlagender Stimme. Hektisch begannen die Schildknappen, ihre Rüstungen auszuziehen.

Jeans Blick wanderte zur Mitte des Flusses, und was er sah, ließ ihm den Atem stocken. Barbarossa ruderte mit den Armen, versank im Wasser, tauchte prustend auf und ging wieder unter.

Der Kaiser drohte zu ertrinken!

Die Schildknappen würden es niemals rechtzeitig schaffen, ihre Rüstungen abzulegen und ihm zu Hilfe zu eilen. Der Leibdiener konnte offenbar nicht schwimmen, und die Ritter, die den Knappen quälten, waren zu weit weg, um das drohende Unheil zu bemerken. Ohne zu zögern ließ Jean seine Stiefel fallen, brach durch das Gebüsch und rannte die Böschung hinab, als wäre der Teufel hinter ihm her.

Hatte das kalte Gebirgswasser Barbarossas alte Muskeln gelähmt? Hatte er sich an einem Felsen verletzt? Jeans Gedanken jagten, während er an den Schildknappen vorbeistürmte und mit einem Kopfsprung in den Fluss tauchte.

Das Wasser war so eisig, dass er glaubte, sein Herz würde stehen bleiben. Keuchend tauchte er auf. »Haltet aus, Herr!«, brachte er hervor und kraulte, so schnell er konnte, zur Mitte des Saleph. Er war ein geübter Schwimmer, doch die Strömung war beträchtlich, und er konnte nicht verhindern, dass sie ihn mitriss.

Barbarossa war nirgendwo zu sehen.

»Da drüben!«, brüllte der Leibdiener, und Jean schwamm in die Richtung, die der Mann ihm wies.

Er entdeckte einen Schatten unter der Wasseroberfläche. Das musste er sein! Jean holte tief Luft und tauchte.

Mit geschlossenen Augen sank Barbarossa dem Grund des Saleph entgegen. Hatte er nur das Bewusstsein verloren – oder war er bereits tot? Während das Herz gegen seine Brust hämmerte, tauchte Jean tiefer, bekam Barbarossas Arm zu fassen und zog ihn an sich. Als der Kaiser die Augen öffnete, hätte er am liebsten gejubelt. Doch offenbar hatte die Todesangst seine Sinne vernebelt, denn Barbarossa geriet in Panik und begann heftig zu strampeln, wodurch er Jeans Händen entglitt.

Der Schmerz in seiner Brust wurde so stechend, dass ihm nichts anderes übrig blieb, als aufzutauchen und Luft zu holen.

»Wo ist er? Wo ist er?«, schrie der Leibdiener.

Jean tauchte wieder unter, sehr viel tiefer diesmal, bis er den Kaiser fand. Diesmal wehrte sich Barbarossa nicht, als Jean nach ihm griff, und er konnte mit ihm zur Wasseroberfläche schwimmen.

Friedrichs Kopf fiel zur Seite, seine Augen waren geschlossen, er regte sich nicht. Mit beiden Händen hielt Jean ihn fest, damit sein Gesicht nicht unter Wasser geriet. Er strampelte, kam jedoch nur langsam vom Fleck, zumal ihn allmählich die Kräfte verließen.

»So helft mir doch!«, keuchte er.

Endlich hatte sich einer der Schildknappen seiner Rüstung entledigt und sprang in den Fluss. Allerdings konnte er nicht gut schwimmen, sodass er Jean keine große Hilfe war. Nach einem quälend langen Kampf gegen die Strömung berührte Jean schließlich mit den Füßen festen Boden. Den Kopf in den Nacken gelegt, arbeitete er sich zum Ufer, und die Schildknappen zogen Barbarossa aus dem Wasser.

Schwer atmend kroch Jean auf die Böschung. Einer der Schildknappen legte beide Hände auf Friedrichs Brustkasten und versuchte mit Druckbewegungen, das Wasser aus seiner Lunge zu pressen.

»Er atmet nicht!«, schrie der Leibdiener, der neben dem Kaiser im Gras kniete.

Jean ging dem Schildknappen zur Hand. Als er Barbarossas Brust massierte, gab dieser plötzlich einen obszönen Rülpslaut von sich, und ein Schwall Wasser, vermischt mit Erbrochenem, schoss aus seinem Mund. Der Anblick war so entwürdigend und entsetzlich, dass der Diener zu schluchzen anfing.

»Gott, hilf mir!«, stieß Jean hervor und begann, den Kaiser zu beatmen. Er presste seinen Mund auf Barbarossas kalte Lippen und blies ihm Luft in die Kehle, doch nichts geschah. Friedrich atmete nicht.

Jean versuchte es wieder und wieder. Nichts.

Er lauschte an Friedrichs Brust, befühlte die Adern an seinem Hals. Barbarossas Herz schlug nicht mehr.

»Wir sind zu spät gekommen«, flüsterte Jean.

Die Nachricht vom Tod des Kaisers breitete sich wie ein Lauffeuer im Heerlager aus. Als die Sonne versank, wusste jeder, vom mächtigsten Herzog bis zum geringsten Fußknappen, was am Ufer des Saleph geschehen war. Lähmendes Entsetzen ergriff die Krieger. Niemand schlief in dieser Nacht. Gestandene Männer weinten und klagten Gott an, er habe sie verlassen. Andere versammelten sich, um für Barbarossas Seele zu beten.

Selbst unter den Edelleuten war die Mutlosigkeit so groß, dass sie am Sinn dieses Kreuzzuges zu zweifeln begannen. Bei Anbruch des Tages brachen die ersten ihr Lager ab, um mit ihren Kriegern in die Heimat zurückzukehren.

»Ich habe mich umgehört«, sagte Raymond Fabre in den frühen Morgenstunden. »Nur Friedrich von Schwaben, Barbarossas Sohn, will weiterziehen. Alle anderen wollen umkehren. Sie sagen, der Kreuzzug sei verflucht.«

Die Männer von Varennes, alle dreißig, saßen schweigend am Feuer, die Gesichter grau vor Trauer und Furcht.

»Aber wir können nicht umkehren«, sagte Pierre, ein junger Seiler aus der Unterstadt. »Wir haben einen heiligen Eid geleistet.«

»Ja.« Fabre nickte. »Deshalb schlage ich vor, dass wir uns Friedrich von Schwaben anschließen. Aber ich werde niemanden zwingen. Ein jeder von euch muss allein entscheiden, ob er sich noch an seinen Eid gebunden fühlt und dieses Wagnis auf sich nehmen will.«

»Ich gehe mit!«, verkündete Pierre entschlossen.

»Ich auch«, sagte Amalric, und die anderen taten es ihm gleich.

»Was ist mit dir, Jean?«, fragte Fabre. »Willst du uns begleiten?«

Jean hob den Kopf. Seit Stunden schon erfüllte dumpfe Leere seinen Kopf und lähmte jeglichen Gedanken – bis auf einen: *Ich bin zu spät gekommen. Ich hätte schneller sein müssen.*

»Ja«, sagte er.

Das war er Barbarossa schuldig.

Das rätselhafte Fieber der Seele warf Michels Genesung um Wochen zurück. Er verließ kaum noch das Bett und aß zu wenig, wodurch er immer schwächer und anfällig für Erkältungen wurde. Pater Jodocus besuchte ihn täglich, spendete ihm das Abendmahl und segnete ihn. Der Medicus verabreichte ihm immer neue Kräutertränke und ließ ihn mehrmals zur Ader, um die üblen Säfte aus seinem Körper zu leiten. Nichts davon half.

Wären Isabelles Briefe nicht gewesen, hätte ihn die Krankheit wohl in die Knie gezwungen. Ihre regelmäßigen Nachrichten jedoch gaben ihm die Kraft, gegen die Verzweiflung in seiner Seele anzukämpfen.

Sein Sohn sei gesund, schrieb sie Ende April. Er sei auf den Namen Rémy getauft worden, wie sein Großvater.

Im Mai: Rémy habe seine Augen, sein Lächeln. Und er wachse unglaublich schnell.

Im Juni: »Ich liebe Dich, Michel. Bitte komm, so schnell Du kannst.«

Er antwortete ihr, er werde sie besuchen, sobald es sein Zustand zulasse. Seine Briefe sandte er nach Speyer, zu einer Herberge am Holzmarkt, wo Isabelle sie abholte, wenn sie in die Stadt kam.

Noch etwas verhalf ihm zu neuem Lebensmut: Catherine Partenay hörte sich um und fand heraus, dass es tatsächlich neue Nachrichten vom Kreuzzug gab. Offenbar war Barbarossas Heer auf seinem Zug nach Kleinasien mehrmals angegriffen worden, genau wie de Guillory gesagt hatte. Was die hohen Verluste betraf, hatte der Ritter jedoch gelogen. Bisher schien kein Kreuzfahrer aus Varennes gefallen zu sein. »Es gibt also noch Hoffnung, dass Ihr Euren Bruder wiederseht«, sagte die Kauffrau eines Abends zu Michel.

All das bewirkte, dass er sich langsam, aber sicher erholte.

Mitte Mai war er körperlich und seelisch so weit genesen, dass er endlich das Bett verlassen konnte. Da er von der schweren Krankheit sehr geschwächt war, musste er erst wieder zu Kräften kommen. Er machte lange Spaziergänge an der Mosel, allein oder mit seinen Freunden Catherine, Duval, Melville und Le Roux, und half in Catherines Geschäft, um seine Muskeln zu stärken – und um der Kauffrau etwas zurückzugeben, denn er wusste, wie tief er in ihrer Schuld stand.

Im Juni schließlich fühlte sich Michel endlich imstande, auf ein Pferd zu steigen und zu Isabelle zu reiten. Er lieh sich Catherines Wallach und brach eines Morgens nach Speyer auf.

Eine Woche später erreichte er die mächtige Bischofsstadt am Rhein. Dort war seine Reise jedoch nicht zu Ende. Isabelle wollte ihn nicht in Speyer treffen, aus Angst, ihre Familie könnte sie zusammen sehen. Also ritt er weiter in Richtung Norden, bis er zu einem Birkenwäldchen kam. Auf einer Anhöhe zügelte er den Wallach und schaute sich um. Es war eine schöne, friedliche Gegend. Zu seiner Rechten strömte der Rhein, gesäumt von Bäumen, grünen Viehweiden und Feldern, auf denen Bauern Heu einbrachten. Hier und da bildeten Steinhütten kleine Weiler. Flusskähne zogen gemächlich dahin, die Männer am Ruder winkten den Waschfrauen am Ufer zu.

Da drüben – war das Thomasins Hof?

Michel strich dem Wallach über den Hals. »Komm, mein Guter. Es kann nicht mehr weit sein.«

Wenn du zu dem Birkenwäldchen kommst, hatte Isabelle ihm geschrieben, *halte dich westlich, bis du die Überreste einer alten Hütte erblickst. In der Nähe entspringt ein Bach. Ich gehe jeden Tag zur Mittagsstunde zur Quelle und warte dort auf dich.*

Kurz darauf fand er die Hütte, wenngleich die Mauerreste halb im Erdreich versunken und zwischen den hohen Farnen schwer zu entdecken waren. Er stieg aus dem Sattel und führte den Wallach am Zügel.

Isabelle saß auf einem moosbewachsenen Felsen und stillte

Rémy. Sie hatte ihn noch nicht bemerkt. Er blieb stehen und musterte sie.

Sie trug einen schlichten Kittel und badete die nackten Füße im Quellwasser. Ihr Haar war wieder nachgewachsen und lugte wie vergoldetes Stroh unter ihrer Haube hervor.

Wie schön sie war.

Und das Kind in ihren Armen ... *Mein Sohn.* Was für ein seltsamer, unerhörter Gedanke.

Das Kind gluckste. Isabelle hob den Kopf und entdeckte ihn. Sie bedeckte ihre Brust und stand langsam auf.

Michel band den Wallach an einem niedrigen Ast fest und trat zu ihr. Zwischen ihnen plätscherte der Bach über Wurzeln und abgeschliffene Kieselsteine.

»Michel.« Ihre Stimme klang anders als früher. Ein klein wenig tiefer, rauer.

Es war ein merkwürdiger Moment. Alles, was er sich zu sagen vorgenommen hatte, kam ihm plötzlich hohl und leer vor. Er räusperte sich und deutete linkisch auf das Kind. »Er ist wirklich ein Prachtkerl.«

»Rémy, mein Schatz, sag deinem Vater guten Tag«, murmelte Isabelle, und tatsächlich: Der kleine Mann strahlte ihn an.

»Darf ich?«

Er machte einen Schritt über den Bach, und sie gab ihm den Jungen. Vorsichtig nahm Michel ihn auf den Arm.

»Mein Sohn.« Er konnte es immer noch nicht glauben.

»Ja.«

»Er hat dein Gesicht.«

»Eigentlich hat er *dein* Gesicht«, widersprach sie ihm. »Das sieht doch sogar ein Blinder.«

»Einigen wir uns darauf, er hat von uns beiden das Beste, in Ordnung?«

Sie lächelten einander an, und die seltsame Befangenheit begann sich allmählich zu legen.

»Komm«, sagte sie. »Setzen wir uns da hinüber.«

Nachdem sie sich im Gras niedergelassen hatten, fragte Michel: »Wie ist es dir ergangen?«

»Es könnte schlimmer sein.«

»Dieser Thomasîn – behandelt er dich anständig?«

»Er ist ein guter Mann.«

»Das hast du auch über Chastain gesagt.«

»Diesmal ist es anders«, versicherte sie ihm.

»Lässt er Rémy spüren, dass er nicht …«

»Nein. Er umsorgt ihn, als wäre er sein eigener Sohn.«

»Das ist gut«, sagte Michel, obwohl er einen Anflug von Eifersucht verspürte. »Wirst du ihm eines Tages sagen, wer sein richtiger Vater ist?«

»Ja. Wenn er alt genug ist.«

»Dein Gemahl wird das nicht gutheißen.«

»Mag sein.«

Er spürte, dass sie nicht mehr über Thomasîn reden wollte, was ihm nur recht war. Rémy begann zu zappeln. Er setzte sich den Jungen auf den Schoß und legte den Arm um ihn. »Wie geht es deiner Mutter und Lutisse?« Sie hatte ihm geschrieben, dass die Trauer um Gaspard beiden Frauen schwer zusetzte.

»Lutisse geht es allmählich besser. Sie kümmert sich um Flori – das gibt ihr Kraft. Und meine Mutter … Sie ist jetzt eine verarmte Witwe, abhängig von Onkel Eberolds Wohlwollen. Das macht ihr zu schaffen. Du weißt ja, wie sie ist. Sie trinkt zu viel.«

»Ich war bei Gaspard, bevor … sie ihn abholten.« In seinen Briefen hatte er ihr von seinen Erlebnissen seit ihrer Trennung berichtet: von den Unruhen in Varennes, dem Anschlag auf sein Leben, dem Feuer. Nur seine letzte Begegnung mit Gaspard hatte er ausgespart. Er wollte ihr persönlich davon erzählen. »Er hat nach mir geschickt. Er wollte sich mit mir aussöhnen.«

Ein Schatten huschte über ihr Gesicht. »Hast du ihm verziehen?«

»Wir haben einander verziehen. Wie es sich für alte Freunde gehört.«

Sie wollte etwas sagen, doch ihre Stimme versagte. Sie nickte nur, presste die Lippen zusammen und blickte zum Himmel auf, während sie mit den Tränen kämpfte. Nach einer Weile fragte sie: »Wirst du Géroux zur Verantwortung ziehen?«

»Wie denn?«, erwiderte Michel. »Ich kann nicht beweisen, dass er hinter dem Anschlag steckt. Außerdem hat er das Schöffenkollegium auf seiner Seite, während ich nur ein mittelloser Kaufmann bin. Und eine Gilde, die mich unterstützen könnte, gibt es nicht mehr. Ich muss von vorn anfangen. Catherine hat mir Hilfe angeboten. Ich kann für sie als *fattore* arbeiten, bis ich genug Geld gespart habe, um ein neues Geschäft zu gründen.«

Sie lächelte. »Du gibst nie auf, was?«

»Nein. Niemals.«

Isabelle nahm seine Hand.

»Was wird nun aus uns?«, fragte Michel.

»Ich weiß es nicht.«

»Lass uns fortgehen.« Er lächelte schief. »Vielleicht schaffen wir es ja im dritten Anlauf. Sobald ich genug Geld habe, verlassen wir das Reich und suchen uns einen fernen Ort, an dem wir glücklich werden können.«

Sie schwieg lange. »Nein, Michel«, sagte sie.

»Wieso nicht?«

»Ich wurde einmal als Ehebrecherin verurteilt. Ein zweites Mal stehe ich das nicht durch.«

»Wir gehen weit weg, wo niemand je erfährt, dass du mit Thomasîn verheiratet bist.«

»Selbst in Mailand wären wir nicht sicher. Onkel Eberold und seine Brüder haben geschäftliche Verbindungen nach ganz Italien, sogar nach Spanien und Akkon. Irgendwann würden sie uns finden. Wir können uns nicht unser ganzes Leben lang verstecken.« Sie blickte ihn an, und zum ersten Mal sah er in ihren Augen all das Leid, das sie erfahren hatte. »Denk an Rémy. Wir dürfen nicht zulassen, dass er Entbehrungen und dauernde Ungewissheit erdulden muss, bloß weil wir alles unserem Glück unterordnen. Ich möchte, dass er in Frieden aufwachsen kann. Und hier kann er das.«

»Aber hier wächst er ohne seinen Vater auf.« Michel konnte seine Bitterkeit nicht verbergen.

»Ich sorge dafür, dass du ihn besuchen kannst, so oft du willst. Du hast mein Wort.«

»Das ist kaum dasselbe.«

»Bitte, Michel. So ist es am vernünftigsten.«

»Also bleibst du hier, ich in Varennes, einmal im Monat schreiben wir uns, und gelegentlich treffen wir uns an dieser Quelle? Das ist doch kein Leben.«

»Wir können es nicht ändern. Gott wird uns irgendwann einen Weg zeigen, da bin ich sicher«, fügte sie hinzu.

»Wann hat sich Gott uns je offenbart, außer, um uns zu strafen?«

»Rede nicht so. Du weißt, dass das nicht wahr ist. Immerhin hat er uns zusammengeführt. Und er hat uns Rémy geschenkt.«

Just in diesem Moment begann der Junge zu strampeln. Michel spürte, dass er zu seiner Mutter wollte. Er übergab ihn Isabelle, die ihn auf ihren Schoß bettete.

»Hab Vertrauen.« Mit der freien Hand griff sie an ihren Gürtel und zog ein kleines Silberkreuz hervor. »Erinnerst du dich daran?« Es war das Kruzifix, das er ihr einst geschenkt hatte, vor langer Zeit, in einem anderen Leben. »Ich trage es immer bei mir. Es hat mir geholfen, nie die Hoffnung zu verlieren. Jetzt soll es dir helfen.«

Er nahm das Kreuz, es lag auf seiner Hand und gleißte trotz der zahllosen Schrammen und Kratzer im Sonnenlicht.

Michel schluckte den Kloß in seinem Hals hinunter, schaute zu den Hügeln in der Ferne und hatte plötzlich den Wunsch, aufzustehen und einfach loszugehen, immer weiter und weiter, bis zum Horizont und darüber hinaus.

Drittes Buch

Nix cruenta

März 1191
bis November 1193

März 1191

Varennes-Saint-Jacques

Die Klosterglocken begannen zu läuten, als Michel mit gesenktem Haupt über die Kanalbrücke eilte. Wie immer machte die Abtei Longchamp den Anfang, dicht gefolgt von Saint-Julien-le-Pauvre. Danach schlossen sich ihnen Saint-Denis und zu guter Letzt Notre-Dame-des-Champs an, woraufhin ihr Geläut ganz Varennes erfüllte. Die Glocken riefen zur Vesper, zum Abendgebet, das das Tagwerk beendete. Just in diesem Moment begaben sich die Brüder aller vier Stifte zur Kapelle, wo sie, geschützt vor Wind und Wetter, in behaglicher Gemeinschaft ihren Lobgesang anstimmen würden.

Michel beneidete die Mönche von Herzen. Es war ein äußerst ungemütlicher Abend, bei dem jeder, der bei Verstand war, zu Hause blieb und sich am Herdfeuer wärmte. Eisiger Regen klatschte gegen Mauern und Dächer, Fackeln an den Hoftoren zischten und erloschen, und die Rinne in der Straßenmitte verwandelte sich in einen reißenden Strom, der Schlamm, Tierkot und Abfall davonspulte. Michel trug zwei Schichten Kleidung und darüber seinen dicksten Wollmantel, und trotzdem drang ihm die klamme Nässe bis auf die Haut, sodass er bald am ganzen Leib schlotterte. Dies war kein milder Frühlingsschauer – es war ein kalter, böser Sturmregen, der die Menschen des Moseltals daran erinnerte, dass der Winter trotz der Schneeschmelze noch nicht überstanden war.

Die Wassermassen hatten den Lehmboden aufgeweicht und die Gassen der Unterstadt binnen einer halben Stunde in unberechenbare Schlammlandschaften verwandelt. Als Michel die Straße überquerte, trat er in ein tiefes Schlagloch, woraufhin ihm die eisige Brühe in den Stiefel sickerte. »Scheißdreck«, murmelte er im Schatten seiner Kapuze und erwog für einen Moment, auf dem Absatz kehrtzumachen und nach Hause zu gehen. Doch er ignorierte das Schmatzen in seinem Stiefel und zwang sich, an den Becher heißen Würzwein zu denken, der im *Les Trois Frères* auf ihn wartete, während er an den ärmlichen Hütten vorbeieilte.

Über den Dächern, kaum zu erkennen hinter all den Regenschleiern, klammerten sich Baugerüste an die Stadtmauer, ein Gewirr aus Balken, Leitern, Seilen, Laufstegen und Lastenaufzügen. Archidiakon Guillaume, der Varennes in Erzbischof Johanns Namen verwaltete, hatte im vergangenen Herbst endlich damit begonnen, die löchrige Wehrmauer zu erneuern. Weit waren die Arbeiten noch nicht gediehen, denn während des harten und schneereichen Winters waren sie kaum vorangekommen. Auch jetzt waren die Gerüste verlassen. Als der Himmel seine Schleusen öffnete, hatten sämtliche Maurer, Steinmetze und Lastenträger die Baustelle verlassen und in ihren Unterständen am Fischmarkt Zuflucht gesucht. Michel hatte gesehen, wie sie sich um die Kohlenpfannen versammelten.

Er huschte unter den vorspringenden Dächern entlang, bis er endlich zum *Les Trois Frères* kam. Im Innern der schäbigen Schenke war es wie immer dunkel und stickig vor Rauch und fauligen Binsen, doch da es außerdem warm und trocken war, kümmerte sich Michel nicht um den Gestank. Dankbar schlug er seine Kapuze zurück und schritt zu seinen Freunden, die sich wohlweislich den besten Platz gesichert hatten: in einer Nische unter den Gewölbebögen, dicht beim Kaminfeuer. Die Hintertür der Schenke befand sich gleich daneben, sodass sie rasch verschwinden konnten, falls wider Erwarten Martels Büttel auftauchten. Es war den Kaufleuten immer noch untersagt, sich zu versammeln, und Archidiakon Guillaume schreckte nicht davor zurück, das Verbot mit horrenden Geldstrafen durchzusetzen. Im *Les Trois Frères* hatten sie jedoch kaum etwas zu befürchten – der Wirt und seine Gehilfen hatten sie bisher immer rechtzeitig gewarnt, wenn Gefahr drohte.

Nachdem Michel seinen Mantel zum Trocknen aufgehängt und einen Krug Wein geordert hatte, leerte er seinen Stiefel aus und streckte seine klammen Füße zu den Flammen hin.

»Wie war Euer Treffen mit dem Dompropst?«, erkundigte sich Catherine Partenay.

»Er will die Parzelle kaufen.« Es handelte sich um das Grundstück, auf dem einst Michels Haus gestanden hatte. Er hatte keine Verwendung mehr dafür und brauchte Geld, denn die Verpachtung der Köhlerhütte am Waldrand brachte ihm nur ein paar Sous im Jahr ein.

»Wie viel bietet er Euch?«, fragte Pierre Melville.

»Dreißig Pfund Silber.«

»Zu wenig für eine Parzelle am Domplatz. Darauf würde ich mich nicht einlassen.«

»Mehr werde ich nicht bekommen. Die Grundstückspreise liegen am Boden, und ich glaube nicht, dass sie sich so bald erholen.«

»Und wer ist schuld daran?«, murrte Isoré Le Roux. »Dieser verdammte de Guillory mit seiner siebenmal verfluchten Brücke!«

Le Roux hatte recht damit, doch Michel wollte nicht schon wieder darüber reden. Bei nahezu all ihren Treffen klagte früher oder später einer seiner Freunde über ihre schwierige Lage, was stets dazu führte, dass sie für den Rest des Abends auf Erzbischof Johann, Archidiakon Guillaume, Aristide de Guillory und die Ministerialen schimpften. Michel hatte allmählich genug davon. Er wollte nach vorne schauen, statt ständig zu jammern, wie hart das Leben in Varennes geworden war.

»Erzählt«, wandte er sich deshalb an Charles Duval. »Wie war Eure Reise nach Trier?«

»Sie war ein Debakel, zumindest geschäftlich«, antwortete Duval und forderte das Schankmädchen mit einer Geste auf, seinen Krug aufzufüllen. Sein Durst war nach wie vor beachtlich. »Dafür war sie recht aufschlussreich.«

»Inwiefern?«, fragte Catherine.

»Ich habe ein interessantes Gerücht gehört. Möglicherweise will der Erzbischof Varennes verkaufen.«

Sofort gehörte ihm die Aufmerksamkeit des ganzen Tisches.

»Weswegen?«, fragte Michel. »Ist das Bistum nicht lukrativ genug?«

»Das wird ein Grund sein«, antwortete Duval. »Verglichen mit Metz, Toul und Verdun waren wir immer das kleinste und ärmste Bistum. Außerdem will Johann die Erzdiözese neu ordnen. Eine willkommene Gelegenheit, eine Stadt loszuwerden, die in den letzten Jahren nur Ärger gemacht hat.«

»Das würde erklären, warum wir noch immer keinen neuen Bischof haben«, meinte Melville. »Gibt es schon einen Käufer?«

»Ich weiß es nicht. Ich habe mich umgehört, aber mehr konnte ich leider nicht herausfinden.«

»Eine ganze Stadt zu kaufen oder auch nur zu pfänden, kostet Tausende von Pfund«, sagte Michel. »Das kann sich nur ein Fürst leisten, Herzog Simon oder der Erzbischof von Straßburg.«

»Oder der Graf von Bar«, mutmaßte Le Roux.

»Unwahrscheinlich«, erwiderte Duval. »Simon wird nicht zulassen, dass Bar eine befestigte Stadt mitten in Oberlothringen erwirbt.« Die Häuser Bar und Châtenois waren seit jeher Rivalen. Seit Januar lagen Herzog Simon und Thiébaut von Bar wieder einmal in Fehde miteinander.

Den Rest des Abends spekulierten sie über die Zukunft Varennes'. Michel teilte die Meinung seiner Freunde, dass es das Beste für ihre Stadt wäre, wenn Simon Châtenois sie kaufte. Denn der Herzog unterstützte meist die städtefreundliche Politik der Stauferkönige und wäre möglicherweise zu Zugeständnissen an die Bürgerschaft beim Markt-, Zoll- und Münzwesen bereit.

Ihr Gespräch kam zu einem jähen Ende, als ein Knecht des Wirts hereinstürzte und meldete, Büttel trieben sich in der Unterstadt herum. Sie beschlossen, kein Risiko einzugehen, und verließen die Schenke durch die Hintertür. Wenigstens hatte es aufgehört zu regnen, sodass Michel und Catherine trockenen Fußes nach Hause kamen. Die Kauffrau war unterdessen ungewöhnlich schweigsam. Sie sprach erst wieder, als sie in ihrem Anwesen die Treppe hinaufstiegen.

»Noch einen Becher Wein zum Aufwärmen?«

»Gern.«

Kurz darauf saßen sie in der Stube am Kaminfeuer. Kalter Wind pfiff um das Haus, und eine Magd legte Holz nach, nachdem sie den Wein gebracht hatte.

»Ihr seid also fest entschlossen, mich zu verlassen?«, meinte Catherine.

Michel nickte. »Vorausgesetzt, der Propst überlegt es sich nicht noch einmal anders.«

»Kann ich Euch irgendwie umstimmen? Wollt Ihr mehr Lohn?«

Er lächelte. »Ihr habt mich anständig bezahlt. Darum geht es nicht, Catherine. Ich bin ein Kaufmann – ich brauche mein eigenes Geschäft. Ich bin nicht dafür geschaffen, für andere zu arbeiten. Über kurz oder lang würden wir uns zerstreiten, glaubt mir.«

»Ihr wollt wirklich noch einmal von vorne anfangen? Nach allem, was passiert ist?«

»Ich bin nicht der erste Kaufmann, der alles verloren hat und einen Neuanfang wagt.«

»Aber der Erste, der ohne Unterstützung der Gilde zurechtkommen muss. Géroux und de Guillory werden Euch das Leben schwermachen, wo sie nur können.«

»Sollen sie. Sie haben schon oft versucht, mich zu vernichten, und ich bin immer noch da.«

Sie nippte an ihrem Wein und blickte ihn über den Rand des Kelches hinweg an. Sie hatte dunkelgrüne Augen, rätselhaft und unergründlich wie zwei verwunschene Teiche. Nicht zum ersten Mal dachte er, dass sie immer noch eine schöne Frau war, in keiner Weise verhärmt und verbraucht wie viele andere Menschen ihres Alters.

»Es gäbe noch einen anderen Weg zu einem eigenen Geschäft – einen leichteren«, sagte sie. »Heiratet mich.«

»Catherine …«, begann Michel, doch sie ließ ihn nicht ausreden.

»Gewiss, ich könnte Euch keine Kinder mehr gebären, und schicklich wäre es auch nicht, immerhin könnte ich Eure Mutter sein. Aber zum Teufel damit! Sollen die Leute reden. Wichtiger ist doch, dass uns eine tiefe Freundschaft verbindet und wir uns in geschäftlichen Dingen glänzend ergänzen. Seit dem Tod meines Gemahls habe ich keinen Mann getroffen, der so gut zu mir passte wie Ihr. Gemeinsam könnten wir es mit der ganzen Stadt aufnehmen.«

Michel stellte seinen Kelch auf den Tisch. Seine nächsten Worte überlegte er sich sehr genau. »Ich weiß Eure Offenheit zu schätzen, Catherine, und ich bin sicher, Ihr wärt mir eine gute Ehefrau. Dennoch kann ich Euer Angebot nicht annehmen.«

»Stößt Euch mein Alter ab?«

»Nein«, antwortete er und meinte es ehrlich. »Unter anderen Umständen würde ich Euch ohne zu zögern zur Frau nehmen. Aber so, wie die Umstände sind, wäre das nicht aufrichtig.«

»Weil Euer Herz immer noch ihr gehört?«

»Ja.« Er hatte Catherine gegenüber nie ein Geheimnis daraus gemacht, dass er nach wie vor etwas für Isabelle empfand und sie besuchte, wann immer es seine Arbeit als *fattore* zuließ.

»Ihr hört also nicht auf zu hoffen, dass sie eines Tages Euer sein wird?«

»Hoffen ist alles, was ich tun kann.«

»Vielleicht wäre es klüger zu akzeptieren, dass das nicht geschehen wird.«

»Das kann ich nicht.«

»Selbst wenn das nur immer neuen Schmerz bedeutet?«

»Isabelle und ich sind füreinander bestimmt«, sagte er. »Das zu wissen, macht den Schmerz erträglich.«

Sie lächelte traurig. »Manchmal frage ich mich, ob Ihr sehr weise seid – oder sehr dumm. Ich wünsche Euch, dass Ihr eines Tages Euer Glück finden werdet, Herr de Fleury. Auf welche Weise auch immer.«

Sie nippte schweigend an ihrem Kelch und blickte in die Flammen, deren Schein gelb und rot und orange auf ihrem Gesicht lag, wie eine Maske, die ihre Gedanken und Gefühle verhüllte.

Am nächsten Morgen kam ein Bevollmächtigter des Dompropstes und überbrachte die versprochene Summe für das Hausgrundstück. Anschließend zog sich Michel in seine Kammer unter dem Dach zurück und zählte seine Barschaft. Obwohl Catherine wie alle Kaufleute darunter litt, dass es keine Gilde mehr gab und de Guillory wieder den einzigen Zugang zur Saline kontrollierte, waren ihr im vergangenen Jahr einige lukrative Geschäfte geglückt. Als ihr *fattore* hatte Michel gut verdient, denn Catherine hatte ihm gestattet, hier und da Handel auf eigene Rechnung zu treiben, sodass er einen ansehnlichen Betrag hatte zurücklegen können. Mit dem Erlös aus dem Verkauf der Parzelle besaß er nun über fünfzig Pfund Silber. Genug, um endlich ein neues Geschäft zu eröffnen.

In den nächsten Tagen kaufte er einen Wagen, einen Zugochsen, zwei junge Saumpferde sowie zahlreiche Fässer und Kisten. Das Salzschiff, das durch den strengen Frost zwischen dem Dreikönigstag und Lichtmess in Mitleidenschaft gezogen worden war, ließ er von einem Bootsbauer überholen. Glücklicherweise hegte Catherine wegen der Zurückweisung keinen

Groll gegen ihn – im Gegenteil, sie unterstützte ihn, wo sie nur konnte. In den Gassen um den Hungerturm besaß sie ein Haus, das sie ihm zu einem Spottpreis überließ. Es war viel kleiner als sein altes Haus am Domplatz und nicht halb so komfortabel, doch immerhin war es aus Stein und verfügte über einen Stall für die Tiere und einen ausgemauerten Keller, in dem er Waren lagern konnte. Für seine Zwecke genügte es vollauf.

An einem sonnigen Samstagmorgen Ende März, nachdem sie fast anderthalb Jahre bei Catherine gewohnt hatten, zogen Louis und er mit Sack und Pack in ihr neues Heim.

In der darauffolgenden Woche besserte sich endlich das Wetter. Michel beschloss, nicht länger zu warten und endlich seine erste Handelsreise zu unternehmen. Er spannte den Ochsen vor den Wagen, fuhr zur Saline und kaufte sechs Fässer mit Salz, die er mit Louis' Hilfe auf seinen Kahn lud. Der Knecht löste die Taue und winkte zum Abschied, Michel legte ab und ließ sich von der Mosel flussabwärts in Richtung Metz treiben.

Es tat gut, nach all den Monaten wieder in eigener Sache unterwegs zu sein. Gewiss, diese Reise war nicht der Rede wert, verglichen mit den glorreichen Fahrten nach Flandern und in die Champagne, die er früher unternommen hatte. Und doch – als er am Ruder des Salzschiffs stand und die grünen Hügel beobachtete, während der Wind sein Haar zerzauste, erschien auf seinem Gesicht ein Lächeln.

April 1191

Varennes-Saint-Jacques

Wenige Tage nach Michels Abreise trafen in Varennes-Saint-Jacques gleich zwei Fürsten ein. Der eine war Erzbischof Johann von Trier, der andere Simon Châtenois, der Zweite seines Namens, Herzog von Oberlothringen. Beide Männer waren mit einer beeindruckenden Eskorte aus Rittern, Fußknechten, Priestern und Rechtsgelehrten angereist. Ihre Gefolgschaften vereinigten sich nördlich von Varennes auf der alten Römerstraße und zogen unter den staunenden Blicken des Stadtvolks die Grande Rue hinauf, eine farbenprächtige Prozession aus gerüsteten Männern, herrlichen Schlachtrössern, blitzenden Lanzen und flatternden Bannern. Vor dem Bischofspalast bereiteten ihnen Archidiakon Guillaume, das Domkapitel und die Ministerialen einen prunkvollen Empfang.

Auf dem Markt, in Handwerksstuben, Kirchen und Tavernen brodelte die Gerüchteküche. Entschied sich heute die Zukunft Varennes'? Schon wenige Stunden später erhielten die besorgten Bürger die Antwort. Zur Mittagsstunde verkündete ein Herold auf dem Marktplatz, Johann habe sich entschlossen, Varennes abzustoßen und an Herzog Simon zu verpfänden. Nach langen Verhandlungen habe man sich geeinigt: Für die unvorstellbare Pfandsumme von neuntausend Pfund Silber werde die Stadt und ihr Umland in den Besitz des Hauses Châtenois übergehen und von nun an Teil des Herzogtums Oberlothringen sein.

Bei dieser Nachricht jubelten viele Bürger und Kaufleute. Endlich sei die Herrschaft der Kirche über Varennes zu Ende, riefen sie, den Menschen winkten Freiheit und Wohlstand! Doch manch einer mahnte zur Zurückhaltung: Gewiss, Herzog Simon stehe dem Königshaus nahe, das die Städte des Reiches stets mit Wohlwollen betrachte. Aber ob dies günstige Auswirkungen auf Varennes habe, bleibe abzuwarten. Nur ein Tor könne annehmen, Simon verfolge mit diesem Handel nicht zuallererst eigene Interessen.

So übten sich Bürger und Kaufleute in Geduld und warteten mit Spannung auf neue Nachrichten aus dem Bischofspalast.

Tagelang verhandelten Johann und Simon die Einzelheiten des Pfandgeschäfts. Lombardische Bankiers aus Metz, die den Herzog mit Krediten versorgten, gingen im Palast ein und aus. Legisten und Kanonisten, Rechtsgelehrte verschiedener Schulen, diskutierten bis tief in die Nacht bei Kerzenschein die Verträge und rangen um einzelne Absätze.

Die Ministerialen waren die Ersten, die die zahlreichen Veränderungen zu spüren bekamen. Erzbischof Johann entband sie von ihrem Treueeid, den sie einst Bischof Ulman geleistet hatten, und stellte sie vor die Wahl, entweder mit ihm nach Trier zu gehen oder aber alle Ländereien, Ämter und Privilegien in Varennes zu behalten und dafür Simon zu dienen. Sämtliche Ministerialen entschieden sich für Letzteres, und so zogen eines Morgens Jaufré Géroux, Tancrède Martel und all die anderen Männer des Schöffenkollegiums zum Bischofspalast, wo sie Simon die Treue schworen und gelobten, ihm fortan als herzogliche Ministerialen Gefolgschaft zu leisten.

Das Schöffenkollegium wurde nicht abgeschafft, wie viele erwartet hatten – es wurde sogar gestärkt. Da Simon die meiste Zeit des Jahres in Nancy weilte und nur selten nach Varennes würde kommen können, übertrug er dem zwölfköpfigen Gremium die Aufgabe, die Stadt in seinem Namen zu verwalten. Außerdem behielt es das Privileg, im Rahmen der Niederen Gerichtsbarkeit Recht zu sprechen und zu vollstrecken. Vogt und Herr über die Blutgerichtsbarkeit blieb jedoch Simon höchstselbst.

Die Diözese Varennes-Saint-Jacques hingegen wurde mit einem Federstrich aufgelöst, ihre Pfarreien wurden kirchenrechtlich dem Bistum Toul zugeschlagen. Folglich führte in geistigen Fragen von nun an der Bischof von Toul die Christen Varennes'. Eine irgendwie geartete weltliche Macht über die Stadt und ihre Bewohner erwuchs dem besagten Oberhirten daraus jedoch nicht – Simon achtete wachsam darauf, dass dergleichen nicht geschah.

Was die Stadtmauer betraf, verpflichtete sich der Herzog, den Bau fortzusetzen und zu Ende zu führen. Um den Einwohnern Varennes' neue Belastungen zu ersparen, setzte Simon durch, dass Johann ihm jenes Silber zur Verfügung stellte, das Bischof Ulman kurz vor seinem Tod durch die Geldentwertung erworben hatte. So konnte Simon die Wehrmauer weiterbauen, ohne den Bürgern weitere Steuern aufzubürden.

Den größten Streitpunkt bei den Verhandlungen bildete die Saline. Zu Simons Leidwesen war die lukrative Salzgewinnungsanlage nicht Teil des Geschäfts. Falls er sie haben wolle, beharrte Johann, müsse er sie gesondert pfänden. Der Herzog warf ihm Hinterlist vor und ließ seine Juristen alte Verträge und Dokumente prüfen, doch am Ende musste er sich Johanns Willen beugen: Aus den verstaubten Aufzeichnungen ging eindeutig hervor, dass die Saline nicht zur Stadt, sondern zum Bistum gehörte. Somit hatte Johann alles Recht der Welt, sie zu behalten. In Varennes munkelte man, Simon sei deswegen so zornig gewesen, dass er dem Erzbischof beinahe die Fehde erklärt hätte. Zwar nahm er letztlich von kriegerischen Handlungen Abstand, doch die Verhandlungen wurden von nun an mit äußerster Härte geführt. Der Herzog machte ein Angebot für die Saline, das Johann rundweg ablehnte. Die Pfandsumme, die der Erzbischof im Gegenzug forderte, war mehr als doppelt so hoch. Schließlich einigten sich die beiden Fürsten darauf, dass die Saline im Besitz der Erzdiözese verblieb und Simon dafür tausend Pfund weniger für die Stadt bezahlen musste.

All das verkündete der Herold nach und nach, einmal täglich jeweils zur Mittagsstunde, den nervösen Bürgern. Als sich die Verhandlungen nach fünf Tagen dem Ende zuneigten, war nur noch eine Frage ungeklärt:

Was würde unter Simons Herrschaft mit der Kaufmannsgilde geschehen?

Am Morgen des sechsten Tages schickte der Herzog von Oberlothringen und neue Herr von Varennes-Saint-Jacques Boten zu den ehemaligen Mitgliedern der Gilde und bestellte sie in den Bischofspalast ein.

Charles Duval wartete mit seinen einstigen Schwurbrüdern in der Eingangshalle des Palastes. Außer ihm waren Catherine, Baffour, d'Alsace, Géroux, de Brette und die Gebrüder Nemours Simons Einladung gefolgt. Lediglich Melville und Le Roux fehlten. Die beiden hatten das schöne Wetter ausgenutzt und waren vor einer Woche mit voll beladenen Wagen und Saumtieren in die Champagne aufgebrochen.

Acht Kaufleute, dachte Duval, während er die anderen musterte. *Elf, wenn man Melville, Le Roux und Fabre mitrechnet.* Elf von fast zwanzig. Das war der klägliche Rest ihrer einst so stolzen Gilde. Der Anblick der geschrumpften Gruppe erinnerte ihn schmerzlich an die schrecklichen Ereignisse des vergangenen Jahres.

Es war das erste Mal seit über fünfzehn Monaten, dass sie zusammenkamen. Kaum jemand sprach; die Kaufleute hatten einander lediglich knapp und förmlich begrüßt. Der erbitterte Machtkampf um das Amt des Gildemeisters mit allen verheerenden Folgen war ihnen allen noch lebhaft im Gedächtnis, und unausgesprochen stand die Frage im Raum, wie man einander unter diesen Voraussetzungen Freundschaft und Treue schwören solle, falls sich der Herzog entschlösse, Johanns Verbot aufzuheben und eine neue Gilde zu genehmigen.

Aber das war beileibe nicht Duvals einzige Sorge. Verstohlen blickte er zu Géroux, der mit den anderen Ministerialen bei der Treppe stand und sich leise mit ihnen unterhielt. Der Münzmeister und seine Anhänger waren *die* Gewinner der Verhandlungen um die Zukunft der Stadt. Sie hatten all ihre Privilegien bewahrt und obendrein neuen Einfluss hinzugewonnen. Géroux war nun mächtiger als je zuvor. Duval konnte nicht behaupten, dass ihm das gefiel.

Seine Anspannung wuchs, während die Minuten verstrichen. Einem Fürsten gegenüberzutreten, bedeutete stets ein unwägbares Risiko – man konnte nie sagen, was einen erwartete. Und Simon II. Châtenois, das wusste Duval nur zu gut, war mächtig genug, jeden Einzelnen von ihnen mit einem Handstreich zu vernichten, falls ihm der Sinn danach stand.

Duval sehnte sich nach einem Becher Wein. Ein kühler Trunk hätte ihn gewiss beruhigt.

Kurz darauf kam ein Diener und forderte die Kaufleute auf, ihm in den großen Saal zu folgen. Dort bearbeitete ein halbes Dutzend Schreiber Stapel von Schriftstücken, und nur das Knistern von Pergament und das Kratzen von Schreibfedern störten die Stille.

Simon saß an einem mächtigen Eichentisch an der Stirnseite des Saales und studierte konzentriert ein Dokument, bei dem es sich, wie Duval feststellte, um die Statuten der Gilde handelte. Die Kaufleute verneigten sich tief vor ihrem neuen Stadtherrn.

»Erhebt euch«, sagte Simon Châtenois mit rauer Stimme. Er war ein Mann von einundfünfzig Jahren, mit harten Zügen, schlankem Leib und muskulösen Armen. Man sagte ihm nach, er lege kaum je sein Schwert und sein Kettenhemd ab. Auch jetzt trug er Waffe und Rüstung, als wäre er nicht von ergrauten Gelehrten umgeben, sondern von mordlüsternen Feinden.

»So gerechtfertigt Johanns Entscheidung war, die Kaufmannsgilde seinerzeit zu verbieten«, begann er ohne Umschweife, »so schädlich ist sie doch langfristig für diese Stadt. Der Wohlstand der Bürger erfordert Handel, und der Handel kann nur gedeihen, wenn sich die Kaufleute in einer Bruderschaft zur Pflege christlicher Traditionen zusammenschließen. Johanns Verbot ist hiermit aufgehoben, und ihr seid aufgerufen, eine neue Gilde gemäß der Statuten von 998 zu gründen.«

Erneut verneigten sich die Kaufleute und murmelten ihren Dank.

»Mir ist bewusst«, fuhr Simon fort, »dass es in der Vergangenheit reichlich Zwist zwischen euch gegeben hat. Daher befehle ich euch, alte Feindschaften zu begraben, einander zu vergeben und in Freundschaft die Hand zu reichen. Zum Vorsteher der Gilde ernenne ich auf Lebenszeit Jaufré Géroux, Meister der städtischen Münze und Schöffe im Kollegium der Zwölf.«

»Habt Dank, Euer Gnaden«, sagte Géroux.

Duval konnte nicht glauben, was er da hörte. Er fasste sich ein Herz und trat vor. »Mein Fürst, Ihr erlaubt?«

Der Blick, mit dem Simon ihn bedachte, war nicht unbedingt wohlwollend. »Ihr seid?«

»Charles Duval. Zu Euren Diensten.«

»Nun denn, Herr Duval. Missfällt Euch meine Entscheidung?«

»In der Gilde von Varennes-Saint-Jacques ist es seit jeher Tradition, dass die Mitglieder den Meister selbst bestimmen, in einer freien Wahl. So steht es auch in den Statuten. Bisher hat kein Fürst, weder Bischof noch Herzog, den Gildemeister ernannt, schon gar nicht, ohne Rücksprache mit den Schwurbrüdern zu halten.«

»Dann ist es eben an der Zeit, die Statuten dahingehend zu ändern«, erwiderte der Herzog.

Duval spürte, dass ihn der ganze Saal anstarrte, als er zögernd sagte: »Das ist ein Eingriff in die Eigenständigkeit der Gilde, der gewiss nicht im Sinne des Königs ist.«

»Herr Duval«, meinte Simon, und seine Stimme bekam einen gefährlichen Klang. »Muss ich Euch wirklich daran erinnern, was dieser unselige Passus zu den Wahlmodalitäten vor anderthalb Jahren bewirkt hat? Chaos, Unruhe und Rebellion. Ich werde nicht zulassen, dass sich dergleichen wiederholt, nur weil die Mitglieder der Gilde nicht imstande sind, sich auf einen Vorsteher zu einigen.«

»Dass es in der Stadt zu Chaos kam, lag nicht an der Wahl oder den Statuten – sondern daran, dass gewisse Leute fleißig Öl ins Feuer gossen«, fügte Duval mit Blick auf Géroux hinzu.

»Habe ich Euch nicht gerade befohlen, die Vergangenheit ruhen zu lassen?«, entgegnete Simon. »Herr Géroux war viele Jahre lang Gildemeister, wie Ihr sehr wohl wisst, und während seiner Amtszeit kam es nie zu derartigen Vorfällen. Er hat sich als Garant für Ruhe und Stabilität erwiesen, und deshalb wird er der neue Meister. Akzeptiert das, Herr Duval, oder tretet der Gilde nicht bei.«

Duval begriff, dass jedes weitere Wort gefährlich wäre. Er verneigte sich und murmelte: »Euer Gnaden.«

»Das wäre alles«, sagte Simon. »Ihr dürft euch zurückziehen.«

»Gestattet Ihr mir eine letzte Frage?«, wandte sich Catherine an den Herzog.

Der Fürst nickte.

»Ihr habt Herrn Géroux auf Lebenszeit ernannt. Gott möge verhüten, dass es bald geschieht, aber was tun wir, wenn der Herr ihn eines Tages zu sich holt? Ist uns dann erlaubt, seinen Nachfolger auf althergebrachte Weise zu wählen?«

»Das entscheide ich, wenn es so weit ist.« Mit einer Geste gab Simon ihnen zu verstehen, dass die Unterredung beendet war.

Kurz darauf verließen die Kaufleute den Palast und diskutierten Simons Entscheidung. Duval verabschiedete sich knapp von Catherine und schritt über den Domplatz.

»Wo wollt Ihr hin?«, rief sie ihm nach.

»Zum Weinhändler.«

Wahrhaftig, er hatte sich seinen Becher redlich verdient.

Zwei Tage später kehrte Michel von Metz zurück. Er bezahlte den Burschen, der ihm beim Treideln flussaufwärts geholfen hatte, lud die Waren aus Metz auf den Wagen und fuhr nach Hause. Auf der Kanalbrücke traf er Charles Duval, der zu ihm auf den Wagenbock kletterte und ihn über die jüngsten Ereignisse in Kenntnis setzte.

Michel wusste nicht, was er zu alldem sagen sollte. Géroux der neue Gildemeister, noch dazu auf Lebenszeit – das war der blanke Hohn, ein Schlag ins Gesicht. Was war es unter diesen Umständen wert, dass Herzog Simon nun ihr Stadtherr war und es wieder eine Gilde gab?

»Ich nehme an, wenn ich weiter Handel treiben will, muss ich in die Gilde eintreten.«

Duval nickte. »Es gelten wieder die alten Regeln. Handeln dürfen nur Gildemitglieder.«

Mit zusammengebissenen Zähnen steuerte Michel den Wagen durch die Gassen. Jetzt musste er also Géroux um Aufnahme in die Gilde ersuchen. *Großartig*, dachte er. *Einfach großartig.*

Er hatte seit über einem Jahr nicht mit dem Münzmeister gesprochen, und die Vorstellung, ihm als Bittsteller gegenübertreten zu müssen, erfüllte ihn mit solchem Widerwillen, dass er es tagelang vor sich herschob. Erst nach Ostern konnte er sich dazu aufraffen. Er legte sein bestes Gewand an, steckte seine Geldkatze ein und machte sich auf den Weg zur Gildehalle.

Es war ein merkwürdiges Gefühl, das Gebäude zu betreten. All die Monate war es versiegelt gewesen, und nur der Schultheiß und seine Leute hatten hineingedurft. Jetzt herrschte wieder Leben in der Halle, als wäre nie etwas geschehen. In den Lagerkellern stapelten Knechte Waren, unter den Arkaden bettelten Arme um einige Münzen, und ein Bediensteter kehrte das Treppenhaus aus.

Michel schritt zur Amtsstube hinter dem Versammlungssaal. Die Tür stand offen, und er konnte sehen, dass die kleine Kammer gründlich umgeräumt worden war – ganz so, als hätte

Géroux jeglichen Hinweis darauf tilgen wollen, dass hier einmal ein anderer Gildemeister gearbeitet hatte.

Der Sklavenhändler faltete gerade ein Dokument und hob den Kopf, als er eintrat.

»Herr de Fleury. Was kann ich für Euch tun?«

Michel knallte einige Münzen auf den Tisch. »Ich will der Gilde beitreten. Hier ist die Aufnahmegebühr.«

Géroux lehnte sich zurück, und seine Augen glitzerten wie Eissplitter. »Ich fürchte, so einfach ist das nicht.«

»Ich denke, doch. Ich bin ein Kaufmann, ich treibe Handel, somit steht mir ein Platz in der Gilde zu.«

»Wir haben Euch damals wegen Eures ehrlosen Lebenswandels ausgeschlossen. Seitdem sind keine zwei Jahre vergangen. Euer schändlicher Verrat an zwei Schwurbrüdern ist noch lange nicht vergessen.«

»Herzog Simon hat uns aufgefordert, alte Feindschaften zu begraben und die Vergangenheit ruhen zu lassen. Er hat weder mich noch Euch davon ausgenommen.«

»Seine Gnaden bezog sich allein auf die Auseinandersetzungen um das Amt des Gildemeisters. Ich bezweifle, dass er dabei im Sinn hatte, Euch die Absolution für Eure Sünden zu erteilen. Wozu er, nebenbei bemerkt, auch gar nicht imstande wäre.«

»Ich wurde für meine Tat bestraft«, sagte Michel. »Ich habe dafür bezahlt. Was wollt Ihr noch?«

»Dass Ihr Euer Verbrechen in einer Weise sühnt, die Euch wieder tragbar für die Gilde macht.«

»Und wie soll diese Sühne aussehen?«

Géroux blickte ihn lange an, bevor er antwortete: »Ihr pilgert zum Heiligen Grab in Jerusalem und betet um Vergebung für Eure Sünden.«

Michel fing an zu lachen. »Ein großartiger Scherz, Géroux, wirklich.«

»Es ist mein Ernst.«

Michel stemmte die Hände auf den Tisch und beugte sich

nach vorne, bis sein Gesicht nur noch zwei Handbreit von dem Géroux' entfernt war. »Wieso legen wir die Karten nicht auf den Tisch? Mein Lebenswandel kümmert Euch einen Dreck. Euch geht es nur um eines: Ihr wollt um jeden Preis verhindern, dass ich der Gilde beitrete. Und warum? Weil Ihr mich fürchtet. Weil ich Euch einmal besiegt habe und es wieder tun könnte. Das ist auch der Grund, warum Foulque mein Haus angezündet hat, nicht wahr? Eure Niederlage hat Euch so gequält, dass Ihr meinen Tod wolltet.«

»Das sind haltlose Unterstellungen«, sagte Géroux mit unbewegter Miene. »Wenn Ihr es noch einmal wagt, mich als Mörder zu bezeichnen, zeige ich Euch wegen Verleumdung an.«

»O nein, Ihr seid kein Mörder – immerhin lebe ich noch. Lediglich ein Brandstifter, Lügner und rachsüchtiger alter Bastard.«

»Raus«, sagte der Sklavenhändler.

»Ich gehe erst, wenn Ihr mein Aufnahmegesuch angenommen habt.«

»Ihr wisst, was Ihr dafür tun müsst.«

»Ich mache keine Pilgerfahrt nach Jerusalem, und wenn Ihr der Papst wärt.«

»Dann werdet Ihr auch nicht Mitglied der Gilde. So einfach ist das. Klagt vor dem Niedergericht, wenn Euch meine Entscheidung nicht passt.«

Dem Géroux praktischerweise angehörte. Unter diesen Umständen hatte Michel nicht den Hauch einer Chance, zu seinem Recht zu kommen, und das wusste der Münzmeister genau. Michel spuckte aus, machte auf dem Absatz kehrt und ging.

»De Fleury«, rief Géroux ihm nach. »Ihr kennt unsere Statuten: Handel nur für Gildemitglieder. Wenn ich Euch dabei erwische, dass Ihr trotzdem Geschäfte macht, sorge ich dafür, dass man Euch aus der Stadt jagt. Habt Ihr mich verstanden?«

April bis Juni 1191

Varennes-Saint-Jacques und Vogtei Altrip

Michel überlegte tagelang, was er nun tun sollte. Als Catherine von seiner misslichen Lage erfuhr, bot sie ihm an, wieder für sie als *fattore* zu arbeiten. Obwohl sie ihm mehr Lohn als früher in Aussicht stellte, wusste er nicht, ob es ratsam war, abermals in ihre Dienste zu treten. Immerhin hatte sie ihm zu verstehen gegeben, dass sie mehr als freundschaftliche Gefühle für ihn hegte. Konnten sie unter diesen Umständen zusammenarbeiten? Was, wenn Catherine insgeheim die Hoffnung hegte, er würde sich letztlich doch zu einer Ehe mit ihr entschließen? All das konnte nur zu Enttäuschung, Bitterkeit und Streit führen.

»Warum zögert Ihr?«, fragte die Kauffrau, als er sich Bedenkzeit erbat.

Michel beschloss, seine Zweifel in aller Offenheit anzusprechen – Ehrlichkeit war das Mindeste, was sie verdient hatte, nach allem, was sie für ihn getan hatte. »Ich fürchte, Ihr habt Erwartungen an mich, denen ich nicht gerecht werden kann.«

»Ihr habt Eure Wahl getroffen. Das respektiere ich. Es wird unsere Zusammenarbeit nicht behindern.«

»Ich werde Isabelle und meinen Sohn besuchen, so oft ich kann. Das wird unsere Freundschaft auf eine harte Probe stellen.«

»Ich bin die reichste und angesehenste Frau des Bistums. Das wäre ich kaum geworden, wenn ich nicht gelernt hätte, meine Gefühle der Vernunft unterzuordnen. Ihr seid einer der besten Kaufleute, die ich je getroffen habe. Alles, was ich will, ist, dass Ihr wieder für mich arbeitet.« Sie lächelte. »Aber das heißt nicht, dass ich Euch auf Knien anflehen werde.«

All das sagte sie derart gelassen und sachlich, dass Michel nicht anders konnte, als ihr zu glauben. Noch am selben Tag trat er wieder in ihre Dienste, denn die Vorteile dieses Arrangements überwogen bei Weitem die Nachteile: Sie zahlte ihm einen üppigen Lohn, obwohl sie allein alle Risiken ihrer Geschäfte trug, und als ihr *fattore* konnte er in begrenztem Umfang auf eigene Rechnung Handel treiben, ohne Mitglied der Gilde sein zu müssen.

Trotzdem wusste Michel, dass seine Tage in Varennes gezählt waren. Irgendwann würde er nach Metz gehen, wo niemand ihn daran hindern konnte, ein eigenes Geschäft zu eröffnen – wenn nicht in diesem Jahr, dann spätestens im nächsten. Alles, was er dafür brauchte, war Geld, denn die Handelsstadt im Norden war ein teures Pflaster: Häuser innerhalb der Wehrmauern kosteten Unsummen, und die Gilden verlangten enorme Beiträge. Sowie er hundertfünfzig Pfund gespart hatte, würde er sein Glück versuchen, obwohl er die Vorstellung verabscheute, seiner Heimat den Rücken zu kehren und seinen Feinden kampflos das Feld zu überlassen. Doch er sah keinen anderen Weg. In Varennes hatte er keine Zukunft mehr.

Also stürzte er sich mit Feuereifer in die Arbeit. Gemeinsam mit Catherine oder in ihrem Auftrag unternahm er Reisen in die Champagne und nach Burgund und handelte mit Salz, Tuchen, englischer Wolle und fremdländischen Gewürzen, sodass er jeden Monat eine stattliche Summe beiseitelegen konnte. Isabelle und Rémy konnte er deswegen nur einmal besuchen, bevor der Sommer kam. Es gelang ihm, sich mit ihnen während einer Handelsreise nach Worms zu treffen, nachdem er ihr Wochen zuvor eine Nachricht zu der Herberge am Holzmarkt gesandt hatte, wohin er nach wie vor all seine Briefe schickte. Catherine erzählte er nichts von seinem Abstecher nach Speyer, aus Rücksicht auf ihre Gefühle.

Rémy hatte sich prächtig entwickelt, seit Michel ihn das letzte Mal gesehen hatte. Der Junge war nun dreizehn Monate alt, hatte Zähne bekommen und konnte bereits laufen, obwohl er noch recht wackelig auf den Füßen war. Gelegentlich fiel er hin, doch selbst schmerzhafte Stürze entmutigten ihn nicht; stets stand er ohne Hilfe auf und watschelte unerschrocken weiter. Michel, der neben Isabelle an ihrem Stammplatz bei der Quelle saß, konnte sich kaum an dem kleinen Mann sattsehen.

Plötzlich hob Rémy seine knubbelige Hand und deutete auf die grasenden Rinder auf den Weiden. »Kuh.«

Michel war wie vom Donner gerührt. »Hat er das eben wirklich gesagt?«

Isabelle lächelte. »Ja, er hat vorigen Monat angefangen zu sprechen. ›Kuh‹ und ›Mama‹ sind seine ersten Wörter. Er sagt sie andauernd.«

Als wolle er ihnen sein neues Können beweisen, wandte sich Rémy zu ihnen um und sagte freudestrahlend: »Mama!«

Michel konnte nur mit Mühe Tränen der Rührung unterdrücken. »Wie hat es angefangen? Ich will alles wissen, alles, jede Einzelheit!«

»›Kuh‹ hat er zuerst gesagt. Ich war leider nicht dabei ... er war gerade mit Thomasîn im Stall«, fügte Isabelle verlegen hinzu.

»Dein Thomasîn ist ein richtiger Glückspilz, was?«, murmelte er. Er konnte nicht sagen, wie sehr er Isabelles Gemahl dafür beneidete, dass er Rémy Tag für Tag um sich hatte und den Jungen aufwachsen sah.

Sie streifte ihn mit einem Blick. »Hör auf.«

»Womit?«

»Auf Thomasîn eifersüchtig zu sein. Das ist albern.«

»›Albern‹ nennst du das?« Er machte keinen Hehl aus seinem Verdruss. »Er muss nicht fünfzig Wegstunden reiten, wenn er Rémy sehen will. Dabei ist Rémy nicht einmal sein Sohn.«

»Michel ...«

»Und der Kerl teilt Nacht für Nacht mit dir das Bett«, fuhr

er fort. »Wie würdest du es finden, wenn ich bei einer anderen läge?«

»Ich habe dir doch gesagt, dass er mich nicht anrührt.«

»Immer noch nicht?«

Sie schüttelte den Kopf.

Michel rupfte ein Büschel Löwenzahn heraus und zerrieb die Blätter zwischen den Fingern. Obwohl er wusste, dass Isabelle ihn nie anlügen würde, fiel es ihm schwer zu glauben, dass Thomasîn nur einmal in der Hochzeitsnacht bei ihr gelegen hatte, und danach nie wieder. Sie war eine wunderschöne Frau, und die Männer waren verrückt nach ihr. »Sagst du das nur, damit ich mich nicht ganz so miserabel fühle?«

»So ein Unsinn. Du weißt, dass ich das nicht tun würde.«

»Dann frage ich mich, was mit ihm nicht stimmt.«

Sie zuckte nur mit dem Schultern. Michel warf die Löwenzahnblätter von sich, und schweigend schauten sie Rémy dabei zu, wie er die Welt entdeckte.

Nach einer halben Stunde wurde der Junge müde, und Isabelle legte ihn auf eine Decke. Während sie ihm ein Schlaflied sang, ließ Michel seinen Blick über ihr Gesicht gleiten, ihr Haar, ihre Lippen, ihren Nacken. Er verzehrte sich danach, sie zu lieben, gleich hier im Gras, neben der Quelle. Als Rémy eingeschlafen war, wollte er sie küssen, doch sie wandte sich von ihm ab, wieder einmal.

»Nicht, Michel«, sagte sie leise. »Du weißt doch, dass das nicht geht.«

»Es ist so lange her, dass ich dich berührt habe.«

»Lass uns vernünftig sein. Bitte. Stell dir vor, man würde uns sehen. Was würde dann aus Rémy?«

»Allmählich habe ich es satt, immerzu vernünftig zu sein.«

»Bitte, Michel«, sagte sie noch einmal und ergriff seine Hand. »Irgendwann. Aber nicht jetzt.«

Er betrachtete die Wolkenfetzen, die quälend langsam über den blassblauen Himmel zogen wie leckgeschlagene Schiffe über eine windstille See. »Ich muss jetzt gehen«, sagte er schließlich und erhob sich.

»Schon? Du bist doch gerade erst gekommen.«

»Catherine braucht die Waren aus Worms. Ich kann sie nicht warten lassen.«

»Auf eine Stunde mehr kommt es doch nicht an.«

Michel band sein Pferd los. Isabelle stand auf.

»Großartig«, sagte sie. »Jetzt bist du böse auf mich.«

»Ich bin nicht böse auf dich. Es ist nur …« Er biss die Zähne zusammen und schaute sie an. »Ich weiß nicht, ob ich das noch lange ertrage.«

»Wir müssen eben Geduld haben.«

»Und dann? Es gibt doch keine Zukunft für uns.« Michel sah das Flackern in ihren Augen und bereute sogleich seine Worte. Sie zu verletzen war wahrlich das Letzte, was er wollte. »Es tut mir leid. Ich hätte das nicht sagen sollen. Du hast recht. Wir müssen geduldig sein.« Er zwang sich zu einem Lächeln. »Du weißt ja – das war noch nie meine Stärke.«

»Schreibst du mir, wenn du zu Hause bist?«

»Natürlich. Und du lässt es mich wissen, wenn der kleine Mann neue Wörter gelernt hat.« Er trat zu ihr, und sie umarmten einander. Sie hauchte ihm einen Kuss auf die Wange.

»Ich liebe dich«, flüsterte sie. »Vergiss das nie.«

Wenig später saß er im Sattel und ritt über die Felder, seine Kehle war eng, und noch viele Stunden später spürte er ihre Lippen auf seiner Haut.

Juli 1191

Varennes-Saint-Jacques

Am feuchtesten Tag im feuchtesten Sommer seit vielen Jahren steuerte Michel seinen Ochsenwagen über die Moselbrücke und fluchte leise über den Nieselregen, der seit Tagen unablässig fiel. Zusammengekauert hockte er auf dem Wagenbock, die Zügel in den Händen, während Myriaden feiner Tröpfchen seinen Mantel durchweichten und auf die Salzfässer hinter ihm trafen. Die Mosel war beträchtlich angeschwollen und rauschte bedrohlich um die Pfeiler. Wenn sich das Wetter nicht bald besserte, drohte Varennes ein Hochwasser. Es wäre das erste im Sommer seit gut drei Jahrzehnten.

Er hatte die Brücke noch nicht zur Hälfte überquert, als sich vom anderen Ufer zwei Gestalten näherten, wie er in weite Kapuzenumhänge gehüllt und mit Spießen bewaffnet. De Guillorys Zöllner. Barsch hielten die Männer ihn an und erkundigten sich nach seiner Ladung. Er wies auf die Salzfässer, woraufhin sie den Wagen akribisch durchsuchten und schließlich den Brückenzoll berechneten. Michel überreichte ihnen die geforderten Sous und fuhr weiter, bevor sie noch auf die Idee kamen, ihn zu schikanieren. Obwohl de Guillory angekündigt hatte, ihm das Leben schwerzumachen, falls er wieder Handel trieb, hatten seine Leute ihn bisher in Ruhe gelassen – vermutlich, weil sich der Ritter seit Monaten in Bar aufhielt, wo er für Herzog Simon gegen dessen Erzrivalen Graf Thiébaut kämpfte.

Überraschenderweise hielt sich de Guillory an die Zollbeschränkung, die Kaiser Barbarossa ihm einst auferlegt hatte:

Seine Zöllner nahmen niemals mehr als fünf von hundert Teilen auf alle Waren, die man über die Brücke transportierte. *Noch*, dachte Michel. Barbarossa war vor über einem Jahr gestorben, und der neue Kaiser, sein Sohn Heinrich, weilte ständig in Italien. Möglicherweise nahm de Guillory das bald zum Anlass, es mit vergangenen kaiserlichen Entscheidungen nicht mehr so genau zu nehmen, da er unter diesen Umständen kaum Heinrichs Zorn fürchten musste.

Das Salz auf der Wagenpritsche war für die Sankt-Johannes-Messe in Troyes bestimmt, zu der Catherine übermorgen aufbrechen wollte. Michel konnte nicht behaupten, dass er sich darauf freute. Bei Dauerregen versank die Champagne im Schlamm, und eine mehrtägige Fahrt über die aufgeweichten Wege wäre eine Qual für Mensch und Tier. Vielleicht konnte er Catherine dazu bringen, die Reise um eine oder zwei Wochen zu verschieben. Normalerweise hörte sie auf ihn, was die Planung ihrer Geschäfte anging.

Wenig später lenkte er den Wagen durch das Salztor. Zu seiner Verwunderung herrschte in der Stadt helle Aufregung. Menschen eilten die Grande Rue hinauf in Richtung Domplatz, sie lachten und jubelten und priesen den Herrn.

»Was ist denn da los?«, erkundigte er sich bei einem jungen Mädchen, das seinen Brüdern folgte.

»Unsere Kreuzfahrer! Sie sind zurück!«

Ohne nachzudenken, sprang Michel vom Wagenbock, ließ das Fuhrwerk samt Ladung mitten auf der Straße stehen und rannte los, als wären alle Dämonen der Hölle hinter ihm her.

Menschen drängten sich auf dem Domplatz, Hunderte, mindestens die halbe Stadt, so erschien es ihm. Die Massen wälzten sich trotz des Regens zwischen den Marktständen hindurch, ohne Rücksicht auf die Händler und ihre Auslagen, die heruntergeworfen und zertrampelt wurden, obwohl sich die Marktaufseher verzweifelt bemühten, die Ordnung zu wahren. Sämtliche Kirchenglocken läuteten.

»Lasst mich durch!«, brüllte Michel und kämpfte sich unter Einsatz all seiner Kräfte durch die Menge. Die Kreuzfahrer hatten sich am Marktkreuz versammelt, wo sie sich feiern ließen. Mütter umarmten weinend ihre Söhne, Ehefrauen ihre Männer, Schwestern ihre Brüder. Fässer wurden herbeigeschafft und an Ort und Stelle angestochen, Wein und Bier flossen in Strömen.

»Jean!«, schrie Michel, während er versuchte, das Durcheinander zu überblicken. Seit im vergangenen Winter die Kunde nach Oberlothringen gelangt war, die Kreuzfahrer Varennes' seien trotz Barbarossas Tod weiter gen Jerusalem gezogen, hatte man nichts mehr von ihnen gehört. Hatte sein Bruder diese törichte Heerfahrt unbeschadet überstanden? Oder war er verletzt, verstümmelt, vielleicht sogar tot?

Bitte lass ihn am Leben sein, betete Michel atemlos. *Wenn er gesund ist, spende ich Pater Jodocus für ein ganzes Jahr den Messwein.*

»Herr!«, brüllte jemand, und mächtige Arme umschlangen ihn. »Wie schön, Euch zu sehen!« Es war Yves, sein ehemaliger Leibwächter. Der Hüne strahlte bis über beide Ohren.

»Wo ist mein Bruder? Ist er auch da? Geht es ihm gut?«

»Ja. Ja. Er ist da drüben. Kommt!«

Mit Yves' Hilfe war es ein Leichtes, das Gewimmel aus wogenden Leibern zu durchqueren. Jean redete gerade mit Charles Duval, der ihn an den Schultern gepackt hatte und gar nicht mehr loslassen wollte. Sein Bruder bemerkte ihn, Michel blieb abrupt stehen, und sie starrten einander schweigend an.

Eine wahre Sturmflut von Erinnerungen und Gefühlen wallte in Michel auf. Ihre ständigen Auseinandersetzungen wegen des Kreuzzugs. Sein Zorn auf Jeans Sturheit. Ihr Zerwürfnis am Tag des Aufbruchs der Kreuzfahrer. Seine Reue. Die quälende Sorge um Jeans Leben. Die ständige Furcht um seinen Bruder. An all das dachte Michel, und plötzlich fielen Jean und er einander in die Arme, ohne dass er sagen konnte, wie es dazu gekommen war. Er weinte und rief: »Ich war ein Narr, ein solches

Rindvieh! Ein herrischer, selbstgerechter Dummkopf. Ich hätte dich niemals verstoßen dürfen!«

»Ich war das Rindvieh.« Jean weinte auch. »Ich hätte auf dich hören sollen.«

Lange standen sie da und lagen sich schluchzend in den Armen, während um sie herum die Menge wogte.

»Wieso hast du nicht geschrieben?«, fragte Michel, nachdem er sich die Tränen abgewischt hatte. »Ich war ganz krank vor Sorge um dich.«

»Nun ja«, meinte Jean. »Wir sind nicht eben als Freunde auseinandergegangen, wenn du dich erinnerst.«

»Doch nicht mir. Vivienne.«

»Ich habe ihr geschrieben. Dreimal. Hat sie dir nicht davon erzählt?«

»Sie sagt, sie hat keinen Brief von dir bekommen. Sie müssen unterwegs verloren gegangen sein.«

»Können wir woanders hingehen?«, fragte Jean, dem das feuchte Haar im Gesicht klebte. »Dieser Trubel ist mir etwas zu viel.«

»Natürlich. Komm mit.«

»Gehen wir nicht nach Hause?«, fragte sein Bruder, als Michel ihn in Richtung Hungerturm schob.

»Wir wohnen nicht mehr am Domplatz.«

Jean reckte den Kopf. Erst jetzt bemerkte er die klaffende Lücke an der Stelle, wo einmal ihr Haus gestanden hatte. »Was, bei allen Dämonen …«

»Ich glaube, wir haben uns viel zu erzählen«, meinte Michel.

Jean hatte sich verändert. Er trug jetzt einen Bart, das hellbraune Haar fiel ihm bis auf die Schultern. Als er sich zu Hause abtrocknete und frische Kleider anzog, bemerkte Michel die eine oder andere Narbe an seinen Gliedmaßen. Zu seiner Erleichterung zeugte keine von einer ernsthaften Verwundung, nur von oberflächlichen Blessuren.

Außerdem war Jean ernster als früher, nachdenklicher. Was immer er auf dem Kreuzzug erlebt hatte, es hatte Spuren hinterlassen, nicht nur körperliche.

Kurz darauf saßen sie am Kaminfeuer, das Louis entfacht hatte. Von draußen drang das Getöse der feiernden Stadt herein.

»Nicht alle haben es geschafft«, sagte Jean, nachdem er sich mit Wein, Brot und kaltem Braten gestärkt hatte. »Sechs sind auf dem Heimweg gestorben.«

»Wer?«, fragte Michel bang.

»Raymond Fabre und Gérard. Sie fielen in Kleinasien, als wir in einen Hinterhalt seldschukischer Räuber gerieten.«

Michel bekreuzigte sich und schloss für einen Moment die Augen. Zwei gute Männer, gestorben für nichts. Einer davon ein guter Freund, der andere einer seiner treuesten Gildenbrüder. »Wer noch?«

Jean nannte ihre Namen und die Umstände ihres Todes. Sie waren türkischen Kriegern, Krankheiten oder Unglücksfällen zum Opfer gefallen. Michel kannte sie alle, wenngleich manchen nur flüchtig. Jeder von ihnen hinterließ trauernde Familien, Bruderschaften und Pfarrgemeinden. *Was für eine Vergeudung von Menschenleben.*

Jean schaute sich in der Stube um. »Seit wann wohnst du hier? Und wo sind Matenda, Thérese und Foulque?«

»Später. Zuerst will ich wissen, was dir widerfahren ist. Das Letzte, was wir gehört haben, war, dass ihr nach Barbarossas Tod mit dem Herzog von Schwaben weitergezogen seid.«

»Ich war bei ihm, als er starb«, sagte Jean leise. »Ich habe gesehen, wie Barbarossa ertrank. Ich wollte ihn retten, doch ich kam zu spät.«

»Erzähl mir alles«, bat Michel.

Barbarossas tragischer Tod hatte dem Heer der Deutschen jegliche Zuversicht, jeglichen Glauben an den Erfolg des Kreuzzuges geraubt. Zehntausende Krieger, darunter Fürsten und

Herzöge, brachen daraufhin ihr Gelübde und machten sich wenige Tage später auf den Heimweg. Nur eine kleine Streitmacht zog weiter zum Heiligen Land, unter ihnen die Männer aus Varennes.

»Gut zehn Tage später erreichten wir Antiochia im Norden der Kreuzfahrerstaaten«, sagte Jean. »Man bereitete uns einen herzlichen Empfang, und wir freuten uns darauf, in der Stadt neue Kräfte zu sammeln. Eigentlich hätten wir nach einer Woche weiterziehen wollen. Was stattdessen geschah, ist schwer zu erklären ...«

Die mörderische Sommerhitze Palästinas und das bequeme Leben in Antiochia machte die erschöpften Männer träge. Nicht nur die einfachen Ritter und Soldaten verloren den letzten Rest ihrer Begeisterung für den Kreuzzug, auch ihre Heerführer und Fürsten konnten sich nicht aufraffen, den luxuriösen Palästen, Badehäusern und immergrünen Gärten ihrer Gastgeber zu entsagen und gen Süden weiterzuziehen. Zwei Monate saß das Heer in Antiochia fest, bis die Männer Varennes' zu guter Letzt beschlossen, in die Heimat zurückzukehren.

»Es war erbärmlich«, berichtete Jean. »In zwei Wochen hätten wir in Akkon sein können, um den Königen von England und Frankreich gegen Sultan Saladin beizustehen. Aber die Männer hatten all ihren Mut eingebüßt. Raymond und ich waren die Einzigen, die nicht aufgeben wollten, doch wir konnten die anderen nicht überzeugen. Dass Nicolas sagte, er werde auch heimgehen, gab schließlich den Ausschlag. Die Männer stellten uns vor die Wahl, entweder mitzugehen oder allein weiterzuziehen. Also schlossen wir uns ihnen an. Was blieb uns anderes übrig?«, fügte Jean bitter hinzu. »Raymond und ich hätten kaum allein nach Akkon marschieren können.«

»Nicolas?«, wiederholte Michel. »Meinst du Nicolas de Bézenne? Geht es ihm gut?«

»Ja. Er war bis Nancy bei uns. Inzwischen dürfte er zu Hause sein.«

Michel atmete auf. Der alte Ritter hatte viel für Varennes getan, und Michel betrachtete ihn als seinen Freund. Er hätte es nicht ertragen, wenn de Bézenne etwas zugestoßen wäre.

»Wir sind kurz nach Himmelfahrt aufgebrochen«, fuhr Jean fort. »Bis Kilikien ging alles glatt, aber im Taurusgebirge begannen dann die Schwierigkeiten, angefangen beim Wetter, das sich plötzlich gegen uns verschworen hatte. Bald wurde uns klar, dass die Heimreise härter als der Hinweg werden würde …«

Ohne den Schutz eines mächtigen Heeresverbandes waren die Männer den Gefahren Kleinasiens hilflos ausgeliefert. Schwere Unwetter im Gebirge behinderten ihr Fortkommen. Mehrere Kreuzfahrer erkrankten am Fieber. Zwei Pferde und ein Proviantwagen stürzten in eine Schlucht, sodass sie bald nicht mehr genug Rationen für alle hatten. Hunger und Unzufriedenheit machten sich breit.

»Und dann die Seldschuken. Sie sind die gefährlichsten Krieger, die es gibt. Sie griffen uns an, wo sie nur konnten, denn sie wollten uns in die Sklaverei verschleppen. Um jede Meile mussten wir kämpfen. Zum Glück habe ich mir in Antiochia einen neuen Talisman besorgt. Sonst wäre es mir vielleicht so ergangen wie Raymond und Gérard und den anderen.«

Jean griff in seine Sachen und holte eine kleine Glasscheibe hervor. Sie funkelte in allen Farben des Regenbogens und erinnerte Michel vage an ein Auge. So etwas hatte er noch nie gesehen.

»Was ist das?«

»Die Türken nennen es *Nazar*. Es ist ein Amulett, das vor dem Bösen schützt. Viel mächtiger als unsere Talismane. Es hat mir mehrmals das Leben gerettet.«

Michel hätte Jean am liebsten noch einmal umarmt. Gewiss, der unselige Kreuzzug hatte seinen Bruder an Körper und Seele gezeichnet, doch tief im Innern war er noch ganz der Alte.

»Dass wir in Kleinasien nicht völlig aufgerieben wurden, haben wir allein Gottes Gunst und unverschämtem Glück zu verdanken«, erzählte Jean weiter. »Als wir endlich in Konstantinopel ankamen, waren wir mit unseren Kräften am Ende…«

Zwei Monate blieben die geschundenen Kreuzfahrer in der Hauptstadt des Byzantinischen Reiches, pflegten ihre Wunden und kurierten ihre Krankheiten aus. Leider besaßen sie nicht genug Geld, um sich eine Schiffspassage nach Italien oder Frankreich leisten zu können. So hatten sie keine andere Wahl, als zu Fuß weiterzugehen.

»Die Reise durch Serbien und Ungarn war nicht ganz so gefährlich wie der Marsch durch Kleinasien, aber genauso mühsam«, erklärte Jean. »Im Balkangebirge trieben sich Räuberbanden herum, was uns zu Umwegen zwang. Wir verirrten uns ständig und kamen kaum voran…«

Durch die Strapazen und das wechselhafte Wetter wurden einige der Männer abermals krank, weshalb die Schar wiederholt tagelang rasten musste. Einmal blieben sie sogar zwei Wochen in einem einsamen Bergdorf, denn Yves war in den Wäldern von einem Wolf angefallen und verletzt worden, und Jean und seine Gefährten wollten ihn auf keinen Fall zurücklassen. Inzwischen war außerdem der Winter hereingebrochen, sodass sie bis März warten mussten, ehe sie weiterziehen konnten.

»In Ungarn hatten die Strapazen endlich ein Ende. Die Straßen wurden besser, das Wetter hielt, und wir schafften es in ein paar Wochen nach Regensburg. Dort gab es noch einmal Ärger, weil der Stadtvogt Amalric vorwarf, er hätte sich an der Tochter eines Patriziers vergriffen. Das Ganze war erstunken und erlogen – das Miststück hat ihn bei den Bütteln angeschwärzt, weil er sie nicht mitnehmen wollte. Aber beweise so etwas mal. Jedenfalls dauerte es zwei Wochen, bis wir ihn herausgehauen hatten. Danach geschah eigentlich nichts mehr. Wir durchquerten das Reich, und hier bin ich nun.« Jeans Finger schlossen sich um das *Nazar*, und das Lederbändchen straffte sich um sein Handgelenk. »Eins kann ich dir versichern: Dieser vermaledeite Kreuzzug hat meinen Durst nach Abenteuern ein für alle Mal gestillt.«

Michel lächelte. »Ich bin froh, dass du zu Hause bist. Du hast mir gefehlt, Jean.«

»Jetzt du«, sagte sein Bruder. »Was hast du getrieben, während ich fort war?«

»Tja. Womit soll ich anfangen? Am besten mit Isabelle.«

»Isabelle Caron? Gaspards Schwester?«

»Ja.«

Jean lehnte sich zurück. »Jetzt bin ich neugierig.«

Michel erzählte ihm alles. Von seiner Liebe zu Isabelle. Von all den katastrophalen Folgen ihres heimlichen Verhältnisses. Von ihrer Verurteilung vor dem Sendgericht, dem Verlust seiner Gildenmitgliedschaft und den Unruhen, die daraufhin in Varennes ausgebrochen waren. Als Jean erfuhr, was mit Bischof Ulman und Gaspard geschehen war, bekreuzigte er sich erschüttert, ballte die Rechte zur Faust und hielt sie sich an die Lippen.

»Ich habe alles versucht«, sagte Michel. »Aber ich konnte Gaspard nicht aufhalten.«

»Was ist mit unserem Haus passiert?«

»Es ist abgebrannt. Foulque hat Feuer gelegt, als er mich töten wollte.«

»Foulque wollte dich töten?«, fragte Jean fassungslos.

Michel erzählte ihm von seiner Vermutung, dass Géroux den Pferdeknecht angeheuert hatte, um sich an ihm zu rächen.

»Ich habe es dir gesagt«, murmelte sein Bruder. »Deine Feinde hatten nie aufgegeben. Du hättest dir neue Leibwächter suchen sollen, als Yves und Gérard auf den Kreuzzug gegangen sind.«

»Du hattest recht«, gab Michel zu. »Hätte ich nur auf dich gehört.«

»Unser Erbe ist also verloren?«

Michel nickte. »Nur das Salzschiff ist noch da. Und etwas Geld, das ich seitdem gespart habe. Es tut mir leid, Jean. Ich habe unserem Namen Schande gemacht.«

Sein Bruder stand auf, fuhr sich durch das Haar und trat

ans Fenster. Als er sich zu ihm umwandte, erwartete Michel, er würde ihm Vorhaltungen machen, ihn beschimpfen und einen selbstsüchtigen Dummkopf heißen. Michel hätte es ihm nicht einmal verdenken können.

»Dass so etwas ausgerechnet dir passiert, dem unfehlbaren Schlaukopf«, sagte Jean.

»Ich bin weder unfehlbar noch ein Schlaukopf.«

»Nein. Offensichtlich nicht.«

»Ich ersetze dir deinen Verlust«, sagte Michel. »Du bekommst wie gehabt deine Leibrente und die Hälfte aller Einnahmen. Ich kann ein Darlehen aufnehmen …«

»Hör auf. Das führt doch zu nichts. Dass es so weit gekommen ist, war auch mein Fehler.«

»Jean …«, begann Michel.

»Doch, war es. Wäre ich dageblieben, hätte ich dich schützen können. Jetzt genug davon. Vergessen wir die Vergangenheit und schauen wir nach vorne.«

»Hab Dank, mein Bruder.« Michels Stimme versagte. Er stand auf, und im Schein der Flammen, die knisternd an den Holzscheiten leckten, reichten sie einander die Hand.

Michel bat Catherine, allein nach Troyes zu reisen, damit Jean und er mehr Zeit miteinander verbringen und Pläne für die Zukunft schmieden konnten. Michel erzählte seinem Bruder von seinem Vorhaben, nach Metz zu gehen und dort ein neues Geschäft zu eröffnen, sowie er genug Geld gespart hatte. Jean war sofort Feuer und Flamme und wollte wieder mit ihm zusammenarbeiten. Er sehne sich nach dem einfachen Leben als sein Gehilfe, sagte er, und könne es kaum erwarten, wieder mit dem Salzschiff auf der Mosel zu fahren und die Märkte Frankreichs und Burgunds zu besuchen, ganz wie in alten Zeiten.

Ihre Schwester Vivienne jedoch hatte eine gänzlich andere Idee.

Michel hatte einen berittenen Boten zu ihr geschickt und sie benachrichtigt, dass Jean zurückgekehrt sei. Vivienne, ihr Mann Bernier und ihre Kinder Étienne und Guillemette waren daraufhin nach Varennes gekommen, um mit der ganzen Familie Jeans Heimkehr zu feiern.

Als Vivienne am nächsten Morgen von ihren Plänen hörte, fragte sie: »Wieso tritt Jean nicht der Gilde bei?«

»Welche meinst du?«, erwiderte Michel verständnislos. »Eine der Gilden von Metz?«

»Nein, die Kaufmannsgilde von Varennes. Dir kann Géroux vielleicht die Mitgliedschaft verwehren, aber Jean nicht. Oder sehe ich das falsch?«

»Ich denke nicht«, sagte Michel baff.

»So könntet ihr Géroux ein Schnippchen schlagen und trotzdem ein neues Geschäft aufbauen. Schließlich ist es einerlei, wer von euch beiden der Gilde angehört, oder?«

Jean verzog zweifelnd den Mund. »Ihr wisst doch, dass ich nicht zum Kaufmann tauge. Ich kann kein Geschäft führen. Zumindest nicht so gut wie Michel.«

»Aber das musst du doch gar nicht!« Michel konnte nicht fassen, dass diese Idee nicht ihm gekommen war. Sie war so naheliegend, so offensichtlich. Er sprang auf und schritt in der Stube umher. »Es genügt, wenn du unser Geschäft in der Gilde vertrittst. Ich kann weiterhin die geschäftlichen Entscheidungen treffen – als dein *fattore*. Das wäre nicht einmal ein Verstoß gegen die Statuten. Es steht ja nirgendwo geschrieben, dass alle Teilhaber der Gilde beitreten müssen. Es reicht, wenn einer es tut.« Er hieb mit der flachen Hand auf den Tisch. »Schwester, ich könnte dich küssen – du bist brillant! Géroux wird kochen.«

»Stets zu Diensten«, sagte Vivienne lächelnd und sah nach ihrer Tochter, die beim Stillen eingeschlafen war. Guillemette war im März zur Welt gekommen und anders als ihr unverwüstlicher Bruder Étienne klein und zart – ein Sorgenkind. Beinahe hätte sie die ersten Wochen nach der Geburt nicht überstanden, doch allmählich entwickelte sie sich gut.

»Du gehst gleich heute Abend zu Géroux und ersuchst ihn um Aufnahme in die Gilde«, sagte Michel. »Beim heiligen Jacques, ich wünschte, ich könnte dabei sein. Ich würde so gern sein Gesicht sehen.«

Jeans Begeisterung hielt sich in Grenzen. »Ich weiß nicht, Michel … Die Gildenpolitik, die ständigen Intrigen und Machtkämpfe – das ist nichts für mich. Du kennst mich doch: Irgendwann reißt mir der Geduldsfaden, und ich gehe Géroux an die Kehle.«

»Du kommst damit schon zurecht. He, du hast einen Kreuzzug überstanden!«

»Das war etwas anderes. Außerdem bezweifle ich, dass es so einfach ist, wie ihr sagt. Géroux wird alles daran setzen, meine Aufnahme in die Gilde zu verhindern.«

»Natürlich. Aber was soll er tun? Ausnahmsweise ist das Recht einmal auf unserer Seite.«

»Davon abgesehen bist du ein Held«, meldete sich Bernier zu Wort.

»Blödsinn«, sagte Jean.

»Doch, bist du«, beharrte ihr Schwager. »Als ich heute Morgen auf dem Markt war, hat man an jeder Ecke über dich geredet. Du warst dabei, als Barbarossa starb. Du hast dein Leben riskiert, um seines zu retten.«

»Aber ich habe versagt!«

»Na und? Ein Bursche aus Varennes-Saint-Jacques hat sich gegen den Lauf der Welt gestellt. Das ist alles, was die Leute interessiert. Das weiß auch dieser Géroux. Wenn er sich weigert, dich aufzunehmen, hat er morgen die ganze Stadt gegen sich.«

»Jean«, sagte Michel. »Überleg doch, was wir schaffen könnten. Wir könnten hierbleiben und müssten unseren Feinden nicht das Feld überlassen. Bitte«, fügte er hinzu. »Vater hätte es so gewollt.«

»Natürlich musst du jetzt Vater ins Spiel bringen«, meinte sein Bruder missmutig. »Na schön. Ich mache es. Aber wenn ich

Géroux und seinen Speichelleckern alle Zähne ausschlage, sag nicht, ich hätte dich nicht gewarnt.«

»Ich schätze es nicht, wenn man versucht, mich zum Narren zu halten«, sagte Géroux am Abend desselben Tages. »Und schäbige Tricks schätze ich noch weniger. Richtet das Eurem Bruder aus. Und wagt es ja nicht, mich noch einmal zu behelligen.«

»Also lehnt Ihr mein Aufnahmegesuch ab?«, fragte Jean.

»Eher wird ein Sarazene Papst, als dass ich Euch der Gilde beitreten lasse. Habe ich mich deutlich genug ausgedrückt? Oder wollt Ihr es schriftlich haben?«

»Ihr bestraft mich für etwas, was mein Bruder getan hat. Das verstößt gegen das Gesetz und gegen die Statuten der Gilde.«

»Die Schandtaten Eures Bruders haben Eure ganze Familie befleckt. Kein de Fleury ist würdig, dieser ehrenwerten Bruderschaft anzugehören – in hundert Jahren nicht. Wenn Euch das nicht passt, beschwert Euch beim Schöffenkollegium.«

»Ihr macht einen Fehler«, erklärte Jean ruhig.

»Raus«, befahl Géroux.

Draußen vor der Gildehalle wartete Yves auf Jean.

»Wie hat er entschieden?«

»Rate mal.« Sie gingen an den Patrizierhäusern vorbei, die lange Schatten auf den Domplatz zeichneten. Als sie weit genug von der Gildehalle weg waren, fragte Jean: »Du weißt, was du zu tun hast?«

»Bevor es dunkel wird, ist die Sache erledigt«, sagte Yves.

Yves fand Amalric im *Les Trois Frères* und berichtete ihm sogleich, was geschehen war. Amalric stürzte sein Bier hinunter und lief zu Girard und Pierre, die es im Lauf des Abends den anderen Kreuzfahrern weitererzählten. Am nächsten Morgen wusste ganz Varennes, wie der verhasste Münzmeister und Vorsteher der Gilde mit Jean, dem Helden des Kreuzzuges, umgesprungen war.

Als Géroux zur Terz das Haus verließ, um in der Münze nach dem Rechten zu sehen, spuckte ein junger Maurer vor ihm aus.

»Ich verbitte mir das!«, bellte er.

»Fahrt zur Hölle, Géroux«, gab ihm der Bursche zur Antwort und machte dabei eine äußerst obszöne Geste.

Damit begannen drei unangenehme Tage für den Münzmeister.

Später, zur Mittagsstunde, wurde er beim Gang über den Markt zweimal angerempelt, das zweite Mal so rüde, dass er beinahe in den Straßenstaub fiel. Überall pöbelten ihn Tagelöhner und Handwerksgesellen an. Sogar bei der Sonntagsmesse im Dom brüllte ihm jemand aus der Menge eine derbe Beleidigung entgegen. Wer es gewesen war, ließ sich nicht feststellen, obwohl der Archidiakon verlangte, der Frevler solle sich zu erkennen geben. Das Stadtvolk johlte vor Vergnügen, während Géroux vor Zorn rot anlief.

Tags darauf verwüsteten Betrunkene einen seiner Marktstände. Die Missetäter flohen, bevor die Markthüter sie dingfest machen konnten, doch manch ein Augenzeuge glaubte, Yves, Amalric und zwei andere Veteranen des Kreuzzuges erkannt zu haben. Als Tancrède Martel die vier Männer zur Rede stellte, stritten sie alles ab und beteuerten, zur fraglichen Zeit in einem ganz anderen Stadtviertel gewesen zu sein. Aus Mangel an Beweisen musste der Schultheiß sie gehen lassen.

Géroux brauchte den ganzen Vormittag, um sich einen Überblick über den Schaden zu verschaffen. Als er gerade fertig war, bekam er Besuch von zwei Domherren, dem Dekan und dem Propst.

»Wir haben erfahren, dass Ihr Jean de Fleury nicht in die Gilde aufnehmen wollt«, sagte der Propst, ein dicklicher Mann, der immerzu schwitzte und überaus penetrant werden konnte, wenn er seinen Willen nicht bekam. »Eure Entscheidung hat uns nicht wenig befremdet, Herr Géroux. Dieser außergewöhnliche junge Mann hat sein Leben für die Christenheit aufs Spiel gesetzt und den Ruhm unserer Stadt gemehrt. Wenn er ein eigenes Gewerbe gründen möchte, sollte ihn jeder gute Christ nach Kräften unterstützen. Stimmt Ihr mir zu?«

Am frühen Abend sprach Jean abermals bei Géroux vor. »Ich hörte, es gibt Anlass zur Hoffnung, dass Ihr Eure Meinung geändert habt.«

Der Blick, mit dem der Gildemeister ihn bedachte, hätte ein Loch durch dickes Holz brennen können. »Na schön, de Fleury«, sagte er leise. »Diesmal habt Ihr gewonnen. Ihr dürft der Gilde beitreten. Aber ich warne Euch. Wenn Ihr Ärger macht wie Euer Bruder, seid Ihr schneller wieder draußen, als Ihr Amen sagen könnt.«

Michel und Jean und ihre Freunde feierten ihren Sieg in der besten Schenke am Salztor und spendierten ein Fass edlen Burgunderweines, das sie im Lauf des Abends leerten bis zum letzten Tropfen. Auch Catherine war gekommen – sie hatte ihre Reise nach Troyes wegen des Regens verschoben.

»Ihr und ich – es soll wohl einfach nicht sein«, sagte sie zu Michel und lächelte bedauernd. »Wie schade. Was wir gemeinsam hätten erreichen können … Nun denn, so bleibt mir nur noch, Euch und Eurem Bruder Glück zu wünschen. Möge der heilige Nikolaus Euer Geschäft segnen.«

»Habt noch einmal tausend Dank«, erwiderte Michel. »Ich weiß nicht, wo ich ohne Euch wäre. Das werde ich Euch nie vergessen.«

Nachdem sie ihren Rausch ausgeschlafen hatten, machten sie sich an die Arbeit. Jean bestand darauf, dass sie Yves einstellten, denn er hielt einen Racheakt Géroux' nicht für ausgeschlossen und wollte Louis mit dem Schutz ihres Besitzes nicht allein lassen. Diesmal hatte Michel keinerlei Einwände gegen einen Leibwächter – das Grauen des Feuers stand ihm noch allzu deutlich vor Augen. Er hätte gerne weitere Dienstleute eingestellt, denn zwei Knechte konnten die Arbeit im Haus und dem

Geschäft kaum schaffen. Doch ihr Geld war knapp, und so beschlossen sie, damit bis zum Winter zu warten.

Zwei Tage nach Maria Magdalena – das Wetter war herrlich – brachen sie schließlich zu ihrer ersten Handelsreise auf. Sie hatten zwanzig Fuder Salz geladen und wollten gemeinsam mit Catherine, Melville und Duval zur Sankt-Johannes-Messe in Troyes. Als Michel neben Jean auf den Wagenbock kletterte und der Handelszug aus Fuhrwerken, Saumtieren, Reitern und Söldnern unter fröhlichen Hurrarufen aufbrach, erschien ihm die Zukunft zum ersten Mal seit vielen Wochen nicht trostlos und grau.

September 1191

Vogtei Altrip

In der Siedlung in der Nähe von Thomasîns Hof gab es einmal im Monat einen kleinen Markt. An jedem zweiten Mittwoch des Monats kamen fahrende Händler aus Speyer, bauten vor der Kirche Tische und Stände auf und verkauften Salz, Kleidung, Werkzeug und andere Waren an die Bauern, Fischer und Viehhirten. Thomasîn besuchte das Dorf nur ungern, deshalb hatte er nichts dagegen, dass Isabelle hinunterging und ihre Einkäufe erledigte. Für sie war der Markt stets eine willkommene Abwechslung von dem eintönigen Leben auf dem einsamen Gehöft.

An jenem Mittwoch im September ging sie durch das Haus, in der einen Hand ein Stück Pergament, in der anderen einen Griffel, und schrieb alles auf, was sie brauchten. Rémy watschelte ihr hinterher und brüllte wie am Spieß. Er hatte schon den ganzen Morgen miserable Laune, und sie hatte es aufgegeben, ihn zu beruhigen. Sie ließ ihn schreien – irgendwann würde er schon damit aufhören.

»Wir brauchen Kerzen, Wetzsteine und etwas Honig – sonst noch etwas?«, fragte sie Thomasîn, der in der Küche saß und seine Messer reinigte – er hatte gerade ein Ferkel geschlachtet.

»Ist noch Salz da?«

»Es sollte noch eine Weile reichen.«

»Dann brauchen wir nichts weiter, glaube ich. Was ist denn mit dem Jungen los? Er wird doch nicht krank?«

Rémy klammerte sich an ihren Rock und greinte herzerweichend. »Ihm fehlt nichts«, seufzte Isabelle. »Er hat einfach nur einen schlechten Tag. Möchtest du mitkommen?« Sie fühlte sich verpflichtet zu fragen, obwohl sie die Antwort bereits kannte.

»Geh nur allein. Ich habe hier zu tun.«

Er mied das Dorf nach Möglichkeit, weil er die Bewohner, von wenigen Ausnahmen abgesehen, für bornierte Dummköpfe hielt. Isabelle unternahm einen letzten Versuch, Rémy zu beruhigen, indem sie sanft auf ihn einredete und ihm etwas frische Milch anbot. Doch der junge Mann wurde immer gereizter und schlug ihr in kindischem Zorn beinahe den Becher aus der Hand. Wütend steckte Isabelle ihn ins Tragetuch.

»Wehe, du brüllst immer noch, wenn wir im Dorf sind«, drohte sie ihm, als sie das Haus verließ. »Dann sage ich Bauer Anselm, dass er dich in seine Scheune sperren soll. Haben wir uns verstanden?«

Die Warnung bewirkte immerhin, dass er zu schreien aufhörte. Er schluchzte nur noch und zog an ihren Haaren, während sie den Pfad entlangstapfte. Irgendwann wurde es ihr zu viel, und sie gab ihm einen Klaps auf die Hand – woraufhin er wieder brüllte.

Es war noch nicht Mittag, doch sie war bereits erschöpft wie nach einem langen Tag voller Plackerei. Gewiss, Rémy war ihr Augenstern, das Licht ihres Lebens – aber manchmal hatte sie nicht übel Lust, ihn für eine Handvoll Pfennige an fahrende Gaukler zu verkaufen.

Das Dorf hieß Alta Ripa, nach einem römischen Kastell, das in der alten Zeit am Rheinufer gestanden hatte. Die Bewohner, des Lateinischen allesamt unkundig, nannten es meist verkürzt Altrip. Als die ersten Hütten in Sicht kamen, beschlich Isabelle ein ungutes Gefühl. Sie griff zu ihrem Gürtel, und natürlich: Wegen ihres morgendlichen Kampfes mit Rémy hatte sie ihr Geld vergessen. Müde machte sie kehrt und schlurfte zum Hof zurück.

Auf dem Platz vor den Gebäuden nahm sie Rémy aus dem Tragetuch und stellte ihn auf den Boden. »Spiel mit der Katze, während ich das Geld hole. Aber stell nichts an, ja?«

Sie betrat das Wohnhaus, das heute Morgen so gut wie verlassen war. Die Knechte und Mägde arbeiteten auf den Feldern, und Thomasîn trieb sich vermutlich in den Ställen herum. In der Küche fand sie ihre Geldbörse nicht – vermutlich hatte sie sie verlegt. Als sie gerade in der Schlafkammer nachsehen wollte, hörte sie Geräusche. Die Tür stand einen Spalt offen. Wider besseres Wissen machte sie nicht auf dem Absatz kehrt, sondern spähte hinein.

Thomasîn kauerte auf der Bettkante, breitbeinig und splitterfasernackt, und atmete keuchend. Winand, der Stallknecht, kniete vor ihm, ebenfalls nackt, sein Kopf ruhte in Thomasîns Schoß und bewegte sich rhythmisch vor und zurück.

Bevor sich Isabelle leise davonstehlen konnte, öffnete ihr Gemahl die Augen, und ihre Blicke trafen sich.

Sie kannte Thomasîns Geheimnis bereits seit einigen Monaten. Sie war im Frühjahr dahintergekommen, durch eine Verkettung der Umstände, durch einen bloßen Zufall.

Im Mai war sie mit Rémy nach Speyer geritten, um ihre Familie zu besuchen. Ganze zwei Tage hatte sie es dort ausgehalten; dann hatte sie Onkel Eberold, seine herablassende Art, sein dröhnendes Gelächter und seinen plumpen Witz nicht mehr ertragen. Nach einem Nachmittag voller Streit hatte sie ihre Stute gesattelt und Rémy ins Tragetuch gesteckt und war, brodelnd vor Zorn, nach Hause geritten.

Thomasîn hatte sie frühestens in zwei Tagen zurückerwartet. Als sie am späten Abend den Hof erreichte, war er mit Winand im Lagerschuppen und vergnügte sich mit dem Stallknecht im Heu. Die anderen Dienstleute schliefen längst, weshalb sich die beiden Männer keine besondere Mühe gaben, die Geräusche ihrer Lust zu unterdrücken. Isabelle, die sich zunächst keinen

Reim auf die keuchenden Laute machen konnte, schlich zum Schuppen und lugte hinein. Was sie sah, erschütterte sie bis ins Mark: Winand kauerte nackt auf allen vieren, das Gesicht eine Grimasse der Wollust, Thomasîn kniete hinter ihm und stieß hart in ihn hinein. Fassungslos und angewidert huschte sie davon und verbrachte die Nacht bei der Quelle am Waldrand.

Rémy lag im Gras und schlief friedlich – Isabelle dankte allen Heiligen, dass der Junge noch zu klein war, um zu verstehen, was er da im Schuppen gesehen hatte. Sie saß reglos neben ihm, starrte in die Dunkelheit und versuchte, des Aufruhrs in ihrem Inneren Herr zu werden.

Ihr Gemahl – ein Sodomit, ein Sünder wider das Gesetz Gottes. Ja, sie war schockiert. Ja, sie empfand Ekel. Zwar hatte sie gewusst, dass es Männer gab, deren körperliches Verlangen dem eigenen Geschlecht galt – aber es war etwas völlig anderes, dergleichen mit eigenen Augen zu sehen.

Doch irgendwann wich ihre Verwirrung kühler Ruhe. Endlich ergab alles einen Sinn: ihre trostlose Hochzeitsnacht. Winands Eifersucht in den ersten Wochen ihrer Ehe. Thomasîns Enthaltsamkeit. Sie hatte immer gedacht, er rühre sie wegen ihrer schimpflichen Vergangenheit nicht an. Nun kannte sie den wahren Grund. Er hatte für Frauen nichts übrig und liebte seinen Stallburschen. Um seine Neigungen zu verbergen und bei den Dörflern nicht ins Gerede zu geraten, hatte er sie geheiratet. Deshalb war er nicht wählerisch gewesen, was ihre Vergangenheit anging. Deshalb hatte er sogar das Kind eines anderen akzeptiert. Alles nur, um seinen Nachbarn ein normales, christliches Leben vorzugaukeln.

Je länger Isabelle darüber nachdachte, desto mehr schwand ihr Abscheu vor Thomasîn. Gewiss, seine Neigungen mochten wider die Natur sein – aber war er deswegen ein schlechter Mensch? Ganz und gar nicht. Er hatte ihr Freundschaft entgegengebracht, als alle Welt sie verachtete; er hatte Rémy herzlich in seinem Leben begrüßt und liebte ihn wie seinen eigenen

Sohn. Nein, sie konnte diesen Mann nicht hassen. Wer war sie, andere für ihre Bedürfnisse zu verurteilen? Auch sie hatte gesündigt, hatte Gottes Gesetz verletzt, weil sie auf ihrem Recht beharrte, zu lieben, wen sie wollte. Sie wusste, wie es sich anfühlte, wenn man für seine Gefühle bestraft und geächtet wurde.

Sie blieb bis zum Vormittag bei der Quelle. Als sie schließlich zum Hof ritt, gab sie vor, sie sei eben erst von Speyer zurückgekehrt. Sie hatte beschlossen, Thomasîn nicht auf ihre nächtliche Beobachtung anzusprechen. Sie hatte ihre Geheimnisse – er durfte seine haben.

Sie sprach mit niemandem über Thomasîns Neigungen, nicht einmal mit Michel. Die Kirche und die weltlichen Obrigkeiten bestraften Sodomie grausam. Ein falsches Wort zur falschen Zeit konnte Thomasîn das Leben kosten.

So hatte sie es all die Monate gehalten.

Nun aber wusste Thomasîn, dass sie ihn mit Winand gesehen hatte.

Sie legte den erschöpften Rémy in der Stube hin, setzte sich in die Küche und wartete. Thomasîn kam wenig später zu ihr.

»Was du gesehen hast …«, begann er.

»Du musst mir nichts erklären. Ich weiß es schon lange.«

»Erzähl niemandem davon. Bitte.«

Sie nickte.

»Habe ich dein Wort?«, fragte er rau.

»Natürlich. Wer weiß noch davon? Boso? Die Mägde?«

»Ich glaube, sie wissen es. Aber sie würden mich niemals verraten. Sie verdanken mir zu viel.« Sowohl Boso als auch die beiden Frauen hatten in bitterer Armut gelebt, bevor Thomasîn sie zu sich geholt hatte. Er bezahlte und behandelte sie gut. Sie hatten wahrlich keinen Grund, ihn bei der Obrigkeit anzuschwärzen.

Er trat ans Fenster, blickte über die Felder. »Verabscheust du mich jetzt?«

»Warum sollte ich? Du kannst nichts für deine Neigungen.«

»Was ich fühle, ist eine Abscheulichkeit vor Gott und den Menschen«, murmelte er, und das leise Zittern in seiner Stimme erzählte von endlosem Leid, von Selbsthass, Verzweiflung und Furcht.

»Wenn das so wäre, hätte Gott dich nicht so erschaffen.«

»Vielleicht ist es nicht Gott, der dieses Verlangen in mir entfacht.«

»Hör auf damit«, sagte Isabelle. »Du bist, wie du bist. Hasse dich nicht dafür. Und kümmere dich nicht um das, was die Pfaffen sagen.«

Lange stand er da, bevor er nickte und davonschritt. In der Küchentür drehte er sich noch einmal zu ihr um. »Hab Dank, Isabelle«, sagte er. »Du bist die weiseste Frau, die ich kenne.«

Plötzlich verspürte sie solche Zuneigung zu diesem stoischen, schweigsamen Mann, eine derart tiefe Verbundenheit, dass sie ihm all ihre Geheimnisse anvertrauen wollte: dass sie immer noch Michel liebte. Dass sie ihm regelmäßig schrieb. Dass sie ihn heimlich traf.

»Thomasîn«, sagte sie, als er gehen wollte. »Du … solltest etwas wissen.«

»Dein Leben gehört dir allein. Was außerhalb dieses Hauses geschieht … oder draußen an der Quelle … geht mich nichts an.«

Er schritt davon.

Isabelle atmete tief ein und sank auf einen Hocker.

November 1191

Metz

Aristide de Guillory war wahrlich der Letzte, der sich über einen guten Krieg beklagte. Das alltägliche Einerlei des Friedens langweilte ihn. Er fühlte sich nur dann richtig lebendig, wenn die Panzerreiter mit eingelegten Lanzen aufeinanderzudonnerten, wenn die Schwerter klirrten und er im Gewühl der Feinde Hiebe parierte und tödliche Streiche austeilte. Folglich hatte er die Fehde Herzog Simons gegen den aufsässigen Grafen von Bar in vollen Zügen genossen – zumindest während der ersten Wochen. Doch als sich der Konflikt in die Länge zog und es selbst nach der dritten Belagerung, der fünften Feldschlacht keinen Sieger gab, wurde der Feldzug allmählich zu einer lästigen und mühseligen Pein, und die Monate zogen sich quälend langsam dahin.

So war er heilfroh, als sein Lehnsherr und Thiébaut von Bar zu Allerheiligen endlich ihren Zwist beilegten und Frieden schlossen. Aristide hatte fürs Erste genug von stinkenden Heerlagern, schlammigen Schlachtfeldern und Gefechten im Nieselregen. Er sehnte sich nach der Behaglichkeit seiner Burg und nach seinen drallen Mägden.

Simons Streitmacht zog von Bar nach Metz, wo sie sich allmählich auflöste. Aristide durfte noch nicht nach Hause gehen, denn der Herzog hatte ihm zu verstehen gegeben, er habe noch etwas mit ihm zu bereden. Also übte er sich in Geduld und lagerte mit sechzig anderen lothringischen Rittern und ihren Kriegsknechten vor den Stadtmauern, bis eines Morgens die

Nachricht kam, er solle seinen Lehnsherrn aufsuchen. In seinem besten Waffenrock, nagelneuen Stiefeln und frisch poliertem Kettenpanzer machte er sich auf den Weg.

Während seines Aufenthaltes in Metz residierte Simon Châtenois in der Burg der Tempelritter, die hier eine Komturei unterhielten. Das mächtige Bollwerk stand im Süden der Stadt und beherrschte mit seinen wehrhaften Mauern das ganze Viertel. Die mönchischen Ordensritter hatten Simon und seinem Gefolge einen Turm zur Verfügung gestellt und sorgten dafür, dass es dem Herzog von Oberlothringen an nichts mangelte.

Als Aristide mit seinem Helm unter dem Arm eine Treppe hinaufstieg, kam ihm eine Delegation von Patriziern entgegen. Die vornehm gekleideten Männer gehörten dem Rat der Dreizehn an, jenem angesehenen Kollegium, das im Namen der Bürgerschaft Einfluss auf die Geschicke der Stadt nahm. Wenn Aristide richtig informiert war, hatte Simon sie einbestellt, um mit ihnen einige strittige Zollfragen zu erörtern. Seine Miene verfinsterte sich beim Anblick der Ratsleute. Sie waren allesamt Krämer, Wucherer, Hurenböcke des Geldes. Er hasste sie, wie er überhaupt alles an Metz hasste. Immer, wenn er sich in dieser Stadt aufhielt, musste er an das garstige kleine Geheimnis denken, das sich in ihren Gassen verbarg – und das zu hüten ihn Jahr für Jahr eine Stange Geld kostete.

Bevor er das oberste Turmgemach betrat, atmete er einmal tief durch und verbannte jeden Gedanken an die Sünden seiner Vergangenheit. Er war im Begriff, mit seinem Lehnsherrn zu sprechen. Höchste Wachsamkeit war gefragt.

Er klopfte an, und ein Diener ließ ihn herein. Simons Gemach war eine der wenigen Kammern der Ordensburg, die gläserne Fenster hatten. Es hatte angefangen zu regnen, und dicke Tropfen trommelten gegen die Butzenscheiben.

Simon Châtenois, der Zweite seines Namens, stand am Kamin und wandte sich zu ihm um.

»Euer Gnaden.« Aristide verneigte sich.

Simon lächelte – ein äußerst seltener Anblick. »Tretet näher, Herr de Guillory. Ihr trinkt sicher einen Becher Wein mit mir.«

»Gewiss.«

Der Diener brachte zwei Kelche, und sie stießen miteinander an.

»Ich habe Euch rufen lassen, weil ich Euch zu Dank verpflichtet bin«, kam Simon gleich zur Sache. »Keiner meiner Ritter hat mir in den vergangenen Jahren und besonders während der Fehde gegen Bar so treu gedient wie Ihr. Es wird höchste Zeit, dass ich mich dafür erkenntlich zeige.«

»Ich habe nur meine Pflicht als Euer Gefolgsmann getan.« Aristide blieb auf der Hut: Simon sprach ein Lob selten ohne Hintergedanken aus.

»Eure Bescheidenheit ehrt Euch. Aber wir wissen beide, dass Ihr weit mehr getan habt, als Euer Lehnseid es verlangt. Eure Treue verdient eine Belohnung: Ich möchte Euch zu meinem Marschall ernennen.«

Aristide war nicht sicher, ob er richtig gehört hatte. Der Marschall führte im Krieg die Reiterei des Herzogtums an und beaufsichtigte die Gestüte des Hauses Châtenois. Es war ein politisch einflussreiches und finanziell sehr einträgliches Amt – und er nur ein einfacher Ritter. Üblicherweise erhielten ausschließlich Mitglieder des Hochadels derartige Posten.

»Ihr seht mich sprachlos, Euer Gnaden. Ich weiß nicht, ob ich einer solchen Aufgabe würdig bin.«

»Natürlich seid Ihr das«, erwiderte Simon. »Allerdings ist Eure Ernennung zum Marschall an eine Bedingung geknüpft.«

»Eine Bedingung welcher Art?«

»Ich wünsche, dass Ihr Euch enger an das Haus Châtenois bindet. Ihr werdet in meine Familie einheiraten.«

Aristide hatte erwartet, Simon würde neue Treueschwüre von ihm fordern und ihm weitere militärische Pflichten aufbürden – *damit* jedoch hatte er nicht gerechnet. Doch als sich seine Verblüffung legte, verstand er.

Natürlich. Er hat Angst – Angst vor der Zukunft. Barbarossas Tod hatte das Reich in seinen Grundfesten erschüttert. Der neue Kaiser Heinrich VI. war kein Mann vom Format seines Vaters; seine Herrschaft war unstet, grausam ging er gegen Widersacher und Feinde vor. Außerdem hielt er sich ständig in Sizilien auf, was die deutschen Fürsten stärkte und das Kaisertum schwächte. Es drohten Instabilität und Unruhen, vielleicht sogar Bürgerkrieg. Verständlich, dass Simon Vorsorge treffen wollte, indem er sein eigenes Haus stärkte und treue Edelleute wie Aristide an sich band.

»Ihr seid so schweigsam«, sagte der Herzog. »Erschreckt Euch der Gedanke an eine Hochzeit?«

»Das hängt ganz von der Braut ab«, erwiderte Aristide dünn lächelnd. »An wen habt Ihr gedacht?«

»Wie Ihr wisst, hat der Allmächtige mein Weib und mich nicht mit Kindern gesegnet. Glücklicherweise nennt mein Bruder Ferry de Bitche gleich dreizehn Nachkommen sein eigen. Ich würde es begrüßen, wenn Ihr eine seiner Töchter heiratet, die siebzehnjährige Yolande. Sie ist ein bezauberndes Mädchen, hübsch, zurückhaltend und überaus sittsam.«

Aristide hatte den Namen schon einmal gehört. Yolande war das elfte oder zwölfte Kind Ferrys – ein unbedeutendes Edelfräulein, das obendrein den Ruf genoss, so gläubig zu sein, dass in ihrer Gegenwart sogar der Papst ein schlechtes Gewissen bekäme. Seine Begeisterung hielt sich in Grenzen.

»Möchtet Ihr sie kennenlernen?«, fragte Simon, der Aristides Zweifel sehr wohl spürte.

»Ist sie denn hier?«

»Sie ist heute Morgen mit zweien ihrer Brüder in Metz eingetroffen.«

»Es wäre mir ein Vergnügen.«

Simon befahl dem Diener, Yolande zu holen. Während sie warteten, nippte Aristide lustlos an seinem Wein. Bei dem Gedanken, den Rest seines Lebens mit einer grauen Maus zu verbringen, die nichts von der Liebe verstand und von morgens bis abends betete, wäre er am liebsten davongelaufen. Allein die Aussicht auf das Amt des Marschalls hielt ihn davon ab, Simons Angebot höflich, aber bestimmt auszuschlagen.

Die hintere Tür knarrte, Yolande trat ein und machte einen Knicks. Tugendhaft senkte sie den Blick.

Aristide konnte nicht anders, als sie anzustarren. Yolande war groß und schlank von Gestalt, das dunkelblonde Haar fiel ihr bis auf das wohlgeformte Gesäß, ihre üppigen Brüste wurden kaum von ihrem Mieder im Zaum gehalten. Ihre Gesichtszüge wirkten leicht exotisch, als flösse in ihren Adern ein Tropfen Maurenblut. Zweifellos war sie die schönste Frau, die er je gesehen hatte.

»Ich dachte mir, dass Ihr Gefallen an ihr findet«, bemerkte Simon.

Das war gewaltig untertrieben. Der Anblick dieses Mädchens weckte in Aristide das Verlangen, ihr die Kleider vom Leib zu reißen und sie hier und jetzt zu nehmen – und bei Gott, wäre Simon nicht da gewesen, hätte er es getan.

»Sie ist in der Tat entzückend«, meinte er, und seine Stimme klang rau. Yolande schenkte ihm ein scheues Lächeln.

»Also werden wir handelseinig? Ihr nehmt Yolande zur Frau, und ich ernenne Euch zu meinem Marschall?«

»So soll es sein.«

»Ausgezeichnet.« Herzog Simon Châtenois lächelte schmallippig. »Mein Bruder möchte, dass die Hochzeit im März stattfindet – ich hoffe, Ihr könnt Euch so lange gedulden.«

Dezember 1191 bis März 1192

Varennes-Saint-Jacques

Michel versank knöcheltief im Schnee, als er vom Wagen sprang. Vor zwei Tagen hatte es angefangen zu schneien und seitdem nicht wieder aufgehört. Dicke Flocken rieselten vom Himmel und sanken auf die Dächer, in die Gassen.

Er ging zur Wagenpritsche und half Jean, die Säcke abzuladen. Auf ihrer letzten Handelsreise des Jahres waren sie in Verdun gewesen, jenem aufstrebenden Handelsknoten im Osten Oberlothringens, und hatten große Mengen gezuckerte Mandeln und andere Süßspeisen eingekauft, für die die Stadt an der Maas so berühmt war. »Bringt die Waren in den Keller«, bat er seine Knechte, die gerade aus dem Haus kamen.

»Da unten ist kein Platz mehr«, sagte Yves. »Alles vollgestopft mit Kisten, Fässern und Gerümpel, bis zur Decke.«

»Dann eben in den Eingangsraum.«

Wir brauchen dringend ein größeres Haus, dachte Michel, als die beiden Männer die Säcke wegtrugen. Doch wie die Dinge standen, konnten sie sich ein geräumigeres Anwesen frühestens in zwei Jahren leisten, und auch das nur, wenn die Geschäfte weiter so gut liefen wie in den vergangenen Monaten.

Jean und er hatten seit dem Sommer hart daran gearbeitet, sich eine neue Existenz als Kaufleute aufzubauen. Sie hatten mehrmals die Champagne-Messen besucht und die Waren von dort auf den Märkten von Varennes, Metz und Épinal feilgeboten. Außerdem hatten sie die Geschäftsbeziehung mit Nicolas de Bézenne aufgefrischt und belieferten das Rittergut wieder regelmäßig mit Salz und anderen Gütern des täglichen Bedarfs. Ihre Mühen hatten sich ausgezahlt, und die Gewinne sprudelten nur so.

Allerdings hatte der Erfolg seinen Preis: Sie beide waren im letzten halben Jahr beinahe ununterbrochen auf Reisen gewesen. Michel sah Isabelle und Rémy kaum noch. Zwar hatte er versucht, ihre geschäftlichen Aktivitäten in Richtung Rhein zu verlagern, damit er öfter nach Speyer reisen konnte, doch das war nicht so einfach – die hiesigen Handelsströme verliefen nun einmal hauptsächlich zwischen dem südlichen Moseltal und Ostfrankreich, daran konnte er nichts ändern. So hatte er Isabelle und Rémy seit dem Sommer nur einmal für wenige Stunden gesehen. Er konnte sich schon nicht mehr richtig daran erinnern, wie sein Sohn aussah, und er fürchtete, der Junge werde ihm fremd werden, wenn es so weiterging.

Michel bemerkte, dass sich ihnen durch das Schneetreiben eine Gestalt näherte.

»Ich habe gehört, Ihr seid wieder da«, sagte Charles Duval, der einen dicken Mantel aus Marderfell und eine Wollmütze trug. »Willkommen zurück.«

Sie begrüßten den Freund mit Handschlag. »Kommt Ihr auf einen Becher Wein herein?«, lud Michel ihn ein.

»Da fragt Ihr noch?«

»Ich fürchte, ich bringe Euch schlechte Neuigkeiten«, meinte Duval, als sie wenig später in der Stube am Kamin saßen. »Simons Fehde gegen Bar ist zu Ende. De Guillory ist vor zwei Wochen zurückgekommen.«

Jean fluchte vernehmlich.

»Weiß er von unserem Geschäft?«, fragte Michel.

»Anzunehmen. Irgendwer wird es ihm schon gesagt haben. Stellt Euch besser auf Ärger ein.«

Das tat Michel. Jeden Tag rechnete er mit Schwierigkeiten. Doch vorerst geschah nichts. Er erfuhr, dass sich de Guillory in seiner Burg einigelte und kaum je seinen Palas verließ, als halte er Winterschlaf wie ein erschöpfter Dachs; weder er noch Berengar ließen sich in der Stadt blicken. Wie es schien, erholte sich der Ritter von den Strapazen der Fehde. Michel traute dem Frieden nicht. Spätestens im Frühling, wenn sie wieder auf Reisen gingen, würde er ihnen das Leben schwermachen, das war so sicher wie nur irgendetwas.

Einstweilen genossen sie die Ruhe. Zu Weihnachten kamen Vivienne, Bernier und die Kinder zu Besuch, und sie feierten Jesu Geburt im Kreis der Familie. Zwei Tage nach Neujahr schließlich wollte er nach Speyer reiten – er hatte Isabelle Anfang Dezember geschrieben, er wolle sie und Rémy sehen. Doch das Wetter war scheußlich, es schneite so stark, dass man kaum die andere Straßenseite sehen konnte. Ihm blieb nichts anderes übrig, als die Reise zu verschieben. Zu allem Überfluss konnte er Isabelle nicht Bescheid geben, dass er nicht käme. Zwar schrieb er ihr einen Brief, doch er fand keinen Boten dafür. Niemand wollte bei diesem Schneegestöber die Stadt verlassen, geschweige denn nach Deutschland reisen. Und selbst wenn sein Brief irgendwie nach Speyer gelangt wäre, hätte Isabelle ihn viel zu spät erhalten. Er stellte sich vor, wie sie und Rémy jeden Mittag zur Quelle kamen, eine Stunde auf ihn warteten und schließlich enttäuscht wieder nach Hause gingen.

An jenem Abend saß er in seiner Kammer, eine Decke um die Schultern, in der Hand das Kruzifix, und betrachtete im Licht der Kerze die Kratzer und Schrammen im Silber, die von der wechselvollen Geschichte des kleinen Kreuzes erzählten.

»Hoffnung«, sagte er. »Vertrauen.«

Er legte das Kruzifix auf den Tisch und ging früh zu Bett.

Eine Woche nach dem Dreikönigstag brachte Jean die restlichen Waren aus Verdun auf den Markt, die sie vor Weihnachten nicht losbekommen hatten. Es schneite wieder stark, und Louis und er trugen Fellstiefel, Handschuhe und dicke Wollmäntel über der Kleidung. Die Marktaufseher hatten Tagelöhner angeheuert, die den Schnee zwischen den Ständen wegräumten. Am Marktkreuz loderte ein Feuer, an dem sich Händler und Bauern aufwärmen konnten.

Die Geschäfte gingen allenfalls mäßig. Wer sich bei diesem Wetter auf den Markt wagte, brauchte Feuerholz, Fett, Butter und dergleichen, keine Süßspeisen. So vertrieb sich Jean die Zeit damit, mit den anderen Händlern und Kleinkrämern zu plaudern und sich die neuesten Gerüchte aus den Dörfern der Gegend anzuhören.

Am frühen Nachmittag, als er bereits erwog, es für heute gut sein zu lassen und nach Hause zu gehen, trat eine junge Frau an seinen Stand. Wilde dunkle Locken quollen unter ihrer Kapuze hervor und umgaben ein ebenmäßiges Gesicht mit einer runden Stupsnase und kastanienbraunen Augen. Wären die rauen Hände, der schlichte Umhang und der Schmutz an den Ärmelsäumen nicht gewesen, hätte Jean gedacht, vor ihm stehe ein Edelfräulein.

»Ein halbes Pfund von den Mandeln, bitte.«

»Gewiss.« Er griff in den Sack und tat eine Handvoll Mandeln auf die Waage.

»Betrügt Ihr mich auch nicht?«, fragte sie argwöhnisch.

»Der Marktaufseher war heute Morgen da und hat meine Waage und die Gewichte geprüft – Ihr habt mein Wort. Aber wenn Ihr mir nicht glaubt, können wir ihn gerne rufen.«

»Ich sehe sie mir selbst an.«

»Nur zu.«

Wie alt mag sie sein?, fragte sich Jean, während sie mit geübtem Blick die Waage und die Gewichte untersuchte. *Siebzehn? Achtzehn?*

Sie kam offenbar zu dem Schluss, dass alles seine Richtigkeit hatte. »Wie viel macht das?«

»Neun Deniers.«

»Was? Wollt Ihr mich berauben?«

»Es sind Mandeln aus Verdun, und so viel kosten sie nun einmal.«

»Und wenn sie aus Jerusalem kämen – das ist viel zu teuer. Ich gebe Euch fünf.«

Jean unterdrückte ein Grinsen. »Na gut, weil Ihr es seid. Fünf Deniers für das halbe Pfund. Aber sagt es nicht weiter.«

Misstrauisch gab sie ihm das Geld. Während er die Mandeln in ein Tuch einschlug, musterte sie sein Gesicht.

»Seid Ihr nicht Jean de Fleury, der Held des Kreuzzugs?«

»Ja und nein«, antwortete er.

»Was soll das denn bedeuten?«

»Ja – ich bin Jean de Fleury. Nein – ein Held bin ich nicht.«

»Jeder, der das Kreuz genommen hat, ist ein Held. Sagt zumindest mein Vater«, fügte sie verlegen hinzu.

»Richtet ihm meinen Dank aus.«

»Das mache ich.«

»Hier sind Eure Mandeln.« Ihre Fingerkuppen berührten sich, als er ihr den Beutel gab.

Sie sah ihn noch einmal mit ihren dunklen Augen an, länger diesmal. »Ich muss jetzt gehen. Meine Brüder warten schon.«

»Ja«, sagte er.

»Ja«, sagte sie und räusperte sich. »Auf Wiedersehen, Herr de Fleury.«

»Wartet«, rief Jean, als sie sich abwandte. »Wie heißt Ihr?«

»Adèle Tolbert.« Sie eilte davon.

»Was gibt's da zu grinsen?«, fragte er Louis ungehalten.

Jean kannte die Tolberts dem Namen nach. Jérôme Tolbert war ein reicher Freisasse und Grundbesitzer, dessen Land eine gute Wegstunde südlich der Stadt lag. Jean hörte sich ein wenig um und erfuhr, dass Adèle seine einzige Tochter war. Mit ihren vier Brüdern war sie nach Varennes gekommen, um den Städtern Feuerholz, Häute und Bienenwachs zu verkaufen.

Auch am nächsten Morgen war sie auf dem Markt. Als Jean noch überlegte, unter welchem Vorwand er zum Stand der Tolberts gehen könnte, kam sie an seinen.

Sie kaufte ein halbes Pfund Mandeln. Sie plauderten. Er brachte sie zum Lachen.

Dasselbe tags darauf, nur dass sie diesmal keine Mandeln kaufte. Dafür plauderten sie so lange, bis ihre Brüder sie vermisst glaubten und den ganzen Marktplatz nach ihr absuchten.

»Bis morgen«, raunte sie Jean zu, bevor sie ihrem aufgebrachten Bruder folgte.

»Ich werde heiraten«, sagte Jean eines Abends.

Michel, der gerade in der Stube an den Büchern saß, stand auf. »Hast du ein Mädchen kennengelernt?«

Sein Bruder nickte.

»Das ist großartig. Meinen Glückwunsch.« Es freute Michel, dass Jean endlich eine Frau gefunden hatte. Sein Bruder war nie ein Kind von Traurigkeit gewesen und hatte schon früh mit diversen Mädchen Erfahrungen gesammelt, aber auf etwas Ernstes hatte er sich nie eingelassen. »Wer ist sie?«

»Adèle, die Tochter vom alten Tolbert.«

»Hast du schon um ihre Hand angehalten?«

»Ich wollte erst warten, was du sagst.«

Michel hatte keine Einwände. Dass Adèle einer Bauernfamilie entstammte, störte ihn keineswegs. Zwar heirateten Kaufleute üblicherweise untereinander und nach Möglichkeit nicht außerhalb des eigenen Standes, aber da Tolbert frei war, über beträchtlichen Grundbesitz verfügte und in der ganzen Gegend hohes Ansehen genoss, würde niemand in der Stadt und der Gilde Anstoß an der Verbindung nehmen. »Bitte Tolbert um ein Treffen, damit wir die Familie kennenlernen können.«

»Heißt das, du bist einverstanden?«

»Natürlich bin ich das.«

Lachend legte Jean ihm die Hände auf die Schultern. »Ich habe eine gute Wahl getroffen, du wirst sehen.«

Das hatte er tatsächlich, wie Michel zugeben musste, als sie einige Tage später zum Gehöft der Tolberts ritten. Adèle war nicht nur eine Schönheit, sie war obendrein lebensklug und gewitzt, wodurch sie reifer und älter wirkte als ihre achtzehn Jahre. Michel mochte sie auf Anhieb. Es war nicht zu übersehen, dass sie Jeans Gefühle erwiderte. Den ganzen Abend saßen die beiden da und bemühten sich, einander nicht allzu auffällig anzuschmachten, sehr zur Erheiterung ihrer vier Brüder, die es sich nicht nehmen ließen, einen schmutzigen Scherz nach dem anderen zu reißen.

Auch der alte Tolbert war ein Mann nach Michels Geschmack. Obwohl er nicht in Varennes wohnte, wusste er bestens über alle Vorgänge in der Stadt Bescheid. Wie sich zeigte, war er kein Freund der Kirche und der Ministerialen; mit seiner prankenhaften Hand drosch er Michel auf die Schulter und sagte, als er Gildemeister gewesen sei, habe Varennes goldene Jahre erlebt. »Es ist eine Schande, was Ulman Euch angetan hat«, dröhnte er. »Hätte der Herzog auch nur einen Funken Verstand im Kopf, hätte er Géroux und die ganze Schöffenbande fortgejagt und Euch zum Bürgermeister ernannt.«

Michel hatte sich gefragt, ob Tolbert Bedenken haben würde, seine Tochter mit einem Mann zu verheiraten, dessen Bruder ein verurteilter Ehebrecher war. Tolbert ließ ihn jedoch wissen, für ihn sei diese Sache erledigt. »Ein Mann sollte nicht sein ganzes Leben lang für seine Fehler büßen«, sagte er. »Ihr habt für Eure Taten bezahlt – damit sind sie vergeben und vergessen.«

Und trinken konnte der alte Freibauer wie ein brabantischer Söldner. Während er mit Michel über die Zukunft Varennes' und der Gilde debattierte, stürzte er mehrere gewaltige Krüge Bier hinunter, ohne dass er zu lallen anfing. Michel dagegen war bei Einbruch der Dunkelheit so betrunken, dass er kaum noch gerade laufen konnte, als Jean und er sich verabschiedeten und zu den Pferden gingen. Unter dem Gelächter des gesamten Hofes kippte er aus dem Sattel und fiel in den Schnee, kaum dass er aufgestiegen war.

Jean und Tolbert einigten sich binnen weniger Tage auf die Höhe von Brautgabe und Mitgift. Jeans Vermählung mit Adèle und der Verbindung ihrer beider Familien stand nun nichts mehr im Wege.

Als der Februar zu Ende ging, durchbrach die Sonne die Wolkendecke über dem Tal. Der Schnee begann zu schmelzen, Eisschollen trieben auf der Mosel dahin, und das Leben eroberte zaghaft die Wiesen und Äcker und Wälder des Bistums zurück.

Am siebten März im Jahre des Herrn 1192, einem Sonnabend und dem ersten richtigen Frühlingstag, heiratete Jean seine Braut Adèle in einer kleinen Steinkirche über dem Moselufer und führte sie heim.

Burg Guillory

Während Jean Adèle zur Frau nahm, fand ganz in der Nähe noch eine Hochzeit statt: Auf Burg Guillory vermählte sich Aristide, Sohn des Renard, mit Yolande de Bitche aus dem Hause Châtenois.

Es war ein klarer, lauer, sonniger Morgen, und eine frische Brise trug den Frühlingsduft knospender Veilchen und Krokusse vom Tal herauf. Einen schöneren Tag für seine Hochzeit konnte sich ein Mann kaum wünschen – und doch war Aristide seit dem Aufstehen übler Laune. Wäre es nach ihm gegangen, hätten sie die Zeremonie im Stammhaus derer von Bitche gefeiert, oder wenigstens in Nancy, der herzoglichen Residenz. Aber es ging nicht nach ihm. Tatsächlich hatte Yolandes Vater Ferry alle Entscheidungen getroffen, was die Hochzeit betraf, und der alte Ritter bestand darauf, dass die Trauung gemäß ehrwürdiger Traditionen im Familiensitz des Bräutigams stattfand.

Schlimm genug, dass man über Aristide verfügte wie über einen Höfling. Aber dass nun all seine Gäste sahen, in was für einem lausigen Zustand die Burg seiner Väter war, war schlicht beschämend. Nach all den Jahren war die Vorburg immer noch nicht fertig. Überall Gerüste, Gräben, Hebekräne und schneebedeckte Haufen von Steinen und Schutt: eine Bauruine. Er konnte sich lebhaft vorstellen, wie seine Braut und ihre Familie hinter vorgehaltener Hand über ihn redeten: *Aristide, der Bettelritter.* Ein Wunder, dass Ferry die Hochzeit nicht auf der Stelle abgesagt hatte.

Zur Zeremonie hatten sie sich vor dem Portal der Burgkapelle eingefunden, und die Gäste bildeten einen Halbkreis um das Brautpaar. Neben Herzog Simon und seinem Weib Agnes war fast die ganze Familie Yolandes gekommen: natürlich ihr Vater und ihre Mutter Ludmilla sowie die meisten ihrer zwölf Geschwister, darunter ihr ältester Bruder Ferry II., der nach dem Tod seines Vaters einmal der Herr von Bitche werden würde. Außerdem drängten sich vor der Kapelle gut zwanzig weniger bedeutende Ritter und Edelleute aus dem Gefolge der Châtenois. Die meisten Männer kannte Aristide von der Fehde gegen Bar und diversen anderen Feldzügen.

Das Vermählungsritual leitete kein Geringerer als der Bischof von Metz. Während der Kirchenfürst die Messe las, musterte Aristide argwöhnisch die Gesichter seiner Gäste, bei denen es sich zu einem gewichtigen Teil um Angehörige des lothringischen Hochadels handelte. Belächelten sie ihn und seine offenkundige Armut? Er nahm sich vor, den Ersten, der ihn verspottete, an Ort und Stelle zu verprügeln, Hochzeit hin oder her. Er würde diesen Gecken zeigen, dass ein Mann keinen feinen Zwirn, hochtrabende Titel und Truhen voller Silber brauchte, um sich Respekt zu verschaffen.

Sein Blick fand den jüngeren Ferry, der ihn schon die ganze Zeit anstarrte, als suche er in Aristides Miene nach Hinweisen auf dunkle Geheimnisse und verborgene Sünden. Yolandes ältester Bruder machte keinen Hehl daraus, dass er seinen künftigen Schwager nicht leiden konnte – das war Aristide schon bei ihrer ersten Begegnung aufgefallen. Nun, die Abneigung beruhte auf Gegenseitigkeit. Aristide beschloss, Ferry II. im Auge zu behalten. Von diesem Mann war Ärger zu erwarten.

Von seiner Braut hingegen waren fleischliche Freuden höchster Güte zu erwarten. Yolande war eine Augenweide in ihrem Gewand aus hellblauer byzantinischer Seide, das sich um ihre Rundungen schmiegte und ihre üppige Figur bestens zur Geltung brachte. Auf ihrem Kopf saß die goldene Hochzeitskrone, die so verheißungsvoll funkelte wie ihre Augen. Er konnte es kaum erwarten, sie endlich in sein Schlafgemach zu führen und Dinge mit ihr anzustellen, die gewiss noch kein Mann mit ihr angestellt hatte.

Allerdings galt es noch das eine oder andere Hindernis zu bewältigen, bevor er ihren Körper in Besitz nehmen konnte – angefangen mit dieser Zeremonie. Der Bischof stellte seine Geduld auf eine harte Probe, indem er die Messe schier endlos in die Länge zog. Der Mann hörte sich gern reden und machte um jedes Gebet, jeden Psalm ein Aufhebens, als halte er eine zweite Bergpredigt. Der Morgen war bereits weit fortgeschritten, als er endlich von Aristide und Yolande das Jawort erfragte und den Segen über das Brautpaar sprach.

Der Burgkaplan läutete die Glocken, und die Hochzeitsgesellschaft zog zum Palas, wo Aristides Hausdiener bereits alles für das große Festbankett vorbereitet hatten. Nachdem Herzog Simon mit erhobenem Weinkelch Gott um seinen Schutz für das junge Paar angerufen hatte, setzten sich die Gäste an die U-förmige Tafel. Spielleute machten Musik; im Kamin verbrannte ein ganzer Baumstamm, und das Feuer erfüllte den Saal mit behaglicher Wärme. Besonders die weiblichen Gäste bewunderten die Schätze, die Yolande in die Ehe mitbringen würde und die auf einem mit grünem Samt bezogenen Tisch auslagen, bewacht von zwei Waffenknechten. Feinstes Geschmeide und Edelsteine in allen Farben des Regenbogens funkelten in einer Ecke des Saales um die Wette. Der Herr von Bitche war großzügig, das musste man ihm lassen. Yolandes Mitgift hatte den Brautpreis mehr als aufgewogen.

Aristide und sein Truchsess hatten sich einiges einfallen lassen, um die hochwohlgeborenen Gäste bei Laune zu halten. Die Mägde trugen üppige Speisen auf, und bald bogen sich die Tische unter der Last gebratenen Fleisches, garniert mit Gemüse, frischem Brot und kandiertem Obst. Fanfarenstöße kündigten die einzelnen Gänge an, dazwischen führten Gaukler ihre Kunststücke auf. Es gab Feuerspucker, Jongleure, Possenreißer, sogar einen Tanzbären, dessen Gebrüll den Damen einen tüchtigen Schrecken einjagte. Besonders stolz war Aristide auf die Zwerge, die sein Truchsess in Metz aufgetrieben hatte. Die kleinwüchsigen Männer, fünf an der Zahl, spielten nach, wie Siegfried, der Recke aus alten Tagen, den feuerspeienden Lindwurm erschlug. Vier der Zwerge steckten in einem Drachenkostüm aus Reifen und buntem Tuch, der fünfte gab den Siegfried, angetan mit einer niedlichen Rüstung und einer winzigen Ausgabe des Zauberschwertes Balmung, mit dem er angeberisch herumfuchtelte, während er großspurige Reden schwang. Später trat auch Alberich auf. Verborgen unter dem schwarzen Umhang, der Tarnkappe, steckte kein anderer als Berengar, Aristides Sarjant, der nahezu doppelt so groß war wie Siegfried, zu dem er in seiner Rolle als Zwergenkönig eigentlich hätte aufschauen müssen. Yolandes Vater lachte darüber so heftig, dass sein Kopf rot anlief und er sich am Wein verschluckte. Anders als sein verkniffener und immerzu misstrauischer Stammhalter war Ferry der Ältere ein herzlicher Mann, rau und aufbrausend zwar und schnell beleidigt, aber nichtsdestotrotz eine fröhliche und unkomplizierte Seele. Aristide hatte ihn von Anfang an ins Herz geschlossen, und es gab nicht viele Männer, von denen er das behauptete.

Wie es schien, zeitigte sein Plan den gewünschten Erfolg: Die Gäste genossen das Fest in vollen Zügen und vergaßen darüber die ärmliche Behausung, in der es stattfand. Niemand verhöhnte Aristide oder seine Burg. Allmählich besserte sich seine Laune.

Er spürte, dass es an der Zeit war, den Wein loszuwerden. Er entschuldigte sich bei Brautvater und Braut, verließ den Saal und urinierte von der Palastreppe in den schmelzenden Schnee. Als er wieder hineingehen wollte, stand Ferry der Jüngere vor ihm.

»Auf ein Wort, de Guillory.«

»Für Euch Aristide, mein Schwager.«

Yolandes Bruder war ihm offensichtlich nach draußen gefolgt. Was wollte der Mann von ihm?

»Noch bin ich nicht Euer Schwager«, meinte Ferry. »Erst, wenn die Ehe vollzogen ist.«

»Ich versichere Euch, spätestens, wenn die Sonne untergeht, mache ich Eure Schwester zur Frau, und dann gibt es keinen Zweifel mehr an der Gültigkeit unserer Ehe.« Aristide lächelte dünn. »Ihr entschuldigt mich – die Gäste warten.«

Er wollte hineingehen, doch Ferry verstellte ihm den Weg. Der Mann war ähnlich gebaut wie sein Vater, nicht sehr groß, aber breitschultrig und muskulös – ein zäher Krieger. Aristide kannte diesen Charakter: Der verborgene Zorn, der Ferry immerzu erfüllte, würde sich in der Schlacht in tobende Raserei verwandeln, was ihn zu einem gefährlichen Gegner machte. Wenngleich Aristide nicht daran zweifelte, dass er ihn bezwingen würde, käme es zwischen ihnen zum Handgemenge, so wäre es doch ein unangenehmer, riskanter Kampf.

»Wenn ich Euch einen Rat geben darf«, sagte Ferry, »behandelt Yolande stets mit dem größten Respekt. Meine Schwester bedeutet mir sehr viel. Ich werde es nicht zulassen, dass man ihr ein Leid zufügt.«

»Warum sollte ich ihr ein Leid zufügen?«, erwiderte Aristide. »Sie ist meine Gemahlin. Ich habe geschworen, sie zu achten.«

»Das hat noch keinen Mann davon abgehalten, seiner Frau etwas anzutun.«

»Ihr wagt es, so mit mir zu reden? In meinem eigenen Haus?«

Sie standen sich nun so dicht gegenüber, dass keine Handbreit mehr ihre Gesichter trennte.

»Meinen Vater und den Herzog könnt Ihr mit schönen Worten und Euren Taten im Krieg blenden«, sagte Ferry. »Aber nicht mich. Ich weiß, was für ein Mann Ihr seid, de Guillory. Ich werde Euch von nun an genau beobachten.«

Er ging zurück in den Saal.

Aristide ballte seine Rechte zur Faust, während er ihm nachblickte. Wäre der junge Ferry ein gewöhnlicher Ritter gewesen, hätte er ihn für diese Beleidigung auf der Stelle zum Zweikampf aufgefordert. Aber Ferry war nun einmal ein Châtenois, einer der mächtigsten Männer Oberlothringens – da verbot sich dergleichen. Aristide blieb nichts anderes übrig, als seinen Zorn zu schlucken.

Eines Tages zahle ich dir diese Unverschämtheit heim, du erbärmlicher kleiner Wicht.

Er blieb auf der Treppe stehen und atmete die kühle Luft ein, bis er sich wieder imstande fühlte, seinen Platz neben der Braut einzunehmen. Als der Abend herabsank, erreichte das Fest allmählich seinen Höhepunkt. Die Gäste zechten, tranken und lachten, was das Zeug hielt, und seine Hausbedienten kamen kaum noch nach, neue Weinfässer anzustechen und die Kelche auf dem Tisch zu füllen. Aristide jedoch war die Lust am Feiern gänzlich vergangen. Er wünschte, er könnte diese ganze Bande von Schmarotzern, allen voran den jungen Ferry und diesen großmäuligen Bischof, mit der Peitsche aus seiner Burg treiben und die Tore hinter ihnen verrammeln, damit er ihr törichtes Geschwätz nicht mehr hören musste. Stattdessen saß er da, in der Faust seinen Silberbecher, und machte gute Miene zum bösen Spiel, während der Brautvater mit seinen Heldentaten aus einer längst vergangenen Fehde prahlte, was ihm den Beifall all dieser hohlköpfigen Edelleute einbrachte.

Denk daran, warum du das tust. Denk an den Marschallpos-

ten und das viele schöne Geld, das er dir einbringen wird. Denk vor allem an die Hochzeitsnacht.

Irgendwann, nach endlosen Stunden, stand Ferry der Ältere schließlich auf und verkündete mit dröhnender Stimme: »Führen wir nun das Paar zur ehelichen Bettstatt, bevor der Wein dem Bräutigam noch die Manneskraft raubt.«

»Der Wein, der das vermag, muss erst noch gekeltert werden«, erwiderte Aristide, womit er das Gelächter auf seiner Seite hatte. »Folgt mir, Yolande«, sagte er, und sie legte die Hand in seine. Sie wirkte nicht verschüchtert, wie er befürchtet hatte – im Gegenteil, sie lächelte ihn erwartungsvoll an.

Er führte seine Braut die Treppe hinauf, gefolgt von Herzog Simon, den beiden Ferrys, Berengar und den johlenden Adligen. Nachdem der Bischof sein Schlafgemach mit Weihrauch von schädlichen Einflüssen gereinigt hatte, hob Aristide Yolande hoch und trug sie über die Türschwelle.

»Mach deinem Vater Ehre und zeig ihr, was für ein Mann du bist«, brummte der alte Ferry wohlwollend. »Mach ihr gleich heute Nacht einen Sohn.«

Der Diener, der das Schlaflager hergerichtet hatte, huschte aus der Kammer und schloss die Tür. Draußen grölten die Gäste, rissen schmutzige Witze und feuerten Aristide an, doch er hörte sie kaum: Yolande hatte begonnen, sich auszuziehen. Mit laszivem Blick öffnete sie ihr Mieder. Keine Spur von Scham oder Furcht. Wie hatte er nur je annehmen können, sie sei ein prüdes, verstocktes Mäuschen? Das Luder wusste genau, was es tat.

Er verfolgte jede ihrer Bewegungen, als Kleidungsstück um Kleidungsstück knisternd zu Boden glitt, und sein Blick wanderte über ihre Brüste, ihre Hüften, ihre Beine. Wahrlich, solch ein schönes Weib hatte er noch nie gesehen – und es gehörte ihm.

Schließlich stand sie nackt vor ihm, ihre Scham ein samtiges Dreieck zwischen ihren Schenkeln.

»Gefalle ich Euch?«

»Bei Gott – ja«, knurrte er und schritt auf sie zu. Als er sie auf das Schlaflager werfen wollte, sagte sie:

»Wieso im Bett, mein Gemahl? Steht Euch nicht der Sinn nach etwas Aufregenderem, nachdem Ihr so lange auf mich warten musstet?«

»Wahrhaftig, du hast recht.« Er packte sie und setzte sie auf die Kommode, und sie öffnete ihre Schenkel. Er knetete und küsste ihre Brüste, während er seine Bruche öffnete, und sie begann zu keuchen. Aristide ertrug es nicht länger – rasch drang er in sie ein. Sie war keine Jungfrau mehr, natürlich nicht. *Umso besser,* dachte er, als sie ihre Finger in seine Schulterblätter grub.

Hart stieß er in sie hinein, und sie stöhnte jedes Mal so laut, dass es seine Ahnen unten in der Gruft aufwecken musste. Jeden Schrei der Lust beantworteten die Gäste vor der Tür mit begeisterten Hochrufen.

»Er stürmt zur Mauer!«, brüllte der alte Ferry beim ersten Mal.

Dann: »Er ist auf der Sturmleiter!«

Dann: »Auf den Zinnen!«

Und dann, als Yolande geräuschvoll den Höhepunkt erreichte: »Die Burg ist genommen!«

Die Gäste jubelten.

Keuchend ergoss Aristide sich in seine Braut, er schlang die Arme um sie und drückte sie an sich, und sie küsste seinen Hals. Bei allen gefallenen Engeln, so erregt war er das letzte Mal mit fünfzehn gewesen.

»Dich zu heiraten war die beste Entscheidung seit Langem«, sagte er atemlos.

Viele Stunden später, irgendwann zwischen der Matutin und der Prim, kam Wind auf. Er strich um den Burghügel, streichelte auf seinem Weg nach Norden die Birken am Moselufer und kräuselte das Flusswasser. Als er die Richtstätte und den Viehmarkt Varennes' erreichte, gewann er an Kraft, sodass er wenig später leise durch die Gassen heulte und den Unrat aufwirbelte. Von einem Mauersims des Hungerturmes löste sich ein armlanger Dorn aus Eis, der letzte, der noch dort hing, und zersplitterte viele Ellen tiefer auf dem Lehmboden, unbemerkt von den Bewohnern des Viertels, die unter dicken Wolldecken schliefen und vom nahenden Frühling träumten. Die Finsternis war beinahe vollkommen. Nur in einem Fenster flackerte Licht.

Jean hatte eine Kerze angezündet und betrachtete Adèles Gesicht. Sie lag neben ihm, ihr Kopf ruhte auf dem angewinkelten Arm, die Decke war ihr bis zum Gesäß gerutscht, sodass der Flammenschein über ihren nackten Rücken floss. Ihr Haar kräuselte sich in wilden Wirbeln auf dem Kissen, eine Strähne berührte ihre Lippen und zitterte bei jedem Atemzug, ihr Gesicht eine vollkommene Landschaft aus Schatten und weicher Haut.

Im Haus war es still. Die Hochzeitsgäste waren längst gegangen oder lagen sturzbetrunken in der Stube und dem Eingangsraum. Jean saß reglos da und studierte Adèles Körper Zoll für Zoll. Er konnte nicht erklären, was er für sie empfand – seine Gefühle für sie überwältigten ihn jeden Tag aufs Neue.

Sie ist wie ich.

Wenn er bei ihr war, vergaß er das Grauen des Kreuzzugs, vergaß er seine Sorgen vor der Zukunft. Mit ihr war er ein besserer Mann.

Vorsichtig zog er ihr die Decke bis zu den Schultern hoch, denn es war kalt in der Kammer. Er holte das *Nazar* aus der

Truhe neben dem Bett und drehte es, sodass es das Kerzenlicht auffing und glitzerte wie ein Karfunkel. Vorsichtig schob er das Amulett unter ihr Kissen.

Beschütze sie, jeden Tag und jede Nacht.

Er blies die Kerze aus und legte sich neben sie.

Am Morgen nach der Hochzeit ritten sie durch das Burgtor und den Berg hinab, fünfzehn Edelleute, darunter Herzog Simon, Aristide de Guillory, Ferry der Jüngere sowie sein Vater Ferry I., gefolgt von ihren Knechten, Hundeführern und Jagdhelfern. Die Knappen trugen die Waffen, und jeder Jüngling hatte einen Köcher mit Pfeilen auf dem Rücken, am Gürtel mehrere Messer, in der Hand einen Bogen und in der anderen einen Sauspieß. Westlich von Varennes stieß der Trupp in die Wälder vor, die Fährtenleser gingen voraus und führten ihre Herren tief in den Forst. Einer der Suchmänner blies das Horn, und das langgezogene *AA-UUUUUU* schreckte ein ganzes Hirschrudel auf. Als die Tiere flohen, ließen die Knechte die Hunde los, die Edlen nahmen die Verfolgung auf und hetzten das Wild an einem Bachlauf entlang durch das Unterholz, bis das Gestrüpp für die Pferde zu dicht wurde.

Ferry der Jüngere war der Erste, der aus dem Sattel stieg. Er griff sich seinen Bogen und schoss einen prachtvollen Zwölfender, was ihm die Anerkennung seiner Gefährten einbrachte. Doch auch die anderen Männer bewiesen ihr Geschick und ihre Treffsicherheit und erlegten Hirsch um Hirsch. Besonders de Guillory war mit großem Jagdglück gesegnet, zu Ferrys nicht geringem Verdruss. Vor dem Mittag hatte der Kerl bereits drei Tiere geschossen, und unablässig prahlte er mit seinen Taten, wenn er nicht gerade herumtönte, wie er Yolande gestern Nacht auf der Kommode genommen hatte. Es war Ferry ein Rätsel, dass weder sein Vater noch sein Onkel, der Herzog, erkannten, was für ein ehrloser Blender und aufgeblasener Wichtigtuer de Guillory war. Zweifellos würde er der Familie Scherereien machen, aber Ferry war entschlossen, es nicht so weit kommen zu lassen.

Er wollte ungestört mit seinem Onkel reden, doch eine entsprechende Gelegenheit ergab sich erst am frühen Nachmittag, als das Rudel aus dem Tal geflohen war. Während Herzog Simon den Hirschen nachsetzen wollte, sprach sich Ferrys Vater dafür aus, stattdessen Wildschweine zu jagen. Sie stritten eine Weile, und schließlich einigte man sich darauf, getrennter Wege zu gehen. De Guillory ritt mit Ferrys Vater, und Ferry mit seinem Onkel.

Wie es schien, waren die Hirsche in die stark bewaldeten Hügel geflohen. Herzog Simon schickte die Suchmänner aus und entschied, dass der Rest des Trupps an einer Bachquelle rastete, bis die Fährtenleser zurückkämen. Die Knechte fütterten die Hunde und rieben die Pferde ab, derweil die Knappen herumgingen und ihren Herren Schläuche mit Wein und Bier reichten.

Herzog Simon stand auf einer Anhöhe über der Quelle, in der Hand seinen Bogen, und beobachtete den Forst, in dem die Suchmänner verschwunden waren. Seit dem Morgen verhüllten dunstige Schwaden die Sonne, es war kühl in den Hügeln, und Simons Atem dampfte in der frischen Luft. Ferry machte einen Schritt über den Bach und stieg zu ihm hinauf.

»Auf ein Wort, Onkel.«

»Was gibt es, Ferry?«, fragte der Herzog, ohne den Blick von den Bäumen auf der anderen Seite der Wiese zu nehmen.

»Ich muss mit Euch über de Guillory sprechen. Ich hörte, Ihr wollt ihn zum Marschall ernennen.«

Simon nickte. »Er ist mir treu ergeben und leistet mir seit Jahren gute Dienste. Es wird Zeit, dass ich das honoriere.«

Ferrys Onkel reagierte überaus empfindlich, wenn man ihm in seine Entscheidungen bezüglich des Herzogtums und der Familie hineinredete. Nun war Fingerspitzengefühl gefragt. »Er ist zweifellos ein wichtiger Vasall unseres Hauses, der eine Belohnung verdient hat«, sagte Ferry. »Aber ich fürchte, ihn zum Marschall zu erheben, könnte Folgen haben, die sich als schädlich für Oberlothringen erweisen. Erlaubt Ihr, dass ich Euch meine Bedenken darlege?«

»Nur zu«, sagte Simon. »Ihr wisst, ich habe Euren Rat immer geschätzt.«

»Der Marschall ist ein bedeutsames Amt – im Krieg, aber auch in Friedenszeiten. Es geht einher mit einer ganzen Reihe von Privilegien. Mir fallen aus dem Stand drei oder vier Männer ein, die es mehr verdient hätten als de Guillory. Männer, die seit einer ganzen Weile darauf warten, dass Ihr sie begünstigt, und die mit Recht enttäuscht wären, wenn Ihr de Guillory ihnen vorziehen würdet. Es besteht die Gefahr, dass Ihr Euch mächtige Feinde schafft, wenn Ihr an dieser Entscheidung festhaltet.«

Simon stützte den Bogen auf und umschloss das obere Ende der Jagdwaffe mit der Hand, während er seinen Neffen anblickte. »Ist es allein die Sorge um unsere Familie, die Euch umtreibt – oder spricht aus Euch gerade Eure persönliche Abneigung gegen de Guillory?«

Ferry hatte nie einen Hehl aus seiner Aversion gegen de Guillory gemacht, und so überraschte es ihn nicht, dass sein Onkel davon wusste. »Ich gebe zu, ich mag diesen Mann nicht. Ich wünschte, Vater und Ihr hättet Yolande einem anderen zur Frau gegeben. Aber darum geht es jetzt nicht. Eure Fehde gegen Bar war lang und kräftezehrend, so berechtigt sie auch war. Wir werden ein Jahr brauchen, um uns davon zu erholen. Wenn es währenddessen zu neuem Zwist kommt, weil andere Vasallen sich übergangen fühlen, könnten wir ernsthaft in Schwierigkeiten geraten.«

Der Herzog blickte wieder zu dem Forst und schwieg lange. »Da könntet Ihr recht haben, Neffe«, sagte er schließlich. »Vielleicht war ich mit meiner Entscheidung zu voreilig. Leider kann ich sie nicht zurücknehmen. Ich habe de Guillory bereits mein Wort gegeben.«

Ferry war nicht daran gelegen, dass sein Schwager keinen Lohn für seine Treue bekäme. Er wollte nur sicherstellen, dass dieser unberechenbare Kerl brav im Hinterland blieb, wo er keinen Schaden anrichten konnte. »Wenn Ihr ihn angemessen entschädigt, wird er Euch verzeihen, dass er nicht Marschall geworden ist.«

»Und wie könnte solch eine Entschädigung aussehen?«

»Gebt ihm ein neues Lehen.«

»Es müsste schon ein außergewöhnlich großes und reiches Lehen sein.«

Ferry hatte in der vergangenen Nacht lange darüber nachgedacht und eine Idee entwickelt, die allen Beteiligten gerecht werden würde: de Guillory, Herzog Simon, der Familie und natürlich ihm selbst.

Mit wohlüberlegten Worten schilderte er Simon seinen Vorschlag.

Drei Tage nach Jeans Hochzeit brütete Michel wieder einmal über seinen Büchern. Vor ihm ausgebreitet lagen Karten der Handelsstraßen, Saumpfade und Wegenetze und seine Aufzeichnungen über die verschiedenen Fürstentümer und Märkte des Reiches.

Wie könnten sie es schaffen, einen Teil ihrer Geschäfte an den Rhein zu verlagern, damit er häufiger Isabelle und Rémy besuchen konnte? Und wie vermieden sie Einbußen bei den Gewinnen, wenn sie das taten?

Gar nicht, dachte er, nachdem er sich eine Stunde lang den Kopf zerbrochen hatte. Wenn sie öfter nach Speyer, Mainz, Worms oder Köln reisen wollten, mussten sie notgedrungen auf mindestens zwei Champagne-Messen im Jahr verzichten. Aber die Märkte in Troyes, Provins, Bar-sur-Aube und Lagny-sur-Marne boten nun einmal die besten Geschäftsbedingungen für französischsprachige Kaufleute. Wenn sie ihnen zugunsten der Märkte am Rhein fernblieben, verloren sie zwangsläufig Geld, denn die deutschen Städte schützten sich mit hohen Zöllen vor auswärtigen Händlern.

Es war vertrackt. Seufzend klappte Michel die Bücher zu und schloss für einen Moment die müden Augen.

Nebenan in der Küche klapperte Adèle mit dem Geschirr. Die junge Frau schien sich rasch an ihre neue Umgebung zu gewöhnen. Das Stadtleben gefiel ihr, und bereits am Morgen nach der Hochzeit hatte sie das Regiment über den Haushalt übernommen. Zuerst hatte sie Louis und Yves aus der Küche verbannt, mit erfreulichen Folgen: Zum ersten Mal seit Monaten bekamen Jean und Michel ein Essen auf den Tisch, das nicht versalzen oder verkocht oder angebrannt war.

Michel beschloss, einen Spaziergang zu machen, um noch einmal in Ruhe über ihre künftigen Geschäfte nachzudenken. Gerade als er aufstand, stürzte Jean in die Stube. Er war leichenblass.

»Michel, du musst kommen! Herzog Simon ist in der Stadt!«

»Ja, und?«

»Er will de Guillory zum Statthalter von Varennes ernennen!«

Michel war, als setze sein Herz einen Schlag aus. Rasch griff er nach seinem Mantel und eilte mit Jean zum Domplatz.

Wie jede schlechte Nachricht verbreitete sich auch diese in Windeseile, und von allen Seiten strömten Leute zum ehemaligen Bischofspalast, in dem sich der Herzog und de Guillory aufhielten. Michel entdeckte Catherine, Duval, Melville und Le Roux in der Menschenmenge und schritt zu ihnen.

»Wisst ihr schon mehr?«, erkundigte er sich bei seinen Freunden.

»Wir sind auch eben erst gekommen«, antwortete Catherine.

»Vermutlich wird der Herzog de Guillory mit Varennes belehnen«, sagte Duval mit düsterer Miene. »Damit er seiner Gemahlin an Macht und Land ebenbürtig ist.«

»Aber er wollte ihn doch zu seinem Marschall ernennen,

wenn er in die Familie einheiratet!« Tatsächlich hatte Michel nicht wenige Hoffnungen an de Guillorys Vermählung mit Yolande Châtenois geknüpft, als er zum ersten Mal von Herzog Simons Plänen gehört hatte. Er hatte sich ausgerechnet, wenn de Guillory erst Simons Marschall wäre, würde er nur noch selten in der Gegend weilen, und sie könnten weiterhin unbehelligt ihren Geschäften nachgehen. Und nun das.

»Offenbar hat der Herzog anders entschieden«, erwiderte Duval.

Sie warteten vor dem Palast, in der bangen Hoffnung, bald mehr über Herzog Simons Entscheidung zu erfahren. Gegen Mittag trat ein Ausrufer auf den Balkon und wandte sich an das Stadtvolk. Was der Mann verkündete, bestätigte ihre schlimmsten Befürchtungen:

Herzog Simon Châtenois gab seinem Vasallen Aristide de Guillory Varennes-Saint-Jacques zum Lehen, mit allen damit verbundenen Rechten und Pflichten. Mit sofortiger Wirkung gehörten de Guillory das Zoll- und Marktrecht, die Hoheit über alle städtischen Steuern und Abgaben sowie diverse andere Privilegien, die bisher die Ministerialen in Simons Namen verwaltet hatten. Ferner gingen die niedere Gerichtsbarkeit und der Strafvollzug vom Schöffenkollegium auf den Ritter über. Im Gegenzug verpflichtete sich de Guillory, die Stadtmauer weiterzubauen.

Herzog Simon behielt nur wenige Rechte innerhalb der Stadtgrenzen, darunter die Blutgerichtsbarkeit und das Münzwesen. Damit er seinen Einfluss auf Varennes nicht gänzlich verlor, verblieben die Ministerialen in seinen Diensten und mussten nicht de Guillory die Treue schwören. Einige Ministerialen, etwa Jaufré Géroux, behielten ihre Ämter und Privilegien; andere mussten ihre Pfründe wegen der Neuordnung der städtischen Verwaltung abgeben. Davon waren hauptsächlich die Gebrüder Nemours als städtische Zöllner und Tancrède Martel betroffen, der das Amt des Schultheißen einbüßte – da de Guillory nun Herr über die niedere Gerichtsbarkeit war und die Stadtbüttel befehligte, brauchte Varennes keinen obersten Ordnungshüter mehr. Herzog Simon entschädigte Martel für den Machtverlust mit Geld und Land. Jacques und Aimery Nemours, die den Zoll abtreten mussten, erhielten die Pachtgebühr zurück, die sie einst dafür gezahlt hatten, zuzüglich eines großzügigen Aufschlags.

Das Schöffenkollegium blieb bestehen, allerdings wurden seine Befugnisse stark beschnitten. Statt Recht zu sprechen und die Stadt zu verwalten, stand es de Guillory nur noch beratend zur Seite. Die zwölf Ministerialen, die ihm angehörten, bekamen zum Ausgleich Ländereien in Oberlothringen, denn Simon wollte sich ihre Treue erhalten.

Am Ende des Tages stand fest: Einen derart drastischen Einschnitt in die Traditionen Varennes' hatte es noch nie gegeben. Was viele Jahrhunderte lang das Leben der Bevölkerung geregelt hatte, galt von heute auf morgen nicht mehr. Aus der ehrwürdigen Bischofsstadt war ein Ritterlehen geworden. Und an seiner Spitze stand Aristide de Guillory, der von nun an über Wohl und Wehe der Bewohner gebot.

»Das ist das Ende«, murmelte Le Roux, und niemand widersprach ihm.

Nach der Abreise seines Lehnsherrn nahm sich Aristide Zeit für einen Rundgang durch den einstigen Bischofspalast und ließ sich von einem Bediensteten die Räumlichkeiten zeigen. Im großen Saal schließlich setzte er sich, legte die Füße auf den Tisch und betrachtete versonnen den Domplatz.

Der Palast gefiel ihm. Ulman, Gott hab ihn selig, hatte wahrlich zu leben verstanden. Vielleicht würde er künftig die Wintermonate hier verbringen, statt in seiner zugigen, kalten Burg draußen in den Hügeln.

Allmählich legte sich seine Wut darüber, dass Simon sein Wort gebrochen und ihm anstelle des einträglichen und glanzvollen Marschallamtes ein neues Lehen gegeben hatte. Herr einer Stadt zu sein bot einem Mann mit seinen Fähigkeiten gewiss vielfältige Möglichkeiten, selbst wenn es sich bei der fraglichen Stadt um ein unbedeutendes Nest handelte. Aristide war jedenfalls entschlossen, das Beste aus seiner Lage zu machen. Er hatte ohnehin keine andere Wahl, als Simons Entscheidung zu akzeptieren.

Allerdings hätte er zu gerne gewusst, warum der Herzog von seinem ursprünglichen Vorhaben abgewichen war. Sein Lehnsherr hatte sich nur vage dazu geäußert und angedeutet, man habe ihn an ältere Verpflichtungen erinnert, woraufhin er beschlossen habe, einen anderen Vasallen des Hauses Châtenois zum Marschall zu ernennen. Ein Name war jedoch nicht gefallen, und Aristide kam nicht umhin zu vermuten, dass jemand gegen ihn gearbeitet hatte. Sein Verdacht galt augenblicklich Ferry II. Sein Schwager hatte gewiss seinen Einfluss bei Simon, seinem Onkel, geltend gemacht und ihn davon überzeugt, dass dem Hause Châtenois besser gedient sei, wenn Aristide Varennes-Saint-Jacques anstelle des Marschallamtes bekäme. Wahrscheinlich wollte Ferry sicherstellen, dass Aristide im Hinterland festsaß, wo er kaum Einfluss auf die Politik des Herzogtums nehmen konnte.

Diesmal hast du gewonnen. Aber das letzte Wort zwischen uns ist noch nicht gesprochen, dachte Aristide und erneuerte seinen Racheschwur.

Er ließ sich einen Becher Wein bringen und begann darüber nachzudenken, was er nun mit seinen neuen Besitztümern und Befugnissen anstellte.

Was brauchte er am dringendsten?

Die Antwort war so eindeutig wie schlicht: Geld.

Seine Burg musste endlich fertiggebaut werden. Außerdem benötigten seine Männer neue Panzerhemden, Waffen und Pferde, denn Ausrüstung und Tiere hatten während der Fehde gegen den Grafen von Bar nicht wenig gelitten. Und zu allem Überfluss hatte ihn kürzlich der neue Bischof von Toul wissen lassen, er wolle baldigst Geld sehen. Das Darlehen, das Ulman Aristide einst gewährt hatte, damit er sich von seiner Teilnahme am Kreuzzug freikaufen konnte, war betrüblicherweise nicht in Vergessenheit geraten, als Johann von Trier die Diözese Varennes aufgelöst hatte. Sämtliche Ansprüche aus dem Kredit waren auf das Bistum Toul übergegangen, und Eudes de Vaudémont, so der Name des fraglichen Bischofs, bestand auf zügiger Begleichung der Schuld, die durch Ulmans Wucherzinsen inzwischen auf knapp siebenundfünfzig Pfund Silber angewachsen war.

Nachdem er Ulmans Seele ausgiebig in den tiefsten Kreis der Hölle verflucht hatte, hatte Aristide sich lange und fruchtlos den Kopf zerbrochen, wo er auf die Schnelle eine derart hohe Summe auftreiben könnte. Seine einzige Idee: Er musste irgendwie eine Möglichkeit finden, Barbarossas Zollbeschränkung zu umgehen, damit er wieder wie früher fünfzehn von hundert Teilen auf jedes Salzfass nehmen konnte, das seine Brücke überquerte.

Das war vor vier Wochen gewesen. Jetzt verwarf er diesen Gedanken. Zum einen barg es beträchtliche Risiken, eine kaiserliche Verfügung zu missachten. Zum anderen ließen die jüngsten Entwicklungen derartige Überlegungen töricht und kleingeistig erscheinen.

Wer brauchte eine Brücke, wenn ihm eine ganze Stadt zur Verfügung stand?

Er trank einen Schluck Wein, spülte ihn von einer Backe in die andere und betrachtete die Marktstände, die Warenstapel, die Kaufmannshäuser rings um den Domplatz. Varennes war eine reife Frucht, und er brauchte sie nur zu pflücken.

»Berengar!«, brüllte er.

Als sein Sarjant erschien, gab Aristide ihm den Auftrag, Jaufré Géroux zu holen. Berengar machte sich sogleich auf den Weg und kam kurz darauf mit dem Münzmeister zurück.

»Ihr wollt mich sprechen?«

»Welche Steuern gibt es in diesem Nest?«, fragte Aristide ohne Umschweife.

»Das könnt Ihr den Steuerlisten in den Amtsräumen des Schöffenkollegiums entnehmen.«

Aristide konnte nicht lesen – ein überflüssiger Zeitvertreib, dem nur Krämer und Pfaffen nachgingen. Und selbst wenn er es gekonnt hätte, würde er sich gewiss nicht die Mühe machen, Stapel von verstaubten Pergamenten zu studieren. »Es sind die Herdsteuer, der Freiteil auf alle Erbschaften und der jährliche Zehnt für die Pfarreien, richtig?«

»Und die Marktabgaben«, sagte Géroux, der keinen Hehl daraus machte, dass er für Aristide keine Liebe empfand. Der Gildemeister trug es ihm nach, dass er einst die Frechheit besessen hatte, eine Bezahlung dafür zu verlangen, gegen Caron zu kämpfen. Es passte ihm ganz und gar nicht, dass Aristide nun über seine Stadt verfügen konnte, wie es ihm gefiel.

»Wann wird die Herdsteuer das nächste Mal fällig?«

»Immer zu Michaeli.«

»Das ist zu spät. Ich brauche jetzt Geld.«

»Mit Verlaub, Herr de Guillory, die Steuern sind nicht dazu da, die Löcher in Euren Kassen zu stopfen. Sie dienen dem Wohle Varennes' und seiner Bürger.«

»Dem Wohle Ulmans und seiner Ministerialen, wolltet Ihr sagen«, erwiderte Aristide und lächelte dünn. »So war es zumindest all die Jahre. Aber jetzt bin *ich* der Herr dieser Stadt, falls es Euch noch nicht aufgefallen ist. *Ich* entscheide, was mit den Steuern geschieht.«

Ein stechender Glanz erschien in Géroux' eisblauen Augen, doch er sagte nichts.

»Diese Marktabgaben – worin bestehen sie genau?«

»Standgebühren für Händler, die auf dem Domplatz und dem Fisch- und Heumarkt Waren feilbieten. Einfuhrzölle auf alle auswärtigen Waren. Die *accisa*.«

»Was ist das?«

»Eine geringe Verbrauchssteuer, die auf den Verkauf von Wein und Bier und mancher Nahrungsmittel erhoben wird.«

Aristide drehte den Weinkelch, während er nachdachte. »Wenn ich die Standgebühren, die Einfuhrzölle und diese *accisa* erhöhe, sagen wir um zwei von hundert Teilen – wie viel Silber brächte mir das monatlich ein?«

»Jede Erhöhung der Marktgebühren schadet dem Handel«, entgegnete Géroux.

»Eure Sorge um den Handel in Ehren, aber derlei Bedenken haben Euch auch nicht davon abgehalten, Ulman dabei zu helfen, ständig das Münzgeld zu verrufen. Also, wie viel?«

»Dafür müsste ich zuerst mit Jacques und Aimery Nemours sprechen. Sie haben in den letzten Jahren die Marktabgaben im Auftrag des Schöffenkollegiums verwaltet.«

»Eine grobe Schätzung genügt.«

»Zwanzig, vielleicht dreißig Pfund. Wenn die Schwächung des Handels die zusätzlichen Einnahmen nicht gleich wieder aufzehrt.«

»Wir reden von zwei von hundert Teilen. Die Händler und Schankwirte werden das nicht einmal bemerken. Sie verdienen auch so noch genug.«

»Das bezweifle ich. Besonders die Gewinnspannen der Kleinkrämer sind mitunter recht niedrig.«

Aristide verlor allmählich die Geduld mit diesem Mann. Geräuschvoll stellte er den Kelch auf den Tisch. »Die Marktabgaben werden erhöht – ab morgen! Und lasst auf dem Domplatz ausrufen, dass ich jeden in den Kerker werfe, der versucht, mich zu betrügen. Das gilt auch für Euch und Eure Schwurbrüder, Géroux. Wenn mir die Gilde Schwierigkeiten macht, verbiete ich sie wie weiland Bischof Ulman.«

»Ihr habt Herzog Simon Euer Wort gegeben, die Gilde nicht anzutasten«, sagte der Münzmeister und erinnerte Aristide an seine Abmachung mit dem Herzog, der er widerwillig hatte zustimmen müssen.

»Wenn die Gilde den Frieden stört, kann mich niemand davon abhalten, entsprechende Maßnahmen zu ergreifen.«

Géroux schwieg einen Moment, bevor er sagte: »Bischof Ulman hat es stets so gehalten, seine Dienstmannen von jeglichen Steuererhöhungen auszunehmen.«

»Ach ja, hat er das?« Aristide war versucht, Géroux zum Teufel zu schicken, doch dann besann er sich eines Besseren. Die Ministerialen waren die mächtigste Gruppe in der Stadt und allein dem Herzog zur Treue verpflichtet. Wenn er sie schlecht behandelte, riskierte er, sie gegen sich aufzubringen, was seine Position in Varennes schwächen konnte. Er brauchte sie, ob es ihm gefiel oder nicht. »Na schön. Dann werde ich diese ehrwürdige Tradition fortsetzen.«

»Die Ministerialen sind von der Erhöhung der Marktabgaben befreit?«, hakte der Münzmeister nach.

»Das habe ich doch gerade gesagt. Hört Ihr schlecht?«

Géroux nickte nur, doch ein Wort des Dankes kam ihm nicht über die Lippen. »Ich muss mich jetzt wieder meinen Pflichten widmen. Gehabt Euch wohl, Herr de Guillory.«

»Nicht so schnell, Géroux. Wir sind noch nicht fertig. Ich hörte, Ihr habt zugelassen, dass dieser Unruhestifter de Fleury wieder Handel treibt. Ist das richtig?«

»Tatsächlich gehört das Geschäft nun seinem Bruder.«

»Das läuft auf dasselbe hinaus«, sagte Aristide. »Wieso habt Ihr nichts dagegen unternommen? Wollt Ihr, dass er uns wieder Schwierigkeiten macht?«

»Mein Einfluss in dieser Stadt ist groß, aber nicht unbegrenzt«, erwiderte der Münzmeister. »Jean de Fleury ist ein Held des Kreuzzuges. Als er um Aufnahme in die Gilde ersuchte, musste ich mich dem Willen des Stadtvolkes beugen.«

»Der Kerl hat vergeblich versucht, Barbarossa vor dem Ertrinken zu retten, und ist dabei selbst fast ersoffen. Das macht ihn kaum zu einem Helden.«

»Die Leute sehen das anders.«

»Ihr wisst, was geschehen wird«, sagte Aristide. »Wenn wir nichts unternehmen, werden die Gebrüder de Fleury so lange

Geld und Einfluss anhäufen, bis sie eines Tages wieder stark genug sind, mir und Euch zu schaden.«

»So weit wird es nicht kommen.«

»Richtig. Weil ich dem einen Riegel vorschieben werde. Berengar!«

»Herr?« Der Sarjant hatte respektvoll an der Tür gewartet.

»Du hast gehört, worum es geht. Kümmere dich darum, dass diese beiden Emporkömmlinge den Spaß an ihrem Geschäft verlieren. Ich will, dass sie noch vor dem Sommer ruiniert sind. Aber geh unauffällig vor.«

»Gewiss«, nickte Berengar.

»Wenn Ihr die Geschäfte eines Gildenmitgliedes behindert, macht Ihr Euch die gesamte Gilde zum Feind«, gab Géroux zu bedenken.

»Ihr seid der Vorsteher dieses Haufens«, entgegnete Aristide. »Sorgt dafür, dass die Gilde mitspielt. Schafft Ihr das, oder muss ich mich beim Herzog dafür starkmachen, dass ein entschlossenerer Gildemeister eingesetzt wird?«

»Natürlich schaffe ich das«, sagte Géroux kalt.

»Gut. Also, worauf wartet Ihr?« Aristide klatschte zweimal in die Hände. »An die Arbeit, na los!«

Wie Géroux vorhergesagt hatte, traf die Erhöhung der Marktabgaben vor allem die Kleinkrämer, die fliegenden Händler und Schankwirte. Sie handelten mit Waren, die nur geringe Gewinne verhießen, und da das Schöffenkollegium festlegte, was die meisten Lebensmittel kosten durften, konnten sie ihre Verluste nicht durch höhere Preise ausgleichen. Bald schon bangte so mancher Krämer und Stadtbauer um seine Existenz.

Auch die Kaufleute stöhnten unter den erhöhten Abgaben, besonders unter den Einfuhrzöllen auf Handelsgüter aus Metz und der Champagne. In der Gilde formierte sich Widerstand, den Géroux jedoch im Keim erstickte. Indem er die Angst vor einem neuen Verbot der Gilde schürte, brachte er Fromony

Baffour und Thibaut d'Alsace auf seine Seite, sodass sich eine Mehrheit der Schwurbrüder dagegen aussprach, etwas gegen die hohen Gebühren zu unternehmen.

Obwohl sich der Frühling von seiner besten Seite zeigte, war die Stimmung in der Stadt gedrückt. Die Einzigen, die nicht darunter litten, waren Jean und Adèle. Seit ihrer Hochzeit turtelten sie von früh bis spät, sehr zu Michels Verdruss. Als sie sich wieder einmal lautstark in ihrer Kammer liebten, während er in der Stube Geld zählte, platzte ihm der Kragen. Er sprang auf und hämmerte mit der Faust gegen die Wand.

»Geht es etwas leiser? Einige von uns versuchen zu arbeiten!«

Er hörte Adèle kichern. Kurz darauf begann das Stöhnen von Neuem. Fluchend raffte er seine Aufzeichnungen zusammen und setzte sich in den Eingangsraum.

Nach einer halben Stunde kam Jean zu ihm.

»Na, fertig für heute?«, fragte Michel. »Oder legt ihr nur eine Pause vor der nächsten Runde ein?«

Sein Bruder setzte sich ihm gegenüber auf eine Kiste. »Warum neidest du uns unser Glück?«

»Ich neide euch gar nichts. Ich habe einfach genug von eurer zur Schau getragenen Wollust.«

»Bist du deshalb ständig übler Laune?«

»Wir haben viel Arbeit, falls es dir noch nicht aufgefallen ist. Nächste Woche reisen wir nach Speyer, aber ich darf alles allein machen, weil der Herr Besseres zu tun hat.«

Jean schaute ihn lange an. »Es ist Isabelle, richtig?«

»Was hat Isabelle damit zu tun?«, fragte Michel gereizt.

»Du weißt genau, was ich meine.«

»Sag es mir.«

»Adèle und ich haben, was ihr euch ersehnt, aber niemals bekommen werdet. Das schmerzt dich – ich verstehe das. Aber das gibt dir noch lange nicht das Recht, so mit mir zu reden.«

»Dass es nicht leicht für uns ist, weiß ich. Das brauchst du mir nicht zu sagen«, gab Michel zurück. »Aber unsere Liebe ist stark. Sie wird das überstehen. Eines Tages werden wir zusammen sein.«

»Und wie soll das deiner Meinung nach geschehen?«

»Ich weiß es nicht. Aber ich gebe die Hoffnung nicht auf.«

»Vielleicht solltest du das.«

»Was redest du da?«

»Mach die Augen auf, Bruder. Isabelle ist fort. Sie lebt in Deutschland, als die Frau eines anderen. Sie wird niemals dir gehören. Wenn ich dir einen Rat geben darf: Vergiss sie«, sagte Jean. »Schlag sie dir aus dem Kopf und such dir eine andere. Herrgott, Michel, in Varennes gibt es genug schöne Frauen. Gründe eine Familie, bevor es zu spät ist und du ein verbitterter alter Mann bist.«

»Ich kann sie nicht vergessen.«

Jean seufzte. »Wie du willst. Aber dann lass wenigstens Adèle und mich in Frieden.« Er stand auf und ging nach oben.

Als die Tür ins Schloss fiel, griff Michel nach dem Gänsekiel, doch vor Wut zitterte seine Hand so sehr, dass er die Tinte umstieß. Fluchend zerknüllte er das verschmierte Pergament und warf es zu Boden.

Er ging zu seiner Kammer, wusch sich die Hände und betrachtete sein Spiegelbild im Waschzuber.

Ich verändere mich, dachte er. *Und nicht zum Guten.*

Jean gab dem Wirt ein Zeichen, woraufhin der bärtige Mann zu ihnen trat und seinen Becher nachfüllte.

»Für mich auch noch einen«, sagte Charles Duval und knallte einen abgegriffenen Hälbling auf den Tisch. Man merkte ihm nicht an, dass er bereits zwei Krüge getrunken hatte. Dieser Mann, obwohl schmächtig und blass, vertrug viel mehr als Jean.

»Jedenfalls ist das alles ein großer Mist«, fuhr Duval fort, nachdem er einen Schluck genommen hatte. »Die Erhöhung der Marktabgaben ist gewiss nur ein Vorgeschmack auf das, was uns noch bevorsteht. De Guillory wird unsere Stadt auspressen wie eine reife Orange, so viel ist sicher. Aber von der Gilde können wir nichts erwarten. Sie ist rückwärtsgewandter als vor fünf Jahren. Beim heiligen Jacques, wenn ich daran denke, was wir alles erreicht haben, als Euer Bruder Gildemeister war. Die Brücke. Unser Ansehen in der Stadt. Nichts mehr ist davon übrig. Nichts mehr.« Mit düsterer Miene nippte Duval an seinem Krug.

Jean hatte ihn am frühen Abend auf dem Markt getroffen, und sie hatten beschlossen, sich in einer Schenke an der Grande Rue den einen oder anderen Schluck zu genehmigen. Duval nutzte die Gelegenheit, sich bei Jean auszuweinen. Seit einer halben Stunde beklagte er sich über die Zustände in der Gilde und ihre hochfliegenden Träume von Freiheit und Gerechtigkeit, die allesamt zerplatzt waren.

Jean hörte ihm seit geraumer Zeit nur noch mit einem Ohr zu. Am Nachbartisch hatten Guibert de Brette und die Nemours-Brüder Platz genommen. Seit die Ministerialen Duval und ihn entdeckt hatten, schielten sie ständig zu ihnen herüber. De Brette schien auf Ärger aus zu sein. Er sprach immer lauter, damit Jean ja verstand, was er zu sagen hatte.

»Nun ja, sie ist eben ein Bauernmädchen«, meinte er gerade. »Den Stallgeruch wird sie nicht los. Bauer bleibt Bauer, da kann de Fleury ihr noch so viel Silberschmuck und byzantinische Seide schenken.«

Jean stand auf und trat an den Tisch der Ministerialen. »Redet Ihr über meine Frau?«

»Schon möglich.« De Brette nahm einen Schluck von seinem Wein. Jacques Nemours lächelte dünn, während sein Bruder Aimery, der Ängstlichere von beiden, so tat, als interessiere er sich plötzlich brennend für die Flaschen auf den Regalbrettern.

»Ich meine, ich habe das Wort ›Stallgeruch‹ gehört«, sagte Jean. »Aber gewiss irre ich mich. Ein Kaufmann würde so etwas nie über die Gemahlin eines Schwurbruders sagen, habe ich recht?«

»Ihr habt schon richtig verstanden.« De Brette blickte ihm

geradewegs in die Augen. »Euer Weib ist eine Bäuerin und wird es immer bleiben. Niemand kann seine niedrige Herkunft abstreifen. Sie haftet einem an wie ein übler Gestank. Es ist wie damals bei Eurem Vater. Er hatte vielleicht ein Haus und Geld und Bücher, aber tief in seinem Innern war er immer noch ein Höriger, ein Leibeigener, bis zu seinem Tod …«

Jean packte de Brette, riss den Ministerialen auf die Füße und presste ihn gegen die Wand. »Nehmt das zurück.«

De Brette lachte nur, woraufhin Jean ihn herumwirbelte und ihm einen Faustschlag versetzte, der ihn zu Boden schleuderte. Obwohl ihm Blut aus der Nase troff, war Jeans Verlangen nach Vergeltung noch lange nicht gestillt. Er wollte sich auf ihn stürzen, doch Duval hielt ihn zurück.

»Nicht, Jean. Seid vernünftig. Bitte.«

De Brette griff sich an die Nase und betrachtete seine blutigen Finger. »Dafür werdet Ihr bezahlen, de Fleury, das schwöre ich.«

»Der tätliche Angriff auf einen Schwurbruder ist ein unerhörter Verstoß gegen unsere Statuten«, sagte Géroux zwei Tage später bei der Gildeversammlung. »Herr de Fleury hat Guibert Brudertreue geschworen und gelobt, ihn zu achten und stets freundschaftlich zu unterstützen. Stattdessen hat er ihn niedergeworfen, ihn geschlagen und vor der ganzen Stadt gedemütigt. Für solch eine Tat kann es nur eine Strafe geben: den sofortigen Ausschluss aus unserer Gemeinschaft.«

»Ja!«, rief Jacques Nemours, und Thibaut d'Alsace und Fromony Baffour nickten eifrig. De Brette starrte Jean von der anderen Seite des Tisches an und lächelte dünn. *Das habt Ihr jetzt von Eurer Unbeherrschtheit,* sprach sein Blick.

Jean schluckte seinen Zorn und stand auf. »Ja, ich habe einen Fehler gemacht. Ich hätte Guibert nicht schlagen dürfen. Aber ich habe mit dem Streit nicht angefangen. Er hat mein Weib und meinen Vater beleidigt.«

»Das ist gelogen!«, fuhr de Brette auf. »Ich saß nichts ahnend am Tisch und trank meinen Wein, als er plötzlich aufsprang und mich angriff, weiß der Teufel, wieso. Ich sage Euch, dieser Mann ist ein gefährlicher Verrückter. Ein Rohling. So einer hat in unserer Bruderschaft nichts verloren.«

»Ach, hört doch auf«, mischte sich Duval ein. »Ich war dabei, ich weiß, was Ihr gesagt habt. Kübelweise Unflat habt Ihr über ihm ausgeschüttet. Jeder an Jeans Stelle hätte Euch dafür geprügelt. Ich bezeuge das gern unter Eid«, wandte er sich an Géroux.

Der Gildemeister ignorierte ihn. »Stimmen wir ab«, sagte er. »Wer ist dafür, dass Herr de Fleury die Gilde verlassen muss?«

»Wartet«, meinte Aimery Nemours, als die Ersten die Hand heben wollten. »Ich sage es nicht gern, aber Duval hat recht. Guibert hat Herrn de Fleury beleidigt, in einer Art und Weise, die nicht zu entschuldigen ist. De Fleury unter diesen Umständen aus der Gilde auszuschließen, erscheint mir nicht angemessen. Ein Bußgeld sollte ausreichen, und er soll uns sein Wort geben, sich künftig zu zügeln.«

Für einen Augenblick herrschte Stille im Saal. Niemand hätte erwartet, dass ausgerechnet ein Nemours für Jean Partei ergreifen würde – am wenigsten Jean selbst.

»Was redest du da?«, zischte Jacques Nemours. »Halt den Mund!«

Normalerweise tat der schüchterne Aimery stets, was sein älterer Bruder verlangte. Diesmal jedoch ließ er sich nicht beirren. »Nein, Jacques. Du warst doch auch dabei. Hat er ihn beleidigt oder nicht?«

Sieh an, dachte Jean. *Der Mann hat Rückgrat. Wer hätte das gedacht?*

»Damit dürfte der Fall klar sein«, ergriff Duval die Gelegenheit, bevor Géroux sich von seiner Überraschung erholen konnte. »Wer ist dafür, dass Herr de Fleury mit einem Bußgeld verwarnt wird?«

Es meldete sich eine knappe Mehrheit der Schwurbrüder.

Jean sank auf seinen Stuhl und ließ den angehaltenen Atem entweichen.

»Das hätte nicht passieren dürfen«, sagte Michel später, als Jean wieder zu Hause war. »Géroux wartet doch nur darauf, dass wir ihm einen Grund geben, uns zu vernichten. Reiß dich in Zukunft zusammen.«

»Ich habe dir gesagt, dass es so kommen wird«, knurrte Jean. »›Eines Tages schlage ich Géroux und seinen Speichelleckern die Zähne aus.‹ Habe ich das nicht gesagt? Aber du wolltest ja nicht hören.«

»De Brette ist ein Großmaul. Gib nichts auf sein Geschwätz.«

»Es geht nicht um de Brette. Ich bin für diese Intrigen und Machtspielchen nicht geschaffen. Begreif das doch.«

»Wir sind aber nun einmal auf die Gilde angewiesen.« Michel legte ihm die Hände auf die Oberarme. »Von dieser Sache abgesehen, hast du dich doch bisher gut geschlagen. Beachte Géroux und seine Bande einfach nicht und konzentriere dich auf die Arbeit. Du schaffst das, Jean, ich weiß es.«

»Versprichst du mir, dass wir ihnen irgendwann die ganzen Gemeinheiten zurückzahlen?«

»Versprochen. Jetzt gib mir dein Wort, dass du dich am Riemen reißen wirst.«

»Ich versuche mein Bestes«, sagte Jean, obwohl er wusste, dass es ihm übermenschliche Anstrengungen abverlangen würde.

»Gut.« Michel schlug ihm auf die Schultern. »Lass uns jetzt schlafen gehen. Morgen wird ein langer Tag.«

Am nächsten Morgen brachen sie in aller Frühe auf. Michel plante, eine größere Fuhre Salz nach Speyer zu liefern, in der Hoffnung, sich dort einen Namen als Salzhändler zu machen und Geschäftsbeziehungen zu der Reichsstadt am Rhein aufzubauen.

Da er erwartete, dass de Guillorys Leute ihnen Schwierigkeiten machen würden, nahm er den Geleitschutz der Gilde zur Saline mit. Die beiden schwer bewaffneten Söldner schienen die Brückenzöllner tatsächlich einzuschüchtern: Auf dem Hinweg ließen sie sie in Ruhe. Auf dem Rückweg jedoch, als sie ein Dutzend Salzfässer geladen hatten, hielten die Männer sie an.

Wie üblich durchsuchten die Zöllner den Wagen und schätzten die Ware. Zu Michels Überraschung verlangten sie lediglich fünf von hundert Teilen Zoll. Er hatte damit gerechnet, dass sie sich über Barbarossas Verfügung hinwegsetzen und sie nach Strich und Faden ausnehmen würden. Hatte er de Guillorys Bosheit überschätzt?

Der Zöllner steckte die Münzen ein, gab ihnen das Zeichen zum Weiterfahren und spuckte aus. Als Michel wieder auf den Wagenbock kletterte, sah er aus dem Augenwinkel, dass der Mann plötzlich ein Messer in der Hand hielt. Was dann geschah, ging rasend schnell. Das Messer blitzte auf, der Zugochse blökte vor Pein und stampfte los. Michel verlor das Gleichgewicht, fiel mit dem Rücken voran auf die Brücke und schaffte es gerade noch, den Fuß einzuziehen, bevor ein Wagenrad darüberrollte. Jean griff nach den Zügeln, doch es gelang ihm nicht, den Ochsen zu bändigen. Der Wagen schoss über die Brücke, kam vom Weg ab und rumpelte über das unebene Gelände. Als der Ochse einem Baum ausweichen wollte, schlug er einen Haken, woraufhin das Fuhrwerk erst gegen den Stamm prallte und dann umkippte. Jean und die beiden Söldner fielen herunter und purzelten über das Gras. Der Ochse schleifte den Wagen noch vier, fünf Ellen über den Boden, bevor er stehen blieb und wütend muhte.

Ein Salzfass rollte die Böschung hinab und kullerte in die Mosel. Dann noch eines und noch eines.

»Nein«, krächzte Michel, während er sich keuchend aufrappelte. Er bekam kaum Luft. Der Sturz hatte ihm sämtliche Luft aus der Lunge gepresst.

Jean sprang auf, als er das Unheil bemerkte. Er versuchte, die rutschenden Fässer festzuhalten, und wurde dabei fast von ihnen überrollt. Ein viertes versank im Wasser, bevor es ihm mit der Hilfe eines Söldners gelang, die übrigen zu sichern.

Der andere Söldner lief zu Michel und half ihm auf. Gemeinsam rannten sie zu Jean und dem zweiten Söldner. Rasch spannten sie den Ochsen aus, ehe er noch mehr Schaden anrichten konnte, und banden die verbliebenen Fässer zusammen. Michel blickte den Bottichen nach, die auf dem Fluss davontrieben. Es würde sehr schwer werden, sie zu bergen – davon abgesehen, wäre es die Mühe nicht wert. Wahrscheinlich war längst schmutziges Flusswasser eingedrungen und hatte das Salz verdorben.

»Diese Sauhunde!«, schrie Jean. »Schau dir das an!« Er berührte den Ochsen an der Gesäßbacke und hob die Hand: Sie war voller Blut. Mit zusammengebissenen Zähnen schritt er zu ihrem Fuhrwerk und zog seine Streitaxt unter dem Wagenbock hervor. »Dafür werden sie bezahlen.«

Auch die Söldner hatten ihre Schwerter gezogen. Michel wandte sich zur Brücke um. Die beiden Zöllner standen vor ihrem Verschlag; jeder hatte eine geladene Armbrust in den Händen und richtete sie auf Michel und seine Gefährten.

»Keinen Schritt weiter!«, brüllte einer der Männer. »Wenn ihr auch nur einen Fuß auf die Brücke setzt, verpassen wir euren Schädeln ein neues Loch.«

»Macht, dass ihr verschwindet!«, schrie der andere. »Na los!«

Jeans Gesicht glühte vor Zorn. Mit einem derben Fluch hieb er die Axt in den Boden.

Unter den Hohnrufen der Zöllner stellten sie ihren Wagen auf und luden die restlichen Salzfässer auf die Pritsche.

April 1192

Vogtei Altrip

Kaum erreichte Michel das Birkenwäldchen, fing es an zu regnen. Fluchend zog er seine Kapuze über und kanterte am Waldrand entlang, vorbei an den überwucherten Mauern der alten Hütte. Anfangs war es nur ein leichter Nieselregen, doch bald schon prasselten dicke Tropfen vom wolkenverhangenen Himmel. Bei der Quelle band er sein Pferd an und suchte sich eine einigermaßen trockene Stelle unter einem Baum mit ausladenden Ästen.

Er war zu früh dran, und Isabelle und Rémy waren noch nicht da – falls sie überhaupt kommen würden. Zwei Wochen vor ihrer Abreise aus Varennes hatte er ihr einen Brief geschickt, doch keine Antwort von ihr erhalten. Vielleicht war sie in den letzten Wochen nicht in Speyer gewesen und wusste gar nicht, dass er sie besuchen wollte.

Er setzte sich auf das Moos, breitete sich eine Wolldecke über Kopf und Schultern und lauschte dem Regen, während er wartete. *Wenn* Isabelle seine Nachricht bekommen hatte, würde sie jeden Tag zur Mittagsstunde zur Quelle gehen, mindestens eine Woche lang, da er nie genau sagen konnte, an welchem Tag er ankäme. Das war umständlich und mühsam und barg immerzu die Gefahr, dass sie sich verpassten, so wie im Winter. Eine der vielen Kleinigkeiten, die er an ihrem Arrangement hasste. Aber er konnte es nun einmal nicht ändern.

Er vertrieb sich die Zeit, indem er etwas Brot und Käse aß und an die Geschäfte dachte, die sie in Speyer gemacht hatten.

Wenigstens war die Handelsreise einigermaßen lohnend gewesen. Sie hatten all ihr Salz verkauft und Beziehungen zur größten Kaufmannsgilde der Reichsstadt geknüpft. Wenn es ihnen gelingen sollte, eine dauerhafte Partnerschaft zu den Speyerer Kaufherren aufzubauen, würde das sein Leben merklich vereinfachen.

Zwei, drei Stunden vergingen.

Inzwischen war Mittag lange vorbei. Michel beschloss, bis zur None zu warten. Wenn Isabelle dann nicht käme, würde er nach Speyer zurückreiten.

Wenig später hörte es auf zu regnen. Michel hängte die Decke und seinen Mantel zum Trocknen über einen Ast und machte ein Feuer, um seine klammen Glieder aufzuwärmen. Als es ihm endlich gelungen war, das feuchte Holz anzuzünden, sah er Isabelle über die Wiesen kommen.

»Entschuldige, dass ich dich so lange warten ließ«, sagte sie. »Als es regnete, wollte ich nicht aus dem Haus gehen. Rémy hatte erst letzten Monat einen Schnupfen. Ich will nicht, dass er sich schon wieder erkältet.«

»Das macht nichts. Geht es ihm besser?« Michel betrachtete seinen Sohn besorgt.

»Er war den ganzen Winter über krank. Aber jetzt scheint es endlich vorbei zu sein.« Sie nahm Rémy aus dem Tragetuch, und lachend lief der Junge auf ihn zu.

Michel staunte nicht schlecht, als er ihn auf den Arm nahm. Es war mehr als ein halbes Jahr her, dass er Rémy das letzte Mal gesehen hatte, und er war seitdem enorm gewachsen. Außerdem konnte er viele neue Wörter, wie er munter plappernd bewies. Er konnte sogar schon kurze Sätze bilden.

Isabelle breitete eine Decke aus, und sie setzten sich ans Feuer.

»Sieh mal, was ich für dich habe«, sagte Michel und nahm einen kleinen Holzritter aus seinem Beutel. »Den habe ich für dich gemacht.« Eigentlich hätte Rémy den Ritter schon zu Weihnachten bekommen sollen.

Mit großen Augen nahm ihm der Junge die Schnitzfigur aus der Hand, betrachtete sie eingehend und hatte wenig später alles um sich herum vergessen.

»Erzähl mir von Varennes«, sagte Isabelle. »Was gibt es Neues?«

»Dass de Guillory jetzt unser Stadtherr ist, hatte ich dir ja schon geschrieben.« Michel berichtete ihr von der schwierigen Lage in der Stadt und den Scherereien, die de Guillorys Brückenzöllner ihnen gemacht hatten. Seit sie einander begrüßt hatten, war er angespannt, und es war ein seltsames Gespräch, wie unter Fremden. Irgendwann fiel ihm nichts mehr ein, woraufhin sie schweigend nebeneinandersaßen.

Wir tun so, als wären wir eine normale Familie. Dabei glaubt das nicht einmal Rémy.

Isabelle begann, vom Leben auf dem Hof zu erzählen, von Altrip und ihren Besuchen in der Ortschaft, auch von Thomasîn. Michel stellte ein paar höfliche Fragen, doch sie schien zu spüren, dass er nicht über ihren Gemahl reden wollte, und so endete bald auch dieses Gespräch, indem sie schwiegen.

Eine Weile lang schauten sie Rémy beim Spielen mit seinem Ritter zu. Schließlich ging Michel zum Bach, schöpfte Wasser heraus und löschte das Feuer.

»Du gehst schon?«, fragte sie.

»Ich muss zurück zu Jean.«

»Wartet er in Speyer auf dich?«

»Ja.« Michel stopfte seine Decke und die restliche Wegzehrung in den Beutel und befestigte diesen am Sattel. Sein Pferd schnaubte, und er rieb ihm den Hals.

Derweil hatte Isabelle Rémy auf den Arm genommen. »Sag auf Wiedersehen zu Michel.«

»Wiedersehen«, sagte der Junge. Lächelnd strich Michel ihm über das Haar.

»Wann besuchst du uns das nächste Mal?«

»Ich versuche es im Sommer zu schaffen. Es hängt davon ab,

wie sich die Geschäfte entwickeln. Und was de Guillory sich einfallen lässt, um uns das Leben schwerzumachen.«

»Lasst euch nicht unterkriegen«, sagte Isabelle. »Bis bald.« Sie küsste ihn auf die Wange.

Michels Herz klopfte bis zum Hals, als er die Zügel losband. Er wollte nicht gehen, aber bleiben wollte er auch nicht. Er wandte ihr den Rücken zu, legte die Hand auf den Sattelbogen und spürte, dass sie ihn anblickte.

Nein. Er ertrug das nicht länger. Er konnte nicht nach Hause reiten und warten und hoffen und auf Gott vertrauen, dass irgendein Wunder geschehen würde. Es würde kein Wunder geben, nicht für Isabelle, nicht für ihn, und erst recht nicht für sie beide.

Er drehte sich um. »Wem wollen wir eigentlich etwas vormachen, Isabelle? Wie oft wollen wir uns noch an diesem Bach treffen und auf bessere Zeiten warten? Gott wird uns keinen Weg zeigen. Er hat bereits entschieden. Du gehörst zu Thomasîn, ich nach Varennes. Es wird Zeit, dass wir uns damit abfinden.«

Es dauerte lange, bis sie antwortete. »Ich kann mich damit nicht abfinden. Ich liebe dich.«

»Ich liebe dich auch. Mehr denn je. Aber manchmal ist Liebe eben nicht genug. Ich kann nicht mehr hoffen, dass wir vielleicht irgendwann einmal zusammen sein werden. Das geht über meine Kräfte. Was soll denn passieren?«, fügte er hinzu. »Wie alt ist Thomasîn jetzt? Achtundzwanzig? Dreißig? Er wird noch lange leben, so Gott will. Wollen wir darauf warten, dass er stirbt?«

Leichter Wind kam auf und spielte mit einer Haarsträhne, die unter ihrer Haube hervorlugte. »Du hörst dich an, als hättest du diese Entscheidung längst getroffen.«

»Ja, das habe ich.« Es war irgendwann im vergangenen Monat geschehen, nach seinem Streit mit Jean, wie ihm jetzt klar wurde. Er hatte es nur nicht wahrhaben wollen.

»Also sehen wir uns nie wieder?«

»Ich werde euch weiterhin besuchen, so oft ich kann. Ich werde für Rémy da sein. Ich möchte sehen, wie er aufwächst. Das bin ich ihm schuldig. Aber was uns angeht…«

»Ist es vorbei«, sagte Isabelle.

»Es ist besser so. Für uns beide.«

Ihre Stimme war leise, aber fest und klar. »Vielleicht hast du recht.« Dann: »Ja, du hast recht.«

Und damit war alles gesagt. Er stieg in den Sattel und schaute sie noch einmal an. Wie sie da an der Quelle stand, mit Rémy im Arm, erschien sie ihm schöner als je zuvor.

»Leb wohl, Isabelle. Pass auf dich auf.«

Er ritt los und trabte am Waldrand entlang, und als sich das Land vor ihm ausbreitete, gab er dem Hengst die Sporen und jagte über die Felder und Wiesen.

Isabelle setzte Rémy ab, stopfte die lose Haarsträhne unter ihre Haube und legte das Tragetuch an. Der Junge stand derweil da, in der Hand seinen Ritter, und blickte seinem Vater nach.

»Michel«, sagte er plötzlich.

Es war das erste Mal, dass er Michels Namen aussprach.

»Merk dir das für seinen nächsten Besuch«, murmelte Isabelle. »Er wird sich freuen, wenn er das hört. Komm, mein Großer.«

Sie steckte Rémy ins Tragetuch und schritt den Hang hinab, der zur Kuhweide hin abfiel. Sie konnte noch nicht nach Hause gehen und gegenüber Thomasîn und den Hausbedienten so tun, als wäre nichts geschehen. Sie machte einen langen Spaziergang, wanderte über die Hügel, zu den Fischteichen am anderen Ende von Thomasîns Besitz und wieder zurück. Ihr erschien es, als hätte der Regen das Land endgültig aus seinem Winterschlaf aufgeweckt. Überall roch es nach feuchter Erde, Wachstum, Leben, nach Frühling.

Isabelle verspürte keinen Schmerz, keine richtige Traurigkeit, es war mehr eine dumpfe Benommenheit, so als hinkten ihre Gefühle den Ereignissen einige Stunden hinterher. Heute Morgen war sie aufgestanden und hatte sich darauf gefreut, Michel zu sehen, obwohl eine leise Stimme in ihrem Herzen immerzu flüsterte: *Das ist töricht. Du klammerst dich an eine Hoffnung, die sich niemals erfüllen wird.* Sie hatte nicht auf diese Stimme gehört. Seit fast zwei Jahren schon ignorierte Isabelle sie beharrlich, und es gelang ihr jeden Tag ein bisschen besser.

Bis heute.

Michel hatte ihr vor Augen geführt, dass sie in einer Traumwelt lebte, in einem Fantasiegespinst, das nichts mit der Wirklichkeit zu tun hatte. Sie begriff, wie selbstsüchtig sie all die Monate gewesen war. Sie hatte Rémy, Thomasîn, eine Familie, und erwartete von Michel, dass er auf all das verzichtete und auf sie wartete. So ein Mensch wollte sie nicht sein.

Verzeih mir, Michel. Ich hoffe, du bist jetzt frei.

Als dieser Gedanke in ihr aufstieg, kamen plötzlich die Tränen. Sie strömten ihr über die Wangen, obwohl sie noch immer nichts als dumpfe Taubheit fühlte, es war eine bloße Reaktion ihres Körpers, über die sie keine Gewalt hatte. Sie setzte sich auf eine Mauer am Wegesrand, und als es vorüber war, trocknete sie sich das Gesicht.

»Wir sollten nach Hause gehen. Du wirst mir allmählich schwer.«

Außerdem begann es, dunkel zu werden, und Rémy quengelte bereits schläfrig. Sie nahm den schnellsten Weg zum Gehöft und betrat wenig später das Haupthaus, das von einem köstlichen Duft erfüllt war.

»Du kommst genau richtig«, rief Thomasîn, der in der Küche am Herdfeuer stand. »Ich habe uns Eintopf gemacht. Er müsste gleich fertig sein.« Er fragte nicht, wo sie gewesen war. Das fragte er nie. »Probier.« Er hielt ihr die Schöpfkelle hin.

Sie setzte Rémy ab und kostete von dem Eintopf aus Rüben, Erbsen und Speck. »Das ist gut.«

Ihr Sohn war schon wieder munter und zeigte Thomasîn stolz seine Holzfigur. »Mein Ritter.«

Ihr Gemahl streifte sie mit einem Blick. Es lag kein Vorwurf darin, nicht einmal eine Frage, er zeigte ihr nur, dass sie ihm nichts vormachen konnte und das auch nicht musste. Lächelnd fragte er den Jungen: »Hast du schon einen Namen für ihn? Wie wäre es mit Roland? Außerdem braucht er noch einen Knappen. Gleich morgen schnitze ich dir einen.«

Isabelle setzte sich auf einen Hocker und sah den beiden zu. Rémy und Thomasîn – sie waren das Einzige, was sie jetzt noch hatte.

Aber war das nicht eine ganze Menge?

Michel galoppierte über das Land, er preschte die Straße entlang, bis er alles vergaß, bis sein Kopf leer war und er nur noch den Wind im Gesicht spürte und die Muskeln des Hengstes, die sich unter ihm hoben und senkten. Erst als die Mauern und Türme von Speyer in Sicht kamen, ritt er langsamer. Er schaffte es gerade noch, das Tor zu durchqueren, bevor es für die Nacht schloss. Langsam trabte er zu der Herberge, in der Jean und er Quartier bezogen hatten, übergab sein Pferd den Knechten und atmete die kühle Abendluft ein, bevor er nach oben zu den Schlafräumen ging.

Jean saß auf einer Bettstatt, zog einen Wetzstein über die Klinge seines Messers und begutachtete im Licht des Kienspans seine Arbeit. Als Michel hereinkam, schaute er auf.

»Du hattest recht«, sagte Michel. »Für Isabelle und mich gibt es keine Zukunft. Ich wollte das nicht sehen.«

Sein Bruder schaute ihn lange an. Dann erhob er sich und klopfte ihm auf die Schulter. »Komm. Gehen wir etwas trinken.«

Mai bis Juni 1192

Varennes-Saint-Jacques

Stell dich auf Scherereien ein«, raunte Michel seinem Bruder zu, als das Nordtor Varennes' in Sicht kam. Und in der Tat, einer der Wächter, die dort Dienst taten, war der berüchtigte Joubert. Der Kerl war nicht nur hässlich wie die Nacht, sondern durch und durch boshaft. Seit Tancrède Martel ihn zum Stadtbüttel ernannt und ihm einen Waffenrock und eine Pike gegeben hatte, nutzte er seine Amtsgewalt weidlich aus, um andere zu tyrannisieren. Michel roch den Ärger hundert Ellen gegen den Wind.

Als hätte de Guillory geahnt, dass wir heute zurückkommen.

Joubert trat aus dem Schatten des Torhauses auf die Straße, und Jean hielt den Ochsen an. »Willkommen daheim, die Herren Kaufleute.« Der Wächter grinste breit und ließ dabei gelbe und schiefe Zähne sehen. »Was habt ihr auf dem Wagen?«

»Gold, Weihrauch und Myrrhe für das Jesuskind«, sagte Michel.

»Ich lach mich tot. Runter vom Wagen und die Fässer aufmachen, aber zackig.«

Sie öffneten die Bottiche und Kisten. Joubert warf einen Blick hinein.

»Was ist das für Zeug?«

»Tuche und Pelze«, antwortete Jean und spuckte aus.

»Das seh ich selbst. Ich meine das da.«

»Färberkrapp«, sagte Michel.

»Woher habt Ihr das?«

»Speyer.«

Joubert rieb sich die Nase, die mindestens zweimal gebrochen war und wie eine abgestorbene Wurzel in seinem hageren Gesicht saß. »Wartet hier. Ich hole den Zöllner.«

Joubert ließ sich Zeit. Der Zöllner, mit dem er schließlich zurückkam, trat ohne ein Wort des Grußes an den Wagen, besah sich die Waren und ritzte ihren Schätzwert in eine Wachstafel ein.

»Das macht fünfzehneinhalb Sous Einfuhrzoll«, erklärte er.

»Nein«, sagte Michel. »Das ist zu viel. Das akzeptieren wir nicht.«

»Ich rede mit Eurem Bruder«, erwiderte der Zöllner, ohne ihn eines Blickes zu würdigen. »Er ist der Inhaber des Geschäfts.«

»Wir zahlen höchstens elf«, sagte Jean. »Das ist der übliche Satz.«

»Wo habt Ihr rechnen gelernt? Bei einem Warenwert von neunzehneinhalb Pfund macht das *summa summarum* …«

»Die Waren sind nur dreizehn Pfund wert«, widersprach Jean.

»Wenn ich sage, es sind neunzehneinhalb, dann sind es neunzehneinhalb«, schnappte der Zöllner. »Und jetzt zahlt, oder ich lasse Euch von Joubert abführen.«

Michel schüttelte kaum merklich den Kopf, als sein Bruder die Zähne zusammenbiss und die Rechte zur Faust ballte. Er öffnete seine Geldkatze und zählte dem Amtsmann die geforderte Summe in die Hand. Joubert stand daneben und grinste wölfisch.

»Einen schönen Tag noch, die Herren«, sagte er und tippte sich an den Helm, als sie durch das Tor fuhren.

Damit war der Ärger noch lange nicht ausgestanden. Als sie die Waren zwei Tage später zum Markt brachten, knöpften ihnen de Guillorys Marktaufseher horrende Standgebühren ab und zeigten sich taub für ihren Protest. Auch die Wechsler, bei denen sie einen Teil ihres auswärtigen Silbers umtauschten, baten sie zur Kasse und verlangten unverschämte Aufschläge für ihre Dienste. All das ließ ihren Gewinn aus der Handelsreise schmelzen, bis kaum noch etwas davon übrig war.

»Ich fürchte, da kommt noch mehr auf euch zu«, sagte Isoré Le Roux, der sie abends mit seinem Weib besuchte. »De Guillory hat nicht nur seine Büttel und Marktaufseher auf euch angesetzt. Als ihr fort wart, war sein Kettenhund Berengar bei allen Handwerkern und Bauern, die je mit euch Geschäfte gemacht haben. Er hat sie eingeschüchtert und ihnen verboten, mit euch Handel zu treiben.«

»Und das lassen sie sich bieten?«, fragte Michel.

»Was bleibt ihnen anderes übrig? Sie fürchten um ihre Familien. Wer weiß, was Berengar ihnen antut, wenn sie sich ihm widersetzen.«

Michel weigerte sich zu glauben, dass seine Mitbürger wirklich so feige waren. Am frühen Morgen verließ er das Haus und fuhr mit dem Ochsenwagen die Grande Rue hinauf, um Waren für die Messe in Provins einzukaufen. Zuerst besuchte er einen Winzer, von dem er seit Jahren Moselwein bezog.

»Gott zum Gruße, Hernaut.« Lächelnd trat er auf den Hof, wo der Weingärtner gerade mit seinen Gehilfen zwei große Gärbottiche reinigte. Als Hernaut ihn sah, erbleichte er und kam, mit beiden Händen wedelnd, auf ihn zu.

»Ihr! Seid Ihr von Sinnen, hier einfach so hereinzuspazieren? Geht, bevor man Euch sieht. Na los.«

»Hernaut, wartet …«

»Ich will nichts mehr mit Euch zu tun haben.« Der Winzer schob ihn unsanft zum Hoftor. »Lasst Euch hier nie wieder blicken, habt Ihr verstanden?«

Krachend fiel die Pforte ins Schloss.

Bei den anderen Bauern und Handwerkern geschah dasselbe: überall abweisende Mienen und verrammelte Türen. Nur Jean Caboche, der hünenhafte Anführer der Bruderschaft der Schmiede, ließ ihn herein. Er bewohnte ein Steinhaus in der Nähe der Abtei Longchamp, zusammen mit seinen fünf jüngeren Brüdern und Schwestern, seinen zwei Lehrlingen und seiner betagten Mutter, die nicht mehr ganz richtig im Kopf war. Die alte Frau saß am Webstuhl und brabbelte ununterbrochen vor sich hin, während Jean Michel einen Krug Bier anbot.

»Habt Dank. Ihr seid der Erste, der mir nicht die Tür vor der Nase zuschlägt.«

»Ich habe es gehört.« Caboche legte seine Lederschürze ab und füllte sich auch einen Krug. »Diese Feiglinge. Eine Schande ist das.«

»War Berengar auch bei Euch?«

»Natürlich. Hab den Kerl zum Teufel gejagt. Ich bin ein freier Bürger. Ich lasse mir von niemandem vorschreiben, mit wem ich Geschäfte zu machen habe.«

»Ich wünschte, alle wären so mutig wie Ihr«, sagte Michel.

Caboche trank einen Schluck und wischte sich den Schaum vom Bart. »Was braucht Ihr?«

»Kettenhemden, Helme und Schilde.«

»Ich schaue mal, was ich da habe.«

Nachdem sie ausgetrunken hatten, gingen sie nebenan in die Werkstatt, wo Caboche ihm die gewünschten Waren heraussuchte. Michel zahlte und gab ihm zusätzlich zehn Sous für seine Hilfe.

»Das kann ich nicht annehmen.«

»Ich bestehe darauf. Der heilige Jacques segne Euch«, sagte Michel, als er auf seinen Wagen kletterte.

Tags darauf, als sie in der Stube beim Morgenbrot saßen, brachte Louis schlechte Neuigkeiten. Der Knecht war beim Brunnen gewesen und stellte das Joch mit den Eimern ab.

»Habt Ihr schon gehört? Heute Nacht wurde Caboche überfallen.«

»Was?«, riefen Michel und Jean gleichzeitig.

»Vermummte sind in sein Haus eingebrochen. Sie sollen alles kurz und klein geschlagen haben. Herr Duval glaubt, dass es Berengar und seine Leute waren.«

»Wurde jemand verletzt?«, fragte Michel.

»Weiß ich nicht, Herr.«

Adèle hatte sich erschrocken die Hand vor den Mund geschlagen. Michel und sein Bruder sprangen auf und eilten durch die Gassen.

Vor Caboches Haus stand eine kleine Menschenmenge und diskutierte aufgeregt den nächtlichen Vorfall. Als die Leute Michel und Jean erblickten, verstummten sie und starrten sie vorwurfsvoll an. Michel ging zur offenen Tür, klopfte an und trat ein.

Caboches Mutter kauerte mit hochgezogenen Schultern am Tisch und wimmerte leise. Eine Schwester des Schmiedemeisters hielt ihre Hand und redete beruhigend auf sie ein. Caboche und seine übrigen Geschwister warfen zertrümmerte Möbel und die Überreste des Webstuhls auf den Hinterhof und kehrten Schmutz und Scherben zusammen.

Beim Anblick des verwüsteten Wohnraumes schluckte Michel hart. Wenigstens war kein Hausbewohner zu Schaden gekommen. »Es tut mir leid, Jean. Ich hätte wissen müssen, dass so etwas passiert.«

»Schon gut«, sagte Caboche, ohne ihn anzusehen.

»Können wir etwas für Euch tun?«

»Nicht nötig. Wir sind fast fertig.«

»Lasst mich wenigstens den Webstuhl ersetzen.«

Caboche hob den Kopf, und seine Miene war hart. »Es ist besser, wenn Ihr jetzt geht, Herr de Fleury. Meine Mutter hat Angst. Sie braucht Ruhe.«

»Das kann so nicht weitergehen«, sagte Michel, als sie wieder zu Hause waren. »Wir müssen etwas unternehmen. Wann ist die nächste Versammlung der Gilde?«

»In der Woche nach Fronleichnam«, antwortete Jean. »Warum fragst du?«

»Du musst die Schwurbrüder um Hilfe bitten.«

»Was soll das bringen? Géroux steckt doch mit de Guillory unter einer Decke.«

»Trotzdem. Du musst es versuchen.«

Bevor Michel an jenem Abend zu Bett ging, räumte er endlich den Beutel aus, der seit ihrer Ankunft in einer Ecke seiner Kammer stand. Bisher war er nicht dazu gekommen, seine persönlichen Habseligkeiten, die er auf jede Reise mitnahm, in den Truhen zu verstauen oder Adèle zum Waschen zu geben.

Er legte das Messer zu seinem Gürtel und dem Mantel, schüttelte die Decke aus und hängte sie am Fenster über den Stuhl. Der Käse und die übrige Wegzehrung waren längst hart und ungenießbar geworden, und er warf sie in den Schweineeimer.

Als er den Beutel ausschüttelte, fiel das Silberkreuz auf den Boden.

Michel hob es auf.

Ich trage es immer bei mir, hatte Isabelle einst gesagt. *Es hat mir geholfen, nie die Hoffnung zu verlieren. Jetzt soll es dir helfen.*

Vorsichtig schlug er das Kruzifix in ein Ledertuch ein, verstaute es ganz unten in einer Truhe und schloss den Deckel.

Als die Schwurbrüder acht Tage später in der Gildehalle zusammentraten, schilderte Jean seine Notlage.

»Ich sehe nicht, warum wir Euch helfen sollten«, sagte Géroux. »Dies ist ein privater Zwist zwischen Eurer Familie und Aristide de Guillory. Es ist nicht unsere Aufgabe, den Mitgliedern bei ihren persönlichen Streitigkeiten beizustehen, und die Gilde wird sich ganz gewiss nicht gegen den neuen Stadtherrn stellen. Hätte Euer Bruder damals nicht darauf bestanden, diese unselige Brücke zu bauen«, fügte er hinzu, »wäre de Guillory heute nicht Euer Feind.«

»Wollt Ihr damit sagen, wir haben uns das selbst zuzuschreiben?«, brauste Jean auf.

»Allein seine Machtgier und Geltungssucht haben Euch in diese Lage gebracht, ja.«

»Geltungssucht?«, schrie Jean. »Michel hat seinen Kopf hingehalten, damit es der Gilde besser geht, nachdem Ihr jahrelang vor Ulman und de Guillory im Staub gekrochen seid!«

»Mäßigt Euch, de Fleury«, sagte Jacques Nemours. »Ihr sprecht mit dem Gildemeister, nicht mit einem Eurer Dienstboten.«

»Ihr wisst genau, warum de Guillory Jeans Geschäfte behindert«, mischte Charles Duval sich ein. »Er fürchtet ihn und Michel und will sie zugrunde richten. Es ist unsere Pflicht als ihre Schwurbrüder, sie zu schützen.«

Es kam zu einem hitzigen Wortgefecht zwischen Géroux, den Ministerialen, Baffour und d'Alsace auf der einen Seite und Jean, Catherine, Melville, Le Roux und Duval auf der anderen. Der Gildemeister beendete den Streit, indem er mit der flachen Hand auf den Tisch schlug.

»Ruhe! Benehmt euch wie zivilisierte Bürger. Wenn Ihr darauf besteht, de Fleury, stimmen wir eben ab. Also – wer ist dafür, dass die Gilde in dieser albernen Sache tätig wird?«

Außer Jean meldeten sich lediglich Catherine, Melville, Le Roux und Duval.

»Wer ist dagegen?«

Alle anderen hoben die Hand.

»Da habt Ihr es«, meinte Géroux voller Genugtuung. »Schön, dass sich die Vernunft durchgesetzt hat. Können wir jetzt endlich über Wichtigeres sprechen?«

»Verliert nicht den Mut«, sagte Catherine am nächsten Tag. »Ich habe heute früh mit Charles, Pierre und Isoré gesprochen. Wir werden Euch helfen, so gut wir können.«

Sie saß am Tisch in der Stube, legte einen Hühnerknochen auf die Zinnplatte und wischte sich mit einem Taschentuch die Finger ab. Michel hatte sie auf dem Markt getroffen und kurzerhand zum Mittagessen eingeladen.

»Und wie?«, fragte Jean. »Was könnt Ihr schon gegen de Guillory ausrichten?«

»Sagt uns, welche Waren Ihr braucht, und wir besorgen sie Euch.«

»Wenn de Guillory das merkt, wird das Folgen für euch haben«, sagte Michel.

»Wir bringen die Waren zu Pierres Lagerhaus am Viehmarkt. Dort könnt Ihr sie abholen, ohne dass de Guillorys Leute etwas davon mitbekommen. Macht Euch keine Sorgen«, fügte Catherine lächelnd hinzu. »Wir können schon auf uns aufpassen.«

Sie beschlossen, so vorzugehen, obwohl Michel kein gutes Gefühl dabei hatte. Auf Dauer war das keine Lösung, und er wollte seine Freunde nicht in Schwierigkeiten bringen.

Zwei Tage später reisten sie zur Messe in Provins, wo sie dank der Waren, die Catherine und die anderen ihnen unter der Hand beschafft hatten, das eine oder andere gute Geschäft machten. Da zwei Wochen nach Himmelfahrt das Wetter umschlug, verschlammten die Wege, wodurch die Rückreise langwierig und mühsam war. Durchnässt und erschöpft kehrten sie eines Abends heim und fielen in die Betten, ohne zuvor die Waren aus Provins vom Wagen zu laden. Michel war gerade eingeschlafen, als ihn lautes Klopfen an der Eingangstür weckte. Müde schlüpfte er in sein Gewand und stieg die Treppe hinab.

»Wer stört uns denn um diese Zeit?«

»Ich glaube, es sind Berengar und seine Leute«, sagte Yves. Er und Louis hatten noch nicht geschlafen und standen mit Fackeln in den Händen im Eingangsraum.

»Aufmachen!«, dröhnte Berengar und hämmerte gegen die Tür.

Michel zog den Riegel zurück und öffnete die Pforte einen Spalt. »Was wollt Ihr?«

»Wir haben einen Hinweis erhalten, dass Ihr Gewürze in die Stadt gebracht habt, ohne sie zu verzollen.«

»Soll das ein Scherz sein?«, fragte Michel unwirsch.

»Lasst uns herein.«

»Nein.«

Berengar versetzte der Tür einen Stoß, er und seine Männer drängten herein.

»Durchsucht alles, besonders die Remise und den Lagerkeller«, befahl der Sarjant. Seine Waffenknechte, acht an der Zahl, darunter der grinsende Joubert, schwärmten aus.

»Was ist hier los?«, fragte Jean, der, nur mit seiner Bruche bekleidet, oben an der Treppe erschien.

»Berengar glaubt, wir würden Gewürze schmuggeln«, antwortete Michel.

»Geh in die Schlafkammer und verriegle die Tür«, sagte sein Bruder zu Adèle, bevor er die Stufen hinabeilte.

»Vorsicht mit der Ware!«, fuhr Michel die Kriegsknechte an, doch die Männer beachteten ihn nicht. Rücksichtslos durchwühlten sie sämtliche Kisten und Fässer im Eingangsraum und dem Lagerkeller, verschütteten Salz und trampelten mit ihren Stiefeln auf kostbarem Tuch herum. Joubert nahm sich den Wagen in der Remise vor und schlitzte die Säcke mit seinem Messer auf.

»Pass auf, verdammt noch mal. Das ist teure englische Wolle.« Jean wollte ihn aufhalten, Joubert fuhr herum und schlug ihm mit der behandschuhten Faust ins Gesicht, sodass er zu Boden fiel.

»Wenn du mich noch einmal mit deinen schmutzigen Fingern anrührst, sorge ich dafür, dass du den nächsten Monat im Kerker verbringst. Jetzt lass mich meine Arbeit tun.« Joubert fuhr fort, die Säcke aufzureißen und die Wolle herauszuzerren.

Jean verzerrte vor Wut das Gesicht und fasste sich an die blutende Nase. Michel half ihm beim Aufstehen.

»Halt mich fest«, flüsterte sein Bruder, »sonst steche ich diesen Bastard ab.«

Berengar und seine Männer blieben bis Mitternacht und stellten das ganze Haus auf den Kopf. »Hier ist nichts«, befand der Sarjant schließlich. »Gehen wir.«

»Ihr geht nirgendwohin, ehe Ihr uns den Schaden ersetzt habt, den Ihr angerichtet habt«, verlangte Michel.

»Ich habe nur meine Pflicht getan. Für etwaige Schäden bin ich nicht verantwortlich. Wendet Euch an meinen Herrn. Ihr wisst ja, wo Ihr ihn findet.«

Kurz darauf waren die Kriegsknechte fort.

Adèle saß auf der obersten Treppenstufe und weinte. Jean nahm sie in den Arm und tröstete sie. Yves und Louis begannen, das Durcheinander aufzuräumen.

»Das machen wir morgen«, sagte Michel müde. »Jetzt geht schlafen.«

In dieser Nacht träumte er zum ersten Mal seit Jahren von Mailand. Es war sein letzter Tag in der Lombardenstadt. Er saß auf seiner Stute Maronne, ritt in der Morgensonne durch die Prachtstraßen und bewunderte die mächtigen Palazzi und Amtsgebäude. Lachende Menschen winkten ihm zu, stolze Bürger, die sich ihrer Freiheit erfreuten.

Als er abrupt erwachte, war es stockfinstere Nacht. Seine Kehle war so trocken und eng, dass er kaum atmen konnte – als hätte ihn ein Nachtmahr mit seinen Klauenfingern gewürgt. Er konnte nicht mehr schlafen, setzte sich in die Stube und starrte aus dem Fenster, bis der erste Hahnenschrei erklang.

Dort fand ihn wenig später Jean. »Hast du gar nicht geschlafen?«

»Ich habe nachgedacht«, sagte Michel. »Wir gehen nach Metz.«

Sein Bruder setzte sich zu ihm. »Du willst von hier wegziehen?«

»Nein. Diesen Gefallen tun wir de Guillory nicht. Es reicht, wenn wir unsere Geschäfte verlagern – zumindest den Handel mit Gewürzen, Tuchen, Getreide und so weiter. Das Salz beziehen wir weiterhin von Catherine und den anderen. Wenn wir keine Waren nach Varennes liefern und hier nichts mehr einkaufen, sind de Guillory die Hände gebunden.«

»In Metz ist die Konkurrenz groß. Und man wird uns zwingen, einer Gilde beizutreten. Du weißt, wie hoch dort die Aufnahmegebühren sind.«

»Das müssen wir in Kauf nehmen. Alles ist besser, als weiter für de Guillory und seine Leute den Prügelknaben zu spielen. Also – was sagst du? Bist du einverstanden?«

Jean nickte. »Versuchen wir es.«

Michel blickte wieder aus dem Fenster und betrachtete den Gefängnisturm, der sich allmählich aus dem Zwielicht der Morgendämmerung herausschälte. »Niemand wird unser Geschäft zerstören«, sagte er leise. »Das lasse ich nicht zu.«

Juli 1192

Varennes-Saint-Jacques

Der Stadtkämmerer war ein schmächtiger Mann mit dünnem Haar, der stets mit hängenden Schultern durch die Palastflure schlurfte. Meist hörte man ihn nicht kommen, sodass er plötzlich hinter einem stand und unvermittelt zu reden anfing, was Aristide de Guillory jedes Mal einen gehörigen Schrecken einjagte. Irgendetwas an diesem Kerl weckte in Aristide den Drang, ihm einen Tritt zu verpassen – vielleicht seine Angewohnheit, immerzu an den Fingernägeln zu kauen. Wahrlich ein widerwärtiger kleiner Wicht. Aber von Zahlen verstand er etwas, das musste man ihm lassen.

»Die Zölle haben uns abermals achtzehn Pfund eingebracht«, sagte der Kämmerer, als sie den Gewölberaum im Keller des Palastes betraten, wo die eisenbeschlagenen Truhen mit den Einnahmen und Rücklagen Varennes' standen, geschützt von massiven Steinwänden und einer festen Tür. »Die Standgebühren zweiundzwanzig, wie im Juni.« Er spähte auf sein Pergament. »Die *accisa* ist sogar leicht gestiegen, auf fünfundzwanzig.«

»So viel zu Géroux' Geschwätz, dass Steuererhöhungen den Handel schwächen«, meinte Aristide.

»Tatsächlich sind Herrn Géroux' Bedenken nicht gänzlich von der Hand zu weisen«, erwiderte der Kämmerer. »Mir kam zu Ohren, dass zwei Schenken in der Unterstadt schließen mussten, weil die Wirte nicht imstande waren …«

»Die beiden?«, schnitt Aristide ihm schroff das Wort ab und deutete auf die vordersten Kisten.

»Ja, Herr.«

»Gib mir deinen Schlüssel.«

Der Kämmerer nestelte nervös an seinem Gürtel herum und reichte ihm den eisernen Ring. Aristide schloss die Schatullen auf und klappte die Deckel hoch. Deniers und Sous funkelten im Schein ihrer Fackel, Hunderte davon. Wieder einmal dachte Aristide, dass Steuern eine ganz wunderbare Erfindung waren. Sein neues Lehen glich einer segensreichen Quelle, die Tag und Nacht munter sprudelte und niemals versiegte. »Wie viel steht mir zu?«

»Einundzwanzig Pfund.«

Nach wie vor erschien es Aristide aberwitzig, dass Varennes und seine Verwaltung jeden Monat über vierzig Pfund Silber verschlangen. Und darin waren die Baukosten für die Stadtmauer noch nicht eingerechnet – dafür verwendete das Schöffenkollegium die Gewinne aus Ulmans letzter Münzentwertung, die in den übrigen Truhen verwahrt wurden und die Aristide nicht antasten durfte. Daneben gab es eine Vielzahl weiterer Ausgaben: Brunnen, öffentliche Backöfen und Straßen mussten regelmäßig gesäubert und erneuert werden; die Stadtbüttel brauchten hin und wieder neue Waffen und Röcke; die Armenspeisung der Klöster bekam einen Zuschuss, um nur drei zu nennen. Der teuerste Posten war die Entlohnung der zahlreichen städtischen Bediensteten, die mal mehr, mal weniger sinnvollen Aufgaben nachgingen. Aristide beschloss, bei Gelegenheit die Lohnlisten zu prüfen, um den einen oder anderen überflüssigen Amtsträger hinauszuwerfen, damit am Ende des Monats mehr für ihn blieb. Wofür, bei allen neun Kreisen der Hölle, brauchte Varennes beispielsweise einen Stadtschreiber? Die wenigen Dokumente und Briefe, die gelegentlich anfielen, konnte auch sein Burgkaplan verfassen. Oder der Kämmerer, der ihm keineswegs ausgelastet erschien.

»Zähl die Summe ab«, befahl er dem Mann, »und teil sie in zwei Haufen auf, zu sechs und zu fünfzehn Pfund. Berengar kommt das Silber später holen.«

Der Kämmerer nahm den Finger aus dem Mund. »Gewiss, Herr.«

Aristide überließ ihn seinen Aufgaben und stieg die Kellertreppe hinauf. Er fand Berengar im Hof des Palastes, wo er sich gerade den Bericht eines Hauptmannes der Stadtbüttel anhörte.

»Wenn du hier fertig bist, geh hinunter zum Kämmerer«, wies er seinen Sarjanten an. »Er hat zwei Geldkatzen für dich. Die kleinere bringst du zur Burg. Die größere mit fünfzehn Silberpfund ist für den Bischof von Toul bestimmt. Zwei zuverlässige Männer sollen damit nach Toul reiten, sie Bischof Eudes aushändigen und sich den Empfang mit Brief und Siegel bestätigen lassen.«

Bei den fünfzehn Pfund handelte es sich um die letzte Rate des vermaledeiten Darlehens, das Aristide seit Monaten das Leben schwermachte. Sowie seine Männer das Silber Eudes de Vaudémont überbracht hatten, wäre er endlich alle Verpflichtungen gegenüber der Kirche los, und der Bischof von Toul konnte seinetwegen an seiner Geldgier ersticken.

»Ich kümmere mich darum«, sagte Berengar.

Es würde gewiss eine Stunde dauern, bis der Kämmerer das Geld abgezählt hatte – so lange wollte Aristide nicht auf seinen Sarjanten warten. Er schwang sich auf sein Schlachtross und ritt allein zu seiner Burg zurück.

In der Vorburg wurde emsig geschuftet. Leibeigene trugen Balken über den Hof, Steinmetze bearbeiteten Türstürze und Treppenstufen, auf den Gerüsten wimmelte es von Maurern. Nachdem der Bau jahrelang nur schleppend vorangegangen war, tat sich seit dem Frühjahr endlich wieder etwas. Woche für Woche wuchsen Wehrmauern und Türme merklich, auch das Torhaus nahm allmählich Form an. Noch ein knappes Jahr, schätzte Aristide, und die Anlage wäre endlich fertig.

Nachdem er sein Pferd den Stallknechten überlassen hatte, schlenderte er zum Palas. Es war ein herrlicher Sommertag, sonnig und warm, aber nicht zu heiß. Seine Hunde dösten im

Schatten neben der Treppe; einer biss lustlos auf einem Knochen herum. Der Anblick der Tiere brachte ihn auf die Idee, er könnte wieder einmal auf die Jagd gehen. Das Wetter wäre dafür genau richtig, und es war schon einige Wochen her, dass er die Zeit gefunden hatte, durch die Wälder zu streifen und einem Eber oder Hirschen nachzustellen, ohne einen Gedanken an die zahllosen ermüdenden Verpflichtungen, die ihm tagtäglich zusetzten.

Er ging zu seinen Gemächern, um ein anderes Wams anzuziehen und seine Armbrust zu holen. Während er durch den Palas schritt, wunderte er sich über die Stille in den Kammern und Sälen. Normalerweise stolperte man zu dieser Tageszeit alle zwei Schritte über eine Magd, die frische Binsen ausstreute oder die Kienspäne erneuerte.

»Wo sind die ganzen Diener?«, fragte er seinen Truchsess, den er auf der Treppe traf.

»Hat Euch die Herrin nichts gesagt?«, erwiderte der Mann verwundert.

»Ich weiß von nichts.«

»Frau Yolande hat sie heute Morgen entlassen.«

»Sie hat *was*?«

»Zumindest die Mägde. Sie bat mich, ihnen den restlichen Wochenlohn auszuzahlen, und schickte sie fort. Der Kaplan erwartet mich, Herr. Wenn Ihr erlaubt ...« Der Truchsess, der sehr wohl wusste, was die Stunde geschlagen hatte, schlüpfte an ihm vorbei und eilte hastig davon.

»Yolande!«, brüllte Aristide und stampfte die Treppe hinauf.

Yolande war in ihren Gemächern, wo sie gerade ein neues Kleid anprobierte. Ihre Kammerdienerin Magali half ihr, den passenden Silberschmuck auszuwählen.

»Mein Gemahl«, begrüßte sie ihn lächelnd, hob die Arme und drehte sich. »Ist es nicht wunderhübsch?«

»Wieso habt Ihr meine Mägde entlassen?«

»Ich habe bemerkt, wie Ihr einige von ihnen anstarrt«, erklärte sie unverblümt, während sie die Ringe begutachtete, die Magali ihr auf einem Samtkissen darbot. »Sie erregen offensichtlich Eure Lüsternheit. Das dulde ich nicht länger. Dies ist ein züchtiges Haus.«

»Ein züchtiges Haus?«, ächzte Aristide. »Soll das ein Scherz sein? Gestern erst haben wir es auf Eurer Kommode getrieben!«

Magali errötete und senkte schamvoll den Blick.

»Das ist etwas anderes«, sagte Yolande. »Wir sind Mann und Frau. Aber ich lasse nicht zu, dass Ihr mich mit einer Magd hintergeht, weil Ihr Eure Wollust nicht im Zaum halten könnt. Von nun an bin ich die einzige Frau, der es gestattet ist, sich in Eurer Nähe aufzuhalten.«

Das verschlug Aristide für einen Moment die Sprache. Er hatte bereits wenige Tage nach ihrer Hochzeit erkannt, dass Yolande keineswegs so zurückhaltend und damenhaft war, wie Herzog Simon sie einst beschrieben hatte. Tatsächlich besaß sie ein störrisches und dickköpfiges Wesen, das ihn nicht selten ärgerte. Dieses Ausmaß an Eigensinn jedoch war ihm gänzlich neu.

»Wieso ist *sie* dann noch da?«, fragte er und deutete auf die Kammerdienerin.

»Weil ich sie seit drei Jahren kenne und ihr blind vertraue. Magali würde lieber sterben, als mich zu betrügen. Nicht wahr, mein Schatz?«

»Gewiss, Herrin«, murmelte das Mädchen, ohne den Blick zu heben.

»Ich habe Euch nicht erlaubt, nach Belieben über die Dienerschaft zu verfügen«, sagte Aristide barsch. »Morgen werdet Ihr jede einzelne Magd zurückholen.«

»Ich verfüge über die Dienerschaft, wie es mir gefällt. Ich bin die Herrin dieses Haushalts. Und die Mägde bleiben, wo sie sind. Ich werde neue einstellen, alte und unscheinbare, die kein Verlangen in Euch wecken.«

»Das werdet Ihr nicht tun. Das verbiete ich Euch!«

»Bitte«, sagte sie und probierte eine Halskette an. »Dann tragt die Folgen.«

»Welche gottverdammten Folgen?«

»Lästert nicht wider den Herrn. Entweder wähle ich die Mägde aus, oder mein Bett ist Euch verwehrt, bis Ihr Euch meinen Wünschen beugt.«

»Ihr könnt Euch mir nicht verweigern«, sagte Aristide gepresst. »Ihr gehört mir. Es ist Eure Pflicht vor Gott, mir zu Willen zu sein.«

»Und Eure Pflicht ist es, mir treu zu sein.«

»Ich kann dich mit Gewalt nehmen, wenn es mir gefällt.«

Die Drohung beeindruckte sie nicht. »Wenn Ihr mir auch nur ein Haar krümmt, erfährt mein Bruder Ferry davon«, erwiderte sie. »Und dann wird er Euch töten.« Yolande blickte in den Silberspiegel, den die Kammerdienerin ihr hinhielt, und betrachtete die Kette an ihrem Hals. Was sie sah, gefiel ihr offenbar, denn sie nickte zufrieden. »Komm, Magali. Gehen wir zum Schneider, damit er die Säume ändern kann.«

Die beiden Frauen gingen zur Tür hinaus, und Aristide blieb allein in der Kammer zurück, besiegt und gedemütigt.

Als ihre Schritte verklungen waren, griff er nach einem Alabasterkrug und schmetterte ihn gegen die Wand.

Oktober und November 1192

Varennes-Saint-Jacques

Nicht nur die Bewohner von Varennes-Saint-Jacques litten unter der neuen Macht Aristide de Guillorys. Auch Nicolas de Bézenne erfüllte es mit Bitterkeit, dass Herzog Simon seinen Widersacher mit einer ganzen Stadt belehnt hatte.

»Zuerst kauft sich dieser Kerl vom Kreuzzug frei, während wir anderen zwei Jahre unseres Lebens für die Christenheit opfern«, beklagte sich der Ritter, als Michel und Jean eines Nachmittags in seiner Halle saßen, »und dann wird er für seine Feigheit auch noch mit Land, Pfründen und Reichtümern belohnt. Und alles nur, weil er so tapfer gegen den Grafen von Bar gekämpft hat. Beim heiligen Kreuz, ich habe schon für das Haus Châtenois gefochten, da hat de Guillory noch mit Murmeln gespielt. Und was habe ich dafür bekommen? Ein neues Pferd und warme Dankesworte.« Mit finsterer Miene trank de Bézenne von seinem Wein. »Ich liebe den Herzog und würde mit Freuden mein Leben für ihn geben. Aber manchmal macht er es einem Mann nicht leicht, seinen Lehnseid zu erfüllen.«

Michel nickte schweigend. Er konnte es dem alten Ritter nachfühlen und wusste nichts zu sagen, was dessen Verbitterung lindern könnte.

»Trösten wir uns damit, dass er mit seinem Eheweib nicht glücklich wird«, sagte Jean. »Sie macht ihm die Hölle heiß, wo sie nur kann. Ich habe gehört, sie verlangt jetzt von ihm, jeden Abend zu baden, weil sie seinen Gestank nicht mehr erträgt.«

»Ich kenne Yolande – ein gehörnter Succubus aus dem tiefsten Abgrund ist ein Beispiel von Zucht und Friedfertigkeit gegen dieses Weibsstück«, meinte de Bézenne. »Geschieht ihm ganz recht, diesem Bastard. Hoffentlich bringt sie ihn mit ihrer Bösartigkeit in ein frühes Grab.«

Michel spähte aus dem Fenster. »Wir sollten allmählich gehen, damit wir vor Einbruch der Dunkelheit zu Hause sind. Habt Dank für den Wein, Nicolas.«

»Nichts da«, sagte de Bézenne, als sie sich von den Bänken erhoben. »Ihr bleibt über Nacht. Mein Sohn hat de Guillorys Kriegsknechte in der Gegend gesehen. Ich will nicht, dass ihr ihnen in der Abenddämmerung begegnet. Wer weiß, wozu diese Kerle fähig sind, wenn niemand zuschaut.«

Dankbar nahmen sie das Angebot des Ritters an und legten sich einige Stunden später am Kamin der Halle zwischen den Hausbedienten schlafen. Am nächsten Morgen standen sie zeitig auf und spannten den Ochsen ein.

»Lasst es uns wissen, wenn Ihr noch etwas aus Metz braucht«, sagte Michel, als de Bézenne sie am Tor seines Herrenhofs verabschiedete. »Ansonsten sehen wir uns in zwei Wochen wieder.«

»So wollen wir's halten. Gute Heimreise!«

Michel und Jean winkten dem Ritter zu, während ihr Wagen den Pfad hinunterrumpelte. Nicolas de Bézenne war inzwischen einer ihrer wichtigsten Kunden – nähme der Ritter ihnen nicht zweimal im Monat eine Warenfuhre ab, wären die vergangenen Monate gewiss noch härter gewesen.

De Guillory hatte sie den ganzen Sommer über behindert, obwohl ihre Freunde in der Gilde sie nach Kräften unterstützt und unter der Hand Salz und andere Waren für sie beschafft hatten. Erst als es ihnen gelungen war, in Metz Fuß zu fassen, hatte sich ihre Lage ein wenig gebessert. Dort waren sie weitgehend sicher vor de Guillory und konnten in Ruhe Handel treiben. Allerdings wehte in Metz ein rauerer Wind als in Varennes; die erbitterte Rivalität zwischen den Kaufleuten machte ihnen schwer zu schaffen. Mächtige Familien beherrschten die hiesigen Märkte, und sie mussten um jedes Geschäft kämpfen. Unter diesen Umständen kamen sie gerade so über die Runden. Sie verdienten genug Silber, um die Familie und die Bediensteten zu ernähren, aber sparen konnten sie kaum etwas. Und ein größeres Haus, das sie so dringend brauchten, lag nach wie vor außerhalb ihrer Möglichkeiten. Michel betete jeden Abend, dass das nächste Jahr einfacher für sie werden würde.

Sie ließen sich Zeit für den Heimweg und erreichten Varennes am späten Vormittag. Da sie keine Handelsgüter geladen hatten, behelligten die Torwächter sie nicht. Zu Hause wurde Jean stürmisch von Adèle begrüßt. Lachend schloss er seine Frau in die Arme, wirbelte sie herum und küsste sie auf den Mund.

»Es gibt gute Neuigkeiten«, sagte Adèle, und ihre Augen strahlten.

»Was ist denn passiert?«, fragte Jean.

»Rate!«

»Der Blitz hat de Guillory erschlagen?«

»Nein.«

»Der Blitz hat Géroux erschlagen?«

»Ich erwarte ein Kind!«, rief Adèle.

»O Adèle, das ist wunderbar.« Abermals umarmte Jean sie und weinte dabei vor Freude.

»Seit wann weißt du es?«, fragte Michel.

»Heute Nacht habe ich gespürt, dass es sich bewegt. Kommt rein. Ich zeige es euch.«

Adèle hatte bereits vor ihrer Abreise vermutet, dass sie ein Kind unter dem Herzen trug, denn seit einer ganzen Weile schon blieb ihr Mondblut aus. Da dies jedoch auch andere Ursachen haben konnte, ließ sich eine Schwangerschaft erst dann zweifelsfrei feststellen, wenn das Kind sich das erste Mal regte. Michel und Jean folgten ihr in die Stube, wo sie ihren Bauch entblößte.

»Vielleicht kannst du es fühlen.« Sie nahm Jeans Hand und legte sie auf ihren Unterleib.

»Da ist nichts«, meinte er stirnrunzelnd.

»Vielleicht habe ich mehr Glück«, sagte Michel – und siehe da: Kaum hatte er Adèles Bauch berührt, spürte er eine Bewegung. Den Tritt eines winzigen Fußes.

Ein Lächeln stahl sich auf seine Züge. Er wurde Onkel.

Möglicherweise meinte Gott es doch gut mit ihnen.

Vogtei Altrip

Michel hatte ihr geschrieben, er wolle Anfang November seinen Sohn besuchen, und so ging Isabelle in der Woche nach Allerheiligen jeden Mittag mit Rémy zur Quelle und wartete auf ihn. Sie hatte es sich zur Gewohnheit gemacht, mindestens einmal im Monat nach Speyer zu reiten und in der Herberge am Holzmarkt nach Briefen von ihm zu fragen, damit sie seine Nachrichten rechtzeitig erhielt. Den ganzen Sommer über war er auf Reisen gewesen und hatte keine Zeit für einen Besuch gefunden, doch ehe der Winter kam, wollte er Rémy noch einmal sehen.

Isabelle fürchtete sich vor dem Treffen. Es würde ihre erste Begegnung seit jenem Tag im April sein, als sie erkannt hatten, dass es für sie keine Zukunft gab. Würden sie in der Lage sein, sich unbefangen in die Augen zu schauen und wie Freunde miteinander zu sprechen? Oder würden sie feststellen, dass sie es nicht mehr ertrugen, sich zu sehen?

Wir müssen es schaffen, dachte Isabelle. *Das sind wir Rémy schuldig.*

Am vierten Tag kam Michel schließlich. Ihr schlug das Herz bis zum Hals, als er aus dem Sattel stieg und sein Pferd festband.

»Schau mal, wer da ist«, sagte sie zu ihrem Sohn.

Rémy strahlte über das ganze Gesicht und rannte ihm entgegen. Lachend nahm Michel den Jungen auf den Arm, kniff ihm in die Wange und ging mit ihm zu der kleinen Hütte.

»Entschuldige, dass es so spät geworden ist«, begrüßte er sie. »Ich wollte schon vorgestern da sein, aber ich wurde in Speyer aufgehalten. Wenn Jean nicht dabei ist, macht jedes Geschäft gleich doppelt so viel Arbeit.«

»Wieso ist er nicht mitgekommen?«

»Ich habe darauf bestanden, dass er zu Hause bleibt. Adèle erwartet ein Kind.«

»Das ist ja wunderbar! Sag ihm bitte meine besten Wünsche.«

Sie setzten sich in die Hütte, denn es sah nach Regen aus. Rémy saß auf seinem Knie und kicherte, als Michel mit dem Bein wippte und ihn dabei kitzelte.

»Ist er wieder krank gewesen?«

»Seit dem Frühjahr nicht mehr. Ich hoffe, es bleibt so. Noch einen Winter wie den letzten möchte ich nicht erleben.«

»Ich denke, wir müssen uns nicht um ihn sorgen. Er ist viel kräftiger als letztes Jahr. Er wächst ja schneller als eine junge Katze.«

»Ja.«

Sie schwiegen. Sie schwiegen lange.

Als Isabelle es nicht mehr ertrug, beugte sie sich vor, rupfte etwas Moos aus, nahm einen Klumpen feuchter Erde in die Hand und formte daraus eine Kugel.

»Was wird das?«, fragte Michel.

»Das wirst du gleich sehen.« Isabelle stand auf. »Könntest du Rémy herunterlassen?«

Er setzte den Jungen ab. Sie warf den Erdklumpen und traf Michel mitten auf die Brust. Er hob die Schultern, drehte die Handflächen nach oben und blickte an sich herunter, bevor er sie entgeistert anstarrte. »Warum?«, brachte er hervor.

»Das ist meine Rache«, sagte Isabelle und formte einen neuen Klumpen.

»Wofür, bei allen Dämonen?«

»Dass Gaspard und du Pferdeäpfel nach mir geworfen habt, als wir Kinder waren.«

»Wa…? Das ist nicht wahr!«, empörte er sich. »*Du* hast Pferdeäpfel nach *uns* geworfen!«

»Habe ich nicht.«

»Hast du wohl. Ich kann mich genau daran erinnern, als wäre es gestern…«

Ihr neuer Klumpen traf ihn an der Schulter.

»Wofür war das?«, rief Michel.

»Einfach so«, erklärte sie grinsend.

»Na warte. Das zahle ich dir heim.« Er machte eine Erdkugel, verfehlte sie jedoch weit, während Isabelles dritter Klumpen ihn am Hosenbein traf. Wenig später tobte vor der Hütte eine wüste Schlacht, lachend bewarfen sie einander mit Schlamm, Rémy kreischte vor Vergnügen, und niemand dachte mehr an das quälende Schweigen. Als sie später am Bach knieten und sich den Schmutz abwuschen, plauderten und scherzten sie miteinander wie alte Freunde.

Wir haben noch einen langen Weg vor uns, dachte Isabelle.

Aber der erste Schritt war getan.

Dezember 1192 bis Februar 1193

Varennes-Saint-Jacques

Der Winter kam spät in diesem Jahr, sodass Jean und Michel bis kurz vor Weihnachten Handel treiben konnten. Als sich das Wetter schließlich verschlechterte und eine dicke Schneeschicht das Moseltal überzog, verstauten sie den Wagen im Schuppen und richteten sich auf geruhsame Wochen vor dem Kaminfeuer ein.

Jean kümmerte sich von früh bis spät um Adèle, die immer dicker wurde. Er besorgte mehrere Amulette, die sie vor Krankheiten, Hauskobolden und bösen Mächten schützten, und befestigte sie am Bett und über den Türen. Außerdem bat er Peirona, die Kräuterfrau und Hebamme, die er sehr schätzte, einmal in der Woche nach ihr zu sehen. Peirona sagte, unter normalen Umständen werde das Kind zwischen Palmsonntag und Ostern zur Welt kommen. Jean konnte es kaum erwarten. Er wünschte sich sehnlichst einen Sohn, wenngleich er Adèle versicherte, es sei ihm einerlei, ob sie einen Jungen oder ein Mädchen zur Welt brächte. *Ich werde ihn Bruno nennen,* dachte er eines Nachts, während er versonnen mit seinem *Nazar* spielte. Dieser Name hatte ihm schon immer gefallen. Oder Raymond, in Gedenken an den großen Raymond Fabre, der einst die Kreuzfahrer Varennes' nach Kleinasien geführt und sein Leben für die Christenheit geopfert hatte. *Raymond ist besser,* dachte Jean, bevor ihm die Augen zufielen.

Während er der Geburt ihres Kindes entgegenfieberte, geschah etwas, das sich noch nie in Oberlothringen ereignet hatte. Es begann damit, dass sich Ende Februar schlagartig das Wetter änderte. Ein seltsamer warmer Wind kam auf, der zahllosen Leuten in der Stadt Kopfschmerzen und eine Ahnung dräuenden Unheils bescherte. Allerorten rief man den heiligen Petrus um Beistand an, doch es wurde noch schlimmer: Am nächsten Tag verfärbte sich der Himmel, bis er am frühen Abend zwischen den Vogesen und dem westlichen Moseltal wie Kupfer und Rost aussah. Angst griff um sich, und die Menschen strömten in die Kirchen, wo sie um Vergebung ihrer Sünden beteten.

Auch Jean packte die Furcht, als er im Dachgeschoss am Fenster stand und das rostrote Firmament betrachtete. In seiner Hand hielt er das *Nazar*, und er umklammerte es so fest, dass die Kanten der gläsernen Scheibe in seine Haut schnitten.

»Ich habe von diesem *phaenomenon* gehört«, sagte Michel, der zu ihm trat. »In Mailand hat mir ein sizilianischer Kaufmann davon erzählt. Das ist Wüstenstaub, den der Wind von Süden heranweht. Nichts, wovor man Angst haben muss.«

Jean streifte ihn mit einem Blick, ehe er sich wieder dem Himmel zuwandte. Für alles hatte sein Bruder eine vernünftige Erklärung – Jean jedoch wusste es besser. Es war ein böses Omen. Varennes standen schlimme Zeiten bevor.

Bei Einbruch der Dunkelheit begann es zu schneien. Der Schnee war rot wie geronnenes Blut.

»Ich finde, du übertreibst«, sagte Michel am nächsten Morgen, als Jean Louis dabei half, die Truhe mit Adèles Habseligkeiten auf den Ochsenwagen zu laden.

»Ach ja?«, meinte Jean gereizt und hob einen Klumpen Blutschnee auf. »Und das? Ist das vielleicht nichts?«

»Ich habe dir doch erklärt, dass es nur Wüstenstaub ist.«

»Ich sehe das anders. Und ich werde verhindern, dass Adèle und meinem ungeborenen Kind etwas zustößt.«

»Und du glaubst, bei ihrer Familie sind sie sicher?«

»Wenn etwas Böses geschieht, wird es in Varennes geschehen.«

»Woher willst du das wissen?«

»Ich weiß es einfach.« Jean half Adèle auf den Wagenbock.

Michel gab es auf. Mit Vernunft kam man gegen Jeans Aberglauben nicht an.

Adèle verabschiedete sich tränenreich von ihrem Mann. Louis klatschte mit den Zügeln, und der Wagen setzte sich ruckelnd in Bewegung. Sie winkten, bis das Fuhrwerk hinter den Häusern verschwand.

Unwillkürlich blickte Michel zum Himmel auf. Ein Schneekristall zerschmolz auf seiner Wange. Noch mehr rostrote Flocken rieselten herab.

»Komm«, sagte er. »Gehen wir hinein.«

März 1193

Varennes-Saint-Jacques

Zwei Tage später nahm der Himmel wieder seine gewohnte Farbe an und erstrahlte in winterlichem Blau. Die Erleichterung darüber währte jedoch nicht lange. Als der März kam, endete der Winter abrupt, und es wurde sehr schnell frühlingshaft warm. Binnen weniger Tage schmolz im gesamten Moseltal der Schnee; kupferfarbenes Wasser strömte in die Mosel und verwandelte sie in ein blutrotes Band, das sich wie eine gigantische Ader durch das Land schlängelte. Die Schmelzwassermassen ließen den Fluss immer weiter anschwellen, bis er schließlich über die Ufer trat.

Das Hochwasser war weitaus schlimmer als das letzte, denn diesmal war ganz Varennes betroffen, nicht nur die Unterstadt. Während das schlammige Wasser Gasse um Gasse, Hof um Hof, Garten um Garten eroberte und in Brunnen, Keller und Sickergruben floss, brachten die Bewohner Varennes' hastig ihre Habe in Sicherheit. Michel und Jean und alle anderen Bürger, die ein mehrstöckiges Haus besaßen, trugen ihre Besitztümer in die höheren Geschosse, wo sie vor den Fluten einigermaßen geschützt waren. Die meisten Tagelöhner, Arbeiter und Handwerker hatten diese Möglichkeit nicht – ihre zumeist einstöckigen Hütten wurden vollständig überflutet oder von den Wassermassen weggerissen, und sie verloren alles, was sie nicht am Leib trugen. Manch ein Bewohner der Unterstadt ertrank, weil er seine Kate nicht rechtzeitig verließ. Hunderte Menschen suchten in Kirchtürmen, auf den Wehrmauern oder außerhalb der

Stadt Zuflucht, und die Pfarreien und Bruderschaften schufteten von früh bis spät, um sie mit Brot, sauberem Wasser und Decken zu versorgen.

Michel und Jean packten überall mit an, wo Not am Mann war. In kluger Voraussicht hatten sie zu Beginn des Hochwassers ein kleines Boot aufgetrieben, mit dem sie durch die überschwemmten Gassen ruderten, um Bürger aus ihren Häusern zu retten, die Leichen Ertrunkener zu bergen und ärmeren Leuten Essen zu bringen. Es war eine elende Arbeit, die sie an die Grenzen ihrer Kräfte brachte, doch der Dank der Menschen war ihnen Lohn genug.

Die Tage vergingen, ohne dass das Wasser zurückwich. Die Nahrung wurde knapp, und eine Hungersnot drohte. Manch ein gewissenloser Bauer aus der Umgebung Varennes' versuchte, daraus Kapital zu schlagen, und verkaufte den Menschen überteuertes Fleisch und Gemüse. Als de Guillory davon erfuhr, handelte er zum ersten Mal zum Wohle des Stadtvolkes. Er schickte seine Büttel und Kriegsknechte aus, die jeden verjagten, der Nahrung zu höheren als den üblichen Marktpreisen feilbot. Die Waren beschlagnahmten sie und verteilten sie kostenlos an die hungernden Bürger.

Dann, nach einer Woche, zog sich das Wasser endlich aus den Straßen zurück. Die Fluten hinterließen Schlamm, Unrat und zahllose Tierkadaver – in der ganzen Stadt stank es wie in einem Höllenloch, nach Fäulnis, Exkrementen und Verwesung. Jeder packte mit an, um den Schmutz zu entfernen und Straßen, Plätze und Häuser zu säubern. Tagelöhner und Stadtbüttel, Ministeriale und Unfreie, Kaufleute und Knechte beteiligten sich gleichermaßen an der widerwärtigen, aber notwendigen Arbeit.

Nachdem Michel, Jean und ihre Hausbedienten mitgeholfen hatten, den Platz um den Hungerturm aufzuräumen, begannen sie, das Wasser aus ihrem Keller zu schöpfen. Zwei Tage lang wateten sie durch die stinkende Brühe und schleppten Eimer um Eimer zum Kanal der Unterstadt.

»Was ist mit dir?«, fragte Michel, als er Yves nach Stunden der Schinderei im Eingangsraum antraf. Der Hüne kauerte gekrümmt auf einer Kiste; er war bleich und verschwitzt.

»Ich weiß nicht, Herr. Mir tut höllisch der Bauch weh. Der Kopf auch.«

»Du hast zu viel gearbeitet. Geh nach oben und ruh dich aus.«

»Mach ich, Herr. Habt Dank.«

Als sie im Keller fertig waren, sah Michel nach Yves. Der Knecht hatte sich im Dachboden hingelegt und schlief unruhig. Fieberschweiß glänzte auf seiner Stirn. Michel warf einen Blick in den Nachttopf und erschrak: Yves hatte blutigen Durchfall bekommen.

»Bleib bei ihm und gib ihm zu trinken«, wies er Jean an. »Ich hole einen Medicus.«

Der Arzt, der wenig später neben Yves kniete, war derselbe, der einst Adrien in den Tod begleitet hatte – ein erfahrener und feinfühliger Mann, dem Michel blind vertraute.

»Er ist nicht der Einzige, der an diesem Fieber leidet«, sagte der Medicus, während er Yves' Stirn abtupfte. »Man hört in der ganzen Stadt davon. Allein in diesem Viertel weiß ich von acht Fällen. Die Anzeichen sind immer dieselben: Schmerzen in Kopf und Magen, Hitze, Schweißausbrüche, Blutgang.«

»Was ist das für ein Fieber?«, fragte Michel.

»Die Rote Ruhr. Sie bricht häufig nach Überschwemmungen aus, weil das schmutzige Wasser in die Brunnen läuft und die Leute davon trinken. Sie verschont niemanden«, fügte der Medicus leise hinzu. »Weder Bischof noch Fürst.«

Michel bekreuzigte sich unwillkürlich. Er hatte von dieser Seuche gehört. Sie verhieß qualvollen und massenhaften Tod. In Mailand waren daran vor vielen Jahren einmal Tausende zugrunde gegangen.

»Könnt Ihr Yves kurieren?«, fragte Jean, der bei den Worten des Arztes blass geworden war.

»Ich fürchte, eine Behandlung ist schwierig. Er muss viel trinken und darf in den nächsten Tagen nur leicht Verdauliches zu sich nehmen – falls er überhaupt essen kann. Gebt ihm das gegen die Schmerzen und das gegen den Blutgang. Wenn sich sein Zustand nicht bessert, gebt ihm Rehblut zu trinken.«

Michel nahm die Phiolen mit den Arzneien entgegen und bezahlte den Medicus. Als der Heilkundige gegangen war, sagte Jean: »Ich muss sofort zu Adèle.« Er drückte Michels Hand. »Bete, dass Tolberts Hof von der Ruhr verschont bleibt.«

Als Jean in den Sattel stieg, versprach er, bis spätestens morgen früh wieder in Varennes zu sein. Michel bestand jedoch darauf, er solle bei Adèle und seinem ungeborenen Kind bleiben, bis die Seuche überstanden wäre. Nachdem sein Bruder fortgeritten war, ging Michel zurück zu Yves. Mit Louis wechselte er sich ab, die Nacht über am Lager des Hünen zu wachen.

Vielleicht lag es an den Kräuteressenzen, vielleicht auch an Yves' Zähigkeit, dass sich sein Zustand langsam zu bessern schien. Am nächsten Tag wachte er auf, nicht mehr ganz so fiebrig und schwach, und fühlte sich in der Lage, etwas Suppe zu sich zu nehmen.

»Du stirbst mir nicht, hast du verstanden?«, raunte Michel ihm zu.

»Hab's nicht vor, Herr«, meinte Yves und brachte ein Lächeln zustande.

Zwei weitere Tage verstrichen. Während Michel und Louis Yves pflegten, hörten sie immer neue Hiobsbotschaften aus der Stadt. Der Medicus berichtete von Dutzenden Kranken, später von Hunderten. Kaum eine Gasse, in der die Seuche nicht wütete.

Am Morgen des dritten Tages, als die Klosterglocken gerade zur Terz riefen, tauchte überraschend Pater Jodocus auf.

»Jaufré Géroux schickt mich«, sagte der Kleriker. »Er möchte dich sehen.«

»Géroux?«, wiederholte Michel barsch. »Was will er von mir?«

»Das wird er dir selbst sagen. Du solltest gehen«, fügte Jodocus hinzu. »Ich fürchte, er wird die nächsten Tage nicht überleben.«

Michel weckte Louis und bat ihn, sich um Yves zu kümmern, während er fort war. Verwirrt folgte er Pater Jodocus zu Géroux' Haus am Domplatz, wo sie von einem übernächtigten Hörigen empfangen wurden. Der Mann führte sie hinauf zum Gemach des Münz- und Gildemeisters, in dem es roch wie in Yves' Dachkammer: nach Kot, Blut, Schweiß – nach Krankheit und Verfall.

Michel hasste Géroux und hatte ihm manches Mal den Tod gewünscht, und doch erschütterte ihn der Anblick, der sich ihm bot. Binnen weniger Tage hatte die Rote Ruhr diesen einst so imposanten, ja Ehrfurcht gebietenden Mann gebrochen. Bleich und ausgemergelt lag Géroux auf der Bettstatt, die Laken klebten an seinem Leib, er zitterte, und sein Gesicht sah aus, als arbeite sich allmählich der Schädelknochen durch die Haut.

»Ich habe ihm bereits die Beichte abgenommen«, flüsterte der Priester. »Heute früh hat er all seinen Sklaven die Freiheit geschenkt. Außerdem hat er verfügt, dass sein ganzer Besitz verkauft und dem Sankt-Marien-Hospital der Deutschen in Akkon gespendet wird. Zum Dank sollen die Brüder des Spitals für seine Seele beten, vierzig Jahre lang.«

»Reue ist eine machtvolle Kraft«, sagte Michel.

Beim Klang seiner Stimme öffnete Géroux die Augen. »Herr de Fleury.« Schwach hob er die Hand und winkte Michel her.

Ein Diener, der am Bett kauerte, stand auf und überließ ihm seinen Hocker. Zögernd setzte Michel sich. Géroux drehte den Kopf zur Seite und starrte ihn an. Der eisblaue Glanz seiner Augen, einst gefürchtet im ganzen Bistum, war einem fiebrigen Flackern gewichen. Aber da war noch mehr, erkannte Michel: Schmerz. Und Angst. Entsetzliche Furcht. Vor dem Tod. Vor dem Fegefeuer.

»Ich war es, der Foulque einst den Auftrag gab, Euch zu ermorden und das Feuer in Eurem Haus zu legen«, krächzte er.

»Das weiß ich«, sagte Michel mit brüchiger Stimme.

»Ich habe auch die Männer angeheuert, die Euch damals auf dem Domplatz überfielen.«

Michel nickte.

»Bitte … vergebt mir«, sagte Géroux, und jede einzelne Silbe war ein Kampf gegen eisernen Stolz, gegen verkrusteten Hass. Als Michel nicht antwortete, fuhr er fort: »Ihr seid ein besserer Mann, als ich jemals war. Das erkenne ich jetzt. Bitte erweist mir diese Gunst, und erleichtert meine Seele von dieser Last.«

Michel schluckte trocken. Er konnte kaum noch atmen, so scheußlich war der Gestank, den dieser zerfallende Körper verströmte. Das Verlangen, aufzustehen und davonzulaufen, wurde übermächtig.

Er blickte zu Pater Jodocus. Der Geistliche nickte nur.

Géroux hatte ihn behindert, ihn mit aller Macht bekämpft, ihm das Leben zur Hölle gemacht. Doch konnte er ihm diesen letzten Wunsch verweigern, weil es ihn danach verlangte, sich zu rächen? Nein. So ein Mann wollte er nicht sein. »Ich … vergebe Euch«, flüsterte Michel.

Géroux' Finger schlossen sich um seine Hand und drückten mit der krampfhaften Kraft des baldigen Todes zu. »Habt Dank, Herr de Fleury. Habt Dank.«

Er schloss die Augen und atmete rasselnd.

Behutsam befreite Michel seine Hand aus dem Griff dieses Mannes und legte Géroux' Arm auf das Laken. Er stand auf und ging aus dem Gemach, schritt die Treppe hinab und verließ das Haus. Draußen blickte er zum Himmel auf und tat einen tiefen Atemzug. Noch einen. Und noch einen.

War es richtig, ihm zu verzeihen?

Er wusste es nicht.

Später vermochte er nicht zu sagen, wie er heimgekommen war – wie in Trance war er durch die Gassen geschlurft, vorbei an Gebäuden, in denen die Kranken stöhnten. Vor seinem Haus kam ein junger Mann auf ihn zu, ein Knecht Catherines.

»Frau Partenay möchte Euch sehen«, sagte er. »Sie liegt im Sterben.«

Anders als Géroux war Catherine nicht mehr imstande, mit ihm zu sprechen. Zitternd lag sie da, während Michel ihre Hand an seine Wange presste. Das zehrende Fieber und die blutigen Durchfälle hatten ihren zerbrechlichen Leib ausgelaugt und ausgetrocknet, sodass kein Wort mehr über ihre Lippen kam. Der Ausdruck ihrer Augen brach Michel schier das Herz. Trotz ihrer Schwäche blickte sie ihn voller Liebe an, voller Sehnsucht.

Er schaute den Arzt an, der Phiolen mit Kräutertränken in seine Tasche räumte. Der Mann, tief erschöpft von all dem Leid, das er nicht lindern konnte, schüttelte kaum merklich den Kopf.

Warum war Michel nicht fähig gewesen, Catherines Liebe zu erwidern? Wie viel einfacher, wie viel besser wäre sein Leben gewesen, wenn er sie einst zur Frau genommen hätte?

»Ich war ein Narr, Euch abzuweisen. Ihr habt mehr verdient als meine Freundschaft.«

Sie lächelte. Eine Stunde später überkam sie eine Ohnmacht, aus der sie nicht mehr erwachte.

Michel saß an ihrem Lager, bis sie schließlich starb, irgendwann in tiefster Nacht. Knechte und Mägde versammelten sich um ihr Bett und weinten. Michels Tränen waren schon vor langer Zeit versiegt, und während die Hausbedienten schluchzten und Gott anklagten, kauerte er reglos auf dem Schemel und betrachtete das Gesicht jener Frau, der er so viel verdankte, ohne die er verarmt, vielleicht sogar gestorben wäre.

Friede deiner Seele, Catherine, betete er stumm.

In den frühen Morgenstunden half er den Dienern, sie in ein Leichentuch zu wickeln. Ein letztes Mal bekreuzigte er sich, ehe er ging und wie betäubt durch die Gassen schritt.

Zwei Stadtbüttel kamen ihm entgegen. Sie schoben einen Karren, auf dem die Leichen mehrerer Bettler und Tagelöhner lagen, die Körper grotesk verkrümmt, die Glieder ineinander verheddert wie totes Geäst.

Was haben wir getan, Herr, dachte Michel, *dass du uns so grausam strafst?*

Zwei Tage nach Catherines Tod bekam Michel Besuch von Balian, ihrem Pfarrer und Beichtvater. Ein Knecht Catherines begleitete den betagten Geistlichen.

»Als Frau Partenay erkrankte, rief sie mich an ihr Lager, um ihren Nachlass zu regeln«, erklärte Vater Balian. »Sie hat ihren Besitz der Pfarrei, dem Siechenhaus der Abtei Longchamp und der Gilde vermacht. Aber sie wollte, dass auch Ihr einen Teil bekommt.«

Er gab dem Knecht ein Zeichen, woraufhin der junge Mann eine lederne Geldkatze von seinem Gürtel löste.

»Das sind zwanzig Pfund Silber. Sie sollen Euch gehören. Ihr habt Catherine viel bedeutet, also verwendet das Geld weise.«

Michel legte eine Hand auf die Geldkatze. »Das werde ich tun. Habt Dank, Vater.«

»Lasst uns nun für ihre Seele beten«, sagte der Priester und faltete die Hände.

Catherine Partenay und Jaufré Géroux und all die anderen wohlhabenden Bürger, Ministerialen und Angehörige des Klerus, die der Roten Ruhr zum Opfer fielen, fanden ihre letzte Ruhe auf den Friedhöfen ihrer Pfarrkirchen, in geweihter Erde neben den Gräbern ihrer Familien. Die vielen Armen und Unfreien jedoch, die der Seuche erlagen, wurden in Massengräbern außerhalb der Stadtmauern verscharrt. Das Schöffenkollegium und de Guillory hatten sie in aller Eile anlegen lassen, damit die Leichen nicht auf offener Straße verwesten, was den unsichtbaren Dämpfen der Pestilenz neue Nahrung gegeben hätte.

Tag und Nacht läuteten die Kirchenglocken und begleiteten die Seelen der Toten auf ihrem Weg ins Jenseits.

Jean kam zurück und berichtete, die Ruhr wüte nur in Varennes. Der Hof der Tolberts und die Dörfer der Gegend seien bisher verschont geblieben. Michel und Louis packten ihre Sachen, betteten Yves auf den Ochsenwagen und fuhren zum Gehöft von Adèles Familie. Ihr Vater Jérôme und ihre Brüder gewährten ihnen bereitwillig Zuflucht.

Als Yves nicht länger den üblen Dünsten der Stadt ausgesetzt war, erholte er sich rasch. Einmal alle zwei Tage ritt Michel nach Varennes und erkundigte sich nach seinen Freunden und Nachbarn. Fast alle Patrizier und Gildenmitglieder waren inzwischen aufs Land geflohen. Nur Charles Duval und Fromony Baffour hatten es nicht rechtzeitig geschafft: Sie waren krank geworden, schienen jedoch dank der Heilkunst ihrer Ärzte auf dem Weg der Besserung zu sein.

Andere hatten nicht so viel Glück: Zweiundachtzig Menschen waren bereits gestorben. Täglich kamen neue hinzu. Die öffentliche Ordnung war weitgehend zusammengebrochen. Auf dem Domplatz fand seit Tagen kein Markt mehr statt, in den Werkstätten der Grande Rue und den Gassen der Bruderschaften wurde kaum noch gearbeitet. Als es zu Plünderungen kam, ließ de Guillory mit harter Hand durchgreifen. Seine Büttel und Kriegsknechte knüpften jeden auf, der nur im Verdacht stand, sich an fremdem Besitz vergriffen zu haben.

Nach zwei Wochen hatte die Ruhr bereits über hundertvierzig Opfer gefordert.

Schließlich neigte sich die Fastenzeit ihrem Ende zu. Bei der Prozession am Palmsonntag flehten die Menschen den Himmel an, sie endlich von der Seuche zu erlösen. Gott erhörte sie nicht: Das Sterben ging auch in der Karwoche weiter.

Auf dem Hof der Tolberts jedoch trotzte das Leben dem allgegenwärtigen Tod. Am Gründonnerstag, kurz nach Sonnenaufgang, gebar Adèle ihr Kind.

Es war ein Mädchen. Ein kerngesundes, quicklebendiges Kind, versicherte ihnen Peirona, die Hebamme.

Nach quälend langen Stunden des Wartens durfte Jean endlich die Schlafkammer betreten. Adèle lag im Bett, blass und verschwitzt, und lächelte ihn an.

»Ist sie nicht wunderschön?«

Jean nahm das rosafarbene Würmchen in die Arme und betrachtete das zerknautschte Gesicht. Es schlief und hatte die winzigen Hände zu Fäusten geballt, als sei es fest entschlossen, sich nach den Strapazen der Geburt von nichts und niemandem an der wohlverdienten Ruhe hindern zu lassen.

Kein Junge. Falls er deswegen enttäuscht gewesen war, so spülte eine Woge der Glückseligkeit alle derartigen Gefühle hinfort. Er war Vater, Vater einer Tochter. Ein törichtes Lächeln erschien auf seinem Gesicht und würde für die nächsten Stunden nicht mehr verschwinden.

»Ich fürchte, aus Bruno und Raymond wird nun nichts«, sagte Adèle.

»Nein«, sagte Jean.

»Was hältst du von Azalaïs?«

»Azalaïs«, wiederholte er. »Azalaïs. Ja. Ein guter Name. So soll sie heißen.«

Das Mädchen öffnete die Augen und strahlte ihn an.

April bis Oktober 1193

Varennes-Saint-Jacques

Zweihundertundzwei Menschen waren an der Roten Ruhr gestorben, als die Seuche endlich nachließ – fast jeder zwölfte. Der Tod hatte in jenen Wochen fette Ernte gehalten und gleichermaßen Arme wie Reiche, Hörige wie Freie dahingerafft. Friedhöfe, Grüfte und Beinhäuser quollen beinahe über.

Mitte April kehrten Michel und sein Haushalt schließlich nach Varennes zurück. Nachdem man den letzten Toten zu Grabe getragen hatte, hielt bald wieder der Alltag Einzug in die Stadt. Den Menschen blieb nichts anderes übrig, als ihre Trauer um die Verstorbenen zu überwinden, wieder an die Arbeit zu gehen und die Saat auszubringen. Es galt, die verlorenen Wochen gutzumachen und die drohende Armut zu bekämpfen, damit es nicht zu einer Hungersnot kam.

Die geschrumpfte Gilde benötigte einen neuen Meister. Man schickte einen Boten zu Simon Châtenois und fragte ihn, wie nun zu verfahren sei. *Wünscht Ihr, den neuen Gildemeister zu ernennen?*, erkundigten sich die Kaufleute in ihrem Brief.

Nein, ließ der Herzog sie wissen, sie dürften ihren Meister in einer freien Wahl bestimmen. Er behalte sich jedoch das Recht vor, einzuschreiten, falls es wieder zu Chaos und endlosen Machtkämpfen käme.

Ein Wahldurchgang genügte den Schwurbrüdern. Pierre Melville, der sich abermals für das Amt beworben hatte, konnte sich nicht gegen Guibert de Brette durchsetzen, der die Stimmen von Fromony Baffour, Thibaut d'Alsace und Jacques und

Aimery Nemours bekam und mit äußerst knapper Mehrheit gewann.

Schon nach wenigen Wochen zeigte sich, dass de Brette die Gilde genauso rückwärtsgewandt und autoritär zu führen gedachte wie sein verblichener Vorgänger Jaufré Géroux. Jegliche Neuerungen, die Jean und seine Freunde vorschlugen, schmetterte er ab. Zudem buckelte er vor de Guillory und tat alles, was dieser von ihm und der Gilde verlangte. Er war nicht einmal willens, de Guillory um die Senkung der Marktabgaben zu bitten, die dringend notwendig gewesen wäre, um die wirtschaftlichen Folgen der Seuche abzumildern.

Dabei war der Ritter längst nicht mehr auf die Einnahmen aus den erhöhten Marktzöllen und Standgebühren angewiesen. Gut ein Viertel der Seuchenopfer vererbte seinen Nachkommen Land und andere Besitztümer, und jedes Mal zogen de Guillorys Steuereintreiber den Freiteil ein. Die Schatullen der Stadt platzten schier aus allen Nähten. War ein Bürger ohne Erben verstorben und hatte seinen Nachlass nicht der Kirche gestiftet, erhielt de Guillory gar das gesamte Hab und Gut des Toten. Die Bestandsaufnahme des Schöffenkollegiums aller an die Stadt gefallenen Besitztümer ergab, dass der Ritter auf einen Schlag drei Steinhäuser, ein Dutzend Parzellen und mehrere Pferde bekam – daneben Bargeld, massenhaft Schweine, Gänse, Hühner und Ochsen und zahlreiche kostbare Gegenstände wie Silberleuchter, Kruzifixe und Bücher. De Guillory war so reich wie nie zuvor.

»Und das, obwohl er sich während der Seuche in seiner Burg verkrochen und kein einziges Mal in Varennes hat blicken lassen«, sagte Jean eines Abends zu Adèle. »Dieser Hund! Hoffentlich erstickt er an seinem Geld.«

Doch dieser Wunsch wurde ihm nicht erfüllt – de Guillory erfreute sich bester Gesundheit. Michel und Jean hielten es daher für klüger, ihre Geschäfte weiterhin von Metz aus zu betreiben, um dem Ritter keine Gelegenheit zu bieten, ihnen zu schaden.

Nach mehreren anstrengenden, aber einigermaßen ertragreichen Monaten wurde Michel plötzlich krank. Es war eine seltsame Ironie des Schicksals, dass er, der niemals auch nur einen Schnupfen bekam und die Rote Ruhr ohne die kleinsten Beschwerden überstanden hatte, von einer harmlosen Erkältung auf das Lager gestreckt wurde. Es geschah im September, als sie gerade von einer Reise nach Speyer zurückkamen. Bei Straßburg überraschte sie ein Unwetter und durchnässte sie bis auf die Haut. Michel verkühlte sich und bekam ein Fieber, das von Tag zu Tag schlimmer wurde. Bei ihrer Ankunft in Varennes ging es ihm schließlich so schlecht, dass Jean den Medicus rufen musste. Der Arzt verordnete Michel strikte Bettruhe, ließ ihn zur Ader und erklärte Adèle, wie sie ihn zu pflegen habe.

Das Fieber war keinesfalls lebensgefährlich, doch es suchte Michel zum denkbar schlechtesten Zeitpunkt heim. Nicolas de Bézenne wartete auf eine Lieferung Salz, Leder und Kettenhemden, und sie hätten längst auf dem Weg nach Metz sein müssen, um die Waren zu beschaffen. Da sie es sich nicht erlauben konnten, de Bézenne zu verärgern, hatte Jean keine Wahl, als Michel der Fürsorge seiner Frau zu überlassen und allein nach Metz zu reisen.

»Schaffst du das?«, fragte Michel schwach.

»Die paar Sachen zu besorgen und de Bézenne zu verkaufen, werde ich gerade noch hinbekommen.« Jean lächelte. »Kurier dich aus, Bruder. Ich kümmere mich um alles.«

Metz

Neben seinen Tuchhallen, Bankhäusern und Gestüten war Metz vor allem für seine Waffenschmieden berühmt. Die Klingen der hiesigen Schwertfeger waren schärfer, die Rüstungen der Sarwürker widerstandsfähiger als die ihrer Konkurrenten, und Fürsten aus dem ganzen Westen des Reiches kauften bei ihnen ein. So war es nicht verwunderlich, dass sich die Metzer Waffenschmiede ihre Erzeugnisse teuer vergüten ließen: Für ein Breitschwert oder ein Panzerhemd verlangten sie gut das Anderthalbfache dessen, was man in der Champagne oder am Rhein dafür bezahlte. Jean war jedoch entschlossen, einen guten Preis herauszuhandeln. Ihm blieb gar nichts anderes übrig: Ein einfacher Ritter wie Nicolas de Bézenne konnte sich keine kostspieligen Rüstungen leisten.

Nachdem er Salz und Leder eingekauft hatte, wies er die beiden Gildensöldner an, beim Wagen zu bleiben, und schlenderte über den Markt auf dem Place de Vésigneul. In den Gassen zwischen den Zelten und Verkaufsständen herrschte wie immer Gedränge, und die Händler übertönten einander beim Anpreisen ihrer Ware. Die Waffenschmiede besaßen eine eigene Halle, in der es etwas ruhiger zuging. Jean verschaffte sich einen Überblick über die Auslagen, erkundigte sich nach den Preisen und begann schließlich mit einem älteren Sarwürker um zwei Kettenhemden zu feilschen.

Jean hatte sich längst damit abgefunden, dass er nie ein findiger Kaufmann wie Michel werden würde – dafür fehlten ihm schlicht Geduld und Wortgewandtheit. Gleichwohl hatte er sich von seinem Bruder den einen oder anderen Kniff abgeschaut. So hatte er es sich beispielsweise zur Gewohnheit gemacht, jeden Handelspartner genau zu beobachten, um etwaige Schwächen auszumachen. Fand er welche, machte er sie sich – freilich innerhalb der Grenzen von Anstand und Gesetz – bei den Verhandlungen zunutze.

Die Schwachstelle des Rüstungsmachers war augenfällig. Er presste sich einen kühlen Lappen auf die Wange und verzog gelegentlich das Gesicht: Er litt an einem faulen Zahn. Da ihm das Sprechen Schmerzen bereitete, wollte er das Geschäft kurz halten. Jean jedoch zog die Verhandlungen absichtlich in die Länge, ließ sich die Machart der Rüstungen genau erklären und beharrte stur auf seinen Preisvorstellungen, bis der Sarwürker es nicht mehr aushielt und ihm einen großzügigen Nachlass gewährte, nur damit er endlich ging. Zufrieden mit sich folgte Jean den beiden Lehrjungen, die die Kiste mit den Kettenhemden zu seinem Wagen trugen. Gewiss, solcherart mit einem schmerzgeplagten Handwerker umzuspringen war nicht nett. Aber was hatte er für eine Wahl? Die Welt war auch nicht nett zu ihm.

Die Glocken schlugen gerade zur Vesper, als die Söldner und er zur Herberge in der Nähe des Stadttores fuhren. Da es zu spät war, um heute noch nach Varennes aufzubrechen, und zu früh, um ins Bett zu gehen, beschloss Jean, einen Spaziergang zum Stadtkern zu machen. Vielleicht fand er auf dem Place de Chambre ein neues Schutzamulett für seine Tochter, bevor der Markt für heute schloss.

Er hatte den Platz im Schatten der Kathedrale kaum erreicht, als es zu regnen anfing. Dicke, eisige Tropfen prasselten auf Marktstände und Hausdächer und weichten den Lehmboden auf. Rasch zog Jean seine Mantelkapuze über und flüchtete zu einer Schenke, deren erleuchtete Fensterschlitze ein warmes Kaminfeuer verhießen.

Die Tür öffnete sich, und ein bulliger Mann trat ins Freie, wie Jean in einen weiten Kapuzenmantel gehüllt. Bevor er über den Platz eilte, erhaschte Jean einen Blick auf sein Gesicht.

Es war Berengar, de Guillorys Sarjant.

Stirnrunzelnd starrte Jean ihm nach. Was tat der Kerl in Metz? Und wieso wagte er sich bei Dunkelheit und Regen nach draußen, noch dazu allein, ohne seine Kriegsknechte, die nie von seiner Seite wichen?

Jean hatte stets seinem Gespür vertraut, und es hatte ihn nie im Stich gelassen. Er besaß einen fein ausgeprägten Sinn für Gefahren, der ihm auf dem Kreuzzug manches Mal das Leben gerettet hatte. Jener Sinn war es auch gewesen, der ihn gewarnt hatte, dass der Blutschnee im Februar Übles ankündigte.

Jetzt sagte ihm sein Instinkt, dass hier etwas faul war, dass es klug wäre, Berengar nachzugehen und herauszufinden, was er in Metz trieb. Bevor der Sarjant in den Gassen verschwand, setzte Jean ihm nach.

Berengar war darauf bedacht, nicht gesehen zu werden. Ständig wechselte er abrupt die Richtung, machte sich Finsternis und Regen zunutze und verschmolz mit den Schatten in den engen Straßen. Jean jedoch hatte in Kleinasien gelernt, wie man einen Feind auch unter widrigen Bedingungen jagte. Lautlos schlich er ihm im Abstand von zwanzig, dreißig Schritten nach und verbarg sich blitzschnell in einem Torweg oder hinter einer Hausecke, wenn Berengar einmal stehen blieb und sich nach Verfolgern umschaute.

Schließlich fand sich Jean in einer Gasse neben der Stadtmauer wieder. Hauptsächlich Tagelöhner und Unfreie wohnten hier. Wegen des Unwetters hielt sich keine Menschenseele draußen auf. Aus den ärmlichen Hütten drangen leise Stimmen und das Licht flackernder Herdfeuer.

Berengar verharrte vor einem Wehrturm, und der Regen tropfte auf seinen Kapuzenmantel. Aus dem Schatten des Bollwerks löste sich eine kleine Gestalt und sprach den Sarjanten an. Jean schlich nahe genug heran, dass er die beiden Männer verstehen konnte, und versteckte sich hinter einem Mauervorsprung.

Berengar holte einen Beutel hervor. Der Fremde öffnete die Lederbörse und murmelte etwas.

»Was soll das heißen, ›zu wenig‹?«, fragte Berengar rau. »Es ist so viel wie immer.«

Der Fremde hatte eine dünne, hohe, schmirgelnde Stimme. »Ich habe gehört, dass es im Leben Eures Herrn beträchtliche Veränderungen gegeben hat«, wisperte er. »Damit ist unsere Abmachung hinfällig. Zeit, neu zu verhandeln, Berengar. Mein Schweigen ist ihm von nun an gewiss mehr wert als ein lausiges Silberpfund im Jahr.«

»Ich warne dich, Conon«, sagte Berengar. »Wenn du versuchst, den Herrn zu erpressen …«

»Das käme mir nie in den Sinn. Ihr wisst, ich bin ein vorsichtiger Mann. Ich appelliere lediglich an Eure Einsicht.«

Der Sarjant packte den Fremden am Kragen. »Für diese Unverschämtheit sollte ich dir den Kopf abschlagen.«

»Ihr wisst, dass das nutzlos wäre«, sagte Conon und lächelte. »Es gibt andere, die wissen, was ich weiß.«

Jean presste die Lippen zusammen und hielt den Atem an. Was, bei allen geflügelten Dämonen, ging hier vor?

»Na schön«, knurrte Berengar. »Wie viel willst du?«

»Zwei Pfund pro Jahr.«

»Das Doppelte! Was denkst du, wer du bist, du Abschaum?«

»Zwei Pfund Silber sind nicht viel Geld«, erwiderte Conon. »Es käme Euren Herrn viel teurer zu stehen, wenn gewisse Leute von unserem kleinen … Geheimnis erführen.«

Berengar ließ ihn los und murmelte einen wüsten Fluch, während er in seinen Mantel griff und einen zweiten Beutel hervorholte.

»Sehr großzügig von Euch«, sagte Conon und ließ die Börse in seinem Wams verschwinden. »Meinen Dank, Berengar.«

»Wage es ja nicht, jemandem von unserem Handel zu erzählen. Wenn du das tust, töte ich dich und deine ganze verfluchte Familie gleich mit, verstanden? Und jetzt scher dich zum Teufel!«

Nach einer ironischen Verbeugung huschte Conon davon und verschwand so plötzlich in der Dunkelheit, wie er aufgetaucht war. Berengar machte kehrt, spuckte aus und schritt davon.

Jean presste sich gegen die Mauer, bis die Finsternis den Sarjanten verschluckt hatte. Seine Gedanken rasten.

Was für ein Geheimnis verbarg de Guillory in dieser Stadt?

Offenbar eines, für das er töten würde, damit es gewahrt bliebe. Eine alte Sünde. Ein dunkler Fleck in seiner Vergangenheit.

Jean musste mehr darüber erfahren.

In jener Nacht beschloss er, noch nicht nach Varennes zurückzukehren. Er lagerte die Waren in der Herberge ein, bezahlte die Söldner für drei weitere Tage und begann am nächsten Morgen, Nachforschungen anzustellen.

Wer war Conon?

Er hörte sich um – auf den Märkten, in den Schenken, in der Gilde, der Michel und er angehörten. Deniers und Sous, freigiebig verteilt, frischten Erinnerungen auf; ein Becher Wein hier und ein Krug Bier da lockerten Zungen. So erfuhr er, dass Conon ein einfacher Wollweber war, der in einem ärmeren Viertel im Osten der Stadt wohnte. Jeden Abend besuchte er nach getaner Arbeit eine namenlose Schenke hinter der Kirche Notre-Dame und trank, bis er schwankte.

Am dritten Tag, als die Glocken zur Vesper riefen, ging Jean zu der besagten Schenke, setzte sich in einer Nische an den Tisch und nippte an seinem Bier, während er die Gäste beobachtete. Allmählich füllte sich der düstere Raum mit Gesellen und Arbeitern in schmutzstarrenden Kitteln, die lachten, tranken und auf ihre Herren schimpften. Jeden, der durch die Tür trat, musterte Jean eingehend. Zwar hatte er Conons Gesicht nicht genau gesehen, doch er war sicher, dass er den schmächtigen Wollweber wiedererkennen würde.

Da – das musste er sein! Ein kleiner Mann mit hängenden Schultern schlurfte herein und rief einigen Gästen Grüße zu.

Diese Stimme: unverkennbar.

Conon setzte sich an einen Tisch, bestellte ein Bier und unterhielt sich mit zwei anderen Wollwebern. Die Männer gingen nach einer Stunde, Conon jedoch blieb sitzen und rief nach einem neuen Bier.

Jean stand auf. Als Conon das Bier bezahlen wollte, kam er ihm zuvor und drückte dem Wirt einen Hälbling in die Hand. »Das geht auf mich.«

»Habt Dank, Freund«, sagte Conon. »Was verschafft mir die Ehre?«

»Ist hier noch frei?«

»Ihr seht, ich bin allein.«

Jean ließ sich auf der Bank nieder. »Ich bin neu in der Stadt. Ich dachte, Ihr könntet mir das eine oder andere über Metz erzählen.«

»Mach ich gern, Freund. Kennen wir uns?«

»Wohl kaum. Bin gerade erst angekommen.«

Der Wollweber hob seinen Krug. »Conon.«

»Raymond.« Sie stießen miteinander an.

»Also, was wollt Ihr wissen?«

Jean gab sich als Händler aus Épinal aus, der in Metz Fuß fassen wollte. Um Conons Vertrauen zu gewinnen, stellte er einige harmlose Fragen über die Stadt, die Märkte und die ansässigen Gilden, die der Wollweber nach bestem Wissen beantwortete. Er erwies sich als freundlicher Zeitgenosse, der einem Gespräch nicht abgeneigt war.

Nach einer Stunde beschloss Jean, mehr zu wagen. »Mich interessiert noch etwas anderes«, begann er. »Ich suche einen Mann. Berengar ist sein Name. Er ist der Sarjant von Aristide de Guillory, dem Herrn Varennes-Saint-Jacques'. Kennt Ihr ihn?«

Conon schüttelte den Kopf. »Nie gehört.« Er starrte in sein Bier.

»Seltsam. Ich könnte schwören, ich hätte Euch vor drei Tagen mit ihm gesehen.«

»Ich fürchte, da täuscht Ihr Euch.«

»Vielleicht kann ich Euer Gedächtnis auffrischen.« Jean schob eine Handvoll Sous über den Tisch. Gier flackerte in Conons Augen auf, als er die Silbermünzen betrachtete. »Worüber habt ihr in jener Nacht geredet?«

»Keine Ahnung, was Ihr meint.« Ohne das Geld anzurühren, stand der Wollweber auf.

»Seid doch vernünftig. Ihr könntet mir einen großen Dienst erweisen.«

»Sprecht mich nie wieder an, Raymond… oder wer immer Ihr seid.«

Jean erhob sich. »Ich muss wissen, wieso Ihr von de Guillory Geld bekommt.«

Conon ging, eilte mit nach vorne gebeugten Schultern davon.

»Wartet! Ich zahle gut.«

»Ich will Euer Geld nicht.«

Der Wollweber riss die Tür der Schenke auf und verschwand in der Nacht.

»Verfluchter Mist«, murmelte Jean.

Burg Guillory

Ich bin so schnell gekommen, wie ich konnte«, sagte Conon, als sie zu den Bauschuppen der Vorburg eilten. »Bin geritten, als wär der Leibhaftige hinter mir her, obwohl's geregnet hat wie bei einer neuen Sintflut. Das könnt Ihr mir glauben, Herr, das ist vielleicht ein Mistwetter …«

Zweifellos hatte der Wollweber einen Höllenritt hinter sich, so erschöpft, schmutzig und durchgefroren, wie er aussah. Was er zu sagen hatte, musste wirklich wichtig sein. Und doch hätte Aristide es vorgezogen, Conon wäre in Metz geblieben. Er hatte dem Mann schon vor Jahren eingeschärft, dass man sie unter keinen Umständen zusammen sehen durfte. Und jetzt war er hier, in seiner Burg – nicht zu fassen.

»Rein mit dir, mach schon!« Aristide schob den Wollweber unsanft in den Schuppen, bevor der Truchsess oder Yolande oder sonstwer ihn erblickte.

Die Arbeiter und Steinmetze arbeiteten alle auf den Wehrmauern – sie waren allein in dem Bretterverschlag, auf den gleichmäßig der Regen trommelte. Conon schlug seine Kapuze zuruck und spähte aus dem Fensterschlitz.

»Eine hübsche Burg habt Ihr da. Dieses Städtchen scheint eine Menge Silber abzuwerfen, dass Ihr Euch all diese Arbeiter und Zimmerleute leisten könnt.«

»Bist du deshalb hier – weil du noch mehr Geld willst?«, fragte Aristide. »Lass dir eins gesagt sein, Conon: Berengar kannst du vielleicht erpressen, aber nicht mich. Ich schneide dir schneller die Kehle durch, als du ›Denier‹ sagen kannst.«

Conon hob abwehrend die Hände. Von seiner roten Säufernase löste sich ein Regentropfen und fiel ins Stroh. »Ich bin vollauf zufrieden mit unserer neuen Abmachung. Ich bin aus anderen Gründen hier. Jemand interessiert sich für unser Geheimnis.«

»Wer? Hast du geredet?«

Der Wollweber wich zurück, als Aristide langsam auf ihn zutrat. »Ich habe kein Wort gesagt – ich schwöre es beim Seelenheil meiner Mutter. Es war ein Kaufmann aus Varennes. Der Held des Kreuzzugs.«

»Jean de Fleury?«, fragte Aristide.

»Ja. Genauso heißt er. Er gab sich als Raymond von Épinal aus, aber er kam mir gleich bekannt vor. Auf dem Weg hierher fiel mir wieder ein, dass ich ihn schon ein paar Mal auf dem Markt gesehen habe, zusammen mit seinem Bruder. Vor zwei Jahren war er einige Wochen Stadtgespräch in Metz, weil er dabei war, als der Kaiser …«

»Was wollte er?«, schnitt Aristide ihm das Wort ab. »Jetzt sag schon. Lass dir nicht alles aus der Nase ziehen, Mann!«

Conon berichtete von seiner Begegnung mit Jean de Fleury und von den Fragen, die der Kaufmann ihm gestellt hatte.

»Wieso wusste er, dass du Berengar getroffen hast?«

»Schätze, er ist ihm gefolgt.« Der Wollweber lächelte schmierig. »Ich dachte, Ihr solltet davon erfahren. Gewissermaßen als Zeichen unserer Freundschaft.«

Aristide zischte einen Fluch und hieb mit der Faust gegen die Schuppenwand. Hörte diese Familie denn nie auf, ihm Scherereien zu machen? Er hätte sie ein für alle Mal auslöschen sollen, statt sich damit zu begnügen, ihnen die Geschäfte zu verderben.

Er musste so schnell wie möglich dafür sorgen, dass de Fleury aufhörte, in seiner Vergangenheit zu wühlen. Nicht auszudenken, was geschähe, wenn der Bursche sein Geheimnis enthüllte.

»Wann hast du mit de Fleury geredet?«, fragte er den Wollweber.

»Vor nicht mal drei Tagen. Ich sage doch, ich bin sofort hergekommen.«

»Wo ist der Kerl jetzt?«

»Keine Ahnung«, erwiderte Conon. »Vermutlich noch in Metz. Er machte nicht den Eindruck, als würde er so schnell aufgeben.«

Aristide riss die Schuppentür auf und befahl einem Knecht, sein Pferd zu satteln.

Metz

Müde saß Jean am Fenster des Schankraums und beobachtete das Treiben auf dem Place de Chambre. Er hatte die Beine hochgelegt und trank sein Bier, während draußen ein jüdischer Geldwechsler, erkennbar an seinem spitzen Hut und dem seltsamen Bart, lautstark mit zwei einheimischen Kaufleuten stritt. Als der Wechsler drohte, die Obrigkeit zu rufen, warfen die beiden Messins jeweils eine Handvoll Silberstücke auf den Boden, schüttelten die Fäuste und trollten sich schimpfend.

Kurz darauf erschien der Marktvogt mit seinen Bütteln und erklärte den heutigen Markt für beendet, woraufhin die Kleinkrämer und Stadtbauern ihre Stände abbauten und die Ware auf ihre Karren luden. Jean bestellte noch ein Bier. Die Schankmaid, ein hübsches Mädchen mit Korkenzieherlocken, stellte den schäumenden Krug vor ihm auf den Tisch und verlangte einen Hälbling. Er gab ihr einen Denier, und sie zwinkerte ihm zum Dank zu.

Jean betrachtete das *Nazar* in seiner Hand. Diesmal hatte ihm das Amulett kein Glück gebracht. Seit einer guten Woche schon war er jetzt in Metz und hatte diskret Erkundigungen über Conon und dessen Familie eingeholt. Was er herausgefunden hatte, war nicht der Rede wert. Conons Weib war vor einigen Jahren gestorben. Der Wollweber selbst führte ein einfaches, stilles und respektables Leben, sah man von seiner übermäßigen Vorliebe für Wein und Starkbier ab. Falls er je ein Gesetz gebrochen hatte, so wusste die Obrigkeit nichts davon. Beinahe täglich besuchte er seine erwachsene Tochter Velin, die mit einem deutschstämmigen Messin namens Aëlred verheiratet war. Wie sein Schwiegervater arbeitete Aëlred als Wollweber in einer Werkstatt im Westen von Metz. Velin und er hatten einen Sohn, den achtjährigen Gislebert.

So weit, so belanglos. Keine Geheimnisse. Nichts, was auf eine dunkle Verbindung zu Aristide de Guillory hindeutete. Jean hatte daher beschlossen, seine Nachforschungen abzubrechen und morgen zu Nicolas de Bézenne zu reisen, der gewiss schon ungeduldig auf seine Waren wartete. Später würde er Michel von alldem berichten. Vielleicht hatte sein Bruder eine Idee, wie in dieser Sache weiter zu verfahren wäre. Falls sich das überhaupt lohnte.

Er blieb in der Fensternische sitzen und hing seinen Gedanken nach, bis der Wirt die Glocke schlug und die Sperrstunde ausrief. Jean steckte das *Nazar* ein, streifte den Mantel über und trat hinaus in die Nacht. Wenigstens hatte es aufgehört zu regnen. Auf der nahezu menschenleeren Grande Rue traf er den Nachtwächter, der ihn ermahnte, zugig nach Hause zu gehen. Jean beschleunigte seinen Gang und begann darüber nachzudenken, wie er Nicolas de Bézenne besänftigen könnte, falls er wegen der Verspätung verärgert wäre. Es wäre wohl am besten, er gewährte ihm einen Preisnachlass.

Zu seinem Verdruss war das Stadttor bereits geschlossen. Er bat die Wächter, ihn hinauszulassen, da er in der Herberge am Place de Vésigneul wohnte, doch die Männer zeigten sich unerbittlich. Nein, heute komme niemand mehr hinein oder hinaus – Gesetz sei Gesetz. Er solle sich eine andere Bleibe für die Nacht suchen.

Er entschied, zum Place de Chambre zurückzugehen, wo es mehrere einigermaßen komfortable Herbergen gab. Als er etwa die Hälfte des Weges zurückgelegt hatte, überkam ihn plötzlich das ungute Gefühl, dass ihm jemand folgte. Er blieb stehen und beobachtete die dunkle Straße. Nichts. Kein huschender Schatten unter den ausladenden Dächern. Keine hallenden Schritte. Nur das entfernte Schreien zweier Katzen, die irgendwo in einem Hinterhof kämpften.

Mit der Hand auf dem Dolchknauf ging er weiter. Er war sicher, dass die jähe Ahnung von Bedrohung nicht seiner überreizten Fantasie entsprungen war. Normalerweise konnte er sich auf sein Gespür verlassen. Und Metz war wie jede Stadt bei Nacht ein riskantes Pflaster. Wenn man Pech hatte, konnte man in den finsteren Gassen auf alle möglichen Gefahren treffen, auf bissige Hunde, bewaffnete Strauchdiebe oder Betrunkene, die auf Ärger aus waren.

Er hörte ein Geräusch – ein Scharren. Blitzschnell fuhr er herum und zückte dabei seinen Dolch. Die Bewegung kam keinen Herzschlag zu früh, denn just in diesem Moment sprang eine Gestalt aus dem Schatten. Eine Klinge schoss nach vorne. Jean schaffte es gerade noch auszuweichen, doch die Messerspitze schrammte schmerzhaft über seinen Arm. Der Angreifer setzte sofort nach. Er war entschlossen, ihn zu töten.

Jean überließ sich den Reflexen, die er sich bei den Kämpfen gegen Seldschuken und serbische Räuber angeeignet hatte. Ohne nachzudenken, duckte er sich, warf sich zur Seite, blockte Stöße ab und ging zum Angriff über. Bereits nach wenigen Augenblicken wusste er, dass er es nicht mit einem Straßenräuber zu tun hatte, und schon gar nicht mit einem Betrunkenen. Dieser Mann war ein ausgebildeter Kämpfer, seine Attacken waren kraftvoll und präzise, seine Verteidigung nahezu lückenlos.

Jean gelang es, seinem Gegner einen Faustschlag zu versetzen und ihn zurückzuschleudern. Dabei verrutschte die Kapuze des Mannes.

»Ihr?«, keuchte Jean fassungslos.

»Ich hätte dich schon vor Jahren kaltmachen sollen«, sagte Aristide de Guillory. »Dich und deinen lästigen Bruder. Das hätte mir eine Menge Ärger erspart.«

De Guillory machte sich Jeans Verblüffung zunutze und griff mit neuer Wut an. *Er ist mir auf die Schliche gekommen!*, durchfuhr es Jean. *Aber wie? Wie?* Diese und hundert andere Fragen schossen ihm durch den Kopf, ehe er sich wieder ganz auf den Kampf konzentrierte. Es gelang ihm, einen Stoß gegen de Guillorys ungeschützte Brust zu führen, doch die Klinge glitt ab, ohne Schaden anzurichten. Unter dem Mantel trug der Ritter ein Kettenhemd.

Der misslungene Angriff hatte ihn um sein Gleichgewicht gebracht. Als er um Balance rang, spürte er plötzlich einen scharfen Stich in der Seite. Der Schmerz war so durchdringend, dass er keine Luft mehr bekam. Jean taumelte zurück und prallte gegen die Hauswand. Seine Hand begann krampfhaft zu zittern, und er ließ den Dolch fallen.

De Guillory trat vor und stieß ihm seine Klinge in den Bauch. Jean keuchte und sank zu Boden.

»Du hast wirklich gedacht, du könntest es mit mir aufnehmen, was?«, sagte de Guillory. »Du dummer, kleiner Narr. Ich bin ein Ritter des Herzogs und du nur ein Krämer.«

Er ging neben Jean in die Hocke, in der Hand den blutverschmierten Dolch, und packte ihn am Kragen. Trotz seiner Schmerzen wusste Jean mit glasklarer Gewissheit, dass de Guillory ihm die Kehle durchschneiden würde. Er versuchte sich zu wehren, versuchte, den Arm des Ritters wegzudrücken, doch er war längst zu schwach.

»Was ist da vorne los? Gebt Euch zu erkennen!«

Knirschende Schritte. Ein trübes Licht, das um eine Gestalt mit einer Pike in der Hand herumfloss. Der Nachtwächter.

De Guillorys Kopf ruckte herum. Leise fluchend hüllte er sich in seinen Umhang, huschte davon und war Augenblicke später in der Schwärze einer nahen Gasse verschwunden.

Jean versuchte aufzustehen, vergebens. Dabei griff er in eine Wasserpfütze. Nein, kein Wasser. Blut. Sein Blut. Sein ganzes Gewand war bereits getränkt davon.

Das also hatte der Blutschnee zu bedeuten. Und ich dachte, mit der Roten Ruhr hätten wir alles überstanden. Was bin ich nur für ein Dummkopf…

Er durfte nicht sterben. Wenn er hier in dieser Straße sein Leben aushauchte, würde Michel nie erfahren, was er herausgefunden hatte.

»Seid Ihr verletzt, Herr? Allmächtiger Gott!«, rief der Nachtwächter, als er Jean da liegen sah, und bekreuzigte sich. »Habt keine Angst, ich helfe Euch! Wir bringen Euch ins Warme, und ich rufe einen Wundarzt.«

Jean packte ihn am Kragen und wollte ihm sagen, dass es Aristide de Guillory gewesen war, der ihn so zugerichtet hatte. Doch alles, was er zustande brachte, war ein Seufzen. Der Nachtwächter löste behutsam seine Hand und klopfte an die Türen der umstehenden Häuser. Erst bei der dritten hatte er Erfolg, und ein Mann im Nachtgewand trat ins Freie. Er half dem Nachtwächter, Jean ins Haus zu tragen, wo sie ihn auf eine Schlafstatt betteten.

Leute starrten auf ihn herab, schlaftrunkene, erschrockene Hausbediente. Trotz des Kerzenlichts konnte Jean ihre Gesichter kaum erkennen. Auch ihr aufgeregtes Gerede verstand er nicht. Ihm schwanden allmählich die Sinne. Außerdem stiegen Bilder in ihm auf, die klarer, mächtiger und farbenfroher waren als die Wirklichkeit um ihn herum. Erinnerungen an vergangene Tage, an die glücklichsten Stationen seines Lebens.

Er sah vor sich, wie er einst mit seinem Vater und seinen Geschwistern nach Varennes-Saint-Jacques gekommen war und die Wunder dieser Stadt zum ersten Mal mit eigenen Augen gesehen hatte. Was hatten sein Bruder und er damals gestaunt über Herrn Carons Haus und die funkelnden Silberleuchter in den Zimmern. Neue Bilder überlagerten die ersten, Erinnerungen an die zahllosen unbeschwerten Sommertage auf den Wiesen vor den Wehrmauern, als Michel und er gegen Gaspard und die anderen Jungen mit einem zerfledderten Lederklumpen Fußball gespielt hatten. Meistens hatten sie gewonnen, denn Michel war klüger und Jean stärker als ihre Gegner. Sein Bruder und er hatten sich stets ergänzt; was einer von ihnen nicht gut konnte, machte der andere mühelos wett. Wenn Jean nun an jene Jahre zurückdachte, erschienen sie ihm wie ein einziger sonniger Nachmittag ohne Sorgen, angefüllt mit wilden Träumen von einer verheißungsvollen Zukunft. Seine Gedanken wanderten weiter zu seiner glorreichen Wahl zum Sprecher der Unmündigen und zu dem Mädchen, mit dem er Jahre zuvor seine ersten Erfahrungen in der Liebe gemacht hatte, Beatrix. Hübsch war sie gewesen mit ihren blonden Locken und den Sommersprossen. Doch nicht so hübsch wie Adèle.

Adèle. An sie dachte er am meisten. An ihre Hochzeit an jenem herrlichen Frühlingstag. An ihre erste gemeinsame Nacht. An die Geburt ihrer Tochter Azalaïs. Es kam ihm vor wie gestern, als sie in seinen Armen gelegen hatte, winzig und rosafarben. Dabei konnte es nicht mehr lange dauern, bis sie zu laufen anfing.

Adèle, flüsterte er stumm. *Azalaïs.*

Als die Dunkelheit immer näher rückte und ihn schließlich zu umarmen begann, lächelte Jean.

Vogtei Altrip

Thomasîn presste die Lippen zusammen, tauchte den Gänsekiel in die Tinte und zeichnete mit konzentrierter Miene Buchstaben auf das Pergament. Isabelle unterdrückte ein Schmunzeln, während sie seine Bemühungen verfolgte. Wenn Thomasîn schrieb, machte er stets ein Gesicht, als leiste er Schwerstarbeit.

»›Vogt‹ schreibt man mit V, nicht mit F«, korrigierte sie ihn.

»Warum?«

»Weil es von dem lateinischen Wort ›vocatus‹ kommt.«

»Manchmal hörst du dich an wie ein Pfaffe«, murrte Thomasîn. »Wieso gibt es überhaupt ein V? Es ist doch derselbe Laut wie das F. Warum muss das so schwierig sein?«

»Hör auf, dich zu beklagen«, sagte Isabelle lächelnd. »Du wolltest, dass ich dir Lesen und Schreiben beibringe. Also tu gefälligst, was ich dir sage.«

»Weißt du, was ich glaube? Das Pfaffenpack hat die Schrift absichtlich so umständlich gemacht – damit das einfache Volk sie nicht versteht und sie in ihre Briefe und Dokumente hineinschreiben können, was sie wollen. Deshalb unterhalten sie sich auch die ganze Zeit auf Latein. Sie wollen, dass Männer wie ich sich dumm fühlen.«

»Deshalb lernst du es ja. Damit du dich nicht mehr dumm fühlen musst.«

Thomasîn schimpfte noch eine ganze Weile auf die Kirche, doch währenddessen setzte er unverdrossen seine Schreibübung fort. Sie übten jeden Tag mindestens eine Stunde, wenn die Arbeit auf dem Gehöft es zuließ. Stets murrte Thomasîn, sowie er den Federkiel in der Hand hielt, und etwa einmal in der Woche drohte er aufzugeben und das Schreibzeug ins Feuer zu werfen. Nichtsdestotrotz war er ein aufmerksamer Schüler und lernte rasch für einen erwachsenen Mann, der sich noch nie zuvor an der Kunst des Schreibens versucht hatte. Isabelle war stolz auf ihn. In einem halben Jahr, schätzte sie, würde er imstande sein, Briefe zu schreiben und Verträge zu lesen, sofern sie nicht in Latein abgefasst waren. Dann konnte er endlich mit den Kaufleuten in Speyer auf Augenhöhe verhandeln, und es würde ihnen nicht mehr so leichtfallen, ihn zu betrügen.

Sie ließ ihn einige der Wörter schreiben, die er bereits kannte, und brachte ihm drei neue bei. Während er ihre Anweisungen umsetzte, blickte sie aus dem Fensterschlitz der Stube und beobachtete Rémy, der draußen mit Alice, der Katze, spielte. Seit seinem dritten Geburtstag im April wuchs der Junge unglaublich schnell. Obwohl er bei seiner Geburt recht klein und zierlich gewesen war, hatte er die gleichaltrigen Kinder aus dem Dorf längst eingeholt.

Starke Windböen bogen Bäume und Büsche, und über der Rheinebene türmten sich schwarze Wolken auf. Ein Unwetter zog auf, bereits das dritte diesen Monat – der goldene Herbst war endgültig vorbei. Isabelle beschloss, Rémy hereinzuholen. Leider war er damit nicht einverstanden und murrte, als sie sein Spiel unterbrach, seine Hand ergriff und ihn zum Haus zog. Sie wusste, dass ihre Sorge um den Jungen vermutlich übertrieben war, immerhin war das Unwetter noch Stunden vom Gehöft entfernt. Doch sie konnte nicht aus ihrer Haut. Schuld daran war der vermaledeite Traum, aus dem sie heute Nacht aufgeschreckt war.

Inzwischen war er größtenteils verblasst, sodass sie sich kaum noch daran erinnern konnte. Sie wusste nur noch, dass es ein wirklich scheußlicher Nachtmahr gewesen war. Irgendetwas von Michel und seinem Bruder Jean, schwarzen Gestalten in einer finsteren Gasse und einem Messer voller Blut. Isabelle sagte sich immerzu, dass man Träumen nicht trauen durfte. Meist handelte es sich um tückisches Blendwerk, hinter dem Dämonen oder bösartige Alben steckten, die sterbliche Seelen in die Irre führen wollten. Doch dieser Traum war gewiss kein Trugbild oder Hirngespinst. Er war so *wirklich* gewesen, so lebensecht. Was, wenn er von zukünftigen Ereignissen kündete, wie Nachtmahre dies manchmal taten? Wenn er sie warnen wollte?

»Du kannst in der Stube spielen«, sagte sie ihrem Sohn. »Komm, wir holen deine Spielsachen aus der Truhe.«

»Alice soll auch ins Haus kommen«, sagte Rémy. »Sie wird sonst nass.«

»Mach dir um Alice keine Sorgen. Eine Katze findet immer ein Versteck. Bestimmt schlüpft sie in den Schuppen, wenn es zu regnen anfängt.«

Rémy nahm seinen geliebten Holzritter und die anderen Figuren, die Thomasîn für ihn geschnitzt hatte, und setzte sich an den Kamin. Bald darauf war sein Ärger verschwunden. Wie alle Kinder besaß er die Gabe, ganz in seinem Spiel zu versinken, bis er die Welt um sich herum vergaß.

»Wir sollten das Vieh füttern, bevor der Sturm losbricht«, sagte Thomasîn.

Er räumte das Schreibzeug weg, und sie begaben sich in den Stall.

Die schlimme Ahnung ließ Isabelle für den Rest des Tages nicht los, und als das Unwetter über den Hof fegte, verstärkte sie sich noch. Es war wie im Frühjahr, als Varennes erst vom schlimmsten Hochwasser seit Jahren und kurz darauf von einer verheerenden Seuche heimgesucht worden war. Damals hatte sie auch düstere Träume gehabt, obwohl sie erst Wochen später, bei Michels nächstem Besuch, erfahren hatte, was in ihrer Heimatstadt geschehen war.

Während der Regen auf das Dach prasselte und der Wind um die Gebäude heulte, sah sie ihrem Sohn beim Spielen zu.

Heiliger Jacques, bitte beschütze Michel.

Es war lange her, dass sie sich so einsam gefühlt hatte, so abgeschnitten vom Leben.

Varennes-Saint-Jacques

»Ist mein Bruder zurück?«, fragte Michel, während er sich im Bett aufsetzte.

»Leider nicht, Herr«, antwortete Louis. »Soll ich nach Bézenne reiten und mich erkundigen, ob er bereits dort eingetroffen ist?«

»Ja, tu das. Falls er da nicht ist, reite zur Zollschranke bei Chaligny und frage, ob er dort gesehen wurde.«

Nachdem Louis gegangen war, kniff Michel die Lippen zusammen, griff nach dem Kruzifix auf dem Tischchen und schloss die Finger um das kleine Holzkreuz. Wo blieb Jean nur? Er hätte längst zurück sein müssen. Gewiss, es gab tausend Gründe, warum sich seine Abreise aus Metz verzögert haben könnte, Schwierigkeiten mit der Gilde etwa. Doch das änderte nichts daran, dass Michel und Adèle sich allmählich ernste Sorgen um ihn machten.

Bitte schütze ihn, heiliger Nikolaus. Führe ihn wohlbehalten nach Hause.

Michel stand auf, wusch sich mit dem warmen Wasser, das Louis heraufgebracht hatte, und zog sich an. Er war noch nicht gänzlich genesen – ihn plagten immer noch Kopfschmerzen und ein lästiger Husten –, doch er war längst nicht mehr so schwach wie noch vor drei Tagen. Seit gestern konnte er sich wieder seiner Arbeit widmen, wenngleich es ihm schwerfiel.

Er warf einen Blick in den Bronzespiegel über der Kleidertruhe. Das Fieber war nicht spurlos an ihm vorübergegangen: Er hatte Gewicht verloren, und unter seinen Augen lagen tiefe Schatten. Während seiner Krankheit war ihm schmerzlich bewusst geworden, dass ihn nur noch anderthalb Jahre von seinem dreißigsten Sommer trennten. Obwohl er immer noch kräftig und gesund war, ließ sich nicht leugnen, dass er Erkältungen und dergleichen nicht mehr so leicht verkraftete wie noch vor fünf Jahren.

Er holte sein Schreibzeug und setzte sich in die Stube zu Adèle, die Azalaïs stillte. Er sah ihr auf den ersten Blick an, dass sie eine schlimme Nacht hinter sich hatte.

»Sorge dich nicht um Jean«, versuchte er sie zu beruhigen. »Gewiss kommt er bald zurück.«

»Und wenn er überfallen wurde?«

»Er weiß sich zu verteidigen. Außerdem hat er Geleitschutz mitgenommen.«

Michel rollte einen Bogen Pergament aus und begann endlich mit dem Brief, den er Isabelle bei ihrem letzten Treffen versprochen hatte. Er hoffte, dass er Rémy noch einmal würde besuchen können, bevor der Winter kam.

Er hatte gerade die Feder auf das Pergament gesetzt, als Yves in die Stube stürmte.

»Herr! Es ist Euer Bruder!«

»Was ist mit ihm?«, fuhr Adèle auf. »Was ist mit ihm, nun sag schon!«

»Er ist … er ist …« Yves versagte die Stimme.

Michel sprang auf und eilte die Treppe hinab, gefolgt von Adèle und dem Knecht.

Vor dem Haus stand ihr Ochsenwagen. Die beiden Söldner, die Jean für seine Reise angeheuert hatte, standen neben der Wagenpritsche.

Zwischen den Waren, bedeckt von einem groben Leinentuch, lag ein Körper. Eine Stiefelsohle schaute unter dem Stoff hervor.

Michel ging langsamer und langsamer, und ihm war, als beginne der Boden unter seinem Füßen zu schwanken. »Was ist geschehen?«, hörte er sich fragen.

»Euer Bruder wurde ermordet, Herr«, erklärte einer der Söldner. »In Metz. Wahrscheinlich von Räubern. Niemand weiß etwas Genaues.«

Michel klammerte sich an der Wagenpritsche fest, als ihn jäher Schwindel überkam. Mit der anderen Hand zog er das Tuch zurück.

Ja, es war Jean. Ohne jeden Zweifel. Man hatte seinem Bruder die Augen geschlossen, sein Gesicht war blass, entspannt, friedlich. Sein Wams war rostrot von getrocknetem Blut. In seinem Brustkasten klaffte eine Wunde, in seiner Magengegend eine weitere. Ein süßlicher Gestank, nach Eiter und Fäulnis, entstieg den Verletzungen.

Vornübergebeugt stand Michel da, eine Hand auf der Karrenwand, die andere in das Tuch gekrallt. Er starrte Jeans Antlitz an, bis es immer größer und größer zu werden schien, bis es sein Blickfeld ausfüllte und vor seinen Augen verschwamm.

Er hat es gewusst. Als der Blutschnee kam, hat er geahnt, dass etwas Schreckliches geschehen würde. Warum habe ich nicht auf ihn gehört?

»Jean!«

Wie aus weiter Ferne hörte er Schreie, jemand stieß ihn zur Seite und warf sich auf den toten Körper.

»Nein!«, schrie Adèle. »Nein! Jean! O Jean! Das ist nicht wahr. Das ist nicht wahr.«

»Adèle, nicht«, murmelte Michel und umfasste ihre Schultern, versuchte sie wegzuziehen, doch sie schlug und trat nach ihm, presste ihr Gesicht an Jeans Brust und weinte.

»Mein Jean! Mein Jean! Wer hat das getan?«

Michel wandte sich um und sah Gestalten herbeiströmen, Gesichter, die ihn umringten, auf ihn einredeten, obwohl er nicht verstand, was sie sagten. Irgendwann legte ihm jemand den Arm um die Schultern und schirmte ihn mit seinem Körper vor der Menge ab.

»Sollen wir ihn ins Haus bringen?«, fragte Yves.

Michel konnte sich später nicht mehr entsinnen, dem Knecht eine entsprechende Anweisung gegeben zu haben, und doch lag Jean irgendwann aufgebahrt im Eingangsraum, umgeben von brennenden Kerzen. Überhaupt konnte er sich abends an kaum etwas erinnern, was an diesem Tag geschehen war. Alles rauschte nur so an ihm vorbei, unwirklich wie ein Traum, ein einziger wirrer Reigen aus Bildern, Stimmen und geflüsterten Gebeten. Wie damals beim Tod seines Vaters fühlte er nichts. Keine Trauer, kein Entsetzen, keinen Schmerz – nur Leere. Eine allumfassende Müdigkeit, die seine Glieder, seine Bewegungen, seine Gedanken lähmte. Trotzdem hatte er irgendwie die Kraft gefunden, all jene Dinge zu tun, die beim Tod eines Angehörigen getan werden mussten.

Er hatte ein schwarzes Tuch an der Haustür aufgehängt, damit das Viertel über den Todesfall unterrichtet war.

Er hatte Jean gewaschen und ihm mit Yves' Hilfe ein Leichenhemd angezogen.

Er hatte sich um Adèle und Azalaïs gekümmert und die Tolberts benachrichtigt, die zwei Stunden später kamen.

Er hatte einen berittenen Boten nach Épinal zu Vivienne und Bernier geschickt.

Er hatte mit Pater Jodocus gesprochen, der die Sterbeglocke läutete, Weihrauch verbrannte, Jean die Letzte Ölung spendete und an seinem Leichnam bis zum Einbruch der Dunkelheit Fürbitten und Bußpsalmen sprach.

Es folgte eine der längsten und finstersten Nächte in Michels Leben.

Adèle, die Tolberts, Yves und er wachten an der Totenbahre, beteten, ließen einen Weinschlauch kreisen und sangen Psalmen. Adèle weinte bis zur völligen Erschöpfung, sodass zwei ihrer Brüder sie schließlich hinauftrugen, zu Bett brachten und ihr etwas Mohnblumensaft einflößten, damit sie Ruhe fand. Vor Mitternacht kamen Freunde und Nachbarn, erwiesen Jean die letzte Ehre und sprachen Michel und der Familie ihr Beileid aus. Alle Mitglieder der Gilde, die gerade in der Stadt waren, statteten ihrem verstorbenen Schwurbruder einen Besuch ab, ihre Freunde Charles Duval und Isoré Le Roux, aber auch Fromony Baffour, Guibert de Brette und Jacques und Aimery Nemours.

»Welcher Hund hat das getan?«, fragte Duval, als er mit grauem Gesicht an der Bahre stand.

»Räuber, sagen die Söldner vom Geleitschutz«, antwortete Michel.

Duval starrte ihn an. »Ihr zweifelt daran?«

»Ich weiß nicht, was in Metz geschehen ist. Aber bei Gott, ich werde es herausfinden«, flüsterte Michel, und seine Hand ballte sich unwillkürlich zur Faust.

Als er schon nicht mehr glaubte, dass diese Nacht jemals enden würde, sickerte schließlich das Licht der Morgendämmerung in den Eingangsraum. Yves bereitete ihnen ein einfaches Mahl aus Brot, Käse, gesalzenem Brei und verdünntem Wein, das sie an der Totenbahre verzehrten. Adèle war aufgewacht; bleich saß sie bei ihnen und stillte Azalaïs. Sie hatte aufgehört zu weinen, doch sie rührte das Essen nicht an und sprach den ganzen Morgen über kein Wort.

Als die Klosterglocken zur Terz schlugen, erschien abermals Pater Jodocus mit vier Ministranten, die einen Choral sangen, während der Geistliche den Leichnam mit Weihwasser besprenkelte. Anschließend nähten Michel und Yves Jean in ein Leichentuch ein. Gleichzeitig trafen Isoré Le Roux und Charles Duval ein. Yves hatte gestern in aller Eile weiße Trauergewänder besorgt, die die beiden Kaufleute und sämtliche Mitglieder der Familie und des Haushalts anlegten. Michel, Duval, Le Roux und Jérôme Tolbert trugen die Bahre aus dem Haus und durch die Gassen. Einer der Ministranten ging voraus, in den Händen eine lange Stange mit dem silbernen Tragekreuz. Neben ihm schritt Pater Jodocus und schwenkte das Weihrauchfass; hinter ihnen kamen Adèle mit Azalaïs, Adèles Brüder und Yves.

Unterwegs schlossen sich dem Leichenzug Nachbarn an, Freunde und andere Bewohner des Viertels, die übrigen Schwurbrüder, Handwerker aus den verschiedensten Bruderschaften, ehemalige Kreuzfahrer. Die Bahre erschien Michel unendlich schwer, und mehr als einmal fürchtete er, unter der Last zusammenzubrechen. Doch als er sah, wie viele Menschen gekommen waren, um von seinem Bruder Abschied zu nehmen, fand er einen letzten Rest Kraft in sich, hob den Kopf und bezwang seine Erschöpfung. Mehr als zweihundert Leute waren es, die Jean zur Kirche Saint-Pierre geleiteten, und viele weinten, denn sie hatten mit Jean einen treuen Freund und Weggefährten verloren und konnten nicht fassen, dass er so früh von ihnen gegangen war.

Die Menge war derart groß, dass das Gotteshaus sie nicht gänzlich aufnehmen konnte. Viele Menschen mussten draußen warten, während Michel, Duval, Le Roux und Tolbert Jeans Bahre vor dem Altar aufstellten und Pater Jodocus die Totenmesse zu lesen begann. Als die Ministranten das Requiem anstimmten, fing Adèle wieder an zu weinen. Einer ihrer Brüder nahm ihr Azalaïs ab, Michel schloss die junge Frau in die Arme und ließ sie bis zum Ende des Gottesdienstes nicht mehr los. Der Weihrauch legte sich wie ein Gespinst aus Gaze über seine Gedanken und machte sie seltsam leicht, sodass er sich einmal mehr fragte, ob all das wirklich geschah oder nur in seiner Einbildung stattfand. Die Gebete, die Psalmen, die ganze Liturgie – es waren nur Worte, leer, gewichtslos, ohne Bedeutung. Michel blickte zu den Buntglasfenstern auf, durch die die Herbstsonne rote, blaue und gelbe Strahlen sandte, und er fragte sich, ob Jeans Seele bereits zum Himmel hinaufstieg und auf seinem langen Weg zu Gottes Thron auf sie herabblickte.

Gewiss lächelt er, wenn er sieht, was wir für ein Aufhebens um ihn machen.

Michels Mundwinkel zuckten, und er wusste nicht, ob ihn dieser Gedanke glücklich machte oder mit Grauen erfüllte.

Schließlich war die Messe zu Ende, und sie trugen Jean nach draußen auf den Kirchhof. Die Trauergemeinde versammelte sich unter den ausladenden Ästen der drei uralten Birken und drängte sich um das Grab, das der Totengräber in der Morgendämmerung ausgehoben hatte. Es befand sich neben der letzten Ruhestätte ihres Vaters, denn so hätte Jean es gewollt. Neben dem Loch lag ein Haufen frischer Erde, aus dem zwei gelbe, zersplitterte Rippenknochen ragten, die Überreste eines längst vergessenen Toten. Dahinter stand der Totengräber auf seine Schaufel gestützt, ein kleiner, drahtiger Mann mit verfilztem Haar und schmutzigem Gesicht, der auf einem Stück Knorpel herumkaute.

Michel und seine Gefährten ließen Jean behutsam in die

Grube gleiten; Pater Jodocus ergriff die Schaufel des Totengräbers und warf etwas Erde hinein. Als die klebrigen Lehmkrumen auf das Leichentuch rieselten, wurde Michel mit einem Mal klar, was hier geschah. Es war falsch, schrecklich falsch, ein ungeheures Missverständnis, er wollte zu Pater Jodocus laufen und ihm die Schaufel wegnehmen, doch Adèles Brüder hielten ihn fest. Michel hörte Schreie und begriff, dass er es war, der sie ausstieß. Mit einem Mal verließ ihn all seine Kraft, er sank auf seine Knie und weinte, weinte um seinen Bruder, den ein sinnloses Schicksal aus dem Leben gerissen hatte.

Irgendwann später, als sich die Trauergemeinde längst aufgelöst hatte und die Familie mit ihren Nachbarn und Freunden zum Totenmahl nach Hause gegangen war, stand Michel immer noch am Grab. Er hatte die anderen gebeten, vorauszugehen und nicht auf ihn zu warten, denn er wollte bleiben, bis er verstanden hatte, bis er Antworten gefunden hatte auf die zahllosen Fragen, die ihn quälten.

Es hatte angefangen zu regnen, eisige Tropfen prasselten auf die Kapuze seines Mantels, doch er spürte sie kaum. Auch der Totengräber hatte sich in seinen Mantel gehüllt; mit geübten Bewegungen trieb er die Schaufel in den Haufen und schippte die feuchte Erde in die Grube.

»Ihr solltet nach Hause gehen, Herr«, sagte er. »Bei dem Mistwetter holt Ihr Euch noch den Tod.«

»Ich bleibe noch«, meinte Michel.

»Wie Ihr wollt. Aber erwartet nicht, dass ich Euch Gesellschaft leiste. Sowie ich hier fertig bin, geht's in die Schenke, wo mich ein Becher heißen Würzweins erwartet. Mein Wort drauf.«

»Trink einen für mich mit.« Michel schnippte ihm einen Denier zu. »Und einen für meinen Bruder.«

»Mach ich, Herr. Der heilige Jacques möge Euch segnen.«

Michel hörte das Klappern von Hufen und wandte sich um. Jenseits der Friedhofsmauer zügelten zwei Männer ihre

Schlachtrösser. Der Regen hatte ihre Mäntel durchgeweicht, und der schwarze Wolf auf ihren Waffenröcken setzte zum Sprung an.

»Was wollt ihr hier?«, fragte Michel barsch.

»Ich habe gehört, Euer Bruder sei gestorben«, sagte Aristide de Guillory. »Mein Beileid, de Fleury.«

»Verschwindet!«

»Das ist meine Stadt, falls Ihr Euch erinnert. Ich gehe, wohin ich will.«

Michel bückte sich nach einem Klumpen aus Lehm und Gras und warf ihn, verfehlte die beiden Reiter jedoch weit. De Guillory grinste seinen Begleiter an.

»Komm, Berengar. Überlassen wir den Krämer seiner Trauer.«

Gemächlich ritten sie davon und waren bald darauf in den Regenschleiern verschwunden.

Die letzte Schaufel Lehm fiel auf das Grab. Der Totengräber klopfte die Erde fest, tippte sich zum Abschied an die Kapuze und ließ Michel allein auf dem schlammigen Gottesacker zurück.

Michel brauchte zwei Tage, bis er wieder einen klaren Gedanken fassen konnte. Als ihn der Schmerz nicht mehr lähmte, suchte er die beiden Söldner auf, die seinen Bruder begleitet hatten. Leider wussten die beiden Männer nicht, warum Jean länger in Metz geblieben war, obwohl er bereits sämtliche Waren für Nicolas de Bézenne gekauft hatte – Jean hatte nicht mit ihnen über seine Beweggründe gesprochen.

»Euer Bruder war die ganze Zeit sehr verschlossen«, erklärte einer der Söldner. »Und uns steht es nicht zu, Fragen zu stellen. Einmal jedoch hatte er angedeutet, er müsse sich nach jemandem umhören.«

»Nach wem?«

»Das weiß ich nicht, Herr. Tut mir leid.«

Michel beschloss, der Sache nachzugehen – er musste erfahren, was in Metz geschehen war. Er überließ Adèle der Obhut ihrer Familie und schwang sich eines Morgens auf sein Pferd.

»Aber Herr, Ihr könnt nicht gehen«, sagte Louis, der inzwischen von Chaligny zurückgekehrt war. »Eure Schwester wird heute oder morgen eintreffen.«

»Sag Vivienne, was ich vorhabe. Sie wird es verstehen.« Michel schlug seinem Pferd die Hacken in die Flanken und preschte davon.

In Metz angekommen, sprach er zuerst mit dem Stadtvogt, dem die Aufklärung schwerer Verbrechen oblag. Leider konnte sich der Mann kaum an Jean erinnern. Metz sei ein Moloch, sagte er mürrisch, in dieser Stadt würden Monat für Monat zehn bis zwanzig Menschen erschlagen, erstochen oder erwürgt; ganz zu schweigen von all den Raubüberfällen, Einbrüchen und Vergewaltigungen. »Ich habe alle Hände voll zu tun, jeden Tag den Frieden zu wahren«, fügte er hinzu. »Ich habe viel zu wenig Männer, und während wir hier reden und unsere Zeit vertun, geschieht irgendwo ein neues Verbrechen. Ich kann mich nicht um einen Mord kümmern, der schon eine Woche zurückliegt. Außerdem ist der Fall klar: Euer Bruder wurde von Strauchdieben erschlagen. Was war er auch so leichtsinnig, sich mitten in der Nacht allein in den Gassen herumzutreiben?«

»Wenn es Räuber waren – wieso haben sie ihm dann seine Geldkatze gelassen?«, fragte Michel.

»Woher soll ich das wissen? Vielleicht, weil der Nachtwächter sie gestört hat, bevor sie ihm die Börse abnehmen konnten.«

»Habt Ihr wenigstens versucht, die Mörder dingfest zu machen?«

»Wie stellt Ihr Euch das vor? Als meine Männer am Ort der Tat eintrafen, war Euer Bruder bereits seit einer halben Stunde tot und die Täter längst über alle Berge.«

Michel musste sich beherrschen, diesen abgestumpften, gleichgültigen Mann nicht zu schütteln. »Mein Bruder war ein angesehenes Mitglied der Gilde«, erwiderte er mit mühsam unterdrücktem Zorn. »Es ist Eure Pflicht, seinen Tod aufzuklären.«

»Meine Pflicht gilt vor allem den Bürgern dieser Stadt. Euer Bruder aber war ein Fremder. Kümmerte ich mich um jeden Auswärtigen, dem in diesen Mauern ein Unrecht geschieht, käme ich zu gar nichts mehr.«

Wütend und enttäuscht verließ Michel die Amtsräume des Vogtes und schlurfte über den Place de Chambre. Die beiden Söldner hatten ihm berichtet, Jean sei häufiger bei der Gilde gewesen. Er beschloss, dort seine Nachforschungen fortzusetzen, schritt zur Gildehalle und sprach mit einigen Bediensteten und Kaufleuten. Ein einheimischer Tuchhändler erzählte ihm, Jean habe nach einem Wollweber gefragt, einem Mann namens Conon. Michel brachte in Erfahrung, wo dieser Conon wohnte, und ging zur Gasse der Wollweber.

Dort stellte sich heraus, dass Conon vor einigen Tagen verschwunden war. Mitsamt seiner Familie habe er Metz bei Nacht und Nebel verlassen, ohne sich von seinen Nachbarn zu verabschieden. Niemand wusste, wohin er gegangen war, weder die Bruderschaft der Weber noch der Priester seiner Pfarrei.

Eine Stunde später saß Michel in einer Schenke am Stadttor, trank einen Krug Wein und brütete über den Ergebnissen seiner Nachforschungen. Warum hatte Jean sich für einen Wollweber interessiert? Hatte ihn dieser Conon bei einem Geschäft betrogen? Aber Jean hatte doch gar keine Tuche, Decken oder dergleichen gekauft. Und doch deutete einiges darauf hin, dass Conon etwas mit Jeans Tod zu tun hatte. Dass er die Stadt kurz darauf so überstürzt verlassen hatte, konnte kein Zufall sein.

Michel blieb einige Tage in Metz und versuchte, mehr über Conon und die Ereignisse der Mordnacht herauszufinden – ohne Erfolg. Die Stadtbüttel wiesen ihn harsch ab, und keine Menschenseele konnte ihm sagen, was aus Conon geworden war. Es schien, als hätte sich der Erdboden aufgetan und den Wollweber verschluckt.

Nach einer knappen Woche schließlich ritt Michel nach Varennes zurück.

Er würde nie herausfinden, was seinem Bruder widerfahren war. Jeans Tod würde für immer ein Rätsel bleiben.

November 1193

Varennes-Saint-Jacques

Michel öffnete die Tür der Gildehalle, schlug seine Kapuze zurück und wischte sich die Regentropfen aus dem Gesicht. »Ist der Gildemeister da?«, fragte er einen Kleinkrämer, der gerade die Treppe herunterkam.

»Er ist in seiner Amtsstube«, ließ ihn der Mann wissen.

Michel durchquerte den Versammlungssaal und betrat die kleine Kammer im rückwärtigen Teil. Der Regen trommelte gegen die Butzenscheibe. Guibert de Brette tropfte gerade Wachs auf ein Dokument und drückte das Gildensiegel hinein.

»Ihr wünscht, Herr de Fleury?«

»Ich möchte den Platz meines verstorbenen Bruders in der Gilde einnehmen.«

In aller Seelenruhe legte de Brette Wachs, Kerze und Siegel zur Seite und lehnte sich zurück, was den Stuhl knarren ließ. Er war kein schöner Mann. Ein breiter Mund mit fleischigen Lippen beherrschte das feiste Gesicht; dünne, graue Haare klebten an seiner Stirn, die goldene Halskette und die kostbaren Ringe an seinen Fingern verstärkten den allgemeinen Eindruck von unchristlicher Dekadenz und geradezu obszönem Reichtum. »Was verleitet Euch zu der Annahme, ich würde Euch dies gestatten?«, fragte er, und seine kleinen Augen glitzerten.

»Ohne die Mitgliedschaft kann ich das Familiengeschäft nicht weiterführen.«

»Das ist mir durchaus klar, Herr de Fleury. Aber wie Ihr wisst, hat mein Vorgänger – Gott hab ihn selig – Eure Aufnahme an eindeutige Bedingungen geknüpft. Erst wenn Ihr Euch mit einer Pilgerfahrt zum Heiligen Grab von Euren Sünden reingewaschen habt, seid Ihr würdig, der Gilde abermals beizutreten.«

Michel hatte damit gerechnet, dass de Brette ihm Steine in den Weg legen würde. Aber *das* war einfach lächerlich. »Das kann nicht Euer Ernst sein«, sagte er barsch.

»Ich pflege nicht zu scherzen«, erwiderte de Brette ruhig.

»Als Géroux mir diese Bedingung diktierte, war er mein Feind. Aber kurz vor seinem Tod hat er mir vergeben.«

»Davon weiß ich nichts. Herr Géroux hat seine Entscheidung sogar schriftlich niedergelegt – ich kann Euch die Urkunde heraussuchen, wenn Ihr dies wünscht. Hätte er seine Meinung geändert, hätte er sie gewiss vernichtet, meint Ihr nicht auch?«

»Er war dazu nicht mehr in der Lage. Die Rote Ruhr hat ihn urplötzlich heimgesucht.«

»Trotzdem. Eine Urkunde ist eine Urkunde. Ich bin daran gebunden, ob es mir gefällt oder nicht. Das bin ich meinem Amt schuldig. Wo kämen wir hin, wenn ein Gildemeister einfach die Verfügungen seiner Vorgänger widerrufen könnte? Es gäbe keinerlei rechtliche Sicherheit mehr.«

»Rechtliche Sicherheit für die Mitglieder der Gilde hat euch Ministerialen noch nie geschert. Was Euch treibt, ist die pure Rachsucht, weil mein Bruder Euch einst die Nase gebrochen hat. Ist es nicht so?«

De Brettes Augen verengten sich zu schmalen Schlitzen. »Euer Bruder war ein Schläger und Unruhestifter, der sich die Mitgliedschaft in der Gilde mit einem schäbigen Trick erschlichen hat. Er war unserer Bruderschaft unwürdig. Wahrscheinlich wurde er deswegen abgestochen – weil er sich mit seinesgleichen eingelassen hat, mit Verbrechern, Lügnern und …«

Michel schnellte nach vorne und schlug beide Hände auf den Tisch. De Brette wich erschrocken zurück. »Noch ein solches Wort über Jean, und ich erwürge Euch mit Eurer eigenen Halskette.«

Der Gildemeister legte die zitternde Hand auf den Dolch an seinem Gürtel. »Ihr seid genauso ein Rohling wie Euer Bruder. Géroux hatte recht: ein Bauer durch und durch. Verlasst sofort diese Halle, oder meine Knechte setzen Euch auf die Straße.«

Aus den Augenwinkeln sah Michel, dass sich an der Tür mehrere Männer drängten, bereit einzuschreiten, falls de Brette ein Leid angetan wurde. Er wusste, was er zu tun hatte. Er schritt zur Tür, wo er sich noch einmal umwandte. »Wisst Ihr, warum Géroux mich an sein Sterbebett rufen ließ? Er bedauerte, was er mir angetan hat – all die Lügen, Intrigen und Sünden. Die Höllenfurcht brachte ihn schier um den Verstand. Euch, de Brette, wird es eines Tages genauso ergehen.«

Der Ministeriale schluckte kaum merklich. »Solange ich etwas in Varennes zu sagen habe, werdet Ihr niemals Aufnahme in der Gilde finden!«, rief er schrill. »Euer jämmerliches Geschäft wird untergehen, und Ihr – Ihr werdet bald um Almosen betteln!«

Michel stieß einen Knecht zur Seite und ging.

»Und Ihr seid wirklich sicher, dass dies die richtige Entscheidung ist?«, fragte Isoré Le Roux einige Stunden später, als Michel, er, Duval und Melville in einer Schenke an der Grande Rue saßen und heißen Würzwein tranken.

»Was bleibt mir anderes übrig?«, erwiderte Michel. »In Varennes kann ich kein Geschäft mehr betreiben. Und selbst wenn ich es könnte, wäre da immer noch de Guillory. Seit wir nach Metz ausgewichen sind, hat er uns zwar in Ruhe gelassen, aber wer weiß, was er sich nächstes Jahr einfallen lässt, um mir das Leben schwerzumachen.«

»Metz ist ein schwieriges Pflaster für einen auswärtigen Kaufmann«, gab Charles Duval zu bedenken.

»Wem sagt Ihr das? Aber wenigstens bin ich dort bereits Mitglied einer Gilde und muss nicht um Aufnahme betteln.«

Seine Freunde wussten nichts zu sagen, um seine Sorgen zu entkräften. Sie nickten betrübt.

»Was werdet Ihr jetzt tun?«, erkundigte sich Pierre Melville.

»Bevor der Winter kommt, verkaufe ich das Haus und ziehe mit meiner Habe nach Metz. Ich denke, dass ich außerhalb der Stadtmauern ein billiges Haus finde, wo ich wohnen kann, bis ich mir ein größeres im Stadtkern oder am Place de Vésigneul leisten kann. Neue Knechte muss ich glücklicherweise keine suchen – Louis und Yves wollen mich begleiten.«

»Was ist mit Eurer Schwägerin?«, fragte Le Roux. »Geht sie auch mit?«

»Adèle möchte bei ihrer Familie bleiben. Ihre Trauer ist noch zu groß. Sie fühlt sich nicht stark genug für einen Neuanfang in einer fremden Stadt.«

Schweigend tranken die Freunde. Auf der anderen Seite des Schankraums unterhielt ein fahrender Musikant die Gäste, indem er auf seiner Schalmei spielte. Die Weise war viel zu fröhlich für diesen grauen, trostlosen Nachmittag.

»Können wir Euch irgendwie unterstützen?«, fragte Duval.

»Ihr habt bereits mehr als genug für mich getan, Charles«, sagte Michel lächelnd. »Kämpft lieber für Eure Gilde, damit die Ministerialen sie nicht endgültig zugrunde richten.«

»Ihr werdet uns fehlen«, sagte Melville.

»Ihr mir auch.«

»Können wir hoffen, dass Ihr eines Tages nach Varennes zurückkehrt?«, fragte Le Roux.

»Vielleicht«, sagte Michel unbestimmt. »Wer weiß, was die Zukunft bringt.« Er leerte seinen Becher, stand auf und griff nach seinem Mantel. »Ich muss jetzt gehen. Vor mir liegt viel Arbeit.«

Seine Freunde erhoben sich und umarmten ihn der Reihe nach.

»Habt Dank, Michel«, sagte Charles Duval. »Für alles.«

Viertes Buch

Duo reges

November 1197
bis September 1199

November und Dezember 1197

Erzbistum Trier

Gemächlich ruckelten die drei Ochsenwagen die alte Römerstraße entlang, jeder einzelne schwer beladen mit Kisten, Fässern und Wollballen. Fauliges Laub bedeckte das Pflaster und füllte die Schlaglöcher. Die Eichen und Buchen, die es schon vor Wochen abgeschüttelt hatten, standen dicht an dicht und gewährten nur selten einen Blick auf die Mosel, obwohl sie keinen Steinwurf vom Wegesrand entfernt dahinströmte. Ihre Äste und Zweige krallten sich wie Skelettfinger in den trüben Novemberhimmel.

Michel saß auf Artos, seinem dreijahrigen Zelter, und ritt neben Yves, der den vordersten Wagen lenkte. Die anderen beiden Fuhrwerke folgten ihnen dichtauf, und sechs schwer bewaffnete Söldner flankierten den kleinen Tross. Michel hatte seinen Knechten und den Kriegern befohlen, stets dicht beisammenzubleiben. Geächtete trieben sich in den Wäldern herum, hatte man ihm in Trier gesagt, und er wollte kein unnötiges Risiko eingehen.

»Sieht so aus, als hätten wir Glück mit dem Wetter«, meinte Yves und blinzelte zum Himmel hinauf.

»Abwarten. Wir sind noch nicht zu Hause.«

»Nein, ich spür's in den Knochen. Glaubt mir, Herr. Schnee gibt's dieses Jahr frühestens zum zweiten Advent, und stürmen wird es nicht vor Martini. Mein Wort drauf.«

»Wenn du es sagst, Yves.« Michel unterdrückte ein Lächeln. Yves' Wettervoraussagen waren in etwa so zuverlässig wie die

Prophezeiungen einer okzitanischen Wahrsagerin, aber das hielt den Knecht nicht davon ab, jeden Tag im Brustton der Überzeugung neue Vorhersagen zu treffen.

Michel bog seine müden Schultern nach hinten und verzog das Gesicht, als leichter Schmerz sein Rückgrat hinabrieselte. Eine lange und anstrengende Reise lag hinter ihnen, und er sehnte sich mit jeder Faser seines Leibes nach der Behaglichkeit seines Hauses. Wenigstens hatten sich die Strapazen der letzten Wochen bezahlt gemacht. In der jungen und aufstrebenden Handelsstadt Lübeck hatte man ihm die Handelsgüter aus Metz nur so aus den Händen gerissen. Von einer Hälfte seiner beträchtlichen Gewinne hatte er Waren gekauft, die in Lothringen selten und begehrt waren: norddeutsches Bier, Pelze aus Livland, Wolle und Zinn aus England. Die andere Hälfte des Silbers lag sorgfältig verstaut in einer Truhe unter dem Wagenbock, auf dem Yves saß. Der Knecht hatte geschworen, sie mit seinem Leben zu verteidigen.

Je weiter sie sich von Trier entfernten, desto urwüchsiger wurde der Wald. Bald bildeten die Äste ein dichtes Gewirr, das sich wie eine Gewölbedecke über der Straße wölbte. Zu allem Überfluss kam Nebel auf und legte sich klamm auf ihre Mäntel und Umhänge. Michel schwelgte in Fantasien von Kaminfeuern und Krügen mit dampfendem Würzwein, während er neben dem Ochsenwagen herritt.

Plötzlich scheute Artos. Der Zelter legte die Ohren an und schnaubte.

»Beruhige dich.« Michel streichelte dem Tier den Hals. »Es ist doch nur Nebel. Nichts, wovor du Angst …«

Er verstummte, als ein Mann aus dem Unterholz auf die Straße trat. Der Kerl trug einen aus Flicken und Pelzfetzen zusammengestuckelten Kittel, löchrige Stiefel und einen Strick um die Hüften. Fettiges Haar fiel ihm auf die Schultern und rahmte einen hageren Schädel ein. In der Rechten hielt er eine kurze Axt, in der Linken ein Messer. Furchterregender noch als die schartigen Waffen war sein Gesicht: In beiden Wangen klafften vernarbte Löcher, durch die man die Zähne sehen konnte. Man hatte dem Mann einst mit einem glühenden Eisen die Wangen durchstoßen, um ihn für Brandstiftung oder ein anderes schweres Verbrechen zu strafen.

»Gebt uns euer Geld«, sagte er, »und wir schonen euer Leben.«

Wir?, durchfuhr es Michel. Er wusste, dass er nun schnell handeln musste. Unauffällig schaute er zum Befehlshaber der Söldner. Der Krieger hatte verstanden und nickte.

»Los!«, schrie Michel und gab Artos die Sporen. Yves und die anderen beiden Knechte trieben brüllend die Ochsen an, und die Söldner folgten den Wagen im Laufschritt. Doch so leicht ließen sich die Wegelagerer nicht überrumpeln. Plötzlich schwirrten Pfeile und Armbrustbolzen durch die Luft. Einer der Söldner wurde in die Brust getroffen und prallte seitlich gegen einen Wagen, ehe er zu Boden stürzte. Männer brachen aus dem Gestrüpp, Gestalten, die noch abgerissener und zerlumpter aussahen als der Kerl auf der Straße. Sie griffen von allen Seiten an, sodass der Tross abrupt zum Stehen kam. Yves langte nach seiner Axt, stand breitbeinig da und schwang die Waffe mit beiden Händen.

»Schützt die Wagen!«, brüllte der Hauptmann der Söldner.

Bevor Michel sein Schwert aus der Scheide riss, sah er noch, dass beinahe jeder der Räuber entstellt und verkrüppelt war. Einem fehlte eine Hand, dem nächsten ein Ohr, einem dritten ein Auge. Dann bestand seine Welt nur noch aus Geschrei, zuckenden Bewegungen und dem Klirren der Waffen.

Artos war kein Schlachtross; er geriet in dem Getümmel beinahe in Panik. Irgendwie gelang es Michel, ihn ruhig zu halten und gleichzeitig einer Pike auszuweichen, deren rostige Spitze von links auf ihn zuschoss. Der Kerl, der ihn angriff, trug eine Mönchskutte, und auf seiner Brust hüpfte ein hölzernes Kruzifix. Auf seiner Stirn prangte das Brandmal eines Galgens: ein verurteilter Verbrecher wie der Anführer der Bande.

Der Mönch versuchte, ihn aus dem Sattel zu stoßen. Mit einem entschlossenen Schwertstreich trennte Michel die Spitze der Pike ab, woraufhin sein Gegner den gesplitterten Schaft wie einen Knüppel führte und ihn mit wütenden Hieben eindeckte. Michel wollte ihn über den Haufen reiten, doch der Mann klammerte sich an seinem Bein fest, und er drohte aus dem Sattel zu rutschen.

»Ich stech dich ab, Geldsack!«, zischte der Mönch, der plötzlich ein Messer in der Hand hielt. Michel stieß mit dem Schwert zu. Die Klinge drang dem Vogelfreien zwischen Schlüsselbein und Adamsapfel in den Hals und glitt so leicht durch den ausgemergelten Körper wie eine heiße Nadel durch einen Klumpen Butter.

Michel riss das Schwert zurück, und eine Blutfontäne schoss aus der Wunde. Mit einem gurgelnden Laut brach der Mönch zusammen. Im gleichen Augenblick griff ihn ein weiterer Räuber an. Michel kreuzte mit ihm die Klingen und wehrte Streich um Streich ab, ehe sich der Mann auf einmal abwandte und in den Wald floh.

Auch die anderen Räuber ergriffen die Flucht, nachdem die Söldner und Knechte gut ein halbes Dutzend ihrer Gefährten niedergemacht hatten. Einer der Söldner legte mit der Armbrust an, das Gesicht eine Grimasse der Rachsucht, und schoss einem der Flüchtenden in den Rücken.

»Aufhören!«, rief Michel.

Von einem Moment auf den nächsten waren die Kampfgeräusche verstummt, und Stille lag über der Straße.

Jemand stöhnte.

Michels Atem ging keuchend, als er sich umblickte. Es dauerte einen Moment, bis sich seine Verwirrung legte und er die Lage erfasste. Im faulenden Laub, zwischen Wagen und Farnwedeln, lagen Tote und Sterbende – ausnahmslos Geächtete. Yves und seine anderen Reisegefährten schienen schlimmstenfalls Kratzer und Prellungen erlitten zu haben. Lediglich der

Söldner, der zu Beginn von einem Armbrustbolzen getroffen worden war, war schwerer verletzt. Er kauerte gegen ein Wagenrad gelehnt und nickte schwach, als ihn der Hauptmann ansprach.

Michel schwang sich aus dem Sattel und eilte zu den beiden Männern. »Wie geht es ihm?«

»Halb so wild«, sagte der Hauptmann. »Nichts, was ein guter Wundarzt nicht wieder hinbekommt.«

Michel kniete sich neben den Verwundeten. »Kann ich etwas tun?«

»Überlasst das mir, Herr.«

Der Hauptmann blickte seinem Untergebenen in die Augen. Als der Mann abermals nickte, umfasste der Söldnerführer mit grimmiger Miene den Schaft des Bolzens. Michel sah, dass das Kettenhemd und der Gambeson das Schlimmste verhindert hatten: Der Bolzen war kaum in die Brust des Söldners eingedrungen und hatte vermutlich weder Rippen noch innere Organe verletzt. Dafür hatte der Mann reichlich Blut verloren.

Ein Schrei gellte durch den Wald, als der Hauptmann den Bolzen aus der Wunde zog.

Michel half Yves, der wie er gänzlich unverletzt war, die Blessuren der anderen zu versorgen. Dabei dankte er dem Herrn, dass sie so glimpflich davongekommen waren. Obwohl ihnen die Vogelfreien knapp zwei zu eins überlegen gewesen waren, hatten sie den Angreifern dank ihrer guten Bewaffnung und ihrer Besonnenheit die Stirn bieten und die ausgehungerte und geschwächte Horde schließlich in die Flucht schlagen können. Es war jedoch auch eine gehörige Portion Glück dabei gewesen. Hätten die Bogenschützen der Gesetzlosen gleich den Hauptmann und zwei, drei weitere Söldner getötet, wären es jetzt gewiss Michel und seine Knechte, die in diesem nebelverhangenen Wald ihr Leben aushauchten.

»Ihr habt Euch wacker geschlagen, Herr«, sagte Yves, nachdem sie den verletzten Söldner auf einen Wagen gebettet hatten.

»Piken sind tödliche Waffen. Es war klug von Euch, die Spitze abzuhacken.«

Michel nickte nur. Er wollte nicht daran erinnert werden, was er gerade getan hatte, und vermied es, die Leiche des Mönchs anzuschauen.

»Wir sollten weiter, Herr«, drängte der Hauptmann mit Blick auf die kahlen Bäume.

»Schafft es dein Mann bis zur nächsten Ortschaft?«

»Begue ist ein zäher Bursche. Wenn die Wunde nicht brandig wird, wird er es überstehen.«

Michel stieg in den Sattel, und der Tross setzte sich zügig in Bewegung. Zwar hätte er die Toten gerne begraben, wie es Christenpflicht gewesen wäre, doch die Gefahr war zu groß, dass die Räuber mit Verstärkung zurückkamen. Besser, sie durchquerten diesen düsteren Forst so schnell wie möglich.

Nach zwei Wegstunden erreichten sie den Waldrand, und von da an verlief die Römerstraße durch lichtes Gelände oberhalb der Mosel. Die Gesetzlosen griffen nicht noch einmal an. Das Grauen jedoch steckte Michel für den Rest des Tages in den Gliedern. Immer wieder sah er das Gesicht des Mönchs vor sich, von Todesqual verzerrt, als er dem Mann das Schwert in den Leib stieß.

Yves, der ein empfindsames Wesen hatte, das so gar nicht zu seiner hünenhaften Statur passte, spürte Michels inneren Kampf und verwickelte ihn in ein belangloses Gespräch über die Frauen Triers, die, so Yves' Meinung, viel schöner waren als die Frauen von Metz, aber infolgedessen auch weniger sittsam. Das brachte Michel auf andere Gedanken, und als sie bei Einbruch der Dunkelheit eine Herberge erreichten, war er besserer Stimmung.

Das Gästehaus war beinahe voll belegt, und im Schankraum drängten sich Händler, Flößer, Köhler und Pilger an den klobigen Tischen. Unter den Gästen war auch ein fahrender Wundarzt, der sich für eine Handvoll Silberpfennige bereit erklärte, den Söldner zu behandeln. Michel überließ den Mann der Obhut des Medicus und stieg mit seinen Knechten hinauf ins

Dachgeschoss, wo sie die drei letzten freien Schlaflager in Besitz nahmen. Zwei Mägde brachten ihnen heißes Wasser, und Michel wusch sich den Staub der Reise ab.

»Wir gehen noch auf einen Becher Wein nach unten«, sagte Yves, als Michel sein Wams anzog.

»Wartet, ich komme mit.« Nachdem er sich das Haar gebürstet und seine Mütze aufgesetzt hatte, schloss er sich den Knechten an.

Zwei jüdische Fernhändler erlaubten ihnen, sich zu ihnen zu setzen. Yves begann sogleich, mit ihrem Kampf gegen die Vogelfreien zu prahlen. Die Juden lächelten höflich, obwohl beide nur ein paar Brocken Französisch verstanden und der ausufernden Schilderung des Knechts unmöglich folgen konnten.

Michel lauschte unterdessen den Gesprächen an den Nachbartischen. In den Herbergen und Schenken des Heiligen Römischen Reiches gab es seit zwei Wochen nur ein Thema, so auch hier. Die Männer redeten über Kaiser Heinrichs jähen und unerwarteten Tod. Barbarossas Erbe war Ende September überraschend in Messina gestorben, mit nicht einmal dreiunddreißig Sommern, vermutlich an den Spätfolgen des Sumpffiebers, das er sich Jahre früher zugezogen hatte. Nun hatte das Reich keinen Herrscher mehr, und es war abzusehen, dass sich die Reichsfürsten nicht so bald auf einen neuen König würden einigen können. Denn Heinrichs Sohn Friedrich war gerade einmal drei Jahre alt – kaum älter als ein Säugling und viel zu jung, um die Krone zu tragen. Und die norddeutschen Fürsten hatten bereits angekündigt, diesmal keinen Staufer zu unterstützen, sondern bei der Königswahl einen eigenen Kandidaten aufzustellen.

Das verhieß Schlimmes für das Reich, politische Unsicherheit, eine lange Krise. Von Lübeck bis Italien, von Böhmen bis Lothringen ahnten die Menschen, dass ihnen schwere Zeiten bevorstanden, und überall vernahm man das Gebet: *Bitte, Herr, lass es nicht zum Krieg kommen.*

Nachdem sie ausgetrunken hatten, drängte Michel seine Knechte, früh schlafen zu gehen, denn er wollte morgen zeitig weiterziehen. Er teilte sich eines der Betten mit Yves und einem zweiten Knecht; der Rest der Männer nächtigte auf den Strohsäcken in der Ecke.

Michel war so erschöpft, dass er wenig später einschlief. Kaum waren ihm die Augen zugefallen, hörte er wieder das Klirren der Waffen und die Schreie der Verwundeten.

Metz

Ausnahmsweise einmal behielt Yves recht mit seiner Wettervorhersage, und es gab weder Schnee noch Sturmwind, bis sie vier Tage später in Metz ankamen. An der Gildehalle entließ Michel die Söldner aus seinen Diensten, honorierte ihren beherzten Einsatz mit einem Handgeld und versprach, für den Medicus aufzukommen, falls der Verwundete weitere Hilfe benötigte. Anschließend brachten die Knechte und er die Waren zu seinem Haus am Place de Chambre und verstauten sie im Eingangsraum, da Michel sie in den kommenden Tagen auf dem hiesigen Markt feilbieten wollte. Am frühen Abend dann nahm er das ersehnte Bad, legte ein frisches Gewand an und zog sich in seine Schreibstube zurück, um die Buchführung zu erledigen.

Er hatte das Haus voriges Jahr einem alten Tuchhändler abgekauft, der seinen Lebensabend im Kloster verbringen wollte. Es war um einiges größer als seine erste Unterkunft in Metz, bestand gänzlich aus Stein und bot genug Platz für ihn, seine vier Knechte, seine beiden Mägde, die Saumtiere und die Handelsgüter, die er aus dem ganzen Reich anlieferte. Natürlich kostete ein derart zentral gelegenes Anwesen ein Vermögen. Er hatte es sich leisten können, nachdem er in den Jahren zuvor einige höchst lukrative Handelsreisen nach Niederlothringen, Flandern und ins Herzogtum Schwaben unternommen hatte.

Überhaupt gedieh sein Geschäft prächtig, seit es ihm endlich gelungen war, seine kaufmännischen Aktivitäten an den Rhein und ins Kernland des Reiches zu verlagern. Er war nun ein angesehenes Mitglied seiner Gilde und der städtischen Bürgerschaft von Metz.

Nach getaner Arbeit ließ er sich von einer Magd einen Becher Wein mit Minze bringen und setzte sich in seine Bibliothek. Sie war sein ganzer Stolz. Fünfzehn Bücher bewahrte er hier auf – Ausgaben der Bibel, Heiligengeschichten, alte Heldensagen, eines kostbarer als das andere. Die Schriften hatten ihn so manches Mal über die Einsamkeit hinweggetröstet, die er empfand, wenn er daran dachte, dass all seine Freunde und einstigen Weggefährten weit weg in Varennes lebten und er sie nur noch selten sah. Er öffnete einen mit herrlichen Miniaturen ausgestatteten Band und vertiefte sich in die Geschichte von Tristan und Isolde.

Er hatte kaum zwei Seiten gelesen, als Louis hereinkam. »Frau Aspremont ist da, Herr. Soll ich sie heraufbitten?«

»Natürlich.« Halb lächelnd, halb seufzend schlug Michel das Buch zu. Wenn Sybille erschien, bedeutete das stets das Ende eines geruhsamen Abends.

»Michel, ich muss mit dir schimpfen«, sagte Sybille Aspremont, als sie wenig später in die Bibliothek rauschte. »Schlimm genug, dass ich von meiner Magd hören muss, dass du zurück in der Stadt bist – und dann hast du nicht einmal den Anstand, mich zu besuchen. Derart herzlos auf meinen Gefühlen herumzutrampeln. Das bin ich nicht von dir gewohnt.«

Sie spielte die vorwurfsvolle Geliebte äußerst überzeugend. Wäre nicht das spöttische Blitzen in ihren grünen Augen gewesen, wäre er glatt darauf hereingefallen.

»Bitte entschuldige«, sagte er lächelnd. »Ich bin müde von der Reise. Gleich morgen hätte ich dich besucht.«

»Das will ich hoffen. Ich dachte schon, du hättest mich vergessen.«

»Kein Mann, der bei Verstand ist, kann dich vergessen, wenn er dich einmal gesehen hat.«

Sie küssten einander auf die Wangen.

»Schön, dass du wieder da bist«, sagte Sybille, und ihre Stimme klang nun herzlich und warm. »Du hast mir gefehlt.«

»Du mir auch.«

Wie immer sah sie betörend aus. Sie trug ein smaragdgrünes Kleid, es bildete einen scharfen Kontrast zu ihrem roten Haar, das ihr in wilden Locken auf die Schultern fiel. Sie war drei Jahre älter als er, fünfunddreißig, und obwohl sie drei Kinder zur Welt gebracht hatte, hatte sie die Figur einer Zweiundzwanzigjährigen. In der Stadt ging das Gerücht, ein jüdischer Kabbalist habe ihr zu ewiger Jugend verholfen – nur eine von vielen abenteuerlichen Geschichten, die sich die Messins über sie erzählten. Sybille gab sich keine Mühe, den Klatsch um ihre Person zu entkräften, im Gegenteil: Wenn ihr danach war, heizte sie das Gerede absichtlich an.

»Wie war die Reise?«, fragte sie, als sie sich in der Stube ans Feuer setzten. Sie nahm seinen Weinkelch und trank einen tiefen Schluck.

»Das Übliche. Löchrige Straßen, launisches Wetter, gierige Zöllner. Nicht der Rede wert.« Den Überfall verschwieg er ihr. Sybilles exaltierte Art täuschte darüber hinweg, dass sie ein empfindsames Wesen hatte. Sie hätte sich nur unnötig um ihn gesorgt.

»Erzähl mir von Lübeck. Ich hörte, es soll eine bemerkenswerte Stadt sein.«

»Es ist mächtig und reich, dabei ist es noch keine vierzig Jahre alt. Aber die Lübecker sind eben ein geschäftstüchtiges und fleißiges Völkchen. Ich hoffe nur, sie können sich gegen die Dänen behaupten.« Michel erzählte ihr von seinen Erlebnissen auf den dortigen Märkten, bis ihm etwas einfiel. »Fast hätte ich es vergessen. Ich habe dir etwas mitgebracht.«

»Ein Geschenk? Du weißt doch, dass du das nicht tun musst.«

»Ich mag es eben, dir eine Freude zu machen.«

Sie gingen nach nebenan in sein Schlafgemach, wo er eine Truhe öffnete. Er holte einen Gürtel heraus, ein prachtvolles Stück aus Flechtwerk, in das Bernsteinsplitter eingearbeitet waren. »Vom angesehensten Gürtelmacher Lübecks. Gefällt er dir?«

Sybilles Augen glitzerten wie zwei neugeborene Sterne. Sie liebte schöne Dinge. Ihr Haus am Seille-Ufer war voll davon. »Er ist wundervoll, Michel. Na los! Zieh ihn mir an.«

Er legte ihr den Gürtel um die Taille und schloss die Silberschnalle. Sie hob die Arme und drehte sich langsam, wie eine Tänzerin am Hof des Sultans.

»Wie sehe ich aus?«

»Einfach wunderbar. Eine Maßanfertigung könnte dir nicht besser passen.«

»Hab Dank, Michel. Ich werde ihn jeden Tag tragen.« Sie legte ihm die Hände auf die Wangen und gab ihm einen langen Kuss. »Und jetzt«, sagte sie leise, »wird es höchste Zeit, dass du ihn mir wieder ausziehst.«

Es war dieser Blick, dem er noch nie hatte widerstehen können. Er schloss die Tür und drehte den Schlüssel, und kurz darauf glitt nicht nur der Gürtel zu Boden, auch ihr Kleid und das Untergewand sanken raschelnd auf die Dielen.

Es war eine windige Nacht. Herbstböen heulten um das Haus und rüttelten an den Fensterverschlüssen, und man horte kaum, wie in der Ferne die Klosterglocken läuteten.

Sybille lag auf dem Bauch und hatte die Augen geschlossen, während er ihr mit den Fingerkuppen über den Rücken strich. An ihren Armen stellten sich die Härchen auf, und die üppigen Locken kräuselten sich über ihre Wangen, den Nacken, die Schultern.

»Weißt du, wer vorigen Monat um meine Hand angehalten hat?«, fragte sie schläfrig. »Theoger von Saarburg.«

»Tatsächlich? Was hast du getan?«

»Ihn abgewiesen natürlich. Was denkst du denn?«

»Er ist immerhin ein angesehenes Mitglied der Gewürzhändlergilde. Er wäre eine gute Partie.«

»Er ist ein raffgieriges Scheusal. Und alt. Und ich muss würgen, wenn ich seinen Atem rieche.«

Michels Hand wanderte hinab zu ihren Pobacken unter der Wolldecke und wieder hinauf zu den Schulterblättern. »Wie hat er es aufgefasst?«

»Er hat mich für meinen Hochmut beschimpft. ›Das wirst du noch bereuen, du sündiges Luder!‹, hat er gekrächzt. Als er ging, hat er gedroht, sich bei meinem Bruder zu beschweren. Zum Abschied habe ich ihm ein Fläschchen Rosenöl in die Hand gedrückt.«

Er lachte leise. »Das war grausam, Sybille.«

»Solche Kerle verdienen es nicht besser.«

Theoger von Saarburg war gewiss der sechste oder siebte Mann, der bei Sybille sein Glück versuchte. Es war nicht nur ihre Schönheit, die sie so begehrenswert machte: Ihre Familie, die Aspremonts, gehörte zu den mächtigsten der Stadt, und eine Ehe mit ihr verhieß Reichtum und Einfluss in den Gilden, dem Domkapitel und dem Rat der Dreizehn. Doch Sybille dachte gar nicht daran, noch einmal zu heiraten. Seit ihr Gemahl, ein Salzhändler und Ratsherr, vor fünf Jahren bei einer Fehde gefallen war, genoss sie ihre Freiheit in vollen Zügen, ermöglicht durch das großzügige Wittum, das sie bei seinem Tod erhalten hatte. Michel und sie trafen sich seit gut anderthalb Jahren, seit sie sich bei einem Festbankett der Aspremonts kennengelernt hatten. Er würde nicht so weit gehen, ihr Verhältnis Liebe zu nennen. Wenngleich sie gelegentlich das Bett miteinander teilten, war es mehr eine gute Freundschaft. Wenn sie zusammen waren, lachten sie viel und vertrauten einander ihre Sorgen an. Er mochte sie sehr – und vielleicht war er sogar ein wenig in sie verliebt.

Sie legte den Kopf auf ihren Arm und schaute ihn an. »Hast du Rémy besucht, während du in Deutschland warst?«

»Wir sind über Trier gefahren. Es wäre ein zu großer Umweg gewesen. Ich besuche ihn nächste Woche, falls das Wetter hält.«

»Bring ihn mit. Ich möchte den Jungen endlich kennenlernen.«

Michel hatte schon oft darüber nachgedacht, seinen Sohn für eine Woche oder zwei zu sich zu holen. Isabelle wäre vermutlich sogar damit einverstanden gewesen, doch Michel wollte dem Jungen keine lange und gefahrvolle Reise zumuten; immerhin war er erst sieben. Davon abgesehen wusste man in seiner Gilde, dass er nie verheiratet gewesen war. Wohnte plötzlich ein Kind bei ihm, gäbe es gewiss Gerede. Auch das wollte er Rémy ersparen. »Vielleicht, wenn er älter ist. So lange bleibt er besser bei seiner Mutter.«

»Du hast mir nie verraten, wie Isabelle aussieht«, sagte Sybille. »Was für eine Frau sie ist.«

»Wieso möchtest du das wissen?«, fragte er lächelnd. Sybille war schrecklich neugierig, was seine Vergangenheit anging, besonders, was Isabelle betraf.

»Weil du nie, nie, nie über sie sprichst.« Bei jedem *Nie* tippte sie mit dem Finger gegen seine Brust. »Wieso machst du ein solches Geheimnis aus ihr? Ich dachte, was zwischen euch war, ist lange vorbei.«

»Das ist es auch. Und die Vergangenheit sollte man ruhen lassen.« Er musste gähnen. »Wir sollten jetzt schlafen. Es ist schon spät.«

»Schlafen? O nein, mein Bester.« Sie küsste seine Wange, sein Ohr, seine Halsbeuge. »Dafür bin ich nicht hergekommen ...«

Sybille blieb bis zum frühen Morgen und machte sich auf den Heimweg, bevor sich der Place de Chambre mit Menschen füllte, damit sie nicht von der halben Stadt beim Verlassen seines Hauses gesehen wurde. Zwar duldete die Kirche Liebschaften zwischen unverheirateten Bürgern gleichen Standes, doch die Nachsicht des Bischofs stieß an ihre Grenzen, wenn die Beteiligten die nötige Diskretion vermissen ließen. Michel bestand darauf, dass Yves und Louis sie begleiteten, damit sie in den halbdunklen Gassen nicht belästigt wurde.

Obwohl er nur wenige Stunden geschlafen hatte, fühlte er sich ausgeruht und voller Tatendrang. Sein *senno* sagte ihm, dass heute ein guter Tag wäre, das Bier aus Lübeck auf dem Place de Vésigneul anzubieten. Als Yves und Louis zurückkamen, luden sie die Fässer auf den Wagen und brachten sie zur Markthalle, wo die Kunden bald Schlange standen. Wieder einmal hatte ihn sein Gespür nicht getäuscht. Schankwirte und die Küchenmeister der großen Familien rissen ihm das Bier nur so aus den Händen, und am späten Nachmittag war das letzte Fass verkauft.

Tags darauf bekam Michel unerwarteten Besuch.

»Pierre!«, sagte er erfreut, als Melville am frühen Abend in seine Schreibstube trat. »Was führt Euch nach Metz?«

»Die Geschäfte, was sonst? Ich verhandle gerade mit zwei Pferdezüchtern und versuche, mich nicht übers Ohr hauen zu lassen.«

»Das wird Euch kaum gelingen. Pferdezüchter sind allesamt Gauner.« Lachend umarmten sie einander. »Bitte, setzt Euch«, forderte Michel seinen Besucher auf. »Wein?«

»Gern.«

Nachdem Louis zwei Krüge gebracht hatte, musterte Michel seinen alten Freund, den er eine ganze Weile nicht gesehen hatte. Melville musste inzwischen fünfundvierzig sein, doch die Jahre minderten sein gutes Aussehen nicht im Geringsten: Das graue Haar an den Schläfen und der von silbernen Strähnen durchsetzte Spitzbart ließen ihn wie einen verwegenen spanischen Edelmann erscheinen.

»Erzählt mir von der Heimat«, sagte Michel. »Ist die Stadtmauer endlich fertig?«

»Seit zwei Monaten. Aber das ist auch schon die einzige gute Nachricht. Varennes geht es schlecht. Die Marktabgaben fressen uns allmählich auf. Immer mehr Leute landen am Bettelstab, weil sie die hohen Steuern nicht bezahlen können.«

Michel wusste, wie schlimm es um seine einstige Heimatstadt stand – er versuchte, stets über alle Ereignisse in Varennes auf dem Laufenden zu bleiben. Aristide de Guillory hörte nicht auf, das Stadtvolk auszupressen, obwohl seine Burg längst fertig war. Seine Gier nach Silber kannte keine Grenzen, und er fand immer neue Gründe, die Bürger zur Kasse zu bitten. Man sagte, schuld daran sei hauptsächlich seine anspruchsvolle Gemahlin Yolande, die von de Guillory ständig neue Kleider, Schmuckstücke, Reitpferde und rauschende Feste fordere.

»Wieso unternimmt das Schöffenkollegium nichts dagegen? Oder die Gilde?«

»Ihr kennt doch de Brette. Er hat von Anfang an vor de Guillory gebuckelt. Aber damit ist jetzt Schluss. Seit Allerheiligen hat die Gilde einen neuen Meister.«

»Wer ist es?«

»Ich«, sagte Melville lächelnd.

»Das sind großartige Neuigkeiten!« Michel umarmte seinen Freund noch einmal. »Meinen Glückwunsch. Wie kam es dazu? Habt Ihr de Brette herausgefordert?«

»Er ist überraschend gestorben. Ein Reitunfall. Er hat sich am Bein verletzt, die Wunde wurde brandig, vier Tage später war er tot.«

Unwillkürlich bekreuzigte sich Michel. Trotz aller Feindschaft war der Mann einst sein Schwurbruder gewesen, und er wollte nicht im Zorn an ihn denken, nun, da er nicht mehr unter den Lebenden weilte.

»Vorige Woche haben wir gewählt«, fuhr Melville fort. »Ich habe gleich im ersten Durchgang gewonnen. Aimery Nemours ist auch angetreten, aber er bekam nur drei Stimmen – seine eigene und die von Baffour und d'Alsace.«

»Aimery? Nicht Jacques?«, fragte Michel verwundert. Jacques war immer der Wortführer der Gebrüder Nemours gewesen, während sich der charakterschwache Aimery stets im Hintergrund hielt.

»Jacques ist auch tot. Im Juli traf ihn der Schlag, Gott hab ihn selig.« Melville verschränkte die Hände und legte sie auf den Tisch. »Jedenfalls gibt es nun niemanden mehr, der Euch die Mitgliedschaft in der Gilde verwehrt. Ich kann Euch noch heute aufnehmen, wenn Ihr wollt. Kommt nach Hause, Michel«, sagte er. »Wir brauchen Euch.«

Als Michel schwieg, lächelte Melville verwirrt. »Wieso zögert Ihr? Ist es wegen de Guillory?«

»Wenn ich mich in Varennes niederlasse, wird er mich wieder behindern, wo er nur kann. Wie soll ich unter diesen Umständen mein Geschäft betreiben?«

»Die Gilde wird Euch vor ihm schützen.«

»Damals hat sie Jean und mich im Stich gelassen.«

»Weil Géroux Euch vernichten wollte. Aber Géroux ist tot, und seine stärksten Anhänger sind es auch. Die Gilde hat sich verändert – dass sie mich zum Meister gewählt hat, beweist das doch. Aimery Nemours ist der letzte Ministeriale unter den Schwurbrüdern. Die rückwärtsgewandten Kräfte sind in der Minderheit. In den letzten zwei Jahren haben wir neue Mitglieder bekommen. Junge Männer, die sich nach einer besseren Zukunft sehnen – die klug und aufgeschlossen sind. Diese Gilde wird nicht zulassen, dass de Guillory Euch schadet. Überlegt doch, was wir gemeinsam erreichen könnten«, fügte Melville hinzu.

Michel lehnte sich zurück. Tatsächlich wartete er seit langer Zeit auf eine Gelegenheit wie diese. Er hatte sich in Metz nie wirklich heimisch gefühlt, und er vermisste Varennes, vermisste es schmerzlich. Sein Traum hatte ihn all die Jahre nicht losgelassen. Es war seine Bestimmung, seine Heimatstadt in eine bessere Zukunft zu führen. Das wusste er seit jenem Spätsommer im Jahre siebenundachtzig, als seine Freunde und er beschlossen hatten, Bischof Ulman herauszufordern. *Zum Teufel mit den Bedenken. Ich gehöre nach Varennes.*

»Ihr habt mich überzeugt, Pierre«, sagte er. »Ich komme zurück. Gebt mir nur noch etwas Zeit, damit ich hier meine Geschäfte abschließen und meine Angelegenheiten regeln kann.«

Melville strahlte über das ganze Gesicht. »Ich kann Euch nicht sagen, wie sehr mich das freut. Charles und Isoré werden ganz aus dem Häuschen sein, wenn sie das erfahren.«

Sein alter Freund blieb zum Essen. Bis Mitternacht saßen sie zusammen, schwelgten in Erinnerungen und schmiedeten Pläne für die Zukunft. Als Melville schließlich ging, war Michel so aufgekratzt, dass er unmöglich würde schlafen können. Er stieg hinauf auf den Dachboden, trat an die Öffnung mit dem Lastkran und blickte über die Dächer nach Süden, dahin, wo Varennes lag.

Kalter Novemberwind wehte über das dunkle Land und die Zinnen der Wehrmauer, zerrte an seinem Gewand, pflügte durch sein Haar. Vier Jahre war er fort gewesen. Vier Jahre, die ihm wie ein halbes Leben erschienen waren.

Endlich kehrte er heim.

Über dem Moseltal, inmitten der Wolken, glühte eine Sternschnuppe auf und zog eine gleißende Spur über das Himmelszelt.

Vogtei Altrip

»Da sind wir schon.« Michel klopfte Artos sanft auf den Hals. »Gut gemacht, alter Freund. Für heute hast du es geschafft.«

Er stieg aus dem Sattel und band das Pferd an einen niedrigen Ast, damit es das Gras fressen konnte, das unter den Birken wuchs. Wegen des günstigen Wetters war er schneller vorangekommen als erwartet und zu früh bei der Quelle; Isabelle und

Rémy würden erst in einigen Stunden auftauchen. Er vertrieb sich die Wartezeit, indem er Artos Sattel und Zaumzeug abnahm, ihn gründlich abrieb und striegelte. Anschließend setzte er sich in den Verschlag oberhalb der Quelle und aß von seiner Wegzehrung. Es war keine richtige Hütte, nur ein schräges Holzdach auf vier Stützen. Isabelle hatte es vor zwei Jahren gebaut, damit sie sich auch bei Regen hier draußen treffen konnten. Sie hatte nie erzählt, ob ihr Gemahl von dem Unterstand wusste, und Michel hatte nie gefragt.

Vermutlich weiß er es. Immerhin liegt das Birkenwäldchen an der Grenze seines Landes. Blieb die Frage, was Thomasîn sich bei dem Häuschen dachte. Hatte er von Isabelle eine Erklärung dafür verlangt? *Seine Sache.* Michel packte das restliche Brot und den Käse wieder ein.

Wenig später kamen Isabelle und Rémy über die Wiesen. Als der Junge ihn erblickte, ließ er die Hand seiner Mutter los und stürmte ihm entgegen. »Onkel Michel!«, schrie er.

Lachend nahm Michel ihn auf den Arm. »Heiliger Jacques, wie groß du schon wieder geworden bist. Zeig mal, was hast du denn da?«

»Ein Schwert«, verkündete Rémy stolz und wedelte mit der Holzwaffe. »Damit kann ich Sarazenen erschlagen.«

»Erschlage lieber Drachen und Lindwürmer, damit erweist du der Christenheit einen größeren Dienst.«

»Darf ich wieder auf Artos reiten? Bitte, Onkel Michel! Bitte sag ja!«

»Natürlich darfst du. Aber jetzt lass mich erst einmal deine Mutter begrüßen.« Michel setzte Rémy auf seine Schultern. Der Junge hielt sich an seinem Kopf fest und tat so, als wäre er ein Ritter und Michel sein Streitross.

Isabelle hob ihren Kittel, als sie über den Bach stieg. Sie umarmten einander, Michel ließ Rémy herunter, und sie setzten sich auf die Bank.

»Wie lange kannst du bleiben?«, fragte Isabelle.

»Drei, vier Tage, wenn ihr es einrichten könnt.«

»Schön. Das wird Rémy freuen.«

»Ich habe gehört, im Dorf soll es eine neue Herberge geben.«

»Sie ist nicht in Altrip, sondern eine halbe Wegstunde weiter nördlich. Wenn du dem Fluss folgst, kannst du sie nicht verfehlen.«

Michel beschloss, später dort sein Glück zu versuchen. Bisher hatte er immer in Muthach übernachtet, aber das bedeutete jedes Mal einen Ritt von insgesamt drei Stunden hin und zurück. Wertvolle Zeit, die er nicht mit Rémy verbringen konnte.

Während sie plauderten, tobte ihr Sohn über die Wiese und focht gegen imaginäre Ungeheuer und Feinde.

»Er entwickelt sich prächtig.«

»Ja.« Isabelle lächelte. »Lesen und schreiben kann er auch immer besser.«

Vor etwa zwei Jahren hatte sie begonnen, ihn zu unterweisen. Zu Michels Freude besaß er eine natürliche Begabung für diese Künste und lernte mit Begeisterung.

»Wir sollten ihm bald die Wahrheit sagen. Er ist allmählich alt genug.« Es war sein sehnlichster Wunsch, dass Rémy endlich erfuhr, wer wirklich sein Vater war. Er hatte genug von »Onkel Michel« und der ganzen Heimlichtuerei.

»Er ist erst sieben«, sagte Isabelle.

»Fast acht.«

»Ich weiß nicht, Michel. Lass uns lieber noch warten.«

»Du unterschätzt ihn. Er ist klüger als andere Kinder seines Alters.«

»Trotzdem. Es würde ihn nur verwirren. Es ist doch früh genug, wenn wir es ihm in zwei oder drei Jahren sagen.«

»Ich soll warten, bis er elf ist?«, erwiderte Michel. »Er ist mein Sohn, und ich möchte, dass er mich als seinen Vater ansieht. Ich verstehe nicht, was daran falsch sein soll.«

»Was hat er davon, wenn er es weiß? Du kannst trotzdem nicht für ihn da sein.«

»Natürlich kann ich das.«

»An zehn, fünfzehn Tagen im Jahr. Die übrige Zeit bist du weit weg.«

»Andere Kaufmannssöhne sehen ihre Väter auch nicht viel öfter. Ich habe meinen manchmal Monate nicht gesehen, bevor ich alt genug war, ihn zu begleiten.«

»Das ist etwas anderes, und du weißt es.«

»Isabelle«, begann er verärgert, doch sie ließ ihn nicht zu Wort kommen.

»Versetz dich doch einmal in seine Lage. All die Jahre hat er geglaubt, Thomasîn sei sein Vater. Dann kommen wir und sagen ihm, in Wirklichkeit ist alles ganz anders. Und wenn wir davon anfangen, müssen wir ihm auch erklären, warum wir nicht verheiratet sind und was vor seiner Geburt in Varennes geschehen ist. Das ist ganz schön viel, selbst für einen älteren Jungen. Ein Achtjähriger kommt damit nicht zurecht. Ich verstehe ja, dass du es ihm endlich sagen willst«, fügte sie sanfter hinzu. »Aber was gut für dich ist, ist nicht zwangsläufig gut für Rémy.«

Michel schwieg. Plötzlich kam er sich selbstsüchtig und engherzig vor. »Der Junge ist mein Leben. Ich würde niemals etwas tun, was ihm schaden könnte.«

»Das weiß ich doch.«

»Also gut«, sagte er widerwillig. »Wir warten noch eine Weile. In zwei, drei Jahren sehen wir weiter.«

Isabelle lächelte. »So ist es besser, glaub mir.«

Rémy lief zu ihnen. »Onkel Michel! Sieh mal, was ich gefunden habe. Was ist das?«

Michel untersuchte den rostigen Gegenstand. »Eine alte Pfeilspitze.«

»Von den Römern?«

»Wer weiß? Willst du jetzt auf Artos reiten?«

»Ja!«, jubelte der Junge.

Michel band sein Pferd los, setzte Rémy in den Sattel und führte Artos am Zügel im Kreis. Er hatte keine Angst, dass

Rémy abgeworfen werden könnte. Der Zelter besaß ein sanftes Gemüt und hatte Geduld mit Kindern.

Isabelle trat zu ihnen. Ein kühler Wind war aufgekommen, und sie rieb sich die Arme. »Triffst du dich noch mit Sybille Aspremont?«

»Gelegentlich«, antwortete er knapp.

»Hast du schon um ihre Hand angehalten?«

Er lächelte. »Fängst du schon wieder damit an?«

»Du kennst meine Meinung. Du solltest heiraten. Du brauchst endlich eine eigene Familie.«

»Sybille ist dafür kaum die richtige Frau. Sie würde mich auslachen, wenn ich ihr damit käme.«

»Das weißt du doch erst, wenn du es versucht hast.«

»Sie hat drei Kinder in die Welt gesetzt und vom Eheleben ein für alle Mal genug – glaub mir, ich kenne sie. Davon abgesehen bleibe ich nicht in Metz. Im Frühjahr gehe ich zurück nach Varennes.«

»Wieso?«

»Pierre war neulich da. Er ist jetzt Gildemeister und hat versprochen, mich aufzunehmen. Diese Gelegenheit muss ich nutzen.«

»Glaubst du, das ist klug, nach allem, was passiert ist?«

»Frag mich nicht«, sagte er lachend. »Vielleicht ist es töricht. Aber ich kann nicht anders. Ich gehöre nun einmal nach Varennes. Wollen wir einen kleinen Ritt über die Wiesen machen?«, fragte er Rémy.

Der Junge nickte eifrig. Michel schwang sich hinter ihm in den Sattel, hielt ihn mit einer Hand fest und ergriff mit der anderen die Zügel.

»Aber nicht so wild, ja?«, sagte Isabelle.

»Was meinst du, Rémy?«

»Artos soll galoppieren!«, rief der Junge.

»Da hörst du es«, sagte Michel und schlug dem Zelter die Stiefelabsätze in die Flanken.

Es war ein unbeschwerter Nachmittag, der wie immer viel zu schnell zu Ende ging. Als es dunkel wurde, wollte Isabelle ihren Sohn nach Hause bringen.

»Bis morgen.« Sie umarmte ihn zum Abschied, nahm Rémys Hand und ging.

Michel blickte ihnen nach, bis sie zwischen den Büschen verschwanden. Er konnte nicht leugnen, dass Isabelles Schönheit ihm auch nach all den Jahren immer noch einen Stich versetzte.

Hör auf. Du weißt, wo das hinführt.

Er stieg in den Sattel und ritt am Rhein entlang in Richtung Norden.

Rémy plapperte den ganzen Heimweg von seinem Ritt auf Artos, der Pfeilspitze und den anderen Abenteuern, die er heute erlebt hatte. Die gemeinsamen Stunden mit Michel genoss er stets in vollen Zügen. Sie waren eine willkommene Abwechslung von dem Leben auf dem Hof, das mitunter recht eintönig und einsam war. Natürlich wusste Thomasîn, was sie hier draußen an der Quelle taten. Er ließ sie gewähren, so wie Isabelle ihn gewähren ließ, und stellte niemals Fragen. Das war ihre Übereinkunft, seit Jahren schon.

»Kommt Onkel Michel morgen wieder?«, fragte Rémy, als sie an den Fischteichen vorbeigingen.

»Ja. Und übermorgen auch.«

»Glaubst du, er lässt mich sein Schwert ziehen?«

»Dafür bist du noch zu jung, mein Schatz. Du hast doch dein eigenes Schwert.«

»Aber es ist nur aus Holz«, murrte der Junge. »Ich will ein echtes.«

Obwohl er den ganzen Nachmittag herumgetobt hatte, war er kein bisschen müde. Isabelle ließ ihn vorauslaufen, damit sie in Ruhe ihren Gedanken nachhängen konnte. Sybille Aspremont… Zu gerne hätte sie mehr über diese geheimnisvolle Dame erfahren, doch Michel sprach nur von ihr, wenn es sich nicht vermeiden ließ. Sie schien eine schöne, lebensfrohe Frau aus wohlhabenden Verhältnissen zu sein, und Isabelle gönnte es Michel von Herzen, dass er endlich jemanden gefunden hatte, der ihn daran erinnerte, dass das Leben nicht nur aus Handelsreisen und Pflichten in der Gilde bestand.

Das tat sie doch, oder?

Gewiss. Sie spürte, dass er einsam war, wenngleich er das niemals zugeben würde. Er lebte nur noch für seine Arbeit und hatte kaum Freunde in Metz. Sybille tat ihm gut. Und doch – als er gesagt hatte, dass er sie nicht heiraten werde, war ein kleiner Teil von ihr tief in ihrem Innern erleichtert gewesen, geradezu glücklich.

Ich sollte mich was schämen. Wenn jemand eine Frau und eine Familie verdient hat, dann er.

Isabelle presste die Lippen zusammen und stieg den Pfad zum Gehöft hinauf. Den Rest des Abends verbrachte sie im Stall, denn nichts lenkte sie besser von törichten, unnützen Gedanken ab als die Arbeit mit den Tieren.

Metz

Der Winter kam früh in diesem Jahr. Als Michel kurz nach dem ersten Advent in Metz eintraf, lag bereits Schnee im Moseltal, und die Seille war teilweise zugefroren, zum Ärger der Flößer und Salzschiffer, die gedacht hatten, sie noch bis Weihnachten befahren zu können.

Am Morgen nach seiner Ankunft holte er Sybille ab, und sie machten einen Spaziergang am Flussufer. Kinder tollten im Schnee herum, und die Trauerweiden ächzten unter der weißen Last.

»Du bist heute so still«, sagte Sybille, die einen Mantel aus Hermelinpelz trug und sich bei ihm untergehakt hatte. »Bedrückt dich etwas?«

»Ich verlasse Metz«, antwortete Michel. Warum es ihr noch länger verschweigen?

»Wann?«

»Im Frühjahr, nach der Schneeschmelze. Ich gehe wieder nach Varennes.«

Sie blickte ihn von der Seite an. »Es ist eine andere Frau, nicht wahr? Du möchtest heiraten.«

»Keine Frau.« Er lächelte. »Es gibt nur dich. Du hast mein Wort.«

»Kann ich dich umstimmen?«

»Ich habe mich bereits entschieden. Varennes ist meine Heimat. Es wird Zeit, dass ich zurückkehre. Ich bin viel zu lange fort gewesen.«

Nun war es Sybille, die schwieg. »Du wirst mir fehlen, Michel«, sagte sie schließlich. »Ich habe dich nämlich sehr gern, weißt du?«

»Ich bin ja nicht aus der Welt. Gewiss bin ich drei- oder viermal im Jahr in Metz. Wir können uns jedes Mal sehen.«

»Und den Rest des Jahres darf ich auf dich warten? O nein. Das ist ein schlechtes Geschäft. Da mache ich nicht mit. Die alleingelassene Geliebte, die sich nach ihrem Prinzen verzehrt – das ist ein Leben, das mir ganz und gar nicht steht. Genauso gut könnte ich in ein Kloster eintreten.«

»Dann komm mit. Zieh mit mir nach Varennes.«

»In dieses Provinznest? Sei nicht albern.«

»Ich weiß, Varennes ist nicht Metz. Aber es hat auch seine guten Seiten. Es ist beschaulich, ruhig …«

»Und meine Familie? Meine Kinder? Der skandalöse Ruf, den ich mir in jahrelanger Schwerstarbeit aufgebaut habe? Nein, Michel. Ich müsste all das aufgeben, und das kann ich nicht.«

Er hatte gewusst, dass sie das sagen würde. Sie liebte Metz, so wie er Varennes liebte. Sie würde niemals fortgehen. »Also sagen wir einander Lebwohl?«

»Einen anderen Weg gibt es nicht, oder?«

Schweigend schlenderten sie unter der Pont Saint-Georges hindurch, auf der wie jeden Morgen ein reger Verkehr aus Ochsenwagen, Fußgängern und Lastenträgern herrschte.

»Jetzt mach nicht so ein Gesicht.« Sybille knuffte ihn in die Seite. »Wir haben doch immer gewusst, dass es eines Tages so kommen wird, nicht wahr?«

»Ich schätze, das haben wir«, meinte Michel.

»Nichts hält ewig, höchstens das Himmelreich. Und bis zum Frühjahr ist noch viel Zeit. Zeit, die uns gehört.«

Er musste lächeln. Das war seine Sybille. Sie ließ sich von nichts und niemandem die Freude am Dasein verderben, schon gar nicht von einem Mann.

»Ab jetzt ist jeder Tag kostbar«, hauchte sie ihm ins Ohr. »Wir dürfen keinen vergeuden. Bring mich nach Hause, Michel. Wenn mich nicht alles täuscht, gibt es dort Wein, ein schönes Kaminfeuer und ein weiches Bett.«

Wie sich herausstellte, gab es dort wirklich ein Bett, und es war in der Tat so weich, dass sie es bis zum nächsten Morgen nicht mehr verließen.

März 1198

Mühlhausen

Während Michel in Metz seine Heimkehr nach Varennes vorbereitete, ereignete sich am 8. März anno Domini 1198 etwas, das die Geschicke des Heiligen Römischen Reiches für viele Jahre bestimmen sollte.

Die Reichsfürsten hatten bis zu jenem Tag noch immer keinen Nachfolger für den so plötzlich verstorbenen Kaiser Heinrich VI. gefunden. Weil Heinrichs Sohn Friedrich noch ein kleines Kind und nicht in der Lage war, das Reich zu führen, verzichtete seine Mutter in seinem Namen auf die Königswürde. Das *Sacrum Imperium* war weiterhin kopf- und führerlos. Um diesem gefährlichen Zustand der Instabilität ein Ende zu setzen, reisten die Fürsten mit ihren Rittern und Gefolgsleuten im Frühjahr nach Mühlhausen. In der jungen Stadt in der Landgrafschaft Thüringen wollten sie endlich einen neuen König küren.

Die Wahl stand unter keinem guten Stern. Während die süddeutschen Fürsten und sächsischen Edelleute den Staufer Philipp von Schwaben auf dem Thron sehen wollten, bevorzugten die norddeutschen Herren den Welfen Otto von Braunschweig, der überdies die Unterstützung des englischen Königs genoss, seines Onkels Richard Löwenherz. Ein erbitterter Streit brach aus, in den alte Rivalitäten, ungeklärte Machtansprüche und gekränkte Ehre hineinspielten. Schließlich setzten sich die stauferfreundlichen Fürsten durch und ernannten den jungen Schwabenherzog Philipp zum römisch-deutschen König.

Erbost reisten Philipps Gegner ab und kündigten Widerstand gegen dessen Herrschaft an. Man werde Philipp nicht anerkennen, sagten sie, und mit Otto von Braunschweig einen eigenen König wählen. Kaum hatten sie Mühlhausen den Rücken gekehrt, begannen sie, ein Bündnis gegen die Staufer zu schmieden.

Statt dem Reich Stabilität und Rechtssicherheit zurückzugeben, hatte die Königswahl die Stimmung im Lande aufgeheizt und die politische Lage verschärft. Als Herolde, Pilger und fahrende Kaufleute die Kunde von den Ereignissen in Thüringen in jeden Winkel des Reiches trugen, breitete sich Furcht aus. Bald begriff selbst der unwissendste Leibeigene: Wenn kein Wunder geschah, würde es noch in diesem Jahr Krieg geben.

März und April 1198

Varennes-Saint-Jacques

Drei Tage nach Palmsonntag verließ Michel zum letzten Mal sein Haus am Place de Chambre und zog nach Varennes-Saint-Jacques.

Die meisten seiner Hausbedienten blieben in Metz, wo ihre Familien lebten. Lediglich Louis und Yves, die begierig waren, nach all den Jahren endlich in ihre Geburtsstadt zurückzukehren, begleiteten ihn. Yves steuerte das Salzschiff, das den größten Teil von Michels Besitztümern geladen hatte; Louis führte die beiden Ochsen, die den Kahn gegen die Strömung zogen. Michel saß auf dem Wagen, vor den er seine Saumpferde gespannt hatte – auf der Ladefläche türmte sich der Rest seiner Habe. Artos hatte er hinten angebunden, und der Zelter trottete den ganzen Weg gemächlich hinter dem Fuhrwerk her.

In Varennes bezog er Catherine Partenays altes Haus an der Rue de l'Épicier zwischen Dom und Unterstadt. Nach Catherines Tod war das Anwesen an ihre Pfarrei gefallen, die es ein knappes Jahr später an ein Mitglied des Domkapitels verkauft hatte. Da der Geistliche inzwischen einen befestigten Herrensitz außerhalb Varennes' erworben hatte, wo er sich das ganze Jahr über aufhielt, hatte er keine Verwendung mehr für das Stadthaus. Michel war mit ihm ins Geschäft gekommen und hatte das Gebäude schließlich für einhundertsechzig Pfund Silber übernommen.

Am Abend seiner Ankunft machte er einen langen Spaziergang durch die Stadt, besuchte den Domplatz, die Grande Rue, sogar den Fischmarkt in der Unterstadt. Wie sehr ihm all die vertrauten Ecken und Winkel gefehlt hatten! Gleichwohl ließ sich nicht leugnen, dass sich Varennes in den letzten Jahren verändert hatte, und nicht zu seinem Vorteil. Abgesehen von der neuen Wehrmauer, die die Stadt nun lückenlos schützte, gab es wenig, was das Auge erfreute. Die Zahl der Bettler, die vor den Abteien und Kirchenportalen herumsaßen, hatte deutlich zugenommen. Viele Handwerksstuben, die Michel von früher kannte, hatten geschlossen. In jeder Straße standen Häuser und Hütten leer und verfielen. In wenigen Jahren war es de Guillory gelungen, Varennes das Leben auszusaugen.

Bevor es dunkel wurde, ging Michel zum Friedhof von Saint-Pierre. Trotz ihres Alters blühten die drei Birken, und er schritt unter ihren ausladenden Ästen zu den Gräbern seines Vaters und seines Bruders. Zu seiner Freude waren die beiden Grabsteine sauber und frei von Flechten und Moos. Isore Le Roux und Charles Duval hatten ihr Versprechen gehalten und sie regelmäßig gepflegt.

Michel kniete nieder und sprach ein Gebet für ihre Seelen. Dann löste er einen Beutel von seinem Gürtel und nahm ein Amulett heraus, eine kleine Schriftrolle mit Psalmen.

»Ich habe es an meinem letzten Tag in Metz gekauft«, sagte er. »Auf dem Place de Vésigneul gibt es ein altes Weib, das Talismane und Wundertränke feilbietet. Ich dachte, es könnte dir gefallen. Obwohl es natürlich nicht so schön ist wie dein *Nazar.*« Er steckte das Amulett in die Erde von Jeans Grab. »Pass im Gegenzug ein bisschen auf mich auf, ja? Und du auch, Vater. Hier gibt es viel zu tun, und ich kann jede Hilfe brauchen. Legt beim heiligen Jacques ein gutes Wort für mich ein. Ich schätze, ihm gefällt auch nicht, was aus seiner Stadt geworden ist.«

Er stand auf, klopfte sich die Erde von den Knien und bekreuzigte sich, bevor er in der Abenddämmerung nach Hause ging.

Zu Ostern hielten sich viele Schwurbrüder der Gilde in Varennes auf und feierten mit ihren Familien. Bei der Messe im Dom traf Michel Pierre Melville, Charles Duval und Isoré Le Roux, die ihn freudig begrüßten. Besonders Duval war überglücklich, dass er zurückgekehrt war. »Willkommen daheim, alter Freund«, sagte er und schloss Michel in die Arme.

Das Osterfest verbrachte er mit Adèle, Jeans Witwe. Nach zwei langen Jahren der Trauer hatte die junge Frau wieder geheiratet, den Schmiedemeister Jean Caboche, der immer noch Oberhaupt seiner Bruderschaft war. Michel und Caboche verband seit jeher eine lockere Freundschaft, und der Schmied begrüßte ihn herzlich in seinem Haus. Seine Nichte Azalaïs war nun fünf Jahre alt und ihrer bildschönen Mutter wie aus dem Gesicht geschnitten. Es freute Michel zu sehen, dass Caboche das Mädchen wie eine eigene Tochter liebte.

Ostern ging, und der April kam mit strahlendem Sonnenschein und lauen Abenden. Das ganze Moseltal war erfüllt vom Duft knospender Blüten und dem Zwitschern der Vögel. Als die Feierlichkeiten zu Ende waren und die Bewohner Varennes' wieder ihre Arbeit aufnahmen, ging Michel mit Melville zur Gildehalle und entrichtete die Aufnahmegebühr. Drei Tage später traten die Schwurbrüder zusammen, und im Versammlungssaal leistete er unter den Augen der Heiligen seinen feierlichen Gildeneid. Als ihn die Schwurbrüder in ihrer Mitte aufnahmen, war er so gerührt wie jener junge Mann, der vor mehr als zehn Jahren in die Gilde von Varennes-Saint-Jacques eingetreten war.

Ich bin wieder zu Hause, dachte er, während er seinen Platz an der Tafel einnahm.

Er erkannte die Gilde nicht wieder. Viele einstige Mitglieder, Freunde wie Feinde, waren verstorben. Stattdessen saßen neue Gesichter an den Tischen, junge Männer, die ihre Unternehmungen erst vor wenigen Jahren gegründet hatten. Sie hießen René Albert, Eustache Deforest, Philippe de Neufchâteau, Adrien Sancere und Girard Voclain und betätigten sich als Salz-, Tuch- und Gemischtwarenhändler. Von Beginn an hatten sie erlebt, wie schwer es war, ein Geschäft aufzubauen und Handel zu treiben, wenn der Stadtherr seine Bürger wie Leibeigene behandelte, wenn ein Mann die Gilde führte, der nicht willens und imstande war, die Interessen der Kaufleute gegenüber der Obrigkeit zu vertreten. Das hatte sie zu eingeschworenen Gegnern de Guillorys und treuen Anhängern des neuen Gildemeisters Pierre Melville gemacht. Michel war beeindruckt von ihrer jugendlichen Kraft und ihrer Aufgeschlossenheit für neue Ideen. Diese Männer, spürte er, waren entschlossen, de Guillory die Stirn zu bieten und für eine bessere Zukunft zu kämpfen.

Dieser neue Geist hatte bewirkt, dass Melville keinen ernst zu nehmenden Gegner mehr hatte. Aimery Nemours, der letzte Ministeriale in der Gilde, saß griesgrämig an der Tafel, stopfte sich Fleisch und Brot in den Mund und sprach den ganzen Abend kaum ein Wort – ein Mann ohne Freunde, ohne einen einzigen Anhänger. Duval raunte Michel zu, Nemours blase seit seiner vernichtenden Niederlage gegen Melville Trübsal und verstehe die Welt nicht mehr. »Von ihm haben wir nichts mehr zu befürchten – allenfalls, dass er de Guillory zuträgt, worüber wir reden.« Und Fromony Baffour und Thibaut d'Alsace, die ewigen Wendehälse, taten das, was sie seit eh und je taten: Sie schwammen mit dem Strom. Duval erklärte, sie hätten Nemours die Gefolgschaft aufgekündigt, als sich abzeichnete, dass der Ministeriale auf verlorenem Posten stand. Seitdem liefen sie Melville nach, wie sie einst Géroux nachgelaufen waren. »Ein erbärmliches Schauspiel, das die zwei uns bieten. Aber wenigstens machen sie uns keine Scherereien mehr.«

Nachdem die Schwurbrüder eine Stunde lang über Geschäfte gesprochen hatten, ergriff der Gildemeister das Wort.

»Wie die meisten von euch wissen, hat de Guillory vor einigen Jahren Herrn de Fleury und seinen Bruder massiv bei ihren Geschäften behindert«, begann Melville. »Es steht zu befürchten, dass er das wieder tun wird, sowie er erfährt, dass Michel der Gilde beigetreten ist. Aber diesmal werden wir ihn schützen.«

Nahezu alle Schwurbrüder bekundeten ihre Zustimmung, auch die Neulinge. Nur Nemours, Baffour und d'Alsace sagten nichts.

»Was ist damals vorgefallen?«, erkundigte sich Adrien Sancere, ein gut aussehender Blondschopf mit schulterlangem Haar, der höchstens fünfundzwanzig Sommer zählte.

»De Guillorys Leute haben uns schikaniert, wo sie nur konnten«, berichtete Michel. »Sie verwehrten uns den Zugang zur Saline, beschlagnahmten ohne Grund Waren und berechneten uns überhöhte Einfuhrzölle. Außerdem bedrohte de Guillory die Handwerker und Stadtbauern, damit sie keine Geschäfte mehr mit uns machten.«

»Dieser Kerl ist ein Menschenschinder und Ausbeuter«, sagte René Albert, der Michel vom Aussehen, aber nicht vom Wesen her ein wenig an Gaspards Freund Stephan Pérouse erinnerte: dasselbe rundliche Gesicht, derselbe Spitzbart. »Und so einen macht der Herzog zum Herrn einer Handelsstadt.«

»Die Frage ist, was wir tun können, ohne dass er uns Verschwörung und Störung des Friedens vorwerfen kann«, sagte Isoré Le Roux. »Wir dürfen ihm keinen Anlass geben, die Gilde zu verbieten.«

Melville hatte Michel vor der Versammlung berichtet, de Guillory habe angekündigt, die Gilde beim kleinsten Widerstand gegen seine Macht zu zerschlagen. Er werde nicht denselben Fehler machen wie einst Bischof Ulman und tatenlos zusehen, wie die Gilde zu einem Hort der Rebellion werde, hatte er die Schwurbrüder kurz nach Melvilles Wahl zum Gildemeister wissen lassen.

»Niemand kann uns verbieten, einen Schwurbruder vor der Willkür der Obrigkeit zu schützen, solange wir dabei das Gesetz achten«, erwiderte Duval. »Viel wichtiger ist, dass wir bei allem, was wir tun, de Guillory immer einen Schritt voraus sind. Er darf auf keinen Fall erfahren, was wir planen.«

Melville verstand den Hinweis. »Natürlich. Alles, was wir in diesem Saal bereden, ist vertraulich.« Sein Blick streifte Nemours, Baffour und d'Alsace. »Wer auch nur ein Wort davon de Guillory oder dem Schöffenkollegium zuträgt, bricht seinen Gildeneid und verwirkt unsere Freundschaft.«

Falls sich die drei Männer angesprochen fühlten, so zeigten sie es nicht. Nemours zog es vor, just in diesem Moment einen tiefen Schluck aus seinem Kelch zu trinken.

Melville blickte in die Runde. »Also – wie gehen wir vor?«

Eustache Deforest, ein zurückhaltender, aber kluger Zeitgenosse, räusperte sich. »Ich hätte da einen Vorschlag. Eigentlich sogar zwei …«

Burg Guillory

Aristide de Guillory langweilte sich.

Er saß im Fenster seines Palas', einen Fuß auf dem Boden, den anderen auf dem breiten Sims, nagte an einem Hähnchenschlegel und spuckte ein Stück Knorpel in den Hof. Es nieselte. Kein gutes Wetter, um auszureiten oder auf die Jagd zu gehen. Außerdem tat ihm höllisch der Arm weh, seit ihm Berengar gestern bei ihren Waffenübungen einen Hieb gegen den Ellbogen versetzt hatte. Früher hätte er einen Treffer wie diesen mühelos weggesteckt, aber er war keine zwanzig mehr. Unaufhaltsam näherte er sich dem sechsunddreißigsten Jahr seines Lebens, und diese Erkenntnis trug nicht dazu bei, seine üble Laune zu lindern.

Noch ein Knorpelstück flog in den Hof und landete im Heuhaufen neben dem Treppenaufgang.

Er wollte es zu etwas bringen – Land, Macht, ein einträglicher Titel –, doch mit jedem Jahr, das verstrich, wurden seine Aussichten schlechter. Er saß hier fest, als Herr über ein paar Bauerndörfer und ein dreckiges Provinznest, und schuld daran war sein Schwager. Ferry II. verhinderte seit Jahren, dass er vorankam. Aristide wusste nicht, wie er es anstellte, aber er hatte zweifellos Erfolg. Wenn Aristide sich wegen seiner Verdienste für das Haus Châtenois Hoffnungen auf einen neuen Gerichtssprengel machte, konnte er sicher sein, dass Herzog Simon kurzfristig seine Meinung änderte und das Lehen einem anderen Vasallen gab. In den letzten zwei Jahren waren ihm deswegen eine lukrative Mühle und eine Zollschranke an der Grenze zur Grafschaft Vaudémont entgangen. Natürlich konnte er nie beweisen, dass Ferry seine Hände im Spiel gehabt hatte – sein Schwager ging stets sehr geschickt vor. Aber Beweise waren auch gar nicht nötig: Ferry hatte schließlich nie ein Geheimnis daraus gemacht, dass, solange er lebe, Aristide niemals in Oberlothringen aufsteigen werde.

Am schlimmsten war, dass er zur Tatenlosigkeit verdammt war. Wäre Ferry ein gewöhnlicher Ritter, hätte er ihm längst die Fehde erklärt. Aber Ferry war nun einmal ein Châtenois, und wer einem Châtenois heute den Kampf ansagte, hatte morgen das halbe Herzogtum gegen sich. Also blieb Aristide nichts anderes übrig, als zu warten – zu warten, bis sich ihm eines Tages die Gelegenheit böte, zu seinem Recht zu kommen.

Leider war Geduld nicht seine Stärke.

Er warf den abgenagten Hähnchenschlegel aus dem Fenster und rieb seinen schmerzenden Ellbogen. Schluss mit den trübsinnigen Gedanken – sie machten einen Mann auf Dauer schwach. Aristide beschloss, ein wenig Zerstreuung zu suchen und die Zeit totzuschlagen. Mehr war mit diesem Tag ohnehin nicht anzufangen.

»Du – komm her«, befahl er einem Diener, der in der Ecke des Saales frische Binsen ausstreute.

Der Mann stellte den Korb ab und eilte zu ihm. Aristide wusste nicht, wie er hieß. Der Lakai gehörte zu den Dienern, die Yolande damals als Ersatz für seine Mägde eingestellt hatte, und er hatte sich nie die Mühe gemacht, ihre Namen zu behalten.

»Ihr wünscht?«

»Wie heißt du?«

»Guy, Herr.«

»Hol das *Tric Trac* aus der Truhe neben dem Kamin, Guy. Du wirst mit mir spielen.«

Der Mann zögerte. »Ich muss gestehen, Herr, dass ich nicht sehr gut in diesem Spiel bin.«

»Aber die Regeln kennst du, oder? Jeder Dorftrottel kennt *Tric Trac*.«

»Gewiss kenne ich sie.«

»Na also. Nun hol schon das verdammte Spiel.«

Kurz darauf saß Guy mit ihm in der Fensternische und baute die Steine neben dem Brett auf. Aristide liebte dieses Spiel. Als Page und Knappe hatte er ganze Winter damit verbracht, es zu spielen, und hatte im Lauf der Jahre Meisterschaft darin erlangt. *Tric Trac* war wie der Krieg: Es gewann der Spieler, der am entschlossensten handelte, seine Kräfte am klügsten einsetzte und über das nötige Quäntchen Glück verfügte.

Aristide überließ Guy den ersten Zug, und kurz darauf lieferten sie sich eine erbitterte Schlacht mit Spielsteinen und Würfeln. Leider war der Lakai wirklich nicht sehr gut, sodass Aristide die ersten beiden Partien mühelos gewann.

»Streng dich ein bisschen mehr an. *Tric Trac* ist eine ernste Sache, hast du verstanden?«

»Ich tue mein Bestes, Herr.«

Bei der dritten Partie geschah etwas Seltsames: Guy mauserte sich plötzlich zu einem raffinierten Strategen und jagte seinem Herrn Punkt um Punkt ab. Aristide geriet ins Hintertreffen, bis ihm der Diener schließlich mit einem hinterhältigen, geradezu bösartigen Zug den Todesstoß versetzte.

»Du hältst dich wohl für besonders schlau, was?«, sagte Aristide leise und schneidend.

»Ihr habt gesagt, ich soll mir Mühe geben«, verteidigte sich der Diener.

»Aber nicht, dass du mich verschaukeln sollst!«

»Das war nicht meine Absicht, Herr, wirklich …«

»Ich werde dich lehren, deinen Herrn zu verspotten.« Mit einer blitzschnellen Bewegung riss Aristide das Spielbrett hoch und knallte es dem Mann ins Gesicht. Guy heulte auf, Aristide nahm ihn in den Schwitzkasten und hielt seinen Kopf aus dem Fenster. »Soll ich dich hinauswerfen, du Lump? Soll ich das tun?«

»Nein, mein Herr, bitte …«

»Hast du geschummelt?«

»Nein!«

»Lügner!«

»Ja! Ja, ich habe geschummelt. Vergebt mir!«

Hinter Aristide knarrte eine Tür.

»Was macht Ihr da? Lasst sofort Guy los!«

Er ließ von dem Diener ab. Der Mann plumpste in die Fensternische, blinzelte und fasste sich an die blutende Nase. Yolande war hereingekommen, gefolgt von ihren Töchtern Cécile und Héloise und ihrem Schatten, der Kammerdienerin Magali.

»Dieser Sauhund hat mich beim *Tric Trac* betrogen.«

»Ist das ein Grund, ihn zu prügeln? Was seid Ihr nur für ein Rohling.« Seine Gemahlin reichte Guy ein Taschentuch. »Geh zu Pater Porthos. Er soll nachsehen, ob die Nase gebrochen ist, und einen Blutsegen sprechen.«

»Habt Dank, Herrin. Gott segne Euch«, murmelte Guy und entschwand.

»Räum das weg«, befahl Yolande ihrer Dienerin, und Magali sammelte Spielbrett und -steine auf.

Durch die Rangelei mit dem Bediensteten war der Schmerz in seinem Arm neu aufgeflammt. Aristide biss die Zähne zusammen und musterte unverwandt seine Gemahlin. Den ganzen Winter über hatte sie ihn geplagt, er solle ihr ein neues Kleid schneidern lassen. Vorigen Monat hatte er ihrem Drängen endlich nachgegeben und den besten Gewandschneider von Nancy mit der Arbeit beauftragt – und jetzt trug sie das verfluchte Stück Stoff nicht einmal. Dabei hatte es ihn vierzig Pfund Silber gekostet. Vierzig! Das Weib würde noch einmal sein Ruin sein.

»Wenn das Wetter besser ist, werden wir eine Reise nach Metz unternehmen«, sagte der Fluch seines Lebens.

»Weswegen?«, knurrte er.

»Cécile braucht ein Fohlen.«

»Wozu, bei allen Dämonen?«

»Sie soll lernen, wie man ein Pferd aufzieht und pflegt, damit wir bald mit dem Reitunterricht beginnen können.«

»Sie ist keine fünf Jahre alt!«

»Man kann nicht früh genug damit anfangen. Ich war auch erst vier, als mein Vater mir meine erste Stute schenkte. Alle Frauen der Familie Châtenois lernen vor ihrem siebten Sommer Reiten. Es ist ein wichtiges Element in der Erziehung einer Dame der höfischen Gesellschaft. Ihr solltet das eigentlich wissen.«

Aristides Ansicht nach genügte es, Damen dahingehend zu erziehen, sich die Haare zu bürsten und den Mund zu halten. Finster starrte er die beiden Mädchen an, die trotzig seinen Blick erwiderten. Wenn er sie nicht gerade anbrüllte oder mit dem Gürtel bedrohte, zeigten sie niemals Angst vor ihm. Gewünscht hatte er sich einen Sohn, aber was hatte er bekommen? Zwei ewig unzufriedene Gören, die ganz nach ihrer Mutter schlugen.

Im Sinne seines Seelenfriedens beschloss er einzulenken. Täte er es nicht, würde Yolande wochenlang zetern, und das war es ihm nicht wert. »Na schön. Sie soll ihr Fohlen haben. Aber wieso müssen wir deswegen nach Metz gehen?«

»Dort gibt es nun einmal die besten Züchter.«

»Ja – für Schlachtrösser. Aber ein vierjähriges Kind braucht kein Rassepferd. Für Cécile genügt ein Gaul aus Varennes.«

»Sie ist Eure erstgeborene Tochter«, erwiderte Yolande. »Für sie muss Euch nur das Beste gut genug sein.«

»Wenn sie ein Junge wäre. Aber sie ist ein Mädchen, wenn mich nicht alles täuscht.«

»Wenn wir einen Sohn hätten, bekäme er ein Rassepferd?«

»Schon möglich.«

»Ihr würdet ihn unverhohlen Euren Töchtern vorziehen?«

»Natürlich. Ein Sohn ist ein Sohn. Euer Vater würde mir da zustimmen, darauf wette ich meinen rechten Hoden.«

»Das ist unerhört«, sagte Yolande.

»Morgen gehen wir nach Varennes und kaufen dem Mädchen das verdammte Fohlen«, schnarrte Aristide und schritt zur Tür. Cécile begann zu weinen, und Héloise stimmte vor lauter schwesterlicher Verbundenheit in das Geheul mit ein.

»Ihr wagt es, mich stehen zu lassen wie eine Dienstmagd? Redet gefälligst mit mir!«, fauchte seine Gemahlin, bevor er die Tür ins Schloss warf und die Treppenstufen hinabstieg.

Die Pfaffen hatten recht: Es gab eine Hölle, und sie befand sich in dieser Burg. Er musste dringend ausreiten, Regen hin oder her, in diesem Gemäuer erstickte er noch. Missmutig verließ er den Palas und schlurfte zu den Stallungen.

Dort traf er Berengar, der gerade aus dem Sattel stieg. Der Sarjant übergab das Pferd einem Knecht und schlug seine Kapuze zurück. Sein Mantel war durchgeweicht, und Tropfen rannen ihm über das gerötete Gesicht.

»Gut, dass ich Euch treffe, Herr. Es gibt schlechte Neuigkeiten.«

»Was ist denn jetzt schon wieder?«

»De Fleury ist nach Varennes zurückgekehrt. Die Gilde hat ihn gestern aufgenommen.«

Aristides Lippen formten eine schmale Linie. Er hatte seit Jahren nicht an de Fleury gedacht. Dass er wieder da war, konnte nur eines bedeuten: Er wollte Ärger machen. Aber das würde er zu verhindern wissen. »Hol vier Männer«, befahl er Berengar. »Wir reiten nach Varennes und knöpfen uns Melville vor.«

Eine Stunde später saß er in seiner Amtsstube im ehemaligen Bischofspalast und schickte einen Boten zu Melville. Der Gildemeister ließ nicht lange auf sich warten. Gut aussehend und geschniegelt wie eh und je betrat er die Kammer und verneigte sich.

»Herr de Guillory, was kann ich für Euch tun?«

»Mir ist zu Ohren gekommen, dass Ihr diesen Unruhestifter de Fleury in Eurer Gilde aufgenommen habt. Ich wünsche, dass Ihr ihn noch heute wieder ausschließt.«

»Das kann ich nicht«, erwiderte Melville dreist. »Unsere Statuten verlangen, dass jeder Kaufmann in Varennes der Gilde angehört. Handel außerhalb unserer Bruderschaft können wir nicht dulden.«

»Darum geht es doch gerade. Dieser Kerl *soll* keinen Handel treiben!«

»Herr de Fleury ist ein freier Mann. Er kann tun, was ihm gefällt. Es wäre gegen das Gesetz, ihm dieses Recht zu verwehren.«

»Das Gesetz bin ich!«

»Ich fürchte, da muss ich Euch widersprechen.« Melville lächelte freundlich. »Wir Kaufleute unterstehen dem Willen des Königs. Wie Ihr wisst, hat einst Kaiser Otto persönlich die Gilde …«

»Immer diese alte Leier – ich kann es nicht mehr hören«, sagte Aristide. »De Fleury verlässt die Gilde, oder Ihr spürt die Folgen.«

»Welche Folgen wären das?«

»Das wisst Ihr genau.«

»Ihr wollt die Gilde verbieten? Herzog Simon würde das nicht gutheißen.«

Aristide starrte den Gildemeister bohrend an. Dieser Mann war verschlagen wie eine Natter, und wie viele Krämer verstand er sich meisterhaft darauf, anderen das Wort im Mund zu verdrehen. Er hatte von Anfang an gewusst, dass Melville ihm eines Tages Schwierigkeiten machen würde. »Gut«, sagte er gedehnt. »Wenn Ihr mir nicht entgegenkommen wollt, muss ich die Sache eben auf meine Weise klären. Betet, dass Euer Freund dabei nicht zu Schaden kommt.«

Jegliche Freundlichkeit verschwand aus Melvilles Stimme. »Ihr habt kein Recht, unseren Schwurbruder bei seinen Geschäften zu behindern.«

»Oh, ich werde seine Geschäfte nicht behindern«, sagte Aristide. »Ich werde sie gänzlich unterbinden.«

»Wir werden sehen, ob Euch das gelingt.«

»Wie darf ich das verstehen? Plant die Gilde, gegen mich zu rebellieren?«

»Keineswegs. Im Gegensatz zu Euch achten wir das Gesetz. Bin ich entlassen?«

»Ja. Geht mir aus den Augen. Verschwindet, verdammt noch eins.«

Als Melville fort war, lehnte sich Aristide zurück, ballte die Rechte zur Faust und berührte seinen Mund. Erst Yolande, jetzt die siebenmal verfluchte Gilde – alle hatten sich gegen ihn verschworen. Es wurde Zeit, den Kaufleuten wieder einmal zu zeigen, wer in dieser Stadt das Sagen hatte. Eine andere Sprache verstanden sie nicht.

»Berengar!«, rief er. »Beweg deinen Hintern hierher. Es gibt Arbeit.«

April und Mai 1198

Varennes-Saint-Jacques

In den ersten beiden Aprilwochen unternahm Michel mit der Unterstützung der Gilde Verschiedenes, um sich und sein Geschäft vor Aristide de Guillory zu schützen.

Zuerst nahm er die Hälfte seiner Ersparnisse und kaufte Grundbesitz in Varennes und den benachbarten Pfarrsprengeln. Er hatte einmal den Fehler begangen, sich allein auf die Einkünfte aus seinem Geschäft zu verlassen – inzwischen war er klüger. Melville, Duval und Le Roux halfen ihm, Weideland, Äcker, Fischteiche und Wohngebäude zu finden, die zum Verkauf standen und die er erwerben konnte, ohne dass das Schöffenkollegium davon erfuhr. Die monatliche Zinspacht aus diesen Besitztümern war nicht hoch, aber sie würde ihm immerhin ermöglichen, in schlechten Zeiten, wenn kein Handel möglich war, über die Runden zu kommen.

Anschließend stellte ihm die Gilde sechs erfahrene Söldner zur Seite. Die Krieger hatten den Auftrag, sein Haus zu schützen und nie von seiner Seite zu weichen. Als Michel andeutete, er könne sich so viele Männer nicht lange leisten, ließ Melville ihn wissen, dass die Gilde alle Kosten tragen werde.

»Das kann ich nicht annehmen!«

»Ich bestehe darauf«, erwiderte Melville entschieden. »Wenn Ihr keinen Schutz habt, werden Euch de Guillorys Kriegsknechte übel mitspielen. Sorgt Euch nicht wegen der Kosten. Die Gildekasse ist voll, und die Schwurbrüder sind sich einig, dass das Geld gut angelegt ist, wenn wir Euch helfen.«

Währenddessen hörten sich Yves und Louis in der Stadt um. Sie erfuhren, dass jede Bruderschaft Besuch von Berengar bekommen hatte. De Guillorys Sarjant hatte sämtliche Handwerker und Stadtbauern Varennes' eingeschüchtert und sie unter Androhung schmerzlicher Folgen davor gewarnt, mit Michel Geschäfte zu machen. Die Schwurbrüder hatten auch dafür eine Lösung: Wenn sie auf den Markt gingen, kauften sie für Michel mit ein und ließen die Waren, die er brauchte, heimlich zu seinem Haus bringen, wo er ihnen den Kaufpreis erstattete. Genauso handhabten sie es mit dem Salz, damit er nicht selbst zur Saline fahren musste. De Guillory hatte die Wachen auf der Zollbrücke verstärkt, sodass Michel sie trotz seiner Söldner kaum gefahrlos hätte überqueren können.

All das geschah im Verborgenen, ohne dass de Guillory, Berengar oder das Schöffenkollegium davon erfuhren. Baffour, d'Alsace und Nemours schienen dichtzuhalten. Melvilles Drohung, sie andernfalls aus der Gilde auszuschließen, hatte ihre Wirkung offenbar nicht verfehlt.

Am wichtigsten war jedoch, dass Michel nicht mehr allein auf Reisen ging. Bevor er zwei Wochen nach Ostern in die Champagne aufbrach, hatte er sich mit Duval und einigen anderen Schwurbrüdern zusammengetan. Ihrem Handelszug gehörten ein Dutzend Söldner und noch einmal so viele bewaffnete Knechte an – de Guillorys Waffenknechte würden es nicht wagen, sie zu behindern. Vier seiner Söldner sowie Yves und Louis ließ er in Varennes zurück, damit sie auf sein Haus aufpassten. Außerdem versprachen die daheimgebliebenen Schwurbrüder, seine Besitztümer im Auge zu behalten und sie vor de Guillory zu schützen.

Eine Woche nach Christi Himmelfahrt kehrten Michel und seine Gefährten aus Provins zurück. Die dortige Maimesse war ein voller Erfolg gewesen, sie hatten Schatullen voller Silber verdient und begehrte Waren aus Frankreich und Flandern eingekauft. Die Wachen am Stadttor unternahmen einen halbherzigen Versuch, von Michel überhöhte Einfuhrzölle zu verlangen. Die gegnerische Übermacht aus Kaufleuten und Bewaffneten schüchterte sie sichtlich ein; außerdem hielt Duval ihnen mit schneidender Stimme einen Vortrag über die Zollbestimmungen Varennes'. Nach einer kurzen Auseinandersetzung gaben die Büttel auf und ließen den Handelszug passieren, nachdem Michel den üblichen Zoll und keinen Denier mehr entrichtet hatte.

In bester Stimmung zogen die Kaufleute zur Gildehalle, wo Michel seine Waren einlagerte. Duval und die anderen hatten angeboten, sie für ihn auf dem Markt zu verkaufen, damit die Marktaufseher keine Gelegenheit bekämen, ihn zu schikanieren. Michel dankte ihnen und versprach, sich eines Tages für ihre Hilfe zu revanchieren.

Zu Hause begrüßten ihn Louis und Yves herzlich. Nachdem sie den Ochsen ausgespannt und in den Stall gebracht hatten, erkundigte sich Michel, ob während seiner Abwesenheit etwas vorgefallen war.

»Nichts, Herr«, antwortete Yves. »De Guillorys Leute haben sich ruhig verhalten.«

»Lüg mich nicht an, Yves. Ich sehe doch, dass du einen Bluterguss an der Schulter hast. Mit wem hast du dich geschlagen?«

»Wir wissen nicht genau, wer die Männer waren«, antwortete Louis an Yves' Stelle. »Sie trugen Umhänge und hatten die Gesichter verhüllt. Wahrscheinlich Soldaten, ein knappes Dutzend. Sie griffen nachts an und versuchten, ins Haus einzudringen. Zum Glück hat einer der Söldner Wache gehalten. Er warnte uns, und wir konnten die Kerle vertreiben, bevor sie ernstlich Schaden anrichten konnten. Sie brachen die Stalltür auf, das ist alles. Yves und ich haben sie wieder gerichtet.«

»Wollten sie Feuer legen?«

»Sie warfen Fackeln in den Gemeinschaftssaal«, sagte Yves. »Wir konnten sie rechtzeitig löschen.«

Michel spürte, dass seine Knechte ihm nicht die ganze Wahrheit erzählten. »Und das war alles? Raus mit der Sprache, ich erfahre es ohnehin«, befahl er.

»Sie sind noch zweimal gekommen«, erklärte Louis widerstrebend. »Aber beim zweiten und dritten Mal hatten wir Hilfe. Drei Eurer Schwurbrüder haben ihre Knechte hergeschickt, der Gildemeister, Le Roux und Deforest.«

»Wir haben ihnen einen schönen Empfang bereitet«, sagte Yves grimmig. »Haben sie mit Steinen und heißem Wasser eingedeckt, als sie auftauchten.«

»Und Jauche aus der Sickergrube«, fügte Louis grinsend hinzu.

»Jedenfalls haben sie sich blutige Nasen geholt und sind gerannt wie die Karnickel. Ihr hättet sie sehen sollen, Herr.«

»Wann war das?«, wollte Michel wissen. »Der dritte Angriff, meine ich.«

»Vorige Woche.«

»Und seitdem sind sie nicht wiedergekommen?«

»Ich schätze, sie haben aufgegeben.«

»Was ist mit meinen anderen Besitztümern?«

»Louis und ich reiten zweimal am Tag hin und sehen nach dem Rechten. Dort ist alles in Ordnung.«

Michel nickte. Vermutlich wusste de Guillory nach wie vor nichts von seinem neuen Grundbesitz. »Das war sehr mutig von euch. Ihr habt euch eine Belohnung verdient.« Er zückte seine Börse und zählte Yves und Louis jeweils fünf Sous in die Hand – fast den dreifachen Wochenlohn eines Knechts.

»Habt Dank, Herr.« Yves grinste breit. »Aber das wäre nicht nötig gewesen. Dass wir diese Bastarde verprügeln durften, war Lohn genug.«

Später zog sich Michel in seine Schreibstube zurück und vermerkte die jüngsten Warenein- und -ausgänge im Hauptbuch. Der Gänsekiel flog nur so über das Pergament, denn er war zuversichtlich wie lange nicht. Gewiss, der Kampf war noch nicht ausgestanden – de Guillory war wahrlich kein Mann, der schnell aufgab. Die letzten Wochen jedoch hatten gezeigt, dass die Gilde stark war, wenn sie zusammenstand. Sie mussten ihren Widerstand nur lange genug aufrechterhalten, bis de Guillory die Lust an diesem Kräftemessen verlor und aufgab.

Jetzt wird sich zeigen, wer den längeren Atem hat, dachte Michel und blinzelte in die Maisonne, die durch das schmale Fenster hereinschien.

Aristide de Guillory wandte dem Fenster den Rücken zu, als ihm die Maisonne in den Augen brannte. Gestern Nacht hatte er zu viel getrunken, und helles Licht fachte sofort den pochenden Schmerz hinter seinen Schläfen an.

»Was soll das heißen, die Torwächter konnten nichts tun?«, fuhr er Berengar an. »Es ist ihre verdammte Pflicht, den Zoll einzuziehen. Mit Waffengewalt, wenn es sein muss!«

»Sie waren nur zu zweit – gegen zwanzig.«

»Es ist das Gesetz!«

Der Sarjant schwieg.

Aristide biss die Zähne zusammen und schritt im Saal umher. Die frischen Binsen knirschten unter seinen Stiefelsohlen. »De Fleury hat in Provins gutes Geld verdient, nehme ich an.«

»Schwer zu sagen. Die Gilde deckt seine Geschäfte.«

»Verschwinde«, sagte Aristide. »Ich muss nachdenken.«

Als Berengar gegangen war, setzte er sich an den Tisch und aß von dem Brot und dem kalten Braten, der noch von gestern übrig war. Er brachte kaum einen Bissen herunter. Was war nur los mit ihm? Früher hatte er drei Tage lang getrunken und sich einen schlecht gefühlt – heute trank er einen Tag lang und litt drei darunter. Er schob die Platte von sich und löschte seinen brennenden Durst mit einem Krug Brunnenwasser. Wie es schien, waren ihm die Hände gebunden. Nichts, was er in den letzten Wochen unternommen hatte, hatte etwas gebracht. Die Gilde stellte sich geschlossen vor de Fleury und schützte ihn mit allen Mitteln. Wieder einmal dachte er darüber nach, die Gilde kraft seiner Macht als Stadtherr zu verbieten, doch wenn er das täte, bekäme er Ärger mit Herzog Simon, der sich für einen florierenden Handel in Oberlothringen starkmachte. Die Kaufleute wussten das und tanzten ihm nach Lust und Laune auf der Nase herum – ihm, einem Ritter, einem Mann von edlem Geblüt, der seinen Wert in einem Dutzend Schlachten bewiesen hatte.

Er verspürte den Drang, jemanden zu prügeln.

Es klopfte, und ein Diener betrat das Burggemach.

»Was willst du?«, fragte Aristide.

»Ein Bote ist da – von Seiner Gnaden Herzog Simon.«

Ein Mann mit den drei silbernen Adlern des Hauses Châtenois auf dem Waffenrock kam herein und verneigte sich. Sein Mantel und seine Stiefel waren staubig von einem langen Ritt. »Eine Nachricht von Herzog Simon, Herr de Guillory.«

Aristide stand auf, riss ihm das Pergament aus der Hand und brach das Siegel. »Kannst du lesen?«

»Ein wenig, Herr.«

»Lies mir das vor.«

Der Bote nahm die Nachricht nicht in die Hand – er schien ihren Inhalt auswendig zu kennen. »Seine Gnaden bittet Euch, umgehend nach Köln zu reiten. Am neunten Juni versammeln sich dort die norddeutschen Fürsten. Ihr sollt das Treffen beobachten und Herzog Simon Bericht erstatten.«

Der Bote musste ihm nicht erklären, was die norddeutschen Fürsten in Köln zu tun gedachten: Jeder Mann mit Verstand wusste, dass sie ihren Kandidaten Otto von Braunschweig zum Gegenkönig wählen würden. Was einer Kriegserklärung an Philipp von Schwaben und die Staufer gleichkäme.

Diese Nachricht kam zur Unzeit. Aristide hatte wahrlich Besseres zu tun, als sich in Köln den Hintern plattzusitzen, während de Fleury und seine Krämerbande ihr arrogantes Spiel trieben. Doch was hatte er für eine Wahl? Befehl war Befehl.

»Sag Berengar, dass er einen Trupp aus verlässlichen Männern zusammenstellen soll«, wies er den Diener an. »Morgen früh brechen wir auf.«

Mit finsterer Miene starrte er das Pergament mit dem gebrochenen Siegel an. Wieder einmal war er ein treuer Vasall und tat klaglos seine Pflicht. Und wieder einmal stellte ihm Simon keinen Lohn dafür in Aussicht.

Wieso auch? Ferry de Bitche hätte ohnehin dafür gesorgt, dass er ihn nicht bekam.

Juni 1198

Köln

Es war noch früh am Morgen, doch die Sommerhitze lastete bereits schwer auf der Reichsstadt Köln.

Außerhalb der Wehrmauern, auf den Wiesen am Rheinufer, erstreckte sich ein riesiges Lager. Die Zelte gehörten Fürsten und Edelleuten aus dem Norden des Reiches; an den Herdfeuern drängten sich ihre Ritter, Kriegsknechte und Dienstleute. Dutzende verschiedener Wappen zierten Waffenröcke, Schilde, Banner.

Aristide hingegen hatte das Wams mit dem springenden Wolf seiner Familie zu Hause gelassen und trug ein schlichtes blassblaues Gewand über dem Kettenhemd. Er war als einfacher fahrender Ritter hier und wollte nicht erkannt werden. Deshalb hatte Herzog Simon ihn für diesen Auftrag ausgewählt: weil von den anwesenden Herren kaum einer wusste, wer er war.

Mit der Hand auf dem Schwertknauf schlenderte er durch das Lager und suchte sich einen schattigen Platz unter einer Ulme. Von hier aus konnte er den Bereich im Zentrum der Zeltstadt überblicken. Eine alte Eiche beherrschte die ovale Fläche und breitete ihre Äste über einem Baldachin aus, unter dessen goldenem Dach ein Thron stand. Noch saß niemand auf dem Sessel, doch es konnte nicht mehr lange dauern, bis Otto von Braunschweig darauf Platz nehmen würde.

Obwohl Aristide zunächst alles andere als glücklich über den Auftrag gewesen war, hatte er die letzten Tage in vollen Zügen genossen. Weit und breit keine Yolande, die ihm Vorhaltungen machte. Keine zeternden Töchter und aufmüpfigen Kaufleute. Köln war einmalig im Reich; eine derart riesige Stadt bot einem Mann mannigfaltige Möglichkeiten, sich zu vergnügen und seine Sorgen zu vergessen. An jeder Ecke gab es Freudenhäuser mit den schönsten Huren. Aristide hatte reichlich Gebrauch von ihren Diensten gemacht – bei Gott, er hatte es nötig. Seit Yolande Héloise geboren hatte, war ihre Lust gänzlich erloschen. Inzwischen hütete das Weib seine Punze, als wäre sie so heilig wie die Reichsinsignien. Es musste Monate her sein, dass er sie das letzte Mal genommen hatte.

Einem fliegenden Händler kaufte er zwei Äpfel ab und aß sie. Als er das Gehäuse des zweiten ins Gras fallen ließ und sich die Hände an seinem Wams abwischte, ertönten Fanfarenstöße.

Die Königswahl begann.

In der letzten halben Stunde hatte sich der Platz zwischen den Zelten gefüllt. Dank seiner außergewöhnlichen Größe gelang es Aristide mühelos, über das Gedränge hinwegzublicken. Die Edlen bildeten eine Gasse, durch die Otto von Braunschweig schritt, gefolgt von seinen Schildknappen, Dienern und Priestern. Der Welfe war blutjung, gerade einmal dreiundzwanzig Sommer alt, doch davon abgesehen bot er durchaus einen königlichen Anblick. Seine purpurnen Gewänder waren mit Gold durchwirkt, Rubine glitzerten an seinem Schwertknauf, und ein eleganter Reif hielt das schulterlange Haar zurück. Ehrfürchtige Stille herrschte, als er auf dem Thron unter dem Baldachin Platz nahm.

Dies war die erste Königswahl, der Aristide beiwohnte, doch er wusste, dass es sich dabei im Grunde nur um eine Formalität handelte. Dass Otto Gegenkönig werden würde, war längst ausgemachte Sache, beschlossen in vielen Verhandlungen seit Philipps Wahl im März. Deshalb war es nicht mehr nötig, dass die Fürsten Otto ihre Stimme gaben. So beschränkten sie sich darauf, der Reihe nach vorzutreten, vor dem Thron niederzuknien und ihrem Herrscher die Treue zu schwören.

Die Wahl zog sich über viele Stunden hin. Obwohl die schwüle Hitze Aristide zusetzte, hielt er tapfer aus, denn Herzog Simon erwartete, dass er ihm Namen nennen würde.

Wer schloss sich dem antistaufischen Bündnis an? Vor wem musste man sich künftig in Acht nehmen?

Dutzende von Herren, weltliche wie geistliche, knieten vor Otto und leisteten ihren Treueeid. Mächtige Männer waren darunter, etwa Ottos Bruder, Pfalzgraf Heinrich der Ältere von Braunschweig; Adolf von Altena, der Erzbischof von Köln; Hermann I., Pfalzgraf von Sachsen und Landgraf von Thüringen; und Heinrich I. von Brabant, genannt »der Mutige«.

Aristide hätte nicht gedacht, dass Otto so viele und so einflussreiche Unterstützer um sich würde scharen können. Philipp von Schwaben hatte an diesem glühend heißen Tag einen mächtigen Gegner bekommen. Das Heilige Römische Reich war nun wie mit der Axt gespalten.

Aristide lehnte am Stamm der Ulme, kaute auf einem Grashalm und beobachtete, wie Walram IV. von Limburg zum Baldachin schritt. Ihm war ein interessanter Gedanke gekommen: Konnte er den drohenden Zwist zu seinem Vorteil nutzen? Er drehte und wendete diesen Einfall, verfeinerte ihn und wog die Risiken ab, bis die Wahl schließlich am frühen Nachmittag abgeschlossen war.

Otto von Braunschweig erhob sich von seinem Thron. Donnernder Jubel brach los.

Aristide spuckte den Grashalm aus.

Wenige Wochen später begann der Krieg.

Juli und August 1198

Varennes-Saint-Jacques

Michel brütete gerade über seinen Landkarten und plante die nächste Handelsreise, als aufgeregte Stimmen an sein Ohr drangen. Er schaute aus dem Fenster und sah Menschen ihre Häuser verlassen und in Richtung Domplatz eilen.

»Louis?«

Keine Antwort. Er legte die Schreibfeder weg und stieg die Treppe hinab. In der Küche bereitete die Magd, die er vorigen Monat eingestellt hatte, gerade das Abendessen zu. Louis war im Gesellschaftssaal, fegte den Boden und beobachtete das Treiben auf der Straße.

»Was ist da los?«, fragte Michel.

»Ich weiß nicht, Herr. Irgendetwas geschieht auf dem Domplatz.«

»Ich sehe mir das mal an.« Er verließ das Haus und folgte der Menge. Der Markt war seit einer halben Stunde zu Ende, und auf der freien Fläche zwischen Dom und den Verkaufsständen schien sich die halbe Stadt versammelt zu haben. Offenbar eine amtliche Verlautbarung, die er um wenige Augenblicke verpasst hatte. Er reckte den Hals und erblickte den städtischen Ausrufer, der mit einer Pergamentrolle in der Hand zum Palast schritt.

»Was ist passiert?«, fragte er Charles Duval, den er beim Marktkreuz entdeckt hatte.

Sein alter Freund schwitzte in der Abendsonne und nestelte nervös am Ärmel seines Gewandes herum. »Wir haben Krieg«, sagte er leise.

»Krieg?«

»Der Bischof von Köln und die norddeutschen Fürsten haben Otto von Braunschweig zum Gegenkönig gewählt. Als Philipp von Schwaben davon erfuhr, hat er ein Heer aufgestellt und erklärt, die Welfen und ihre Anhänger zu vernichten. Mehr hat der Ausrufer nicht gesagt, aber ich schätze, dass die Kämpfe bereits begonnen haben.«

Michel kniff die Lippen zusammen. All die Monate hatte er gehofft, die Fürsten würden eine friedliche Lösung für ihren Zwist finden. Doch wie so oft hatten letztlich Rachsucht und Machtgier über Weisheit und Vernunft gesiegt.

»Was heißt das für Oberlothringen?«

»Das hängt ganz davon ab, wie Herzog Simon sich verhält. Wenn er neutral bleibt, wovon ich ausgehe, bleiben wir unter Umständen vom Krieg verschont. Aber wer weiß schon, was in diesen gekrönten Häuptern vorgeht. Vielleicht brennt Simon ja darauf, in die Schlacht zu ziehen. Heiliger Jacques, was ist das nur für ein elender Tag! Ich brauche dringend etwas zu trinken.«

Ohne ein Wort des Abschieds schlurfte Duval davon.

In den nächsten zwei Wochen erreichten Varennes beinahe täglich neue Nachrichten vom Krieg. Wie es schien, tobten die Kämpfe hauptsächlich im Nordwesten des Reiches. Einen Sieger gab es nicht; mal triumphierte Philipp, mal Otto. *Dies,* dachte Michel, *wird ein langer Krieg.*

Wenigstens erfüllte sich Duvals Vorhersage, und das Haus Châtenois hielt sich aus dem Zwist heraus. Wenngleich Herzog Simon ein Staufer war und seine Treue Philipp von Schwaben galt, schien er keinen Sinn in diesem so törichten wie blutigen Bruderkrieg zu sehen und beschloss abzuwarten, bevor er Stellung bezog. Der Rat von Metz und die anderen Mächtigen Oberlothringens sahen es ähnlich, sodass der Krieg vorerst Michels Heimat fernblieb.

Die Ereignisse der letzten Jahre hatten die Bewohner Varennes' abgestumpft gegenüber Not und Elend; sie hatten gelernt, ihr Herz vor dem Leid anderer zu verschließen und trotz der Angst vor der Zukunft weiterzuleben. So war es auch diesmal. Als die Nachrichten von den Schlachten am Niederrhein seltener wurden, kehrte der Alltag nach Varennes zurück. Die Leute gingen wieder ihrer Arbeit nach, badeten in der Mosel und spielten mit ihren Kindern, als wäre dies ein Sommer wie jeder andere.

Michel unternahm die geplante Handelsreise, tat sich mit Duval und dem jungen Voclain zusammen und zog mit ihnen nach Metz. Wie gehabt, versuchten de Guillorys Männer, ihn zu behindern, doch die Gilde schützte ihn wirkungsvoll, sodass alle Angriffe ins Leere liefen. Sein Haus wurde nicht noch einmal überfallen. De Guillory schien begriffen zu haben, dass er so nicht weiterkam.

Auf dem Place de Vésigneul machten sie gute Geschäfte. Wegen des Krieges konnten sich die Messiner Waffenschmiede und Sarwürker vor Aufträgen kaum retten und produzierten Schwerter, Schilde, Kettenpanzer, Helme, Lanzenspitzen, Äxte, Morgensterne *en masse*. Der Handel mit Kriegsgerät versprach hohe Gewinne, Michel, Duval und Voclain waren sich jedoch einig, dass man Blut an den Händen hätte, wenn man Mordwerkzeug an den Niederrhein verkaufte. Michels alte Schwurbrüder aus der Gilde von Metz kannten derartige Skrupel nicht: Ganze Wagenladungen Waffen und Rüstungen ließen sie nach Nordosten schaffen, um wahlweise Philipp oder Otto oder beide auszurüsten. Michel widerten sie an, wie sie da vor der Gildehalle standen und sich die Hände rieben in Erwartung fetter Erträge.

Eines Abends auf dem Weg zur Herberge hörte er jemanden seinen Namen rufen. Er wandte sich um und erblickte Sybille Aspremont, die die Gasse heraufkam. Sie hatte sich bei einem gut gekleideten jungen Mann untergehakt; ein Gebinde verhüllte ihre üppigen roten Locken, dazu trug sie einen Surcot aus dünnem Tuch, der ihre Figur vorzüglich zur Geltung brachte.

»Michel.« Sie strahlte ihn an. »Wie schön, dich zu sehen.«

Er küsste ihr die Hand. »Gut siehst du aus. Wie ist es dir ergangen?«

»Diese Hitze! Sie macht mich noch verrückt. Und die Männer langweilen mich. Krieg, Krieg, Krieg, von früh bis spät. Sie reden über nichts anderes mehr. Ist das nicht grässlich?«

»Sybille«, meinte der junge Mann. »Willst du uns nicht miteinander bekannt machen?«

»Bei der Heiligen Jungfrau Maria, wo sind nur meine Manieren? Michel, das ist Godefroi Romilly. Godefroi – Michel de Fleury aus Varennes-Saint-Jacques.«

Romilly nickte knapp.

»Seid Ihr mit Philippe Romilly von der Tuchhändlergilde verwandt?«, fragte Michel.

»Er ist mein Onkel«, lautete die kühle Antwort.

Wie alt mochte der Bursche sein? Zwanzig? Einundzwanzig? An der Art, wie er Sybille anschaute, war unschwer zu erkennen, dass er sie vergötterte. Michel unterdrückte ein Lächeln. Natürlich hatte sie nicht lange um ihn getrauert. Und sie hatte einmal mehr Geschmack bewiesen: Romilly sah gut aus und besaß offensichtlich Geld, wenngleich ein derart junger Liebhaber sogar für Sybilles Verhältnisse gewagt war.

»Wie lange bleibst du in Metz?«, erkundigte sie sich.

»Wir reisen morgen ab.«

»Wie schade. Du hättest mich besuchen können.«

Romilly legte ihr besitzergreifend den Arm um die Taille. »Wir sollten jetzt gehen, Sybille. Es ist schon spät, und Herr de Fleury hat eine anstrengende Reise vor sich. Er will gewiss bald zu Bett gehen.«

»Es war schön, mit dir zu plaudern, Michel«, sagte Sybille. »Lass etwas von dir hören, wenn du wieder in Metz bist, ja?«

»Lebt wohl, Herr de Fleury. Der heilige Nikolaus sei mit Euch.« Der Jüngling nickte ihm noch einmal zu und führte sie sanft, aber bestimmt die Gasse hinauf.

Lächelnd schüttelte Michel den Kopf, als er die Herberge betrat. Sybille war einfach unverbesserlich. Kurz darauf saß er im Schankraum, in der Hand einen Becher Wein, und sann über vergangene Liebesnächte und verpasste Gelegenheiten nach.

Ersetzt sie mich mir nichts, dir nichts durch einen Zwanzigjährigen. Was sagt man dazu?

Er trank auf ihr Wohl, legte einen Hälbling auf den Tisch und ging zu Bett.

Nach ihrer Rückkehr kurz nach Mariae Himmelfahrt trat die Gilde zusammen. Fast alle Mitglieder waren anwesend; lediglich Baffour, Nemours und de Neufchâteau weilten noch auf der Sankt-Johannes-Messe in Troyes.

Trotz des Krieges war die Stimmung im Saal prächtig. Der Gilde war es gelungen, Michel vor de Guillory zu schützen, und das erfüllte die Schwurbrüder mit Stolz und Zuversicht. Besonders die Jüngeren wie René Albert und Adrien Sancere zeigten offen ihre Begeisterung. Zum ersten Mal hatten sie erlebt, wie stark ihre Gemeinschaft sein konnte, wenn sie nur entschlossen genug auftrat.

»Wir sollten diese Gelegenheit nicht ungenutzt verstreichen lassen«, sagte Girard Voclain. »Setzen wir nach, bevor sich de Guillory von diesem Schlag erholt hat.« Das brachte Voclain zustimmende Rufe seiner Freunde ein.

»Was schlagt Ihr vor?«, fragte Melville.

»Wir haben bewiesen, dass wir etwas bewegen können, wenn wir nur wollen. Nutzen wir unseren Einfluss in der Stadt, um de Guillory Zugeständnisse abzutrotzen. Erleichterungen für den Handel. So, wie Ihr es damals bei Bischof Ulman gemacht habt.«

»Man darf die beiden nicht miteinander vergleichen«, gab Duval zu bedenken. »De Guillory kennt keine Skrupel, und die Bewohner Varennes' kümmern ihn einen Dreck. Er ist ein viel gefährlicherer Gegner, als es Bischof Ulman war.«

»Das ist richtig«, stimmte Melville ihm zu. »Aber es wäre falsch, wenn wir uns davon einschüchtern lassen. Wenn wir etwas ändern wollen, müssen wir ihm irgendwann die Stirn bieten, daran führt kein Weg vorbei. Was meint Ihr, Michel?«

Michel dachte lange nach, ehe er antwortete. »Ich glaube, wir sollten etwas riskieren. Wir warten schon viel zu lange auf diese Gelegenheit. Wenn sich der Krieg ausweitet und die Zeiten härter werden, ist es dafür vielleicht zu spät. Dass wir vorsichtig sein müssen, steht außer Frage.«

Isoré Le Roux nickte zustimmend, und Duval schien zu erkennen, dass er auf verlorenem Posten stand. »Wie wollt Ihr vorgehen?«

»Wir brauchen wieder eine eigene Brücke«, sagte Albert, der noch ein Jüngling gewesen sein musste, als die alte abgebrannt war. »Wir sollten von de Guillory fordern, uns zu erlauben, sie wieder aufzubauen.«

»Das wird er niemals zulassen«, erwiderte Duval. »Davon abgesehen würde es nichts bringen. So oder so muss das Salz von der Saline durch sein Land. Wenn er es mit Zöllen belegen will, wird er einen Weg finden, das zu tun. Notfalls mit Sonderzöllen an den Grenzen seines Lehens.«

»Außerdem wäre eine derart weitreichende Forderung verfrüht«, sagte Melville. »Wir sollten bescheidener anfangen.«

»Die Frage ist doch: Was hemmt den Handel am meisten?«, warf Le Roux ein. »Es sind die überhöhten Marktabgaben, die de Guillory nie zurückgesetzt hat, obwohl seine Burg längst fertig ist. Dagegen müssen wir vorgehen!«

Diesmal galt die allgemeine Zustimmung ihm.

»Ich denke auch, dass wir hier ansetzen sollten«, sagte Michel.

»Aber wie?«, fragte Albert. »Indem wir nur noch die Abgaben zahlen, die wir für gerechtfertigt halten?«

»Das wäre eine Einladung an de Guillory und das Schöffenkollegium, uns alle wegen Verletzung der Steuergesetze in den

Kerker zu werfen. Nein, bevor wir so etwas tun, müssen wir uns absichern. Ich schlage vor, dass wir uns in dieser Angelegenheit an den Bischof von Toul wenden.«

Eudes I. de Vaudémont, der letzte Oberhirte der Diözese, war im vergangenen Jahr gestorben. Sein Nachfolger hieß Mathieu de Lorraine, und man sagte ihm nach, er sei kein Freund von de Guillory.

»Weswegen?«, fragte Le Roux. »Er hat keinerlei weltliche Befugnisse in Varennes.«

»Aber geistliche, und er hat bei seinen Predigten mehrmals angedeutet, dass es ihm nicht gefällt, wie de Guillory mit den Schäfchen seiner Herde umspringt. Wenn wir ihn bitten, die überhöhten Marktabgaben als unchristlichen Wucher und Ausbeutung des arbeitenden Standes zu geißeln, wird er uns diesen Wunsch gewiss nicht abschlagen.«

»Sehr gut«, sagte Melville. »Ein bischöfliches Dekret wäre genau der Schutzschild, den wir brauchen. Aber ich kenne de Lorraine. Er ist ein gerissener Fuchs. Er wird sich das etwas kosten lassen.«

»Natürlich«, stimmte Michel ihm zu. »Und nicht wenig. Mit vierzig, fünfzig Pfund Silber müssen wir rechnen. Aber das ist nichts, verglichen damit, was wir auf lange Sicht sparen, wenn de Guillory die Abgaben senken muss.«

»Können wir das aus der Gildekasse bezahlen?«, fragte Duval.

»Nur zur Hälfte, wenn wir die Kasse nicht vollständig leeren wollen, was ich nicht empfehle«, antwortete Melville. »Jeder von uns müsste zwei Pfund beisteuern. Seid ihr damit einverstanden, Brüder?«

Zwei Pfund waren ein annehmbares Opfer, und so nickten alle bis auf d'Alsace, der schon den ganzen Abend ein Gesicht wie zwei Fässer Essig machte.

»Dann ist es beschlossen«, sagte der Gildemeister. »Morgen früh sammle ich das Geld ein und reite nach Toul.«

September 1198

Varennes-Saint-Jacques

»Das solltet Ihr Euch anhören«, sagte Berengar.

Aristide stellte den Weinkelch auf den Tisch und trat ans Fenster des Saales. Am Marktkreuz stand ein Mann, reckte den Kopf und las aus einem Pergament vor.

»… nicht nur Ausbeutung, sondern gottloser Wucher«, rief er gerade. »Deshalb darf kein christlicher Mann und keine christliche Frau gezwungen werden, Zölle und Abgaben in dieser Höhe zu entrichten. Jeder, der Aristide de Guillory dabei hilft, dieses Wuchergeld einzutreiben, sei er nun Zöllner, Stadtknecht oder Marktaufseher, versündigt sich, und seine Verfehlung wird nicht dadurch gemindert, dass er dem Herrn von Varennes-Saint-Jacques Treue geschworen hat …«

»Schaff diesen Kerl her«, sagte Aristide. »Sofort.«

Kurz darauf stieß Berengar den Fremden herein. Der Mann stolperte in den Saal, warf Berengar einen wütenden Blick zu und schaute Aristide geradewegs in die Augen, während er seine Haltung straffte. Das war keiner dieser Verrückten, die gelegentlich auf dem Domplatz predigten. Er trug saubere Kleidung und hatte ordentlich gestutztes Haar, und an seiner rechten Hand glitzerte ein Silberring.

»Dies ist ein amtliches Edikt meines Herrn, Seiner Exzellenz Mathieu de Lorraine«, sagte er und wedelte mit dem Pergament. »Ihr habt kein Recht, mich daran zu hindern, es dem Stadtvolk zu verkünden.«

Aristide riss ihm die Rolle aus der Hand. Tatsächlich – unten prangte das Siegel des Bischofs von Toul. »De Lorraine ist also der Meinung, dass meine Abgaben zu hoch sind, ja? Was steht da noch?«

»Es handelt sich nicht bloß um eine Meinung«, erwiderte der Ausrufer frech. »Seine Exzellenz weist Euch und die Bürger Varennes' darauf hin, dass Abgaben in dieser Höhe Wucher nach den Bestimmungen des zweiten Laterankonzils sind. Ein Grundherr, der die ihm anvertrauten Christen in dieser Weise ausbeutet, handelt gegen den Willen von Kirche und Papst.«

»Und das ist deinem Herrn ganz plötzlich eingefallen? Er wurde nicht zufällig von der hiesigen Gilde dafür bezahlt, dieses Machwerk zu verfassen?«

»Davon weiß ich nichts. Ich muss Euch bitten, mich gehen zu lassen, damit ich das Dekret verlesen kann.«

»Tu, was du nicht lassen kannst. Na los, verschwinde.«

»Ihr lasst ihn einfach gewähren?«, fragte Berengar, als der Ausrufer gegangen war.

»Glaub mir, ich hätte diesen Kerl liebend gern in den Kerker geworfen«, sagte Aristide harsch. »Aber dann hätte ich morgen das ganze verdammte Bistum und übermorgen den Erzbischof zum Feind.«

Er setzte sich, mahlte mit den Kiefern und tippte mit den Fingerkuppen gegen den Weinkelch. Dass der Bischof ihm derart hinterhältig in den Rücken fiel, kam nicht überraschend – de Lorraine war ein jüngerer Bruder Ferrys und hatte noch nie einen Hehl aus seiner Verachtung für Aristide gemacht. Wahrscheinlich wartete er seit Monaten auf eine Gelegenheit, ihm zu schaden, weshalb er der Gilde, die ihn zweifellos dazu angestiftet hatte, mit Freuden zu Diensten gewesen war.

Was, bei allen Teufeln des Fegefeuers, mache ich jetzt?

Unter anderen Umständen wäre das Dekret nur ein Stück Pergament gewesen, ärgerlich zwar, aber ohne jede rechtliche Kraft. Die besondere Situation Varennes' jedoch bewirkte, dass er es keinesfalls ignorieren konnte. Der Bischof von Toul besaß in Varennes nach wie vor die geistliche Gerichtsbarkeit, der auch er unterstand. Wenngleich ihm de Lorraine die überhöhten Marktabgaben nicht direkt verbieten konnte, so rückte ihn das Dekret doch in die Nähe von Geldverleihern, Falschmünzern und anderen Sündern und Ketzern. Das würde seinem Ansehen einen empfindlichen Schlag versetzen, seine grundherrliche Autorität schwächen – und der Gilde genau den Vorwand liefern, den sie brauchte, um gegen die Abgaben aufzubegehren.

Er umklammerte den Weinkelch und verfluchte de Lorraine, Ferry und die ganze Familie de Bitche in den tiefsten Kreis der Hölle.

Auf dem Domplatz jubelte das Stadtvolk dem Ausrufer zu.

Charles Duval war der Erste, der sich das Dekret des Bischofs zunutze machte. Als er aus Épinal zurückkam, wo er eine Wagenladung Eisenerz eingekauft hatte, wurde er am Salztor von den Wachen und einem städtischen Zöllner angehalten. Während der Mann anhand seiner Liste den Wert der Waren schätzte, stand Duval mit verschränkten Armen da und stierte ihn an. Seine Knechte und die beiden Gildensöldner bauten sich mit den Händen an den Waffen hinter ihm auf.

»Der Einfuhrzoll beträgt achtzehn Sous«, sagte der Zöllner.

»Das ist zu viel«, erwiderte Duval. »Ihr bekommt zwölf, und keinen Denier mehr.«

»Nach dem Gesetz sind es sechs von hundert Teilen, und bei einem Warenwert von …«

»Das Gesetz ist falsch. Vier von hundert Teilen ist der übliche Zoll. Alles, was darüber liegt, ist unchristlicher Raub.«

Der Zöllner knallte seine Liste auf den Tisch neben dem Stadttor, kam näher und bleckte seine schlechten Zähne. »Das ist Rebellion. Ich sollte Euch auf der Stelle verhaften lassen und die Ware beschlagnahmen!«

»Ihr solltet Euch lieber um Euer Seelenheil sorgen«, entgegnete Duval. »Habt Ihr nicht das Dekret des Bischofs gehört?

Die überhöhten Marktabgaben verstoßen gegen die Gebote Gottes, und jeder, der de Guillory hilft, sie einzutreiben, versündigt sich. Wollt ihr deswegen zur Hölle fahren? Ist es das wert?«

Er hatte bewusst auch die Torwächter angesprochen. Wie der Zöllner waren sie einfache Männer, und die Erwähnung von Sünde und Hölle verunsicherte sie sichtlich.

Der Zöllner leckte sich die Lippen. »Dekret hin oder her, mein Herr hat mir nun einmal befohlen, sechs von hundert Teilen zu verlangen. Ich tue nur meine Arbeit.«

»Eine Arbeit, die Euch jeden Tag einen Schritt der Verdammnis näher bringt. Hier sind zwölf Sous. Nehmt sie und dankt mir dafür, dass ich Euch vor einer Sünde bewahrt habe.«

Duval kletterte auf den Wagenbock und trieb den Ochsen an. Dem Zöllner war anzusehen, dass seine Höllenfurcht mit seiner Angst vor de Guillory rang. Die Höllenfurcht siegte, und weder er noch die Torwächter hielten den Wagen auf.

Duval lächelte dünn, während er das Fuhrwerk zu seinem Haus am Domplatz lenkte.

Der Vorfall am Salztor verbreitete sich in Windeseile in Varennes, denn Duvals Knechte erzählten jedem von der Heldentat ihres Herrn. Bereits am Nachmittag wusste es die ganze Stadt, und es dauerte nicht lange, bis andere Duvals Beispiel folgten. Als Voclain, Sancere und Deforest Waren aus Metz und Troyes auf dem Markt verkauften, setzten sie durch, dass sie nur die alten Standgebühren zahlen mussten, die um ein Drittel niedriger waren als die derzeit gültigen. Das brachte ihnen die Bewunderung zahlreicher Kleinkrämer, Handwerker und Stadtbauern ein, die es ihnen in den folgenden Tagen gleichtaten. Ebenso viele Wirte: Als sie von den Ereignissen auf dem Marktplatz erfuhren, weigerten sie sich, die überhöhte *accisa* auf Wein und Bier zu entrichten, und wiesen die erbosten Steuereintreiber auf das bischöfliche Dekret hin.

De Guillory, sein Sarjant Berengar und das Schöffenkollegium waren machtlos dagegen. Sie befahlen ihren Bütteln, Zöllnern und Decimatoren, den Widerstand des Stadtvolks um jeden Preis zu brechen. Doch obwohl sie den Männern harte Strafen androhten, falls sie versagten, zeitigte die Maßnahme kaum Erfolg. Hier und da schafften es de Guillorys Handlanger, die Abgaben in voller Höhe einzutreiben; zwei besonders aufsässige Wirte verhafteten sie gar und steckten sie in den Hungerturm. Meist jedoch war die Furcht vor dem bischöflichen Dekret stärker als die Aussicht auf Strafe, sodass die Amtsmänner den Forderungen der Bauern, Krämer und Kaufleute allzu häufig nachgaben.

»Wie viel haben wir verloren?«, fragte Aristide vier Tage nach Duvals Auseinandersetzung mit dem Zöllner.

»Bis jetzt nur knapp fünf Pfund«, antwortete der Stadtkämmerer. »Aber es wird mehr werden. Viel mehr, fürchte ich. Wenn die ganze Stadt mitmacht, könnten es am Ende des Monats zwanzig sein.«

Mit finsterer Miene beobachtete Aristide das Treiben auf dem Marktplatz, während er am Fenster des Palastsaales stand. Zwanzig Pfund Verlust, Monat für Monat. Er hatte mit dem Gedanken gespielt, nach Toul zu reiten und diesen gottverdammten Pfaffen zu zwingen, das Dekret zurückzunehmen. Leider wusste er nicht, wie er das bewerkstelligen sollte. Wenn er dem Bischof Gewalt antat oder auch nur androhte, stand ihm Ärger mit Johann von Trier ins Haus. Und den Erzbischof wollte man nicht zum Feind haben.

Was also tun? Alle verhaften, die sich den Abgaben verweigerten? Er hätte es ohne zu zögern getan, wenn er sicher gewesen wäre, dass seine Leute mitspielten. Die gesamte Verwaltung Varennes' zog es jedoch vor, vor dem Bischof zu zittern, selbst wenn das bedeutete, Aristides Befehle zu missachten.

Er wandte sich um. Der Kämmerer hatte an seinen Nägeln gekaut und nahm hastig die Finger aus dem Mund.

»Wünscht Ihr außerdem die Aufzeichnungen über die Herdsteuer und die Einnahmen aus dem Freiteil zu sehen?«

»Verschone mich mit deinem Amtsstubengeschwätz. Geh. Mach lieber den Zöllnern Feuer unter dem Hintern, damit sie ihre Arbeit tun.«

Als der Kämmerer davonhuschte, blickte Aristide wieder aus dem Fenster. Irgendwo lachte ein Fischweib und schielte zu ihm hinauf, und er wusste, dass ihr Spott ihm galt. Genauso hatte es damals bei Bischof Ulman angefangen. Heimlich, still und leise hatte die Gilde seine Autorität in der Stadt untergraben, und ein Jahr später war seine Macht zusammengebrochen wie eine wurmzerfressene Mühle. Und wieso? Weil Ulman dem Treiben des Krämerpacks zu lange tatenlos zugesehen hatte.

Aristide würde nicht denselben Fehler machen. Er konnte vielleicht nicht verhindern, dass de Fleury wieder Handel trieb. Aber er würde nicht zulassen, dass man ihn um seine Steuereinnahmen brachte, die ihm nach Recht und Gesetz zustanden.

Es wurde Zeit für eine Lektion. Einen schmerzlichen Denkzettel, den die Gilde nicht so bald vergaß. Der ein für alle Mal klarstellte, was geschah, wenn man ihn herausforderte. Eine andere Sprache verstanden diese Krämer nicht.

Er rief nach Berengar.

Eine halbe Stunde später wusste der Sarjant, was er zu tun hatte.

Noch lange nach Einbruch der Dunkelheit saß Pierre Melville in seiner Amtsstube in der Gildehalle und kümmerte sich um die Bücher und Warenlisten. In den vergangenen Monaten hatte sich viel Arbeit angehäuft, da er fast den ganzen Sommer über auf Reisen gewesen war. Eigentlich war Arbeit bei Nacht verboten, da allein Schurken und Sünder bei Dunkelheit zugange waren. Verrichtete man jedoch nur leichtes Schreibhandwerk, drückte die Kirche meist ein Auge zu.

Als er die Halle schließlich verließ, ging es bereits auf die Matutin zu. Pierres Augen schmerzten vom schummrigen Kerzenlicht, und er sehnte sich nach seinem Bett. Morgen, beschloss er, würde er es ruhig angehen lassen. Aufreibende Tage lagen hinter ihm, und er hatte sich etwas Erholung verdient. Ein Gang zum Grab seiner Eltern, ein Besuch in der Schenke, mehr würde er nicht tun.

Er sperrte die Tür seines Hauses auf und betrat den dunklen Eingangsraum, wo ihn der vertraute Geruch nach Talg, frischem Salz und Tuchfarben erwartete. Seine Hausbedienten schliefen bereits. Um sie nicht zu wecken, schlich er die Treppe hinauf.

Es hatte sich einiges verändert in seinem Heim, seit seine Gemahlin vor zwei Sommern gestorben war. Sein fünfzehnjähriger Sohn arbeitete bei einem befreundeten Kaufmann in Nancy, damit er in der Fremde Erfahrungen sammeln konnte. Seine Tochter hatte vergangenen Herbst geheiratet und lebte mit ihrem Mann in einem hübschen Haus am Salztor. Pierre lächelte in sich hinein, während er in der Küche eine Kerze anzündete. Seine kleine Ide, Ehefrau, werdende Mutter – er konnte es kaum glauben. Für ihn war sie immer noch das wilde Mädchen, das tagaus, tagein durchs Haus getobt war.

Manchmal ertrug Pierre die Stille in diesen Kammern kaum. Er dachte darüber nach, wieder zu heiraten, damit das Leben in sein Haus zurückkehrte. Leider war es schwer, in einer kleinen Stadt wie Varennes eine gute Frau zu finden. Selbst für einen ansehnlichen und wohlhabenden Mann wie ihn.

Ich sollte noch einmal mit Charles reden, dachte er auf dem Weg zu seiner Schlafstube. Duval hatte eine große Familie und Brüder und Schwestern im ganzen Moseltal. Einige seiner Nichten kamen allmählich ins richtige Alter und waren recht hübsch. Vielleicht ließ sich da etwas machen.

Als er die Tür öffnete, sah er eine Bewegung am Rande des Lichtscheins. Pierre erschrak so sehr, dass er beinahe die Kerze fallen ließ.

»Wer seid Ihr?«, fragte er scharf und griff nach seinem Dolch. »Was tut Ihr in meinem …«

Der Schatten schnellte nach vorn. Heißer, abscheulicher Schmerz durchzuckte Pierres Leib. Er prallte gegen den Türsturz und rutschte zu Boden.

»Ihr …?«, flüsterte er, als er sah, wer sich zu ihm hinabbeugte.

Stille erfüllte den Saal der Gildehalle, drang in jeden Winkel, legte sich schwer auf die Männer an der Tafel. Ihre Gesichter waren blass. Sogar das Kerzenlicht wirkte kraftlos und trüb.

»Ihr alle wisst, warum ich euch rufen ließ«, ergriff Duval das Wort. Seine Augen waren rot und geschwollen. »Unser Meister und Schwurbruder Pierre ist tot. Er wurde heute Nacht in seinem Haus überfallen und ermordet.«

»De Guillory soll zur Hölle fahren«, murmelte René Albert. »Der Teufel soll ihn holen!«

»Wir wissen doch gar nicht, ob er dahintersteckt«, sagte Eustache Deforest. »Ein Kaufmann macht sich im Lauf seines Lebens viele Feinde, besonders, wenn er so erfolgreich ist, wie Pierre es war. Vielleicht war es ein Racheakt. Von einem Rivalen in Metz, dem er ein Geschäft weggeschnappt hat.«

»Natürlich war es de Guillory«, widersprach Duval. »Ich habe euch doch gesagt, dass er gefährlich ist. Pierres Tod ist eine Drohung an uns alle.«

»Charles hat recht«, sagte Michel. »Das ist de Guillorys Werk – darauf verwette ich mein ganzes Silber.«

»Gut«, sagte Sancere. »Dann lasst ihn uns für seine Tat zur Rechenschaft ziehen. Zeigen wir ihn beim Herzog an und bringen wir den Fall vor das Vasallengericht.«

»Hat es jemals zu etwas geführt, wenn Bürgerliche einen Edlen anzeigen?«, murmelte Aimery Nemours. »Herzog Simon wird uns kein Wort glauben.«

Alle blickten den Ministerialen an. Michel dachte, dass es Wochen her sein musste, dass Nemours bei den Gildezusammenkünften etwas gesagt hatte. Doch dies war keine Bemerkung von der Art, wie man sie von ihm erwartet hätte; sie war weder zynisch noch schadenfroh. Nemours war nicht weniger erschüttert von dem Vorfall als die übrigen Schwurbrüder.

»Dann soll uns das Schöffenkollegium eben beistehen!«, fauchte Albert.

»Das Schöffenkollegium hat schon lange keine Macht mehr«, erwiderte Nemours ruhig. »Das wisst ihr so gut wie ich.«

»Eine Anklage vor dem Vasallengericht hat keinen Sinn«, sagte auch Duval. »Wir können nicht das Geringste beweisen. Ich habe heute Mittag mit Pierres Hausbedienten gesprochen. Sie haben nichts gesehen und nichts gehört. Als sie Pierre in der Früh fanden, war der Mörder längst verschwunden.«

»Also lassen wir de Guillory ungeschoren davonkommen?«, fragte Voclain.

»Ich fürchte, darauf wird es hinauslaufen. Ich sehe jedenfalls keine Möglichkeit, ihm den Mord nachzuweisen und ihn zur Verantwortung zu ziehen.«

Abermals senkte sich Schweigen herab.

»Wir hätten niemals gegen die Abgaben aufbegehren dürfen«, sagte Fromony Baffour mit weinerlicher Stimme. »Das haben wir jetzt davon.«

»Trotzdem dürfen wir nicht aufgeben«, entgegnete Le Roux harsch. »Das ist doch genau das, was de Guillory will. Wir müssen weiter für unser Recht kämpfen.«

»Wenn wir das tun, lässt er noch einen von uns ermorden«, hielt Thibaut d'Alsace dagegen. »Und ich will nicht der Nächste sein, so viel ist sicher. Wir sollten vernünftig sein und einlenken.«

»Und vor de Guillory buckeln und uns wieder von ihm ausplündern lassen? Nein. Da mache ich nicht mit.«

»Dann seid Ihr ein Narr, Le Roux«, fuhr d'Alsace ihn an. »Ihr seid alle Narren. Was muss noch passieren, dass ihr begreift, dass wir der Obrigkeit nicht gewachsen sind? Es ist wie damals bei eurem törichten Kampf gegen Bischof Ulman. Keiner wollte unsere Warnungen hören, bis das Chaos ausbrach und das Unheil seinen Lauf nahm. Muss wieder ein Schwurbruder aufs Rad geflochten werden, damit ihr endlich aufwacht?«

Le Roux setzte zu einer zornigen Erwiderung an. Michel wechselte einen raschen Blick mit Duval, der unauffällig nickte. »Hört auf zu streiten, das führt zu nichts«, fiel er Le Roux ins Wort. »Ich weiß, viele von euch wollen das nicht hören, aber ich glaube, Fromony und Thibaut haben recht. Wenn wir jetzt nicht einlenken, werden wir das bitter bereuen. De Guillory hat doch jetzt bewiesen, dass er nicht einmal vor Mord zurückschreckt. Ich möchte nicht verantworten müssen, dass er noch einen Schwurbruder tötet.«

»Das heißt, Ihr wollt Euch ihm kampflos geschlagen geben?«, fragte Voclain. Der junge Kaufmann war immer ein Bewunderer Michels gewesen, und seine Enttäuschung sprach aus jeder Silbe.

»Nur für den Moment. Er ist zu stark für uns, ob es uns gefällt oder nicht. Wir müssen warten, bis sich uns eine bessere Gelegenheit bietet, zu unserem Recht zu kommen.«

»Und wann soll das sein?«, wollte Albert wissen.

»Das weiß ich nicht. Aber ich rate euch, Geduld zu haben. Wenn ich in den letzten zehn Jahren eines gelernt habe, dann, dass es klüger ist, den rechten Moment abzuwarten, statt vorschnell zu handeln.«

»Sind alle damit einverstanden?«, fragte Duval die Schwurbrüder.

Le Roux, Albert und Voclain machten keinen Hehl aus ihrer Wut und Verbitterung, doch keiner von ihnen widersprach.

»Glaubt uns, es ist besser so«, sagte Duval. »Jetzt geht nach Hause und betet für Melvilles Seele. In zwei Wochen kommen wir wieder zusammen und wählen einen neuen Meister.«

Ohne den Rückhalt der Gilde verloren die Kleinkrämer, Stadtbauern und Handwerker rasch ihren Mut. Nach und nach beugten sie sich den städtischen Zöllnern und Marktaufsehern. Bald sprach niemand mehr von Mathieu de Lorraines Dekret gegen die unchristliche Steuerlast.

Die Wirte wurden öffentlich mit vierzig Stockhieben gezüchtigt. Beide überlebten schwer verletzt. Einer wurde durch die Strafe zum Krüppel und war fortan von der Mildtätigkeit seiner Familie abhängig.

Am nächsten Tag entrichteten wieder alle Bürger Zölle und Abgaben in voller Höhe.

So endete die kürzeste Rebellion in der Geschichte Varennes'.

»Es steht außer Frage, wer der nächste Gildemeister wird«, sagte Duval wenige Tage vor der Versammlung der Schwurbrüder, als sie in Michels Stube zusammensaßen. »Ihr natürlich.«

»Ich werde mich nicht zur Wahl stellen«, erwiderte Michel.

»Wieso nicht, beim heiligen Jacques? Ihr wart der beste Meister, den wir je hatten. Wenn jemand die Gilde aus diesem Jammertal herausführen kann, dann Ihr.«

»Wenn die Gilde mich wählt, landen wir noch tiefer im Jammertal. De Guillory würde das als Kriegserklärung auffassen und alles daransetzen, uns zu vernichten. Und Ihr wisst, dass wir diesen Kampf verlieren würden, so wie es gerade um uns steht.«

Duval lehnte sich zurück und schwieg. »So habe ich das noch nicht betrachtet. Ja, das könnte geschehen.« Ratlos rieb er sich die Nase.

»Was wir jetzt brauchen«, sagte Michel, »ist ein Meister, der unsere Interessen vertritt, ohne dass de Guillory es als Affront auffasst. Ein Mann, der in der Lage ist, gemäßigt aufzutreten und zwischen den Lagern zu vermitteln. Der sich schützend vor die Gilde stellt, wenn es nötig ist.«

»Eine nahezu unmögliche Aufgabe. Keiner von uns besitzt so viel Weisheit und Stärke.«

»Doch. Ihr.«

»Nein«, sagte Duval. »Nein, auf keinen Fall. Ich bin nur ein alter Säufer mit dem Herzen eines Krämers. Ich würde alles nur noch schlimmer machen.«

»Ihr seid einer der klügsten Männer, die ich kenne. Ihr versteht mehr von unseren Gesetzen als so mancher gelehrte Legist. Und die jungen Mitglieder hören auf Euch.«

»Trotzdem. Ich bin diesem Amt nicht gewachsen.«

»Wer soll es sonst machen? Nemours? D'Alsace? Auf keinen Fall. Und Le Roux ist ein Hitzkopf – er würde uns in Teufels Küche bringen.«

»Einer der Jungen soll zeigen, was er kann.«

»So sehr ich Albert und die anderen schätze, aber ihnen fehlt die Erfahrung.«

»Ihr hattet damals auch keine Erfahrung.«

»Ich hatte berechenbare Gegner. Heute ist das Leben in Varennes unübersichtlicher und gefährlicher. Außerdem haben wir Krieg. Niemand weiß, was die Zukunft bringt.«

Duval stand auf, ging in der Stube umher und warf die Arme in die Luft. »Wieso müsst Ihr mich so in die Ecke drängen? Habt Erbarmen mit mir!«

»Ihr hattet damals auch keins mit mir«, sagte Michel lächelnd. »Stellt Euch der Aufgabe, Charles. Bitte. Ich weiß, Ihr werdet es schaffen. Tut es für die Gilde.«

Duvals Seufzer war tief und schwer. »Na schön. Na schön. Um meines Seelenfriedens willen stelle ich mich zur Wahl. Aber wenn die Gilde in einem halben Jahr bis zum Hals in Schwierigkeiten steckt, sagt nicht, ich hätte Euch nicht gewarnt.«

»Ihr werdet das Richtige tun, da bin ich sicher.«

Vier Tage später wurde Charles Duval von den Schwurbrüdern zum neuen Gildemeister gewählt.

Oktober bis Dezember 1198

Varennes-Saint-Jacques

Michel hatte sich nicht in Duval getäuscht: Sein alter Freund führte die Gilde vom ersten Tag an umsichtig und klug, mehrte ihre Rücklagen und verhalf den Schwurbrüdern zu einträglichen Geschäften. Als de Guillory ihn einbestellte und ihn wissen ließ, dass er eine neuerliche Rebellion gegen seine Herrschaft nicht dulden werde, schluckte Duval seinen Stolz hinunter und erklärte demütig, der Aufstand gegen die Marktabgaben sei ein Fehler gewesen. In Zukunft werde man Meinungsverschiedenheiten mit dem Stadtherrn am Verhandlungstisch lösen. Vermutlich glaubte de Guillory ihm nicht, doch er ließ die Gilde vorerst in Ruhe.

Auch Michel behelligte er nicht mehr. Nun, da die Gilde keine Gefahr mehr für ihn darstellte, sah er offenbar keine Notwendigkeit, Michels Geschäfte zu behindern. Während der Herbst mit Regen und Nebel im Moseltal Einzug hielt, trauten sich die Bauern und Handwerker Varennes' allmählich wieder, mit ihm zu handeln. Zur Saline fuhr Michel trotzdem nicht; er wickelte den Salzeinkauf weiterhin über die Gilde ab. Auch auf Handelsreisen ging er nach wie vor nicht allein – eine Vorsichtsmaßnahme, falls de Guillory es sich anders überlegte. Aus demselben Grund behielt er die Söldner, wenngleich er sie von nun an aus der eigenen Tasche bezahlte, um die Kasse der Gilde zu schonen. Da ihr Sold Woche für Woche eine beträchtliche Summe verschlang, entließ er zu Allerheiligen vier der sechs Männer. Zwei Krieger, die Tag und Nacht sein Leben schützten, erschienen ihm genug.

Währenddessen tobte der Krieg im Nordosten mit unverminderter Härte. Otto und Philipp lieferten sich am Niederrhein und im deutschen Moselland blutige Schlachten, ohne dass aus den Kämpfen ein Sieger hervorgegangen wäre. Das Kriegsglück wechselte so häufig die Seiten wie manch ein Verbündeter der rivalisierenden Könige. Die letzten Hoffnungen auf einen baldigen Frieden wurden unter den Hufen der Schlachtrösser, den Stiefeln der Soldaten zertrampelt. Nicht einmal in der Adventszeit schwiegen die Waffen.

Schnee wirbelte gegen die Fensterverschlüsse aus dünnem Kalbsleder und sammelte sich auf den Simsen, während der Wind um das Gebäude pfiff. Obwohl ein halber Baumstamm im Kamin verbrannte, war es kalt im großen Saal des Bischofspalastes – doch lange nicht so eisig wie auf Burg Guillory, wo der Winter durch jede Fuge der uralten Mauern drang.

Aristide war seit zwei Tagen hier. Yolande durfte unter keinen Umständen erfahren, wen er zu empfangen gedachte und worüber sie sprechen würden. Es könnte ihn den Kopf kosten.

Er kam gerade von seiner wöchentlichen Unterredung mit dem Schöffenkollegium, als ein Diener seinen Besucher meldete. »Walram von Limburg ist da, Herr.«

»Führ ihn herauf.«

Der Ritter, der kurz darauf den Saal betrat, sah so deutsch aus, wie ein Mann nur aussehen konnte: groß, breitschultrig, blond, mit einem Gesicht, das aus klaren, harten Linien bestand. Ein frisch verheilter Schnitt verlief quer über seine Wange. Von Limburg kam von den Schlachtfeldern am Niederrhein und hatte noch vor zwei Wochen gegen die Truppen der Staufer gefochten.

»Herr de Guillory«, sagte er ohne den Anflug eines Lächelns. »Ich danke Euch für dieses Treffen und bestelle Euch Grüße von meinem König Otto von Braunschweig.«

Von Limburg sprach Französisch, und das war ein Glück, denn Aristides Deutsch und Latein waren lausig.

Der Diener brachte zwei Kelche mit heißem Würzwein, und sie nahmen den Willkommenstrunk.

»Wer weiß, dass Ihr hier seid?«, fragte Aristide.

»Otto, niemand sonst. Können wir hier ungestört reden?«

Aristide gab dem Diener ein Zeichen, woraufhin der Mann den Saal verließ und die Tür hinter sich schloss. Von Limburg wartete, bis die Schritte verklungen waren, bevor er sagte: »Ich bin kein Mann großer Reden, de Guillory. Lasst uns gleich zum Kern der Sache kommen.«

»Das wäre ganz in meinem Sinne.«

»Ich nehme an, Ihr habt gehört, dass der Krieg auf der Stelle tritt. Weder Otto noch Philipp können eine Entscheidung herbeiführen, denn sie sind einander ebenbürtig. Siegen wird, wem es gelingt, die meisten Fürsten und Edlen um sich zu scharen.«

Aristide nickte schweigend.

»Jeder Mann ist Otto willkommen«, fuhr von Limburg fort, »besonders, wenn er über reiche Lehen und eine Handelsstadt gebietet. Deshalb war Otto nicht wenig erfreut, als Ihr ihn wissen ließet, dass Ihr Euch ihm anschließen wollt.«

»So weit sind wir noch nicht. Ich sagte, dass ich mit dem Gedanken spiele. Ich sagte aber auch, dass meine Unterstützung einen Preis hat.«

»Was verlangt Ihr?«

»Ich fühle mich von meinem Lehnsherrn im Stich gelassen. Das letzte Mal, dass er mich für meine Treue angemessen belohnt hat, ist Jahre her.«

»Ich dachte, Herzog Simon hält große Stücke auf Euch.«

»Vielleicht war das einmal so. Aber Simon hat mich längst vergessen. Schuld daran ist mein Schwager.«

»Ferry de Bitche.«

»Ja. Er arbeitet gegen mich und verhindert mein Fortkommen. Wenn ich Otto helfen soll, will ich ein Versprechen von ihm: Sowie er den Krieg gewonnen hat und Kaiser ist, wird er mir zu meinem Recht verhelfen. Er wird mir Macht und Land schenken und dafür sorgen, dass Ferry mir nicht mehr im Weg steht. Kann er mir dieses Versprechen geben?«

»Ich denke, das wird er tun«, antwortete Ottos Unterhändler. »Die Châtenois sind seine Feinde, wie alle Anhänger des Hauses Hohenstaufen.«

»Gut. Redet mit Eurem König. Wenn ich sein Wort habe, ist ihm meine Hilfe sicher.«

»Wie wollt Ihr ihn unterstützen?«, fragte von Limburg. »Ihr könnt kaum an Ottos Seite in die Schlacht ziehen. Simon würde Euch diesen Verrat nie verzeihen. Er würde Euch der Felonie anklagen und Euch alle Lehen entziehen.«

»Das weiß ich«, gab Aristide gereizt zurück. »Glaubt Ihr, ich habe darüber nicht nachgedacht? Es gibt viele Möglichkeiten, wie ich Otto helfen kann, ohne in Erscheinung zu treten. Er wird Geld brauchen, um seinen Krieg zu führen. Ich habe viel davon. Er kann jeden Monat eine großzügige Summe haben.«

»Dringender als Silber braucht er Männer.«

»Ich kann ihm Söldner schicken, die für ihn kämpfen. Vierzig Mann in Waffen. Flamen. Sie sind die Besten. Diese Kerle würden sogar ihre liebe Großmutter schänden, wenn Otto dies verlangte.«

»So etwas befiehlt Otto seinen Männern nicht«, sagte von Limburg indigniert.

Aristide machte eine abwiegelnde Handbewegung. »Kommen wir ins Geschäft?«

»Ich spreche mit meinem König und werde Euch seine Entscheidung mitteilen.«

Und damit war alles gesagt.

Als Walram von Limburg gegangen war, um die lange Rückreise an den Niederrhein anzutreten, setzte sich Aristide ans Feuer und trank den restlichen Wein.

Jetzt gab es kein Zurück mehr.

Januar 1199

Vogtei Altrip

In Altrip war Markt, wie an jedem zweiten Mittwoch des Monats. Isabelle schlenderte an den Ständen vorbei, einen Korb über den Arm gehängt, während Rémy vor Bauer Anselms Scheune mit zwei gleichaltrigen Jungen aus dem Dorf herumtobte, Quirin und Jakob. Es war klirrend kalt, und anders als im Frühjahr und Sommer war kein einziger auswärtiger Händler zugegen. Nur einheimische Bauern und Handwerker boten auf dem Dorfplatz ihre Waren feil, unter der Aufsicht des Schultheißen Gregor von Worms. Der feiste Amtsmann stützte sich mit dem Ellbogen auf einen Zaun, plauderte mit Anselm und schenkte dem Geschehen nur wenig Beachtung.

Thomasîn brauchte neue Schlachtmesser. Die alten hatte er schon tausendmal geschärft, und sie taugten nichts mehr. Isabelle schlenderte zum Tisch des Dorfschmieds und begutachtete die Auslagen. Die Werkzeuge waren ausnahmslos von hoher Qualität und konnten sich mit den Erzeugnissen der Schmiede von Speyer messen.

Sie war das letzte Mal am zweiten Advent in der Reichsstadt gewesen, und sie beschloss hinzureiten, sobald es nicht mehr so kalt war. Gewiss wartete in der Herberge am Holzmarkt ein Brief von Michel auf sie. Außerdem wollte sie nach ihrer Mutter sehen. Seit zwei Jahren war Marie ein steter Quell des Kummers. Sie hatte wieder geheiratet, einen alten, aber wohlhabenden Speyerer Kaufmann. Und obwohl ihr Gemahl ihr ein Leben in Luxus bot, gab sie sich mehr und mehr dem Wein hin. Onkel Eberold und Tante Galienne hatten angedeutet, zu Allerheiligen sei sie so betrunken gewesen, dass man sie nur knapp vor einem peinlichen Ausbruch im Dom habe bewahren können.

»Habt Ihr Euch entschieden, Madame?«, fragte der Schmiedelehrling.

Madame – jeder in Altrip nannte sie so. Was als gutmütiger Spott begonnen hatte, hatte sich längst verselbstständigt.

»Ich überlege noch. Diese beiden sehen gut aus.«

»Macht vier Pfennig das Stück.« Isabelle entging nicht, dass der Bursche sie mit Blicken verzehrte.

Als sie gerade ihr Geld hervorholte, drangen Rufe an ihr Ohr.

»Soldaten! Ottos Streitmacht rückt an. Sie plündern alles. Lauft um euer Leben!« Ein Junge von vierzehn, fünfzehn Jahren rannte über den Platz und wedelte mit den Armen. »Beeilt euch!«, brüllte er. »Sie sind gleich hier.«

Unruhe machte sich unter den Dörflern breit. Eine Frau begann zu schluchzen und presste ihren Säugling an sich. Mehrere reckten die Köpfe, auch Isabelle, doch in der Ferne war nichts zu sehen.

»Bleibt ruhig«, sagte der Schultheiß und übertönte das Stimmengewirr. »Geht nach Hause und verrammelt Fenster und Türen.«

Seine Mahnung half nichts. Keinen Herzschlag später rannten die Dörfler durcheinander, schrien, stießen die Tische mit den Waren um. Isabelle bahnte sich einen Weg durchs Gedränge und rief nach Rémy.

Ihr Sohn stand verloren vor der Scheune; seine Freunde hatten sich bereits aus dem Staub gemacht.

»Komm.« Sie ergriff seine Hand. »Wir müssen nach Hause, Vater und die anderen warnen.«

»Werden die Soldaten Altrip niederbrennen?«, fragte er, während sie aus dem Dorf eilten.

»Bete, dass Gott uns schützt.«

»Ich will nicht, dass Quirin und Jakob etwas zustößt!«

»Bestimmt sind sie längst in Sicherheit. Jetzt komm, Rémy. Wir müssen uns beeilen.«

Als sie die Anhöhe hinaufliefen, sah Isabelle im Süden Rauch aufsteigen. *Speyer?*, dachte sie mit einem eisigen Ziehen im Magen. Nein, der Rauch war zu nah. Vermutlich einer der Weiler am Flussufer.

Reiter jagten über die Ebene, gepanzerte Ritter in grünen Röcken. Auf ihren Schilden befand sich ein Wappen, das Isabelle nicht kannte, ein schwarzer Eber mit bösartigen Hauern. Im Galopp näherten sie sich Altrip, zwanzig, dreißig, vielleicht noch mehr. Eine halbe Meile weiter im Süden erschienen Fußsoldaten zwischen den Bäumen, eine ganze Streitmacht mit Bannern, Ochsenwagen und Lasttieren.

Wieso kam der Krieg plötzlich in ihre Heimat? All die Monate war er doch fern gewesen, hatte weit im Norden getobt, in Brabant, Westfalen und Thüringen. Einmal mehr verfluchte Isabelle die Abgeschiedenheit von Thomasîns Hof, wo sie von allen Nachrichten abgeschnitten waren. In Speyer wusste man vermutlich seit Tagen, dass Ottos Streitmacht nahte, und hatte Vorkehrungen treffen können. Hier draußen hingegen war man der plündernden Horde schutzlos ausgeliefert.

Isabelle wusste nicht, wie die Stadt Speyer und die Vogtei Prüm zum Gegenkönig standen, ob sie ihn anerkannten oder nicht – kaum jemand überschaute das verworrene Bündnisgeflecht dieses Krieges. Es war ohnehin kaum von Belang. Was immer Ottos Heer in diese Gegend geführt hatte, die Soldaten waren ausgehungert vom langen Winter und würden sich holen, was sie brauchten, gleichgültig, ob sie hier auf Freund oder Feind trafen. Isabelle konnte nur hoffen, dass die Krieger Thomasîns Gehöft übersahen. *Vielleicht*, dachte sie, *finden sie in Altrip genug Essen und ziehen weiter, ohne uns zu behelligen.* Es war ein widerwärtiger Gedanke, für den sie sich schämte – die Bewohner Altrips waren brave Christen, die solch ein Schicksal nicht verdient hatten. Und doch war es ihre einzige Hoffnung für ihre kleine Familie.

Als der Hof in Sicht kam, lief sie schneller; Rémy hatte Mühe, mit ihr Schritt zu halten. Sie würden sich im Wald verstecken, bis die Soldaten fort wären. Sie hatten genug Vorräte im Haus, dass sie einige Tage überstehen konnten. Wenn sie sich beeilten, konnten sie vielleicht sogar ein paar ihrer Tiere vor den Plünderern retten.

Was war das für ein Pferd? Es stand hinter dem Stall, sodass Isabelle nur das Hinterteil sehen konnte. Es schlug mit dem Schwanz. Rufe drangen an ihr Ohr, raue Stimmen, die sich einer fremden Sprache bedienten.

Ein Mann erschien neben dem Pferd, ein Krieger, der ein Kettenhemd, schwere Stiefel und einen spitzen Helm trug. Bevor er sie sehen konnte, zog Isabelle Rémy ins Gebüsch, duckte sich und presste ihren Sohn an sich.

Der Soldat bellte einen Befehl, woraufhin zwei weitere Kriegsknechte auftauchten, Streitäxte in den Händen.

»Was sind das für Männer, Mutter?«, flüsterte Rémy mit geweiteten Augen.

Sie sind uns zuvorgekommen, wir sind zu spät, zu spät. Isabelle wusste, sie durfte nicht zulassen, dass das Grauen sie überwältigte. Sie brauchte einen klaren Kopf, wenn sie Rémy und sich retten wollte. »Bleib hier und mach dich so klein du kannst. Rühr dich nicht von der Stelle, hast du verstanden?«

»Wo willst du hin?«

»Ich sehe nach, was da los ist.«

Sie küsste Rémy den Kopf und kroch durch das verschneite Gebüsch, bis sie besser sehen konnte.

Sieben Schlachtrösser standen vor den Gebäuden. Drei der Reiter passten auf die Pferde auf, während die anderen das Haus und die Scheune durchsuchten. Nun erkannte Isabelle den seltsamen Zungenschlag, den sie gebrauchten: Die Männer waren Flamen, wahrscheinlich Soldkrieger aus Gent oder Brügge. Die schlimmsten Mordbrenner zwischen der Nordseeküste und den Alpen.

Wo ist Thomasîn?

Die Tür des Haupthauses flog auf, und ihr Gemahl stolperte nach draußen, gefolgt von Boso und den beiden Mägden, die vor Angst schluchzten. Sie waren unverletzt – noch. Zu guter Letzt trat ein Flame ins Freie und versetzte Boso einen Stoß, sodass der Knecht gegen die Mägde prallte.

Thomasîn baute sich schützend vor seinen Dienstleuten auf. Falls er Furcht empfand, so zeigte er sie nicht. Mit finsterer Miene starrte er die Söldner an, die Brot, Käse, Rüben, Würste und andere Vorräte zusammentrugen und bei den Pferden in Säcke stopften.

Ich muss ihm helfen, dachte Isabelle. *Nur wie?* Die Flamen waren zu siebt und bis an die Zähne bewaffnet. Selbst wenn sie ein Schwert oder eine Axt gehabt hätte, hätte sie nicht das Geringste ausrichten können. Sie hatte keine Wahl, als in ihrem Versteck zu bleiben und zu hoffen, dass die Männer Thomasîn und die Bediensteten verschonten und Rémy und sie nicht entdeckten.

Sie blickte zu ihrem Sohn, der sich so tief im Gestrüpp zusammengekauert hatte, dass selbst sie ihn kaum sah. *Guter Junge.*

Die Flamen unterhielten sich in ihrer gutturalen Sprache, während sie die Säcke füllten. Einer der Söldner, augenscheinlich der Anführer, befahl einem seiner Männer, in den Stall zu gehen. Der Mann gehorchte und kam kurz darauf mit einer Kuh zurück, der er einen Strick um den Hals gebunden hatte. Es war Krimhilde, ihr schönstes und kräftigstes Tier, das stets zuverlässig Milch gab. Unsanft zerrte der Söldner sie aus dem Stall.

»Nein«, sagte Thomasîn. »Ihr könnt all meine Vorräte haben, aber nicht mein Vieh. Bitte. Ohne das Vieh gehen wir zugrunde.«

Der Anführer der Flamen trat vor ihn und blickte ihm in die Augen, was seltsam komisch aussah, da er einen ganzen Kopf kleiner war als der Freibauer. Plötzlich zuckte seine behandschuhte Faust vor und traf Thomasîn in die Magengrube. Thomasîn krümmte sich ächzend und brach in die Knie, obwohl er hart im Nehmen war. Die Mägde schrien, Boso taumelte mit aufgerissenen Augen zurück. Auch Isabelle hätte beinahe aufgestöhnt. Im letzten Moment biss sie die Zähne zusammen und unterdrückte jeden Laut.

Die übrigen Söldner lachten. Ihr Anführer stellte Thomasîn den Stiefel auf die Brust und stieß ihn um, sodass er seitlich in den Schnee kippte, das Gesicht verzerrt. Isabelle beschloss, zu Rémy zurückzukehren. Ihr Sohn war gewiss vor Angst erstarrt, als er die Schreie gehört hatte. Sie musste auf ihn aufpassen, damit er nichts Unbedachtes tat, das ihn verraten könnte.

Als sie gerade unter den eisverkrusteten Ästen hindurchkriechen wollte, bemerkte sie eine Bewegung bei der Kornkammer. Winand erschien hinter dem Balkengerüst, das den Speicher trug – offenbar hatte er sich die ganze Zeit versteckt. In den Händen hielt er Thomasîns alte Armbrust. Der Knecht sah Thomasîn auf dem Boden liegen, und nach dem Grauen in seiner Miene zu schließen, schätzte er die Situation völlig falsch ein. Er sprang auf und rannte über den Hof.

Einer der Söldner riss den Kopf herum. Obwohl Winand keine Anstalten machte, auf die Flamen zu schießen, sah der Mann offenbar nur die Armbrust in seinen Händen. Blitzschnell griff er zum Gürtel, zückte ein Messer und warf es. Die Klinge traf Winand zielgenau zwischen Adamsapfel und Schlüsselbein und bohrte sich bis zum Heft in sein Fleisch.

Ruckartig blieb der Knecht stehen, taumelte zwei, drei Schritte nach hinten, in den Augen einen Ausdruck höchster Verblüffung. Er ließ die Armbrust fallen, seine Hände fanden den Messergriff, umklammerten ihn. Aus seinem Mund schoss eine Blutfontäne, dann brach er zusammen und fiel in den Schnee.

Inzwischen hatten alle Flamen ihre Waffen gezogen. Der Anführer brüllte einen Befehl, woraufhin drei Männer Boso und die Mägde auf die Knie zwangen und mit ihren Schwertern in Schach hielten. Drei weitere rannten zum Kornspeicher und schauten nach, ob sich dort weitere Feinde verbargen. Als sie nichts fanden, kehrten sie zurück, die Söldner stiegen in die Sättel und ritten mit den gestohlenen Vorräten und Krimhilde davon.

Boso und die Mägde waren so verängstigt, dass sie nicht aufzustehen wagten. Allein Thomasîn erhob sich, obwohl er immer noch Schmerzen litt. Sein Blick fand Winand. Er setzte sich in Bewegung, zunächst langsam und schlurfend, als müsse sein massiger Körper erst in Gang kommen – dann immer schneller. Er eilte über den Hof, fiel neben Winand auf die Knie. Schob ihm die Hände unter die Achseln, presste ihn an sich und umschlang ihn mit beiden Armen, während Winands Blut den Schnee rot färbte. Thomasîn senkte den Kopf und vergrub sein Gesicht in Winands Haar. Seine Schultern bebten, und Isabelle vernahm einen tierhaften, winselnden Laut.

Er weint. Bei Gott, er weint. Noch nie hatte er das getan, in all den Jahren ihrer Ehe nicht.

Ihr wurde bewusst, dass sie stand, obwohl sie sich nicht daran erinnern konnte, sich aufgerichtet zu haben. *Rémy!,* durchfuhr es sie, und mit unsicheren Schritten eilte sie zu ihrem Sohn, der immer noch in seinem Versteck kauerte.

»Mutter«, sagte er, als sie in die Hocke ging und ihn in die Arme schloss. »Was ist passiert?«

Der Junge zitterte am ganzen Körper. Sie dankte Gott, dass er von hier aus nicht gesehen hatte, was geschehen war.

»Schau nicht hin«, flüsterte sie und rieb ihm über das Haar. »Alles wird gut, mein Schatz. Alles wird gut.«

Grafschaft Auvergne

Am Morgen war wieder so viel Schnee gefallen, dass Michel kaum die Tür aufbekam, als er nach dem Mittagsmahl die Herberge verlassen wollte. Ächzend stieß er sie auf und trat, in einen dicken Wollmantel gehüllt, ins Freie. Seine Stiefel versanken in der weißen Masse. Es schneite noch immer, dicke Flocken, die so dicht fielen, dass er die Hütten auf der anderen Seite des Dorfplatzes allenfalls schemenhaft erkennen konnte.

Er zog seine Kapuze auf und blickte zu den Basaltfelsen, die die Ortschaft umgaben, turmhohe Schatten inmitten des Schneetreibens. Keine Menschenseele war zu sehen. Die Bewohner Murats waren klug genug, bei diesem Wetter in ihren Hütten zu bleiben und sich am Herdfeuer zu wärmen.

Irgendwo in den Bergen heulte ein Wolf. Ein zweiter antwortete mit klagendem Winseln.

Michel machte sich nicht die Mühe, zu den Scheunen hinter dem Dorfbrunnen zu gehen, wo ein breiter Weg zum Flusstal hinunterführte – er wusste auch so, was er dort vorfinden würde: Schneemassen, inzwischen wohl gut zwei Ellen tief, die den Karrenpfad für ihre Wagen und Saumtiere unpassierbar machten, auf Wochen, wenn sie Pech hatten. »Isoré und seine Ungeduld sollen verdammt sein«, murmelte er, während er wieder hineinging.

Dabei hatte diese Handelsreise durchaus vielversprechend begonnen. Nachdem Michel Mitte November aus Altrip zurückgekehrt war, wo er Rémy besucht hatte, war er mit Le Roux, Deforest und de Neufchâteau nach Aurillac im Westen der Auvergne aufgebrochen. Eigentlich war es bereits zu spät für eine lange Reise gewesen, doch wegen des guten Wetters hatten sie beschlossen, es zu riskieren, denn sie alle hatten die Gerüchte gehört, in Aurillac gebe es Waren aus Südfrankreich und Spanien zu günstigen Preisen. Tatsächlich hatten sie in der auvergnischen Handelsstadt Berge von feinstem Leder und Tuchen aus Perpignan vorgefunden, begehrte Güter, mit denen sie sich in rauen Mengen eindeckten. Michel wünschte, er hätte danach auf sein Gespür gehört und darauf bestanden, dass sie auf demselben Weg heimkehrten, den sie hergekommen waren. Doch Isoré Le Roux hatte die anderen überredet, mitten durch das Zentralmassiv zu reisen, um Zeit und Wegezoll zu sparen. »Das ist der mildeste Winter seit Jahren«, hatte er gesagt. »Nirgendwo die kleinste Schneeflocke, und obendrein warm wie im April. Das müssen wir ausnutzen. Jetzt seid doch nicht so verzagt. Das ist doch sonst nicht Eure Art.«

Widerstrebend hatte Michel sich der Mehrheit gebeugt, woraufhin sie geradewegs ins Gebirge gezogen waren. Die Strafe für ihren Leichtsinn hatte nicht lange auf sich warten lassen: Bereits in der zweiten Nacht hatte es heftig zu schneien begonnen, und es war ihnen mit letzter Kraft gelungen, in Murat Zuflucht zu suchen, bevor die Täler in Eis und Schnee versanken.

Das war vor zwei Wochen gewesen. Seitdem saßen sie in diesem abgelegenen Bergdorf fest und konnten nichts tun, als Gott und den heiligen Nikolaus um besseres Wetter zu bitten, damit sie endlich weiterziehen konnten. Doch wie es schien, war weder der eine noch der andere geneigt, ihre Gebete zu erhören. Michel stellte sich darauf ein, noch viele Wochen in Murat ausharren zu müssen.

Er stampfte mit den Stiefeln auf, hängte seinen Mantel an den Haken neben der Tür und durchquerte den schummrigen Schankraum. Sie waren die einzigen Gäste in der kleinen Herberge, in der im Frühjahr und Sommer Flößer, Holzfäller und Fallensteller abstiegen. Le Roux, Deforest und de Neufchâteau saßen mit ihren Knechten und Söldnern am Kaminfeuer und vertrieben sich die Zeit mit *Tric Trac* und anderen Spielen.

»Setzt Euch zu uns«, forderte Deforest ihn auf.

Michel winkte ab. Wenn er seinen Gefährten Gesellschaft leistete, würde es keine halbe Stunde dauern, bis er mit Le Roux

Streit bekam, und gestritten hatten sie in den letzten Tagen wahrlich genug. Er öffnete eine Tür im rückwärtigen Teil des Schankraumes und betrat die Küche, wo Josiane gerade Näpfe und Löffel abspülte.

»Es hört überhaupt nicht mehr auf zu schneien«, meinte er.

»Hab ich's dir nicht gesagt? Die Winter hier im Zentralmassiv sind kalt, lang und gnadenlos. Finde dich damit ab. Hier. Fass mal mit an.«

Sie drückte ihm ein Tuch in die Hand, und er half ihr, das Geschirr vom Mittagsmahl abzutrocknen.

»Der alte Bauer von nebenan meint, im Februar seien die Wege meistens frei.«

»Élie ist ein Dummkopf. Gib nichts auf sein Geschwätz. Ich habe schon erlebt, dass die Pässe bis März verschneit sind.« Sie warf ihm einen spöttischen Blick zu. »Ob es dir passt oder nicht, so schnell wirst du mich nicht los.«

»Es gibt Schlimmeres«, sagte er lächelnd.

Josiane, eine blonde Schönheit, war ihre Wirtin und führte die Herberge seit dem Tod ihres Mannes vor nunmehr fünf Jahren allein. Vom ersten Tag an hatte sie Gefallen an Michel gefunden, was sich gut traf, denn er hatte auch Gefallen an ihr gefunden. Josiane war ein Geschenk des Himmels in diesem verschlafenen Dorf am Ende der Welt. Ohne sie wäre er gewiss längst vor Langeweile und Stumpfsinn gestorben.

Als sie mit dem Abtrocknen fertig waren, umfasste er ihre Taille und küsste sie.

»Nicht«, protestierte sie halbherzig. »Ich muss noch Holz hacken, sonst müssen deine Freunde frieren.«

»Na und? Strafe muss sein.« Er zog sie an sich und bedeckte ihren Hals mit Küssen.

»Du bist ja unersättlich. Sind alle Männer von Varennes so verdorben wie du?«

»Nur, wenn man uns einsperrt. Dann kommt unsere sündhafte Natur zum Vorschein.«

»Wenn das so ist, müssen wir dir rasch Linderung verschaffen, bevor du noch zu einer Gefahr für die braven Christen von Murat wirst.«

Sie nahm seine Hand und führte ihn nach hinten zu ihrer Schlafkammer, wo sie bis zum nächsten Morgen blieben. Nur einmal stand Josiane auf und brachte Le Roux und den anderen das Abendbrot. Michel schlüpfte derweil in sein Gewand und hackte Feuerholz, damit Josiane gleich wieder zu ihm unter die Decken schlüpfen konnte.

Irgendwann mitten in der Nacht wachte er auf. Er hatte geträumt – was, daran konnte er sich nicht erinnern. Sein Herz pochte heftig, er betrachtete die Frau, die neben ihm schlief, und für einen Moment dachte er, es wäre Isabelle.

März 1199

Vogtei Altrip

Bauer Anselm war es nicht gewohnt, mit Frauen Geschäfte zu machen. Dass Isabelle das Kalb kaufen wollte, gefiel ihm ganz und gar nicht.

»Geschäft ist Männersache«, sagte er. »Dein Gemahl soll zu mir kommen.«

»Mein Gemahl ist krank«, log Isabelle.

»Dann soll er kommen, wenn er wieder gesund ist.«

»Das kann dauern. Aber wir brauchen das Kalb jetzt.«

»Sei nicht so ein sturer alter Bock«, sagte Anselms Weib Grete, die zwei Eimer mit Milch zum Haus trug. »Verkauf der *Madame* schon das Kalb. Sie ist die Tochter eines Kaufmanns. Sie versteht mehr vom Geschäft als manch einer deiner hohlköpfigen Freunde.«

Anselms Augen verengten sich, doch natürlich sagte er nichts. Jeder im Dorf wusste, dass er Gretes spitzer Zunge nicht gewachsen war. Bohrend blickte er Isabelle an, als müsse er sich erst vergewissern, dass sie kein betrügerischer Haderlump aus der Stadt war. »Hast du Geld?«

Sie nickte.

»Wie kommt's, dass Ottos Mordbrenner es euch nicht weggenommen haben?«

»Es war hinter dem Haus vergraben. Außerdem wollten sie nur Vorräte.«

»Und eure beste Milchkuh.«

»Ja.«

»Eine Schande ist das. War ein schönes Tier. Hab Thomasîn immer darum beneidet. Wie habt ihr sie gleich genannt?«

»Krimhilde.«

Anselm verschränkte die Arme vor der Brust und bog die Schultern nach hinten, damit sie sah, was für ein stattlicher Kerl er war. Wie viele Männer Altrips ließ auch er sich keine Gelegenheit zu einem Plausch mit ihr entgehen. Die meisten Frauen des Dorfes waren schon mit dreißig verhärmt und grau, und eine Schönheit wie Isabelle bekamen sie nur höchst selten zu Gesicht. »Das Kalb soll sie ersetzen? Wird aber noch gut anderthalb Jahre dauern, bis es das erste Mal kalben und Milch geben wird.«

»Eine ausgewachsene Milchkuh können wir uns aber nicht leisten.«

»Wohl wahr. Es ist billiger, ein Kalb von Hand aufzuziehen, bis es so weit ist. Zumal mit so fetten Weiden, wie dein Mann sie besitzt. Na, dann wollen wir uns das Tier mal anschauen.«

Sie betraten den Stall, der in guten Zeiten Platz für zwanzig Rinder bot. Jetzt waren nur fünfzehn hier. Drei hatten ihm Ottos Soldaten genommen, zwei hatte er schlachten müssen, um seine Familie durch den Winter zu bringen. Wie alle Bewohner der Vogtei hatte der reiche Bauer bei dem Raubzug einen großen Teil seiner Vorräte eingebüßt.

»Sie spüren, dass es wärmer wird, und werden langsam ungeduldig«, sagte Anselm, als mehrere Rinder zur Begrüßung blökten. »Wenn das Wetter besser ist, treiben wir sie hinaus auf die Allmende. Das da ist es.«

Das Kalb war wie seine Mutter und der Rest des Viehs abgemagert vom Winter und wirkte schwach. Als Isabelle es jedoch zwischen den Ohren kraulte, konnte sie spüren, dass es gesund war. Ein paar Wochen gutes Futter, und es würde rasch zu Kräften kommen und wachsen. Das Kalb fasste sofort Vertrauen zu ihr und rieb seine Schnauze an ihrem Arm.

»Wie viel willst du dafür haben?«

»Vier Schilling.«

»Dafür bekomme ich ein ausgewachsenes Schaf. Ich gebe dir dreieinhalb.«

»Jetzt fängt das Weib auch noch an zu handeln«, knurrte Anselm.

»Dreieinhalb, oder ich gehe nach Speyer. Dort bekomm ich's für drei.« Das war glatt gelogen, aber Anselm, der schon Jahre nicht mehr in Speyer gewesen war, konnte das nicht wissen. In diesen harten Zeiten war sich jeder selbst der Nächste.

Sie feilschten eine Weile und einigten sich schließlich auf drei Schilling und acht Pfennige. Als Isabelle ihm das Geld aushändigen wollte, hörte sie ein Knarren. Die Verbindungstür zur Scheune hatte sich einen Spalt geöffnet, ein fremder Mann blickte sie an und schloss die Tür sogleich wieder.

»Wer ist das?«

»Niemand«, sagte Anselm. »Du hast nichts gesehen, hörst du? Zu keinem ein Wort davon. Jetzt nimm das Kalb und geh. Dein Mann wartet sicher schon auf dich.«

Der Bauer scheuchte sie regelrecht aus dem Stall und zog die Tür hinter ihr zu. Verwirrt führte sie das Kalb am Strick über den Dorfplatz. Im Stall war es dunkel gewesen, und sie hatte den Fremden in der Scheune nicht richtig gesehen. Sie war jedoch sicher, dass er einen roten Waffenrock getragen hatte. Und was war das Weiße an seinem Arm gewesen? Ein Wundverband?

Wieso versteckte Anselm einen Soldaten oder Ritter in seinem Haus? Nun, es ging sie nichts an, was der Bauer heimlich trieb. Sie hatte wahrlich genug eigene Sorgen.

»Wir sollten uns überlegen, wie wir dich nennen«, sagte sie zu ihrem neuen Kalb. Sie sprach Französisch, wie sie es immer tat, wenn sie mit ihren Tieren redete. »Es muss ein großer Name sein. Ein Name wie Krimhilde. Immerhin trittst du in große Fußstapfen. Brünhild? Nein, das passt nicht. Desiderata! Ja, das ist gut. Was meinst du? Gefällt er dir?«

Falls das Kalb Einwände gegen den Namen hatte, so zeigte es sie nicht.

Isabelle ging an der Pfarrkirche vorbei und erwiderte die Grüße der Dörfler, während sie der schlammigen Straße zur Allmende folgte. Altrip war glimpflich davongekommen, als Ottos Männer es geplündert hatten: Die Soldaten hatten keine Hütten niedergebrannt, die Bewohner geschont und ihnen einen Großteil ihres Viehs gelassen. Doch wer genau hinsah, entdeckte überall die Folgen des Raubzuges. Die Menschen waren noch magerer als sonst; wegen der schlechten Ernährung der letzten Monate war ihr Haar stumpf und ihre Haut bleich, fast allen waren die Fingernägel gesplittert und die Mundwinkel eingerissen. Hätten die Mönche der nahen Benediktinerabtei nicht ihre Kornspeicher geöffnet und das Getreide zu einem Bruchteil des Marktpreises verkauft, hätte es in den eisigen Wochen nach Lichtmess gewiss eine Hungersnot gegeben. Knapp zwei Monate waren seit dem Raubzug vergangen, doch das Grauen jenes Tages saß den Bauern immer noch in den Leibern. Immerzu blickten sie zum Horizont, in der ständigen Furcht, die Horde könnte zurückkehren und ihnen auch den letzten Rest ihrer Habe nehmen.

Krieg ist sinnlos und dumm, dachte Isabelle auf dem Weg zum Gehöft, und sie konnte förmlich hören, wie Michel diese Worte sprach. Er sagte noch ein paar andere Dinge, »Du fehlst mir« und »Ich wünschte, du wärst da«, doch sie hörte ihm nicht zu. Sie hatte sich angewöhnt, sofort an etwas anderes zu denken, wenn die Sehnsucht sie überkam. Ihr Leben war hart genug, auch ohne dass sie sich törichten Fantasien hingab. So tat sie es auch diesmal. Im Geiste ging sie ihre Aufgaben für den heutigen Tag durch, und das waren nicht wenige. Es klappte. Als sie zum Gehöft kam, herrschte Ordnung in ihrem Innern, und sie hatte ihre Gefühle wieder im Griff. Fürs Erste, zumindest.

Boso stand vor dem Haupthaus und hackte Holz. Die Katze lag in der spärlichen Morgensonne auf der Mauer und beobachtete ihn mit halb geöffneten Augen. Rémy schien immer noch in der Stube an seinen Schreibübungen zu sitzen. Glücklicherweise musste sie ihn nie zwingen, jeden Tag eine Stunde zu üben. Seit sie begonnen hatte, ihn lesen und schreiben zu lehren, war er mit Feuereifer dabei – *Ganz der Vater,* dachte sie und verbannte den Gedanken rasch –, und er war schon jetzt besser, als Thomasîn jemals werden würde.

»Wo ist mein Gemahl?«, fragte sie Boso.

»Weiß nicht. Hab ihn seit dem Morgenbrot nicht gesehen.«

Isabelle unterdrückte ein Seufzen. So verzweifelt hatte sie Thomasîn noch nie erlebt. Die Trauer um Winand saß wie ein bösartiges Geschwür in seiner Seele, fraß sich immer tiefer hinein und verzehrte Stück für Stück seinen Lebenswillen. Er vernachlässigte seinen Hof, die Arbeit, das Vieh, und wenn er nicht bei den Fischteichen war, wo sie seinen Liebsten begraben hatten, kauerte er vor dem Haus und schüttete Unmengen von Bier in sich hinein.

Was hatte sie nicht alles versucht, um ihn aus der Dunkelheit zu führen. Doch nichts half, kein freundliches Wort, keine liebevolle Geste, kein Gebet zu den Heiligen und Erzengeln. Thomasîn hatte sich aufgegeben, und mit jedem Tag, der verging, entglitt er ihr mehr.

Wo soll das bloß hinführen?, dachte sie, während sie das Kalb zum Stall führte. *Was, wenn er sich etwas antut?* Sie fürchtete schon lange, er könnte versuchen, seinem Leben ein Ende zu setzen. Sie konnte nur hoffen, dass ihn die Sorge um sein Seelenheil von Dummheiten abhielt. Denn ihn von früh bis spät zu überwachen stand nicht in ihrer Macht.

Sie führte das Kalb in den Stall und gab ihm frisches Heu. Es war das erste Mal, dass es ohne seine Mutter war, und die fremde Umgebung ängstigte es. Isabelle streichelte es und redete leise auf es ein, bis es sich schließlich beruhigte und zu fressen begann.

Als sie Stimmen hörte, blickte sie aus dem Fensterschlitz

in der Rückwand des Stalls. Thomasîn kam aus dem kleinen Schuppen, der hinter dem Haupthaus stand. Sie benutzten den Verschlag seit Jahren kaum noch, und er enthielt nichts als Gerümpel. Was tat er dort? Ein zweiter Mann trat ins Freie, Johann, ein junger Bauer aus dem Dorf. Er lachte und küsste Thomasîn auf den Mund. Ohne das Lachen zu erwidern, zerzauste Thomasîn ihm das blonde Haar. Johann lief die Böschung hinab, drehte sich noch einmal um, winkte und verschwand zwischen den Büschen.

Isabelle kniff die Lippen zusammen. Sie konnte nicht behaupten, dass sie überrascht war. Thomasîn machte seit einiger Zeit Andeutungen. Knappe, rätselhafte Bemerkungen, aus denen sie gefolgert hatte, dass er sich seit zwei, drei Wochen mit einem Burschen aus der Gegend traf. Mit einem Mann, der seine Neigungen teilte, der ihn wenigstens für eine kurze Weile seinen Schmerz vergessen ließ. Niemals hätte sie dabei an Johann gedacht – der junge Bauer hatte Frau und Kinder –, doch das war es nicht, was sie schockierte. Es war Thomasîns Leichtsinn, der ihr einen Schrecken einjagte. Früher hätte er sich niemals mit Winand zurückgezogen, wenn die Hausbedienten in der Nähe waren. Er wäre mit Winand in den Wald gegangen oder hätte Boso und die Mägde zuvor ins Dorf geschickt. Gewiss, niemand hatte den hinteren Schuppen seit Monaten betreten, und er war ein brauchbares Versteck. Und doch – hätte er Pech gehabt, hätte jemand gesehen, wie er sich auf unmissverständliche Art von Johann verabschiedete.

Sie legte noch etwas Heu nach, verließ den Stall und ging zum Haupthaus. Rémy hörte sie nicht hereinkommen, so vertieft war er in seine Arbeit mit Pergament und Gänsekiel. Die Mägde waren in der Küche, schnitten Rüben und tratschten über die Dorfbewohner. Isabelle schickte sie hinaus. Kurz darauf kam Thomasîn herein und schritt zum Bierfass, ohne sie eines Blickes zu würdigen.

»Ich habe Anselms Kalb gekauft«, sagte sie.

»Gut«, meinte er knapp.

»Er wollte drei Schilling und acht Pfennig.«

»Ein fairer Preis.«

»Ich habe es Desiderata genannt. Ich dachte, das passt gut.«

Er hatte das Fass geöffnet und einen Krug gefüllt. Dunkles Bier rann an dem Steingefäß hinab und tropfte zu Boden. »Das kann sich ja kein Mensch merken.«

»Dann nenn es eben Desi.«

Ohne ein weiteres Wort schlurfte er mit dem Bierkrug in der Hand zur Tür. Isabelle kam ihm zuvor, schloss sie und stellte sich ihm in den Weg.

»Was soll das, Frau? Lass mich vorbei.«

»Ich habe dich eben gesehen. Mit Johann.«

»So«, sagte er.

»Er hat dich auf den Mund geküsst. Wenn gerade einer der Hirten den Pfad heraufgekommen wäre, hätte er es gesehen.«

»Da war aber kein Hirte. Da war niemand.«

»Jetzt tu nicht dümmer, als du bist«, sagte sie harsch. »Du weißt genau, was ich meine. Das war leichtsinnig von dir. Wenn du dich schon mit einem verheirateten Mann aus dem Dorf treffen musst, sei wenigstens vorsichtig.«

»Erspar mir deine Belehrungen. Wenn du wüsstest, wie ich fühle, würdest du nicht so klug daherreden.« Er wollte nach dem Türriegel greifen, doch sie trat nicht zur Seite.

»Glaubst du, ich weiß nicht, was du durchmachst? Ich habe auch Menschen verloren, die ich liebte. Meinen Vater. Meinen Bruder. Ich kenne Trauer und Schmerz. Vielleicht besser als du.«

Kalter Zorn schimmerte in seinen Augen, und einen Herzschlag lang dachte sie, er werde sie schlagen, das erste Mal in ihrer Ehe. Doch er stand nur stocksteif da, in seiner Pranke den Bierkrug.

»Es mag dich nicht kümmern, was aus dir wird«, sagte Isabelle. »Aber du bist nicht allein auf der Welt. Was geschieht mit

Rémy und mir, wenn sie euch erwischen und bestrafen? Mit Johanns Frau und seinen Kindern? Vielleicht denkst du auch einmal daran.«

»Aus dem Weg«, knurrte er, schob sie unsanft zur Seite und stampfte hinaus.

Den Rest des Tages saß er vor dem Haus und trank.

Varennes-Saint-Jacques

Michel fand Duval vor der Gildehalle, wo er gerade Deniers an die Bettler verteilte, die unter den Arkaden Schutz vor dem Nieselregen gesucht hatten. »Guten Morgen, Charles. Habt Ihr neues Salz hereinbekommen?«

Duval genoss den Ruf, besonders barmherzig und freigiebig zu sein. Die Bettler wussten das und bedrängten ihn von allen Seiten. »Genug für heute. Lasst mich in Ruhe, gieriges Gesindel. Oder muss ich erst meine Knechte rufen, dass sie euch Beine machen? Isoré war heute früh bei der Saline«, sagte er, als die Armen endlich von ihm abließen. »Er hat an Euch gedacht.«

Sie schritten zu den Lagerräumen im Erdgeschoss der Gildehalle. Duval schloss eins der Tore auf und wies auf einen Fässerstapel. »Sechs gehören Euch. Drei Deniers der Fuder.«

»Vorige Woche waren es doch noch zweieinhalb.«

»Der Erzbischof hat den Salzpreis erhöht. Der Krieg, Michel. Er macht alles teurer.«

Michel forderte Yves und Louis auf, die Fässer auf den Wagen zu laden, und zahlte Duval den gewünschten Preis. Obwohl er sich nicht wenig ärgerte, wusste er, dass man Erzbischof Johann schwerlich einen Vorwurf machen konnte. Hinter der Salzverteuerung steckte höchstens zu einem Teil Geldgier, aber zu neun Teilen blanke Not. Wegen der andauernden Kämpfe im deutschen Moselland waren der Erzdiözese Trier wichtige Einkünfte und Absatzmärkte weggebrochen. Johann musste hohe

Verluste kompensieren, und die Saline von Varennes war nun einmal eine bedeutende Einnahmequelle für den Kirchenfürsten.

Michel verabschiedete sich von Duval und fuhr mit Yves und Louis zu seinem Haus. Da er morgen schon in die Champagne aufbrechen wollte, lohnte es nicht, die Fässer abzuladen. Sie ließen sie auf dem Wagen, spannten den Ochsen aus und schoben das Fuhrwerk samt Ladung in die Remise.

»Wurde ein Brief für mich abgegeben?«, fragte er seine Söldner, die im Eingangsraum saßen.

Wie an den Tagen zuvor schüttelten die Männer die Köpfe.

Merkwürdig, dachte Michel. Er war vor einer guten Woche nach Varennes zurückgekehrt, nachdem es ihnen schlussendlich gelungen war, Murat dank eines ungewöhnlich warmen Februars zu verlassen und das Zentralmassiv zu durchqueren. Seitdem rechnete er täglich mit einer Nachricht von Isabelle, doch es kam kein Brief, kein Bote, nichts. Auch in den Monaten zuvor, während er in der Auvergne gewesen war, hatte sie ihm nicht geschrieben. Seit seinem Besuch im November hatte er nichts von ihr und Rémy gehört, und allmählich machte er sich Sorgen.

Just in diesem Moment riefen die Klosterglocken zur Sext. Michel hatte die Magd angewiesen, nichts zu kochen, denn er wollte auswärts essen. In einer Schenke gegenüber der städtischen Münze traf er sich mit Duval und Albert, und während sie sich über das frische Brot und den kalten Braten hermachten, tauschten sie Neuigkeiten über die Märkte in Metz und Nancy aus.

Sie waren nicht die einzigen bessergestellten Gäste in dem Wirtshaus. Am Nachbartisch, nah beim Kaminfeuer, saßen der Dompropst und zwei Ritter, deren Röcke das Wappen des Hauses Châtenois zierte. Der jüngere nagte an einer Gänsekeule und spülte jeden Bissen mit einem Schluck Würzwein hinunter; der ältere unterhielt sich mit dem Propst und vergaß dabei sein Essen. Michel konnte nicht anders, als ihrem Gespräch zuzuhören. Wegen des Lärms im Schankraum verstand er jedoch nur einzelne Wortfetzen.

»Krieg am Rhein … immer schlimmer … Eine Schlacht bei Worms … Otto … nach Norden zurückgezogen … Speyer wurde geschont … Vogtei Altrip … restlos geplündert …«

»Entschuldigt mich«, sagte er zu seinen Freunden und trat an den Nachbartisch. »Verzeiht, Ihr Herren. Ich hörte, ihr habt Neuigkeiten aus dem Osten. Darf ich mich zu euch setzen?«

Der Propst machte ein unwilliges Gesicht, doch bevor er Michel abweisen konnte, sagte der Ritter: »Natürlich. Wo Platz für drei ist, reicht's auch für vier. Wein?«

Michel lehnte dankend ab, rief jedoch nach dem Wirt, damit dieser auf seine Kosten die Krüge nachfüllte. Der gesprächige Ritter klopfte ihm zum Dank auf die Schulter, während der andere weiter an seiner Keule nagte und keine Notiz von ihm zu nehmen schien.

»Ihr sagtet, es gab eine Schlacht bei Worms. Warum so weit im Süden?«

»Der Gegenkönig will den Krieg ins Kernland des Reiches tragen, um die Staufer mitten ins Herz zu treffen. Das ist ihm nicht gelungen – Philipp hat ihn geschlagen und seine Streitmacht aufgerieben. Aber das ändert nichts daran, dass der Krieg über kurz oder lang das ganze Reich nördlich der Alpen erfassen wird. Jetzt kämpfen sie sogar schon im Osten Thüringens.«

»Und auf seiner Flucht hat Otto die Vogtei Altrip geplündert?«

»Hat kaum ein Dorf ausgelassen. Danach ist er über den gefrorenen Rhein gezogen und hat sich in den Wäldern versteckt. Aber wenn man den Gerüchten glaubt, ist er dort nicht lange geblieben. Er soll neue Kräfte gesammelt und wieder nach Norden marschiert sein, in Richtung Köln. Zu seinem Freund, dem Erzbischof.«

»Wann war das? Ottos Raubzug, meine ich.«

»Januar«, warf der Ritter mit der Gänsekeule ein.

»Hat er auch Alta Ripa geplündert? Das ist ein Dorf drei Wegstunden nördlich von Speyer.«

»Ich kenne den Ort«, antwortete der ältere Ritter. »Denke schon, dass er dort gewesen ist. Warum sollte er eine Gemeinde verschonen, die so reich an Vieh und Getreide ist?«

»Könnt Ihr das mit Sicherheit sagen?«, beharrte Michel. »Ich muss es genau wissen.«

Der jüngere Ritter warf den Knochen auf die Platte und wischte sich mit einem Taschentuch das Fett von den Fingern. »Ich fürchte, wir können Euch nicht helfen, Kaufmann. Wir waren nur in Worms. So weit nach Süden sind wir nicht gekommen.«

Michel dankte den Rittern und spendierte ihnen noch etwas Wein. Ohne sich von Duval und Albert zu verabschieden, verließ er die Schenke und eilte durch den Nieselregen, die Lippen zu einer schmalen Linie zusammengepresst. Altrip von einer feindlichen Streitmacht geplündert – allmächtiger Gott. Er wusste nur zu gut, wozu marodierende Soldaten imstande waren. Nichts und niemand war vor ihnen sicher.

Dass er all die Monate nichts von Rémy und Isabelle gehört hatte, bedeutete das …? *Nein. Denk nicht einmal daran.*

Er öffnete die Tür seines Hauses. Yves und Louis saßen bei den Söldnern im Eingangsraum und teilten sich Brot und Käse.

»Wir verschieben die Reise nach Bar-sur-Aube. Sattelt mein Pferd. Ich muss sofort los.«

Louis stand auf und wischte sich die Krümel von seinem Kittel. »Wo wollt Ihr hin?«

»Nach Altrip«, sagte Michel.

Was macht der Vogt hier?, dachte Isabelle.

Rémy und sie schlenderten gerade über den Markt von Altrip, als sie die fremden Reiter bemerkte. Es waren drei, der Vogt und zwei seiner Büttel. Der Amtsmann, ein magerer Kerl mit blassem Gesicht und schulterlangen blonden Haaren, entstammte einem Speyerer Adelsgeschlecht und setzte im Auftrag der Klosterherren von Prüm Recht und Gesetz in der Vogtei durch. Er ließ sich selten in Altrip blicken und trat lediglich beim Gerichtstag in Erscheinung – und auch nur dann, wenn Strafsachen verhandelt wurden, die die Befugnisse des Schultheißen überstiegen.

Dass er Altrip an einem normalen Markttag besuchte, verhieß nichts Gutes. Isabelle ergriff Rémys Hand und beobachtete die Reiter.

Vor dem Haus des Schultheißen – neben der Kirche das einzige Steingebäude Altrips – zügelten sie ihre Pferde. Gregor von Worms kam heraus, wechselte ein paar Worte mit dem Vogt und deutete plötzlich in Isabelles Richtung. Die drei Männer stiegen ab und kamen auf sie zu.

»Bist du Isabelle, das Weib des Freisassen Thomasîn?«, erkundigte sich der Vogt barsch.

Sie nickte.

»Komm.«

»Was wirft man mir vor?«

»Ich habe einige Fragen an dich. Gehorchst du mir, oder müssen meine Männer dich abführen?«

Die Büttel nahmen sie in die Mitte, während sie den Dorfplatz überquerten, und sie kam sich vor wie eine gefährliche Verbrecherin. Anselm, Grete und die anderen Dörfler glotzten sie an und steckten tuschelnd die Köpfe zusammen. »Das kommt davon, wenn man eine Fremdländische ins Dorf holt«, hörte sie einen alten Bauern sagen. »Man hat nur Scherereien mit denen.«

Die Männer brachten Isabelle und Rémy zum Haus des Schultheißen. In der Amtsstube setzte sich der Vogt an den schweren Eichentisch des Ortsvorstehers und studierte mit gerunzelter Stirn ein Dokument. Die Büttel bezogen links und rechts der Tür Aufstellung, und Gregor von Worms stierte sie von der Seite an.

»Du weißt, was man sich über deinen Mann erzählt?«, fragte der Vogt.

Nein – bitte nicht. Isabelle widerstand dem Drang, die Augen zu schließen. »Nein«, antwortete sie und bemühte sich um einen ahnungslosen Tonfall.

»Ein Köhler des Benediktinerklosters hat ihn und den Bauer Johann gestern Abend im Wald gesehen. Sie lagen nackt auf dem Gras und liebkosten einander auf schändlichste Weise.«

»Der Köhler muss sich irren. Mein Gemahl würde so etwas nicht tun. Er ist ein guter Christ, der die Gebote des Herrn achtet.«

»Der Köhler spricht die Wahrheit. Wir haben Johann vor einer Stunde verhaftet. Er hat bereits alles gestanden.«

Sie blickte dem Vogt in die Augen und sah darin nichts als Kälte. *Dieselben Augen wie Jaufré Géroux*, kam es ihr in den Sinn.

»Dein Gemahl ist ein Sodomit, ein abscheulicher Sünder, der mit seinem Treiben die Natur und den Willen unseres Herrn verhöhnt«, sagte der Vogt. »Wusstest du von seinen lasterhaften Neigungen?«

Obwohl das Grauen ihre Gedanken durcheinanderwirbelte, begriff Isabelle, warum man sie geholt hatte. Sie sammelten Beweise gegen Thomasîn und wollten, dass sie gegen ihn aussagte, vielleicht, weil Johanns Geständnis nicht so umfassend war, wie der Vogt behauptete. Sie beschloss, kein Wort mehr zu sagen.

»Du bist seit vielen Jahren mit ihm verheiratet. Es kann nicht sein, dass dir nie etwas aufgefallen ist. Entweder bist du blind, oder du deckst seine Schandtaten, was dich ebenfalls in den Rang einer Sünderin erhebt.«

Sie schwieg.

»Hat er jemals bei dir gelegen?« Der Blick des Vogts fand Rémy. »Ist das sein Kind? Oder hast du ihn in die Ehe gebracht, um seine Tarnung zu festigen? Was hat er dir dafür geboten? Ein Leben in Wohlstand und Sicherheit?«

»Aus der kriegen wir nichts heraus«, sagte Gregor von Worms, als sie abermals keine Antwort gab. »Wir sollten uns Thomasîn holen, bevor er Wind von der Sache bekommt und untertaucht.«

Der Vogt starrte Isabelle lange an, als wolle er jeden dunklen Winkel ihrer Seele ausloten. »Bringt ihn ins Dorf. Das Weib und der Junge bleiben so lange hier.«

Die Büttel führten Rémy und sie in einen winzigen Nebenraum, in dem der Schultheiß normalerweise Betrunkene und Raufbolde festhielt, die den Marktfrieden gestört hatten. Er enthielt nichts außer fauligem Stroh, das nach Urin stank. Das einzige Fenster in den Steinwänden war gerade einmal so groß wie ihre Hand und wies auf den Garten hinter dem Haus.

Die Büttel schlossen die Tür und schoben den Riegel vor. Isabelle stand reglos da und legte die Arme um Rémy. Sie unterdrückte die Tränen, die mit aller Macht nach draußen drängten. Ihr Sohn sollte sie nicht weinen sehen.

Der Junge hob den Kopf. »Mutter«, fragte er, »was ist ein Sodomit?«

Nach einer Stunde, vielleicht waren es auch zwei oder drei, öffnete sich knarrend die Tür.

»Komm mit«, befahl der Büttel.

Die Männer des Vogts führten Isabelle zum Friedhof der Pfarrkirche, auf dem seit jeher Gericht gehalten wurde. Unter der alten Linde hatte man einen Tisch aufgestellt, hinter dem Gregor von Worms thronte. Der nächste Gerichtstag würde erst in einigen Wochen stattfinden; Thomasîns Verbrechen wog jedoch so schwer, dass man sofort ein Urteil finden wollte.

Das ganze Dorf drängte sich zwischen den Grabsteinen und Beinhäusern. Kaum jemand bemerkte Isabelle und Rémy; die meisten Leute glotzten nach vorne, wo Thomasîn und Johann standen, die Hände gefesselt. Abscheu und Hass sprachen aus den Gesichtern. Gestern noch waren die beiden Männer ihre Nachbarn und geachtete Mitglieder ihrer Gemeinschaft gewesen; jetzt waren sie Verbrecher und Sünder, die nichts als den Tod verdienten.

Isabelle blieb stehen. »Lasst meinen Sohn in die Kirche gehen«, bat sie den Büttel. »Er soll das nicht sehen. Bitte.«

Der Mann zögerte, dann winkte er eine Bäuerin zu sich. »Du. Geh mit dem Jungen in die Kirche.«

»Aber ich will die Verhandlung sehen. Es ist mein Recht.«

»Tu, was ich dir sage.«

»Geh mit der Frau«, sagte Isabelle zu Rémy. »Ich komme dich später holen.«

»Ich will bei dir bleiben«, sagte Rémy und kämpfte mit den Tränen.

»Jetzt geh schon.«

Er begann zu schluchzen, als die Bäuerin grob seine Hand nahm und ihn zum Kirchenportal zerrte. Der Büttel führte Isabelle zum Rand der Menge, wo sie stehen blieben.

Thomasîn wandte sich zu ihr um. »Isabelle!«

»Halt den Mund!«, sagte einer der Büttel, die auf ihn und Johann aufpassten.

Er wollte zu ihr laufen, doch der Büttel hielt ihn fest.

»Runter auf die Knie. Alle beide.«

Johanns Schultern zitterten, und er weinte leise, als er dem Befehl nachkam. Isabelle entdeckte Johanns Frau und seine beiden Söhne. Sie knieten in der vordersten Reihe und hielten die Köpfe gesenkt. Sein Weib hatte die Hände gefaltet, betete und schaute Johann nicht an.

Der Vogt und zwei Priester traten durch die Pforte in der hinteren Friedhofsmauer. Das Murmeln der Menge erstarb, und der Vogt setzte sich zwischen den Schultheißen und die Geistlichen an den Gerichtstisch, auf dem ein Schwert lag: das alte Symbol der Blutgerichtsbarkeit, die er vertrat.

»Johann und Thomasîn, Freisassen der Vogtei Altrip – kraft der mir verliehenen Macht über Recht und Gesetz klage ich euch der Sodomie an. Man hat euch gesehen, wie ihr euch am gestrigen Tag im Forst der Allmende auf schändlichste Weise aneinander und wider Gott und die Natur versündigt habt. Gesteht ihr euer Verbrechen vor diesem Gericht?«

Schweigen. Johanns Schluchzen klang laut in der Stille, die auf dem Friedhof lastete.

»Könnt ihr Eidhelfer benennen, die beim Heil ihrer Seele schwören, dass ihr unschuldig seid?«

Wenn es geholfen hätte, wäre Isabelle ohne zu zögern vorgetreten, hätte ihre Rechte auf die Bibel gelegt und einen Meineid geschworen – nichts kümmerte sie weniger in diesem Augenblick als ihr Seelenheil. Doch es hätte nichts genutzt – nicht das Geringste. Das Ergebnis dieser Gerichtsverhandlung stand seit Stunden fest. Nichts und niemand würde den Vogt daran hindern, sein Urteil zu fällen.

»Nein? Dann bekennt. Oder wollt ihr eure Unschuld mit einem Gottesurteil beweisen?« Als weder Johann noch Thomasîn antworteten, wandte sich der Vogt an den Schultheißen. »Holt zwölf Pflugscharen und erhitzt sie im Feuer, bis sie glühen. Die Beklagten sollen mit bloßen Füßen über die Eisen schreiten. Verbrennen sie sich weder Haut noch Fleisch, hat der Herr gesprochen, und ihre Unschuld ist erwiesen. Hast du etwas gesagt?«, fragte er Johann.

»Ich bekenne«, sagte der Freisasse mit brechender Stimme.

»Du gestehst, mit Thomasîn Sodomie und Unzucht getrieben und Gottes Gesetz verhöhnt zu haben?«

»Ja.«

Der Vogt nickte zufrieden. »Und du, Thomasîn? Folgst du Johanns Beispiel und bekennst auch?«

Schwerfällig erhob sich Thomasîn. »Nein.«

»Du bestreitest deine ketzerische Sünde?«

»Ich bestreite, Gottes Gesetz verhöhnt zu haben. Ja, ich habe Männer geliebt, Johann, davor meinen Knecht Winand, davor andere. Ja, ich habe mit ihnen das Lager geteilt. Aber so hat mich Gott nun einmal gemacht. Ich habe nur nach den Bedürfnissen gelebt, die er mir eingegeben hat. Wenn das eine Sünde ist, so kann ich sie nicht erkennen.«

Einer der Priester sprang auf und brüllte: »Blasphemie! Satan hat dir dieses Verlangen eingeflüstert, nicht Gott. Und du hast ihm nachgegeben und dein Herz dem Dämon geöffnet!«

»Es gibt keinen Satan und keinen Dämon«, sagte Thomasîn. »Die Hölle ist das, was wir Menschen auf Erden einander antun.«

Isabelle senkte den Kopf. Sie konnte die Tränen nicht mehr zurückhalten.

»Ruhe!«, brüllte der Vogt, als das Stimmengewirr der Menge überhandnahm. »Was du da sagst, ist Ketzerei, Freisasse. Noch ein Wort von dir, und ich lasse dir die Zunge herausschneiden. Mit eurem Verbrechen habt ihr die schlimmste aller Sünden auf euch geladen – und nicht nur das: Wer sich der Sodomie schuldig macht, beschwört Gottes Zorn herauf. Wenn Missernten, Krieg und Pestilenz diese Gemeinde und ihre Bewohner heimsuchen, so ist das allein eure Schuld. Für solch ein Verbrechen wider die Grundfesten der christlichen Gemeinschaft kann es nur eine Strafe geben: den Tod. Man soll euch verbrennen, damit das Feuer eure verdorbenen Seelen reinigt und Satans Fluch von diesem Ort nimmt.«

Die Dorfbewohner jubelten. Isabelle hob den Kopf. Ja, Anselm, Grete und all die anderen braven Bauern – sie jauchzten vor Freude.

Die Menge bildete eine Gasse, und die Büttel führten Johann und Thomasîn zum vorderen Friedhofstor. Als Thomasîn an Isabelle vorbeischritt, schaute er sie an und sagte: »Isabelle.«

»Ich liebe dich«, flüsterte sie, und als sie die Worte aussprach, da wusste sie: Es war die Wahrheit.

Rémy. Sie musste zu ihm, musste sehen, ob es ihm gut ging, wollte ihn halten, ihn an sich drücken. Sie kämpfte sich durch die johlende Menge, die den Bütteln folgte, und stieß das Kirchenportal auf. Rémy kauerte an einem Fenster, wo das Buntglas gebrochen war, und beobachtete das Geschehen auf dem Friedhof.

»Da hast du deinen Balg«, fauchte die Bäuerin und schob sich nach draußen. »Hat die ganze Zeit geflennt wie ein Mädchen.«

Isabelle kniete sich neben Rémy auf den Steinboden. Er drückte sich an sie, und sie fuhr ihm durch das Haar.

»Werden sie Vater wirklich verbrennen?«

»Ja. Das werden sie.«

»Warum?«

Ja, warum? »Weil er jemanden liebte, den er nicht hätte lieben dürfen.«

»Ich will nach Hause.«

»Ja. Lass uns gehen.«

Eine Stunde später – Rémy war erschöpft eingeschlafen – stand sie zwischen den Birken vor dem Gehöft und betrachtete die Ebene. Es war Abend, und die Sonne versank weit im Westen. Sie fror und rieb sich die Arme. Man hatte die Scheiterhaufen jenseits des Dorfes aufgeschichtet. Von hier aus konnte Isabelle sie nicht sehen. Wohl aber sah sie die Feuer. Hell züngelten die Flammen zum Himmel hinauf, loderten höher und höher.

Thomasîn hatte recht: Es gab keine Hölle. Die Hölle war hier, auf dieser Erde, und sie betete, dass er es besser hatte, da, wohin er jetzt ging.

Sie stand unter den Birken, bis die Flammen erloschen, irgendwann spät am Abend. Sie blickte zu den Sternen auf, dann zog sie sich den Umhang enger um die Schultern und ging zurück zu ihrem Sohn.

Isabelle lag die ganze Nacht wach. Während sie in die Dunkelheit starrte, versuchte sie, sich an ihre Jahre mit Thomasîn zu erinnern, an ihre Hochzeit, ihre aufkeimende Freundschaft. Es gelang ihr nicht. Irgendwo wisperten ihre Gedanken, so fern und unverständlich wie ein Flüstern am Grund einer bodenlosen Höhle. Sie streckte den Arm aus und berührte die andere Seite der Schlafstatt – Thomasîns Seite. Beinahe glaubte sie, seinen warmen, rauen, massigen Körper zu spüren.

Beim ersten Licht des Tages stand sie auf, weckte eine der Mägde und bat sie, Rémy das Frühstück zu bereiten, falls er erwachte, bevor sie zurückkam. Aus der Schlafkammer holte sie die Schatulle, in der Thomasîn stets seinen Notgroschen aufbewahrt hatte. Es war ein hübsches Kästchen aus Lindenholz, versehen mit Schnitzwerk und Bronzescharnieren; sie hatte es vor Jahren in Speyer gekauft und ihm zu seinem Namenstag geschenkt. Sie nahm die Schillingmünzen heraus, steckte das Kästchen in ihren Beutel und verließ das Haus.

Sie machte einen Umweg über die Felder, damit sie nicht durchs Dorf gehen musste, und näherte sich der Richtstätte von Westen. Sie wollte eine Handvoll seiner Asche in die Schatulle tun und sie auf seinem Land begraben. So hätte Thomasîn es gewollt. Doch als sie zur Wiese kam, wo man ihn verbrannt hatte, wurde ihr klar, dass sie etwas nicht bedacht hatte: Es hatte zwei Scheiterhaufen gegeben – welcher war Thomasîns?

Lange betrachtete sie die beiden Haufen aus verkohlten Holzbrocken. Obwohl ihr das Herz bis zum Hals schlug, ging sie näher heran. Die Asche war noch warm. Bilder stiegen in ihr auf, so sehr sie auch dagegen ankämpfte. Sie sah, wie die Flammen Thomasîns Kleidung verzehrten, seine Haare, seinen Bart, seine Wimpern, wie seine Haut Blasen warf und schmolz. Und sie hörte ihn schreien. Immer lauter, immer qualvoller.

Etwas Weißes blitzte in der Asche auf. Unwillkürlich bückte sie sich danach. Zuerst dachte sie, es wäre ein Stück Holz. Aber es war kein Holz. Es war ein halber Kieferknochen.

Sie fiel auf die Knie und erbrach sich. Es kam nur Galle, denn sie hatte seit einer Ewigkeit nichts gegessen. Keuchend atmete sie die warme Ascheluft ein und wischte sich den Mund ab.

»Es ist der linke.«

Am Rand der Wiese stand Gregor von Worms, der Schultheiß. Isabelle stand auf und klopfte sich den Schmutz von den Knien.

»Der da«, sagte er. »Das ist Thomasîns Scheiterhaufen. Deshalb bist du doch hier, oder?«

Mit einer Mischung aus Scham und Erleichterung stellte Isabelle fest, dass sie sich auf Johanns Überreste erbrochen hatte. Mit dem Fuß schob sie Asche über den feuchten Fleck; dann ging sie zum anderen Haufen, holte die Schatulle aus dem Beutel und tat etwas Asche hinein.

»Wo willst du sie begraben?«

»Auf dem Hof.«

Gregor nickte, als wäre das auch sein Vorschlag gewesen. »Ich schicke dir Pater Rainald, damit er das Grab segnet.«

Gestern hatte der Schultheiß den scharfen Hund gespielt. Kaum war der Vogt fort, war er wieder der leutselige und gemütliche Bursche, den die Bewohner der Vogtei so schätzten. Isabelle hätte am liebsten vor ihm ausgespuckt. »Wieso musstet Ihr ihn töten?«, fragte sie. »Ein Bußgeld und eine Sühne hätten doch gereicht.«

»Sodomie ist ein schweres Verbrechen. Es grenzt an Ketzerei.«

»Herrgott, er hat niemanden beraubt oder umgebracht. Er hat keiner Seele etwas getan.«

»Du musst den Vogt verstehen …«

»Ich soll ihn verstehen? Ihn *verstehen*?«

»Wir haben Krieg. Harte Zeiten erfordern nun einmal harte Maßnahmen.«

»Was hat der verdammte Krieg mit Thomasîn zu tun? Oder mit Johann?«

»Unsere Sündhaftigkeit ist schuld daran, dass Gottes Zorn über uns kommt.«

»Gott zürnt uns, weil wir zwei Könige haben, die sich wie trotzige Kinder benehmen. Nicht wegen der Liebe eines Mannes zu einem anderen. Wer so etwas glaubt, ist ein Narr.«

Darauf wusste der Schultheiß nichts zu sagen. Sie steckte das Kästchen ein und wandte sich zum Gehen.

»Wenn du etwas brauchst, lass es mich wissen«, rief Gregor von Worms ihr nach.

»Scher dich zum Teufel.«

Als sie nach Hause kam, war Rémy bereits wach. Die Magd sagte ihr, er habe keinen Bissen hinuntergebracht. Isabelle setzte sich zu ihm, gab ihm einen Kuss und bat ihn, seinen Brei zu essen. Er gehorchte, schaffte jedoch nur den halben Napf. Er war so klug, so aufgeweckt, so reif für sein Alter, dass Isabelle manchmal vergaß, dass er erst neun Jahre alt war – ein Kind. Er verstand nicht, warum man Thomasîn getötet hatte. Er wusste nur, sein Vater war fort und würde nie zurückkommen. Sie konnte nicht ermessen, was das für ihn bedeutete.

Sie gingen zum Waldrand, zu einer Anhöhe ganz in der Nähe der Bachquelle, von der aus man Thomasîns Land überblicken konnte, vom Flussufer bis zu den Fischteichen. Hier vergruben sie die Schatulle mit seiner Asche. Isabelle markierte die Stelle mit Steinen und nahm sich vor, später ein Kreuz aufzustellen.

Sie knieten nieder, um für seine Seele zu beten.

»Ist Vater jetzt bei den Engeln?«, fragte Rémy.

»Ja, das ist er.«

»Boso hat gesagt, er ist im Fegefeuer, weil er Liebe mit einem Mann gemacht hat.«

»Boso ist ein Dummkopf ohne einen Funken Verstand. Hör nicht auf ihn. Dein Vater ist im Himmel. Gewiss schaut er uns gerade zu. Nun sag dein Gebet auf, damit er weiß, dass wir an ihn denken.«

Er sprach die Worte, die sie ihn gelehrt hatte. Er sprach sie langsam, klar und aufmerksam. Während sie ihm dabei zusah, wie er mit seinen neun Jahren versuchte, alles richtig zu machen, damit sein Vater ein gutes Gebet bekam, war ihr, als schlage alles Elend der Welt in schwarzen Wellen über ihr zusammen. Sie wollte schreien, Gott verfluchen, sich die Haare ausreißen – und saß doch nur da und weinte.

Isabelle wusste, sie musste Entscheidungen treffen. Doch sie war nicht dazu fähig. Drei Tage lang umschloss der Schmerz ihr Herz wie ein Kokon aus Eis und lähmte ihren Verstand. Am vierten Tag nach Thomasîns Tod betrat sie den Stall, fütterte das Vieh und begann nachzudenken. Die Nähe der Tiere half ihr stets, innerlich zur Ruhe zu kommen, die Welt zu vergessen und ihre Gedanken auf die drängenden Aufgaben der Zukunft zu richten.

Was geschieht mit dem Hof, dem Land, Thomasîns Habe? Das Erbrecht der Vogtei glich weitgehend dem Oberlothringens, und es besagte, dass beim Tod eines Freisassen vorrangig der älteste Sohn erbte. Da Thomasîn keine Verwandten hatte, die Ansprüche anmelden konnten, fiel sein gesamter Besitz abzüglich des Freiteils für die Kirche an Rémy. Isabelle als seine Witwe bekam das Wittum, das sie bei der Hochzeit ausgehandelt hatten, und durfte bis zu ihrem Lebensende auf dem Gehöft wohnen. Sie würde die Güter verwalten, bis Rémy mündig wäre.

Auch für sie selbst hatte Thomasîns Tod weitreichende Folgen. Sie unterstand nun niemandes Munt mehr, war eine freie Frau, eine Witwe, die den Schutz des Königs genoss, was immer das in diesen Zeiten wert war. Zum ersten Mal in ihrem Leben konnte sie tun und lassen, was sie wollte.

Das warf Fragen auf: Wollte sie hierbleiben, den Hof bewirtschaften, bis sie alt und grau wurde? Wollte sie, dass ihr Sohn Bauer wurde?

Nein. Rémy war zu klug, um sein Leben lang Hirse anzubauen und Kühe zu melken. Sie wusste, wenn er älter wäre, würde er die Welt sehen wollen. Er konnte Kaufmann werden wie sein leiblicher Vater, wie sein Großvater, wie alle seine männlichen Vorfahren. Das durfte sie ihm nicht verwehren.

Sollte sie den Hof verkaufen und in die Stadt gehen, nach Speyer, damit Rémy eines Tages bei Onkel Eberold das Handwerk des Kaufmannes lernen konnte? Alles in ihr wehrte sich gegen diesen Gedanken. Wenn sie sich mit diesem Mann einließ, wäre es bald vorbei mit ihrer neu gewonnenen Freiheit. Eberold würde die Munt für sie beanspruchen und sie irgendwann mit einem seiner Gildebrüder verheiraten.

Was also tun? Müde streichelte sie Desiderata, das neue Kalb. Sie wusste es nicht. Sie konnte diese Entscheidung nicht treffen. Vielleicht später einmal, aber nicht jetzt.

Freiheit, so erschien es ihr an jenem Morgen, war eine unerträgliche Last.

Anselm war kein großer Denker. Kaum ein Mann in Altrip war das. Wozu auch? Man musste kein gelehrter Schlaukopf sein, um das Getreide wachsen und das Vieh gedeihen zu lassen. Ein gutes Gespür für das Wetter, den Boden und das richtige Futter – darauf kam es an. Tatsächlich bereitete es Anselm nicht wenig Mühe, seinen Verstand zu gebrauchen; Nachdenken verwirrte ihn und machte ihn müde. Lieber hielt er sich an die Erfahrungen seiner Ahnen und die Worte des Pfarrers. Damit lag man immer richtig.

Manchmal jedoch geschah es, dass sein Geist die ausgetretenen Pfade verließ, auf denen er seit vierzig Jahren wandelte. Meist, wenn ein unerwartetes Ereignis seine kleine Welt erschütterte. So wie Thomasîns Hinrichtung. Seit vier Tagen schon dachte Anselm an kaum etwas anderes als den Freisassen und sein abscheuliches Geheimnis, das durch eine Laune des Schicksals ans Licht gekommen war.

Thomasîn – ein Sodomit. Da war ein Mann groß wie ein

Baum und stark wie Siegfried, besaß die schönste Frau der ganzen Vogtei und hatte doch nichts Besseres zu tun, als sich mit einem anderen Kerl im Gras zu wälzen. Anselm konnte es einfach nicht fassen. Bei Johann hatte es ihn nicht sonderlich überrascht; von einem weibischen Hänfling erwartete man nichts anderes. Aber Thomasîn – nein. Unbegreiflich.

Die stumme Sünde ... Anselm hatte gewusst, dass es Männer gab, die dem eigenen Geschlecht zugetan waren. Doch es war eine Sache, auf dem Jahrmarkt davon zu hören – und eine völlig andere, jahrzehntelang zwei solche Kerle zu Nachbarn zu haben. Wenn er sich vorstellte, was Thomasîn und Johann da im Wald miteinander getrieben hatten, lief ihm ein Schauder über den Rücken. Widerwärtig. Der Vogt hatte recht getan, die zwei zu bestrafen. Gewiss, die Strafe war hart gewesen, vielleicht zu hart. Andererseits: Wenn es stimmte, dass ein Sodomit Gottes Zorn auf seine Gemeinde lenkte, konnte die Vergeltung nicht scharf genug sein. Vielleicht war es ja Thomasîns und Johanns Schuld, dass die Kriegsknechte des Gegenkönigs die Vogtei geplündert hatten. Gott bediente sich oft solcher Mittel, um die Menschen zu strafen. Es war des Vogtes Pflicht, den Allmächtigen um jeden Preis zu besänftigen und zu verhindern, dass sich dergleichen wiederholte.

Doch es gab noch etwas anderes, über das Anselm dieser Tage nachgrübelte: den Beutel mit Silber, den man ihm in Aussicht gestellt hatte. Daran dachte er beinahe so oft wie an die beiden Sodomiter und ihre grässliche Sünde.

Nachdem er das Vieh gefüttert hatte, nahm er den Sack vom Haken und öffnete die Tür zur Scheune. Sonnenstrahlen zwängten sich durch die Ritzen in den Dachbalken, sodass Anselm keinen Kienspan brauchte. Er schritt durch das Zwielicht und fand den Ritter in einer Ecke im Heu liegen. Er schlief.

Gut so, dachte Anselm. *Je eher er gesund wird, desto rascher bekomme ich mein Geld.*

Er wusste nicht, wie alt Ägidius von Löwenstein war. Zweiundzwanzig Sommer, höchstens dreiundzwanzig. *So jung und schon ein Kriegsmann.* Anselm hatte den Stauferritter vor ein paar Tagen im Wald aufgelesen, wo er verletzt und schwach vom Blutverlust im Moos gelegen hatte. Von Löwenstein hatte in der Streitmacht König Philipps gefochten und war bei den Kämpfen im Norden in Gefangenschaft geraten. Bei der Flucht vor Ottos Truppen war er verwundet worden – ein böser Schnitt am Brustkorb und ein zweiter am Arm. Anselm hatte ihn in aller Heimlichkeit ins Dorf gebracht und angeboten, ihn zu verstecken und zu pflegen. Zum Dank hatte ihm der junge Ritter eine Belohnung versprochen, vier Silberpfund in rheinischen Schillingen. So viel Geld auf einem Haufen hatte Anselm noch nie gesehen.

Er stieß von Löwenstein mit dem Fuß an. Der Ritter erwachte. Zum ersten Mal waren seine Augen klar – das Fieber schien abgeklungen zu sein. Gretes Kräutertränke hatten wieder einmal Wunder gewirkt.

»Hier, Herr Ritter. Ich hab Euch etwas zu essen gebracht.«

»Hab Dank, mein Freund. Was täte ich nur ohne dich?« Von Löwenstein öffnete den Sack und holte Brot und Käse heraus. Jeden Bissen spülte er mit einem Schluck aus dem Wasserkrug hinab.

»Euch geht es besser, nicht wahr?«

»Viel besser.«

»Wann, denkt Ihr, könnt Ihr aufbrechen?«

»Gib mir noch zwei, drei Tage. Ich will mich nach Norden durchschlagen. Ich weiß nicht, wo Philipps Heer inzwischen ist – ich werde es suchen müssen. Dafür muss ich bei Kräften sein.«

»Braucht Ihr ein Pferd? Ich kann Euch eins auftreiben.«

»Wenn du das schaffst, Anselm, lege ich zwei Pfund drauf.«

Anselm leckte sich unwillkürlich die Lippen. Sechs Pfund Silber – der junge Ritter wandelte sich allmählich zur Goldgrube. »Wann bekomme ich das Geld?«

»Sowie ich bei meinen Leuten bin. Ich lasse es dir von meinem Knappen schicken. Du hast mein Wort.«

Anselm nickte. Das Wort eines Ritters genügte ihm. Zumal er spürte, dass der junge von Löwenstein ein echter Ehrenmann war.

Der Ritter aß das restliche Brot und den Käse und wischte sich den Mund mit dem Ärmel seines Waffenrocks ab. »Sag, Anselm – wurde Walram von Limburg hier in der Gegend gesehen?«

»Ist das der Kerl, der Euch jagt?«

Von Löwenstein nickte. »Ein Gefolgsmann des Verräters. Und ein wahrer Teufel.«

»Hab nichts von ihm gehört, Herr.«

»Könntest du Augen und Ohren offen halten und mich warnen, wenn er auftaucht?«

»Gewiss.«

»Gut. Aber sei vorsichtig. Von Limburg ist gefährlich. Und seine Männer sind es auch. Besonders die flämischen Söldner, die er neuerdings befehligt.«

Der junge Ritter legte sich wieder ins Heu. Anselm ließ ihn allein, damit er ruhen konnte, und widmete sich den Rest des Tages seinen Pflichten. Die Aussicht auf sechs Silberpfund beflügelte ihn, sodass ihm die Arbeit leicht von der Hand ging. Seine gute Laune hielt bis zum Abend vor und bewirkte, dass er zum ersten Mal seit langer Zeit sein Weib Grete begehrenswert fand. Er wusste nicht mehr, wann sie sich zuletzt geliebt hatten – es musste Monate her sein. Er nahm sie auf ihrer Schlafstatt und ergoss sich nach wenigen Stößen keuchend in sie. Ja, mit ihrer spitzen Zunge machte sie ihm das Leben schwer, und er wünschte sie manches Mal zum Teufel, aber eins musste man ihr lassen: Von der Liebe verstand sie etwas.

Glücklich döste er neben ihr ein.

»Wach auf, Anselm«, hörte er nach einer Weile ihre Stimme. »Nun mach schon. Da draußen sind Reiter.«

Benommen schlug er die Augen auf, schälte sich aus der Decke und spähte durch den Fensterschlitz. Tatsächlich – Männer ritten über den Dorfplatz, Bewaffnete mit Fackeln in den Händen. »Sie suchen den jungen von Löwenstein«, entfuhr es ihm. »Ich muss sofort zu ihm!«

»Siehst du jetzt, was du angerichtet hast?«, jammerte sein Weib. »Das haben wir jetzt von deiner Geldgier. Du dummer Tölpel, du Narr, du Einfaltspinsel!«

Eilends schlüpfte Anselm in seinen Kittel und huschte von der Küche in den Stall und von dort aus in die Scheune. Von Löwenstein war bereits wach. Er stand an einem Schlitz in der Bretterwand und beobachtete die Reiter auf dem Dorfplatz.

»Das ist von Limburg!«, zischte er. »Warum hast du mich nicht gewarnt?«

»Ich … ich …«, stammelte Anselm.

»Hol mein Kettenhemd und mein Schwert. Mach schnell, verdammt noch eins!«

Anselm eilte zu der Ecke, wo er die Sachen des Ritters hingetan hatte, und öffnete eine der Kisten. Währenddessen brüllte draußen ein Mann: »Ich bin Walram von Limburg, Ritter des rechtmäßigen Königs Otto von Braunschweig. Ich habe erfahren, dass sich in diesem Dorf ein Freund des Verräters Philipp von Schwaben versteckt. Bringt ihn mir, und euch wird nichts geschehen.«

Mit zitternden Händen griff Anselm nach Schwert und Rüstung. Sollte er von Löwenstein ausliefern? Nein. Nein. Es war seine Christenpflicht, ihn vor dieser Horde zu schützen.

Er vernahm die Stimme Gregors von Worms. »Ich bin der Schultheiß dieser Vogtei. Wir verstecken keine Anhänger Philipps. Euer Krieg geht uns nichts an. Zieht weiter und lasst uns in Ruhe.«

»Du lügst, Schultheiß. Ich weiß, dass er hier ist. Durchsucht alles!«, befahl von Limburg seinen Kriegsknechten.

»Gib schon her«, sagte von Löwenstein und riss Anselm das

Schwert aus der Hand. Das Kettenhemd rührte er nicht an – es war ohnehin keine Zeit mehr, es anzulegen. »Wie komme ich hier heraus, ohne dass sie mich sehen?«

»Durch die Tür zum Garten.«

»Führ mich hin, na los.«

Anselm schluckte und setzte sich in Bewegung. Sie hatten noch nicht die Tür zum Stall erreicht, als das Scheunentor aufflog und drei Kriegsknechte hereinstürmten.

»Hier ist er!«, schrie einer.

Anselm taumelte rückwärts und prallte gegen einen Balken. Von Löwenstein zog sein Schwert und warf sich den Männern entgegen. Stahl prallte auf Stahl. Einer der Kriegsknechte packte Anselm, stieß ihn ins Heu und trieb ihm das Schwert in den Bauch. Keuchend umklammerte er die Klinge. Bevor ihm die Sicht verschwamm, sah er noch, wie die Männer von Löwenstein zu Boden schlugen, ihn fortschleppten und ihre Fackeln auf die Strohballen warfen.

»Herrin. Herrin, wacht auf!«

Isabelle blinzelte. Stroh klebte an ihrer Wange. Wo war sie? Richtig, in der Stube. Sie hatte am Feuer gesessen und musste eingeschlafen sein.

»Altrip brennt«, sagte die Magd.

»Was?«

»Es sind Männer gekommen. Sie stecken die Hütten an und töten jeden.«

Isabelle fuhr hoch, riss die Tür auf und eilte ins Freie. In der Ferne loderten Flammen und erhellten die Nacht. Der Wind wehte Schreie heran.

Ottos Krieger. Sie waren zurückgekommen. Ein endloser Augenblick verstrich, bevor Isabelle einen klaren Gedanken fassen konnte. Sie fuhr zu der Magd herum.

»Weck Rémy und die anderen. Dann packt Vorräte und Kleider ein, aber nur das Nötigste. Wir müssen hier fort.«

Als Michel Speyer erreichte, war es bereits dunkel, und die Stadtwachen schlossen gerade die Tore. Seit den frühen Morgenstunden saß er im Sattel. Sein Rücken schmerzte, seine Schenkel waren wund, und er sehnte sich nach einem weichen Schlaflager. Dennoch suchte er sich keine Herberge. Er würde ohnehin keinen Schlaf finden. Also gab er Artos die Sporen und kanterte am Rhein entlang nach Norden.

Ein nächtlicher Ritt durch die Rheinebene war gefährlich. Man hatte ihm gesagt, überall trieben sich Söldner und Kriegsknechte herum, die auf einsamen Wegen Reisende überfielen und ausraubten. Doch Michel hätte jedes Risiko in Kauf genommen. Er musste so schnell wie möglich zu Rémy und Isabelle, musste wissen, ob es ihnen gutging, ob sie lebten.

Schon den ganzen Tag quälten ihn dunkle Ahnungen. Sechs Tage hatte er bis Speyer gebraucht. Sechs Tage, obwohl er sich beeilt, obwohl er jede Nacht nur ein paar Stunden geschlafen hatte. Eine halbe Ewigkeit. Zu gerne hätte er Artos zum Galopp angetrieben, doch der Zelter war erschöpft. Michel konnte froh sein, wenn er nicht auf der letzten Meile schlappmachte.

»Bitte, alter Freund. Lass mich nicht im Stich.«

Bei der Zollschranke im Süden Altrips roch er Feuer. Er holte das Letzte aus Artos heraus und ritt durch den Uferwald. Als sich die Bäume lichteten, sah er die Flammen.

Das Dorf brannte. Beinahe jede Hütte loderte wie ein Scheiterhaufen.

Was war hier geschehen? Waren Ottos Männer zurückgekehrt, um zu vollenden, was sie im Januar begonnen hatten? Michel blieb im Schutz der Bäume und machte einen weiten Bogen um die Ortschaft. In der Ferne sah er Gestalten im Feuerschein. Reiter, die Schwerter schwenkten.

Thomasîns Hof stand noch nicht in Flammen. Mit einem Stoßgebet auf den Lippen trabte er zu den Gebäuden, die sich dunkel am Flussufer erhoben.

»Rémy!«, brüllte er.

Er hörte Stimmen, sah huschende Schatten vor dem Haupthaus. Am Wegesrand standen zwei Pferde, Schlachtrösser mit Schabracken und Sattelzeug. Ihre Reiter waren abgestiegen und näherten sich dem Gehöft mit gezückten Streitäxten.

Ohne zu zögern, schlug er Artos die Sporen in die Flanken. Der Zelter wieherte vor Schmerz und preschte los. Einer der Kriegsknechte hatte sich zu ihm umgewandt und rief etwas, doch die Warnung kam zu spät: Michel ritt beide Männer über den Haufen und riss Artos herum. Einer war ins Gras gefallen und blieb liegen; der andere rappelte sich auf, hatte jedoch seine Axt verloren. Michel zog sein Schwert und schwang es über dem Kopf. »Verschwinde!«, schrie er. »Hau ab, oder ich schlag dir den Schädel ein!«

Der Mann gab Fersengeld und rannte zu seinem Pferd.

Michel ritt auf den Platz vor dem Haupthaus und glitt aus dem Sattel.

»Onkel Michel!«

»Rémy!«

Der Junge wollte zu ihm laufen, doch jemand hielt ihn fest. Isabelle. Sie stand mit zwei Mägden und einem Knecht vor der Tür, zu ihren Füßen lagen geschnürte Bündel. Der Knecht richtete eine Armbrust auf ihn.

Unwillkürlich hob Michel die Hände. »Ich bin ein Freund!«

»Was um alles in der Welt machst du hier?«, fragte Isabelle.

»Später. Sehen wir lieber zu, dass wir euch in Sicherheit bringen. Ich schätze, sie werden bald zurückkommen.«

»Wer ist der Kerl?«, knurrte der Knecht.

»Das ist Onkel Michel«, rief Rémy. Er riss sich los und lief zu ihm. Lachend schloss Michel ihn in die Arme. Sie waren wohlauf und unversehrt. Stumm dankte er Gott und allen Heiligen.

»Können wir ihm trauen?«, wollte der Knecht wissen.

»Ja«, antwortete Isabelle. »Jetzt kommt. Wir verstecken uns im Wald.«

»Wo ist Thomasîn?«, fragte Michel.

»Er ist tot.«

»Tot?«

Anstelle einer Antwort trat sie zu ihm, legte ihm die Arme um die Schultern, presste ihr Gesicht an seines. Ihre Wange war tränenfeucht. »Ich bin so froh, dich zu sehen.«

Michel küsste ihre Stirn und setzte Rémy ab. »Ich hole das andere Pferd. Wir werden es brauchen.«

Mit dem Schwert in der Hand ging er zum Pfad zurück. Der Kriegsknecht lag immer noch im Gras und rührte sich nicht; sein rechter Arm war unnatürlich verdreht. Vermutlich hatten ihm Artos' eisenbeschlagene Hufe alle Knochen gebrochen, als Michel ihn niedergeritten hatte. Er steckte das Schwert in die Scheide, nahm das Schlachtross bei den Zügeln und führte es zum Hof. Es schnaubte, widersetzte sich ihm jedoch nicht.

Währenddessen hatte der Knecht ein weiteres Pferd aus dem Stall geholt. »Sollen wir das Vieh wirklich zurücklassen?«

»Wir haben keine Zeit, es fortzubringen«, sagte Isabelle.

»Sie werden es uns stehlen.«

»Besser, wir verlieren das Vieh als das Leben.«

Da die beiden Mägde nicht reiten konnten, stieg eine bei Michel auf und die andere bei dem Knecht. Boso, so der Name des Mannes, gelang es nach anfänglichen Schwierigkeiten, das Schlachtross zu bändigen. Isabelle nahm Thomasîns Pferd. Mit einer Hand hielt sie Rémy fest, der vor ihr saß; mit der anderen die Zügel.

Zügig kanterten sie nach Westen. Michel hatte überlegt, sich in ihrem alten Verschlag bei der Quelle zu verstecken, doch es war wohl sicherer, so tief wie möglich in den Wald zu reiten. Falls die Kriegsknechte nur auf Beute aus waren, wovon er ausging, würden sie dort nicht nach ihnen suchen.

Isabelle führte sie zu einer Lichtung inmitten des dichten Unterholzes. Dort stiegen sie ab und banden die Pferde an.

»Vorerst bleiben wir hier«, sagte Isabelle, während sie die Bündel mit ihren Decken, Kleidern und Vorräten auf den Boden warf. »Wenn es hell wird, schauen wir nach, ob die Soldaten noch da sind.« Sie sprach Deutsch, das sie inzwischen fließend beherrschte.

»Zuerst will ich wissen, wer der da ist«, sagte Boso, der wieder die Armbrust in den Händen hielt.

»Ein alter Freund aus meiner Heimat.«

»Wieso taucht er plötzlich hier auf?«

»Ich war zufällig in der Gegend«, log Michel. »Als ich hörte, dass Ottos Truppen durch die Vogtei ziehen, wollte ich mich vergewissern, dass es Isabelle und Rémy gut geht.«

Damit gab sich Boso zufrieden. Er ließ sich bei den Mägden nieder, packte einen Kanten Brot aus und kaute schweigend.

Michel, Isabelle und Rémy setzten sich auf die andere Seite der Lichtung. Isabelle legte ihrem Sohn eine Wolldecke um die Schultern, denn es war empfindlich kalt.

»Wieso hast du mir nicht geschrieben?«, fragte Michel leise.

»Ich habe dir geschrieben. Schon im Januar, nachdem die Soldaten das erste Mal da waren. Hast du meinen Brief nicht bekommen?«

Er schüttelte den Kopf. Er konnte allenfalls Vermutungen darüber anstellen, was mit dem Brief geschehen war. Vielleicht hatten die Kämpfe in der Rheinebene den Boten zu einem Umweg gezwungen, und er hatte die Nachricht verloren. Oder er war überfallen und erschlagen worden. Einem Reisenden, der ein Kriegsgebiet durchquerte, konnte alles Mögliche zustoßen.

»Hauptsache, euch geht es gut.« Michel nahm sie beide in den Arm, und so saßen sie unter den Bäumen, bis das Licht der Morgendämmerung durch das Blätterdach tröpfelte.

Boso blieb mehr als zwei Stunden fort. Als er zurückkam, war er bleich, und das dunkle Haar klebte ihm an den Wangen. Er warf seine Armbrust ins Gras und sank zu Boden. »Sie haben alles niedergebrannt. Alles. Im Dorf ist niemand mehr. Wer nicht erschlagen wurde, ist geflohen.«

Die Mägde begannen wieder zu schluchzen.

»Und die Soldaten?«, fragte Isabelle.

»Fort.« Boso nahm einen Schluck aus dem Wasserschlauch und spuckte aus. »Den Hof haben sie geplündert. Die Schweine, die Rinder – alles weg. Wenigstens haben sie bei uns kein Feuer gelegt.«

Isabelle nickte. Sie hatte nichts anderes erwartet.

»Wenn Ihr erlaubt, reite ich jetzt nach Muthach zu meiner Familie«, sagte Boso. »Ich muss wissen, ob sie wohlauf sind. Die beiden wollen mitkommen.« Er nickte zu den Mägden.

»Nehmt euch so viel Vorräte, wie ihr braucht.« Isabelle holte den Beutel mit ihrem restlichen Geld hervor und zählte Schillingmünzen ab. »Hier ist euer Lohn für die nächsten zwei Monate. Ich wünsche euch viel Glück.«

»Ihr entlasst uns?«, fragte der Knecht stirnrunzelnd.

»Ich kehre nicht auf den Hof zurück. Was davon übrig ist, verkaufe ich.« Sie hatte diese Entscheidung irgendwann in der vergangenen Nacht getroffen. Plötzlich war sie da gewesen, und sie hatte gewusst: Es war die richtige.

»Wo werdet Ihr hingehen?«

»Das weiß ich noch nicht.«

»Habt Dank. Ihr wart uns immer eine gute Herrin. Es … tut mir leid, was geschehen ist.«

Der Abschied war kurz. Schluchzend drückten die Mägde Rémy, dann stiegen sie in den Sattel des Schlachtrosses, das Boso an den Zügeln führte. Isabelle blickte ihnen nach, bis sie zwischen den Bäumen verschwunden waren.

»Haben die Soldaten Thomasîn getötet?«, fragte Michel nach einer Weile. Er saß mit Rémy im Gras und zeigte dem Jungen verschiedene lothringische und französische Münzen.

Sollte sie ihm die Wahrheit über Thomasîn erzählen? Einst hatte sie ihrem Gemahl geschworen, mit niemandem über seine Neigungen zu sprechen. Thomasîn hatte sie nie von ihrem Eid entbunden, doch in der Stunde seines Todes hatte er sich vor dem Gericht, dem Dorf und vor allem vor sich selbst zu seinen Gefühlen bekannt. Er hätte gewollt, dass sie Michel die Wahrheit sagte.

Schluss mit den Lügen, mit der Heimlichtuerei. Sie blickte zu Rémy und wünschte, sie wäre auch neun Jahre alt. Der Junge war ganz in die Betrachtung der Münzen vertieft. In diesem Alter genügten ein paar funkelnde Geldstücke, um einen wenigstens für eine halbe Stunde das Grauen der Welt vergessen zu lassen.

»Er wurde vorige Woche hingerichtet«, sagte sie. »Vom Gericht des Vogts. Sie haben ihn auf dem Scheiterhaufen verbrannt. Er hatte ein Verhältnis mit einem Nachbarn. Ein Köhler hat sie beobachtet.«

Michel saß da wie vom Donner gerührt. Es dauerte lange, bis er seine Fassung zurückerlangte. »Er war ein …«

»Ja.«

»Wieso hast du mir nie davon erzählt?«

»Ich habe ihm mein Wort gegeben, sein Geheimnis zu wahren.«

Er rupfte etwas Moos aus und zerrieb es zwischen den Fingern, während es in seinem Gesicht arbeitete. Sie konnte ihm förmlich ansehen, dass er endlich begriff, wieso Thomasîn sie seit der Hochzeitsnacht nie wieder angerührt hatte. »Allmächtiger Gott, Isabelle. Wenn ich geahnt hätte, was du durchgemacht hast.«

»Thomasîn war kein schlechter Mensch. Auf seine Weise war er immer gut zu mir. Ich hätte es schlimmer treffen können.«

Michel schwieg. Isabelle wusste, sie konnte nicht von ihm verlangen, es zu verstehen. Er hatte Thomasîn nicht gekannt, hatte niemals erlebt, wie freundlich und liebevoll er gewesen war. Er sah nur dessen Sünde, die er wie jeder Christ für abscheulich hielt.

»Verurteile ihn nicht. Das hat er nicht verdient.«

Michel schielte zu ihrem Sohn. »Rémy … er hat ihn doch nicht …«

»Nein. Das hätte er niemals getan. Er hat ihn geliebt.«

Er kniff die Lippen zusammen und vermied ihren Blick. Rémy kam zu ihm und hielt ihm eine Silbermünze hin.

»Was ist das für ein Kopf?«

»Das ist der Graf von Blois. Der König von Frankreich hat ihm das Recht verliehen, eigene Münzen für die Champagne zu prägen.« Michel öffnete seine Börse und holte zwei weitere Silberstücke heraus. »Hier, sieh mal. Das ist ein Denier aus Burgund und das einer aus Metz aus der Münze des Bischofs.«

Rémy setzte sich neben ihn und unterzog die Pfennige einer genauen Untersuchung.

»Kommt mit mir nach Varennes«, sagte Michel.

»Ich bin dort eine ehrlose Frau«, erwiderte sie.

»Das ist lange her.«

»Die Leute haben das ganz bestimmt nicht vergessen.«

»Dafür finden wir eine Lösung. Wir wenden uns an Bischof Mathieu. Er ist ein weiser Mann – er wird wissen, was zu tun ist. Gewiss kannst du dich mit einer Buße reinwaschen.«

Isabelle bezweifelte, dass es so einfach werden würde. Sie hatte schon vor langer Zeit jegliches Vertrauen in die Kirche verloren.

»Ich habe nie aufgehört, dich zu lieben«, sagte Michel.

Sie fühlte dasselbe, doch sie war nicht imstande, es ihm zu sagen. Noch nicht. Zu viel Schreckliches war in den letzten Tagen geschehen.

»Heirate mich«, sagte er, als sie seine Hand ergriff.

Isabelle lächelte. Trotz allem konnte sie sich seiner Zuversicht, seinem unerschütterlichen Glauben an die Zukunft nicht entziehen. Dass sie ihn liebte, hatte viele Gründe, aber das war vielleicht der wichtigste. *Zum Teufel mit den Bedenken.* Sie hatte ihre Entscheidung doch längst getroffen.

»Möchtest du, dass wir mit Onkel Michel nach Varennes gehen?«, fragte sie Rémy.

Ihr Sohn nickte. »Darf ich Alice mitnehmen?«

»Natürlich.« Lächelnd streichelte sie ihm die Wange.

»Wer ist Alice?«, fragte Michel.

»Die Katze. Wenn die Söldner ihr nichts getan haben, treibt sie sich bestimmt irgendwo auf dem Hof herum.«

»Wir gehen sie holen.« Michel legte Rémy den Arm um die Schultern. »Hilfst du mir, sie zu suchen?«

»Bestimmt ist sie im Stall. Da ist sie meistens.«

Sie packten ihre Sachen und verließen den Wald. Als sie sicher waren, dass sich keine Kriegsknechte in der Nähe aufhielten, ritten sie zum Hof.

Die Männer des Gegenkönigs hatten nicht nur das Vieh gestohlen, sie hatten jedes Gebäude durchsucht und alles von Wert mitgenommen. Lediglich den Wagen hatten sie dagelassen. Michel spannte die Pferde ein und half Isabelle, Kleider, Decken und die Vorräte, die die Söldner übersehen hatten, aufzuladen.

»Da ist Alice!«, rief Rémy und lief zu der Katze, die aus der Scheune schlüpfte. Als er sie auf den Arm nahm, schnurrte sie und rieb ihren Kopf an seinem Gesicht. Michel fand einen Korb und steckte Alice hinein, wovon sie nicht eben begeistert war. Isabelle besänftigte sie mit einem Streifen Räucherschinken.

»Wir sollten fahren, damit wir vor Einbruch der Dunkelheit in Speyer sind«, sagte Michel, nachdem er auf den Wagenbock geklettert war.

Isabelle hielt Alices Korb in den Armen und betrachtete das Dorf, von dem Rauch aufstieg. »Wer tut so etwas?«, fragte sie leise.

»Das ist der Krieg«, sagte Michel. »Er macht Menschen zu Bestien.«

Sie stellte den Korb auf die Pritsche, stieg zu ihm und Rémy auf den Wagenbock und strich sich eine Haarsträhne aus dem Gesicht. »Bring uns fort von hier.«

April 1199

Varennes-Saint-Jacques

Keine drei Tage nach ihrer Ankunft in Varennes bekam Michel Besuch von Charles Duval.

Er saß gerade mit Isabelle und Rémy beim Mittagsmahl, als Louis mit dem Gildemeister hereinkam. So steif und kühl hatte Michel seinen Freund noch nie erlebt. Duval begrüßte Isabelle mit einem knappen Nicken und würdigte sie ansonsten keines Blickes.

»Störe ich beim Essen?«

»Wir sind gerade fertig. Kann ich Euch einen Becher Wein anbieten?«

Duval lehnte dankend ab, was Michel beinahe noch mehr überraschte als dessen distanziertes Auftreten. Wann hatte der Gildemeister je einen köstlichen Trunk ausgeschlagen? »Gehen wir nach nebenan.«

»Ich nehme an, Ihr wisst, warum ich hier bin«, sagte Duval, als Michel die Tür des Gesellschaftssaales schloss.

»Helft mir auf die Sprünge.«

»Es geht um Frau Caron – oder wie immer sie jetzt heißt. In der Stadt redet man über sie. Und über Euch.«

»Das ist mir nicht entgangen«, sagte Michel. Natürlich hatte es sich längst in Varennes herumgesprochen, dass Isabelle wieder in der Stadt war und bei ihm wohnte, und die Gerüchteküche brodelte. Wie Isabelle prophezeit hatte, dachten die Leute auch nach zehn Jahren nicht daran, über ihre Verfehlungen hinwegzusehen. Obschon manch einer ihr glaubte, dass die Ehe mit Chastain nicht vollzogen worden war und sie deshalb für unschuldig hielt, zählte für die meisten nur, dass sie einst vor dem Sendgericht rechtskräftig verurteilt worden war. Ein Bischof hatte gesagt, sie sei eine Ehebrecherin – also war sie für die Mehrheit des Stadtvolks eine.

»Warum habt Ihr sie hergebracht?«

»Ihr Ehemann ist gestorben. Wenn das Trauerjahr um ist, werden wir heiraten.«

Duval seufzte. »Michel – Ihr seid ein Mann von Stand, ein angesehenes Mitglied der Gilde, und sie …«

»Ein ehrloses Weib, ich weiß«, erwiderte Michel bitter.

»Sie hat sich niemals von ihrer Schande reingewaschen.«

»Bischof Ulman hat sie damals hart bestraft. Und nachdem Chastain seinen Bund mit ihr aufgelöst hat, hat sie wieder geheiratet und viele Jahre eine gute christliche Ehe geführt. Genügt das nicht?«

»Für mich schon. Aber nicht für das einfache Volk, und schon gar nicht für die Kirche. Auch in der Gilde regt sich Unmut. Mehrere Schwurbrüder haben mich aufgefordert, Euch ins Gewissen zu reden und Euch an Euren Gildeneid zu erinnern.«

»Lasst mich raten«, meinte Michel. »Baffour, Nemours und d'Alsace, richtig?«

»Ihr müsst sie verstehen. Sie sind um das Ansehen unserer Bruderschaft besorgt.«

»Sie sind Heuchler und Philister, die gerne mit dem Finger auf andere zeigen und nur auf eine Gelegenheit warten, mich bloßzustellen.«

Müde sank Duval auf einen Stuhl. »Ich weiß. Aber was soll ich tun? Es ist meine Pflicht, die Gilde vor Schaden zu bewahren. Und Baffour und d'Alsace sind nun einmal im Recht. Ihr habt einen christlichen Lebenswandel gelobt; dass Ihr eine ehrlose Frau unter Eurem Dach beherbergt, ist damit nicht vereinbar. Ich kann das nicht ignorieren, selbst wenn ich wollte.«

»Was also verlangt Ihr von mir?«, fragte Michel.

»Ordnet Eure Verhältnisse. Sucht eine Unterkunft für Isabelle, damit sie nicht länger in Eurem Haus wohnen muss. Außerdem solltet Ihr mit Bischof Mathieu reden. Gewiss weiß er Rat.«

»Das wollte ich ohnehin tun.«

Duval nickte und erhob sich schwerfällig. »Ich weiß, Ihr liebt diese Frau. Aber bitte lasst nicht zu, dass Eure Gefühle für sie wieder alles zerstören, was Ihr aufgebaut habt.« An der Tür wandte sich der Gildemeister noch einmal um. »Wer ist eigentlich der Junge?«

»Rémy. Isabelles Sohn.«

»Wer ist der Vater?«

Isabelle und er hatten beschlossen, Rémys wahre Abstammung vorerst niemandem zu enthüllen, nicht einmal ihm selbst. Thomasîns Tod hatte ihn zutiefst verstört, und es hätte ihn nur verwirrt zu erfahren, dass in Wahrheit Michel sein Vater war. Sie würden es ihm in einigen Jahren sagen, wenn er älter wäre und seinen Schmerz verwunden hatte. »Thomasîn. Ihr verstorbener Mann«, antwortete Michel.

»Und daran gibt es keinen Zweifel?«

»Was soll das, Charles?«

»Er erinnert mich an einen Jungen, der an einem Dezembertag vor vielen Jahren nach Varennes gekommen ist. Er war der Sohn eines entflohenen Leibeigenen. Rémy ist ihm wie aus dem Gesicht geschnitten.«

»In Eurem Alter spielt einem das Gedächtnis mitunter einen Streich.«

»Das mag sein. Aber auch der Name des Jungen macht mich stutzig. Ist das nicht ein eigenartiger Zufall, dass er so heißt wie Euer seliger Herr Vater?«

»Rémy ist ein häufiger Name in Oberlothringen.«

»Aber nicht in Deutschland.«

»Isabelle hat ihn ausgewählt. Es sollte ein Name sein, der sie an ihre Heimat erinnert.«

»So wird es wohl gewesen sein.« Duval setzte seinen Hut auf.

»Gehabt Euch wohl, alter Freund. Und vergesst nicht, den Bischof aufzusuchen.«

Als Michel die Stube betrat, hatte die Küchenmagd bereits das Essen und das Geschirr abgeräumt. Rémy war unten im Hof und spielte mit der Katze; Isabelle saß am Fenster und flickte ein Kleid. Sie rammte die Nadel durch das Tuch, als wäre das Gewand verantwortlich für alles Übel der Welt und bekomme nun seine gerechte Strafe.

»Was wollte Duval?«, fragte sie.

»Mit mir reden. Über uns.«

»Deine Schwurbrüder sorgen sich um deine Ehre, nicht wahr? Sie fragen sich, wie du dich mit *so einer* einlassen kannst. Sag schon: Hat Duval dich aufgefordert, mich auf die Straße zu setzen?«

Wenngleich Isabelle es nicht zeigte, so spürte Michel doch, dass sie sehr unter dem Gerede in der Stadt litt. Sie verließ kaum noch das Haus. »Du musst ihn verstehen. Er tut nur seine Pflicht.«

»Seine Pflicht«, wiederholte Isabelle verächtlich. »Wieso kehrt er nicht zuerst vor der eigenen Tür? Er säuft doch immer noch wie ein Loch, oder? Ist das der christliche Lebenswandel, von dem die Gilde immer schwadroniert?«

»Auf Duval zu schimpfen, bringt uns nicht weiter. Wir sprechen mit Bischof Mathieu. Ich bin sicher, er wird uns helfen.«

»Als ob die Kirche jemals etwas für uns getan hätte.«

»Er ist nicht wie Bischof Ulman. Er ist barmherzig und klug.«

»Kirchenmänner sind entweder das eine oder das andere, niemals beides. Und alle hassen sie Frauen.«

Michel unterdrückte ein Seufzen. »Wir fahren jetzt nach Toul. Bitte versprich mir, dass du respektvoll sein wirst, wenn wir vor dem Bischof stehen. Immerhin wollen wir etwas von ihm. Vorwürfe und Beschimpfungen werden ihn uns nicht gewogen machen.«

Sie löste den Nähring vom Finger, knallte ihn auf den Tisch

und pfählte die Garnrolle mit der Nadel. »Ob ich ihm meinen Respekt zeige, hängt davon ab, ob er welchen verdient.«

Toul

Drei Tage später empfing sie Bischof Mathieu de Lorraine in seinem Palast in der Stadt Toul. Das geistige Oberhaupt von Toul und Varennes war groß, schlank und noch recht jung für einen kirchlichen Würdenträger, höchstens dreißig Jahre alt. Gepflegte Hände ragten aus den Ärmeln seiner Soutane, das sorgfältig geschnittene Haar fiel ihm bis auf die Schultern und rahmte ein weiches, schmales Gesicht ein.

»Michel de Fleury, der Kaufmann?«, sagte er, als Michel sich vorgestellt hatte. »Seid Ihr nicht der besondere Freund Eures Stadtherrn Aristide de Guillory?«

»Freundschaftlich würde ich unser Verhältnis nicht gerade nennen.«

Ein feines Lächeln umspielte de Lorraines Lippen. Es war kein Geheimnis, dass er keine Sympathie für den Ritter empfand. Immerhin war er der jüngere Bruder Ferrys II., der, wie man hörte, eine gesunde Abneigung gegen de Guillory hegte. Mit einer Geste wies er zum Garten hinter dem weitläufigen Kreuzgang, und sie schritten einen sonnigen Pfad zwischen den Kräuter- und Blumenbeeten entlang. Glücklicherweise war Isabelles Zorn während der Reise abgekühlt, und sie überließ Michel das Reden. Sie hatte sich sogar bereit erklärt, ihr Haar züchtig mit einer Haube zu bedecken.

»Nun, Herr de Fleury, was führt Euch zu mir?«

»Wir befinden uns in einer schwierigen Lage und hoffen, dass Ihr Rat wisst. Isabelle und ich wollen heiraten. Leider müssen wir zuerst ein gewichtiges Hindernis aus der Welt schaffen.«

Bischof Mathieu betrachtete Isabelles graues, hochgeschlossenes Gewand. »Du bist in Trauer, meine Tochter?«

»Mein Mann ist kürzlich gestorben.«

»Mein Beileid zu deinem Verlust.« De Lorraine bekreuzigte sich. »Aber als Witwe ist es dir selbstverständlich gestattet, wieder zu heiraten. Warte ein Jahr, verhalte dich währenddessen züchtig, und niemand kann dir verwehren, deinen Michel nach Gottes Gesetz zum Mann zu nehmen.«

Isabelle hielt den Kopf gesenkt. Sie spielte die demütige Witwe ganz vortrefflich. »Das weiß ich, Exzellenz. Aber es gibt noch ein anderes Hindernis.«

De Lorraine blieb stehen, legte ihr Zeige- und Mittelfinger unter das Kinn und hob sanft ihren Kopf, damit er ihr Gesicht betrachten konnte. »Wie heißt du?«, fragte er freundlich.

»Isabelle.«

»Isabelle Caron? Die Schwester des Kaufmannes Caron?«

»Das war einmal mein Name.«

Der Bischof schritt weiter den Pfad entlang und lächelte wieder sein feines, hintergründiges Lächeln. »Verstehe.«

»Ihr wisst, was uns damals widerfahren ist?«, fragte Michel zögernd.

»›Widerfahren‹? Wenn ich mich recht erinnere, habt Ihr die Ehe gebrochen, in vollem Bewusstsein der Folgen. Schaut mich nicht so erschrocken an, Herr de Fleury. Der Vorfall hat damals im ganzen Bistum für Aufsehen gesorgt. Natürlich weiß ich davon.«

»Dann wisst Ihr auch, dass wir hart für unser Verbrechen bestraft wurden. Trotzdem gilt Isabelle in Varennes immer noch als ehrlos. Das ist nicht gerecht.«

»Nun, sie hat nie Buße für ihre Verfehlungen geleistet. Ihr Bruder ließ sie fortbringen, bevor sie die Gelegenheit bekam, der städtischen Gemeinschaft ihre Reue zu zeigen.«

»Kann sie sich von ihrer Schande reinwaschen, damit ich sie zur Frau nehmen kann?«

De Lorraine blieb stehen und begutachtete die zarten Knospen eines Rosenbuschs. »Darüber ließe sich sprechen.«

»Ich bin bereit, gut dafür zu zahlen, dass Ihr sie von ihrer Schuld freisprecht.«

»Ihr wisst, dass es nach Gottes Gesetz nur dem Manne gestattet ist, sich von seinen Verfehlungen freizukaufen. Das Weib muss Buße tun, um seine Seele zu reinigen.«

In Isabelles Augen blitzte der Zorn. *Nicht,* flüsterte Michel stumm, und sie zügelte sich. »Und wenn ich beweisen könnte, dass meine Sünde nur minderschwer ist?«, fragte sie.

»Du hast die Ehe gebrochen. Deine Schuld ist erwiesen, meine Tochter. Daran ist nicht zu rütteln.«

»Aber die Ehe wurde nie vollzogen. Hernance Chastain, mein Gemahl, war nicht zur körperlichen Vereinigung fähig.«

»Stimmt, ich erinnere mich. Das sagtest du damals auch vor Gericht, nicht wahr?«

»Bischof Ulman hat ihre Aussage nicht anerkannt«, sagte Michel. »Er hat nach einem Vorwand gesucht, uns – mich – zu vernichten. Deshalb ist sie nicht in das Urteil eingeflossen.«

»Aber es ist die Wahrheit?«, fragte der Bischof.

»Natürlich«, antwortete Isabelle.

»Schwöre es bei Gott und dem Heil deiner Seele.«

»Ich schwöre.« Sie verneigte sich vor ihm und küsste das silberne Kruzifix, das er an einer Kette um den Hals trug.

Bedächtig nickte de Lorraine. »Nun, das verringert die Schwere deines Verbrechens natürlich beträchtlich.«

»Gibt es überhaupt noch ein Verbrechen?«, fragte Michel.

»Die Ehe mag nicht vollzogen worden sein, aber das heißt nicht, dass sie keinerlei Rechtsgültigkeit besaß. Zwischen den Familien wurde ein wirksamer Vertrag geschlossen. Deshalb war Isabelle nach kirchlichem Gesetz wenigstens für kurze Zeit mit diesem Tuchhändler verheiratet.«

»Ich weiß – Bischof Ulman hat es sich nicht nehmen lassen, uns darauf hinzuweisen«, meinte Isabelle.

»Aber ihre Schuld wiegt nicht so schwer, als wenn die Ehe auch körperlich vollzogen worden wäre«, sagte Michel.

»Ich bin geneigt, das Gesetz in dieser Weise auszulegen«, entgegnete der Bischof.

»Welche Buße muss sie also tun, um ihre Schuld zu tilgen?«

De Lorraine versank in Schweigen. »Üblich wäre eine achtjährige Buße, während der du fasten und dich in keuscher Enthaltsamkeit üben musst. Da du mildernde Umstände geltend gemacht hast, genügt die Hälfte: vier Jahre keusche Buße bei täglichem Fasten und Gebet.«

»Vier Jahre?«, wiederholte Isabelle. »Ich muss vier weitere Jahre warten, bis ich wieder heiraten darf, und soll währenddessen leben wie eine Nonne?«

»Erinnere dich, vor wem du stehst, und mäßige dich, meine Tochter«, mahnte der Bischof.

»Das ist ungeheuerlich! Das nehme ich nicht hin!«

Auch Michel war aufgebracht. »Was Ihr da von uns verlangt, ist hart, Exzellenz.«

»Gewiss ist es hart. Es ist niemals leicht, Gottes Liebe zurückzugewinnen, wenn man sie durch Lasterhaftigkeit verwirkt hat.«

»Gibt es keinen anderen Weg?«

»Nein«, erwiderte Bischof Mathieu, der allmählich die Geduld verlor. »Entweder sie akzeptiert meine Entscheidung, oder sie bleibt bis an ihr Lebensende ehrlos. Vier Jahre Buße sind wahrlich kein zu hoher Preis für die Rückkehr in die Gemeinschaft der Christen.«

Isabelle hatte de Lorraine den Rücken zugewandt; sie stand mit verschränkten Armen da und sagte kein Wort mehr. Mühsam bezwang Michel seine Enttäuschung. »Wie genau soll sie die Buße verrichten? Genügt es, wenn sie allein in der Stadt lebt und regelmäßig mit einem Priester spricht?«

»Ein einzelner Priester kann kaum überprüfen, ob sie ihre Buße mit der nötigen Ernsthaftigkeit betreibt. Ich rate ihr, sich den Frommen Frauen anzuschließen. In Varennes gibt es einen neuen Beginenhof, wo man ihr für die Dauer ihrer Buße ein Leben in Keuschheit und Armut ermöglichen kann. Sprecht mit Magistra Frédégonde. Sie ist barmherzig und gütig. Gewiss wird sie Isabelle mit offenen Armen aufnehmen. Ich wünsche Euch alles Gute, Herr de Fleury. Mein Diener wird Euch hinausgeleiten. *Pax vobiscum.*«

Michel küsste de Lorraines Ring, und der Bischof schritt davon.

Sie hatten kaum den Palast verlassen, als Isabelle ihre Haube vom Kopf riss und zu Boden warf. »Ich habe es gewusst! Er ist genau wie alle anderen. Er hasst Frauen! Es hat ihm gefallen, mich zu demütigen. Er hat es richtig genossen.«

»Beruhige dich«, sagte Michel, als sich die Leute nach ihnen umdrehten. »Bitte.«

»Ich will mich nicht beruhigen. Die Kirche und alle Pfaffen – sie sollen zur Hölle fahren!« Sie begann zu weinen, und er nahm sie in die Arme. »Wann hört das endlich auf?«

Er strich ihr über das Haar und küsste ihre Stirn. »Komm. Fahren wir nach Hause.«

Während der Heimreise schimpfte sie ununterbrochen auf Bischof Mathieu, den Klerus und seine unmenschlichen Gesetze, sie verfluchte Gott, die Kirche, die ganze Welt.

Und am Tag nach ihrer Ankunft trat sie den Beginen von Varennes-Saint-Jacques bei.

April und Mai 1199

VARENNES-SAINT-JACQUES

Mit nichts als dem Gewand an ihrem Leib und einem Beutel mit Ersatzkleidern für ihren Sohn stand Isabelle zwei Tage vor Karfreitag vor der Pforte des Beginenhofs und hielt Rémys Hand.

Der kleine Gebäudekomplex stand in der Nähe des Salztores und grenzte im Südosten an die Judengasse und im Nordosten an den Kanal der Unterstadt an. Eine fünf Ellen hohe Mauer umgab die Kapelle sowie mehrere Wohnhäuser und Wirtschaftsgebäude, zwischen denen ein Innenhof mit einem Brunnen und einem kleinen Kräuter- und Gemüsegarten lag. Zweiundzwanzig Frauen bewohnten den Hof, unter der Führung von Magistra Frédégonde, ihrer Vorsteherin.

Obwohl die Beginen kein Gelübde abgelegt hatten, lebten sie in einer klosterähnlichen Hausgemeinschaft mit täglicher Arbeit und regelmäßigem Gebet. Sie folgten Christus nach und widmeten ihr Dasein Bedürftigen, Kranken und Sterbenden; Keuschheit und Armut waren ihr höchstes Gebot. Folglich hatte Isabelle all ihre Habe zurücklassen müssen. Das Geld, das sie für Thomasîns Hof bekommen hatte – sie hatte ihn der Benediktinerpriorei bei Altrip verkauft –, würde Michel bis zu ihrer Hochzeit verwahren.

Davon abgesehen wusste Isabelle nur wenig über die Beginen. Es war eine neue Bewegung, die vor einigen Jahren in Flandern entstanden war und sich allmählich im ganzen Römischen Reich verbreitete. Der Kirche waren sie nicht selten ein Dorn im Auge, da sie offen den Reichtum der bischöflichen Herren anprangerten. Bei den Stadtbürgern hingegen erfreuten sie sich wegen ihrer barmherzigen und mildtätigen Arbeit wachsender Beliebtheit.

Magistra Frédégonde empfing Isabelle voller Wärme und Freundlichkeit, erklärte ihr die Regeln des Frauenkonvents, während Isabelle die graue Kutte der Gemeinschaft anlegte, und zeigte ihr, wo sie in den nächsten vier Jahren schlafen, essen und arbeiten würde. Die Magistra war eine kleine, mollige Person, die erfüllt war von der Liebe zum Leben und zu Christus und geradezu vibrierte vor Tatkraft. Sie hatte die Beginenbewegung in Niederlothringen kennengelernt und vor zwei Jahren nach Varennes gebracht. Das Domkapitel und die meisten Pfarrer beobachteten den neuen Konvent mit Argusaugen, denn sie unterstellten den Beginen Häresie und gottlose Machenschaften. Bischof Mathieu de Lorraine jedoch hatte Frédégonde von Anfang an unterstützt und ihr gegen den Widerstand des hiesigen Klerus' Land, Geld und Wohngebäude zur Verfügung gestellt.

Isabelle mochte die Magistra auf Anhieb. Auch die anderen Beginen begrüßten sie herzlich und nahmen sie sogleich in ihrer Mitte auf. Dass sie ihren Sohn mitbrachte, sorgte für allgemeines Entzücken. Rémy war das einzige Kind in der Gemeinschaft, und die Frauen überschütteten ihn nur so mit Zuneigung. Anfangs befremdete ihn das Übermaß an Aufmerksamkeit, das ihm zuteilwurde, doch bald schon gewöhnte er sich daran und genoss es sogar. Statt einer Mutter hatte er plötzlich dreiundzwanzig, die ihm jeden Wunsch erfüllten und ihm halfen, seine Trauer zu verwinden.

Was die Beginen zum Leben brauchten, erwirtschafteten sie selbst. Überschüsse aus der Viehhaltung, dem Garten und den Feldern vor den Stadtmauern verkauften sie auf dem Markt oder verteilten es an die Armen. Gleich nach ihrer Einweisung in die Gepflogenheiten des Hofs packte Isabelle mit an und brachte die Erfahrungen ein, die sie an Thomasîns Seite erworben hatte. Die Magistra erkannte, dass sie ein besonderes Gespür für Tiere besaß, und ließ sie hauptsächlich in den Ställen arbeiten.

Neben der Landwirtschaft betrieben die Beginen mehrere Arten von Handwerk; sie woben Tuch, nähten Kleider und kochten Seife. Die gebildeteren Frauen arbeiteten als Schreiberinnen und fertigten Buchkopien für Klöster, städtische Patrizier und verschiedene Adelsfamilien Oberlothringens an.

Das kleine Skriptorium neben dem Schlafsaal faszinierte Rémy vom ersten Tage an. Von früh bis spät leistete er den vier Buchmalerinnen Gesellschaft, sah ihnen bei der Arbeit zu, lauschte dem Kratzen ihrer Schreibfedern und den Geschichten, die sie ihm aus den Büchern vorlasen. Isabelle dankte dem Herrn, dass sie so weise gewesen war, mit ihm von klein auf auch Französisch zu sprechen. Hätte Rémy nur Deutsch gesprochen, wäre es ihm gewiss viel schwerergefallen, sich in seiner neuen Heimat zurechtzufinden.

Es dauerte nicht lange, bis Isabelle die anderen Frauen kennenlernte. Einige waren ältere Witwen und Jungfrauen, doch die meisten hatten Ähnliches erlebt wie sie, waren aus den verschiedensten Gründen in Ungnade gefallen und hatten bei Magistra Frédégonde Zuflucht gesucht, um Abbitte für ihre Sünden zu leisten. Ehebrecherinnen waren darunter, unzüchtige Frauen, ehemalige Dirnen, sogar Diebinnen und Vogelfreie. Sie alle wussten, wie Isabelle empfand, was sie erlitten hatte, und verurteilten sie nicht für ihre Vergangenheit. Ihr Herz war voller Bitterkeit und Zorn gewesen, als sie hergekommen war, doch die Freundschaft ihrer neuen Schwestern linderte bald ihr Unglück. Obwohl sie Michel schmerzlich vermisste, begann sie, sich im Beginenhof wohlzufühlen, mehr noch: heimisch. Es war lange her, dass sie solche Geborgenheit verspürt hatte.

Endlich, dachte sie eines Morgens Anfang Mai, als sie mit ihren Schwestern zur Kapelle schritt, *endlich bin ich zu Hause.*

Während die Wochen vergingen, verrichtete sie pflichtbewusst ihre Arbeit, kümmerte sich um Rémy, nahm an den Gebeten teil und fastete, wie Bischof Mathieu es ihr auferlegt hatte. Als sie vertrauter mit den Abläufen der Gemeinschaft wurde, machte sie eine besorgniserregende Beobachtung. Zwar war Magistra Frédégonde eine Seele von Mensch, die sich voller Hingabe ihrem Glauben, ihren Schwestern und ihren Aufgaben widmete, doch sie verstand nicht das Geringste von geschäftlichen Zusammenhängen. Schlimmer noch: Bei allem, was Handel, Geld und Buchführung betraf, herrschte im Beginenhof ein heilloses Durcheinander. Die Magistra kaufte Saatgut, Futter, Salz und dergleichen regelmäßig zu teuer ein, während sie die Erzeugnisse des Hofs viel zu billig anbot. Neben den Verlusten, die dadurch entstanden, verschwanden regelmäßig beträchtliche Geldsummen, ohne dass Frédégonde erklären konnte, was damit geschehen war. Diebstahl war ausgeschlossen; nur die Magistra besaß Zugang zum Silber des Konvents, und sie würde niemals die Gemeinschaft bestehlen. Isabelle vermutete daher, dass es an der lückenhaften Buchführung lag und die Vorsteherin ständig Geld verrechnete, das sie gar nicht besaß.

»Das war schon immer so«, sagte Pétronille, eine ältere Begine, als Isabelle sie eines Abends nach der Vesper darauf ansprach. Pétronille war von Anfang an bei der Gemeinschaft und kannte Frédégonde besser als jede andere Schwester. »Die Magistra ist eine Heilige, aber sie kann einfach nicht mit Geld umgehen.«

»Ich habe unsere Einnahmen und Ausgaben überschlagen«, sagte Isabelle, während sie zum Refektorium gingen. »Wenn wir so weitermachen, bekommen wir bald Schwierigkeiten.«

»Ist es so schlimm?«

»Ich fürchte, ja. Warum unternimmt niemand etwas dagegen?«

»Wir sind einfache Frauen. Wir verstehen nichts von solchen Dingen.« Pétronille schaute sie an. »Du kommst doch aus einer Kaufmannsfamilie. Wieso sprichst du nicht mit der Magistra?«

»Lässt sie denn mit sich reden?«

»Ein Versuch kann nicht schaden, oder?«

Nach dem Essen nahm Isabelle all ihren Mut zusammen und ging zur Magistra. Die Vorsteherin besaß ein eigenes Haus, wo sie wohnte und die Geschäfte des Beginenhofs leitete. Isabelle betrat die Stube und knickste vor Frédégonde, die gerade am Tisch saß und Löschkalk auf einen Brief streute.

»Schwester Isabelle«, sagte sie lächelnd. »Bitte setz dich doch.«

»Störe ich?«

»Aber nein.« Die Magistra faltete das Pergament und tropfte Siegelwachs darauf. Sie seufzte, woraufhin sich ihr gewaltiger Busen hob und senkte. »Ich habe gerade Bischof Mathieu geschrieben und ihm für das neue Pferd gedankt, das er uns freundlicherweise geschenkt hat. Keine zehn Zeilen, aber sie haben mich fast zwei Stunden gekostet. Aus mir wird wohl keine Schriftgelehrte mehr. Hast du dich gut bei uns eingelebt? Die Schwestern vergöttern deinen Jungen ja geradezu.«

»Ja, das tun sie. Alle sind sehr freundlich zu uns.«

»Nun, ihr habt viel durchgemacht. Unsere Liebe ist das Mindeste, was wir euch geben können.«

»Ich möchte etwas ansprechen, das mir Sorge bereitet, Magistra.«

»Was bedrückt dich?«

»Ich weiß, ich bin noch neu in der Gemeinschaft, und vielleicht steht es mir nicht zu, so offen zu sprechen …«

»Keine Scheu. Du kannst mir alles sagen, Schwester«, ermutigte sie Frédégonde.

»Mir ist aufgefallen, dass wir jede Woche Geld verlieren. Was wir auf den Feldern anbauen und in den Werkstätten herstellen, wirft nicht genug ab, um unsere laufenden Kosten zu decken. Unsere Ausgaben für Futter, Kerzen und so weiter sind zu hoch. Ich fürchte, wenn wir nichts unternehmen, bleibt bald nichts mehr für die Bedürftigen, oder wir müssen Land verkaufen.« Als die Magistra schwieg, erklärte Isabelle: »Wie Ihr wisst, waren mein Vater und mein Bruder Kaufleute. In meiner Familie wurde von morgens bis abends nur über Geld und Geschäfte gesprochen. Deshalb weiß ich, worauf es beim Handel ankommt. Ich kann erkennen, ob ein Unternehmen gedeiht. Und unseres«, fügte sie zögernd hinzu, »gedeiht ganz und gar nicht.«

Sie kannte Frédégonde noch nicht lange genug, um einschätzen zu können, ob sie Kritik an ihrer Arbeit als Angriff auf ihre Person verstand. Würde sie zornig werden und Isabelle hinauswerfen? Immerhin war sie das Oberhaupt der Gemeinschaft, dem jede Schwester bedingungslosen Gehorsam schuldete.

Doch die Magistra schrie sie nicht an, sie seufzte nur, tiefer diesmal. »Ach, Isabelle, mein Kind, da sagst du etwas. Ja, du hast vollkommen recht. Die Geschäfte gehen schlecht, lange schon. Der Herr hat mich mit vielen Talenten gesegnet, aber nicht mit der Gabe, wie man rechnet, feilscht und Geld vermehrt. All diese Listen, Briefe und Urkunden, die ich jeden Tag lesen und schreiben muss, die endlosen Verhandlungen mit den Krämern und Marktaufsehern – es ist eine Qual für mich. Alles, was ich jemals tun wollte, ist, diese Frauen zu Gott zu führen und ihnen zu helfen, ihre Seelen zu läutern. Doch stattdessen sitze ich hier, brüte von früh bis spät über Pergamenten und zähle Silberstücke, als wäre ich eine Kauffrau wie Catherine Partenay, der Herr hab sie selig.«

»Ich könnte Euch helfen«, meinte Isabelle, bevor sie begriff, was sie da sagte.

»Du?«

»Wie ich bereits sagte, ich verstehe ein wenig von diesen Dingen. Ich kann lesen, schreiben und rechnen, kenne die Marktgesetze und habe meinem Bruder oft genug zugesehen, wie er sich mit Krämern und Zöllnern herumschlug. So schwer ist das nicht, wenn man weiß, worauf es ankommt. Ich könnte mich um die Bücher und die Geschäfte der Gemeinschaft kümmern, damit ihr mehr Zeit für unsere Schwestern, die Seelsorge und die Armenpflege habt.«

»Das möchtest du dir wirklich antun?«

»Es wäre mir eine Freude«, sagte Isabelle lächelnd.

Die Magistra strahlte über das ganze Gesicht, sie kam um den Tisch herum und drückte Isabelle an ihre wogende Brust. »Ich wusste es. Ich wusste es schon, als ich dich das erste Mal sah. Du bist eine Gabe des Himmels, mein Kind. Ein Geschenk Gottes.«

Und so begann Isabelles Aufstieg zur Kellermeisterin der Beginen von Varennes-Saint-Jacques.

Juni 1199

Varennes-Saint-Jacques

»Herr Michel!«, rief Louis. »Herr Michel, Ihr müsst sofort kommen. René Albert wurde überfallen!«

Michel riss die Tür der Schreibstube auf und stürzte hinaus. Louis kam ihm auf der Treppe entgegen. »Was ist passiert?«

»Söldner haben ihm am Rhein aufgelauert, sagen die Knechte von Herrn Baffour.«

»Aber er lebt?«

»Ja.«

»Wo ist er jetzt?«

»Bei der Gildehalle.«

Als Michel dort eintraf, hatte sich bereits eine kleine Menschentraube um den unglücklichen Kaufmann gebildet. Albert war offenbar eben erst in Varennes eingetroffen. Er saß auf seinem Ochsenwagen und erzählte von seinem Unglück. Zu Michels Erleichterung war er unverletzt, was man von seinen Knechten nicht behaupten konnte. Zwei der Männer kauerten bleich auf der Wagenpritsche, einer trug einen Verband um die Stirn, der andere einen um den Arm. Ein Medicus kümmerte sich um sie.

Michel bat Albert, mit seinem Bericht noch einmal von vorne anzufangen.

»Wie Ihr wisst, war ich in Köln, um Alaun, Tuchfarben und englische Wolle einzukaufen. Bis Trier ging alles gut, und ich dankte schon Gott für mein Glück. Aber zu früh gefreut. Kurz vor der Grenze haben sie mich erwischt. Kriegsknechte. Norddeutsche Söldner. Wahrscheinlich Leute des Gegenkönigs. Es war ein Hinterhalt. Sie kamen aus dem Nichts, schlugen uns nieder und raubten meine Habe – die Waren, das Geld, einfach alles. Nur den Wagen haben sie mir gelassen. Beim heiligen Jacques, wäre ich nur über Flandern und Frankreich gefahren, wie ich es eigentlich vorhatte.«

Inzwischen waren weitere Kaufleute eingetroffen, darunter Duval. »Die Gilde wird Euch helfen, René. Zumindest die Hälfte Eurer Verluste können wir übernehmen.«

»Habt Dank, Charles.«

»Wie soll das weitergehen?«, rief Girard Voclain. »Dieser verdammte Krieg wird uns noch alle ruinieren. Wir müssen endlich etwas unternehmen!«

Andere bekundeten lautstark ihre Zustimmung.

»Gehen wir in die Gildehalle«, sagte Duval und winkte einen seiner Knechte zu sich. »Sag Nemours und den anderen, dass wir uns versammeln.«

Kurz darauf traten die Schwurbrüder im Saal zusammen. Nachdem sie geklärt hatten, welchen Geldbetrag Albert zur Linderung seines Unglücks erhalten würde, kam die Sprache auf den Krieg. Voclain redete sich in Rage und wiederholte seine Forderung, die Gilde müsse etwas unternehmen.

»Und was?«, fragte Baffour. »Gegen das, was im Osten geschieht, sind wir machtlos. Nicht einmal den großen Gilden von Metz, Köln und Regensburg ist es gelungen, zwischen Philipp und Otto zu vermitteln, und weiß Gott, sie haben alles versucht.«

»Es wird so bald keinen Frieden geben«, stimmte Michel ihm zu. »Damit müssen wir uns abfinden. Ich fürchte, uns bleibt nichts anderes übrig, als den Handel mit den Fürstentümern im Kernland des Reiches vorerst einzustellen.«

»Es ist ja nicht nur das Reich«, sagte Voclain. »Ich plane schon länger eine Reise nach Ungarn und Polen. Dort gibt es Silber, Blei und Eisenerz im Überfluss – die reinste Goldgrube.

Aber wie soll ich da hinkommen? Die Handelswege sind dicht. Auf manchen Straßen ist man seines Lebens nicht mehr sicher.«

»Wir müssen unsere Geschäfte gänzlich nach Westen verlagern, nach Frankreich und Burgund. Eine andere Möglichkeit sehe ich nicht.«

»Leider sind wir nicht die Einzigen, die ihr Heil im Westen suchen«, sagte Voclain. »Flamen, Kölner, Friesen – alle wollen sie Geschäfte mit den Franzosen machen, weil ihnen zu Hause die Märkte wegbrechen. Die Champagne wird überschwemmt mit Waren aus dem Osten. Das drückt die Preise. Salz hat schon wieder an Wert verloren.«

»Ich weiß«, entgegnete Michel. »Aber eine niedrige Gewinnspanne ist immer noch besser, als ausgeraubt zu werden.«

»Ich habe während meiner Reise lange darüber nachgedacht«, sagte René Albert. »Wir schimpfen immer nur auf den Krieg. Warum versuchen wir nicht, ihn uns zunutze zu machen?«

»Wie meint Ihr das?«, fragte Duval.

»Vielleicht könnten wir mit Philipp von Schwaben ins Geschäft kommen. Wir bieten ihm Unterstützung für seinen Krieg an, und im Gegenzug soll er uns Privilegien gewähren, etwa ein Mitspracherecht bei den Marktabgaben. So könnten wir endlich de Guillorys Macht beschneiden.«

Michel bemerkte, dass Sancere und Voclain die Ohren spitzten. Er musste einschreiten, bevor sich diese törichte Idee in ihren Köpfen festsetzte. »Nein«, sagte er. »Solange ich an dieser Tafel sitze, wird kein Bürger Varennes' in diesem Krieg kämpfen. Er ist schlimm genug, auch ohne dass wir uns daran beteiligen.«

Glücklicherweise kam Duval ihm zu Hilfe. »Davon abgesehen kämen wir in Teufels Küche, wenn wir uns auf Philipps Seite schlügen. Herzog Simon hat entschieden, für die Dauer des Krieges neutral zu bleiben – Gott segne ihn dafür. Das gilt auch für seine Untertanen und Vasallen, für de Guillory und erst recht für uns. Wenn wir uns seinem Willen widersetzen, machen wir uns der Felonie schuldig und können in Acht und Bann fallen.«

Albert lehnte sich zurück und verschränkte die Arme vor der Brust. »Es war nur ein Vorschlag. Wenn Ihr anderer Meinung seid – bitte. Aber ich lasse mir nicht verbieten, meinen Verstand zu gebrauchen.«

»Niemand verbietet Euch das Denken«, erwiderte Duval. »Aber es ist nun einmal so, dass Herr de Fleury, ich und viele andere hier schon vor langer Zeit erfahren haben, dass Gewalt zu gar nichts führt – nur zu noch mehr Gewalt. Wir müssen uns in Geduld üben und hoffen, dass bald bessere Zeiten kommen. Vielleicht erhört Gott unsere Gebete und schenkt uns noch vor dem Winter Frieden.«

Doch Gott ignorierte ihre Gebete: Der Krieg tobte auch im nächsten Jahr.

Und im Jahr darauf.

Und viele weitere Jahre.

September 1199

Varennes-Saint-Jacques

Isabelle schob die Silbermünzen vom Rechenbrett in die Schatulle, griff nach dem Gänsekiel und rechnete die Zahlen auf ihrer Liste zusammen. Als sie die Summe zweimal unterstrich, erschien ein Lächeln auf ihrem Gesicht. Zum ersten Mal, seit sie das Amt der Kellermeisterin angetreten hatte, waren die Einnahmen der Schwesternschaft merklich höher als die Ausgaben. Fast vier Pfund Silber Gewinn hatten sie im August gemacht. Die harte Arbeit der letzten Monate begann sich endlich auszuzahlen.

Sie beschloss, sogleich Magistra Frédégonde an der frohen Botschaft teilhaben zu lassen. Isabelle streute Löschkalk auf das Pergament, rollte es zusammen und verließ ihre kleine Schreibstube im Wirtschaftsgebäude.

Im Innenhof begegnete ihr Rémy. Mit hängenden Schultern schlurfte ihr Sohn vom Tor zum Wohnhaus, von oben bis unten mit Schlamm bespritzt.

»Was ist denn passiert? Bist du hingefallen?«

»Hab mich geprügelt«, murmelte er und hob den Kopf. Isabelle erschrak nicht wenig, als sie den Bluterguss unter seinem linken Auge sah. Die ganze Wange leuchtete rot und blau. An der Stirn hatte er Schrammen, seine Augenbraue war aufgeplatzt und blutete leicht.

»Wer hat das getan?«

»Élie und Jean-Pierre.«

»Aber sie sind doch deine Freunde.«

»Die können mich mal«, sagte Rémy missmutig.

»Komm, gehen wir zu Pétronille. Sie wird sich um dich kümmern.«

Isabelle fand ihre Freundin im Spital, wo kranke und verletzte Schwestern Pflege erhielten. Gerade war Pétronille damit beschäftigt, Kräuter und Wurzeln aus dem Garten zum Trocknen aufzuhängen und im Mörser zu Pulver zu zerstoßen. Die Begine bat Rémy, sich zu setzen, säuberte seine Blessuren, rieb den Bluterguss mit Arnikasalbe ein und besprach die Augenbraue mit einem Blutsegen.

»Alles halb so schlimm«, sagte Pétronille lächelnd und legte Rémy die Hand auf die Wange. »In ein paar Tagen sieht man davon nichts mehr. Komm morgen noch einmal zu mir, damit ich mir ansehen kann, wie die Schrammen verheilen.«

Isabelle konnte sich beim besten Willen nicht erklären, warum ihr Sohn sich geprügelt haben könnte. Das hatte er noch nie getan. Rémy war ein friedfertiges Kind. Wie sein Vater zog er es vor, Streitigkeiten mit Klugheit zu lösen, nicht mit den Fäusten. »Haben Élie und Jean-Pierre dich angegriffen?«

»Sie haben mich beleidigt.« Kurz hob Rémy den Blick und senkte ihn wieder. »Und dich und Vater auch.«

Isabelle ahnte, was geschehen war. »Lässt du uns kurz allein?«, bat sie Pétronille. »Was haben sie zu dir gesagt?«, fragte sie, als ihre Freundin gegangen war.

Rémy kaute auf seiner Lippe und gab keine Antwort.

»Sag es mir, bitte.«

»Dass ich in Wirklichkeit Onkel Michels Bastard bin«, murmelte er.

Isabelle setzte sich neben ihn. Seit geraumer Zeit machte in Varennes das Gerücht die Runde, Rémy sei Michels unehelicher Sohn, die Frucht ihres sündhaften und ehebrecherischen Verhältnisses. Isabelle hatte alles versucht, den Jungen vor diesem Gerede zu schützen, aber natürlich stand es nicht in ihrer Macht zu verhindern, dass er irgendwann davon erfuhr. Sie konnte sich lebhaft vorstellen, was draußen vor dem Salztor, wo Rémy gerne spielte, geschehen war. Élie und Jean-Pierre hatten ihn mit seiner unehelichen Herkunft aufgezogen, und in dem ebenso rührenden wie zwecklosen Versuch, seine, ihre und Thomasîns Ehre zu verteidigen, hatte er sich mit geballten Fäusten auf die Spötter gestürzt, obwohl er den beiden älteren und stärkeren Bauernburschen nicht gewachsen war.

Du musst ihm endlich die Wahrheit sagen. Isabelle hätte damit gerne noch ein, zwei Jahre gewartet, doch unter diesen Umständen blieb ihr kaum eine andere Wahl. Zumal Rémy, aufgeweckt, wie er war, längst angefangen hatte, Fragen zu stellen: *Warum müssen wir bei den Beginen wohnen? Wieso sind die Leute so gemein zu uns? Was sind das für Sünden, die du büßen musst?*

Er wollte aufstehen und gehen, doch sie hielt ihn zurück. »Warte. Ich muss dir etwas sagen. Du weißt doch, dass Michel und ich heiraten wollen, wenn die Zeit dafür reif ist.«

Rémy nickte.

»Es ist so, dass wir uns schon seit langer Zeit lieben. Seit zwölf Jahren, bevor du geboren wurdest.«

»Aber du hast doch Vater geliebt«, sagte er.

»Ja. In gewisser Weise habe ich beide geliebt.«

Verständnislos schaute er sie an, und sie wusste: Dies würde ein langes, schwieriges und schmerzhaftes Gespräch werden.

»Wir wollten schon einmal heiraten, Michel und ich, aber Onkel Gaspard hat es uns verboten. Wir ließen uns das nicht gefallen und trafen uns heimlich, zwei Jahre lang. Irgendwann beschloss Onkel Gaspard, mich einem anderen Mann zur Frau zu geben. Er hieß Hernance Chastain. Ich war nicht glücklich mit ihm und traf mich weiter mit Michel, obwohl ich wusste, dass das eine Sünde ist. Wir waren verzweifelt – wir konnten nicht anders. Als man uns erwischte, wurden wir für unser Verbrechen bestraft, aber da war ich schon schwanger. Mit dir.«

Sie machte eine Pause und wartete. Rémy saß nur da und starrte zu Boden.

»Bitte hör mir jetzt gut zu, auch wenn es dir schwerfällt, die Wahrheit zu ertragen«, fuhr sie fort. »Dein Vater ist nicht Thomasîn, auch nicht Hernance Chastain. Es ist Michel. Deshalb hat er dich all die Jahre besucht, obwohl ihn viele Wegstunden von dir trennten. Weil du sein Sohn bist. Weil er dich mehr liebt als sonst etwas auf der Welt.«

»Nein«, sagte Rémy. »Ich bin kein Bastard. Thomasîn ist mein Vater.«

»Thomasîn hat dich geliebt, als wäre er es. Aber er wusste, dass du das Kind eines anderen bist. Er wusste es von Anfang an. Es hat ihn nicht gekümmert, denn er war ein gütiger und kluger Mann, der verstanden hat, dass das Leben manchmal Umwege geht. Dass Menschen einander lieben können, auch wenn die Kirche es ihnen verbietet. Für ihn warst du immer sein Sohn. Eigentlich kannst du dich glücklich schätzen, denn wenn man es so sieht, hast du zwei Väter«, fügte sie lächelnd hinzu.

»Du lügst!« Er sprang auf. »Ich habe nur einen Vater!«

»Rémy«, begann Isabelle, doch er hörte ihr nicht zu. Sein Gesicht glühte, und Tränen flossen über seine geschundenen Wangen.

»Michel ist nicht mein Vater!«, schrie er. »Er ist mein Onkel!«

»Setz dich wieder hin, bitte.«

»Ich will nicht, dass du ihn heiratest!« Als sie seine Hand nahm, riss er sich los und rannte aus dem Spital.

»Rémy, jetzt warte doch!«

Er kam nicht zurück und tauchte auch zum Abendessen nicht auf. Zwei volle Tage sprach er kein Wort mit ihr.

Und Michel ging er von nun an aus dem Weg.

Fünftes Buch

Saeculum novum

August 1202
bis September 1206

August 1202

Varennes-Saint-Jacques

Es war heiß.

Isabelle wischte sich den Schweiß von den Wangen, nachdem sie die Treppe zur Stube der Magistra hinaufgestiegen war, und wünschte, sie könnte ein leichtes Kleid anziehen, eines aus dünnem flandrischem Tuch, das sie früher so gemocht hatte. Doch die Regeln des Beginenhofs erlaubten keine Ausnahme: Gestattet war den Schwestern nur die graue, hochgeschlossene Haubentracht, selbst im Hochsommer, wenn die glühende Hitze jede körperliche Anstrengung zur Qual machte.

Heute legte der Allmächtige es darauf an, ihre Entschlossenheit besonders hart zu prüfen. Irgendwo in der nahen Judengasse briet jemand Lammfleisch, und durch den Fensterschlitz am oberen Ende der Treppe drang ein betörender Duft. Isabelle lief das Wasser im Mund zusammen. Seit mehr als drei Jahren lebte sie nun von dünnem Bier, dünner Suppe, trockenem Brot und ungesalzenem Haferschleim, und es kostete sie all ihre Willenskraft, nicht zur Judengasse zu stürmen, das Fleisch zu stehlen und die Zähne hineinzuschlagen.

Man hatte ihr versprochen, sie würde sich rasch an das karge Fastenmahl gewöhnen. Das stimmte. Aber von den vielfältigen Versuchungen, die an jeder Ecke lauerten, hatte niemand etwas gesagt.

Sie kniff die Lippen zusammen und öffnete die Tür. Magistra Frédégonde saß am Tisch und schaute von ihrer Bibel auf.

»Gut, dass du da bist, Isabelle. Abt Auger von der Abtei Longchamp war gerade da und hat mich auf einen interessanten Gegensatz im Fünften Buch Mose hingewiesen. Setz dich und hör dir das an. Ich muss deine Meinung erfahren.«

Isabelle teilte die Begeisterung der Magistra für theologische Fragen nur bedingt. Doch sie hörte geduldig zu und bemühte sich, eine kluge Antwort zu geben. Das schien ihr gelungen zu sein, denn Frédégonde klappte zufrieden die Bibel zu und lehnte sich zurück.

»Du meinst also, wenn das Volk Israel mit den Amoritern Frieden geschlossen hätte, wäre ihm viel Leid erspart geblieben? So habe ich das noch gar nicht gesehen.« Die Magistra begann darüber nachzudenken und verfiel in Schweigen.

Isabelle räusperte sich und lenkte Frédégondes Aufmerksamkeit auf das Pergament, das sie mitgebracht hatte. »Können wir rasch die Geschäfte der kommenden Woche besprechen?«

»Gewiss, mein Kind. Gewiss. Ist das die Warenliste?«

Gemeinsam gingen sie die Aufstellung durch, und Isabelle erläuterte die verschiedenen Posten. Wie immer genehmigte die Magistra ohne zu zögern jeden geplanten Ein- und Verkauf. Sie vertraute ihr blind, was die Geschäfte der Schwesternschaft betraf, aus gutem Grund: Seit Isabelle Kellermeisterin war, ging es mit dem Beginenhof steil bergauf. In nicht einmal einem Jahr war es ihr gelungen, aus einem ruinösen Unternehmen einen blühenden Betrieb zu machen. Sie hatte der Misswirtschaft ein Ende gesetzt und dafür gesorgt, dass der Hof Monat für Monat Gewinn abwarf: Geld, das den Kranken und Bedürftigen zugutekam. In der Stadt liebte man Isabelle dafür; besonders die ärmeren Bürger verehrten sie geradezu. Von den Sünden ihrer Vergangenheit sprach schon lange niemand mehr.

»War es das?«, fragte die Magistra.

»Ich denke schon. Wenn mir noch etwas einfällt, lasse ich es Euch wissen.«

»Hab Dank, mein Kind. Was würde ich nur ohne dich tun?« Frédégonde küsste sie auf die Stirn. Isabelle rollte das Pergament zusammen und überließ die Vorsteherin ihren Bibelstudien.

Der Innenhof briet schier in der Sonne, und Pétronille hatte alle Hände voll zu tun, die darbenden Pflanzen in den Kräuter- und Gemüsebeeten zu gießen. Isabelle kühlte ihr Gesicht am Brunnen und beschloss, den Nachmittag im Lagerkeller zu verbringen, wo es zwar stickig, aber wenigstens kühl war. Als sie gerade zu den Wirtschaftsgebäuden gehen wollte, kam Rémy durch das Tor. Sein dunkelblondes Haar war feucht, das dünne Leinenhemd und die Bruche klebten ihm am Körper. Er war mit seinen Freunden im Fluss schwimmen gewesen und schlenderte barfuß durch den Innenhof, in der Hand seine Schuhe.

»Ist noch etwas zu essen für mich da?«, fragte er.

»Clarisse hat etwas Brot und Käse für dich aufgehoben. Es steht in der Küche.«

Rémy leckte sich die Lippen. Er war in seinem dreizehnten Lebensjahr, und wie alle Jungen seines Alters war er andauernd hungrig. Als er davonstürmen wollte, hielt Isabelle ihn auf. »Denkt daran, dass dein Vater später kommt.«

»Na und?«, fragte er unwillig.

»Ich möchte, dass du dich zu uns setzt, und nicht wieder verschwindest, wie letzte Woche.«

»Aber ich habe Schwester Nicole versprochen, ihr mit der Bibel für Pater Jodocus zu helfen.«

»Das Skriptorium wird einmal eine Stunde ohne dich auskommen. Er kommt zur None. Kann ich mich auf dich verlassen?«

Er verzog das Gesicht.

»Rémy?«

»Ja, Mutter«, sagte er missmutig.

Mit hängenden Schultern schlurfte er davon. Isabelle seufzte und ging zum Lagerkeller, wo sie Kisten mit Gemüse, Stoffballen und andere Waren zur Treppe stellte, damit Michel sie später mitnehmen konnte. Rémys Verhältnis zu seinem Vater war und blieb schwierig, obwohl sie gehofft hatte, es würde sich bessern, wenn er älter würde. Doch das Gegenteil war der Fall. Dabei gab Michel sich alle Mühe, für ihn da zu sein und seine Zuneigung zu gewinnen.

Wenn ich nur etwas tun könnte, damit er Michels Liebe erwidert.

Drei Jahre waren vergangen, seit sie Rémy die Wahrheit über seine Herkunft gesagt hatte. Sie hatten damals eine schwierige Zeit durchgemacht, Wochen voller Streit und jäher Wutausbrüche. Erst im Winter war sein Zorn allmählich abgekühlt. Rémy war wieder ins Skriptorium gegangen, um den Buchmalerinnen bei der Arbeit zuzuschauen, er hatte mit seinen Freunden gespielt und sich um die Tiere des Hofs gekümmert, und sie sprachen nicht mehr über die Angelegenheit. Es ließ sich jedoch nicht leugnen, dass jener Tag im September alles verändert hatte. Rémy mied Michel, er sprach nicht mehr mit ihm, und niemals nannte er ihn Vater.

In gewisser Weise konnte Isabelle ihren Sohn sogar verstehen. Michel mochte sein leiblicher Vater sein, doch Thomasîn war immer da gewesen, hatte ihn erzogen, beschützt, zu dem gemacht, der er war. Und die Wahrheit zu akzeptieren war niemals leicht, schon gar nicht für ein Kind, das in seinem kurzen Leben bereits mehr Leid erfahren hatte als so mancher Erwachsene.

Sie schob eine Haarsträhne, die hervorgerutscht war, zurück unter die Haube und reinigte ihre Hände mit einem Tuch von Staub und Spinnweben. Sie konnte nichts tun als zu hoffen, dass die Zeit Rémys Wunden heilen würde und er und Michel eines Tages zusammenfinden würden.

Sie stieg die Kellertreppe hinauf und bat den Allmächtigen um Geduld und Gelassenheit, wie sie es in den letzten dreizehn Jahren so oft getan hatte.

Michel war noch keine halbe Stunde im Freien, doch er schwitzte bereits, als wäre er vom Fischmarkt zum Heumarkt und wieder zurückgerannt. »Pass auf den Wagen auf«, wies er Louis an. »Ich ziehe mir rasch etwas Leichteres an.«

Obwohl er den Sommer hundertfach dem Winter vorzog, hatte er allmählich genug von der sengenden Glut, die das Moseltal verbrannte wie ein Hauch aus der Hölle. Zwei Wochen Hitze ohne einen Tropfen Regen und die kleinste Brise waren selbst ihm zu viel. Er tauschte das Gewand gegen einen dünnen Leinenüberwurf und die Stiefel gegen schlichte Lederschuhe, schlurfte die Treppe hinab und kletterte auf den Wagenbock. Auch der Ochse litt. Michel bat Louis, einen Eimer Wasser zu holen, aus dem das Rind gierig trank, bevor Michel es mit der Leine antrieb und den Wagen in Richtung Beginenhof lenkte.

Seit drei Jahren nun belieferte er die Schwesternschaft mit Waren und half ihnen beim Verkauf ihrer Erzeugnisse. Es war Isabelles Idee gewesen. Die Zusammenarbeit verschaffte ihnen einen Vorwand, sich einmal in der Woche zu treffen. Natürlich hatte die Magistra diesen Winkelzug bald durchschaut, doch da sie auf Isabelle und ihre kaufmännischen Gaben angewiesen war, drückte sie beide Augen zu und beließ es bei einer Ermahnung, Isabelle solle nicht unkeusch werden. Außerdem war dieses Arrangement für beide Seiten ein Gewinn: Dank Michels Verbindungen konnten die Beginen billig ein- und teuer verkaufen, und er bekam für seine Dienste den einen oder anderen Sou.

Nicht, dass er es nötig gehabt hätte. In den vergangenen Jahren hatte er viel Geld verdient und seinen Reichtum stetig vermehrt – was angesichts des fortdauernden Krieges einem Wunder gleichkam. Jahr für Jahr verloren Tausende bei den Kämpfen zwischen Philipp und Otto ihr Leben, in weiten Teilen des Reichs herrschten Chaos und Rechtlosigkeit, und der Handel mit Deutschland lag am Boden. Doch die Gilde von Varennes hatte sich nicht entmutigen lassen. Michel und seine Schwurbrüder hatten getan, was Kaufleute seit jeher taten: Sie hatten sich an die veränderten Bedingungen angepasst und versucht, das Beste daraus zu machen. Sie hatten Handelsbeziehungen nach Spanien, Süditalien und England geknüpft, wo sich niemand um den Krieg scherte. Einmal hatten Michel, Duval und Le Roux sogar von Genua aus eine Schiffsreise nach Konstantinopel und zum Heiligen Land unternommen und seltene Gewürze, kostbare Tuche und erlesenen Schmuck gekauft. Das Unternehmen war schwierig und gefährlich gewesen, doch es hatte sich hundertfach bezahlt gemacht. Klerus und Adel hatten ihnen die begehrten Waren nur so aus den Händen gerissen, und jeder von ihnen hatte ein Vermögen nach Hause getragen.

Michel fuhr den Wagen durch das Tor des Beginenhofs, grüßte die Schwestern, die im Garten arbeiteten, und stieg herunter. »Wo finde ich die Kellermeisterin?«, wandte er sich an Pétronille, eine ältere Begine, die mit Isabelle befreundet war.

»Ich weiß nicht, wo sie steckt. Vielleicht im Lagerkeller.«

»Ah, da kommt sie schon.«

Unwillkürlich lächelte Michel, als Isabelle ihm von den Wirtschaftsgebäuden entgegenkam. Sie war so schön wie eh und je, wenngleich das Fasten und die harte Arbeit auf dem Hof ihren Körper ein wenig ausgezehrt hatten und die graue Tracht ihre Vorzüge nicht eben betonte. Er zählte bereits die Tage bis zum Ende ihrer Buße – es waren zweihundertachtundzwanzig. Nächstes Jahr im April würde sie die Schwesternschaft verlassen, und sie konnten endlich heiraten.

Lächelnd begrüßte sie ihn. Michel sehnte sich danach, sie zu küssen. Was natürlich undenkbar war. Die Beginen hätten sie auf der Stelle aus ihrer Gemeinschaft ausgeschlossen, und die Entbehrungen der letzten drei Jahre wären umsonst gewesen.

»Wo ist Rémy?«

»Er weiß Bescheid. Gewiss kommt er gleich.«

Sie holten die Gemüsekisten und Stoffballen aus dem Keller und stellten sie auf die Wagenpritsche, und Isabelle gab ihm die Liste mit den Waren, die er für die Beginen einkaufen sollte. Als sie fertig waren, war Rémy immer noch nicht da.

»Sicher ist er noch im Skriptorium. Du weißt ja, wie er ist: Gib ihm ein Buch, und er vergisst alles um sich herum. Warte hier. Ich geh ihn holen.«

Sie schritt über den Hof. Michel wusste es zu schätzen, dass sie versuchte, seine Gefühle zu schonen, doch natürlich kannte er den wahren Grund für Rémys Fernbleiben. Mit einem Seufzer auf den Lippen setzte er sich neben der Hofmauer in den Schatten. Ihr Verhältnis schien von Monat zu Monat schwieriger zu werden. Michel hatte deswegen bei Pater Jodocus Rat gesucht, hatte mit Freunden gesprochen, die gleichaltrige Söhne hatten, doch nichts, was er tat oder sagte, bewirkte etwas. Rémy entglitt ihm, obwohl er sich redlich bemühte, ihm ein guter Vater zu sein.

Und dann war da noch die Sache mit der Buchmalerei. So sehr er Rémys Liebe zu Büchern nachvollziehen konnte, erfüllte es ihn doch mit Sorge, dass der Junge den ganzen Tag im Skriptorium saß und eifrig den Schreiberinnen half, während er für geschäftliche Zusammenhänge keinerlei Interesse zeigte. Michel wünschte sich nichts mehr, als dass sein Sohn eines Tages in seine Fußstapfen trat. Doch wie sollte er unter diesen Umständen einen Kaufmann aus ihm machen?

Michel beschloss, ihn im nächsten Jahr, wenn sie erst eine richtige Familie waren, zu den Champagne-Messen mitzunehmen. Er konnte sich noch gut daran erinnern, wie fasziniert er gewesen war, als er zum ersten Mal die riesigen Markte und die Berge von fremdländischen Waren gesehen hatte. Gewiss würde es Rémy genauso ergehen.

Sein Sohn trat aus dem Skriptorium und schlurfte mit der üblichen mürrischen Miene neben seiner Mutter her, die mit ihm geschimpft hatte, nach dem Ausdruck in ihrem Gesicht zu schließen.

Michel zwang sich zu einem Lächeln. »Na, mein Großer, wie geht es dir?«

Rémy zuckte mit den Achseln.

»Gehst du nicht schwimmen? Es ist doch viel zu heiß, um in diesem Gemäuer herumzusitzen.«

»Ich war heute Mittag schwimmen.«

Michel öffnete seine Börse und reichte ihm einen Denier. »Hier, dein Taschengeld. Aber gib nicht wieder alles für Zuckergebäck aus, hörst du?«

»Wie sagt man?«, fragte Isabelle.

»Danke.«

»Danke, *Vater.*«

Wortlos steckte Rémy die Münze ein. Michel gab ihm jedes Mal, wenn sie sich sahen, einen oder zwei Deniers. Er redete sich ein, dass er das tat, damit der Junge lernte, mit Geld umzugehen – und nicht, um seine Zuneigung zu kaufen, wie ihm eine böse kleine Stimme in seinem Innern beharrlich vorwarf. Ganz gewiss nicht deswegen.

»Setz dich zu mir. Erzähl, was hast du heute gemacht?«

»Im Skriptorium gearbeitet.«

»Ist die neue Bibel für Pater Jodocus fertig?«

»Fast.«

»Schwester Nicole lässt ihn inzwischen die Farben mischen«, sagte Isabelle.

»Die Seiten darf ich auch schon linieren«, ergänzte Rémy.

»Hilfst du gelegentlich auch deiner Mutter?«, fragte Michel. »Du kannst doch gut rechnen – wieso kümmerst du dich nicht um die Geschäftsbücher?«

»Ich arbeite lieber im Skriptorium«, war die knappe Antwort.

»Aber von deiner Mutter kannst du lernen, wie man Preise kalkuliert und Marktzölle berechnet.«

»Ich weiß schon, wie das geht.«

»Wirklich? Na, es gibt bestimmt noch das eine oder andere, das sie dir beibringen kann.«

Schweigen sank herab. Es war immer dasselbe: Früher hatte Rémy fröhlich von seinen Erlebnissen geplaudert, und man hatte ihn kaum bremsen können. Heute musste man ihm jedes

Wort aus der Nase ziehen und konnte froh sein, wenn er überhaupt etwas von sich preisgab. Um die Unterhaltung wieder in Gang zu bringen, beschloss Michel, von seiner letzten Handelsreise zu erzählen.

Doch Rémy kam ihm zuvor. »Ich will Buchmaler werden«, sagte er unvermittelt.

»Darüber haben wir doch schon gesprochen, Rémy«, begann Isabelle.

»Das ist mir egal. Wenn ich dreizehn bin, suche ich mir einen Meister, der mich als Lehrling nimmt.«

»Du gehst bei mir in die Lehre«, sagte Michel. »Du wirst Kaufmann.«

»Nein«, erwiderte der Junge trotzig.

»Hör zu, Rémy. Das Buchmalerhandwerk ist zweifellos wichtig und ehrenwert, aber es ist nur etwas für Mönche und Beginen. Du willst doch etwas Richtiges lernen. Etwas, womit du einmal Geld verdienen kannst.«

»Geld interessiert mich nicht. Ich will etwas tun, das ich liebe. Außerdem stimmt das nicht. Es gibt auch weltliche Buchmalermeister.«

»Nicht in Varennes.«

»Dann gehe ich eben woanders hin.«

»Wie willst du das anstellen, ohne einen Pfennig Geld? Weltliche Buchmalermeister gibt es allenfalls in Metz und Nancy, und dort ist das Leben teuer. Und dann ist da noch das Lehrgeld. Nein. Du bleibst bei mir. Ich zeige dir, wie man Handel treibt, und in drei, vier Jahren bist du so weit, dass du Geschäfte auf eigene Rechnung machen kannst.«

Der Junge sprang auf. »Ich werde kein Kaufmann! Gott hasst Kaufleute!«

»Rémy!«, sagte Isabelle. »So redet man nicht mit seinem Vater.«

»Er ist nicht mein Vater!«

»Halt den Mund und setz dich wieder hin!«, donnerte Michel.

»Du hast mir gar nichts zu sagen!«

Der Junge lief davon. »Rémy, bleib da«, rief Isabelle, doch er schlüpfte ins Skriptorium.

»Nicht«, sagte Michel, als sie ihm nachgehen wollte. »Das hat keinen Zweck.« Sein Ärger war so schnell verflogen, wie er gekommen war. Zurück blieb eine tiefe Niedergeschlagenheit. *Gott hasst Kaufleute.* Das hatte ihn getroffen.

»Ich weiß nicht, was in ihn gefahren ist«, sagte Isabelle. »Er hat mir versprochen, nicht mehr von dieser Idee anzufangen.«

»Verstehst du denn nicht? Er hasst mich. Das ist der ganze Grund für diese Buchmaler-Geschichte. Er hat begriffen, wie er mich treffen kann.«

»So ein Unsinn. Er hasst dich nicht.«

»Natürlich tut er das. Mach die Augen auf, Isabelle.« Michel schüttelte den Kopf. »Wir hätten ihm viel früher sagen sollen, dass ich sein Vater bin. Dann wäre es nie so weit gekommen.«

»Wir hatten gute Gründe, es nicht zu tun.«

»Mag sein. Nun ja. Es bringt nichts, über verschüttete Milch zu jammern. Jetzt ist es zu spät.« Michel war aufgestanden und fuhr sich durch den Kinnbart, während er zum Skriptorium blickte. »Was soll ich tun, Isabelle?«, fragte er. »Allmählich bin ich mit meinem Latein am Ende.«

»Gib ihm Zeit. Er ist in einem schwierigen Alter. Irgendwann wird er zur Vernunft kommen.«

Sie ergriff seine Hand. Gerne hätte er ihr Lächeln erwidert, doch er ahnte, dass die kluge, weise, besonnene Isabelle sich dieses eine Mal irrte.

April 1203

Varennes-Saint-Jacques

Zum letzten Mal betrat Isabelle die Kammer, in der sie fast vier Jahre lang gearbeitet hatte. »Ich habe aufgeräumt, damit du alles findest. Die Bücher sind in der Truhe. Schreibzeug und Tinte in der Schublade unter dem Tisch. Da sind auch die Listen mit den Preisen, Gewichten und Marktzöllen. Die kleine Waage steht da drüben, die große unten im Keller.« Sie zog die Stirn kraus. »Habe ich etwas vergessen?«

Pétronille lächelte. »Ich werde mich schon zurechtfinden.«

»Falls du noch etwas wissen musst – ich bin ja nicht aus der Welt.« Isabelle musterte die Begine, die sie im letzten halben Jahr zu ihrer Nachfolgerin ausgebildet hatte. Pétronille hatte sich als gelehrige Schülerin erwiesen, und Isabelle war sicher, dass sie eine gute Kellermeisterin sein würde. Sie hatte vollstes Vertrauen, dass Pétronille bewahren und mehren würde, was sie aufgebaut hatte. Unter ihrer Anleitung war die stille und unscheinbare Begine zu einer begabten und umsichtigen Kauffrau geworden, was sie nicht wenig stolz machte.

Plötzlich überkam sie heftige Wehmut. Der Abschied fiel ihr schwerer als gedacht. Gewiss, es waren vier harte, entbehrungsreiche Jahre gewesen. Aber auch vier glückliche. »Du wirst mir fehlen, Pétronille.«

»Du mir auch, Schwester.« Die ältere Begine umarmte sie. »Hab Dank für alles, was du für uns getan hast.«

Ihre letzten Stunden im Beginenhof vergingen viel zu schnell. Nach der Sext versammelten sich alle Schwestern der Gemeinschaft vor der Kapelle und verabschiedeten sich von Isabelle und Rémy. Viele hatten kleine Geschenke für sie gemacht, geschnitzte Kruzifixe, Halstücher und dergleichen, und überreichten sie ihnen unter Tränen. Besonders die älteren Frauen wollten gar nicht aufhören, Rémy zu herzen und zu küssen, was dem Jungen sichtlich peinlich war. Er hätte es nie zugegeben, doch auch ihm machte der Abschied zu schaffen. Vier Jahre lang war der Beginenhof sein Zuhause gewesen, hier hatte er in schweren Zeiten Liebe und Geborgenheit erfahren. Als er glaubte, niemand sehe es, wischte er sich eine Träne aus dem Auge.

Zum Schluss trat Magistra Frédégonde vor und ergriff Isabelles Hände. »Ich weiß nicht, wie ich dir danken soll, Schwester. Ohne deinen Mut und deine Tatkraft gäbe es diese Gemeinschaft vielleicht schon lange nicht mehr. Gott segne dich, mein Kind. Werde glücklich mit deinem Michel.«

Die kleine Frau streckte sich, zeichnete ihr mit dem Daumen ein Kreuz auf die Stirn und küsste sie auf die Wange.

Und dann ging Isabelle. Sie wandte sich um, kniff die Lippen zusammen und setzte langsam einen Fuß vor den anderen, während sie zum Tor schritt. Als sie einst durch diese Pforte getreten war, war sie ehrlos gewesen, der Schandfleck ihrer Familie, von allen verachtet. Viel war geschehen in den letzten vier Jahren. Sie hatte ihre Sünden gebüßt, sich von ihrer Schuld reingewaschen und die Liebe der Menschen erworben.

Isabelle hob den Kopf, legte Rémy die Hand zwischen die Schulterblätter und durchquerte das Tor als ehrbare Frau.

Michel führte Rémy die Treppe hinauf und öffnete die Tür neben der Stube. »Ich habe alles so gelassen, wie es war. Nur die Truhe da ist neu. Schau mal hinein.«

Zögernd betrat Rémy seine alte Kammer und legte den Beutel mit seinen wenigen Habseligkeiten auf den Tisch. Er ging in die Hocke, klappte den Deckel der Truhe auf und nahm das Buch heraus.

»Geschichten über das Wirken des heiligen Jacques«, erklärte Michel, »aus dem Skriptorium der Abtei Longchamp. Ich dachte, es könnte dir gefallen.«

Rémy schlug das Buch auf und betrachtete die wundervollen Miniaturen. »Für mich?«

»Es gehört dir. Dein erstes Buch.«

Ein seltenes Lächeln huschte über das Gesicht des Jungen. »Danke.«

»Als Nächstes brauchst du neue Kleider«, sagte Michel. »Der Sohn eines Kaufmanns sollte nicht in einem Leinenkittel herumlaufen. Morgen lasse ich den Schneider kommen, damit er dir zwei Wämser und ein Gewand für die Hochzeit macht. Danach gehen wir zum Schuhmacher. Einverstanden?«

Rémy nickte.

Michel beschloss, ihn allein zu lassen, damit er sich an sein neues Heim gewöhnen konnte. Die letzten Monate waren nicht einfach gewesen. Seit ihrem Streit im Sommer hatte sich Rémy noch mehr von ihm zurückgezogen und so gut wie gar nicht mehr mit ihm geredet. Denkbar schlechte Voraussetzungen für die zahlreichen Veränderungen, die nun anstanden. Doch Rémy ging erstaunlich gelassen damit um und hatte sich dem Umzug in Michels Haus nicht widersetzt, obwohl er den Beginenhof gewiss vermissen würde. Hatte er sich damit abgefunden, dass ein neuer Abschnitt seines Lebens begann? Michel hoffte es.

Es war ein Neuanfang, für sie alle. Michel war entschlossen, die Vergangenheit hinter sich zu lassen. Vielleicht schaffte das auch Rémy, damit sie endlich eine richtige Familie sein konnten. Das war Michels sehnlichster Wunsch, seit so vielen Jahren.

Er betrat die Kammer, in der Isabelle bis zu ihrer Hochzeit schlafen würde. Sie stand reglos am Fenster, die Hände auf dem Sims, und hörte ihn nicht hereinkommen. Gedankenverloren betrachtete sie das Treiben auf der Rue de l'Épicier.

»Bedrückt dich etwas?«, fragte er.

Sie lächelte zerstreut. »Nein. Es ist nur alles so neu. Ein richtiges Haus, eine Kammer für mich allein – ich bin das nicht mehr gewohnt.« Sie verzog den Mund. »Ich weiß, ich bin eine dumme Gans. Wir haben so lange gewartet, ich sollte jubeln vor Freude, aber ich stehe lieber blöd herum und starre Löcher in die Luft. Bitte hass mich nicht.«

»Ich weiß, wie du dich fühlst. Mir geht es genauso.«

»Wirklich?«

»Für mich ist auch alles neu. Und ich habe ein bisschen Angst«, gestand er.

Sie nickte. »Dass es wieder schiefgehen könnte.«

»Aber es wird nicht schiefgehen.«

»Nein. Das wird es nicht. Ganz sicher nicht.«

Er musste grinsen. »Hör uns reden. Nichts als Sorgen, Zweifel und Bedenken. Waren wir schon immer so?«

»Ich glaube, wir werden alt.«

»Ja, das wird es sein.« Er trat zu ihr, legte ihr die Hände auf die Hüften. »Wir haben viel nachzuholen.« Er wollte sie küssen, doch sie drehte den Kopf, sodass seine Lippen nur ihre Wange berührten.

»Nicht. Lass uns bis zur Hochzeit warten.«

Sein Verlangen war so mächtig, dass er sie nicht loslassen konnte, selbst wenn er gewollt hätte. »Nur einmal«, sagte er, und seine Stimme war rau. »Niemand kann uns das verwehren.«

Sanft löste sie sich aus seiner Umarmung und trat einen Schritt zurück, als er sie abermals an sich ziehen wollte. »Keine Dummheiten mehr. Diesmal machen wir alles richtig.«

Es waren nur noch fünf Tage bis zur Hochzeit, doch sie erschienen Michel so lang wie ein halbes Leben.

Sie heirateten zwei Wochen nach Ostern, an einem kühlen Morgen, an dem sich die Sonne nur gelegentlich zwischen den Wolken zeigte. Die Zeremonie leitete Pater Jodocus, Michels Beichtvater, inzwischen ein steinalter Greis, der trotz seines krummen Rückens und der fleckigen Haut noch dieselbe Würde ausstrahlte wie vor fünfzehn Jahren. Die Hochzeitsgesellschaft hatte sich vor der Kirche Saint-Pierre eingefunden und lauschte den Gesängen der Ministranten, während Michel und Isabelle Hand in Hand in der Mitte des Kreises standen. Gerade einmal vierzig Gäste waren gekommen: Vivienne, Bernier und die Kinder, Michels Schwurbrüder mit ihren Ehefrauen, seine Hausbedienten, Magistra Frédégonde, Pétronille und vier weitere Beginen sowie Adèle, ihr Mann Jean Caboche und ihre Familie, die Tolberts. Von Isabelles Familie war niemand anwesend. Ihre Mutter war vor zwei Jahren gestorben, Lutisse hatte einen Kaufmann geheiratet und war letzten Sommer mit ihm ins ferne Aachen gezogen. Und Onkel Eberold hatte sie nicht eingeladen. Sie wollte ihn nie wieder sehen.

Vierzig Gäste war nicht viel für die Hochzeit eines reichen Kaufmanns und Patriziers. Doch Michel und Isabelle hatten es nicht anders haben wollen. Ein verschwenderisches Fest mit zweihundert Gästen, Prunk, Musik und einem üppigen Bankett wäre nicht angemessen gewesen, nach allem, was geschehen war.

So war es eine schlichte, aber fröhliche Feier. Nachdem Pater Jodocus dem Paar seinen Segen erteilt hatte, zog die Gesellschaft zu Michels Haus, wo sie ein Festmahl erwartete. Louis hatte sich eigens für die Hochzeit seines Herrn eine neue Flöte geschnitzt und spielte den ganzen Nachmittag alte Weisen und Frühlingslieder. Man trank, lachte, tanzte und erzählte Geschichten. Rémy saß bei den Söhnen der Schwurbrüder und sah in seinem neuen Gewand und der Mütze beinahe selbst wie ein junger Kaufmann aus. Duvals und Le Rouxs Söhne, die ein paar Jahre älter waren, hatten ihn sogleich in ihrer Mitte aufgenommen und behandelten ihn, als wäre er schon ewig ihr Gefährte. Er scherzte und trank mit seinen neuen Freunden, und ihn zum ersten Mal seit Monaten aus vollem Hals lachen zu hören, tat gut.

Der Wein kam von den warmen Hängen der Provence, er war rund und schwer und leuchtete wie die Strahlen der Abendsonne. Bereits nach dem zweiten Becher stieg er Michel zu Kopf, und er konnte nichts dagegen tun, dass an diesem freudigen Tag Traurigkeit in ihm aufwallte, eine bittersüße Schwermut. Er dachte an all die Menschen, die nicht dabei sein konnten, an seinen Vater, Catherine, den kauzigen Abaëlard und all die anderen. Lange schon waren sie fort, aber vielleicht, so hoffte er, schauten sie ihnen gerade zu.

Isabelle sah ihn an, ergriff seine Hand. »Du denkst an Jean, nicht wahr?«

»Ich wünschte, er wäre da.«

»Mir fehlen Vater und Mutter«, sagte sie und fügte leise hinzu: »Und Gaspard.«

»Er fehlt mir auch«, sagte Michel. So war es. Trotz allem.

»Komm. Lass uns zu ihren Ehren feiern. Sie sollen wissen, dass wir an sie denken. Louis! Ein neues Lied«, rief sie und zog Michel von der Bank. Sie tanzten zu den Klängen der Flöte, der Knecht sprang auf den Tisch und spielte, als ginge es um sein Leben, seine Seele, die ganze Christenheit. Andere taten es ihnen nach, Adèle tanzte mit Jean Caboche, Vivienne mit Bernier, Rémy mit Pétronille, gemeinsam wirbelten sie durch den Saal, ein ausgelassener Reigen für die Lebenden und die Toten.

Dann, als die Sonne unterging und die Hausbedienten Kerzen anzündeten, stahlen sich Michel und Isabelle heimlich davon. Michel führte sie in sein Schlafgemach, nackt legten sie sich auf das Bett und liebten sich lange, geduldig, holten sich all die verlorenen Jahre zurück. Später riefen die Klosterglocken zur Matutin. Tiefe Nacht lag über der Stadt, und die meisten Gäste waren bereits nach Hause gegangen. Nur Charles Duval, Jean Caboche und Jérôme Tolbert harrten noch aus und sangen trunken ein Lied nach dem anderen. Michel und Isabelle schmiegten sich aneinander und lauschten ihren Stimmen, bis die drei Männer schließlich verstummten. Leise standen sie auf, schlüpften in ihre Kleider und stiegen zum Dachboden hinauf. Dies war ihre Nacht – sie wollten keine Stunde vergeuden. In eine Decke gehüllt saßen sie an der Öffnung neben dem Lastkran und betrachteten die Dächer, die sich im Sternenlicht vor ihnen ausbreiteten. Wolken verdeckten den Mond, abermals schlugen die Glocken, und bald darauf kroch das erste Licht des Tages über die Hügel. Michel griff in sein Wams und holte Isabelles Morgengabe hervor. Es war ein Ring, ein vollkommener Reif aus Gold, und er steckte ihn ihr an den Finger.

»Ich habe noch etwas für dich.« Er öffnete die linke Hand. Darauf lag das kleine silberne Kreuz, das er ihr vor so vielen Jahren aus Metz mitgebracht hatte.

»Du hast es noch«, sagte sie lächelnd.

»Ich habe es all die Jahre aufgehoben. Ich möchte, dass du es trägst. Es soll uns daran erinnern, was wir durchgemacht haben, damit wir immer dankbar sind für unser gemeinsames Glück.«

Er nahm das Lederband und legte es ihr um.

Hand in Hand saßen sie da, während im Osten der neue Tag anbrach.

Mai und Juni 1203

Varennes-Saint-Jacques

Kisten, Fässer und Tuchballen stapelten sich auf dem Ochsenwagen. Yves stand daneben und hielt die Saumpferde an den Zügeln. Die Gildensöldner stützten sich auf ihre Lanzen. Alles war bereit für den Aufbruch zur Messe. Wer fehlte, war Michels Sohn.

»Rémy! Wir müssen los«, rief Michel in den Eingangsraum. Keine Antwort. »Wo steckt der Junge schon wieder?«

»Hast du in seiner Kammer nachgesehen?«, fragte Isabelle.

»Er weiß doch, dass wir es eilig haben.« Michel stampfte die Treppen hinauf und riss die Tür zu Rémys Zimmer auf. Dort war er auch nicht. Michel unterdrückte einen Fluch. Sie hätten längst auf dem Weg nach Provins sein sollen, denn in diesen Zeiten, wenn Gott und die Welt auf den Champagne-Märkten Geschäfte machte, war Pünktlichkeit wichtiger denn je. Drei Tage hatte er bereits verloren, weil einige Waren nicht rechtzeitig eingetroffen waren. Und nun das.

Er trat zum Fenster und rief noch einmal nach seinem Sohn – vielleicht trieb Rémy sich im Hof oder dem Lagerschuppen herum. Wieder kam keine Antwort.

Beim Hinausgehen fiel sein Blick auf die Pergamente, die den Tisch bedeckten. Stirnrunzelnd nahm er einen Bogen in die Hand. Rémy hatte eine Seite aus einem Buch kopiert, aus einer Sammlung von Heiligengeschichten, die aufgeschlagen daneben lag. Die Seite war fast fertig. Rémy hatte sie liniert und sorgfältig den Text übertragen, kunstvolle Miniaturen zierten die Ränder, winzige Bilder von Menschen, Tieren und Chimären. Es fehlte nur noch die Kapitelüberschrift. In der rechten unteren Ecke hatte Rémy sein Zeichen angebracht, ein schwungvolles R, um das sich grüne Schnörkel rankten. Er versah jede seiner Arbeiten mit diesem Kürzel.

Jede freie Stunde verbrachte der Junge hier oben und ging seiner Leidenschaft nach, und widerwillig musste Michel zugeben, dass sich das Ergebnis sehen lassen konnte. Rémys Kopie stand dem Original in nichts nach, und es war ihm sogar gelungen, den Miniaturen eine persönliche Note zu verleihen. Michel wünschte, sein Sohn würde mit dem gleichen Eifer lernen, wie man Handel trieb und Geschäfte machte. Leider ließ er für das kaufmännische Handwerk weiterhin jegliche Begeisterung vermissen, wie er heute wieder eindrücklich bewies.

»Ich komme nicht mit.«

Michel fuhr herum. Rémy stand in der Tür.

»Wo warst du? Ich suche dich schon die ganze …« Michel stockte. »Was soll das heißen, du kommst nicht mit? Das ist die Messe in Provins. Einer der größten Märkte der Christenheit. Dort lernst du mehr, als ich dir in einem halben Jahr beibringen kann.«

»Ich will aber kein Kaufmann sein. Ich werde Buchmaler. Wie oft soll ich das noch sagen?«

»Zum letzten Mal: Schlag dir diese lächerliche Idee aus dem Kopf. Du bist kein Kind mehr, das tun kann, worauf es gerade Lust hat. Wenn ich sage, dass du Kaufmann wirst, dann wirst du Kaufmann, verstanden? Jetzt pack deine Sachen, oder ich mach dir Beine.«

Rémy schob sich an ihm vorbei, setzte sich an den Tisch und griff nach dem Stift. Seelenruhig hockte er da und linierte einen Bogen.

»Dieser Unsinn hört jetzt auf.« Michel riss ihm das Pergament weg und raffte auch die anderen Bögen zusammen.

»Meine Sachen!«, rief Rémy. »Gib sie her!«

Er hatte es im Guten versucht. Drei Jahre lang hatte er Rémys Launen erduldet, hatte Verständnis für seine Lage aufgebracht und ihm Liebe geschenkt, in der Hoffnung, dass ihn der Junge eines Tages als Vater akzeptierte. Und was war der Dank? Michel hatte Rémys Sturheit, seine ständige Aufsässigkeit und Ablehnung satt. »Schau her, was passiert, wenn du dich gegen deinen Vater auflehnst!«, schrie er. »Sieh genau her.« Er warf die Pergamente aus dem Fenster. »Sollen die Schweine sie fressen!«

»Nein! Du Mistkerl!« Rémy hämmerte mit den Fäusten gegen Michels Brust, während Tränen über sein Gesicht rannen.

»Du wagst es, die Hand gegen mich zu erheben?«

Er versetzte dem Jungen eine schallende Ohrfeige. Rémy taumelte zurück und starrte ihn mit aufgerissenen Augen an.

Michel schluckte hart. Er hatte das nicht gewollt. Doch er war so wütend gewesen … und war es immer noch. Er packte Rémy am Arm und zerrte ihn aus der Kammer, die Treppe hinab.

»Was ist denn los?«, fragte Isabelle im Eingangsraum.

»Er wollte nicht mitkommen und ist mit geballten Fäusten auf mich losgegangen«, sagte Michel.

»Er hat meine Sachen aus dem Fenster geworfen!«, schrie Rémy.

»Ist das wahr?«, fragte Isabelle. »Hast du deinen Vater geschlagen?«

Anstelle einer Antwort schluchzte Rémy nur. Michel führte ihn zur Tür. »Ich habe genug von seinen Launen. Ab heute ziehe ich andere Saiten auf. Er braucht offensichtlich eine harte Hand.«

»Wieso beruhigst du dich nicht erst einmal?«

»Ich war viel zu lange ruhig. Weißt du, was mein Vater getan hätte, wenn ich mich so aufgeführt hätte? Er hätte mich die Grande Rue hinuntergeprügelt. Der Junge fährt mit mir nach Provins, und wenn ich ihn an den Ohren hinzerren muss.«

»Mutter!«, schrie Rémy.

»Gehorch deinem Vater«, sagte Isabelle.

»Rauf mit dir«, befahl Michel, als sie vor dem Wagen standen. »Und hör auf zu flennen. Die Leute schauen schon.« Er stieg zu seinem Sohn auf den Wagenbock und trieb den Ochsen an. Yves und die Söldner folgten ihnen mit den Saumpferden.

Rémy sprach für den Rest des Tages kein Wort mehr.

Sie kamen bis zu der kleinen Ortschaft Houécourt in der Vogtei Neufchâteau, bevor der Abend hereinbrach. Außerhalb des Dorfes an der alten Römerstraße gab es eine Herberge, in der Michel schon oft übernachtet hatte. Während Yves und die Söldner den Wagen in die Remise brachten und die Tiere versorgten, ging Michel mit Rémy zum Schankraum, aus dem der Lärm zechender Reisender drang.

»Willst du noch etwas essen oder gleich schlafen gehen?«, fragte er seinen Sohn.

Rémy gab keine Antwort, blickte ihn nicht an, hatte ihn vielleicht nicht einmal gehört.

»Du willst dich also weiter wie ein beleidigter Vierjähriger benehmen. Bitte. Ganz wie du willst. Ich esse noch eine Kleinigkeit und trinke ein Bier. Setz dich dazu oder lass es bleiben.«

Michel suchte sich einen freien Tisch. Rémy ging wortlos weiter und stieg die Treppe zum Schlafraum hinauf. Als Michel ihm später folgte, lag der Junge bereits im Stroh und schlief.

Am nächsten Morgen war er verschwunden.

»Er hat eines der Saumpferde, einen Beutel mit Silber und Proviant mitgenommen«, berichtete Michel zwei Tage später Isabelle. »Von Houécourt aus ist er anscheinend in Richtung Épinal geritten, aber sicher bin ich mir nicht. Östlich von Guoherei hat ihn niemand mehr gesehen.«

Isabelle saß am Tisch und weinte. Als er ihre Hand nehmen wollte, stand sie jählings auf. »Das ist deine Schuld. Du hast ihn zu hart angepackt.«

»Der Junge hat mir keine Wahl gelassen«, erwiderte Michel scharf. »Hätte ich ihm sein Verhalten durchgehen lassen sollen? Ich hätte mich zum Gespött der ganzen Stadt gemacht.«

Sie trat ans Fenster und rieb sich die Arme. »Wenn ihm etwas zugestoßen ist? Er ist doch erst dreizehn.«

»Ich finde ihn«, sagte Michel. »Verlass dich auf mich.«

Drei Wochen lang suchte Michel halb Oberlothringen ab. Da er davon ausging, dass Rémy zu einem Buchmalermeister gegangen war, um eine Lehre zu beginnen, suchte er zuerst in Nancy und Metz, wo es viele angesehene Buchmaler gab. Als er Rémy dort nicht fand, ritt er weiter nach Verdun, Toul und Épinal, ebenfalls ohne Erfolg.

Sein Sohn war wie vom Erdboden verschluckt. Niemand hatte etwas von ihm gehört, geschweige denn ihn gesehen oder mit ihm gesprochen.

Niedergeschlagen kehrte Michel wenige Tage vor Fronleichnam nach Varennes zurück. Isabelle und er gingen zum Dom, stifteten zwei große Kerzen und flehten den heiligen Jacques auf Knien an, er möge Rémy nach Hause führen.

Doch Rémy kam nicht. Nicht diesen Monat und auch nicht im nächsten.

April 1204

Burg Guillory

Aristide stand auf dem Dach des Palas' und legte die Hände auf die Zinnen. Während ein kühler Wind durch sein Lockenhaar pflügte, blickte er zu den Hügeln, die das Moseltal säumten. Irgendwo weit im Norden tobte der Krieg, bekämpften sich Philipp von Schwaben und Otto von Braunschweig, umgarnten sie die Fürsten, schmiedeten sie neue Bündnisse, die kurz darauf wieder zerbrachen. Der verdammte Thronstreit ging bald ins siebte Jahr, und es war immer noch nicht abzusehen, wer Kaiser des Heiligen Römischen Reiches werden würde.

»Nein«, sagte er und wandte sich um. »Ihr schickt die Söldner nach Hause. So viel kann mir Otto gar nicht bieten, dass ich meine Kosten wieder hereinhole.«

Walram von Limburg hatte die Arme vor der breiten Brust verschränkt. Da Yolande gerade mit den Kindern bei ihrer Familie in Bitche war, hatte Aristide das Risiko auf sich genommen, den Deutschen in seiner Burg zu empfangen.

»Otto wird nicht erfreut sein, wenn er das hört. Die Flamen haben ihm in den letzten Jahren gute Dienste geleistet.«

»Wenn er so viel von ihnen hält, soll er sie mit dem Rest seiner Streitmacht nach Schwaben schicken, damit sie Philipp in den Arsch treten!«

»Wenn das so einfach wäre, hätte er es längst getan. Das ist kein gewöhnlicher Krieg, der nach zwei, drei Schlachten entschieden ist. Die Lage ist unübersichtlich. Ihr solltet das inzwischen begriffen haben.«

»Das habe ich«, sagte Aristide. »Und genau aus diesem Grund mache ich nicht mehr mit. Otto soll sich anderswo Hilfe suchen. Meine weiß er offensichtlich nicht zu gebrauchen.«

»Nur noch dieses Jahr. Mein König ist zuversichtlich, dass er Philipp bis zum nächsten Winter bezwingen kann.«

»Das habt Ihr schon letztes Jahr gesagt. Und im Jahr davor. Ich bin Eure Versprechungen leid, von Limburg.«

»Ich verstehe nicht, warum Ihr Euch beklagt«, erwiderte der Deutsche harsch. »Vierzig Söldner zu stellen ist wahrlich kein zu großes Opfer für ein hehres Ziel.«

Aristide verlor allmählich die Geduld mit diesem Mann und seinem verträumten Geschwätz. »›Kein zu großes Opfer‹? Ist Euch klar, was vierzig ausgebildete Krieger kosten? Zumal sie jedes Jahr mehr Sold fordern. Ich habe ihnen schon ein Vermögen in den Rachen geworfen. Mehr, als ich mir leisten kann. Oder seht Ihr hier irgendwo einen Goldesel, der Münzen scheißt?«

»Otto ist bereit, Euch mehr als großzügig für Eure Dienste zu belohnen, wenn er erst Kaiser ist.«

»Und wann wird das sein? In zwanzig Jahren, wenn ich ein sabbernder Tattergreis bin?«

»Er lässt Euch ausrichten, dass er Euch eine Grafschaft verleihen wird, mit ausgedehnten Ländereien am Rhein. Außerdem stellt er Euch ein lukratives Amt am Hof in Aussicht. Aber nur, wenn Ihr ihm ein weiteres Jahr dient.«

Aristide ließ sich seine Überraschung nicht anmerken. So viel hatte Otto noch nie geboten. Offenbar hatte er seine Hilfe wahrlich nötig. »Wenn das wieder eins von Euren leeren Versprechen ist …«, begann er.

»Ich habe Ottos Angebot schriftlich. Hier. Seht selbst.«

Von Limburg zog ein Pergament hinter seinem Gürtel hervor. Aristide brach das Siegel und starrte auf die Zeilen. Er konnte nicht lesen, was da stand, doch Siegel und Unterschrift waren ohne Zweifel Ottos. »Ich werde das prüfen.« Mit schweren Schritten stieg er die Stufen hinunter und befahl einem Diener, den Kaplan zu holen. Kurz darauf studierte der Geistliche das Dokument und bestätigte, was von Limburg gesagt hatte.

Eine Grafschaft am Rhein. Mit zwei Burgen, mehreren Dörfern und reichem Land. Aristide konnte nicht verhehlen, dass ihm diese Aussicht gefiel. *Graf de Guillory.* Kein Mann in seiner Familie hatte je etwas Vergleichbares erreicht.

»Das Lehen liegt im Herzogtum Franken. Ferry de Bitche hat dort keinerlei Macht und könnte Euch nicht mehr behindern«, sagte von Limburg, als hätte er seine Gedanken gelesen. »Gilt der Handel?«

»Nur noch dieses Jahr«, sagte Aristide. »Wenn Otto bis Weihnachten nicht gesiegt hat, muss er ohne mich weiterkämpfen.«

»So soll es sein.«

Sie besiegelten ihr Geschäft mit einem Handschlag.

Gegen Mittag, nachdem von Limburg mit seinen Kriegsknechten aufgebrochen war, ritt Aristide nach Varennes zu seinem Palast und ließ nach dem Stadtkämmerer schicken.

»Wie viel Geld ist noch in der Schatzkammer?«

»Was für ein Glück, Herr, erst gestern Abend habe ich es gezählt. Es sind genau zwölf Pfund, drei Sous und zehn Deniers.«

»So wenig? Wo ist das ganze verdammte Silber hingekommen?«

»Ihr habt es ausgegeben«, antwortete der Kämmerer schlicht.

»Lüg mich nicht an. Das letzte Mal habe ich im Dezember Geld geholt. Zehn Pfund. Es waren aber noch über vierzig da. Also, wo ist der Rest?«

»Die laufenden Kosten, Herr. Der Lohn der Stadtbüttel und der anderen Amtsträger. Die Instandhaltung der Stadtmauer, der Backöfen und der Brunnen. Die Armenfürsorge …«

»Das ist Aufgabe der Pfaffen. Streich diesen Posten.«

»Das wollte ich gerade anregen. Überhaupt wäre es an der Zeit, die eine oder andere Ausgabe zu überdenken, Herr. Denn wenn wir so weitermachen wie bisher, stoßen wir bald an unsere Grenzen.«

»Ich soll sparen?«, fragte Aristide gedehnt.

»Ich fürchte, in den nächsten ein, zwei Monaten müsst Ihr Euch dieser Herausforderung stellen.« Der Kämmerer biss sich einen Fingernagel ab, ehe er fortfuhr: »Erschwerend kommt hinzu, dass im Sommer der Zins für das Darlehen fällig wird, das Ihr aufgenommen habt. Die Lombarden haben vorige Woche geschrieben. Sie verlassen sich darauf, dass sie die vereinbarte Summe pünktlich erhalten.«

»Das Lombardenpack soll mit Rauch und Schwefel zur Hölle fahren«, sagte Aristide. »Und was meine Ausgaben angeht: Ich kann sie nicht verringern. Ich brauche Geld. Vierzig Pfund. Und ich brauche es jetzt.«

»Vierzig Pfund.« Der Kämmerer rang um Fassung. »Das ist eine beträchtliche Summe.«

»Treib sie auf. Nächste Woche liegt sie hier auf dem Tisch, verstanden?«

»So bald schon? Dafür müsste ich ein neues Darlehen aufnehmen.«

»Dann tu das.«

»Und womit begleichen wir die Zinsen?«

»Woher soll ich das wissen? Du bist der Kämmerer. Erhöh die Steuern.«

»Davon rate ich dringend ab. Die einfachen Leute leiden schon jetzt unter der hohen Abgabenlast…«

»Ich habe dich nicht um deine Meinung gefragt«, fuhr Aristide ihn an. »Tu, was getan werden muss, damit ich mein Geld bekomme. Oder ich suche mir einen fähigeren Kämmerer.«

»Sehr wohl, Herr.« Der Mann verneigte sich und eilte davon.

Am nächsten Morgen verkündeten die städtischen Ausrufer auf dem Domplatz, dem Heumarkt und am Salztor, dass mit sofortiger Wirkung die Herdsteuer, die *accisa* und der Marktzoll heraufgesetzt worden seien, um jeweils zwei von hundert Teilen.

»Herr de Guillory, ich flehe Euch an, Ihr müsst die Steuern wieder senken«, sagte Charles Duval. »Die einfachen Leute haben kaum genug zum Leben. Viele hungern bereits. Und der Handel! Ihr schadet damit unseren Geschäften, und das wird dazu führen, dass Ihr auf lange Sicht weniger Steuern einnehmt. Wir leiden schon genug unter dem Krieg.«

»Wieso?«, fragte Aristide. »Ihr macht doch Geschäfte mit den Franzosen. Und in Frankreich ist Frieden, oder?«

»Der Bürgerkrieg in Deutschland beeinträchtigt auch den Handel mit der Champagne und Burgund. Uns sind wichtige Märkte weggebrochen, weil man jenseits des Rheins seines Lebens nicht mehr sicher ist. Wenn Ihr nichts unternehmt, um uns zu entlasten, droht uns der Ruin.«

»Ihr Kaufleute rühmt euch doch eures Einfallsreichtums. Wenn ihr so findig seid, wie ihr immer behauptet, dann sucht euch neue Märkte.«

»Das tun wir bereits. Es ist nicht so einfach, wie Ihr Euch das vorstellt. Und was ist mit den Stadtbauern und den Handwerkern? Sie sind darauf angewiesen, ihre Waren hier verkaufen zu können. Aber das können sie nicht, weil die Leute kein Geld mehr haben.«

»Seltsam«, sagte Aristide. »Wenn ich aus dem Fenster schaue, sehe ich einen Markt, auf dem die Leute Tag für Tag mit Silber nur so um sich werfen. Wie erklärt Ihr Euch das, wenn angeblich alle so arm sind?«

»Der Schein trügt«, beharrte der Gildemeister. »Viele Tagelöhner und Arbeiter gehen schon lange nicht mehr zum Markt. Sie holen sich ihr Brot von den Klöstern, die kaum noch mit dem Verteilen von Almosen nachkommen.«

»Na und? Dafür ist die Kirche da.«

Duval sah aus, als wäre er den Tränen nah. »Herr de Guillory, Ihr seid doch ein verständiger Mann. Ihr müsst doch einsehen, dass es falsch ist, was Ihr tut. Ihr richtet unsere Stadt zugrunde.«

»Ich habe eine Wehrmauer gebaut, zwei neue Bruderschaften genehmigt und Euch Eure Gilde gelassen, obwohl ich allen Grund hatte, sie zu verbieten. Ich spreche sechsmal im Jahr Recht, höre mir die kleinlichen Querelen des Stadtvolks an und versuche, einvernehmliche Urteile zu fällen, damit der Frieden gewahrt bleibt, was mich jedes Mal einen ganzen Tag kostet. Glaubt mir – wenn ich etwas zugrunde richten will, sieht das anders aus.«

»Wenn Ihr die Steuern nicht senkt, wird es einen Aufstand geben. Die Leute sind wütend. Es brodelt bereits an allen Ecken.«

Aristide beugte sich nach vorn. »Droht Ihr mir?«

»Ich sage nur, wie es ist.«

»Es wird keinen Aufstand geben. Dafür sorge ich.«

»Senkt sie wenigstens um eines von hundert Teilen. Damit wäre den meisten Leuten schon geholfen.«

»Nein«, sagte Aristide.

»Ist das Euer letztes Wort?«

»Mein allerletztes.« Als sich Duval nicht vom Fleck rührte, meinte er: »Ihr habt mich gehört, Gildemeister. Also, was wollt Ihr noch hier? Zu Hause wartet doch bestimmt Arbeit auf Euch, Salzkörner zählen, oder was immer ein Krämer tut.«

Der Kaufmann verneigte sich knapp und stakste davon. Als sich die Tür geschlossen hatte, winkte Aristide Berengar zu sich. Der Sarjant löste sich aus den Schatten neben dem Kamin und trat vor den Tisch.

»Du hast gehört, was Duval gesagt hat. In der Stadt brodelt es. Verdopple die Wachen an den Toren. Wenn irgendwer Ärger macht, will ich, dass du schnell und hart durchgreifst.«

»Was hat er gesagt?«, fragte Michel, als Duval den Palast verließ.

»Er lässt nicht mit sich reden. Die Steuern bleiben.«

Michel nickte. Er hatte nicht erwartet, dass Duval etwas erreichen würde. Sie schlenderten über den Markt. Am Stand eines Weinhändlers hielt Duval inne, orderte einen Becher und trank.

»Der Mann ist ein Scheusal. Bösartig bis ins Mark. Es ist

ihm gleichgültig, was aus uns wird. Vollkommen egal.« Er nahm noch einen Schluck.

»Wenden wir uns an den Herzog?«

»Das bringt nichts. De Guillory hat die alleinige Verfügungsgewalt über die Stadt. Der Herzog würde uns nicht zuhören.« Duval leerte den Becher und bestellte einen zweiten. Schweigend blickte der Kaufmann zu den Wolken auf, die am Himmel hingen und sich beständig veränderten. Die Feder an seinem Hut wiegte sich im Wind. Plötzlich sagte er: »Ich schaffe das nicht mehr. Ich bin diesem Kerl nicht gewachsen. Ich lege mein Amt nieder.«

»Das ist Unsinn, Charles«, sagte Michel. »Ihr seid ein guter Gildemeister. Ohne Euch wären die vergangenen Jahre noch härter gewesen.«

Duval schnaubte. »Was habe ich schon erreicht? Später wird man über mich sagen, dass ich die Hälfte meiner Amtszeit damit verbracht habe, vor de Guillory zu buckeln. Seht mich an. Ich bin alt. Alt und müde. Ich höre auf. Es ist höchste Zeit.«

Michel hätte seinem Freund gerne widersprochen, doch er konnte nicht leugnen, dass die letzten Jahre Duval ausgelaugt hatten. Er war dünn, seine Haut kränklich blass, und wenn seine Hände nichts hatten, womit sie sich beschäftigen konnten, zitterten sie unentwegt. Er hatte schon immer viel getrunken, doch seit er Gildemeister war, wurde seine Gier nach Bier und Wein von Monat zu Monat schlimmer.

»Wann wollt Ihr es den anderen sagen?«

»Bei der nächsten Versammlung. Es hat keinen Sinn, noch länger zu warten.«

Drei Tage später trat die Gilde zusammen. Als alle Schwurbrüder an der Tafel Platz genommen hatten, erhob sich Duval und legte seinen Posten als Gildemeister in aller Form nieder. Seine letzte Amtshandlung bestand darin, zur Wahl eines neuen Vorstehers aufzurufen.

Michel war der Einzige, der kandidierte. Mit zehn von elf

Stimmen wurde er zum neuen Meister der Kaufmannsgilde von Varennes-Saint-Jacques gewählt.

Zwei Tage nach der Gildeversammlung schlenderte Isabelle über den Markt. Sie wollte einige Besorgungen machen und schaute sich gerade die Auslagen eines Gewandschneiders an, als die Magd einer nahen Schenke zu ihr kam.

»Frau Isabelle? Hier ist ein Brief für Euch. Ein Pilger hat ihn gerade bei uns abgegeben.«

Isabelle gab dem Mädchen zum Dank einen Hälbling und faltete das Pergament auseinander. Von wem mochte die Nachricht sein? Vielleicht von Lutisse? Sie hatte schon ewig nichts mehr von ihr und Flori gehört.

Ihre Hand begann zu zittern. Das war Rémys Schrift.

Ihr Blick flog nur so über die Zeilen, und ihre Augen füllten sich mit Tränen. Nach all den Monaten, in denen sie jeden Morgen mit dem Gedanken an ihn aufgestanden und jede Nacht mit der Sorge um ihn zu Bett gegangen war, bekam sie endlich ein Lebenszeichen von ihrem geliebten Sohn. Er lebte, und es ging ihm gut.

Mit dem Brief in der Hand ging sie zum Marktkreuz und sank auf den Sockel. Sie weinte und lachte, lachte und weinte, und die Leute glotzten sie an, als hätte sie den Verstand verloren. *Rémy, o Rémy, warum hast du mir nicht viel früher geschrieben?* Wie viele quälende Stunden wären ihr erspart geblieben.

Sie wollte zu Michel laufen, wollte ihm die freudige Nachricht mitteilen, doch Rémy bat sie, seinem Vater nicht zu sagen, wo er war. Er hatte sein Glück gefunden. Wenn Michel von dem Brief erfuhr, würde er sofort losreiten und ihn nach Hause holen, und dann würde der sinnlose Streit, der das Leben ihrer Familie so lange vergiftet hatte, von vorne beginnen.

Nein. Das durfte sie nicht tun.

Bei mir ist dein Geheimnis sicher, dachte sie und las den Brief noch einmal.

Mai 1204

Varennes-Saint-Jacques

Die Straße war hier kaum mehr als eine Furche im Unkraut. Links erhob sich eine Böschung, auf der Dornenhecken, Hagebutten und Farne um die Vorherrschaft rangen; rechts erstreckten sich Äcker und Viehweiden. Irgendwo am Wegesrand verweste ein totes Tier, und der Wind stank wie der Atem eines Leprakranken.

Berengars Blick fiel auf eine Gruppe alter Eichen. Eine gute Stelle. Die Bäume waren weithin zu sehen für alle, die westlich der Stadt auf den Feldern arbeiteten.

»Bringt ihn dorthin«, befahl er und ritt von der Straße, während seine Kriegsknechte den Schmied über die Wiese zur größten Eiche zerrten. Der Kerl wehrte sich, doch er war seinen Männern nicht gewachsen.

Ein Soldat warf den Strick über einen Ast; ein anderer holte das Fass vom Wagen und stellte es auf das Gras.

»Gib mir das Geld«, sagte Berengar, und der Mann warf ihm die Börse zu, an der noch Erde klebte. Die Münzen darin klimperten, als der Sarjant sie auffing.

Als der behelfsmäßige Galgen fertig war und man ihm die Hände fesselte, begann der Schmied zu schluchzen. »Gnade, Herr. Habt doch Erbarmen. Ich habe es für mein Weib getan. Und für meine alte Mutter. Sie hätten hungern müssen.«

Berengar würdigte dieses Gezeter nicht mit einer Antwort. Es war immer dasselbe mit diesem Pack. Erst brachen sie das Gesetz und lachten sich ins Fäustchen, aber wenn man sie erwischte, fing das große Klagen an. Berengar erwischte sie immer. Er war wie ein Bluthund; er roch ihre Angst, ihr schlechtes Gewissen. Dieser Kerl hatte es ihm besonders einfach gemacht. Wollte vierzig Sous außerhalb der Stadt vergraben, damit die Steuereintreiber sie nicht fanden, und hatte nicht gesehen, dass er die ganze Zeit von einem Torwächter beobachtet wurde. Ein jämmerlicher Schwachkopf.

»Rauf mit ihm«, sagte Berengar.

Die Waffenknechte legten dem Schmied die Schlinge um den Hals und zwangen ihn, auf das Fass zu steigen. Anschließend zogen sie den Strick straff. Im Schritt des Mannes erschien ein dunkler Fleck.

»Du hast Steuern gestohlen und wurdest auf frischer Tat ertappt. Für dieses Verbrechen an deinem Herrn gebührt dir der Tod durch den Strang.«

»Nein«, ächzte der Schmied. »Nein …«

Berengar gab dem Waffenknecht einen Wink, der Mann trat gegen das Fass, sodass es umkippte und der Schmied nach unten sackte. Er fiel nicht tief genug, dass sein Genick hätte brechen können. Der Schlinge zog sich fest um seinen Hals, er strampelte mit den Beinen, würgte, krächzte, seine Zunge stieß hervor und zuckte wie eine verendende Blindschleiche, sein Kopf wurde erst rot, dann violett, dann blau.

Der Schmied hörte auf zu zappeln. Der Strick knarrte, als die Leiche langsam hin und her schwang. Urin tropfte zwischen den nackten Füßen ins Gras.

»Das wird diesem Gesindel eine Lehre sein.« Berengar spuckte aus und gab seinem Schlachtross die Sporen.

Im trügerischen Licht der Abenddämmerung, als sich die Schatten zwischen den Bäumen vertieften, erschienen vier Gestalten am Wegesrand, die Gesichter in Kapuzen verborgen. Sie blickten zur Leiche auf und bekreuzigten sich. Einer der Männer kletterte in den Ästen der Eiche empor, zog sein Messer und schnitt den Strick durch. Die anderen fingen den Gehenkten auf, legten ihn auf den Boden und hüllten ihn in ein Leichentuch. Sie trugen ihn zu einem zweirädrigen Karren, bedeckten ihn mit Strohbündeln und schoben ihn den Weg entlang zur Stadt. Die Wächter am Heutor warfen einen flüchtigen Blick auf das Stroh und winkten sie durch.

Erst im Viertel der Schmiede, Schwertfeger und Sarwürker schlugen die Männer ihre Kapuzen zurück. Jean Caboche, Oberhaupt seiner Bruderschaft, schob den Karren zu seinem Haus und schaute sich verstohlen um, bevor er die Tür öffnete und seine Gefährten die Leiche hineintrugen. Adèle stand neben dem Herd, die Augen angstvoll geweitet.

»Wir haben ihn«, sagte Jean und küsste sie.

»Hat euch jemand gesehen?«

»Nur die Torwächter. Sie haben nichts bemerkt.«

Sie brachten Pierre in die Schmiede, wo die anderen Männer der Bruderschaft kauerten, siebzehn an der Zahl, und legten ihn auf den Tisch. Pierres Weib öffnete das Leichentuch, kniff die Lippen zusammen und streichelte seine Wange. Eine einzelne Träne rann ihr die Wange hinab und tropfte auf ihren Ärmel.

»Ich habe mit Pater Jodocus gesprochen«, sagte Jean. »Pierre bekommt ein christliches Begräbnis.«

Dic junge Frau – sie war fast noch ein Mädchen – nickte und sank zurück auf die Bank. Adèle gab ihr einen Becher Bier, setzte sich neben sie und nahm sie in den Arm.

»Wegen vierzig Sous«, sagte Begon, einer der ältesten Schmiede des Viertels und doch ein Bulle von einem Mann. »Diese gottlosen Schweine.«

»Was sollen wir noch alles ertragen?«, meinte ein anderer. »Wann unternehmen wir endlich etwas? Lassen wir Berengar und seine Kettenhunde unsere Hämmer und Schürhaken spüren!«

»Ja!«, riefen die Männer.

»Schlagen wir zu!«

»Noch heute Nacht!«

Jean hob beide Hände, und die Schar verstummte. »Es ist an der Zeit, dass wir uns wehren. Aber nicht allein. De Guillorys Leute haben Rüstungen, Schwerter, Armbrüste. Wenn wir gegen sie bestehen wollen, brauchen wir Hilfe.«

»Ich habe Archambaud Leblanc getroffen«, sagte Begon. »Den Stadtbauern steht es auch bis hier. Gestern erst hat Berengar einen ganzen Wagen Rüben beschlagnahmt, weil zwei Bauern den Marktzoll nicht zahlen konnten. Ich sage dir, sie warten nur darauf, es diesen Schweinen zu zeigen.«

»Ich rede mit Leblanc und den Führern der anderen Bruderschaften. So lange müsst ihr euch gedulden. Bleibt ruhig, auch wenn es euch schwerfällt.«

Unzufriedenheit sprach aus den funkenverbrannten Gesichtern. Ihr Zorn war groß, und er verlangte viel von ihnen. Doch sie fügten sich, denn sie hatten bereits vor vielen Jahren gelernt, ihm zu vertrauen. Er hatte sie noch nie im Stich gelassen.

»Geht jetzt nach Hause«, sagte er. »Wenn ich mehr weiß, rufe ich euch.«

Prankenhafte Hände schlossen sich um Schürhaken und Hämmerschäfte. Leder knirschte, und Stoff raschelte, als die Männer einer nach dem anderen durch die Hintertür schlüpften und in der Nacht verschwanden. Zurück blieb Pierres Frau, die im Schein des Kienspans kauerte und leise um ihren Mann weinte.

Erst vor einem halben Jahr haben sie geheiratet. Sie wollten einen Sohn. Jean ballte die Rechte zur Faust, die Muskeln wölbten sich unter seinem Ärmel, und die Fingernägel gruben sich tief in sein Fleisch.

Etwas lag in der Luft, Berengar konnte es spüren.

Argwöhnisch beobachtete er die Hütten und Häuser am Straßenrand, während er mit zweien seiner Männer die Grande Rue hinaufritt. Alles sah aus wie immer. Handwerker, die in ihren Werkstätten arbeiteten. Spielende Kinder. Greise, die in der Sonne saßen. Und doch fühlte sich Berengar wie vor einer Schlacht, wenn sich die Heere auf einer weiten Ebene gegenüberstanden, die Rösser unruhig mit den Hufen stampften und die Luft summte vor Anspannung und Blutdurst.

Ein Schuhmacher starrte ihn bohrend an, spuckte aus und verschwand mit hochgezogenen Schultern in seiner Hütte. Zwei alte Weiber, beide hässlich wie die Nacht, tuschelten miteinander und verfolgten sie mit Blicken.

Berengar legte die Hand auf den Schwertknauf.

Ein metallischer Schlag. Einer seiner Männer schrie, und als Berengar herumfuhr, kippte er gerade aus dem Sattel.

Sämtliche Leute auf der Straße waren verschwunden, als hätten sie sich in Luft aufgelöst. Auf den Hütten- und Schuppendächern erschienen Gestalten, erst drei oder vier, dann ein ganzes Dutzend. Sie schleuderten Steine und Unrat und brüllten wie eine Horde rasender Barbaren.

»Zurück!«, rief Berengar, während Holzbrocken und faule Ruben gegen sein Panzerhemd, den Schild und den Helm prallten. »Zurück!« Sein Pferd scheute. Hart riss er es herum. Etwas zerplatzte feucht und warm an seiner Schulter, und es stank nach Scheiße.

Der Waffenknecht hatte seinen Stiefel aus dem Steigbügel befreit und kroch unter einen Karren. Der andere galoppierte bereits in Richtung Domplatz. Berengar folgte ihm, und seine Ohren drohnten vom Gebrüll der Meute. Sie kamen nicht einmal bis zur Abtei Longchamp. Aus einer Seitengasse fluteten Leute, zwanzig, dreißig, Männer wie Frauen. Sie schrien und schwenkten Mistgabeln, Sensen, Knüppel, Äxte. Ein Weber mit hochrotem Kopf stieß mit der Pike nach Berengar, der Sarjant wehrte den ungelenken Angriff mit dem Schild ab, schwang das Schwert und zog es dem Mann durchs Gesicht. Schreiend fiel der Weber zu Boden, doch andere nahmen seine Stelle ein und bedrängten Berengar von allen Seiten. Er gab seinem Pferd die

Sporen, sodass es sich aufbäumte, ritt einen jungen Burschen nieder und jagte zum Domplatz. Aus den Augenwinkeln sah er noch, wie sein Waffenknecht aus dem Sattel gezogen wurde und in der Masse aus Leibern verschwand.

Ich wusste es!, durchfuhr es den Sarjanten, während er mit eingezogenem Kopf über den Platz preschte. *Jetzt geht es los. Jetzt geht es los!*

»Der Vorfall in der Grande Rue war anscheinend nur der Anfang«, sagte Yves. »Auch an den Toren und auf dem Fischmarkt soll es Kämpfe gegeben haben. Heftige Kämpfe. Mit Toten und Verletzten.«

»Wer?«, fragte Michel.

»Schmiede. Bauern. Weber. Zimmerleute. Es sieht so aus, als würden fast alle Bruderschaften mitmachen.«

Michel presste sich die geballte Faust an die Lippen und spähte aus einem Doppelfenster des Gesellschaftssaales. In der Ferne erklangen Schreie. Drei Waffenknechte, die Lanzen mit beiden Händen gepackt, rannten, vom Domplatz kommend, die Straße hinauf.

»Hast du etwas vom Beginenhof gehört?«, fragte Isabelle.

»Leider nicht, Herrin«, antwortete der Knecht. »Bis zum Salztor bin ich nicht gegangen. Dort war's mir zu brenzlig.«

Isabelle setzte sich. Sie war blass vor Sorge um ihre einstigen Schwestern, die nur eine dünne Mauer vor der Gewalt in den Straßen schützte.

»Verrammelt die Tür und das Hoftor«, befahl Michel Yves. »Keiner von uns verlässt das Haus.«

Als der Knecht aus dem Saal geeilt war, trat er wieder ans Fenster. Die Schreie waren verstummt, und plötzlich war es so still wie in einer Geisterstadt. Kein Hämmern der Handwerker. Kein Geschrei der Händler. *Wie damals bei den Kämpfen zwischen Gaspard und Géroux*, dachte er, und sein Magen zog sich krampfhaft zusammen.

Das war kein Aufstand mehr – das war Krieg. Er musste handeln. Und zwar schnell.

»Das ist die Gilde!« Aristide hämmerte mit der Faust auf den Tisch. »Ich habe es gewusst. Ich hätte nicht zulassen dürfen, dass de Fleury diese Bande anführt.«

»Die Kaufleute haben damit nichts zu tun«, sagte Berengar. »Die Bruderschaften haben den Aufruhr angezettelt.«

»Welche?«

»Die Schmiede und die Stadtbauern. Aber inzwischen machen alle mit. Sogar die Schneider und Hutmacher.«

»Dann greif dir ihre Anführer. Knüpf sie auf dem Marktplatz auf, gottverdammt! Allen voran Caboche und Leblanc. Wenn sie baumeln, geben die anderen auf.«

»Wir suchen sie seit gestern. Sie sind verschwunden. Ihre Frauen und Familien auch.«

»Stellt die ganze Stadt auf den Kopf.«

»Ich glaube nicht, dass sie noch in Varennes sind. Wahrscheinlich verstecken sie sich im Wald.«

Aristide kratzte mit seinem Dolch über den Tisch, rammte die Klinge ins Holz und bewegte den Knauf langsam vor und zurück, während er nachdachte. Sein Kämmerer hatte bei den Lombarden von Metz ein Darlehen aufgenommen und das Silber zu Walram von Limburg geschickt, damit der Deutsche seine Söldner bezahlen konnte. Damit schuldete er den Lombarden jetzt an die hundert Pfund. Nächsten Monat wurden Zinsen fällig, fünfeinhalb Pfund. Die konnte er gerade noch aufbringen, aber danach wären seine Kassen leer bis auf den Grund. Doch Geld war nicht seine einzige Sorge und schon gar nicht seine größte. Wenn sich dieser Aufruhr in die Länge zog, würde Ferry ihn gewiss für seine Zwecke ausnutzen und bei Herzog Simon Stimmung gegen ihn machen, ihn als unfähigen Stadtherrn hinstellen und dergleichen, was unüberschaubare Folgen haben konnte. Er musste den Aufruhr so schnell wie möglich niederschlagen, damit sein Schwager gar nicht erst davon erfuhr.

»Wie viele Männer hast du in der Stadt?«, fragte er seinen Sarjanten.

»An die fünfzig, die Büttel eingerechnet.«

»Zu wenig. Lass zwanzig Kriegsknechte von der Burg kommen.«

»Dann wäre die Burg schutzlos. Davon rate ich ab. Wer weiß, was diesem Pack einfällt.«

»Dann nur zehn. Die anderen sollen Tag und Nacht die Tore geschlossen halten. Wenn dir die Männer nicht reichen, hol Hörige von den Feldern und drück ihnen Waffen in die Hand. Die Marktaufseher, Zöllner und Decimatoren unterstehen ab jetzt auch deinem Befehl. Wenn dir die Schöffen deswegen Schwierigkeiten machen, richte ihnen aus, sie sollen sich bei mir beschweren, wenn sie sich trauen. Ab jetzt wird jeder festgenommen, der sich nach Einbruch der Dunkelheit auf den Straßen herumtreibt. Wer dich, einen deiner Männer oder einen städtischen Amtsträger bedroht oder verletzt, wird an den Dachbalken seines Hauses aufgehängt. Und such die Führer der Bruderschaften. Ich will, dass sie spätestens morgen im Hungerturm sitzen.«

Die Gestalten hinter den Zinnen waren kaum mehr als schwarze Zapfen – Jean Caboche konnte sie nur mit Mühe erkennen. Geduckt rannte er zu der vereinbarten Stelle an der Südmauer und fand auf Anhieb das Seil. Zweimal zog er daran.

»Jean?«, rief jemand leise.

»Ja!«

»Halt dich fest.«

Der Schmiedemeister umklammerte das Seil, und seine Gefährten zogen ihn zur Mauerkrone. Behände kletterte Jean über die Zinnen. Begon und die drei anderen Schmiede klopften ihm auf die Schultern.

»Wo ist Hernaut?«

»Sie haben ihn heute Morgen erwischt«, antwortete Begon. »Ein Armbrustbolzen. Wir wissen nicht, ob er durchkommt.«

Jean holte tief Luft. Hernaut war sein Freund, seit vielen Jahren.

Der Wind wehte Geräusche zu ihnen herauf, Schritte, ferne Stimmen.

»Schnell, bevor Soldaten auftauchen«, sagte Begon.

»Nicht da lang«, flüsterte Jean, als seine Gefährten auf dem Wehrgang in Richtung Heumarkt liefen. »Der Turmwächter.«

»Der macht so schnell nichts mehr.« Selbst im Dunkeln sah Jean, dass Begon breit grinste.

Nahezu lautlos rannten sie zum Turm, hasteten die Treppen hinab und tauchten in das Gewirr der Gassen südlich des Domplatzes ein. Es war still wie auf einem Friedhof. Weit und breit keine Soldaten zu sehen.

»Da«, sagte ein jüngerer Schmied, der Jean nur bis zu den Schultern reichte, und deutete auf eine Schenke. Es dauerte einen Augenblick, bis der Schmiedemeister erkennen konnte, was sein Gefährte meinte: Von einem vorspringenden Balken neben dem Hoftor hing ein dunkler Klumpen, den er zuerst für einen Sack hielt, ehe ihm klar wurde, dass es ein Mensch war.

»Sie hängen jetzt jeden auf, der Widerstand leistet«, knurrte Begon. »Sogar vierzehnjährige Burschen.«

Jean schluckte hart. »Das zahlen wir ihnen heim«, flüsterte er. »Kommt, weiter!«

Am Kanal der Unterstadt trafen sie auf eine Gruppe Weber. Die fünf Männer verbargen sich in einer Lücke zwischen zwei Hütten und winkten sie zu sich.

»Habt ihr den Wagen?«, fragte Jean.

»Er steht in der Gasse hinter dem Lagerschuppen«, antwortete einer der Weber. »Seid vorsichtig. Der Schuppen ist bewacht.«

»Wie viele?«

»Nur einer.«

»Gut. Haltet uns den Rücken frei. Wir bringen das Korn und das Gemüse ins Schmiedeviertel und verstecken es dort. Begon verteilt es morgen.«

Die Weber eilten davon. Als sie anfingen, bei der Kanalbrücke Krach zu schlagen, huschten Jean und seine Leute die Gasse hinauf und verbargen sich hinter der Ecke des Lagerschuppens. Der Wachposten saß auf einem Fass und hauchte sich in die Hände. Sein Helm schimmerte matt im Licht einer Fackel, die am Haus gegenüber brannte.

Einer der Schmiede hatte schon vor Tagen eine Armbrust aufgetrieben. Begon, ihr bester Schütze, nahm die Waffe, legte einen Bolzen ein und schoss. Auf diese kurze Distanz war der Einschlag derart wuchtig, dass der Waffenknecht vom Fass gerissen wurde und zu Boden stürzte. Jean rannte mit gezücktem Messer zu ihm, um ihm den Todesstoß zu versetzen, doch der Mann regte sich schon nicht mehr.

»Das Tor, schnell.«

Mit Stemmeisen brachen sie die Halterung des Vorhängeschlosses aus dem Holz, sodass sich das Tor öffnen ließ. Es knarrte – viel zu laut für Jeans Geschmack.

»Holt den Wagen«, befahl er.

Der Lärm von der Kanalbrücke veränderte sich. Waffen klirrten. Jemand schrie vor Schmerz. Jean wusste augenblicklich, dass etwas schiefgelaufen war.

»Weg hier!«, stieß er hervor.

»Und das Korn?«, rief Begon.

»Vergiss es. Jetzt kommt.«

Am Ende der Straße flackerte orangefarbenes Licht auf. Fackeln. Schatten zuckten über die Hüttenwände, langgezogen wie gequälte Spukerscheinungen.

»Da vorne!«, brüllte jemand.

Jean und seine Gefährten nahmen die Beine in die Hand und hasteten durch die Gassen. Hinter ihnen stampften Stiefel und klirrten Panzerhemden. Es mussten fünf oder sechs sein, wenn nicht noch mehr. Sie hielten sich von den breiten Wegen fern, schlugen Haken, wechselten jäh die Richtung und schlüpften durch Lücken zwischen den Hütten, doch es gelang ihnen nicht, ihre Verfolger abzuschütteln. Von der Judengasse schien sich außerdem ein zweiter Trupp zu nähern, der sich mit dem ersten mit Rufen verständigte.

»Wir brauchen ein Versteck«, keuchte Jean.

»Ich kenne mich hier nicht aus«, gab Begon zurück. »Wir müssen zum Schmiedeviertel.«

»Das ist zu weit. Das schaffen wir nicht.«

Sie erreichten die Grande Rue. Da es auf dem Domplatz vor Kriegsknechten und Fackelträgern nur so wimmelte, entschied Jean kurzerhand, in Richtung Salztor zu laufen, in der Hoffnung, dass sie dem zweiten Soldatentrupp nicht geradewegs in die Arme rannten. Als sie am Kloster Notre-Dame-des-Champs vorbeikamen, hörte er leisen Gesang: Die Brüder begingen gerade die Matutin. Es war ein wahrhaft grotesker Moment. Während sie um ihr Leben rannten, saßen die Mönche weltvergessen hinter dicken Mauern und priesen den Herrn.

»Hier hinein. Schnell!«

Zu seiner Rechten hatte sich eine Tür geöffnet, und ein Schatten winkte sie heran. Irgendwo hinter der Gestalt brannte eine Kerze, und ihr Licht umfloss sie wie ein Heiligenschein. *Eine Falle,* dachte Jean zuerst, bevor ihm klar wurde, dass sie nichts zu verlieren hatten: Die Kriegsknechte waren noch höchstens einen Steinwurf entfernt.

Jean und seine Gefährten schlüpften in das Haus. Ihr Retter schloss die Tür und legte rasch den Riegel vor.

Es war ein Kaufmannshaus, erkannte der Schmiedemeister. Überall Kisten, Fässer, Säcke und eine Kakophonie fremdartiger Gerüche. Der Mann ergriff die Kerze und trat zu ihnen. Jetzt erst sah Jean, dass es sich um den jungen Eustache Deforest handelte, aus der Gilde.

Deforest lächelte sie an. »Das war knapp. Schnell, hinunter mit euch in den Keller.«

Er geleitete sie eine enge Treppe hinab und wies sie an, sich hinter den Salzfässern zu verstecken, falls die Kriegsknechte in das Haus eindrangen. Während der Kaufmann wieder nach oben eilte, setzten sich Jean und die anderen Schmiede auf die Kisten und schöpften Atem. Was für ein verteufeltes Glück sie doch hatten! Er konnte nur hoffen, dass die Weber auch davongekommen waren. Andernfalls würden ihre Brüder morgen fünf baumelnde Leichen an den Dachbalken vorfinden.

Deforest kam zurück. »Sie sind weg. Sie dachten offenbar, ihr seid nach Süden gerannt.«

Jean stand auf und reichte ihm die Hand. »Ich weiß nicht, wie ich Euch danken soll.«

Der junge Kaufmann machte eine seltsam linkische Geste, die wohl »nicht der Rede wert« bedeutete. Er musterte die Schmiede der Reihe nach, ehe sein Blick zu Jean zurückkehrte. »Ist es wahr, dass sich die Führer der Bruderschaften im Wald verstecken?«

So dankbar Jean diesem Mann war, hielt er es doch für klüger, nicht auf diese Frage zu antworten.

Deforest nickte nur. »Unser Gildemeister möchte mit Euch und den anderen Oberhäuptern sprechen. Wir wären Euch sehr verbunden, wenn Ihr dies in die Wege leiten könntet.«

Charles Duval war der Letzte, der eintraf. In Begleitung zweier bewaffneter Knechte stieg er die Treppe hinab und durchquerte den düsteren, rauchverhangenen Schankraum. »Bitte entschuldigt, dass ich so spät bin«, begrüßte er die Kaufleute. »Aber ich wurde aufgehalten. Ärger mit den Marktaufsehern.«

Michel und die anderen rückten zusammen, damit er auf der Bank Platz nehmen konnte. Jeder Kaufmann hatte zwei oder sogar drei Knechte mitgebracht, denn dieser Tage war es gefährlich in den Gassen.

Da saßen sie nun, an einem bierverklebten Tisch in der Schenke *Les Trois Frères,* wo schon so manche Verschwörung gegen die Obrigkeit ihren Anfang genommen hatte. Nur etwa die Hälfte der Schwurbrüder war gekommen, denn die übrigen weilten in Provins. Michel hatte auch Aimery Nemours zu dem Treffen eingeladen, obwohl seine Freunde dagegen gewesen waren. Doch Nemours hatte sich verändert; im Alter hatte er die Vorzüge von Vernunft und Güte für sich entdeckt und sogar bei der Wahl für Michel gestimmt. Seine wundersame Wandlung mochte auf den Tod seines bösartigen Bruders Jacques zurückzuführen sein, vielleicht auch auf den Umstand, dass die Ministerialen kaum noch Macht in Varennes hatten, weshalb Nemours sein Heil nun in der Gilde suchte. Michel hatte jedenfalls beschlossen, ihm zu vertrauen.

»Ich nehme an, Eustache hat es euch bereits gesagt«, begann Michel. »Ich werde mich so bald wie möglich mit Caboche, Leblanc und den anderen Führern der Bruderschaften treffen. Ihr wisst, wie es um sie steht. Noch können sie sich behaupten, aber wenn kein Wunder geschieht, wird de Guillory sie bald in die Knie zwingen. Er lässt jeden Tag Leute aufhängen, heute waren es schon wieder zwei. Seiner Grausamkeit sind sie nicht gewachsen.«

»Ihr wollt ihnen helfen«, sagte René Albert.

Michel nickte. »Die Bruderschaften brauchen die Gilde, und wir die Bruderschaften. Nur gemeinsam können wir etwas erreichen und de Guillory an den Verhandlungstisch zwingen.«

»Ich kämpfe nicht gegen de Guillory«, sagte Fromony Baffour. »Ich werde niemals eine Waffe gegen den Stadtherrn erheben oder jemanden unterstützen, der es tut.«

»Niemand redet von kämpfen. Das Blutvergießen muss so schnell wie möglich aufhören. Wir werden de Guillory mit friedlichen Mitteln schlagen.«

»Weil das das letzte Mal ja so gut geklappt hat«, meinte Albert.

»Beim letzten Mal stand die Gilde allein. Diesmal haben wir die ganze Stadt auf unserer Seite. Und die Leute werden nicht so schnell aufgeben – sie sind viel zu verzweifelt.«

»Wie wollt Ihr vorgehen?«, fragte Eustache Deforest.

»Alle Handwerker, Bauern, Tagelöhner und Kaufleute stellen die Arbeit ein. Wochenlang keine Feldarbeit, kein Handel, nichts. Folglich auch keine Steuern, Zölle und Fronabgaben für de Guillory. Es steht nicht gut um ihn – er hat kein Geld mehr und hohe Schulden bei den Lombarden von Metz. Das wird er nicht lange durchhalten. Wenn ihm der Ruin droht, *muss* er mit uns verhandeln.«

Lediglich Deforest schien sich für dieses Vorhaben erwärmen zu können. Die anderen blickten ihn zweifelnd an.

»Die Handwerker und Bauern werden da nicht mitmachen«, sagte Albert. »Wovon sollen sie leben, wenn sie nicht arbeiten und die Ernte nicht einbringen?«

»Meine Gemahlin hat einen Vorschlag«, sagte Michel.

Trotz der Gefahr hatte Isabelle darauf bestanden, ihn zur Unterstadt zu begleiten. Der Wirt der *Trois Frères* gehörte zu den vielen Menschen, die sie wegen ihrer Arbeit bei den Beginen schätzten und bewunderten, weshalb er darüber hinwegsah, dass Frauen Wirtshäuser nicht betreten durften. »Jeder von euch hat Keller und Speicher voller Korn, Pökelfleisch, Fisch, Salz, Gemüse«, sagte sie. »Stellt es dem einfachen Volk zur Verfügung, und die Leute können wochenlang ausharren, ohne zu hungern.«

»Ich soll meine Waren verschleudern, ohne auch nur einen Denier dafür zu verlangen?«, fragte Baffour ungläubig.

»Wenn Ihr etwas erreichen wollt, müsst Ihr Opfer bringen. Stellt es klug an, und es wird sich hundertfach bezahlt machen. Außerdem gewinnt Ihr auf diese Weise das Vertrauen der Bruderschaften, und sie werden Euch überallhin folgen.«

Baffour verzog den Mund. Von einer Frau belehrt zu werden gefiel ihm ganz und gar nicht.

»Ich wäre dabei«, sagte Aimery Nemours. »Leider hat das

Vorhaben eine entscheidende Schwäche. De Guillory ist nicht auf Varennes angewiesen, zumindest, was Nahrungsmittel betrifft. Sein Rittergut versorgt ihn mit allem, was er braucht, selbst wenn ihm das Geld ausgeht. Wenn wir ihn richtig treffen wollen, müssen wir seine Hörigen für unsere Sache gewinnen.«

Das hatte Michel nicht bedacht. »Und sie überreden, auch die Arbeit einzustellen?«

»Ja. Leicht wird das nicht. Aber solange uns das nicht gelungen ist, brauchen wir alles andere gar nicht erst zu versuchen.«

»Unsere Vorräte reichen nicht, um neben den Bruderschaften auch noch de Guillorys Leibeigene zu versorgen«, gab Duval zu bedenken.

»Ich spreche mit den Beginen«, sagte Isabelle. »Sie haben ganze Keller voll mit Getreide. Wenn ich der Magistra erkläre, was unsere Absicht ist, hilft sie uns gewiss.«

»Spricht jemand gegen den Vorschlag?«, fragte Michel die Männer.

Alle gaben ihr Einverständnis, sogar Baffour, wenngleich widerwillig.

»Gut. Dann lasst uns keine Zeit verlieren«, sagte Michel. »Charles, Aimery, ihr reitet zu de Guillorys Ländereien und redet mit den Dorfältesten. Isabelle geht zu den Beginen. Eustache, René, ihr kommt mit mir zu den Führern der Bruderschaften.«

Der Wald strotzte nur so vor Leben. Überall saftiges Grün, summende Bienen und zwitschernde Vögel in den Baumwipfeln. Am frühen Morgen hatte es geregnet, an den Blättern glitzerten Tropfen wie Perlen aus Kristall, es roch nach Humus, feuchter Erde, gesundem Holz.

Deforest schob einen Ast zur Seite, und er, Albert und Michel stapften einen alten Köhlerpfad entlang, gefolgt von ihren Knechten. Michel sah dem Treffen mit den Führern der Bruderschaften gespannt entgegen. Obwohl die Lage in der Stadt schrecklich war, war sein alter, längst totgeglaubter Traum in den vergangenen Tagen zu neuem Leben erwacht. Vielleicht war das die Gelegenheit, auf die er so lange gewartet hatte. Vielleicht gelang es ihnen endlich, ihre ersehnte Freiheit zu erringen, die er damals, als junger Heißsporn, in Mailand kennengelernt hatte.

Deforest führte sie zu einer Lichtung am Fuß eines alten Hügelgrabes, sie setzten sich auf die moosigen Steine und warteten. Keiner von ihnen wusste, wo sich die Führer der Bruderschaften und deren Familien versteckten. Caboche hatte es vorgezogen, ihre Zuflucht nicht preiszugeben, aus Angst, de Guillorys Kriegsknechte könnten den Kaufleuten auf die Schliche kommen und ihnen heimlich folgen. Lange mussten Michel und seine Begleiter jedoch nicht warten; bereits nach einer halben Stunde kamen die Männer. Verstohlen wie Gesetzlose erschienen sie zwischen den Bäumen, vierzehn an der Zahl. Jeder von ihnen stand einer bestimmten Zunft oder Pfarrgemeinde vor, und sie alle genossen bei ihren Leuten und in der Stadt höchsten Respekt.

»Ich danke euch, dass ihr gekommen seid«, sagte Michel, nachdem sie einander begrüßt hatten.

»Ist euch jemand gefolgt?«, fragte Jean Caboche.

»Niemand. Wir sind hier sicher.«

Vorsichtshalber hatten sie ihre Knechte angewiesen, auf Bäume zu klettern. Von dort oben konnten sie den Waldrand überblicken und sie rechtzeitig warnen, falls wider Erwarten Soldaten auftauchten.

Die Anführer musterten Michel wachsam. Wenngleich er bei den Bruderschaften hochangesehen war – viele Handwerker und Bauern erinnerten sich noch gut daran, wie er einst Bischof Ulman getrotzt und für mehr Freiheit und Bürgerrechte gekämpft hatte –, so war er doch ein Kaufmann, Angehöriger eines höheren Standes, der nicht immer zum Wohle des einfachen Volkes handelte. Michel wusste, dass er sich seine Worte genau überlegen musste, wenn er diese Männer für seine Pläne gewinnen wollte.

»Deforest sagte, die Gilde will uns gegen de Guillory beistehen«, brach Caboche das Schweigen.

»Das ist richtig. De Guillory ist stark, und er kennt keine Skrupel. Wir können ihn nur gemeinsam schlagen.«

»Heißt das, ihr stellt uns Söldner und Waffen und zieht an unserer Seite in den Kampf?«, sagte Guichard, der Anführer der Weber, Gewandschneider und Hutmacher.

»Nein. Dieser Kampf führt zu nichts. Mit dem Schwert können wir de Guillory nicht bezwingen. Wohl aber mit unserem Verstand.«

Unruhe machte sich unter den Männern breit.

»Das ist töricht«, rief der Führer der Tischler und Zimmerleute. »Dieser Kerl versteht nur eine Sprache – die der Gewalt!«

»Ja!«, riefen andere.

»Lasst ihn weiterreden«, forderte Jean Caboche die aufgebrachten Männer auf.

»Gewalt führt stets nur zu mehr Gewalt«, fuhr Michel unbeirrt fort. »Was habt ihr bisher mit eurem Kampf erreicht? Gewiss, ihr habt de Guillory zornig gemacht und ihm einigen Schaden zugefügt. Aber im Gegenzug hat er eure Nachbarn erschlagen und eure Freunde aufgeknüpft. War es das wert? Ihr könnt ihn nicht besiegen – zumindest nicht so.«

Der Ärger der Männer wich Betroffenheit. Sie alle hatten in den letzten Tagen Freunde und Verwandte verloren, manch einer gar einen Sohn, einen Bruder oder den Vater. Tief im Innern wussten sie, dass sie eine aussichtslose Schlacht schlugen.

»Aber wenn wir nicht kämpfen«, sagte Archambaud Leblanc, der Führer der Stadtbauern, der ein einfaches braunes Gewand trug, obwohl er reich war wie ein Kaufmann, »was sollen wir stattdessen tun?«

»Wir treffen de Guillory da, wo es ihn am meisten schmerzt: an seiner Geldbörse und seinen Kornspeichern.« In knappen

Worten schilderte Michel sein Vorhaben und legte all seine Überzeugungskraft hinein. Er hatte nichts verlernt in all den Jahren – er verstand es immer noch, in das Herz eines Mannes Begeisterung zu pflanzen und ihn für seine Ideen zu gewinnen.

»Ja. Das könnte klappen«, sagte Caboche, und Leblanc nickte zustimmend. »Was meint ihr?«

Die Anführer berieten sich leise. Einige Männer schienen mit dem Plan nicht einverstanden zu sein, doch sie waren in der Unterzahl. Die anderen überredeten sie mitzumachen. Schließlich trat Caboche vor und sagte: »Wir sind dabei – unter einer Bedingung: Wenn wir gesiegt haben, bekommen wir unseren Teil der Freiheit. Wir haben diesen Kampf begonnen und große Opfer gebracht. Ihr Kaufleute dürft nicht den ganzen Lohn einstreichen.«

»Wir werden ihn gerecht unter uns aufteilen – ihr habt mein Wort.«

Michel streckte die Rechte aus. Caboche ergriff sie, und so besiegelten sie ihren Pakt.

Noch am selben Tag öffneten Michel und die anderen Kaufleute ihre Speicher und Lagerkeller, luden alles Korn, Gemüse und Fleisch auf Karren und brachten es heimlich in die verschiedenen Stadtviertel, wo die Bruderschaften es versteckten, um es später zu verteilen. Thibaut d'Alsace, der zufällig an diesem Tag aus der Champagne zurückkehrte, weigerte sich zunächst mitzumachen. Er nannte das Vorhaben töricht; außerdem hegte er seit vielen Jahren eine tiefe persönliche Abneigung gegen Michel. Erst als Michel ihm zu verstehen gab, dass er aus der Gilde ausgeschlossen werde, wenn er seinen Schwurbrüdern nicht beistand, fügte sich d'Alsace. Fluchend wie ein Scherenschleifer gab er seinen Knechten den Befehl, die Nahrungsmittel aus Keller und Scheune zu holen.

Etwa zur gleichen Zeit kam Isabelle mit guten Nachrichten vom Beginenhof zurück. Magistra Frédégonde, die de Guillory,

»diesen sündhaften Lüstling und gottlosen Ketzer«, zutiefst verabscheute und alle Unterdrückten der Welt aus ganzem Herzen liebte, hatte sich ohne zu zögern bereit erklärt, de Guillorys Leibeigene mit Essen zu beliefern. Sogleich gab sie Pétronille den Auftrag, alles Nötige zu veranlassen.

Nun hing alles an Duval und Nemours. Die beiden Kaufleute ließen sich Zeit. *Sie schaffen es nicht,* dachte Michel, als sie auch am zweiten Tag nicht zurückkehrten. *Die Hörigen haben zu viel Angst vor de Guillory.* Doch seine Befürchtungen waren unbegründet. Gegen Abend tauchten Duval und Nemours auf, staubig und erschöpft von dem langen Ritt durch die Hügel, und berichteten, die Leibeigenen hätten sich bereitwillig ihrer Sache angeschlossen. Natürlich hätten sie Angst, sagte Duval, aber sie seien auch zornig. Seit über fünfzehn Jahren beute de Guillory sie aus, knechte und tyrannisiere sie, und sie sehnten sich schon lange nach einer Gelegenheit, es ihm heimzuzahlen.

»Lasst uns anfangen«, sagte Michel.

Er schickte Louis und Yves zu den Bruderschaften der Schmiede und Stadtbauern, die wiederum die anderen Schwurgemeinschaften benachrichtigten. Unbemerkt von de Guillorys Waffenknechten, Amtsleuten und Aufsehern wanderte Michels Botschaft durch Gassen, Höfe und Schenken, lautlos wie ein Schatten, wirkungsvoll wie das Miasma einer Seuche.

Als der nächste Tag anbrach, ging niemand zur Arbeit. Die Hörigen blieben zu Hause, die Knechte, Mägde und Tagelöhner, die freien Bauern, die Schmiede, die Sarwürker und Schwertfeger, die Tischler und Zimmerleute, die Weber und Schneider, die Schuhmacher, Seiler, Dachdecker, Kürschner, Küster und Weingärtner – sie alle ließen ihr Werkzeug liegen, versammelten sich stattdessen auf den Friedhöfen ihrer Pfarreien und tranken auf die Anführer ihrer Bruderschaften, auf Michel, Herzog Simon und den heiligen Jacques.

»Was soll das heißen, sie arbeiten nicht?«, fragte Aristide.

»Sie sitzen in ihren Pfarrkirchen und saufen Bier«, sagte Berengar. »Die Handwerker, die Bauern, einfach alle. Die Kaufleute machen auch mit.«

»Und der Markt?«

»Wie ausgestorben.«

»Was, bei allen Teufeln der Hölle, bezwecken sie damit?«

»Sie wollen erst wieder arbeiten, wenn Ihr einlenkt und mit ihnen verhandelt.«

Aristide trommelte mit den Fingern auf der Tischplatte. Natürlich. Sie hatten begriffen, wo sie ihn treffen konnten. Wenn das Stadtvolk keinen Handel mehr trieb, entgingen ihm jeden Tag horrende Summen an Zöllen und Marktabgaben – Geld, das er dringend brauchte. *Das ist de Fleurys Werk. Es trägt seine Handschrift.* Er hätte sich denken können, dass sich der Gildemeister die Lage in der Stadt zunutze machen würde. »Haben sie gesagt, was sie wollen?«

»Niedrigere Steuern und Zölle. Sitze im Schöffenkollegium und im Niedergericht und eine neue Brücke zur Saline.«

»Das können sie vergessen.«

Berengar stand breitbeinig da, den Helm unter den Arm geklemmt. »Soll ich sie mit Gewalt zur Arbeit treiben?«

Natürlich war auch Aristide dieser Gedanke gekommen. Doch ein solches Vorhaben war von vornherein zum Scheitern verurteilt. Varennes hatte über zweitausend Einwohner. Er brauchte eine ganze Armee, wenn er jeden einzelnen Handwerker, Bauern und Krämer zur Arbeit zwingen wollte – zumal die meisten von ihnen freie Männer und Frauen waren, die für niemanden arbeiten mussten, wenn sie nicht wollten. »Nein. Wir tun gar nichts. Sie werden diesen Mummenschanz höchstens eine Woche durchhalten. Spätestens wenn ihnen der Magen auf den

Knien hängt, fangen sie von allein wieder an. Such lieber weiter nach den Führern der Bruderschaften – ich will diese Bastarde hängen sehen.«

Gerade als Berengar gehen wollte, kam ein Waffenknecht herein. Der Mann schwitzte aus allen Poren. »Verzeiht, dass ich so hereinplatze, Herr. Aber ich war gerade unten im Dorf. Die Hörigen weigern sich zu arbeiten.«

»Die Hörigen auch?«, brüllte Aristide.

»Sie waren den ganzen Morgen nicht auf den Feldern und sitzen in der Dorfschenke. Sie haben mich davongejagt, als ich Getreide und Milch aus dem Fronhof holen wollte.«

Aristide stand auf und ging im Saal umher. »Das war de Fleury und seine Bande. Sie haben sie gegen mich aufgehetzt.«

Dass das Stadtvolk ein paar Tage nicht arbeitete, damit konnte er leben. Aber dies wog schwerer. Sein Haushalt war zu einem großen Teil von Nahrungsmitteln aus seinen Gütern abhängig. Wenn die Leibeigenen kein Getreide, Gemüse, Fleisch und dergleichen mehr lieferten, bekam er binnen weniger Wochen ernsthafte Schwierigkeiten. Aber wenigstens hatte er gegen die Unfreien eine Handhabe. Sie gehörten ihm mit Leib und Seele und waren obendrein längst nicht so zahlreich wie das Stadtvolk. Wenn sie die Arbeit verweigerten, konnte er sie bestrafen. »Worauf wartest du?«, fuhr er seinen Sarjanten an. »Hol dir ein paar Männer und mach ihnen Beine.«

Als Berengar und der Knecht gegangen waren, meinte Yolande: »Einfach töricht.«

Sie saß mit den Kindern in einer Fensternische und stickte. Aristide hatte ganz vergessen, dass sie da war. Das vergaß er nur zu gern. »Was ist töricht?«

»Euer Verhalten«, antwortete sie, ohne von ihrer Arbeit aufzuschauen. »Merkt Ihr nicht, dass Ihr alles nur noch schlimmer macht? Wo soll das enden? In einem Massaker?«

»Ganz Varennes lehnt sich gegen mich auf. Und jetzt auch noch die Hörigen. Soll ich das einfach hinnehmen?«

»Senkt die Steuern. Ich habe von Anfang an gesagt, dass es falsch ist, sie zu erhöhen. Ihr hättet Euch denken können, dass es zu einem Aufstand kommt.«

Dieser Hochmut. Dieser rechthaberische Ton. Er hatte es so satt. »Halt den Mund, Weib. Davon verstehst du nichts.« Er goss sich etwas Wein ein und trank den Kupferbecher zur Hälfte leer.

»Mehr als Ihr, wie mir scheint«, fuhr sie fort. »Das Volk ist durchaus bereit, Steuern zu zahlen, wenn es dafür Frieden, Schutz und saubere Brunnen bekommt. Wenn es murrt, tut man gut daran zuzuhören. Die einfachen Leute haben ein feines Gespür dafür, welche Steuern gerecht sind und welche nicht. Ich rate Euch, in Zukunft erst mit den Schöffen und Dorfältesten zu sprechen, bevor Ihr eine neue Abgabe erhebt. Mein Vater und mein Bruder Ferry halten es seit vielen …«

»Euer Bruder ist ein aufgeblasener Narr«, fiel er ihr ins Wort. »Ich will seinen Namen nie wieder hören.«

»Ich sage Ferrys Namen, so oft es mir gefällt. Er ist mein Fleisch und Blut. Schließt endlich Frieden mit ihm. Meine ganze Familie lacht schon über Euch und Euren kindischen Starrsinn.«

»Wenn er Frieden haben will, soll er aufhören, mir das Leben schwerzumachen.«

»Ferry tut nichts dergleichen. Warum sollte er den Gemahl seiner eigenen Schwester behindern?«

»Weil er mich hasst. Und weil er ein boshafter, intriganter, verschlagener Bastard ist.«

Yolande fuhr auf. »Ihr wagt es, meinen Bruder einen Bastard zu nennen? Nehmt das auf der Stelle zurück.«

»Gar nichts werde ich.« Er trank den Rest des Bechers aus.

»Ihr dummer, gottloser, primitiver …«

Mit der Linken versetzte er ihr einen Schlag ins Gesicht. Der Hieb war so hart, dass sie zurücktaumelte und gegen die Wand prallte. Mit aufgerissenen Augen starrte sie ihn an, und ihre Wange glühte wie ein Stück Blech, das frisch aus der Esse kam.

»Dafür werdet Ihr büßen.« Sie spuckte ihm ins Gesicht, griff nach ihren Töchtern und stürmte aus dem Saal.

Aristide wischte sich das Gesicht ab und ballte die Linke zur Faust. Bei Gott, das hatte gutgetan.

Berengar rief fünf Kriegsknechte zu sich und ritt mit ihnen zum Dorf, das westlich der Burg in den Hügeln lag. Während sie den Weg zwischen den Viehweiden entlangpreschten, sah er schon von Weitem, dass das Hörigenpack vor der Dorfschenke saß und zechte, als wären Ostern, Pfingsten und Kirchweih auf einen Tag gefallen. Sie ritten gerade am Fronhof vorbei, da bemerkten die Bauern die Staubwolke, die die Hufe ihrer Rösser aufwirbelten. Augenblicklich begriffen sie, was die Stunde geschlagen hatte, und flohen den Hang hinauf zur Kirche.

Auf dem Dorfplatz zügelten sie ihre Pferde und schwangen sich aus den Sätteln. Einer der Waffenknechte blieb bei den Tieren, während Berengar die anderen zum Gotteshaus führte.

Es war ein einfacher hölzerner Bau, ohne nennenswerten Turm, ohne Buntglasfenster oder Statuen, primitiv und heruntergekommen wie alles hier. Er hörte die Hörigen singen – sie riefen die Heiligen um Beistand an. Aber das würde ihnen auch nichts nutzen. In spätestens einer halben Stunde würde das Pack geschlossen auf dem Acker stehen und seinem Frondienst nachkommen, und wenn er jeden einzelnen Leibeigenen an den Ohren hinunterschleifen musste.

Berengar griff nach dem eisernen Ring der Pforte. Just in diesem Moment wurde ein Flügel aufgestoßen, und ein gebeugtes Männlein erschien vor ihm.

Zu seiner nicht geringen Verblüffung war es Jodocus, der alte Pfaffe aus der Stadt.

»Was …«, begann er.

Der Alte hob ein Kruzifix und hielt es ihm vors Gesicht. »Zurück!«, rief er mit einer Stimme, die viel zu fest und laut für so einen mageren, verschrumpelten Burschen war. »Wag es ja nicht, diese Menschen anzurühren. Sie stehen unter meinem Schutz und genießen das Asyl der Heiligen Römischen Kirche.«

»Asyl? Was zum Teufel soll das sein? Lass mich vorbei, alter Mann. Diese Hörigen verweigern ihrem Herrn den Dienst…«

»Sieh dich vor«, donnerte der Pfaffe und wich keinen Fingerbreit zurück. »Wenn du auch nur einen Fuß über diese Schwelle setzt, bekommst du den Zorn der Mutter Kirche zu spüren. Ich selbst werde Bischof Mathieu ersuchen, dich und deinen gottlosen Herrn zu exkommunizieren, damit eure Seelen bis zum Jüngsten Tag im Fegefeuer brennen und Heerscharen von Dämonen euch für eure ungezählten Sünden strafen.«

Berengar schluckte. Er war fest im Glauben und fürchtete die Hölle nicht – und doch versetzten dieser verwelkte Kleriker und seine bildhaften Drohungen seiner Entschlossenheit einen Dämpfer. »Greift euch den Alten und holt die Leute aus der Kirche«, befahl er seinen Männern. »Na los.«

Die Kriegsknechte rührten sich nicht von der Stelle. Nervös beäugten sie den Alten, der ihre Furcht zu wittern schien wie ein Jagdhund.

»Das gilt auch für euch«, sagte Jodocus. »Entweiht diese Kirche mit eurer Bosheit, und eure Seelen fallen der Verdammnis anheim. Wollt ihr das? *Wollt ihr das?*«

»Jetzt lasst euch doch nicht von diesem Wicht ins Bockshorn jagen«, bellte Berengar. »Schnappt ihn euch!«

»Kirchenasyl ist ein altes und heiliges Recht, Herr«, meinte einer der Männer. »Wenn wir es verletzen, versündigen wir uns.«

»Entweder du tust jetzt, was ich sage, oder ich lasse dich prügeln.«

Der Mann leckte sich ängstlich die Lippen und verweigerte den Befehl.

»Verschwindet«, sagte Jodocus. »Reitet zurück zu eurem Herrn. Er hat hier keine Macht mehr.«

Berengar biss die Zähne zusammen. Er hätte den Alten zu gern an den Schultern gepackt und die Stufen hinabgeschleudert, doch er wagte es nicht. Er sah das Kruzifix und das Feuer des Glaubens in den Augen des Pfaffen, und seine Arme waren wie gelähmt. Fluchend fuhr er herum und stampfte die Treppe hinab. »Das wird Folgen haben, alter Mann«, knurrte er, doch Jodocus hatte die Pforte bereits wieder geschlossen.

Die Hörigen sangen und priesen den Herrn für seine Güte.

Juni 1204

Varennes-Saint-Jacques

Als der Sommer kam, lernte Aristide, dass es unmöglich war, Leute zum Arbeiten zu zwingen, wenn sie nicht arbeiten wollten.

Nicht, dass er nicht alles versucht hätte. Da sie sich nicht ewig in ihren Kirchen verstecken konnten, gelang es Berengar irgendwann, die Hörigen mit Stock- und Peitschenhieben auf die Felder zu treiben. Er überwachte sie, bis sie die Arbeit des Tages verrichtet und die Ernte zum Fronhof gebracht hatten. Wer aufbegehrte, wurde gezüchtigt, bis er wimmernd am Boden lag. Am Morgen darauf ritt er zum nächsten Dorf, wo er genauso verfuhr, und einen Tag später zum übernächsten. Mit eiserner Hand brach Berengar den Widerstand der Leibeigenen, doch er konnte nicht überall gleichzeitig sein. Wenn er die Hörigen im Osten des Ritterguts aus ihren Hütten scheuchte, saßen jene im Westen bereits wieder in der Dorfschenke und lachten über ihn. Aristides Ländereien waren zu groß. Zwei, höchstens drei Dörfer zur gleichen Zeit konnte sein Sarjant kontrollieren; für mehr reichten seine Männer nicht. Gut die Hälfte der Waffenknechte benötigte Aristide in Varennes, um die Ordnung in der Stadt aufrechtzuerhalten. Fünfzehn weitere durchkämmten die Wälder nach den Führern der Bruderschaften, bisher ohne Erfolg. Also blieben Berengar gerade einmal zwanzig Männer. Viel zu wenig für ein Dutzend Siedlungen und Höfe, die über ein Gebiet von fast drei Quadratmeilen verteilt lagen.

Nach einer Woche hatte Aristide genug. »Greif dir den Ältesten von Hymont und knüpf ihn am Glockenturm auf«, befahl er Berengar. »Dieses Lumpenpack will es ja nicht anders.«

So geschah es. Am Abend desselben Tages starb der Dorfälteste zuckend und röchelnd unter den Blicken der ganzen Ortschaft. Früher war Furcht stets ein zuverlässiges Mittel gewesen, die Hörigen gefügig zu machen; diesmal jedoch erreichte Berengar nur, dass sie zornig wurden. Plötzlich hielt jeder der Bauern, sogar die Frauen und Alten, ein Messer, eine Sichel oder einen Knüppel in der Hand. Brüllend stürzte sich die Meute auf den Sarjanten und seine Kriegsknechte, und obwohl die Männer drei, vier Leibeigene erschlugen, wurden sie kurz darauf wie räudige Hunde aus dem Dorf gejagt.

Doch Aristide gab nicht auf. Auch in den anderen Dörfern ließ er die Ältesten hinrichten. Die Folgen waren überall dieselben: Hass und jähe Ausbrüche von Gewalt statt Furcht und Unterwürfigkeit. Da er nicht all seine Hörigen erschlagen konnte, blieb ihm nichts anderes übrig, als abzuwarten. Gingen die Vorräte in den Dörfern zur Neige, so dachte er, würden die Leibeigenen von allein wieder anfangen zu arbeiten.

Unterdessen verdorrten die Früchte auf den Feldern. Aristide wusste, dass er diesem Aufstand nur beikommen konnte, wenn er die Rädelsführer unschädlich machte. Er erwog, de Fleury beseitigen zu lassen wie einst Melville. Doch der Gildemeister umgab sich Tag und Nacht mit Leibwächtern und schwer bewaffneten Söldnern – an ihn kam er nicht heran. Also verstärkte er die Suche nach den Oberhäuptern der Bruderschaften. Er selbst führte die Kriegsknechte an, während sie die Wälder durchstreiften. Außerdem ließ er ein Kopfgeld aussetzen: Jeden Tag verkündeten die Ausrufer, wer einen der Männer ausliefere, erhalte eine Belohnung von zwanzig Sous – für die meisten Handwerker und Stadtbauern ein kleines Vermögen.

Eines Abends, als er von einer weiteren ergebnislosen Jagd zurückkam, erwartete ihn vor den Stallungen eine abgerissene Gestalt, ein Kerl mit verfilztem Haar und rußverschmiertem Gesicht, der einen Kittel aus Lumpen, Fell und Lederstücken trug und zehn Ellen gegen den Wind stank.

»Auf ein Wort, Herr.«

Aristide erinnerte sich an den Mann. Er war ein Köhler aus den Wäldern westlich von Varennes, ein Freier, der jedes Mal auftauchte, wenn er Gericht hielt. Immerzu lag er mit den anderen Köhlern oder den Hörigen im Streit und verlangte stets, dass Aristide den Zwist zu seinen Gunsten schlichtete. Ein unverbesserlicher Querkopf, lästiger als ein Nest Stechmücken. Als hätte er nicht genug Sorgen.

»Was willst du?«, schnarrte Aristide, während er aus dem Sattel stieg.

»Ich habe etwas gesehen.« Der Kerl entblößte zwei Reihen gelber Zähne. »Etwas, das Euch gewiss ein paar Silberlinge wert ist.«

»Du weißt, wo sich die Führer der Bruderschaften verstecken?«

Dreist streckte ihm der Köhler die Rechte entgegen.

Aristide packte sie und verdrehte ihm den Arm. »Ich bin nicht in Stimmung für deine Spielchen. Wenn du etwas zu sagen hast, sag es.«

»Eure Hörigen bekommen Vorräte aus der Stadt«, ächzte der Köhler und versuchte vergeblich, seinen Arm zu befreien. »Die Beginen. Sie beliefern sie mit Korn, Milch und Gemüse. Hab's mit eigenen Augen gesehen. Heute Morgen. An der Römerstraße unten bei Hymont.«

»Ist das wahr? Ich warne dich. Wenn du mich anlügst …«

»Ich lüge nicht, Herr. Ihr habt mein Wort.«

Aristide ließ ihn los. Der Mann biss die Zähne zusammen und winkelte seinen schmerzenden Arm an.

»Die Beginen, ja?«

»Sie waren vier. Und sie hatten einen Karren voll mit Essen, so wahr ich hier stehe.«

Aristide vermutete seit Tagen, dass jemand die Hörigen mit Vorräten versorgte – anders ließ sich ihr Durchhaltevermögen nicht erklären. Allerdings hatte er die Gilde verdächtigt. Auf die Beginen wäre er im Traum nicht gekommen. Als er sich zum Gehen wandte, rief der Köhler: »Ist Euch das nicht eine kleine Belohnung wert, Herr?«

Er öffnete seine Börse und warf ein paar Münzen in den Staub, die der Mann gierig aufsammelte. Aristide wies einen Diener an, ihm außerdem einen Krug Bier zu geben, ehe er die Treppe zum Palas hinaufstieg.

»Ist Berengar schon da?«, fragte er den Wächter neben der Tür.

»Noch nicht, Herr.«

»Wenn er auftaucht, soll er zu mir kommen.«

Er ging zu seinen Gemächern, denn er verspürte nicht das geringste Verlangen, Yolande oder seinen Töchtern zu begegnen. Ein Diener brachte ihm einen Becher Wein, er setzte sich ans Fenster und stierte in die Ferne. Was als Aufstand einiger Handwerker begonnen hatte, glich allmählich einem bösartigen Krebsgeschwür. Wie ein unterirdisches Pilzgeflecht wucherte die Unzufriedenheit und pflanzte die Saat der Rebellion in jeden Winkel seines Lehens, und wenn er noch so viele Triebe abschnitt. Er musste handeln, und zwar rasch, andernfalls entglitt ihm die Lage.

Schließlich kam Berengar herein, Stiefel und Waffenrock staubig vom Ritt durch die ausgetrockneten Hügel. Aristide berichtete ihm, was er von dem Köhler erfahren hatte.

»Ich weise die Torwachen an, von nun an jeden Wagen zu überprüfen, der die Stadt verlässt«, sagte Berengar.

»Das wird nicht reichen. Es gibt hundert Wege, Vorräte aus der Stadt zu schmuggeln, ohne dass wir es mitbekommen. Es wird Zeit durchzugreifen. Du nimmst dir jetzt ein paar Männer, reitest zu diesen Betschwestern und erteilst ihnen eine Lektion, die sie nicht vergessen.«

»Ich soll ihnen Gewalt antun?«

»Ja, verdammt noch mal! Sie sollen sehen, was geschieht, wenn sie sich mit mir anlegen.«

Berengar schien etwas sagen zu wollen, schwieg aber.

»Was?«, fragte Aristide barsch.

»Es sind Frauen Gottes. Wer ihnen ein Leid zufügt, versündigt sich.«

»Ja, wenn es Nonnen wären. Aber hat eins dieser Weiber vielleicht ein Gelübde abgelegt? Nein. Es ist einfach ein Haufen alter Witwen und reuiger Dirnen, die Brot an Krüppel und Leprakranke verteilen. Dich wird schon nicht der Blitz treffen, wenn du ihnen ein bisschen Angst machst. Du hast sogar die Kirche auf deiner Seite. Die Beginen sind den Pfaffen schon lange ein Dorn im Auge. Wenn das Domkapitel von deiner Heldentat erfährt, zündet es dir wahrscheinlich eine Kerze an. Jetzt sei ein braver Sarjant und tu, was ich sage.«

Nach kurzem Zögern deutete Berengar eine Verneigung an und verließ das Gemach. Aristide starrte wieder aus dem Fenster und nippte an dem Wein, der ihm nicht schmeckte. Unten öffnete sich das Tor, und Berengar donnerte mit einer Schar Kriegsknechte den Burgberg hinab.

Von all seinen Männern hatte Berengar die acht härtesten ausgewählt, die grausamsten und skrupellosesten. Hunde des Krieges, gestählt in einem Dutzend Schlachten. Sie ritten zum Palast, wo sie auf die Nacht warteten, und als die Dunkelheit auf der Stadt lag, hüllten sie sich in schwarze Umhänge und huschten durch die menschenleeren Gassen.

Gerade läuteten die Glocken zur Matutin. Die Beginen fanden sich in der Kapelle ein und sprachen das letzte Gebet des Tages – Berengar hörte das Murmeln ihrer Stimmen, während er an der Hofmauer entlangschritt. Die Pforte war verschlossen, doch sie bot kaum mehr Schutz als ein Scheunentor. Einer der Männer kletterte über die Mauer und öffnete sie von innen, und sie schlüpften in den Hof.

Es war stockfinster. Nur in der Kapelle brannten Kerzen und zeichneten die goldenen Formen der vier Rundbogenfenster auf den breiten Weg. Ein erhabener Anblick, bei dem Berengar dachte, dass er sich an einem geweihten Ort befand, gleichgültig, was sein Herr behauptete. Er schluckte. Vielleicht war es falsch, was er zu tun beabsichtigte. Aber noch falscher wäre es gewesen, den Befehl zu verweigern. Er schuldete seinem Herrn Treue und Gehorsam, das hatte er vor vielen Jahren geschworen.

Es war Berengar noch nie schwergefallen, seine Skrupel beiseitezuschieben, so er denn welche verspürte. Er rief sich ins Gedächtnis, was diese Frauen einst gewesen waren: Ehebrecherinnen, Huren und Vogelfreie. Sie hatten es nicht anders verdient.

Die Männer huschten zur Kapelle, und er riss die Tür auf. Das Murmeln verstummte. Dreiundzwanzig Augenpaare starrten ihn an. Die Magistra, die wie ihre Schwestern auf dem nackten Steinboden kniete, erhob sich. Ihre Stimme war schneidend und frei von jeder Furcht.

»Wie könnt ihr es wagen, in dieses Haus Gottes einzudringen! Ihr stört unser Nachtgebet!«

Berengar schritt auf sie zu und schlug ihr mit der behandschuhten Faust ins Gesicht. Keuchend stürzte die Magistra zu Boden. »Ich werde dich lehren, deinen Herrn zu hintergehen. Hure! Seine Hörigen zur Rebellion anzustacheln – wer glaubst du, wer du bist?«

Er packte ihre Kutte und schleifte sie zur Pforte, während seine Männer in die Kapelle stürmten und sich auf die Beginen stürzten wie Wölfe auf eine Herde Lämmer. Die Frauen erwachten aus ihrer Erstarrung, sprangen auf und kreischten, als die Kriegsknechte mit Knüppeln auf sie einprügelten. Sie versuchten, durch die rückwärtige Tür zu fliehen, doch zwei seiner Männer versperrten ihnen den Weg.

Berengar zerrte die Magistra nach draußen. Als sie sich aufrappeln wollte, versetzte er ihr noch einen Schlag, der sie benommen auf die Steinstufen vor der Kapelle sacken ließ. Er zerriss ihre Kutte und ihr Untergewand und starrte auf ihre fetten, weißen, unförmigen Pobacken. Abstoßend. Als sich in seiner Hose nichts regen wollte, erwachte seine Wut. Bisher war es nur ein Befehl gewesen, den er befolgte wie jeden anderen auch, doch plötzlich wurde er so zornig wie seit Jahren nicht mehr. Die Raserei ergriff von ihm Besitz wie ein Dämon, löschte seine Gedanken aus, übernahm die Gewalt über seine Arme, seine Beine, den ganzen Körper. Er trat die Magistra in die Seite, sodass sie von der Treppe auf den Weg fiel. Anstatt aufzustehen, sich zu wehren oder wenigstens davonzulaufen, blieb sie liegen, hielt die Augen geschlossen und flüsterte ein Gebet. Lautlos und monoton wie einen Abzählreim.

Berengar setzte ihr das Knie auf die Brust, packte ihre Kehle und schlug zu.

Noch Stunden später hing Rauch in der Luft wie giftiger Nebel. Der Kräutergarten war zertrampelt, der Innenhof eine einzige Pfütze aus Wasser, Schlamm und Asche.

Isabelle betrachtete die Überreste der Wirtschaftsgebäude. Fast die gesamte Südostseite des Beginenhofs war niedergebrannt. Von den Werkstätten, den Ställen und dem Kornspeicher waren nur noch Haufen schwarzer Balken und schwelende Mauern übrig. Lediglich der Wohntrakt stand noch. Nicht auszudenken, was geschehen wäre, wenn die Leute aus dem Nachbarviertel und die Bewohner der Judengasse nicht sofort gehandelt und das Feuer gelöscht hätten. So trocken, wie es seit Tagen war, hätten sich die Flammen ausbreiten und den ganzen Osten Varennes' vernichten können.

Was für eine Bestie muss man sein, um so etwas zu tun?

Staksend und unsicher, als wäre sie eine Gliederpuppe mit dünnen Fäden an Armen und Beinen, ging sie zum Wohnhaus der Magistra. Der Hof war verwaist. Ihre einstigen Schwestern waren in der Abtei Notre-Dame-des-Champs, einen Steinwurf die Grande Rue hinauf, wo sich die Mönche um sie kümmerten und seelische wie körperliche Wunden versorgten. Viele Beginen hatten gebrochene Finger, geschundene Gesichter, ausgeschlagene Zähne, doch wie durch ein Wunder hatten alle die Nacht überlebt. *Der Allmächtige hat uns beschützt,* hatte Pétronille gesagt, und sie hatte dabei gelächelt.

Gelächelt. Wenn Isabelle daran dachte, verengte sich ihre Kehle.

Sie stieg die Treppen hinauf und betrat die Kammer der Magistra. Frédégonde lag in ihrem Bett, Clarissa war bei ihr und betupfte ihr Gesicht mit einer Kräuterlösung.

»Isabelle«, sagte die Begine. Auch sie lächelte.

Frédégondes Gesicht sah kaum noch menschlich aus. Die Lippe aufgeplatzt, ein Auge zugeschwollen, Augenbrauen und Wangen blau und violett wie ranziges Fleisch. Es dauerte einen Moment, bis Isabelle ihre Stimme wiederfand. »Wie geht es ihr?«

»Der Medicus hat ihr Mohnblumensaft gegeben, damit sie schläft. Er sagt, sie wird durchkommen.«

»Wurde sie …« Die nächsten Worte kamen Isabelle nicht über die Lippen.

Clarissa schüttelte den Kopf und kniff die Lippen zusammen. Sie war blass, verängstigt, zu Tode erschöpft.

»Geh zu deinen Schwestern. Ich bleibe so lange bei ihr.«

Zögernd stand die junge Begine auf. Sie küsste Isabelle auf die Stirn und verließ lautlos die Kammer.

Isabelle setzte sich auf die Bettkante, tauchte den Schwamm ins Wasser und betupfte Frédégondes Gesicht. *Tiere,* dachte sie. *Monster. Ungeheuer.* Tränen liefen ihr über die Wangen. Sie ließ den Schwamm in die Schale fallen, zog die Schuhe aus und legte sich zur Magistra. Schmiegte sich an sie und streichelte ihre Hände, die gefaltet auf der Bettdecke lagen.

Seit Jahren kümmerten sich die Beginen um Arme und Bedürftige, gaben den Hungernden Brot, spendeten den Verzweifelten

Trost. Das Stadtvolk liebte sie dafür, und besonders liebte es die Magistra. Die Leute verehrten dieses fette, selbstherrliche Weib wie eine verdammte Heilige.

Berengar spürte ihre Blicke, während er mit vier Waffenknechten die Grande Rue hinaufritt. Blicke voller Abscheu und Hass. Sie alle wussten, was er getan hatte, und er rechnete damit, dass jeden Moment ein Armbrustschütze auf einem Dach erschien und auf ihn anlegte. Sie wünschten ihm den Tod, er sah es in ihren Gesichtern. *Dem Ersten, der eine Waffe zieht, schlage ich den Kopf ab,* schwor er sich. *Und wenn danach die ganze Stadt brennt.*

Er konnte sich nicht erklären, was gestern Nacht im Beginenhof über ihn gekommen war. Dieser alles verzehrende Zorn, diese Raserei … So etwas hatte er noch nie erlebt, nicht einmal in der wildesten Schlacht. Wenn sich das Weib wenigstens gewehrt hätte. Aber es hatte nur dagelegen und alles erduldet. Berengar fühlte sich leer, ausgelaugt, beschmutzt. Er wollte beichten, sehnte sich nach Absolution für seine Sünden, doch er wagte es nicht, damit zu Pater Porthos zu gehen, dem Burgkaplan. Er würde dem Mann nie wieder in die Augen schauen können.

Ich sollte nach Metz reiten und mir dort einen Priester suchen. Einen, der mich nicht kennt. Den ich anschließend nie wieder sehe. Ja. Das wäre leichter.

Seine Männer zügelten die Pferde, und das riss ihn aus seinen Gedanken. Sie waren am Nordtor angekommen.

»Wo ist der Kerl?«, fragte er einen Waffenknecht.

»Er wartet im Torhaus auf Euch.«

Berengar schwang sich aus dem Sattel, band sein Pferd an und schritt zu der kleinen Pforte im Sockel des Wachturms. Der Boden des halbdunklen Raums war mit frischem Stroh bedeckt, eine hölzerne Stiege führte hinauf zum Wehrgang und den oberen Stockwerken. Auf einer Kiste saß ein junger Bursche, der sich erhob, als Berengar hereinkam. Ein Schmiedelehrling. Sein Name war Julien.

»Du weißt, wo sich Caboche versteckt?«, fragte der Sarjant ohne Umschweife.

»Er ist in der Unterstadt«, antwortete der Junge und blickte ihm dabei frech in die Augen.

»Wo genau?«

»Zuerst will ich meine Belohnung.«

»Die kriegst du, wenn wir Caboche haben. Also, wo ist er?«

»In einem alten Lagerschuppen bei den Anlegestegen.«

Am Flussufer gab es gut zwei Dutzend Lagerschuppen. Unmöglich, alle zu durchsuchen, ohne dass Caboche davon Wind bekam. »Führ uns hin«, befahl Berengar.

»Das kann ich nicht. Wenn mich einer von meinen Leuten sieht, bin ich geliefert.«

»Dann sag mir genau, welcher es ist.«

Der Lehrling gab ihm eine umständliche, aber präzise Beschreibung, sodass Berengar schließlich wusste, um welchen Schuppen es sich handelte.

»Du wartest hier auf mich.«

Kurz darauf saß Berengar wieder im Sattel und ritt mit seinen Männern zur Unterstadt. Julien hatte ihm gesagt, Caboche sei allein, doch er wollte kein unnötiges Risiko eingehen. Am Fischmarkt holte er sich Verstärkung, sodass er sieben Waffenknechte bei sich hatte, als sie schließlich an den Anlegestegen abstiegen.

Normalerweise wimmelte es hier von Tagelöhnern, Lastenträgern und Fischern, doch seit die ganze Stadt beschlossen hatte, keinen Handstreich mehr zu tun, waren die Gassen südöstlich des Fischmarktes wie ausgestorben. Berengar befahl einem Knecht, bei den Pferden zu bleiben, und führte die anderen zu den Schuppen. »Ihr vier sichert die Rückseite. Ihr kommt mit mir.«

Das Tor knarrte und fiel fast aus den Angeln, als er es öffnete. Drinnen roch es nach Fäulnis und feuchtem Holz. Morsche Kisten stapelten sich im Halbdunkel; daneben lag ein altersschwaches Boot.

Berengar und die beiden Waffenknechte zogen die Schwerter und traten ein.

Das Licht erlosch, als hinter ihnen das Tor zufiel. Draußen erklang ein erstickter Schrei, gefolgt von Rufen und trampelnden Schritten. Bevor der Sarjant begriff, wie ihm geschah, tauchten Gestalten aus dem Dunkel auf. Sechs, sieben, ein ganzes Dutzend.

Einer der Schatten trat vor, in den Händen einen Schmiedehammer.

»Du hast mich gesucht«, sagte Jean Caboche. »Jetzt hast du mich gefunden.«

Isabelle war bereits den ganzen Morgen fort.

Michel stand am Fenster seiner Schreibstube und betrachtete die Dächer, Gärten und Höfe, die sich zwischen seinem Haus und dem Beginenhof ausbreiteten. Heute war es ruhig in der Stadt, aber was hieß das schon? Bei der gegenwärtigen Stimmung in den Gassen konnte ihr Gott weiß was zustoßen. *Ich hätte sie nicht allein gehen lassen dürfen.*

Er setzte seine Mütze auf und ging hinunter zum Eingangsraum, wo Louis, Yves und die Söldner herumlungerten und sich die Zeit mit Würfelspielen vertrieben. Acht Bewaffnete passten Tag und Nacht auf ihn auf, damit er nicht dasselbe Schicksal erlitt wie einst Pierre Melville. Er musste ihnen nicht ausdrücklich befehlen, ihn zu begleiten – es waren erfahrene Kämpfer, die ihre Aufgabe so gewissenhaft wie diskret erfüllten. Als er zur Tür schritt, standen vier Männer auf, griffen nach ihren Waffen und Schilden und folgten ihm.

Sie hatten gerade das Haus verlassen, als Julien, ein junger Schmiedelehrling, auf ihn zugerannt kam. »Herr de Fleury! Ihr müsst kommen!«

»Was ist denn?«

»Wir haben Berengar.«

»Was?«, fragte Michel verständnislos.

»Er ist uns in der Unterstadt in die Falle gegangen. Die anderen wollten ihn aufknüpfen, aber er will unbedingt mit Euch reden, also hat Jean ihn am Leben gelassen.«

»Jean Caboche? Er ist in der Stadt?«

»Seit heute Nacht. Schnell. Er kann die anderen nicht ewig hinhalten.«

Michel rief nach Louis und Yves. »Geht zum Beginenhof und passt auf meine Frau auf«, wies er die beiden Knechte an. »Wenn ihr etwas passiert ist, kommt mich sofort holen. Wo müssen wir hin?«, fragte er Julien.

»Zu den Lagerschuppen an den Anlegestegen.«

Während seine Knechte in Richtung Domplatz eilten, folgten Michel und die Söldner Julien zur Unterstadt. Unterwegs erzählte ihm der junge Schmied von der Falle, die seine Bruderschaft Berengar gestellt hatte, um ihn für seinen Überfall auf den Beginenhof zur Rechenschaft zu ziehen.

»Wieso habt ihr das nicht mit mir abgesprochen?«, fragte Michel ungehalten. »Wir waren uns doch einig, dass wir auf Gewalt verzichten.«

»Jean wollte Euch Bescheid sagen, aber die anderen haben ihn nicht gelassen. Sie waren so wütend und hatten Angst, Ihr würdet es ihnen ausreden.«

Und wie ich es ihnen ausgeredet hätte, dachte Michel. Berengar eine Falle stellen – was für ein törichtes Unterfangen. Das konnte unabsehbare Folgen haben, für die ganze Stadt. »Was will Berengar von mir?«

»Weiß ich nicht, Herr.«

Sie kamen zu den Lagerschuppen am Flussufer, wo, so schien es Michel, die gesamte Bruderschaft der Schmiede, Schwertfeger und Sarwürker versammelt war. Überall Männer mit Hämmern, Äxten, Schürhaken. Mordlust lag in der Luft. Sie hatten Berengar in einen Hinterhalt gelockt. Im Straßenstaub sah Michel mehrere Blutlachen. Zwei Schmiede packten gerade einen toten Waffenknecht an den Armen und schleiften ihn zu einem Karren, auf dem weitere Leichen lagen, durchbohrt von Armbrustbolzen, zerschmettert von Hämmern.

Er schluckte hart. Wenn de Guillory davon erfuhr, würde er blutige Rache nehmen.

»Da hinein, Herr«, sagte Julien.

Michel trat durch das offene Schuppentor und befahl den Söldnern, draußen zu warten. Das Erste, was ihm auffiel, war ein Galgenstrick, der von einem Dachbalken hing. Mehrere Schmiede kauerten auf den Kisten und starrten ihn grimmig an.

»Gut, dass Ihr gekommen seid«, sagte Jean Caboche, der aus dem Schatten trat. »Er sitzt da hinten.«

»Seid Ihr von Sinnen?«, zischte Michel. »Es war abgemacht, dass wir den Frieden wahren. Euretwegen wird es ein Blutbad geben.«

Angesichts der Umstände war Caboche erstaunlich gelassen. »Mit etwas Glück wird es nicht dazu kommen. Berengar weiß etwas, mit dem wir de Guillory in der Hand haben.«

»Was soll das sein?«

»Das will er uns nicht sagen. Er will nur mit Euch sprechen.«

Michel atmete tief durch und bezwang mühsam seinen Zorn. »Führt mich zu ihm.«

Sie gingen zu einer Ecke des Schuppens, wo die Schmiede Berengar mit den Händen an einen Querbalken gefesselt hatten. Der Sarjant war übel zugerichtet; offenbar hatten einige Schmiede ihren Zorn an ihm ausgelassen. Unwillkürlich erinnerte sich Michel daran, wie er Berengar das erste Mal gesehen hatte, damals, vor siebzehn Jahren, als de Guillory sein Pferd gestohlen hatte. Der junge Krieger von einst war nun ein Mann von rund fünfundvierzig Jahren, grau an den Schläfen und faltig im Gesicht, aber noch genauso bullig und stiernackig.

»Herr de Fleury«, sagte er, und es klang beinahe höflich. »Ich danke Euch, dass Ihr gekommen seid.«

Caboche hielt sich im Hintergrund. Michel ging bis auf zwei Schritte an Berengar heran. »Ihr wollt mit mir reden.«

»Ich kann Euch helfen, de Guillory loszuwerden.«
»Wie?«
»Zuerst will ich Euer Wort, dass mein Leben geschont wird.«
»Ob Euer Leben das wert ist, entscheide ich später.«
»Ich weiß etwas, das ihn zu Fall bringen kann. Sein … Geheimnis.«
»Und um Euer Leben zu retten, verratet Ihr Euren Herrn?«
»Er ist nicht mehr mein Herr. Er hat Dinge von mir verlangt, die ein Mann niemals von einem anderen fordern darf. Ich fühle mich nicht länger an meinen Treueschwur gebunden.«
»Wäre Euch das einen Tag früher eingefallen, wäre den Beginen viel Leid erspart geblieben«, sagte Michel.
Berengar hustete. Sein Kopf fiel nach vorne, und es kostete ihn sichtlich Kraft, ihn wieder zu heben. »Habe ich nun Euer Wort?«
»Ich kann es Euch nicht geben. Ihr seid in der Gewalt dieser Männer, und ich weiß nicht, ob sie auf mich hören werden.«
»De Guillory hat Euren Bruder getötet.«
Es dauerte einige Augenblicke, bis Michel in vollem Umfang begriff, was der Sarjant soeben gesagt hatte. Ihm wurde schwindlig, und er musste sich an einem Balken festhalten. *Er lügt!*, durchfuhr es ihn, doch über seine Lippen kam nur: »Warum?«
»Zuerst Euer Versprechen.«
»Du Schweinehund! Sag mir, was du weißt!« Michel bemerkte, dass er die Fäuste geballt hatte und im Begriff war, Berengar zu schlagen.
Nein. So tief sinke ich nicht.
Er trat einen Schritt zurück und tat einige Atemzüge, bis er sich wieder in der Gewalt hatte. »Ich glaube Euch nicht«, sagte er. »Mein Bruder wurde von Straßenräubern ermordet.«
»Es ist die Wahrheit. Ich schwöre es.«
Was war ein Eid von diesem Mann wert? Berengar würde ihm das Blaue vom Himmel versprechen, damit man ihm nicht die Schlinge um den Hals legte.

Der Sarjant sagte: »Ihr wart damals in Metz und habt Euch umgehört. Ich nehme an, Ihr erinnert Euch an den Namen Conon?«

Ein Schauder lief Michel über den Rücken, als hätten ihn die Geister der Vergangenheit berührt. »Der Wollweber?«

»Er ist der Schlüssel.«

»Zu Jeans Tod?«

»Zu de Guillorys Geheimnis. Zu allem.«

Michel starrte Berengar an, suchte das geschundene Gesicht des Kriegers nach Hinweisen ab, dass der Mann log. Er fand nichts. Mit brüchiger Stimme versprach er: »Ich werde mein Möglichstes tun, Euer Leben zu retten.«

»Schwört es.«

»Bei meiner Seele«, sagte Michel.

Das genügte dem Sarjanten. »De Guillory hütet dieses Geheimnis seit über zwanzig Jahren. Euer Bruder musste sterben, weil er im Begriff war, es zu enthüllen.«

Eine Frage quälte Michel mehr als alle anderen. »Wer hat ihn getötet? Ihr?«

»De Guillory war es selbst.«

»Erzählt mir alles. Von Anfang an.«

»Bindet mich los«, verlangte Berengar.

»Nicht«, sagte Jean Caboche, doch Michel hatte bereits sein Messer gezogen und die Stricke durchtrennt.

»Er kann nirgendwohin«, sagte Michel, als der Schmiedemeister zu ihm kam.

Caboche war nicht überzeugt. Er blieb neben dem Stützbalken stehen, bereit einzugreifen, falls der Gefangene eine falsche Bewegung machte. Berengar hatte sich derweil auf eine Kiste gesetzt und rieb seine wunden Handgelenke.

»Er soll uns allein lassen«, sagte er und streifte Caboche mit einem Blick.

»Bitte«, sagte Michel zu dem Oberhaupt der Bruderschaft.

»Er ist gefährlich«, erwiderte Caboche.

»Er wird mir schon nichts tun.«

Widerwillig ging der Schmiedemeister zu seinen Brüdern, ließ Michel und Berengar jedoch nicht aus den Augen.

»Es war im Jahr dreiundachtzig«, begann der Sarjant. »De Guillory war damals Junker des Grafen von Vaudémont. Als er mit Vaudémont Metz besuchte, lernte er eines Abends Conons Tochter kennen – Velin ist ihr Name. Er hat das Mädchen geliebt, und wer hätte es ihm verdenken können: Sie war schön. Sie heirateten heimlich. De Guillory war schon damals ein Hitzkopf, und er hat keine Gelegenheit ausgelassen, seinen Vater zu ärgern. Er hat den alten Renard gehasst. De Guillory blieb fast ein Jahr in Metz, und ein paar Monate nach der Hochzeit wurde Velin schwanger. Er nahm sie mit zur Burg und stellte sie seinem Vater vor. Der alte Renard tobte. Er wollte seinen Sohn nach der Schwertleite mit einer Edelfrau aus gutem Haus vermählen, um die Macht der Familie zu mehren – und was tut Aristide? Heiratet ohne sein Wissen eine Frau von niedriger Geburt, die Tochter eines Wollwebers, eines armen Schluckers.«

Berengar verzog das Gesicht. Michel vermutete, dass er grinste. »Zwei Tage lang haben sie sich angebrüllt. Einmal prügelten sie sich sogar und zerschlugen im Saal die Einrichtung, als sie aufeinander losgingen wie zwei Berserker. Auf der Burg war eine Stimmung wie in einer eroberten Stadt. Jeder hat zugesehen, dass er den beiden aus dem Weg ging, aus Angst, etwas abzubekommen. Velin schloss sich in ihrer Kammer ein und heulte die ganze Zeit.

Jedenfalls war de Guillory seinem Vater nicht gewachsen. Der Alte zwang ihn, sich von Velin loszusagen. Er drohte, ihn zu verstoßen, falls er sich weigerte. Aristide fügte sich – er wollte sein Erbe nicht verlieren. Sie beschlossen, die Ehe totzuschweigen und so zu tun, als hätten die beiden niemals geheiratet. Jeder in der Burg musste schwören, mit niemandem darüber zu sprechen. Aristide brachte Velin nach Metz zu ihrer Familie zurück. Conon bekam von nun an jeden Monat einen Batzen Silber als Preis für sein Schweigen. Der Pfaffe, der sie getraut hatte, auch. Ein paar Monate später heiratete Velin ihre Jugendliebe, einen Kerl namens Aëlred, ein Wollweber wie Conon. Er war einverstanden, Aristides Sohn Gislebert als seinen eigenen anzuerkennen. Der alte Renard gab ihm Geld und drohte, ihn und die ganze Familie umzubringen, wenn sie nicht dichthielten.«

»Wieso haben sie die Ehe nicht einfach annullieren lassen?«, fragte Michel. Das war es, was Männer des Hochadels üblicherweise taten, wenn sie unüberlegt eine Verbindung eingegangen waren, die sich später als hinderlich erwies.

»So ein Verfahren ist teuer, und der alte Renard konnte es sich nicht leisten. Er hatte Schulden bei der Kirche. Außerdem löst der Bischof eine Ehe nur auf, wenn es Zweifel an ihrer Rechtmäßigkeit gibt. Aristides Ehe aber war rechtskräftig vollzogen worden – Velins Schwangerschaft bewies das.«

»Ihr sagt, das war dreiundachtzig. Der alte Renard ist drei Jahre später gestorben. Warum hat de Guillory Velin nicht nach seinem Tod zu sich geholt, wenn er sie so geliebt hat?«

Wieder lächelte Berengar dünn. »De Guillory ist kein Mann, der lange um ein Mädchen trauert. Er hatte sie längst vergessen. Es gab andere Frauen. Schönere. Er tröstete sich mit ihnen und verschwendete keinen Gedanken mehr an Velin. Es war ihm gleichgültig, dass sein Sohn bei Wollwebern aufwuchs.«

»Wie hat mein Bruder von all dem erfahren?«

»Ich weiß es nicht. Vielleicht hat er mich gesehen, als ich in Metz war und Conon sein Geld gab. Jedenfalls hat er Conon eines Abends angesprochen und ihm Fragen gestellt. Conon bekam Angst und erzählte de Guillory davon.«

»Ich habe Conon gesucht. Er ist verschwunden.«

»De Guillory wusste, dass Ihr herumschnüffeln würdet. Er zwang Conon, Velin und die ganze Familie, Metz zu verlassen und in ein abgelegenes Dorf bei Bar-le-Duc zu ziehen. Es heißt Behonne. Dort findet Ihr sie.«

Michel hatte sich gegenüber dem Sarjanten auf eine Kiste gesetzt. Seine Hände zitterten, und er legte sie auf die Schenkel. Elf Jahre lang hatte er gedacht, sein Bruder wäre von Räubern niedergestochen worden, hätte bei einem sinnlosen Handgemenge in den Gassen von Metz sein Leben ausgehaucht. Ein Rest von Zweifel war jedoch geblieben und hatte nie aufgehört, ihn zu quälen. Kaum ein Monat, in dem er nicht von Jeans Tod träumte. Und jetzt, nach all den Jahren, kannte er endlich die Wahrheit: De Guillory war bereits seit einundzwanzig Jahren verheiratet. Damit war seine Ehe mit Yolande de Bitche nichtig. Er hatte das ganze Haus Châtenois getäuscht und die Tochter eines der mächtigsten Männer Oberlothringens zu einem Leben in Sünde verdammt, ohne dass sie etwas davon ahnte.

Wenn Yolandes Vater und ihr Bruder davon erfahren, werden sie ihn vernichten.

Deshalb, nur deshalb hatte Jean sterben müssen.

»Habe ich Euch zu viel versprochen?«, fragte Berengar.

Michel stand auf. Er konnte kaum noch atmen. Seine Augen brannten.

Jean Caboche kam zu ihm. »Was hat er gesagt?«

»Gebt ihm sein Pferd und lasst ihn gehen«, meinte Michel anstelle einer Antwort. »Er soll Euch sein Wort geben, dass er Oberlothringen verlässt und nie zurückkehrt.«

»Ich reite nach Burgund zu meinem Bruder«, sagte Berengar, der ebenfalls aufstand. »Ihr seht mich nie wieder.«

»Was ist denn nun de Guillorys großes Geheimnis?«, beharrte Caboche. »Ist es das wert, dass wir den Kerl laufen lassen?«

»Ja.« Als der Schmied ihn erwartungsvoll anblickte, fügte Michel hinzu: »Ich kann darüber noch nicht sprechen. Ich muss erst in Ruhe nachdenken. Bitte versteht das.«

»Ist es wahr, dass de Guillory Euren Bruder getötet hat?«

Michel nickte. »Aber sagt es nicht Adèle. Sie hat lange gebraucht, über Jeans Tod hinwegzukommen. Es würde nur alte Wunden aufreißen.«

Begon, das älteste Mitglied der Bruderschaft, trat zu ihnen. »Habe ich das richtig verstanden? Wir sollen diesen Bastard laufen lassen?«

»Ich schätze, es ist besser so«, meinte Caboche und warf Michel einen zweifelnden Blick zu.

»Er ist ein Mörder! Er hat befohlen, dass Pierre aufgehängt wird. Und was er den Beginen angetan hat – lassen wir ihm das einfach durchgehen?«

Begon und Caboche fingen an zu streiten. Die anderen Schmiede in dem Lagerschuppen mischten sich ein, und ein heftiges Wortgefecht entbrannte. Schließlich sprach Caboche ein Machtwort und entschied, dass sie Berengar ziehen ließen. Seine Brüder fügten sich murrend.

»Guillaume und Thierry bringen Euch mit dem Boot zur anderen Seite des Flusses«, wandte sich der Schmiedemeister an Berengar. »Von dort aus verlasst Ihr auf dem schnellsten Weg das Herzogtum. Wenn ich Euch noch einmal in Varennes sehe, gnade Euch Gott.«

»Was ist mit meinem Pferd?«

»Ihr geht zu Fuß.«

Der Sarjant blickte Michel an. »Habt Dank, Herr de Fleury.«

Michel nickte nur.

»Ich hoffe, das ist kein Fehler«, murmelte Caboche, als die beiden Schmiede Berengar aus dem Schuppen führten.

»Berengar ist unwichtig. Hauptsache, wir schaffen uns de Guillory vom Hals.«

»Können wir das?«

»Wenn ich mich nicht gänzlich in ihnen täusche, werden uns Ferry der Jüngere und sein Vater sogar die Arbeit abnehmen.«

»Ferry de Bitche?«, fragte Caboche mit gerunzelter Stirn.

»Hört zu, Jean«, sagte Michel. »Schafft die Leichen der Waffenknechte weg. Spätestens heute Abend wird de Guillory sie und Berengar vermissen, und wenn er erfährt, dass die Männer getötet wurden, wird er Rache nehmen. Streut das Gerücht, dass sie ihrem Herrn die Treue aufgekündigt haben und nach Frankreich geflohen sind.«

»Das wird er nicht glauben.«

»Einen Versuch ist es wert. Wenn de Guillory euch auf die Schliche kommt, kämpft nicht gegen ihn. Dabei könnt ihr nur verlieren. Verhaltet euch ruhig. Legt falsche Spuren. Flieht mit der ganzen Bruderschaft in die Wälder, wenn es sein muss. Die Gilde wird euch unterstützten. Ich sage Duval und den anderen, dass sie euch jede Hilfe zukommen lassen sollen, die ihr braucht.«

»Wieso Duval?«

»Weil es sein kann, dass ich für einige Wochen fort bin.« Bevor Caboche ihn mit weiteren Fragen bestürmen konnte, sagte Michel: »Vertraut mir, Jean. Ich weiß, was ich tue.«

Er wünschte dem Schmied viel Glück, rief nach seinen Söldnern und eilte durch die Gassen.

Berengars Enthüllungen hatten ihn zutiefst erschüttert. Jean, von de Guillory ermordet. Er konnte es einfach nicht fassen. Die entscheidende Frage war nun: Was fing er mit seinem neuen Wissen an? Er konnte de Guillory erpressen und ihn zwingen, sämtlichen Forderungen der Gilde und der Bruderschaften nachzugeben. Doch das war gefährlich; der Ritter würde alles versuchen, um ihn mundtot zu machen. Und es brachte ihn um seine Rache – die Rache für Jean. Nein. Gott und das Schicksal hatten ihm eine Waffe in die Hand gegeben, mit der er de Guillory ein für alle Mal vernichten konnte. Er würde sie gebrauchen. Das war er seinem Bruder schuldig, Pierre Melville, den Beginen, der ganzen Stadt.

Er öffnete die Tür seines Hauses. Seine Knechte waren bereits zurück und saßen bei den Söldnern.

»Eurer Gemahlin ist nichts passiert, Herr«, sagte Yves. »Sie ist oben.«

Michel befahl ihnen, die Pferde zu satteln und bei Duval und Le Roux vier Reittiere für die Söldner auszuleihen, und eilte die Stufen hinauf. Isabelle kam ihm aus der Stube entgegen.

»Was ist los, Michel? Louis und Yves haben gesagt, die Schmiede hätten Berengar gefangen.«

»Sie haben ihm in der Unterstadt eine Falle gestellt. Pack ein paar Sachen zusammen. Wir reiten nach Bar-le-Duc.«

»Bar-le-Duc? Wieso?«

»Erzähl ich dir unterwegs. Beeil dich. Wir dürfen keine Zeit verlieren.«

Keine Stunde später saßen sie in den Sätteln und ritten über den Domplatz, gefolgt von vier Söldnern. Die Wachen am Heutor hielten sie auf und wollten wissen, weshalb er Varennes zu verlassen gedachte. Michel wollte sie barsch abfertigen, doch sie bestanden auf einer Auskunft. Offenbar hatte de Guillory ihnen befohlen, alles zu melden, was die Gilde tat. Er erzählte ihnen ein Märchen von einem todkranken Verwandten in Toul, der ihn noch einmal sehen wolle, bevor er starb, würzte die Geschichte mit einigen Sous, und so ließ man ihn schließlich passieren.

Als die Glocken zur None schlugen, ließen sie die Stadt hinter sich und ritten durch die Hügel nach Westen.

Grafschaft Bar

Behonne lag im äußersten Westen des Herzogtums Oberlothringen, eine halbe Wegstunde von der kleinen Stadt Bar-le-Duc entfernt, und gehörte zu den ausgedehnten Besitztümern des Grafen von Bar. Es war ein Bauerndorf wie jedes andere auch: Strohgedeckte Hütten gruppierten sich um einen Platz, auf dem Schweine und Hühner im Schmutz nach Futter suchten. Obwohl die hölzerne Kirche geradezu winzig war, überragte sie alle anderen Gebäude und zeichnete einen langen Schatten auf die Viehweide, als Michel, Isabelle und die Söldner am frühen Abend den Weg heraufritten. Zwei Hörige mit geschulterten Hacken kamen ihnen entgegen. Michel zügelte Artos und fragte sie nach Conon, dem Wollweber.

»Er wohnt da hinten, Herr. Seht Ihr die Hütte neben der Scheune? Dort.«

Als sie auf dem Dorfplatz abstiegen, zogen sie sämtliche Blicke auf sich. In dieses Nest schienen sich nicht oft Fremde zu verirren, gut gekleidete und schwer bewaffnete schon gar nicht. Michel bat die Söldner, bei den Pferden zu warten, während Isabelle und er zu der Hütte schritten.

Die Tür öffnete sich. Ins Freie trat ein junger Mann, der Aristide de Guillory derart ähnlich sah, dass Michel sich innerlich verkrampfte. Allerdings waren seine Gesichtszüge weicher, der Ausdruck in den Augen sanfter. Falls noch ein Beweis gefehlt hatte, dass Berengar die Wahrheit gesagt hatte: Hier stand er.

»Gislebert?«

»Wer seid Ihr?«

»Michel de Fleury aus Varennes-Saint-Jacques. Ist dein Großvater da – Conon?«

Gislebert musterte ihn und Isabelle argwöhnisch. »Was wollt Ihr von ihm?«

»Mit ihm reden.«

Der hochgewachsene Bursche zog den Kopf ein und betrat die Hütte. Die Tür ließ er offen, was Michel als Aufforderung verstand, ihm zu folgen.

Das Innere bestand im Wesentlichen aus einem einzigen Raum, der die Herdstelle, mehrere Schlaflager und einen Koben für zwei Schweine enthielt. *Genau wie unsere Hütte in Fleury*, dachte Michel. An einem Webstuhl saß ein alter Mann, der barfuß die Pedale betätigte.

»Hier sind Leute aus der Stadt, die dich sprechen wollen, Großvater«, sagte Gislebert.

Conon lugte argwöhnisch Richtung Tür. »Seid Ihr von der Gilde? Ich habe meine Schulden bezahlt. Hier gibt's nicht mehr für Euch zu holen!«

»Dein Händel mit der Gilde interessiert mich nicht«, sagte Michel. »Komm her, damit wir reden können.«

Conon kam hinter dem Webstuhl hervor und verschränkte die Arme. Er war steinalt, zählte gewiss sechzig oder mehr Jahre. Sein Gesicht war eine zerklüftete Landschaft von tiefen Falten und geplatzten Äderchen, beherrscht von einer roten Säufernase. Michel hatte sich schon gefragt, was aus all dem Silber geworden war, das der Alte im Lauf der Jahre von de Guillory bekommen hatte. Die Antwort befand sich vermutlich in dem Weinkrug neben dem Webstuhl.

»Sagt dir der Name Jean de Fleury etwas?«, begann Michel.

»Nie gehört. Wer soll das sein?«

»Mein Bruder. Du hast vor elf Jahren mit ihm geredet. Kurz darauf wurde er in Metz ermordet.«

Conons Gesicht zeigte keine Regung. »Damit habe ich nichts zu tun. Ich habe noch nie jemandem ein Leid zugefügt.«

»Dein Freund Aristide de Guillory hat ihn erstochen.«

Nun erbleichte der Wollweber und wich einen Schritt zurück. »Ich hab keine Ahnung, wovon Ihr redet.«

»Spar dir deine Lügen. Berengar hat euer kleines Geheimnis ausgeplaudert. Ich weiß alles.«

Der Alte sank auf einen Schemel. »Lass uns allein«, bat er Gislebert, der zögerte. »Jetzt geh schon!«

»Er weiß nicht, wer sein Vater ist?«, fragte Michel, nachdem der Bursche die Hütte verlassen hatte.

»Was wollt Ihr von mir?«

»Dass du Berengars Geschichte bestätigst. Ich brauche Beweise.«

»Wofür?«

»Ich will die Wahrheit ans Licht bringen.«

»Das ist mehr als zwanzig Jahre her. Diese Geschichte interessiert doch keinen mehr.«

»Yolande de Bitche, ihr Vater und ihr Bruder Ferry werden das anders sehen.«

Conon sprang auf und warf dabei den Hocker um. »Ihr wollt damit zu den Herren von Bitche gehen?«

»Ja.«

»Das ist verrückt. Da mache ich nicht mit. Verlasst mein Haus, sofort!«

Michel packte Conon an den Armen und drückte ihn gegen die Hüttenwand. »Du hast meinen Bruder an de Guillory verraten. Deinetwegen musste er sterben.«

»Gislebert!«, rief der Alte.

Die Tür in der Rückwand flog auf, und Gislebert kam herein, in der Rechten ein Beil. »Was macht Ihr mit Großvater? Lasst ihn sofort los.«

Michel trat einen Schritt zurück. »Auf dem Dorfplatz warten vier schwer bewaffnete Söldner. Ein Wort von mir, und sie machen Kleinholz aus diesem jämmerlichen Loch und prügeln dich und deinen Enkel zur Kirche und wieder zurück. Du kannst dir das ersparen, wenn du endlich redest.«

Gislebert ließ das Beil sinken. Conon begann zu zittern. »De Guillory wird mich umbringen.«

»Dazu wird es nicht kommen. Wenn die Herren von Bitche erfahren, was er getan hat, werden sie ihn zertreten wie eine Küchenschabe.«

Der Wollweber schwieg beharrlich und wich seinem Blick aus.

»Was wollen diese Leute?«, fragte Gislebert. »Ich will wissen, was hier vor sich geht.«

»Wo sind deine Eltern?«, fragte Michel.

»Im Nachbardorf. Wieso?«

»Geh sie holen.«

»Ich lasse Großvater nicht allein.«

»Ihm wird nichts geschehen, wenn er redet.« Michel wandte sich an den Alten. »Wie viel zahlt dir de Guillory für dein Schweigen?«

»Zwei Pfund Silber.«

»Im Jahr?«

Conon nickte.

Michel löste seine Geldkatze vom Gürtel. »Meine Börse enthält etwas mehr als elf Pfund. Wenn du meine Fragen beantwortest, gehört sie dir.«

Mit atemberaubender Geschwindigkeit wich die Furcht in Conons Gesicht nackter Geldgier, als er die Börse anglotzte. »Kommen wir ins Geschäft?«

»Könnt Ihr mich und meine Familie vor de Guillory schützen?«

Mich und meine Familie, dachte Michel. *Nicht meine Familie und mich.* »Ja«, sagte er.

»Habe ich Euer Wort?«

Er nickte.

»Sag mir endlich, was hier los ist«, verlangte Gislebert.

»Tu, was der Herr sagt, und hol deine Eltern«, befahl Conon. »Nun mach schon.«

Nachdem Gislebert gegangen war, trat der Wollweber zum Tisch, trank aus dem Weinkrug und wischte sich das tropfende Kinn mit dem Ärmel ab. »Wollt Ihr auch einen Schluck?«, fragte er Michel und Isabelle.

Sie lehnten dankend ab. »Erzähl mir, wie de Guillory deine Tochter kennengelernt hat«, forderte Michel ihn auf.

Die Aussicht auf elf Pfund Silber hatte Conons Zunge gelockert, und er begann zu erzählen. Das Alter und der Wein hatten sein Gedächtnis angegriffen, und es fiel Michel mitunter schwer, seinen wirren und umständlichen Ausführungen zu folgen. Doch abgesehen von wenigen Einzelheiten, die Conons lückenhaften Erinnerungen geschuldet waren, glich die Geschichte der Berengars.

Er war gerade fertig, als Gislebert mit seinen Eltern zurückkam. Aëlred, sein Stiefvater, war ein unscheinbarer Mann von etwa vierzig Jahren, seine Mutter hingegen eine große Schönheit, die es, was Anmut und Grazie betraf, durchaus mit Isabelle aufnehmen konnte, trotz ihrer ärmlichen Bauernkleider. Das lange dunkle Haar verhüllte sie züchtig mit einer Haube, und unter dem braunen Kittel verbarg sich ein schlanker, wohlgeformter Körper.

»Was soll das?«, fragte Aëlred barsch. »Wer sind diese Leute?«

Conon, der inzwischen den Krug geleert hatte, erklärte mit trunkener Stimme, wer Michel war und was er wollte. Bestürzt sanken Aëlred und Velin auf die Bank.

»Bist du von Sinnen, Vater? Wenn Aristide davon erfährt!«

Nach all den Jahren nennt sie ihn immer noch beim Vornamen. Unwillkürlich fragte sich Michel, ob Velin noch etwas für de Guillory empfand.

»Er hat mir sein Wort gegeben, uns vor ihm zu schützen«, sagte Conon. »Und er hat mir Geld versprochen. Viel Geld.« Er wollte nach der Geldkatze greifen, doch Michel legte die Hand darauf.

»Wir sind noch nicht fertig. Dieser Priester, der die beiden getraut hat …«

Er verstummte, als Gislebert an den Tisch trat. Der junge Wollweber hatte denselben massigen, einschüchternden Körperbau wie sein leiblicher Vater; dieselben prankenhaften Hände. »Wer ist dieser de Guillory? Was hast du mit ihm zu tun, Mutter?«

»Er ist dein Vater«, antwortete Velin, ohne ihn anzuschauen.

»Nein«, sagte Gislebert. »Aëlred ist mein Vater.«

»Setz dich.« Seine Mutter griff nach seiner Hand. »Setz dich und hör mir zu.«

»Nein. Lass mich in Ruhe mit deinen Lügen.« Der junge Wollweber stürmte hinaus. Velin wollte ihm nachgehen, doch Aëlred hielt sie zurück.

»Bleib. Ich rede mit ihm.«

»Jetzt seht, was Ihr angerichtet habt«, sagte Velin, als ihr Mann die Hüttentür zugeschlagen hatte. »Gislebert hätte das nie erfahren sollen.«

Michels Mitleid mit diesen Leuten hielt sich in Grenzen. Seine Wut auf Conon war zu groß. »Er ist der rechtmäßige Sohn eines Edelmanns. Es gibt Schlimmeres, was einem Mann passieren kann. Er wird darüber hinwegkommen. Also – wie hieß der Priester?«

»Pater Guy«, antwortete Conon.

»Lebt er noch?«

»Woher soll ich das wissen? Ich war seit zehn Jahren nicht in Metz.«

»Gut. Das finden wir schon heraus. Packt eure Sachen. Wir brechen auf.«

»Ihr wollt, dass wir mit Euch nach Metz gehen?«, fragte Conon.

»Zuerst nach Metz und dann nach Bitche.«

»Wir alle?«

»Ja. Und Pater Guy, wenn wir ihn finden.«

»Das könnt Ihr nicht von uns verlangen«, sagte Velin.

»Ihr kommt mit, oder ich behalte mein Geld«, erwiderte Michel.

»Scheiß auf das Geld«, sagte Conon. »Ich gehe nicht zu Ferry de Bitche und sage ihm, dass sein Schwiegersohn die ganze Familie belogen hat. Ich bin ein Wollweber, verdammt. Er wird mich in den Kerker werfen, wenn ich ihm mit so einer Geschichte komme.«

»Ich rede mit ihm. Ihr müsst nichts tun, als die Geschichte zu bestätigen.«

»Nein. Keine zehn Pferde bringen mich nach Bitche.«

Michel hätte es gerne vermieden, diese Leute zu bedrohen. Doch Conon ließ ihm keine andere Wahl. »Wenn du dich weigerst, erfährt de Guillory, dass du sein Geheimnis ausgeplaudert hast.«

»Michel«, murmelte Isabelle, doch er blieb hart.

Conon starrte ihn an. Dann stand er auf, holte sich noch etwas Wein und trank. »Ihr Kaufleute seid alle gleich. Bloß weil ihr reich seid, glaubt ihr, ihr könnt mit uns machen, was ihr wollt. Heilige Jungfrau Maria, womit habe ich das verdient ...«

Eine Stunde später führte Michel den Wollweber und dessen Familie nach Metz.

Metz und Bitche

Pater Guy lebte noch. Er war inzwischen ein alter Mann, schwerhörig, zahnlos und beinahe blind, und verbrachte seinen Lebensabend in einer kleinen Abtei außerhalb der Stadtmauern von Metz. Es fiel Michel nicht schwer, ihn zu finden. Der Geistliche, der Guys alter Pfarrei seit drei Jahren vorstand, war dem Pater freundschaftlich verbunden und arrangierte ein Treffen.

Guy erwartete sie im Innenhof des Klosters, wo er auf einer Bank saß und die Strahlen der Abendsonne und den Duft der blühenden Kräuter genoss. Trotz seines Alters arbeitete sein Gedächtnis einwandfrei, und er konnte sich gut daran erinnern, wie er Velin und Aristide de Guillory einst in aller Heimlichkeit den Ehesegen gespendet hatte. Anders als Conon war er auf Anhieb bereit, mit Michel nach Bitche zu gehen und die Geschichte zu bezeugen. Er sagte, er leide bis heute darunter, dass er von de Guillory Geld genommen und Velins Heirat mit Aëlred zugestimmt hatte, obwohl ihre Ehe mit dem Ritter niemals rechtskräftig aufgelöst worden war. Im Angesicht des nahen Todes wolle er sein Gewissen erleichtern und Michel helfen, die Wahrheit ans Licht zu bringen.

Bitche lag in den Nordvogesen, gut fünfundzwanzig Wegstunden von Metz entfernt. Da Pater Guy für einen mehrtägigen Marsch zu gebrechlich war, ließ Michel seine Beziehungen zu den Kaufmannsgilden spielen und trieb einen Reisewagen für den betagten Geistlichen auf. Isabelle, die den Alten ins Herz geschlossen hatte, kümmerte sich um ihn, als sie in der glühenden Hitze auf der Römerstraße gen Osten zogen.

Gislebert sprach während der gesamten Reise kaum ein Wort.

Die Enthüllungen um seine Herkunft machten ihm sichtlich zu schaffen. Eines Abends, als sie in einer Herberge eingekehrt waren, erschien er plötzlich im Schankraum.

»Erlaubt Ihr?«

Michel machte eine einladende Geste, und Gislebert setzte sich zu ihm an den Tisch.

»De Guillory – was ist er für ein Mann?«

»Frag deine Mutter.«

»Sie will nicht über ihn sprechen.«

Michel musterte den jungen Wollweber, der seinem leiblichen Vater so sehr ähnelte und doch ganz anders war. Warum ihm die Wahrheit vorenthalten? »Er ist grausam, verschlagen und machtgierig. Ein Mörder.«

»Großvater sagt, Ihr wollt ihn bloßstellen, weil er Eure Stadt unterdrückt.«

»Und weil er meinen Bruder getötet hat.«

Eine Frage brannte Gislebert auf den Lippen, und er rang eine Weile mit sich, bevor er schließlich murmelte: »Bin ich wie er?«

»Ich kenne dich erst ein paar Tage, aber du scheinst ein anständiger Kerl zu sein. Nein, du bist nicht wie de Guillory. Ganz und gar nicht.«

»Im Dorf sagen alle, ich komme nach meiner Mutter.«

»Das glaube ich auch.«

Gislebert schüttelte den Kopf. »Ich bin so wütend auf sie. Warum hat sie mir nicht eher die Wahrheit gesagt?«

»Ich nehme an, sie wollte dich schützen.«

»Wovor?«

»De Guillory hat euch wie Dreck behandelt. Hat deine Mutter mit dir allein gelassen und euch vergessen. Dieses Wissen wollte sie dir ersparen.«

»Damals, als wir bei Nacht und Nebel aus Metz geflohen und nach Behonne gegangen sind – wisst Ihr, was sie mir sagten? Großvater hätte Schulden bei der Tuchhändlergilde, und wir müssten verschwinden, damit man ihn nicht einsperrt. Ich hatte Angst. Ich habe mich geschämt.« Der junge Mann blickte ihn stechend an und sah de Guillory ähnlicher denn je. »Es kommt mir vor, als wäre mein ganzes Leben eine einzige Lüge. Zwanzig Jahre lang war ich Gislebert, Aëlreds Sohn, aus einer geachteten Familie von Wollwebern. Und jetzt? Ich weiß nicht mehr, wer ich bin. Könnt Ihr das verstehen?«

»Besser, als du ahnst«, sagte Michel.

»Aëlred hat mich aufgezogen, mich alles gelehrt, was ich weiß. Und nun erfahre ich, dass er gar nicht mein Vater ist. Was soll ich denn jetzt machen?«

»Was sagt dir dein Herz?«

Gislebert dachte lange nach. Als Michel schon nicht mehr mit einer Antwort rechnete, sagte er: »Aëlred wird immer mein Vater sein. Er war mein Leben lang für mich da. Alles andere ist unwichtig. De Guillory ist nur ein Name, mehr nicht.«

»Du kannst die Vergangenheit nicht ändern. Lass sie ruhen und schau nach vorn.«

Der junge Wollweber nickte und stand auf. »Habt Dank, Herr de Fleury.« Er ging.

Michel trank sein Bier.

Das Gespräch hatte ihn verwirrt und aufgewühlt, mehr, als er sich eingestehen wollte. Gewiss, er war nicht de Guillory und Rémy nicht Gislebert – und doch: Hier und da ähnelten sich ihre Lebenswege, ob es ihm gefiel oder nicht.

Was sagt dir dein Herz?

Ein kluger, ein weiser Ratschlag. Leider war er nie fähig gewesen, Rémy zuzugestehen, was er soeben Gislebert empfohlen hatte: auf seine Gefühle zu hören. Obwohl sie dasselbe erlebt hatten, obwohl sie beide von Männern aufgezogen worden waren, die nicht ihre Väter waren. Thomasîn hatte Rémy umsorgt und beschützt, als Michel nicht für ihn hatte da sein können, und natürlich liebte der Junge ihn dafür. Michel jedoch hatte darauf bestanden, dass er ihn als seinen Vater ansah, hatte insgeheim gehofft, er würde Thomasîn eines Tages vergessen. Wie selbstsüchtig. Rémy war doch noch ein Kind. Was hätte er denn tun sollen? Michel hätte akzeptieren müssen, was der Junge fühlte, statt ihn zu bedrängen und für Fehler büßen zu lassen, die Isabelle und er vor langer Zeit begangen hatten und für die er nicht das Geringste konnte.

Seit Rémy fort war, dachte er jeden Tag an ihn. Doch noch nie hatte er ihn so schmerzlich vermisst wie jetzt. *Wenn das alles überstanden ist, suche ich ihn, aber diesmal gebe ich nicht eher auf, als bis ich ihn gefunden habe.*

Er hatte vieles gutzumachen.

Er trank sein Bier aus, ging zum Schlafraum und kroch zu Isabelle unter die Decken. Sie schlief bereits, und er lauschte dem Geräusch ihres Atems, spürte die Wärme ihres Körpers, bis ihn irgendwann die Müdigkeit übermannte.

Drei Tage später erreichten sie Bitche, eine aus mehreren Dörfern, Abteien und Höfen bestehende Herrschaft inmitten der waldreichen Nordvogesen. Ferry I. und seine Familie residierten in ihrer Stammburg, die auf einem Felsplateau hoch über den Tälern stand und wie ein versteinerter Gigant aus längst vergangenen Tagen über das Land wachte. In Metz hatte Michel erfahren, dass Herzog Simon, inzwischen ein Greis von vierundsechzig Jahren, schwer erkrankt war und kaum noch das Bett verließ. Derweil führte sein Bruder Ferry die Amtsgeschäfte, obwohl Simon dessen Sohn Ferry II. zu seinem Nachfolger bestimmt hatte. Oberlothringen und dem Haus Châtenois stand ein Machtkampf zwischen Vater und Sohn bevor, der spätestens mit Simons Tod ausbrechen würde. Michel hoffte, dass das angespannte Verhältnis zwischen Ferry dem Älteren und Ferry dem Jüngeren keine unabsehbaren Folgen für seine Pläne hatte.

Er ritt an der Spitze der elfköpfigen Gruppe, die sich den gewundenen Weg hinaufquälte, stöhnend über die Hitze. Pater Guy hielt sich wacker, wenngleich er unablässig über die Schlaglöcher schimpfte, die den Reisewagen durchschüttelten. Isabelle und Velin saßen bei ihm und achteten darauf, dass er stets genug zu trinken hatte.

Auf der Zugbrücke wurden sie von den Torwächtern angehalten.

»Wer seid Ihr?«

»Michel de Fleury, Kaufmann und Gildemeister von Varennes-Saint-Jacques. Ich möchte zu deinem Herrn.«

»Er ist nicht da. Er ist vor einer Woche nach Nancy aufgebrochen.«

»Und sein Sohn Ferry?«

»Er ist im Palas. Sprecht mit dem Kastellan, er wird Euch zu ihm führen.«

Die Wächter warfen einen flüchtigen Blick in den Reisewagen. Als sie nichts fanden, das auf feindliche Absichten hindeutete, ließen sie die Gruppe passieren.

In der Vorburg stellten sie den Wagen ab und stiegen aus den Sätteln; Isabelle half Pater Guy beim Aussteigen.

Michel ärgerte sich über sich selbst. Er hätte sich denken können, dass Ferry in Nancy weilte, der herzoglichen Residenz. Nun blieb ihm nichts anderes übrig, als mit Ferry dem Jüngeren zu sprechen, denn noch eine Reise konnte er Pater Guy nicht zumuten. Zumal das Zeit kosten würde – Zeit, die seine Freunde zu Hause nicht hatten. Er beruhigte sich mit dem Gedanken, dass Ferry II. de Guillory nicht mochte. Er war nicht das Oberhaupt seiner Familie, aber er würde ihm gewiss zuhören.

Sie traten durch das Torhaus in die Kernburg, eine mächtige Anlage mit zinnenbewehrten Mauern, einem Bergfried und mehreren Wohngebäuden. Dutzende Menschen schufteten in der Hitze, trugen Wassereimer, schmiedeten Hufeisen oder buken Brot. Conon und seine Familie blickten sich staunend um, sichtlich eingeschüchtert von der Macht dieses Adelsgeschlechts. Michel fragte sich zum Kastellan durch, der ihnen erklärte, Ferry übe sich gerade im Bogenschießen. Der untersetzte Mann führte sie durch das Untergeschoss des Palas' zu einer Pforte im Fels, die sich zu den Wiesen unterhalb des Bergfrieds öffnete.

»Bringt Euer Anliegen vor. Aber seid vorsichtig. Seine Laune ist nicht die beste.«

Ferry spannte gerade seinen Bogen. Der Pfeil verließ die Sehne und traf die Zielscheibe auf hundert Ellen mitten ins Schwarze. Seine Waffenknechte klopften mit den Lanzenschäften auf ihre Schilde.

Michel schritt über die Wiese, gefolgt von Conons Familie und Isabelle, die Pater Guy stützte. »Ich grüße Euch, in Christi Namen«, sprach er den Edelmann an. »Michel de Fleury, Gildemeister von Varennes-Saint-Jacques. Das sind mein Weib Isabelle, Pater Guy aus Metz und der Wollweber Conon und seine Familie. Gewährt Ihr uns einen Moment Eurer Zeit?«

»Ihr seht doch, dass ich beschäftigt bin.« Ferry legte einen neuen Pfeil ein. Rothaarig und breitschultrig war er, und muskulös wie ein Fünfundzwanzigjähriger, obwohl er einige Jahre älter als Michel sein musste. Narben zierten seine nackten Unterarme, Andenken an vergangene Schlachten. Mit diesem Mann, das stand fest, war nicht zu spaßen.

»Es geht um Euren Schwager Aristide de Guillory.«

Damit hatte er Ferrys Aufmerksamkeit. Der Adlige ließ den Bogen sinken und musterte ihn. Er hatte kluge Augen, die einen seltsamen Gegensatz zu seinem kriegerischen Äußeren bildeten. Augen, denen nichts entging. »Michel de Fleury ... Seid Ihr nicht der Kaufmann, der damals Bischof Ulman herausgefordert hat?«

»Ich fürchte, dieser Ruf haftet mir bis heute an.«

»Gehen wir in den Schatten.« Ferry gab einem seiner Knechte den Bogen und führte Michel und seine Begleiter zu einem Tisch unter der Wehrmauer, auf dem eine kupferne Karaffe stand. »Wein?«

Michel nickte, und Ferry reichte ihm einen Becher.

»Ich höre, in Varennes gibt es Aufruhr. Ist es wahr, dass sich die Bruderschaften gegen de Guillory erhoben haben?«

»Nicht nur die Bruderschaften – die ganze Stadt. Wir wehren uns gegen die erdrückende Steuerlast und die Willkür, mit der er seine Ansprüche durchsetzt.«

»Seid Ihr deswegen hier? Damit ich Euch beistehe? Denn dann müsste ich Euch enttäuschen: Mein Schwager kann mit seinem Lehen tun und lassen, was er will, solange er nicht das Gesetz des Königs verletzt.« Der Edelmann trank.

»Ich möchte Euch bitten, ihn für seine Verbrechen zur Rechenschaft zu ziehen.«

»Was hat er denn angestellt?«

»Er hat meinen Bruder ermordet.«

Ferrys Augen verengten sich. »Seid Ihr sicher?«

»Ich habe Beweise.«

»Ich höre.«

»Es war vor elf Jahren, im Herbst dreiundneunzig«, begann Michel. »Mein Bruder Jean war in Metz, und …«

»Vor elf Jahren?«, fiel ihm Ferry ins Wort. »Was denkt Ihr Euch, de Fleury? Nach so langer Zeit dürfte es unmöglich sein, ihm seine Schuld nachzuweisen. Wieso seid Ihr nicht früher gekommen?«

»Weil ich erst jetzt davon erfahren habe.« Michel beschloss, es anders anzugehen. »De Guillory hat ein Geheimnis, das auch Euch betrifft. Jean kam ihm auf die Schliche. De Guillory hat ihn umgebracht, damit er ihn nicht bloßstellt.«

»Was ist das für ein Geheimnis?«, fragte Ferry gedehnt.

Michel wandte sich an Velin und bat sie vorzutreten. Sie verneigte sich scheu. »Das ist Velin, Conons Tochter. Aristide de Guillory hat sie vor über zwanzig Jahren geheiratet. Die Ehe wurde niemals rechtskräftig aufgelöst. Er hätte Eure Schwester Yolande nicht heiraten dürfen. Aber er täuschte Euch, Euren Vater und Herzog Simon, denn er versprach sich von der Verbindung mit Eurem Haus Macht und Land.«

Ferrys Lippen zuckten. »Das ist doch absurd.«

»Wie gesagt, ich habe Beweise. Zeugen, die beeiden können, dass ich die Wahrheit sage.« Michel forderte Velin, Conon und Pater Guy auf, ihre Geschichte zu erzählen. Ein Diener eilte in den Palas, um für den Geistlichen einen Stuhl zu holen.

Ferry beachtete die drei nicht – er starrte Gislebert an, der ihm erst jetzt aufgefallen war. »Wer ist das?«

»Velins und de Guillorys Sohn.«

»Allmächtiger«, murmelte der Edelmann.

»Die Ähnlichkeit ist unverkennbar, nicht wahr?«, sagte Michel lächelnd.

Mit finsterer Miene hörte Ferry zu, wie Pater Guy, unterstützt von Conon und Velin, berichtete, was sich vor über zwanzig Jahren in Metz zugetragen hatte. Gelegentlich stellte er eine Frage, doch meistens schwieg er. Michel spürte, wie Ferrys Zorn von Minute zu Minute wuchs. Seine Rechte umschloss den Weinbecher, als wolle er das Tongefäß mit brachialer Muskelkraft zerdrücken.

Als Guy schließlich zum Ende kam, meinte Ferry: »Schwört Ihr beim Heil Eurer Seele, dass das die Wahrheit ist?«

»Was sagt er?«, fragte der schwerhörige Geistliche und beugte sich vor.

»Ob Ihr diese Geschichte beschwören könnt!«, rief Isabelle.

»Nicht so laut, Kindchen, ich bin nicht taub. Natürlich kann ich sie beschwören. All das ist genau so passiert, so wahr ich hier sitze. Das gelobe ich als Priester und Mönch. Meine Seele soll in der Hölle brennen, wenn ich lüge.«

Auch Velin und Conon beeideten, dass sie die Wahrheit gesagt hatten.

Ferry starrte abermals Gislebert an, der seinem Blick standhielt; dann wandte er sich ab und stampfte über die Wiese. Michel hatte gewusst, dass Ferry zornig werden würde. Immerhin hatte de Guillory seine Schwester entehrt, ihre Seele mit Sünde befleckt, zwei uneheliche Töchter mit ihr gezeugt und die ganze

Familie belogen, betrogen, dem Spott preisgegeben. Doch was nun geschah, übertraf all seine Erwartungen. Ferrys Gesicht lief rot an, er schleuderte den Becher in den Wald und brüllte: »Dieser Hundesohn! Dieser siebenmal verfluchte Hurenbock! Ich bringe ihn eigenhändig um! Ich reiße ihm die Eingeweide raus und werfe sie den Schweinen zum Fraß vor!«

Michel und seine Begleiter wichen zurück, als Ferry herumfuhr. Auch der Kastellan und die Waffenknechte wahrten einen sicheren Abstand zu ihrem Herrn.

»Ich habe es gewusst. Ich habe von Anfang an gewusst, was für ein gottloser, verkommener Bastard dieser Kerl ist! Ich habe meinen Vater vor ihm gewarnt, aber dieser alte Narr wollte nicht auf mich hören.« Ferry packte den Tisch und warf ihn um. Dabei schnaubte er wie ein rasender Bulle. »Du!« Er deutete auf einen Waffenknecht. »Geh zum Sarjanten. Ich will zwanzig Mann in Waffen. Wenn ich nach oben komme, sitzen sie auf ihren Gäulen, oder ich mach ihnen Beine.«

Der Knecht eilte davon.

»Setz einen Fehdebrief auf«, befahl Ferry dem Kastellan, woraufhin der Verwalter der Burg Wachstafel und Griffel hervorholte.

»›An Aristide de Guillory‹«, begann Ferry, »›den Verräter und ehrlosen Betrüger am Haus Châtenois und dem Geschlecht derer von Bitche …‹«

Während der Edelmann seinen Brief diktierte, ergriff Isabelle Michels Hand. »Gute Arbeit, Herr Gildemeister«, sagte sie leise.

Michel stand auf der nördlichen Schildmauer, hatte die Hände hinter dem Rücken verschränkt und betrachtete das Land, das sich weit unter ihm ausbreitete. Ein lauer Wind umspielte die Zinnen, er trug den Duft von frischem Brot und gebratenem Wild vom Burghof herauf und zupfte an seinem Wams. Es war eine schöne Gegend, wilder, rauer und geheimnisvoller als seine Heimat. Die Täler versanken in tiefen Schatten, auf den Hügelkuppen erhoben sich zerklüftete Felsen, bedrängt von Buchen, Eichen und Bergulmen. Von den Dörfern stieg der Rauch der Herdfeuer auf und zerfaserte im Wind, sobald er sich über die Baumkronen hinauswagte.

Michel atmete tief ein und aus. Er hätte ewig hier stehen können.

Isabelle und er würden die Nacht in der Burg verbringen und morgen in aller Frühe nach Hause zurückkehren. Pater Guy und Conon und dessen Familie hingegen würden noch einige Wochen hierbleiben. Bevor Ferry mit seinen Kriegsknechten nach Varennes aufgebrochen war, hatte er ihnen versprochen, ihnen Zuflucht und Schutz zu gewähren, bis Aristide de Guillory keine Gefahr mehr für sie darstellte.

Michel hörte Schritte und wandte sich um. Velin kam die Treppe herauf. Es war bereits Abend, und als sie zu ihm an die Zinnen trat, reckte sich ihr Schatten bis zu dem fünfzehn Ellen entfernten Wehrturm. Sie hatte ihre Haube abgenommen, sodass der Wind mit ihrem Haar spielte.

Sie legte ihre Hände auf die Mauerkrone und blickte in die Ferne. »Was geschieht jetzt mit Aristide?«, fragte sie nach einer Weile.

»Das hängt ganz von ihm ab, schätze ich. Wenn er sich Ferry unterwirft und seiner Gnade ausliefert, kommt er vielleicht mit dem Leben davon. Wenn nicht, wird Ferry ihn vernichten.«

»Findet Ihr auch, dass er den Tod verdient hat?«

»Er hat meinen Bruder erschlagen, einen guten Freund ermordet und viel Leid über meine Stadt gebracht. Ja. Wenn jemand den Tod verdient hat, dann er.«

»Er war nicht immer so«, sagte Velin. »Als ich ihn kennenlernte, war er anders. Gewiss, rau und rücksichtslos war er auch damals schon. Aber kein Mörder. Er hätte niemals jemanden grundlos getötet. Sein Vater hat ihn dazu gemacht. Der alte Renard war ein Ungeheuer. Er hat ihn so lange gequält, bis er zerbrochen ist.«

Michel behielt seine Meinung zu dieser Geschichte für sich.

Velin hatte sich die Vergangenheit schöngeredet, und seine Sicht der Dinge hätte sie nur verletzt. »Wie geht es Gislebert?«

»Gut, den Umständen entsprechend.«

»Wenn Ferry wieder da ist, sollte er mit ihm reden. Besser noch mit Ferrys Vater. Es kann sein, dass er Erbansprüche hat, wenn de Guillory nicht mehr ist.«

»Glaubt Ihr?«, fragte Velin überrascht.

»Die Sache ist vertrackt, da er nicht dem Adelsstand angehört. Aber er ist immerhin de Guillorys rechtmäßiger Sohn. Wenn Ferry der Ältere guten Willens ist, findet er ihn vielleicht mit einer großzügigen Summe ab.«

Sie machte keine Anstalten, ihm für diesen Hinweis zu danken. Stattdessen blickte sie wieder in die Ferne.

Michel seufzte kaum hörbar. »Noch einen schönen Abend«, sagte er und stieg die Treppe hinab.

Der Hof der Kernburg war inzwischen zur Ruhe gekommen. Die Handwerker und Knechte saßen mit ihren Familien vor den Wohngebäuden und aßen zu Abend. Conon, Aëlred, Gislebert und seine Söldner hatten mit den Stallknechten Bekanntschaft geschlossen, teilten sich mit ihnen Brot und Bier und erzählten lachend Geschichten. Bei den einfachen Burgbewohnern fühlten sie sich wohler als zwischen Edelleuten und Patriziern.

Er fand Isabelle beim Brunnen, wo sie in der Abendsonne saß und eine Katze kraulte. Das Tier war in inniger Liebe zu ihr entbrannt und rieb seinen Kopf schnurrend an ihrer Hand.

»Sie sieht ein bisschen aus wie Salome«, sagte Michel, als er sich zu ihr setzte.

»Du erinnerst dich an sie?«

»Wie könnte ich sie vergessen? Sie ist mir auf den Schoß gesprungen, als wir uns das erste Mal trafen. Ohne Salome hätten wir uns vielleicht nie ineinander verliebt.«

»Katzen und ihre magischen Kräfte«, sagte sie lächelnd. »Da sieht man es wieder.«

Die Katze hatte genug und trottete davon. Michel beobachtete Gislebert, der Bier holen ging. »Was Rémy wohl gerade tut?«, murmelte er.

Isabelle blickte ihn flüchtig an, sagte jedoch nichts. Sie sprach nicht gerne über ihren Sohn – es schmerzte sie zu sehr.

»Er lebt noch, ich spüre es. Wenn ihm etwas zugestoßen wäre, wüsste ich es.«

Sie kniff die Lippen zusammen.

»Ich habe mir etwas vorgenommen. Wenn Ferry uns de Guillory vom Hals geschafft hat und in Varennes wieder Ordnung herrscht, such ich noch einmal nach ihm. Aber diesmal gebe ich nicht so schnell auf. Ich suche das ganze Reich ab, wenn es sein muss. Ich habe so viel falsch gemacht, ich muss das endlich geraderücken.«

Sie senkte den Blick und kämpfte mit den Tränen. »Ich weiß, wo er ist«, sagte sie leise.

Verständnislos starrte er sie an.

»Er hat mir geschrieben, dass es ihm gut geht.«

»Wann?«

»Vor zwei Monaten.«

»Wieso hast du mir nichts davon gesagt?«

»Er wollte es so.«

»Isabelle«, begann er, doch der Zorn erstickte jedes weitere Wort.

»Lies, was er geschrieben hat.« Sie wischte die Tränen weg und zog eine kleine Pergamentrolle hinter ihrem Gürtel hervor. Sie trug sie seit Wochen bei sich, doch er hatte sich nie etwas dabei gedacht.

Er riss ihr die Nachricht aus der Hand, entrollte sie und las die Zeilen mit angehaltenem Atem.

Der Junge war im Elsass – in Sélestat, südlich von Straßburg. Kein Wunder, dass er ihn nicht gefunden hatte. Rémy war es gelungen, bei einem angesehenen Buchmaler Aufnahme zu finden, und er machte dort eine Lehre.

Bitte sag Michel nichts davon. So endete der Brief.

Michel stand auf, das Pergament in der Hand, tat einige Schritte und atmete tief ein und aus. In seinem Innern tobte ein Sturm widersprüchlicher Gefühle, ein tosendes Durcheinander aus Wut, Scham und grenzenloser Erleichterung. Vor allem Erleichterung.

Seine Ahnung hatte ihn nicht getäuscht. Rémy lebte. Und es ging ihm gut.

Er wandte sich zu Isabelle um, wollte sie anschreien, wollte ihr Vorwürfe machen, dass sie ihm die Nachricht verschwiegen hatte. Doch als er ihr in die Augen sah, verpuffte sein Zorn. Es war genug. Sie hatten viel zu oft wegen Rémy gestritten. Er hatte keine Kraft mehr. »Du hättest es mir sagen müssen«, brachte er lahm hervor.

Sie war blass, weinte jedoch nicht mehr. »Was wäre dann geschehen? Du warst zu ihm geritten und hättest versucht, ihn nach Hause zu holen, und euer törichter Streit hätte von vorn begonnen.«

Michel musste sich eingestehen, dass es genauso gekommen wäre. Er rollte das Pergament zusammen. »Ich muss zu ihm.«

»Um was zu tun?«

»Ihm sagen, was ich falsch gemacht habe. Ihn um Verzeihung bitten.«

»Versuch nicht, ihn zu überreden, nach Hause zu kommen. Er ist glücklich dort. Versprich mir das.«

»Du hast mein Wort.«

Michel blickte zum Himmel auf. Es würde noch einige Stunden hell sein. Wenn sie gleich aufbrachen und sich sputeten, konnten sie vor Einbruch der Dunkelheit die halbe Strecke bis Hagenau schaffen. Dann wären sie in drei Tagen in Sélestat.

Er dachte an seine Freunde und fragte sich, ob es unvernünftig und selbstsüchtig wäre, zu Rémy zu reiten, während Duval, Caboche und die anderen zu Hause de Guillory die Stirn boten. *Nein.* Es gab nichts, was er noch für Varennes tun konnte – das

Schicksal der Stadt lag nun in Ferrys Hand. Davon abgesehen war es kein großer Umweg, über Straßburg und Sélestat nach Varennes zu reiten, statt über Metz und Nancy. Im schlimmsten Fall käme er einen Tag später an.

Damit war es entschieden. Eilends riefen sie nach den Söldnern und verabschiedeten sich von Pater Guy, Conon und dessen Familie. Kurz darauf saßen sie in den Sätteln und kanterten über den gewundenen Weg den Burgberg hinab.

Burg Guillory

Die Waffenknechte kamen näher, die Schwerter bereit zum Angriff. Lauerten auf eine Lücke in seiner Deckung; versuchten, ihn in die Zange zu nehmen. Aristide wich zurück, damit er sie beide im Blick hatte. Der rechte sprang vor, er parierte den Hieb und wehrte den Stoß des anderen mit dem Schild ab. Stahl klirrte, als er sie mit mehreren Streichen zurücktrieb. Die beiden Männer waren höchstens fünfundzwanzig Jahre alt, doch was sie ihm an Schnelligkeit und Ausdauer voraushatten, machte er durch Erfahrung wett. Er fing einen weiteren Hieb mit seiner Klinge auf, entwaffnete den Mann und versetzte ihm einen Tritt in den Magen, der ihn zurücktaumeln ließ. Doch wo war der andere? Aristide bemerkte eine Bewegung in den Augenwinkeln und fuhr herum – einen Moment zu spät. Das Schwert traf seinen Waffenarm. Wenngleich die Waffe an seinem Kettenpanzer abglitt, tat der Schlag doch höllisch weh. Aristide stöhnte auf und hob seinen Schild nicht rechtzeitig: Der zweite Streich schmetterte gegen seinen Helm und ließ seinen Schädel dröhnen. Er bekam einen Stoß vor die Brust, fiel rücklings in den Staub und rang keuchend um Atem.

»Alles in Ordnung, Herr?« Der Waffenknecht schob sein Schwert in die Scheide und wollte ihm aufhelfen. Aristide schlug seine Hand zur Seite. Fluchend stemmte er sich hoch und verzog das Gesicht, als dumpfer Schmerz seinen Arm durchzuckte.

Besiegt von einem Jungspund. Vor zehn Jahren wäre ihm das nicht passiert. Früher hätte er jeden dieser Burschen zum Frühstück verspeist. Er spuckte aus, warf den Schild weg und zog den Helm aus. Sein Schädel pochte noch immer, obwohl der dicke Stahl und die Lederhaube darunter den Schwerthieb abgemildert hatten. »Gut gekämpft«, knurrte er und winkte einem Diener, der ihm eine Schale mit Brunnenwasser brachte. Er hatte einen Höllendurst. Dabei hatten sie erst vor einer halben Stunde angefangen. *Sieh den Tatsachen ins Auge: Du wirst alt. Alt und müde.*

Blödsinn. Sein alter Herr war noch für Kaiser und Herzog in die Schlacht geritten, als er seinen fünfzigsten Sommer bereits hinter sich gelassen hatte. Aristide war gerade einmal einundvierzig. *Reiß dich zusammen und hör auf, deiner Jugend nachzuweinen. Davon kommt sie auch nicht zurück.*

Er wünschte seinen Vater in den tiefsten Kreis der Hölle und blickte in die Runde. »Du bist der Nächste.« Während der Waffenknecht ein Panzerhemd über den Gambeson zog, ging Aristide zu den Kisten vor dem Stallgebäude der Vorburg. Er brauchte eine andere Waffe, eine, die seine außergewöhnliche Körperkraft besser zur Geltung brachte als ein Schwert. Seine Wahl fiel auf einen Morgenstern. Er schwang die Waffe und zeichnete mit Kette und Dornenkugel eine querliegende Acht in die Luft. Sie lag gut in der Hand. Damit würde er seinen Männern beweisen, dass er noch lange nicht zum alten Eisen gehörte.

Er ging zu den Kriegern zurück, die wieder einen Halbkreis gebildet hatten. Sein nächster Gegner griff nach Schwert und Schild. Normalerweise war es Berengars Aufgabe, mit ihnen an den Waffen zu üben, doch sein Sarjant war verschwunden, seit Wochen schon, und mit ihm sieben seiner Männer. In Varennes ging das Gerücht, sie hätten ihm die Treue aufgekündigt und das Weite gesucht. Gänzlich ausgeschlossen war das nicht, immerhin hatte die Geschichte mit den Beginen Berengar nicht wenig zu schaffen gemacht, und er hatte wohl auf seine alten Tage Gewissensbisse bekommen. Für wahrscheinlicher hielt Aristide es jedoch, dass die Bruderschaften sie umgebracht hatten, abgeschlachtet in den Gassen der Unterstadt, wo man sie das letzte Mal gesehen hatte. Leider gab es nicht die kleinste Spur. Er hatte ein Dutzend Leute eingesperrt und verhört, niemand wusste etwas. Und die Bruderschaft der Schmiede, die vermutlich hinter der Sache steckte, hatte sich über Nacht in Luft aufgelöst, war mit Mann und Maus in die Wälder geflohen. Nun, es spielte keine Rolle mehr. Diese erbärmliche Rebellion war so gut wie vorbei. Die Hörigen arbeiteten wieder, seit die Beginen sie nicht mehr mit Vorräten belieferten, und es war nur eine Frage der Zeit, bis sich auch in der Stadt der Hunger breitmachte. Zwar versuchten die Kaufleute, Getreide aus Épinal und Toul heranzuschaffen, doch er hatte bisher noch jeden ihrer Wagenzüge abgefangen und die Schmuggler ins Stadtgefängnis geworfen, wo sie ihrer Strafe harrten. Spätestens nächste Woche würde der Widerstand zusammenbrechen.

»Fangen wir an.« Aristide setzte seinen Helm auf und ließ die Kette des Morgensterns kreisen. »Wenn du mich schlägst, wirst du der neue Sarjant. Na, ist das ein Ansporn?«

Der Waffenknecht hob Schwert und Schild und stellte sich breitbeinig auf. Der Mann war ein erfahrener Krieger, einer seiner besten. Er würde ihm einen harten Kampf liefern, doch diesmal würde Aristide gewinnen.

»Aristide!«

Er blickte zur Seite. Sein Weib kam über den Hof stolziert und hatte ihr Gewand gehoben, damit der Saum nicht durch den Staub schleifte. Seit jenem denkwürdigen Tag, als er sie geschlagen hatte, hatte sie kein Wort mehr mit ihm gesprochen. Wie es schien, war es nun vorbei mit der himmlischen Ruhe.

»Wo ist mein Schmuck?«, fragte sie.

»Ich schätze, da, wo Ihr ihn gestern Nacht hingetan habt.«

»Die Schatulle in meinen Gemächern – sie ist leer. Alle meine Broschen, Ringe und Ketten sind weg.«

»Euer Mädchen wird sich daran bedient haben.«

»Magali würde sich niemals an meiner Habe vergreifen!«

»Da wäre ich mir nicht so sicher. Stille Wasser sind tief. Vielleicht schaut Ihr mal unter ihrem Bett nach. Falls sie ihn nicht längst versetzt hat.«

»Ihr habt ihn genommen!«, fauchte Yolande. »Ihr habt ihn mir gestohlen, um damit Eure Schulden bei den Lombarden zu begleichen.«

Tatsächlich hatte der Silbertand gerade einmal für die Zinsen gereicht. Aber wenigstens gaben die Geldverleiher nun wieder eine Weile lang Ruhe. »Ich kaufe Euch neuen.«

»Ihr gebt es also zu? Ihr seid ein schäbiger Dieb! Ein Schuft und ein Lump. Eine Schande für den lothringischen Adel. Ich schäme mich für Euch. Niemals hätte ich Euch heiraten dürfen!«

Da sagte sie ein wahres Wort. Dass er diese Furie zur Frau genommen hatte, war der größte Fehler seines Lebens. Die Männer machten betretene Gesichter, und er erwog, Yolande vor der ganzen Burg zu züchtigen, um dieser peinlichen Szene ein Ende zu setzen.

Just in diesem Moment ertönte vom Torhaus der Vorburg ein Ruf. »Herr! Da kommen Reiter.«

Aristide erwartete niemanden. War das womöglich Berengar, der endlich zurückkehrte? »Wer ist es?«

Der Wächter trat an die Zinnen des Turms und spähte den Hang hinab. »Sie reiten unter dem Banner des Hauses Châtenois. Ich glaube, es ist Euer Schwager.«

»Ferry kommt?«, meinte Yolande spitz. »Das trifft sich ja ausgezeichnet. Ich habe ihm einiges zu sagen.«

Dass dieser Kerl unangekündigt hier auftauchte, konnte nichts Gutes bedeuten. Doch Aristide konnte ihn unmöglich abweisen. Er musste Ferry empfangen, ob es ihm gefiel oder nicht. Er warf den Morgenstern in die Kiste, gürtete sich sein Schwert um und befahl den Männern, mit Lanzen und Schilden in einer Reihe Aufstellung zu nehmen.

»Geht ins Haus«, sagte er zu Yolande.

»Nein. Ich begrüße meinen Bruder hier draußen.«

Eisenbeschlagene Hufe donnerten über die Zugbrücke, als Ferry der Jüngere an der Spitze einer zwanzigköpfigen Schar in die Vorburg geritten kam. Über ihren Köpfen flatterten vier Banner mit den silbernen Adlern der herzoglichen Familie. Die Männer zügelten ihre Pferde, und die Fahnen erschlafften.

Ferry machte sich nicht die Mühe, aus dem Sattel zu steigen. »De Guillory!«, brüllte er. »Hiermit erkläre ich Euch nach altem Recht die Fehde. Ihr habt drei Tage Zeit, Eure Lehen zurückzugeben, mir all Euren Besitz abzutreten, auf Knien um Verzeihung zu flehen und Euch meiner Gnade auszuliefern. Andernfalls herrscht Krieg zwischen uns.« Er zog eine Pergamentrolle hinter dem Gürtel hervor und warf sie ihm vor die Füße.

Totenstille herrschte in der Vorburg. Dann schnarrte Aristide: »Was soll dieser Unfug, Ferry? Habt Ihr endgültig den Verstand verloren?«

»Ihr habt meine Schwester entehrt und Schande über die Familie gebracht. Dafür werdet Ihr bezahlen!«

»Wovon redet er?«, fragte Yolande schneidend.

»Dein edler Gemahl war schon verheiratet, als er dich zur Frau nahm!«, schrie Ferry. »Du hast all die Jahre mit ihm in Sünde gelebt. Deine Töchter sind illegitim.«

Yolande fuhr zu ihm herum. »Ist das wahr?«

»Velin heißt das Weib«, antwortete Ferry an Aristides Stelle. »Sie ist die Tochter eines versoffenen Wollwebers aus Metz. Sogar einen Sohn hat er ihr gemacht. Der Bengel ist ihm wie aus dem Gesicht geschnitten.«

Aristide schluckte hart. Wieso, bei allen Geistern der Vorhölle und gehörnten Dämonen des Fegefeuers, wusste Ferry von Velin? »Das sind Lügen«, brachte er hervor. »Haltlose Unterstellungen. Glaubt ihm kein Wort.«

»Ich habe Beweise.«

Yolande stand stocksteif da. Dann, binnen eines Herzschlages, verwandelte sich ihr Gesicht in eine Grimasse des Hasses. »Du Schwein!«, schrie sie und stürzte sich auf ihn, schlug auf ihn ein, ohrfeigte ihn, kratzte mit den Fingernägeln über seine Wangen. »Du widerlicher, verlogener, gottloser Hund! Krepieren sollst du! An deiner eigenen Verderbtheit ersticken!«

Er hielt ihre Hände fest. Sie spuckte ihm ins Gesicht, trat ihm gegen das Schienbein und riss sich los.

»Drei Tage, de Guillory«, sagte Ferry. »Dann winselt Ihr um Gnade, oder Ihr seid ein toter Mann. Yolande, hol deine Töchter. Du verlässt auf der Stelle dieses gottlose Haus.«

Yolande rauschte davon.

»Ferry«, sagte Aristide. »Lasst uns das wie Ritter regeln. Fordert mich zum Zweikampf, und wir schaffen die Sache hier und jetzt aus der Welt.«

»Kein Wort mehr!«, brüllte sein Schwager. »Oder ich schneide Euch eigenhändig die Zunge heraus.«

Yolande kam zurück, an jeder Hand eine schluchzende Tochter. Magali zerrte eine Truhe, aus der Kleider quollen, hinter sich her. Derweil waren zwei von Ferrys Männern abgestiegen, hatten den Reisewagen aus der Remise geholt und zwei Pferde eingespannt. Yolande, die Mädchen und die Kammerdienerin stiegen ein, während einer der Waffenknechte auf den Wagenbock kletterte.

»Ich warte auf Euch«, sagte Ferry, trieb sein Schlachtross an und jagte durch das Tor, gefolgt von seinen Reitern und dem Wagen. Als das Stampfen der Hufe verklungen war, kündete nur noch eine Staubwolke davon, was soeben geschehen war.

Aristide hob das Pergament auf, brach das Siegel und entrollte es. Er musste sich die Nachricht nicht vorlesen lassen, um zu erfahren, was sie enthielt. In diesen Fehdebriefen stand immer dasselbe.

Er spuckte aus. »Bring mir einen Becher Wein«, befahl er einem Diener.

»Wo wohnt Meister Rabel, der Buchmaler?«, fragte Michel.

»Am Ende der Rue des Marchands«, antwortete der Wirt und deutete zum Fenster des Schankraums. »Seht Ihr die Kirche da hinten? Geht rechts daran vorbei, und Ihr könnt es nicht verfehlen.«

Michel dankte ihm und bat die Söldner, hier auf sie zu warten. Isabelle und er verließen die Herberge und schritten die Straße entlang.

»Nur die Ruhe«, sagte sie. »Du schaffst das schon.«

»Natürlich schaffe ich das«, gab er zurück. »Wieso sollte ich es nicht schaffen?«

Isabelle lächelte nur.

Sélestat stand unter der Herrschaft einer bedeutenden Propstei, war jedoch um einiges kleiner als Varennes. Die Stadt besaß eine befestigte Königspfalz, aber keine Wehrmauer, und die Steinhäuser im Ortskern konnte man an zwei Händen abzählen. So fiel es ihnen nicht schwer, die Rue des Marchands zu finden. Wenig später standen sie vor Meister Rabels Werkstatt.

»Soll ich Rémy holen, oder möchtest du hineingehen?«, fragte Isabelle.

»Wir gehen hinein.« Er öffnete die Tür.

Im Vorraum roch es nach Leim und frischen Farben. Frisch bemalte Pergamentbögen hatte man auf Holzgestellen zum Trocknen ausgelegt. Auf einem entdeckte Michel Rémys Markenzeichen, das verschlungene R. Der Junge hatte meisterliche Arbeit geleistet.

Plötzlich begann sein Herz heftig zu pochen. *Verdirb es ja nicht!*

Ein Mann in einem weinroten Gewand und mit sauber gestutztem Vollbart kam aus dem Nebenraum. »Ihr wünscht?«, fragte er mit sonorer Stimme.

»Meister Rabel?« Als der Buchmaler nickte, stellte Michel sich vor. »Ich möchte meinen Sohn sprechen.«

»Ich habe keinen Lehrling oder Gesellen dieses Namens.«

»Er heißt Rémy«, sagte Isabelle.

»Rémy?«, wiederholte der Buchmaler. »Aber er sagte, er habe keine Eltern.«

»Könnt Ihr ihn bitte holen?«, bat Michel den Meister.

Rabel musterte sie argwöhnisch, bevor er sich zur Werkstatt umwandte. »Rémy! Du hast Besuch.«

Der Junge erschien in dem Durchgang. Er trug einen Kittel aus grober Wolle und hatte Farbe an den Fingern. Das Haar hatte er kurz geschnitten, und er war gewachsen – und wie. Bestimmt einen halben Spann.

»Mutter!« Sein Gesicht verfinsterte sich, als er Michel erblickte. »Ich hatte dich doch gebeten, ihm nichts zu sagen.«

»Dein Vater möchte mit dir reden«, sagte Isabelle.

»Er ist nicht mein Vater!«

Meister Rabel stand daneben und hörte schweigend zu, doch sein Mienenspiel ließ keinen Zweifel daran, dass er einschreiten würde, sollte sein Lehrling in Schwierigkeiten geraten. Michel fasste sich ein Herz und trat vor.

»Hör zu, Rémy. Ich habe viel falsch gemacht. Dafür bitte ich dich um Verzeihung.«

»Du hast mich geschlagen und meine Sachen aus dem Fenster geworfen.«

»Das hätte ich nicht tun dürfen. Ich habe mich vergessen.« Michel schwieg einen Moment. Diese Worte auszusprechen fiel ihm schwerer als gedacht. »Nimmst du meine Entschuldigung an?«

»Ich gehe nicht zurück nach Varennes.«

»Das verlangt niemand von dir. Du sollst tun, was dir bestimmt ist.«

»Ich bleibe hier und werde Buchmaler.«

Michel nickte. »Wenn das dein Wunsch ist.«

Rémy stand da und blickte Hilfe suchend zu seiner Mutter, dann zu Meister Rabel.

»Komm«, sagte der Buchmaler. »Wir zeigen deinem Vater, woran du gerade arbeitest.«

Sie betraten die Werkstatt, in der ein halbes Dutzend Männer Pergamente zuschnitten, Texte abschrieben und die Seiten mit Miniaturen bemalten. Abgesehen vom leisen Murmeln der Kopisten und dem Kratzen der Schreibfedern herrschte eine konzentrierte Stille.

Meister Rabel führte sie zu einem Pult, auf dem eine aufgeschlagene Bibel neben einem Pergamentbogen lag. »Euer Sohn hilft mir bei einem Auftrag für den Erzbischof von Straßburg. Er überträgt den Text und legt die Überschriften an. Ich mache anschließend die Miniaturen.«

Obwohl die Seite noch lange nicht fertig war, sah Michel, dass sie einmal ein kleines Kunstwerk werden würde. In Reih und Glied marschierten sorgfältig gezeichnete Lettern über das Pergament – eine makellose Komposition. »Es ist wundervoll.«

»Rémy ist der beste Lehrling, den ich je hatte«, erklärte Rabel. »Noch drei, vier Jahre, und er steckt uns alle in die Tasche.«

Seit Michel von Rémys Brief wusste, fragte er sich, wie es dem Jungen gelungen war, einen Meister dazu zu bringen, ihn als Lehrling aufzunehmen. Das Lehrgeld hatte er gewiss von dem Silber bezahlt, das er Michel gestohlen hatte, aber damit war es nicht getan. Jeder neue Lehrling musste einen Geburtsbrief vorlegen, um seine ehrbare Herkunft und seinen untadeligen Leumund nachzuweisen, besonders, wenn er aus einer fremden Stadt kam. Da Rémy keinen Geburtsbrief gehabt hatte, gab es nur zwei Erklärungen: Entweder hatte Meister Rabel auf die Vorlage eines solchen verzichtet, weil Rémy ihn von seinem Talent überzeugt hatte. Oder Rémy hatte den Geburtsbrief kurzerhand gefälscht. Für einen Jungen mit seinen Fertigkeiten keine große Herausforderung.

Rémy errötete ob des Lobes. »Meister Rabel übertreibt. Er ist der beste Buchmaler des Erzbistums. Ich werde noch Jahrzehnte brauchen, bis ich so gut bin wie er.«

»Das will ich hoffen«, erwiderte der Meister lächelnd. »Sonst habe ich bald einen gefährlichen Rivalen.« Er öffnete eine Truhe und nahm ein kleines, in Leder gebundenes Buch heraus. »Das hat er im Frühjahr gemacht. Das erste Buch, an dem er ganz allein gearbeitet hat. Der Zuschnitt des Pergaments, die Farben, der Text, die Miniaturen – das ist alles sein Werk. Niemand hat ihm dabei geholfen.«

Michel schlug es auf. Es war eine Sammlung von Heiligengeschichten, wie er selbst welche besaß. Mit den Fingerkuppen strich er über die herrlichen Bilder und Ranken, die den Text einrahmten. Wie hatte er nur je glauben können, es sei vernünftig, Rémy seine Leidenschaft zu verbieten und einen Kaufmann aus ihm zu machen? »Wie viel kostet es?«

»Ihr wollt es kaufen?«, fragte der Meister.

»Ja.«

»Es war nur eine Übung«, sagte Rémy. »Es ist nicht zum Verkauf bestimmt. Es enthält einen Haufen Fehler.«

»Aber es ist von dir. Also – wie viel?«

Rabel nannte ihm einen Preis. Michel öffnete seine Börse und zählte ihm Sous und Deniers in die Hand. Der Meister legte ein Drittel des Geldes auf das Pult und drückte den Rest Rémy in die Hand. »Das ist für das Material. Der Rest soll dir gehören. Immerhin ist es deine Arbeit.«

Der Junge betrachtete die Münzen in seiner Hand und hob den Kopf. »Danke«, murmelte er.

»Verzeihst du deinem Vater?«, fragte Isabelle.

Rémy kniff die Lippen zusammen. Zögernd nickte er.

Michel schloss ihn in die Arme. »Ich bin so froh, dass es dir gutgeht.« Rémy machte sich steif, doch schließlich erwiderte er die Umarmung.

»Er muss jetzt wieder an die Arbeit«, sagte Meister Rabel. »Wir sind ein wenig in Eile mit der Bibel.«

»Natürlich.« Michel ließ den Jungen los. »Ich besuche dich bald wieder. Einverstanden?«

Abermals nickte Rémy.

»Mach nie wieder solche Dummheiten. Du hast uns zu Tode erschreckt.« Isabelle küsste ihn zum Abschied, und Michel und sie verließen die Werkstatt.

Draußen schloss er die Augen und tat einen tiefen Atemzug. Noch einen. Und noch einen. Sie hatten noch einen weiten Weg vor sich. Aber ein Anfang war gemacht.

»Siehst du?«, sagte Isabelle. »Es war doch gar nicht so schwer.«

»O doch, war es. Du machst dir keine Vorstellung.«

Sie lächelte. Hand in Hand gingen sie zur Herberge zurück.

Varennes-Saint-Jacques

Nach einem dreitägigen Ritt erreichten Michel und Isabelle Varennes. Das erste, was ihnen auffiel, als sie die Straße in Richtung Salztor hinauftrabten, war, dass die Stadtbauern wieder auf den Feldern arbeiteten. Das zweite: Am Tor stand keine einzige Wache.

Auf dem Domplatz erwartete sie die nächste Überraschung. Vor der Gildehalle hatten sich die Kaufleute versammelt. Bei ihnen waren ihre Knechte und gut ein Dutzend Söldner, und alle trugen sie Waffen.

Michel schwang sich aus dem Sattel, bevor Artos richtig zum Stehen gekommen war. Charles Duval löste sich aus der Menge und eilte ihm entgegen.

»Michel! Wo wart Ihr so lange?«

»Was ist hier los?«

»Wir holen Nemours, Albert und Voclain aus dem Hungerturm.«

»Wieso sind sie im Gefängnis?«

»De Guillory hat sie dabei erwischt, wie sie Getreide in die Stadt schmuggeln wollten.«

Michel betrachtete die gerüsteten Männer. »Ihr wollt es auf einen Kampf ankommen lassen?«

»Die Büttel werden keinen Widerstand leisten«, sagte Duval. »Sie haben niemanden mehr, der ihnen Befehle gibt. De Guillory war seit Tagen nicht in der Stadt und hat fast alle seine Männer abgezogen. Er scheint sich in seiner Burg zu verkriechen.«

Le Roux kam zu ihnen und grüßte Michel mit einem Nicken. »Wir sollten gehen. Wenn die Turmwächter Wind von der Sache bekommen, machen sie womöglich Dummheiten.«

»Abmarsch!«, rief Duval, und der dreißigköpfige Trupp setzte sich in Bewegung.

»Geh nach Hause«, sagte Michel zu Isabelle. »Ich komme später nach.«

»Nein. Ich bleibe bei dir.« Isabelle war abgestiegen und führte ihr Pferd an den Zügeln. Michel seufzte und befahl seinen Söldnern mitzukommen.

»Was hat Euer Treffen mit de Bitche ergeben?«, erkundigte sich Duval, während sie an der städtischen Münze vorbeischritten. Michel hatte ihm kurz vor seinem Aufbruch eine Nachricht zukommen lassen und ihn über den Zweck seiner Reise in Kenntnis gesetzt.

»Er hat de Guillory die Fehde erklärt. Wenn de Guillory sich ihm nicht ausliefert, will er ihn vernichten. Mit etwas Glück ist es bald vorbei, Charles.«

Duval bekreuzigte sich und blickte zum Himmel auf. »Heiliger Jacques und heiliger Nikolaus, ich danke euch.«

Die Männer stellten sich auf dem kleinen Platz östlich des Domes auf und bildeten einen Halbkreis vor dem Eingang des Hungerturmes. Michel und Duval traten vor und pochten an die Tür.

»Macht auf und übergebt uns unsere Brüder Aimery Nemours,

René Albert und Girard Voclain«, rief Michel. »Euch wird kein Leid geschehen.«

Keine Antwort.

»Euer Herr liegt in Fehde mit der Familie de Bitche. Er verschanzt sich in seiner Burg und wird euch nicht helfen. Gebt auf. Was ihr tut, ist sinnlos.«

Knarrend öffnete sich die Pforte einen Spalt. Ein bärtiges Gesicht erschien, musterte Michel und Duval und spähte zu den Bewaffneten auf dem Platz.

»Liefert uns die Gefangenen aus und erspart euch und uns einen unnötigen Kampf, den ihr nur verlieren könnt«, sagte Michel.

»Wir haben nichts Unrechtes getan«, sagte der Büttel. »Wir haben nur Befehle befolgt.«

»Das weiß ich.«

»Habe ich Euer Wort als Gildemeister, dass man uns verschont?«

»Natürlich.«

Die Tür schloss sich. Michel hörte gedämpfte Stimmen. Kurz darauf öffnete sich die Pforte abermals, und Nemours, Albert, Voclain und ihre Knechte traten ins Freie. Sie waren schmutzig und müde, aber, von einigen Schrammen und Beulen abgesehen, unverletzt. Sie strahlten, als Michel und Duval sie umarmten.

Die Menge auf dem Platz brach in Jubel aus.

Burg Guillory

Aristide stand vor den Stallungen, die Arme vor der Brust verschränkt, und sah dabei zu, wie die Zimmerleute in der Vorburg ein Katapult montierten. Es war eine Mange, eine kleine Wurfmaschine, die Steine von der Größe eines menschlichen Schädels gut hundert Ellen weit schleudern konnte. Lieber wäre ihm eine Blide gewesen, wie die Kreuzfahrer sie im Heiligen Land gegen die Festungen der Sarazenen einsetzten. Doch keiner seiner Handwerker verstand sich darauf, eine solch komplexe Waffe zu konstruieren. Nun, die Mange würde für seine Zwecke genügen. Sie konnte fünf- bis sechsmal in der Stunde schießen und die Wiese vor dem Torhaus sowie die Straße bestreichen.

Zwei Waffenknechte schoben einen Karren mit Getreidesäcken zum vorderen Kornspeicher. »Nicht da hin«, brüllte Aristide. »In die Kernburg, verdammt noch mal!« Die Männer machten kehrt und karrten die Säcke durch das innere Tor.

Die ganze Burg glich einem summenden Bienenstock; überall wurde gearbeitet. Knechte nagelten Tierhäute auf die Holzdächer, schafften Fässer mit Wasser und Pech heran, trugen Kisten mit Steinen und Armbrustbolzen zu den Türmen. Aristide dachte nicht im Traum daran, sich Ferry zu beugen und sich dessen Gnade auszuliefern. Er würde kämpfen, obwohl er wusste, dass er einem überaus mächtigen Feind gegenüberstand. Dies war nicht zu vergleichen mit seinen Fehden gegen Nicolas de Bézenne. Ferrys Familie konnte Kräfte aufbieten, die seinen weit überlegen waren. Sie verfügte über einen nahezu unerschöpflichen Vorrat an Geld, Einfluss und kampferfahrenen Männern. In einer offenen Feldschlacht würde Ferry ihn binnen eines Wimpernschlags zerfetzen. Aristide hatte daher nur eine Chance: Er musste sich hinter diesen Mauern verschanzen und versuchen, einer Belagerung so lange zu trotzen, bis Ferrys Kampfgeist erlosch und er sich auf Verhandlungen einließ. Viele entbehrungsreiche Monate lang, wenn es sein musste. Nun zahlte es sich aus, dass er die Burg seiner Väter einst ausgebaut und befestigt hatte.

Die Arbeit an der Mange ging zügig voran. Gegen Mittag sollte das Katapult fertig sein. Aristide wies die Zimmerleute an, es so auszurichten, dass es genau zwischen den Türmen des Torhauses hindurchschießen konnte, und schritt in Richtung Kernburg.

Lange hatte er darüber nachgegrübelt, wie Ferry von Velin

und Gislebert erfahren haben könnte. Zunächst hatte er Conon verdächtigt; schließlich war der Wollweber eine unzuverlässige Ratte, die den Mund nicht halten konnte. Aber auch eine Ratte, die all die Jahre gut an seinem Geheimnis verdient hatte. Conon hatte keinen Grund, damit zu Ferry zu gehen, und die anderen Mitglieder der Familie auch nicht. Blieb nur Berengar. Aristide vermutete, dass sein Sarjant ihn an die Städter verraten hatte, warum auch immer. Zudem würde das sein Verschwinden erklären.

Verlogener Bastard. Aristide hatte Berengar immer als seinen Freund betrachtet – zumindest war er von all seinen Männern einem gleichwertigen Gefährten am nächsten gekommen. Über zwanzig Jahre lang hatten sie Seite an Seite gekämpft, gefeiert, gehurt. Nie hatte er an Berengars Treue gezweifelt. Und jetzt das. *Falscher, abtrünniger, verkommener Hund.* Sollte er Berengar je wiedersehen, würde er ihn für seinen Verrat zur Rechenschaft ziehen.

Er stieg die Treppe zum Palas empor, und plötzlich sah er vor sich, wie er einst Velin diese Stufen hinaufgeführt hatte. Das Bild war so klar und deutlich, als wäre es erst gestern geschehen. Er hatte oft an sie gedacht in den vergangenen Tagen, es waren schmerzliche, bittersüße Erinnerungen. Seit er sie verstoßen hatte, war sein Leben ein einziger Wust, und er fragte sich, wie die letzten zwanzig Jahre wohl verlaufen wären, wenn er sich damals seinem Vater widersetzt hätte. Hätte er sehr unter dem Verlust seines Erbes gelitten? Oder wäre er letztlich mit ihr glücklich geworden, auch ohne Land und Macht?

Das waren törichte Gedanken, die zu nichts führten. Die Vergangenheit war vorbei, er konnte sie nicht mehr ändern, und nur Dummköpfe weinten ihr nach. Er verbannte die Erinnerung an Velin aus seinem Kopf und rief nach Pater Porthos, während er durch die Halle schritt.

Der Kaplan erschien im Treppenaufgang zum Obergeschoss. »Ihr wünscht, Herr?«

»Holt Pergament und Feder. Ihr müsst einen Brief für mich schreiben.«

Porthos eilte hinauf zu seiner Kammer und kam kurz darauf mit den Schreibutensilien zurück. Er setzte sich an den Tisch vor dem Kamin und notierte die Worte, die Aristide ihm diktierte.

Der Brief war für Walram von Limburg bestimmt. Aristide schilderte ihm seine Lage und bat ihn und König Otto von Braunschweig, ihm Hilfe zu senden. Porthos trocknete die Tinte mit Kalk, faltete das Pergament und versiegelte es. Aristide ging mit dem Brief nach draußen und rief nach Arnaud, einem der Waffenknechte, die Häute auf das Dach des Stallgebäudes nagelten. Arnaud kletterte die Leiter hinab. Aristide hatte ihn ausgewählt, weil er der beste und ausdauerndste Reiter unter seinen Männern war.

»Nimm dir das schnellste Pferd und bring diesen Brief zu Walram von Limburg.«

»Jetzt gleich?«, fragte Arnaud.

»Nein, erst am vierten Advent. Natürlich jetzt gleich, Dummkopf. Mach schon.«

Der Mann begriff, dass ihn soeben eine unerwartete Wendung des Schicksals vor einer drohenden Belagerung gerettet hatte. Ohne ein weiteres Wort eilte er davon und legte sein Panzerhemd an. Kurz darauf saß er im Sattel, donnerte über die Zugbrücke und jagte die Straße hinab.

Aristides Hoffnung, dass Walram oder Otto ihm helfen würden, war verschwindend gering. Der Gegenkönig würde einen Teufel tun, sich die Familie de Bitche und das Haus Châtenois zum Feind zu machen, indem er sich in eine private Fehde ein mischte. Er hatte wahrlich genug Gegner. Dennoch: Aristide musste es versuchen. Wenn er die nächsten Wochen überleben wollte, musste er *alles* versuchen.

Zwei Tage später weckte ihn ein Hornsignal.

Blinzelnd öffnete er die Augen, schlug die dünne Decke zur Seite und trat nackt ans Fenster. Er hatte seinen Männern bis weit nach Mitternacht geholfen, vom Steinbruch Felsbrocken für das Katapult heraufzuschaffen, und lange geschlafen. Es war später Vormittag, und die Sonne stand bereits hoch über dem Moseltal.

Ein Waffenknecht rannte durch den Hof der Kernburg. »Sie kommen!«, brüllte er. »Sie kommen!«

Aristide fluchte hässlich. Er schlüpfte in den Waffenrock, stieg in die Stiefel und zog Gambeson und Panzerhemd an. Während er die Stufen hinabstieg, gürtete er sich sein Schwert um.

In der Halle kam ihm der Waffenknecht entgegen. »Ferrys Streitmacht rückt an, Herr. Sie kommen von Norden.«

»Wie viele sind es?«

»Schwer zu sagen.«

Sie verließen den Palas. Während die Männer die Zugbrücke hinaufzogen und das Tor schlossen, erklomm er den Turm, von dem aus man am besten das Tal und die Straße überblicken konnte. Oben trat er an die Zinnen und beschattete seine Augen mit der Hand.

Noch war nicht viel zu sehen außer einer Staubwolke, die an der Mosel entlang durch das Tal kroch wie ein schwerfälliges Untier. Erst nach und nach konnte er Einzelheiten ausmachen.

Reiter.

Wehende Banner.

Blitzende Lanzenspitzen.

Aristide leckte sich die trockenen Lippen. Es waren viele. Bestimmt vierhundert oder mehr. Ein Vielfaches dessen, was ihm zur Verfügung stand. Trotzdem kein Grund, den Mut zu verlieren: Ein Mann, der Mauern und Türme verteidigte, zählte so viel wie vier Angreifer. Und er war vorbereitet. Seine Lagerkeller und Kornspeicher quollen über – er hatte Vorräte für viele Wochen. Neben dem Katapult stapelten sich Steine. Vor den Gebäuden standen Fässer mit Löschwasser bereit. Einige enthielten Pech, das erhitzt und von den Wehrgängen geschüttet werden konnte – eine schreckliche Waffe.

»Ladet das Katapult«, befahl er. »Bemannt die Mauern.«

Währenddessen erreichte Ferrys Heer den Fuß des Hügels und zog den Weg hinauf. Nach einer halben Stunde bezog die Streitmacht auf der Wiese Aufstellung, gut zweihundert Ellen vom Torhaus entfernt. Helme und Speerspitzen schimmerten in der Mittagssonne. Aristide betrachtete die Wappen auf Schilden und Bannern. Ferry hatte nahezu jeden Vasallen seiner Familie zu den Fahnen gerufen. Viele dieser Ritter kannte Aristide, hatten sie doch in früheren Jahren gemeinsam gegen Herzog Simons Feinde gefochten.

Ein Reiter in voller Rüstung löste sich aus der Menge. Auch sein Schlachtross war gepanzert.

Ferry.

»Das ist mein letztes Angebot, de Guillory«, rief er. »Unterwerft Euch mir, oder Eure Burg wird gestürmt, und all Eure Leute werden getötet.«

Aristide gab den Männern an der Mange ein Zeichen. Sie zogen den Hebel, der Arm des Katapults schnellte vor und schleuderte einen Stein über das Torhaus. Der Brocken schlug neben Ferry im Gebüsch ein.

»Ist das Eure Antwort?«

»Holt mich, wenn Ihr könnt!«, brüllte Aristide.

Ferry ritt zurück, und in die Streitmacht kam Bewegung. Ritter stiegen von ihren Pferden und riefen Befehle. Kriegsknechte luden Zelte von den Ochsenwagen und begannen, sie im Schutz des Waldes aufzubauen und Latrinengräben auszuheben. Zimmerleute schwärmten aus und fällten Bäume, aus denen sie Sturmleitern, Rammen und Belagerungsmaschinen bauten.

Die Stunden vergingen. Das Heerlager wuchs und wuchs. Aristide konnte nichts tun, als abzuwarten. Mit wachsender Sorge beobachtete er, wie die feindlichen Katapulte Form annahmen. Ferry begnügte sich nicht mit Mangen; seine Belagerungsingenieure bauten zwei Bliden, Hebelgeschütze, die zentnerschwere Steine zweihundert Ellen und weiter schießen konnten.

Bereits zwei Tage später waren die Wurfmaschinen fertig. Turmhoch und bedrohlich standen sie am Waldrand, unerreichbar für seine Mange. Mit zwei Karren schafften Ferrys Knechte mühlradgroße Steine heran und wuchteten sie in die Schlinge am Ende des Wurfarms. Ein Belagerungsingenieur trat an die linke Blide und zog den Hebel. Das Gegengewicht sauste herab und riss den Arm in die Luft, der Brocken wirbelte über die Schildmauer und schmetterte dröhnend gegen den Bergfried. Aristides Knechte auf den Wehrgängen stöhnten gleichzeitig auf.

Die zweite Blide schoss. Der Stein traf die Brüstung der Nordmauer und schlug ein Loch in den Zinnenkranz. Einer seiner Männer wurde mitgerissen und im Hof von den Trümmern zerschmettert.

Ferrys Knechte luden nach. Die Bliden schossen den ganzen Tag, die ganze Nacht, ohne eine Pause.

Isabelle hatte ihn angefleht, nicht zu gehen. Es sei zu gefährlich, hatte sie gesagt, ein Armbrustbolzen könne ihn treffen. Doch Michel musste es tun. Er musste mit eigenen Augen sehen, wie der Mörder seines Bruders zur Strecke gebracht wurde.

Schon von Weitem sah er, dass Burg Guillory durch den Beschuss der letzten zwei Tage großen Schaden genommen hatte. Löcher klafften in den Zinnen, ein Turm der Vorburg war gar teilweise eingestürzt. Während er den Weg hinaufritt, hörte er Schreie und das Klirren von Waffen. Am Waldrand zügelte er Artos. Zwischen den Bäumen standen zwei Dutzend Zelte; Erdwälle und Palisaden schützten das Lager vor de Guillorys Bogen- und Armbrustschützen.

An der Vorburg wurde gekämpft. Kriegsknechte erklommen vier Sturmleitern, während ihre Gefährten mit einer Ramme gegen das Tor anrannten. Die Männer auf den Mauern deckten sie mit Pfeilen, Bolzen, Steinen und kochendem Pech ein. Ein

Soldat schrie, als ihn ein Schwall der heißen Masse traf, er ließ die Leiterholme los und stürzte in die Tiefe. Im Gras lagen andere, verwundet, sterbend, tot.

Michel schluckte hart, stieg ab und führte Artos durch die kleine Zeltstadt. Hinter den Palisaden kauerten Armbrustschützen und beschossen die Verteidiger auf der Schildmauer. Bei den Katapulten entdeckte er Ferry, der die Kämpfe beobachtete. Er band Artos' Zügel an einen Ast und schritt zu dem Edelmann.

»Herr de Fleury.« Ferry lächelte wölfisch. »Seid Ihr gekommen, um das Schauspiel zu genießen?«

»Wie geht es voran?«

»Unwahrscheinlich, dass wir heute durchbrechen. Aber wir zermürben ihn. Lange hält er das nicht durch.«

Ferry führte ihn in sein Zelt und zeigte ihm die Pläne der Burganlage, die seine Ingenieure angefertigt hatten. Seine Kriegsknechte, erklärte er, lagerten nicht nur vor der Vorburg, sondern auch auf einem flachen Hang im Südwesten, damit sich de Guillory nicht heimlich aus dem Staub machen oder Verstärkung heranschaffen konnte.

»Steht denn zu befürchten, dass jemand ihm hilft?«

»Kaum. De Guillory hatte noch nie viele Freunde, und jetzt hat er gar keine mehr. Zumal sich der lothringische Adel niemals gegen mich und meinen Vater stellen würde. Nein. Wenn nicht Satan persönlich heraufsteigt und ihm beisteht, ist er auf sich allein gestellt. Spätestens in einem Monat verrottet er in den Verliesen meiner Burg.«

Der Kampflärm war verstummt, und Michel und Ferry traten nach draußen. Die Kriegsknechte hatten den Angriff abgebrochen und zogen sich über die Wiese zurück.

Ferry gab den Belagerungsingenieuren einen Befehl. Die Bliden begannen wieder zu schießen.

Michel blieb einige Tage im Heerlager. Nachts schlief er auf einer kleinen Lichtung abseits der Zelte, wo er ein Feuer anzündete; tagsüber hielt er sich hinter den Palisaden auf und beobachtete den Fortgang der Belagerung.

Die Bliden schossen nahezu ununterbrochen. Die Felsbrocken zerschmetterten Dächer, Zinnen, Menschen. Anfangs hatte de Guillory zurückgeschossen, doch inzwischen schwieg sein Katapult. Offenbar hatten die Bliden es zerstört.

Ferry ließ immer wieder angreifen. Es schien ihn nicht zu kümmern, dass seine Kriegsknechte und Ritter jedes Mal zurückgeschlagen wurden und er innerhalb von vier Tagen über zwanzig Männer verlor. Für ihn zählte nur, dass auch de Guillory Verluste hinnehmen musste. Bald, erklärte er Michel, sei er nicht mehr imstande, die Mauern zu halten, und dann sei die Burg reif für den Sturm.

Doch de Guillory erwies sich als überaus zäh. Auch als er nur noch halb so viele Krieger wie zu Beginn der Kämpfe hatte, verteidigte er die Vorburg erbittert. Ferry, der nicht die Absicht hatte, ihn monatelang zu belagern, änderte kurzerhand seine Pläne. Er rief seine Ingenieure zu sich und befahl ihnen, die Schildmauer zu unterminieren.

Im Schutz der Nacht rückten seine Männer vor und errichteten am Fuß des Walls einen überdachten Verschlag, während die Verteidiger sie beschossen und mit Steinen bewarfen. Sie mussten hohe Verluste hinnehmen, doch als der Morgen graute, war das Gebilde aus Balken, Brettern und Tierhäuten fertig. Steinmetze und Kriegsknechte schlüpften hinein und begannen, einen Tunnel in das Mauerfundament zu treiben. Den ganzen Tag hörte Michel, wie sie klopften und hämmerten, emsig wie das Gefolge des Zwergenkönigs aus den alten Legenden.

Aristide duckte sich unter dem Türsturz hindurch und betrat das Stallgebäude. Die Abteile waren leer; sie hatten die Pferde in die Kernburg gebracht, wo sie besser geschützt waren. Einmal war der Stall bereits getroffen worden: Ein Felsbrocken hatte einen Teil des Daches und die linke Wand zerstört.

»Hier drüben, Herr«, sagte der Waffenknecht.

Aristide stieg über einen Haufen aus Schutt und ging zum hinteren Teil des Stalles, wo das Zaumzeug aufbewahrt wurde. Er konnte sich nicht erinnern, wann er das letzte Mal länger als eine Stunde geschlafen hatte. Seine Augen brannten. Sein Rücken, seine Glieder schmerzten. Das Panzerhemd umschloss seinen Leib wie ein Sarg aus Stahl. Doch er durfte nicht aufgeben, keine Schwäche zeigen. Wenn er das täte, verlören seine Männer den Mut.

Der Waffenknecht kniete auf dem Lehmboden. »Man kann sie hören.«

Aristide zog seinen Helm aus, legte sich der Länge nach hin und presste das Ohr auf die Erde. Tatsächlich: Irgendwo schräg unter ihm pochte und knirschte es dumpf. Ferrys Steinmetze, die sich unermüdlich wie Maulwürfe in den Fels unter der äußeren Mauer gruben.

Schwerfällig stand er auf. Er hatte gesehen, dass die Männer bereits große Mengen an Schutt weggeschafft hatten. Der Tunnel schien fast fertig zu sein, obwohl er den Verschlag Tag und Nacht beschießen ließ. Vermutlich war es nur noch eine Frage von Stunden, bis Ferrys Mineure den Gang mit Reisig und ölgetränkten Lumpen füllen und Feuer legen würden. Die Stützbalken würden verbrennen, die Mauer einstürzen, und Ferrys Streitmacht würde die Burg erstürmen.

Jetzt wäre ein guter Moment für dich, Otto.

Aristide rieb sich die Augen. Wenn er nur nicht so müde wäre … Er konnte kaum noch klar denken. »Sag den Männern, dass wir uns in die Kernburg zurückziehen.«

»Wir geben die Vorburg auf?«

»Wir haben keine Wahl. Wir können sie nicht halten.«

Der Waffenknecht blickte ihn mit trüben Augen an. Der Mann war genauso müde wie er. Sie alle waren zu Tode erschöpft. »Was, wenn sie auch die innere Mauer unterminieren?«

»Darum kümmern wir uns, wenn es so weit ist. Schafft auch die Vorräte und das restliche Pech in die Kernburg.«

Aristide verließ sich darauf, dass der Mann seinen Befehl weitergab, und schlurfte zum Palas. In den nächsten Stunden würde nicht viel geschehen. Er beschloss daher, eine Mütze Schlaf zu nehmen, bevor die Bliden wieder zu schießen begannen und Ferrys Männer das innere Tor angriffen.

Benommen stakste er durch den Saal, die Treppe hinauf. Der Palas hatte schwer gelitten; besonders in den oberen Stockwerken war die Zerstörung beträchtlich. Felsbrocken hatten das Dach beschädigt und Löcher in die äußere Mauer geschlagen. Yolandes ehemalige Kammer war ein Trümmerfeld: Der Schleuderstein war durch die Balkendecke gebrochen und hatte das Bett zerschmettert. *Ein Jammer,* dachte er, *dass sie nicht drinlag.*

Seine Gemächer waren unversehrt, denn sie befanden sich in der Südwestecke des Palas, einem toten Winkel für die Bliden. Aristide zog Helm, Stiefel, Gambeson und Panzerhemd aus und ließ sich aufs Bett fallen. Er schlief, bevor sein Gesicht das Federkissen berührte.

Sein Schlaf war schwarz und tief, aber nicht gänzlich frei von Träumen. Gestalten huschten an ihm vorbei, berührten ihn mit klammen Händen, raunten ihm Geheimnisse zu. Einmal war ihm, als höre er Velins Stimme und als sehe er ihr Gesicht, aber dann umschloss ihn wieder undurchdringliche Finsternis.

Das Zuschlagen einer Tür weckte ihn. Er brauchte lange, bis er zu sich kam. Ein seltsames Licht schien durch das Fenster. Die Sonne ging gerade unter, und der Himmel stand in Flammen. Ächzend setzte er sich auf und schlüpfte in die Stiefel. Er hatte gewiss fünf, sechs Stunden geschlafen, doch er war so müde wie zuvor.

Er verließ die Kammer und rief nach dem Diener.

Keine Antwort.

Der Palas war verlassen. Während er durch Flure und Treppenfluchten streifte, traf er keine Menschenseele. Mit einem engen Gefühl in der Kehle ging er zur Burgkapelle.

Auch Pater Porthos war fort.

Er trat ins Freie. Stille umfing ihn. In den Werkstätten und Gesindeunterkünften, auf dem Hof, den Wehrgängen, den Türmen – niemand. Er war das einzige lebende Wesen in diesem Gemäuer.

Das Tor stand offen. Aristide biss die Zähne zusammen. Sie hatten sich ergeben, ihn im Stich gelassen. Waren geflohen, um ihr erbärmliches Leben zu retten.

Er spuckte aus.

Schatten bewegten sich im Zwielicht des Torhauses. Eine Gestalt schritt über den staubigen Boden, die Hand auf dem Schwertknauf, ein dünnes Lächeln auf den Lippen. Männer schwärmten links und rechts von ihr in den Hof, fünf, zehn, zwei Dutzend, ihre Schwerter und Helme gleißten wie flüssiges Gold.

»Ergreift ihn«, sagte Ferry.

Mit dreihundert anderen Männern stand Michel am Rand des Zeltlagers und beobachtete das Tor der Vorburg. Die Bliden warfen lange Schatten, de Guillorys Männer kauerten mit gesenkten Köpfen auf der Wiese, bewacht von mehreren Armbrustschützen. Ferry hatte ihnen zugesichert, ihr Leben zu schonen. Michel hoffte inständig, dass der Edelmann zu seinem Wort stand.

Aufgeregte Stimmen drangen aus der Burg. De Guillory schritt über die Zugbrücke, die Hände auf den Rücken gefesselt.

»Sie haben ihn!«, brüllte jemand.

Ritter und Kriegsknechte reckten ihre Waffen in die Luft und jubelten.

Ferry und der Rest seiner Krieger traten aus dem Torhaus. Zwei Männer packten de Guillory an den Armen und führten ihn über die Wiese. Bei den Bliden blieben sie stehen. De Guillory ließ seinen Blick über die Menge schweifen. Als er Michel entdeckte, flackerte ein kaltes Feuer in seinen Augen auf.

Das ist für Jean, dachte Michel. *Für Pierre. Für Varennes.*

»Kniet nieder«, befahl Ferry.

»Lieber sterbe ich, als mich Euch zu unterwerfen«, sagte de Guillory, ohne den Blick von Michel zu nehmen.

Ferry ließ sich von einem seiner Männer eine dreischwänzige Geißel geben, holte aus und zog sie de Guillory mit voller Wucht durchs Gesicht. Der Ritter schrie nicht und keuchte nicht einmal, obwohl ihm die Riemen die Wange aufgerissen hatten.

»Fleht um Verzeihung«, forderte Ferry.

»Nein.«

Der Edelmann prügelte auf de Guillory ein, bis dieser blutend und geschunden am Boden lag. »Ich verfluche Euch, de Bitche«, krächzte er. »Und Euch, de Fleury, verfluche ich auch.«

»Legt ihn in Eisen und schafft ihn weg«, sagte Ferry, woraufhin Knechte mit Ketten und Fußschellen herbeieilten. Nachdem sie de Guillory gefesselt hatten, stießen sie ihn zu einem Wagen und zwangen ihn, auf die Pritsche zu klettern. Ein Soldat nagelte die Ketten fest, sodass de Guillory mit ausgebreiteten Armen auf dem Wagen kauerte. Anschließend stülpte man ihm einen Sack über den Kopf.

Stille lag über der Wiese, dem Hügel, der Burg.

»So ergeht es jedem, der die Familie de Bitche und das Haus Châtenois herausfordert!«, donnerte Ferry, und die Männer jubelten abermals.

Der Wagen fuhr los. Michel spuckte aus, setzte seine Mütze auf und ging zu seinem Pferd.

Juli 1204

Varennes-Saint-Jacques

Ferry de Bitche ließ einen Teil seiner Männer in der Burg, zog mit dem Rest der Streitmacht nach Varennes und quartierte sich im ehemaligen Bischofspalast ein. Da er nicht befugt war, über das weitere Schicksal der Stadt zu entscheiden, schickte er nach seinem Vater. Ferry der Ältere kam einige Tage nach Peter und Paul aus Nancy, doch er war nicht allein: Sein Bruder Simon begleitete ihn. Trotz seiner schweren Krankheit hatte der alte Herzog ein letztes Mal sein Ruhelager verlassen, um die Zukunft Varennes' zu regeln.

Simon Châtenois, dieser einst so stolze Mann, war nur noch ein Schatten seiner selbst: grau, dünn und ausgemergelt. Statt des Kettenhemdes, das er früher nur zum Schlafen und Baden abgelegt hatte, trug er ein dünnes Gewand. Es hing wie ein Leichentuch um seinen knochigen Körper. Obwohl der Herzog Mühe hatte, länger als eine halbe Stunde auf seinem Lehnstuhl zu sitzen, bestand er darauf, alle Verhandlungen mit dem Schöffenkollegium, der Gilde, den Bruderschaften, dem Domkapitel und den Pfarreien selbst zu führen. Da er sich in regelmäßigen Abständen zurückziehen und ruhen musste, dauerten die Gespräche mehrere Tage.

Simon erwies sich einmal mehr als gerechter Herrscher und nahm die Nöte der Bürgerschaft ernst. Sämtliche Steuern, Marktzölle und Abgaben senkte er auf jene Sätze, die gegolten hatten, bevor de Guillory sie maßlos in die Höhe getrieben hatte. Mit Brief und Siegel sicherte er Gilde und Bruderschaften zu, sie mindestens sieben Jahre lang nicht zu erhöhen, damit Varennes sich wirtschaftlich erholen konnte.

Obwohl Ferry der Jüngere ein gutes Wort für die Städter einlegte, entließ Simon sie nicht in Freiheit und Selbstverwaltung, wie Michel insgeheim gehofft hatte. Er entschied, Varennes zu behalten und vorerst nicht einem seiner Vasallen als Lehen zu geben. Das Schöffenkollegium, das unter de Guillory in der Bedeutungslosigkeit versunken war, erhielt seine früheren Befugnisse zurück. Simon besetzte es mit zwölf ausgewählten Ministerialen, die die Stadt verwalten und die niedere Gerichtsbarkeit ausüben sollten.

Als Michel von den Absichten des Herzogs erfuhr, ersuchte er ihn um ein Gespräch. Simon empfing ihn am frühen Abend in den ehemaligen Amtsräumen von Bischof Ulman, wo er zusammengesunken am Tisch saß und Dokumente studierte. Da sein Augenlicht getrübt war, ließ er sich die Urkunden von einem Rechtsgelehrten vorlesen.

Michel erschrak, als er eintrat und sich verneigte. Die vergangenen Tage hatten Simon sichtlich zugesetzt. Man konnte förmlich zusehen, wie er körperlich verfiel.

»Ihr wünscht, Herr Gildemeister?« Allein seine Stimme besaß noch ihre einstige Kraft.

Michel beschloss, gleich zur Sache zu kommen, um den Herzog nicht über Gebühr zu belasten. »Wie Ihr wisst, hat uns Kaiser Friedrich einst den Bau einer zollfreien Brücke gestattet. Da de Guillory sie zerstört hat…«

»Das ist ein Verdacht, der keineswegs bewiesen ist. Fest steht nur, dass sie abgebrannt ist. Wer oder was dahintersteckte, weiß Gott allein.«

Michel beließ es bei einem Nicken. »Die Brücke war eine enorme Erleichterung für den Salzhandel. Die Gilde bittet Euch daher um die Erlaubnis, sie wiederaufbauen zu dürfen.«

»Varennes braucht keine eigene Brücke. Nutzt die Brücke der Familie de Guillory.«

»Dort müssen wir auf jede Warenladung Zölle zahlen.«

»Das ist mir durchaus bekannt, Herr de Fleury. Aber fünf von hundert Teilen sind wahrlich nicht zu viel. Zumal ich Euch bereits bei den Steuern und Marktzöllen entgegengekommen bin.«

Michel hatte mit solch einer Entscheidung gerechnet. Dass es Simon ehedem nicht gelungen war, sich die Saline anzueignen, ärgerte ihn bis zum heutigen Tag, und er wollte dem Herzogtum – beziehungsweise dem Vasallen, der dereinst de Guillorys Lehen bekommen würde – wenigstens einen kleinen Teil der Einkünfte aus dem Salzhandel sichern. »Können wir etwas tun, um Euch umzustimmen?«

»Nein.« Simon winkte einen Pagen heran, der ihm aufhalf. »War das alles? Ich bin müde und möchte mich zurückziehen.«

Seit Tagen beschäftigte Michel ein waghalsiger, geradezu tollkühner Gedanke. Er gab sich einen Ruck und fragte: »Wie viel würdet Ihr für ganz Varennes verlangen?«

Simon blickte ihn mit trüben Augen an. »Wovon redet Ihr, Mann?«

»Angenommen, die Bürgerschaft würde die Stadt mitsamt den Ländereien und allen Rechten und städtischen Einrichtungen kaufen wollen – was wäre Euer Preis?«

»Ist das der Wunsch der Bürgerschaft?«

»Wir sehnen uns schon lange danach, unsere eigenen Herren zu sein.«

Simon stand neben dem Tisch, gestützt auf seinen Pagen, und dachte lange nach. »Ihr wisst, was ich damals Erzbischof Johann für Varennes gezahlt habe.«

»Achttausend Pfund Silber.«

»Könnte die Bürgerschaft diese Summe aufbringen?«

»Wahrscheinlich nicht – die letzten Jahre waren hart. Aber die Hälfte wäre zu schaffen.«

»Viertausend Pfund sind zu wenig für eine Stadt dieser Größe. Aber da meine Familie Euch viel verdankt, mache ich Euch ein Angebot: sechstausend, und ich entlasse Varennes in die Selbstverwaltung.«

»Habt Dank, Euer Gnaden.« Michel verneigte sich tief, während Simon gebeugt aus der Kammer schlurfte.

»Sechstausend?«, rief Duval. »Diese Summe bringen wir in hundert Jahren nicht zusammen. Selbst wenn alle Schwurbrüder ihr letztes Hemd geben, schaffen wir vielleicht ein Fünftel. Höchstens.«

»Wenn ich Herrn de Fleury richtig verstanden habe«, sagte Archambaud Leblanc, der mit Jean Caboche und den anderen Führern der Bruderschaften inmitten der Schwurbrüder in der Gildehalle saß, »sollen die Kaufleute das Geld nicht allein aufbringen. Die ganze Stadt soll sich beteiligen.«

Michel nickte. »Die Gilde, die Bruderschaften, die Arbeiter und Tagelöhner, sogar die Ministerialen – alle.«

»In Form einer Steuer?«, fragte Eustache Deforest.

»Wir dürfen keine Steuern erheben. Aber wir können Spenden sammeln. Jeder gibt, so viel er kann.«

»Warum sollten sich die einfachen Leute auf so etwas einlassen?«, warf Isoré Le Roux ein. »Sie haben ohnehin kaum genug zum Leben.«

»Das liegt doch auf der Hand«, antwortete Michel. »Sie haben am meisten unter de Guillory und zuvor unter Bischof Ulman gelitten. Wenn wir uns selbst verwalteten, wären sie nicht mehr der Willkür der Kirche und des Adels ausgeliefert. Ich bin sicher, dass sie bereit wären, dafür ein paar Silberstücke zu geben. Ist es nicht so?«, wandte er sich an die Führer der Bruderschaften.

»Unsere Leute haben es satt«, stimmte Jean Caboche ihm zu. »Sie wollen endlich mitreden bei Steuern, Marktzöllen und allem anderen.«

Leblanc und die anderen Führer nickten.

»Trotzdem«, sagte Le Roux. »Sechstausend Pfund sind unvorstellbar viel Geld. Ich frage mich, ob das wirklich nötig ist. Gerade sieht es doch ganz gut für uns aus.«

»Ja, aber wie lange bleibt das so?«, erwiderte René Albert. »Was ist, wenn der Herzog seine Meinung ändert und uns nächstes Jahr einen neuen Stadtherrn hinsetzt, womöglich einen Kerl wie de Guillory? Oder wenn er stirbt und sein Bruder alle Vereinbarungen widerruft?«

»Oder wenn es zum Machtkampf zwischen Ferry und seinem Sohn kommt und beide versuchen, uns für ihre Zwecke einzuspannen?«, ergänzte Deforest. »Ihr habt den Herzog gesehen – er hat höchstens noch ein paar Monate. Wer weiß, was nach seinem Tod geschieht.«

»Genauso ist es«, sagte Michel. »Herzog Simon gewährt uns die Möglichkeit, endlich die Freiheit zu erlangen. Wir sollten sie nutzen, solange er noch lebt.«

»Was Ihr da sagt, ist nicht ganz richtig«, bemerkte Duval, der dem Wortwechsel mit gerunzelter Stirn zugehört hatte. »Wenn wir Simon Varennes abkaufen, sind wir noch lange nicht frei. Wir müssten ihm immer noch Heerfolge leisten, Steuern an ihn abführen, uns vor dem Hochgericht seinen Entscheidungen beugen und vieles mehr. Echte Freiheit kann uns nur der König gewähren.«

»Dann gehen wir eben zum König«, entgegnete Michel. »Aber bevor er uns weitere Privilegien gewähren kann, müssen wir die Stadt in unseren Besitz bringen. Daran führt kein Weg vorbei.«

»Das ist wahr«, räumte Duval ein.

Michel blickte in die Runde. »Also – wer stimmt für meinen Vorschlag?«

Beinahe alle Männer hoben die Hand, nach kurzem Zögern auch Duval und Le Roux. Lediglich zwei Führer der Bruderschaften sowie Baffour und d'Alsace enthielten sich ihrer Stimme.

»Dann ist es beschlossen. Meine Herren, vor uns liegt viel Arbeit. Lasst uns sofort anfangen.«

Was in den nächsten Tagen geschah, war beispiellos in der Geschichte Varennes'. Nicht einmal die ältesten Bewohner konnten sich erinnern, je etwas Vergleichbares erlebt zu haben. Auf eindrucksvolle Weise bewiesen die Menschen, dass die Bürgerschaft während des Kampfes gegen de Guillory zusammengewachsen war.

Die Kaufleute waren die Ersten, die Geld für Michels Vorhaben spendeten. Geschlossen gingen sie zur Gildehalle und überreichten ihm alles Silber, das sie entbehren konnten. Michel stellte mehrere Truhen auf, führte von früh bis spät Buch über die eingegangenen Spenden und verließ seinen Posten nur zum Essen und Schlafen. Gleichzeitig versammelten die Bruderschaften ihre Mitglieder und warben für die Idee. Die Aussicht auf Freiheit begeisterte die Handwerker und Stadtbauern derart, dass jeder, vom einfachen Lehrling bis zum angesehenen Meister, bereitwillig einen Teil seines Vermögens gab.

Am Abend des ersten Tages enthielten die Truhen bereits knapp zweitausend Pfund Silber. Am Tag darauf waren es schon dreitausend.

Isabelle gewann die Beginen für das Unternehmen. Magistra Frédégonde und ihre Schwestern spendeten das Silber, das sie von Herzog Simon als Entschädigung für das erlittene Unrecht bekommen hatten, und zogen durch die Gassen, um bei den Tagelöhnern, Arbeitern, Knechten und Mägden Geld zu sammeln. Obwohl die ärmeren Bewohner Varennes' jeweils nur ein paar Deniers oder Sous entbehren konnten, kam dank der großen Zahl dieser Menschen eine beträchtliche Summe zusammen.

Dreitausendzweihundert Pfund. Michel, seine Schwurbrüder und die Männer der Bruderschaften verdoppelten ihre Anstrengungen.

Le Roux und Archambaud Leblanc ritten zu den Höfen im Umland der Stadt und baten die Bewohner um Mithilfe.

Charles Duval sprach mit Chonrat, dem Vorsteher der Bornknechte. Obwohl die Salinenarbeiter zumeist arm waren, spendeten auch sie im Rahmen ihrer Möglichkeiten.

Unterdessen suchte Aimery Nemours die Mitglieder des Schöffenkollegiums und die anderen Ministerialen auf. Seine Aufgabe war zweifellos die schwerste, denn viele Ministerialen fürchteten, auch den letzten Rest ihres Einflusses zu verlieren, wenn Varennes die Freiheit erlangte, und die meisten wiesen ihn ab. Einige wenige jedoch – unter ihnen Tancrède Martel, der einstige Schultheiß – sahen ein, dass es nicht klug wäre, sich dem Freiheitsstreben der Bürgerschaft entgegenzustellen. Sie leisteten einen bedeutenden Beitrag zu dem Unterfangen, in der Hoffnung, auf diese Weise ihre Privilegien bewahren zu können.

Viertausendfünfhundert Pfund.

Die Kaufleute und die reicheren Handwerker begannen, ihre Besitztümer zu versetzen, Reitpferde, Gewürze, Schmuck, kostbare Gewänder. Michel trennte sich wieder einmal von all seinen Büchern, außer jenem, das Rémy gemacht hatte. Was sie nicht der Kirche und dem Domkapitel verkaufen konnten, brachten sie nach Metz und boten es auf den dortigen Märkten feil.

Nach anderthalb Wochen enthielten die Schatztruhen in der Gildenhalle genau fünftausendachthunderteinundneunzig Pfund, achtzehn Sous und sieben Deniers.

Michel ließ die Schatullen auf seinen Wagen laden und brachte sie zum Palast. Herzog Simon empfing ihn nicht in der Amtsstube, sondern in seinem Schlafgemach. Seine Krankheit hatte sich verschlechtert, und er lag im Bett, das Gesicht fahl und teigig. Ein Medicus saß bei ihm und flößte ihm einen Kräutertrunk ein. In der Ecke, hinter einem Pult, kauerte ein Rechtsgelehrter und prüfte Urkunden.

»Ich habe gehört, Ihr wart fleißig«, sagte er, als Michel sich vor dem Schlaflager verneigte. Ein schwaches Lächeln umspielte seine Lippen.

»Die Stadt hat alles gegeben, was sie hat. Fast fünftausendneunhundert Pfund. Sie gehören Euch, Euer Gnaden.«

»Vereinbart waren sechstausend.«

»Jeder Bürger hat einen Beitrag geleistet, sogar die Tagelöhner und Knechte. Wenn wir noch mehr von ihnen verlangen, drohen ihnen Hunger und Armut. Ich bitte Euch, Euer Gnaden, nehmt unser Geschenk an, wie es ist. Unser ewiger Dank wäre Euch gewiss.«

»Von Eurem Dank kann ich keine Burgen bauen und keine Kriege führen.«

»Aber das Haus Châtenois würde einen treuen Freund gewinnen. Und Freunde sind rar in diesen Zeiten.«

Simon hob die Hand. Der Medicus stand auf und verließ das Gemach. »Freunde sind rar«, wiederholte der Fürst leise. »Da sprecht Ihr ein wahres Wort … Schaut mich an, Herr Gildemeister. Ihr seht einen sterbenden Mann. Der Tod pocht an meine Tür, jeden Tag ein klein wenig lauter. Mit etwas Glück erlebe ich noch das Ende des Sommers. Nacht für Nacht frage ich mich, ob ich ein gutes Leben geführt habe. War ich so gerecht, ritterlich und barmherzig, wie ein Mann meines Standes es sein sollte? Oder erlag ich allzu oft den Verlockungen der Macht?«

»Ihr seid ein guter Herrscher«, sagte Michel. »Einer der besten, die Oberlothringen jemals hatte.«

Wieder lächelte Simon. »Ist das die Wahrheit? Oder sagt Ihr das nur, um mir das Ende zu erleichtern?«

»Ihr habt Euch aus dem Krieg herausgehalten. Dank Euch hatten wir viele Jahre Frieden, während der Rest des Reiches in Chaos und Blutvergießen versank. Das ist die größte Leistung, die ein Herrscher vollbringen kann.«

»Viele sind der Ansicht, die wichtigste Leistung eines Herrschers sei es, Ruhm auf dem Schlachtfeld zu erlangen.«

»Ich bin anderer Meinung.«

Simon hob abermals die Hand. »Setzt Euch zu mir, Herr de Fleury, und tupft mir das Gesicht. Ich schwitze wie ein Grubenarbeiter, es ist grässlich.«

Michel nahm auf der Bettkante Platz, griff nach dem Tuch und tupfte Simon Stirn und Wangen. Der Herzog schloss die Augen und atmete gleichmäßig. Er stank. Die Krankheit arbeitete in seinem Innern und ließ üble Dünste durch die Haut hervortreten. *Ob Höriger oder Fürst,* dachte Michel, *vor dem Tod sind wir alle gleich.*

»Ich war in meinem Leben manches Mal eitel, gierig, rachsüchtig und machtversessen«, sagte Simon. »Wenn ich das schon nicht ungeschehen machen kann, möchte ich wenigstens in meinen letzten Tagen ein guter Christ sein. Ich will nicht als Raffzahn und Geizkragen vor die Himmelspforte treten. Ich nehme Euer Geschenk an. Varennes soll seinen Bürgern gehören.«

Plötzlich war Michels Kehle rau und eng. »Ich danke Euch, Euer Gnaden«, brachte er hervor. »Ich danke Euch tausendfach.«

»Ich mag Euch, Herr de Fleury. Ihr seid ein guter Mann, weise und mild. Die richtige Gesellschaft für einen Sterbenden. Ich bitte Euch, bleibt noch eine Weile.«

Michel saß an Simons Lager und tupfte ihm die Stirn, bis der Herzog schließlich einschlief. Der Rechtsgelehrte führte ihn in den großen Saal, wo er ein Dokument anfertigte und mit dem herzoglichen Siegel versah. Es bestätigte den Kauf der Stadt Varennes samt aller Ländereien, Rechte und Einrichtungen durch die Bürgerschaft.

Vorsichtig, als wäre sie eine kostbare und zerbrechliche Reliquie, brachte Michel die Urkunde zur Gildehalle.

Kurz darauf läuteten überall in der Stadt die Glocken.

Die Menschen strömten auf die Straßen und feierten bis in die Nacht.

Am nächsten Morgen versammelten sich über zweitausend Männer und Frauen auf dem Domplatz und wählten im strahlenden Sonnenschein ein neues Schöffenkollegium, das von nun an *Rat der Zwölf* genannt wurde.

Michel, seine Schwurbrüder und die Führer der Handwerker hatten bis weit nach Mitternacht zusammengesessen und ein Wahlverfahren ausgearbeitet, das den besonderen Umständen ihres Freiheitskampfes gerecht wurde. Anders als beispielsweise in Metz oder Köln durften sich nicht nur Mitglieder der städtischen Oberschicht zur Wahl stellen, sondern jeder freie Mann, der entweder der Gilde oder einer Bruderschaft angehörte. Darüber hinaus musste ein Anwärter auf einen Ratssitz mindestens dreißig Jahre alt und von tadellosem Leumund sein, das Bürgerrecht besitzen und sich die ehrenamtliche Arbeit für das Kollegium leisten können. Der geistliche Stand war von der Teilnahme ausgeschlossen.

Die Kaufleute, die das meiste Silber beigesteuert hatten, stellten sechs Ratsherren; die Bruderschaften, die beim Kampf gegen Aristide de Guillory die größten Opfer gebracht hatten, die anderen sechs. Die Amtszeit eines Ratsherrn betrug ein Jahr. Danach konnte er erneut kandidieren, falls er dies wünschte.

Die Wahl dauerte den ganzen Tag und glich einem ausgelassenen Fest. Spielleute und Vaganten unterhielten das Stadtvolk mit Musik und Gaukelspiel, während die männlichen wahlberechtigten Bürger lange Schlangen vor den Urnen unter den Arkaden der Gildenhalle bildeten. Wirte schenkten billiges Bier aus, die Beginen verteilten kostenloses Backwerk, Possenreißer machten derbe Scherze auf Kosten von Adel und Kirche. Im ersten Wahlgang wurden die Ratsherren der Gilde bestimmt, im zweiten die der Bruderschaften. Die Bürger wurden nach Pfarreien und Stadtvierteln aufgerufen. Wer seine Stimme abgab, warf eine farbige Bohne in die Urne seines Kandidaten, einen Tonkrug mit engem Hals, sodass man nicht sehen konnte, wie viele Bohnen er bereits enthielt. Pater Jodocus und vier andere Geistliche wachten darüber, dass alles mit rechten Dingen zuging und niemand mehr als zwei Stimmen abgab.

Die Bewohner der Unterstadt wählten zum Schluss. Als die letzte Bohne in die ihr bestimmte Urne gefallen war, erklärte

Pater Jodocus die Wahl für beendet. Die Priester zerschlugen die Tonkrüge der Reihe nach und zählten mithilfe der Beginen unter den Blicken der ganzen Stadt die Stimmen aus.

Ein Raunen ging durch die Menge. Mit bloßem Auge war zu erkennen, dass zwei Kandidaten mehr Stimmen hatten als alle anderen. Wenig überraschend waren dies Michel de Fleury und Jean Caboche.

Zur Vesper standen auch die übrigen Ratsherren fest: Für die Gilde würden Charles Duval, Isoré Le Roux, Aimery Nemours, Eustache Deforest und Adrien Sancere in den Rat der Zwölf einziehen; für die Bruderschaften Archambaud Leblanc, Guichard, der Führer der Weber, sowie die Oberhäupter der Zimmerleute, der Steinmetze und der Bäcker.

Unter dem Jubel der Menge zogen die Sieger zum Dom, wo sie die Nacht im Gebet verbrachten. Sie knieten vor dem Altar im Hauptschiff und senkten in Demut die Häupter, während die Männer des Domkapitels Weihrauch verbrannten und Mönche aus allen vier Abteien Varennes' Choräle anstimmten.

Der duftende Rauch machte Michels Gedanken leicht, er ließ sich vom Gesang davontragen und spürte kaum, wie die Stunden verstrichen. Flüsternd dankte er dem Allmächtigen für die Ehre, die ihm heute zuteilgeworden war, und bat um die Kraft, die vor ihm liegenden Aufgaben zu bewältigen.

Irgendwann graute der Morgen. Blasses Licht fiel durch die Buntglasscheiben und überzog den Steinboden mit verschwommenen Abbildern des Gekreuzigten. Die Männer des Domkapitels stiegen in die Gruft hinab, trugen den Reliquienschrein mit den Gebeinen des heiligen Jacques herauf und stellten ihn vor den Altar.

Die Ratsherren erhoben sich. Michel war der Erste, der vortrat. Er legte die Schwurfinger auf den vergoldeten Schrein und sprach Pater Jodocus nach:

»Bei Gott, den Heiligen und der Jungfrau Maria gelobe ich, Varennes-Saint-Jacques redlich zu dienen, die Menschen dieser

Stadt zu schützen und sie kraft meines Amtes vor Gefahr, Krieg und Armut zu bewahren.«

»Amen«, sagte Pater Jodocus und lächelte.

Am Abend desselben Tages nahm der Rat der Zwölf seine Arbeit auf.

Die Ratsherren trafen sich im ehemaligen Bischofspalast, im Saal des alten Schöffenkollegiums, dessen Wände Gemälde der Heiligen schmückten. Es gab viel zu tun: Sie mussten die Verwaltung der Stadt auf Vordermann bringen, denn de Guillory hatte sie in einem beklagenswerten Zustand hinterlassen, und viele städtische Bedienstete vernachlässigten seit Jahren ihre Pflichten. Ferner mussten sie sich einen Überblick über die Steuereinnahmen verschaffen und entscheiden, wie sie künftig zu verwenden wären. Da die Stadtbauern einen Großteil ihrer Ernte verloren hatten und eine Hungersnot drohte, beschlossen sie, von dem Geld in Metz und Épinal Getreide zu kaufen und damit die leeren Kornkammern Varennes' zu füllen.

Anschließend teilten sie die wichtigsten Ämter unter sich auf. Jean Caboche wurde der neue Schultheiß und Befehlshaber der Stadtwache. Aimery Nemours übernahm wieder den Zoll; Archambaud Leblanc die Marktaufsicht; Charles Duval, der am meisten von Recht und Gesetz verstand, den Vorsitz des städtischen Niedergerichts.

Zu guter Letzt ernannten die Männer einen Bürgermeister, der dem Rat als Erster unter Gleichen vorstehen würde. Michel wurde einstimmig gewählt.

Nachdem der Beifall verklungen war und Michel sich wieder gesetzt hatte, brachte Eustache Deforest die Sprache auf die Brücke. »Sind wir eigentlich noch an Herzog Simons Verbot gebunden, oder dürften wir sie jetzt bauen?«, fragte er.

»Was der Herzog entschieden hat, braucht uns nicht mehr zu kümmern«, sagte Duval. »Meiner Ansicht nach dürfen wir sie wiederaufbauen – immerhin liegt uns Barbarossas Genehmigung vor. Allerdings halte ich es für ratsam, dass wir uns die Gültigkeit des Privilegienbriefes von der Hofkanzlei bestätigen lassen.«

»Wieso ist das nötig?«, fragte Le Roux. »Die Genehmigung wurde nie widerrufen.«

»Aber es ist fünfzehn Jahre her, dass Barbarossa sie erteilt hat. Seitdem ist viel geschehen. Zur Sicherheit sollten wir König Philipps Erlaubnis einholen. Nur der Form halber. Ich denke nicht, dass er uns Steine in den Weg legen wird.«

Niemand erwähnte Otto von Braunschweig. Für jeden Mann in diesem Saal war Philipp von Schwaben der rechtmäßige Herrscher des Reiches und Otto nichts anderes als ein Usurpator.

»Ich habe gehört, dass er gerade in Speyer weilt«, sagte Adrien Sancerre. »Wir könnten ihn dort aufsuchen und ihm die Urkunde zur Bestätigung vorlegen.«

Michel nickte. »Sowie wir die Verwaltung auf Vordermann gebracht haben, reite ich zu ihm. Je eher wir mit dem Wiederaufbau anfangen, desto besser.« Er bemerkte, dass Archambaud Leblanc mit mäßigem Erfolg ein Gähnen unterdrückte, was nicht verwunderlich war: Sie saßen bereits seit Stunden zusammen. Draußen war es inzwischen stockfinster, und die Kerzen auf dem Tisch waren heruntergebrannt. »Machen wir Schluss für heute. Kommt ihr noch auf einen Sprung zu mir? Zur Feier des Tages lade ich euch auf einen Becher Wein ein.«

Die Ratsherren waren einverstanden, und wenig später saßen sie in Michels Gesellschaftssaal. Isabelle gesellte sich zu ihnen, Yves und Louis verteilten Kelche und schenkten burgundischen Roten vom Vorjahr aus.

Isoré Le Roux zerstößelte Pfefferkörner und würzte damit seinen Wein. »Wenn wir zu Philipp gehen, können wir ihn gleich um die fehlenden Stadtrechte bitten.«

»Ihr wollt Philipp von Schwaben aufsuchen?«, fragte Isabelle.

»Es geht um die Brücke zur Saline«, erklärte Michel. »Charles meint, es wäre klug, uns Barbarossas Genehmigung bestätigen zu lassen.«

»Wir können den König nicht einfach bitten, uns Regalien zu übertragen«, sagte Duval. »Wir würden uns lächerlich machen. Er wird sich jedes einzelne Recht gut bezahlen lassen, und wir haben nichts, das wir ihm anbieten könnten.« Als Yves ihm einschenken wollte, deckte er seinen Becher mit der Hand ab.

»Kein Wein für Euch?«, fragte der Knecht.

»Ich habe in meinem Leben weiß Gott genug getrunken. Damit ist jetzt Schluss. Für die Ratsarbeit brauche ich einen klaren Kopf.«

»Welche Regalien brauchen wir zwingend?«, fragte Michel.

»In erster Linie jene, die uns die Unabhängigkeit vom Herzogtum sichern«, antwortete Duval. »Die Blutgerichtsbarkeit, das Befestigungsrecht, das Münzregal und die Befreiung vom Kriegsdienst. Solange wir die nicht haben, besteht unsere Freiheit allenfalls auf dem Pergament. Daneben gibt es eine ganze Reihe kleinerer Rechte, die wir benötigen, etwa das Judenregal oder die Spitalverwaltung, aber das kann warten.«

»Das Münzregal?«, fragte Jean Caboche. »Heißt das, wir dürfen keine eigenen Münzen prägen?«

»Mit dem Kauf der Stadt ist nur das Zoll- und Marktrecht auf uns übergegangen. Das Münzrecht hat der Herzog wohlweislich behalten.«

»Das heißt, Simon oder sein Nachfolger können das Geld verrufen, wenn sie wieder einmal Silber brauchen, richtig?«, bemerkte Guichard, das Oberhaupt der Weber.

»Genau das heißt es«, sagte Duval.

»Wie viel wird Philipp für die vier wichtigsten Regalien verlangen?«, fragte Michel.

»Schwer einzuschätzen. Fünfhundert bis tausend Pfund, vielleicht mehr.«

»Aber Varennes ist völlig ausgeblutet«, sagte Caboche. »So viel Geld bringen wir frühestens in ein paar Jahren zusammen.«

»Vielleicht können wir Philipp etwas anderes anbieten«, meinte Michel.

»Angenommen, der König würde euch die Regalien übertragen«, sagte Isabelle. »Wie würde das vonstattengehen?«

»Wie damals auf dem Hoftag in Hagenau«, antwortete Duval. »Er würde seine Rechtsgelehrten von der Hofkanzlei beauftragen, uns eine Urkunde auszustellen, in der alle uns verliehenen Rechte und Privilegien aufgeführt sind.«

»Und die Rechte würden gelten, sowie der Rat die Urkunde in den Händen hält?«, hakte Isabelle nach.

»Worauf willst du hinaus?«, fragte Michel.

Sie schilderte ihren Einfall. Er war derart dreist, dass für eine Weile Schweigen an der Tafel herrschte.

»Das ist schlichtweg brillant«, sagte Michel schließlich.

»›Brillant‹ ist nicht das Wort, das mir dazu einfällt«, bemerkte Duval. »Das ist verrückt. Blanker Irrsinn.«

Andere hingegen konnten sich für das Vorhaben erwärmen. »Ich weiß nicht«, meinte Sancere. »Gewiss, es wäre nicht ungefährlich, aber denkt doch daran, was wir gewinnen würden.«

»Wäre Euer Sohn dazu imstande?«, fragte Leblanc.

»Natürlich«, antwortete Michel. »Er ist schon jetzt einer der besten Buchmaler Sélestats.«

»Ich kann nicht glauben, dass Ihr das tatsächlich in Erwägung zieht«, sagte Duval. »Was, wenn sich Philipp an den Hoftag von Hagenau erinnert?«

»Das wird er nicht«, erwiderte Michel. »Er war damals noch ein Kind. Falls er überhaupt auf dem Hoftag war.«

»Gut. Dann vergleicht er eben die Urkunde mit der Kopie in der Hofkanzlei, und der Schwindel fliegt auf. Wisst ihr, was Philipp dann mit uns macht?«

»Warum sollte er sie vergleichen?«, hielt Deforest dagegen. »Er hat keinen Anlass, einen Schwindel zu erwarten. Für ihn ist es einfach die Urkunde seines Vaters.«

»Außerdem kann es gut sein, dass es keine Abschrift mehr

gibt«, ergänzte Sancere. »Ich habe gehört, dass die Hofkanzlei während des Krieges mehrmals überfallen wurde. Viele Dokumente sind verbrannt und verloren gegangen. Einen Teil hat Otto von Braunschweig an sich gebracht.«

Duval begriff, dass er auf verlorenem Posten stand. »Ihr wollt das also wirklich versuchen.«

»Ich rede zuerst mit meinem Sohn«, sagte Michel.

Sélestat

In der Rue des Marchands zügelte Michel sein Pferd und stieg aus dem Sattel. Er kam gerade richtig: Eben hatte es zur Vesper geläutet, und Meister Rabels Gesellen und Gehilfen gingen nach Hause. Rémy war der Letzte, der die Werkstatt verließ. Müde schlurfte er zum Nachbargebäude, wo der Meister ihm eine kleine Kammer vermietet hatte.

»Rémy!«, rief Michel.

Sein Sohn wandte sich zu ihm um und lächelte. »Michel.« Wenngleich sich ihr Verhältnis entschieden gebessert hatte, konnte er sich nach wie vor nicht überwinden, ihn »Vater« zu nennen. Heute jedoch hatte Michel ganz andere Sorgen.

»Ich muss etwas Wichtiges mit dir besprechen. Können wir irgendwo in Ruhe reden?«

Rémy führte ihn in seine Unterkunft, die sich unter dem Dach des Hauses befand. Es war eine winzige Kammer mit einem kleinen Fensterschlitz, spärlich eingerichtet mit einer Schlafstatt, einem Tisch mit zwei Stühlen und einer Truhe mit Rémys wenigen Habseligkeiten. Zu sehen, wie sein Sohn lebte, tat Michel in der Seele weh. Dabei hatte Rémy es noch gut getroffen: Manch ein Lehrling musste bei seinem Meister unter der Treppe schlafen wie ein Knecht.

»Ich kann dir leider nur dünnes Bier anbieten«, sagte der Junge, während er zwei Tonbecher füllte.

»Das macht nichts.« Sie stießen miteinander an und tranken. »Hör zu, Rémy, ich bin etwas in Eile, deshalb komme ich gleich zur Sache. Weißt du, was das ist?« Michel öffnete das Lederfutteral und legte die alte Urkunde auf den Tisch.

Rémy sah sie sich an. »Barbarossas Genehmigung für die Gildenbrücke.«

»Ich möchte, dass du eine täuschend echte Kopie anfertigst und diese Rechte einfügst.« Michel holte eine Liste hervor und legte sie daneben.

»Wozu soll das gut sein?«

»Wir möchten, dass König Philipp die Urkunde bestätigt – also die Kopie. Wenn wir ihn glauben machen können, dass uns sein Vater diese Privilegien schon vor langer Zeit übertragen hat, gewährt er sie uns vielleicht, ohne eine Gegenleistung dafür zu verlangen.«

»Ihr wollt so tun, als hätten sie schon immer darin gestanden?«

»Genau«, antwortete Michel.

Sein Sohn grinste. »Das ist ganz schön gerissen.«

»Es war die Idee deiner Mutter.«

»Aber wird der König das nicht merken? Was, wenn er euch fragt, warum ihr diese Rechte nie ausgeübt habt, wenn ihr sie doch schon so lange besitzt?«

»Wir werden ihm sagen, dass wir bisher nicht das Geld hatten, Varennes dem Herzog abzukaufen, weshalb die Rechte all die Jahre ruhen mussten.«

»Und wenn jemand beim König ist, der Varennes gut kennt? Oder der sich an den Inhalt der alten Urkunde erinnern kann?«

»Wenn das der Fall ist, können wir ihm die Kopie nicht vorlegen«, räumte Michel ein. »Aber das wissen wir erst, wenn wir bei ihm sind. Traust du dir zu, eine Fälschung anzufertigen?«

Rémy blickte ihn strafend an.

»Entschuldige«, sagte Michel lächelnd. »Ich verstehe nichts von Buchmalerei. Ich kann nicht einschätzen, was machbar ist.«

»Diese Urkunde hätte ich schon vor drei Jahren kopieren können. Verglichen mit der Bibel für den Erzbischof ist das ein Kinderspiel.«

»Kannst du gleich damit anfangen?«

»Natürlich. Ich hole nur schnell mein Werkzeug.«

Rémy arbeitete bis spät in die Nacht. Michel setzte sich zu ihm an den Tisch und sah ihm dabei zu, wie er mit geübten Handgriffen das Pergament bearbeitete, es linierte, die Schrift nachahmte und die neuen Regalien einfügte. Nachdem die Tinte getrocknet war, löste er Barbarossas Siegel von der alten Urkunde und befestigte es mit etwas Wachs an der Kopie. Anschließend fälschte er die Unterschrift des Kaisers.

Michel musste irgendwann eingenickt sein, denn er schreckte auf, als Rémy ihn am Arm berührte.

»Ich bin fertig.«

Michel schüttelte die Schlaftrunkenheit ab und streckte seinen schmerzenden Rücken. Die beiden Kerzenstummel flackerten in einer frischen Brise, die durch den Fensterschlitz hereinwehte. Die Finsternis war nicht mehr ganz so massiv und undurchdringlich wie noch vor einigen Stunden. Das erste Licht des Tages kroch bereits durch die Gassen Sélestats.

Michels Mund war ausgetrocknet, und er trank den letzten Schluck Bier. Rémy legte ihm derweil die neue Urkunde vor. Abgesehen von den vier neuen Rechten glich sie der Vorlage in jeder Einzelheit.

»Wie hast du es hinbekommen, dass sie so alt wirkt?«

»Ich habe etwas Staub auf dem Pergament verrieben, die Ränder eingerissen und mit der Kerze angebrannt. Sie soll ja aussehen, als hätte sie in den letzten fünfzehn Jahren einiges mitgemacht.«

Michel konnte den Blick nicht von der Fälschung nehmen. Sie war ein Meisterwerk. Philipp *musste* einfach darauf hereinfallen. »Das ist gute Arbeit, Rémy«, murmelte er. »Wirklich ausgezeichnete Arbeit.«

»Danke.« Der Junge lächelte müde, und Michel umarmte ihn.

Hörige, Knechte, Handwerker, Mägde – sie alle standen da und glotzten, als der Wagen im Burghof hielt und ein Soldat auf die Pritsche kletterte, um seine Ketten zu lösen. Aristide würdigte das Gesindel keines Blickes. Er spie einen Klumpen Schleim in den Staub und bewegte Schultern und Arme, die steif geworden waren von der unbequemen Haltung, zu der ihn die Fesseln gezwungen hatten.

»Los, runter da«, befahl der Waffenknecht.

In aller Seelenruhe stieg Aristide vom Wagen, und die Ketten an seinen Fußknöcheln klirrten. »Ich hoffe, ihr habt meine Gästekammer hübsch hergerichtet. Ich wünsche ein weiches Bett, einen Bottich mit kaltem Brunnenwasser und einen Krug vom besten Wein des Hauses. Heute Nacht soll mir eine Magd Gesellschaft leisten. Aber eine schöne, wenn ich bitten darf.«

»Wein willst du?« Der Soldat griff nach einem Eimer und schüttete ihm das Wasser vor die Füße. »Da. Leck das auf, wenn du Durst hast.«

Die Männer lachten. Einer gab Aristide einen Stoß, und sie führten ihn zum Palas.

Er bemerkte ein Gesicht in der Menge – ein Antlitz, das er nie vergessen würde, obwohl er es zuletzt vor einem halben Leben gesehen hatte. Abrupt blieb er stehen. Velin schaute ihn an, das Haar unter einer Haube verborgen, das Gesicht blass, die Augen unergründlich. Sie war so schön wie damals, noch schöner gar.

Ein junger Bursche stand neben ihr, und plötzlich war Aristide, als blicke er in einen Spiegel, der ihm sein jüngeres Selbst zeigte.

»Gislebert?«, brachte er hervor. Was taten sie hier? Wieso waren sie nicht in Behonne? »Habt ihr mich verraten?«

Sein Sohn musterte ihn forschend, abwartend.

»Habe ich euch nicht genug bezahlt?«

Wieder keine Antwort. Velin fing an zu weinen. Stumm blickte sie ihn an, während die Tränen über ihr Gesicht flossen.

»Ich hätte es mir denken können. Verfluchtes Lumpenpack. Ihr seid alle gleich. Niemals kriegt ihr den Hals voll.«

»Komm, Mutter.« Gislebert legte Velin den Arm um die Taille. »Lass uns gehen.«

»Bleib da«, schnarrte Aristide. »Ich bin dein Vater, verdammt noch mal. Gehorch mir gefälligst.«

»Ihr seid nicht mein Vater«, sagte Gislebert. »Aëlred ist mein Vater.«

»Aëlred ist ein schäbiger Wollweber, aber ich bin ein Ritter. Willst du nicht der Sohn eines Ritters sein?«

»Ihr seid kein Ritter. Ihr seid gar nichts.« Gislebert führte Velin weg.

»Ja, geh. Geh nur zu deinem Webergesindel. Da gehörst du hin. Abschaum bist du, genau wie dein Großvater.« Aristide spuckte aus.

»Weiter.« Einer der Waffenknechte packte ihn am Arm. »Wir zeigen dir jetzt deine Gästekammer. Mal sehen, ob sie deinen Ansprüchen genügt.«

Sie führten ihn zu einem Tunnel im Fels, und mit klirrenden Ketten stieg Aristide in die Dunkelheit hinab.

August 1204

Speyer

Gleich nach seiner Rückkehr von Sélestat brachen Michel, Duval, Le Roux, Deforest, Archambaud Leblanc, vier Knechte und sechs Gildensöldner nach Speyer auf. Duval verbrachte die ersten beiden Tage der Reise damit, sie auf sämtliche Fallstricke ihres Vorhabens hinzuweisen und ihnen in den buntesten Farben auszumalen, was ihnen blühte, sollte der Schwindel ans Licht kommen.

»Philipp wird uns Betrug vorwerfen«, lamentierte er, als sie auf der Römerstraße nach Norden ritten. »Schlimmer noch: Verrat an der Krone. Wenn wir Glück haben, hängen sie uns am nächsten Baum auf. Wenn nicht, lassen sie uns fünfzehn Jahre im Kerker vermodern, bevor sie uns hinrichten.«

»Wir werden vorsichtig sein«, versuchte Michel zum hundertsten Mal, seinen alten Freund zu beruhigen. »Wenn Ferry de Bitche, Erzbischof Johann oder sonst jemand in Speyer ist, der uns auf die Schliche kommen könnte, blasen wir die Sache ab. Wir gehen nur zu Philipp, wenn niemand uns kennt.«

»Was ist mit den Rechtsgelehrten der Hofkanzlei? Sie werden sich an die Urkunde erinnern.«

»Sie stellen jeden Monat Dutzende Dokumente aus. Ich glaube kaum, dass sie noch den genauen Wortlaut eines fünfzehn Jahre alten Schriftstücks kennen. Davon abgesehen waren Barbarossas Schreiber und Rechtsgelehrte ausnahmslos alte Männer. Wahrscheinlich sind sie längst tot und begraben.«

Duval ritt mit düsterer Miene und gebeugtem Rücken neben

ihm. Michel hatte den Verdacht, dass seine üble Laune auch darauf zurückzuführen war, dass er dem Wein entsagt hatte.

»Na schön«, sagte Duval. »Nehmen wir an, Philipp merkt nichts. Aber was ist, wenn er den Krieg verliert? Wenn nächstes Jahr Otto Kaiser ist? Dann stehen wir dumm da. Denn ich an Ottos Stelle würde gleich nach meiner Krönung sämtliche Anordnungen Philipps widerrufen.«

»Darum kümmern wir uns, wenn dieser Fall eintritt.«

»Wir sollten uns schon jetzt Gedanken deswegen machen. Der Krieg kann morgen vorbei sein, und Gott allein weiß, was Otto dann mit jenen anstellt, die auf Philipps Seite standen …«

»Es reicht, Charles«, sagte Michel. »Wisst Ihr, wie Ihr Euch anhört? Wie Fromony Baffour zu seinen schlimmsten Zeiten.«

»Ich weise nur auf mögliche Gefahren hin. Wenn ich es nicht tue, macht es nämlich keiner.« Duval schwieg beleidigt.

Nach sechs weiteren ereignislosen Tagen erreichten sie Speyer. Vor den Toren der Reichsstadt lagerten einige hundert Ritter und Kriegsknechte aus Philipps Streitmacht; der Hauptteil seines Heeres zog gerade durch Westfalen und bekämpfte Otto von Braunschweig und dessen Verbündete. Der junge König selbst residierte mit seinem Gefolge und der Hofkanzlei in der Königspfalz.

Nachdem sich Michel und seine Gefährten in einer Herberge am Dom einquartiert hatten, kundschafteten sie die Lage aus und hörten sich bei den Edelleuten um, die sich in den Weinstuben Speyers von der Mühsal des Krieges ausruhten. So erfuhren sie, dass lediglich einige süddeutsche Herren bei Philipp waren. Weder Erzbischof Johann noch Ferry de Bitche oder ein anderer Würdenträger, der ihre Pläne durchkreuzen könnte, weilten in der Stadt. Also ging Michel zur Königspfalz, sprach einen Rechtsgelehrten an und ersuchte um eine Audienz bei König Philipp. Der Legist notierte sein Anliegen auf einer Wachstafel und versprach, ihn zu benachrichtigen, wenn der König Zeit für die Gesandtschaft aus Varennes fände.

Danach begann das Warten. Volle zwei Tage saßen Michel und seine Gefährten in der Herberge und zählten die Stunden. Obwohl Duval unentwegt jammerte und klagte und sich bereits im tiefsten Kerker verrotten sah, blieb er seinem Vorsatz treu und rührte keinen Tropfen Wein an.

Schließlich erschien ein Schreiber und teilte ihnen mit, Philipp werde sie nun empfangen.

Michels Herz klopfte bis zum Hals, während er und die anderen Ratsherren zur Königspfalz schritten. *Gott, steh uns noch dieses eine Mal bei,* betete er stumm, als die Torwachen ihnen Platz machten und sie die Aula betraten.

Wie einst sein Vater Barbarossa saß Philipp in der Mitte des Saales auf einem hohen Lehnstuhl, den die Bänke seiner Gelehrten und Schreiber flankierten. Zu Michels nicht geringer Erleichterung waren es allesamt Männer mittleren Alters – unmöglich, dass auch nur einer von ihnen damals in Hagenau gewesen war. Jeweils zwei Schildknappen in voller Rüstung standen links und rechts des Throns, auf ihre Lanzen gestützt und bereit, jede Bedrohung für das Wohl des Königs unter Einsatz ihres Lebens abzuwehren.

Wie jung er ist, dachte Michel, als sie vor dem Herrscher niederknieten. Gerade einmal siebenundzwanzig Sommer zählte der Staufer, doch der endlose Krieg hatte in seinem Gesicht Spuren hinterlassen, die ihn älter erscheinen ließen. Sorgenfalten hatten sich in seine Stirn eingegraben, der Ausdruck in seinen hellen Augen war hart und kalt.

»Michel de Fleury, Bürgermeister von Varennes-Saint-Jacques, und die Ratsherren Charles Duval, Isoré Le Roux, Eustache Deforest und Archambaud Leblanc«, kündigte der Schreiber sie an.

»Erhebt euch«, forderte der König sie auf. »Man sagte Uns, es sei euer Wunsch, dass wir einen Privilegienbrief Unseres Vaters bestätigen.«

»So ist es, mein Gebieter.« Michel trat vor und reichte Philipp Rémys Urkunde. »Euer Vater, er sei gepriesen, hat uns seinerzeit in seiner Güte und Weisheit eine Reihe von Rechten für unsere Stadt gewährt. Da wir erst jetzt davon Gebrauch machen können, ersuchen wir Euch, ihre Gültigkeit zu bestätigen.«

Philipp kam nicht dazu, das Dokument anzuschauen. Just in diesem Moment erschien ein Ritter, der ihm etwas ins Ohr flüsterte. »Er soll in seinen Gemächern warten«, sagte der König. »Wir lassen ihn wissen, wann er kommen kann.«

Schon am Tag ihrer Ankunft war Michel das emsige Kommen und Gehen in der Königspfalz aufgefallen. Philipp war offensichtlich ganz von der Aufgabe beansprucht, seine nächsten Feldzüge gegen Otto zu planen. Das mochte sich für sie als Vorteil erweisen. Ein beschäftigter und erschöpfter König war einer, der nicht allzu genau aufpasste.

Als der Ritter gegangen war, studierte der junge Staufer die Urkunde. Michel hielt den Atem an. Da – war das ein Zögern? Ahnte Philipp etwas? Er reichte die Urkunde an einen Legisten weiter, der sie ebenfalls prüfte. Michel fürchtete, der Gelehrte würde zu einer der Truhen gehen und nach der Abschrift suchen. Doch er nickte nur und gab sie Philipp zurück.

»Schwört Uns die Treue«, sagte der König, »und Wir gewähren euch die Privilegien.«

Michel ließ lautlos den Atem entweichen. Er und die anderen Ratsherren knieten nieder.

»Wir haben eine Bedingung«, erklärte Philipp. »Die freie Stadt Varennes-Saint-Jacques unterstützt Uns bei unserem Kampf gegen den Usurpator und stellt Uns fünfzig Mann in Waffen zur Verfügung.«

Michel war, als setze sein Herz einen Schlag aus. »Aber wir haben Eurem Vater damals eine hohe Summe für diese Privilegien gezahlt und ihn bei seinem Kreuzzug unterstützt.«

»Das ist lange her. Eure Geschäfte mit Unserem Vater sind nicht mehr von Belang.« Philipps Stimme gewann an Schärfe. »Fünfzig Bewaffnete für unsere Streitmacht, oder Wir müssen euer Ersuchen ablehnen.«

»Erlaubt Ihr, dass wir uns beraten?«

Der junge König nickte. Michel und die Ratsherren standen auf und steckten neben dem Portal der Aula die Köpfe zusammen.

»Ich sage, wir machen es«, erklärte Leblanc entschieden.

»Auf keinen Fall«, erwiderte Michel. »Wir schicken keinen unserer Bürger in diesen törichten Krieg. Das ist es nicht wert.«

»Wir zwingen niemanden«, sagte Deforest. »Wir schicken nur Freiwillige. Gewiss finden sich genug Männer, die bereit sind, für Philipp zu kämpfen.«

Böse Erinnerungen an den Hoftag zu Hagenau stiegen in Michel auf. »Nein. Ohne mich. Da mache ich nicht mit.«

»Wir haben keine Wahl«, sagte Le Roux. »Wenn wir nicht auf seine Bedingungen eingehen, ist er gekränkt, und wir bekommen die Rechte niemals.«

Michel wandte sich an Duval. »Was meint Ihr?«

Der innere Zwiespalt schien seinen alten Freund beinahe zu zerreißen. »Ich fürchte, Isoré hat recht. Wir müssen darauf eingehen. Es geht nicht anders.«

»Charles…«, begann Michel fassungslos.

»Es ist eine Mehrheit von vier zu eins«, sagte Leblanc unbarmherzig. »Die Ratsstatuten verlangen, dass ihr euch uns unterordnet.«

»Ich beuge mich keiner Entscheidung, die andere mit dem Leben bezahlen müssen.« Ohne Leblancs aufgebrachte Replik abzuwarten, trat Michel vor den Thron. »Können wir Euch etwas anderes anbieten?«, fragte er den König.

»Dies ist kein Jahrmarkt, auf dem Ihr nach Belieben um den Preis einer Ware feilschen könnt«, erwiderte Philipp schneidend. »Akzeptiert Unsere Bedingung, oder die Übereinkunft ist null und nichtig. Aber dann erwartet nicht, dass Wir eure Stadt fürderhin mit Wohlwollen betrachten.«

Michel nahm all seinen Mut zusammen. Ein falsches Wort konnte alles verderben. »Die Bewohner Varennes' mussten in den letzten Jahren viel erdulden – Armut, Gewalt und Unterdrückung. Bitte erspart ihnen weiteres Leid, mein Gebieter. Zeigt ihnen, dass Ihr nicht nur ein mächtiger Kriegsherr seid, sondern auch ein gütiger Herrscher, der seinem weisen und großzügigen Vater in nichts nachsteht. Die Bürger meiner Stadt werden es Euch mit ewiger Liebe danken.«

»Mit Liebe können Wir keinen Krieg gewinnen. Wir brauchen Soldaten.«

»Gewiss können wir Euch und Eurem Haus auch auf andere Weise zu Diensten sein«, sagte Michel.

Philipp trommelte mit den Fingern auf der Armlehne. »Geht«, wandte er sich an die vier Ratsherren. »Wir möchten allein mit Herrn de Fleury sprechen.«

Duval, Le Roux, Deforest und Leblanc verneigten sich und verließen widerwillig die Aula. Als sich die Tür hinter ihnen schloss, sagte Philipp: »Wir schätzen es nicht, wenn man auf diese Weise mit Uns spricht, Herr Bürgermeister. Wir hoffen für Euch, dass Euer Angebot gut ist.«

»Ich danke Euch für Eure Geduld, mein Gebieter«, sagte Michel.

Dann begann er zu verhandeln, wie er noch nie in seinem Leben verhandelt hatte.

»Was fällt diesem Kerl ein?«, empörte sich Leblanc draußen vor der Aula. »Wir sind gleichberechtigte Mitglieder des Rates, nicht seine Untergebenen. Sich einfach über eine Mehrheitsentscheidung hinwegzusetzen – das darf er nicht tun!«

»Aber er hat es nun einmal getan«, meinte Duval. »Wenn Euch das nicht gefällt, hättet Ihr ihn eben daran hindern müssen. Jetzt ist es zu spät, sich darüber zu beklagen.«

»Er hat mich überrumpelt. Und außerdem – wie hätte ich das anstellen sollen? Ich kann doch nicht vor der ganzen Hofkanzlei mit dem Bürgermeister herumstreiten.«

»Beruhigt Euch. Ich bin sicher, Michel weiß, was er tut.«

»Er wird alles verderben«, murrte Leblanc. »Mit seinem Eigensinn wird er uns Philipp zum Feind machen.« Er stapfte über die Wiese und murmelte Verwünschungen in seinen Bart, während Le Roux und Deforest mit betretenen Gesichtern daneben standen.

Duval zog ein Tuch aus dem Ärmel und tupfte sich die Stirn. Auch er war alles andere als glücklich damit, dass Michel die Verhandlungen mit dem König an sich gerissen hatte, nachdem die Entscheidung des Rates bereits gefallen war. Doch er klammerte sich an den Gedanken, dass Michel auch diesmal die richtigen Worte finden würde. Wenn der Bursche eines konnte, dann reden.

Herr, bitte hilf ihm, betete Duval stumm, während er darauf wartete, dass sich das Portal der Aula öffnete. Doch das Tor blieb geschlossen, und die Zeit kroch quälend langsam dahin.

Noch nie hatte er sich so nach einem Krug Wein gesehnt wie jetzt.

Nach über einer Stunde verließ Michel die Aula. Auf dem gepflasterten Weg blieb er stehen, hob den Kopf und blinzelte in die Abendsonne.

Die Ratsherren stürzten ihm entgegen. »Wie hat der König entschieden?«, stieß Duval hervor. »Nun spannt uns nicht auf die Folter!«

»Wir müssen ihm keine Soldaten schicken«, antwortete Michel lächelnd. »Ich konnte ihn davon überzeugen, dass mein Angebot besser ist.«

»Und das wäre?«, fragte Deforest.

»Zum einen verpflichten wir uns, im Dom Seelenmessen für seinen Vater lesen zu lassen – zweihundert Jahre lang, jeweils an Barbarossas Todestag.«

»Ein annehmbarer Preis«, sagte Duval. »Und weiter?«

»Zum anderen baut der Rat der Zwölf in Varennes eine Königspfalz, die Philipp aufsuchen kann, wann immer er will.«

»Seid Ihr von Sinnen?«, brauste Archambaud Leblanc auf. »Wisst Ihr, was das kostet?«

»Natürlich. Aber Philipp gibt uns sechs Jahre Zeit, sodass der Bau die Stadt nicht überfordern sollte. Außerdem ist eine Königspfalz gut für den Handel. Ein Hoftag lockt jedes Mal Hunderte Edelleute und Kirchenmänner in die Stadt – und sie alle kaufen unseren Wein, unser Salz, unser Vieh. Nicht zu vergessen Euer Obst und Getreide«, sagte Michel zu Leblanc.

»Trotzdem hättet Ihr Euch nicht über unsere Entscheidung hinwegsetzen dürfen«, meinte der Stadtbauer, doch sein Zorn hatte längst seinen Schwung verloren. »Dazu hattet Ihr kein Recht.«

»Hört endlich auf, Euch über vergossene Milch zu beschweren«, mischte sich Eustache Deforest ein. »Was passiert ist, ist passiert. Freut Euch lieber, dass Herr de Fleury gerade fünfzig Männern das Leben gerettet hat. Ein paar Seelenmessen und eine Königspfalz sind dafür ein geringer Preis, finde ich.«

»Es gibt noch eine dritte Bedingung«, sagte Michel.

»Welche?«, fragte Leblanc argwöhnisch.

»Der Privilegienbrief verbleibt vorerst in der Hofkanzlei. Wir bekommen die Rechte erst, wenn Philipp den Krieg gewonnen hat.«

»Ich wusste es!«, fuhr Leblanc auf. »Ich wusste genau, dass es einen Haken gibt. Verdammt noch mal! Ihr habt Euch hereinlegen lassen wie ein Anfänger.«

»Das wäre auch passiert, wenn wir uns auf Philipps anfängliche Forderung eingelassen hätten«, erwiderte Michel ruhig. »So stellt er sicher, dass wir unseren Teil der Abmachung einhalten und nicht zu Otto überlaufen.«

»Konntet Ihr ihm nicht klarmachen, dass wir die Privilegien jetzt brauchen?«, fragte Duval.

»Ich habe es versucht. Es war nichts zu machen.«

»Sei's drum«, sagte Le Roux. »Wir haben so lange auf diesen Tag gewartet – auf ein, zwei Jahre mehr kommt es nicht an. Ich gebe es nur ungern zu, aber das war gute Arbeit, Herr Bürgermeister.« Er klopfte Michel auf die Schulter.

»Habt Dank, alter Freund. Jetzt lasst uns etwas trinken gehen. Mit Königen zu feilschen macht mich immer schrecklich durstig, um es mit Raymond Fabre zu sagen.«

Lachend gingen die Männer zum Tor der Königspfalz. Sogar Archambaud Leblanc konnte sich ein Schmunzeln nicht verkneifen.

Auch Duval lächelte, als er seinen Gefährten folgte. In der Art und Weise, wie Michel ausschritt und mit den anderen scherzte, lag ein winziger Hauch von Selbstgefälligkeit, gut verborgen und nur zu erkennen für das geschulte Auge seiner engsten und besten Freunde.

Duval schüttelte den Kopf. Manchmal wusste man wahrlich nicht, ob man diesen dreisten Burschen umarmen oder ohrfeigen wollte.

Bitche

Es war ein Loch tief unter den Kellergewölben der Burg, eine feuchte Felsenkammer, in die niemals je ein Sonnenstrahl gelangte. Zu niedrig zum Stehen, zu eng, um sich hinzulegen, mit fauligem Stroh auf dem Boden und einem Eimer für die Notdurft in der Ecke. Aristide wusste nicht, wie lange er bereits in seiner Zelle kauerte, Tage, Wochen – Zeit verlor hier unten jegliche Bedeutung. Wenn er nicht schlief, saß er mit dem Rücken an der Wand, ein Bein ausgestreckt, das andere angewinkelt, und betrachtete den schmalen Lichtstreif unter der Tür. Manchmal öffnete sich die Pforte, ein feister und bleicher Knecht kam herein und warf ihm heimtückisch grinsend etwas Brot oder einen Napf mit ungesalzenem Brei hin. Aristide nahm sich jedes Mal viel Zeit für das Essen, wenngleich es scheußlich schmeckte. Lange kaute er jeden Bissen, bevor er ihn schluckte, denn seine Sinne, ausgehungert durch die Stille und die ewige Finsternis, lechzten nach jedem kleinen bisschen Gefühl. Wenn sein Rücken zu schmerzen begann oder seine Glieder steif wurden, machte er einige einfache Übungen, so gut es die Enge eben zuließ. Dass in der Gefangenschaft seine Muskeln verkümmerten, war seine größte Sorge, denn wäre erst sein Körper schwach, würde auch sein Wille nachlassen, und dann hätte Ferry ihn gebrochen.

Das wird nicht geschehen, schwor er sich hundertmal, tausendmal. *Eher schlage ich mir an der Wand den Schädel ein.*

Wirre Träume suchten ihn heim, kaum dass ihn die Müdigkeit übermannte, von Velin, Gislebert, seinem Vater Renard, dem alten Teufel, von de Fleury und den anderen Krämern, die ihn auslachten und »Bettelritter« nannten. Die Bilder waren echter als die Wirklichkeit in diesem dunklen Kerker, höhnisch tanzten sie durch seinen schlafenden Geist, als hätte sich ein boshafter Dämon in seiner Seele eingenistet, um ihn ohne Unterlass zu quälen. Stets verspürte er hilflosen Zorn, wenn er erwachte, und mehr als einmal brüllte er bis zur Heiserkeit und schlug sich die Faust an der Felswand blutig.

Eines Tages schwang knarrend die Tür auf. Rotes Licht flutete herein, seine Augen brannten, und er schirmte sie mit der Hand ab. Jemand sprach zu ihm – es war nicht der Kerkermeister.

»Schaut Euch an«, sagte Ferry der Jüngere. »Ihr liegt da wie ein Schwein im eigenen Dreck. Dieser Gestank – einfach widerwärtig.«

Blinzelnd öffnete Aristide die Augen. Ferry stand auf dem Gang vor der Zelle, in der Hand eine Fackel, und starrte ihn an.

»Ich danke Gott, dass Yolande Euch nicht sehen muss. Der Abscheu würde sie um den Verstand bringen.«

Aristides Stimmbänder waren rau und verklebt. Mühsam formten seine Lippen Worte. »Wo ist sie?«

»In einem Kloster bei Metz, zusammen mit ihren Töchtern.

Die Schande, die Ihr über sie gebracht habt, hat ihr das Herz gebrochen. Sie wird den Rest ihres Lebens im Gebet verbringen.«

Krächzende Laute drangen aus Aristides Kehle – Gelächter. »Das glaubt Ihr doch selbst nicht. Wahrscheinlich kniet sie gerade in ihrer Zelle, die Hand an der Punze, und lutscht einem Abt den Schwanz.«

Mit zwei schnellen Schritten war Ferry bei ihm und drückte ihm die Kehle zu.

»Na los«, brachte Aristide hervor. »Tötet mich. Das ist es doch, was Ihr wollt.«

»Nein. Ich will, dass Ihr um Gnade winselt. Dass Ihr auf den Knien vor all meinen Vasallen durch den Saal rutscht und Eure Sünden bekennt.«

Anstelle einer Antwort bleckte Aristide die Zähne. Ferry stieß ihn ins Stroh.

»Gut. Dann verrottet in diesem Loch bis zum Jüngsten Tag.«

»Ferry«, krächzte Aristide, woraufhin sich der Edelmann noch einmal zu ihm umwandte. »Wieso hat Velin mich verraten? Wollte sie Geld von Euch?«

»Euer spezieller Freund hat sie gezwungen. Der Kaufmann.«

»De Fleury?«

»Er hat sie hergebracht.« Ferry spuckte aus, und die Tür fiel ins Schloss.

Aristide presste die Hände auf den Boden und stemmte sich hoch, bis er die Wand im Rücken spürte. Noch lange, nachdem Ferry gegangen war, spürte er dessen Finger an seiner Kehle.

De Fleury. Ich wusste es. Ich wusste es.

Er schloss die Augen und murmelte in der Dunkelheit seines Kerkers einen Schwur.

August 1204 bis April 1206

Varennes-Saint-Jacques

Gleich nach ihrer Heimkehr begannen die Ratsherren, ihren Teil der Vereinbarung mit Philipp von Schwaben zu erfüllen. Sie gründeten eine Stiftung, die es den Domherren Varennes' ermöglichte, von nun an jedes Jahr für Kaiser Friedrich eine Seelenmesse zu lesen, damit Barbarossa dereinst frei von jeder Sünde vor das Jüngste Gericht treten konnte. Isoré Le Roux ritt derweil nach Metz und fand einen fähigen Baumeister, der zwei Wochen später ein Haus an der Grande Rue bezog und den Sommer über Pläne für eine Königspfalz ausarbeitete. Der Bau begann Mitte September. Nördlich der Stadt neben der Römerstraße hoben ganze Scharen von Arbeitern Gruben für die Fundamente der mächtigen Anlage aus.

Es war der letzte Schritt auf Varennes' Weg zur Freiheit – aber auch der langwierigste. Weder in diesem noch im nächsten Jahr endete der Krieg. Obgleich sowohl Philipp als auch Otto neue Verbündete um sich scharten und dem Feind Gefolgsleute abwarben, gelang es weder dem Staufer noch dem Welfen, einen entscheidenden Sieg zu erringen. Also ging das Töten und Sterben weiter.

Michel und die Ratsherren schafften es, eine Hungersnot abzuwenden, indem sie in den Nachbarstädten ganze Wagenladungen Getreide und Gemüse aufkauften. Die Steuereinnahmen, die nicht in die städtischen Kornkammern und die Königspfalz flossen, verwendeten sie, um den ehemaligen Bischofspalast zum Rathaus umzubauen. Außerdem ließen sie

Varennes' Straßen pflastern, die Brunnen säubern und weitere Backöfen und ein neues Spital errichten, um dem einfachen Volk das Leben zu erleichtern. Die Leute dankten es ihnen, indem sie fast alle Ratsherren im kommenden Jahr und im Jahr darauf wiederwählten. Lediglich Isoré Le Roux und Adrien Sancere traten nicht mehr zur Wahl an, weil sie sich um ihre Geschäfte kümmern wollten. Ihre Plätze nahmen René Albert und Girard Voclain ein.

Aimery Nemours starb im Winter 1205 friedlich in seinem Bett. Zu seiner Bestattung kamen über dreihundert Menschen, denn auf seine alten Tage hatte der Ministeriale die Herzen vieler Bürger gewonnen. An seiner Stelle wurde Philippe de Neufchâteau Ratsherr.

Wenn Michel und die anderen Kaufleute im Rat nicht für die Stadt arbeiteten, betrieben sie Handel. Trotz des Krieges im Osten florierten die Geschäfte, sie reisten in die Champagne, nach Burgund, Italien, England, und brachten exotische und begehrte Waren in die Heimat zurück. Duval stieg zum reichsten Mann Varennes' auf. Dass er dem Wein abgeschworen hatte, kam seiner Arbeit zugute, und er eröffnete als erster Kaufmann der Stadt Zweigstellen in Metz und Troyes.

Während die Königspfalz am Ufer der Mosel stetig wuchs, vergrößerte sich auch die Gilde. Mehrere junge Männer nutzten den aufkeimenden Reichtum Varennes', eröffneten Geschäfte und traten der Bruderschaft der Kaufleute bei, sodass diese bald fünfundzwanzig Mitglieder zählte – so viele wie nie zuvor. Der neue Wohlstand der Stadt sprach sich bis in die entlegensten Dörfer Oberlothringens herum. Zahlreiche Hörige entflohen ihren Herren und ließen sich in Varennes nieder, wurden Knechte, Bauern, Handwerker, von denen viele Arbeit auf der Baustelle der Königspfalz fanden. Im Frühjahr 1206 ordnete Michel eine Volkszählung an, bei der sich zeigte, dass erstmals mehr als dreitausend Menschen innerhalb der Stadtmauern wohnten.

Herzog Simon Châtenois starb nicht im Sommer 1204, wie er gedacht hatte – nachdem er Varennes in die Freiheit entlassen hatte, lebte er noch fast zwei Jahre. Er verließ jedoch nie mehr sein Bett. Als Michel ihn einmal in Nancy besuchte, hatte sich sein Verstand bereits verdunkelt, er konnte nicht mehr sprechen, nicht mehr ohne Hilfe essen oder seine Notdurft verrichten. Ferry der Ältere übernahm gegen den Widerstand der Familie wieder die Amtsgeschäfte, sprach Recht und vergab Lehen an die Vasallen des Herzogtums. Als Simon im April 1206 nach jahrelangem Leiden endlich seiner Krankheit erlag, beanspruchte Ferry der Jüngere gemäß Simons Letztem Willen die Herzogswürde. Sein Vater versagte sie ihm, woraufhin es zur Fehde zwischen ihnen kam. Vater und Sohn bekämpften sich erbittert und überzogen die Herrschaft Bitche und die Ländereien ihrer Familie mit Krieg.

Als Michel davon erfuhr, ging er in den Dom und zündete am Grab des heiligen Jacques eine Kerze für Simons Seele an.

Ruht in Frieden, betete er. *Und bittet die Heiligen, dass sie Eurem Bruder und Eurem Neffen jene Weisheit schenken, die Euch stets ausgezeichnet hat.*

Bitche

Etwas geschah in der Burg. Hass und Mordlust lagen in der Luft, er konnte es spüren, sogar hier unten in seinem Kellerloch.

Aristide kniete im Stroh und presste das Ohr an die Tür. Aufgeregte Stimmen in der Ferne, seit Stunden schon. Wurde die Burg angegriffen? Hatte Otto den Krieg gewonnen und kam ihn holen?

Wohl kaum. Er hat mich längst vergessen. Und Walram von Limburg auch, dieser treulose Hund.

Ein scheußlicher Juckreiz kroch seine Kehle herauf, und Hustenkrämpfe schüttelten seinen Leib, bis er Blut auf der

Zunge schmeckte. Die Jahre in Kälte und Dunkelheit hatten seinen Körper ausgelaugt, seine Glieder und all seine Gelenke schmerzten, er war müde und schwach. Allein sein Verlangen nach Rache hielt ihn am Leben sowie die Gewissheit, dass sein Tod Ferry und der ganzen Familie de Bitche eine Genugtuung wäre. Nein, solange noch ein winziger Rest Kraft in diesen Muskeln steckte und ein letzter Funken Verstand in seinem Kopf flimmerte, würde er sich an seine irdische Existenz klammern, so erbärmlich sie auch sein mochte.

Stimmen näherten sich.

»Was zum Teufel ist da los?«, fragte der Kerkermeister.

»Streit unter den Herren«, antwortete ein zweiter Mann, wahrscheinlich einer der Wächter. »Das geht uns nichts an.«

»Ich glaub aber schon, dass uns das was angeht. Hörst du sie nicht kämpfen?«

»Ich werde jedenfalls nicht nach oben gehen und nachsehen. Hab keine Lust, mir für nichts und wieder nichts den Schädel einschlagen zu lassen. Wir bleiben schön hier unten, bis sich das Gewitter verzogen hat. So halten wir's, hast du verstanden? Jetzt mach schon, gib dem Gefangenen sein Essen.«

Der Kerkermeister brummelte vor sich hin und zog den Riegel zurück, aber nicht ganz. Etwas ließ ihn innehalten. Das Klirren von Schwertern.

»Scheiße«, sagte er. »Sie kommen runter.«

»Nur die Ruhe. Wir sind hier sicher.«

»Mach, was du willst, aber mir wird das zu heiß.« Der Kerkermeister lief mit platschenden Schritten davon.

»Warte, verdammt!«

Ein Ruf hallte durch die Felsengänge. »Pierre, wo bist du? Wir brauchen dich. Sie stoßen in den Keller vor.«

Der Wächter fluchte leise. Dann ein metallisches Schleifen, als er sein Schwert zog. Er rannte davon.

Kurz darauf wurden die Kampfgeräusche leiser, verstummten ganz. Totenstille herrschte im Kerker unter der Burg.

Aristide kniff die Lippen zusammen. Kaum ein Geräusch auf der Welt kannte er besser als das Schaben des Riegels an der Zellentür. Es zerschnitt die ewige Dunkelheit seiner Zelle in drei gleichlange Teile und verfolgte ihn mitunter bis in seine Träume. Das Kratzen oder vielmehr seine Dauer hatte ihm verraten, dass der Riegel fast offen war. Vermutlich steckte nur noch ein hauchdünnes Stück Eisen in der Halterung – gerade genug, dass die Tür nicht von allein aufschwang.

Er nahm zwei Schritte Anlauf – mehr ließ die Enge nicht zu – und warf sich mit seinem ganzen Gewicht gegen die Pforte. Noch einmal. Und noch einmal. Beim vierten Versuch gab die Tür schließlich nach, und er fiel mit dem Gesicht voran auf den Boden des Ganges.

Den Schmerz und das Brennen durch das Fackellicht in seinen Augen ignorierend, rappelte er sich auf und schaute sich um. Niemand da. Weder der Kerkermeister noch der Wächter hatten seinen Ausbruch aus der Zelle bemerkt.

Er richtete sich auf, streckte seine Schultern, seinen Nacken. Zum ersten Mal seit zwei Jahren stand er aufrecht. Die heiße Pein in seinen Rückenmuskeln raubte ihm schier den Atem. Und doch tat es gut – so gut.

Frei.

Wieder musste er husten. Er wischte sich das Blut von den Lippen und stolperte den Gang entlang, durch den man ihn einst hergebracht hatte, stieg keuchend vor Anstrengung eine in den Fels gehauene Treppe hinauf, verharrte. Irgendwo in den Kellergewölben, die vor ihm lagen, wurde gekämpft, er hörte ferne Schreie und das Klirren von Stahl auf Stahl. Er stieß die Tür auf, die bereits halb offen stand, und schlich durch die halbdunklen Gänge, dem Lärm entgegen. In einem hohen Saal zuckten Schatten. Aristide verbarg sich hinter einem Stapel Fässer und beobachtete die Männer, die mit Schwertern, Äxten und Kriegskolben aufeinander einschlugen.

Zwei Kriegsknechte stürzten zu Boden, einer war sofort tot,

der andere krümmte sich in Qualen. Die übrigen wichen in einen Tunnel zurück, ihre Gegner setzten ihnen nach.

Aristide verließ sein Versteck und schlurfte zu dem Toten, dem er das Schwert aus den klammen Fingern löste. Der Verwundete reckte ihm flehend die Hand entgegen und flüsterte etwas. Aristide schlich an ihm vorbei, die nächste Treppe hinauf. Durch weitere Gänge und Kammern führte sein Weg, bis er schließlich in den großen Saal des Palas' kam. Auch hier war gekämpft worden, den Tisch vor dem Kamin hatte man umgeworfen, im Bodenstroh lagen zwei tote Soldaten. In einer Ecke kauerte eine Magd und wimmerte, ein verletzter Knecht kroch die Treppe hinauf.

Draußen brüllte jemand einen Befehl. Pferdehufe klapperten auf dem Kopfsteinpflaster. Aristide spähte aus einem Fenster, obwohl das vergehende Tageslicht seine Augen schmerzen ließ. Er sah gerade noch, wie Ferry der Jüngere und ein paar seiner Getreuen aus dem Tor ritten, während ein halbes Dutzend Armbrustschützen auf den Wehrgängen sie beschossen.

Zum ersten Mal seit einer Ewigkeit umspielte ein dünnes Lächeln Aristides gesprungene Lippen. Diese Narren brachten sich gegenseitig um, und um ihn scherte sich kein Mensch.

Ferry der Ältere erschien auf dem Burghof, das Gesicht rot vor Zorn, in der Faust ein Schwert. Er schrie etwas, die Armbrustschützen rannten die Treppe hinab, aus einem Nebengebäude kamen weitere Soldaten. Der Weg zum Tor war Aristide also versperrt, doch er erinnerte sich, dass der Palas einen Hinterausgang hatte, eine kleine Pforte, die zu einer Wiese unterhalb der Schildmauer führte. So schnell es seine geschwächten Beine zuließen, durchquerte er den Saal und irrte eine Weile durch die verlassenen Flure und Lagerräume, bis er endlich den richtigen Tunnel fand. Er zog den Riegel zurück, stieß die Tür auf und trat ins Freie.

Die Sonne ging gerade unter, und ihre Strahlen bohrten sich wie glühende Speere in sein Gehirn. Ächzend taumelte er zurück, riss schützend den Arm hoch. Als der Schmerz nachgelassen hatte, öffnete er seine Augen einen Spalt und huschte mit gesenktem Blick über die Wiese, bis er den Schatten der Bäume erreichte. Dort blieb er stehen, legte den Kopf in den Nacken und atmete die warme Luft ein, genoss den Duft der Blumen, der Lindenblüten. Er hatte vergessen, wie Gras roch. Wie sich Wind anfühlte. Sein Herz pochte wild und pumpte frisches Blut durch seine Venen, und wenn er nicht in diesem Moment das Geräusch trampelnder Schritte vernommen hätte, das aus dem Keller kam, hätte er gewiss noch eine Stunde dagestanden.

»Auf Nimmerwiedersehen, ihr Dummköpfe«, sagte er, spuckte blutigen Speichel aus und schlüpfte in den Wald. Sein Atem brannte in den Lungen, während er den Berghang hinabschlitterte. Immer wieder versagten ihm seine Muskeln den Dienst, woraufhin er ausrutschte und sich mühsam aufrappeln musste. Schließlich erblickte er vor sich einen Weg. Nachdem er sich vergewissert hatte, dass niemand ihm folgte, verbarg er sich im Gebüsch.

Irgendwann kam ein Mann des Weges, ein untersetzter Bauer mit schulterlangem rotem Haar, der einen Grauschimmel am Zügel führte. Aristide bog die Äste zur Seite und stolperte die Böschung hinab.

»Allmächtiger Herr im Himmel!«, keuchte der Bauer erschrocken. »Wer seid Ihr?«

»Keine Angst, guter Mann, ich will dir nichts tun.« Trotzdem starrte ihn der Kerl mit aufgerissenen Augen an. Kein Wunder: Er musste wahrlich zum Fürchten aussehen. »Was ist da oben passiert? In der Burg, meine ich.«

»Weiß nicht genau. Ich glaube, die hohen Herren haben einander die Fehde erklärt, und der eine hat den andern aus der Burg verjagt. Ich muss jetzt weiter.« Der Mann senkte den Blick und schickte sich an zu gehen.

Aristide verstellte ihm den Weg. »Wie heißt du?«, fragte er lächelnd.

»Jean-Louis.« Der Bauer kniff die Lippen zusammen und starrte das Schwert an, während sich seine Hand um den Lederriemen des Zügels krampfte.

»Nun, Jean-Louis, ich fürchte, ich muss dich bitten, mir dein Pferd zu überlassen.«

»Aber … aber das geht nicht! Ich brauche es für die Feldarbeit. Wie soll ich ohne Pferd meine Äcker bestellen?«

»Das ist in der Tat eine gute Frage. Aber wie es der Zufall will, habe ich die Lösung für all deine Sorgen.« Aristides Schwertarm schnellte vor. Er war bei Weitem nicht mehr so flink wie vor der zermürbenden Kerkerhaft, aber immer noch agil genug für diesen tumben Bauern. Die Klinge traf Jean-Louis an der Stirn und spaltete den Schädelknochen, er verdrehte die Augen und sank röchelnd zu Boden. Blut und Hirnmasse tropften auf die Erde. Das Pferd scheute. Bevor es davonlaufen konnte, ergriff Aristide die Zügel. Das verängstigte Tier trug weder Sattel noch Steigbügel, weshalb er beträchtliche Mühe hatte, auf seinen Rücken zu gelangen. Als er endlich saß, fühlte er sich müde und steif wie ein Methusalem von achtzig Jahren. Nachdem der Hustenanfall abgeklungen war, klopfte er dem Pferd auf den Hals. »Jetzt zeig, was in dir steckt.«

Er schlug ihm die Fersen in die Flanken und jagte auf dem Weg in Richtung Westen.

Mai 1206

Varennes-Saint-Jacques

Aristide wollte ungesehen in die Stadt kommen, doch er musste bis zum späten Nachmittag warten, bis endlich ein Wagen vorbeikam, der seinen Zwecken dienlich war. Es war ein zweirädriger Ochsenkarren, der Heuballen geladen hatte, einen mannshohen Haufen davon. Auf dem Wagenbock hockte ein Bauer mit einem Humpen Bier, aus dem er dann und wann einen Schluck nahm. Mit trunkener Stimme intonierte er ein Lied, während er auf der Römerstraße gen Varennes ruckelte.

Aristide schlüpfte aus dem Gebüsch, stieg von hinten auf die Wagenpritsche und kroch zwischen die Heuballen. Der Bauer merkte nichts. Aristide legte sich flach hin, die Hand am Schwertknauf, atmete den Duft des frischen Heus ein und kämpfte mit aller Kraft gegen den Hustenreiz an.

Wenig später erreichte der Wagen das Nordtor, wo er von den Stadtbütteln angehalten wurde.

»Hast du nur Heu geladen?«

»Heu, Heu und nochmals Heu, so wahr mir Gott helfe. Kein Safran, kein Elfenbein und auch kein Sarazenengold.« Der Bauer kicherte.

»Schon gut. Schon gut. Du kannst durch. Aber sauf nicht so viel, hörst du?«

Der Wagen fuhr weiter.

Vorsichtig hob Aristide den Kopf. Die Steinhäuser und Handwerksstuben der Grande Rue zogen an ihm vorbei. Als gerade niemand hinschaute, glitt er von der Pritsche und huschte in eine enge Gasse gegenüber der Abtei Longchamp, wo er sich das Heu von den Kleidern wischte.

Sein Atem rasselte. Unbemerkt in die Stadt zu gelangen, hatte ihn einiges an Kraft gekostet. Doch er konnte sich nicht ausruhen. Er hatte schließlich noch etwas vor.

Mit dem Schwert in der Hand eilte er durch die Gassen, verbarg sich in dunklen Ecken, wenn jemand des Weges kam, rannte weiter, lautlos wie ein Schatten, verstohlen wie ein Dieb in der Nacht.

Michel verbrachte den Nachmittag damit, zwei neue Brunnen zu inspizieren, die der Rat in Auftrag gegeben hatte, einen in der Unterstadt, den anderen in der Rue Saint Jacques am Heumarkt. In beiden Fällen hatten die Handwerker gute Arbeit geleistet, er gab jedem einen Denier Trinkgeld, bevor er zur Vesper nach Hause schlenderte.

Am Morgen hatte es gewittert, und es war ein schwüler Tag, ungewöhnlich warm für diese Zeit des Jahres. Müde öffnete er die Tür, trat in den Eingangsraum – und blieb wie erstarrt stehen.

»Keinen Schritt weiter, mein alter Freund und Kupferstecher«, sagte Aristide de Guillory.

Michel hätte ihn beinahe nicht erkannt. Der Mann sah aus, als wäre er soeben dem Grab entstiegen: aschfahl, abgemagert bis auf die Knochen, die Kleider zerschlissen und starrend vor Schmutz. In seinen Augen stand ein fiebriger Glanz. Mit einer Hand hatte er Isabelle gepackt, mit der anderen hielt er ihr einen Dolch an die Kehle. Vor der Treppe standen Yves, Louis und die beiden Mägde und wagten nicht, sich zu rühren.

»Wie …«, brachte Michel hervor.

»Damit hast du nicht gerechnet, was?«, meinte de Guillory und lächelte wie ein Schakal. »Hast gedacht, ich wäre in Ferrys Kerker verrottet und längst krepiert. Aber so leicht bin ich nicht totzukriegen. Bevor ich meinem Schöpfer gegenübertrete, begleichen wir zwei noch eine alte Rechnung.«

»Lasst meine Frau los«, sagte Michel. »Sie hat Euch nicht das Geringste getan.«

»Das Weibsstück kümmert mich einen Dreck. Ich schneide ihr den hübschen Hals durch, wenn du nicht genau tust, was ich dir sage.«

»Was wollt Ihr?«

»Da drüben liegt dein Schwert. Du nimmst es jetzt in die Hand, dann gehen wir auf die Straße und klären ein für alle Mal, wer der bessere Mann ist: der Pfennigfuchser – oder der Ritter.«

»Ihr wollt gegen mich kämpfen?«

»Du hast es erfasst. Ich spalte dir den Schädel, und die ganze verdammte Stadt soll dabei zusehen.« De Guillory begann zu husten. Anschließend glitzerten Blutstropfen auf Isabelles Wange. Sie schloss die Augen.

»Ihr seid nicht in der Lage zu kämpfen«, sagte Michel. »Ihr seid todkrank. Was Ihr braucht, ist Bettruhe und ein Arzt.«

De Guillory lachte kehlig. »Hör sich einer diesen Krämer an. Ich halte seinem Weib ein Messer an die Kehle, und er sorgt sich um meine Gesundheit. Für dich reicht es allemal, de Fleury, und wenn man mir vorher den rechten Arm auf den Rücken bindet. Jetzt nimm das Schwert, bevor ich die Geduld verliere.«

Michel wechselte einen Blick mit Yves, der unmerklich den Kopf schüttelte. Es gab nichts, was sie tun konnten, ohne Isabelles Leben zu gefährden. Langsam ging er zu der Kiste und ergriff sein Schwert.

»Geh auf die Straße.« De Guillory wandte sich an die Knechte und Mägde. »Ihr bleibt hier. Eine falsche Bewegung, und eure geliebte Herrin ist tot, verstanden?«

Michel trat durch die Tür. Als de Guillory ihm folgte, schrien die Leute auf der Straße vor Schreck. Der Ritter stieß Isabelle weg, zog seine Klinge und griff mit Schwert und Dolch an. Sein verhärmtes Gesicht war eine Grimasse des Hasses.

Er war längst nicht mehr der furchterregende Kämpfer von

einst. Was immer man ihm in Ferrys Kerker angetan hatte, es hatte ihm einen Großteil seiner Kraft und seiner Schnelligkeit geraubt. Seine Streiche waren schwerfällig, aber immer noch präzise genug, dass Michel Mühe hatte, sie abzuwehren. Er musste zurückweichen und erhielt einen Schnitt an der Wange, als de Guillory plötzlich mit dem Dolch zustieß. Der Ritter lachte. »Habe ich es dir nicht gesagt? Ich wäre dir auch dann noch überlegen, wenn ich bereits mit einem Bein im Grab stünde. Ihr Krämer seid alle gleich. Weibische Bürschlein ohne Kraft, ohne Mumm, jeder Einzelne von euch.«

Er musste husten und war für einen Moment unachtsam. Michel nutzte die Gelegenheit und ging zum Gegenangriff über. Mit einer Serie von heftigen Hieben trieb er de Guillory zurück und schlug ihm den Dolch aus der Hand.

»Wer sagt's denn? Du kannst ja richtig kämpfen. Hat dich die Angst um dein Weib etwa stark gemacht?«

»Nein. Die Gewissheit, dass ich Euch töten werde.«

Diesmal verging de Guillory das Lachen. Michel deckte ihn mit Streichen ein, Schritt um Schritt wich er zurück, die Menschen, die sie umringten, machten ihm Platz. Der Kampf verlief nicht so, wie er es sich ausgerechnet hatte, und in seinen Augen erschien eine Regung, die Michel dort noch nie gesehen hatte, nicht einmal an jenem Tag, als Ferry ihn in Ketten gelegt hatte: Verzweiflung.

»Ihr hättet nicht herkommen dürfen, de Guillory. Wir haben Euch schon vor langer Zeit besiegt. Ihr hättet Euch damit abfinden sollen.«

Der Ritter bleckte die Zähne und versuchte noch einmal, Michel zurückzutreiben, doch seinen Angriffen fehlte die Kraft. Michel parierte die Hiebe, schlug sein Schwert zur Seite und stieß zu. Seine Klinge bohrte sich in de Guillorys Oberarm, drang durch Tuch, Haut und Fleisch. Der Ritter schrie auf und ließ seine Waffe fallen.

»Gebt auf, und ich lasse Euch gehen«, sagte Michel.

»Niemals«, keuchte de Guillory.

»Das hat doch keinen Sinn. Ich kämpfe nicht gegen einen von der Schwindsucht zerfressenen Halbtoten.«

Der Ritter taumelte einen Schritt nach vorne, presste die Linke auf die Wunde am Schwertarm und hob sein Schwert auf, während neue Hustenkrämpfe seinen Körper schüttelten. Abermals griff er an. Mühelos wehrte Michel die Hiebe ab.

»Bring es zu Ende. Na los.«

»Nein«, sagte Michel.

»Der aufrechte und selbstlose Bürgermeister von Varennes«, flüsterte de Guillory. »Sein eigenes Wohlergehen kümmert ihn nicht, aber wehe, man schadet seinen geliebten Bürgern. Dann wird er zum Löwen. Du willst also nicht kämpfen. Gut. Aber sag, was geschieht, wenn ich diesen Jungen da angreife?« Er deutete mit der Schwertspitze auf einen etwa zehnjährigen Bauernjungen am Rand der Menge, der angstvoll die Augen aufriss.

»Töte ich Euch.«

De Guillory grinste, taumelte auf den Jungen zu und hob seine Waffe. Michel machte einen Schritt nach vorne und stieß ihm das Schwert in die Brust. De Guillory brach in die Knie, Blut schoss aus seinem Mund. Dann kippte er zur Seite und starb.

»Klarer Sieg für den Pfennigfuchser«, sagte Michel.

Im nächsten Moment brach die Hölle los. Die Leute schrien. Eine schluchzende Frau drückte den Jungen an sich. Mehrere Stadtbüttel eilten mit geladenen Armbrüsten herbei und beugten sich über die Leiche. Michel warf sein Schwert fort und lief zu Isabelle, schloss sie in die Arme und strich ihr über das Haar, während die Büttel de Guillorys Leiche forttrugen.

August und September 1206

Varennes-Saint-Jacques

Zwei Jahre nach ihrer Audienz bei König Philipp kam endlich die Nachricht, auf die Michel und seine Gefährten so lange gewartet hatten. Duval, Leblanc und er waren gerade im Rathaus und sahen die neuesten Steuerlisten durch, als ein städtischer Schreiber eintrat.

»Ein Bote ist gekommen. Ein Herold von König Philipp. Er möchte Euch sprechen, Herr Bürgermeister.«

»Schick ihn herauf.«

Der Mann, der kurz darauf die Amtsstube betrat, war erschöpft und schmutzig vom langen Ritt. Michel wies einen Bediensteten an, ihm einen Becher Wein zu bringen.

»Bringt Ihr Nachrichten vom Krieg?«

»Der Krieg ist zu Ende«, erwiderte der Herold lächelnd. »König Philipp hat Otto vor zwei Wochen bei Wassenberg vernichtend geschlagen. Der Usurpator ist nach England geflohen.«

Michel, Duval und Leblanc starrten den Boten an. Dann, wie auf Kommando, brachen sie gleichzeitig in Jubel aus und fielen sich in die Arme.

»Hol die Ausrufer«, befahl Michel dem Bediensteten. »Sie sollen die Nachricht vom Frieden in der ganzen Stadt verkünden!«

So geschah es. Als die Menschen die Kunde vernahmen, fiel so mancher spontan auf die Knie und dankte dem Herrn. Die Menschen lachten und weinten, zu Hunderten strömten sie in die Kirchen und priesen Jesus, die Jungfrau Maria und die Heiligen.

Alle Glocken der Stadt läuteten bis zum Abend.

Wassenberg

Die Herrschaft Wassenberg hatte schrecklich unter dem Krieg gelitten. Immer wieder waren im Grenzland zu Luxemburg und Brabant die Heere von König und Gegenkönig aufeinandergeprallt, besonders in den letzten Monaten, als Philipp seinen Rivalen Otto vor sich hergetrieben und schließlich zur Entscheidungsschlacht im Rurtal gezwungen hatte. Sowohl Welfen als auch Staufer hatten sich wie Raubtiere und Aasfresser vom Land genährt und den Bauern ihr Korn, ihr Vieh und ihre Frauen genommen. Während Michel und die anderen Ratsherren durch die verwüstete Gegend ritten, sahen sie überall geplünderte Dörfer, niedergebrannte Höfe, zerstampfte Felder. Inzwischen waren die geflohenen Bewohner der Herrschaft zurückgekehrt, bauten ihre Häuser wieder auf und versuchten, die kargen Reste der Ernte zu retten. Mit einem engen Gefühl in der Brust beobachtete Michel die verhärmten Gestalten in den Ruinen, auf den Äckern. In Varennes hatten sie Philipps Sieg gefeiert, dabei kannte dieser Krieg nur Verlierer. Erst jetzt wurde ihm wirklich bewusst, was Oberlothringen dank Simons Weisheit all die Jahre erspart geblieben war.

König Philipp residierte seit seinem Sieg in der Burg, die auf einem Hügel über der Stadt Wassenberg thronte. Ein Heerlager umgab die Festung, eine gewaltige Zeltstadt, die Tausenden Rittern und Kriegsknechten Unterkunft bot. Die Latrinengräben stanken eine halbe Meile gegen den Wind, und der Rauch von hundert Herdfeuern stieg zum bewölkten Himmel hinauf.

Im Innenhof der Burg herrschte eine träge, beinahe schläfrige Stimmung. Im Schatten unter den Dächern saßen Ritter und

Fußknechte und erholten sich von den Strapazen der vergangenen Jahre, indem sie dösten, *Tric Trac* spielten oder vor den Mägden mit ihren Taten auf dem Schlachtfeld prahlten.

Vor dem Eingang des Palas' sprach Michel eine der beiden Torwachen an. »Michel de Fleury, Bürgermeister von Varennes-Saint-Jacques, und die Ratsherren Charles Duval, Archambaud Leblanc, René Albert und Eustache Deforest. Wir bitten Seine Majestät König Philipp von Schwaben um eine Audienz.«

»Wartet hier«, sagte der Wächter und verschwand im Palas. Kurz darauf kam er mit einem grauhaarigen Mann in fließenden Gewändern zurück. Michel erkannte ihn als einen Legisten der Hofkanzlei.

»Der Rat der Zwölf aus Varennes? Bitte folgt mir.«

Sie durchquerten den großen Saal, der nahezu leer war, abgesehen von vier Rittern, die am kalten Kamin saßen und sich an Bier und gebratenem Fleisch gütlich taten. Der Rechtsgelehrte führte sie zu einer hölzernen Empore am anderen Ende der Halle. Oben standen die Bänke der Hofkanzlei. Auf den Tischen stapelten sich Schriftstücke aller Art, und Michel stellte sich vor, wie Philipp am Tag nach seinem Sieg hier gesessen, der Reihe nach seine Vasallen und Bundesgenossen aufgerufen und für ihre Treue mit Geld, Ämtern und Ländereien belohnt hatte.

Heute jedoch war außer dem grauhaarigen Legisten niemand da. Der Saal wirkte so verschlafen wie der Rest der Burg.

»Leider kann Euch der König nicht empfangen«, sagte der Gelehrte. »Er ist heute früh nach Aachen aufgebrochen, um mit dem Pfalzgrafen von Sachsen einen Frieden auszuhandeln. Aber er hat mich ermächtigt, Euch dies zu überreichen.«

Er trat an den Tisch und griff nach einem Dokument. Es war Rémys Fälschung von Barbarossas Privilegienbrief, die Philipp mit seinem Siegel und seiner Unterschrift versehen hatte.

»Der König dankt Euch für Eure Treue. Gott segne Eure Stadt.«

Er überreichte Michel die Urkunde.

Mit dieser lapidaren Geste gewann Varennes nach Jahren des Kampfes endlich die Freiheit.

Varennes-Saint-Jacques

Dreitausend Menschen hatten sich auf dem Domplatz versammelt, ein wogendes Meer aus Leibern, Mützen, Kleidern verschiedenster Farben. Dreitausend Augenpaare blickten gebannt zur Pforte des Rathauses, wo die Steinmetze ein kleines Gerüst errichtet hatten. Einer der Männer kletterte hinauf und entfernte das Tuch, das den Schlussstein über dem Portal verhüllte. Ein Raunen ging durch die Menge.

Michel, der mit seiner Familie und den anderen Ratsherren auf der Treppe des Doms stand, ergriff Isabelles Hand. Die Steinmetze hatten hervorragende Arbeit geleistet: Sie hatten den Stein geglättet, Philipps Privilegien eingemeißelt und die Lettern mit purem Gold ausgegossen, sodass es aussah, als hätte der Allmächtige sie mit flammender Feder im Stein verewigt. Nun sah jeder, der Varennes besuchte und vor das Rathaus trat, welche Rechte der Stadt und ihren Bürgern gehörten.

Das Befestigungsrecht.

Das Markt-, das Zoll- und das Münzregal.

Die Freiheit, niemandem Heerfolge leisten zu müssen.

Die niedere und die hohe Gerichtsbarkeit.

Das Recht auf eine eigene Brücke.

Als der Steinmetz von der Leiter stieg, begann das Fest. Jeder Gastwirt hatte einen Stand auf dem Domplatz aufgebaut und stach seine Bier- und Weinfässer an. Spielleute ergriffen ihre Instrumente und machten Musik, die Leute sangen und tanzten zum Klang der Pfeifen und Fiedeln. Duval und die anderen Ratsherren mischten sich unter das Volk, um mit den Bürgern zu feiern. Michel blieb noch eine Weile stehen und betrachtete den Stein über der Rathaustür, dessen Schrift in der Sonne glühte.

Vor neunzehn Jahren war sein Traum von Freiheit geboren worden. Heute, an diesem warmen Spätsommertag, hatte er sich endlich erfüllt.

Michel lächelte seinen Sohn an. Rémy war seit einigen Monaten ein vollwertiger Geselle, der bei Meister Rabel in Sélestat gutes Geld verdiente und beharrlich an seinem Ruf arbeitete, einer der besten Buchmaler Lothringens und des Elsass zu sein. Damit er mit seiner Familie diesen Tag feiern konnte, hatte ihm sein Meister eine Woche freigegeben.

»Schau es dir an, Rémy«, sagte Michel. »Das ist dein Werk. Ohne dich hätten wir das nie geschafft.«

»Es war Mutters Idee, schon vergessen?«, erwiderte der Junge.

»Eine Idee taugt nichts, wenn keiner da ist, der etwas daraus machen kann«, sagte Isabelle lächelnd.

»Schade, dass niemand je davon erfahren wird«, sagte Rémy, während er das Rathausportal betrachtete. »Dabei ist das vielleicht meine bedeutendste Arbeit.«

»Du bist noch jung«, meinte Michel. »Ich bin sicher, du wirst noch viele große Werke schaffen.«

»Lass uns etwas essen gehen, Vater. Ich habe Hunger.«

Michel hob eine Augenbraue. »›Vater‹?«

Rémy grinste. »Na ja. Das bist du doch, oder?«

Lachend klopfte Michel ihm auf die Schulter.

»Gedankt sei dem Herrn und all seinen Erzengeln«, murmelte Isabelle, als sie die Stufen hinabstiegen.

Anhang

Anmerkungen zum historischen Hintergrund

Dieser Roman erzählt vom Aufstieg einer Kaufmannsfamilie und dem Freiheitskampf der fiktiven Stadt Varennes-Saint-Jacques im Hochmittelalter.

Im 12. und 13. Jahrhundert waren die Bürger vieler deutscher Städte nicht länger bereit, sich ihren kirchlichen und weltlichen Herren unterzuordnen. Besonders die Kaufleute, die durch den Fernhandel mit den Nachbarländern und den Kreuzfahrerstaaten zu Reichtum gekommen waren, kämpften selbstbewusst und energisch für ihre Freiheit. Nach dem Vorbild der lombardischen und toskanischen Stadtrepubliken forderten sie von ihren Bischöfen das Recht auf Selbstbestimmung und Mitsprache bei politischen und wirtschaftlichen Prozessen.

In der Folge brachen in Mainz, Speyer, Köln und vielen anderen Städten Machtkämpfe aus. Die Kaufleute nutzten ihren Reichtum, ihr Verhandlungsgeschick und ihre Verbindungen zu den Fürstenhäusern, um der städtischen Obrigkeit Privilegien abzutrotzen. Während des 13. Jahrhunderts erlangten viele deutsche Städte auf diese Weise ihre Freiheit und bildeten kleine Stadtrepubliken, denen ein gewählter Rat vorstand. Diese frühen Ansätze von Demokratie trugen freilich starke oligarchische Züge, denn die politische Macht lag zumeist in den Händen einer elitären, abgeschotteten Oberschicht. Dass auch Handwerker und Stadtbauern daran teilhatten, wie im Roman geschildert, war eher die Ausnahme. Im Normalfall wurden die Handwerkszünfte erst im 14. Jahrhundert ratsfähig.

Bei ihrem Kampf gegen ihre Herren war den Kaufleuten jedes Mittel recht, und sie schreckten auch vor Betrug nicht zurück. Was ich in den letzten Kapiteln des Romans schildere, ist vermutlich genauso in Lübeck geschehen: Um 1226 fälschten die Bürger einen alten Privilegienbrief Barbarossas, dichteten eine Reihe von Rechten hinzu und legten ihn Kaiser Friedrich II. zur Bestätigung vor. Der Monarch fiel auf den Schwindel herein und gewährte den Lübeckern so umfassende Freiheiten.

Während Michel de Fleury, Isabelle Caron und die anderen Haupt- und Nebenfiguren des Buches Produkte meiner Fantasie sind, haben die meisten Herren, Fürsten und Bischöfe, die in der Geschichte auftreten, tatsächlich gelebt. Johann I. war von 1186 bis 1189 Reichskanzler von Kaiser Barbarossa und bis 1212 Erzbischof von Trier. Er ordnete das Erzbistum neu, führte es zu großer weltlicher Macht und behauptete sich gegen die benachbarten Fürsten. Simon Châtenois war Herzog von Lothringen von 1176 bis zu seinem Tod im April 1206. Wie er sich während Barbarossas Kreuzzug verhalten hat, ist in der Forschung nicht zweifelsfrei geklärt. Ich habe mich dafür entschieden, ihn nicht daran teilnehmen zu lassen. Seine Krankheit am Ende seines Lebens habe ich aus dramaturgischen Gründen erfunden. Da Simon bei seinem Tod sechsundsechzig Jahre alt war – in jener Zeit ein geradezu biblisches Alter –, erscheint ein schweres Leiden jedoch nicht allzu weit hergeholt.

Auch Ferry de Bitche und sein Sohn Ferry II., die in der deutschsprachigen Literatur meist Friedrich I. und Friedrich II. von Lothringen genannt werden, haben wirklich gelebt. Ferry der Jüngere wurde nach Simons Tod der neue Herzog von Oberlothringen, musste sich jedoch zuerst gegen seinen Vater behaupten, der den Titel für sich beanspruchte. Ferry der Ältere starb im April 1207, fast auf den Tag ein Jahr nach seinem Bruder Simon. Sein Tod beendete den Konflikt um die Führung Oberlothringens, und Ferry der Jüngere herrschte bis 1213.

Der Krieg zwischen dem Staufer Philipp von Schwaben und

dem Welfen Otto von Braunschweig hat in der geschilderten Weise stattgefunden und ist unter dem Namen »Deutscher Thronstreit« in die Geschichte eingegangen. Viele Reichsstädte machten sich den Krieg zunutze, um sich Rechte und Privilegien zu sichern. Am 27. Juli 1206 besiegte Philipp Otto bei Wassenberg und war für einige Zeit der unangefochtene Herrscher des Heiligen Römischen Reiches. Lange konnte er sich jedoch nicht über seinen Sieg freuen: Im Sommer 1208 wurde er in Bamberg vom Pfalzgrafen von Bayern ermordet, vermutlich aus privaten Motiven. Danach wurde sein einstiger Widersacher Otto von Braunschweig König – und wäre es möglicherweise bis zu seinem Tod geblieben, wenn er sich nicht mit Papst Innozenz überworfen hätte. 1210 begann der Bürgerkrieg von Neuem; diesmal kämpfte Otto gegen den Staufer Friedrich II., der Innozenz' Unterstützung genoss, und unterlag diesem endgültig 1214 in der Schlacht von Bouvines. Friedrich II. wurde 1215 zum König gekrönt, regierte das Reich bis 1250 und gilt heute als einer der mächtigsten und fortschrittlichsten Herrscher des europäischen Hochmittelalters.

Der Roman endet lange vor diesen Ereignissen. Man kann daher nur vermuten, wie es Varennes und seinen Bürgern während der zweiten Phase des Deutschen Thronstreits ergangen war. Wie ich Michel und seine Mitstreiter kenne, konnten sie sich weiterhin behaupten und dank ihrer Klugheit ihre neu gewonnene Freiheit bewahren.

Daniel Wolf
August 2012

Glossar

ACCISA: (mlat. »Ungeld«) mittelalterliche Verbrauchssteuer; Vorläufer der Mehrwertsteuer

ACHT BZW. ÄCHTUNG: mittelalterliche Strafe, die Verbannung, Enteignung und Rechtlosigkeit beinhaltete

ALLMENDE: Weide-, Acker- und Waldland, das von den Bewohnern eines Dorfes gemeinschaftlich genutzt wurde

ARCHIDIAKON: kirchlicher Titel, Oberhaupt der Diakone und Stellvertreter eines (Erz-)Bischofs

BEGINE: Mitglied einer Frauenkongregation, das ein Leben in Gebet, Armut und Keuschheit führte, ohne jedoch ein Nonnengelübde abgelegt zu haben

BLIDE: fortschrittliche Wurfmaschine, Hebelgeschütz

BORNKNECHT: Arbeiter in einer Saline

BRUCHE: (auch »Brouche«) mittelalterliche Beinkleidung

BRUDERSCHAFT: Zusammenschluss von Handwerkern einer Fachrichtung, Vorläufer der Zunft

BÜRGERRECHT: Sammlung von Rechten, die im Mittelalter jedem Bürger (jedoch nicht jedem Bewohner!) eines städtischen Gemeinwesens zustand

BYZANZ: andere Bezeichnung für das Oströmische Reich, das bis 1453 Bestand hatte

CIVITAS: (lat.) Bischofsstadt, Zentrum eines Bistums

CONIURATOR: (lat.) siehe Eidhelfer

CONTADO: (ital.) Umland eines italienischen Stadtstaates, das von diesem beherrscht wird

DECIMATOR: Beamter, der für die Kirche den Zehnten eintrieb

DENARO: (ital.) siehe Pfennig

DENIER: (franz.) siehe Pfennig

EIDHELFER: bezeugten bei mittelalterlichen Gerichtsverhandlungen den Leumund und die Glaubwürdigkeit einer Prozesspartei, traten jedoch nicht als Zeugen im modernen Sinne auf

ELLE: Längenmaß, hier etwa 50 cm (die Maße wichen regional teilweise voneinander ab)

FATTORE: (ital.) Bevollmächtigter eines Kaufmanns, Leiter einer Handelsniederlassung

FEHDE: kriegerische Auseinandersetzung zwischen Personen oder Parteien, die in der Theorie innerhalb enger gesetzlich geregelter Grenzen stattfinden sollte, in der Praxis jedoch oftmals zu unkontrollierter Gewalt führte

FELONIE: strafwürdiger Bruch der Lehns- und Treuepflicht durch den Vasallen

FONDACO: (ital.) Kauf- und Lagerhaus

FREISASSE: Gutsherr/Bauer, der von Abgaben und anderen Lehnspflichten befreit war

FREITEIL: Vorläufer der Erbschaftssteuer

FUDER: Raummaß, meist etwa 1000 l. Der Fuder Salz beträgt 25 kg

GAMBESON: gepolstertes Hemd, das unter einem Kettenpanzer getragen wurde

GILDE: Schwurvereinigung der Kaufleute einer Stadt

GOTTESURTEIL: spezielles, für den Betroffenen meist gefährliches oder schmerzhaftes Ritual, das zum Zweck der Rechtsfindung ein göttliches Zeichen herbeiführen sollte (Bsp. »Feuerprobe«); häufig auch als Zweikampf zwischen den am Rechtsstreit Beteiligten ausgetragen

HÄLBLING: Silbermünze; ein halber Pfennig

HEILIGES LAND: mittelalterliche Bezeichnung für Palästina und weitere »biblische« Gebiete an der Levante

Heiliges Römisches Reich (lat. »Sacrum Imperium«): Herrschaftsbereich der römisch-deutschen Könige bzw. Kaiser, dessen Gebiet im 12. und 13. Jh. ungefähr das heutige Deutschland, die Schweiz, Liechtenstein, Österreich, Norditalien, die Beneluxländer, Tschechien, Slowenien und natürlich (Ober-)Lothringen umfasste

Herdsteuer: jährliche Steuer, die sich nach der Größe eines Haushalts und dem Vermögen des Hausherrn bemisst

Höriger: siehe Leibeigener

Hoftag: wichtige Institution des hochmittelalterlichen Reisekönigtums; Fürstenversammlung, der der König bzw. Kaiser vorsaß

Hundswut: mittelalterliche Bezeichnung für Tollwut

Interdikt: Kirchenstrafe, die gegen Einzelpersonen, aber auch gegen Städte und ganze Landstriche verhängt werden konnte und in der Verweigerung kirchlicher Dienste bestand

Judenregal: königliches Hoheitsrecht, das den Schutz der jüdischen Bevölkerung regelte (vgl. »Regal«)

Kanonist: Rechtsgelehrter für Kirchenrecht

Kastellan: oberster Verwalter einer Burg oder eines herrschaftlichen Anwesens

Komplet: siehe Stundengebete

Kontor: Bezeichnung für einen Handelshof oder gar ein ganzes Kaufmannsviertel

Laudes: siehe Stundengebete

Legist: Rechtsgelehrter für Römisches Recht

Leibeigener: unfreier Bauer, Handwerker oder Arbeiter, der einem adligen Herrn unterstand (entspricht weitgehend dem »Hörigen«)

Leprosorium: Siechenhaus und meist isoliert gelegene Pflegestation für Leprakranke

Lira: (ital.) siehe Pfund

Mange: Katapult

Matutin: siehe Stundengebete

Meile: Längenmaß; die sogenannte »Deutsche Meile« entspricht ca. 7,5 km

Messin: (Plural Messins) Bezeichnung für die Bewohner der Stadt Metz

Ministeriale: Lehnsmann und/oder Beamter eines weltlichen oder geistlichen Herrn

Morgen: altes Flächenmaß, hier etwa 2000–2500 qm (die Maße wichen regional teilweise voneinander ab)

Münze: Kurzform für mittelalterliche Münzprägeanstalt

Münzregal: das Recht, eigene Münzen prägen zu dürfen (vgl. »Regal«)

Munt/Muntgewalt: mittelalterlicher Rechtsbegriff, bezeichnet die Herrschafts- und Gerichtsgewalt des Hausherrn über Ehefrau, Kinder, unmündige Geschwister und häusliches Gesinde

Nazar: Amulett, das im orientalischen Volksglauben vor dem bösen Blick schützt

None: siehe Stundengebete

Outremer: (altfranz. »jenseits des Meeres«) mittelalterliche Bezeichnung für die vier Kreuzfahrerstaaten im Heiligen Land

Palas: Wohngebäude einer Burg

Patrizier: Angehöriger der reichen Oberschicht einer mittelalterlichen Stadt

Pax tecum/Pax vobiscum: (lat.) »Friede sei mit dir« bzw. »Friede sei mit euch«

Pfennig (ital. »Denaro«, franz. »Denier«, engl. »Penny«): im europäischen Hochmittelalter gebräuchlichste Silbermünze

Pfund (ital. »Lira«, franz. »Livre«): Geldeinheit, entspricht 240 Pfennigen

Podestà (ital.): hoher Amtsträger in einer italienischen Stadtrepublik des Mittelalters; gewählter Vorsteher einer Gemeinde

Prim: siehe Stundengebete

Regal: (Plural »Regalien«; lat. »königliches Recht«) vom König verliehenes Hoheitsrecht, beispielsweise das Recht einer Stadt, eigene Befestigungsanlagen bauen zu dürfen

SACRUM IMPERIUM: lateinische Bezeichnung für das Heilige Römische Reich

SARAZENEN: alte abendländische Bezeichnung für Muslime und Araber, oft abwertend gebraucht

SARJANT: Edelknecht, manchmal rechte Hand eines Ritters

SARWÜRKER: mittelalterliche Bezeichnung für Rüstungsmacher

SCHEFFEL: Raummaß, meist etwa 50 l

SCHILLING: (ital. »Solido«, franz. »Sou«) Geldeinheit, entspricht 12 Pfennigen

SCHOLAR: fahrender Gelehrter

SCHULTHEISS: Amtsträger oder Gemeindevorsteher mit niederen polizeilichen Befugnissen

SCHWERTLEITE: Zeremonie, bei der ein Knappe zum Ritter geschlagen wurde

SELDSCHUKEN: türkische Fürstendynastie

SENDGERICHT: kirchliches Sittengericht, das über sexuelle Verfehlungen und Verstöße gegen das Kirchenrecht richtete

SENNO: (ital.) kaufmännischer Verstand, Geschäftssinn, Gespür für Risiken

SEXT: siehe Stundengebete

SILBERPFUND: siehe Pfund

SOU: (franz.) siehe Schilling

SPANN: altes Längenmaß; etwa 20–25 cm

STAUFER: schwäbisches Adelsgeschlecht, das im Hochmittelalter mehrere deutsche Kaiser hervorbrachte, darunter Friedrich Barbarossa und Heinrich VI.

STUNDENGEBETE: kirchliche Zeiteinteilung, die den Tag strukturierte. Im Mittelalter fand die Prim gegen 6:00 statt, die Terz um 9:00, die Sext um 12:00, die None um 15:00, die Vesper um 18:00, die Komplet um 21:00, die Matutin um 24:00 und die Laudes um 3:00, wobei die Zeiten je nach Jahreszeit variierten

Succubus: weiblicher Dämon, der im mittelalterlichen Volksglauben den Menschen sündhafte Träume brachte oder sie gar des Nachts verführte

Surcot: eine Tunika, die im Mittelalter sowohl von Männern als auch von Frauen getragen wurde

Terz: siehe Stundengebete

Tric Trac: auch »Wurfzabel« genannt; ein mittelalterliches Brettspiel

Truchsess: Küchenmeister einer Burg oder eines herrschaftlichen Anwesens

Unzucht: mittelalterliche Bezeichnung für unerlaubte und gesellschaftlich geächtete sexuelle Handlungen

Vasall: adliger Gefolgsmann eines Fürsten, der diesem Treue schwören und Kriegsdienst leisten musste

Vesper: siehe Stundengebete

vogelfrei: Bezeichnung für eine Person, die durch die Strafe der Acht aus der mittelalterlichen Gemeinschaft ausgestoßen und damit rechtlos wurde

Vogt/Stadtvogt: meist adliger Beamter eines Bistums oder Stifts mit richterlichen und polizeilichen Befugnissen

Wegstunde: Längenmaß, etwa 5 km

Welfen: deutsches Adelsgeschlecht, im Hochmittelalter mit den Staufern verfeindet

Wildbann: alleiniges Jagdrecht des Landesherrn und seiner adligen Vasallen in einem bestimmten Gebiet

Wittum: Erbanteil der Witwe

Zille: Lastkahn für die Binnenschifffahrt

Danksagung

Dieses Buch ist ein Monster. Monster sind gefährlich; sie haben die unangenehme Angewohnheit, im Schlagschatten der Dramaturgie zu lauern, Logik und Stil zu verschlingen und mit ihren garstigen Prankenfüßen unschuldige Plots zu zertrampeln. Ein Schriftsteller tut deshalb gut daran, sie niemals allein herauszufordern. Der kluge Autor holt sich Verbündete, bevor er sich in die Höhle des Ungeheuers wagt.

Diese tapferen Recken haben mir geholfen, mein Monster zu bändigen:

Mein Literaturagent Bastian Schlück und meine Lektorinnen Barbara Heinzius und Eva Wagner;
meine unerschrockenen Probeleser Markus Opper, Irena Brauneisen, Katerina Timm und Dimitrije Pauljev;
Christian Numrich, der mir bei der Recherche (»*How to slay Monsters, Beasts and other hideous Creatures*«) eine große Hilfe war;
Thomas Roeder, der bei Fragen zur Historie Rat wusste, wenn andere längst aufgegeben haben;
und natürlich meine Frau Sandra, die mir vor jedem Kampf mit dem Monster Mut zusprach.

Mein besonderer Dank gilt Dr. Kay Peter Jankrift, der mich kompetent zur Geschichte mittelalterlicher Städte beraten und alle meine Fragen geduldig beantwortet hat. Etwaige Recherchefehler im Roman sind selbstverständlich mir und nicht ihm anzulasten.